中国古代文体学

附卷二

明代文体资料集成

"十二五"国家重点图书出版规划项目
国家出版基金项目

全国高等院校古籍整理研究工作委员会规划项目
上海文化发展基金资助项目

四川师范大学文理学院重点科研项目

国家出版基金项目
NATIONAL PUBLICATION FOUNDATION

中国古代文体学

曾枣庄 著

附卷二 明代文体资料集成

上海人民出版社
SHANGHAI BOOKSTORE PUBLISHING HOUSE
上海书店 出版社

目 録

明

陳 謨

陳謨(1305—1388)字一德,號心吾,學者稱海桑先生。明泰和(今屬江西)人。一生隱居不仕,著書教授,一時經生學子多從之游。洪武初,徵詣京師,賜坐議學,學士宋濂請留爲國學師,謨引疾辭歸。屢應聘爲江廣考試官。幼能詩文,邃於經學,旁及子史百家,究心經世之務。嘗謂"學必敦本,莫加於性,莫重於倫,莫先於變化氣質。若禮樂、刑政、錢穀、甲兵、度數之詳亦不可不講習"(《明史·儒林傳》)。著有《海桑集》十卷行於世。

本書資料據四庫全書本《海桑集》。

答或人(節錄)

或問:詩至唐而拘四聲,始有律之名。律者,取其可歌也。今人律、唐之律,若填曲腔然,亦皆可歌乎? 曰:曷爲而不可也? 夫情發於聲,詩言志也;聲成文謂之音,歌永言也。五聲依夫歌之永,十二律和夫聲之依,詩歌固有自然之律,而聲律緣以起也。李太白《清平調》詞,李龜年歌之。王之渙二友不相下,三人者入旗亭中,約曰:"勿多言,第聆妓歌。"則聞多唱之渙《涼州詞》者,久之,又聞連歌之渙他詩,而二人者各一詩而止之,渙大笑,二人始服。又如東坡樂府,才大不能束程度,歌者猶隱括入調,剗詩固古樂府哉! 剗唐律哉! 曰:或命唐詩爲音,可乎? 曰:可。曰:謂中唐無盛唐之音,晚唐復無中唐之音,然乎? 曰:非然也。朱子論《風》、《雅》、《頌》部分,蓋曰:"辭氣不同,音節亦異。"論《風》、《雅》、《頌》正、變,蓋曰:"其變也,事未必同,而各以其聲附之。"蓋變風,風之聲,故附正風;變雅,雅之聲,故附正雅。時異事異,故辭氣亦異。然而以聲相附者,聲猶後世所云調若腔也。盛唐、中唐、晚唐,律同則音同,謂其辭氣不同可,謂其音不同不可。況盛唐亦有辭氣類晚唐者,晚唐復有類盛唐者乎? (卷十)

胡 翰

胡翰(1307—1381)字仲申,一字仲子,學者稱長山先生。明金華(今屬浙江)人。幼聰穎異常兒。七歲時,道拾遺金,坐守待其人還之。長從吳師道、吳萊學古文,復登同邑許謙之門。同郡黃溍、柳貫以文章名天下,見翰文稱之。遊元都,公卿交譽之。或勸之仕,不應。既歸,遭天下大亂,避地南華山,著書自適。文章與宋濂、王禕相上下。太祖下金華,召見,命與許元等會食中書省。後侍臣復有薦翰者,召至金陵。授衢州教授。洪武初,聘修《元史》,書成,受賚歸。愛北山泉石,卜築其下,徜徉十數年而終。著有《春秋集義》,文曰《胡仲子集》,詩曰《長山先生集》。

本書資料據全書四庫本《胡仲子集》。

《古樂府詩類編》序

太原郭茂倩哀次樂府詩一百卷,余采其可傳者,更定爲集若干卷,復論之曰:

周衰,禮樂崩壞,而樂爲尤甚。自制氏爲時樂官,能紀其鏗鏘鼓舞,而不能言其意,則天下之知者鮮矣。況先王之聲音度數,不止其所謂鏗鏘鼓舞,其人固不能盡紀也。以是言之,豈不難哉!若聲詩者,古之樂章也。《雅》、《鄭》得失,存乎其辭,辨其辭而意可見,非若聲音度數之難知。而國家之制作,民俗之歌謠,詩人之諷咏,至於後世,遂無復《雅》、《頌》之音。雖用之郊廟朝廷,被之鄉人邦國者,猶世俗之樂耳。獨何歟?蓋詩之爲用,猶史也。史言一代之事,直而無隱;詩繫一代之政,婉而微章。辭義不同,由世而異。中古之盛,政善民安,化成俗,美人情,舒而不迫,風氣淳而不散。其言莊以簡,和以平,用而不匱,廣而不宣,直而有曲,體順成而和動,是謂德音。及其衰也,列國之言各殊,儉者多嗇,强者多悍,淫亂者忘反,憂深者思懫。其或好樂而無主,困敝而思治,亦隨其俗之所尚,政之所本,人情風氣之所感。故古詩之體,有美有刺,有正有變,聖人並存而不廢。唯所以用之郊廟朝廷,非《清廟》《我將》之頌,不得奏於升歌宗祀;非《鹿鳴》、《四牡》、《大明》、《文王》之雅,不得陳於會朝燕享。内之爲閨門,外之爲鄉黨,非《關雎》、《麟趾》,則《鵲巢》、《騶虞》之風,情深而文明,氣盛而化神,故可以感鬼神,和上下,美教化,移風俗。

今茂倩之所次,有是哉。以其所謂郊祀、安世、黄門、鼓吹、鐃歌、橫吹、相和、琴操、雜曲考之,漢辭質而近古,其降也爲魏。魏辭溫厚而益,趨于文,其降也爲晉。晉之東,其辭麗,遂變而爲南北。南音多艷曲,北音多悲壯,而隋、唐受之。故唐初之辭,婉丽詳整,其中宏偉精奇,其末纖巧而不振。雖人竭其才,家尚其學,追琢襞積,曾不能希列國之風,而況欲反乎雅、頌之正,滋不易矣。是以郊廟祭祀,則非有祖宗之事,美盛德,告成功之實;會朝燕享,君臣之間,則非有齋莊和悦之意,以發先王之德,盡羣下之情。哇聲里曲,若秦楚之謳,巴渝之舞,凉伊之技,莫不雜出以爲中國朝廷之用。怊心盈耳,不復知其爲教化風俗之蠹。夫民不幸,不見先王之禮樂。考其聲詩,蓋有足言者。然以唐初之盛,不能無憾焉。吾于此見其風氣之淳,人情之泰,政治俗尚之美,皆非古矣。其治亂得失,是非邪正,雖去之千數百載,不待其言之著而今皆可見者,則詩之爲用,豈不猶史之事哉! 故合而論之,以寓吾去取之意,將望于後之作者焉。

《屠先生詩集》序(節録)

古詩變而爲《選》,《選》變而爲律,雖有作者,恒窘于聲偶研揣之間,患不足馳騁以極乎人情物理之妙。(以上卷四)

宋　濂

宋濂(1310—1381)字景濂,號潛溪。别號玄真子、玄真道士、玄真遁叟。謚文憲。祖籍潛溪(今浙江金華),至濂時遷至浦江(今屬浙江)。明朝開國元勳。宋濂與劉基、高啟並列爲明初詩文三大家,以繼承儒家道統爲己任,主張宗經師古,取法唐、宋。著作甚豐,以傳記小品和記叙性散文爲代表,或質樸簡潔,或雍容典雅,各有特色。明朝立國,朝廷禮樂制度多爲宋濂所制定,朱元璋稱他爲"開國文臣之首",劉基贊許他"當今文章第一",四方學者稱他爲"太史公"。奉命主修《元史》,著有《文憲集》三十二卷、《孝經新説》等。

本書資料據四庫全書本《文憲集》。

《皇明雅頌》序

《皇明雅頌》者,鄱陽劉仔肩之所集也。其曰雅頌者何? 雅者,燕饗朝會之樂歌;頌則美盛德、告成功於神明者也。今詩之體與雅、頌不同矣,猶襲其名者何? 體不同也,而曰賦、曰比、曰興者,其有不同乎? 同矣而謂體不同何? 時有古今也。時有古今也,奈何今不得爲古,猶古不能爲今也。今古雖不同,人情之發也,人聲之宣也,人文之成也則同而已矣。然則曷爲謂之同? 江河沼沚有不同也,水則同;陵巒岡阜有不

4

同也,土则同;人動乎物有不同也,感則同。趨其同而舍其異,是之謂大同。曷爲知其爲大同? 期歸於道焉爾。歸於道焉爾者何? 世之治,聲之和也。聲之和也奈何? 天聲和於上,地聲和於下,人聲和於中,則體信達順至矣。體信達順其亦有應乎? 曰:有。三秀榮,朱雀見,龜龍出,騶虞至,嘉禾生,何往而非應也! 應則烏可已也,烏可已,則有作爲雅頌,被之弦歌,薦之郊廟者矣。是集之作,其殆權輿者歟?

《劉兵部詩集》序(節錄)

詩緣情而托物者也,其亦易易乎! 然非易也。非天賦超逸之才,不能有以稱其器。才稱矣,非加稽古之功,審諸家之音節體製,不能有以究其施。功加矣,非良師友示之以軌度,約之以範圍,不能有以擇其精。師友良矣,非雕肝琢腎,宵咏朝吟,不能有以驗其所至之淺深。吟咏侈矣,非得夫江山之助,則塵土之思,膠擾蔽固,不能有以發揮其性靈。五美云備,然後可以言詩矣。蓋不得助於清暉者,其情沉而鬱;業之不專者,其辭蕪以龐;無所授受者,其制澁而乖;師心自高者,其識卑以陋;受質塞鈍者,其發滯而拘。古之人所以擅一世之名,雖其格律有不同,聲調有弗齊,未嘗有出於五者之外也。(以上卷六)

《曾助教文集》序(節錄)

三代無文人,六經無文法。無文人者,動作威儀,人皆成文。無文法者,物理即文,而非法之可拘也。秦漢以下則大異於斯,求文於竹帛之間,而文之功用隱矣。雖然,此以文之至者言之爾,文之爲用其亦溥博矣乎! 何以見之? 施之於朝廷則有詔、誥、册、祝之文,行之師旅則有露布、符、檄之文;託之國史則有記、表、志、傳之文;他如序、記、銘、箴、贊、頌、歌、吟之屬,發之於性情,接之於事物,隨其洪纖,稱其美惡,察其倫品之詳,盡其彌綸之變,如此者要不可一日無也。然亦豈易致哉! 必也本之於至靜之中,參之於欲動之際。有弗養焉,養之無弗充也;有弗審焉,審之無不精也。然後嚴體裁之正,調律呂之和,合陰陽之化,攝古今之事,類人己之情,著之篇翰,辭旨皆無所畔背。雖未造於至文之域,而不愧于適用之文矣。嗚呼文乎! 其可易言矣乎!

《白雲稿》序(節錄)

劉勰論文有云:"論說辭序,則《易》統其首;詔策章奏,則《書》發其源;賦頌歌讚,則《詩》立其本；銘誄箴祝，則《禮》總其端；紀傳文檄，則《春秋》爲之根。"嗚呼，爲此説者固知文本乎經，而濂猶謂其有未盡焉。何也？《易》之《彖》、《象》，有韻者即詩之屬；《周頌》敷陳而不協音者，非近於《書》與？《書》之《禹貢》、《顧命》，即序紀之宗；《禮》之《檀弓》、《樂記》，非論説之極精者與？況《春秋》謹嚴，諸經之體又無所不兼之與？錯綜而推，則《五經》各備文之衆法，非可以一事而指名也。蓋蒼然在上者，天也；天不能言，而聖人代之。經乃聖人所定，實猶天然，日月星辰之昭布，山川草木之森列，莫不繫焉覆焉，皆一氣周流而融通之。苟欲强索而分配，非愚則惑矣。夫經之所包，廣大如斯，世之學文者，其可不尊之以爲法乎！

《歐陽文公文》序（節録）

文辭與政化相爲流通，上而朝廷，下而臣庶，皆資之以達務。是故祭享郊廟，則有祠祝；播告寰宇，則有詔令；胙土分茅，則有册命；陳師鞠旅，則有誓戒；諫諍陳請，則有章疏；紀功燿德，則有銘頌；吟詠鼓舞，則有詩騒。（以上卷七）

《㮚散雜言》序（節録）

因爲之言曰：詩至於《三百篇》而止爾，然其爲體有三經焉，有三緯焉。所謂三經者，風、雅、頌也，聲樂部分由是而建；所謂三緯者，賦、比、興也，制作法裁由是而定。故周官太師之教國子，必使之以是六者。三經而三緯之，所以聆其音節之詳，玩其義理之純，養其性情之正，詩之爲用，其深且大者蓋若此。嗚呼！學詩者其可不取之以爲法乎！學詩者固不可不取之以爲法，若夫出品裁之正，合物我之公，高不過激，悲不傷陋，則論詩者又可不倚之以爲權度乎！

夫詩一變而爲楚騒，雖其爲體有不同，至於緣情託物，以憂戀懇惻之意，而寓尊君親上之情，猶夫詩也。再變而爲漢、魏之什，其古固不逮夫騒，而能辨而不華，質而不俚，亦有古之遺美焉。三變而爲晉、宋諸詩，則去古漸遠，有得有失，而非言辭之所能盡也。嗚呼！三變之後，天下寧復有詩乎？非無詩也，詩之合於古者鮮也。何以言之？大風揚沙，天地盡晦，雨雹交下，萬彙失色，不知孔子所删之者，其有若斯否乎？組織事實，矜悦葩藻，僻澁難知，强謂玄秘，不知孔子所删之者，又有若斯否乎？牛鬼蛇神，騁姦眩技，龐雜誕幻，不可致詰，不知孔子所删之者，又有若斯否乎？如是者，殆不可勝數。孔子，吾徒之所願學者也。孔子之所取如彼，而後之作者乃如此，尚得謂之詩矣乎？唐、宋諸名家，其近古者固不可絶謂無之，而不及乎爾者，抑何其多也！今世之以詩鳴者,蠭起而泉涌,其視唐、宋,又似有所未逮,姑置之勿論。間有倡爲江南體者,輕儇淺躁,殆類閭閻小人,驟習雅談而雜以褻語,每一見之,輒閉目弗之視。詩而至於使人弗之視,則其世道之甚下也爲何如哉!(卷九)

《演連珠》五十首

連珠者,興於漢章之世,班固、賈逵、傅毅咸受詔作之。其後陸士衡演之,司空圖、徐鉉、晏殊、宋庠又從而效之。然其爲體不指說事情,必假喻以達其旨,而覽者微悟,合於古詩諷興之義,有足取者。作《演連珠》五十首。(卷二七)

宋 訥

宋訥(1311—1390)字仲敏,號西隱。元末明初滑縣(今屬河南)人。性持重,學問該博。元至正進士。任鹽山尹,因戰亂,棄官歸。洪武二年(1369),徵儒士十八人編《禮》、《樂》諸書,訥與焉。事竣,不仕歸。久之,用四輔官杜斅薦,授國子助教。以說經爲學者所宗。十五年超遷翰林學士,命撰《宣聖廟碑》,稱旨,賞賚甚厚。改文淵閣大學士。未幾,遷祭酒。時功臣子弟皆就學,及歲貢士嘗數千人。訥爲嚴立學規,終日端坐講解無虛晷,夜恒止學舍。十八年復開進士科,取士四百七十有奇,由太學者三之二。再策士,亦如之。帝大悦,制詞褒美。年老告歸。有《西隱集》。

本書資料據四庫全書本《西隱集》。

《唐音緝釋》序(節録)

然詩之體有賦,有比,有興,觀體可得而見;詩之音清濁高下、疾徐疏數之節,與夫世之治亂、國之存亡,審音可得而考。若夫事之所述,景之所寫,非博極羣書,窮搜百家,未易析其事,辨其景也。詩豈易觀哉!唐虞賡歌,《三百篇》之權輿,其來遠矣。漢、魏而下,詩載《文選》。《選》之後莫盛於唐,唐三百年詩之音幾變矣。文章與時高下,信哉!

《紀行程詩》序(節録)

昔人論杜少陵以詩爲文,韓昌黎以文爲詩者,蓋詩貴有布置也。有布置則有得其正,造其妙矣。故學詩當學杜,則所學法度森嚴,規矩端正,得其師焉。

《送崔判簿朝京詩》序(節錄)

古人贈別,不以物而以詩。申伯出封於謝,尹吉甫作詩以送之,而有《崧高》。仲山甫築城於齊,尹吉甫作詩以送之,而有《烝民》。贈別以詩,見於經矣。李陵贈蘇武,則詩有"携手上河梁"之辭;蘇武別李陵,詩有"征夫懷往路"之句。以詩贈別,又見於史與傳矣。自後若李謫仙《思鳴皋》,杜少陵《入奏行》,歐六一《廬山高》等作,莫非贈別之詩也。詩爲贈別而作,其来遠矣。詩客騷人當祖道,以登山臨水之思,發而爲詩贈別者,所以不容已也。(以上卷六)

林　弼

林弼(1325—1381),原名唐臣,更名弼字元凱,號梅雪道人。明龍溪(今福建漳州)人。嘗與王褘等唱酬。元至正八年(1348)進士。爲漳州路知事。明初,以儒士修禮樂書,授吏部主事。使安南,爲太祖所重。官至登州府知府。原著有《梅雪文稿》、《使安南集》,後統編作《林登州集》。

本書資料據四庫全書本《林登州集》。

書黄誠甫《言志賦》後(節錄)

詩爲《離騷》之宗,而《離騷》又爲賦辭之宗。詩言志也,騷若賦,亦各言爾志也。古之君子,道與時違,志不獲逞,率托於言,以舒其憂而泄其憤。自屈氏以來,作者非一矣,然惟知道者爲能,不怨不尤,以不失其志之正。(卷二十三)

徐一夔

徐一夔(1318—約1400)字大章,號始豐。明天台(今屬浙江)人。博學善屬文,擅名於時,與宋濂、王褘、劉基等相與切磋詩文。精文詞,通諸經,兼擅史學。其文考證研核精確,"文深而不刻,質而不理,理定而言暢,斯天下之至文也"(朱彝尊語)。其《織工對》記述織布生產情況,是一篇研究中國資本主義萌芽問題常常提到的重要史料。著述頗豐,有《始豐稿》、洪武《杭州府志》、《藝圃搜奇》等。

本書資料據四庫全書本《始豐稿》。

《倡酬禪偈》序(節錄)

偈者,詩之類也。佛説諸經必有重偈,以申其義。觀於吾書,春秋列國大夫交聘中國,既修詞令以達事情,末復舉詩明之,蓋亦此類。偈或五言、七言,惟便於讀誦,而不叶以音韻。詩多四言,而以音韻叶之,蓋被之弦歌故也。詩自漢變爲五言,唐變爲七言,頗嚴聲律。爲釋氏者出言成偈,大略亦近於詩。吾鄉佐上人字東州,處靈隱禪窟,還台省親。有密心嚴師者,爲偈一首以贈其行,其言七言,其句八句,詩之類也。依韻而繼作者,又二十四人,則近代詩人次韻之法也。上人姿敏慧,參扣直指,其同袍之友慮其愛親之心不勝求道之志,更相提擊,蘄振祖道,而非世俗嘲風詠月之具,故不曰詩而曰偈。上人徵余題辭,因筆于首簡。

哀頌序(節錄)

嗚呼,哀頌之作,其始於秦人所賦《黃鳥》者乎!魏、晉而降,《七哀》、《八哀》之賦,蓋皆權輿於此。然不徒作也,必其人節誼之高、文學之懿、政治之美,有足以起人思慕之心而後作也。(以上卷五)

曾 鼎

曾鼎(1321—1378)字元友,更字有實。明泰和(今江西吉安)人。元末奉母避難,以孝聞,辟爲濂溪書院山長。明洪武八年(1375),受聘任教泰和縣社學。好學能詩,兼工書法、篆刻及邵雍《易》學。曾鼎爲明大學士楊士奇外祖母之弟,故士奇幼年得其教益頗多。據《文式》自序,作者曾從先輩處得《文場式要》一書,後又獲李塗《古今文章精義》、趙撝謙《學範》,遂交互參訂,添加按語,編成本書。此書上卷以採錄《學範》爲主,又引陳繹曾《文説》、陳騤《文則》、嚴羽《滄浪詩話》、皎然《辨體一十九字》等論文説詩之語,前半論文,後半論詩。下卷則錄李塗《文章精義》、呂祖謙《古文關鍵》導語、蘇伯衡《述文法》三種。本書有明嘉靖八年刻本、日本內閣文庫舊鈔本。《文式·明體法》論及詩文諸體,主要從風格方面論不同詩文體裁應有不同的風格要求。

本書資料據日本內閣文庫舊鈔本《文式》。

明體法

詩,五言古詩宜清婉而意有餘。七言古詩宜峭絶而言不悉。五言長篇宜富而贍（一作實）。七言長詩宜富而麗。五言律詩宜清而遠,必拘音律。七言律詩宜壯而健,時用拗律。五言絶句宜言絶而意有餘。七言絶句宜意絶而言不足。歌,放情曰歌。一體如行書曰行,兼之曰歌行,宜通暢響亮,讀之使人興起。行,宜快直詳盡。吟,音如蚤蠏曰吟,宜承潛細詠,讀之使人思怨。曲,委曲盡情曰曲,宜委曲諧音。謠,通乎俚俗曰謠,宜隱蓋近俗。引,載始末曰引,宜引而不發。古樂府,宜喜怒哀樂各極其情,而範之以禮,或和或奇或古,隨題體之。騷,宜精深痛切而極其情。賦,宜敷衍富麗,事意詳盡而語不繁冗。頌,宜典雅和粹。樂詞,宜古雅諧韻。箴,宜謹嚴切直。銘,宜深長實。碑,宜雄渾典雅。碣,宜質實典雅。表,宜張大典實。傳,宜質實而隨所傳之人變化。行狀,宜質實詳備。記,記其所有事,其文較窄,宜簡實方正而隨所記之事變化。序,序其事,隨其大小而作,其文較寡,宜疏通圓美而隨所記之事變化。論,宜圓折深遠。說,宜平易明白。辯,宜方折明白。議,宜方折明白。書,宜簡要明白。奏,宜情理懇切,意思忠厚。詔,宜典重溫雅,謙冲惻怛之意藹然。君宣臣下之文,宜古樸直率,勿用之乎也者字。制誥,宜峻厲典重。册文,宜富而雅。（卷上）

王 禕

王禕(1322—1373)字子充,號華川,謚忠文。明義烏來山(今屬浙江)人。幼從祖父學,後師事柳貫、黄溍。元末隱居青巖山,明初徵爲中書省掾史,與宋濂同修《元史》,史成,官翰林待制。學有淵源,爲文醇樸宏肆,渾然天成,條理不爽。著有《大事記續編》、《王忠文公集》、《重修革象新書》。

本書資料據四庫全書本《王忠文集》。

上蘇大參書(節録)

禕聞之,文之在天下,有載道之文,有紀事之文。六經之文,載道之文也。而《書》、《春秋》於六經,則專於紀事,紀事而道載焉,雖謂之載道可也。自《春秋》內外傳、《史記》而下,世遂鮮有載道之文,而代史百家之述作,無不專於紀事矣。然則紀事之文誠不可視載道之文而易之,而世顧恒以紀事不若載道者,何哉? 試嘗論之:爲文而善於紀事者，必其言足以綜難遺之跡，跡足以終難明之狀，狀足以發難顯之情，情足以著難隱之理。而又其爲言也，必簡而該，精而覈，深而易，通直而不肆，典實而無浮華，平易而無艱險，斯可以謂之文。而猶未也。文有體，其爲體常不同，故無定體，而有大體，必其大體純正而明備，而後足以成乎！然天下古今之善於此，以自成其家者，固未始數數然也。嗟乎，紀事之文，其亦可謂誠難也！（卷十六）

演連珠並序（節錄）

連珠之體，貴乎辭麗而言約，不指説事情，必假諭以達其行，使覽者微悟，合古詩諷興之義。以其易睹而可悦，歷歷如貫珠，故謂之連珠也。漢章之世，班固、賈逵、傅毅三子者，受詔始作，然其文後世鮮傳焉。禪讀《文選》，嘗喜陸機所作《演連珠》，因擬其體爲五十首，雖諷興之義，竊或庶幾，而辭不能麗，言不能約，有媿於作者多矣。錄之于左，以備覽云。王禪序。

文　訓

華川王生學文於豫章黃太史公，三年而不得其要，悵悵焉食而不知其味，皇皇焉寢而不安其居，望望焉如有求而不獲也。太史公一日進生而訓之曰："子之學文有年于兹，志則勤矣。吾聞天地之間，有至文焉，子豈嘗知之乎？夫雲漢昭回，日星宣朗，烟霞卷舒，風霆鼓蕩者，天文之所以暢；山嶽錯峙，江河流行，鳥獸蕃衍，草木茂榮者，地文之所以成。天地之文，不能以自私誕賦於人，人則受之。故聖賢者出，以及璞人畯士相繼代作，莫不大肆於厥辭。蓋自孔氏以來，兹道大闡，家修人勵，致力於斯。其間鞠明究曛，疲弊歲月，刓精竭思，耗費簡札者，紛趨而競馳。孰不欲爭裂綺繡，斥攀日月，高視萬物之表，雄峙百代之下，卓然而有爲？然而躑躅而不進，骯髒而不振，思窮力蹙，吞志而没者，往往而是。而能登名文章之錄者，其實無幾。則所謂至文者，固夫人所罕知。是故文有大體，文有要理。執其理，則可以折衷乎羣言；據其體，則可以劃裁乎衆製。然必用之以才，主之以氣。才以爲之先驅，氣以爲之内衛。推而致之，一本於道，無雜而無蔽，惟能有是，則統宗會元，出神入天，惟其意之所欲言而言之，靡不如其意，斯其爲文之至乎！"

凡吾之説，子豈嘗知之？苟知之，其試以語我。生曰："文之爲物，貴適時好，粲然相接，合喜投樂，有如正始不完，文氣遂偏，俗尚化遷，而排偶之習興焉。四屬六比，駢諧儷聯，抽黃對白，調朱施鉛，五采相宣，八音相便，握摘穩纖，唷哢寒暄，豐腴釀酣，眩麗媚妍，珠璣溢縅，膾炙滿篇，凡慶函與賀牘，咸累幅而疊番。王公之門，下逮閭閻，彝儀縟典，往來交際，率奉之以周旋。又如《大雅》既遠，詩歌日變。玉臺、西崑，其流也漸支爲詞曲，爭嫩競艷，字分重輕，句協長短，浮聲切響，清濁和間，羽振宮潛，商流徵泛，笙簧觸手，錦繪迷盼，風月留連，鶯花凌亂，振妙韻於沈冥，託葩辭於清婉，性情因之以暢宣，光景因之而呈獻。好會暌離，懽忭悲嘆，莫不假是以託情，固無間於貴賤也。若是者，其爲文何如？”太史公曰：“古語變而四六，古聲變而詞曲，文之弊也甚矣。請置勿道，爲言其他。”生曰：“鄉選士之法廢，而科舉乃興，以文取士，設爲範程。漢有射策，唐有明經，復有詩賦，逮宋日益增。經衍爲義而三篇以明，賦本於律而八韻以成，咸各專其科，各精其能。其義則意融旨切，言粹辭達，枝語蔓引，叢論英發。剗聖秘而立辯，斡天機而生説。其賦則句鍊字戛，音廄韻軋，藻秀春擷，花艷晴掇，較妍醜於錙銖，品抑揚於毫髮。它若宏辭，制舉大科，別設文法，靡不該文，格罔弗列。又必學稱博極，才號閎傑，乃能攻其業。凡習於斯者，皆賈勇詞場，角雄藝闡，不屬兵而曰戰，爭奪弧而先拔。若工若拙，三年是力；若勝若劣，一日而決。及其中文衡，入文榖，則遂圍棘，聲徹榜金，名揭上賢，書於天府，承洪恩於帝闕。乃躋膴仕，乃展遐轍，若卿若相，鮮不由茲而出矣。上以此而求賢，士以此而致身，文之用世，信不可誣也歟！”太史公曰：“科舉之文，趨時好以取世資，特干禄營寵之具耳。學古之君子，恥言之！”生曰：“文之古者，登諸金石記誌頌銘，具有成式。或鐘鼎是勒，或琬琰是刻，或鑴于麗牲懸絣之碑，或鐫在封嶽磨厓之壁，莫不炫燿崇勳，烜焯茂德，載丕丕之嘉猷，紀赫赫之休績。然皆一筆之力，九鼎可扛；一字之價，千金是直爾。其宏奧之思，雅健之姿，瑰瑋之辭，擥摭馬、班，凌厲蔡、陳，蹂躪柳、韓。玉采金聲，焜焜煌煌；鉤鉤鏘鏘，袞章繡紋；炳炳焞焞，繽繽紜紜。詭然而蛟龍翔，蔚然而虎鳳昂，翕然而律吕張。正音諧□，謙變態類，雲霆勁氣，排甲兵。沈冥以之而開塞，幽闃以之而著宣，逖遠以之而綿延。然非儒林宗匠，藝營宿將，道德爲世之模楷，名位爲國之儀望，堂堂焉，章章焉，擅鴻筆，攬魁柄，稱文章之大家者，孰當仁而不讓？宜其媲美古昔，傳信今後，照四裔以無倫，垂千載而不朽。此其爲文也，不幾於古乎？”太史公曰：“文至於是謂之古，宜也。雖然，其爲用殆不止是已！”生曰：“朝廷之上，有巨文焉，典、謨、誓、誥、制、册、令、詔，藹爲王言，焕爲大號，而帝王之制作存焉。灝灝噩噩，渾渾洋洋，稜屬蓬宇，揮霍奮揚，或温潤而精粹，或宏偉而秀雄，或嚴肅而簡重，或衍裕而深長。經緯天地，彙籥陰陽，黼黻萬化，蓼轕三光。封職則氣含陰雨之潤，授官則義炳重離之明，勑戒則吐星漢之華，治戎則揚浡雷之轟，肆赦則垂滋於春露，明罰則示烈於秋霜。一字之襃，沛漏泉於下地；一言之感，被挾纊於黎蒸。朝出九重，暮行四方，如風動而草偃，如山鳴而谷應。奮迅乎宇外，旁薄乎域中，鼓舞乎夷夏，陶鎔乎帝皇。文章之用，蓋與造化而侔功矣。

若是,何如?"太史公曰:"《易》曰:'王言如絲,其出如綸。'《詩》曰:'辭之輯矣,民之協矣。辭之繹矣,民之莫矣。'文之爲用,誠莫盛於此矣。姑舍是,豈無復有可聞者乎?"生曰:"文之難者,莫難於史。故良史之才,古今或無。皇道帝德,王略霸圖,運祚興衰,治道隆污,將相卿士,武烈文謨,賢智忠孝,兇慝奸諛,天文五行,地理河渠,禮樂兵刑,食貨賦租,選舉職官,冕服車輿,蠻夷戎狄,遐方異區,恍惚詭變,俗怪習殊,凡一代之本末,皆史乎載!故曰:史者,一代之成書。是故事以實之,辭以給之,法以立之,例以律之。作史之要,必備乎此。然非其能足以通古今之體,明足以周萬事之理,智足以究難知之意,文足以發難顯之義者,曾烏得以稱良史?蓋自紀、表、志、傳之制,馬遷創始,班固繼作,綱領昭昭,條理鑿鑿。三代而下,史才如二子者,可謂特起拔出,儁偉超卓。後之爲者,世仍代襲,率莫外乎其槖龥。論者以謂遷、固之書,其與善也隱而彰,其懲惡也直而寬,其尊華也簡而明,其防僭也微而嚴。是皆合乎聖人之旨意,而非庸史之敢干。及乎范曄、陳壽之流,則遂肆意妄纂,曲筆濫箋,曖昧其本旨而義駁以偏,破碎其大體而辭誚以纖,況乎曄、壽之不若者,則又卑陋而無足觀矣!故史所以明乎治天下之道,而爲之者,亦必天下之才,然後勝其任,兹其所爲難乎?"太史公曰:"噫!史之爲文,誠難乎其盡美矣!文而爲史,誠極天下之任矣!抑吾聞之,文有二:有紀事之文,有載道之文。史者,紀事之文,於道則未也。"生曰:"聖人既沒,道術爲天下裂。諸子者出,各設户分門,立言以爲文。是故管夷吾氏以霸略爲文,鄧析氏以兩可辯説爲文,老聃氏以秉要執本、持謙處卑爲文,列禦寇氏以黃老清淨無爲爲文,墨翟氏以貴儉兼愛、上賢明鬼、非命上同爲文,公孫龍氏以堅白名實爲文,莊周氏以通天地之統、序萬物之性、達死生之變爲文,慎到氏以刑名之學爲文,申不害氏、韓非氏復流於深刻之文,尹文氏又合黃老刑名爲文,鬼谷氏以捭闔爲文,蘇秦氏、張儀氏因肆爲縱橫之文,孫武氏、吳起氏以軍形兵勢、圖國料敵爲文,荀卿氏、揚雄氏則以明先聖之學爲文,淮南氏則以總統道德仁義而蹈虛守靜、出入經道爲文。凡若此者,殆不可遞數也。雖其文人人殊,而其於道,未始不有明焉。譬猶水火相滅,亦以相生;和敬相反,亦以相成。《易》所謂天下一致,而百慮同歸,而殊塗者言本於一揆而已。文以載道,其此之謂乎?"太史公曰:"諸子之文,皆以明夫道,固也。然而各引一端,各據一偏,未嘗窺夫道之大全。人奮其私智,家尚其私談,支離頗僻,馳騁鑿穿,道之大義益以乖,大體益以殘矣。此固學術之弊,而道之所以不傳也。"生曰:"聖人之文,厥有六經。《易》以顯陰陽,《詩》以道性情,《書》以紀政事之實,《春秋》以示賞罰之明,《禮》以謹節文之上下,《樂》以著氣運之虧盈。凡聖賢傳心之要,帝王經世之具,所以建天衷、奠民極,立天下之大本,成天下之大法者,皆於是乎有徵。斯蓋羣聖之淵源,九流之權衡,百王之憲度,萬世之準繩。猶之天焉,則昭雲漢而揭日星,布烟霞而鼓風霆;猶之地焉,則山嶽峙而江河行,鳥獸蕃而草木榮。故聖人者,參天地以爲文,而六經配天地以爲名。自書契以來,載籍以往,悉莫與之京。斯其爲文,不亦可以爲載道之稱也乎?"

太史公瞿然而驚,喟然而嘆,曰:"盡之矣,其蔑有加矣! 此固載道之器,而聖人之至文矣! 嗟乎世之學者,無志乎文則已。苟有志焉,舍是無以議爲矣。是故本之《詩》以求其恒,本之《易》以求其變,本之《書》以求其質,本之《春秋》以求其斷,本之《樂》以求其通,本之《禮》以求其辨。夫如是,則六經之文爲我之文,而吾之文一本於道矣。故曰:經者,載道之文,文之至者也。後聖復作,其蔑以加之矣。今子知及乎此,則於文也,其進孰禦焉? 特在加之意而已矣。"生於是再拜,謝曰:"謹受教,敢不拳拳服膺,是則是效,以無忝夫子之訓告。"(以上卷十九)

葉子奇

葉子奇(約 1327—1390)字世傑,號靜齋。明龍泉(今屬浙江)人。與劉基、宋濂同爲當時著名學者。自幼專業於學,凡天文、歷史、博物、哲學、醫學、音律,無不涉獵,且多有造詣。其哲學觀主張唯物,所著《草木子》有"北人不夢象,南人不夢駝"之説,闡明精神與物質的關係。另有《太玄本旨》、《範通元理》、《本草節要》、《地理節要》、《詩宗選玉》、《靜齋詩集》、《靜齋文集》等。

本書資料據四庫全書本《草木子》。

雜俎篇

俳優戲文始於王魁,永嘉人作之。識者曰:"若見永嘉人作相,宋當亡。"及宋將亡,廼永嘉陳宜中作相。其後元朝南戲尚盛行,及當亂,北院本特盛,南戲遂絕。(卷四)

王 行

王行(1331—1395)字止仲,號半軒,更號楮園,自稱淡如居士。明長洲(今江蘇蘇州)人。洪武初郡庠延爲經師。潑墨成山水,時人謂之王潑墨。書法學二王。亦通兵法。藍玉薦於朝,以其闊於事,不能用。後玉誅,行亦坐死。著有《半軒集》、《墓銘舉例》。《四庫全書總目·半軒集提要》謂:"其所作往往踔厲風發,縱橫排奡,極其意之所馳騁,而不能悉歸之醇正,頗肖其爲人。詩格亦清剛蕭爽,在北郭十子之中與高啟稱爲勁敵。就文論文，不能不推一代奇才。"

墓銘是碑刻的一個大類，《墓銘舉例》四卷對不同時代的墓銘，作了較爲全面的分析考證。《四庫全書總目·墓銘舉例》提要云："行以墓誌銘書法有例，其大要十有三事：曰諱，曰字，曰姓氏，曰鄉邑，曰族出，曰治行，曰履歷，曰卒日，曰壽年，曰妻，曰子，曰葬。其序次或有先後，要不越此十餘事而已。取唐韓愈、李翱、柳宗元，宋歐陽修、尹洙、曾鞏、王安石、蘇軾、朱子、陳師道、黃庭堅、陳瓘、晁補之、張耒、呂祖謙一十五家所作碑誌，錄其目而舉其例，以補元潘昂霄《金石例》之遺。墓誌之興，或云宋顏延之，或云晉王戎，或云魏繆襲，或云漢杜子夏，其源不可詳考。由齊梁以至隋唐諸家，文集傳者頗多，然詞皆駢偶，不爲典要。惟韓愈始以史法作之，後之文士率祖其體。故是編所述以愈爲始焉。"作者往往注明其正、變，對研究墓銘體例頗有價值。

本書資料據四庫全書本《半軒集》、《墓銘舉例》。

《論鑒》序（節錄）

論議之文尚已，自古昔盛治之時，其君臣相與論議於朝廷之上；衰亂之世，其士大夫相與論議於學校、鄉黨之中者，其言皆文辭也。惟以論名文，迺未見焉。由漢而降，始有著文而稱論者，而亦不甚多也。至唐以論取士，應科目者咸習之，而論始盛。宋初因之，蓋無所更也。及制論興而習之者益衆矣。方是時，士大夫多負豪傑奇偉之才，蓄魁廣淵深之學，蘊建功立業之志，明於成敗之數、治亂之跡，發於文章雄健而宏博，正大而高亮，探古人之情如歷見，料將來之事如已往，其俊偉光明，交相照耀，有論以來所未見也。嗚呼，其盛亦極矣！（《半軒集》卷五）

《墓銘舉例》卷一

凡墓誌銘書法有例，其大要十有三事焉：曰諱，曰字，曰姓氏，曰鄉邑，曰族出，曰行治，曰履歷，曰卒日，曰壽年，曰妻，曰子，曰葬日，曰葬地。其序如此，如韓文《集賢校理石君墓誌銘》是也。其曰姓氏，曰鄉邑，曰族出，曰諱，曰字，曰行治，曰履歷，曰卒日，曰壽年，曰葬日，曰葬地，曰妻，曰子，其序如此，如韓文《故中散大夫河南尹杜君墓誌銘》是也。其他雖序次或有先後，要不越此十餘事而已，此正例也。其有例所有而不書，例所無而書之者，又其變例，各以其故也。今取韓文所載墓誌銘，錄其目而舉其例于各題之下，神道碑銘亦舉之。又于李文公、柳河東二家之文拔其尤，以附于後，用廣韓文之例焉。

韓文公文六十六首:

墓誌銘五十三首　墓碣二首　殯表一首　神道碑銘十首:

《集賢院校理石君墓誌銘》,右誌,正例書也。

《故中散大夫河南尹杜君墓誌銘》,右誌,正例書也。詳書世胄,重其族之大也。又一例也。

《太原參軍苗君墓誌銘》,右誌,正例書也。書季子生卒,後紀實也。不舉以爲例,以非嫡長之重也。

《國子助教河東薛君墓誌銘》,右誌,正例書也。

《唐故江西觀察使韋公墓誌銘》,右誌,正例書也。詳書兩娶之父祖,兩娶皆先卒,故于此見焉。又一例也。

《唐正議大夫尚書左丞孔公墓誌銘》,右誌,正例書而稍變也。

《唐故昭武校尉守左金吾衛將軍李公墓誌銘》,右誌,不書姓,宗室也。元配書遠祖,顯也,又一例也。兩娶析書其子女,又一例也。凡不書姓宗室也,名門也,鉅族也,貴戚也,顯家也五者,人所習聞而易知也。五者之外,又有已見于題而不書者,蓋題實文之綱,文固題之目,綱既舉之,在目有可略之理,此又不書姓之通例也。然略其姓者,其序族出多詳焉。

《中大夫陝府左司馬李公墓誌銘》,右誌,不書姓、宗室也。

《唐故秘書少監贈絳州刺史獨孤府君墓誌銘》,右誌,不書姓,名門也。書妻之父祖,顯也。

《柳子厚墓誌銘》,右誌,不書姓,名門也。書子不書妻,略也。子厚初娶楊憑女,先十七年卒,無子。不果,再娶,子蓋微出也。又一例也。題不書官,其字重於官也。又一例也。

《唐故河南令張君墓誌銘》,右誌,不書姓,名門也。卒不書日,略也。凡誌一作例之所略者,以非所重也。如書諱而不書字,書卒而不書日,書葬而不書地之類。又一例也。

《虢州司户韓府君墓誌銘》,右誌,不書姓,名門也。諱而不字,略也。詳其父而略其身。又一例也。

《唐故朝散大夫商州刺史除名徙封州董府君墓誌銘》,右誌,不書姓,顯貴家也。詳叙其弟,賢之也。又一例也。

《唐故檢校尚書左僕射右龍武軍統軍劉公墓誌銘》,右誌,不書姓,顯貴家也。書其子曰學于樊宗師,重紹述也。又一例也。

《殿中少監馬君墓誌銘》,右誌,不書姓,顯貴家也。不書字,卒不日,葬不日、不

16

地，不書妻，重在叙其世舊，故略也。無銘詩，亦略也。然銘亦不必皆詩文即銘焉耳。又一例也。

《處士盧君墓誌銘》，右誌，不書姓，略也。書子不書妻，或未娶也。不然，同柳子厚誌例也。

《故江南西道觀察使贈左散騎常侍太原王公墓誌銘》，右誌，不書姓，略也。特書母郡氏、贈號，又一例也。

《唐故朝散大夫尚書庫部郎中鄭君墓誌銘》，右誌，不書姓，略也。書母氏，因事也。析書兩娶之子女，同《昭武校尉李公誌》例也。

《崔評事墓誌銘》，右誌，不書姓，略也。書子而不書名，亦略也。誌中多有之而不舉者，不足以爲例也。

《故幽州節度判官贈給事中清河張公墓誌銘》，右誌，卒不日，略也。書妻之父祖，以妻之孝順祇修，故詳其所自出，又一例也。

《唐故朝散大夫越州刺史薛公墓誌銘》，右誌，書母氏，因事也。姓見銘詩中，又一例也。

《河南少尹裴君墓誌銘》，右誌，姓見銘詩中，同《越州刺史薛公誌銘》例也。

《施先生墓誌銘》，右誌，不書字，葬不日，略也。有子而書其寮買石誌其墓，雖紀實，又一例也。前既書韓一作諱，訛。某爲之辭曰云云，後又書係曰云云，則所謂辭者，誌也；所謂係者，銘也。不曰銘而曰係，又一例也。世系、鄉邑、葬地見銘詩中，又一例也。題不書官而書先生，從諸生之稱也。又一例也。

《考功員外盧君墓銘》，右誌，不書字，卒不日，略也。書妻之父祖，妻同葬也。無銘詩，亦略也。此合葬誌也。誌載夫人內德並及其父祖，而題不書合葬，此正例也。無銘詩而題曰墓銘，又一例也。

《襄陽盧丞墓誌銘》，右誌，不書字，卒不日，無銘詩，略也。官則連父祖之官書于誌中，諱又連父祖之諱書于誌末，又一例也。

《試大理評事王君墓誌銘》，右誌，不書字，略也。

《故太學博士李君墓誌銘》，右誌，不書字，不書族出，無銘詩，略也。重在論服食而致誠也，又一例也。

《登封縣尉盧殷墓誌銘》，右誌，不書字，不書族出，無銘詩，略也。題書其名，又一例也。

《唐故河南府王屋縣尉畢君墓誌銘》，右誌，不書字，略也。

《故貝州司法參軍李君墓誌銘》，右誌，遠書世系而不書父，不書壽年，卒不日，無銘詩，略也。重在紀其世，著其德，識其葬也。舉三綱而後目之，又一例也。曰壙，曰墳,曰窆,各謹書其日,又一例。

《李元賓墓誌銘》,右誌,不書族出,卒不日,葬不日,不書妻子客葬,略也。云書石以誌,則非刻石也,雖紀實,又一例也。

《南陽樊紹述墓誌銘》,右誌,卒不日,葬不日不地,不書妻子,重在論其文,故略也。題不書官,同《柳子厚誌》例也。

《興元少尹房君墓誌銘》,右誌,卒不日,略也。

《唐故虞部員外郎張府君墓誌銘》,右誌,書母封,因事也。卒不日,葬不日,無銘詩,略也。

《韓滂墓誌銘》,右誌,卒不日葬,書既斂七日而不書其日,略也。

《鳳翔隴州節度使李公墓誌銘》,右誌,書母封氏,因事也。書妻之父祖,以妻賢有法度,故詳其所自出。同《幽州節度判官清河張君誌》例也。

《殿中侍御史李君墓誌銘》,右誌,書母氏,因事也。

《貞曜先生墓誌》,右誌,書母氏,因事也。題不書官與姓,而書先生從謚者之志,尊之也。又一例也。

《河南少尹李公墓誌銘》,右誌,特書母郡氏,同《江南西道觀察使太原王公誌》例也。書妻之曾祖,以其有大名,且妻同葬也,而不及其父,略也。

《唐故國子司業竇公墓誌銘》,右誌,詳叙其兄弟所歷官,以其皆有才名,又一例也。世係見銘詩中,同《施先生銘》例也。

《唐朝散大夫贈司勳員外郎孔君墓誌銘》,右誌,詳書叙其兄弟,同《國子司業竇公誌》例也。

《唐河中府法曹張君墓碣銘》,右碣,書妻之父祖,以其世有衣冠,且因妻之辭以銘,故詳其所自出,同《幽州節度判官清河張君誌》例也。無銘詩,略也。

《清河郡公房公墓碣銘》,右碣,卒不日,葬不日、不地,略也。書子不書妻,或未娶也。不然,同《柳子厚誌》例也。

《監察御史元君妻京兆韋氏夫人墓誌銘》,右誌,書母之父祖,顯也,又一例也。書夫之履歷誌一作論,婦人之通例也。子女見銘詩中,又一例也。

《息國夫人墓誌銘》,右誌,不書諱,婦人重在姓,故或略之也。又一例也。銘書其夫男女七人而惟叙夫人所生之男女,詳嫡而略庶,又一例也。題書封而不書氏,榮其封也,又一例也。

《楚國夫人墓誌銘》,右誌,銘不書諱,題書封而不書氏,同《息國夫人誌》例也。世係見銘詩中,同《施先生銘》例也。

《扶風郡夫人墓誌銘》,右誌,銘不書諱,題書封而不書氏,同《息國夫人誌》例也。

卒不日，葬不地，略也。

《河南緱氏主簿唐充妻盧氏墓誌銘》，右誌，書母氏，因事也。題書其夫名，又一例也。

《四門博士周況妻韓氏墓誌銘》，右誌，書母氏，因事也。卒不日，葬不日一云卒葬皆不日，略也。題書其夫名，同《緱氏主簿唐充妻盧氏誌》例也。

《河南縣令韓愈乳母李氏墓誌銘》，右誌，不書族出，微也。又一例也。無銘詩，略也。臨卭韓氏曰："葬乳母而爲之銘，自公始也。"又一例也。

《女挐壙銘》，右題書"壙銘"，又一例也。

《河南府法曹參軍盧府君夫人苗氏墓誌銘》，右誌序略而銘詳，又一例也。

《試大理評事胡君墓銘》，右銘無序，又一例也。

《盧渾墓誌銘》，右銘無序，同《大理評事胡君銘》例也。銘惟吉當作告慰之辭，無所序述，又一例也。題書其名，非例也，適其可也。

《施州房使君鄭夫人殯表》，右表，實銘詩也。銘宜詩而墓表一作銘有用文者，表宜文而此表乃用詩焉，皆變例也。殯而有表，又一例也。

《曹成王碑》，右碑，不書卒日、葬日，不書妻，略也。凡墓碑皆立于既葬之後，如此碑之立，王薨已二十五年，蓋葬時已自一無自字有誌矣，故特書其大者耳。大者，謂世係也，名行也，功業也。

《唐故相權公墓碑》，右碑，正例書也。官位爵謚也，所宜詳焉，此墓碑之例也。

《唐銀青光禄大夫守左散騎常侍致仕上柱國襄陽郡王平陽路公神道碑銘》，右碑，正例書也。

《司徒兼侍中中書令贈太尉許國公神道碑銘》，右碑，正例書也。書母氏封，因事也。書母之兄，以少依舅氏故也。題書官封而不書姓，又一例也。

《唐故河東節度一本此下有使字觀察使滎陽鄭公神道碑文》，右碑，正例書也。書母郡氏，因事也。銘而曰係，同《施先生銘》例也。不用詩而議論以感歎焉，又一例也。

《唐故江南西道觀察使中大夫洪州刺史兼御史中丞上柱國賜紫金魚袋贈左散騎常侍太原王公神道碑銘》，右碑，正例書也。凡神道碑銘與墓誌銘有不同者，墓誌銘宜簡而要，神道碑銘宜雅而詳，以《太原王公神道碑銘》與《太原王公墓誌銘》，《劉統軍碑》與《統軍劉公墓誌銘》考之，可見也。

《劉統軍碑》，右碑，詳書階官、封爵、食邑、贈官于叙事之首，以其所終者始之，所以侈其榮也。又一例也。而銘詳序略，序所宜叙者，銘中銘之，又一例也。

李文公文九首：

墓誌銘七首　神道碑二首：

《唐故福建等州都團練觀察處置等使兼御史中丞贈右散騎常侍獨孤公墓誌》，右誌，不書姓，名門也，書父謚而不書諱，又略例之變也。云未仕而夫人卒，則妻卒幾二十年矣，而書子生九歲，則子蓋微出也。又一例也。比韓文《柳子厚誌》例，此尤著明也。

《故處士侯君墓誌》，右誌，不書族出、壽年、卒日、葬日，不書妻，無銘詩，略也，重在敘其意氣文辭也。君嘗仕矣，而題書處士者，蓋三縣皆攝仕猶不仕，不足以浼其高也。又一例也。

《兵部侍郎贈工部尚書武公墓誌》，右誌，既書丁尊夫人憂，再期服除，又書母夫人暴卒，則所謂母夫人，蓋其生母也。按韓文墓誌無書生母者，而此書之，又一例也。然亦因事，非特書也。

《故河南府司錄參軍盧君墓誌銘》，右誌，不書姓，名門也，書卒日而不書年，書葬而不書日，略也。

《叔氏墓誌》，右誌，序略而嚴，重在書其葬日也。書于茲而不書其地，即其地以實之也，又一例也。銘惟哀其野殯與慰其客葬之辭，無所敘述，同韓文《盧渾誌》例也。

《故懷州錄事參軍武氏妻傅氏墓誌》，右誌，不書諱，同韓文《息國夫人誌》例也。無銘詩，權葬略也。題書其夫不曰君而曰氏，又一例也。

《故朔方節度掌書記殿中侍御史昌黎韓君夫人京兆韋氏墓誌銘》，右誌，書夫人姓，“京兆韋氏”冠姓氏一作字于鄉邑之上，而以氏次之，又一例也。不書諱，同《武氏妻傅氏誌》例也。書弗克祔于夫之族，而依于女子氏之黨，紀實也，然非禮也，故曰權道也，且將有待。又一例也。

《唐故特進左一作右領軍衛上將軍兼御史大夫平原郡王贈司空柏公神道碑》，右碑，葬不日。略也。

《唐故橫海軍節度齊棣滄景等州觀察處置等使金紫光祿大夫上柱國貝郡開國公食邑二千户贈左僕射傅公神道碑》，右碑，題書官階勳爵甚詳，而序多略，又一例也。蓋題爲綱，文爲目。綱既詳之，而目則略者，嫌于辭之繁也。其綱舉其要，而目致其詳者，如韓文《唐故河東節度觀察使滎陽鄭公神道碑》文之類是也。然綱略而目詳者其常，綱詳而目略者其變，故曰又一例也。按：神道碑，其題有二，有碑額之題，有碑文之題。碑額之題簡，碑文之題詳。蓋既題其額，又題其文也。故韓文有錄其碑額之題者，有錄其碑文之題者。碑額之題如《曹成王碑》、《劉統軍碑》之類，碑文之題如《唐銀青光祿大夫守左散騎常侍致仕上柱國襄陽郡王平陽路公神道碑銘》、《唐故江南西道觀察使中大夫洪州刺史兼御史中丞上柱國賜紫金魚袋贈左散騎常侍太原王公神道碑銘》之類是也。若蘇文忠公所謂“碑身上更不寫題，古一作右制如此”，又謂“碑只用大額向下,小字直寫文辭,不須寫題目"者,施于宸奎閣碑與經藏碑耳,非謂墓碑也。公又嘗與人簡云:"墓表小字,亦有題目額上,不當復云墓表,故別寫四大字也。"以此推之,墓碑用兩題可見矣。墓碑銘始于漢,洪适《隸釋》所載俱有額無題,惟《樊安碑》首行有題無額,額字有多至二十餘字者。題額之簡非例也,既題額又題文,亦非例也。文忠實通言之耳,"別寫四大字"者,變也。

柳河東文二十七首:

墓誌銘一十三首　墓碣二首　權厝誌三首　誌殯一首　續墓誌一首　墳記一首墓甎記一首　墓誌石蓋文一首　墓表二首　墓版一首　神道表一首:

《唐故邕管經略招討等使朝散大夫持節都督邕州諸軍事守邕州刺史兼御史中丞賜紫金魚袋李公墓誌銘》,右誌,世系用宗法書,以其代有土田也。又一例也。

《故試大理評事裴君墓誌》,右誌,三代以昭穆書,又一例也。書未果娶而書男子二人、女一人,則男女微出也,又一例也。比韓文諸不書妻例,此尤著明矣。

《故秘書郎姜君墓誌》,右誌,不書妻而書子某母曰雷姬,此墓誌中書妾媵例,又正例之再變也。

《故襄陽丞趙君墓誌》,右誌,叙其履歷甚略,重在書其子之協卜而得殯,所以著其孝感也。

《覃季子墓銘》,右銘,例所宜有皆略之,重在序其著書與歎其不顯也。

《東明張先生墓誌》,右誌,不書字,不書壽年,書卒之歲月而不日,略也。按:韓文無書生者,此書生天寶,又一例也。然因其命弟之辭,又不著其歲,非特書也。題繫其所居而書先生,非例也,學黃、老者之常稱也。

《箏郭師墓誌》,右誌,序之所序重在其善音也。壽年、葬日見銘詩中,同韓文《施先生銘》例也。書其藝于題之端,又一例也。

《亡友故秘書省校書郎獨孤君墓碣》,右碣,詳記其友之知名者于後,與《先君石表陰先友記》同意,又一例也。無銘詩,略也。題書亡友以表之,又一例也。

《故御史周君碣》,右碣,惟叙其以諫而死一事,此所謂立石者也。他非所重,故多略也。

《先太夫人河東縣太君歸祔誌》,右誌,銘其母之葬也。無銘詩,非略也,不忍詩而銘之也。又一例也。題書歸祔,又一例也。

《伯祖妣趙郡李夫人墓誌銘》,右誌,不書諱,同韓文《息國夫人誌》例也。既叙其世系族出矣,又書其夫之世系族出,特加詳焉。蓋婦人以從人為貴內夫家,故叙夫姓為尤備,又一例也。

《叔妣吳郡陸氏夫人誌文》,右誌,書諱,又書字,正例之備者也。不書其夫之諱,蓋已表其墓而書之矣,故誌末云"恭惟仲父"之諱與夫人之爵齒備于版文,今不書,懼再告也。然韓文誌婦人亦不皆書其夫之諱,則又其通例也。無銘詩,略也。

《朗州員外司戶薛君妻崔氏墓誌》,右誌,詳書其夫之世系族出,同《伯祖妣趙郡李夫人誌》例也。先書其夫之他姬子男某、女某,後書其子男某、女某,所以別先後,明嫡庶也。又一例也。

《趙犨秀才墓誌》,右誌,銘而不序,同韓文《試大理評事胡君銘》例也。題書其名,雖非例,亦韓文《盧渾墓銘》之類也。

《故永州刺史崔君權厝誌》,右誌,既書二孤溺死,又云今尚有五丈夫子,則子蓋七人也,而惟二孤書名、權厝,略也。族出、諱字、壽年見銘詩中,同《箏郭師誌》例也。權厝有誌,又一例也。

《故連州員外司馬凌君權厝誌》,右誌,不書族出,不書壽年,不書葬日、權厝,略也。

《誌從父弟宗直殯》,右誌,卒不書日,而云元和十年七月病,又云是月二十四日殯,死七日矣。以七日與二十四日推一作權之,則卒日可見矣,又一例也。誌某人殯,又一例也。

《續滎澤尉周當作崔君墓誌》,右誌,題書曰續,蓋以續太傅崔集無崔字祐甫之辭也。故惟叙其緩葬之故與著其終事之年月日,而他不之及也。按:韓、李文無所謂續誌者,而此有焉,又一例也。無銘詩,非略也,無所事于銘也,又一例也。

《亡姑渭南縣尉陳君夫人權厝誌》,右誌,不書諱,同《伯祖妣趙郡李夫人誌》例也。特書母郡氏,同韓文《故江南西道觀察使太原王公誌》例也。無銘詩,略也。

《韋夫人墳記》,右記云祔而不合大葬,未利以俟,蓋實權厝誌也。其辭甚略,而惟詳其堋之年月日,又一例也。題書墳記,又一例也。

《小姪女子一無子字墓甎記》,右記,實銘詩也,而無序,同《趙犨秀才誌》例也。題書墓甎記,又一例也。

《亡姊崔氏夫人墓誌蓋石文》,右文云敢祔碑陰之義,假蓋石以書其辭,則非正例也。其爲婦爲妻爲母之道,良人既爲之誌而銘之矣。故惟叙其自知幼以至于笄之一作誌爲女之道焉,又一例也。

《唐故給事中皇太子侍讀陸文通先生墓表》,右表,議論以發其端,而叙爲《春秋》之學者,互相排詆,所以歎聖人之難知,而著其《春秋集註》爲有功也,又一例也。略其履歷者,非所重也。按:此例蓋以其所專重者不可不詳,故于其不必兼詳者不得不略,又略例之大者也。韓文凡四,《殿中少監馬君誌太學博士李君誌》云云,見補闕。

《故弘農令柳府君墳前石表辭》，右表，詳序其大墓昭穆之位，又一例也。書妻之父祖，妻同葬也。

《故叔父殿中侍御史府君墓版》，右名一作書墓版，其實表也。首叙世係，同韓文諸神道碑例也。其叙德履云其在閨門也，其在公門也，則綱而目之，云修己之大經也，從政之大略也，孝如方輿公，文如吳興守，正如衛太史，清如魯士師，則目而綱之，又一例也。

《先侍御史府君神道表》，右表，首叙世系，同《叔父府君墓版》例也。曰神道表，又一例也。表陰記其先友，自袁高至張宣力，凡六十七人。其末書云“先君之所與友，凡天下善士舉集焉，信讓而大顯，道博一作傳而無雜，今之世言交者以爲端，敢悉書所尤厚者附兹石，以銘于背”，同《亡友獨孤君碣》例也。蘇文忠公云：“先友六十七人，考之于傳，卓然知名者蓋二十人焉。”邵太史云：“子厚欲著其父雖不顯，所交游者，皆天下善士，故列其姓名官爵云。”

右唐文三家，凡九十八首，七十二例。

按：墓銘一作誌不始于唐，而今舉唐人以爲例者，何也？以八代之衰，又不足以據也。夫銘者，論撰其先祖之有德善功烈勳勞慶賞名聲，以列于天下者也。雖銘之義稱美而不稱惡，以盡其孝子孝孫之心，然無美而稱之，是誣也。八代之文靡矣，其能免于誣乎？若韓子，其文與史遷相上下，而理則過之，其所論撰，得其正矣。今不取之以爲法，將何所法哉！既取韓文以爲法，非李、柳之文又無可以附于韓，此所以舉三家以爲之例也。

《墓銘舉例》卷二

文自東漢之衰，更八代而愈下，至唐韓文公始振而起之，以復于古焉。韓文公既爲之倡，同時和之者，惟李文公、柳河東而已。後二百年，至宋之盛，始復得穆參軍、蘇滄浪、歐陽公、尹河南，相與溯而繼之。而歐公，其傑然者，當時文風實爲之變，從而和之者，日以浸盛，而南豐曾氏、臨川王氏、眉山蘇氏出矣。南渡以還，斯文之任則在考亭焉。今墓銘一作誌既舉韓文爲之例，而間取李、柳之文廣之矣，故復取歐公而下數公之文之尤粹者附于後，蓋以廣三家之例也。

歐陽文忠公文三十一首：

墓誌銘一十八首　墓碣一首　石槨銘一首　墓表三首　阡表一首　神道碑銘六首　塔記一首：

《鎮安軍節度使同中書門下平章事贈中書令謚文簡程公墓誌銘》，右誌，特書三代姓氏、封。按：唐三家墓誌，無書三代姓者，而公多書之，又一例也。

《張子野墓誌銘》，右誌，特書三代姓氏封，同《文簡程公誌》例也。題不書官，以其魁傑賢豪，位不足以稱其才志，同韓文《柳子厚誌》例也。

《尚書都官員外郎歐陽公墓誌銘》，右誌，三代皆以廟室書，又一例也。

《資政殿學士尚書户部侍郎簡肅薛公墓誌銘》，右誌，序首既正書三代贈官已，序末復舉之而詳三代姓氏之封焉，又一例也。

《太子太師致仕杜祁公墓誌銘》，右誌，首書其世系之詳者，以春秋諸侯之子孫，歷秦、漢千有餘歲，不絶其世譜。而唐之盛時，公卿家法猶存于今者惟杜氏，同韓文《故中散大夫河南尹杜君誌》例也。

《尚書職方郎中分司南京歐陽公墓誌銘》，右誌，序末書世系，自得姓名，歷叙其由漢而唐，以至高、曾三代甚詳而遠者。蓋兄子自銘其叔父，故尤謹其家世也。又一例也。

《尚書虞部員外郎尹公墓誌銘》，右誌，特書母氏封，同韓文《江南西道觀察使太原王公誌》例也。

《贈尚書度支員外郎張君墓誌銘》，右誌，特書母氏封，同《虞部員外郎尹公誌》例也。姓見銘詩中，同韓文《唐故朝散大夫越州刺史薛公誌》例也。

《徂徠先生墓誌銘》，右誌，書妻而不書氏，略也。先生非隱者，其仕嘗位于朝矣。而題不書其官者，以先生魯人之所尊，故因其所居之山，以配其有德之稱，德重于其官也。不書姓，姓有不待書也。不書姓，謂題不書姓，序固云姓石氏也。

《尹師魯墓誌銘》，右誌，不書族出，以嘗銘其父之墓而已詳之也。卒不日，略也。題不書官，以其名重當世，天下之人識與不識，皆稱之曰師魯故也，又一例也。

《梅聖俞墓誌銘》，右誌，首叙其病死之詳，重其交游之盛也。特書兩母封氏，又一例也。題不書官，以字書，武夫、貴戚、兒童、野叟皆能道其名字，同《尹師魯誌》例也。

《太子中舍人王君墓誌銘》，右誌，卒不日，略也。詳于叙其子之好學有成也。世係、歷官、壽年，見銘詩中，同韓文《施先生銘》例也。

《南陽主簿黄君墓誌銘》，右誌，首書亡友以表之，同柳文《亡友獨孤君碣》例而稍變也。

《河南府司録張君墓誌銘》，右誌，題下書曰"山東道節度使掌書記知伊陽縣事天水尹洙撰"，而序末書云"渤海歐陽修爲之銘"。又《張君改葬墓碣》亦曰"河南尹師魯誌其墓，廬陵歐陽修爲之銘"，則此誌序乃洙爲之，銘則公爲之也。兩人共爲一誌，又一例也。

《南陽縣君謝氏墓誌銘》，右誌，不書諱，同韓文《息國夫人誌》例也。書其兄，以時之聞人，同韓文《國子司業竇公誌》例也。

《長安郡太君盧氏墓誌銘》，右誌，不書諱，同《南陽縣君誌》例也。專論五福，而夫人之履歷具焉，又一例也。銘辭嚴書葬日、葬地而不詩，又一例也。

《李夫人墓誌銘》，右誌，不書諱，同《南陽縣君謝氏誌》例也。

《右監門衛將軍夫人李氏墓誌銘》，右誌，不書夫姓宗室也。

《河南府司錄張君碣》，右碣，爲其改葬而作，他無所述，獨叙其久故之情而致感歎之意者，以嘗銘其墓也。又一例也。無銘詩，非略也，蓋雖曰碣，實表也。又一例也。

《母鄭夫人石槨銘》，右石槨有銘，又一例也。書作槨之日，而係以銘，又一例也。

《胡先生墓表》，右表，略其族出、官邑、履歷者，重在叙其尊師道、立教法以成人才，同柳文《陸文通先生表》例也。題不書官，以天下後世尊先生者不在其官，同《徂徠先生誌》例也。

《石曼卿墓表》，右表，其序不書葬日，而書既卒至葬之日數，又一例也。其表無所叙述而皆議論感歎之辭，同韓文《滎陽鄭公碑》例也。題不書官，以其自顧者重官不足以稱之，同《張子野誌》例也。

《連處士墓表》，右表，不書壽年，卒不日，不書妻，略也。重其以一布衣終于家，而鄉里之人久復思之，故致詳于其德履也。

《瀧岡阡表》，右表，其先君之墓道也，而題以地書，變例以致其尊也。嚴書立表之歲月朔日甲子，重之也。詳書己之勳階官爵封號食邑，所以著先德之所致也。亦皆變例也。

《守太尉文正王公神道碑銘》，右碑，首謹詳奉勅之辭，而後序次其事，賜碑之正例也。詳書賜號階官勳爵食邑贈謚于叙事之首，以其所終者始之，所以侈其榮，同韓文《劉統軍碑》例也。

《鎮安軍節度使同中書門下平章事贈太師中書令程公神道碑銘》，右碑，首謹詳奉勅之辭，而後序次其事，同《王文正公碑》例也。

《觀文殿大學士行兵部尚書西京留守贈司空兼侍中晏公神道碑銘》，右碑首謹詳奉勅之辭而後叙次其事同王文正公碑例也。

《資政殿學士戶部侍郎文正范公神道碑銘》，右碑，不書姓名門也，世次官爵皆不書，書其繫天下國家之大者，又一例也。

《太子太師致仕贈司空兼侍中文惠陳公神道碑銘》，右碑，題書贈官而序不書，序書封爵而題不書，又一例也。詳書兄弟之官，同韓文《國子司業竇公誌》例也。三代贈封皆以公恩,今書其爵土階官而不曰贈,又一例也。

《袁州宜春縣令贈太師中書令兼尚書令冀國公程公神道碑銘》,右碑,無大功德可書,故歷叙其因子而累贈之官封,及詳書其氏係世德三代考妣,又一例也。

《明因大師塔記》,右記,爲浮屠氏作也,而無一語及其法者,此誌浮屠之正例也。卒不日,葬不日,略也。按:唐三家墓銘,無書生年月者,柳文《東明張先生誌》雖書生天寶,而不著其年。此書生年,又一例也。

尹河南文七首:

墓誌銘七首:

《故宣德郎守大理寺丞累贈司封員外郎皮公墓誌銘》,右誌,書國子贈官,不曰贈某官,而曰得以某官告其第,又一例也。

《故贈秘書丞左君墓誌銘》,右誌,書贈官不曰贈某官,而曰追命爲某官,又一例也。書其妻追封不曰追封,而曰以某封告第,同《故宣德郎皮公誌》例也。

《故將仕郎守瀛州樂壽縣尉任君墓誌銘》,右誌銘,不以詩而論禮,以識過期不葬,且辯君之葬不在所譏,同韓文《榮陽鄭公碑》例也。

《故金紫光禄大夫檢校右散騎常侍降授右一作左監門衛將軍持節集使持節惠州諸軍事惠州刺史兼御史大夫輕車都尉隴西郡開國侯食邑一千七百户李公墓誌銘》,右誌,題書官階勳封食邑甚詳,而序多略,同李文《唐故横海軍節度贈右僕射傅公碑》例也。

《故推誠保德功臣金紫光禄大夫守太子少傅致仕上柱國天水郡開國公食邑四千二百户實封集食實封一千户趙公墓誌銘》,右誌,不書葬日,而書自卒至葬之日數,同歐文《石曼卿表》例也。題書賜號階官勳封食邑甚詳,而序多略,同《降授右監門衛將軍李分誌》例也。

《故大中大夫尚書屯田郎中分司西京上柱國王公墓誌銘》,右誌,書葬地曰葬某所,不從于先君,用卜吉也,又一例也。題書階勳而序略,同《降授右監門衛將軍李公誌》例也。銘不以詩,而論一論上有斷字以望之,同《故將仕郎任君誌》例也。

《故三班奉職尹府君墓誌銘》,右誌銘,辭嚴書葬地,而不以詩,同歐文《長安郡太君盧氏誌》例也。

曾南豐文一十八首:

墓誌銘一十五首　神道碑銘二首　塔銘一首:

《試秘書省校書郎李君墓誌銘》,右誌,書其先則詳其世係,而叙其歷代之顯人;書其後則及于曾、玄,而叙其四世之蕃衍。此正例之尤備者也。

《虞部郎中戚公墓誌銘》,右誌,議論以發其端,而致感嘆一作慨之意者,以著其家世學行之美,同柳文《陸文通先生誌》例也。前既叙其二世父子兄弟之出處矣,後復詳其氏之自出,與其鄉里之遷徙焉,又一例也。

《張久中一作文仲誤墓誌銘》,右誌,書未娶—此下有"不曰未娶"四字而叙其所以未娶之故,而未娶見焉。又一例也。

《胡君墓誌銘》,右誌,卒不日,葬不日,不書壽年,略也。而書其生之年,同歐文《明因大師塔記》例也。

《劉伯聲墓誌銘》,右誌,詳其性資問學,而略其履歷,重在叙其久故之情也。題不書官,官不稱其學,而字重于其官,同韓文《柳子厚誌》例也。

《殿中丞監揚州稅徐君墓誌銘》,右誌,詳叙其所自出者,所以著盛衰之不可常,而深致感歎之意也。又一例也。

《王容季墓誌銘》,右誌,書母之父,顯也,同韓文《京兆韋氏夫人誌》例也。詳書其諸兄,以其皆有才學,同韓文《國子司業竇君誌》例也。

《都官員外郎胥君墓誌銘》,右誌,書其子乞銘云"秘閣校理裴煜以茂諶之疏來請銘"。按:唐三家及歐、尹書乞銘皆曰"以狀",而此曰"以疏",雖紀實,又一例也。

《光禄寺丞通判太平州吳君墓誌銘》,右誌,首云"龍圖閣直學士、給事中吳仲庶具一作其書,載其子業官世行治,屬余曰:吾子某不克壽,不得見其志,希得銘信後世,則某其不泯,泯尚足以慰吾思也"。按:唐三家及歐、尹墓銘,無書其父具載子之官世行治乞銘者,此雖紀實,又一例也。

《壽安縣君錢氏墓誌銘》,右誌,首叙其夫自處之高者,所以著君之能相之也。不書諱,同韓文《息國夫人誌》例也。

《永安縣君謝氏墓誌銘》,右誌,不書葬日,而書既卒至葬之日數,同歐文《石曼卿表例》也。

《永興尉章佑妻夫人張氏墓誌銘》,右誌,題書其夫之名,同韓文《緱氏主簿唐充妻盧氏誌》例也。

《江都縣主簿王君夫人曾氏墓誌》,右誌,不書諱,同《壽安縣君錢氏誌》例也。葬不日,無銘詩,略也。

《亡妻宜興縣君文柔晁氏墓誌銘》,右誌,題書"文柔晁氏"。按唐三家及歐、尹墓銘書法,無以字冠于氏者。此冠氏以字,變例也。誌婦人而題書其字,又一例也。

《二女墓誌銘》,右誌,無銘詩,略也。

《太子賓客致仕陳公神道碑銘》,右碑,叙事而書其辭曰云云,同韓文《施先生銘》

例也。

《刑部郎中張府君神道碑》，右碑，銘不以詩，而論以歎美之，同韓文《滎陽鄭公碑》例也。

《寶月大師塔銘》，右銘，爲浮屠氏作也，而略無一語及其法者，同歐文《明因大師塔記》也。

王荆公文三十三首：

墓誌銘二十四首　墓表四首　神道碑銘五首：

《尚書集無尚書二字度支郎中葛公墓誌銘》，右誌，叙履歷既總舉所閱一作歷之官以綱之矣，叙政業又各舉所居之職以目之，同柳文《故叔父府君墓版》例也。壽年以甲子書，又一例也。

《王逢原墓誌銘》，右誌，論之詳者，美其行之修一作備而足以有功于世也。叙之略者，蓋悲其年之短，而他有不足書也。又一例也。書葬日而不書卒日，非略也。自葬日而以所計九十三日逆推之，卒日自見，同柳文《宗直殯誌》例也。書子而曰妻方娠，未知其子之男女，雖紀實，又一例也。

《王深父墓誌銘》，右誌。論詳序略。同《王逢原誌》例也。題不書官仕，非其志也，又一例也。

《節度推官陳君墓誌》，右誌，議論以發其端，而致感歎之意者，深惜其有材與志而無其年，同柳文《陸文通先生墓表》例也。不詳其履歷，非所重也。

《叔父臨川王君墓誌銘》，右誌，書父而不書諱集云：余叔父諱師錫，字某。而云"書父而不書諱"，未詳，略也。詳叙其爲善而不得職，所以深致一作著其悲也。又一例也。

《贈光禄少卿趙君墓誌銘》，右誌，書死節之綱于首，而後詳其履歷，先所重也，又一例也。

《都官郎中致仕周公墓誌銘》，右誌，卒不日，葬書年而不日，略也。

《屯田員外郎邵君墓誌銘》，右誌，書母氏，因事也。卒不日，不書壽年，略也。

《金溪吳君墓誌》，右誌，書子不書妻，或未娶也。不然同韓文《柳子厚誌》例也。諱字世係一作諱字氏係，又作諱氏字係見銘詩中，同韓文《施先生銘》例也。

《太常博士曾公墓誌銘》，右誌，卒不日，葬不日，略也。書生年，同歐文《明因大師塔記》例也。銘不以詩，而論以足序，意同尹文《故將仕郎任君誌》例也。

《胡君墓誌銘》，右誌，書生年，同《太常博士曾公誌》例也。不書妻，或未娶也。不然，同《金溪吳君誌》例也。壽年見銘詩中，亦同《吳君誌》例也。

《尚書度支員外郎郭君集作公墓誌銘》，右誌，特書母氏、封，同韓文《太原王公誌》

例也。世係見銘詩中，同《金溪吳君誌》例也。

《孔處士墓誌銘》，右誌，叙其有致仕官矣，有贈官矣，而題書處士，同李文《處士侯君誌》例也。

《秘閣校理王平甫墓誌》，右誌，書母封，因事也。無銘詩，略也。

《泰州海陵縣主簿許君墓誌銘》，右誌，卒不日，略也。

《馬漢臣墓誌集墓誌銘》，右誌，不書壽年而云冠五年矣，則壽年可知也。又一例也。葬月一作日，誤而不日，不書妻子，無銘詩，略也。

《謝景回墓誌》，右誌，書卒不曰卒曰終，而曰棄世，又一例也。

《廣西轉運使李君墓誌銘》，右誌，書葬地而曰君所自爲壽藏。按：唐三家及歐、尹、曾墓誌，無書壽藏者。此雖紀實，又一例也。

《虞部郎中晁君墓誌銘》，右誌，序略銘詳，同韓文《法曹盧府君夫人苗氏誌》例也。而此銘尤詳，又同《劉統軍碑》例也。

《東京提點刑獄陸君墓誌銘》，右誌，序略銘詳，同《虞部郎中晁君誌》例也。

《楚國太夫人陳氏墓誌銘》，右誌，不書諱，同韓文《息國夫人誌》例也。書夫人子女不繫夫人，而曰公子、公女、公壻，又一例也。

《永嘉縣太君陳氏墓誌銘集永嘉縣君案夫王逢無子不當稱太》，右誌，不書諱，同《楚國太夫人陳氏誌》例也。

《宋右千牛衛將軍仲焉故妻永嘉縣君陳氏墓誌銘》，右誌，不書夫姓，宗室也。書卒曰"棄世"，同《謝景回誌》例也。序書某官某之妻故某封某氏，題書某官某故妻某封某氏。一以故繫封，一以故繫妻，義雖不殊，自成兩例也。按：唐三家及歐、尹、曾誌，婦人無書某人故妻者，而此書之，又一例也。題書其夫之名，同韓文《緱氏簿唐充妻盧氏誌》例也。

《金華縣君集題云太常博士楊君夫人金華縣君云云吳氏墓誌銘》，右誌，不書諱，同《楚國太夫人陳氏誌》例也。書其夫之壽年、葬日，又一例也。

《寶文閣待制常公墓表》，右表，不書諱，不書字，不詳履歷，而議論以終篇，又一例也。

《處士征本作徵避仁宗嫌名改爲征君墓表》，右表，叙德履而并其同志之友二人者，叙之又一例也。

《長安縣太君墓表》集作"長安縣太君王氏墓誌"，止仲當據舊本作表，不敢改也，右表，不書諱，同《楚國太夫人陳氏誌》例也。書君十四而嫁，五十一而老，五十六而卒。按：唐三家及歐、尹、曾墓誌，無書老者，此書之，又一例也。題不書姓，兄爲表也。

《外祖母黃夫人墓表》，右表，不書諱，同《楚國太夫人陳氏誌》例也。不書族出，略也。

《虞部郎中贈衛尉卿李公神道碑》，右碑，首書贈誥之辭，所以榮君之慶施也，又一例也。

《檢校太尉贈侍中正惠一作忠馬公神道碑作》，右碑，首詳書賜號官階勳爵邑謚，同韓文《劉統軍碑》例也。

《司農卿分司南京陳公神道碑》，右碑，書履歷而曰官終于司農卿，而所更某官某官；任終于知陳州，而所歷某任某任，皆綱而目之，同《度支郎中葛公誌》例也。書世係于序末，而尤詳于銘詩中，又一例也。

《贈司空兼侍中文元賈魏公神道碑》，右碑，序端不書世係，而遠譜略見于序末，又一例也。按：韓文神道碑皆首書世系，其不書者，《清邊郡王碑》而已，此豈亦是例歟？

《宋翰林侍讀學士知許州軍州事梅公神道碑》，右碑，序略銘詳，同韓文《劉統軍碑》例也。

蘇文忠公文九首：

墓誌銘五首　神道碑四首：

《宣徽南院使致仕特贈司空文定張公墓誌銘》，右誌，稱天子之大德，而論其所以致太平而得賢才者，以發其端，然後叙次其事，又一例也。特書三代姓，不以姓書，而繫其夫書曰娶，又一例也。書女已嫁而復歸，雖紀實，又一例也。

《銀青光祿大夫滕公墓誌銘》，右誌，首書始對帝問，輒進直言，所以著公之見用以正也。銘詩所叙，詳在被讒，所以惜公之所有不得盡施也。二者皆公生平之大，而首末謹書之，雖立言之法，亦一例也。

《王子立墓誌銘》，右誌，不書姓，略也。書子曰“有遺腹裔”，紀實也，同王文《王逢原誌》例也。

《陸道士一無士字墓誌銘》，右誌，不書族出，不書葬日，略也。詳于論其丹學也。

《李太師墓集有誌字銘》，右有銘無序，同韓文《試大理評事胡君銘》例也。

《司馬溫公神道碑》，右碑，首叙信順尚賢三德，以贊頌天子母后之聖，所以頌公之賢也。次叙婦人孺子、夷狄姦邪，亦皆仰公之德化，所以實公之賢也。既又叙公既葬之後，人之哀慕祠祀者，四方遠近皆然，能致乎此公之一誠而已。又推公所以爲賢之本也。三者雖叙公之賢，實繫國家之大政，故特詳之，然後序次其事，同《文定張公誌》例也。謹詳奉勅之辭，同歐文《文正王公碑》例也。

《富鄭公神道碑》，右碑，序景德盟後，虜人不敢盜邊者三十有九年；慶曆聘後，北方無事者四十有八年。百年之間，所以四方晏然以休養生息，而致太平之盛者，先則冠公之功，後實公之功也。公方進用之初，固已任其大者如此，故首書之，然後叙次其事，同《文定張公誌》例也。謹詳奉勑之辭，同《司馬溫公碑》例也。

《趙清獻公神道碑》，右碑，叙國家善于用人，是非明辨，賞罰必信，而天子穆然無爲，坐收成效，此爲治之至要也，而公與有功焉。故首書之，而後叙次其事，同《文定張公誌》例也。謹詳奉勑之辭，同《司馬溫公碑》例也。

《太子少師致仕謚康靖趙公神道碑》，右碑，叙國家有天下，六聖一心，用仁尚德，守之不變，此宋興百二十有五年，四方乂安，民物忻戴，自漢以來，太平之盛未之有者，由當時公卿大臣類多長者，相與輔相之所致也，而公其一人焉。故首書之，然後叙次其事，同《文定張公誌》例也。

朱文公文二十首：

墓誌銘七首　墓碣銘二首　墓記二首　壙記二首　埋銘一首　墓表四首　神道碑二首

《端明殿學士黃公墓誌銘》，右誌，書贈某官而曰"詔以某官告其第"，同尹文《故宣德郎皮公誌》例也。

《承務郎李公墓誌銘》，右誌，首書其致仕誥命之辭，同王文《贈衛尉卿李公碑》例也。

《陳師德墓誌銘》，右誌，議論以發其端，而著科塲之弊者，所以深歎夫聖賢修己治人之方，國家禮義廉耻之教不行，同柳文《陸文通先生表》例也。

《劉十九府君墓誌銘》，右誌，不書姓，名門也。題書其第，又一例也。

《直顯謨閣潘公墓誌銘》，右誌，詳書妻之氏、諱與字，雖妻同葬，又一例也。

《郭得誼墓誌銘》，右誌，序略銘詳，同韓文《盧府君夫人苗氏誌》例也。銘皆贊美之辭，無所叙述，同韓文《盧渾誌》例也。

《潘氏婦墓誌銘》，右誌，題書"潘氏婦"。按：唐三家及歐、尹、曾、王、蘇婦人誌，題有書"某氏妻者"矣，無書"某氏婦者"。此蓋雖夫請銘而主于舅也，又一例也。

《篤行趙君彦遠墓碣銘》，右碣，書生年，同歐文《明因塔記》例也。題揭其德以表之，又一例也。而不書官，德重于其一無其字官也，又一例也。按：唐三家及歐、尹、曾、王、蘇墓銘，非賜碑則撰文、製題皆出一手，無別製題者。此云"福國陳公大書"，其碣之首曰"皇宋篤行趙君彦遠之墓"，而子某使人奉狀請銘而刻諸一作于下方，則譔文、製題出兩人矣。又一例也。

《司農寺丞翁君墓碣銘》，右碣，叙君守正不阿而以智全趙氏，天下莫不高其誼、慕其名，想見其爲一無爲字人，此平生之大節也，故首書之。而後叙次其事，同蘇文《文定張公誌》例也。既書調某官以母喪不赴，又書以少母喪去官，所謂少母，蓋其生母也，而因事見之，同李文《兵部侍郎贈工部尚書武公誌》例也。

《劉樞密墓記》，右記，詳書其生之年月日時，又一例也。題書"墓記"，同柳文《韋夫人墳記》例也。

《范直閣墓記》，右記，詳書其生之年月日時，同《劉樞密記》例也。生年不書甲子而書釋歲釋歲，謂元默敦牂上章執徐是也，卒年亦然，又一例也。題書"葬當作墓記"，同《劉樞密記》例也。

《知縣何公壙記》，右記，書其生之年月日，同《劉樞密墓記》而稍略也一作之。題書"壙記"，同韓文《女挐壙銘》例也。

《亡嗣子壙記》，右題書"壙記"，同《知縣何公記》例也。

《女已埋銘》，右銘無序，同韓文《試大理評事胡君銘》例也。題書"埋銘"，又一例也。

《屏山先生劉公墓表》，右表有銘詩，則雖云墓表，實墓誌銘也。題不書官，同歐文《徂徠先生誌》例也。

《程君正恩墓表》，右表，議論以發其端而致感歎之意者，傷其爲學能擇能行，而無年以死，不得見其德業之所成就，同《陳師德誌》例也。葬不日，略也。

《曹立之墓表》，右表，葬不日，略也。表後有係，又一例也。

《韓溪翁程君墓表》，右表，題書其所自號者，揭之又一例也。

《朝議大夫致仕贈光祿大夫黃公神道碑》，右碑，叙宣和之末，弄臣竊柄，建取燕雲之策，而公固已有先見之憂。已而果召非常之變，京城陷没，眾皆俛首奉賊。公獨感憤移檄，致事而去，雖不數日，竟以病卒。然祖宗所以涵養斯人至深且遠者，乃于公少見遺餘也。故首書之而後叙次其事，同《司農寺丞翁君碣》例也。不書諱與字，同王文《寶文閣待制常公表》例也。

《龍圖閣直學士吳公神道碑》，右碑，書贈官不曰贈某官，而曰"有司以某官告其第"，同《端明殿學士黃公誌》例也。

右宋文六家，凡一百九首，六十八例。

《墓銘舉例》卷三（節錄）

墓銘書法，既舉韓文爲之例，而取李、柳、歐、尹、曾、王、蘇、朱八家之文廣之矣，復因閱諸文集，值有可爲例者，或一或二，隨而舉之，而輒實之，又所以廣九家之例也。以所錄先後爲次，不以其一無其字人之先後爲次者，所值不可預期而錄之，蓋未有一無有字已也。

陳後山三首：

墓銘一首　墓誌銘一首　墓表一首：

《魏嘉州墓銘》，右銘，詳書其世胄所自與其遷徙之次者，重其族之大，同韓文《河南君杜尹誌》例也。既詳書兩母之氏封矣，又特書所生之氏封焉。按：九家之例，有因事見人生母者，無特書所生者也。而此書之，以其有封也。又一例也。

《仲父榮州資官縣尉陳君墓誌銘》，右誌，書妻曰“娶某氏不終”，故其葬不祔。所謂“不終”，蓋離婚耳。按：九家之例，書妻無著離婚意者，此雖紀實，又一例也。

《宋魏府君墓表》，右表，篇末之論議，譏薄祭厚葬之非，其說是已。及詆夫求文表墓者，乃曰“韓退之爲銘文數十，去今幾時，穹石偉畫一作書，顧無存者，而其人之事功，奕奕在人心目，如今日事，是以知金石之不足恃也”。然則金石不足恃，如固足恃矣，而以爲非者，蓋欲揚其意，反抑其辭，以激之耳。後山好奇，故其文如此。

黄山谷文二首：

墓誌銘一首　墓誌一首：

《瀘南詩老史君墓誌銘》，右誌，書三代而二代皆書其所自號。按：前例並續例，無書父祖之自號者，此書之，又一例也。書題而以世所推之號冠之，從推之者之志，同歐文《祖徠先生誌》例也。

《黄氏二室墓誌》，右誌，書二夫人歿後，庭堅始得男曰相，他日當使相乞文于余友而刻之隧。按：前例並續例，無誌妻而書其卒後得子者。蓋妻既卒而得子，必後娶所生，不繫于先妻，故不書也。而此書之，必微出者，微出則母先妻而書之，禮也，又一例也。題書“二室墓誌”，雖紀實，又一例也。

陳了齋文七首：

墓誌銘四首　墓誌一首　埋銘一首　墓識一首：

《李景溫墓誌》，右誌，書爲郁擇所宜娶，得將樂楊氏中立先生之女，蓋郁其子所娶其子婦也。按前例並續例，無書子婦者，而此書之，然非正書也，亦因上事而推一作繼其意以書之耳，雖似例，不可以爲例也。

《中奉大夫游公墓誌銘》，右銘，序稱居士，而題書所贈之官。書官，雖以榮君之寵，亦紀實也，又一例也。

《陳謹常墓誌》，右誌，書鄉邑、姓氏、名字、卒日、葬地之外，例所當書者皆不書，惟叙其遠來之情，病死之故，以深致一作著其悲感，末則致辭以喻慰焉，雖類夫韓文《盧渾墓銘》，然又一例也。

《太令人黄氏墓誌銘》，右誌，書所歸曰"先適大中大夫孫公諱迪，次適中奉大夫游公諱潛"，書子曰"子男三人，謁爲孫氏子"。按：前例及續例，誌婦人無書再適者。今書兩適，故必著其先適之子焉，雖紀實，又一例也。

《仁壽縣君高氏墓誌銘》，右誌，書女適某官姓某，再適某官姓某。按：前例並續例，無書女再適者，而此書之，雖紀實，又一例也。

《侍郎鄒公埋銘》，右銘，序所歷官而不書行治，略也。按：前例並續例，誌人之墓而無銘者，必有感歎或議論或悲悼唁慰之辭，此皆無之，惟結以"某官陳某叙次"一語，亦略例中之一例也。題書"埋銘"，同《朱文公女已埋銘》例，但彼銘而不序，此序而無銘，又一例也。

《尚書豐公墓識》，右識，序所歷官而不書行治，無他辭，惟結以"某官陳某叙次"一語，同《鄒公埋銘》例也。題書"墓識"，又一例也。

晁濟北文四：

首墓誌銘四首：

《朝請一作散大夫致仕陳君墓誌銘》，右誌，書自出云"父光禄大夫，前夫人賈氏，永年縣君；後夫人潘氏，安福縣君。而君寧國縣太君賀氏出也"。書歷官云"調寧國軍節度推官，遭安福憂"，則君既仕後，母尚無恙。所謂寧國太君，蓋其生母，以子而貴者也，而因事書之，同《李文兵部侍郎武公誌》例也。

《黃君墓誌銘》，右誌，書祖父而不書諱，書卒而不書日，書孫而不書妻子，略也，重在叙其不嗜利而能出穀救人，不用術而知致富有命也。

《李氏墓誌銘》，右誌，不書卒日，非略也。書自卒至葬，不以月計，而曰"殁後四百六十八日，某年某月某日，祔於某山，舅某官某諱之兆"，同歐文《石曼卿墓表》例而少變。彼則因卒日而順數，可得葬之日；此則因葬日而逆推，可得卒之日，同柳文《宗直殯誌》例也。

《闞氏墓誌銘》，右誌，書邑里而不書世系，不書嫁而書入，不書祔于夫而書近夫之故兆，是蓋微者爲其子而銘也，又一例也。

《墓銘舉例》卷四（節録）

張宛丘文三首：

墓誌三首：

《王仲孺墓誌》，右誌，諱字、鄉邑、妻子見銘詩中，同韓文《施先生銘》例也。歷官爲政,序綱而銘目之,又一例也。

《華陰楊君墓誌》,右誌,書子曰"遺腹",同王文《王逢原誌》例也。遠係略,見于序末,同王文《贈司空兼侍中文元賈魏公碑》例也。無銘詩,略也。

《符夫人墓誌》,右誌,不書諱,同韓文《息國夫人誌》例也。書祖、曾而不書諱,略也。而諱其夫之父祖,同柳文《伯祖妣李夫人誌》例也。書卒而不書日,亦一無亦字略也。

吕成公文三首:

墓誌銘三首:

《林安之墓誌銘》,右誌,不書族出,不書妻子,略也。重在叙其學之篤,而哀其年之短也。叙其師爲之請銘,雖紀實,又一例也。

《金華汪仲儀母王氏墓誌銘》,右誌,議論以發其端,而著譜學、婚議,實相爲用者,所以見汪、王之婚,族望稱而情義通,同柳文《陸文通先生表》例也。題書某郡某人母某氏,又一例也。

《金華時澟母陳氏墓誌銘》,右誌,議論以發其端,而致感歎之意者,所以著葬師之説不可信,而夫人之識合乎禮,同《金華汪仲儀母王氏誌》例也。題書某郡某人母某氏,亦同《金華汪仲儀母王氏誌》例也。

《墓銘舉例》補闕

《唐故銀青光禄大夫檢校左散騎常侍兼右金吾衛大將軍贈工部尚書太原郡公神道碑文》,右碑,姓見銘詩中,同《越州刺史薛公誌》例也。題書官封而不書姓,同《贈太尉許國公碑》例也。

《清邊郡王楊公神道碑》,右碑,不書姓,略也。詳書兩妻之父祖,同《昭武校尉李公誌》例也。凡神道碑,首必詳書其世系,重其所自出也。而此略之,先世蓋可知也一作矣。

《唐故中散大夫少府監胡良公墓神道碑》,右碑,卒不日,略也。凡墓碑,題書"神道"則不書"墓"字,而此書之,莆田方氏以爲亦一無亦字變例也。

右三文,繼韓文後。

韓文凡四:《殿中少監馬君誌》、《太學博士李君誌》、《貝州司法參軍李君誌》、《南陽樊紹述誌》。李文凡一:《處士侯君誌》。柳文凡五:《故襄陽丞趙君誌》、《覃季子銘》、《故御史周君碣》、《續榮澤尉周君誌》與此表也。題不書官而書先生,同韓文《貞曜先生誌》例也。

右柳文。

蘇伯衡

蘇伯衡(生卒年不詳)字平仲,明金華(今屬浙江)人,蘇轍之裔。以轍子遲守婺州,因家於婺。元末貢於鄉,洪武初徵入禮賢館,後爲國子學正,以薦擢翰林編修。後爲處州教授,以表箋忤旨被捕,卒於獄。蘇伯衡好讀書,學問淵博,尤以古文名世。著有《蘇平仲文集》十六卷。這裏所選的《尉遲楚好爲文》是一篇重要文論,作者認爲文章無體亦無法,無難亦無易,不在繁也不在簡,而在於辭達;要有統攝,有布置,有條理;要氣象沈鬱,浩汗詭怪,光景常新,紆回曲折,奇正相生;要以六經、先秦之文爲師,對《尚書》的典、謨、訓、誥,《詩經》的《國風》、《雅》、《頌》要朝夕諷頌,反復品味學習。

本書資料據四庫全書本《蘇平仲文集》。

《古詩選唐》序

詩之有風、雅、頌、賦、比、興也,猶樂之有八音、六律、六呂也。八音、六律、六呂,樂之具也;風、雅、頌、賦、比、興,詩之具也。是故樂工之作樂也,以六律、六呂而定八音;詩人之作詩也,以賦、比、興而該風、雅、頌。但詩人作詩之初,因事而發於言,不若樂工作樂之初,先事而爲之制焉耳。於戲!韶簫也,大夏也,大武也,以至于秦、魏、齊諸國,其樂之作也,陳之以八音,和之以律呂,未嘗不同也,而其音則未嘗同也。商也、周也、魯也,以至于邶、鄘、衛諸國,其詩之作也,經之以風、雅、頌,緯之以賦、比、興,未嘗不同也,而其音則未嘗同也。樂音之有治、有忽,不係八音、六律、六呂,而係世變;詩音之有正、有變,係風、雅、頌、賦、比、興,而不係世變哉?夫惟詩之音係乎世變也,是以大、小雅,十三國風出於文、武、成、康之時者,則謂之正雅、正風;出於夷王以下者,則謂之變雅、變風。風、雅變而爲《騷》些,《騷》些變而爲樂府、爲選、爲律,愈變而愈下。不論其世而論其體裁,可乎?

李唐有天下三百餘年,其世蓋屢變矣。有盛唐焉,有中唐焉,有晚唐焉。晚唐之詩,其體裁非不猶中唐之詩也;中唐之詩,其體裁非不猶盛唐之詩也。然盛唐之詩,其音豈中唐之詩可同日語哉?中唐之詩,其音豈晚唐之詩可同日語哉?昔襄城楊伯謙選唐詩爲《唐音錄》,蜀郡虞文靖公序之,慨夫聲文之成係於世道之升降,而終之以一言曰:“吾於伯謙之錄,安得不歎夫知言之難也!”蓋不能無憾焉,無他,文之日降譬如水之日下,有莫之能禦者。故唐不漢,漢不秦,秦不戰國,戰國不春秋,春秋不三代,三代不唐、虞。自李唐一代之詩觀之,晚不及中,中不及盛。伯謙以盛唐、中唐、晚唐別之，其豈不以此乎？然而盛時之詩不謂之正音，而謂之始音；衰世之詩不謂之變音，而謂之正音。又以盛唐、中唐、晚唐並謂之遺響，是以體裁論而不以世變論也。其亦異乎大、小《雅》、十三《國風》之所以爲正、爲變者矣。

詩與樂固一道也，不審音不足以知樂，不審音則何以知詩？伯謙之於音如此，則其於詩也可見矣。此文靖之所以不能無憾也歟？平陽林敬伯，蚤歲誦文靖之序，深有概乎其衷。及游國學，質諸博士貝延琚、劉子憲，而知唐音去取，出其嗜好也。其友蒙陰縣簿暇日乃更選焉，非有《風》、《雅》、《騷》些之遺韻者不取也，得七百六首，随其世次，釐爲六卷。以所選皆五、七言古詩，故目爲《古詩選》。唐敬伯之言曰："竊聞詩緣情而作者也，其部則有風、雅、頌，其義則有賦、比、興。其言或三、或四、或五、或六、或七，其篇或長或短，初曷嘗拘拘於其間哉？又曷嘗曰我爲《風》、爲《雅》、爲《頌》也？因事而作，出於國人者則曰《風》，出於朝廷者則曰《雅》，用之宗廟郊社者則曰《頌》，又曷嘗曰我爲賦、爲比、爲興也？成章之後，直陳其事則曰賦，取彼譬此則曰比，托物起意則曰興，如斯而已矣。奈何律詩出，而聲律、對偶、章句拘拘之甚也？詩之所以爲詩者，至是盡廢矣。故後世之詩不失古意，惟有古詩。而今於唐詩亦惟選古，律以下則置之，而況唐之詩近古而尤渾噩，莫若李太白、杜子美。至於韓退之，雖材高欲自成家，然其吐辭暗與古合者，可勝道哉！而《唐音》乃皆不之錄，今則不敢不錄焉。"余偉其論之確，識之夐，而選之精也，是以備著之。於戲！此《詩選》勝於《唐音》遠甚。使文靖復生而見之，寧不快於其意，必有以發揮敬伯之用心者矣。惜乎九原莫作，顧使余序其篇端也。（卷四）

空同子瞥説・尉遲楚好爲文

尉遲楚好爲文，謁空同子曰："敢問文有體乎？"曰："何體之有？《易》有似《詩》者，《詩》有似《書》者，《書》有似《禮》者，何體之有？""有法乎？"曰："初何法？典謨訓誥，國風雅頌，初何法？""難乎易乎？"曰："吾將言其難也，則古詩《三百篇》多出於小夫婦人；吾將言其易也，則成一家言者一代不數人。""宜繁宜簡？"曰："不在繁，不在簡。狀情寫物在辭達，辭達則二三言而非不足；辭未達則千百言而非有餘。""宜何如？"曰："如江河何也。"曰："有本也，如鍵之于管，如樞之于户，如將之于三軍，如腰領之於衣裳，何也？"曰："有統攝也，如置陳，如構居第，如建國都。""何也？"曰："謹布置也，如草木焉，根而榦，榦而枝，枝而葉而葩。""何也？"曰："條理精暢而皆有附麗。如手足之十二脉焉，各有起有出，有循有注有會。""何也？"曰："支分派別而榮衛流通也，如天地焉，包涵六合而不見端倪。""何也？"曰："氣象沈鬱也，如漲海焉，波濤湧而魚龍張。"

何也?"曰:"浩汗詭怪也,如日月焉,朝夕見而令人喜。""何也?"曰:"光景常新也,如烟霧舒而雲霞布。""何也?"曰"動蕩而變化也,如風霆流而雨雹集。""何也?"曰:"神聚而冥會也,如重林,如邃谷。""何也?"曰:"深遠也如秋空,如寒冰。""何也?"曰:"潔淨也如太羹,如玄酒。""何也?"曰:"雋永也,如瀨之旋,如馬之奔。""何也?"曰:"回復馳騁也如羊腸,如鳥道。""何也?"曰:"縈迂曲折也如孫吳之兵。""何也?"曰:"奇正相生也如常山之蛇。""何也?"曰:"首尾相應也如父師之臨子弟,如孝子仁人之處親側,如元夫碩士端冕而立乎宗廟朝廷。""何也?"曰:"端嚴也,溫雅也,正大也,如楚莊王之怒,如杞良妻之泣,如昆陽城之戰,如公孫大娘之舞劍。""何也?"曰:"激切也,雄壯也,頓挫也,如菽粟,如布帛,如精金,如美玉,如出水芙蓉。""何也?"曰:"有補于世也,不假磨礱雕琢也,將烏乎以及此也。"曰:"《易》、《詩》、《書》、《三禮》、《春秋》所載,邱明、高赤所傳,孟、荀、莊、老之徒所著,朝焉夕焉,諷焉昧焉習焉,斯得之矣。雖然非力之可爲也,聖賢道德之光積于中而發乎外,故其言不文而文,譬猶天地之化,雨露之潤,物之魂魄以生華萼毛羽,極人力所不能爲,孰非自然哉? 故學於聖人之道,則聖人之言莫之致而致之矣;學于聖人之言,非惟不得其道,並其所謂言亦且不能至矣。"尉遲楚出,以告公乘邱者:"楚之于文也其猶在山徑之間歟。微空同子導吾出也。吾不知大道之恢恢,於是盡心焉,將於文憪焉,無難能者矣。"(卷十六)

瞿 佑

瞿佑(1341—1427)字宗吉,別號存齋。明錢塘(今屬浙江)人。少有詩名,頗得楊維楨賞識,被贊爲"千里駒",自此名聲大震。平生對《詩經》、《春秋》、《通鑒》、樂府、詞、曲都有研究,著述甚多,但流傳下來的只有《剪燈新話》、《歸田詩話》、《天機雲錦》、《詠物詩》等幾種。所作詩文"褒善貶惡",不得朝廷賞識,故只做過教喻、訓導之類的學官。永樂年間因作詩蒙禍,被謫貶流放,十年方歸。

本書資料據中華書局 1983 年丁福保《歷代詩話續編》本《歸田詩話》。

《唐三體詩》序(節錄)

方虛谷序《唐三體詩》云:"子曰:'《詩》三百,一言以弊之曰:"思無邪。"'此詩之體也。又曰:'小子何莫學夫《詩》? 可以興,可以觀,可以群,可以怨。邇之事父,遠之事君,多識於鳥獸草木之名。'此詩之用也。聖人之論詩如此,後世之論詩不容易矣。後世之學詩者,舍此而他求,可乎? 近世永嘉葉正則水心倡爲晚唐體之説,於是'四靈'

詩江湖宗之,而宋亦晚矣。聖人之論詩,不暇講矣,而漢、魏、晉以來,河梁、柏梁、曹、劉、陶、謝,俱廢矣。"

高　棟

　　高棟(1350—1423)字彥恢,後改名廷禮,號漫士。明長樂(今屬福建)人。能書畫,書學漢隸,畫學米芾父子。永樂初徵爲翰林待詔,後升典籍。與林鴻、王偁、陳亮、王恭、唐泰、鄭定、王褒、周玄、黃玄等號稱"閩中十子"。作品多寫個人日常生活,也有不少應酬之作。高棟選編唐人詩爲《唐詩品彙》九十卷,選詩六百二十家,五千七百六十九首,按五古、七古、長短句、五絕、六言絕句、七絕、五律、五排、七律、七排分體編排,每種體裁入選作者按時代排列;論詩主唐音,引申宋嚴羽之說,分唐詩爲初、盛、中、晚四期,對前、後七子"詩必盛唐"的主張頗有影響。《明史·文苑傳》稱《唐詩品彙》"終明之世,館閣宗之",雖有過譽之處,但它對明代文學理論的影響無疑是巨大的。著有《嘯臺集》、《木天清氣集》。

　　本書資料據四庫全書本《唐詩品彙》。

《唐詩品彙》總叙

　　有唐三百年詩,衆體備矣。故有往體、近體、長短篇、五七言律句、絕句等製,莫不興於始,成於中,流於變,而陊之於終。至於聲律興象,文詞理致,各有品格高下之不同。略而言之,則有初唐、盛唐、中唐、晚唐之不同。詳而分之,貞觀、永徽之時,虞、魏諸公稍離舊習,王、楊、盧、駱因加美麗,劉希夷有閨帷之作,上官儀有婉媚之體,此初唐之始製也。神龍以還,洎開元初,陳子昂古風雅正,李巨山文章宿老,沈、宋之新聲,蘇、張之大手筆,此初唐之漸盛也。開元、天寶間,則有李翰林之飄逸,杜工部之沈鬱,孟襄陽之清雅,王右丞之精緻,儲光羲之真率,王昌齡之聲俊,高適、岑參之悲壯,李頎、常建之超凡,此盛唐之盛者也。大曆、貞元中,則有韋蘇州之雅淡,劉隨州之閒曠,錢郎之清贍,皇甫之冲秀,秦公緒之山林,李從一之臺閣,此中唐之再盛也。下暨元和之際,則有柳愚谿之超然復古,韓昌黎之博大其詞,張、王樂府得其故實,元、白序事務在分明,與夫李賀、盧仝之鬼怪,孟郊、賈島之饑寒,此晚唐之變也。降而開成以後,則有杜牧之之豪縱,溫飛卿之綺靡,李義山之隱僻,許用晦之偶對,他若劉滄、馬戴、李頻、李羣玉輩,尚能黽勉氣格,將邁時流,此晚唐變態之極,而遺風餘韻猶有存者焉。是皆名家擅場馳騁,當世或稱才子,或推詩豪,或謂五言長城,或爲律詩軌鑑,或號詩人冠冕，或尊海内文宗，靡不有精粗邪正、長短高下之不同。觀者苟非窮精闡微，超神入化，玲瓏透徹之悟，則莫能得其門而臻其壼奧矣。今試以數十百篇之詩，隱其姓名以示學者，須要識得何者爲初唐，何者爲盛唐，何者爲中唐，爲晚唐；又何者爲王、楊、盧、駱，又何者爲沈、宋，又何者爲陳拾遺，又何爲李、杜，又何爲孟，爲儲，爲二王，爲高、岑，爲常、劉、韋、柳，爲韓、李、張、王、元、白、郊、島之製，辯盡諸家，剖析毫芒，方是作者。

余鳳皃於詩，恒欲窺唐人之藩籬。首踵其域。如墮終南萬疊間，茫然弗知其所往。然後左攀右涉，晨躋夕覽，下上陟頓，進退周旋，歷十數年，厥中僻蹊通莊，高門邃室，歷歷可指數，故不自揆，竊願偶心前哲，採摭羣英，芟夷繁蝟，哀成一集，以爲學唐詩者之門徑。載觀諸家選本，詳略不侔。《英華》以類，見拘樂府，爲題所界，是皆略于盛唐而詳于晚唐。他如《朝英》、《國秀》、《篋中》、《丹陽》、《英靈》、《間氣》、《極玄》、《又玄》、《詩府》、《詩統》、《三體》、《衆妙》等集，立意造論，各該一端。唯近代襄城楊伯謙氏《唐音集》，類能別體製之始終，審音律之正變，可謂得唐人之三尺矣。然而李、杜大家不錄，岑、劉古調微存，張籍、王建、許渾、李商隱律詩載諸正音，渤海高適、江寧王昌齡五言稍見遺響，每一披讀，未嘗不歎息於斯。由是遠覽窮搜，審詳取捨，以一二大家、十數名家與夫善鳴者殆將數百，校其體裁，分體從類，隨類定其品目，因目別其上下，始終正變，各立序論，以弁其端。爰自貞觀至天祐，通得六百二十人，共詩五千七百六十九首，分爲九十卷，總題曰《唐詩品彙》。

嗚呼！唐詩之偈弗傳久矣。唐詩之道或時以明，誠使吟詠性情之士，觀詩以求其人，因人以知其時，因時以辯其文章之高下，詞氣之盛衰，本乎始以達其終，審其變而歸於正，則優游敦厚之教，未必無小補云。洪武癸酉春，新寧高棅謹序。（卷首）

《唐詩品彙》叙目（節録）

五言古詩

五言之興，源於漢，注於魏，汪洋乎兩晉，混濁乎梁、陳，大雅之音幾於不振。唐氏勃興，文運丕溢。太宗皇帝，龍鳳之姿，天文秀發，延覽英賢，首倡斯道。其《幸慶善宮》等作，時已被之管絃。明良滿庭，賡歌贊治。若夫世南屬和，匡君以正；魏徵終篇，約君以禮：辭之忠厚，豈曰文爲？及乎永徽以還，四傑唐初王勃、楊炯、盧照鄰、駱賓王，皆以文章齊名，時號四傑並秀於前，四友蘇味道、李嶠、崔融、杜審言，號爲文章四友齊名於後。劉氏庭芝古調，上官儀新體，雖未遏其微波，亦稍變乎流靡。爰自貞觀至垂拱間，通得二十六人，擇其詩之顏精粹者，共六十七首，列爲唐世五言古風之始。

神龍以還，品格漸高，頗通遠調，前論沈、宋比肩沈佺期、宋之問始變江左詩律，時人宗之，爲之語曰：蘇、李居前，沈、宋比肩，後稱燕、許手筆開元初，許公蘇頲以文章顯，與燕公張説齊名，故時號燕許大手筆。又如薛少保之《郊陝篇》，張曲江公《感遇》等作，雅正冲澹，體合風騷，駸駸乎盛唐矣。

唐興，文章承陳、隋之蔽。子昂始變雅正，復然獨立，超邁時髦。初爲《感遇》詩，王適見之曰："是必爲海内文宗！"噫！公之高才倜儻，樂交好施，學不爲儒，務求真適；文不按古，佇興而成。觀其音響冲和，詞旨幽邃，渾渾然有正大之意，若公輸氏當巧而不用者也。故能掩王、盧之靡韻，抑沈、宋之新聲，繼往開來，中流砥柱，上遏貞觀之微波，下決開元之正派。嗚呼盛哉！

詩至開元、天寶間，神秀聲律，粲然大備。李翰林天才縱逸，軼蕩人羣，上薄曹、劉，下凌沈、鮑。其樂府古調，若使儲光羲、王昌齡失步，高適、岑參絶倒。況其下乎！朱子嘗謂："太白詩如無法度，乃從容於法度之中，蓋聖於詩者。"其《古風》兩卷，皆自陳子昂《感遇》中來。且太白去子昂未遠，其高懷慕尚也如此。

元微之曰："予讀詩至杜子美，而知古人之才有所總萃焉。"唐興，學官大振。歷世之文，能者互出。而又沈、宋之流，研鍊精切，穩順聲勢，謂爲律詩。由是而後，文變之體極焉。然而好古者遺近，務華者去實，效齊、梁則不逮於魏、晉，工樂府則力屈於五言，律切則骨格不存，閑暇則纖穠莫備。至於子美，蓋所謂上薄風雅，下該沈、宋，言奪蘇、李，氣吞曹、劉，掩顔、謝之孤高，雜徐、庾之流麗，盡得古人之體勢，而兼昔人之所獨專矣。如使仲尼考鍛其旨要，尚不知貴其多哉！苟以爲能所不能，無可無不可，則詩人以來，未有如子美者矣。嚴滄浪曰："少陵詩憲章漢、魏，而取材於六朝。至其自得之妙，則先輩所謂集大成者也。"世稱子美爲大家，故略二賢之論，以冠其端云。

夫詩莫盛於唐，莫備於盛唐，論者惟杜、李二家爲尤。其間又可名家者十數公，至如子美所贊詠者王維，孟浩然所友善者高適、岑參。乾元以後，劉、錢接跡，韋、柳光前，人各鳴其所長。今觀襄陽之清雅，右丞之精緻，儲光羲之真率，王江寧之聲俊，高達夫之氣骨，岑嘉州之奇逸，李頎之冲秀，常建之超凡，劉隨州之閒曠，錢考功之清贍，韋之靜而深，柳之温而密，此皆宇宙山川英靈間氣萃於時，以鍾乎人矣！嗚呼盛哉！

昔朱晦菴先生嘗取漢、魏五言，以盡乎郭景純、陶淵明之作，以爲古詩之根本準則；又取自晉宋顔、謝以下諸人，擇其詩之近於古者，以爲羽翼輿衛。余於是編《正宗》既定，名家載列，根本立矣。奈何羽翼未成，爰自採摭。及觀諸家選本載盛唐詩者，唯殷璠《河嶽英靈集》獨多古調。璠嘗論曰："夫文有神來、氣來、情來，有雅體、野體、鄙體、俗體。編紀者能審鑒諸體，委詳所來，方可定其優劣，論其取捨。"又曰："璠今所集，頗異諸家。既閑新聲，復曉古體，文質半取，風、騷兩挾。"斯言得之矣。若夫太白、浩然、儲、王、常、李、高、岑數公已揭於前，他如崔顥、薛據、張謂、王季友諸人，皆李、杜當時所稱許，相與發明斯道，賡歌鼓舞，以鳴乎盛世之音者矣。

嗚呼！天寶喪亂，光嶽氣分，風概不完，文體始變。其間劉長卿、錢起、韋應物、柳宗元後先繼出，各鳴一善，比肩前人，已列之於名家，無復異議。時若郎士元、皇甫冉、李端、盧綸、顧況、戎昱、竇參、武元衡之屬，以及乎權德輿、劉禹錫諸人，相與接跡，而興起翶翔乎大曆、貞元之間，其篇什諷詠，不減盛時。然而近體頗繁，古聲漸遠，不過略見一二與時唱和而已。雖然，繼述前列，提挾風騷，尚有望於斯人之徒歟！

唐詩之變漸矣。隋氏以還，一變而爲初唐，貞觀、垂拱之詩是也；再變而爲盛唐，開元、天寶之詩是也；三變而爲中唐，大曆、貞元之詩是也；四變而爲晚唐，元和以後之詩是也。夫元和之際，柳公尚矣。若韓退之、孟東野生平友善，動輒唱酬。然而二子殊途，文體差別。今觀昌黎之博大，而文鼓吹六經，搜羅百氏；其詩騁駕氣勢，嶄絶崛强，若掀雷決電，千夫萬騎，橫鶩別驅，汪洋大肆而莫能止者。又《秋懷》數首及《暮行河堤上》等篇，風骨頗逮建安，但新聲不類。此正中之變也。東野之少懷耿介，齷齪困窮，晚擢巍科，竟淪一尉。其詩窮而有理，苦調凄涼，一發於胸中而無吝色，如《古樂府》等篇，諷詠久之，足有餘悲。此變中之正也。余合二公之詩爲一卷，所以幸其遺風之變猶有存者，故曰正變。

元和再盛之後，體製始散，正派不傳；人趨下學，古聲愈微。韓愈、孟郊，已述於前。他如張籍、王建、白居易、歐陽詹、李賀、賈島諸人，各鳴於時，猶有貞元之遺韻。開成後馬戴、陳陶、劉駕、李羣玉輩，黽勉氣格，尚欲買前人之餘勇。又如司馬禮、于濆、邵謁之屬，研精覃思，不過歷郊、島之藩翰耳。雖然，時有廢興，道有隆替。文章與時高下，與代終始。向之君子，豈可泯然其不稱乎？

五言長篇，自古樂府《焦仲卿》而下，繼者絶少，唐初亦不多見。逮李、杜二公始盛。至其鋪陳終始，排比聲韻，大或千言，次猶數百，辭意曲折，隊仗森嚴。人皆雕飾乎語言，我則直露其肺腑；人皆專犯乎諱忌，我則回護其褒貶：此少陵所長也。太白又次之。韓愈晚出，力追前人。先輩嘗謂《南山》詩與少陵《北征》互有優劣，斯言近之。善乎嚴滄浪有云：「李、杜、韓三公之詩，如金鷗擘海，香象渡河，龍吼虎哮，鼉翻鯨躍，大鎗大刃，君王親征，氣象各別。」

七言古詩

七言雖云始自漢武《柏梁》，然歌謡等作出自古也，如甯戚之《商歌》，七言略備，迨漢則純乎成篇。下及魏、晉，相繼有述。其間雜以樂府長短句、詞、吟、曲、引、篇、行、詠、調之屬，皆名爲詩。唐初作者亦少，獨宋之問數首爲時所稱。又如郭代公《寶劍篇》、張燕公《鄴都引》，調頗凌俗，然而文體聲律、抑揚頓挫猶未盡善。

太白天仙之詞，語多率然而成者，故樂府歌辭咸善。或謂其始以《蜀道難》一篇見賞於知音，爲明主所愛重，此豈淺才者徼幸際其時而馳騁哉？不然也。白之所蘊，非止是。今觀其《遠別離》、《長相思》、《烏棲曲》、《鳴皋歌》、《梁園吟》、《天姥吟》、《廬山謠》等作，長篇短韻，驅駕氣勢，殆與南山秋色爭高可也，雖少陵猶有讓焉。餘子瑣瑣矣。揭爲正宗，不亦宜乎！

王荆公嘗謂杜子美之悲歡窮泰，發斂抑揚，疾徐縱橫，無施不可。故其所作，有平淡閒易者，有綺麗精確者，有嚴重威武若三軍之帥者，有奮迅馳驟若汎駕之馬者，有澹泊閒靜若山谷隱士者，有風流醞籍若貴介公子者。蓋其緒密而思深，觀者苟不能臻其閫奧，未易識其妙處。夫豈淺近者所能窺哉！此子美所以光掩前人，後來無繼也。余觀其集之所載《哀江頭》、《哀王孫》、《古柏行》、《劍器行》、《渼陂行》、《兵車行》、《洗兵馬行》、《短歌行》、《同谷歌》等篇，益以斯言可徵。故表而出之爲大家。

盛唐工七言古調者多，李、杜而下，論者推高、岑、王、李、崔顥數家爲勝。竊嘗評之，若夫張皇氣勢，陟頓始終，綜覈乎古今，博大其文辭，則李、杜尚矣。至於沈鬱頓挫，抑揚悲壯，法度森嚴，神情俱詣，一味妙悟而佳句輒來，遠出常情之外，之數子者，誠與李、杜並驅而爭先矣。

中唐來作者亦少，可以繼述前諸家者，獨劉長卿、錢起較多，聲調亦近似，韓翃又次之。他若李嘉祐、韋應物、皇甫冉、盧綸、戎昱、李益之儔，略見一二，雖體製參差，而氣格猶有存者，亦不可闕。

漢武帝立樂府官采詩，以四方之音被之聲樂，其來遠矣！後世沿襲，古意略存，或因意命題，或學古叙事，尚能原閨門袵席之遺，而達之於宗廟朝廷之上，去古雖遠猶近。唐世述作者多，繁音日滋：寓意古題，刺美見事者有之；即事名篇，無復倚傍者有之。大曆以還，古聲愈下，獨張籍、王建二家體製相似，稍復古意。或舊曲新聲，或新題古義，詞旨通暢，悲歡窮泰，慨然有古歌謠之遺風，皆名爲樂府。雖未必盡被於絃歌，是亦詩人引古以諷之義歟？抑亦唐世流風之變而得其正也歟……後之審音者，倘采聲以造樂，二子其庶乎？

元和歌詩之盛，張、王樂府尚矣。韓愈、李賀，文體不同，皆有氣骨。退之之叙，已備五言。又如《琴操》等作，前賢稱之詳矣，此不容贅。若長吉者，天縱奇才，驚邁時輩，所得離絶凡近，遠去筆墨畦逕。時人亦頗道其詩如時花美女，不足爲其色也；風檣陣馬，不足爲其勇也；荒國陊殿、梗莽丘壟，不足爲其恨怨悲愁也；鯨呿鼇擲、牛鬼蛇神，不足爲其虛荒誕幻也。嗚呼！使長吉假之以年，少加於理其格律，豈止是哉！嚴滄浪云："盧仝之怪，長吉之詭，天地間自欠此體不得。"

元和以後,述貞元之餘韻者,權德輿、劉禹錫而已。其次能者各開户牖,若盧之險怪,孟之寒苦,白之庸俗,溫之美麗,雖卓然成家,無得多矣。

歌行長篇

歌行長篇,唐初稱駱賓王有《帝京篇》、《疇昔篇》,文極富麗。至盛唐絕少,李、杜間有數首,其詞亦不甚敷蔓。大率與常製相類已,混收從彙,不復摘去。迨元和後,元稹、白居易始相尚此製,世號元白體。其詞欲贍欲達,去離務近,明露肝膽。樂天每有所作,令老嫗能解,則錄之,故格調扁而不高。然道情敘事,悲歡窮泰,如寫出人胸臆中語,亦古歌謠之遺意也。豈涉獵淺才者所能到耶?

五言絕句

五言絕句,作自古也.漢、魏樂府古辭則有《白頭吟》、《出塞曲》、《桃葉歌》、《歡問歌》、《長干曲》、《團扇歌》等篇。下及六代,述作漸繁。唐初工之者衆,王、楊、盧、駱尤多。宋之問、韋承慶之流,相與繼出,可謂盛矣……開元後獨李白、王維尤勝諸人,次則崔國輔、孟浩然可以並駕……盛唐作者,若儲光羲、王昌齡、裴廸、崔顥、高適、岑參等數篇,詞簡而意味尤長,與前數公實相羽翼……中唐雖聲律稍變,而作者接跡之盛,尤過於天寶諸賢……元和以後不可多得。

六　言

六言,始自漢司農谷永。魏、晉間,曹、陸間出。至唐初,李景伯有《回波樂府》,亦效此體。逮開元、大曆間,王維、劉長卿諸人相與繼述,而篇什稍屢見。然亦不過詩人賦詠之餘矣。

七言絕句

七言絕句,始自古樂府《挾瑟歌》、梁元帝《烏棲曲》、江總《怨詩行》等作,皆七言四句。至唐初始穩順聲勢,定爲絕句,然而作者亦不多見。

盛唐絕句,太白高於諸人,王少伯次之,二公篇什亦盛。

正宗之外,同鳴於時者,王維、賈至、岑參亦盛。又如儲光羲、常建、高適之流,雖不多見其興象,聲律一致也。杜少陵所作雖多,理趣甚異。

大曆以還,作者之盛,駢踵接跡而起。或自名一家,或與時唱和,如《樂府》、《宮詞》、《竹枝》、《楊柳》之類,先後述作,紛紜不絕。逮至元和末,而聲律不失,足以繼開元、天寶之盛。

開成以來，作者互出，而體製始分。若李義山、杜牧之、許用晦、趙承祐、溫飛卿五人，雖興象不同，而聲律之變一也。

晚唐絶句之盛，不下數千篇，雖興象不同，而聲律亦未遠。如韋莊後出，其《贈別》諸篇，尚有盛時之餘韻，則其他從可知矣。

五言律詩

律體之興，雖自唐始，蓋由梁、陳以來儷句之漸也。梁元帝五言八句，已近律體。庾肩吾《除夕》，律體工密。徐陵、庾信，對偶精切，律調尤近。唐初工之者衆，王、楊、盧、駱四君子，以儷句相尚，美麗相矜，終未脱陳隋之氣習。神龍以後，陳、杜、沈、宋、蘇頲、李嶠、二張（説、九齡）之流，相與繼述，而此體始盛，亦時君之好尚矣。凡四時遊幸，諸文臣學士，給翔麟馬以從，或在禁掖，或出離宫，或幸戚里，或遊蒲萄園，登慈恩塔，或渭水被除，驪山賜浴，即有燕會，天子倡之，羣臣皆屬和。由是海内詞場翕然相習，故其聲調格律，易於同似。其得興象高遠者亦寡矣。

盛唐律句之妙者，李翰林氣象雄逸，孟襄陽興致清遠，王右丞詞意雅秀，岑嘉州造語奇峻，高常侍骨格渾厚，皆開元、天寶以來名家。

杜公律法變化尤高，難以句摘。如“吴楚東南拆，乾坤日夜浮”等句，世稱之舊矣。

中唐作者尤多，氣亦少下。若劉、錢、韋、郎數公，頗紹前諸家。次則皇甫、司空、盧、李、耿、韓，以盡乎大曆諸賢，聲律猶近。降及貞元以後，戎昱、李益、戴叔倫、張籍、張祐之流，無足多得。其有合作者，遺韻尚在，猶可以繼述盛時。

元和以還，律體多變。賈島、姚合，思致清苦；許渾、李商隱，對偶精密；李頻、馬戴，後來興致，超邁時人。之數子者，意義格律猶有取焉。

開成後作者愈多，而聲律愈微。

五言排律

排律之作，其源自顔、謝諸人古詩之變，首尾排句，聯對精密。梁、陳以還，儷句尤切。唐興，始專此體，與古詩差別。貞觀初，作者尤未備。永徽以下，王、楊、盧、駱倡之於前，陳、杜、沈、宋極之於後，蘇頲、二張又從而申之。其文辭之美，篇什之盛，蓋由四海晏安，萬幾多暇，君臣游豫，賡歌而得之者。故其文體精麗，風容色澤，以詞氣相高而止矣。

開元後作者之盛，聲律之備，獨王右丞、李翰林爲多。得非王、李爲獨得，而孟襄陽、高渤海輩實相與並鳴？

排律之盛，至少陵極矣，諸家皆不及。諸家得其一概，少陵獨得其兼善者，如《上韋左相》、《贈哥舒翰》、《謁先主廟》等篇，其出入始終，排比聲韻，發歛抑揚，疾徐縱橫，無所施而不可也。

中唐來作者亦多，而錢、劉二子尤盛。他若皇甫冉、盧綸諸人，不過所錄者是。貞元後，楊巨源有《聖壽詞》等作，聲律亦相紹。

元和以還，柳宗元、劉禹錫、韓愈、張籍與夫姚合、李頻、鄭谷諸人，所作亦不少，然格律無足多取者。

長篇排律

長篇排律，唐初作者絕少。開元後，杜少陵獨步當世，渾涵汪洋，千彙萬狀，至百韻千言，氣不少衰。及觀杜審言《和李大夫嗣真》之作，乃知少陵出自其祖，益以信"詩是吾家事"矣。次則高達夫數首可法。元和後，張籍、楊巨源各一首，格律亦可取。

七言律詩

七言律詩，又五言八句之變也。在唐以前，沈君攸七言儷句已近律體。唐初始專此體，沈、宋等精巧相尚。開元初，蘇、張之流盛矣。然而亦多君臣遊倖倡和之什。

盛唐作者雖不多，而聲調最遠，品格最高。若崔顥律體雅純，太白首推其《黃鶴》之作，後至《鳳凰》而彷彿焉。又如賈至、王維、岑參早朝倡和之什，當時各極其妙。王之眾作，尤勝諸人。至於李頎、高適，當與並驅，未論先後，是皆足為萬世程法。

少陵七言律法獨異諸家，而篇什亦盛。如《秋興》等作，前輩謂其大體渾雄富麗，小家數不可髣髴耳。

天寶以還，錢起、劉長卿並鳴于時，與前諸家實相羽翼，品格亦近似。至其賦詠之多，自得之妙，或有過焉。

中唐來作者漸多，如韋應物、皇甫伯仲以及乎大曆才子諸人，相與接跡而起者，篇什雖盛，而氣或不逮。貞元後，李益、權德輿、楊巨源、戴叔倫、劉禹錫之流，憲章祖述，再盛於元和間，尚可以繼盛時諸家。賈島、姚合後出，格力猶有一二可取。

元和後，律體屢變。其間有卓然成家者，皆自鳴所長。若李商隱之長於詠史，許渾、劉滄之長於懷古，此其著也。今觀義山之《隨宮》、《馬嵬》、《籌筆驛》、《錦瑟》等篇，其造意幽深，律切精密，有出常情之外者用晦之《凌歊臺》、《洛陽城》、《驪山》、《金陵》諸篇，與乎蘊靈之《長洲》、《咸陽》、《鄴都》等作，其今古廢興，山河陳跡，淒涼感慨之意，讀之可為一唱而三歎矣。三子者，雖不足以鳴乎大雅之音，亦變風之得其正者矣。

《唐詩品彙》歷代叙論（節録）

丹陽殷璠云：夫文有神來、氣來、情來，有雅體、野體、鄙體、俗體。編記者能審鑒諸體，委詳所來，方可定其優劣，論其取捨。至如曹、劉詩多直語，少切對，或五字並側，或十字俱平，而逸駕終存。然掣瓶膚受之流，責古人不辨宫商徵羽，詞句質素，耻相師範，於是攻異端，妄穿鑿，理則不足，言常有餘，都無興象，但貴輕艷。雖滿篋笥，將何用之？自蕭氏以還，尤增矯飾。武德初，微波尚在。貞觀末，標格漸高。景雲中，頗通遠調。開元十五年後，聲律風骨始備矣。

京兆杜確云：自古文體變易多矣。梁簡文帝及庾肩吾之屬，始爲輕浮綺靡之辭，名曰宫體。厥後沿襲，務於妖艷，謂之摛錦布繡焉。其有欲敦尚風格，頗有規正者，不復爲當時所重，諷諫比興由是廢缺。物極則變，理之常也。聖唐受命，斲彫爲朴。開元之際，王綱復舉，淺薄之風，兹焉漸革。其時作者凡十數輩，頗能以雅參麗，以古雜今，彬彬焉，粲粲焉，近建安之遺範矣。

河南元稹云：唐興，學官大振。歷世之文，能者互出。而又沈、宋之流，研練精切，穩順聲勢，謂之爲律詩。由是而後，文體之變極焉。

河南宋祁云：唐興，詩人承陳、隋風流，浮靡相矜，至宋之問、沈佺期等，研揣聲音，浮切不差，而號律詩。

《蔡寬夫詩話》云：唐自景雲以前，詩人猶習齊、梁之氣，不除故態，率以纖巧爲工。開元後，格律一變，遂超然度越前古。

（蜀郡虞集）又云：詩者，斯人情性之所發，自《擊壤》來有是。然體製隨世道升降，音節因風土變遷。以近代言，唐詩不與宋詩同，晚唐難與盛唐匹。見《風雅集》

豫章僧來復云：詩自删後，至于兩漢，正音猶完。建安以來，寖尚綺麗，而詩道微矣。魏、晉作者雖優，不能兼備諸體。其鏗鍧軒昂，上追風雅，所謂集大成者，惟唐有以振之。降是無足采焉。見《張蜕庵集序》

《詩法源流》云：詩者，原於德性，發於才情。心聲不同，有如其面。故法度可學，而神意不可學。是以太白自有太白之詩，子美自有子美之詩，昌黎自有昌黎之詩。其他如陳子昂、王摩詰、高、岑、賈、許、姚、鄭、張、孟之徒，亦皆各自爲體，不可强而同也。

又云：唐人以詩爲詩，宋人以文爲詩。唐詩主於達性情，故於《三百篇》爲近；宋詩主議論，故於《三百篇》爲遠。

又云：古詩徑叙情實，去《三百篇》爲近。律詩牽於對偶，去《三百篇》爲遠。此詩體之正變也。自《選》體以上，皆純乎正。唐陳子昂、李太白、韋應物之詩，猶正者多而變者少。杜子美則正變相半。變體雖不如正體之自然,而音律乃人聲之所同,對偶亦文勢之必有,如子美近體佳處,前無古人,亦何惡於聲律哉!

《唐詩品彙》凡例(節録)

一、諸體集内定立正始、正宗、大家、名家、羽翼、接武、正變、餘響、傍流諸品目者,不過因有唐世次、文章高下而分別諸卷,使學者知所趨向,庶不惑亂也。

一、大略以初唐爲正始,盛唐爲正宗、大家、名家、羽翼,中唐爲接武,晚唐爲正變、餘響,方外異人等詩爲傍流。間有一二成家特立、與時異者,則不以世次拘之。

一、樂府不另分爲類者,以唐人述作者多,達樂者少,不過因古人題目,而命意實不同。亦有新立題目者,雖皆名爲樂府,其聲律未必盡被於絃歌也。(以上卷首)

方孝孺

方孝孺(1359—1402)字希直,一字希古。曾以“遜志”名其書齋,故又號遜志。蜀獻王爲他改爲“正學”,世稱“正學先生”。明寧海(今屬浙江)人。明代大臣,著名學者、文學家、散文家、思想家。官至文學博士。建文四年(1402),燕王篡立,以不肯爲明成祖起草登極詔書被殺,有“骨鯁之士”的美名。方孝孺一生對理學下了很大功夫,於程朱之學能去其浮言而推行實學,以經世致用爲要務,將重點集中在如何學道致用上,體現了浙東學術的精神。方孝孺曾從宋濂學習,其文章、學問爲宋濂諸弟子之冠。其文風格豪放雄健。《四庫全書總目》稱他“學術醇正”,文章“乃縱橫豪放,頗出入於東坡、龍川之間”。他的散文常以物喻理,直抒胸臆,文筆暢達,言簡意明,一掃元末文壇上彌漫的纖弱綺麗的文風,爲時人所傳誦。今存《遜志齋集》及《方正學先生集》等。

本書資料據四庫全書本《遜志齋集》。

答閔鄉葉教諭(節録)

物之美者無所待於外,有待於外者皆持不足之心者也。照乘之珠,盈尺之璧,不幸而置諸泥塗瓦礫之中,其光氣之晶瑩朗潔者固在。及識者得而有之,雖棲之於故篋,襲之以敗絮,連數十城之價自若也。若夫借之以良錦,韜之以文匭,盡飾乎其外,而彰其美以示人,則其中之所存者可知矣……且古之所謂序云者,蓋以明作者之意,如《詩》、《書》篇端皆有小序,而復有大序加其首者是也。小序或出於史臣,或出於後之賢士大夫，序之作者皆古之聞人。然其中得其言而遺其意，執其意而失其事，往往爲經文之累者亦不爲少，則序之無益亦已明矣。賢士聞人之爲序，猶不能有益於經，況今之爲序者，能有益於執事之詩哉？自《詩》、《書》以下作者莫不有序，或同志者指其德業之所至，或閒人故交發其所蘊而歎惜其遭逢，初非有求於人。而司馬遷、班固、揚雄之儔，又直自述己意，以抒其奇偉之才，固未嘗有待於外也。唐人之能詩者莫如李白、杜甫，甫詩當時無序者，白詩，李陽冰於其既没嘗爲作序，然其有無不足爲二子輕重，而序者反托之以傳。惟韓退之偶然一言，推尊二子，至今人誦退之之文，而知李、杜之不可及。夫執事之詩，信美而可傳，則不求於人可也，或自序其意可也，以待後之是非，可信萬世如退之者之一言亦可也，何其擾擾於世俗之求哉？（卷十一）

《時習齋詩集》序（節録）

詩者，文之成音者也，所以道情志而施諸上下也。《三百篇》，詩之本也；風、雅、頌，詩之體也；賦、比、興，詩之法也；喜、怒、哀、樂動乎中而形爲褒貶諷刺者，詩之義也；大而明天地之理、辯性命之故，小而具事物之凡、彙綱常之正者，詩之所以爲道也。

詩道廢久矣。自漢以下，編册之所載，樂府之所傳，隱而章，麗而不浮，沉篤而雍容，博厚而和平者，則亦古詩之流也，而其體橫出矣。體之變，時也；不變於時者，道也；因其時而師古道者，有志於詩者也。而師者寡矣。唐之杜拾遺、韓吏部，皆深於詩，其所師則周公、吉甫、衛武公、史克之徒也。其體則唐也，而其道則古也。世之言詩者而不知道，猶車而無輪，舟而無柁也，雖工且美，奚以哉？（卷十二）

王　紳

王紳(1360—1400)字仲縉，室名繼志齋。元婺州路義烏縣鳳林鄉（今浙江義烏）人。宋濂弟子，有志於學，以文章學問著稱於時。官國子博士，預修《太祖實録》。與方孝孺爲同學，互爲知交。著有《繼志齋集》。

本書資料據四庫全書本《繼志齋集》。

《劉大有詩集》序（節録）

嘗聞嚴滄浪論詩體者五十有六，有以世代爲一體者，有以年歲爲一體者，有以地里爲一體者，有以一人爲一體者，何其屑屑之多體哉！殊不知造化之理無窮，而文章亦爲之無窮,譬之聲音笑貌,人人不能皆同,獨言語可以強同乎哉?是故淵明天性冲曠而得於渾然,東野厄於困窮而得於寒苦,政自各類其人。夫何世之談論者,往往欲矜言一體,或謂體備諸家,是猶刻舟而求劍,俯地而捉影,愈勞而愈遠矣。抑不知諸家之體,其能外《三百篇》而出於六義者乎?苟其不然,曷亦宗《三百篇》、本"六義"而出入於諸家之爲愈。(卷五)

宋　緒

宋緒(生卒年不详)字公傳,以字行。明餘姚(今屬浙江)人。篤學有志操。永樂(1403—1424)間,與仲父被徵修《永樂大典》,書成授官,緒獨辭,曰:"願賜歸教授鄉里,不願得官。"上嘉其恬退,許之。編有《元詩體要》十四卷,集錄有元一代之詩,曹安《讕言長語》稱其分體三十有八,四庫本只有三十六體:曰四言,曰騷,曰選,曰樂府,曰柏梁,曰五言,曰七言,曰長短句,曰雜古,曰言,曰詞,曰歌,曰行,曰操,曰曲,曰吟,曰歎,曰怨,曰引,曰謠,曰詠,曰篇,曰禽言,曰香奩,曰陰何,曰聯句,曰集句,曰題,曰詠物,曰五言律,曰七言律,曰五言長律,曰五言絕,曰六言絕,曰七言絕,曰拗體,較曹安所列少七言長律體、側體二種。全書仿方回《瀛奎律髓》之例,各體之前皆有小序。《四庫全書總目提要》云:"其中或以體分,或以題分,體例頗不畫一。其以體分者,選體別於五言古、吟、歎、怨、引之類別於樂府,長短句別於雜古體,未免治絲而棼。其以題分者,香奩、無題、詠物,既各爲類,則行役、邊塞、贈答諸門將不勝載,更不免於掛漏。又第八卷楊維楨《出浴》絕句,實唐韓偓七言律詩,後四句亦間有疎舛。然去取頗有鑒裁,鄧林序稱緒深於詩,故選詩如此之精,非溢詞也。"如其卷一《四言體》,對風、雅、頌的區別十分簡明。

本書資料據四庫全書本《元詩體要》。

四言體

四言最古。經史韻語,《二南》之前有矣。其經聖人所刪者,出自閭巷謂之風,出自朝廷謂之雅,用於郊廟謂之頌,而有賦、比、興之分焉。後人摹擬雖多,終不得其情性之真。今特擇其近似者,置諸卷端,使學者知詩之所自。

騷　體

騷辭,楚之聲也。始於屈原,南國宗之,爲詞賦之祖。缺其幽憂憤悱,所以變

《風》、《雅》者也。後人傚之，故有《招隱士》、《山中人》、《望終南》、《魚山》、《秋風》等作，然亦不及於古。蓋今取其近似者録之。

選　體

選，起於蘇、李之五言，經梁昭明所選者，謂之"選詩"。缺去古未遠，猶有《雅》、《頌》之遺響焉。今擇其委曲缺順有關關世教，可爲後學矜式者録之，且以見古作者之難得也。

樂府體

樂府之名，始於漢房中之樂。繼而設官，以薦郊祀。後於燕射、朝饗亦皆用焉。歷代沿襲，蓋有古樂府、新樂府之别。莫非諷、頌當時之事，以貽後世者。其音調多有不同，今不復識别云。

柏梁體

柏梁，臺名，漢武所築。臺成，詔羣臣能爲詩者得上座，及各賦詩，不以對偶，而每句用韻，後人遂名爲"柏梁體"。曹丕效之，爲《燕歌行》。然其詞語清健，逮若差勝云。今所録者，僅彷彿耳。（以上卷一）

五言古體

詩以古名，蓋繼《三百篇》之後者，世傳枚乘諸公之作是也。然比、興少而賦多，今取其語精而不俚，意圓而不滯，優游而不迫，清婉簡淡而有餘味者列之。

七言古體

古詩七言，從張衡《四愁詩》來，變柏梁體耳。唐初王子安《滕王閣詩》、宋之問《明河篇》，語皆未純。至王、岑、李、杜，方成家數。是編凡清壯奇麗，雄深渾厚，其音律皆足以爲法者取之。（以上卷二）

長短句體

長短句者,古歌辭之類。其語峭絕頓挫,其音高下抑揚,有波瀾開合之勢,流動變化,莫測其涯涘。今取麗而不浮,奇而不僻,怪而不俚,參差而不亂者列之篇中。(卷三)

雜古體

此體非騷,非樂府。其辭激切,含規諷意,有感人者。亦古歌辭之類。今準郭茂倩《樂府集‧雜歌辭》例,編置長短句之後,以別古今體裁之變,庶幾無滄海遺珠之歎云。

言 體

託物興喻,辭多引用,而復斷以己意,若揚子《法言》、莊周《寓言》、宋玉《大言》,皆言也。詩家亦有此題。今因題得詩,就詩命體,其篇什多有可錄者。故立言體,以備觀者之采擇云。

詞 體

感觸事物,託於文章,謂之辭。若《燕射辭》、《士冠禮‧祝辭》,皆古辭也。《秋風辭》、《白紵辭》,皆樂府辭也。今名雖同,而詞則異,但因其題而備其體云爾。(以上卷四)

歌 體

猗迂抑揚,永言謂之歌。有高下之節,誦之使人興起。若君臣之《賡歌》、《五子》、《接輿》、《滄浪》之歌,見於經傳,非《擊壤》、《卿雲》之比。讀者不可以不察。觀所取者,尤見古今之不同也。

行 體

步驟馳騁,有如行書,謂之行。宜痛快詳盡,若行雲流水也。考之樂府,有《怨歌行》、《長》、《短歌行》之類，唐人效之者多。要必辨之而識其體。是編不爲聲律之所拘，若《孤雌行》、《烈婦行》、劉平妻《巴陵女》，感發奮厲，有古貞烈之風，不可以不取。其餘亦可尚矣。（以上卷五）

操　體

操者，操也。君子操守有常，雖阨窮猶不失其操也。若《南風》、《思親》、《拘幽》、《猗蘭》等操，皆稱聖人之詞，未敢以爲深信。後之作者蓋儗之。

曲　體

聲音雜比，高下長短謂之曲，委曲以盡其意。若《鼓吹曲》、《橫吹曲》，皆樂府題辭。今隨題立體，音聲未暇論也。林鎮《江南》，李孝光《吳趨》、《采蓮》，有魏、晉風格；徐史元、彭杜《趙鎦薩》，何異唐音。學者知之，可以興起。

吟　體

吁嗟感嘅，如蛩螿之噚，讀之使人怨思，如《白頭》、《梁父》、《處女》者是也。今録中吟詠，悽惋之情有唐音所不及者。

嘆　體

沉吟深思，發乎太息，謂之嘆。昔南蒯之將叛，其鄉人或知之，過之而嘆者是矣。唐李涉有《六歎詩》，此言之不足，故嗟嘆之也。今《貧婦》、《征婦》等，結語無怨惡，而含忠愛之意，情之至而義之盡也。

怨　體

怨，恚恨也。亂世之音怨以怒，如《長門》、《婕妤》、《昭君》等作，載於《樂府詩集》者不少。其聲哀思激切。今之選者類此。《落花》、《楊柳》，得比興意；《秋風》、《轆轤》，有賦詠體。《青閨》、《長門》，樂天不能過之。《結楊柳》，王、張何足多讓。其諸絕句，情見乎辭，皆不得不録者。（以上卷六）

引　體

序先後，載始末，謂之引。《樂府集》有宮、商、角、徵、羽五引。又若《箜篌》、《霹靂》、《思歸》等引是也。今取其合格而有興比，感慨而有諷寄者載之。

詠　體

詠之言永也。嗟嘆之不足，故永歌之。如曹子建《三良詩》，陶淵明之《詠荆軻》、《詠貧士》，顏延年《五君詠》是也。今劉靜修《詠史》含諷意，趙松雪《逸民》懷隱情，元遺山《湘夫人》得"錦囊"句，此皆詩法之妙，不可無也。

篇　體

篇，徧也。寫情鋪事，明而徧也。觀曹子建之《名都》、《美女》、《白馬》諸篇可見。今所取者，如《寶劍》之誓雪國耻，《節婦》之足厚風教，《凌雲》之脱屍聲利。《上陵》者，冬青塚之寓諷，感意真明而且徧者也。

禽言體

禽言，鳥語也，皆因其自呼之名而名之。宋梅聖俞、蘇東坡、朱文公俱有詩。今所得者，詞麗而意婉，必假喻以達事情，使人快睹而易悦，似勝於前人之音格云。（以上卷七）

香奩體

唐人用此體，言閨閣之情，乃艷詞也，與玉臺體相似。今人倣之者雖多，要之發乎情，止乎禮義者則少。故取而列於左云。

陰何體

梁陰鏗子堅與何遜仲言，以能詩齊名。其詩清深穠麗，號"陰何體"。今得四家之作。其詞致婉約，音聲合比，亦彷彿二賢之體裁。以句語較之，終不若本體之圓美云。

聯句體

聯句者，在座之人角其才力，率然成句，聯絡成章，對偶親切，類乎誇奇鬪戲也。《石鼎》、《鬪雞》可見矣。《李夫人》何足多哉！是編亦足以見其葩辭藻思之勝，觀者幸勿易之。

集句體

集句者，集古人之句以成篇也。前古未有，宋王介甫始盛行之，石曼卿以文爲戲。近代見之尤多，雖未足以益後學，庶幾有以見詩家組織之工也。置之卷末，孰云不可。（以上卷八）

無題體

無題之詩起於唐。李商隱多言閨情及宮事，故隱諱不名，而曰《無題》。其間用隱語如"身無綵鳳雙飛翼，心有靈犀一點通"，"春蠶到死絲方盡，蠟炬成灰淚始乾"之類可見。此編效顰於李，觀其辭運意之精，亦庶幾前人之可及矣。

詠物體

詠物起於唐末，如雍陶《池鷺》、鄭谷《鷓鴣》所詠，雖入外意，而不失模寫之巧，有足喜者。周伯弜謂隨寓感興者易，驗物切近者難。此說是矣。詠物最多，今亦擇其入格者載之。（以上卷九）

五言律

律詩號近體，唐人始爲之，清遠華麗，必諧音韻。周伯弜謂有雍容渾厚之態，而無堆積窒塞之患，斯爲妙也。後人爲之，不偏於枯瘠，則流於輕俗，不足採者多矣。今擇其格律嚴整者録之。

七言律

七言律難於五言律。自唐沈佺期、宋之問倡而爲之，研練精切，穩順聲勢，殆變陳、隋委靡之陋，學者宗之，號曰"近體"。沈、宋以下，格律最多，似難徧舉。今擇其情景俱備，體量適均，無柔弱鄙俗之病，有諧婉麗則之音，首尾相應者列之。（以上卷十）

五言長律

詩律屢變，意度則一。南朝沈休文輩始尚排偶，音韻相諧，屬對精密。至唐沈、宋又拘以聲病，約句準篇，名曰"排律"。杜子美有百韻。是編蓋存其似唐者。

七言長律

唐以來作七言排律者甚少。其音律和協，體製整齊者，獨杜子美《送鄭著作》及《清明》二首耳。王仲初《寄韓侍》郎等作次之。今采格調近唐若所錄者，亦不易得也。

五言絕句

絕句五言，語短意長，一唱三歎，近體中之最爲近古者也。蓋亦只是律詩，結尾四句謂之小律，含蓄無限意思，讀者宜深體味之。

六言絕句

絕句六言，始於漢司農谷永之作。其說其項平菴家說中，自唐王維效曹陸體，賦之其後，諸家往往間見。而必前兩句對起，後兩句散結；或有四句皆對者，皆不對者。

七言絕句

絕句者，截句也。句絕而意不絕，蹙煩就簡，最爲難工。有截律詩前後四句，或截前四句、後四句，至有截中二聯者，必運意活動，有含蓄不盡之思。承接之間，更加轉換，宮商自諧。雖止四句，有餘味焉。（以上卷十三）

拗　　體

拗體，乃唐律之再變，古今作者不多。遇律之難處，必得俊句，時出而用之，則奇健矣。觀者亦不可不知，存此以備一體。（卷十四）

楊士奇

楊士奇（1365—1444）名寓，以字行，號東里。明泰和（今屬江西）人。因其居地所處，時人稱之爲"西楊"。建文初以薦入翰林充編纂官，成祖即位授編修，尋入内閣典機務，居輔臣、首輔達數十年，是善知人、曉大體的政治家。于謙、周忱、況鍾皆其所薦。頗具文名，何良俊《四友齋叢説》卷二十三將楊士奇、李東陽視爲文章大家、文壇領袖。《四庫全書・東里集》提要稱其文章平正紆余，春容典雅，"文筆特優，制誥碑版多出其手"。先後擔任《明太宗實錄》、《明仁宗實錄》、《明宣宗實錄》總裁。與馬愉、曹鼎等人編成《文淵閣書目》，著有《三朝聖諭錄》、《奏對錄》、《歷代名臣奏議》、《周易直指》、《西巡扈從紀行錄》、《北京紀行錄》，《東里集》等。

本書資料據四庫全書本《東里集》。

《杜律虞註》序（節錄）

律詩非古也，而盛於後世。古詩《三百篇》皆出乎情，而和平微婉，可歌可詠，以感發人心，何有所謂法律哉！自屈、宋下至漢、魏及郭景純、陶淵明，尚有古詩人之意。顏、謝以後，稍尚新奇，古意雖衰，而詩未變也。至沈、宋而律詩出，號"近體"，於是詩法變矣。律詩始盛於開元、天寶之際，當時如王、孟、岑、韋諸作者，猶皆雍容蕭散有餘味，可諷詠也。若雄深渾厚，有行雲流水之勢，冠冕佩玉之風，流出胸次，從容自然，而皆由夫性情之正，不局於法律，亦不越乎法律之外，所謂"從心所欲不踰矩"，爲詩之聖者，其杜少陵乎！厥後作者代出，雕鏤鍛鍊，力愈勤而格愈卑，志愈篤而氣愈弱，蓋局於法律之累也。不然，則叫呼叱咤以爲豪，皆無復性情之正矣。夫觀水者必于海，登高者必于嶽，少陵其詩家之海嶽歟！（《續集》卷十四）

黄 淮

　　黄淮（1367—1449）字宗豫，號介庵。明永嘉（今浙江温州）人。洪武三十年
（1397）進士，授中書舍人。黄淮是明朝内閣初創時期的重臣，歷事太祖、惠帝、成祖、
仁宗、宣宗五朝，官至户部尚書兼武英殿大學士、知制誥，國史總裁。他先後兩度主會
試，六次參與監國。治事果斷通達，和平温厚，功成不戀位，對穩定當時政權起到了相
當重要的作用。成祖贊其“論事如立高岡，無遠不見”。《明史》本傳贊其“性明果，達
於治體”。著有《介庵集》、《省愆集》，與楊士奇合編《歷代名臣奏議》三百五十卷。

　　本書資料據明初葉刊黑口本《介庵集》。

《楊處士挽詩集》序（節録）

　　挽詩之作尚矣。漢有《薤露》、《蒿里》，叙哀以代哭泣；至李延年，分而爲二：《薤
露》送王公貴人，《蒿里》送士夫庶人。因命執紼者歌以勸力，故又謂之紼謳者。陶潛
自製挽詩，但言死生永隔，無復傷悲，以寓其曠達之意。杜甫作《八哀》悼王恩禮等輩，
備述出處、履歷、行業，文章長篇累牘，屢言不厭，是後作挽詩者多仿效焉。誠以盛德
在人，既没而著其思，思之而發於言，言之不足故詠歌之，豈宜紼謳而已哉？（《介庵
集》卷三）

金幼孜

　　金幼孜（1368—1431）名善，以字行，號退庵。明新淦（今江西新干）人。建文二年
（1400）進士。授户科給事中。永樂初，爲翰林檢討，與解縉等同直文淵閣。永樂七年
（1409）隨成祖北征，記録山川、起草諭旨，據馬鞍立就，頗受信用。升文淵閣大學士兼
翰林學士。洪熙元年（1425）官至禮部尚書兼武英殿大學士。宣德初，充兩翰實録總
裁官。著有《北征録》、《金文靖集》。

　　本書資料據四庫全書本《金文靖集》。

《張宜人輓詩》序（節録）

　　輓歌之始，説者謂自漢時田橫死，吏不敢哭，故爲此以寄哀音。至李延年分爲二

58

曲,則有《薤露》、《蒿里》之歌。後世因之,迄今而愈盛。至於閨門女婦之什,自非其事卓卓,足爲世勸,或因其子之賢,其母之不獲終養者,亦鮮見焉。

《大醫院判韓公達輓詩》序(節録)

輓歌之始,蓋自漢初田横之門人,以横死不敢發哀,廼爲《薤露》、《蒿里》之歌以悲之。而其後李延年遂分爲二曲,《薤露》送王公貴人,《蒿里》以送庶人之葬,然大概爲弔死侑葬而設也。魏、晉、隋、唐以來,士大夫有悼其故舊親友之逝,遂作爲詩歌以哀輓之,於是輓詩往往有傳于世。迨宋暨元以至于今,日遠日盛者,蓋有由然矣。(以上卷七)

胡　廣

胡廣(1370—1418)字光大,號晃庵。明吉水(今屬江西)人。謚文穆。建文二年(1400)狀元。政績斐然,曾平息諸多冤獄,關注百姓疾苦,是永樂盛世的重要締造者之一。曾奉命參修《五經四書大全》,奉敕編輯《性理大全書》。著有《胡文穆公文集》。胡廣等奉敕編輯的《性理大全書》與《五經四書大全》,同輯成於永樂十三年(1415)九月,爲宋代理學著作與理學家言論的彙編,所采宋儒之説共一百二十家。

本書資料據四庫全書本胡廣等《詩傳大全》、《性理大全書》。

《詩傳大全》綱領(節録)

"至于王道衰,禮義廢,政教失,國異政,家殊俗,而變風、變雅作矣。"先儒舊説《二南》二十五篇爲正風,《鹿鳴》至《菁莪》二十二篇爲正小雅,《文王》至《卷阿》十八篇爲正大雅,皆文、武、成王時詩,周公所定樂歌之詞,《邶》至《豳》十三國爲變風,《六月》至《何草不黃》五十八篇爲變小雅,《民勞》至《召旻》十三篇爲變大雅,皆康、昭以後所作。故其爲説如此。"國異政,家殊俗"者,天子不能統諸侯故國,國自爲政;諸侯不能統大夫故家,家自爲俗也。然正、變之説,經無明文可考,今姑從之。其可疑者,則具於本篇云。

"是以一國之事,繫一人之本,謂之風。"所謂上以風化下,言天下之事,形四方之風,謂之雅。雅者,正也,言王政之所由廢興也。政有大小,故有小雅焉,有大雅焉。形者體而象之,之謂小雅,皆王政之小事,大雅則言王政之大體也。"頌者,美盛德之形容,以其成功告於神明者也。"頌皆天子所制,郊廟之樂歌。"頌"、"容"古字通,故其

取義如此。（以上《詩傳大全》卷首）

論詩（節録）

　　朱子曰：詩者，志之所之，在心爲志，發言爲詩。然則詩者，豈復有工拙哉？亦視其志之所向者高下如何耳。是以古之君子，德足以求其志，必出於高明純一之地，其於詩固不學而能之。至於格律之精粗，用韻、屬對、比事、遣詞之善否，今以魏、晋以前諸賢之作考之，蓋未有用意於其間者，而況於古詩之流乎！近世作者，乃始留情於此，故詩有工拙之論，而葩藻之詞勝，言志之功隱矣。

　　（朱子曰）古樂府只是詩中間却添許多泛聲，後来人怕失了那泛聲，逐一聲添箇實字，遂成長短句，今曲子便是。

　　（朱子曰）《選》中劉琨詩高，東晋詩已不逮前人。齊、梁益浮薄。鮑明遠才健，其詩乃《選》之變體。

　　（朱子曰）詩社中人言詩皆原於《虞歌》，今觀其詩，如何有此意。

　　象山陸氏曰：詩之學尚矣，原於《虞歌》，委於風雅。風雅之變，壅而溢焉者也，《湘纍》之騷，又其流也。《子虚》、《長楊》之賦作，而騷幾亡矣。黄初而降，日以漸薄。惟彭澤一源，來自天稷，與衆殊趣，而淡薄平夷，玩嗜者少。隋唐之間，否亦極矣。杜陵之出，愛君悼時，追躡騷、雅，而才力宏厚，偉然足以鎮浮靡，詩家爲之中興。

　　臨川吳氏曰：詩之變不一也。虞廷之歌邈矣，弗論。余觀《三百五篇》，南自南，雅自雅，頌自頌，變風自變風，以至於變雅亦然，各不同也。《詩》亡而楚《騷》作，《騷》亡而漢五言作。訖於魏晋顔、謝以下，雖曰五言，而魏晋之體已變。變而極於陳隋，漢五言至是幾亡。唐陳子昂變顔、謝以下，上復晋、魏、漢。而沈、宋之體別出，李、杜繼之，因子昂而變。柳、韓因李、杜又變。變之中，有古體，有近體。體之中，有五言，有七言，有雜詩。詩之體不一，人之才亦不一。各以其體，各以其才，各成一家言，如造化生物，洪纖曲直，青黄赤白，均爲大巧之一巧。自《三百五篇》已不可一概齊，而況後之作者乎！宋時，王、蘇、黄三家各得杜之一體。涪翁於蘇迥不相同，蘇門諸人其初略不之許，坡翁獨深器重，以爲絶倫，眼高一世而不必人之同乎己者如此。近年乃或清圓倡儻之爲尚，而極詆涪翁。噫！羣兒之愚爾。不會詩之全而該夫不一之變，偏守一是而悉非其餘，不合不公，何以異漢世專門之經也哉？

　　（臨川吳氏曰）《詩》雅頌風騷尚矣。漢、魏、晋五言迄于陶，其適也。顔、謝而下弗論。浸微浸滅，至唐陳子昂而中興。李、韋、柳因而因，杜、韓因而革，律雖始於唐，然深遠蕭散，不離於古爲得，非但句工語工字工而可。

論文（節録）

（林艾軒）又云：漢末以後，只做屬對文字，直至後來只管弱，如蘇頲著力要變，變不得。直至韓文公出來，盡掃去了，方做成古文，然亦止做得來屬對合偶以前體格，然當時亦無人信他，故其文亦變不盡，纔有一二大儒略相效，以下並只依舊。到得陸宣公奏議，只是雙關做去。又如子厚，亦自有雙關之文，向來道是他初年文字，後將年譜看，乃是晚年文字，蓋是他效世間模樣做則劇耳。文氣衰弱，直至五代，竟無能變。到尹師魯、歐公幾人出來，一向變了，其間亦有欲變而不能者，然大概都要變，所以做古文自是古文，四六自是四六，却不滚雜。

（朱子曰）漢初賈誼之文質實，晁錯説利害處好，答制策便亂道。董仲舒之文緩弱，其《答賢良策》不答所問切處，至無緊要處，又累數百言。東漢文章，尤更不如，漸漸趨於對偶，如楊震輩皆尚纖緯，張平子非之。然平子之意又却理會風角鳥占，何愈於纖緯？陵夷至於三國、兩晋，則文氣日卑矣。古人作文作詩，多是模做前人而作之，蓋學之既久，自然純熟，如相如《封禪書》，模做極多。柳子厚見其如此，却作《貞符》以反之，然其文體亦不免乎蹈襲也。

問：韓、柳二家，文體孰正？（朱子曰）曰：柳文亦自高古，但不甚醇正。

（朱子曰）韓千變萬化，無心變；歐有心變。杜祁公墓誌，説一件未了，又説一件。韓《董晋行狀》尚稍長。權德輿作《宰相神道碑》，只一板許，歐蘇便長了。蘇體只是一類。柳《伐》、《原議》極局促，不好，東萊不知如何喜之。陳後山文如《仁宗飛白書記》大段好，曲折亦好；墓誌亦好，有典有則，方是文章，其他文亦有太局促不好者。（以上《性理大全書》卷五十六）

解　縉

解縉（1369—1415）字大紳，一字縉紳。明吉水（今屬江西）人。明初學者、文學家。生而秀異，穎敏絶倫，一時傳爲神童。歷明太祖、建文帝、成祖三朝，仕途曲折。洪武二十一年（1388）進士，授中書庶吉士。初受朱元璋愛重，後因“抗直敢言”觸怒朱元璋而罷官。建文帝即位，始再出仕。明初朝廷內部鬪爭複雜，政局險惡，而解縉賦性耿直，難爲明成祖朱棣所容。永樂五年（1407），以“泄禁中語”，“廷試讀卷不公”，謫遷廣西。八年，入京（今南京）奏事，適值成祖外出，乃謁見太子而還，竟以“無人臣禮”罪下詔獄，拷掠備至，受盡折磨。十三年，被錦衣衛活埋雪中而死。籍其家，妻子宗族徙遼東。後謚文毅。解縉一生業績最足稱道的,就是主持撰修了《永樂大典》。《永樂大典》之後,只有清乾隆時編撰的《四庫全書》在規模上超過了它。解縉在詩歌、書法、散文等方面也很有成就。他才氣橫溢,下筆不能自休。尤工五言詩。其古體歌行,氣勢奔放,想像豐富,逼似李白,而律詩、絶句亦近唐人。擅長書法,小楷精絶,行草皆佳,用筆精妙,出人意表。著《白雲稿》、《東山集》、《太平奏疏》等。現存《解文毅公集》、《春雨雜述》、《古今烈女傳》。

本書資料據四庫全書本《文毅集》。

説詩三則(節録)

漢魏質厚於文,六朝華浮於實,具文質之中,得華實之宜,惟唐人爲然,故後之論詩以唐爲尚。宋人以議論爲詩。元人粗豪,不脱北鄙殺伐之聲,雖欲追唐邁宋,去詩益遠矣。詩有別長,非關書也;詩有別趣,非關理也,不落言論(严羽《沧浪詩话》作"不落言筌"),不涉理路,如水中月,鏡中象,相中色,學詩者如參曹溪之禪,須使直悟上乘,勿堕空有,嚴生之論,可謂得其三昧。

學詩先除五俗,後極三來。五俗一曰俗體,二曰俗意,三曰俗句,四曰俗字,五曰俗韻,此幼學入門事。三來者,神來氣來情來是也。蓋神不來則濁,氣不來則弱,情不來則泛。苟不關於神,不屬於氣,不由於情,此外道也,非得心得髓之妙也。

《詩》三百篇之作,當世閭巷小子能之。後世之作,雖白首鉅儒,莫臻其至。豈以古人千百於今世邃如是哉? 必有説矣。前人之詩未暇論,爰以國初枚舉之,劉基起於國初,極力師古煅鍊,其詞旨能洗前代韲酪之氣。僕向選其集,首推重樂府古調,較之近體尤勝。江右則劉崧擅塲,彭鏞、劉永之相望,並稱作者。(卷十五)

楊　榮

楊榮(1371—1440)字勉仁,初名子榮。明建安(今福建建甌)人。建文二年(1400)進士,授編修。楊榮歷事四朝,爲相三十七年,遇事果決,謀而能斷。精通經學,又善作詩。他和楊士奇、楊溥共爲仁、宣、英三朝宰輔,時稱"三楊",而他因居處於東,又稱"東楊"。三楊常以詩唱和,人稱"臺閣體"。《四庫全書·楊文敏集》提要稱其"發爲文章,具有富貴福澤之氣。應制諸作,颼颼雅音。其他詩文,亦皆雍容平易,肖其爲人。雖無深湛幽渺之思,縱橫馳驟之才,足以震耀一世。而逶迤有度,醇實無疵,臺閣之文所由與山林枯槁者異也。與楊士奇同主一代之文柄,亦有由矣。"著有《楊文敏集》。

62

本書資料據四庫全書本《楊文敏集》。

太醫院使蔣公挽詩序（節録）

自《薤露》、《蒿里》之曲傳於世，而哀挽之作緣此而興久矣。然非其人才足以用世，德足以及人，名足以垂後者，抑豈能使人悲思哀慕，形之詩歌，以寓其情於無窮哉！（卷十三）

吴　訥

吴訥（1372—1457）字敏德，號思庵。明蘇州府常熟（今屬江蘇）人。自幼力學，爲人剛介。官至南京左副都御史。著有《小學集解》、《思庵集》等，編有《文章辨體》五十卷、《外集》五卷。《文章辨體》收録先秦至明初各代詩文，分體編録，各體皆爲之序説。其《凡例》云：“始於古歌謡辭，終於祭文，每類自爲一類，各以時世爲先後。”内集五十類，依次爲古歌謡辭、賦、樂府、詩、諭告、璽書、批答、詔、册、制、制策、表、露布、論諫、奏疏、議、彈文、檄、書、記、序、論、説、解、辨、原、戒、題跋、雜著、箴、銘、頌贊、七體、問對、傳、行狀、謚法、謚議、碑、墓碑、墓碣、墓表、墓誌、墓記、埋銘、誄辭、哀辭、祭文等。外集凡九類，依次爲連珠、判、律賦、律詩、排律、絶句、聯句詩、雜體詩、近代詞曲等。宋人姚鉉編《唐文粹》重古體詩文，不收近體詩文；此書同樣輕視近體詩詞，雖把它們列入《外集》，但較完全不收爲好。

本書資料據人民文學出版社 1982 年版《文章辨體序説》、四庫全書本《明文衡》。

古歌謡辭

按西山真氏輯《文章正宗》，凡古文辭之載於經、聖人所嘗删述者，皆不敢録。獨采書傳所載《康衢》、《擊壤》歌謡之類，列于古詩之前。且曰：“出於經者可信；傳記所載者，未必當時所作。”其好古傳疑之意至矣。今謹遵其意，而以《康衢》童謡爲首，終於荀卿《詭詩》，彙真卷端，以俟考質云。

古　賦

按賦者，古詩之流。漢《藝文志》曰：“古者諸侯卿大夫交接鄰國，必稱詩以喻意。

春秋之後，聘問歌詠，不行於列國，而賢人失志之賦作矣。大儒荀卿及楚臣屈原，離讒憂國，皆作賦以風。其後宋玉、唐勒、枚乘、司馬相如，下及楊子雲，競爲侈麗閎衍之辭，而風諭之義没矣。"迨近世祝氏著《古賦辯體》，因本其言而斷之曰："屈子《離騷》，即古賦也。古詩之義，若荀卿《成相》、《詭詩》是也。"然其所載，則以《離騷》爲首，而《成相》等弗録。尚論世次，屈在荀後，而《成相》、《詭詩》，亦非賦體。故今特附古歌謠後，而仍載《楚辭》于古賦之首。蓋欲學賦者必以是爲先也。宋景文公有云.:"《離騷》爲辭賦祖，後人爲之，如至方不能加矩，至圓不能過規。"信哉！

楚

楚，國名。祝氏曰："按屈原爲《騷》時，江漢皆楚地。蓋自王化行乎南國，《漢廣》、《江有汜》諸詩已列於《二南》、十五國風之先。風、雅既變，而《楚狂》、《鳳兮》、《滄浪》、《孺子》之歌，莫不發乎情，止乎禮義，猶有詩人之六義；但稍變詩之本體，以'兮'字爲讀，遂爲楚聲之萌蘖也。原最後出，本《詩》之義以爲《騷》，但世號《楚辭》，不正名曰賦。然自漢以來，賦家體製，大抵皆祖於是焉。"

又按晦菴先生曰："凡其寓情草木、託意男女，以極遊觀之適者，變《風》之流也；叙事陳情、感今懷古，不忘君臣之義者，變《雅》之類也；其語祀神歌舞之盛，則幾乎《頌》矣。至其爲賦，則如《騷經》首章之云；比，則如香草惡物之類；興，則託物興詞，初不取義，如《九歌》沅芷澧蘭以興思公子而未敢言之屬也。但《詩》之興多而比賦少，《騷》則興少而比賦多。賦者要當辨此，而後辭義不失古詩之六義矣。"

兩 漢

祝氏曰："楊子雲云：'詩人之賦麗以則，詞人之賦麗以淫。'夫騷人之賦與詩人之賦雖異然，猶有古詩之義，辭雖麗而義可則；至詞人之賦，則辭極麗而過於淫蕩矣。蓋詩人之賦，以其吟咏情性也；騷人所賦，有古詩之義者，亦以其發於情也。其情不自知而形於辭，其辭不自知而合於理。情形於辭，故麗而可觀；辭合於理，故則而可法。如或失於情，尚辭而不尚意，則無興起之妙，而於則也何有？又或失於辭，尚理而不尚辭，則無詠歌之遺，而於麗也何有？二十五篇之《騷》，無非發於情者，故其辭也麗，其理也則，而有賦、比、興、風、雅、頌諸義。漢興，賦家專取詩中賦之一義以爲賦，又取《騷》中贍麗之辭以爲辭，若情若理，有不暇及。故其爲麗也，異乎《風》、《騷》之麗，而則之與淫遂判矣。古今言賦，自《騷》之外，咸以兩漢爲古，蓋非魏、晉已還所及。心乎古賦者，誠當祖《騷》而宗漢，去其所以淫而取其所以則，庶不失古賦之本義云。"

三國六朝

祝氏曰："嘗觀古之詩人，其賦古也，則於古有懷；其賦今也，則於今有感；其賦事也，則於事有觸；其賦物也，則於物有況。情之所在，索之而愈深，窮之而愈妙。彼其於辭，直寄焉而已矣。後之辭人，刊陳落腐，惟恐一話未新；搜奇摘艶，惟恐一字未巧；抽黃對白，惟恐一聯未偶；回聲揣病，惟恐一韻未協。辭之所爲，馨矣而愈求，妍矣而愈飾。彼其於情，直外焉而已矣。蓋西漢之賦，其辭工於楚《騷》；東漢之賦，其辭又工於西漢；以至三國六朝之賦，一代工於一代。詞愈工，則情愈短而味愈淺；味愈淺，則體愈下。建安七子，獨王仲宣辭賦有古風。至晉陸士衡輩《文賦》等作，已用俳體。流至潘岳，首尾絶俳。迨沈休文等出，四聲八病起，而俳體又入於律矣。徐、庾繼出，又復隔句對聯，以爲駢四儷六；簇事對偶，以爲博物洽聞；有辭無情，義亡體失：此六朝之賦所以益遠於古。然其中有安仁《秋興》、明遠《舞鶴》等篇，雖曰其辭不過後代之辭，乃若其情，則猶得古詩之餘情矣。於此益歎古今人情如此其不相遠，古詩賦義，其終不泯也。"

唐

祝氏曰："唐人之賦，大抵律多而古少。夫雕蟲道喪，頹波橫流，風騷不古，聲律大盛。句中拘對偶以趨時好，字中揣聲病以避時忌，孰肯學古！或就有爲古賦者，率以徐、庾爲宗，亦不過少異於律耳。甚而或以五七言之詩，四六句之聯以爲古賦者。中唐李太白天才英卓，所作古賦，差強人意；但俳之蔓雖除，而律之根故在。雖下筆有光燄，時作奇語，然只是六朝賦爾。惟韓、柳諸古賦一以《騷》爲宗，而超出俳律之外，唐賦之古，莫古於此。至杜牧之《阿房宮賦》，古今膾炙；但太半是論體，不復可專目爲賦矣，毋亦惡俳律之過而特尚理以矯之乎？"吁！先正有云"文章先體製而後文辭"，學賦者其致思焉。

宋

祝氏曰："宋人作賦，其體有二：曰俳體，曰文體。後山謂歐公以文體爲四六。夫四六者，屬對之文也，可以文體爲之；至於賦，若以文體爲之，則是一片之文，押幾箇韻爾，而於《風》之優遊，比興之假託，《雅》、《頌》之形容，皆不兼之矣。"晦翁云："宋朝文明之盛，前世莫及。自歐陽文忠公、南豐曾公與眉山蘇公相繼迭起，各以其文擅名一世，傑然自爲一代之文；獨於楚人之賦，有未數數然者。"觀於此言，則宋賦可知矣。

樂　府

易曰："先王作樂崇德，殷薦之上帝以配祖考。"成周盛時，大司樂以黃帝、堯、舜、夏、商六代之樂，報祀天地百神。若宗廟之祭，神既下降，則奏《九德》之歌，《九韶》之舞。蓋以六代之樂，皆聖人之徒所制，故悉存之而不廢也。

迨秦焚滅典籍，禮樂崩壞。

漢興，高帝自製《三侯》之章，而《房中》之樂則令唐山夫人造爲歌辭。《史記》云："高祖過沛詩《三侯》之章，令小兒歌之。高祖崩，令沛得以四時歌舞宗廟。孝惠、文、景，無所增更，於樂府習常肄舊而已。"至班固《漢書》則曰："漢興，樂家有制氏，但能紀其鏗鏘，而不能言其義。高祖時，叔孫通制宗廟樂，迎神奏《嘉至》入廟奏《永至》，乾豆上奏《登歌》，再終下奏《休成》，天子就酒東廂坐定，奏《永安》。"然徒有其名而亡其辭，所載不過武帝《郊祀》十九章而已。後儒遂以樂府之名起于武帝，殊不知孝惠二年已命夏侯寬爲樂府令，豈武帝始爲新聲不用舊辭也？

迨東漢明帝，遂分樂爲四品：一曰《大予樂》，郊廟上陵用之；二曰《雅頌樂》，辟雍享射用之；三曰《黃門鼓吹樂》，天子宴羣臣用之；四曰《短簫鐃歌樂》，軍中用之。其說雖載方冊，而其制亦復不傳。

魏晉以降，世變日下，所作樂歌，率皆誇靡虛誕，無復先王之意。

下至陳隋，則淫哇鄙褻，舉無足觀矣。

自時厥後，唯唐、宋享國最久，故其辭亦多純雅。

南渡後，夾漈鄭氏著《通志·樂略》，以爲古之達禮有三：一曰燕，二曰享，三曰祀。所謂吉、凶、軍、賓、嘉，皆主此三者。仲尼所刪之詩，凡宴、享、祀之時，用以歌之。漢樂府之作，以繼三代，因列《鐃歌》與《三侯》以下於篇，亦無其辭。

後太原郭茂倩輯《樂府》百卷，繇漢迄五代，搜輯無遺。金華吳立夫謂其紛亂龐雜，厭人視聽，雖浮淫鄙俗，不敢芟夷，何哉？

近豫章左克明復編《古樂府》十卷，斷自陳、隋而止，中間若後魏《楊白花》等淫鄙之辭，亦復收載，是亦未得盡善也。

今考五禮，以《郊廟歌辭》爲先，《愷樂》、《燕饗歌辭》次之。蓋以其切於世用，足爲製作家之助。至若古今《琴操》與夫《相和》等曲，亦附於後，以俟好古君子之所考訂焉。其或有題無辭，或辭雖存而爲莊人雅士之所厭聞者，茲亦不得錄云。

郊廟歌辭_{吉禮}

樂記曰:"王者功成作樂,治定制禮。"考之於古,禮樂之備,莫過於周。故《詩序》謂《昊天有成命》,則郊祀天地之樂歌也;《清廟》,則祀太廟之樂歌也;《我將》、《載芟》、《良耜》,則又明堂社稷之歌章焉。千載之下,音樂既亡,而其歌詩尚存者,以其辭焉爾。秦、漢以降,代有制作,然唯漢、唐、宋爲盛者,蓋其混一既久,功德在人,雖其道不能比隆成周,然其致治制作之懿,終非秦、魏、晉、隋、南北五季之可比也。讀者其尚考焉。

愷樂歌辭_{軍禮}

《周禮·大司樂》曰:"王師大獻,則令奏《愷樂》。"《大司馬》曰:"師有功,則《愷樂》獻于社。"鄭康成云:"兵樂曰愷,獻功之樂也。"是則軍禮之有《愷樂》,其來尚矣。

若夫《鼓吹》、《鐃歌》、《橫吹》之名,則起于漢。崔豹《古今注》云:"漢樂有《黃門鼓吹》,天子所以燕羣臣。《短簫鐃歌》,乃《鼓吹》之一章,亦以賜有功。"是則《鐃歌》與《橫吹》,得通名爲《鼓吹曲》,但所用異爾。漢有《朱鷺》等二十二曲,列於《鼓吹》,謂之《鐃歌》。又有《橫吹曲》二十八解,然辭多不傳。

曹魏嘗改漢《鐃歌》爲十二曲,而辭率矯誕。厥後柳宗元進唐《鐃歌》。洪武中宋濂擬宋《鼓吹》,雖如魏之曲數,而辭義殆過之矣。

燕饗歌辭

《儀禮·燕禮》曰:"工歌《鹿鳴》、《四牡》、《皇皇者華》。""笙入,奏《南陔》、《白華》、《華黍》。""乃間歌《魚麗》,笙《由庚》;歌《南有嘉魚》,笙《崇丘》;歌《南山有臺》,笙《由儀》;遂歌《鄉樂》、《周南》——《關雎》、《葛覃》、《卷耳》;《召南》——《鵲巢》、《采蘩》、《采蘋》。"此則燕饗之有樂也。《王制》曰:"天子食舉以樂。"《大司樂》:"王大食皆奏鐘鼓。"此食舉之有樂也。

漢明帝定樂,二曰《雅頌》,三曰《黃門鼓吹》者,皆燕射及宴羣臣之所用也。又有《殿中》、《御飯》、《食舉》七曲,《太樂食舉》十三曲,然世皆不傳。唯晉荀勗所定歌章具存。

唐貞觀初,新定《十二和》之樂,其曰天子食舉及飲酒奏《休和》,受朝奏《正和》,正、至禮會奏《昭和》,皇太子軒縣出入奏《承和》,而史亦亡其辭。迨宋建隆中,始作朝會樂章,載之於史。

琴曲歌辭

《白虎通》曰:"琴者,禁止于邪以正人心者也。故先王以是爲修身理性之具。其長三尺六寸,象歲之三百六十日也。廣六寸,法六合也。前廣後狹,尊卑象也。上圓下方,法天地也。"今觀五曲、九引、十二操,率皆後人所爲。若文王《居憂》,孔子《猗蘭》、《將歸》等操,怨懟躁激,害義尤甚,故皆不取。而獨載昌黎所擬諸作於後,先儒謂深得文王之心者是也。西山真氏又云:"琴之音以淳古澹泊爲上。今則厭古調之希微,誇新聲之奇變,雖琴亦鄭衛矣。"此又有志於琴者不可不知也。

相和歌辭

《宋書·樂志》曰:"《相和》,漢舊曲也,絲竹更相以和執節者之歌。魏明帝分爲二部。"晉荀勖採舊辭,謂之《清商三調》歌詩。唐《樂志》云:"《平調》、《清調》、《瑟調》,皆周《房中曲》之遺聲,漢世謂之三調。"又有《楚調》,漢《房中曲》也,與前三調總謂之《相和調》。

清商曲辭

《清商樂》一曰《清樂》。《清樂》者,九代之遺聲,其始即《相和三調》是也。並漢、魏已來舊曲,其辭皆古調。晉馬南渡,其音亡散。宋武定關中,收其聲伎,南朝文物,斯爲最盛。

後魏孝文、宣武,相繼南伐,得江左所傳舊曲及江南《吳歌》、荆楚《西聲》,總謂之《清商》。至於殿庭饗宴,則兼奏之。後隋平陳,文帝善其節奏,曰:"此華夏正聲也。"乃微更損益,以新定律呂,因於太常置清商署以管之,謂之《清樂》。隋室喪亂,日益淪缺。

唐貞觀中,用十部樂,《清樂》亦在焉。至武后長安已後,朝廷不用古曲,工伎廢弛,曲之存者僅有《子夜》、《上聲》、《歡聞》、《前溪》、《阿子》、《丁督護》、《讀曲》、《神弦》等曲,俱列於《吳聲》。而《西曲》則《石城樂》、《烏夜啼》、《烏棲曲》、《估客》、《莫愁》、《襄陽》、《江陵》、《共戲》、《壽陽》等曲。或舞曲,或倚歌,則雜出於荆、郢、樊、鄧之間,以其方俗,故謂之《西曲》。《古今樂錄》曰:"《上聲》等辭,哀怨不及中和,梁武改之,無復雅句矣。"

古　詩

《詩大序》曰:"詩者,志之所之也。""詩有六義:曰風,曰雅,曰頌,曰賦,曰比,曰興。"《三百篇》尚矣。以漢、魏言之，蘇、李、曹、劉，實爲之首。晉、宋以下，世道日變，而詩道亦從而變矣。

晦庵先生嘗答鞏仲至有曰："古今詩凡三變：自漢、魏以上爲一等，自晉、宋間顔、謝以後下及唐初爲一等，自沈、宋以後定著律詩下及今日又爲一等。然自唐初以前，爲詩者固有高下，而法猶未變；至律詩出，而後詩之與法，始皆大變，無復古人之風矣。嘗欲抄取經史韻語，下及《文選》漢魏古辭，以盡郭景純、陶淵明之作，自爲一編，而附《三百篇》、《楚辭》之後，以爲詩之根本準則；又於其下二等之中，擇其近于古者各爲一編，以爲羽翼輿衛；其不合者，則悉去之，不使接於耳目，入於胸次。要使方寸之中，無一字世俗言語意思，則其爲詩，不期於高遠而自高遠矣。"

厥後西山真公編《文章正宗》，上虞劉氏輯《風雅翼》，悉本朱子之意，而去取詳略，則有不同。

是編所收，率以二家爲主；若近代之有合作者，亦取載焉。律詩雜體，具載《外集》。嗚呼！學詩之法，子朱子之言至矣盡矣，有志者勉焉。

四 言

《國風》、《雅》、《頌》之詩，率以四言成章。若五、七言之句，則間出而僅有也。《選》詩四言，漢有韋孟一篇，魏、晉間作者雖衆。然惟陶靖節爲最。後村劉氏謂其《停雲》等作突過建安是也。宋、齊而降，作者日少，獨唐韓、柳《元和聖德詩》、《平淮夷雅》膾炙人口。先儒有云："二詩體製不同，而皆詞嚴氣偉，非後人所及。"自時厥後，學詩者日以聲律爲尚，而四言益鮮矣……大抵四言之作，拘於模擬者，則有蹈襲《風》、《雅》辭意之譏；涉於理趣者，又有銘、贊文體之誚。惟能辭意融化而一出於性情六義之正者，爲得之矣。

五 言

五言古詩，載于昭明《文選》者，唯漢魏爲盛。若蘇、李之天成，曹、劉之自得，固爲一時之冠。究其所自，則皆宗乎《國風》與楚人之辭者也。

至晉陸士衡兄弟、潘安仁、張茂先、左太冲、郭景純輩，前後繼出，然皆不出曹、劉之軌轍；獨陶靖節高風逸韻，直超建安而上之。

元嘉以後，三謝、顔、鮑又爲之冠。其餘則傷鏤刻，遂乏渾厚之氣。

永明而下，抑又甚焉。沈休文既拘聲韻，江文通又過模擬，而詩之變極矣。

唐初，承陳、隋之弊。唯陳伯玉厚師漢、魏以及淵明，復古之功，於是爲大。迨開元中，有杜子美之才贍學優，兼盡衆體；李太白之格調放逸，變化莫覊。繼此則有韋應物、柳子厚，發穠纖於簡古，寄至味於淡泊，有非衆人之所能及也。自是而後，律詩日盛，而古學日衰矣。

宋初，崇尚晚唐之習，歐陽永叔痛矯"西崑"陋體而變之。並時而起，若王介甫、蘇子美、梅聖俞、蘇子瞻、黃山谷之屬，非無可觀；然皆以議論爲主，而六義益晦矣。馴至南渡，遞相循襲，不離故武。獨考亭朱子以豪傑之材，上繼聖賢之學，文辭雖其餘事，然五言古體，實宗《風》、《雅》，而出入漢魏陶、韋之間。至其《齋居》、《感興》之作，則盡發天人之蘊，載韻語之中，以垂教萬世，又豈漢、晉詩人所能及哉！讀者深味而體驗之，則庶有以得之矣。

七　言

世传七言起於漢武《柏梁臺》體。按《古文苑》云："元封三年，詔郡臣能七言詩者上臺侍坐，武帝賦首句曰：'日月星辰和四時'，梁王襄繼之曰：'驂駕四馬從梁來'。自襄而下，作者二十四人，至東方朔而止。每人一句，句皆有韻，通二十五句，共出一韻，蓋如後人聯句而無隻句與不對偶也。"

後梁昭明輯《文選》，載東漢張衡《四愁詩》四首，每首七句，前三句一韻，後四句一韻，此則後人換韻體也。

古樂府有七言古辭，曹子建輩擬作者多。

馴至唐世，作者日盛。然有歌行，有古詩。歌行則放情長言，古詩則循守法度，故其句語格調亦不能同也。大抵七言古詩貴乎句語渾雄，格調蒼古；若或窮鏤刻以爲巧，務喝喊以爲豪，或流乎萎弱，或過乎纖麗，則失之矣。

歌　行

昔人論歌辭：有有聲有辭者，若《郊廟》樂章及《鐃歌》等曲是也；有有辭無聲者，若後人之所述作，未必盡被于金石也。

夫自周衰采詩之官廢，漢、魏之世，歌詠雜興。故本其命篇之義曰"篇"；因其立辭之意曰"辭"；體如行書曰"行"；述事本末曰"引"；悲如蛩螿曰"吟"；委曲盡情曰"曲"；放情長言曰"歌"；言通俚俗曰"謠"；感而發言曰"歎"；憤而不怒曰"怨"：雖其立名弗同，然皆六義之餘也。

唐世詩人，共推李、杜。太白則多模擬古題；少陵則即事名篇，無復倚傍。厥後元微之以後人沿襲古題，倡和重復，深以少陵爲是。故今是編凡擬古者，皆附樂府本題之內。若即事爲題，無所模擬者，則自漢、魏以降，迄於近代，取其辭義之弗過於淫傷者，錄之於此云。

唐世詩人，共推李、杜。太白則多模擬古題；少陵則即事名篇，無復倚傍。厥後元微之以後人沿襲古題，倡和重復，深以少陵爲是。

諭　告

按西山真氏云："《周官》太祝作六辭以通上下親疎遠近，曰辭、曰命、曰誥、曰會、曰禱、曰誄：皆王言也。大祝以下掌爲之辭，則所謂代言者也。以《書》考之，若《湯誥》、《甘誓》、《微子之命》之類是也。此皆聖人筆之爲經，不當與後世文辭同録。今獨取《春秋内外傳》所載周天子諭告諸侯之辭及列國應對之語附焉。"

又按東萊吕氏有曰："文章從容委曲而意獨至，惟《左氏》所載當時君臣之言爲然。蓋緜聖人餘澤未遠，涵養自別，故其辭氣不迫如此，非後世專學語言者所可得而比焉。"

璽　書

按應邵曰："璽，信也，古者尊卑共之。"《左傳》：魯襄公在楚，季武子使公冶問璽書。至秦、漢，臣下始避其稱。

漢初有三璽，天子用玉璽以封，故曰璽書。文帝元年，嘗賜南越尉佗璽書；佗愧感，頓首稱臣納貢。至今讀史者，未嘗不三復書辭以欽仰帝德於無窮也。

夫制、詔、璽書皆曰王言，然書之文，尤覺陳義委曲，命辭懇到者，蓋書中能盡褒勸警飭之意也。故今特取前代璽書，載於詔令之前，讀者其必有以得之矣。

批　答

按《玉海》："唐學士初入院，試制、詔、批答共三篇。"蓋批答與詔異：詔則宣達君上之意，批答則采臣下章疏之意而答之也。東萊《文鑒》輯批答、詔敕各爲一類可見矣。

唐史載太宗之答劉洎，謂出自手筆，今觀辭意，誠然。至若宋昭陵之答富弼等，則皆詞臣之撰進者也。讀者於是其尚考諸。

詔

按三代王言，見於《書》者有三：曰誥、曰誓、曰命。至秦改之曰詔，歷代因之。然唯兩漢詔辭深厚爾雅，尚爲近古。至偶儷之作興，而去古遠矣。

東萊吕氏云："近代詔書，或用散文，或用四六。散文以深醇温厚爲本，四六須下語渾全，不可尚新奇華巧而失大體。"

是編今以漢詔居前，附以唐宋諸詔，庸備二體。

西山有云："王言之體，當以《書》之誥、誓、命爲祖，而參以兩漢詔册。"信哉！

册

按《漢書》，天子所下之書有四，一曰策書。注曰："策者，編簡也。其制長二尺，短者半之。篆書，起維年月日，以命諸侯王公。若三公以罪免，亦賜策，則用一尺木而隸書之。"

又按唐《百官志》曰："王言有七，一曰册書，立皇后皇太子、封諸王則用之。"

《説文》云："册者，符命也。諸侯進受于王，象其札一長一短，中有二編之形。"當作册，古文作笧，蓋册、策二字通用。至唐、宋後不用竹簡，以金玉爲册，故專謂之册也。若其文辭體製，則相祖述云。

制、誥

按《周官》大祝六辭，二曰"命"，三曰"誥"。考之於《書》，"命"者，以之命官，若《畢命》、《冏命》是也。"誥"則以之播誥四方，若《大誥》、《洛誥》是也。

漢承秦制，有曰"策書"，以封拜諸侯王公；有曰"制書"，用載制度之文。若其命官，則各賜印綬而無命書也。

迨乎唐世，王言之體曰"制"者，大賞罰、大除授用之；曰"發勅"者，授六品以下官用之，即所謂"告身"也。

宋承唐制，其曰"制"者，以拜三公三省等職。辭必四六，以便宣讀於庭。"誥"則或用散文，以其直告某官也。

西山云："制誥皆王言，貴乎典雅温潤，用字不可深僻，造語不可尖新，文武宗室，各得其宜，斯爲善矣。"

制　策

按《説文》：策者，謀也。凡録政化得失顯而問之，謂之對策。考之于史，實始漢之晁錯。錯遇文帝恭謙好問之主，不能明目張膽以答所問，惜哉！唯董仲舒學識醇正，又遇孝武初政清明，策之再三，故克罄竭所蘊，帝因是罷黜百家，專崇孔氏，以表章《六經》，厥功茂焉。迨後，惟宋蘇氏之答仁宗制策，亦克輸忠陳義，婉切懇到，君子有所取焉。讀者詳之。

表

按韻書："表，明也，標也，標著事緒使之明白以告乎上也。"三代以前，謂之敷奏。秦改曰表。漢因之。

竊嘗考之，漢、晉皆尚散文，蓋用陳達情事，若孔明《前後出師》、李令伯《陳情》之類是也。唐、宋以後，多尚四六。其用則有慶賀、有辭免、有陳謝、有進書、有貢物，所用既殊，則其辭亦各異焉。

西山云："表中眼目，全在破題，要見盡題意，又忌太露。貼題目處，須字字精確。且如進實錄，不可移於日錄。若氾濫不切，可以移用，便不爲工矣。大抵表文以簡潔精緻爲先，用事忌深僻，造語忌纖巧，鋪叙忌繁冗。"

是編所錄，一以時代爲先後，讀者詳之，則體製亦有以得之矣。

露 布

按《通典》云："元魏攻戰克捷，欲天下聞知，乃書帛建於漆竿上，名爲露布。"此其始也。

考諸《文章緣起》，則曰："漢賈洪爲馬超伐曹操作露布。"及《世説》又載："桓溫北征，令袁宏倚馬撰露布。"是則魏、晉以前有之矣。

《文心雕龍》又云："露布者，蓋露板不封，布諸視聽。"近世帥臣奏捷，蓋本於此。然今考之魏、晉之文，俱無傳本。唐、宋雖有傳者，然其命辭，全用四六，蓋與當時表文無異。今故錄附表後，以備一體。

西山先生云："露布貴奮發雄壯，少粗無害。"觀者詳焉。

論 諫

古者諫無專官，自公卿大夫以至百工技藝，皆得進諫。隆古盛時，君臣同德，其都俞吁咈，見於語言問答之際者，考之《書》可見。西山真氏以爲聖賢大訓不當與後之文辭同録。今謹取其所載《春秋内外傳》諫爭論説之言，著之於首。其兩漢以下諸臣進説，有可以爲法戒者，間亦采之，以附於後云。

奏　疏

按唐、虞、禹、皋陳謨之後，至商伊尹、周姬公，遂有《伊訓》、《無逸》等篇，此文辭告君之始也。漢高惠時，未聞有以書陳事者。迨乎孝文，開廣言路，於是賈山獻《至言》，賈誼上《政事疏》。自時厥後，進言者日衆。或曰上疏，或曰上書，或曰奏劄，或曰奏狀。慮有宣洩，則囊封以進，謂曰封事，考之于史可見矣。昔人有云："君臣相遇，雖一語而有餘；上下未孚，雖千萬言而奚補？爲臣子者，惟當罄其忠愛之誠而已爾。"信哉！

議

《周書》曰："議事以制，政乃不迷。"眉山蘇氏釋之曰："先王人法並任，而任人爲多，故臨事而議。"是則國之大事，合衆議而定者尚矣。今采漢、唐、宋諸臣所上議狀，次於奏疏，以備一體。若儒先私議，其有關於政理者，間亦取之，而附於中云。

彈　文

按《漢書》注云："羣臣上奏，若罪法按劾，公府送御史臺，卿校送謁者臺。"是則按劾之名，其來久矣。梁昭明輯《文選》，特立其目，名曰彈事。若《唐文粹》、《宋文鑒》，則載奏疏之中而已。迨後王尚書應麟有曰："奏以明允誠篤爲本。若彈文，則必理有典憲，辭有風軌，使氣流墨中，聲動簡外，斯稱絶席之雄也。"是則奏疏彈文，其辭氣亦各異焉。觀者其尚考諸。

檄

按《釋文》："檄，軍書也。"春秋時，祭公謀父稱文告之辭，即檄之本始。至戰國張儀爲檄告楚相，其名始著。

劉勰云："凡檄之大體，或述此休明，或叙彼苛虐。指天時，審人事，算強弱，角權勢。故植義揚辭，務在剛健。插羽以示迅，不可使辭緩；露板以宣衆，不可使義隱。"

大抵唐以前不用四六，故辭直義顯。昔人謂檄以散文爲得體，豈不信乎？

書

按：昔臣僚敷奏，朋舊往復，皆總曰書。近世臣僚上言，名爲表奏；惟朋舊之間，則曰書而已。蓋論議知識，人豈能同？苟不具之於書，則安得盡其委曲之意哉？

戰國、兩漢間，若樂生、若司馬子長、若劉歆諸書，敷陳明白，辯難懇到，誠可以爲修辭之助。

至若唐之韓、柳，宋之程、朱、張、呂，凡其所與知舊、門人答問之言，率多本乎進修之實。讀者誠能熟復，以反之於身，則其所得，又豈止乎文辭而已哉？

記

《金石例》云：“記者，記事之文也。”

西山曰：“記以善敘事爲主。《禹貢》、《顧命》，乃記之祖。後人作記，未免雜以議論。”

後山亦曰：“退之作記，記其事耳；今之記，乃論也。”

竊嘗考之：記之名，始于《戴記》《學記》等篇。記之文，《文選》弗載。後之作者，固以韓退之《畫記》、柳子厚遊山諸記爲體之正。然觀韓之《燕喜亭記》，亦微載議論於中。至柳之記新堂、鐵爐步，則議論之辭多矣。迨至歐、蘇而後，始專有以論議爲記者，宜乎後山諸老以是爲言也。

大抵記者，蓋所以備不忘。如記營建，當記月日之久近，工費之多少，主佐之姓名，敘事之後，略作議論以結之，此爲正體。至若范文正公之記嚴祠，歐陽文忠公之記畫錦堂，蘇東坡之記山房藏書，張文潛之記進學齋，晦翁之作《婺源書閣記》，雖專尚議論，然其言足以垂世而立教，弗害其爲體之變也。學者以是求之，則必有以得之矣。

序

《爾雅》云：“序，緒也。”序之體，始於《詩》之《大序》，首言六義，次言《風》、《雅》之變，又次言《二南》王化之自。其言次第有序，故謂之序也。

東萊云：“凡序文籍，當序作者之意；如贈送燕集等作，又當隨事以序其實也。”大抵序事之文，以次第其語、善序事理爲上。近世應用，唯贈送爲盛。當須取法昌黎韓子諸作，庶爲有得古人贈言之義，而無枉己徇人之失也。

論

按韻書：“論者，議也。”梁昭明《文選》所載，論有二體：一曰史論，乃史臣於傳末作論議，以斷其人之善惡，若司馬遷之論項籍、商鞅是也；二曰論，則學士大夫議論古今時世人物，或評經史之言，正其訛謬，如賈生之論秦過，江統之議徙戎，柳子厚之論守道、守官是也。唐、宋取士，用以出題。然求其辭精義粹、卓然名世者，亦惟韓、歐爲然。劉勰云：“聖哲彝訓曰經，述經叙理曰論。”故凡“陳政則與議說合契，釋經則與傳注參體，辯史則與贊評齊行，詮文則與序引共紀”。信夫！

説、解

按：説者，釋也，述也，解釋義理而以己意述之也。説之名，起自吾夫子之《説卦》，厥後漢許慎著《説文》，蓋亦祖述其名而爲之辭也。

魏、晉六朝文載《文選》，而無其體。獨陸機《文賦》備論作文之義，有曰“説，煒燁而譎誑”，是豈知言者哉！

至昌黎韓子，憫斯文日弊，作《師説》，抗顔爲學者師。迨柳子厚及宋室諸大老出，因各即事即理而爲之説，以曉當世，以開悟後學，繇是六朝陋習，一洗而無餘矣。

盧學士云：“説須自出己意，横説豎説，以抑揚詳瞻爲上。”若夫解者，亦以講釋解剥爲義，其與説亦無大相遠焉。

辨

昔孟子答公孫醜問好辨曰：“予豈好辨哉？予不得已也！”中間歷叙古今治亂相尋之故，凡八節，所以深明聖人與己不能自已之意，終而又曰：“豈好辨哉？予不得已也！”蓋非獨理明義精，而字法、句法、章法，亦足爲作文楷式。迨唐韓昌黎作《諱辨》，柳子厚辨桐葉封弟，識者謂其文敩《孟子》，信矣。大抵辨須有不得已而辨之意。苟非有關世教、有益後學，雖工，亦奚以爲？

原

按韻書：“原者，本也；一説，推原也，義始《大易》‘原始要終’之訓。”若文體謂之

"原"者，先儒謂始於退之之《五原》，蓋推其本原之義以示人也。山谷嘗曰："文章必謹佈置。每見學者，多告以《原道》命意曲折。"石守道亦云："吏部《原道》、《原人》等作，諸子以來未有也。"後之作者，蓋亦取法於是云。

戒

按韻書："誡者，警勅之辭。"《文章緣起》曰："漢杜篤作《女誡》。"辭已弗傳。昭明《文選》亦無其體。今特取先正誡子孫及警世之語可爲法誡者，録之於編，庶讀者得所警發焉。

題　跋

按蒼崖《金石例》云："跋者，隨題以讚語於後，前有序引，當掇其有關大體者以表章之，須明白簡嚴，不可墮人窠臼。"予嘗即其言考之，漢、晉諸集，題跋不載。至唐韓、柳，始有"讀某書"及"讀某文"、"題其後"之名。迨宋歐、曾而後，始有跋語，然其辭意亦無大相遠也。故《文鑒》、《文類》總編之曰"題跋"而已。近世疎齋盧公又云："跋，取古詩'狼跋其胡'之義，狼行則前躐其胡。故跋語不可太多，多則冗；尾語宜峭拔，使不可加。"若然，則跋比題與書，尤貴乎簡峭也。庸書以俟考訂云。

雜　著

雜著者何？輯諸儒先所著之雜文也。文而謂之雜者何？或評議古今，或詳論政教，隨所著立名，而無一定之體也。文之有體者，既各隨體衰集；其所録弗盡者，則總歸之雜著也。著雖雜，然必擇其理之弗雜者則録焉，蓋作文必以理爲之主也。若夫掛一漏萬，尚有俟于博雅君子。

箴

按許氏《説文》："箴，誡也。"《商書盤庚》曰："無或敢伏小人之攸箴。"蓋箴者，規誡之辭，若箴之療疾，故以爲名。古有夏、商二箴，見於《尚書大傳解》、《吕氏春秋》，而殘缺不全。獨周太史辛甲命百官官箴王闕，而虞氏掌獵，故爲《虞箴》，其辭備載《左傳》。後之作者，蓋本於此。

東萊先生云：“凡作箴，須用‘官箴王闕’之意，箴尾須依《虞箴》‘獸臣司原，敢告僕夫’之類。”大抵箴、銘、贊、頌，雖或均用韻語而體不同。箴是規諷之文，須有警誡切劘之意。有志于文辭者，不可不之考也。

銘

按銘者，名也，名其器物以自警也。漢《藝文志》稱道家有《皇帝銘》六篇，然亡其辭。獨《大學》所載成湯《盤銘》九字，發明日新之義甚切。迨周武王，則凡几席觴豆之屬，無不勒銘以致戒警。厥後又有稱述先人之德善勞烈爲銘者，如春秋時孔悝《鼎銘》是也。又以山川、宮室、門闕爲銘者，若漢班孟堅之《燕然山》，則旌征伐之功；晉張孟陽之《劍閣》，則戒殊俗之僭叛，其取義又各不同也。傳曰：“作器能銘，可以爲大夫。”陸士衡云：“銘貴博約而溫潤。”斯得之矣。

頌

《詩大序》曰：“詩有六義，六曰頌。頌者，美盛德之形容，以其成功告於神明者也。”嘗考《莊子·天運篇》稱：“黃帝張《咸池》之樂，猋氏爲頌。”斯蓋寓言爾。故頌之名，實出於《詩》。若商之《那》、周之《清廟》諸什，皆以告神爲頌體之正。至如《魯頌》之《駉》、《駜》等篇，則當時用以祝頌僖公，爲頌之變。故先儒胡氏有曰：“後世文人獻頌，特效《魯頌》而已。”《文心雕龍》云：“敷寫似賦，而不入華侈之區；敬慎如銘，而異乎規諫之域。”諒哉！

贊

按贊者，讚美之辭。《文章緣起》曰：“漢司馬相如作《荊軻贊》。”世已不傳。厥後班孟堅《漢史》以論爲贊，至宋范曄更以韻語。唐建中中試進士，以箴、論、表、贊代詩賦，而無頌題。迨後復置博學宏詞科，則讚頌二題皆出矣。西山云：“讚頌體式相似，貴乎贍麗宏肆，而有雍容俯仰、頓挫起伏之態，乃爲佳作。”大抵贊有二體：若作散文，當祖班氏史評；若作韻語，當宗東方朔《畫像贊》。《金樓子》有對半，“班固碩學，尚云讚頌相似”，豈不信然。

七　體

昭明輯《文選》，其文體有曰"七"者，蓋載枚乘《七發》，繼以曹子建《七啟》、張景陽《七命》而已。

《容齋隨筆》云："枚生《七發》，創意造端，麗旨腴辭，固爲可喜。後之繼者，如傅毅《七激》、張衡《七辯》、崔駰《七依》、馬融《七廣》、曹植《七啟》、王粲《七釋》、張協《七命》、陸機《七征》之類，規仿太切，了無新意。及唐柳子厚作《晉問》，雖用其體，而超然別立機杼。漢晉之間沿襲之弊一洗矣。"

竊嘗考對偶句語，《六經》所不廢。七體雖尚駢儷，然遣辭變化，與連珠全篇四六不同。自柳子後，作者鮮聞。迨元袁伯長之《七觀》，洪武宋、王二老之《志釋》、《文訓》，其富麗固無讓於前人，至其論議，又豈《七發》之可比焉。讀者宜有以得之。

問　對

問對體者，載昔人一時問答之辭，或設客難以著其意者也。《文選》所録宋玉之於楚王，相如之於蜀父老，是所謂問對之辭。至若《答客難》、《解嘲》、《賓戲》等作，則皆設辭以自慰者焉。

洪氏景盧云："東方朔《答客難》，自是文中傑出；楊雄擬爲《解嘲》，尚有馳騁自得之妙。至於班固之《賓戲》、張衡之《應問》，則屋下架屋，章摹句寫，讀之令人可厭。迨韓退之《進學解》出，則所謂青出於藍而青於藍矣。"

傳

太史公創《史記》列傳，蓋以載一人之事，而爲體亦多不同。迨前後兩《漢書》、三國、晉、唐諸史，則第相祖襲而已。厥後世之學士大夫，或值忠孝才德之事，慮其湮没弗白；或事雖微而卓然可爲法戒者，因爲立傳，以垂於世：此小傳、家傳、外傳之例也。

西山云："史遷作《孟荀傳》，不正言二子，而旁及諸子，此體之變，可以爲法。"

《步里客談》又云："范史《黃憲傳》，蓋無事跡，直以語言模寫其形容體段，此爲最妙。"緣是觀之，傳之行跡，固係其人；至於辭之善否，則又係之于作者也。若退之《毛穎傳》，迂齋謂以文滑稽，而又變體之變者乎！

行　狀

按行狀者，門生故舊狀死者行業上于史官，或求銘志于作者之辭也。

《文章緣起》云，始自"漢丞相倉曹傅幹作《楊原伯行狀》"，然徒有其名而亡其辭。蕭氏《文選》唯載任彥升所作《齊竟陵王行狀》一篇，而辭多矯誕，識者病之。今采韓、柳所作，載爲楷式云。

謚　法

《周禮》："大史，喪事考焉，小喪賜謚。"疏云："小喪，卿大夫也。卿大夫謚，君親制之，使大史往賜之。至遣之日，小史往爲讀之。"又按《禮記》曰："幼名，冠字，五十以伯仲，死謚：周道也。"是則賜謚之制，實始于周焉。

《崇文總目》載《周公謚法》一卷，又有《春秋謚法》、《廣謚》等書，然皆漢、魏以來儒者取古人謚號增輯而爲之也。

宋仁宗朝，眉山蘇洵嘗奉詔編定，乃取世傳《周公謚法》以下諸書，定爲三卷，總一百六十八謚。至孝宗淳熙中，夾漈鄭樵復本蘇氏書增損，定爲上中下三等，通二百一十謚，爲書以進。

大抵謚者，所以表其實行，故必由君上所賜，善惡莫之能揜。然在學者，亦不可不知其說。故今特載《周公謚法》於編，蓋以諸家之説，皆祖於此。若夫鄭氏之論，亦多有可取者，今亦録附於後，讀者詳之。

謚　議

按《謚法》云："謚者，行之跡。大行受大名，細行受小名。"

《白虎通》曰："人行始終不能若一。"故據其終始，明別善惡，所以勸人爲善而戒人爲惡也。繇是觀之，則謚之所係，豈不重歟？

漢、晉而下，凡公卿大夫賜謚，必下太常定議。博士乃詢察其善惡賢否，著爲謚議，以上於朝。若晉秦秀之議何曾、賈充，唐獨孤及之議苗俊卿，宋鄧忠臣之議歐陽永叔是也。當時雖或未能盡從其言，然千百載之下，讀其辭者，莫不油然興起其好惡之心。嗚呼！是其所係豈不甚重乎哉？至若近世名儒隱士之没，門人朋舊有私謚易名之議，蓋亦不可不知云。

碑

按《儀禮·士婚禮》：“入門當碑揖。”又《禮記·祭義》云：“牲入麗於碑。”賈氏注云：“宮廟皆有碑，以識日影，以知早晚。”《説文》注又云：“古宗廟立碑係牲，後人因于上紀功德。”是則宮室之碑，所以識日影；而宗廟則以係牲也。秦漢以來，始謂刻石曰碑，其蓋始于李斯嶧山之刻耳。蕭梁《文選》載郭有道等墓碑，而王簡棲《頭陀寺碑》亦厠其間。至《唐文粹》、《宋文鑒》，則凡祠廟等碑與神道墓碑，各爲一類。今故亦依其例云。

墓碑、墓碣、墓表、墓誌、墓記、埋銘

按《檀弓》曰：“季康子之母死，公肩假曰：‘公室視豐碑。’”注云：“豐碑，以木爲之，形如石碑，樹於槨前後，穿中爲鹿盧繞之綍，用以下棺。”

《事祖廣記》曰：“古者葬有豐碑以窆。秦、漢以來，死有功業，則刻於上，稍改用石。晉、宋間始稱神道碑，蓋地理家以東南爲神道，碑立其地而名云耳。”

墓碣，近世五品以下所用，文與碑同。

墓表，則有官無官皆可，其辭則叙學行德履。

墓誌，則直述世係、歲月、名字、爵里，用防陵谷遷改。

埋名、墓記，則墓誌異名。

古今作者，惟昌黎最高。行文叙事，面目首尾，不再蹈襲。凡碑碣表於外者，文則稍詳；志銘埋於壙者，文則嚴謹。其書法，則唯書其學行大節；小善寸長，則皆弗録。近世弗知者，至將墓誌亦刻墓前，斯失之矣。大抵碑銘所以論列德善功烈，雖銘之義稱美弗稱惡，以盡其孝子慈孫之心；然無其美而稱者謂之誣，有其美而弗稱者謂之蔽。誣與蔽，君子之所弗由也。

誄辭、哀辭

按《周禮》：“太祝作六辭，以通上下親疎遠近，六曰誄。”魯哀公十六年四月，孔子卒，公誄之曰：“昊天不弔，不憖遺一老，俾併予一人以在位，煢煢予在疚！嗚呼，哀哉，尼父！”此即所謂誄辭也。鄭氏注云：“誄者，累也，累列生時行跡，讀之以作謚。此唯有辭而無謚，蓋唯累其美行示己傷悼之情爾。”是則後世有誄辭而無謚者，蓋本於此。

又按《文章緣起》載漢武帝《公孫弘誄》，然無其辭。唯《文選》録曹子建之誄王仲宣，潘安仁之誄楊仲武，蓋皆述其世係行業而寓哀傷之意。厥後韓退之之于歐陽詹，柳子厚之於吕温，則或曰誄辭，或曰哀辭，而名不同。迨宋南豐、東坡諸老所作，則總謂之哀辭焉。大抵誄則多叙世業，故今率仿魏、晉，以四言爲句；哀辭則寓傷悼之情，而有長短句及楚體不同。作者不可不知。

祭 文

古者祀享，史有册祝，載其所以祀之之意，考之經可見。若《文選》所載謝惠連之《祭古塚》，王僧達之《祭顔延年》，則亦不過叙其所祭及悼惜之情而已。迨後韓、柳、歐、蘇與夫宋世道學諸君子，或因水旱而禱於神，或因喪葬而祭親舊，真情實意，溢出言辭之表，誠學者所當取法者也。大抵禱神以悔過遷善爲主，祭故舊以道達情意爲尚。若夫諛辭巧語，虛文蔓説，固弗足以動神，而亦君子所厭聽也。

連 珠

按晉傅玄曰："連珠興于漢章帝之世。班固、賈逵，亦嘗受詔作之。蔡邕、張華，又嘗廣焉。"考之《文選》，止載陸士衡五十首，而曰《演連珠》，言演舊義以廣之也。大抵連珠之文，穿貫事理，如珠在貫。其辭麗，其言約，不直指事情，必假物陳義以達其旨，有合古詩風興之義。其體則四六對偶而有韻。自士衡後，作者蓋鮮。

洪武初，宋王二閣老有作，亦如士衡之數。今各録十餘篇，寘於《外集》之首，以爲嗜古君子之助，且以著四六之所始云。

判

按唐制，凡選人入選，其選之之法有四：一曰身，體貌豐偉；二曰言，言辭辨正；三曰書，楷法遒美；四曰判，文理優長。四事皆可取，則先德行。德均以才，才均以勞。得者爲留，不得者放。蓋凡進士登第及諸科出身，皆以此銓擇。若陸宣公既登進士，又以書判拔萃補渭南尉是也。宋代選人，試判三道。若二道全通、一道稍次而文翰俱優爲上；一道全通而二道稍次爲中；三道全次而文翰紕繆爲下。其上者加階超資，中者依資以叙，下者殿一選。如晦翁登第後，銓試入中等始授同安主簿是已。

元世不用其制。

國朝設科，第二場有判語，以律條爲題，其文亦用四六，而以簡當爲貴。今録以備一體云。

律　賦

律賦起於六朝，而盛于唐、宋。凡取士以之命題，每篇限以八韻而成，要在音律諧協、對偶精切爲工。迨元代場屋，更用古賦，繇是學者棄而弗習。今録一二以備其體云。

律　詩

律詩始于唐，而其盛亦莫過於唐。考之唐初，作者蓋鮮。中唐以後，若李太白、韋應物猶尚古多律少。至杜子美、王摩詰則古律相半。迨元和而降，則近體盛而古作微矣。

大抵律詩拘於定體，固弗若古體之高遠；然對偶音律，亦文辭之不可廢者。故學之者當以子美爲宗。其命辭用事，聯對聲律，須取溫厚和平不失六義之正者爲矜式。若換句拗體、粗豪險怪者，斯皆律體之變，非學者所先也。

楊仲弘云："凡作唐律，起處要平直，承處要春容，轉處要變化，結處要淵永，上下要相連，首尾要相應。最忌俗意俗字，俗語俗韻。用工二十年，始有所得。"嗚呼，其可易而視之哉！

排　律

楊伯謙云："唐初五言排律雖多，然往往不純；至中唐始盛。若七言，則作者絶少矣。大抵排律若句鍊字鍛，工巧易能；唯抒情陳意，全篇貫徹而不失倫次者爲難。故山谷嘗云：老杜《贈韋左丞相詩》，前輩録爲壓卷，蓋其佈置最爲得體，如官府甲第，廳堂房室，各有定處，不相淆亂也。"作者當以其言爲法。

絶　句

楊伯謙云："五言絶句，盛唐初變六朝子夜體；六言則王摩詰始效顧、陸作；七言，唐初尚少，中唐漸盛。"

又按《詩法源流》云："絕句者,截句也。後兩句對者是截律詩前四句;前兩句對者是截後四句;皆對者是截中四句;皆不對者是截前後各兩句。故唐人稱絕句爲律詩,觀李漢編《昌黎集》,凡絕句皆收入律詩内是也。"

周伯弜又云："絕句以第三句爲主,須以實事寓意,則轉換有力,涵蓄無盡。"由是觀之,絕句之法可見矣。

聯句詩

按聯句始著于《陶靖節集》,而盛於退之、東野。考其體,有人作四句,相合成篇,若《靖節集》中所載是也。又有人作一聯,若子美與李尚書之芳及其甥宇文或聯句是也。復有先出一句、次者對之,就出一句、前人復對之,相繼成章,則昌黎、東野《城南》之作是也。其要在於對偶精切,辭意均敵,若出一手,乃爲相稱。山谷嘗云："退之與孟郊意氣相入,故能雜然成篇。後人少聯句者,蓋由筆力難相追爾。"

雜體詩

昔柳柳州讀退之《毛穎傳》,有曰:"'善戲謔兮,不爲虐兮',學者終日討説習復,則罷憊而廢亂,故有息焉遊焉之説。"譬諸飲食,既"薦味之至者,而奇異苦鹹酸辛之物,雖蜇吻裂鼻、縮舌澀齒,而咸有篤好之者,獨文異乎?"予於是而知雜體之詩類是也。然其爲體,厥各不同。今總謂之雜者,以其終非詩體之正也。博雅之士,其亦有所不廢焉。

近代詞曲

按《歌曲源流》云:"自古音樂廢後,鄭衛夷狄之聲雜然並出。至唐開元、天寶中,薰然成俗。於時才士,始依樂工按拍之聲,被之以辭。其句之長短,各隨曲而度。於是古昔'聲依永'之理愈失矣。"

又按致堂胡先生曰:"近世歌曲,以曲盡人情而得名。故文章豪放之士,鮮不寓意於此,隨亦自掃其跡曰:'此謔浪游戲而已。'唐人爲之者衆,至柳耆卿乃掩衆制而盡其妙,篤好者以爲不可復加。及眉山蘇氏出,一洗綺羅香澤之態,擺脱綢繆宛轉之度,使人登高望遠,舉首高歌,而逸懷浩氣,超乎塵垢之表矣。"

竊嘗因而思之:凡文辭之有韻者,皆可歌也。第時有升降,故言有雅俗,調有古今爾。昔在童稚時,獲侍先生長者,見其酒酣興發,多依腔填詞以歌之。歌畢,顧謂幼稚者曰:"此宋代慢詞也。"當時大儒,皆所不廢。今間見《草堂詩餘》。自元世套數諸曲盛行,斯音日微矣。迨予既長,奔播南北,鄉邑前輩,零落殆盡,所謂填詞慢調者,今無復聞矣。庸特輯唐、宋以下辭意近于古雅者,附諸《外集》之後,《竹枝》、《楊柳》亦不棄焉。好古之士,於此亦可以觀世變之不一云。(以上《文章辨體序説》)

《晦庵詩抄》序

五言古詩實繼國風、雅、頌之後,若蘇、李之天成,曹、劉之自得,以至陶靖節之高風逸韻,卓卓乎不可尚焉。三謝以降,正風日靡。唐興,沈、宋變爲近體,至陳伯玉始力復古作,迨李杜後出,詩道大興而作者日盛矣。然於其間求夫音節雅暢,辭意渾融,足以繼絶響而闖淵明之閫域者,惟韋應物、柳子厚爲然爾。自時厥後。日以律法相高,議論相尚,而詩道日晦焉。宋室南遷,晦庵朱子以天挺豪傑之才,上繼聖賢之學,文辭雖其餘事,間嘗讀《大全集》,觀其五言古體冲遠古澹,實宗風雅而出入漢、魏、陶、韋之間,至其《齋居感興》之作則又於韻語之中,盡發天人之蘊,以開示學者,是豈漢、晉詩人之所可及哉?然集中編載,衆體混出,且卷帙浩瀚,獲見者鮮。暇日因手抄五言古體,始於《擬古》,終於《感興》諸詩,得二百首,實於家塾,以教子弟。蓋欲使知詩章之學亦先儒之所不廢,沉潛之久,庶因有以得其歸宿云。(《明文衡》卷四十四)

朱 㮵

朱㮵(1378—1438)號凝真子,朱元璋第十六子,封慶王。明鳳陽(今屬安徽)人。天性英敏,問學博洽,長於詩文,書法亦名聞遐邇。著有《寧夏志》二卷、《凝真稿》十八卷、《集句閨情》一卷,編《文章類選》、《增廣唐詩鼓吹續編》等共五種。今只存《寧夏志》、《文章類選》、《增廣唐詩鼓吹續編》。《四庫全書總目》批評《文章類選》云:"標目冗碎,義例舛陋,不可枚舉。如同一奏議也,而分之爲論諫,爲封事,爲疏,爲奏,爲彈事,爲劄;詩不入選,而曲操、樂章仍分二類。又如序事類載《左傳》'隱桓本末','鄭莊公叔段本末'及'子產從政'凡三篇,而《戰國策》'范雎見秦王'反刊於前,顛倒失次,其甄綜之無識又可概知矣。"

本書資料據國家圖書館藏明初麝香本《文章類選》。

《文章類選》自序（節録）

將《文選》、《文粹》、《文苑英華》、《翰墨全書》、《事文類聚》諸書所載之文，類而選之，曰賦，曰記，曰序，曰傳，曰騷，曰辭，曰文，曰説，曰論，曰辯，曰議，曰謚議，曰書，曰頌，曰贊，曰銘，曰箴，曰解，曰原，曰論諫，曰封事，曰疏，曰策，曰檄文，曰狀，曰詔，曰制，曰口宣，曰符命，曰册文，曰敕，曰奏，曰教，曰表，曰箋，曰啟，曰碑，曰行狀，曰神道碑，曰墓誌，曰墓表，曰誄，曰哀册，曰謚册，曰祭文，曰哀辭，曰彈事，曰劄，曰序事，曰判，曰問對，曰規，曰言語，曰曲操，曰樂章，曰露布，曰題跋，曰雜著，凡五十八體。

朱　權

朱權(1378—1448)號臞仙、涵虚子、丹丘先生，自號南極遐齡老人、大明奇士。朱元璋第十七子。卒謚獻，又稱寧獻王。道教學者、戲曲理論家、劇作家。著有《漢唐秘史》等書數十種，自經子、九流、星曆、醫卜、黄老諸術皆具；編有古琴曲集《神奇秘譜》和北曲譜及評論專著《太和正音譜》；所作雜劇今知有十二種，現存《大羅天》、《私奔相如》兩種；道教專著有《天皇至道太清玉册》八卷，成書於正統九年(1444)，收入《續道藏》。其生平作品和論著多表現道教思想。

《太和正音譜》爲北曲曲譜，一名《北雅》，分《樂府體式》、《古今英賢樂府格勢》、《雜劇十二科》、《群英所編雜劇》、《善歌之士》、《音律宫調》、《詞林須知》、《樂府》等八章。前三章爲戲曲文學理論。《古今英賢樂府格勢》評論元明雜劇、散曲作家一百八十七人，推馬致遠爲首位。《群英所編雜劇》、《善歌之士》爲元明初雜劇作家、作品補遺，並列"知音善歌者"三十六人，有史料價值。《太和正音譜》的主要成就是對音韻格律的論述。《樂府》章爲北曲雜劇曲譜，占全書篇幅五分之四，根據北曲黄鐘、正官、大石調、小石調、仙吕、中吕、南吕、雙調、越調、商調、商角調、般涉調等十二官調分類，逐一記述曲牌的句格譜式，詳注四聲平仄，標出正字、襯字，共收曲牌三百三十五支，是現存唯一的北雜劇曲譜，甚爲珍貴。

朱權編《西江詩法》卷首有其宣德五年(1430)所撰序文，謂曾徵得黄聚(明成化時人)《詩法》二篇，後又得元儒《詩法》，删編而成此書。全書分二十五目，依次爲：詩體源流，詩法源流，詩家模範，詩法大意，作詩骨格，詩宗正法眼藏，詩法家數，詩學正法，作詩準繩，律詩法要，字眼，古詩要法，五言古詩法，七言古詩法，絶句詩法，諷諫詩法，榮遇詩法，登臨留題詩法，征行詩法，贈行詩法，詠物詩法，讚美詩法，賡和詩法，哭挽詩法，作樂府法。所論未注出處，其實主要摘自《詩法正論》、《詩法家數》、《黃子肅詩法》、《詩宗正法眼藏》以及嚴羽《滄浪詩話·詩體》等，並另立名目。

本書資料據中國戲劇出版社 1959 年《中國古典戲曲論著集成》本《太和正音譜》、江西弋陽王府刻本《西江詩法》。

樂府體式（節錄）

予今新定府體一十五家

丹丘體豪放不羈。

宗匠體詞林老作之詞。

黃冠體神遊廣漠，寄情太虛，有湌霞服日之思，名曰"道情"。

承安體華觀偉麗，過於泆樂。承安、金章宗正朔。

盛元體快然有雍熙之治，字句皆無忌憚。又曰"不諱體"。

江東體端謹嚴密。

西江體文采煥然，風流儒雅。

東吳體清麗華巧，浮而且豔。

淮南體氣勁趣高。

玉堂體公平正大。

草堂體志在泉石。

楚江體屈抑不伸，攄衷訴志。

香奩體裙裾脂粉。

騷人體嘲譏戲謔。

俳優體詭喻媱虐。即"媱詞"。

古今羣英樂府格勢（節錄）

元一百八十七人

馬東籬之詞，如朝陽鳴鳳。其詞典雅清麗，可與《靈光》、《景福》而相頡頏。有振鬣長鳴，萬馬皆瘖之意。又若神鳳飛鳴於九霄，豈可與凡鳥共語哉？宜列羣英之上。

張小山之詞，如瑤天笙鶴。其詞清而且麗，華而不豔，有不喫煙火食氣，真可謂不羈之材；若被太華之仙風，招蓬萊之海月，誠詞林之宗匠也。當以九方皐之眼相之。

白仁甫之詞，如鵬搏九霄。風骨磊塊，詞源滂沛，若大鵬之起北溟，奮翼凌乎九霄,有一舉萬里之志,宜冠於首。

李壽卿之詞,如洞天春曉。其詞雍容典雅,變化幽玄,造語不凡,非神仙中人,孰能致此?

喬夢符之詞,如神鰲鼓浪。若天吳跨神鰲,噀沫於大洋,波濤洶涌,截斷衆流之勢。

費唐臣之詞,如三峽波濤。神風聳秀,氣勢縱橫,放則驚濤拍天,斂則山河倒影,自是一般氣象,前列何疑?

宮大用之詞,如西風鵰鶚。其詞鋒穎犀利,神采燁然,若揵翩摩空,下視林藪,使狐兔縮頸於蓬棘之勢。

王實甫之詞,如花間美人。鋪叙委婉,深得騷人之趣。極有佳句,若玉環之出浴華清,綠珠之採蓮洛浦。

張鳴善之詞,如彩鳳刷羽。藻思富瞻,爛若春葩,郁郁焰焰,光彩萬丈,可以爲羽儀詞林者也。誠一代之作手,宜爲前列。

關漢卿之詞,如瓊筵醉客。觀其詞語,乃可上可下之才,蓋所以取者,初爲雜劇之始,故卓以前列。

鄭德輝之詞,如九天珠玉。其詞出語不凡,若咳唾落乎九天,臨風而生珠玉,誠傑作也。

白無咎之詞,如太華孤峰。孑然獨立,巋然挺出,若孤峰之插晴昊,使人莫不仰視也。宜乎高薦。

貫酸齋之詞,如天馬脱羈。鄧玉賓之詞,如幽谷芳蘭。

滕玉霄之詞,如碧漢閑雲。鮮于去矜之詞,如奎璧騰輝。伯機子

商政叔之詞,如朝霞散綵。范子安之詞,如竹裏鳴泉。

徐甜齋之詞,如桂林秋月。楊澹齋之詞,如碧海珊瑚。

李致遠之詞,如玉匣昆吾。鄭庭玉之詞,如珮玉鳴鑾。

劉庭信之詞,如摩雲老鶴。吳西逸之詞,如空谷流泉。

秦竹村之詞,如孤雲野鶴。馬九皋之詞,如松陰鳴鶴。

石子章之詞,如蓬萊瑤草。盍西村之詞,如清風爽籟。

朱庭玉之詞,如百卉爭芳。庾吉甫之詞,如奇峰散綺。

楊立齋之詞,如風煙花柳。楊西庵之詞,如花柳芳妍。

胡紫山之詞,如秋潭孤月。張雲莊之詞,如玉樹臨風。

元遺山之詞,如窮崖孤松。高文秀之詞,如金瓶牡丹。

阿魯威之詞,如鶴淚青霄。呂止庵之詞,如晴霞結綺。

荆幹臣之詞，如珠簾鸚鵡。　薩天錫之詞，如天風環珮。

薛昂夫之詞，如雪窗翠竹。　顧均澤之詞，如雪中喬木。

周德清之詞，如玉笛橫秋。　不忽麻之詞，如閑雲出岫。

杜善夫之詞，如鳳池春色。　鍾繼先之詞，如騰空寶氣。

王仲文之詞，如劍氣騰空。　李文蔚之詞，如雪壓蒼松。

楊顯之之詞，如瑤臺夜月。　顧仲清之詞，如鵬鶚冲霄。

趙文寶之詞，如藍田美玉。　趙明遠之詞，如太華晴雲。

李子中之詞，如清廟朱瑟。　李取進之詞，如壯士舞劍。

吳昌齡之詞，如庭草交翠。　武漢臣之詞，如遠山疊翠。

李直夫之詞，如梅邊月影。　馬昂夫之詞，如秋蘭獨茂。

梁進之之詞，如花裏啼鶯。　紀君祥之詞，如雪裏梅花。

于伯淵之詞，如翠柳黃鸝。　王庭秀之詞，如月印寒潭。

姚守中之詞，如秋月揚輝。　金志甫之詞，如西山爽氣。

沈和甫之詞，如翠屏孔雀。　睢景臣之詞，如鳳管秋聲。

周仲彬之詞，如平原孤隼。　吳仁卿之詞，如山間明月。

秦簡夫之詞，如峭壁孤松。　石君寶之詞，如羅浮梅雪。

趙公輔之詞，如空山清嘯。　孫仲章之詞，如秋風鐵笛。

岳伯川之詞，如雲林樵響。　趙子祥之詞，如馬嘶芳草。

李好古之詞，如孤松掛月。　陳存甫之詞，如湘江雪竹。

鮑吉甫之詞，如山蛟泣珠。　戴善甫之詞，如荷花映水。

張時起之詞，如雁陣驚寒。　趙天錫之詞，如秋水芙蕖。

尚仲賢之詞，如山花獻笑。　王伯成之詞，如紅鴛戲波。

國朝一十六人

王子一之詞，如長鯨飲海。風神蒼古，才思奇瑰，如漢庭老吏判辭，不容一字增減，老作老作！其高處，如披琅玕而叫閶闔者也。

劉東生之詞，如海嶠雲霞。鎔意鑄詞，無纖翳塵俗之氣，迥出人一頭地，可與王實甫輩並驅，藹然見於言意之表，非苟作者，宜列高選。

王文昌之詞，如滄海明珠。遼東指揮詞源泛瀲，凌長空而赴滄海；語音清麗，若玉撞而金春。真樂府中之錚錚者也。

谷子敬之詞，如崑山片玉。其詞理溫潤，如璆琳琅玕，可薦爲郊廟之用；誠美物也。

藍楚芳之詞,如秋風桂子。陳克明之詞,如九畹芳蘭。

李唐賓之詞,如孤鶴鳴皋。穆仲義之詞,如洛神凌波。

湯舜民之詞,如錦屏春風。賈仲名之詞,如錦帷瓊筵。

楊景言之詞,如雨中之花。蘇復之詞,如雲林文豹。指揮

楊彥華之詞,如春風飛花。楊文奎之詞,如匡廬疊翠。

夏均政之詞,如南山秋色。唐以初之詞,如仙女散花。

大概作樂府切忌有傷於音律,乃作者之大病也。且如女真《風流體》等樂章,皆以女真人音聲歌之,雖字有舛訛,不傷於音律者,不爲害也。大抵先要明腔,後要識譜。審其音而作之,庶不有忝於先輩焉。

且如詞中有字多難唱處,橫放傑出者,皆是才人拴縛不住的豪氣。然此若非老於文學者,則爲劣調矣。

雜劇十二科

一曰"神仙道化",二曰"隱居樂道"(又曰"林泉丘壑"),三曰"披袍秉笏"(即"君臣"雜劇),四曰"忠臣烈士",五曰"孝義廉節",六曰"叱奸罵讒",七曰"逐臣孤子",八曰"鏺刀趕棒"(即"脫膊"雜劇),九曰"風花雪月",十曰"悲歡離合",十一曰"煙花粉黛"(即"花旦"雜劇),十二曰"神頭鬼面"(即"神佛"雜劇)。

雜劇,俳優所扮者,謂之"娼戲",故曰"勾欄"。子昂趙先生曰:"良家子弟所扮雜劇,謂之'行家生活';娼優所扮者,謂之'戾家把戲'。良人貴其恥,故扮者寡,今少矣,反以娼優扮者謂之'行家',失之遠也。"或問其何故哉?則應之曰:"雜劇出於鴻儒碩士、騷人墨客所作,皆良人也。若非我輩所作,娼優豈能扮乎?推其本而明其理,故爲'戾家'也。"關漢卿曰:"非是他當行本事,我家生活,他不過爲奴隸之役,供笑獻勤,以奉我輩耳。子弟所扮,是我一家風月。"雖是戲言,亦合於理,故取之。

良家之子,有通於音律者,又生當太平之盛,樂雍熙之治,欲返古感今,以飾太平。所扮者,隋謂之"康衢戲",唐謂之"梨園樂",宋謂之"華林戲",元謂之"昇平樂"。(以上《太和正音譜》卷下)

《西江詩法》(節録)

五言古詩,自漢、魏、兩晉而下經梁昭明所選,則謂之"選詩"。至盛唐,乃謂之"古詩"。始陳子昂、李、杜諸大家出,一掃六代之纖弱,以渾厚之風倡於天不,而後世斷以

唐詩爲宗，何也？無蹈襲雷同之弊，非流連光景之文。

朱有燉

　　朱有燉(1379—1439)號誠齋，又號錦窠老人、全陽道人、老狂生、全陽子、全陽老人。謚憲王，世稱周憲王。鳳陽（今屬安徽）人。明太祖朱元璋第五子朱橚的長子。朱有燉是明代以詞曲聞名的藩王之一，留心翰墨，通曉音律。其詩文反映了他養尊處優而精神空虛的生活。他的散曲，多有嘲風弄月之作，常出現“談禪”、“答僧”、“修道”等題目。其雜劇有釋道劇、慶壽劇、妓女劇、牡丹劇、節義劇、水滸劇，多爲歌功頌德、點綴升平之作，但能够完整保存流傳至今，在中國古代劇作家中是罕見的。他的劇作，文詞本色，音律和諧，注意調劑排場的冷熱和歌舞的穿插，便於演出。朱有燉生活的時代，雜劇體製已經發生了變化，這在他的作品中也有所表現。例如，突破一人主唱的限制，不純唱北曲，多用增句，定場不念詩而念詞。所有這些都對雜劇的南曲化起了一定的促進作用。其詩文除收入《誠齋録》、《誠齋新録》外，尚有《誠齋牡丹百詠》、《誠齋梅花百詠》和《誠齋玉堂春百詠》。散曲有《誠齋樂府》二卷。所作雜劇共三十一種。

　　本書資料據上海古籍出版社 1989 年版《誠齋樂府》。

白鶴子·詠秋景有引

　　予觀古詩，若“呦呦鹿鳴”等篇，皆古人之佐樽歌曲，但以“聲依永”，所以無分長短句，皆可以爲歌曲。自漢、魏以來，古風猶存。漸以字句短長分而爲二，詩自詩，樂府自樂府。其句法肖同，而序事體製頗有分別，及李唐猶如此。若白樂天之“永豐西角荒園裏，盡日無人屬阿誰”。樂工歌此曲，宣宗聞之，問誰作者，永豐在何處，左右具以對，遂令中史取二株植於苑中。可見唐時尚以詩可歌唱也。其時已有李太白之《憶秦娥》、《菩薩蠻》等詞，漸流入腔調律吕，漸違於“聲依永”之傳。後遂全革古體，專以律吕音調格定聲句之長短緩急，反以吟詠情性求之於音聲詞句，非要之爲樂府。歌曲古不若今之清越精妙也，故唐末宋初以來，歌曲則全以詞譜爲主，今日則呼爲南曲者是也。自金、元以胡俗行乎中國，乃有女真體之作，又有董解元、關漢卿輩知音之士，體南曲而更以北腔，然後歌曲出自北方，中原盛行之，今呼爲北曲者是也。因此分而爲二，南人歌南曲，北人唱北曲。若其吟詠情性，宣暢湮鬱，和樂實友，與古之詩又何異焉？或曰，古詩爲正音，今曲乃鄭衛之聲，何可同日而語耶？予曰：不然。鄭衛之聲，乃其立意不正，聲句淫佚，非其體格音響比之雅、頌有不同也。今時但見詞曲中有《西

廂記》、《黑旋風》等戲謔之編爲褻狎，遂一概以鄭衛之聲目之，豈不冤哉！（卷一）

周　叙

　　周叙（1392—1452）字公叙，一作功叙，號石溪。明吉水（今屬江西）人。永樂十六年（1418）進士，選庶吉士，官至南京翰林院侍講學士。居禁近三十餘年，雖以文字爲職業，尤注意於國事，前後章疏皆切時政。著有《石溪集》、《詩學梯航》、《唐詩類編》。其《詩學梯航》一卷分六部分：《叙詩》述詩歌源流梗概，《辨格》言古今詩格變化，《命題》論作詩之大要，《述作》論詩體、五古及唐律，《品藻》評魏至唐之詩人將近百家，《通論》多論作詩之法。有明成化刊本。又有明鈔本，天一閣藏。

　　本書資料據明成化刊本《詩學梯航》。

辨　格

　　凡詩格不同，措辭亦異。舉其正則有如賡歌，本出《尚書》，而三代、漢、唐自爲一格。四言皆祖《毛詩》，而淵明、六朝各成一體。況乎琴操、樂府，亦有今調、古調之差；古詩、絕句，又有五言、七言之異。律詩皆以五、七字爲句，而排律之格亦然。古詩既有五、七言之殊，而長短句之法不類。推言其變，非止一端。若古詩有選詩、古風之稱，律詩有今律、古律之辨。選詩見於《文選》所載，古風蓋泛然謂之。今律拘以聲律之嚴，古律唯從句法之順，於是目古詩爲往體，名律詩爲近詩（又名近體）。乃有一句、三句、五句之歌（一句如《漢書》“枹鼓不鳴董少年”，兩句如荊軻《易水歌》，三句如漢高祖《大風歌》，五句如杜工部“曲江蕭條秋氣高”之篇是也），一字至七字之體（如唐張南史《雪》、《月》、《花》、《草》等篇），有三句七言、一句九言者（隋人有應詔詩，多此體），有自三言起以漸加至四、五、六言而終以七言者（隋鄭世翼有此詩），有三言者（起于晉夏侯湛），有六言者（起于漢司農谷永），有九言者（起于高貴鄉公），有半五六言者（晉傅玄《鴻雁生塞北》之篇是也），有三、五、七言者（鄭世翼有此詩），有雜言者（鄭世翼及唐名家有之）。律詩有徹首尾對者（如杜工部《東屯北崦》及《垂白》之類），有徹首尾不對者（如李太白“牛渚西江夜”之篇）。有絕句折腰者（謂中間失粘，如王維“渭城朝雨浥輕塵”之篇是也），有律詩折腰者（如杜工部“竹裏行廚洗玉盤”之篇是也）。律詩有引韻便失粘者（如杜工部“浣花溪水水西頭”之篇是也，謂江東體），有至第三句失粘者（如杜工部“搖落深知宋玉悲”之篇是也）。有前四句不對，至頸聯方對者（如賈島《下第》詩云：“下第唯空囊，如何在帝鄉？杏園啼百舌，誰醉在花傍？淚落故山遠，病來春草長。知音逢豈易，孤棹在三湘"是也，謂之蜂腰體）。有起句便對，領聯反不對，至頸聯又對者（如杜工部"無家對寒食"之篇之類，謂之偷春體）。有扇對者（如杜工部《哭台州司户蘇少監》詩："得罪台州去，時危棄碩儒。移官蓬閣後，穀貴歿潛夫"之類，又名隔句對）。有就句對者（如杜工部："小院回廊春寂寂，浴鳧飛鷺晚雙雙"之類）。古詩有三韻者（五言如唐李益"漢家今上郡"之篇，唐人多作之；七言如杜牧《送王侍御赴夏口座主幕》詩之類），有五韻、六韻以至百韻者（此等唐人多作，於各集中可考而見）。有換韻者（如《十九首·行行重行行》本押"離"韻，至中間換"遠"韻之類）。有古詩全不押韻者（如古《採蓮曲》是也）。有押六七韻者（如韓昌黎《此日足可惜》之篇是也）。有重用兩三韻者（如曹子建《美女篇》兩用"難"字；任彦升《哭范僕射》詩三用"情"字）。有重用二十許韻者（漢《焦仲卿妻》詩内有之）。

述作上·總論諸體

詩自賡歌，既作有《琴操》焉，始于虞舜《南風》之歌，其後如文王《羑里》之作，高陵《別鶴》之操，商山四皓《紫芝》之曲，異代同符，寫之音徽，宮、商吻合，蓋亦詩之流也。魏、晉以來，詩曲日盛，斯作遂湮。至唐，始有昌黎韓子所擬《將歸》等操，非特獨步有唐，直欲翱翔兩漢之上，後世莫之與京。元朝李季和極力模仿，有《擇木》等數篇足以追配，可謂有志於古。然非熟于三代、秦、漢之作，真有得其心者，不能然也。是則《琴操》舍三代、秦、漢將何取式哉！《琴操》之後，樂府繼興，由漢及唐，爲體不一。漢、魏古辭，沉潛渾龐，爾雅典古。晉代之音，猶有似焉。齊、梁、六朝，綺靡雕錯，誇誕矜驕。至唐之盛年，作者尤衆，然皆各具一長，若杜子美之典重，李太白之豪放，白樂天之指實，溫飛卿之纖穠，盧仝之怪，劉駕之悲，長吉之鬼仙，義山之風流，皆足名家。至其詞語沉著，情緣周致，元微之、張籍、王建其尤也。蓋三子之作，思遠格幽，材俊巧拙，唯題適從，各當其可；至於鋪叙轉換，斷論出場，莫不曲妙，真所謂出類拔萃者耶。若唐之樂府，自足名家。要之，不必與漢、魏並論矣。元代宋運，聲詩中興，學太白者有陳剛中，學子美者有李子構、揭曼碩，學樂天者有馬易之，學飛卿者有薩天錫，學張、王者有李季和。此數公皆達而在上，人所共慕。若窮處山林岩穴之士，呻吟謳謠之聲，豈無學古若寧戚之歌，興悲如劉駕之什，亦有膏粱子弟錦繡才人，逞風流如義山，效鬼仙如長吉者，又豈無奇崛之輩、感憤之徒，詭行放言，若盧仝、劉叉之怪者乎？固未暇遍索而枚舉也。百年之間，文獻可徵若此。大抵郊天地薦鬼神之歌，必取式於兩漢；諷君上刺美惡之詞，或效響于魏、晉；叙事實、騁材華之作，常踵武于有唐。若擬舊題，必各仿其始制之體，此爲妙訣。樂府而後，有長短句（本出漢樂章，見《漢書·郊祀志》）、七言古詩（即《秋風詞》之類），二體雖皆起於漢世，然尚不若五言之甚著。開元以後，始極盛矣，李、杜集中，率多賦此。宋之問《明河篇》、白樂天《長恨歌》、元微之《連昌宮辭》、王昌齡《箜篌引》、韓退之《石鼓歌》、李義山《元和碑》、盧仝《月蝕詩》、劉叉《冰柱》、《雪車》，皆傑然之作，足可師法。若蘇東坡《芙蓉城》、歐陽文忠公《廬山高》，在宋人中深不易得。元人如陳剛中、揭曼碩、薩天錫、丁仲容、韓明善、李季和、張伯雨諸公，作者甚衆，足繼唐風。五言長篇，漢已有《焦仲卿妻》等詩，至唐始盛，於李、杜少不下二三十韻，多至百韻。其後詞人踵作，遂成一體。五、七言既著，於是乎有律詩焉。有律詩，遂有排律。排律，即律詩排叙者也。須先將己之胸次放闊，以次取詩之指意，展開鋪陳錯綜，有條不紊。天吳紫鳳，粲然盈幅，及其冠冕佩玉，球琳鏗鏘，擲地當金石之聲。五言者，唐人須推杜工部爲第一，如《上韋左丞》之類。當反復詳味，更以盛唐、中唐諸家參取之。七言者，唐詩亦不多見，杜工部《贈鄭廣文虔》一詩可取爲式。比之五言句語，特加清新雅健耳。絕句，亦律詩之流。絕，猶截也，謂八句截爲兩章也。以八句截爲兩章，非四句而何？五言四句，漢已有之，如《槁砧》之詩是也。後如陶淵明四景之作，及三謝、陰、何諸集中往往而有，但不拘聲律，猶古詩耳。至唐，始被以聲律，即今之所謂絕句。終始雖止二十字，亦未易佳。須一句趁一句，不得間緩。詞欲有餘，意須充足。如劉長卿賦《秦係頃以家事獲謗因出舊山每荷觀察崔公見知欲歸未遂感其流寓詩以贈之》，首云：“初迷武陵路，復出孟嘗門。”祇此二句，已盡題意。可見其因家事出山，荷崔見知。末云：“回首江南岸，青山與舊恩。”祇就題意寫出，可見其欲歸未遂之情。祇此二十字，將題中事掇拾無餘。言有盡而意無窮。又如王維《山中送別》詩云：“山中相送罷，日暮掩柴扉。春草年年綠，王孫歸不歸？”中間多少情思。彼一讀而盡者，何其陋哉！七言絕句，全假一段精神。杜牧之、劉禹錫、武元衡，最長於此。如杜牧之《赤壁》詩云：“折戟沉沙鐵未消，自將磨洗認前朝。東風不與周郎便，銅雀春深鎖二喬。”意謂孫氏霸業係此一舉。使非因風縱火，當時孫公兵氣已餒，即周郎必不能破操，而二喬爲操有矣。吳之女子爲操所有，吳之社稷可復保乎？此正詩中深意。劉禹錫《烏衣巷》詩云：“朱雀橋邊野草花，烏衣巷口夕陽斜。舊時王謝堂前燕，飛入尋常百姓家。”武元衡《汴州聞角》詩云：“何處金笳月裏悲，悠悠邊客夢先知。單于城上關山曲，今日中原總解吹。”此等極有涵蓄，作者要當如此。

述作中·專論五言古詩

凡作五言古詩，必以漢、魏爲法。漢、魏之詩，最近風雅，語意圓渾，理趣深長，動出天然，不假人力，終篇一覽，穆如清風。《毛詩》、《離騷》，尤不可不熟，務在求其意趣,曲折盡在是矣。且如《關雎》之詩,終篇不過八十字,其所以憂,所以樂,宛轉回互,各極其至,使人諷詠不忘,可見詩人之性情矣。善哉！昔之論詩者曰:"詩,不可以言語求,必將觀其意焉。故其譏刺是人也,不言其所爲之惡,而言其爵位之尊,車服之美,而民疾之,以見其不堪也。'君子偕老,副笄六珈','赫赫師尹,民具爾瞻'是也。其頌美是人也,不言其所爲之善,而言其容貌之盛,冠佩之華,而民安之,以見其無愧也。'緇衣之宜兮,敝予又改爲兮','服其命服,朱芾斯皇'是也。"(東坡語)又曰:"詩之爲言,率皆樂而不淫,憂而不困,怨而不怒,哀而不傷。如《綠衣》,傷己之詩也。其言不過曰:'我思古人,俾無訧兮!'《擊鼓》,怨上之詩也,其言不過曰:'土國城漕,我獨南行!'至軍旅數起,大夫久役,止曰:'自詒伊阻。'行役無期,度思其危難以風焉。不過曰'苟無饑渴'而已。至於言天下之事,美盛德之形容,固不言而可知;其與憂愁思慮之作,孰能優游不迫也。孔子所以有取焉。"(謝顯道語)而漢魏之詩,猶或有得其餘風也。故學五言者,必以《毛詩》爲祖,漢魏爲宗。如《文選》古樂府四首《飲馬長城窟行》,興言離居之婦,見河畔青青之草而思其良人之在遠道者,王於夢寐不忘願見而不可得。再言枯桑無枝葉,則不知天風;海水無凝凍,則不知天寒;以喻婦人在家,則不知夫之信息。雖有親戚之家入門,而皆自愛其所愛,誰肯訪問而言者乎？方其憂思之切,忽有客自遠方而來,遺我水中深隱之物,烹之而得吾良人之書,於長跪而讀之,上有"加湌"、"相憶"之語,可見夫婦之至情有不能已者。如此,其憂而不困之意得矣。《君子行》,首言君子不可妄動,次言瓜田嫂叔之喻,以明嫌疑之可謹如此。中言唯勞謙可以守之,和光則甚難矣。末言周公如此之勞謙,而後世所以稱之爲聖賢也,其能樂而不淫者歟！《傷歌行》,賦言昭昭之月,燭我床榻,憂人對之不寐,而怪其夜之何長。而況天風微來,帷帳飄動,遂起而攬衣曳帶,屨履下堂,徘徊瞻顧,但見春鳥悲鳴,念其儔匹,適與心會,於是感傷泣涕,佇立而高吟,將舒余之憤,上訴於蒼穹也,非怨而不怒者若是乎？《長歌行》比言葵上之露,待日而晞,猶人之年華,待時而發也。陽春之布澤,而萬物生輝,猶明君之施恩,而賢才獲用也。秋至而華葉焜黃,猶人之過時甚矣;於是相百川之東馳者,何嘗西歸,猶人之歲年一去而不復來矣。豈可"少壯不努力,老大徒傷悲"乎？其哀而不傷者也。又有曹子建樂府四首《箜篌引》,首言置酒歌舞之樂,賓主交承之歡久不忘;中言如此而有薄終者,則爲義所尤矣。而君子之德謙謙,歌何求乎？蓋守此禮也。至於驚風之變,盛年之去,豈我所欲哉？末言人生同此榮死,則皆歸於山丘矣。然則,先民亦豈有不死者乎？而先民所以處窮約而不憂者,知命故也。知此,則士之進退,莫不有命。豈復可憂哉？《名都篇》賦述都邑之麗,少年之盛,妓藝之衆,馳騁之娛,宴游之樂,無有窮已。至見日馳雲散,光景之不可攀,則各還城邑,伺明晨而復來耳。雖若惜爲樂之不及,關日月之不居,然亦終不至秉燭夜游之荒,可謂樂而得其節矣。《美女篇》興言采桑之女服飾之華,容貌之令,衆人共睹,而又居近城郭,閭門高大,誰不仰之? 玉帛來求,非一而止。雖以婦人之美,苟不以義,有不可得者,況求賢乎! 徒以衆人嗷嗷之求,而不知其意,然彼之所以觀望於衆人者,則有以也。故寧盛年獨處,中夜長歎,而不至於踰牆鑽穴,自歎世之不我知而已,亦何尤於人哉?《白馬篇》言幽、並游俠之士,輕捷敢勇,棄身鋒刃,不顧性命者,以名在壯士之籍,義當捐軀赴國,父母且不敢私,況妻子乎! 所以然者,以義故也。豈若小人之戞然忘情者哉? 亦可哀也矣。於有以比仕而受禄於君,可得以己之私而怠其事耶? 皆發乎情而止乎禮義者。此漢、魏之詩,所以爲近風雅。漢、魏而不,猶有取于晉,如陶淵明之自然,阮嗣宗之典古,則巨擘焉。下此,唯左太冲近之。六朝之詩,有意精工,務求佳句,未免過於刻削。若鮑明遠、顏延年、江文通、任彥升、沈休文輩,皆能名家,獨三謝高出其類。如"池塘生春草,園柳變鳴禽","初篁苞綠籜,新蒲含紫茸","芳塵凝瑶席,清醑滿金樽"(並靈運詩)。"魚戲新荷動,鳥散餘花落","餘霞散成綺,澄江靜如練","日華川上動,風光草際浮","花叢亂數蝶,風簾入飛燕"(並宣城詩)。"白露滋園菊,秋風落庭槐"(惠連詩)。皆其得意之句,亦已駸駸乎入於徐、庾矣。徐、庾等輩之詩,如金妝玉點、珠縷翠鋪,非不炫耀,然大本已喪,外觀何益。唐初五言,猶循六朝。景雲以後,風氣稍變,至開元、大曆之間,自成一體。觀其詞語充贍,理氣通暢,雖不及魏晉之穩微,而其據事直書,輾轉開闔,各盡一長,律以風雅,得六義之賦焉,有不必求之漢魏也。其間若李太白《古風》五十首、杜子美《秦蜀紀行》諸詩,率皆古雅,又非陳子昂《感遇》之可及。獨韋應物、柳子厚二家,情思蕭散,意趣冲澹,最能興發,尤當熟玩。蓋韋得《選》爲多,柳得陶爲近。若宋朱子《感興》二十首,非特跨越晉唐,直欲凌躐漢魏。元人如趙子昂《秋懷》、虞伯生《月出古城東》等篇,各得詩人之理致。學者能於此而致思焉,久久成熟,殆有不期而入漢魏之域矣。

述作下·專論唐律

律詩,必截然祖于唐人。蓋唐以前,未有此體;景雲以後,此體始出,中唐尤盛。謂之律者,猶法律然,有五等之刑、三千之條爲之約束,少失繩墨,即是犯法,爲詩家之罪人矣。然又不可爲法律纏,當如王者之民,暤暤然若不知有法律者,其實未嘗敢逃乎法律之外也。大略先以起、承、轉、合爲一詩之主,既超端於首聯,頷聯便須接其意,頸聯又須宛轉幹旋,至末聯將一詩之意復合而爲一矣。唐人律詩,尤重五言,如岑參、王維、武元衡聲口典重,法度持正,甚可師法。他若錢起之清新,張籍之俊逸,許渾之蒼翠,皆足起興。唯劉長卿興趣優游,理意充足,指事切實,命意周圓,最當枕藉,以爲終南之捷徑，極是得力。起句先欲拆破題意，令觀者即知此篇爲何而作；中間一聯證實，一聯妝點，互相答應；結語貴有出場，貴有深意，看到盡處，使人不忍讀竟。譬則一段話，初説已見心事，中間愈説愈滋味精神意思，末後敷揚，以爲收合，庶可令衆聳聽。不然，則淆亂無序，言者煩而聽者厭矣。假如劉長卿作《巡去岳陽却歸鄂州使院留別鄭洞侍御侍御先曾謫居此州》起云：“何事長沙謫，相逢楚水秋。”祇此二句，已盡包括題意。頷聯：“暮帆歸夏口，寒雨對巴丘。”此二句特承上句之景以實此。頸聯云：“帝子椒漿奠，騷人木葉愁。”此二句就鄂州事物上變換出，以模寫題意，妝點此詩。結云：“誰憐萬里外，離別洞庭頭。”祇就本題中拈出此二句，收合一詩之意，以爲出場。又如《見秦係離婚後出山居作》云：“豈知惜老病，垂老絶良姻。郄氏誠難負，朱家自愧貧。綻衣留欲故，織錦罷經春。何況蘼蕪綠，空山不見人。”一起便見題意。頷聯只於題意内引兩事，以證實之。頸聯就此題模寫目前之事，以爲妝點。一結尤清新俊逸，而深意寓其中。淒婉之情，惻然見於詞氣之表，將秦係心中所蘊寫盡。數百載之下讀之，如身親見秦係事。唐人中稱長卿詩爲“五言長城”，信不誣也。七言律詩至難作，在唐人中亦歷歷可數。杜工部最爲渾成，中間却有太平易處，當擇其精好，如《秋興》、《諸將》、《明妃村》、《蜀相》之類學之。杜牧之冠冕佩玉，盡有可學，亦有一、二不合者，須擇而去之也。如岑參、王維等皆有唐之風，若劉長卿温和而醞藉，錢起清新而葩藻，李商隱情悰而瑰邁，許渾哀思而詞華，皆不失唐人風致，及劉禹錫、羅隱輩皆可取。要當立二杜、岑、王及盛唐名家爲標準，以諸子爲衡衞可也。其法要一句接一句，脉絡須貫通，不可歇斷，纔歇斷，意便不接；中間有説景處，雖似歇斷，而言外之意，其脉絡自然貫通連屬，題詠猶貴乎相著，又不可一向粘皮帶骨。欲令脱灑，不可淺近，淺近則語俗；不可纖巧，纖巧則氣弱；不可氣餒，即是晚唐；不可氣盛，便類宋、元。須教渾成，渾成中却欲詞華典雅。氣象深沉，全藉韻度，全藉性情，從容涵泳，感歎無窮。假如杜子美《蜀相》詩首云“丞相祠堂何處尋”，便接以“錦官城外柏森森”，而承之以“映階碧草自春色，隔葉黃鸝空好音”。可見武侯於蜀有許多大功，而今皆忘之，唯有碧草自能春色，黃鸝空復好音而已。因而思其往事，乃云：“三顧頻繁天下計，兩朝開濟老臣心。”轉此一意，已斷武侯之出處，言因當日先主三顧之動，故武侯所以報施之效，非圖身後之事。而千載之下，蜀人之思不思，爲足係武侯之重輕哉！若此則先主之顧，乃爲天下之計；武侯之報，實歷事兩朝，老臣之心又可見；當時君臣皆公天下之心，非私心也。結云：“出師未捷身先死，長使英雄淚滿襟。”以收合上文句意。謂當時君臣際遇如此之篤，似可中興漢室，而漢之興與否，祇在武侯一人，惜其出師未捷而先死矣，所以千載之下英雄爲沾襟也。多少筆力，多少意思，杜詩謂之史者，非以此乎？又如杜牧之《長安雜題》云：“觚稜金碧照山高，萬國珪璋捧赭袍。舐筆和鉛欺賈馬，贊公論道鄙蕭曹。東南樓日珠簾卷，西北天宛玉勒豪。四海一家無事日，將軍攜鏡泣霜毛。”一起直是氣概。非此頷聯，何由承接得住？更無頸聯，亦儭貼不起。一結尤高妙，雖祇眼前事，他人決不能寫。句句光彩，字字精神。或有以一篇著名者，若崔顥《黃鶴樓》、鄭谷《鷓鴣》、夏寶松《宿江城》、羅鄴《牡丹詩》之類；以一句著名者，如李嘉祐社“野棠自發空流水，江燕初歸不見人”；楊汝士“文章舊價連鸚掖，桃李新陰在鯉庭”（即壓元、白之句）；崔涂“蝴蝶夢中家萬里，杜鵑枝上月三更”；趙嘏“殘星數點雁橫塞，長笛一聲人倚樓”；劉威“遥知楊柳是門處，似隔芙蕖無路通”；來鵬“侵階草色連朝雨，滿地梨花昨夜風”，皆爲世所稱道。宋人如王荆公“細數落花因坐久，緩尋芳草得歸遲”；黃山谷“桃李春風一杯酒，江湖夜雨十年燈”之句，未嘗不佳，求其韻度，始覺與戾矣。元人律詩，如趙子昂之新俊，楊仲弘之雄偉，范德機之平正，虞伯生之典雅，非不可喜，方唐之音，直是氣像不類。縱造其域，不過元詩。在宋人則尤有不可學者，又非元人類矣。余故斷以律詩必取唐人爲法，識者試以五言辨之。

曹　安

曹安（生卒年不詳）字以寧，號蓼莊。明松江府華亭（今屬上海）人。明英宗正統九年（1444）舉人。官安邱縣教諭。嘗爲《憲宗實錄》總裁官。素負才名，見重於時。著述甚富，詩文集俱失傳。所著《讕言長語》一卷，集其平生見聞而辨証其缺誤，足備參考。其論讀經一條尤中明代俗學之弊。

本書資料據四庫全書本《讕言長語》。

《讕言長語》（節錄）

作古詩爲上。劉坦之《選詩補註》可法。又李、杜全集不可不味。選唐者非一世以唐音爲尚。及范德機云：“詩當取裁於漢、魏，而音律以唐人爲得其宗。”舊有《唐音輯釋》，丹陽顏潤卿註，宋祭酒訥爲序。平陽劉敬伯輯《古詩選》，唐蘇平仲序之云：“楊伯謙《唐音》盛時詩不謂之正音，而謂之始音；衰時詩不謂之變音，而謂之正音。又以盛唐、中唐、晚唐並謂之遺響。是以體裁論而不以世變論，異乎十三《國風》、大小《雅》之所以爲正變者矣。”《唐音》去取出其嗜好也。予觀虞伯生序《唐音》，謂知言之難，不爲無意。故王永叔不喜唐詩，謂其格卑而氣弱。葉水心云：“爭妍鬥巧，極物外之變態，唐人所長也；反求於內，不足以定心志之所止，唐人所短也。”宋真西山集古之詩文曰《文章正宗》，其於詩必關風教而後取。盧陵趙儀可譏之曰：“必關風教云乎？何不取六經端坐而誦之,而必於詩?"詩之妙,正在艷冶跌宕。梁石門寅辯趙之言爲非。由是言之,詩學漢、魏、盛唐有關風教,去艷冶跌宕,等而上之,其惟《三百篇》乎?《康衢》之謠,虞廷《賡歌》,《五子之歌》,《洪範》數語,又《三百篇》之權輿也,古詩之祖也。讀詩者不可不知。

文章之選,自漢而下,梁昭明太子統以一人之見,去取秦、漢至晉之文爲《文選》;宋姚鉉以一人之見,去取唐三百年之文爲《文粹》;宋吕東萊選宋人之文爲《文鑑》;元蘇天爵選元人之文爲《文類》;迂齋疊山又各批點古文,又有《續文章正宗》諸集。古人之選亦備矣。以予觀之,在精不在多。韓退之嘗取己文二十六篇爲《韓子》,徐斯遠盡平生文共二十餘首,首首稱善。然詩文不能兼工,故謂曾子固不能作詩。曾嘗云:"古之作者,或能文,不必工於詩;或長於詩,不必有文。"有以哉!昔人謂老蘇不工於詩,歐陽脩不工於賦,曾子固短於韻語,黄魯直短於散語,東坡詞如詩,少游詩如詞。數公之文名世,而人猶非之。信矣,作文之難也。

唐以詩取士,故舉進士者多以詩名家。四明烏斯道序王子與詩云:"詩嚴於文,故文與詩不能兼工。"

《離騷》爲詞賦之祖,朱子論屈原者盡矣。揚雄乃作《反離騷》。其後有非《國語》者,又有作《非非國語》者;有刺《孟》者,又有作《刺刺孟者》。靜言思之,可發一笑。

三體唐詩,有實接、虛接、用事、前後對等目,謝疊山批點《文章軌範》有放胆、小心、幾字句等法。竊恐當時作詩時,遇景得情,任意落筆,而自不離於規矩耳。若一一拘束,要作某體、某字樣,非發乎性情,風行水上之旨。

予家有《陽春白雪》小本,元人如劉時中、關漢卿諸公之作尤多,大抵元之詞曲最擅名。予嘗私論之曰:漢之文、唐之詩、宋之性理、元之詞曲,試以漢之文言之,果有出於董、賈之策乎?以唐之詩言之,果有出於李、杜之什乎?以宋之性理言之,果有出於濂、洛、關、閩之論乎?以元之詞曲言之,果有出於《陽春白雪》之所載者乎?況四代人物,又不止於此乎!

歐陽玄爲浙省考官,本房得《四靈賦》一卷,詞意高逈。覆考官謂非賦體,欲黜之。玄爭之力,且曰:"其人賦尚如此,經義必高。"督掌卷官取其本經視之,至則偉然老成筆也。及拆卷,乃程端學同列高郵龔繡,素知名姓,謂玄曰:"此四明程先生之弟,微先生,幾失此佳士。"明年會試經義策,冠場。試官白於宰相曰:"此卷非三十年學問不能成。使學子得挾書入塲屋,寸晷之下,未必能作此等文字。請置道榜第一。"然則文須老成,主司必然刮目。

賦、比、興爲詩之正體,古人多有作比詩者,近年不作比詩。如元進士德興董仲可《明皇貴妃對奕圖》云:"内計縱横勢已危,三郎何事不知幾。祇因一子參差久,費盡神謀爲解圍。"劉伯溫《二喬圖》云:"江上桃花紅粉腮,飄然吹入玉堂来。東風日暮和烟雨,多少飄零委綠苔。"雪水李子儀《墨梅》云:"詔遣明妃出漢宫,粉香和淚泣春風。玉顏翻作寒鴉色,悔不將金買畫工。"三詩非題亦難猜也。

詠物詩亦難。唐人《池鷺》、《鷓鴣》無以加矣。餘姚徐菊坡《簫杖》詩,句句見簫杖:"鑿竅霜筠入手輕,知音未遇伴閒行。刻鳩賜老聲還噎,随鳳升仙力可憑。弄月松根因拄石,倚風花底爲和笙。何當扶上雲霄路,吹徹鈞天合九成。"紹興劉師邵《失鸚鵡》云:"来從西域養經年,飛入青雲最可憐。銀甕空遺香露水,雕籠閒鎖落花烟。能言每憶来書幌,學舞長疑在綺筵。此去想應尋舊伴,隴山雲樹尚依然。"蘇平《繡鞋》云:"幾日深閨繡得成,著来便覺可人情。半彎煖玉凌波小,兩瓣秋蓮脱蒂輕。南苑踏青春有迹,西廂待月夜無聲。摘花又濕蒼苔露,晒向西窗趂晚晴。"三詩貼題。

弔古詩古今最多,如李太白見崔顥黄鶴樓詩,遂不題。鈞臺詩,人有一首云:"嚴陵臺下大江横,千古英雄幾戰争。今日漢家無寸土,鈞臺依舊屬先生。"滕王閣元僧一詩:"檻外長江去不回,檻前楊柳後人栽。當時惟有青山在,曾見滕王歌舞来。"嘉禾陳延齡年少,作《岳王墓》云:"一自班師下内廷,中原俱望掃沈冥。兩宫環珮煙塵迥,百戰山河草木青。雨暗靈祠嘶鐵騎,月明陰井泣銀瓶。凄凉古墓西湖上,老樹悲風不忍聽。"又僧德珉《姑蘇懷古》云:"西施一笑破姑蘇,常使行人淚眼枯。輦道落花春走鹿,琴臺明月夜啼烏。夫差古墓迷黄壤,伍相荒祠暗綠蕪。獨有靈巖山色在,崢嶸樓閣屬浮圖。"二人皆少年,作此頗有唐氣。

挽詩,今人多作。余鼎挽蕭時中狀元云:"待漏共趨丹鳳闕,聯班每侍建章宫。芳郊游覽軒車並,秘閣編摩几席同。沈約體羸吟獨苦,相如病渴賦尤工。死生一旦悲乖隔,追想前時似夢中。"又尹鳳岐一首云:"沉酣醲郁醉芸經,禮樂三千對大廷。天上幾年依化日,斗南一夜暗文星。玉堂仙去名猶在,石室人歸户已扃。萬里故鄉回旅襯,白頭老母淚零丁。"祭文,韓、柳、歐、蘇集中可法。近觀解學士縉祭沈指揮文:"壽夭一理,富貴一命。百年非久,二十非促。既威振乎西陲,不同腐於草木。老淚如泉。仰天一哭。"

送行詩,古今千萬。楊少師士奇南歸,中朝少以詩送,公吟一絶云:"東岳祠前動別驂,歸心先已到江南。同官敢怨無言贈,天語丁寧已再三。"至南京言及吏部尚書,黄宗載送一詩云:"不到鄉關四十年,承恩深荷九重天。衣分内帑金花重,詔出宸衷御墨鮮。周道北来奔電馬,大江南去順風船。遥知拜掃先塋處,人羨蓬萊第一仙。"永樂中,尚書夏公原吉送弟還長沙:"颯颯金風八月闌,汝今歸去寸心安。菜根有味莫嫌淡,茅屋無書可借看。日具旨甘宜奉母,秋收租税早輸官。明年此際還来望,莫遣寥寥雁影寒。"一皆胸中自然語。讀《青陽文集》,維揚程廷珪送余廷心赴太學云:"蘆葦蕭蕭江上秋,吳船三日住揚州。靛花深染青綾被,雲葉新裁紫綺裘。官驛馬嘶風滿樹,別筵人散月當樓。明年征雁將書去,人在蓬瀛第幾洲。"似覺清婉。

宴集詩,古今尤多。正統初,鴻臚楊善東郭草亭宴集詩一册。予時年十三四,獨喜少師楊士奇一首有杜意:"帝城南畔尋章曲,浩蕩風光三月中。衢路塵埃過雨淨,園林草木競春紅。主人置酒興非淺,衆客題詩歡不窮。一杯一曲日西下,莫待銀蟾生海東。"

古人和詩和意,如賈至《早朝》、《大明宮》,和者杜子美、王右丞、岑參可見。後來次韻,未免屑轕。近時凡百詩章,惟歌律與古選全不之尚。予嘗欲取臯陶《賡歌》、《五子之歌》、《洪範》及詩之三言、五言、七言體刻之,使人習之以復古而未暇。

論詩文體製,《文章正宗》蔑以加矣,然諸體中亦有遺者。《元詩體要》爲類三十有八,曰四言體,曰騷體,曰選體,曰樂府體,曰柏梁體,曰五言古體,曰七言古體,曰長短句體,曰雜古體,曰言體,曰詞體,曰歌體,曰行體,曰操體,曰曲體,曰吟體,曰嘆體,曰怨體,曰引體,曰謠體,曰詠體,曰篇體,曰禽言體,曰香奩體,曰陰何體,曰聯句體,曰集句體,曰無題體,曰詠物體,曰五言近體,曰七言近體,曰五言排律體,曰七言排律體,曰五言絶句體,曰六言絶句體,曰七言絶句體,曰拗體,曰側體,固無不備,尚少擬古體和唐體、倡和體、回文體。吳訥編《文章辯體》,其已有古歌謠詞、賦、樂府、書記、序論、説、解、辨、原、戒、題跋、雜著、箴、銘、頌、贊、七體、問對、傳、行狀、詩、諭、告、璽書、批答、詔、册、制誥、制策、表、露布、論諫、奏疏、議彈文、檄、謚法、謚議、墓碑、墓碣、墓表、墓誌、墓記、埋銘、誄辭、哀辭、祭文、連珠、判、律賦、詩、詞、曲。亦無不備,尚少文、啟、表、狀、問答、奏狀諸體。此外詩文有風、雅、頌、賦、比、興,又有典、謨、訓、誥、誓、命、教、令、勑、宣、紀、移、箋、簡、牒、劄子諸體。然則詩文之作難矣,不可不知也。

黄 溥

黄溥(生卒年不詳)字澄濟,自號石崖居士。明弋陽(今屬江西)人。正統十三年(1448)進士。官至廣東按察使。著有《石崖集》、《漫興集》等。其《詩學權輿》二十二卷,實爲詩法、詩論、詩評、詩選之混合,兼收衆體,各爲註釋;全書定爲名格、名義、韻譜、句法、格調諸目,復雜引諸説以證之,然"採摭雖廣,考證多疎"(《四庫全書總目》)。

本書資料據明天啟五年黄氏復禮堂刻《詩學權輿》。

詩之名格

歌:放情長言,抑揚曲折,必極其趣,不拘其句律,亦嚴守其音韻。肇於屈平之《九歌》,盛于唐、宋詩人之作。有一句之歌,若《漢書》"枹鼓不平董少年"之類。有兩句之歌,若荆卿《易水歌》之類。有三句之歌,若漢高祖《大風歌》之類。有五句之歌,若杜子美"曲江蕭條秋氣高"之類。

謠:播於徒歌,通乎俚俗者,謂之謠也。古有《康衢》之謠是已,後王昌齡《箜篌謠》,馬子才《長淮謠》,亦其遺意與?

騷:《離騷》,離讒、遭憂、怨懟、感激而爲之,即屈平之所作也。蓋《騷》繼風雅之變,後人多宗之爲辭、爲賦,亦古詩之淵源者也。

辭:感觸事情,形於言辭,若屈、宋所著之《楚辭》、《漁父辭》之類也。其後漢武有《秋風辭》,陶淵明有《歸去來辭》,皆其遺制。

樂府:即古頌之遺意,漢武定郊祀,立樂府,命司馬相如等爲詩賦,諧律呂,合八音,作十九章之歌。大抵以其能備諸體,兼總衆音,故名"樂府"云。

古詩:蘇、李以上諸作,高妙、古淡,然有五言《選》體、五言長篇、七言古風之稱;又有絶句、雜言、八句、六句之異。《選》詩,梁昭明太子統之所選,見於《文選》,古風泛然爲之。其制不拘於五、七言,長短句也。

操:劉向云:"其道閉塞,悲愁而作者,其曲名曰'操'。"蓋以遇災害憂虞而不失其守故也。若尹伯奇之《履霜操》,孔子之《倚蘭操》是也。

行:據詞遣意,步驟馳騁,如雲行水流,無所滯礙,若《苦寒行》之類。合而名之,若《長歌行》、《短歌行》之類,名曰"歌行",無非推廣古詩中辭語而已。

曲:抑揚其辭,比順其音,使高不長短各極其趣,因命曰"曲"。若梁簡文之《烏棲曲》、陶嬰《黃鵠曲》、李太白《青江曲》是已。

引:即其本末先後而品秩之,故名曰"引"。若古詞之《箜篌引》、杜子美之《丹青引》之類。

詠:長言以道其志,暢其情,故曰"詠"。若陶淵明之《貧士詠》,顏延年之《五君詠》是已。

篇:掇拾事理,鋪序成章,所謂"篇"也。若曹子建之《名都篇》、《白馬篇》之類。

歎:志意沈郁,形於聲歎氣嗟,因名曰"歎"。古詞有《楚妃歎》、《明君歎》是也。

吟:幽憂深思,形於嗟慨,故名曰"吟"。若鮑明遠《東武吟》,諸葛孔明《梁甫吟》之類。

思:觸物感懷,陶情寫景,以舒其悠悠之懷,若宋之問、盧仝《有所思》是已。

別:寫其分離之情,悽愴之意,因以"別"名。若杜子美之《垂老別》、《新婚別》之類。

哀:感傷之深,形於聲而有悲慘之意,故曰"哀"。若曹子建、王仲宣之《七哀》

是也。

愁：憂戚鬱結之情形於呻吟，因名曰"愁"。若張衡《四愁詩》之類。

樂：心歡志適，由中發外，自然以成律度，故名曰"樂"。齊武帝有《估客樂》，朱誠質有《石城樂》。

調：比合其聲之清濁高下，以成調曲，因名爲"調"。古有長調、短調、瑟調、楚調。近世若《草堂詩餘》，皆其制也。

贊：陳事定協，而讚揚其美，若呂和叔爲《勳臣贊》，黃魯直爲《孟浩然贊》，蘇子瞻爲《李白贊》是也。

銘：或紀德成名，或述事致警。若武王諸"銘"是已。後世張子厚《西銘》及陵墓碑銘皆是。

頌：形容盛德，播揚休功。如漢以後樂府諸詩，作于公卿大夫。而用於宗廟神明，蓋古頌之遺意也。陸機有《功臣頌》，王褒有《賢臣頌》，元結有《中興頌》。

文：揆序事物，順理成章，自然合於律度。因以"文"名。若孔德璋有《北山移文》，韓退之有《吊田橫文》。

唱：抑揚其志，委曲其聲，若魏明帝《氣出唱》之類，即其格也。

弄：憂思憤懣，寓之嘲諷，以舒其懷曰"弄"。若樂府《江南弄》之類，是其體也。

律詩：以五、七字爲句，八句爲章。絕句、排律亦以五、七字爲句。絕句惟四句，有五、六、七字之異，以截取律詩一章之旨爲義。排律，擠排其句之多也。律詩亦有今、古之辨。今律拘於聲律之嚴，名爲"近詩"，又名"近體"。古律惟從句法之順而已。律詩體製：律詩發端即起句也，引韻即承句也，頷聯即第二聯也，頸聯即第三聯也，落句即結句也。有徹首尾對者，杜詩多此體，不可概舉。有徹首尾不對者，如孟浩然："掛席東南望，青山水國遥。舳艫爭利涉，來往皆風潮。問我今何適？天台訪石橋。坐看霞色晚，疑是古城標。"是也。有口號，或四句、或八句。有聯句，齊、梁間有此體，各賦數句，聯屬成篇，唐韓昌黎最工，如《城南鬪雞》等篇是也。有集句，采前人詩句，湊集成篇，如石曼卿《下第詩》："一生不得文章力，欲上青雲未有因。聖主不勞千里召，姮娥何須一枝春。鳳凰詔下雖沾命，豺虎叢中也立身。啼得血流無用處，着朱騎馬是何人。"或者謂近於戲耳。

雜體名義

柏梁體：《詩話》：漢武帝造柏梁臺成，開宴詔群臣，能爲詩者得上座，因與之共賦七言，每句用韻。後人因之名"柏梁體"，若杜子美《飲中八仙歌》之類，皆其遺制。

江左體：取引韻失粘者。引韻便失粘，則若不拘聲律。然其對偶特精到，謂之"骨含蘇、李"。杜子美《卜居》："浣花溪水水西頭，主人爲卜林塘幽。已知出郭少塵事，更有澄江銷客愁。無數蜻蜓齊上下，一雙鸂鶒對沉浮。東行萬里堪乘興，須向山陰上小舟。"

折腰體：有絕句折腰，中失粘而意不斷。"渭城朝雨浥輕塵，客舍青青柳色新。勸君更進一杯酒，西出陽關無故人。"（王維《贈別》）有律詩折腰，到第三聯便失粘，落平側，亦便是一體，唐人用此甚多，但今人少用耳。"搖落深知宋玉悲，風流儒雅亦吾師。悵望千秋一灑淚，蕭條異代不同時。江山故宅空文藻，雲雨荒臺豈夢思？最是楚宮俱泯滅，舟人指點到今疑。"（杜子美《詠懷古跡》）

偷春體：其法頷聯雖不拘對偶，疑非聲律，然破題已的對矣，謂之"偷春格"，言如梅花偷春色而先開也。"無家對寒食，有淚如金波。斫却月中桂，清光應更多。仳離放紅蕊，想像顰青蛾。牛女漫愁思，積期猶渡河。"（杜子美《寒食月詩》）

蜂腰體：頷聯亦無對偶，然是十字敘一事，而意貫上二句，及頸聯方對偶分明，謂之蜂腰體，言若已斷而復續也。"不第唯空囊，如何住帝鄉。杏園啼百舌，誰醉在花傍？淚落故山遠，病來春草長。知音逢豈易，孤棹負三湘。"（賈島《下第詩》）

隔句體：破題與頷聯便作隔句對，若施之於賦，則曰：幾思靜話，對夜雨之禪床；未得重逢，照秋燈於影室也。"幾思聞靜話，夜雨對禪床。未得重相見，秋燈照影堂。孤雲終負約，薄宦轉堪傷。夢遠長松楊，遙焚一炷香。"（鄭谷《吊僧》詩）

五仄體：晏元獻守汝，梅聖俞往見之。將行，公置酒潁河上，因言："古人章句中全用平聲，制字穩帖，如'枯桑知天風'是也，恨未見側字詩。"聖俞既引舟，作五側體寄公："月出斷岸口，影照別舸背。且獨與婦飲，也勝俗客對。月漸上我席，瞑色亦稍退。豈必在秉燭，此景亦可愛。"

五平體：如"枯桑知天風"之類。唐陸龜蒙有《夏日》詩，四十字皆平聲。

回文體：謂倒讀亦成詩也。"潮隨暗浪雪山傾，遠浦漁舟釣月明。橋對寺門松徑小，檻當泉眼石波清。迢迢綠樹江天曉，靄靄紅霞晚日晴。遙望四邊雲接水，碧峰千點數鷗輕。"（東坡《題金山寺》）

連環體：前章落句作後章首句，連環不絕，唐、宋多此體。

拗句體：黃魯直換字對句法。如"只今滿座且尊酒，後夜此堂空月明"，"清談落筆一萬字，白眼舉觴三百杯"，"田中誰問不納履，坐上適來何處蠅"，"秋千門巷火新改，桑柘田園春向分"，"忽乘舟去值花雨，寄得書來應麥秋"，其法於當不平字處，反仄字易之，欲其氣挺然不群。前此未有人作此體，獨魯直變之。《苕溪漁隱》曰：此體本出於老杜，如："寵光蕙葉與多碧，點注桃花舒小紅"，"一雙白魚不受釣，三寸黃柑猶自青"，"外江三峽且相接，斗酒新詩終日疏"，"負鹽出井此溪女，打鼓發船何郡郎"，"沙上草閣柳新暗,城邊野池蓬欲紅",似此體甚多,聊舉此數聯,非獨魯直變之也。今之俗謂拗句者是也。

近律變體:律詩之作,用字平側,世固有定體,衆共守之。然不若時用變體,如兵之出奇,變化無窮,以驚世駭目。如老杜云:"竹裏行廚洗玉盤,花邊立馬簇金鞍。非關使者徵求急,自識將軍禮數寬。百年地辟柴門靜,五月江深車閣寒。看弄漁舟移白日,老農何有罄交歡。"此言律詩之變體也。

絕句變體:韋蘇州云:"南望清山滿禁闈,曉作駕鵞正差池。共愛朝來何處雲,蓬萊宮裏拂松枝。"老杜云:"山瓶乳酒下青雲,氣味濃香幸見分。鳴鞭走送憐漁父,洗盞開嘗對馬軍。"此絕句詩之變體也。

絕弦體:其語似斷弦而意存,如弦絕而其意終在也。"燕鴻去後湖天遠,欲寄知音問水居。七歲弄竿今十八,錦鱗吞釣不吞書。"(僧謙《寄遠》)

五句格:此格即事遣興可作,如題物、贈送之類,則不可用。"曲江蕭條秋氣高,菱荷枯折隨風濤,游子空嗟垂二毛。白石素沙亦相蕩,哀鴻獨叫求其曹。"(杜子美)"既事非今亦非古,長歌激越捎林莽,比屋豪華固難數。吾人甘作心似灰,弟侄何傷淚如雨。"(杜子美)

六句格:此格但可放言遣興,不可寄贈。杜子美云:"烈士惡多門,小人自同調,名利苟可取,殺身傍權要。何當官曹清,爾輩堪一笑。"山谷云:"三公未白首,十輩擁朱輪。只有人看好,何益百年身。但願身無事,清樽對故人。"

促句格:止於兩疊,三句一換韻,或平聲,或側聲皆可。"江南秋色推煩暑,夜來一枕芭蕉雨。家在江南白鷗浦,一生未歸鬢如織。傷心日暮楓葉赤,偶然得句應題壁。蘆花如雪灑扁舟,正是滄江蘭杜秋。忽然驚起散沙鷗,平生生計如轉蓬。一身長在百憂中,鱸魚正羨負秋風。"

折句格:六一居士詩:"靜愛竹時來野寺,獨尋春偶過溪橋。"邵康節詩:"在世上官雖不做,出人間事却能俗。"謂之折句。盧贊元《雪詩》:"想行客過梅橋滑。免老農憂麥壟干。"《苕溪漁隱》:"鸚鵡杯且酌清濁,麒麟閣懶畫丹青。"皆效此格也。

天問體:"門外水流何處? 天邊樹遠誰家? 山絕東西多少? 朝朝幾度雲遮?"此詩唐皇甫冉《問李二司直》。蓋用屈原《天問》體也。荆公《勘會賀蘭山主》云:"賀蘭山上幾株松? 南北東西共幾峰? 買得住來今幾日? 尋常誰與坐從容?"全用其意,此體甚新。

雜體可略者

西崑體:此體即李商隱之作也,然兼溫庭筠及楊大年、劉子儀、錢文僖、晏元獻之詩，號西崑體。

玉臺體：徐陵所集漢、魏六朝之詩。或謂但取纖豔者爲此體，其實不然。

香奩體：即韓偓所集裙裾脂粉之語，故名香奩。

宮體：梁簡文所作，傷於浮靡，故號宮體。

禁體：如詠雪禁用"粉"、"白"、"黛"、"綠"等字之詩是也。

離合體：以字相拆合成文，孔融"漁父屈節"之詩是也。

省題：廣省中出題試進士，如錢起《試湘靈鼓瑟詩》之類。

稿砧：樂府："稿砧今安在？山上復安山。何日大刀頭，破鏡飛上天。"

五雜俎：見樂府。

建除：宋相鮑照有此詩，句句内有"建除"、"平滿"等十二字。

數名：句内用"一"、"二"、"三"等十字，亦鮑照作此詩。

字謎：每句包一字，亦鮑照之作。

反復：舉一字而誦，皆成句，無不押韻，反復成文。

藥名：孔毅夫詩云："鄙性常山野，尤甘草舍中。釣簾陰卷柏，障避坐防風。客土依雲實，流泉架木通。行當歸老矣，已逼白頭翁。"

人名：如唐權德輿《寄衡石崇勢位篇》之類，暗藏人名於句中。

兩頭纖纖體：見樂府中之詩。

盤中：《玉臺集》蘇伯玉妻作，寫之盤中，屈成文也。

有風人：上句述一語，下句釋其義。如《子夜歌》、《讀曲歌》之類，用此體。

卦名：取八卦字。

州名：取郡邑名。

他如"六甲"、"十屬"、"藏頭"、"歇後"、"天廚禁臠"等格雖肇於前，皆無足法，略之可也。

禽名：古謂之禽言詩也。如"喚起窗前曙，催歸日未西。""喚起"、"催歸"，二禽名也。

因年名體：建安：漢末年號，曹子建父子及鄴中七子之詩，故名"建安體"。黃初：黃初魏年，與建安相繼，其體無二也。正始：魏年，嵇阮諸公之詩也。大康：晉年，左思、潘岳、二張、二陸諸公之詩。元嘉：南宋顏、鮑、謝諸公之詩。永明：齊年號，齊諸公之詩。大曆：唐年號，十才子諸公之詩。漢魏晉：兼三國言之。齊梁：通二朝言之。南北朝：通魏周言之，與齊梁體一也。六朝：通南隋言之。初、盛唐；中唐；晚唐；宋，元祐；江西詩派；元；皇明。

因人名體：蘇李：蘇武子卿、李陵少卿始爲五言詩，故名蘇李體（漢）。曹劉：曹植子建、劉楨公幹長於古選（魏）。陶謝：陶淵明元亮（晉）、謝靈運（宋）。陰何：陰鏗，何遜（梁）。徐庾：徐陵、庾信（梁）。沈宋：沈佺期、宋之問。陳拾遺：陳子昂。王楊盧駱：王勃、楊炯、盧照鄰、駱賓王。張曲江：文獻公九齡（以下唐）。杜少陵：杜甫子美。李謫仙：李白太白。元白：元微之、白居易樂天。韋柳：韋蘇州應物、柳子厚宗元。韓昌黎：韓愈退之。高適：達夫。王維：摩詰。孟郊：東野。李賀：長吉。元結：次山。岑嘉州：岑參。李商隱。許渾。盧全：玉川子。歐陽修：永叔（以下宋）。蘇東坡：軾，子瞻。黃山谷：庭堅，魯直。梅聖俞。邵康節：邵雍，堯夫。司馬光：君實。二程：頤、伯淳，顥、叔正。陳後山：無已。陳簡齋：與義、去非。馬子才。朱文公：熹，仲晦。王荊公：安石，介甫。楊大年。張文潛：名耒。唐子西。韓子蒼：陵陽令、名駒。王元之：禹偁。楊誠齋：秀夫。陸務觀。謝迭山：枋得，君直。趙子昂：孟頫（以下皆元）。虞伯生：虞集。楊仲弘。范德機。揭曼碩：揭徯斯。劉因：夢吉。黃晉卿：潛。吳草廬：幼清。宋秦少游，名觀。郭功甫：祥正。林逋：和靖。王禹偁：元之。范仲淹：希文。（以上卷一）

字句之辨

有雜言。有三言：起于晉夏侯湛。有六言：起于漢司農求。有半五六言：晉傅休言"鴻雁生塞北"之篇是也。有九言：起于高貴卿公。有三、五、七言：自三言而終以七言。鄭世翼及唐有此體。有一字至七字句：唐張南史《雪》、《月》、《花》、《草》等篇是也。十字句：常建"一徑通幽處，禪房花木深"之類是也。有三言至四、五、六言而終以七言者：隋鄭世翼有此詩。十四字句：崔顥"黃鶴一去不復返，白雲千載空悠悠"，太白"鸚鵡西飛隴上去，芳洲之樹何青青"是也。三十字詩：凡三句七言，一句九言。隋人應詔作此，不足爲法也。四句通詩：如子美"神女峰娟妙，昭君宅有無。曲留明怨惜，夢盡失歡娛"是也。

句　法

句之源流："振振鷺"，三言之所起。"關關雎鳩"，四言之所起。"維以不求懷"，五言之所起。"魚麗於罶魴鯉"。六言之所起。"交交黃鳥止於棘"，七言之所起。"我不敢效我友自逸"。八言之所起。凡此皆詩之句讀源流也。（以上卷三）

通　論

難易：律詩難於古詩，絕句難於八句，七言律詩難於五言律詩，五言絕句難於七言絕句。（卷八）

詩　說

詩五言長篇宜富而貴，七言長篇宜富而麗。五言律詩宜清而遠，必拘意律；七言律詩宜壯而健，時有拗律。五言絕句宜言絕而意有餘，七言絕句宜言絕而意不足。歌宜通暢響亮，讀之使人興起；行宜快直詳盡；吟宜深沉細詠，讀之使人思怨；曲宜委曲諧韻；謠宜隱蓄近俗；引宜引而不發；頌宜典麗和粹；樂詞宜古雅而諧韻，樂府宜喜怒哀樂各極其情而範之以理，或和、或奇、或古；賦宜敷衍富麗，事意詳盡而語不冗；箴謹嚴切直；騷宜精神痛切而極其情；辭宜古雅、諧韻。（卷九）

何喬新

何喬新（1427—1502）字廷秀。明广昌（今屬江西）人。景泰五年（1454）進士。爲官正績顯著，爲人剛正不阿，不與奸臣爲伍，因此仕途坎坷，常受奸臣排擠誣陷。拜刑部侍郎。孝宗嗣位，萬安、劉吉等忌其剛正，出爲南京刑部尚書。未幾，復代杜銘爲刑部尚書；忌者又撼他事中之，遂致仕。卒，謚文肅。喬新博覽群籍，抄錄異書積三萬餘帙，皆手自讎校；文章自成一格，文心綿密，情辭剴切；詩多用典，顯得偏奧，但語言流暢，表現出悲壯凄凉的情感和報國效忠的決心。著述頗多，有《椒邱文集》、《周禮集注》、《策府群玉》等。

本書資料據四庫全書本《椒邱文集》。

六經（節錄）

《書》有六體，典、謨、訓、誥、誓、命是也。其讀二《典》也，則知其爲君道之盡；其讀三《謨》也，則知其效臣職之至；訓，戒於君上，則事得以規正；誥，告於臣民，則情得以通達；有誓焉，則俾士庶之盡命而知所畏；有命焉，則俾臣下之盡心而知所稟。出治規模，燦然畢具，乃若《典》、《謨》，雖爲二帝之書，然觀誓征苗之師，命羲和之官，則未嘗無誓、命也。《訓》、《誥》、《誓》、《命》，雖爲三王之書，然觀商有先人之典，周有丕顯之謨，則未嘗無典、謨也。

《詩》之作也，以風、雅、頌爲之經，以賦、比、興爲之緯。風則閭巷風土、男女情思之辭；雅則朝會宴享、公卿大人之作；頌則鬼神宗廟、祭祀歌舞之樂。其所以分者，皆以篇章節奏之異而別之也。賦則直陳其事，比則取物爲比，興則托物興辭。其所以分者，又以屬辭命意之不同而別之也。先王盛時，天子巡狩，命太宰陳詩以觀民風。迨王靈不振，巡狩之禮輟，而陳詩之禮廢矣。吾夫子刪而定之，爲三百十一篇，其以《二南》爲首者，猶《易》之首《乾坤》，《書》之先《二典》也。其以《商頌》、《魯頌》爲終者，猶《書》之訖于周而兼録《費誓》、《秦誓》也。其降《黍離》爲《國風》者，蓋自平王東遷，《雅》、《頌》不作，而其風下儕於列國也。其以《豳風》居十三國之末者，以曹檜之亂極，思治必如是而後可也。故先儒以《二南》二十五篇爲正《風》，《邶》、《鄘》至《豳風》十三國爲變《風》；《鹿鳴》至《菁莪》二十六篇爲正《小雅》，《六月》至《何草不黃》五十六篇爲變《小雅》；《文王》至《卷阿》十八篇爲正《大雅》，《民勞》至《召旻》十三篇爲變《大雅》。然《周南》無周公之詩，而《召南》有召公之詩。蓋周公在内，近於文王，雖有德而不見，則其詩不作；召公在外，遠於文王，功業著明則詩作於下也。《七月》，周公所作而繫於《風》；《公劉》，召公所作而列於《雅》。蓋《七月》之詩，言其風俗，故繫於《豳風》；《公劉》之詩，言其政事，故列於《大雅》也。魯之有《頌》者，成王以周公有大勳勞，而賜以天子禮樂也；商之有《頌》者，成王封微子以承先代之後，有樂歌以奉成湯之祀也。宋之無《風》者，以其時王所客不可貶黜，故巡狩不陳其詩也。楚之無詩者，以其僭號稱王，不可黜陟，故太師不録其詩也。

論詩（節録）

論詩於三代之上，當究其體製之異；論詩於三代之下，當辨其得失之殊。蓋究其體製，則詩之源流可見；辨其得失，則詩之高下可知矣。是故"詩言志，歌永言"，後世倣之以爲歌。一曰風，二曰賦，後世擬之以爲賦。吟詠性情，轉而爲吟，故嗟嘆之，易而爲嘆。自詩變爲樂府之後，孔子作《龜山操》，伯奇作《履霜操》，即或憂或思之詩。自詩變爲《離騷》之後，賈誼之《弔湘賦》，揚雄之《畔牢愁》，即或哀或愁之詩。凡此，皆詩之體製源流也。"振振鷺"，三言之所起；"關關雎鳩"，四言之所起；"維以不永懷"，五言之所起；"魚麗于罶鲿鯉"，六言之所起；"交交黃鳥止于棘"，七言之所起；"我不敢效我友自逸"，八言之所起。凡此，皆詩之句讀源流也。（以上卷一）

《史記》（節録）

今觀其書，本紀者，天下之統；世家者，一國之紀；列傳者，一人之事；書，著制度沿革之大端；表，著興亡理亂之大略。此其大法也。（卷二）

《楚辭》序（節録）

蓋《三百篇》之後，惟屈子之辭最爲近古。屈子爲人，其志潔，其行廉，其娉辭逸調，若棄鶩駕虬而浮游乎埃壚之表，自宋玉、景差以至漢、唐宋，作者繼起，皆宗其槼慛而莫能尚之，真風雅之流而詞賦之祖也。

《論學繩尺》序（節録）

議論之文尚矣，禹皋之都、俞、吁、咈見於經，春秋卿大夫之辭命往來紀于史，其論之權輿乎？自漢以來，賈生之論《過秦》，班彪之論《王命》，而論之名始見。夏侯太初之論《樂毅》，劉孝摽之論《絶交》，而論之文益盛。唐宋以詞章取士，論居其一焉。唐人省試諸論，蓋不多見，其傳於今者，惟蘇廷碩之《夷齊四皓孰優》，韓退之之《顔子不貳過》而已。若此書所載，則皆南宋科舉之士所作者也。予竊評之，其才氣俊逸，若青冥空曠，秋隼孤騫，而廻之以風也；其體製古雅，若殷彝在庭，竹書出塚，雖不識者，亦知其爲寶也；其文采縟麗，又如遊洛陽名園，而姚黃、魏紫濃豔目眩也。於戲奇哉！其登薦書而甲俊造宜矣。予少時從事舉子業，先公嘗訓之曰："近時場屋論體卑弱，當以歐、蘇諸論爲法，乃可以脱凡近而追古雅。"予因取歐、蘇諸論熟讀之間，倣其體擬作一二，出示同舍生，莫不駭且笑之。雖予亦不能自信，蓋當是時科舉之士未見此書故也。今游君惓惓於此，以嘉惠後學，其用心勤矣。是書一出，予知四方之士疾讀而力追之，上下馳騁，不自踰於法度，如工之有繩尺焉，而場屋之陋習爲之一變矣。凡世之學者，本之經史，以培其根；參之賈、班、夏、劉，以暢其支；廓之蘇、韓，以博其趣；旁求之歐、蘇諸論，以極其變。而其法度，一本此書，庶乎華實相副，彬彬可觀，豈直科舉之文哉！（以上卷九）

陳獻章

陳獻章（1428—1500）字公甫，號石齋，別號碧玉老人、玉臺居士、江門漁父、南海樵夫、黄雲老人等。學者稱白沙先生。新會(今廣東江門)人。明代著名思想家、教育家、書法家、詩人,大儒吳與弼的學生,主張"學貴知疑"、"獨立思考",提倡較爲自由開放的學風,逐漸形成一個有自己特點的學派,史稱"江門心學"。善畫梅,善書,束茅以代筆,晚年專用,自成一家。擅詩文,今存各體詩作近二千首,清逸自然,重情性而嚴格律,且將哲理入詩,別有風格,格調頗高。其著作後被彙編爲《白沙子全集》。

本書資料據四庫全書本《陳白沙集》。

《夕愓齋詩集》後序(節録)

晉、魏以降,古詩變爲近體,作者莫盛於唐,然已恨其拘聲律、工對偶,窮年卒歲爲江山草木、雲烟魚鳥,粉飾文豹,蓋亦無補於世焉。若李、杜者,雄峙其間,號稱大家,然語其至則未也。儒先君子類以小技目之,然非詩之病也。彼用之而小,此用之而大,存乎人。天道不言,四時行,百物生,焉往而非詩之妙用? 會而通之,一真自如。故能樞機造化,開闔萬象,不離乎人倫日用而見鳶飛魚躍之機。若是者,可以輔相皇極,可以左右六經,而教無窮。小技云乎哉?(卷一)

胡居仁

胡居仁(1434—1484)字叔心,號敬齋。餘干(今屬江西)人。明朝理學家。幼時聰敏異常,時人謂之"神童"。師事崇仁碩儒吳與弼,而醇正篤實;飽讀儒家經典,尤致力於程朱理學,過於其師。常與友人陳獻章、婁諒、謝復、鄭侃等人交遊,吟詩作賦,人謂之"舉仁學派",名聞當時,影響後世。絕意仕進,築室山中,學者日衆。後主白鹿書院,以布衣終身。萬曆中,追諡文敬。著有《胡文敬集》、《易象抄》、《居業録》、《居業録續編》等。

本書資料據四庫全書本《胡文敬集》。

《流芳詩集》後序(節録)

嘗考舜命夔曰:"詩言志。"則二帝時已有詩矣。《擊壤歌》未叶韻,《南風歌》、《賡歌》則叶韻矣。《五子歌》及《商頌》諸篇,二代之詩也,至周則有《風》,有《雅》,有《頌》。《風》、《雅》、《頌》之中又有賦,有比,有興,則詩之體製已備。故說者以爲"三經三緯",又以"六義"名之。厥後世降風移,變而爲騷,又變而爲排韻,爲順體,爲調,爲律詩、聯

句,則詩之體製、義理、性情、風韻衰壞盡矣。(卷二)

陸 容

　　陸容(1436—1497)字文量,號式齋。明昆山(今屬江蘇)人。性至孝,嗜書籍,與張泰等齊名,時號"婁東三鳳"。詩才不及泰,而博學過之。成化二年(1466)進士,授南京主事,進兵部職方郎中。西番進獅子,諸大臣往迎,容諫止之。遷浙江右參政,所至有績。後以忤權貴罷歸。著有《菽園雜記》十五卷及《式齋集》。

　　本書資料據四庫全書本《菽園雜記》。

《菽園雜記》(節録)

　　宋朝臣寮受恩典者,皆上表謝恩。凡上尊官皆用啓,故當時有《王公四六語》、《四六嘉話》等書,大率騈麗之文、褒諂之語,其於治體無補。本朝表箋,皆有官降定式。惟每科狀元率諸進士《謝恩表》及公侯伯初封《謝恩表》,出自臨時撰文。上朝廷封事謂之奏,上親王謂之啓,亦皆直陳其事,不用四六體。是以文臣文集中,無作啓者。去華就實,存質損文,亦士習一變也。前代公移多繁文,洪武初,亦有頒降芟繁體式。職方掌邊務,覆奏封事頗多,事必引援經史,斷以大義,比諸司章奏,稍涉文墨,蓋故事因襲如此。至凡事宜掌司時,一奏之中,引經大半,而處置事體處,反欠精神。人頗厭之。予竊以爲邊方有事,只須斟酌事體,非賣弄文學時也。故凡覆奏本,止是就事論事,不急繁文,一切損之。惟本部有所建明,及評議議事條件,應引經史者,略引爲證,庶使詞理簡明,盡對君之體。聞天順間,職方奏内引《書》曰:"惟事事乃其有備,有備無患。"一兵書抹去"乃其有備"四字,云:"何用如許字?"該司云:"此經句,不可去也。"兵書以輕薄叱之。諸司聞之,以爲笑談。(卷十)

　　晉以前碑,皆不著撰人姓名。唐人併著書人姓名,然其書多是名公親筆。宋以來,書者、篆額者皆具名。本朝碑記,惟勅建並士大夫家所制者,皆名公親筆,其餘多是盜書顯官之名以衒俗耳。且撰者必曰撰文,書者必曰書丹,蓋分行以書凑篆額字耳。職銜字多少不一,又必上下取齊,中多空字,古意絶亡矣。予近令人書碑記,獨不然。(卷十二)

　　古人詩集中有哀輓哭悼之作,大率施於交親之厚,或企慕之深,而其情不能已者,不待人之請也。今仕者有父母之喪,輒徧求輓詩爲册,士大夫亦勉强以副其意,舉世同然也。蓋卿大夫之喪,有當爲《神道碑》者,有當爲《墓表》者,如内閣大臣三人,一人請爲《神道》，一人請爲《葬誌》，餘一人恐其以爲遺己也，則以輓詩序爲請，皆有重幣入贄，且以爲後會張本。既有詩序，則不能無詩，於是而徧求詩章以成之。亦有仕未通顯，持此歸示其鄉人，以爲平昔見重於名人，而人之愛敬其親如此。以爲不如是，則於其親之喪有缺然矣。於是人人務爲此舉，而不知其非所當急。甚至江南銅臭之家，與朝紳素不相識，亦必夤緣所交，投贄求輓。受其贄者，不問其人賢否，漫爾應之。銅臭者得此，不但哀冊而已，或刻石墓亭，或刻板家塾。有利其贄而厭其求者，爲活套詩若干首，以備應付。及其印行，則彼此一律。此其最可笑者也。（卷十五）

姚 福

姚福（生卒年不詳）字世昌，自號守素道人。明江寧（今江蘇南京）人。成化年間人。所著《青溪暇筆》皆札記讀書所得，雜錄耳目見聞；所述明初軼事，多正史所不載。本書資料據明邢氏來禽館鈔本《青溪暇筆》。

《青溪暇筆》（節錄）

《飯牛歌》、《獲麟歌》皆七言，七言之作，其來尚矣。

《文心雕龍·宗經篇》曰："論説辭序，則《易》統其首；詔策章奏，則《書》發其源；賦頌歌贊，則《詩》立其本；銘誄箴祝，則《禮》總其端，紀傳銘檄，則《春秋》爲其根。"陳騤《文則》曰："《六經》之道，既曰同歸；《六經》之文，容無異體。故《易》文似《詩》，《詩》文似《書》，《書》文似《禮》。《中孚·九二》曰：'鶴鳴在陰，其子和之。我有好爵，吾與爾靡之。'使入《詩·雅》，孰別文辭？《抑》二章曰：'其在於今，興迷亂於政，顛覆厥德，荒湛於酒女，雖湛樂從，弗念厥紹，罔敷求先王，克共明刑。'使入《書·誥》，孰別《雅》語？《顧命》曰：'牖間南向，敷重篾席，黼純華玉作几；西序東向，敷重底席，綴純文貝仍几；東序西向，敷重豐席，畫純雕玉仍几；西夾南向，敷重筍席，玄紛純漆仍几。'使入《春官·司几筵》，孰別《命》語？"宋景濂曰："《五經》各備文之衆法，非可以一事而指名也。"福按：劉氏之言，言其大凡耳。陳氏特指其一二相似者而言，宋氏則謂《五經》可以備諸體。雖然，劉氏不足以啟陳氏，微陳氏則宋氏無由出此言也。後之論者，固不可以此而廢彼焉。

歐陽公《與尹材簡》曰："墓銘刻石時，首尾更不要留官衔、題目及撰人、書人、刻字人姓名，只依此寫。晉以前碑，皆不著撰人姓名，此古人有深意，況久遠自知。篆蓋只著'尹師魯墓'四字。"福按：此一簡可補入蒼崖《金石例》，故表著之。（以上卷下）

李東陽

李東陽(1447—1516)字賓之,號西涯。祖籍湖廣茶陵(今屬湖南),寄籍京師(今北京)。明永樂、成化年間,"臺閣體"内容貧弱冗贅,形式典雅工麗。至弘治中期,前七子起,"文必秦漢,詩必盛唐",復古文學取代了"臺閣體"。李東陽上承臺閣體,下啟前後七子,以朝廷大臣主持詩壇,頗具影響,形成了以他爲首的"茶陵詩派"。其散文典雅流麗,主張師法先秦古文,未脱臺閣體風;其詩則力主宗法杜甫,强調法度,開前後七子之先河。著作頗豐。曾於孝宗時奉旨任總裁官,撰《明會典》一百八十卷,又著《新舊唐書雜論》一卷。康熙時廖方達集李東陽詩文成《懷麓堂集》一百卷,今存。

本書資料據四庫全書本《懷麓堂詩話》、《懷麓堂集》。

《懷麓堂詩話》(節録)

詩在六經中别是一教,蓋六藝中之樂也。樂始於詩,終於律,人聲和則樂聲和。又取其聲之和者,以陶寫情性,感發志意,動盪血脉,流通精神,有至于手舞足蹈而不自覺者。後世詩與樂判而爲二,雖有格律,而無音韻,是不過爲排偶之文而已。使徒以文而已也,則古之教何必以詩律爲哉?

古詩與律不同體,必各用其體乃爲合格。然律猶可間出古意,古不可涉律。古涉律調,如謝靈運"池塘生春草,紅藥當堦翻",雖一時傳誦,固已移于流俗而不自覺。若孟浩然"一杯還一曲。不覺夕陽沈",杜子美"獨樹花發自分明,春渚日落夢相牽",李太白"鸚鵡西飛隴山去,芳洲之樹何青青",崔顥"黃鶴一去不復返,白雲千載空悠悠",乃律間出古,要自不厭也。予少時嘗曰:"幽人不到處,茆屋自成村。"又曰:"欲往愁無路,山高溪水深。"雖極力摹擬,恨不能萬一耳。

古律詩各有音節,然皆限於字數,求之不難。惟樂府長短句,初無定數,最難調疊。然亦有自然之聲,古所謂"聲依永"者。謂有長短之節,非徒永也,故隨其長短,皆可以播之律吕,而其太長太短之無節者,則不足以爲樂。今泥古詩之成聲,平側長短,句句字字,摹倣而不敢失,非惟格調有限,亦無以發人之情性。若往復諷詠,久而自有所得,得於心而發之乎聲,則雖千變萬化,如珠之走盤,自不越乎法度之外矣。如李太白《遠别離》、杜子美《桃竹杖》,皆極其操縱,曷嘗按古人聲調? 而和順委曲乃如此。固初學所未到,然學而未至乎是,亦未可與言詩也。

詩與文不同體。昔人謂杜子美以詩爲文,韓退之以文爲詩,固未然。然其所得所就，亦各有偏長獨到之處。近見名家大手以文章自命者，至其爲詩，則毫釐千里，終其身而不悟，然則詩果易言哉？

詩有三義，賦止居一，而比、興居其二。所謂比與興者，皆託物寓情而爲之者也。蓋正言直述，則易于窮盡，而難于感發。惟有所寓託，形容摹寫，反復諷詠，以俟人之自得，言有盡而意無窮，則神爽飛動，手舞足蹈而不自覺，此詩之所以貴情思而輕事實也。

律詩起承轉合，不爲無法，但不可泥。泥於法而爲之，則撐拄對待，四方八角，無圓活生動之意。然必待法度既定，從容閑習之餘，或溢而爲波，或變而爲奇，乃有自然之妙，是不可以強致也。若並而廢之，亦奚以律爲哉？

今之歌詩者，其聲調有輕重、清濁、長短、高下、緩急之異，聽之者不問而知其爲吳、爲越也。漢以上古詩弗論，所謂律者，非獨字數之同，而凡聲之平仄，亦無不同也。然其調之爲唐、爲宋、爲元者，亦較然明甚，此何故邪？大匠能與人以規矩，不能使人巧。律者，規矩之謂，而其爲調則有巧存焉。苟非心領神會，自有所得，雖日提耳而教之，無益也。

國初人有作九言詩曰："昨夜西風擺落千林梢，渡頭小舟捲入寒塘坳。"貴在渾成勁健，亦備一體。餘不能悉記也。

漢魏六朝唐宋元詩各自爲體，譬之方言，秦、晉、吳、越、閩、楚之類，分疆畫地，音殊調別，彼此不相入。

五七言古詩仄韻者，上句末字類用平聲。惟杜子美多用仄，如《玉華宮》、《哀江頭》諸作，概亦可見。其音調起伏頓挫，獨爲矯捷，以別出一格。回視純用平字者，便覺萎弱無生氣。自後則韓退之、蘇子瞻有之，故亦健於諸作。此雖細故末節，蓋舉世歷代而不之覺也。偶一啟鑰，爲知音者道之。若用此太多，過於生硬，則又矯枉之失，不可不戒也。

輓詩始盛於唐，然非無從而涕者。壽詩始盛於宋，漸施於官長、故舊之間，亦莫有未同而言者也。近時士大夫子孫之於祖父者弗論，至於姻戚鄉黨，轉相徵乞，動成卷帙，其辭亦互爲蹈襲，陳俗可厭，無復有古意矣。

作山林詩易，作臺閣詩難。山林詩或失之野，臺閣詩或失之俗。野可犯，俗不可犯也。蓋惟李、杜能兼二者之妙。若賈浪仙之山林，則野矣；白樂天之臺閣，則近乎俗矣。況其下者乎？

聯句詩，昔人謂才力相當者乃能作。

集句詩，宋始有之，蓋以律意相稱爲善。如石曼卿、王介甫所爲，要自不能多也。後來繼作者，貪博而忘精，乃或首尾橫決，徒取字句對偶之工而已。嘗觀夏宏《聯錦集》，有一絕句曰："縣燈照清夜，葉落堂下雨。客醉已無言，秋蛩自相語。"下註："高啓等四人。"因訝之曰：妙，一至此乎！時季迪詩未刻行，既乃見其抄本，則四句固全篇，特以次三句揑寫三人名姓耳。其妄誕乃爾，又惡足論哉！

《倪文毅公集》序（節錄）

有紀載之文，有講讀之文，有敷奏之文，有著述賦詠之文。紀載尚嚴，講讀尚切，敷奏尚直，著述賦詠尚富。惟所尚而各適其用，然後可以爲文。然前數者，皆用於朝廷臺閣，部署館局之間，裨政益令，以及於天下。惟所謂著述賦詠者，則通乎隱顯。蓋人情物理，風俗名教，無處無之。雖非其所得爲，而亦所得言其所言者。又窮深極博而無所不得盡，若兩用而兼能者，則一代而不數見也。苟不得其所尚，而徒以爲文，則不過枝辭蔓說，雖施之天下，亦無實用，而況不見於用者哉？（《懷麓堂集》卷二十九）

《倪文禧公集》序（節錄）

文一也，而所施異地，故體裁亦隨之。館閣之文，鋪典章，裨道化，其體蓋典則正大，明而不晦，達而不滯，而惟適於用。山林之文，尚志節，遠聲利，其體則清聳奇峻，滌陳薙冗，以成一家之論。二者固皆天下所不無，而要其極有不能合者。

《鮑翁家藏集》序（節錄）

言之成章者爲文，文之成聲者則爲詩，詩與文同謂之言，亦各有體而不相亂。若典、謨、訓、誥、誓、命、爻、彖之爲文，風、雅、頌、賦、比、興之爲詩，變於後世，則凡序、記、書、疏、箴、銘、贊、頌之屬皆文也，辭賦、歌行、吟謠之屬皆詩也。是其去古雖遠，而爲體固存。彼才之弗逮者，粗淺跼滯，欲進而不能，彊其或過之，不失之奇巧，則失之佶屈；不失之夸誕，則汗漫而無所歸。於是作者雖多，而文之體益微矣。然言發於心，而爲行之表，必其中有所養而後能言。蓋文之有體，猶行之有節也。若徒爲文字之美，而行不掩焉，則其言不過偶合合而幸中。文以古名者，固若是乎哉！（以上《懷麓堂集》卷六十四）

王　鏊

王鏊（1450—1524）字濟之，晚號震澤先生。明蘇州吳縣（今屬江蘇）人。鄉試、會試皆第一,殿試一甲第三名。正德間官至少傅、户部尚書、武英殿大學士。後歸居蘇州。卒贈太傅,謐文恪。王鏊在朝居官三十年,廉潔奉公,兩袖清風。"海内文章第一,山中宰相無雙"是唐伯虎爲王鏊所書的墓聯。王鏊文章爾雅,議論明暢,詩瀟灑清逸。有書名,書法清勁爽健,結字縱長嚴謹,得峭拔風神。著有《震澤集》、《姑蘇志》、《震澤編》、《震澤長語》、《震澤紀聞》、《春秋詞命》、《性善論》等。《震澤長語》乃其退休歸里時隨筆録記之書,分經傳、國獻、官制、食貨、象緯、文章、音律、音韻、字學、姓氏、雜論、仙釋、夢兆十三類。

本書資料據四庫全書本《震澤集》、《震澤長語》。

贈毛給事序(節録)

夫諫有體有宜有文有信。理有廻護,無損乎其大之謂體;審緩急先後,見可而言之謂宜;言足以發其意之所至之謂文;文不浮乎其事之實之謂信。諫有體有宜有文有信,而存乎己者有直,是諫之成也。(《震澤集》卷十)

《式齋稿》序(節録)

始吾蘇之官于京者最名,多文學之士。其在崑山則有若翰林修撰張君亨甫,太常少卿兼翰林侍讀陸君鼎彝,浙江左參政陸君文量。三人皆能文而尤工於詩,亨甫頗以才自喜,其詩翩翩如濁世佳公子奇氣溢出,最爲時所膾炙。鼎彝志尤高,不肯苟出,出必奇奥簡古,讀之或不能句,商盤周鼎,識者賞之,而世好之差少。文量不爲險峻奇怪,意盡則止,如行雲流水,自中法律。(《震澤集》卷十二)

《匏菴家藏集》序(節録)

文章不難於奇麗,難於醇,難於典則。雖然醇與則可能也,醇而不俚,則而能暢,殆有非力所至而至者焉,其必由養乎,是難能也。故禮部尚書兼翰林院學士文定吴公官禁近前後三十餘年,文章傳播中外。公既卒,其子中書舍人奭刻其所謂家藏集者授予請序,予嘗竊評公之文矣,擺脱尖新,力追古作,豐之千言不見其有餘,約之數語不見其不足。爲詩興寄閒遠,不爲浮豔之語,用事精切,不見斧鑿之痕,自謂得公之深也,兹復何言乎?獨念公生頗好蘇學,其於長公每若數數然者。及其自著乃獨異焉,紆餘有歐之態,老成有韓之格,信其學力之至自得者深乎,其所養可知已。明興,作者代起，獨楊文貞公爲第一，爲其醇且則也。公之文視文貞吾未知所先後，使獲當路於時，其功業豈少哉？議者至今惜焉，而公所以自託於不朽者，固自有在，又何待於彼者？（《震澤集》卷十三）

《容春堂文集》序（節錄）

文之製大率有二，典重而嚴，敷腴而暢。文如韓、柳可謂嚴矣，其末也流而爲晦，甚則艱蹇鉤棘聱牙而難入。文至歐、蘇可謂暢矣，其末也流而爲弱，甚則熟爛萎薾，冗長而不足觀。蓋非四子者過，學之者過也。學之患不得其法，得其法則開闔操縱，惟意所之嚴而不晦也，暢而不浮也。文而至是，是可以入作者之室矣。

《皇甫持正集》序

昔孫可之自稱爲文得昌黎心法，而其傳實出皇甫持正。今觀持正、可之集皆自鑄偉詞，槎牙突兀，或不能句。其快語若天心月脇，鯨鏗春麗，至是歸工。抉經執聖，皆前人所不能道，後人所不能至也，亦奇甚矣。昌黎嘗言惟古於詞必已出，又論文貴自樹立，不蹈襲前人，不取悦今世，此固持正之所從授與。他日乃謂李翱、張籍從余學文頗有得，從吾游者李翱、張籍其尤也，而不及持正何歟？余謂昌黎爲文變化不可端倪，持正得其奇，翱與籍得其正，而翱又得其態，合三子一之，庶幾其具體乎。則持正、可之之文亦豈可少哉？（以上《震澤集》卷十四）

文章（節錄）

世謂六經無文法，不知萬古義理、萬古文字皆從經出也。其高者、遠者未敢遽論，即如《七月》一篇叙農桑稼圃，《内則》叙家人寢興烹飪之細，《禹貢》叙山水脉絡原委如在目前，後世有此文字乎？《論語》記夫子在鄉在朝使擯等容，宛然畫出一箇聖人，非文能之乎？昌黎序如《書》，銘如《詩》，學《書》與《詩》也；其它文多從《孟子》，遂爲世文章家冠。孰謂六經無文法？

杜詩，前人贊之多矣，予特喜其諸體悉備。

爲文好用事，自鄒陽始；詩好用事，自庾信始。其後流爲西崑體，又爲江西派，至宋末極矣。

唐人雖爲律詩，猶以韻勝，不以釘餖爲工。如崔灝《黄鶴樓詩》"鸚鵡洲"對"漢陽樹”，李太白“白鷺洲”對“青天外”，杜子美“江漢思歸客”對“乾坤一腐儒”，氣格超然，不爲律所縛，固自有餘味也。後世取青媲白，區區以對偶爲工，“鸚鵡洲”必對“鸕鷀堰”，“白鷺洲”必對“黃牛峽”，字雖切而意味索然矣。（以上《震澤長語》卷下）

周　琦

周琦（生卒年不詳）字廷璽，別號東溪。明柳州府馬平（今廣西柳江）人。“柳州八賢”之一。成化十七年（1481）進士，官至南京戶部員外郎。治學嚴謹篤實。其學以程、朱爲本，復性爲主。一生體驗天地萬物之性，以會經傳之旨，每有心得，輒筆錄之，積久而成《東溪日談錄》十八卷，論及性道、理氣、學術、出處、經傳、文詞等，涉及頗廣，足見其博學精思。

本書資料據四庫全書本《東溪日談錄》。

文詞談（節錄）

《三百篇》之體製，停當殊甚。後來噢《離騷》，漢、魏之詞變而壞之，其變猶不大離《三百篇》。下至唐沈、宋近律之變，則《三百篇》旨始大壞矣。宋儒亦不能挽回，此文氣也。

朱子嘗謂自唐初以前，其爲詩者固有高下，而法猶未變。至律詩出，而後詩之與法始皆大變，以至今日益巧益密，而無復古人之風矣。故嘗妄欲抄取經、史、《詩》、《書》所載韻語，下及《文選》，漢、魏古詞以盡乎郭景純、陶淵明之所作，自爲一編，而附於《三百篇》、《楚詞》之後，以爲詩之根本準則。又於其下一等近於古者，各爲一編，以爲之羽翼權輿。朱子此言，其欲救詩之壞也，意有在矣。

詩自沈約一變之後，有許多體製出來，故《三百篇》旨大壞於此。其體製如江左體、蜂要體、轆轤體、隔句體、回文體、偷春體、折腰體、絶絃體、五仄體、五平體、拗體、變體、離合體、人名體、藥名體、蹉對體、扇對體、雙聲疊韻體、平仄各押韻體、八句仄入體、第三句失黏體、促句換韻體、平頭換韻體、六句體、促句體、五句體、奪胎換骨法、點化古語法，抑拗物（闕）。案：法有許多變態，《三百篇》安得而不壞乎？愚少時亦嘗編有《詩家體製》一書，其體有百樣。後來見得初爲學詩者，約歸《三百篇》旨，恐反爲《三百篇》累，遂火之，併今詩亦因其不工，皆厭作矣。

今人學唐沈、宋所制取士近體，皆用唐韻。以予觀之，居今之世，爲今製作。洪武以來，自有韻矣。其欲鳴國家之盛與達已不得伸者，當依孔子所刪之《詩》爲體，洪武所定四方之聲者爲韻,則《三百篇》體庶乎可復乎!

唐、宋、元皆以詞章取士,故嚴於韻。我國家黜詞章爲末學,而其崇正學不尚夫小技也,無踰於是時矣。

詩不可廢,人性情所寓也。若詩可廢,孔子不删,今不讀之爲經乎?但近體則壞《三百篇》旨,傷吾道矣。人有窮苦,非詩無以達;人有忠良,非詩無以顯。使可廢焉,孟郊、賈島之窮苦,甫之忠愛,天祥之氣節,殆將何托?詩固不可以不作也,作而從沈約近律之體製,莫若從孔子《三百篇》之體製也。(以上卷十六)

鄭 瑷

鄭瑷(生卒年不詳)字仲璧。明莆田(今屬福建)人。成化十七年(1481)進士。官至南京禮部郎中。所著《井觀瑣言》三卷,其自序云:"鄭子讀書,間有絲髮之見,輒索筆録而藏之,自志其陋。因不復加纂次,取韓子《原道》之語,題曰《井觀瑣言》,將就有道而取裁焉。夫坐井而觀天,謂非全天可也,謂非天不可也。然則余言雖淺,亦焉敢背道而妄肆其喙哉?"似謙而實頗自負,但其考辨故實,品隲古今,確有所發明。

本書資料據四庫全書本《井觀瑣言》。

《井觀瑣言》(節録)

《尚書》辭語聱牙,蓋當時宗廟朝廷著述之體,用此一種奥古文字。其餘記録答問之辭,其文體又自尋常。如左氏內外傳,文雖記西周時諫諍之辭,亦皆不甚艱深。至載襄王命管仲受享,與命晉文公之辭,靈王命齊靈公,景王追命衛襄公,定王使單平公對衛莊公使者之言,魯哀公誄孔子辭,其文便佶屈如《書》體。《禮記》文亦不艱深,至載《衛孔悝鼎銘》,便佶屈。凡古器物諸欵識之類,其體皆如此。又如左氏記秦穆公語,皆明白如常辭。及觀《書·秦誓》文,便自奥古。至漢,齊王閎、燕王旦、廣陵王胥諸封策尚用此體。他文却不然。如今人作文辭,自是一樣;語録之類,自是一樣;官府行移,又自是一樣,不容紊雜。予嘗疑《孟子》父母使舜完廩一段,是古逸書之辭,其文甚似楚辭。曰"豈不鬱陶而思君兮",亦是用其語。

《史記》序篇多用四言韻語,班史因之。范史無序篇,故每篇論斷之外,別有四言贊。小司馬作《史記索隱》,乃倣范史而補其贊,不亦贅哉!

揚雄、韓愈體用俱欠。王通有體有用,但粗淺耳。

韓《平淮西碑》,惟叙憲宗命將遣師處,是學《尚書》舜命九官文法,其餘叙事不襲

《書》體，而森嚴可法。其詩亦自成一家，不規規於蹈襲風雅。必如是，然後可謂善學古。作《元和聖德詩》，亦自是。其五、七言諸體氣象，如"淚落入俎"，"通達今古"等語殊拙。《郿州溪堂》詩，音格頗古。

曾子啓詩佳處不減崑體。（以上卷一）

柳子厚《貞符》效司馬長卿《封禪書》體也；然長卿之諛，不如子厚之正。子厚《答問》效東方曼倩《答客難》體也；然子厚之懟，不如曼倩之安。

楊子雲擬《論語》作《法言》，未須論其意義深淺，但考其辭語，亦足見其故爲險難痕跡不可掩矣。《論語》無意爲文而自粲然成文，故不厭語助字之多，如"女得人焉耳乎"六字爲一句，而助字處其半。"夫子之求之也，其諸異乎人之求之與"十五字爲二句，而助字處其九。而《法言》"乖離諸子"、"圖徽"、"蠢迪檢押"、"弸中彪外"、"雌噫"等語，至不可屬讀。《論語》云："請問其目。"而《法言》但云："請條。"《論語》"或問子産"、"問子西"、"問管仲"，三"問"字，繁而不殺，自是文理當如此。而《法言》中或問霍光、王翦、竇嬰、灌夫、聶政、荆軻，但曰霍、曰翦、曰竇灌、曰政也、軻也，豈復成文理哉！此類不可勝數。識者觀之，不獨《大玄》可覆瓿矣。其言曰："聖人之經，不可使易知。"其意以爲聖經亦只是欲使人難知耳。殊不知聖經明白易簡，初豈有意爲艱深之辭哉？其不易解者，特古今文體有不同耳。雄説陋矣。

隋李諤病當時文體輕薄，上書論之，略曰："競一韻之奇，争一字之巧。連篇累牘，不出月露之形；積案盈箱，唯是風雲之狀。"於是閭里童昏、貴游總卯，未窺六甲，先製五言，諤誠欲變時文之陋，宜自爲渾厚爾雅之辭。今書辭駢儷淺鄙乃爾，尚何以譏病時輩爲哉！（以上卷二）

東坡《峻靈王廟碑》載唐代宗時，有尼見上帝得八寶云："以是知天亦分寶，以鎮世昭。"《靈侯廟碑》載張路斯、鄭祥遠皆爲龍争居以戰，路斯九子亦化龍，皆齊東繆悠之談。真文忠續《文章正宗》，此兩篇亦在所取，豈姑以備廟碑之體歟？（卷三）。

林　俊

林俊（1452—1527）字待用，號見素。明莆田（今屬福建）人。成化十四年（1478）進士，授刑部主事，累官刑部尚書。剛直敢諫，廉正忠誠，是成化、弘治、正德、嘉靖四朝老臣。爲文體裁不一，大都奇崛博奧，不沿襲臺閣之派；其詩多學山谷、後山二家，頗能遠俗。著有《見素集》二十八卷，奏疏七卷，續集十二卷，與《西徵集》並行於世。

本書資料據四庫全書本《見素集》。

《北山倡和詩》序（節録）

京圻文物淵藪，衣冠而遊，不並郡邑，士事事之暇，寓詞詠歌，陶寫情性。俊不類，具員兩京，秋曹以聲律從諸君子後。受知深而荷誨益者，北有蔔卜君從大，南有王君元勳。從大詩閑肆警敏，窮情盡變，如電掣星流，矢發機而馬歷塊也，與之遊者六年。元勳雄深雅健，吐語驚人，而格調亢爽，興致逸發。如仙裾輕舉，野鶴之離風塵也；高山出泉，而風雨夜至也，與之遊者一年。疑焉資以解之，非焉資以正之，不知焉就以問之，二君雖予友，詩固予師也。（卷二）

《東白集》序（節録）

宣于心而飾以成章者文也，而其隱蓋自見焉。夫水之流滀，其源自見；木之條枝華實，其根自見，不待較而知者也。王風渾融而雅博，霸習激壯以縱橫，禹皋之謨不可尚矣，伊周之訓誥，王也，賈誼、司馬遷、劉向、班固，未失爲王者也。《管》、《韓》、《戰國策》，霸也；相如、枚叔、張衡，未離乎霸者也。世風遞降，文體漸以澆漓，隱而晦之，玉璞金渾，宣而昭之，龍翔虎變，其可復殫耶？昌黎子、歐陽子文起歷代之衰，以擅鳴唐、宋之盛，求其深去秦、漢遠矣。國朝文運隆復前古，當時作者如潛溪宋公、義烏王公、括蒼劉公，並步二子之蹤，至東里楊公又學歐，而近嗣是學步徒跼，致遠則泥，而徐疾周折，殊乖故武。東白張先生起自洪城，軒翔醖藉，出語豪宕，自童幼時已然。既入翰林，讀中秘書，文字簡嚴，必欲造賈、馬、劉、班之門，深其堂奧。（卷四）

《彭惠安公文集》序（節録）

休文文冶，靈運文傲，鮑昭文怨，庾信文誕，識者有以知其人……莆前輩心學有林艾軒，公無愧焉；氣節有方寶謨，行業有陳正獻公，欲私與匹休。若劉後村之詩，陳衆仲之文，公則未嘗多讓。

《白齋詩集》序（節録）

夫詩存諸心者也，感諸物而聲發焉，包舉八紘同，牖納萬彙，通幽微之故，而執造化屈伸之幾。其妙用也，動天地而感鬼神，著其教者如此。然而成名立方，亦若是其未易也。夫意深者詞躓，局下者詞拘，輕淺者詞浮，曠達者詞放，蕩者詞滔，苦者詞滯，恇以怯者詞卑弱，若乃觸而形會，而遂通天趣，悠洋充乎其自得，吾得吾白齋張先生焉。澄澹簡遠，情慮俱忘，群脾競騖於先生，奚有哉？獨於詩若飲食然，無少壯與老，而異夫好則樂，樂則專，含吐性靈，紓寫物故，博以收約，而廣以辯方，刓精竭神，窺高而獵要，於是乎其不遺餘力矣。先生古詩祖漢晉，律詩祖盛唐，而參以趙宋諸家之體，氣格疏爽，詞采精麗，音調孤絕，聽之灑然，咀嚼之雋永而有餘味，莊而整如營巡大將，靜而寂如龕棲老禪，如詞臣鵠立，雍容閒肅，可謚仙子，踏氣馭雲，飄翩而風舉，聯後山之武，以駸駸上接少陵之席。與陶、謝、潘、左參輩行，使人拈弄篇章，拾殘楮，斷墨以自快，近時中傑作也。古稱詩窮人，先生用是亦孤，蚤遇世無盡知者。知不知，要之非先生病也。評者謂陸機體裁出陳思，王仲宣實出李陵，先生雖雜備衆體，而收功實由山谷、寧川一派，今流明州矣。予雲莊縱浪海內士不相接者餘二十年，先生來視吾郡，始拜篇章之辱。斂袵終讀，作而嘆曰：世自有士，奚意之今見郜鼎敦彝，老耳而聽《采齊》、《肆夏》之音也。夫詩可以觀志，以得其爲人。推是詩也，脫凡近而絕之俗，垂之百千載，可具見矣。先生文字開闔正變，老氣光炯動人，要不在是集也，請論詩與知者評焉。（以上卷五）

《嚴滄浪詩集》序（節錄）

詩寫物窮情，慨時而係事，寄曠達，托幽憤，三經三緯備矣。降而《離騷》一變也，而古詩、樂府、蘇、李、張、酈一變也，曹、劉、張、陸又一變也。若宋若齊若梁，氣格漸異，而盡變於神龍之近體。至開元、天寶而盛極矣，而又變於元和，於開成。迨宋以文爲詩，氣格愈異，而唐響幾絕。山谷詞旨刻深，又一大變者也。最後吾閩邵陽嚴丹滄浪，力祖盛唐，追逸蹤而還風響，借禪宗以立《詩辯》，別《詩體》、《詩法》、《詩評》、《詩證》而折衷之，決擇精嚴。新寧高漫士《唐詩品彙》引爲斷案，以詔進來哲。夫滄浪之見獨定，故詩究指歸，音節停勻，詞調清遠，與族人少魯、次山號三嚴。（卷六）

楊循吉

楊循吉（1458—1546）字君卿，一作君謙，號南峰。明吳縣（今屬江蘇）人。少年時即名揚吳中，曾與祝允明以文才並稱"楊祝"。成化二十年（1484）進士，授禮部主事。因病歸，結廬支硎山下，以讀書著述爲事。武宗駐蹕南京，召他作《打虎曲》，又作樂府、小令等，不授官而視之爲俳優，以此爲恥辱，不久辭歸。晚歲落寞，潔身自好。楊循吉的詩作多數是叙寫自己生活中的點滴感受、瑣碎小事，直抒胸臆，樸素自然，但詩味不濃。其古文簡潔古峭，講究結構。著述豐富，幾近千卷，有《松籌堂集》、《都下贈僧詩》、《齋中拙詠》、《南峰樂府》、《燈窗末藝》、《攢眉集》、《蘇州府纂修識略》、《吳囊手鏡》等。

本書資料據四庫全書本《明文海》、《吳都文粹續集》。

朱先生詩序（節錄）

予觀詩不以格律體裁爲論，惟求能直吐胸懷，實叙景象，讀之可以諭，婦人小子皆曉所謂者，斯定爲好詩。其他餖飣攢簇，拘拘拾古人涕唾以欺新學生者，雖千篇百卷，粉飾備至，亦木偶之假綫索以舉動者耳，吾無取焉。大抵景物不窮人事，隨變位置，遷易在在成狀，古人豈能道盡，不復可置語？清篇新句，目中競列，特患吟哦不到耳。（《明文海》卷二百六十一）

《感樓集》序（節錄）

詩在精不在多，在專不在備，誠以其道之難盡故也。有唐氏之世，詩莫甚焉，然自數大家外，其餘諸公之集偏或局於一體，簡有止於數篇，此豈其力之不能乎，亦知詩之難爲不必多與備也。故其時詩人量力盡智，各能自成一家言，竟以取名於千載之下者以此。大抵詩在天地間實藝之至精者，其工可爲，其妙不可爲也。妙在觸，觸則情感，故其句美，雖善詩者莫能知之。是以求好詩必有所俟，俟於事之觸，境之觸，無故之觸也。不觸則不可舉筆就題而浪爲，然則雖欲其多且備，又烏能多且備也？

朱性父詩序（節錄）

性父居吳葑門之外，早歲力學，左圖右史，殆於忘寒暑，一吟一咏用以自適，或應親友之求，或寫胸臆之見，率皆簡淡高古，有味有法，不落穠麗、枯澀二境。非深妙入悟，烏能然邪？（以上《吳都文粹續集》卷五十六）

丁養浩

丁養浩（1451—1528）字師孟，號集義，別號西軒。明仁和漳里（今屬浙江）人。成化二十三年(1487)進士。爲人剛直不阿,敢於直言。弘治五年(1492)任河南道御史。後升任四川按察司副使。時有富民殺人,誘使孤佢認罪,以行賄成冤獄。養浩到任,察知其冤,釋放孤佢,處富民罪。轉任廣東右參政。廣東河源程鄉民起事,養浩募人守要隘,遣兵平息,四境安寧,升雲南左布政使。六十歲時,辭官歸田,與先後辭官返鄉的郡人孫復齋、陳素軒、毛竹軒、邵慕庭、張素庵、沈直庵、董直齋、費學稼及西湖居士鄧某等二十九人,組織歸田樂會,每月一聚,以年齡爲序,按次立會,選擇良辰美景遊覽湖山名勝,並紀之以詩。著有《西軒效唐集録》、《西軒類稿》等。

本書資料據清光緒二十一年刻本《西軒效唐集録》。

詠梅集句序(節録)

集句者何?集詩人之大成也。吾非不得作也,作而與古鳴世者伍,亦若人耳。古之人以詩鳴世者凡幾何人?當其時,彼各以其所長鳴,鳴而未必皆善也。是故以一人言其篇章之善者無幾,以一篇言其句法之善者亦無幾。吾朝而諷焉,夕而詠焉,其善者,吾愛之不啻若自其口出;其不善者,吾不知也。當夫事至物來,景與意會,吾之情不能已於有言,則吾素所善者自然呈露發見,會合而成章。初不期於集,而自無不集,殆亦不得已而有言者也。若是者,謂非集大成可乎?(卷九)

都　穆

都穆(1459—1525)字玄敬,一字元敬,號南濠先生。明吳縣(今江蘇蘇州)人。七歲能詩文,及長,遂博覽群籍。弘治十二年(1499)進士,授工部主事,官至禮部主客司郎中,加太僕寺少卿,致仕。好學不倦,嘗奉使至秦中,搜訪金石遺文,拓印緒定,作《金薤琳琅録》二十卷。又富藏書,每得異本,則向人誇示以爲樂趣。著有《周易考異》、《史補類抄》、《寓意編》、《鐵網珊瑚》、《吳下塚墓遺文》、《南濠詩話》等。

本書資料據四庫全書本《吳都文粹續集》、中華書局 1983 年丁福保《歷代詩話續編》本《南濠詩話》。

刻《松陵集》跋(節録)

予觀詩人多尚次韻,至元、白而益盛。唐時萃而成編則有《漢上題襟》、《斷金》及是三集。按皮氏自序謂一歲之中詩凡六百五十八首,其富如此,則又《題襟》、《斷金》

之所無者，況其遊燕題咏類多吳中之作，後之希賢懷古者將於是乎考，固吳人所當寶也。（《吳都文粹續集》卷五十六）

《南濠詩話》（節錄）

《七哀》詩始於曹子建，其後王仲宣、張孟陽皆相繼爲之。人多不解“七哀”之義，或謂：病而哀，義而哀，感而哀，悲而哀，耳目聞見而哀，口歎而哀，鼻酸而哀。所哀雖一事，而七者具也。

昔人詞調，其命名多取古詩中語。如《蝶戀花》取梁簡文詩“翻階蛺蝶戀花情”；《滿庭芳》取柳柳州詩“滿庭芳草積”；《玉樓春》取白樂天詩“玉樓宴罷醉和春”；《丁香結》取古詩“丁香結恨新”；《霜葉飛》取老杜詩“清霜洞庭葉，故欲別時飛”；《清都宴》取沈隱侯詩“朝上閶闔宮，夜宴清都闋”。其間亦有不盡然者，如《風流子》出《文選》。劉良《文選注》曰：“風流，言其風美之聲流於天下。子者，男子之通稱也。”《荔枝香》、《解語花》，一出《唐書》，一出《開元天寶遺事》。《唐書·禮樂志》載：“明皇幸蜀，貴妃生日，命小部張樂奏新曲而未有名。會南方進荔枝，遂命其名曰‘荔枝香’。”《遺事》云：“帝與妃子共賞太液池千葉蓮，指妃子謂左右曰：‘何如此解語花也？’”《解連環》出《莊子》，《莊子》曰：“南方無窮而有窮，今日適越而昔來，連環可解也。”《華胥引》出《列子》，《列子》曰：“黃帝晝寢，夢游華胥氏之國。”他如《塞垣春》，“塞垣”二字出《後漢書·鮮卑傳》；《玉燭新》，“玉燭”二字出《爾雅》。即此觀之，其餘可類推矣。

漢《柏梁臺詩》，武帝與群臣各詠其職爲句，同出一韻，句僅二十有六，而韻之重復者十有四。如武帝云：“日月星辰和四時。”衛尉則云：“周衛交戟禁不時。”梁孝王云：“驂駕駟馬從梁來。”太僕則云：“脩飾輿馬待駕來。”大司馬云：“郡國士馬羽林材。”詹事則云：“椒房率更領其材。”丞相云：“總領天下誠難治。”執金吾則云：“徼道宮下隨討治。”京兆尹則云：“外家公主不可治。”大將軍云：“和撫四夷不易哉。”東方朔則云：“迫窘詰屈幾窮哉？”御史大夫云：“刀筆之吏臣執之。”大鴻臚則云：“郡國吏功差次之。”少府則云：“乘輿御物主治之。”其間不重復者惟十二句，然通篇質直雄健，真可爲七言詩祖。後齊、梁詩人多效其體，而氣骨遠不能及。方朔乃云：“迫窘詰屈，直戲語耳。”

古人詩有唱和者，蓋彼唱而我和之。初不拘體製兼襲其韻也。後乃有用人韻以答之者，觀老杜、嚴武詩可見，然亦不一一次其韻也。至元、白、皮、陸諸公，始尚次韻，爭奇鬪險，多至數百言，往來至數十首。而其流弊至於今極矣，非沛然有餘之才，鮮不爲其窘束。所謂性情者，果可得而見邪？

祝允明

　　祝允明(1461—1527)字希哲，號枝山。因右手有六指，自號"枝指生"，又署枝山老樵、枝指山人等。明長洲(今江蘇蘇州)人。才氣橫溢，與唐寅、文徵明、徐禎卿並稱"吴中四才子"；而書法又與文徵明、王寵、陳道復並稱"吴中四家"。"吴中四家"中，祝允明的書法藝術成就最爲突出。其小楷學鍾繇、王羲之，謹嚴端整，筆力穩健；草書學懷素、黄庭堅，晚年的草書，更顯筆勢雄强、縱橫秀逸，爲當世所重。著有《懷星堂集》、《蘇材小纂》、《祝子罪知》、《浮物》、《野記》、《前聞記》、《志怪録》、《讀書筆記》等。其雜著《猥談》内容皆爲委巷之談，與其《野記》或相出入，而品質、數量均不及，然書中不少故事能於細微處見出人物精狀。

　　本書資料據續《説郛》本《猥談》。

《猥談》(節録)

　　生、淨、丑、末等名，有謂反其事而稱，又或托之唐莊宗，皆謬也。此本金、元閣闤談吐，所謂"鶻伶聲嗽"，今所謂"市語"也。生即男子，旦曰"裝旦色"，淨曰"淨兒"，末曰"末尼"，孤乃官人，即其土音，何義理之有！南戲出於宣和之後，南渡之際，謂之"温州雜劇"。余見舊牒，其時有趙閎夫榜禁，頗述名目，如《趙貞女蔡二郎》等，亦不甚多。以後日增，今遂遍滿四方。輾轉改益，蓋已略無音律腔調。愚人蠢工，徇意更變，妄名如"餘姚腔"、"弋陽腔"、"昆山腔"之類，趁逐悠揚，杜撰百端，真胡説耳。若以被之管弦，必至失笑。

姚　鏌

　　姚鏌(1465—1538)字英之，號東泉。明慈溪(今屬浙江)人。弘治六年(1493)進士。累擢右副都御史，巡撫延綏，軍政大飭。嘉靖中，以右都御史提督兩廣軍務，討岑猛，大破之。進左都御史，中飛語落職。後復起爲兵部尚書，總制三邊軍務，辭不赴。以規避落職，卒於家。有《姚東泉文集》八卷。《崇古文訣》爲南宋樓昉所編，全稱《迂齋先生標注崇古文訣》，又稱《迂齋古文標注》，是一部重要的古文選本。樓昉先後編有五卷本、二十卷本、三十五卷本三種。《四庫全書總目》卷一八七《崇古文訣》提要云："此書篇目較備，繁簡得中，尤有裨於學者。"

　　本書資料據内府藏本《崇古文訣》。

《崇古文訣》序（節録）

夫文莫先於《六經》、《語》、《孟》,《六經》、《語》、《孟》之於文,豈必有意而爲之？蓋言出道從,而片言隻詞,爲世大訓,邈乎不可及矣。然先秦、西漢之作,其簡而深,雄而不肆,絶去斧鑿,有渾厚碩大之風,故獨號爲近古。東京以降,則其體漸俳,其氣亦日益衰弱而不振,而文之弊極矣。唐貞元、元和間,韓昌黎諸君子始出而相與力挽之,而文始古。又再變而弊益甚,宋嘉祐、治平間,歐廬陵諸君子又出而相與挽之,而文亦始再古。方其弊也,更千餘年,或數百年,而後有以復,其復也,卒亦各備一代之體格。宋之文,不必盡同於唐;唐之文,不必盡同於秦與漢。雖秦與漢,亦豈敢遽爲三代之望哉？夫其不同而均稱爲古何也？蓋洞庭之奏,窈眇希聲,而清廟之瑟,乃一唱而三嘆。土階之儉,曾不逾尺,而明堂之建,王爲九堂十二室之規;山罍與犧象而並陳於廟薦,弘璧琬琰,非兑戈和弓垂竹矢類也,而中國皆世寶焉。則所謂占,亦豈必期於盡同哉?

孫 緒

孫緒(1474—1547)字誠甫,號沙溪。明河間府故城(今屬河北)人。弘治十二年(1499)進士,授户部主事。火篩入侵,遣將往討,緒爲參謀,劃策多中。轉吏部郎中,中官張雄請托不從,誣事褫職。嘉靖初,起太僕寺卿,旋致仕。孫緒才華橫溢,在世時已獲"瀛州才子"美譽,文學造詣極深,爲文沉著有健氣,詩歌作品於豪氣縱橫中姿媚躍出,具有獨特風格。著有《沙溪集》二十三卷。

本書資料據四庫全書本《沙溪集》。

《馬東田漫稿》序（節录）

心不大則無遠韻,氣不勁則無昌言。詩者性情禮義之宗,言韻之精英也,淺胸卑局而欲有軼塵邁俗之作難矣。魏晉而降,論詩例稱唐人,例稱李、杜、昌黎三君子之什,膾炙千載,不俟評議。然蠛蠓貴近,傲睨强藩,勇犯人主,此其人爲何如？秋空江漢,沉瀯無涯,泰華匡廬,俯視萬象,神龍怪鰐,莫可罪羈？讀其詩想見其人,使人毛髮森豎。高、岑、王、孟而下,達者摸稜廟堂,窮者曳裾權倖,揚揚施施,營營呦呦,昏酣陷溺,相率而不自知。是其鏗鏘巧麗之音非不足以竦動視聽,而獻諛售佞、希恩覬寵之懷,牢橫不可破,囁嚅觀望,委靡消縮,情隘而莫伸,氣卑而不暢,言惴惴而不敢盡,故

奄然莫能自振，長慶之後作者類無取焉。（卷一）

《無用閒談》（節錄）

文章與時高下，人之才力亦各不同。今人不能爲秦漢戰國，猶秦漢戰國不能爲六經也。世之文士往往尺寸步驟，影響聲欬，晦澀險深，破碎難讀，曰此《國語》體、《左氏》體，《史記》、《漢書》體。此下視之渺然，燕、許、韓、柳諸公俱遭誹薄。作字亦惟李斯、蔡邕是托，鍾、王以下若不足經目。

陸宣公就事論事，纖情變態無窮，而其言亦無窮，滾滾多至數千，一字不可減也。今人奏疏亦或多至萬言，言不剴切，事非實用，雜引曲證，自詫該博，動以二三十事開坐，猥陋瑣屑，泛漫無紀，掇其要，只可十數言，而牽合附會，連篇累牘，使山林隱士閒宵長畫讀之，亦當欠伸思睡，況人君萬幾叢委，日不暇給乎！其書多不報，蓋初未嘗一目也。（以上卷十一）

《三百篇》後，李杜爲萬世詩人之宗，本不可以優劣。或欲强優劣之，右李者則曰李才飄逸如仙，杜未免有世俗語；右杜者則曰李詩不出婦人、杯酒，杜詩句句憂國愛君。此晚宋人語，當時想亦偶有所見，人遂以爲的論假。令村中學究句句説忠君愛國便可跨謫仙，句句説神仙蓬萊便可跨少陵耶？可發一笑。（卷十二）

范文正公《岳陽樓記》，或謂其用賦體，殆未深考耳。此是學吕温《三堂記》體製，如出一軸……但《樓記》閎遠超越，青出於藍矣。夫以文正千載人物，而乃肯學吕温，亦見君子不以人廢言之盛心也。（卷十四）

王守仁

王守仁（1472－1528）字伯安。明紹興府餘姚（今屬浙江）人。因他曾被貶至貴州龍場驛（今貴州修文境内）而結廬陽明洞，故自號陽明子，世稱陽明先生。死後三十九年，詔贈新建侯，謚文成，故後人又稱王文成公。王守仁是明代最著名的思想家、哲學家、文學家、軍事家，非但精通儒家、佛家、道家，而且能够統軍征戰，是中國歷史上罕見的全能大儒，奉祀孔廟東廡第五十八位。王氏爲明代心學泰斗，著名的主觀唯心主義哲學家，其學發展爲姚江學派，對明代及後世儒學影響甚巨。其學説世稱“心學”（或“王學”），在中國、日本、朝鮮半島以及東南亞諸國都有重要而深遠的影響。在文學理論上，先有他以良知爲前提的“真意”，才有後來李贄提倡的“童心”，袁宏道等人提出的“性靈”，從而在晚明掀起了一場聲勢浩大的文學革命運動。從這層意義上説，王守仁的"體認良知",不僅對明代的思想界影響深遠,而且推動了明代文學突破復古的樊籬,趨向個性解放。王守仁的詩文,洋溢着他的生存體驗和生命智慧,具有浪漫主義和神秘主義的氣質。著作甚豐,由其門人輯成《王文成公全書》三十八卷(一稱《陽明全書》),其中在哲學上最重要的是《傳習録》和《大學問》。

本書資料據四庫全書本《王文成全書》。

《傳習録》(節録)

先生曰:"古樂不作久矣。今之戲子,尚與古樂意思相近。"未達,請問。先生曰:"《韶》之《九成》,便是舜的一本戲子;《武》之《九變》,便是武王的一本戲子。聖人一生實事,俱播在樂中。所以有德者聞之,便知他盡善盡美,與盡美未盡善處。若後世作樂,只是做些詞調,於民俗風化絶無關涉,何以化民善俗? 今要民俗反朴還淳,取今之戲子,將妖淫詞調俱去了,只取忠臣孝子故事,使愚俗百姓人人易曉,無意中感激他良知起來,却於風化有益,然後古樂漸次可復矣。"(卷三《語録》三《傳習録》下)

石　珤

石珤(? —1528)字邦彦,號熊峰。明真定府藁城(今屬河北)人。從李東陽受業,爲東陽所特許。成化二十三年(1487)進士。官至文淵閣大學士。卒,謚文隱。隆慶初,改謚文介。詩文平正通達,具有茶陵之體。撰有《熊峰集》。

本書資料據四庫全書本《熊峰集》。

《榮哀録》序(節録)

《榮哀録》者,安鄉張公信甫之輓歌詞也。輓之有歌,始于執紼。盖古者送葬,共力以致喪。于是呻吟悼歎,以寓夫悲痛惻怛之情及生死往反之道。哀鬱于內,而不覺其發于聲音者如此也。其後作者漸廣,亦稍稍稱其德行,著其功業,頗近于誄。然事以詞顯,情以文著,則君子亦固未嘗不與之也。

何淑人輓詩序(節録)

盖古者送葬必執紼,則有歌以相之。其謳吟哽咽之間,而因以寓夫悲思歎悼之意。自《薤露》、《蒿里》而降，作者愈繁，亦往往述其行誼，美其功伐，王公士庶鮮不用之。雖其言不免于益文，而所以哀終送死之情，則固在其中矣。（以上卷六）

康　海

康海（1475—1540）字德涵，號對山、沜東漁父。明西安府武功（今屬陝西）人。自幼機敏，童年事邑人馮寅爲蒙師，習小學。馮出仕後，又入關中從理學名家習毛詩。弘治十五年（1502）登進士第一，大魁天下。爲翰林院修撰兼經筵講官，曾參與修憲宗、孝宗兩朝實録。爲官剛正不阿，藐視權貴，頗具秦人風範。因文學理念相近，加上同時尊崇復古文風，與李夢陽、何景明、徐禎卿、邊貢、朱應登、顧璘、陳沂、鄭善夫、王九思等號稱“十才子”，又與李夢陽、何景明、徐禎卿、邊貢、王九思、王廷相號稱“七才子”，即文學史上的明代“前七子”。康海寄情山水，廣蓄優伶，制樂府，諧聲容，自操琵琶創家樂班子，人稱“康家班社”。與户縣王九思共創“康王腔”。曾廣集千名藝人，參與秋神極賽活動。在康家班基礎上組建的張家班，又名華慶班，活動長達五百年之久，爲重振北曲和秦腔藝術的發展，功不可没。著有散曲集《沜東樂府》、詩文集《對山集》、雜著《納涼餘興》、《春遊餘録》等，尤以《武功縣志》最爲有名，後世編纂地方志，多以康氏此志作爲楷模。

本書資料據四庫全書本《對山集》。

《樊子少南詩集》序（節録）

此亡友野堂王君仁瑞之作也，野堂有美才敏思，遇有所感則詩若詞應口而出，無竢點竄，俏意俊句，層見疊出，揮灑示人，四座稱羨，以爲難能，至於填腔詩韻得諧即已，初不深求東鍾江陽之細，其間或至以庚青協東鍾，以寒山協鹽鹹者。曰歌之不離是即大協，我道蓋如是耳。客有難者，笑而不答。已而曰：於戲，予昔在詞林，讀歷代詩，漢魏以降，顧獨悦初唐焉，其詞雖縟而其氣雄渾樸略，有國風之遺響。後三十年會信陽樊子少南，出其詩，聞其議論，蓋初唐之儁者矣。然體裁因時而易，世道升降，聲音畢從，亦理之自然者。少南生八百餘年之後，能脱夫近習而聿造其奥如此，非所謂豪傑之才哉？或曰唐初承六朝靡麗之風，非儷弗語，非工弗傳，實雕蟲之末技爾，子以雄渾樸略與之，何邪？曰正以承六朝之後而能卒然振奮，其氣詞或稍因其故，而格則力脱其靡也。或曰然則盛唐不足邪？曰所謂文之以禮樂而考得其成者也。

《林泉清淑集》序（節錄）

《三百篇》亦古之樂歌也，被之筦絃，薦之郊廟，神人以和，顧豈拘拘於韻者？天地間所聞皆韻，視作者何如耳，夫豈有不協哉？長白山人徐本良曰：“仁瑞之論奇矣，何古詩有協韻，而律詩則專韻乎？今之歌曲猶律也，故樂府法以知韻爲第一，義分甚嚴也。世代之相乘，風俗之沿習，奈何可以如是論也。”（以上卷四）

顧　璘

顧璘(1476—1545)字華玉，號東橋居士。明長洲(今江蘇蘇州)人，寓居上元(今江蘇南京)。弘治九年(1496)進士。官至南京刑部尚書。少負才名，與何景明、李夢陽不相上下。工詩文，詩以風調勝，與陳沂、王韋號稱“金陵三俊”。其後朱應登繼起，稱四大家，江左名士推爲領袖。著有《顧華玉集》，含《浮湘集》、《山中集》、《憑几集》、《憑几續集》、《息園存稿文》等。

本書資料據四庫全書本《山中集》、《憑几集續編》、《息園存稿文》。

逸士賦有序（節錄）

晉上清節，吾於《隱逸傳》得五柳先生生一人耳。觀其詩，原之性情，暢之天真，而冲淡之味，蕭散之姿，孤高之節，有如寒泉出石，青蘭伴谷，獨鶴翔雲，疏桐倚月，每嘆飽清風於百世，而恨不得相與論志於一時也。時客有攜《五柳圖》請言爲柳塘翁壽者，邱子曰：吾之慕陶久矣，吾不得靖節而見之，得見有似於靖節者，吾愛焉；吾不得似靖節者而見之，得聞有似於靖節者，吾愛焉。夫自周道衰而士棄德，世皆朵頤腥鼎，附體犧文，以夸屨耀。間有懷異以矯趨者，亦惟取終南爲捷徑耳。柳塘翁信能澹然無欲，與世相遺，而少似於吾靖節，吾當爲其賦之。（《山中集》卷五）

《王履吉集》序（節錄）

古體，五言沉鬱有色，可憤可樂，蓋類曹植、鮑照；七言跌宕瀏麗，號幽吹而霭春雲，蓋類杜甫、岑參；近體亦步驟杜、岑而自攄神情，殆與盛唐諸家相雄長，可謂詩人也已。

《文端》序（節録）

文始於六經，正學也。其大壞乃有六朝綺麗之體，衰宋瑣弱之習。比見楚學諸生爲文率務奥奇，而不知適入於壞。嘗教之讀《西漢書》矣。懼其學之無本，信之不篤也。至荊學，乃命教授楊奇逢取《易傳》、《尚書》、《禮記》各數篇以爲準的，次四書長篇始及於西漢，其究至程、朱諸先生文，而止抄爲一編，付李守士翻刻之，用布於諸郡學宫，題曰《文端》。端，始也，正也，引其始以歸於正，將不由是乎？俟其自得必知取全書優而游之，以臻大成，庶幾爲天下之正學，道固在其中矣。若夫《文選》、《文苑》諸書，正詞人雕蟲之小技，吾方悔其少習，乃所願諸生勿蹈吾後也。（以上《憑几集續編》卷二）

《謝文肅公文集》序（節録）

或問謝文肅公之文。璘曰：是醇氣之積也。夫文章盛衰關諸氣運，而發乎其人，非運弗聚，非人弗行，豈小物也哉！昔周之盛也，文、武、成、康迭興，謨、訓、雅、頌之辭，爾雅深厚，意若有聖人之徒操觚其間，何其若是善也。幽、厲以降，辭命寖繁，《黍離》、《板蕩》之篇，氣索然矣，非行人史官矯誣眩衆，則羈臣棄士哀思悲鳴，以紓其憤懣者也。即國家何賴乎？是故觀文體之險易，可以知氣運之盛衰，而人材由之矣。（《息園存稿文》卷一）

邊　貢

邊貢（1476—1532）字庭實。明歷城（今山東濟南）人。因家居華泉附近，自號華泉子。明代著名詩人、"前七子"之一。邊貢以詩著稱弘治、正德間，與李夢陽、何景明、徐禎卿並駕詩壇，時稱"四傑"，而邊詩以富有文采爲時人稱許。其詩多有佳作，不乏風人遺韻，沉穩平淡，風格樸質，是其所長；而題材狹窄，調多病苦，爲其所短。其擬古摘句之作，影響消極；其纖麗俊逸之作，則開"神韻"之漸。其詩文，後人編爲《邊華泉全集》，王士禎編選有《華泉集選》四卷。

本書資料據四庫全書本《華泉集》。

涉封君輓詩序（節錄）

輓詩也者，古虞殯之歌也，後之人咸祖焉。其變也，如誄，又如懷古之詩；其甚也，如詠物之詩，斯極矣。今之輓詩，是詠物之詩之流也。夫人之生也，而吾交焉；死也，而吾見焉，而歌以殯之，夫是以其音也哀，而其言有情也，故如誄焉。未交其生也，未見其死也，而其人美焉，過于其里而吊諸其墓而賦焉。讀之者可以觀，聞之者可以興也，則懷古之詩焉。其生也未交也，其死也未見也，未過其里，未吊其墓，美惡朦焉，徒據其需之者之文而賦之，其言弗情也，其音弗哀也，其讀之者弗可觀也，其聞之者弗可興也。嗟乎，是詠物而已矣。今之爲輓詩者，類焉。故曰：是詠物之詩之流也。是故虞殯之歌之不傳也久矣。其變也，亦極矣。不得已而思其次焉，誄可也。又其次焉，則懷古亦可也。（卷十）

刻岑詩成題其後

殷璠評嘉州詩曰："語逸體俊，意每造奇。"而嚴滄浪則云："岑詩悲壯，讀之令人感慨。"味斯言也，予未嘗不撫卷嘆焉。而臺峯子叙之，亟稱其近於李、杜，斯可謂知言者矣。夫俊也逸也，是太白之長也。若奇焉而又悲且壯焉，非子美孰能？子美嘗曰"岑生多新詩"，又曰"篇終接混茫"，又曰"沈鮑得同行"，味斯言也，意未嘗不歙裋於嘉州也。二子之言不有徵乎哉？今誦其集如所謂"山風吹空林，颯颯如有人"，斯悲壯而奇矣；又如"長風吹白茅，野火燒枯桑"之句，不俊且逸也乎哉？夫俊也逸也奇也悲也壯也，五者李、杜弗能兼也，而岑詩近焉，斯不可以刻而傳之也乎哉？故曰臺峯子知言者矣，叙成之明旦華泉子題。（卷十四）

劉　節

劉節（1476—1555）字介夫，初號梅國，更號雪臺，老稱涵虛翁。明大庚（今屬江西）人。弘治十八年（1505）進士，官至刑部侍郎。著有《梅國集》，編輯《廣文選》六十卷。其《廣文選序》批評《文選》所遺甚多，"故廣之，以備遺也"。其實，《文選》的"選"字，就説明它是選本，不是全文總集，不存在遺不遺的問題。相反，他的《廣文選》，反收了不少"悖而俚"之作，故陳蕙等重刻時刪了不少。《四庫全書·梅國集》提要云："所輯《廣文選》采掇浩博，而門目瑣碎，體例冗雜，頗有貪多務得之失。"《四庫全書·

廣文選》提要更詳論其失："其編次亦仿《文選》分類,而顚舛百出,如文選陸機《文賦》無類可歸,故別立論文一門。此書乃以荀卿《禮》、《智》二賦及揚雄《太玄賦》當之,其爲學步,寧止壽陵餘子耶?曹植《蟬賦》、傅咸《螢賦》入之鳥獸,而傅亮《金燈草賦》不入草木,謝朓《遊後園賦》不入遊覽,陸雲《南征賦》不入紀行,陶潛《桃花源》詩入詠史,《史記·禮書》、班固《律曆志》入雜文,皆不可理解。又《胡姬年十五》一篇,本梁劉琨作,郭茂倩《樂府詩集》可考,而沿《文翰類選》之誤,以爲晉劉琨。莊忌本漢人,而誤以爲梁人。《柏梁詩》本聯句,而注曰六首。徐樂上書本無標題,而名曰《論土崩瓦解書》。《左傳》'呂相絶秦'本爲口語,而名曰《絶秦書》。《史記·自序》中'下大夫壺遂'云云,本文中之一段,而刪除前後,名曰《答壺問》。隔數卷後又出《太史公自序》一篇。《文心雕龍·序志篇》本其第五十篇,而改名曰《文心雕龍序》。至於諸葛亮《黃陵廟記》之類,以贋文竄入,更無論矣。"

本書資料據四庫全書本《文章辨體彙選》。

《廣文選》序

《廣文選》何?廣蕭子之選也。何廣乎蕭子之選也?蕭子之選文也爲賦,賦之目有十四;爲詩,詩之目二十有三;爲騷,爲七,爲詔,爲册,爲令,爲教,爲文,爲表,爲上書,爲啓,爲彈事,爲箋,爲奏記,爲書,爲檄,爲對問,爲設論,爲辭,爲序,爲頌,爲贊,爲符命,爲史論,爲史述贊,爲論,爲連珠,爲箴,爲銘,爲誄,爲哀,爲碑文,爲墓誌,爲行狀,爲吊文,爲祭文,爲類三十有七,可謂選矣。然或遺焉,是故廣之以備遺也。孔子曰:"有天地然後萬物生焉。"是故始之天地,天地廣也。

鳥獸草木皆物也,鳥獸選矣,草木遺焉,是故次之草木以廣遺也;夫賦者目具矣,弗目者遺,是故次之雜賦以廣遺也;夫詩六義備矣,逸詩,詩之逸也,廣之自遺詩始,補亡無矣;操,樂府之遺也,謠,雜歌之遺也,廣之,詩斯備矣;夫詔,王言也,璽書、賜書、敕書皆王言也,廣之類也;策,册類也,策問,詔類也,廣之以從類也;疏,上書類也,封事、議對皆疏類也,廣之以從類也;對策,對闕問也,策問,詔類矣,對策,對類也,廣之從其類也,而文則無矣;問次於對,有問斯有對也,廣之亦類也;夫記者,序之實也,傳者,史論贊之紀也,説者,論之要略也,哀辭者,哀之緒余也,祝文者,祭告之大典也,是故廣之,廣其類矣;夫文猶賦也,諸類具矣,弗類者遺,是故次之以雜文,以廣遺也。

夫騷作於屈、宋者也,《九歌》遺焉,《九章》遺焉,《九辨》遺焉,景、賈以下不録也。漢詔盛矣,選其二焉,遺者多矣,是故廣之以備遺也。表箋啓檄略矣,奏記設論箴贊略甚矣,史論述贊略益甚矣,銘也頌也誄也,古而則者遺矣。書序之遺猶夫銘也,論之遺猶夫書也，碑文之遺猶夫論也，諸類之遺猶夫頌也誄也。故今考之，文之遺猶夫詩也，十六七也；詩之遺猶夫賦也，十四五也；賦之遺猶夫騷也，十二三也。是故廣之以備遺也。夫然猶或遺焉，典籍散亡，存十一於千百。廣之云者，殆庶幾焉者也。夫文辟之水也，選之者如導水而聚之者也。是故海水之聚也，廣其選者如導水而聚之海者也。吁，難言也！（卷二百九十一）

陸　深

陸深（1477—1544）字子淵，號儼山。明華亭（今上海松江）人。弘治十八年（1505）進士。官至詹事府詹事兼翰林院學士。明中葉著名文學家、書法家。師從茶陵派領袖李東陽，又與前七子中的李夢陽、何景明、徐禎卿等人過從甚密。著有《儼山集》、《儼山續集》、《儼山外集》等。

本書資料據四庫全書本《儼山集》、《儼山外集》。

《蓉塘詩話》引（節錄）

詩話，文章家之一體，莫盛於宋賢，經術事本、國體世風兼載，不但論詩而已。下至俚俗歌謠、星曆醫卜，無所不錄。至其甚者，雖嘲謔鬼怪、淫穢鄙褻之事皆有。蓋立言者用以諱避陳託，微意所存，又文章之一法也。若乃發幽隱，昭鑒戒，紀歲月，顧有裨於正傳之闕失，蓋史家流也。（《儼山集》卷三十六）

重刻《百官箴》序（節錄）

箴本衣箴醫人，又用之以攻疾，蓋彌縫其闕失而刺之詩，曰因以箴之是已。百官有箴自漢始，此則宋儒山屋許先生所為撰次也。

重刻《唐音》序（節錄）

襄城楊伯謙審於聲律，其選唐諸詩，體裁辯而義例嚴，可謂勒成一家矣。惟李、杜二作不在兹選，昔人謂其有深意哉。夫詩主於聲，孔子之於四詩刪其不合於紘歌者猶十九也。宋人宗義理而略性情，其於聲律尤為末義，故一代之作每每不盡同於唐人。至於宋晚而詩之弊遂極矣，伯謙繼其後乃有斯集，求方員於規矩，概丈石以權衡，可不謂有功者耶。獨於初唐之詩無正音，而所謂正音者晚唐之詩在焉。又所謂遺響者，則唐一代之詩咸在焉，豈亦有深意哉。（以上《儼山集》卷三十八）

《李世卿文集》序（節録）

本朝文事，國初未脱元人之習，渡江以來朴厚典易，蓋有欲工而未能之意。至成化弘治間，宣朗發舒盛極矣，然要而論之，蓋有兩端。以雕刻鍜鍊爲能者乏雄深雅健之氣，以道意成章爲快者無修辭頓挫之功。故修辭類於雕刻，而雕刻者辭之弊也；道意成章者近於雄深雅健，而雄深雅健又不止於成章道意而已。大抵深於學，昌其氣，然後法古而定體。（《儼山集》卷四十三）

《澹軒集》序（節録）

詩之作，工體製者乏寬裕之風，務氣格者少温潤之氣，蓋自李、杜以來，詩人鮮兼之矣。兼之曰詩，不其難矣乎？得其一體者，然且有至焉，有不至焉，則詩之道或幾乎廢矣。而世未嘗無人也。《三百篇》多出於委巷與女婦之口，其人初未嘗學，其辭旨顧足爲後世經，何則？出於情故也。詩出於情，而體製、氣格在所後矣。此詩之本也。（《儼山集》卷四十八）

《中和堂隨筆》（節録）

《詩》三百篇，聖人悉被之弦歌，蓋樂章也。其所删者，非獨以其詞而已。今《詩》中有三章而詞意無大相遠者，如《螽斯》、《樛木》之類，蓋樂之三成，猶今之三闋、三疊是已。

《大雅》、《小雅》，猶今言大樂、小樂云。嘗見古器物銘識，有筦曰小雅筦，有鐘曰頌鐘，乃知《詩》之篇名，各以聲音爲類，而所被之器，亦有不同爾。後人失之聲，而獨以名義求者，非詩之全體也。

陸務觀有言"詩至晚唐五季，氣格卑陋，千人一律，而長短句獨精巧富麗，後世莫及"。蓋指温庭筠而下云。然長短句始於李太白《菩薩蠻》等作，蓋後世倚聲填詞之祖。大抵事之始者，後必難過，豈氣運然耶？故左氏、莊、列之後，而文章莫及；屈原、宋玉之後，而騷賦莫及；李斯、程邈之後，而篆隸莫及；李陵、蘇武之後，而五言莫及；司馬遷、班固之後，而史書莫及；鍾繇、王羲之之後，而楷法莫及；沈佺期、宋之問之後,而律詩莫及;宋人之小詞,元人已不及;元人之曲調,百餘年來亦未有能及之者。但不知今世之所作,後來亦有不能及者,果何事耶?(以上《儼山外集》卷二十二《中和堂隨筆上》)

陳　霆

陳霆(約 1477—1550)字聲伯,號水南居士,隱居仙潭後,更號渚山真逸,晚號可仙道人。明德清(今屬浙江)人。弘治十五年(1502)進士,官刑科給事中。正德元年(1506),針對明孝宗被庸醫誤診致死一案,書呈《大璫張瑜科參》,遭張瑜同黨劉瑾陷害入獄,杖三十。謫判六安州。四年冬,移知徽州府休寧縣。五年,瑾誅,復官刑部主事。翌年七月,舉僉山西按察司。抵任兩月,命領敕提督學校。致仕歸,隱居約四十載,屢徵不起。著述頗豐,有《水南稿》、《兩山墨談》、《山堂琐語》、《渚山堂詩話》、《渚山堂詞話》、正德《德清縣志》、正德《仙潭志》、《綠鄉筆林》、《水南閒居錄》、《宣靖備史》等。其所著《渚山堂詞話》爲明代詞學著作中之佳者,存錄元明之際諸多散逸詞作。

本書資料據唐圭璋《詞學叢編》本《渚山堂詞話》。

《渚山堂詞話》序

始余著《詞話》,謂南詞起於唐,蓋本諸玉林之說。至其以李白《菩薩蠻》爲百代詞曲祖,以今考之,殆非也。隋煬帝築西苑,鑿五湖,上環十六院。帝嘗泛舟湖中,作《望江南》等闋,令宮人倚聲爲棹歌。《望江南》列今樂府。以是又疑南詞起於隋。然亦非也。北齊蘭陵王長恭及周戰而勝,於軍中作《蘭陵王》曲歌之。今樂府《蘭陵王》是也。然則南詞始於南北朝,轉入隋而著,至唐、宋防製耳。在昔《花庵詞客》、《古今詞話》等,要皆論詞之成書,今全本亡矣。至見於《草堂》之箋者,緒餘一二,觀者無得焉。是道也,某少而習授,老而未置。其倚腔成調者,既登集矣。至於咀英吸華,品宮量徵,閲習久而話言頻,則是編之繼來,《花庵》之有嗣也。嗟乎,詞曲於道末矣。纖言麗語,大雅是病。然以東坡、六一之賢,累篇有作。晦庵朱子,世大儒也,"江水浸雲"、"晚朝飛畫"等調,曾不諱言。用是而觀,大賢君子,類亦不淺矣。抑古有言,渥五色之靈芝,香生九竅;咽三危之薇露,美動七情。世有同嗜必至,必知誦此。不然,則閨茲罷奏,齊聲妙歎,寄意於山水者故在也。於商琴者非病云。嘉靖庚寅秋七月吉日,陳霆序。

(卷首)

138

半山集古词

詩有集古句者矣,而南詞則少見用此格者。偶於半山集得一闋焉,《菩薩蠻》云:"數間茅屋閒臨水。窄衫短帽垂楊裏。花是去年紅。吹開一夜風。梢梢新月偃。午醉醒來晚。何許最關情。黃鸝三兩聲。"荆公退居金陵,作草堂於半山之麓,引八功德水,浚小港於其上,壘石作橋。暇則幅巾藜杖,往來其間。因集古句爲此,俾侍者歌之。(卷三)

崔　銑

崔銑(1478—1541)字子鍾,一字仲鳧,號後渠、少石、洹野。明安陽(今屬河南)人。弘治進士。由庶士起授編修,官至南京礼部右侍郎。預修《孝宗初録》。爲學以程、朱爲宗,斥陽明學爲"霸儒"、禪學異説。著有《洹詞》、《士翼》、《讀易餘言》、《崔氏小爾雅》、《文苑春秋》及《彰德府志》等。《四庫全書·洹詞》提要云:"是集題曰《洹詞》,以銑家安陽,境有洹水故也。一卷二卷曰館集,三卷曰退集,四卷曰雍集,五卷至十卷曰休集,十一卷十二卷曰三仕集,皆編年排次,不分體裁,雜著筆記亦參錯於其間。銑力排王守仁之學,謂其不當舍良能而談良知,故持論行已,一歸篤實。"

本書資料據四庫全書本《洹詞》。

刻《文章正宗》序(節録)

夫物生而有情,情而思宣之,斯生言矣。訥者弗達,陋者亡采,則亡以敷事而喻物,斯生文矣。文,言之善者也,而貴於正其情。夫幽賾之理,彰於顯詞;遼邈之懷,發於堂序;雍遜之談,驗於遐歲。非邃於道者,其孰能之? 而徒以模襲之勤,記問之富,億中暗投,吾未見其可也。夫獻忠之謂疏,恤隱之謂詔,達彼此之意、質問遺之蘊之謂對,之謂序,之謂書紀,故表賢之謂記,之謂銘,引思暢和之謂詩。言斷而意續,發凡以該目,或婉或著,或麗或質,或因乎人,或就乎時出之至真而發之當物。及乎教息而學淆,質衰而詞是工,是故久漸美化,動憑典刑,以摧强枉而稽成敗,此左氏之文也。援經議制,夷厥藻繢,此漢之文也。綜倚羣言,辯而委辭,此韓愈氏、柳宗元氏之文也。君子於是焉考變而徵實,左取其禮,漢取其樸,韓取其昌,而因以見先王之教之遠且該也。今夫登者必陟其巔,行者必自其家,非可以息趾於巖麓而發軔於旅次。苟未崇志于先王之術,以參伍夫歷代之變,予恐其不特謬於其言焉而已。

庸書(節録)

圖象繁而易荒矣,小序廢而詩蕪且淺矣,左氏輕而春秋虛矣。喜新變古,君子亡樂乎斯焉。

爾諸子賊乎文者也,六朝賊乎詩者也。無與忘賊乎學者也,夫勦豢天下之至美也。王公食蕨則以爲大美,夫莊也,列也,佛也,申也,韓也,沈也,謝也,宋賢闢而廢之矣。今獵之以爲奇,珍之以爲真,眩視發聞,六經又晦矣哉。

《二南》正家也,變風化於國也,雅則天下之化焉,頌以事神,學成而應見矣。故曰惟仁人爲能享帝,惟孝子爲能享親。仁且孝,德之備也。魯頌著其僭也,商頌存古也,詩斯終矣。(以上卷三)

松窗寤言(節録)

碑誌盛而史贗矣,唐詩興而教亡矣,啓劄具而友濫矣,表箋諛而君志驕矣,制誥儷而臣報輕矣,賄幣流而贄禮失矣,舉業專而經學淺矣,登第易而全才蔑矣。

去《序》而言《詩》,背《左氏》而言《春秋》,益荒謬矣。蓋道可以知窮,事必以實著,況千載之下乎。《大序》淵粹,非卜子不能作。當丘明時,諸家並興,非窺聖道信鄉不如是之篤,非見國史本末不如是之詳,但所采太博妄評議爾。自獲麟至滅智氏,疑後人之續與。(卷九)

評文喻學者四首

崔子曰:金元之際,中州之文氣雄而詞倔健,欲陳義而不精,其人可與集事而不可持久,故國易摧,譬則秋壑霜厓,孤峭湧決,非託生之區也。南宋之文氣浮而詞細靡,故國益弱甚者,葉水心之譎,周平園之漫,陳止齋之雜,秋揚之華,衹章其索然也已。

崔子曰:聖途榛塞,程子闢而廓然,故曰文不在兹乎,學者知方矣。即亂於蘇氏,掇佛老之餘文以從橫之詞。金源氏並行程、蘇氏之學,朱子、張南軒氏再明程學。陸氏亂以截徑之說,於是朱、陸之敵至元猶爭。真希元氏、許仲平氏興而朱氏尊吳澄氏,與陸撫産而右之,雖曰不黨,吾不然也。

崔子曰:文之生也,其上關乎運,其次係乎學。運本乎天,學由乎人,是故春鶯之

140

音和秋蚤之吟,悽祥烏鳴乎晝,妖鳥鳴乎夜。天津之鵑,邵子憂之;夫鳳潛而鳴於虞,鶴舉而鳴於陰,君子謂之瑞,而比德翰音。及於棲而登於天,謂之不可長昔,蘇子卿答李陵侯應論罷邊備,非欲文也,忠信著而永固防,是故積諸中而慎言之可也,無其實而沃其飾靡矣夫。

崔子曰:昌黎氏約六經之旨而爲文,析理陳事,昭晰不蒙,誠哉,貫道之器。君子謂之曰外,非其不自躬行得之也,況乎混粒珠於魚目,啜餘滴於糟粕乎?是故李翺之復性,歐陽修之論性,蘇軾暨轍之論道,君子斥而放之。

議宋事五條(節録)

楊億攻偶儷之詞,破碎聖經,流爲律賦,斯文靡靡矣。王安石用經義誠是也,不當專行其固謬之訓。司馬公擊張方平之奸,蘇氏稱其忠,德其私也;王安石賤蘇洵之學,歐陽擬諸荀,溺於詞也;呂滎公謂蘇爲浮薄,本中乃法其詞;歐陽修志范能解讐,忠宣則削其文:故是非之故,君子慎之。宋臣之疏,文繁而用寡,氣激而意肆,南渡益下矣。必也司馬公之剴當,程伯子之條暢,叔子之簡肅,范純夫之明白,可以觀忠焉。

《絶句博選》序

昔者先王之教指實正履,備物周行者謂之文,示類喻志,微風興情者謂之詩。夫天運萬化,地效各能,氣以滋形,雨露主之,聲以動氣,風霆主之,故詩之爲用也風,忌顯質而貴默移,今《三百篇》是也。唐人尚興而失之浮麗,宋人談理而失之僻滯,邵子蓋曰刪後無詩云。與不得已,唐爲近之,是故其言婉,其詞適,自《北征》《南山》作,已乃誇奇角富,迁於興而侈詞。嘗讀《采薇》之篇,曰"昔我往矣,楊柳依依。今我來思,雨雪霏霏",然則斷腸之言,惟託優柔,説使之勸,奚必重累哉?秦中友山王公去彼長篇,采兹句絶,將非重其精渺,易於觀感者邪?夫檜曹之細,申周召之廣,魯誇之頌,揚商簡之邈,故兼録宋之僅有,著唐之見取也。公嗣子潼谷君三省來守鄆,病郡之無詩也,載梓載教,而銑達其末義云爾。

《胡氏集》序(節録)

國家以科舉登士,以法律理官,爲業易能,求仕易就,故遜學工文之儒遜於往代。洪武文臣皆元材也,永樂而後乃可得而稱數,云方天台。辭若蘇氏,言必道周孔,大哉志乎。東里少師入閣司文，既專且久，詩法唐，文法歐，依之者效之。弘治中南城羅玘思振頹靡，獨師韓子，其艱思奇句，偉哉。武功康海好馬遷之史，入對大廷，文制古辯，元老宿儒，見而驚服。其時北郡李夢陽，申陽何景明，協表詩法，曰漢無騷，唐無賦，宋無詩。二子抗節遐舉，故能成章。李之雄厚，何之逸爽，學者尊如李、杜焉。宣德中河東文清公出，學曰復性，旨曰宗朱，直道進退，足冠一時，不屑議文矣。今日古書漸見，士操筆必期周、漢，而昌黎亦見輕也。正德戊辰天水鬍子……其詩清以健，其文典以暢，矩古而不襲，詞婉而意躍如也。（以上卷十）

《古文類選》序

由宋而來，選者十餘家，去取自其所明。潼谷王公爲天曹郎，乃稡而類分之，曰吾以便舉子之習振時文之陋耳，尚論則有待也。乙未來守鄭，明年郡大治，遂梓之以造庠士，命予作序。

夫文可貴乎？以華没本，古嘗病之。文可輕乎？無文不行，古嘗修之。故履實而言，有爲而作，闡元化，輔民彝，孰可貴也，孰可輕也？戰國亂矣，樂毅之謝燕惠，仲連之卻帝秦，正矣哉。蘇秦之傾危，李斯之怙禍，聖王之戮民也，然秦悉從之。利可救六王之亡，夫珍玩取諸四方，賢則棄之，嗟哉，古今之亡轍相繩，非特詆秦而已。兩漢醇厚，士無異學淆之，雖泥災異，然格王正事，罔非經義。魯恭、袁安之諫伐匈奴，李固、左雄之條政，碻言哉。魏晉浮靡，江統之徙戎，裴頠之崇有，陸機之辯亡，曹元首之六代，于令昇之贊晉，欲拯世溺，不但歸來之潔身爾。推文者遺之，豈篤論歟？

李唐之文麗猥，韓、柳起而革之，昌黎析理指事，正大洞達，庶哉貫道之器。柳州理既昏謬，詞間俳偶，困而不修，過而不改，而自玄成、陸敬輿之疏，所以正君定國，勿疵其儷語也。宋尚言而諸氏競出，安石、子固志學相協，而宗揚雄。介甫文謹繩墨而傷暗晦，自任性命，求之無可采也。曾氏簡健而核，若有聞乎道之概者。歐陽子謂性非所先，謂《係辭》非聖筆，三蘇氏和合縱横，虛寂而一之。然二氏陳政駁謬，得失利害，示諸掌上。歐之雍容，蘇之英發，惻然有動乎君也。司馬氏踐履爲章，程叔子道德爲用，其文宋也，其實則孔氏之遺，遊藝者有矩矱矣。陳思道古行艱思，乃甘列于張耒、秦觀之班，何處躬之不休乎？人之聲也晴明則思舒，陰晦則思結，人協天之氣也，是故出之不由真，投之不中欵，徒豐其幅尺，藻其繁華，誠文已哉，誠文已哉？夫去程之居近也，聞程之賢稔也，而自失之，背指之，喻不虛矣。嗟乎，春鳥之音和秋蟲之音，悽天示人之聲也。晴明則思舒，陰晦則思結，人協天之氣也，是故出之不由真，投之不中欵，徒豐其幅尺，藻其繁華，誠文已哉，誠文已哉？（卷十一）

徐禎卿

徐禎卿(1479—1511)字昌穀,一字昌國。常熟梅李鎮人,後遷居吳縣(今江蘇蘇州)。明代文學家,人稱"吳中詩冠",與唐伯虎、祝枝山、文徵明並稱"江南四大才子"。徐禎卿在詩壇上佔有重要地位,詩作之多,號稱"文雄"。早期詩作近白居易、劉禹錫風格,及第後受李夢陽、何景明、邊貢等影響,倡言"文必秦漢、詩必盛唐",參與文學復古運動,爲"前七子"之一。所作《談藝錄》一卷,只論漢魏,六朝以後不屑一顧,闡述重在復古之論,是研究明代文學、文藝理論不可忽視的著作。其論詩主情致,與後來王士禎所宣導之"神韻説"有相通之處。其詩格調高雅,縱橫馳騁於漢唐之間,雖刻意復古,但仍不失吳中風流之情;也有指陳時事,隱寓諷刺之作。著有《迪功集》、《翦勝野聞》、《異林》等。

本書資料據四庫全書本《迪功集》及其所附《談藝錄》、四庫全書本《明文海》。

與李獻吉論文書(節録)

僕少喜聲詩,粗通於六藝之學。觀時人近世之辭,悉詭於是。唯漢氏不遠逾古,遺風流韻猶未艾,而郊廟閭巷之歌多可誦者,僕以爲如是猶可不叛於古,乃攄其性情之愚,竊比於作者之義。今時人喜趨下,率不信古,與之言,不盡解,故久不輸其説,恐爲伯牙所笑。乃一日遇足下而獨有取焉,何也? 足下又謂僕閑於賦頌之文,夫賦頌者誠文章之瑰偉,余心之所希艷也。始吾誦屈平之文,以爲時之變也,然麗而不淫,哀而不怨,蓋無惡焉。及誦司馬長卿之言,靡麗浩蕩不可窮矣。雖絶特之觀,非盛世之所見也。雄於長卿何所樂羨。乃蹈襲名其文而原何戾弐,又作賦以反之,此余所未喻者,故反之以附於原之意,此足下之所見也。藝家之風好相誇嫉,後世之文不逮馬、揚而好嗤之,自護其醜,若趙人之持其璧而不肯下也,豈不重可笑哉? 今足下責僕以相麗益,此古之道也,今何復見之? 僕愚戇何敢自愛,恐不足以承教,傷知人之明,爲足下羞也。若反覆相示,更互詳定,或大有疵謬,輒抵毀去,不猶愈於後人之呧笑乎? 且文辭之貴賤存乎其人,錐邑之鼎,諸侯爭之,非鼎之貴,周貴其鼎也。若徒務琱切之華,而不責其實,則恐爲揚雄之玄,徒取病於後世耳。梗楠,豫章之材,所用於世者貴其實也。僕雖駑德,竊嘗志於是,其必本道德之衷,遵作者之度,以繅繭襗衣生物而已,豈蟬口之所鼓謀乎? 居之而不疑,想足下與吾共之也。曩申贈章,祇俟來答,詩曰無言不酬,此之謂也。(《迪功集》卷六)

《談藝録》（節録）

《詩》理宏淵，談何容易！究其妙用，可略而言。《卿雲》、《江水》，開雅、頌之源；《烝民》、《麥秀》，建國風之始。覽其事迹興廢如存，占彼民情困舒在目，則知詩者所以宣元鬱之思，光神妙之化者也。先王協之於宮徵，被之於簧絃，奏之於郊社，頌之於宗廟，歌之於燕會，諷之於房中，蓋以之可以格天地，感鬼神，暢風教，通庶情，此古詩之大約也。漢祚鴻朗，文章作新。安世楚聲，温純厚雅；孝武樂府，壯麗宏奇。縉紳先生，咸從附作，雖規迹古風，各懷剞劂，美哉，歌詠漢德，雍揚可爲，雅、頌之嗣也。及夫興懷觸感，民各有情。賢人逸士，呻吟於下里；棄妻思婦，嘆詠於中閨。皷吹奏乎軍曲，童謡發於閭巷，亦十五《國風》之次也。東京繼軌，大演五言，而歌詩之聲微矣。至於含氣布詞，質而不采，七情雜遣，並自悠圓，或間有微疵，終難毁玉。兩京詩法，譬之伯仲，填篋所以相成其音調也。魏氏文學，獨專其盛，然國運風移，古朴易解。曹王數子，才氣慷慨，不詭風人，而持立之功，卒亦未至，故時與之闇化矣。嗚呼，世代推移，理有必爾，風斯偃矣，何足論才。故特標極界以俟君子取焉。

情者，心之精也。情無定位，觸感而興，既動于中，必形於聲。故喜則爲笑啞，憂則爲吁歔，怒則爲叱咤。然引而成音，氣實爲佐；引音成詞，文實與功。蓋因情以發氣，因氣以成聲，因聲而繪詞，因詞而定韻，此詩之源也。然情實幽渺，必因思以窮其奧；氣有粗弱，必因力以奪其偏。詞難妥帖，必因才以致其極；才易飄揚，必因質以禦其侈。此詩之流也。繇是而觀，則知詩者，乃精神之浮英，造化之秘思也。若夫妙騁心機，隨方合節，或約旨以植義，或宏文以叙心，或緩發如朱絃，或急張如躍栝，或始迅以中留，或既優而後促，或慷慨以任壯，或悲悽以引泣，或因拙以得工，或發奇而偶易，此輪匠之超悟，不可得而詳也。《易》曰：“書不盡言，言不盡意。”若乃因言求意，其亦庶乎有得與！

故詩者，風也，風之所至，草必偃焉。聖人定經，列國爲《風》，固有以也。

詩家名號，區別種種。原其大義，固自同歸。歌聲雜而無方，行體疏而不滯，吟以呻其鬱，曲以導其微，引以抽其臆，詩以言其情，故名因昭象，合是而觀，則情之體備矣。夫情既異其形，故辭當因其勢，譬如寫物繪色，倩盼各以其狀，隨規逐矩，圓方巧獲其則。此乃因情立格，持守圜環之大略也。若夫神工哲匠，顛倒經樞，思若連絲應之杼軸，文如鑄冶逐手而遷，從衡參互，恒度自若，此心之伏機，不可强能也。

七言沿起，咸曰柏梁。然寧戚扣牛，已肇《南山》之篇矣。其爲則也，聲長字縱，易以成文。故蘊氣琱辭，與五言略異。要而論之，《滄浪》擅其奇，《柏梁》弘其質，《四愁》

墜其雋，《燕歌》開其靡。他或雜見於樂篇，或援格於賦，係妍醜之間，可以類推矣。

樂府往往叙事，故與詩殊。蓋叙事辭緩，則冗不精。"翩翩堂前燕"，疊字極促乃佳。阮瑀"駕出北郭門"，視《孤兒行》大緩弱，不逮矣。

古詩句格自質，然大入工。《唐風·山有樞》云："何不日鼓瑟。"鐃歌辭曰"臨高臺以軒"，可以當之。又"江有香草目以蘭，黃鵠高飛離哉翻"。絶工美，可爲七言宗也。

樂府中有"妃呼狶"、"伊何那"諸語，本自亡義，但補樂中之音。亦有疊本語，如曰"賤妾與君共餔糜"，"共餔糜"之類也。（《迪功集》附録）

與同年諸翰林論文書（節録）

凡猝然出於田畯、紅女、漁樵、牧子、擔夫之口者，皆詩也。商賈經年，去家萬里，居者備述其家事覼縷，並勞其風波險阻在外勞苦安否；行者度贏息幾倍，忖歸期久近，嘱家人謹視門：蓋各題平安以相貽，皆天下之至文也。何者？詩不必叶韻，文不必成章。道其性情肝膈之要而止也。僕故近時人，那不作近時人語，而三代兩漢爲？

客於是大駭⋯⋯且李、杜、韓、柳而後，其撰述積案充棟者，何物也？近時之能詩文者，豈盡出耕、牧、漁、樵、紅女下也？子之言何矛盾也！僕曰：不也。若亦知人巧之不敵化工乎？譬之草木，地之所植，雨露所濡，堅勁爲松柏楩柟豫章，艷爲桃李，芬馥爲蘭蕙。自典謨風雅以逮本朝李獻吉是也。其山茨野芳蔓草，則耕牧漁樵負販委巷婦孺之猝然出口，買豎之家書寒暄語語實際。若夫剪綴繒綵成花，爲牡丹，爲芍藥，固不若蔓草之出化工，則今之詩若文是也。故曰：畫西施之面，美而不可説；規孟賁之目，大而不可畏；曾不若醜女之能姘，怯夫之作力也。是故僕於三代兩漢且不欲爲，而況近世時流之詩若文乎？古人爲古人，今人爲今人，人自爲人，吾自爲吾。世人不曉事，漫曰吟詩屬文，嘻其陋也。即詩不吟，即吟不詩；即文不屬，即屬不文，若亦知化工乎？於是客無以難也。僕不佞，輒復就公等印可。（《明文海》卷一百五十七）

韓邦奇

韓邦奇（1479—1555）字汝節，號苑洛。明朝邑（今陝西大荔）人。唯物論思想家，明代"關學"的重要代表人物之一。性剛直，尚氣節。博學，諸經子史及天文、地理、樂律、術數、兵法，無所不通。正德三年（1508）進士。以南京兵部尚書致仕。著作頗豐，有《苑洛集》、《易學啟蒙意見》、《見聞考隨録》、《禹貢詳略》、《苑洛語録》等。

本書資料據四庫全書本《苑洛集》。

《論式》序

論，文之一體也。自春秋迄於今，代有作焉。春秋、秦、漢之文，富而麗，雄而健，淵宏而博大，波瀾轉折，變化無端，入口膾炙，擲地金聲，莫之尚矣。魏、晉之文，介乎漢、唐之間。至唐，則去春秋、秦、漢固十倍矣，而況於宋乎！而況於宋之衰乎！國家中場以論取士，士之文優者，刻之以式士子，而士子式焉，曰程文。成化以前，類春秋、秦、漢體也，弘治間則效唐而專於韓、柳，或效宋則亦專於歐、蘇。嘉靖初年以來，一二文衡之士，效衰宋之體刻之，錄同考之士，見其非時舊格也，而未見秦、漢之大，妄以古文批註之，窮鄉僻邑之士，以爲真古文也而效之。夫衰宋之文，枯澀萎弱，已不足觀，而效之爲程文者，已不及矣。而士子又未見衰宋之文也，止模程文而效之，又不及矣。文之衰亦至此乎！

夫論，議也，辯也。譬之人焉，秦、漢之文若儀、秦在六國之堂，指臂曉告，縱橫馳騁，言切利害，事析毫釐，聽者拱聳，人莫得而難之。衰宋之文，正如吃人獻說於項籍、張飛之前，叱咤顧盼之下，慅慅焉略達乎己意，而氣已索然銷沮矣。其爲高下可知也。因取自春秋以及唐、宋論之平正，體裁類今舉業者十數篇，爲吾家子弟式。夫取法乎上，僅得其中。諸子弟其知所從事云。（卷一）

胡纘宗

胡纘宗（1480—1560）字世甫，號可泉、鳥鼠山人。明泰安（今屬山東）人。正德三年（1508）進士，任翰林院檢討。歷仕嘉定州判官，安慶、蘇州知府，山東、河南巡撫，足跡遍及江南、中原。爲官愛民禮士，撫綏安輯，廉潔辯治，著稱大江南北。後罷官歸里，開閣著書，有《鳥鼠山人集》、《安慶府志》、《蘇州府志》等。

本書資料據明嘉靖三十三年鳥鼠山房刻本《鳥鼠山人集》。

擬樂府自序（節錄）

志發於言之謂詩，詩發於聲容之謂樂府。樂府始自漢，按其聲，玩其辭，意俱在言外，爾雅春容，鼓之颯颯，吹之洋洋，歌之嗌嗌，舞之翩翩，而其音調古矣。故不曰詩府而曰樂府，故不徒曰樂府而曰古樂府。然《康衢》之謠，《南風》之歌，其古樂府乎？至《三百篇》之什，亦有可鼓吹舞者，迨《詩》亡，《黍離》降，續有作，斯不可鼓吹歌舞矣，而

146

漢樂府之所由作也。豈惠、武欲復古詩而合今樂，殆有意於宣天地之音而調陰陽之律乎？應鳳凰之聲而建中和之極乎？（《後集》卷二）

朱承爵

朱承爵（1480—1527）字子儋，號左庵，別號舜城漫士。明常州府江陰（今屬江蘇）人，一作江陵（今屬湖北）人。爲文古雅有思致，亦能畫花鳥石竹。嗜藏書，家有藏書樓曰"行素齋"、"集瑞齋"、"存餘堂"，所藏書均有其藏書章。著有《存餘堂詩話》、《灼薪劇談》等。其《存餘堂詩話》評唐代及本朝人詩。其論詩境，謂"作詩之妙，全在意境融徹"，後人奉爲名言。論詩、詞之分界亦有見地。

本書資料據中華書局 1981 年《歷代詩話》本《存餘堂詩話》。

《存餘堂詩話》（節録）

古樂府命題，俱有主意，後之作者，直當因其事用其題始得。往往借名，不求其原，則失之矣。如劉猛、李餘輩，賦《出門行》不言離別，《將進酒》乃叙烈女事，至於太白名家，亦不能免此病。鄭樵作《樂略》叙云："然使得其聲，則義之同異又不足道。"樵謬矣。彼知鐃歌二十二曲中有《朱鷺曲》，由漢有朱鷺之祥，因而爲詩，作者必因紀祥瑞，始可用《朱鷺》之曲。《相和歌》三十曲内有《東門行》，乃士有貧行，不安其居，拔劍將去，妻子牽衣留之，願同餔糜，不求富貴。作者必因士負節氣未伸者，始可代婦人語，作《東門行》沮之。餘不盡述，各以類推之可也。《樂府解題》一書，著之甚詳。

詩、詞雖同一機杼，而詞家意象亦或與詩略有不同。句欲敏，句欲捷，長篇須曲折三致意，而氣自流貫乃得。

何景明

何景明（1483—1521）字仲默，號大復。明信陽（今屬河南）人。爲官清廉，官至陝西提學副使。與李夢陽、邊貢等交遊，攻古文辭，宣導"文必秦漢，詩必盛唐，非是者弗道"，共同向統治文壇的"臺閣體"發難，發動文學擬古運動，京城內外爲之傾倒。又與李夢陽、徐禎卿、邊貢、康海、王九思、王廷相合稱爲復古派的"前七子"，在"前七子"中地位僅次於李夢陽。但他的復古主張注重形式，並未繼承古代文學的現實主義傳統，因此其大多數作品思想平庸，藝術上缺乏特色。著有《大復集》、《雍大記》、《何景明詩集》、《何子雜言》、《學約》等。

本書資料據四庫全書本《大復集》。

與李空同論詩書(節錄)

近詩以盛唐爲尚,宋人似蒼老而實疏鹵,元人似秀峻而實淺俗。今僕詩不免元習,而空同近作間入于宋。僕固蹇拙薄劣,何敢自列于古人?空同方雄視數代,立振古之作,乃亦至此,何也?凡物有則,弗及者及,而退者與過焉者,均謂之不至。譬之爲詩,僕則可謂弗及者,若空同求之則過矣。

衆響赴會,條理乃貫,一音獨奏,成章則難。故絲竹之音要眇,木革之音殺直,若獨取殺直而並棄要眇之聲,何以窮極至妙?感情飾聽也,試取丙寅間作叩其音,尚中金石。而江西以後之作,辭艱者意反近,意苦者辭反常,色澹黯而中理,披慢讀之若搖鞞鐸耳。空同貶清俊響亮而明柔澹沉著,含蓄典厚之義,此詩家要旨大體也。然究之作者命意,敷辭兼于諸義,不設自具,若閑緩寂寞以爲柔澹,重濁剴切以爲沉著,艱詰晦塞以爲含蓄,野俚輳積以爲典厚,豈惟繆于諸義,亦並其俊語亮節悉失之矣。

鴻荒渺矣,書契以來人文漸朗,孔子斯爲折中之聖,自餘諸子悉成一家之言。體物雜撰,言辭各殊,君子不例而同之也,取其善焉已爾。故曹、劉、阮、陸下及李、杜,異曲同工,各擅其時,並稱能言。何也?詞有高下,皆能擬議以成其變化也。若必例其同曲,夫然後取則,既主曹、劉、阮、陸矣,李、杜即不得更登詩壇,何以爲千載獨步也?

僕嘗謂詩文有不可易之法者,辭斷而離,譬之樂衆響赴會,條理乃貫。一音獨奏,成章則難,故絲竹之音要眇,木革之音殺直。若獨取殺直而並棄要眇之聲,何以窮極至妙?僕嘗謂詩文有不可易之法者,辭斷而意屬,聯類而比物也,上考古聖立言,中征秦漢緒論,下采魏晉聲詩,莫之有易也。夫文靡于隋,韓力振之,然古文之法亡于韓。詩弱于陶,謝力振之,然古詩之法亦亡于謝。比空同嘗稱陸、謝,僕參詳其作,陸詩語俳體不俳也,謝則體語俱俳矣,未可以其語似遂得並例也,故法同則語不必同矣。

僕觀堯、舜、周、孔、子思、孟氏之書,皆不相沿襲而相發明,是故德日新而道廣,此實聖聖傳授之心也。後世俗儒專守訓詁,執其一說,終身弗解相傳之意背矣。今爲詩不推類極變,開其未發,泯其擬議之跡,以成神聖之功,徒叙其已陳,修飾成文,稍離舊本,便自杌楻,如小兒倚物,能行獨趄,顛僕雖由此,即曹、劉,即阮、陸,即李、杜且何以益於道化也?佛有筏喻,言舍筏則達岸矣,達岸則舍筏矣。今空同之才足以命世,其志金石可斷,又有超代軼俗之見,自僕遊從,獲睹作述今且十餘年來矣。其高者不能外前人也,下焉者已踐近代矣,自創一堂室,開一戶牖,成一家之言,以傳不朽者,非空同撰焉，誰也？《易大傳》曰："神而明之存乎德行，成性存存，道義之門。"是故可以通古今，可以攝衆妙，可以出萬有，是故殊途百慮而一致，同歸夫聲以竅生，色以質麗。虛其竅，不假聲矣；實其質，不假色矣。苟實其竅，虛其質，而求之聲色之末，則終於無有矣。北風便冀，反復鄙説，幸甚。（卷三十二）

《漢魏詩集》序

夫周末，文盛王跡息而詩亡，孔子孟軻氏蓋嘗慨歎之。漢興不尚文而詩有古風，豈非風氣規模猶有朴略宏遠者哉？繼漢作者于魏爲盛，然其風斯衰矣。晉逮六朝作者益盛而風益衰，其志流，其政傾，其俗放，靡靡乎不可止也。唐詩工詞，宋詩談理，雖代有作者，而漢魏之風蔑如也。國初詩人尚承元習，累朝之所開，漸格而上，至弘治、正德之間盛矣，學者一二或談漢、魏，然非心知其意不能無疑異，其間故信而好者少有及之。侍御劉君博學於詩而好古不厭，乃輯漢、魏之作，訪羅遺失，彙爲此編。夫文之興于盛世也上倡之，其興於衰世也下倡之，倡于上則尚一而道行，倡於下合者宗，疑者沮，而卒莫之齊也。故志之所向，勢之所至，時之所趨，變化回應，其機神哉。於戲，侍御此編不獨誦説者德其功，而其意遠矣。

《王右丞詩集》序

予奉疾還值長夏，索處人勸，以精力未充，且省讀書，日又無所事，野居又無人與語，偶取王右丞集讀之，讀且倦則卧，卧起則又讀，凡數日竟其編。顧集中長短混列，欲考體製以求作者之意，實煩簡閱，乃略加編定，稍用己意去取之，釐五七言古詩各爲一卷，五言律最盛爲一卷，七言律爲一卷，五七言並六言絶句共爲一卷，皆首標體製，俾篇詩各有統叙，總五卷録爲一本，自備考覽，不敢以示諸人。竊謂右丞他詩甚長，獨古作不逮，蓋自漢、魏後而風雅渾厚之氣罕有存者。右丞以清婉峭技之才，一起而綽然名世，宜乎就速而未之深造也。今于古作取其稍去冗泛者，不敢加多焉。舊本有賦一首，今亦删去，其裴迪諸人之作附見者，亦惟論其詩而取之，不盡去。

《海叟集》序

景明仕宦時，嘗與學士大夫論詩，謂三代前不可一日無詩，故其治美而不可尚；三代以後言治者弗及詩，無異其靡有治也。然詩不傳其原有二，稱學爲理者比之曲藝小道而不屑爲,遂亡其辭;其爲之者率牽于時好,而莫知上達,遂亡其意。辭意並亡而斯道廢矣,故學之者苟非好古而篤信,弗有成也。譬之琴者古操,人所不樂聞,又難學;新聲繁弦易學,人又喜之,非果有自信,孰不就所易學以媚人所喜者也?若是將使古道復至於無聞焉而已矣。景明學詩,自爲舉子,歷宦於今十年,日覺前所學者非是。蓋詩雖盛稱于唐,其好古者自陳子昂後莫若李、杜二家。然二家歌行、近體誠有可法,而古作尚有離去者,猶未盡可法之也。故景明學歌行、近體有取於二家,旁及唐初盛唐諸人,而古作必從漢魏求之。雖迄今一未有得,而執以自信,弗敢有奪。今年罷宦歸,自以有餘力得肆觀古人之言,又欲取我朝諸名家集讀之,然弗多得。其得而讀之者,又皆不稱鄙意。獨海叟詩爲長,叟歌行、近體法杜甫,古作不盡是,要其取法亦必自漢、魏以來者,其所造就蓋具體而未大耳。噫,其所識亦希矣。吾郡守孫公懋仁篤于好古,其子繼芳者從予論學,大有嚮往,嘗索古書無刻本者以傳。予謂古書自六經下,先秦、兩漢之文其刻而傳者亦足讀之矣。海叟爲國初詩人之冠,人悉無有知之,可見好古者之難而不可以弗傳也。乃以授之而並係以鄙言,觀者亦將以是求叟之意矣。叟姓袁氏名凱,其集陸起士深所編定者,李户部夢陽有序,其履歷可考而知也,茲不復述。

《漢紀》序

昔左氏依經作傳,而編年紀事之例以立。及馬遷著《史記》,叙帝王之事則有本紀,錄賢臣之行則有列傳,明制度則有書,係年世則有表,自是以來歷代史家悉宗其體。然不能微約其辭或寡要實,而義無指歸,其極至於流綴溢簡,踳雜而不可以觀。余於是蓋慨然有思于命世作者之意焉。往在京師嘗觀荀氏《漢紀》,其書則準諸左氏之例,而取於《史記》之一體者也。至其君臣附載,事物咸彰,天人並包,災祥畢舉,治忽參稽,成敗並陳,得失相明,美惡互見,即一時一人一事之跡,雖前後散著而本末必備,屬模擬方,名義罔紊,闡幽攝顯,論讚悉精,可謂括倫鑒之要,深墳素之情者矣,豈不足以上班良史之才乎?

夫學者謂經以載道,史以載事,故凡討論藝文,橫分事理而莫知反,說訖無條貫,安能弗畔也哉?《易》列象器,《書》陳政治,《詩》采風謠,《禮》述儀物,《春秋》紀列國時事,皆未有舍事而議於無形者也。夫形理者事也,宰事者理也。故事順則理得,事逆則理失。天下皆事也,而理征焉,是以經史者皆紀事之書也。但聖哲之言爲經爾,故紀事者苟非察於性命之奥以盡事物之情者,亦難與論于作者之門矣。是書余得之侍讀徐子容氏,徐子謂吳下世家錄此書珍藏之而悋於傳,以故世無刻本云。余至關中,涇野子吕仲木氏移書求之,乃遂請吕子校正而付高陵令翟清氏刻布焉。

《古樂府》叙例

何景明曰：予讀左氏古樂府，自唐虞三代以來逸詩，至六朝之言備矣，然其録不能無雜，要之不可盡舉，予乃擇其辭古訓雅者凡九十三首爾。夫三百篇之外可以誦説者盡在是已，不其難乎，不其難乎？

左氏以音調類詞，夫聲音之道予莫之有考也已，恐悖繆失實。《書》曰歌永言，聲依永，今姑倫其辭。其辭倫而音聲亦各自見矣。詩釐上中下三卷，三卷各釐上下，取其倫類以相參附，言辭高下，時代變易，作述源流，咸自著矣。

詩有不以時代序者，明作者在人，不係時代。

《詩三百》皆弦歌，後世樂府或立篇題，詞多托諷，義兼比興，其隨事直陳，悉曰古詩，格變異矣。予故取其有篇題者入古樂府，若《古詩十九首》及他《選》詩別爲編列。

或曰：《明良》、《五子之歌》何以不入樂府？曰：夫既已著之經世之訓矣。（以上卷三十四）

雜言十首（節録）

經亡而騷作，騷亡而賦作，賦亡而詩作。秦無經，漢無騷，唐無賦，宋無詩。（卷三十八）

張　綖

張綖（1487—1543）字世文，自號南湖居士。明高郵（今屬江蘇）人。明武宗正德八年（1513）舉人。官至光州知州。詩文家、詞曲家。十五歲入郡庠，與兄經、紘，從弟繪合稱“張氏四龍”。後歸隱武安湖上，構草堂數楹，藏書數千卷，晝夜誦讀導致失明。擅詩文，尤工長短句，操筆而就。首倡詞分“婉約”、“豪放”之説，對後代影響深遠。喜杜詩，並爲之作注。著述甚豐，有《杜詩通》、《詩餘圖譜》、《南湖詩集》等。

本書資料據四部叢刊影明本《西崑酬唱集》、嘉靖十五年刊本《詩餘圖譜》。

刊《西崑詩集》序

論詩者類知宗盛唐，黜晚唐，斯二體信有辨矣。然詩道性情，古人采之，觀風正樂,以在治忽者也。如不得作者之意,徒曰盛唐、盛唐,予不知直似盛唐亦何以也。杜少陵,盛唐之祖也;李義山,晚唐之冠也。體相懸絶矣。荆國乃謂唐人學杜者,惟義山得其藩籬,此可以意會矣。

楊、劉諸公倡和《西崑集》,蓋學義山而過者。六一翁恐其流靡不返,故以優游坦夷之辭矯而變之,其功不可少,然亦未嘗不有取於崑體也。徂徠、冷齋著爲《怪説》"詩厄",和者又從而張之,崑體遂廢,其實何可廢也。夫子一嘆由瑟,門人不敬,子路信耳者,難以言喻如此,故曰"游於藝"。夫誠以藝游,晚唐亦可也。不然,盛唐猶是物也,奚得於彼哉? 要必有爲之根源者耳。子美云:"文章一小技,於道未爲尊。"作者之言蓋如此。夫惟達宣聖游藝之旨,審杜老技道之序,味介甫藩籬之説,而得歐公變崑之意,詩道其庶矣乎。嘉靖丁酉臘日,高郵張綖序。(《西崑酬唱集》卷首)

《詩餘圖譜》(節録)

詞體大略有二,一婉約,一豪放。蓋詞情蘊藉,氣象恢宏之謂耳。

郎 瑛

郎瑛(1487—1566)字仁寶,號藻泉。明仁和(今浙江杭州)人。因身患疾病,而淡於功名,乃博覽藝文,探討經史。家藏經史文章、雜家之言、鄉賢手跡等,每日於書齋中誦讀,攬其要旨,撮取精華,辨同異,考謬誤,著《書史袞鉞》、《萃忠録》。《七修類稿》五十一卷,又《續稿》七卷,是郎瑛所撰寫的一部重要筆記,是他致力於學問考辨的一部專著。該書考論範圍極廣,以類相從,凡分天地、國事、義理、辨證、詩文、事物、奇謔七門。内容或測天地之高深,或明國家之典故,或研窮義理,或辨證古今,或掇詩文而拾其遺,或捃事物而章其賾,以至奇怪詼謔之事,無不採録。考論嚴謹詳明,馳騁古今,貫穿子史。其中有許多内容,爲史書所闕,有很高的史料價值。

本書資料據上海書店出版社 2009 年版《七修類稿》、上海古籍出版社 1996 年版《七修續稿》。

小 説

小説起宋仁宗,蓋時太平盛久,國家閒暇,日欲進一奇怪之事以娱之,故小説得勝頭回之後,即云話説趙宋某年。閭閻淘真之本之起,亦曰:"太祖太宗真宗帝,四帝仁宗有道君。"國初瞿存齋《過汴》之詩:"有陌頭盲女無愁恨,能撥琵琶説趙家。"皆指宋也。若夫近時蘇刻幾十家小説者,乃文章家之一體,詩話、傳記之流也,又非如此之小説。(《七修類稿》卷二十二)

一解一章

古之樂府詩章,皆被之于樂。今樂府數句後則曰一解,又數句曰二解,如此言者,蓋即古人之一段義終,則于瑟上解一柱馬也,又一段則又解一柱馬耳。詩之曰一章、幾章者,蓋《説文》"音十成章",十者,數之終。詩畢,亦樂之一終也,故曰一章。(《七修類稿》卷二十四)

隱語始

隱語之興,起自東方朔"口無毛,聲謷謷,尻益高"之誚舍人事,後遂有許碑重立之碑陰也。今人所知,惟以起於"黃絹幼婦,外孫齏臼"之事耳。轉而爲謎,謎即隱語也,但句多而文不雅,乃見於《鮑照集》中。井字謎是其祖也,至宋蘇、黃極盛,金章宗又刊本以行。

西湖《竹枝詞》

《竹枝詞》,本夜郎之音,起於劉朗州,蓋《子夜歌》之變也,實有風人騷子之遺意。故楊廉夫云:"製《竹枝詞》者,不猶愈於今之樂府乎?"吾杭西湖有《竹枝詞》一帙,乃廉夫爲倡,一時詩人和者,惜無刻本。予祖母之姑亦有一詞於上。昨見瞿存齋《詩話》,論其二章,用意甚佳,惜不知姓氏,今補其姓氏於右。其詩云:"春暉堂上挽郎衣,別郎問郎何日歸? 黃金臺高倘回首,南高峰頂白雲飛。"又云:"官河繞湖湖繞城,河水不如湖水清。不用千金酬一笑,郎恩才重妾身輕。"前乃丹丘李介石字守道作,後乃富春吳復字見心作。其人間傳誦"雲歸沙嶼白,日出水城黃",乃吳之警句也。(以上《七修類稿》卷二十六)

各詩之始

四言古詩如《舜典》之歌,已其始矣,今但以《三百篇》而下論之。漢有韋孟一篇,雖入諸《選》，其辭多誹怨而無優柔不迫之意。若晉淵明《停雲》、茂先《勵志》等作，當爲最古者也。後惟子厚《皇雅》章其庶幾乎？故子西曰："退之不能作也。"蓋此意摹擬太深，未免蹈襲風雅，多涉理趣；又似銘贊文體，世道日降，文句難古，苟非辭意渾副，性情流出，安能至哉！

五言古詩，源於漢之蘇、李，流於魏之曹、劉，乃其冠也；汪洋乎兩晉，靖節最爲高古；元嘉以後，雖有三謝諸人，漸爲鏤刻；迨唐陳子昂出，一掃陳、隋之弊，所謂上遏貞觀之微波，下決開元之正派；直至考亭夫子，又得其雅正之純也。楊仲弘曰："五言詩或興起，或賦起，或比起，須要意深辭溫。感慨傷思者，貴乎感動人情；閒適寫景者，貴乎雅淡悠揚，如《古詩十九首》是也。"嗚呼！豈易能哉！

七言古詩，《唐詩品匯》、《高漫叟詩話》皆云：雖起於漢武《柏梁》之作，而寧戚《南山歌》已備其體矣。予意《商歌》後雖七言，首二句三首，已非古詩之體，蓋歌行可以長短句，七言古詩恐當一律，成文始於漢武無疑也。若以《商歌》爲是，則《薤露》等篇，亦可以入矣，但《選》中有雜一二歌字者，不知何也？惟《品匯》最高，辭旨雖似古詩，而終贅一歌字者，則多入長短句矣，故《詩法辯體》入韓公"河之水"於七言，不知劉履以斷爲"此楚"語也。

絕句之法，楊伯謙曰：五言絕句，盛唐初變六朝子夜體，六言則摩詰效顧、陸作，七言唐初尚少，中唐漸甚。楊言大略如此，而不考梁簡文"夜望單雁"則已有七言絕，但少耳。又按《詩法源流》云：絕句者，截句也。如後兩句對者，是截律詩前四句；前兩句對者，是截律詩後四句；皆對者，是截中四句；皆不對者，則截前後各兩句也。故唐人稱絕句爲律詩，觀李漢編《昌黎集》，凡絕句皆收入律詩是也。周伯弜曰："絕句以第三句爲主，須以實事寓意，則轉換有力，涵蓄無盡。"此又其法也。

歌行等作，《詩林辯體》云：昔人論歌辭，有有聲辭者，若《郊廟樂章》及《鐃歌》等曲是也；有有辭無聲者，若後人之所述作，未必盡可被於管弦也。夫自周衰，采詩之官廢；漢魏之世，歌詠雜興。故本其命篇之義曰篇，因其立辭之意曰辭，體如行書曰行，述事本末曰引，悲如蛩螿曰吟，委曲盡情曰曲，放情長言曰歌，言通俚俗曰謠，感而發言曰歎，憤而不怒曰怨。雖其名各不同，然皆六義之餘也。唐世詩人，共推李、杜，太白則多擬古題，少陵則即事名篇，此又所當知也。

律詩雖始於唐，亦由梁、陳以來駢儷之漸，不若古體之高遠，大抵律詩拘於定體。詩至此而古意微矣。雖然，對偶音律，亦文辭之不可廢者；但至於換句拗體之類，又律之變，斯爲下矣。楊仲弘云："凡作律詩，起處要平直，承處要春容，轉處要變化，結處要淵永，上下要相聯，首尾要相應，最忌俗字、俗意、俗語、俗音。"可謂至妙之言也。

排律雖始於唐，其源自顏、謝諸人，古詩之變，首尾排句，聯對精密；梁、陳之間，儷句尤多，大抵止於五言，七言則絶少矣，不當煉句鍛字，大致工巧，只要抒情陳意，通篇貫徹，若老杜《贈韋左丞》等作，前後不對處也有，此極其佳者也。

各文之始

詔、敕、制、誥，皆王言也。若《書》之典、謨、訓、誥、誓、命之類，三代無名，秦李斯始議命爲制、令爲詔。至漢高祖有《太子敕》，武帝有《責楊僕敕》。誥雖本於《湯誥》，布告令於四方者也，與詔同義。然聖經不與後世文辭同，故《辨體》取《春秋》傳文爲式，今乃告身之誥是也。夫四體自唐以後，多用四六，殊不知制誥雖可，而詔敕必須直言，皆貴乎典雅温潤，理不可僻而語不可巧也。

策義有二：在漢若《治安》、《賢良》，在宋若《臣事》、《民政》，類今之奏疏，故《説文》曰：“謀也。”問而答之謂之對策，則今之科場者是也。吕東萊分之爲二類是矣。《辨體》載制策而遺對策，恐未盡也。至於册立皇后、太子，晉、宋九錫文册，蓋册、策通用，古以竹簡書，乃用此册字，其文則又上與下之言也。

表者，白也，以情旨表白於外。漢則散文，唐以後用四六矣。真西山云：“表中眼目，全在破題，又忌大露，文必簡潔精緻也。”

《文章緣起》曰：“露布始於賈洪爲馬超伐曹操。”予考漢桓時，地因數震，李雲露布上書，移副三府，注謂不封，則是漢時已有其名；至魏以後，專爲軍書，本義露於耳目，布之四海也。若元魏戰捷，欲聞於天下，乃書帛建於漆竿之上，名爲露布。《文心雕龍》又曰露板，皆因其名而巧於用義耳。

檄者，激也，始於張儀爲檄楚相，辭意則暴彼罪惡，揚己威武；論天時人事，使忠義憤發，亦軍書也。

箴、銘、頌、贊，體皆韻語，而義各不同。箴者，規戒之辭，如箴之療疾。銘者，名器自警。贊者，稱揚讚美。頌則形容功德。皆起於三代，惟贊始於漢之班固，《辨體》論之詳矣。文則欲其瞻麗宏肆，而有雍容起伏之態。

記者，紀也。《禹貢》、《顧命》，義固記祖，未有名也。《戴記》、《學記》、《文選》又不載焉，以非後世文辭同也，故以韓、柳爲祖，記其日月人事，後略爲議論而已，與志無遠焉。

序者，次序其事也，始於詩書之有《序》，故《金石例》曰：“序，典籍之所以作也。”後世贈送宴集等作是也。

論者，議也。《昭明文選》以其有二體：一曰史論，乃史臣於傳末作論議以斷其人之美惡；一曰設論，則學士大夫議論古今時世人物。意恐過爲之分，善乎劉勰曰：“陳政則與議説合契,釋經則與傳注參體,辨史則與贊辭齊行,詮文則與序引共紀。"信夫!

　説者,釋也,述也,解釋義理而以己意述之。祖於夫子説卦,許慎《説文》。盧學士曰:"説須出自己之意,橫説豎説,以抑揚詳瞻爲上。"若陸機《文賦》以爲説"煒曄而譎誑",豈知言哉! 解之義則近於説矣,而原於唐。

　原者,推原也。辨者,辨析也。一則由於《易》之原始反終之訓,一則由於《孟子》好辨之答,故有是名。文體則皆以退之《五原》、《辨諱》等作,必須理明義精,曲折詳盡,有關世教之大者,可名之也。

　奏疏之名不一,曰上疏、曰上書、曰奏劄、曰奏狀、曰奏議;恐其漏泄,俱封囊以進,故謂之封事:臣告君之辭也。祖於《伊訓》、《無逸》諸篇。

　彈文,固目中之一,而其辭則要核實風軌,所謂氣流墨中,聲動簡外可也。

　傳則載一人之事,創自馬遷,體亦不同,如遷之作荀、孟,不正言而及諸子;范曄之傳黃憲,無事跡而言語形容,此體之變也;至韓作《毛穎》,又變體之變,此在作者之筆也。

　行狀則實紀一人之事,爲死者求志之辭也。埋銘、墓誌、墓表、墓碣,皆一類也。銘志則埋於土,表碣則樹於外,述其世係、歲月、名字、爵里、學行、履歷,恐陵谷變遷故也。然在土者文簡,在外者稍詳;表謂有官者,碣謂無官者,漢、晉來有之矣。

　誄辭、哀辭、祭文,亦一類也,皆生者悼惜死者之情,隨作者起義而已。誄始於魯哀公之於孔子,哀始於張茂先之於晉武,祭文則孟德於橋玄也。辭貴親切真實,情溢於言可也。若禱神之文,則以當爲悔過遷善之語。

　題跋,漢、晉諸集未載,惟唐韓、柳有讀某書某文題,宋歐、曾又有跋語,其意不大相遠,故《文鑒》、《文類》總曰題跋,其義不可墮人窠臼,其辭貴乎簡健峭拔。跋尤甚於題也。

　辭賦一例,《古賦辨體》辨之精矣,予不贅焉。(以上《七修類稿》卷二十九)

詩文似

　舊云:韓詩似文,杜文似詩。予謂韋應物律詩似古,劉長卿古詩似律;子瞻詞如詩,少游詩如詞,固一病也。然亦因性所便,習而使之然耳。

花間詞名

　歸國遙　　酒泉子　　定西番　　河瀆神　　遐方怨　　思帝鄉　　蕃女怨

156

荷葉杯　　上行杯　　思越人　　三字令　　竹枝　　河傳　　摘得新　　離別

難　相見歡　　醉公子　　感恩多　　滿宮花　　蝴蝶兒　　贊成功　　西溪

子　中興樂　　接賢賓　　贊浦子　　女冠子　　甘州遍　　紗窗恨　　柳含煙

月宮春　　戀情深　　賀明朝

　　右三十二詞，乃《花間集》之名也，《草堂詩餘》諸本之所無。今作詞者，不惟不填此調，亦不知有此名耳。予故於三十四卷中，已言《花間集》爲詞家之祖，今復特錄其名以見之，則南詞始於唐也無疑。（以上《七修類稿》卷三十一）

集句（節錄）

　　集句起於宋荆公、曼卿，可謂絶唱。予幼時嘗見《襄府紀》善長樂戴天錫維壽所著《群珠摘粹》，板鏤浙藩，皆集唐、宋、元人之詩爲律，對偶親切，渾然天成，亦可影響王、石。今板毀矣，不知海内尚存否？又吾杭沈履德行，有集古宮詞《梅花》等詩，今行於世，似不及於戴，然讀之亦有宛然天成、全無斧鑿痕者。後聞沈有《集古稿式》，分門摘句，先已排定起聯結句，但臨時詠何事，即攢成之耳。但不知戴亦如此否耶？今特錄戴二律，用書于左，以見其工致。

楊柳枝

　　楊柳枝，即古折揚柳枝義也。本歌亡隋之曲，故陳子昂有詩云：“萬里長江一帶開，岸邊楊柳幾千栽；錦帆未落干戈起，惆悵龍舟去不回。”劉禹錫曰：“揚子江頭煙景迷，隋家宮樹拂金堤；嵯峨猶有當時色，半蘸波中水鳥棲。”又韓琮云：“昌樂隋堤事已空，萬條猶舞舊春風。”晉和凝云“萬枝枯槁怨亡隋，似吊吳臺各自垂”是也。

　　後白居易有愛妓樊素善歌，小蠻善舞，故嘗爲詩曰：“櫻桃樊素口，楊柳小蠻腰。”年既高邁，小蠻方豐豔，乃作《楊柳枝辭》以托意曰：“一樹春風萬萬枝，嫩于金色軟於絲；永豐西角荒園裏，盡日無人屬阿誰？”及宣宗朝，國樂唱是辭，帝問誰制？永豐在何處？左右具以對。時永豐坊西南角園中，有垂柳一株，柔條極茂，因命使取二枝植禁中。居易感上知名，且好尚風雅，又作一章云：“一樹飄殘委泥土，雙枝榮耀植天庭；定知玄象今春後，柳宿光中添兩星。”故後盧貞等和其題曰：“一樹依依在永豐，兩枝飛去杳無蹤；玉皇曾采人間曲，應逐歌聲入九重。”劉禹錫曰：“塞北梅花羌笛吹，淮南桂樹小山詞；請君莫奏前朝曲，聽唱新翻楊柳枝。”此自是爲白氏《楊柳枝》而作也，今人渾爲一題，莫知其故。而六朝樂府收之，亦不辯也。不然，樂天之前，已有其詩可知矣。

及唐人詠此題極多，偶爾記憶，因録出其一韻者，置之於左，庶可以見先賢用意之工拙也。劉禹錫詩云："花萼樓前初折時，美人樓上鬭腰肢；如今抛擲長街裏，露葉如啼欲恨誰？城外西風吹酒旗，行人揮袂日西時；長安陌上無窮樹，惟有垂楊管別離。"白居易曰："紅板橋邊青酒旗，館娃宫暖日斜時；可憐雨歇東風定，萬樹千條各自垂。"韓琮曰："枝頭纖腰葉鬭眉，春來無處不成絲；灞陵原是多離別，少有長條拂地垂。"溫庭筠曰："陌上河邊千萬枝，怕寒悉雨盡低垂；黄金穗短人多折，已恨東風不展眉。"楊巨源曰："江邊楊柳緑煙絲，立馬煩君折一枝；惟有東風最相惜，殷勤更向手中吹。"然當時傳誦，惟劉、白爲最。而晚唐薛能又謂："劉、白之句，雖有才思，似太拘僻，且宫商不高，遂作十九首以壓之。"今亦舉一韻者二首，以見工拙："潭上江邊嫋嫋垂，日高風靜絮相隨；青樓一樹無人見，正是女郎眠覺時。"又曰："劉白蘇臺總近時，當時章句是誰推？纖腰舞盡春楊柳，未有儂家一首詩。"其妄自尊大如此，以今較之，豈能追劉、白醞籍之萬一耶？

又古《折楊柳行》可謂甚古，謝靈運嘗一作之，餘不多也。復有《月節折楊柳》，雖是古辭，則似近於唐人意矣。（以上《七修類稿》卷三十二）

重作柏梁體

唐景龍四年正月五日，中宗移仗蓬萊宫，御大明殿，會吐蕃騎馬之戲，因重爲柏梁體聯句一首。詩云："大明御宇臨萬方，顧慚内政翊陶唐。鸞鳴鳳舞向平陽，秦樓魯館沐恩光。無心爲子輒求郎，雄才七步謝陳王。當熊讓輦愧前芳，再司銓管恩可忘。文江學海思濟航，萬邦考績臣所詳。著作不休出中腸，權豪屏跡蕭嚴霜。鑄鼎開嶽造明堂，玉醴由來獻壽觴。"嗚呼！此中宗所以點簧於後也。柏梁之作，君與臣下而已，未聞后與公主、昭容可與也。太宗作宫詞，使虞世南和之，而虞尚以體非雅正，不奉詔。今君臣后妃外及夷人，雜然賡酬，恬不爲怪，不知當時何無世南者也。

和 詩

今人但知和詩，不知義有三焉：依韻和之，謂之次韻；或用其題，而韻字同出一韻，謂之和韻，如張文潛《離黄州詩而和杜老玉華宫詩》是也；用彼之韻，不拘先後，謂之用韻，如退之《和皇甫湜陸渾山火》是也。然唐以前亦未聞也，必有賡焉，意興而已。觀《文選》何劭、張華、二陸、三謝諸人贈答，是可知矣。就使子美不過如是，如高適《寄杜》云："草玄今已畢，此外更何求？"杜則曰："草玄吾豈敢，賦或似相如。"杜《送韋迢》

云：“洞庭無過雁，書疏莫相忘。”迢則曰：“相憶無南雁，何時有報章。”杜又云：“雖無南去雁，看取北來魚。”惟元、白二公，多有次韻，陸、皮則盛之矣。至宋蘇、黃輩，唱一賡十，甚則全集，如蘇和陶是也。（以上《七修類稿》卷三十三）

南詞難拘字韻

樂府古體，起自上古，韻既不拘，文或多寡；而其來歷，又有《樂府詩章》等書可考也。南詞似多起於唐也，如《千秋歲》、《荔枝香》，因貴妃誕日，長生殿奏新曲二闋，未有名，適南方進荔枝，遂以二詞名之。《念奴嬌》，名娼也，故《連昌宮詞》有“力士傳呼覓念奴，念奴潛伴諸郎宿”。《阿濫堆》，禽名也，聲最美，玄宗一取其聲，一取其名，各以制曲。《菩薩蠻》，大中初女蠻入貢，瓔珞被體，號“菩薩蠻”，遂制此也。《春光好》，因羯鼓催花，花開而制，惜未通知其祖於唐者。蓋明皇知音律之故，而後知音之臣，因各祖之。故《花間集》名爲填詞之祖，而所集者自温飛卿而下十八人耳。宋陸放翁又云：晚唐詩格卑陋，而長短句獨精巧，後世莫及。正指此也。又如《隨筆》之辯伊、涼州曲皆出於唐，亦其一證。

然照字依韻，名曰填詞。今一詞之名雖同，而文有多寡，韻有平仄不同者，不可辯明，正無《樂府詩章》之書證之耳。如康伯可之作《應天長·詠閨情》云：“管弦喧繡陌，燈火照，塵香舊。腸斷蕭娘愁歸路，緩雕鞚，獨自歸來，憑欄情緒。楚岫在何處？香夢悠悠，花月更誰主？惆悵後期，空有鱗鴻寄絇素。枕前淚，窗外雨，翠幕冷，夜涼虛度。未應信，此度相思，寸腸千縷。”又曰：“管弦繡陌，燈火畫橋，塵香舊時歸路。腸斷蕭娘，舊日風簾映朱戶，鶯能舞，花解語，念後約頓成輕負。緩凋鞚，獨自歸來，憑欄情緒。楚岫在何處？香夢悠悠，花月更誰主？惆悵後期，空有鱗鴻寄絇素。枕前淚，窗外雨，翠幕冷，夜涼虛度。未應信，此度相思，寸腸千縷。”然後篇比前多二十字矣。葉少蘊之作《念奴嬌·詠中秋》云：“洞庭波冷，望冰輪初轉，滄江浩浩，萬頃孤光雲陣卷，長笛一聲吹破；洶湧三江，銀濤無際，遙帶五湖過。酒闌歌罷，一般意味難道。回首江海平生，漂流容易，歎佳期難到。縹緲高城風露爽，獨倚危欄傾倒；醉酌清樽，嫦娥應笑，猶似向來好，廣寒宮殿，爲余聊借蓬島。”又曰：“洞庭彼冷，望冰輪初轉，滄海沉沉，萬頃孤光雲陣卷。長笛吹破層陰，洶湧三江，銀濤無際，遙帶五湖深。酒闌歌罷，至今鼉怒龍吟。回首江海平生，漂流容易散，佳會難尋。縹緲高城風露爽，獨倚危檻重臨；醉倒清樽，嫦娥應笑，猶有向來心，廣寒宮殿，爲余聊借瓊林。”既換韻，又換字矣。此皆不知孰是原本，孰乃非調，豈非無祖詞以證之耶？

至於《憶秦娥》，諸人所作皆仄韻者，而孫夫人又有平韻者。《水龍吟》本是首句六字，第二句七字也，如秦少游《贈妓》云：“小樓連苑橫空，下窺繡轂雕鞍驟。”陳同甫《春恨》云：“鬧花深處層樓，畫簾半卷東風軟。”蘇東坡《詠笛》云：“楚山修竹如雲，異材秀出千林表。”而陸放翁《春遊摩訶池》曰：“摩訶池上退游路，紅綠參差春晚。”而首句乃七字，第二句反六字矣。《柳梢青》初起三句，皆四字也，皆用平韻，如秦少游《春景》云：“岸草平沙，吳王故苑，柳嫋煙斜，雨後寒輕，風前香軟，春在梨花。行人一棹天涯，酒激處殘陽亂鴉，門外秋千，牆頭紅粉，深院誰家？”周美成《佳人》云：“有個人人，海棠標韻，飛燕輕盈，酒暈潮紅，羞蛾凝綠，一笑生春。爲伊人恨熏心，更說甚巫山楚雲，關帳香銷，紗窗月冷，著意温存。”而李易安《春晚》云：“子規啼血，可憐又是春歸時節。滿院東風，海棠鋪繡，梨花飛雪。丁香露泣殘枝誚，未比愁腸寸結。自是休文，多情多感，不干風月。”此乃首句四字，第二、第三總成八字，又是仄韻也。至於瞿宗吉之辯《漁家傲》，本頭句第二字皆仄聲起，而楊復初、凌雲漢乃用平聲起，似此不一。若以周德清謂句字可以增損者論，又非其名，此或南詞、北曲之不同也。

以予論之，南詞但要音律和諧，或平或仄俱可也；二句合作一句，一句分成二句者，則句法雖不同，字數不差，妙在歌者上下縱橫所協耳；頭句不拘，正如律詩之起亦然；但多少數字，似不可也，況至於多少二三十字者哉！若歐陽公《春暮·摸魚兒》：“卷繡簾，梧桐秋院落，一霎雨添新綠。對小池閑立，殘妝淺，向晚來紋如縠；凝遠月，恨人去寂寂，鳳枕孤難宿。倚欄不足，看燕拂風簷，蝶翻草露，兩兩長相逐。雙眉促，可惜年華婉娩，西風初弄庭菊。況伊家年少，多情未已難拘束，那堪更趁良景，追尋甚處垂楊曲。佳期過盡，但小説歸來，多應忘了，屏雲去時祝。”此則前拍第二句、第三句多一字，後拍第五句又少一字，而“那堪更”“更”字當是韻，“佳期過盡”“盡”字是韻，今皆無之，恐決不可不入選者，或是也。故少蘊之《念奴嬌》或可，而康伯可之《應天長》原注十九句，則前闋決非矣，歐之《應天長》又少似康，不知何也。（《七修類稿》卷三十四）

東坡兩韻律詩

《清波雜誌》載：東坡《留題南康寺重湖軒》詩曰：“八月渡重湖，蕭條萬象疏；秋風片帆急，暮靄一山孤。許國心猶在，康時術已虛；岷峨千萬里，投老得歸無。”蘇自以律詩可用兩韻，引李誠之《送唐子方》兩押山、難字爲證，今人遂爲口實。予以坡詩必信手塗抹，而僧特寶之，故言如此，未必當時有跋也。苟如僧言只漏無字，庶幾可耳；況此又非古韻，若李詩既是律矣，豈可兩押韻耶？若曹植《七哀詩》，有徊、泥、諧、依四韻，王粲有攀、原、安三韻，子美《夔府詠懷》排律，重用纏、船、弦字，退之《詠筍》，重用

根字皆有之，若律則不然也。（《七修類稿》卷三十五）

楊眉庵（節録）

　　國初吴下詩人稱高、楊、張、徐。楊名基，字孟載，眉庵號也，家吴縣天平山南。幼穎悟絶人，弱冠工文詞，名動公卿。會稽楊廉夫相見，戲以所號鐵笛爲題，使其賦歌。對曰："不惟能歌，尤且切效老鐵體。"翌日，誠似。廉夫不覺自失曰："吾意詩徑荒，今老鐵當讓子一頭地。"故當時有"老楊"、"小楊"之稱。

詠物詩（節録）

　　詠物之詩，即古賦物之體之變也，如荀子《蠶賦》、《箴賦》之類。説者以爲起於唐末，如雍陶《鷺鷥》、鄭谷《鷓鴣》，殊不知元、白已前，蓋以有之，如子美《詠黑、白二鷹》之類是矣。宋、元以下，作者多矣。然其親切有藴者，亦足北方前人；格律雖卑，亦詩之一種也。（以上《七修類稿》卷三十七）

蘇若蘭《織錦璿圖》詩

　　幼聞秦竇滔之妻蘇若蘭有《織錦璿圖》詩，言止八百，而詩可讀數百首，予以此特假文逞技，殆《玉連環》、《錦纏枝》之類歟！又聞成化間，北海仇東之色界句分其圖，成詩二百六十篇，心雖異而猶未信也。及見衍聖公藏本載唐則天氏記云，可讀二百餘篇，遂按圖求之，止可初讀數首而已。後見宋刻黄山谷序者云：楊文公讀至五百餘篇，題曰"千詩織就回文錦，如此陽臺暮雨何？亦有英靈蘇蕙子，只無悔過竇連波。"據是，可讀千首矣。予驚且歎曰："是何女子之慧哉！殆鬼工耶？抑仙才耶？古今才子亦有是思也耶？不可得而知也。"又二十年，復得一本，乃皇朝起宗和尚經禪之暇，紬繹是篇，分爲七圖，一百四十七段，得三四五六七言之詩至三千七百首，星羅棋布，燦然明白。某王府從而刻之，並具讀法，然其文之故典、人名、古詩、程語，絲紛網結，雖錯雜聯絡，而音律暢協，反復成章也已；七言雖似牽强，而三、四、六言，宛若天成者多矣。嗚呼！蔡琰、崔鶯，不過一文婦耳，世傳慕之，非以其行也。若蘭，史載烈女文無可匹，真天壤間之異人耳。每詢士夫，圖亦罕見，況知其事者乎？特序而志之於稿，略少抑揚，使他日讀者亦默而識之也。（《七修類稿》卷三十九）

十七字詩

正德間，徽郡天旱，府守祈雨欠誠，而神無感應。無賴子作十七字詩嘲之云："太守出禱雨，萬民皆喜悅。昨夜推窗看，見月。"守知，令人捕至，責過十八。止曰："汝善作嘲詩耶？"其人不應，守以詩非己出，根追作者，又不應。守立曰："汝能再作十七字詩，則恕之；否則，罪置重刑。"無賴應聲曰："作詩十七字，被責一十八。若上萬言書，打殺。"守亦哂而逐之。此世之所少，無賴亦可謂勇也。

排笑詩

"蛙翻白出闊，蚓死紫之長"二句，人皆以此訕口，而不知出處。殊不知此宋室有滔大使者，好爲此排笑之詩也。初，哲宗灼艾，舉此以娛，故傳之也。詩云："日暖看三織，風高鬭兩廂，蛙翻白出闊，蚓死紫之長。撥飯聽琶風，持饅接建章，歸來坐簾下，打殺亦何妨。"又一日雪作，哲宗問有何詩，方吟二句云："誰把鵝毛空處摶，玉皇大帝賣私鹽。"皆此類也，前載《說郛》，後載《群居解頤》。近時成化間，寧波好事者有一詩，嘲分守官云："布議蘇昆李，分寧只點工；怒揮門不炮，責輔夜無籠。庫出收階曬，生燒接縣束；買真兼得皂，留綠老宜蔥。"由滔大使始。

顏語歇後詩

海鹽天寧寺僧明秀，都綱職也，攻詩字，奔走勢利。嘗上一大官詩，犯其所忌，被責，便下軍人。王茂元嘲以歇後顏語："有個利市仙，天寧不毒不，因上七步成，打出周而復。"言雖鄙俚，因僧致戲，頗得規誡之意。

換字詩

嘉靖中，吾杭有好爲六朝詩者，不獨巧麗，而且欲用不經人道之語，易字換句，遂至妄誕不稽，背礙難通矣。吾友編修金美之作詩嘲云："何處歌新調，旖旎固不群。剪花金璅璅，鬭葉玉紛紛。巧疊空中錦，輕裁水上雲。自慚心太拙，到此不能文。"又虞子匡一日遞一詩示余曰："請商之何如？"余三誦而不知何題。虞曰："吾效時人換字之法，戲改岳武穆《送張紫崖北伐》詩也。"其詩曰："誓律飆雷速，神威震坎隅；退征逾趙地,力戰越秦墟。驥踥匈奴頸,戈殲韃靼軀;旋師謝彤闕,再造故皇都。"岳云:"號令風霆迅,天聲動北耶;長驅渡河洺,直擣向燕幽。馬蹀月氏血,旗嫋克汗頭;歸來報明主,恢復舊神州。"不過逐字換之,遂撫掌相笑。今時之弊之如此。金詩"旖旎"二字,不知者又譏之當爲仄聲"倚你"者。虞雖一時謔浪,深似諸子之病。(以上《七修類稿》卷四十九)

《七修續稿》(節録)

近詩作挽詩盛於唐,非無交而涕也。壽詩盛於宋,漸施於官府,亦無未同而言者。近時二作不論識不識,轉相徵求,動成卷帙,可恥也。空同、大復集中少之,此過人矣。送行,古所尚也,今不出於親友相知之情,惟官府焉,勢利也。噫!詩之道到此蔑矣。

詩言數目,予嘗意詩惟四言、五言至七言而止者,亦天地自然之理。蓋人受天之理以爲性,聲音發天地之靈氣,天有四時、五行、七政,故音有四聲、五音至七音而止,是先天而弗違天也。昨承宗師馮少洲賜《漢魏詩紀》,其序得我心之同,又能推廣詩人高下之故,因録置稿。(以上卷三)

蘇李詩。《古詩十九首》之下,即以蘇、李接之,其亦五言始於二氏之説耶?夫十九首,諸家各指作者不同,蔡寬夫因而辨之。予意既名古詩,又何必擬章摘事,斷爲何人。昭明概以古名編之,當矣。但蘇、李之作,諸家去取命篇,亦各不同,此則當與辨之。何也?蓋二氏之作,有在漢、在虜不同。因皆陷虜,虜中諸篇,世多傳誦,後或集中有別意者,即訛之於虜不可知,諸家遂多以自相別爲題。其訛一也。自晉初摯虞《文章流別志》中有李陵衆作,非盡陵制之言,而昭明《文選》因之,並蘇作止合取其七篇。自後唐、宋諸人,遂以後人所擬,多不見録,世久不傳,集亦並亡。其訛二也。後或雜見於他書,取其半,取三之一者焉,又或一章録半,兩章合一,彼此牴牾,傳之到今,其訛三也。不知二集之目,班固《藝文志》已載,而《通志》亦有《騎都尉李陵集》二卷,非止相別,非擬可知矣。子美有云:"李陵,蘇武是吾師。"東坡《跋黄子思詩》云:"蘇、李之天成,二公尊之至矣。"夫豈無見哉?因摯虞一言,而後人不傳,不亦謬哉!予因之反覆玩味,得之楊升庵一篇,得之《私臆》一篇,舊凡十六首,今共得爲一十八首。但據今日諸家以爲二氏自相別者,然亦不知當時何旨,今但各以次第編之。每章之下,略爲辨證注解,筆之稿而庶常接目,可質諸人云。(卷四)

瀑布詩。予嘗詠瀑布,有"青天有日雪常落,白晝無雲雨自飛"之句。客過而誚曰:"此又一徐凝也。"余因續爲一絶:"界破青山原好句,裁成體用任人譏。"蓋以徐詩固似粗直,不至如或人所譏也。客又曰:"瀑布固然,以徐詩而爲詩意,特不犯預先偷

句之誚哉?"予曰:"昔東坡送人守嘉州詩:'峨嵋山月半輪秋,影入平羌江水流。謫仙
此語誰解道,請君見月時登樓。'然却全用李詩二句,足成其意,特非其偷哉? 况後二
句亦覺粗直,東坡亦安得有唐人之蘊藉耶? 特一時取巧,自成一體,不害其爲詩也。"
(卷五)

楊 慎

楊慎(1488—1559)字用修,號升庵。明新都(今屬四川)人。楊廷和子。明朝三
大才子之一。正德間廷試第一,授修撰。世宗立,充經筵講官。大禮議起,慎與同僚
力諫,被下獄廷杖削籍,遠謫雲南永昌衛,歷三十餘年,卒於貶所。楊慎對文、詞、賦、
散曲、雜劇、彈詞都有涉獵,在前七子宣導"文必秦漢、詩必盛唐",復古風流行的時候,
別張壘壁,廣泛吸收六朝、初唐詩歌所長,形成其濃麗婉至的詩歌風格。其詞和散曲,
清新綺麗。其長篇彈唱叙史之作《二十一史彈詞》,叙三代至元明歷史,文筆暢達,語
詞流利,廣爲傳誦。其散文古樸高逸,筆力奔放。楊慎考論經史、詩文、書畫,以及研
究訓詁、文字、音韻、名物的雜著很多,涉及面極廣,如《丹鉛總錄》、《譚苑醍醐》、《藝林
伐山》、《升庵詩話》、《詞品》、《書品》、《畫品》、《大書索引》、《金石古文》、《風雅逸篇》、
《古今風謡》、《奇字韻》、《希姓錄》、《石鼓文音釋》等,還有《全蜀藝文志》、《雲南山川
志》、《滇載記》等地方志及史料,往往見解獨到,或可補史之闕,或能提供綫索,學術價
值頗高。其主要作品收入《升庵集》(又稱《升庵全集》)。

《詞品》六卷,拾遺一卷,内容豐富,涉及詞體的特性、風格、用韻、創作等諸多方
面,在詞學史上有較高的文獻價值和理論價值。卷一多記六朝樂府曲詞,考證詞調來
源,論述詞調與内容的關係,六朝樂府與詞體的用韻等。卷二以記述唐五代詞人詞作
和閨閣、方外之作及故實爲主,並解釋考證詞體中的生僻字詞。卷三至卷六記述兩
宋、元代及本朝詞人詞作及故實。拾遺一卷多記歌妓、侍妾等女性之詞作及故實。此
書除摘錄、引述他人的詞話外,共評論唐、五代、宋、元詞人八十余人。

本書資料據四庫全書本《升庵集》、《丹鉛總錄》、《丹鉛餘錄》、《丹鉛續錄》,中華書
局1986年唐圭璋《詞話叢編》本《詞品》,中華書局1983年丁福保《歷代詩話續編》本
《升庵詩話》,四庫全書本《詩話補遺》。

《五言律祖》序

夫仰觀星階,則兩兩相比;頻玩卦畫,則八八相聯。蓋太極判而兩儀分,六律出而

164

四聲具。豈伊人力，實由天成。驗厥物情，可識詩律矣。五言肇於風雅，儷律起於漢京。《游女》、《行露》，已見半章；《孺子》、《滄浪》，亦有全曲，是五言起于成周也。北風南枝，方隅不惑；紅粉素手，彩色相宜，是儷律本於西漢也。豈得云切響浮聲，興于梁代；平頭上尾，創自唐年乎？近日雕龍名家，凌雲鴻筆，尋濫觴于景雲、垂拱之上，著先鞭於延清、必簡之前。遠取宋、齊、梁、陳，徑造陰、何、沈、范；顧於先律，未有別編。慎犀渠歲暇，隃縻日親，乃取六朝儷篇，題爲《五言律祖》。泝龍舟於落葉，遵鳳轄以椎輪。華璪極摯，本質叵踰矣。今之論詞曲者曰套數、小令各有體，套數可以做小令之嚴，小令不可入套數之譚。論字學者曰分隸篆籀各有師，分隸可以從篆籀之古，篆籀不可雜分隸之波。例之詩律，曷云異旛。如曰不然，請俟來哲。

《選詩外編》序

予彙次《選詩外編》，分爲九卷，凡二百若干首。反復觀之，因有所興起，遂序以發其義曰：詩自黃初、正始之後，謝客以排章偶句倡於永嘉，隱侯以切響浮聲傳於永明，操觚輇才，靡然從之。雖蕭統所收齊梁之間，固已有不純於古法者。是編起漢迄梁，皆《選》之棄餘。北朝陳隋則選所未及。詳其旨趣，究其體裁，世代相沿，風流日下。填括音節，漸成律體。蓋緣情綺靡之說勝，而溫柔敦厚之意荒矣。大雅君子，宜無所取。然以藝論之，杜陵詩宗也，固已賞夫人之清新俊逸，而戒後生之指點流傳，乃知六代之作，其旨趣雖不足以影響大雅，而其體裁實景雲、垂拱之先驅，天寶、開元之濫觴也，獨可少此乎哉！若夫考時風之淳漓，分作者之高下，則君子或有取焉，是亦可以觀矣。

《唐絕增奇》序（節錄）

予嘗品唐人之詩，樂府本效古體而意反近，絕句本自近體而意實遠。欲求風雅之彷彿者莫如絕句，唐人之所偏長獨至，而後人力追莫嗣者也。擅塲則王江寧，驂乘則李彰明，偏美則劉中山，遺響則杜樊川。少陵雖號大家，不能兼善，一則拘乎對偶，二則汩於典故。拘則未成之律詩而非絕體，汩則儒生之書袋而乏性情。故觀其全集，自"錦城絲管"之外，咸無譏焉。近世有愛而忘其醜者，專取而效之，惑矣！

《羣公四六》序（節錄）

四六之文，於文爲末品也。昌黎病其衰颯，柳子以爲騈拇。然自唐初以逮宋季，

飛翰騰尺，争能競工。（以上《升庵集》卷二）

大雅小雅

《詩大序》曰："政有大小，故有小雅焉，有大雅焉。"此説未安，大雅所言皆受命配天，繼代守成，固大矣；小雅所言，《天保》以上治内，《采薇》以下治外，亦豈小哉？華谷嚴坦叔云：雅之小大，特以體之不同爾。蓋優柔委曲，意在言外，風之體也；明白正大，直言其事，雅之體也；純乎雅之體者爲雅之大，雜乎風之體者爲雅之小。今考《小雅》正經十六篇，大抵寂寥短章，其篇首多寄興之辭，蓋兼有《風》之體。《大雅》正經十八篇，皆舂容大篇，其辭旨正大，氣象開闊，與《國風》复然不同。比之《小雅》，亦自不侔矣。至於變雅亦然。變小雅，中固有雅體多而風體少者，然終不得爲《大雅》也。《離騷》出於《國風》，言多比興，意亦微婉。世以風、騷並稱，謂其體之同也。太史公稱《離騷》曰："《國風》好色而不淫，《小雅》怨誹而不亂。若《離騷》者，可謂兼之矣。"言《離騷》兼《國風》、《小雅》，而不言其兼《大雅》，見《小雅》與《風》、《騷》相類，而《大雅》不可與《風》、《騷》並言也。詠"呦呦鹿鳴，食野之蘋"，便識得《小雅》興趣；誦"文王在上，於昭於天"，便識得《大雅》氣象。《小雅》、《大雅》之別，昭昭矣。華谷此説，深得二雅名義，可破"政有小大"之説，特爲表出之。（《升庵集》卷四十二）

韓子《連珠》論

《北史·李先傳》："魏帝召先讀韓子《連珠》二十二篇。"韓子，韓非子。韓非書中有連語，先列其目，而後著其解，謂之連珠。據此，則連珠之體兆於韓非。任昉《文章緣起》謂連珠始於揚雄，非也。

蕭穎士論文

蕭穎士云："六經之後有屈原、宋玉，文甚雄壯而不能經；賈誼文辭最正，近於治體；枚乘、相如亦璀麗才士，然而不近風雅；揚雄用意頗深，班彪識理，張衡宏曠，曹植豐贍，王粲超逸，嵇康標舉，左思詩賦有雅頌遺風，干寶著論近王化根源，此後復絶無聞焉。近日惟陳子昂文體最正。"蕭之所取如此，可以知其所養矣。

166

辭尚簡要

《書》曰：“辭尚體要。”子曰：“辭達而已矣。”荀子曰：“亂世之徵，文章匿采。”揚子所云説鈴書肆，正謂其無體要也。

吾觀在昔文弊於宋，奏疏至萬餘言，同列書生尚厭觀之，人主一日萬幾，豈能閲之終乎？其爲當時行狀、墓銘，如將相諸碑皆數萬字。朱子作《張魏公浚行狀》四萬字，猶以爲少，流傳至今，蓋無人能覽一過者，繁冗故也。元人修《宋史》，亦不能删節，如反賊李全一傳，凡二卷六萬餘字，雖覽之數過，亦不知其首尾何説，起没何地。宿學尚迷，焉能曉童稚乎？予語古今文章，宋之歐、蘇、曾、王，皆有此病，視韓、柳遠不及矣。韓、柳視班、馬，又不及。班、馬比三傳，又不及。三傳比《春秋》，又不及。予讀左氏書趙朔、趙同、趙括事，茫然如墮矇瞆，既書字，又書名，又書官，似謎語誑兒童者。讀《春秋》之經，則如天開日明矣。然則古今文章，《春秋》無以加矣。《公》、《穀》之明白，其亞也。左氏浮誇繁冗，乃聖門之荆棘，而後人實以爲珍寶，文弊之始也，愛忘其醜可乎？

我太祖高皇帝科舉詔令，舉子經義無過三百字，不得浮詞異説，百八十餘年遵之。近時舉子之文，冗贅至千有餘言者，不根程、朱，妄自穿鑿，破題謂之馬籠頭，處處可用也。又謂舞單鎗鬼，一跳而上也。起語百餘言，謂之壽星頭，長而虛空也。其中例用“存乎存乎”、“謂之謂之”、“此之謂此之謂”、“有見乎無見乎”，名曰救命索，不論與題合否，篇篇相襲，師以此授徒，上以此取士，不知何所抵止也！可以爲世道長太息矣！（以上《升庵集》卷五十二）

覆窠俳體打油釘鉸

《太平廣記》有仙人伊周昌，號伊風子，有《題茶陵縣詩》云：“茶陵一道好長街，兩邊栽柳不栽槐。夜後不聞更漏鼓，只聽鎚芒織草鞋。”時謂之覆窠體。江南呼淺俗之詞曰覆窠，猶今云打油也。杜公謂之俳諧體。唐人有張打油，作雪詩云：“江山一籠統，井上黑窟窿。黄狗身上白，白狗身上腫。”《北窗瑣言》有《胡釘鉸詩》。

六言詩始

任昉云：“六言詩始於谷永。”慎按：《文選》注引董仲舒《琴歌》二句亦六言，不始於

谷永明矣。樂府《滿歌行》尾一解"命如鑿石見火，居世竟能幾時"，亦六言也。（以上《升庵集》卷五十六）

九言詩

元天目山釋明本中峯有九字《梅花》詩云："昨夜西風吹折中林梢，渡口小艇滚入沙灘坳。野樹古梅獨臥寒屋角，疎影橫斜暗上書窗敲。半枯半活幾個撅蓓蕾，欲開未開數點含香苞。縱使畫工奇妙也縮手，我愛清香故把新詩嘲。"池南唐文薦鎬謂余曰："此詩不佳，影不可言敲。又後四句有齋飯酸餡氣。"屬余作一首，乃口占云："玄冬小春十月微陽回，綠萼梅蓝早傍南枝開。折贈未寄陸凱隴頭去，相思忽到盧全窗下來。歌殘水調沉珠明月浦，舞破山香碎玉凌風臺。錯恨高樓三弄叫雲笛，無奈二十四番花信催。"近觀盧贊元《酴醾花詩》云："天將花王國艷殿春色，酴醾洗妝素頰相追陪。絕勝濃英綴枝不韻李，堪友橫斜照水攙先梅。瑶池董雙成浴香肌露，竹林嵇叔夜醉玉山頹。風流何事不入錦囊句，清和天氣直挽青陽回。"亦九字律也，詩亦有思致，以李花爲不韻，甚切體物，前人亦未道破者。（《升庵集》卷五十七）

《丹鉛總録》（節録）

跳出（節録）

朱晦翁謂："孔子言伯夷求仁得仁又何怨，今觀太史公作《伯夷傳》，滿身是怨。"此言殊不公。今試取《伯夷傳》讀之，始言天道報應差爽，以世俗共見聞者嘆之也；中言各從所好決擇死生輕重，以君子之正論折之也。一篇之中，錯綜震蕩，極文之變，而議論不詭于聖人，可謂良史矣。宋人不達文體，是以不得遷之意，而輕爲立論。真西山《文章正宗》云："此傳姑以文取。"其言又謬。若道理有戾，即不成文；文與道，豈二事乎？益見其不知文也。本朝又有人補訂《伯夷傳》者，異哉！（卷十二）

《丹鉛餘録》（節録）

曲名有《烏鹽角》。《江鄰幾雜志》云："始教坊家人市鹽得一曲譜，於子角中翻之，遂以名焉。"戴石屏有《烏鹽角行》。元人月泉吟社詩："山歌眍耳烏鹽角，村酒柔情玉練槌。"（卷一）

左太冲《招隱詩》："峭蒨青葱間，竹柏得其真。"五言詩用四連縣字，前無古，後無今。

梁樂府《夜夜曲》或名《昔昔鹽》。昔即夜也。《列子》《昔昔夢》、《爲君鹽》,亦曲之別名。(以上卷三)

齊歌曰謳,吳歌曰歈,楚歌曰些,巴歌曰媱。(卷七)

文,道也;詩,言也。語録出而文與道判矣,詩話出而詩與言離矣。

楚騷,漢賦,晉字,唐詩,宋詞,元曲。(以上卷八)

宋人四六如"才非一鶚,難居累百之先;智異衆狙,遂起朝三之怒。"《水利》云:"刻石立作三犀牛,重見離堆之利;復陂誰云兩黄鵠,詎煩鴻隙之謡。"四六中古文也。

樂律五音之外,有二變聲,曰變宮、變徵。史又謂之閏宮、閏徵。閏,即變也。(以上卷十)

《爾雅》曰:"徒歌曰謡。"《説文》;"謡作䚻。"注云:"䚻從肉言。"今按徒歌謂不用絲竹相和也,肉言歌者人聲也,出自胸臆,故曰肉言。童子歌曰:"童䚻以其言出自其胸臆,不由人教也。"晉孟嘉云:"絲不如竹,竹不如肉。唐人謂徒歌曰肉聲,即《説文》肉言之義也。"(卷十一)

《説苑》曰:"師經鼓琴,魏文侯起儛,賦曰:'使我言而無見違。'"知古人一話一言皆曰賦。彼所謂"登高能賦"者,豈必盡如後世之麗滛者哉!(卷十四)

唐李涪云:"後魏李啓撰《聲韻》,十卷夏侯該撰《四聲韻略》十二卷。至陸法言採諸家纂述而爲已有。原其著述之初,士人尚多專業,經史精練,罕有不述之文,故《切韻》未爲時人之所急。後代學問日淺,尤少專經。或捨四聲,則秉筆多礙,自爾遂爲切要之具。然吳音乖舛,不亦甚乎!今依之以上聲呼恨,去聲呼恐,與若得不爲有識者所笑乎?夫吳民之言,如病瘖風而噤,每啓其口,則語淚喝吶,随聲下筆,竟不自悟。"涪之言若此,譏之甚矣。然陸氏所著,亦本先儒。觀其注云:"徐邈讀,鄭司農讀,劉昌宗讀。"示不敢臆説也。如越席之越音活,華而睆之睆音滑,隆準之準音拙,假借之假音嫁,牢愁之愁音曹,玉鸞啾啾之啾音銚,皆有據證,非盡屬吳音。涪之譏亦過哉!(卷十五)

劉彦和云:"四言正體,雅潤爲本。五言流調,清麗居宗。"鍾嶸云:"四言文約易廣,取效風雅,便可多得。每苦文繁而意少,故世罕習焉。"劉潛夫云:"四言尤難。《三百篇》在前故也。"葉水心云:"五言而上,世人往往極其才之所至,而四言詩雖文辭巨伯輒不能工。"合數公之説論之,所謂易者,易成也;所謂難者,難工也。方元善取韋孟《諷諫》云:"誰謂華高,企其齊而。誰謂德難,厲其庶而。"以爲使經聖筆亦不能删過矣,此不過步驟《河廣》一章耳。予獨愛公孫乘《月賦》:"月出皎兮,君子之光。君有禮樂,我有衣裳。"張平子《西京賦》:"豈伊不虔,思于天衢。豈伊不懷,歸于枌榆。天命不愠,疇敢以渝。"《隸釋》載漢碑唐扶頌"如山如岳,嵩如不傾,如江如河,澹如不盈",其句法意味,真可繼《三百篇》矣。或曰:"唐夫人《房中樂歌》何如?"曰:"是直可以繼《關雎》,不當以章句摘也。"曰:"然則曹孟德'月明星稀',嵇叔夜'目送歸鴻'何如?"曰:"此直後世四言耳。工則工矣,比之《三百篇》,尚隔尋丈也。"(卷十七)

《丹鉛續録》(節録)

漢　文

漢興,文章有數等:蒯通、隋何、陸賈、酈生游説之文,宗戰國;賈山、賈誼政事之文,宗管、晏、申、韓;司馬相如、東方朔譎諫之文,宗《楚辭》;董仲舒、匡衡、劉向、揚雄説理之文,宗經傳;李尋、京房術數之文,宗讖緯;司馬遷紀事之文,宗《春秋》。嗚呼盛矣!

大　招

《楚辭·招魂》一篇,宋玉所作,其辭豐蔚釀秀,先驅枚、馬而走僵班、揚,千古之希聲也。《大招》一篇,景差所作,體製雖同,而寒儉促迫,力追而不及。昭明《文選》獨取《招魂》而遺《大招》,有見哉?(以上卷五)

簡　牘

古人與朋儕往来者,以漆版代書帖。又苦其露泄,遂作二版相合,以片紙封其際,故曰簡版,或云赤牘。

鐃歌曲

漢《鐃歌曲》多不可句。沈約云:"樂人以音聲相傳,詞詁不可復解。凡古樂録,皆大字是辭,細字是聲。聲辭合寫,故致然耳。"此説卓矣。近日有好古者效之,殆可發笑。(以上卷十一)

《詞品》(節録)

《詞品》序

詩詞同工而異曲,共源而分派。在六朝,若陶弘景之《寒夜怨》,梁武帝之《江南弄》,陸瓊之《飲酒樂》,隋煬帝之《望江南》,填詞之體已具矣。若唐人之七言律,即填詞之《瑞鷓鴣》也。七言律之仄韻，即填詞之《玉樓春》也。若韋應物之《三臺曲》、《調笑令》，劉禹錫之《竹枝詞》、《浪淘沙》，新聲疊出。孟蜀之《花間》，南唐之《蘭畹》，則其體大備矣。豈非共源同工乎？然詩聖如杜子美，而填詞若太白之《憶秦娥》、《菩薩蠻》者，集中絶無。宋人如秦少游、辛稼軒，詞極工矣，而詩殊不强人意。疑若獨藝然者，豈非異曲分派之説乎？昔宋人選填詞曰《草堂詩餘》。其曰"草堂"者，太白詩名《草堂集》，見鄭樵書目。太白本蜀人，而草堂在蜀，懷故國之意也。曰"詩餘"者，《憶秦娥》、《菩薩蠻》二首爲詩之餘，而百代詞曲之祖也。今士林多傳其書，而昧其名。故於余所著《詞品》首著之云。嘉靖辛亥仲春，花朝洞天真逸楊慎序。

陶弘景《寒夜怨》

陶弘景《寒夜怨》云："夜雲生。夜鴻驚。凄切嘹唳傷夜情。"後世填詞，《梅花引》格韻似之，後換頭微異。

陸瓊《飲酒樂》

陳陸瓊《飲酒樂》云："蒲桃四時芳醇。琉璃千鍾舊賓。夜飲舞遲銷燭，朝醒弦促催人。春風秋月長好，歡醉日月言新。"唐人之《破陣樂》、《何滿子》皆祖之。

梁武帝《江南弄》

梁武帝《江南弄》云："衆花雜色滿上林。舒芳耀彩垂輕陰。聯手躞蹀舞春心。舞春心。臨歲腴。中人望，獨踟躕。"此詞絶妙。填詞起於唐人，而六朝已濫觴矣。其餘若"美人聯錦"、"江南稚女"諸篇皆是。《樂府》具載，不盡録也。

梁簡文《春情曲》

梁簡文帝《春情曲》云："蝶黄花紫燕相追。楊低柳合路塵飛。已見垂鈎掛緑樹，誠知淇水霑羅衣。兩童夾車問不已，五馬城頭猶未歸。鶯啼春欲駛，無爲空掩扉。"此詩似七言律，而末句又用五言。王無功亦有此體，又唐律之祖。而唐詞《瑞鷓鴣》格韻似之。

王筠《楚妃吟》

王筠《楚妃吟》，句法極異。其詞云："窗中署，花早飛。林中明，鳥早歸。庭中日，暖春閨。香氣亦霏霏。香氣飄。當軒清唱調。獨顧慕，含怨復含嬌。蝶飛蘭復熏。嫋嫋輕風入翠裙。春可遊。歌聲梁上浮。春遊方有樂。沉沉下羅幕。"大率六朝人詩,風華情致,若作長短句,即是詞也。宋人長短句雖盛,而其下者,有曲詩、曲論之弊,終非詞之本色。予論填詞必溯六朝,亦昔人窮探黃河源之意也。

詞名多取詩句

詞名多取詩句,如《蝶戀花》則取梁元帝"翻階蛺蝶戀花情"。《滿庭芳》則取吳融"滿庭芳草易黃昏"。《點絳唇》則取江淹"白雪凝瓊貌,明珠點絳唇"。《鷓鴣天》則取鄭嵎"春遊雞鹿塞,家在鷓鴣天"。《惜餘春》則取太白賦語。《浣溪沙》則取少陵詩意。《青玉案》則取《四愁詩》語。《菩薩蠻》,西域婦髻也。《蘇幕遮》,西域婦帽也。《尉遲杯》,尉遲敬德飲酒必用大杯,故以名曲。《蘭陵王》,每入陣必先,故歌其勇。《生查子》,查,古槎字,張騫乘槎事也。《西江月》,衛萬詩"只今惟有西江月,曾照吳王宮裏人"之句也。"瀟湘逢故人",柳渾詩句也。《粉蝶兒》,毛澤民詞"粉蝶兒共花同活"句也。餘可類推,不能悉載。

《踏莎行》

韓翃雄詩:"踏莎行草過春溪。"詞名《踏莎行》本此。

《上江虹》《紅窗影》

唐人小說《冥音錄》,載曲名有《上江虹》,即《滿江紅》。《紅窗影》,即《紅窗迥》也。

《菩薩蠻》《蘇幕遮》

西域諸國婦人,編髮垂髻,飾以雜華,如中國塑佛瓔珞之飾,曰菩薩蠻,曲名取此。《唐書》呂元濟上書:"比見方邑,相率爲渾脫隊,駿馬胡服,名曰蘇幕遮。"曲名亦取此。李太白詩"公孫大娘渾脫舞",即此際之事也。

夜夜昔昔

梁樂府《夜夜曲》或名《昔昔鹽》。昔即夜也。《列子》"昔昔夢爲君",鹽亦曲之別名。

阿㠻回

太白詩"羌笛橫吹阿㠻回",番曲名。張祜集有《阿濫堆》,即此也。番人無字,止以聲傳,故隨中國所書,人各不同爾,難以意求也。

阿濫堆

張祜詩:"紅樹蕭蕭閣半開。玉皇曾幸此宮來。至今風俗驪山下,村笛猶吹《阿濫堆》。"宋賀方回長短句云:"待月上潮平波灩,塞管孤吹新《阿濫》。"《中朝故事》云:"驪山多飛鳥,名阿濫堆,明皇采其聲爲曲子。"又作鵐爛堆。《酉陽雜俎》云:"鵐爛堆黄,一變之鵐,色如鷲鷘。鵐轉之後,乃至累變。横理轉細,臆前漸漸微白。"

烏鹽角

曲名有《烏鹽角》,江鄰幾《雜誌》云:"始教坊家人市鹽,得一曲譜於角子中。翻之,遂以名焉。"戴石屏有《烏鹽角行》。元人《月泉吟社》詩:"山歌聒耳烏鹽角,村酒柔情玉練搥。"

小梁州

賈逵曰:梁米出於蜀漢,香美逾於諸梁,號曰竹根黄。梁州得名以此。秦地之西,燉煌之間,亦産梁米。上沃類蜀,故號《小梁州》,爲西音也。

六州歌頭

《六州歌頭》,本鼓吹曲也,音調悲壯。又以古興亡事實之,聞之使人慷慨,良不與豔詞同科,誠可喜也。六州得名,蓋唐人西邊之州,伊州、梁州、甘州、石州、渭州、氐州也。此詞宋人大祀大卹,皆用此調。國朝大卹,則用《應天長》云。

法曲《獻仙音》

《望江南》,即唐法曲《獻仙音》也。但法曲凡三疊,《望江南》止兩疊爾。白樂天改法曲爲《憶江南》。其詞曰:"江南好,風景舊曾諳。"二疊云:"江南憶,最憶是杭州。"三疊云:"江南憶,其次憶吳宮。"見《樂府》。南宋紹興中,杭都酒肆中,有道人攜烏衣椎髻女子,買斗酒獨飲,女子歌以侑之。歌詞非人世語。或記之,以問一道士。道士曰:"此赤城韓夫人作法駕導引也。烏衣女子蓋龍云。"其詞曰:"朝元路,朝元路,同駕玉華君。千乘載花紅一色,人間遥指是祥雲。回望海光新。"二疊云:"東風起,東風起,海上百花摇。十八風鬟雲半動,飛花和雨著輕綃。歸路碧迢迢。"三疊云:"簾漠漠,簾漠漠,天淡一簾秋。自洗玉舟斟白酒,月華微映是空舟。歌罷海西流。"此辭即法曲之腔。文士好奇,故神其事以傳爾。豈有天仙而反取開元人間之腔乎?

小秦王

唐人絕句多作樂府歌,而七言絕句隨名變腔。如《水調歌頭》、《春鶯轉》、《胡渭州》、《小秦王》、《三臺》、《清平調》、《陽關》、《雨淋鈴》,皆是七言絕句而異其名,其腔調不可考矣。

仄韻絕句

仄韻絕句,唐人以入樂府。唐人謂之《阿那曲》,宋人謂之《雞叫子》。

阿那、絞那曲名

李郢《上元日寄湖杭二從事》詩曰:"戀別山登憶水登。山光水焰百千層。謝公留賞山公喚,知入笙歌阿那朋。"劉禹錫《夔州竹枝詞》云:"楚水巴山小雨多。巴人能唱本鄉歌。今朝北客思歸去,回入絞那披綠蘿。"《阿那》、《絞那》,皆當時曲名。李郢詩言變梵唄爲艷歌,劉禹錫詩言翻南調爲北曲也。阿那皆叶上聲,絞那皆叶上聲,此又隨方音而轉也。

醉公子

唐人《醉公子》詞云:"門外猧兒吠。知是蕭郎至。劃襪下香階,冤家今夜醉。扶得入羅帷。不肯脫羅衣。醉則從他醉,還勝獨睡時。"唐詞多緣題所賦,《臨江仙》則言水仙,《女冠子》則述道情,《河瀆神》則詠祠廟,《巫山一段雲》則狀巫峽。如此詞題曰《醉公子》,即詠公子醉也。爾後漸變,與題遠矣。此詞又名《四換頭》,因其詞意四換也。

如夢令

唐莊宗詞云:"曾宴桃源深洞。一曲舞鸞歌鳳。長記別伊時,和淚出門相送。如夢。如夢。殘月落花煙重。"此莊宗自度曲也。樂府取詞中"如夢"二字名曲,今誤傳爲呂洞賓,非也。

搗練子

李後主《搗練子》云:"深院靜,小庭空。斷續寒砧斷續風。無奈夜長人不寐,數聲和月到簾櫳。"詞名《搗練子》,即詠搗練,乃唐詞本體也。

人月圓

宋駙馬王晉卿《元宵詞》云："小桃枝上春來早,初試薄羅衣。年年此夜,華燈盛照,人月圓時。禁街簫鼓,寒輕夜永,纖手同攜。更闌人靜,千門笑語,聲在簾幃。"此曲晉卿自製,名《人月圓》,即詠元宵,猶是唐人之意。

後庭宴

宋宣和中,掘地得石刻一詞,唐人作也。本無題,後人名之曰《後庭宴》。甚詞云："千里故鄉,十年華屋。亂魂飛過屏山簇。眼重眉褪不勝春,菱花知我銷香玉。雙雙燕子歸來,應解笑人幽獨。斷歌零舞,遺恨清江曲。萬樹綠低迷,一庭紅撲簌。"

朝天紫

朝天紫,本蜀牡丹花名,其色正紫,如金紫大夫之服色,故名。後人以爲曲名。今以"紫"作"子",非也,見陸游《牡丹譜》。

乾荷葉

元太保劉秉忠《乾荷葉》曲云："乾荷葉,色蒼蒼。老柄風搖盪。減了清香越添黃。都因昨夜一場霜。寂寞秋江上。"此秉忠自度曲,曲名《乾荷葉》,即詠乾荷葉,猶是唐詞之意也。

樂曲名解

《古今樂録》云："傖歌以一句爲一解,中國以一章爲一解。"王僧虔啟曰："古曰章,今曰解。解有多少,當是先詩而後聲。詩叙事,聲成文,必使志盡於詩,音盡於曲。是以作詩有豐約,制解有多少。"又"諸曲調皆有詞,有聲。而大曲又有豔、有趣、有亂。詞者,其歌詩也。聲者,若羊吾、夷伊、那何之類也。豔在曲之前,趨與亂在曲之後,亦猶吳聲西曲,前有和,後有送也。"慎按:豔在曲之前,與吳聲之和,若今這引子。趨與亂在曲之後,與吳聲之送,若今之尾聲聲。羊吾夷、伊那何,皆聲之餘音嫋嫋,有聲無字。雖借字作譜而無義。若今之哩囉、嗹唵、唵吽也。知此,可以讀古樂府矣。

鼓吹、騎吹、雲吹

樂府有《鼓吹曲》,其昉於黃帝記里鼓之制乎!後有鼓吹、騎吹、雲吹之名。《建初録》云："列於殿廷者名鼓吹,列於行駕者名騎吹。"又曰："鼓吹,陸則樓車,水則樓船。

其在廷則以篋簾爲樓也。水行則謂之雲吹。《朱鷺》、《臨高臺》諸篇,則鼓吹曲也。《務成》、《黃雀》,則騎吹曲也。《水調》、《河傳》,則雲吹曲也。"宋之問詩:"稍看朱鷺轉,尚識紫騮驕。"此言鼓吹也。謝朓詩:"鳴笳翼高蓋,疊鼓送華輈。"此言騎吹也。梁簡文詩:"廣水浮雲吹,江風引夜衣。"此言雲吹也。

唐詞多無換頭

張泌,南唐人,有《江城子》二闋。其一云:"碧闌干外小中庭。雨初晴。曉鶯聲。飛絮落花,時節近清明。睡起捲簾無一事,勻面了,沒心情。"其二云:"浣花溪上見卿卿。眼波明。黛眉輕。高綰綠雲,低簇小蜻蜓。好是問他得來麼,和笑道,莫多情。"黃叔暘云:"唐詞多無換頭,如此詞自是兩首,故重押兩'情'字,兩'明'字。今人不知,合爲一首,則誤矣。"

填詞句參差不同

填詞平仄及斷句皆定數,而詞人語意所到,時有參差。如秦少游《水龍吟》前段歇拍句云:"紅成陣、飛鴛甃。"換頭落句云:"念多情但有,當時皓月,照人依舊。"以詞意言,"當時皓月"作一句,"照人依舊"作一句。以詞調拍眼,"但有當時"作一拍,"皓月照"作一拍,"人依舊"作一拍,爲是也。維揚張世文云:陸放翁《水龍吟》,首句本是六字,第二句本是七字。若"摩訶池上追遊客"則七字。下云"紅綠參差春晚",却是六字。又如後篇《瑞鶴仙》,"冰輪桂花滿溢"爲句,以滿字叶,而以溢字帶在下句。別如二句分作三句,三句合作二句者尤多。然句法雖不同,而字數不少。妙在歌者上下縱橫取協爾。古詩亦有此法,如王介甫"一讀亦使我,慨然想遺風"是也。

填詞用韻宜諧俗

沈約之韻,未必悉合聲律,而今詩人守之,如金科玉條。此無他,今之詩學李、杜,李、杜學六朝,往往用沈韻,故相襲不能革也。若作填詞,自可通變。如朋字與蒸同押,打字與等同押。卦字、畫字,與怪、壞同押,乃是鴃舌之病,豈可以爲法耶!元人周德清著《中原音韻》,一以中原之音爲正,偉矣。然予觀宋人填詞,亦已有開先者。蓋真見在人心目,有不約而同者。俗見之膠固,豈能眯豪傑之目哉!試舉數詞於右。東坡《一斛珠》云:"洛城春晚。垂楊亂掩紅樓半。小池輕浪紋如篆。燭下花前,曾醉離歌宴。自惜風流雲雨散。關山有限情無限。待君重見尋芳伴。爲説相思,目斷西樓燕。"篆字沈韻在上韻,本屬決鴃舌,坡特正之也。蔣捷元夕《女冠子》云:"蕙花香也。雪晴池館如畫。春風飛到,寶釵樓上,一片笙簫,琉璃光射。而今燈謾挂。不是暗塵明月，那時元夜。況年來心嬾意怯，羞與鬧蛾兒爭要。江城人悄初更打。問繁華誰解，再向天公借。剔殘紅炝，但夢裏隱隱，鈿車羅帕。吳箋銀粉研。待把舊家風景，寫成閒話。笑綠鬢鄰女，倚窗猶唱，夕陽西下。"是駁正沈韻畫及掛話及打字之謬也。吕聖求《惜分釵》云："重簾下。微燈挂。背闌同説春風話。"用韻亦與蔣捷同意。晁叔用《感皇恩》云："寒食不多時，牡丹初賣。小院重簾燕飛礙。昨宵風雨，尚有一分春在。今朝猶自得，陰晴快。熟睡起來，宿梧微帶。不惜羅襟揾眉黛。日長梳洗，看看花影移改。笑拈雙杏子，連枝帶。"此詞連用數韻，酌古斟今尤妙。國初高季迪《石州慢》云："落了辛夷，風雨頓催，庭院瀟灑。春來長恁，樂章嬾按，酒籌慵把。辭鶯謝燕，十年夢斷青樓，情隨柳絮猶縈惹。難覓舊知音，把琴心重寫。　　夭冶。憶曾攜手，闌草蘭邊，買花簾下。看轆轤低轉，秋千高打。如今何處，總有團扇輕衫，與誰共走章臺馬。回首暮山青，又離愁來也。"諸公數詞可爲用韻之式，不獨綺語之工而已。

燕昵行鶯轉

《禽經》："燕以狂昵，鶯以喜轉。"昵，視也。夏小正："來降燕乃睇。"轉，曲名，鶯聲似歌曲，故曰轉。

哀曼

晉鈕滔母。孫氏《箜篌賦》曰："樂操則寒條反榮，哀曼則晨華朝滅。"曼與慢通，亦曲名，如《石州慢》、《聲聲慢》之類。

北曲

《南史》蔡仲熊曰："五音本在中土，故氣韻調平。東南土氣偏詖，故不能感動木石。"斯誠公言也。近世北曲，雖皆鄭衛之音，然猶古者總章北里之韻，梨園教坊之調，是可證也。近日多尚海鹽南曲，士夫稟心房之精，從婉變之習者，風靡如一。甚者北土亦移而就之。更數十年，北曲亦失傳矣。白樂天詩："吳越聲邪無法用，莫教偷入管弦中。"東坡詩："好把鶯黃記宮樣，莫教弦管作蠻聲。"（以上卷一）

解紅

曲名有《解紅》者，今俗傳爲吕洞賓作，見《物外清音》，其名未曉。近閲《和凝集》，有《解紅歌》云："百戲罷，五音清。《解紅》一曲新教成。兩個瑤池小仙子，此時奪却柘枝名。"樂書云："優童解紅舞，衣紫緋繡襦，銀帶花鳳冠。"蓋五代時人也。焉有吕洞賓在唐世填此腔邪？（卷二）

瑞鷓鴣

《苕溪漁隱》曰："唐初歌詞，多是五言詩，或七言詩，初無長短句。中葉以後至五代，漸變成長短句，及本朝則盡爲此體。今所存者，止《瑞鷓鴣》、《小秦王》二闋，是七言八句詩，並七言絕句詩而已。《瑞鷓鴣》猶依字易歌，若《小秦王》必須雜以虛聲，乃可歌爾。"其詞云："碧山影裏小紅旗。儂是江南踏浪兒。拍手又嘲山簡醉，齊聲爭唱浪婆詞。　　西興渡口帆初落，漁浦山頭日未欹。儂送潮回歌底曲，樽前還唱使君詩。"此《瑞鷓鴣》也。"濟南春好雪初晴。行到龍山馬足輕。使君莫忘雪溪女，時作陽關腸斷聲。"此《小秦王》也，皆東坡所作。

木蘭花慢

《木蘭花慢》，柳耆卿清明詞，得音調之正。蓋傾城、盈盈、懂情，於第二字中有韻。近見吳彥高《中秋》詞，亦不失此體，餘人皆不能。然《元遺山集》中凡九首，内五首兩處用韻，亦未爲全知者。今載二詞於後。柳詞云："拆桐花爛熳，乍疏雨，洗清明。正豔杏燒林，湘桃繡野，芳景如屏。傾城。盡尋勝去，驟雕鞍、紺幰出郊坰。風暖繁弦脆管，萬家齊奏新聲。　　盈盈。鬪草踏青。人豔冶、遞逢迎。向路傍，往往遺簪墮珥，珠翠縱橫。懂情。對佳麗地，任金罍罄竭玉山傾。拚却明朝永日，畫堂一枕春醒。"吳詞云："敞千門萬户，瞰蒼海、爛銀盤。對沆瀣樓高，儲胥雁過，墜露生寒。闌干。眺河漢外，送浮雲、盡出衆星乾。丹桂霓裳縹緲，似聞雜珮珊珊。　　長安。底處高城，人不見，路漫漫。歎舊日心情，如今容鬢，瘦沈愁潘。幽懂。縱容易得，數佳期，動是隔年看。歸去江湖一葉，浩然對景垂竿。"然吳詞後段起句，又異常體，柳爲正。（以上卷三）

評稼軒詞（録節）

近日作詞者，惟説周美成、姜堯章，而以東坡爲詞詩，稼軒爲詞論。此説固當，蓋曲者曲也，固當以委曲爲體。然徒狃於風情婉孌，則亦易厭。回視稼軒所作，豈非萬古一清風哉！或云周、姜曉音律，自能撰詞調，故人尤服之。（卷四）

《升庵詩話》（節録）

九字梅花詩

元天目山釋明本中峰有《九字梅花》詩云："昨夜西風吹折中林梢，渡口小艇滚入沙灘坳。野樹古梅獨卧寒屋角，疏影橫斜暗上書窗敲。半枯半活幾個攲蓓蕾，欲開未開數點含香苞。縱使畫工奇妙也縮手，我愛清香故把新詩嘲。"池南唐文薦錡謂余曰："此詩不佳，影不可言敲。又後四句有齋飯酸餡氣。"屬予作一首，乃品占云："玄冬小春十月微陽回，綠萼梅蕊早傍南枝開。折贈未寄陸凱隴頭去，相思忽到盧仝窗下來。歌殘《水調》沉珠明月浦，舞破山香碎玉凌風臺。錯恨高樓《三弄》叫雲笛，無奈二十四番花信催。"近觀盧贊元《酴醾花》詩云："天將花王國豔殿春色，酴醾洗妝素頰相追陪。絕勝濃英綴枝不韻李，堪友橫斜照水擬先梅。瑤池董雙成浴香肌露，竹林嵇叔夜醉玉山頹。風流何事不入錦囊句，清和天氣直挽青陽回。"亦九字律也。詩亦有思致，以李花爲不韻，甚切體物，前人亦未道破者。

十字平音

唐詩："三十六所春宮殿，一一香風透管弦。"又："綠波東西南北水，紅闌三百九十橋。"又："春城三百九十橋，夾岸朱樓隔柳條。"又："煩君一日殷勤意，示我十年感遇詩。"陳郁云："十音當爲諶也，謂之長安語音，律詩不如此，則不叶矣。"

七經詩集句之始

晉傅咸作《七經》詩，其《毛詩》一篇略曰："聿修厥德，令終有淑。勉爾遁思，我言維服。盜言孔甘，其何能淑。讒人罔極，有靦面目。"此乃集句詩之始，或謂集句起於王安石，非也。

三句詩

古有三句之詩，意足詞贍，盤屈於二十一字之中，最爲難工。徧檢前賢詩，不過四五首而已。岑之敬《當壚曲》云："明月二八照花新，當壚十五晚留賓，回眸百萬橫自陳。"最爲絕倡。唐傳奇無名氏《春詞》云："楊柳嫋嫋隨風急，西樓美人春夢中，繡簾斜捲千條入。"一作《楊妃舞曲》，後跋云："三句之詩，妙絕古今。"《幽怪錄》所載同。宋謝皋羽《寄鄧牧心》云："杜鵑花開桑葉齊，戴勝芋生藥草肥，九鎖山人歸未歸？"洪武中詹天臞《寄山中友人》云："桂樹蒼蒼月如霧，山中故人讀書處，白露濕衣不可去。"一本有"雖佳，比之唐人則惡矣"。又《古步虛詞》云："三十六天高太清，元君夫人蹋雲語，吟風颯颯吹玉笙。"近日雲南提學彭綱《詠刺桐花》云："樹頭樹底花楚楚，風吹綠葉翠翩翩，露出幾枝紅鸚鵡。"亦風韻可愛也。

六言詩始

任昉云："六言詩始於谷永。"慎按《文選注》引董仲舒《琴歌》二句，亦六言，不始於谷永明矣。樂府《滿歌行》尾一解“命如鑿石見火,居世竟能幾時”,亦六言也。

仇池筆記

《陽關三疊》,每句皆再唱,而首句不疊。(以上卷一)

五言律八句不對

五言律,八句不對,太白、浩然集有之,乃是平仄穩貼古詩也。僧皎然有《訪陸鴻漸不遇》一首云:“移家雖帶郭,野徑入桑麻。近種籬邊菊,秋來未著花。到門無犬吠,欲去問西家。報導山中去,歸來每日斜。”雖不及李白之雄麗,亦清致可喜。(卷二)

打油詩

小市水漲,妓居北岩寺,黠少年作詩曰:“水漲倡家住得高,北岩和尚得鬆腰。丢開《般若經》千卷,且説風流話幾條。最喜枕連添耍笑,由他岸上湧波濤。師徒大小齊聲祝,願得明年又一遭。”亦可笑。

古詩二言至十一言

黄帝《彈歌》“斷竹,庇木,飛土,逐肉”,二言之始也。《詩・頌》“振振鷺,鷺於飛。鼓咽咽,醉言歸”,三言之始也。“郁陶乎予心”,“顔厚有忸怩”,五言之始也。《詩・雅》“我不敢效我友自逸”,八言之始也。杜詩“男兒生不成名身已老”,九言也。李太白“黄帝鑄鼎於荆山煉丹砂,凡砂成騎龍飛上太清家”,十言也。東坡詩“山中故人應有招我歸來篇”,十一言也。“我不敢效我友自逸”,亦可作兩句,若長吉“酒不到劉伶墳上土”八言,一句渾全。

古詩用古韻

南平王劉鑠《過歷山湛長史草堂》詩云:“兹山蘊靈詭,憑覽趣亦贍。九峰相接連,五渚逆縈浸。層阿疲且引,絶嵓暢方禁。溜泉夏更寒,林交晝長蔭。伊予久緇涅,復得味苦淡。願逐安期生,於焉愜高枕。”“贍”音“慎”,“淡”、“枕”與“浸”、“蔭”,皆相叶爲韻,蓋用古韻也。又庾信《喜晴應詔》詩云:“御辯誠膺籙,維皇稱有建。柏梁驂四馬,高陵馳六傳。河堤崩故柳,秋水高新堰。王城水鬬息,洛浦《河圖》獻。伏泉還習坎,陰風已回巽。桐枝長舊圍,蒲節抽新寸。山藪欣藏疾,幽棲得無悶。有慶兆民同,論年天子萬。”亦古韻也。吴才老《韻補》,自謂博極君書,而不引此,何邪?

古《胡無人行》

"望胡地，何險側。斷胡頭，脯胡臆。"此古詞雖不全，然李太白作《胡無人》尾句全效，而注不知引。又郭氏《樂府》亦不載，蓋止此四句，而餘亡矣。（以上卷三）

朱　鷺

古樂府有《朱鷺曲》，解云："因飾鼓以鷺而名曲焉。"又云："朱鷺咒鼓，飛於雲末。"徐陵詩有"梟鐘鷺鼓"之句，宋之問詩"稍看朱鷺轉，尚識紫騮驕"，皆用此事。蓋鷺色本白，漢初有朱鷺之瑞，故以鷺形飾鼓，又以朱鷺名《鼓吹曲》也。梁元帝《放生池碑》云："元龜夜夢，終見取於宋王。朱鷺晨飛，尚張羅於漢后。"與朱鷺飛雲末事相叶，可以互證，補《樂府解題》之缺。

佛經似詩句

佛經有云："樂行不如苦住，富客不如貧主。"又見《洞山語錄》："破鏡不重照，落花難上枝。"絕似唐人樂府也。（以上卷四）

採蓮曲

"錦帶雜花鈿，羅衣垂緑川。問子今何去，出采江南蓮。遼西三千里，欲寄無因緣。願君早旋反，及此荷花鮮。"八句不對，太白、浩然皆有此體。

昔昔鹽

梁樂府《夜夜曲》，或名《昔昔鹽》，昔即夜也。《列子》："昔昔夢爲君。"鹽亦曲之別名。（以上卷六）

律詩當句對

王維詩："門外青山如屋裏，東家流水入西鄰。"嚴維詩："木奴花映桐廬縣，青雀舟隨白鷺濤。"謂之當句對。

胡唐論詩

胡子厚與予論詩曰："人有恒言曰：唐以詩取士，故詩盛；今代以經義選舉，故詩衰。此論非也。詩之盛衰，係於人之才與學，不因上之所取也。漢以射策取士，而蘇、李之詩，班、馬之賦出焉，此豈係於上乎？屈原之《騷》，爭光日月，楚豈以騷取人耶？

況唐人所取五言八韻之律，今所傳省題詩，多不工。今傳世者，非省題詩也。姑以畫論，晉有顧凱之，唐有吳道玄，晉、唐未嘗以畫取士也。至宋則馬遠、夏珪，不足爲顧、吳之衙官，近代吳小仙、林良，又不足爲馬、夏之奴僕。畫既有之，詩亦宜然，謂之時代可也。"余深服其言。唐子元薦與予書，論本朝之詩："洪武初，高季迪、袁可潛一變元風，首開大雅，卓乎冠矣。二公而下，又有林子羽、劉子高、孫炎、孫蕡、黃元之、楊孟載輩羽翼之。近日好高論者曰沿習元體，其失也鬞。又曰國初無詩，其失也聾。一代之文，曷可誣哉！永樂之末至成化之初，則微乎貋矣。弘治間，文明中天，古學煥日：藝苑則李懷麓、張滄洲爲赤幟，而和之者多失於流易；山林則陳白沙、莊定山稱白眉，而識者皆以爲傍門。至李、何二子一出，變而學杜，壯乎偉矣。然正變雲擾而勦襲雷同，比興漸微而風騷稍遠，唐子、應德箴其偏焉。嘉靖初，稍稍厭棄，更爲六朝之調。初唐之體，蔚乎盛矣，而纖豔不逞，闡緩無當，作非神解，傳同耳食。陳子約之議其後焉。"張子愈光，滇之詩人也。以二子之論爲的，故著之。

音韻之原

或問余音韻之原，余曰：唐、虞之世已有之矣，《舜典》曰"聲依永，律和聲"是也。"股肱喜哉，元首起哉，百工熙哉。"又："元首明哉，股肱良哉，庶事康哉。"熙之叶"喜"、"起"，明之叶"良"、"康"，即吳才老韻之祖也。"日出而作，日入而息，鑿井而飲，耕田而食，帝於我有何力哉。"即沈約韻之祖也。王充《論衡》作"帝於我有何力哉"，力與上文"息"、"食"爲韻。《列子》作"帝力於我何有哉"，恐是傳寫之倒。大凡作古文賦頌，當用吳才老古韻；作近代詩詞，當用沈約韻。近世有倔強好異者，既不用古韻，又不屑用今韻，惟取口吻之便，鄉音之叶，而著之詩焉，良爲後人一笑資爾。

高棅選《唐詩正聲》

"五言古詩，漢、魏而下，其響絕矣。六朝至初唐，止可謂之半格。"又曰："近體，作者本自分曉，呂者亦能區別。"高棅選《唐詩正聲》，首以五言古詩，而其所取，如陳子昂"故人江北去，楊柳春風生"，李太白"去國登兹樓，懷歸傷莫秋"，劉眘虛"滄溟千萬里，日夜一孤舟"，崔曙"空色不映水，秋聲多在山"，皆律也。而謂之古詩，可乎？譬之新寡之文君，屢醮之夏姬，美則美矣，謂之初笄室女，則不可。於此有盲妁，取損罐而充完璧，以白練而爲黃花，苟有屠婿，必售其欺。高棅之選，誠盲妁也。近見蘇刻本某公之序，乃謂"正聲"，其格渾，其選嚴。噫！是其屠婿乎！（以上卷七）

菩薩鬘

唐詞有《菩薩蠻》,不知其義。按小說,開元中南詔入貢,危髻金冠,瓔珞被體,故號菩薩鬘,因以制曲。佛經戒律云"香油涂身,華鬘被首"是也。白樂天《蠻子朝》詩曰"花鬘抖擻龍蛇動",是其證也。今曲名"鬘"作"蠻",非也。(卷十)

絕　句

絕句者,一句一絕,起於《四時詠》"春水滿四澤,夏雲多奇峰。秋月揚明輝,冬嶺秀孤松"是也。或以爲陶淵明詩,非。杜詩"兩個黃鸝鳴翠柳"實祖之。王維詩:"柳條拂地不忍折,松柏梢雲從更長。藤花欲暗藏猱子,柏葉初齊養麝香。"宋六一翁亦有一首云:"夜凉吹笛千山月,路暗迷人百種花。棋散不知人換世,酒闌無奈客思家。"皆此體也。樂府有"打起黃鶯兒"一首,意連句圓,未嘗間斷,當參此意,便有神聖工巧。

絕句四句皆對

絕句四句皆對,杜工部"兩個黃鸝"一首是也。然不相連屬,即是律中四句也。唐絕萬首,惟韋蘇州"踏閣攀林恨不同"及劉長卿"寂寂孤鶯啼杏園"二首絕妙,蓋字句雖對,而意則一貫也。其餘如李嶠《送司馬承禎還山》云:"蓬閣桃源兩地分,人間海上不相聞。一朝琴裏悲黃鶴,何日山頭望白雲。"柳中庸《征人怨》云:"歲歲金河復玉關,朝朝馬策與刀鐶。三春白雪歸青塚,萬里黃河繞黑山。"周朴《邊塞曲》云:"一隊風來一隊沙,有人行處没人家。黃河九曲冰先合,紫塞三春不見花。"亦其次也。

詩　史

宋人以杜子美能以韻語紀時事,謂之"詩史"。鄙哉宋人之見,不足以論詩也。夫六經各有體,《易》以道陰陽,《書》以道政事,《詩》以道性情,《春秋》以道名分。後世之所謂史者,左記言,右記事,古之《尚書》、《春秋》也。若詩者,其體其旨,與《易》、《書》、《春秋》判然矣。《三百篇》皆約情合性而歸之道德也,然未嘗有道德字也,未嘗有道德性情句也。《二南》者,修身齊家其旨也,然其言琴瑟鐘鼓,荇菜芣苢,夭桃穠李,雀角鼠牙,何嘗有修身齊家字耶? 皆意在言外,使人自悟。至於變風、變雅,尤其含蓄,言之者無罪,聞之者足以戒。如刺淫亂,則曰"雝雝鳴雁,旭日始旦",不必曰"慎莫近前丞相嗔"也;憫流民,則曰"鴻雁於飛,哀鳴嗷嗷",不必曰"千家今有百家存"也;傷暴斂,則曰"維南有箕,載翕其舌",不必曰"哀哀寡婦誅求盡"也;叙饑荒,則曰"牂羊墳首,三星在罶",不必曰"但有牙齒存,可堪皮骨乾"也。杜詩之含蓄蘊藉者,蓋亦多矣,

宋人不能學之。至於直陳時事，類於訕訐，乃其下乘末脚，而宋人拾以爲己寶，又撰出
"詩史"二字以誤後人。如詩可兼史，則《尚書》、《春秋》可以並省。又如今俗卦氣歌、
納甲歌，兼陰陽而道之，謂之"詩《易》"可乎？胡應麟曰："按'詩史'，其説出孟棨《本事》。"
（以上卷十一）

慢字爲樂曲名

陳後山詩："吳吟未至慢，楚語不假些。"任淵注云："慢謂南朝慢體，如徐、庾之
作。"余謂此解是也，但未原其始。《樂記》云："宮商角徵羽，五者皆亂，迭相陵，謂之
慢。"又曰："鄭衛之音，亂世之音也，比於慢矣。"宋詞有《聲聲慢》、《石州慢》、《惜餘春
慢》、《木蘭花慢》、《拜星月慢》、《瀟湘逢故人慢》，皆雜比成調，古謂之嘖曲。"嘖"與
"嘖"同，雜亂也。琴曲有名散，元曲有名犯，又曲終入破，義亦如此。

樂曲名解

《古今樂録》云："倫歌以一句爲一解，中國以一章爲一解。"王僧虔《啓》曰："古曰
章，今曰解。解有多少，當是先詩而後聲。詩叙事，聲成文，必使志盡於詩，音盡於曲，
是以作詩有豐約，制解有多少。又諸曲調皆有辭有聲，而大曲又有'豔'有'趨'有
'亂'。辭者，其歌詩也。聲者，若羊吾夷伊那何之類也。豔在曲之前，趨與亂在曲之
後，亦猶《吳聲西曲》前有和後有送也。"慎按：豔在曲之前，與《吳聲》之和，若今之引
子；趨與亂在曲之後，與《吳聲》之送，若今之尾聲。羊吾夷伊那何皆辭之餘音嫋嫋，有
聲無字，雖借字作譜而無義，若今之哩囉嗹唵吽也。知此可以讀古樂府矣。

齊歌曰歗，吳歌曰歈，楚歌曰些，巴歌曰㜾。（以上卷十二）

覆窠俳體打油釘鉸

《太平廣記》有仙人伊周昌，號伊風子，有《題茶陵縣詩》云："茶陵一道好長街，兩
邊栽柳不栽槐。夜後不聞更漏鼓，只聽鎚芒織草鞋。"時謂之"覆窠體"。江南呼淺俗
之詞曰"覆窠"，猶今云"打油"也。杜公謂之"俳諧體"。唐人有張打油作《雪》詩云：
"江山一籠統，井上黑窟籠。黃狗身上白，白狗身上腫。"《北夢瑣言》有胡釘鉸詩。

蘇李五言詩

蘇文忠公云："蘇武、李陵之詩，乃六朝人擬作。"宋人遂謂在長安而言"江漢"，"盈
卮酒"之句又犯惠帝諱，疑非本作。予考之，殆不然。班固《藝文志》有《蘇武集》、《李
陵集》之目。摯虞，晉初人也。其《文章流別志》云："李陵衆作，總雜不類，殆是假託，

非盡陵志。至其善篇，有足悲者。"以此考之，其來古矣。即使假託，亦是東漢及魏人張衡、曹植之流始能之耳。杜子美云："李陵蘇武是吾師。"子美豈無見哉！東坡《跋黃子思詩》云"蘇李之天成"，尊之亦至矣。其曰"六朝擬作"者，一時鄙薄蕭統之偏辭耳。（以上卷十四）

《詩話補遺》（節錄）

六朝七言律 其體不純

蝶黃花紫燕相追，楊低柳合路塵飛。已見垂鈞掛綠樹，誠知淇水沾羅衣。兩童夾車問不已，五馬城南猶未歸。鶯啼春欲駛，無爲空掩扉。右梁簡文《春情曲》，後二句又作五言也。

長安城中秋夜長，佳人錦石擣流黃。香杵紋砧知近遠，傳聲遞響何淒凉。七夕長河爛，中秋明月光。蟪蛉塞邊絕候雁，鴛央樓上望天狼。右後魏溫子昇《擣衣》，第五、六句又作五言。

文窗玳瑁影嬋娟，香帷翡翠出神仙。促柱默脣鶯欲語，調弦繫爪雁相連。秦聲本自楊家解，吳歙那知謝傅憐。祇愁芳夜促，蘭膏無那煎。右陳後主《聽箏》，後二句五言。

舊知山裏絕氛埃，登高日暮心悠哉。子平一去何時返，仲叔長游遂不來。幽蘭獨夜清琴曲，桂樹凌雲濁酒杯。槁項同枯木，丹心等死灰。右隋王無功《北山》，後二句五言。（以上卷一）

魏良輔

魏良輔（生卒年不詳）字尚泉，一作上泉。明豫章（今江西南昌）人。嘉靖五年（1526）進士。歷官工部、户部主事、刑部員外郎、廣西按察司副使。嘉靖三十一年擢山東左布政使，三年後致仕，流寓江蘇太倉。在熟諳南北曲的基礎上，於嘉靖年間在張野塘、過雲適等人協助下，吸收海鹽腔、餘姚腔以及江南民歌小調的某些特點，對舊的昆山腔進行改革創新，形成一種舒徐宛轉的新腔，稱爲"昆腔"，又稱"水磨腔"，對很多地方戲曲音樂的發展影響較大，後世奉之爲昆腔鼻祖，藝壇尊爲"曲聖"。良輔晚年，將學曲演唱的心得雜記整理成條文，曰《南詞引正》，又名《曲律》，逐條簡要闡述昆曲在字、腔、板眼等各方面的練唱技術，南北曲唱法的區別等等，對初學者和從事昆腔研究的人，有重要的理論指導作用。

本書資料據中國戲劇出版社 1959 年《中國古典戲曲論著集成》本《曲律》。

《曲律》(節錄)

五音以四聲爲主,四聲不得其宜,則五音廢矣。平上去入,逐一考究,務得中正,如或苟且舛誤,聲調自乖,雖具繞梁,終不足取。其或上聲扭做平聲,去聲混作入聲,交付不明,皆做腔賣弄之故,知者辯之。

《琵琶記》,乃高則誠所作,雖出於《拜月亭》之後,然自爲曲祖,詞意高古,音韻精絕。

北曲以遒勁爲主,南曲以婉轉爲主,各有不同。至於北曲之弦索,南曲之鼓板,猶方圓之必資於規矩,其歸重一也。故唱北曲而精於《呆骨架》,《村裏迓鼓》,《胡十拍》,南曲而精于《二郎神》,《香遍滿》,《集賢賓》,《鶯啼序》,如打破兩重禪關,餘皆迎刃而解矣。

北曲與南曲,大相懸絕,有磨調、弦索調之分。北曲字多而調促,促處見筋,故詞情多而聲情少。南曲字少而調緩,緩處見眼,故詞情少而聲情多。北力在弦索,宜和歌,故氣易粗。南力在磨調,宜獨奏,故氣易弱。近有弦索唱作磨調,又有南曲配入弦索,誠爲方底圓蓋,亦以坐中無周郎耳。

黄 佐

黄佐(1490—1566)字才伯,號泰泉。學者稱泰泉先生。明香山(今廣東中山)人。正德十六年(1521)進士,官少詹事。築室於禺山之陽,潛心研習孔孟之道。學宗程朱,爲嶺南著名學者。曾與王守仁辯難知、行合一之旨。爲學重博約,博通典禮、樂律、詞章。著述甚豐,凡三十餘種,數百卷,有《論學書》,《論說》,《翰林記》,《東廓語錄》,《樂典》及《泰泉集》等,還編纂《廣東通志》,《廣西通志》,《廣州府志》。

黄佐編纂的《六藝流別》二十卷,"采摭漢魏以下詩文,悉以六經統之"(《四庫全書總目》卷一九二),完全按六經分爲《詩藝》,《書藝》,《禮藝》,《樂藝》,《春秋藝》,《易藝》六大部類。之所以以藝名書,黄序云:"聖人刪述以垂世者謂之經,後世傳習以修辭者謂之藝。"其《詩藝》分爲逸詩、詩、歌三類,又以謳、誦、謠、語爲謠之流,詠、吟、怨、歎爲歌之流,而詩之流不雜於文者則有四言、五言、六言、七言、雜言,詩之流其雜近於文者而又與詩別者則騷、賦、辭、頌、贊,詩之聲偶流爲近體者則有律詩、排體、絕句。其《書藝》分爲逸書、典、謨三類,又以命、誥爲典之流別,訓、誓爲謨之流別,而命、訓之出於典者則有制、詔、問、答、令、律,命之流則有冊、敕、誡、教,誥之流則有諭、賜書、告、判、遺命,訓、誓之出於謨者則有議、疏、狀、表、箋、啟、上書、封事、彈劾、啟事、奏記,訓之流則有對、策、諫、規、諷、諭、發、誓、設論、連珠，誓之流則有盟、檄、移、露布、讓、責、券、約。其《禮藝》分爲逸禮、儀、義三類，流別爲辭、文、箴、銘、祝、詛、禱、祭、哀、弔、誄、挽、碣、碑、志、墓表。其《樂藝》分爲逸樂、樂均、樂藝三類，其流別爲唱、調、曲、引、行、篇、樂音、琴歌、瑟歌、暢、操、舞。其《春秋藝》分爲紀、志、年、表、世家、列傳、行狀、譜牒、符命、叙事、論贊十類。而叙事之流則有叙、記、述、錄、題詞、雜誌，論贊之流則有論、説、辯、解、對問、考評。其《易藝》分爲兆、繇、例、數、占、象、圖、原、傳、言、注十一類。其分類涉及各種文字著述，每類皆有小字雙行注，簡述各種文體之源流和特徵，説明其收錄標準。

本書資料據四庫全書本《明文海》、兩淮馬裕家藏本《六藝流別》、四庫全書本《翰林記》。

《六藝流別》序

聞之董生曰：君子志善，知世之不能去惡服人也，是以簡六藝以善養之，而各有所長。《詩》道志，故長于質；《書》著功，故長于事；《禮》制節，故長于文；《樂》詠德，故長于風；《春秋》司是非，故長于治；《易》本天地，故長于數。人當兼得其所長，是故舉其詳焉。志始于《詩》，以道性情，爲謠，爲歌。謠之流，其別有四：爲謳，爲誦，爲諺，爲語；歌之流，其別有四：爲吟，爲詠，爲怨，爲數。其拘拘以爲詩也，則爲四言，爲五言，爲六言，爲七言，爲雜言。其雜近于文而又與詩麗也，則爲騷，爲賦，爲辭，爲頌，爲贊。其專事對偶，亡復蹈古，則律詩終焉。《書》，行志而奏功者也，其源以道政事，爲典，爲謨。典之流，其別爲命，爲誥；謨之流，其別爲訓，爲誓。凡典，上德宣于下者也。又別而爲制，爲詔，爲問，爲答，爲令，爲律。命之流，又別而爲册，爲敕，爲誡，爲教。誥之流，又別而爲諭，爲賜書，爲書，爲告，爲判，爲遺命，而間亦有不盡出于上者焉。凡謨，下情乎于上者也。又別而爲議，爲疏，爲狀，爲表，爲牋，爲啟，爲上書，爲封事，爲彈劾，爲啟事，爲奏記。訓之流，又別而爲對，爲策，爲諫，爲規，爲諷，爲喻，爲發，爲勢，爲設論，爲連珠。誓之流，又別而爲盟，爲檄，爲移，爲露布，爲讓，爲責，爲券，爲約，而間亦有不盡出于下者焉。《禮》以節文，斯志者也。其源敬也，敬則爲儀，爲義。其流之別，則爲辭，爲文，爲箴，爲銘，爲祝，爲詛，爲禱，爲祭，爲哀，爲弔，爲誄，爲挽，爲碣，爲碑，爲誌，爲墓表。《樂》以舞蹈，斯志者也。其源和也，和則爲樂均，爲樂義，其流之別爲唱，爲調，爲曲，爲引，爲行，爲篇，爲樂章，爲琴歌，爲瑟歌，爲暢，爲操，爲舞篇。《春秋》以治正志者也，其源名分也。其流之別爲紀，爲志，爲年表，爲世家，爲列傳，爲行狀，爲譜牒，爲符命。其大概也，則爲叙事，爲論贊。叙事之流，其別爲序，爲記，爲述，爲録，爲題辭，爲雜志。論贊之流，其別爲論，爲説，爲辨，爲解，爲對問，爲考評。而凡屬乎《書》、《禮》者，不與焉。《易》則通天下之志矣，其源陰陽也。其流之別爲兆，爲繇，爲例，爲數，爲占，爲象，爲圖，爲原，爲傳，爲言，爲註，而凡天地鬼神之理管是矣。昔晉摯虞嘗著《文章流別》，其亡已久。故予蒐羅散逸，以爲此編，統諸六藝，竊比於我董生云。（《明文海》卷二百十九）

《六藝流別》（節録）

謡：謡者何？謡，遥也。有章曲曰歌，無章曲曰謡。信口成韻，無樂而徒歌之。其聲逍遥而遠聞也，謡始於兒童市里之言，遒人采之，以聞于大師，協之聲律，亦可歌也。《康衢》之謡合《大雅》、《周頌》而用之，豈《列子》之寓言邪？不可得而知也。

歌：歌者何？歌，柯也，長言之也。長引其聲以誦之，使有曲章，如草木之有柯葉也。《越陳音》曰：“黄帝之世，孝子不忍其親葬之郊野，爲禽獸所害，故作《彈歌》以守之。其歌曰：‘斷竹，續竹，飛土，逐宍。’”宍，古肉字也。故劉勰曰：“黄歌《彈竹》，質之至也。”（以上卷一《詩藝一》）

謳：謳者何？謳，區也，言之區區然，齊聲也。齊聲而歌，由衆情也。故天下之人悦服舜、禹，則謳歌歸焉。德與舜、禹相悖，人之怨焉之也，亦從而謳之也。故觀于謳而知民心之向背也。

諺：諺者何也？傳言也。言彦美而傳之也。必有立言之諺，據理立論，及凡市里之言中偏者，皆可傳也。是誦之變也。

語：語者何也？論也，午也，言出於吾而人交午應之也。吾偶言之，而人於吾聽之。是故語也者，夫人之所有也。夫人有之而語，不皆韻也。故其有韻者，人應之益廣焉。是又諺之變也。

詠：詠者何也？言之永也。言之不足而又永言之。擬歌而作，乃不及歌之，自然有意於永其言。

吟：吟者何也？呻也，口吟而申氣也。蓋又詠之發于壹鬱者，呻吟之云爾。舊有《吟歎曲》，本以入樂，後失其傳，則亦有意于申其壹鬱而爲之。是又詠之變也。蓋詠者，其氣平，吟則不平而鳴矣。

歎：歎者何也？嘅而吟也。人嘅則息大而長。長大息者，驚愕不平之聲也。是歎又重於吟矣。故凡言以歎名者，皆危急無聊之甚者也。是又吟之變也。

怨：怨者何也？恚也，心惋恨而出聲也。惋恨而發於言。是亦歎之類也。（以上卷二《詩藝二》）

188

四言詩：四言者何？詩之拘拘於四言者也。《三百篇》類多四言，然渾厚成章，出於性情之正。如《卷耳》曰"我姑酌彼金罍，維以不永懷"，則六言兼五言矣。《鹿鳴》曰"我有旨酒，以燕樂嘉賓之心"，則四言兼七言矣。初非拘拘爲也，後世之爲言者，則有意於摘詞，非復出於性情，故局促於四言，而不敢越於矩外。然體自是日變矣。故於逸詩之外集四言詩，皆《三百篇》之變也。

五言詩：五言者何？詩之拘拘於五言者也。如曰"維以不永懷"，曰"誰謂鼠無牙"，曰"之死矢靡它"，曰"如川之方至"，曰"女雖湛樂從"之類，則《三百篇》已有之矣。然尋詳上下文義，不得不爾，初不五言拘也。優施"暇豫之吾吾"。虞姬答項王楚歌，已漸純爲五言矣。西漢蘇、李《河梁》以來，蓋紛如也。五言日盛，而比興日微，《三百篇》之體不可復矣。是詩自五言而大變也。

六言詩：六言詩者何？詩之拘拘於六言者也。如曰"宜爾子孫振振兮"，曰"君子是則是效"之類，則《三百篇》已有之矣。或用"兮"者，詠歎語助也。始自漢梁鴻《游吳》，然多浪語。

七言詩：七言詩者何？詩之拘拘於七言者也。《三百篇》中如"交交黃鳥止于棘"，"君子有酒旨且多"，"如彼築室於道謀"之類，蓋已有之矣。然亦意之所至，不得不成七言，非拘拘爲之也。漢《郊祀樂歌》始純爲七言。《柏梁》以及張衡《四愁》，魏文帝《燕歌行》，則濫觴矣。越之《渡河梁》，王子年之《林池南》，特擬作云爾。是又五言之變也。

雜言詩：雜言者何？詩之長短句也。雖不拘拘爲之，然與《三百篇》文義渾成者異矣。蓋短則三言，如"蠡斯羽"，"振振兮"之類。長則八言，如"我不敢效我友自逸"之類。二句合爲九言，長短相兼，如"維南有箕，不可以簸揚"之類。以"兮"字相喚呼，如"衹兮衹兮，其文翟也"。或又以"兮"字作語助，如"彼美人兮，西方之人兮"。他如"只"、"且"、"乎"、"而"，多因方言，風雅之變，漸成奇藻。然豈後世之所能揚哉？自《佹詩》作于荀卿，而雜言由是興矣。其類詩章者，收之於此。《樂府》文義不可以句，或與詩不甚類者，則歸之樂云。（以上卷三《詩藝三》）

騷：騷者何也？騷之爲言擾也，遭憂之擾情而成言也。是故引物連類不厭其繁者，以寫情也。體始於屈原之遭讒，爲之《離騷》。離騷也者，離憂也。世因謂爲"楚騷體"。然而秦、漢以下，騷亦漸亡矣。

頌：頌者何也？誦也，容也。誦盛德而形容之也。其體起于《商》、《周》、《魯頌》，漸近于文，如王褒《聖主得賢臣》，則屯爲議論話、顏弱語矣。

詩贊：按《晉書》曹毗《黃帝贊》用五言曰："體煉五靈妙，氣含雲霧津。摻石曾城岫，鑄鼎荊山濱。"乃詩贊也。後魏常景之贊蜀司馬相如、王褒、嚴君平、揚雄，皆用五言。相如曰"鬱若春煙舉，皎如秋月映"，褒曰"明珠既絕俗，白鵠信驚群"之類，無復贊體矣。後周庾信《春賦》曰:"宜春苑中春已歸,披香殿裏作春衣。"則又以七言詩而爲賦,亦有所自。張衡《兩京賦》又爲散句,忽繼之曰"豈伊不處思於天衢,豈伊不懷歸於粉榆。天命不滔,疇敢以渝",則真似古詩矣。其曰"光炎燭天庭,嚣聲震海浦",則又似五言律詩。蓋魏、晉以後,體式紛紜,皆由東漢文人啟之也。

賦者何也?敷也,不歌而協韻以敷布之也。賦本六義之一,故班固以爲古詩之流。然比物寄興,敷布弘衍,則近於文矣。騷始於楚,賦亦隨之,迄漢而賦最盛,魏、晉而下工者亡幾。(以上卷四《詩藝四》)

律詩:詩之八律,尚矣。律詩專言律,何也?律,法也,律本陽氣與陰氣爲法,陰陽對偶,拘拘聲韻,以法而爲詩也。其流始于魏、晉五言聲偶。南北朝用之樂府,亦爲四韻,駢驪華藻,人競膾炙,是爲近體。迄唐,遂以取士。而賦亦有律賦,寖失古意矣。其法盛行至今,非聲偶不以爲詩,以便於吟哦古文爾。

排律:律之爲言別也。凡四韻八句爲律詩。自五韻以至百韻列偶駢驪,則皆排也。世傳佳句如"楊柳月中疎","鳥鳴山更幽"之類,不過一聯耳。惟楊慎録其全篇,他無可考。疑其出自排律,後人是之,今不可辨。

絶句:絶句者何?句之斷而爲四,與律詩不連者也。故有二聯,不見其全篇,如《采葵》者。亦有本作四句,如《槀砧》、《蠶絲》者。《樂府詩集》多有之,如《出塞》、《上留田》、《折楊柳》之類,如《遜度》、《連折》,則截自排律。(以上卷五《詩藝五》)

正文體

國初文體承元末之陋,皆務奇博,其弊遂寖叢穢。聖祖思有以變之,凡擢用詞臣務令以渾厚醇正爲宗。洪武二年三月戊申上謂侍讀學士詹同曰:"古人爲文章或以明道德,或以通當世之務,如典謨之言皆明白易直,無深怪險僻之語。至如諸葛孔明《出師表》,亦何嘗雕刻爲文,而誠意溢出,至今使人誦之自然,忠義感激。近世文士不究道德之本,不達當世之務,其辭雖艱深而意實淺近。即使過于相如、揚雄,何裨實用?自今翰林爲文,但取通道理,明世務者,毋事浮藻。於戲,大哉皇言乎,萬世之通訓也。然近日文體或務追秦、漢而失之險,或駕言韓、歐而失之弱。本院儒臣宜知所守,然風靡者多矣。舉聖謨以戒勅之,是在當宁。(《翰林記》卷一一)

文體三變

國初劉基、宋濂在館閣,文字以韓、柳、歐、蘇爲宗,與方希直皆稱名家。永樂中,楊士奇獨宗歐陽修，而氣餒或不及，一時翕然從之，至於李東陽、程敏政爲盛。成化中，學士王鏊以《左傳》體裁倡。弘治末年，修撰康海輩以先秦兩漢倡，稍有和者：文體蓋至是三變矣。至於詩，則名家者猶罕。國初詩人，生勝國亂離時，無仕進路，一意寄情於詩，多有可觀者。如編修高啓，蓋庶幾古作。其後舉業興，而詩道大廢，作者皆不得已應人之求，豈特少天趣，而學力亦不逮矣！大學士李賢嘗議欲場屋中添詩賦，以求博雅之士，正爲此也。弘治檢討陳獻章莊咏養高山林，以詩鳴，謂之陳莊體，爲世所宗。李東陽極力變之，至正德初，有李夢陽、何景明輩，追跡漢、魏，世亦尚焉。然東陽之論文精矣，其言曰："詩與文各有體，而每病於不能相通。"夫文，言之成章，而詩又其成聲者也。文章之爲用，貴於紀述鋪叙發揮，而藻飾操縱開闔，惟所欲爲，而必有一定之準。若詩歌詠嘆，流通動盪之用，則存乎聲。而高下長短之節，亦截乎其不可亂，雖律之與度，未始不通，而規其制則判而不合。及乎考得失、施勸戒，用于天下則各有所宜而不可偏廢。古之六經，《易》、《書》、《春秋》、《禮》、《樂》皆文也，惟風、雅、頌則謂之詩。今其爲體固在也，學者可以知所從事矣。(《翰林記》卷一九)

敖 英

敖英(生卒年不詳)字子發。明清江(今屬江西)人。正德十六年(1521)進士，授南京工部主事，歷陝西、河南提學副使，官至江西右部正使。工於詩，其詩獨闢蹊徑，很有特點。著有《心遠堂稿》、《慎言集訓》、《綠雪亭雜言》、《東谷贅言》等。

本書資料據民國二十六年商務印書館本《東谷贅言》。

《東谷贅言》(節録)

或言先儒謂元結《中興頌》，其末言大業而不言盛德，有美刺之風焉。予曰："不然，頌體有美無刺，若兼美刺，非頌體也。"觀詩中有曰："盛德之興，山高曰升，何嘗不頌德哉！"昌黎《平淮西碑序》中只詳序諸臣平蔡之功，至詩結尾，乃以"明斷"二字歸美天子。大抵名家作文，自有體格。(卷上)

邵經邦

邵經邦(？—1558)字仲德，號弘齋。明仁和(今浙江杭州)人。正德十六年(1521)進士，官至刑部員外郎。因上疏指斥權臣，謫戍鎮海衛，卒於戍所。以講學自任,嘗采古今論學語而發明其旨爲《宏道録》。其詩情辭兼備。所著詩文集爲《宏藝録》,卷首有《藝苑玄機》七十三條,專論作詩之法,指出"詩之教,匪以教爲詩也",對詩歌的格調、意境、氣骨較爲重視。

本書資料據叢書集成續編本《宏藝録》。

《藝苑玄機》(節録)

詩之體,本無古今,若今分近體、古體,殊無意味。如必欲辨之,律者,物情景態、對待聯屬。風之體也;《選》者,冲和純正、贍麗典則,雅之體也;古詩,精粹嚴毅、端重閑淡,頌之體也。夫惟日用而不知,徒以古體爲繼風雅,而近體自分後代之音,豈齊王好樂而慚於世俗者乎?(卷首)

謝 榛

謝榛(1495—1575)字茂秦,號四溟山人、脱屣山人。明臨清(今屬山東)人。十六歲時作樂府商調,流傳頗廣。後折節讀書,刻意爲歌詩,以聲律聞於時。嘉靖間,挾詩卷遊京師,與李攀龍、王世貞等結詩社,爲"後七子"之一,宣導爲詩摹擬盛唐,主張"選李、杜十四家之最者,熟讀之以奪神氣,歌詠之以求聲調,玩味之以裒精華"。後爲李攀龍排斥,削名"七子"之外,客游諸藩王間,以布衣終其身。其詩以律句、絶句見長,功力深厚,句響字穩。著有《四溟集》、《四溟詩話》(又名《詩家直説》)。《四溟詩話》論詩傾向於後七子的觀點,師法盛唐,强調格調,但同時也主張"以自然妙者爲最上",要不露痕跡地學習前人;在詩歌的藝術特徵問題上,提出了"氣格説",重視意境創造,重視情與景的關係,並推崇語言平易自然的《古詩十九首》,這些都是頗有見地的詩論主張。

本書資料據中華書局 1983 年丁福保《歷代詩話續編》本《四溟詩話》。

《四溟詩話》(節録)

唐山夫人《房中樂》十七章,格韻高嚴,規模簡古,駸駸乎商、周之《頌》。迨蘇、李五言一出,詩體變矣,無復爲漢初樂章,以繼《風》、《雅》,惜哉!

詩以漢、魏並言,魏不逮漢也。建安之作,率多平仄穩帖,此聲律之漸。而後流於六朝,千變萬化,至盛唐極矣。

《越裳操》止三句,不言白雉而意自見,所謂"大樂必易"是也。及班固《白雉》詩,加之形容，古體變矣。

六朝以來，留連光景之弊，蓋自《三百篇》比興中來。然抽黄對白，自爲一體。

《詩》曰："覯閔既多，受侮不少。"初無意於對也。《十九首》云："胡馬依北風，越鳥巢南枝。"屬對雖切，亦自古老。六朝惟淵明得之，若"芳草何茫茫，白楊亦蕭蕭"是也。

凡作近體，誦要好，聽要好，觀要好，講要好。誦之行雲流水，聽之金聲玉振，觀之明霞散綺，講之獨繭抽絲。此詩家四關。使一關未過，則非佳句矣。

唐律，女工也。六朝、隋、唐之表，亦女工也。此體自不可少。

古詩之韻如《三百篇》協用者，"西北有高樓，上與浮雲齊"是也。如洪武韻互用者，"灼灼園中葵，朝露待日晞"是也。如沈韻拘用者，"有鳥西南飛，熠熠似蒼鷹"是也。漢人用韻參差，沈約《類譜》，始爲嚴整。"早發定山"，尚用"山"、"先"二韻。及唐以詩取士，遂爲定式。後世因之，不復古矣。楊誠齋曰："今之《禮部韻》，乃是限制士子成文，不許出韻，因難以見工爾。至於吟詠性情，當以《國風》、《離騷》爲法，又奚《禮部韻》之拘哉？"鄒國忠曰："不用沈韻，豈得謂之唐詩。"古詩自有所叶，如："靡室靡家，玁狁之故。"曹大家字本此。

詩宜擇韻。若秋、舟，平易之類，作家自然出奇；若盱、甌，粗俗之類，諷誦而無音響；若鍐、搜，艱險之類，意在使人難押。

《餘師録》曰："文不可無者有四：曰體，曰志，曰氣，曰韻。"作詩亦然。體貴正大，志貴高遠，氣貴雄渾，韻貴雋永。四者之本，非養無以發其真，非悟無以入其妙。

《麈史》曰：王得仁謂七言始於《垓下歌》，《柏梁》篇祖之。劉存以"交交黄鳥止於桑"爲七言之始，合兩句爲一，誤矣。《大雅》："維昔之富不如時。"《頌》曰："學有緝熙於光明。"此爲七言之始。亦非也。蓋始於《擊壤歌》："帝力於我何有哉？"《雅》、《頌》之後，有《南山歌》、《子産歌》、《采葛婦歌》、《易水歌》，皆有七言，而未成篇，及《大招》百句，《小招》七十句，七言已盛於楚，但以參差語間之，而觀者弗詳焉。

《漢書》曰："不歌而誦謂之賦。"若《子虚》、《上林》，可誦不可歌也。然亦有可歌者，若《長門賦》曰："夫何一佳人兮，步逍遥以自虞。魂逾佚而不返兮，形枯槁而獨居。"《悼李夫人賦》曰："美連娟以脩嫮兮，命樔絶而不長。飾新宮以延佇兮，泯不歸乎故鄉。"二賦情詞悲壯，韻調鏗鏘，與歌詩何異？

七言絶句，盛唐諸公用韻最嚴，大曆以下，稍有旁出者。作者當以盛唐爲法。盛唐人突然而起，以韻爲主，意到辭工，不假雕飾；或命意得句，以韻發端，渾成無跡，此所以爲盛唐也。宋人專重轉合，刻意精煉，或難於起句，借用傍韻，牽强成章，此所以爲宋也。

七言絶律，起句借韻，謂之"孤雁出群"，宋人多有之。寧用仄字，勿借平字，若子美"先帝貴妃俱寂寞"、"諸葛大名垂宇宙"是也。

晉傅咸集七經語爲詩;北齊劉晝緝綴一賦,名爲《六合》。魏收曰:"賦名《六合》,其愚已甚;及觀其賦,又愚於名。"後之集句肇於此。

唐人集句謂之"四體",宋王介甫、石曼卿喜爲之,大率逞其博記云爾。不更一字,以取其便;務搜一句,以補其闕。一篇之作,十倍之工。久則動襲古人,殆無新語。黄山谷所謂"正堪一笑"也。

李師中《送唐介》錯綜寒、山兩韻,謂之"進退格",李賀已有此體,殆不可法。

范德機曰:"詩當取材於漢、魏,而音律以唐爲宗。"此近體之法,古詩不泥音律,而調自高也。

《國寶新編》曰:"唐風既成,詩自爲格,不與《雅》、《頌》同趣。漢、魏變於《雅》、《頌》,唐體沿於《國風》。《雅》言多盡,《風》辭則微。今以《雅》文爲詩,未嘗不流於宋也。"此王欽佩但爲律詩而言,非古體之法也。

唐人歌詩,如唱曲子,可以協絲簧,諧音節。晚唐格卑,聲調猶在。及宋柳耆卿、周美成輩出,能爲一代新聲,詩與詞爲二物,是以宋詩不入弦歌也。

蓋嘉運所制樂府曰《胡渭州》、《雙帶子》、《蓋羅縫》、《水鼓子》。此皆絶句,述邊戍行旅之懷,與題全無干涉。或被之管弦,調法不同。今之詞名類此。前論"燒火燒野田"諸作,恐亦此意邪?

韋孟《諷諫》詩,乃四言長篇之祖,忠鯁有餘,溫厚不足。太白《雪讒》詩《百憂》章,去韋孟遠矣。崔道融《述唐事實》六十九篇,志於高古而力不逮。

張說《送蕭都督》曰:"孤城抱大江,節使往朝宗。果是臺中舊,依然水土逢。京華逢此日,疲老颯如冬。竊羨能言鳥,銜恩向九重。"此律詩用古韻也。李賀《詠馬》曰:"白鐵挫青禾,碪聞落細莎。世人憐小頸,金埒愛長牙。"此絶亦用古韻也。二詩不可爲法。

徐幹《室思》曰:"浮雲何洋洋,願因通我辭。一逝不可歸,嘯歌久踟躕。人離皆復會,我獨無返期。自君之出矣,明鏡闇不治。思君如流水,何有窮已時?"宋孝武帝擬之曰:"自君之出矣,金翠暗無精。思君如日月,回環晝夜生。"暨諸賢擬之,遂以"自君之出矣"爲題。楊仲弘謂五言絶句,乃古詩末四句,所以意味悠長,蓋本於此。

魏文帝曰:"梧桐攀鳳翼,雲雨散洪池。"曹子建曰:"游魚潛綠水,翔鳥薄天飛。"阮籍曰:"存亡從變化,日月有浮沉。"張華曰:"洪鈞陶萬類,大塊禀群生。"左思曰:"皓天舒白日,靈景耀神州。"張協曰:"金風扇素節,丹露啟陰期。"潘岳曰:"南陸迎修景,朱明送末垂。"陸機曰:"逝矣經天日,悲哉帶地川。"以上雖爲律句,全篇高古。及靈運古、律相半,至謝朓全爲律矣。

枚乘始作《七發》,後有傅毅《七激》、張衡《七辯》、崔駰《七依》、馬融《七廣》、劉向《七略》、劉梁《七舉》、崔琦七《七蠲》、桓麟《七説》、李尤《七欵》、劉廣世《七興》、曹子建

《七啟》、徐幹《七喻》、王粲《七釋》、劉邵《七華》、陸機《七徵》、孔偉《七引》、湛方生《七歡》、張協《七命》、顏延之《七繹》、竟陵王《七要》、蕭子範《七誘》。諸公馳騁文詞，而欲齊驅枚乘，大抵機括相同，而優劣判矣。趙王枕易曰：“《七發》來自《鬼谷子·七箝》之篇。”

陳思王《美女篇》云：“珊瑚間木難。”“求賢良獨難。”此篇兩用“難”字爲韻。謝康樂《述祖德》詩云：“展季救魯人。”“勵志故絕人。”此亦兩用“人”字爲韻。魏、晉古意猶存，而不泥聲韻。沈侯《白馬篇》云：“停鑣過上蘭。”“輕舉出樓蘭。”《緩聲歌》云：“瑤軹信陵空。”“羽轡已騰空。”此二篇亦兩用“蘭”字、“空”字爲韻。夫隱侯始定聲韻，爲詩家楷式，何乃自重其韻，使人藉爲口實？所謂“蕭何造律，而自犯之”也。（以上卷一）

《捫虱新話》曰：“詩有格有韻。淵明‘悠然見南山’之句，格高也；康樂‘池塘生春草’之句，韻勝也。”格高似梅花，韻勝似海棠。欲韻勝者易，欲格高者難。兼此二者，惟李、杜得之矣。

陸士衡《日出東南隅》，謝靈運《還舊園》，沈休文《拜陵廟》，皆不過二十韻。洛陽王偉用五十韻獻湘東王，迨子美《夔府》，乃有百韻。

《類文見》曰：“梁武帝同王筠和太子《懺悔》詩，始爲押韻。”唐多效之，迨宋人尤甚。本朝劉廷萱《詠梅花》自押真韻百篇，何其多也！

許敬宗擬江令《九日》三首，皆次韻，初唐殆不多見。

《樂書》：“伏羲造琴瑟以律呂，樂曰《立基》，神農樂曰《下謀》，黃帝樂曰《咸池》。”蓋樂始於伏羲，而成於黃帝，是以清和上升，風俗不變，未有詩也。李西涯謂詩爲樂始，誤矣。何妥曰：“伏羲減瑟，文王足琴。”抑先伏羲有瑟邪？

屈、宋爲詞賦之祖。荀卿六賦，自創機軸，不可例論。相如善學《楚詞》，而馳騁太過。子建骨氣漸弱，體製猶存。庾信《春賦》，間多詩語，賦體始大變矣。子美曰：“庾信平生最蕭瑟，暮年詞賦動江關。”托以自寓，非稱信也。

“江有汜”，乃三言之始。迨《天馬歌》，體製備矣。嚴滄浪謂創自夏侯湛，蓋泥於白氏《六帖》。

六言體起於谷永、陸機長篇一韻，迨張說、劉長卿八句，王維、皇甫冉四句，長短不同，優劣自見。若《君道曲》“中庭有樹自語，梧桐推枝布葉”，此雖高古，亦太寂寥。

九言體，無名氏擬之曰：“昨夜西風搖落千林梢，渡頭小舟捲入寒塘坳。”聲調散緩而無氣魄。惟太白長篇突出兩句，殊不可及，若“上有六龍回日之高標，下有冲波逆折之回川”是也。

四言體始於《康衢歌》，暨《三百篇》則盛矣。滄浪謂起自韋孟，非也。

《三百篇》已有聲律，若“兼葭蒼蒼，白露爲霜”，暨《離騷》“洞庭波兮木葉下”之類漸多。六朝以來，黃鍾瓦缶，審音者自能辨之。

《文式》："放情曰歌，體如行書曰行，兼之曰歌行；快直詳盡曰行，悲如蛩螿曰吟，讀之使人思怨；委曲盡情曰曲，宜委曲諧音；通乎俚俗曰謠，宜隱蓄近俗；載始末曰引，宜引而不發。"此雖體式，猶欠變通。蓋同名異體，同體異名耳。同名者，若"瓠子決兮將奈何"，此《瓠子歌》也。"陟彼北邙兮，噫！"此《五噫歌》也。"四夷既獲，諸夏康兮。"此《琴歌》也。"桂華馮馮翼翼，承天之則。"此《房中歌》也。"失我焉支山，令我婦女無顏色。"此《匈奴歌》也。"鮑氏驄，三人司隸再入公。"此《鮑司隸歌》也。"悲歌可以當泣，遠望可以當歸。"此《悲歌》也。"東方欲明星爛爛。"此《雞鳴歌》也。"太乙況，天馬下。"此《天馬歌》也。"青青黃黃，雀石頹唐。"此《地驅樂歌》也。"水中之馬，必有陸地之船。"此《前緩聲歌》也。"江邊黃竹子，堪作女兒箱。"此《黃竹歌》也。"春風宛轉入曲房。"此《挾瑟歌》也。"帝悅於兌執矩固司藏。"此《白帝歌》也。"是邪？非邪？"此《李夫人歌》也。同體者，若"北上太行山，艱哉何巍巍"，此《苦寒行》也。"邂逅承際會，得充君後房。"此《同聲歌》也。"營邱負海曲，沃野爽且平。"此《齊驅樂》也。"我本良家子，將適單于庭。"此《明妃辭》也。"關東有義士，興兵討群凶。"此《蒿里曲》也。"主人且勿喧，賤子歌一言。"此《東武吟》也。"虎嘯谷風起，龍躍景雲浮。"此《合歡詩》也。"置酒廣殿上，親友從我遊。"此《箜篌引》也。"白馬觧角弓，鳴鞭乘北風。"此《白馬篇》也。"中散不偶世，本自餐霞人。"此《五君詠》也。"處塵貴不染，被褐重懷珍。"此《善門頌》也。"紫煙世不覿，赤鱗庖所捐。"此《白雲贊》也。體無定體，名無定名，莫不擬斯二者，悟者得之。措詞短長，意足而止；隨意命名，人莫能易。所謂信手拈來，頭頭是道也。

《捫虱新話》曰："文中有詩，則語句精確；詩中有文，則詞調流暢。"而引謝玄暉、唐子西之説。胡氏誤矣。李斯上秦皇帝書，文中之詩也；子美《北征篇》，詩中之文也。

武元康曰："文有聲律皆似詩，詩不粗鄙皆是文。"

杜約夫曰："六朝文中有詩，宋朝詩中有文。"

楊仲弘律詩三十四格，謂自杜甫門人吳成鄒遂傳其法。然窘於法度，殆非正宗。

孔融離合體，竇韜妻回文體、鮑照十數體、建除體，謝莊道里名體，梁簡文帝卦名體、梁元帝歌曲名體、姓名體、鳥名體、獸名體、龜兆名體、針穴名體、將軍名體、宮殿名體、屋名體、車名體、船名體、草名體、樹名體，沈炯六府體、八音體、六甲體、十二屬體。魏、晉以降，多務織巧，此變之變也。

洪興祖曰："《三百篇》比賦少而興多；《離騷》興少而比賦多。"予嘗考之《三百篇》，賦七百二十，興三百七十，比一百一十。洪氏之説誤矣。

陳繹曾曰："凡律高則用重，律中則用正，律下則用子。"律大要欲調句耳，詩至於化，自然合律，何必庸心爲哉？

劉禹錫曰："建安里中兒，聯歌竹枝，聆其音，中黃鍾之羽，其卒章，激訐如吳聲。

雖傖佇不可分，而含思宛轉，有淇、澳之豔音也。"唐去漢、魏樂府爲近，故歌詩尚論律呂。夢得亦審音者，不獨工於辭藻而已。

吳筠《覽古》詩曰："蘇生佩六印，奕奕爲殃源。主父食五鼎，昭昭成禍根。李斯佐二辟，巨釁鍾其門。霍孟翼三后，伊戚及後昆。"此古體叙事，文勢使然，蓋出於無意也。若分爲兩篇，皆謂之隔句對，自與近體不同爾。（以上卷二）

予一夕過林太史貞恒館留酌，因談詩法妙在平仄四聲而有清濁抑揚之分。試以"東"、"董"、"棟"、"篤"四聲調之，"東"字平平直起，氣舒且長，其聲揚也；"董"字上轉，氣咽促然易盡，其聲抑也；"棟"字去而悠遠，氣振愈高，其聲揚也；"篤"字下入而疾，氣收斬然，其聲抑也。夫四聲抑揚，不失疾徐之節，惟歌詩者能之，而未知所以妙也。非悟何以造其極，非喻無以得其狀。譬如一鳥，徐徐飛起，直而不迫，甫臨半空，翻若少旋，振翮復向一方，力竭始下，塌然投於中林矣。沈休文固已訂正，特言其大概。若夫句分平仄，字關抑揚，近體之法備矣。凡七言八句，起承轉合，亦具四聲，歌則揚之抑之，靡不盡妙。如子美《送韓十四江東省親》詩云："兵戈不見老萊衣，歎息人間萬事非。"此如平聲揚之也。"我已無家尋弟妹，君今何處訪庭闈？"此如上聲抑之也。"黃牛峽靜灘聲轉，白馬江寒樹影稀。"此如去聲揚之也。"此別應須各努力，故鄉猶恐未同歸。"此如入聲抑之也。安得姑蘇鄒倫者，樽前一歌，合以金石，和以瑟琴，宛乎清廟之樂，與子按拍賞音，同飲巨觥而不辭。貞恒曰："必待吳歌而後劇飲，其如明月何哉！"因與一醉而別。

凡字有兩音，各見一韻，如二冬"逢"，遇也；一東"逢"，音蓬，《大雅》"鼉鼓逢逢"；四支"衰"，減也；十灰"衰"音崔，殺也，《左傳》"皆有等衰"；十三元"繁"，多也；十四寒"繁"，音盤，《左傳》"曲縣繁纓"；四豪"陶"，姓也，樂也；二蕭"陶"音遙，相隨之貌，《禮記》"陶陶遂遂"，皋陶，舜臣名。作詩宜擇韻審音，勿以爲末節而不詳考。賀知章《回鄉偶書》云："少小離鄉老大回，鄉音無改鬢毛衰。"此灰韻"衰"字，以爲支韻"衰"字誤矣。何仲默《九日對菊》詩云："亭亭似與霜華鬪，冉冉偏隨月影繁。"此元韻"繁"字，以爲寒韻"繁"字亦誤矣。予書此二詩，以爲作者誡。

和古人詩，起自蘇子瞻。遠謫南荒，風土殊惡，神交異代，而陶令可親，所以飽惠州之飯，和淵明之詩，藉以自遣爾。本朝有和唐音者，得一繭而抽萬絲，逞獨能而敵衆妙，專以坡老爲口實，則兩心異同，識者自當見之。譬一武士，登九里山，觀古戰場，命人掘地，因得折戟斷劍，餘矢缺刀，乃自稱元戎，前與韓、彭諸將對敵，戰則無功，敗則取笑，其不自量也，愚哉！

李商隱作《無題》詩五首，格新意雜，托寓不一，難於命題，故曰"無題"。

一夕，朱駕部伯鄉招飲官舍，因閱《雅音會編》，予笑曰："此康生偶爾集次，始爲近體泄機也。且如東韻幾二百字，其穩當可用者，應題得句，大抵不出十餘字，但前後錯綜不同爾。統觀諸家之作，其文勢句法，判然在目，若品匯諸韻相間，不露痕跡，而妙於藏用也。或得其捷要而易入，或窺其淺近而深求。夫百篇同韻，當試古人押字不苟處，能造奇語於衆妙之中，非透悟弗能也。或才思稍窘，但搜字以補其缺，則非渾成氣格，此作近體之弊也。"伯鄰曰："觀其排律，或百韻，或三五十韻，意思繁衍，句法變化，衆險迭出而益勝，但擇穩當者，信不多也。"予曰："短律貴乎精工，長律宜浩瀚奇崛，其法不可並論。"（以上卷三）

詩賦各有體製，兩漢賦多使難字，堆垛聯綿，意思重疊，不害於大義也。詩自蘇、李五言暨《十九首》，格古調高，句平意遠，不尚難字，而自然過人矣。詩用難韻，起自六朝，若庾開府"長代手中澣"，沈東陽"願言反魚筱"，從此流於艱泚。唐陸龜蒙"織作中流百尺葰"，韋莊"汧水悠悠去似綎"，"葰"、"綎"二字，近體尤不宜用。譬若王羲之偕諸賢於蘭亭脩禊，適高麗使者至，遂延之席末，流觴賦詩，文雅雖同，加此眼生者，便非諸賢氣象。韓昌黎、柳子厚長篇聯句，字難韻險，然誇多鬬靡，或不可解。拘於險韻，無乃庾、沈啟之邪？

或曰："江韻不附於陽韻之後，而附於東、冬之後，何哉？"曰："江韻之字，皆出於東、冬二韻，若金傍着工爲'釭'，木傍着'春'爲'椿'，餘類此。"凡作古詩三韻互用，謝康樂《田南謝園》詩曰："樵隱俱在山，由來事不同。卜室倚北阜，啟扉面南江。"漢、魏諸賢如此尤多。

潘岳《永逝文》曰："子之承親，孝齊閔參；子之友悌，和如瑟琴。事君直道，與朋信心。雖實唱高，猶賞爾音。弱冠厲翼，羽儀初升。公弓既招，皇輿乃徵。內贊兩宮，外宰黎蒸。忠節允著，清風載興。"此岳文中用韻已嚴，豈獨沈約定之也。

七言近體，起自初唐應制，句法嚴整。或實字疊用，虛字單使，自無敷演之病。如沈雲卿《興慶池侍宴》："漢家城闕疑天上，秦地山川似鏡中。"杜必簡《守歲侍宴》："彈弦奏節梅風入，對局探鈎柏酒傳。"宋延清《奉和幸太平公主南莊》："文移北斗成天象，酒近南山獻壽杯。"觀此三聯，底蘊自見。暨少陵《懷古》："一去紫台連朔漠，獨留青塚向黃昏。"此上二字雖虛，而措辭穩帖。《九日藍田崔氏莊》："藍水遠從千澗落，玉山高並兩峰寒。"此中二字亦虛，工而有力。中唐詩虛字愈多，則異乎少陵氣象。劉文房七言律，《品匯》所取二十一首，中有虛字者半之，如"暮雨不知滇口處，春風只到穆陵西"之類。錢仲文七言律，《品匯》所取十九首，上四字虛者亦強半，如"不知鳳沼霖初霽，但覺堯天日轉明"，"鴛衾久別難爲夢，鳳管遥聞更超愁"之類。凡多用虛字便是講，講則宋調之根，豈獨始于元、白！高棅所選，以正宗大家爲主，兼之羽翼接武，亦不免三二濫觴者。（以上卷四）

198

皇甫汸

皇甫汸(1497—1582)字子循,號百泉、百泉子。明長洲(今江蘇蘇州)人。嘉靖八年(1529)進士,以吏部郎中左遷大名通判,官工部主事,因監運陵石遲緩,貶爲黄州推官。遷南京稽勳郎中,再貶開州同知,量移處州同知,擢雲南僉事,以計典論黜。浮沉不廢吟詠,精書法,與皇甫冲(字子浚)、皇甫涍(字子安)、皇甫濂(字子約)爲四兄弟,人稱"皇甫四傑"。著有《長洲藝文志》、《百泉子緒論》、《解頤新語》、《皇甫司勳集》等。《解頤新語》爲皇甫汸説詩之語,分叙論、述事、考證、詮藻、矜賞、遺誤、譏評、雜記八門。

本書資料據四庫全書本《皇甫司勳集》、嘉靖刻本《解頤新語》。

《鈐山堂詩選》序(節録)

尼父删詩悉剷蕪累,梁昭選藝,特采菁英。以故代不數人,人不數篇。如崔顥鶴樓之詠,太白睹而輟翰;王灣北固之作,燕公揭以表署。"微雲淡河漢,疏雨滴梧桐",才聞兩語已歎服於羣公。"不見衹今汾水上,惟有年年秋雁飛",曾不終篇,遽增悲於時主。由是觀之,美豈在多,而傳匪由愛者哉?詩之爲教沿自二京,靡於六朝,迄唐而詩之極則闡矣。宋、元降格,殆無取焉。明興,作者調宗正始,格祖開元,寖淫至於孝武之朝,如崆峒李氏、大復何氏、昌穀徐氏,彬彬乎振藻詞林,而海内亦且嚮風矣。然識者譏評三集,未嘗不病何、李之繁而取昌穀之精也。

盛明百家詩集(節録)

夫詩自《三百篇》而下,代有作者。漢魏去古未遠,猶有詩人之遺風焉。晉宋而下,齊梁麗矣,陳隋靡焉。唐以詩賦取士,其教盛行,然聲音之道既與政通,而文章之興又關氣運,政有汙隆,氣有醇駁,而詩係之矣。當時君上咸典學能文,楚襄翻宋玉之辭,漢武慕相如之作,曹家父子,蕭氏諸臬,由此其選也。運革六代,唐數三宗,上好而下從,亦風起之也。況宰相房、魏在前,燕、許在後,皆藝苑之英耶?明初猶沿宋元之習,詩無足采。新安程氏所編《文衡》止及樂府,意亦微矣。高、楊、張、徐四傑崛起,浙東宋、王二學士倡之,椎輪於輅,增冰於水,貞觀、永徽此殆萌芽。弘治、正德之間,何、李二儁力挽頹風,復還古雅。長沙李文正誘奬羣乂,摛藻天庭。世宗嗣位之初,已丑而後,文運益昌,海内作者彬彬,響臻披華,振秀江右。相君亦屢吐握,開元、天寶庶乎

在兹。庚戌而後參軌於大曆,防漸於元和矣。(以上《皇甫司勳集》卷三十五)

《解頤新語》(節録)

樂府則郊廟、燕射、鼓吹、横吹,樂則有雅樂、凱樂、散樂、俳樂,舞則有文舞、武舞、雅舞、雜舞,又鼙鐸、羽鑰、巾帔、干旄、白苧、皇人之舞,歌則有倚歌、雜歌、豔歌、踏歌、相和之歌,曲則有琴曲、舞曲、文曲、清商之曲,調則有平調、側調、清調、商調、楚調、瑟調,聲則有正聲、送聲、間弦、契注。《樂録》云:古曰章,今曰解。解有多少,當是先詩而後聲。詩序事,聲成文,必使志盡於詩,音盡于曲。諸調曲皆有辭有聲,而大曲又有豔有趨有亂,豔在曲之前,趨與亂在曲之後。(卷三《考證》)

馬一龍

馬一龍(1499—1571)字負圖,號孟河。明溧陽(今屬江蘇)人。嘉靖二十六年(1547)進士。農學家、書法家。著有《農經》、《字帖》、《游藝集》等。

本書資料據四庫全書本《明文海》。

與達時明余子南等論文(節録)

来諭時文、古文,某不諒諸兄何見也? 豈以科舉中式者爲時,而以碑、銘、叙、記、詩、賦者爲古耶? 殊非知道之語。前輩論文章以理爲主,以氣爲輔,而作文者必先立意,然後定格,然後命詞。意爲上,格次之,辭爲下。時文、古文一也。其中式,則時文有排比對待之病,但意在格中,何憂不式? 格高意病,雖式不文。若排比對待必有意義,不害其爲時,亦不害其爲古耳。立意淺近,雖《三墳》、《五典》之體,《繫傳》、《檀弓》之言,無裨於道,無關於世教,安在時與古之間? 吾未能時,古益莫之知矣。竢他日面隲。(卷一百五十四)

王良樞

王良樞(1499—1557)字慎卿,號庚陽。明烏程(今屬浙江)人。以國子生選授廣東布政司理。長於詩,以氣格爲主,與黄注、孫良器、宋鑒爲詩友。著有《詩牌譜》。所謂詩牌,指牌面上寫有作詩常用的單字,参加游戲的人按規則用得到的牌組成詩篇,以詩作的遲速和優劣爭勝負。王良樞所作《詩牌譜》講述了詩牌的制式、玩法,但未收作品。王漁洋在《香祖筆記》（卷七）上談過詩牌，把它與集句詩相提並論："詩集句起於宋，石曼卿、王介甫皆爲之，李龏至作《剪綃集》。然非大雅所尚。近士大夫竟以詩牌集字，牽湊無理，或至刻之集中，尤可笑"。清人姚之駰《元明事類鈔》卷二十二云："王良樞《詩牌譜》，牌六百扇，廣六分，厚一分，以一面空字，一面空白，其字聲平仄以硃墨別之，詩伯掌焉。有分牌、分韻、立題較勝諸法。"

本書資料據巴蜀書社《古今圖書集成·理學彙編·文學典》第一百八十九卷《詩部》。

《詩牌譜》（節錄）

牙牌式

牌六百扇，廣六分，厚一分。以一面刻字，一面空白，其字聲平仄以硃墨別之。椿牌一扇，長準詩牌二刻，曰詩伯。

分牌式

凡分牌，均爲四分，每一百扇以一人爲詩伯，執椿牌。内取一扇，以字畫數到某人，次第取用。以紙筆令詩伯掌之。各人所得之韻、所立之題，即先附錄，防換。詩成，錄之，然細評優劣。

分韻式

如四牌既分，詩伯信手取牌二扇，每人與一扇做韻。先用平字，平字若孤，却用仄字；仄字又孤，傍坐人就於詩伯分内信手換取一扇作韻。若再孤，再換。若三得韻孤者，準荒牌。

立題式

凡立題，先將自己所得之牌通察字意。其中多山、峰、洞、石、澗、墅之類，則立山景題；或多江、蘋、湖、草、烟、浦、漁、磯，則立水村釣題；其他或林泉田野、城市樓臺、春秋曉暮之類，通宜辨體詳意。立體後告令詩伯錄訖，然後鋪牌。

用字式

凡遇一字兩音，其平仄可兼用者，任意。如欲用重疊字者，但下一牌留一空，以下一字讀作二字。或如古詩云"休叫枝上啼，啼時驚妾夢"；又如"樹頭樹底覓殘紅，一片西飛一片東"之意。愚意下一片二字留二空是也。

借字式

借字可否，俱聽詩伯。字有三借，一曰"借音"，如清作青，半作泮、畔之義。音同形近者方許；二曰"加減"，如鋪作金，蓮作車，西作洒，水作冰。只許用大加減小，不可用小加減大；三曰"勻和"，如花、柳、風、月等字，人皆好用，未鋪之前說過，俱許通借某字一個或二、三個，留空寫補。

較勝式

詩既成矣，待詩伯錄訖，然後衆人徐議次第，不許强分妍醜，偏任己，傷斯文之會。

品第式

詩有四等：七言、六言、五言、四言也。有三品：上、中、下也。上品者，貼題貫理，聯句切當，成於一氣；中品者，語句清奇，首尾貫串，全無俗俚句字；下品者，題體不失，平仄和暢，意味平平。其他事實雜亂，首尾斷續，雖聲可誦，亦做荒牌。

廣奇式

凡詩已成，勝負已畢，有能將自己前牌攪亂，更立題名，仍用前韻詩成，雖十數首，皆依格得賞。不許盜用前詩相連三字，否則以荒牌論。

翻新式

且如甲乙詩成，賞罰已畢，丙丁看出甲乙牌內詩意未盡，即能代彼鋪出好詩者，其賞罰只較甲乙丙丁，不預詩伯。

和韻式

如賞罰已訖，看彼牌內題韻與我牌內字意相協者，令詩伯將他題韻錄記明白。借來將我牌依他題韻轉成詩者，依格賞罰。或二人競欲交題換韻者，聽，詩伯不預。

收殘式

若四人之詩已成，餘零牌通及一付，有能鋪出詩者，賞罰亦同賞格。題韻許隨手立意。

洗荒式

若其中一人之牌已荒，有能代彼鋪成者，本人該罰。荒牌之籌盡與代鋪之人，詩伯不預。

疊錦式

各人牌内看詳有韻若干，俱盡報録。若隱藏被人看出，就作荒牌。其中若有十韻或七、八韻，俱要成詩。但許隨意成題，不必先報，亦以品格多少詳其勝負。

聯珠式

四牌既分，不用詩伯分數，一人先出五言或四言仄句一句，次坐者聯之，就出仄句一句，又及次坐者。周而復始，其韻以四句一換，牌盡爲終。一人不就，次坐者代之。不就者罰，代之者受焉。

合璧式

如二人作對較勝，不用詩伯。此出句三次，彼對句三次。對畢，彼却出三次，此亦對三次。一次出十五言，隔對一句，三言一句；二出十一言，隔句一句，五言一句；三出九言，隔句一句，七言一句，對亦如之。能者勝，不能者負。

焕彩式

如二人較勝，以三百扇爲一句，期成八句，詩亦用四等二級。或爲漫詞、古風、歌行、長短；或欲鋪長篇辭賦、成套曲調。則用全牌一付，輪流鋪之。其賞罰當自定。

予得是譜，藏之舊矣，小峰先生一見而奇之。先生性不飲，然多飲興，謂近世觴政繁俗，宜歸於雅，乃刻而傳焉。夫嘉賓式讌，導樂宣和，即不如唐人擅場，而適趣遠矣。吳興庚陽王良樞跋。

梁　橋

梁橋（生卒年不詳）字公濟，號冰川子。明真定（今河北正定）人。由選貢生授四川布政司經歷，餘不詳。其《冰川詩式》成書於嘉靖二十四年（1545），分定體、練句、貞韻、審聲、研幾、綜賾六門，雜録舊説，不著所出，論述詩體、詩韻、詩格等，對後世影響較大。

本書資料據臺北廣文書局本《冰川詩式》。

五言絶句

五言始于李陵、蘇武，或云枚乘。五言絶句，作自古漢、魏樂府古辭，則有《白頭吟》、《出塞曲》等篇。下及六代，述作漸繁。唐人以來，工之者甚衆。絶句，衆唐人是一樣，少陵是一樣，韓退之是一樣。絶句者，截句也，句絶而意不絶。截律詩中或前四句，或後四句，或中二聯，或首尾四句，大抵以第三句爲主。七言絶句仿此。

《易水送別》（唐駱賓王），此詩是截律詩前四句，其法前散後對："此地別燕丹，壯士發沖冠。昔時人已没，今日水猶寒。"《江令于長安歸揚州九日賦》（唐許敬宗），此詩是截律詩後四句，其法前對後散："心逐南雲逝，身隨北雁來。故鄉籬下菊，今日幾花開。"《玩初月》（唐駱賓王），此詩是截律詩中二聯，其法四句兩對："忌滿光恒缺，乘昏影暫流。自能明似鏡，何用曲如鈎。"《過酒家》（唐王績），此詩是截律詩首尾四句，其法四句一意不對："此日長昏飲，非關養性靈。眼看人盡醉，何忍獨爲醒。"《哭台州司户蘇少監》（唐杜甫），此詩是隔句扇對法，以第一句對第三句，以第二句對第四句，詳見《沙中金集》："得罪台州去，時危棄碩儒。移官蓬閣後，穀貴殁潛夫。"《絶句》（唐杜甫），此詩是四句四意："遲日江山麗，春風花草香。泥融飛燕子，沙暖宿鴛鴦。"五言絶句，大法止此。然作之之要，貴婉曲回環，删蕪就簡，句絶而意不絶。多以第三句爲主，第四句發之。有實接，有虚接，承接之間，開與合相關，反與正相依，順與逆相應，一呼一吸，宮商自諧。大抵起承二句固難，然不過平直叙起爲佳，從容承之爲是，至如宛轉變化，工夫全在第三句。若於此轉變得好，則第四句如順流之舟矣。七言絶句仿此，五言絶句撇情入事，七言絶句掉景入情，當知有此不同。或云五言絶句主情景，七言絶句主意事。

七言絶句

七言始于漢武《柏梁》。七言絶句始自古樂府《挾瑟歌》、梁元帝《烏棲曲》、江總《怨時行》等作，皆七言四句。至唐初，始穩順聲勢，定爲絶句。絶句者，四句不相連屬，或云絶取八句律之四句，或云絶妙之句，詳見五言口號。亦七言四句，草成而就速，達意宣情而已，貴明白條暢。律詩放此。唐人好詩多是征戍、遷謫、行旅、離別之作，往往能感動激發人意。他詩固多，而七言絶句爲甚，句少而意專。辭屬賦、比、興者，其旨深，其味長，可以興，可以觀焉。

《寒食汜上》（唐王維），此詩其法前散後對："廣武城邊逢暮春，汶陽歸客淚沾巾。落花寂寂啼山鳥，楊柳青青渡水人。"《江南》（唐陸龜蒙），此詩其法前對後散："村邊紫豆花垂次，岸上紅梨葉戰初。莫怪煙中重回首，酒旗青紵一行書。"《奉和聖制幸韋嗣立莊應制》（唐李嶠），此詩其法四句兩對："萬騎千官擁帝車，八龍三馬訪仙家。鳳凰原上窺青壁，鸚鵡杯中弄紫霞。"《贈花卿（此詩一作古樂府入破第二疊）》（唐杜甫），此詩其法四句一意不對："錦城絲管日紛紛，半入江風半入雲。此曲祇應天上有，人間能得幾回聞。"《絶句》,此詩其法隔句扇對,以第一句對第三句,以第二句對第四句:"去年花下留連飲,暖日夭桃鶯亂啼。今日江邊容易別,淡煙衰草馬頻嘶。"《絶句》(唐杜甫),此詩四句四意,不相連屬:"兩個黄鸝鳴翠柳,一行白鷺上青天。窗含西嶺千秋雪,門泊東吳萬里船。"七言絶句,其法如此。大略以第三句爲主,首尾率直而無婉曲,此異時所以不及唐也。其法非惟久失其傳,人亦鮮能知之。有實接者,以實事寓意而接。則轉換有力。有虚接者,以虚語接前兩句,亦有事雖實而意虚者,於承接之間,略加轉換。有用事者,融化其事以爲意,不使所用事窒塞堆疊。大抵第三句爲接句,兼備虚實兩體,四句之中,此句最宜着力。凡作七言絶句,如窗中覽景,立處雖窄,眼界自寬。題廣者,取遠景寸山尺水,愈覺其遥;取近景,一草一木皆有生意。言從字順,辭從興底,命意臻妙,句少而意無窮,方爲作者。唐人以絶句名家者多矣。其詞華而豔,其氣深而長,錦繡其言,金石其聲,讀之使人一唱而三歎。

五言律詩

律體之興,雖自唐始,蓋由梁、陳以來儷句之漸也。梁元帝五言八句,已近律體;庾肩吾《除夕》律,詩體工密;徐陵、庾信對律精切,律調尤近。唐初工之者衆,至王、楊、盧、駱以儷句相尚,美麗相矜,終未脱陳隋之氣習。神龍以後,此體始盛。五言律詩貴沉靜,貴深遠,貴細嫩,要聲穩語重。五言律詩,貴字字平仄諧和;失粘失律,皆不合例。律詩有起、有承、有轉、有合。起爲破題,或對景興起,或比起,或引事起,或就題起,要突兀高遠,如狂風卷浪,勢欲滔天。承爲頷聯,或寫意,或寫景,或書事,或用事引證,要接破題,如驪龍之珠,抱而不脱。轉爲頸聯,或寫意、寫景、書事、用事引證,與前聯之意相應相避,要變化如疾雷破山,觀者驚愕。合爲結句,或就題結,或開一步,或繳前聯之意,或用事,必放一句作散場,如剡溪之棹,自去自回,言有盡而意無窮。知此,則律詩思過半矣。七言律詩仿此。

《早春》(唐杜審言),此詩起結不對,惟中間頷聯、頸聯對:"獨有宦遊人,偏驚物候新。雲霞出海曙,梅柳度江春。淑氣催黄鳥,晴光轉緑蘋。忽聞歌古調,歸思欲沾巾。"《秋日》(唐太宗),此詩起句亦對,中二聯對,結句不對:"爽氣澄蘭沼,秋香動桂林。露凝千片玉,菊散一叢金。日吐高低影,雲垂點綴陰。蓬瀛不可望,泉石且娛心。"《從軍行》(唐楊炯),此詩起句不對,中二聯對,結句亦對:"烽火照西京,心中自不平。牙璋辭鳳闕,鐵騎繞龍城。雪暗凋旗畫,風多雜鼓聲。寧爲百夫長,勝作一書生。"《奉和七夕兩儀殿會宴應制》(唐李嶠),此詩起句對,中二聯對,結句亦對。八句四聯,唐初多用此體,而應制之作尤工:"靈匹三秋會,仙期七夕過。槎來人泛海,橋渡鵲填河。帝縷升銀閣，天機罷玉梭。誰言七襄詠，重入五弦歌。"《尋陸羽不遇》（唐僧皎然），此詩八句，一意順下，通不對："移家雖帶郭，野徑入桑麻。近種籬邊菊，秋來未著花。扣門無犬吠，欲去問西家。報導山中出，歸來每日斜。"《舟中晚望》（唐孟浩然），此詩不對處對："掛席東南望，青山水國遥。舳艫爭利涉，來往任風潮。問我今何適，天台訪石橋。坐看霞色曉，疑是赤城標。"《吊僧》（唐鄭谷），此詩前四句隔句扇對，説見五言絶句："幾思聞靜話，夜雨對禪床。未得重相見，秋燈照影堂。孤雲終負約，薄宦轉堪傷。夢繞長松榻，遥焚一炷香。"《下第》（唐賈島），此詩頷聯亦無對偶，是十字敘一事，而意貫上二句。至頸聯方對偶，分明若已斷而復續，謂之蜂腰格："下第唯空囊，如何住帝鄉。杏園啼百舌，誰醉在花傍。淚落故山遠，病來春草長。知音逢豈易，孤棹負三湘。"《溪行即事》（唐僧靈一），此詩首二句先對，頷聯雖不對，似非聲律，然破題已先的對，如梅花偷春色而先開，謂之偷春格："近夜山更碧，入林溪轉清。不知伏牛事，潭洞何縱橫。野岸煙初合，平湖月未生。孤舟屢失道，但聽秋泉聲。"《田家元日》（唐孟浩然），此詩前四句對，後四句散，與蜂腰格相反："昨夜斗迴北，今朝歲起東。我年已強仕，無禄尚憂農。野老就耕去，荷鋤隨牧童。田家占氣候，共説此年豐。"《送錢拾遺歸兼寄劉校書》（唐郎士元），此詩頸聯不對，與偷春格相反："墟落歲陰暮，桑榆煙景昏。蟬聲靜空館，雨色隔秋原。歸客不可望，悠然林外村。終當報芸閣，攜手醉柴門。"

五言律詩，大法如此。管見欲將中二聯亦作扇對法，更是一奇格。但未之前聞，不敢強擬。雖然確守格律，揣摩聲病，詩家之常。若時出度外，縱橫放肆，外如不整，中實應節，此非造次所能。五言律詩，中間四實四虛，前實後虛，前虛後實，情與景合，淺深異宜，神而明之，存乎其人。凡作五言律詩，先須澄靜此心。如春江無風，湛緑千里，萬象森列，皆有温厚平遠之意。就其中擇取事情極明瑩者而用之，務要涵養寬平，不可迫切。

七言律詩

七言律詩，又五言八句之變也。唐以前七言儷句，如沈君攸已近律體。唐初始專此體，沈佺期、宋之問精巧相尚。開元間此體始盛，然多君臣游幸倡和之什。盛唐作者雖不多，其聲調最遠，品格最高，可爲萬世法程。七言律詩難於五言律詩，七言下字較粗實，五言下字較細嫩。凡作七言律，須字字去不得方是。句要藏字，字要藏意，如聯珠不斷方妙。若七言可截作五言，便不成詩。七言律詩貴聲響，貴雄渾，貴鏗鏘，貴偉健，貴高遠。凡作七言律詩時，須真情推發到奇絶處用之，以聲律爲竅，物象爲骨，意格爲髓，起承轉合，聯屬流動。七言與五言微有分別。七言造句差長，難飽滿，易疎弱，前後多不相應。自唐人工此者亦有數，可以爲難矣。律詩有四實四虛，前實後虛，

206

前虚後實之別（實爲景，虛爲情）。律詩須情中有景，景中有情；以事爲意，以意融事；情意迭出，事意貫通，方爲近體之妙。

《登金陵鳳凰臺》（唐李白），此詩首尾不對，惟頷聯、頸聯對："鳳凰臺上鳳凰遊，鳳去臺空江自流。吳宮花草埋幽徑，晉代衣冠成古丘。三山半落青天外，二水中分白鷺洲。總爲浮雲能蔽日，長安不見使人愁。"《和賈至舍人早朝大明宮之作》（唐岑參），此詩起句對，中二聯對，唯結句不對："雞鳴紫陌曙光寒，鶯轉皇州春色闌。金闕曉鐘開萬户，玉階仙仗擁千官。花迎劍佩星初落，柳拂旌旂露未乾。獨有鳳凰池上客，陽春一曲和皆難。"《奉和初春幸太平公主南莊應制》（唐李嶠），此詩起句不對，中二聯與結句俱對："主家山第接雲開，天子春遊動地來。羽騎參差花外轉，霓旌搖曳日邊回。還將石榴調琴曲，更取峰霞入酒杯。鶯轄已辭烏鵲渚，簫聲猶繞鳳凰臺。"《奉和幸安樂公主山莊應制》（唐宗楚客），此詩首二句對，中二聯對，末二句亦對，八句四對："玉樓銀榜枕嚴城，翠蓋紅旂列禁庭。日映層岩圖畫色，風搖雜樹管弦聲。水邊重閣含飛動，雲裏孤峰類削成。幸睹八龍游閬苑，無勞萬里訪蓬瀛。"《題東峰驛用梁郎中韻》（本朝以權西和人，詩出《雅頌正音》），此詩八句，一意順下，通不對。文從字順，音韻鏗鏘。盛唐諸公有此體。今録蘭公詩："香浮綠蟻山中醅，磁甌遠勝青蓮杯。不用笙竽爲佐酒，松風一派從天來。半酣走筆寫新句，飛龍滿壁真雄哉。故人騎鶴幾時去，空庭寂寂官梅開。"《鸚鵡洲》（唐李白），此詩頷聯亦不對，至頸聯方對偶，分明若已斷而復續，謂之蜂腰格："鸚鵡來過吳江水，江上洲傳鸚鵡名。鸚鵡西飛隴山去，芳州之樹何青青。煙開蘭葉香風暖，岸夾桃花錦浪生。遷客此時徒極目，長洲孤月向誰明。"《黃鶴樓》（唐崔灝），此詩首二句先對，頷聯却不對，然破題已先的對，如梅花偷春色而先開，謂之偷春格（杜少陵《曉發公安詩》頷聯不對，亦是此格）："昔人已乘白雲去，此地空余黃鶴樓。黃鶴一去不復返，白雲千載空悠悠。晴川歷歷漢陽樹，芳草凄凄鸚鵡洲。日暮鄉關何處是，煙波江上使人愁。"七言律詩，其法如此，唐人李淑有《詩苑》一書，今世罕傳。然所述篇法，止有六格。范德機《木天禁語》廣爲十二格，又分明、暗二例。《詩法源流》所載二十四格，《詩學禁臠》所載十五格，僧皎然《杼山詩格》、洪覺範《天廚禁臠》、白樂天《金針集》、梅聖俞《續金針集》，發明七言律者詳矣。然皆命意入妙，格外之格，別爲一卷。凡作七言律詩，先須澄靜此心，如秋高月明，獨立華岳之巔，俯視萬象，景皆入奇峭中。就其中擇取沉雄險特者而用之，務要奇峭，不可寬緩。

五言排律

排律之作，其源自顏、謝諸人。古詩之變，首尾排句，聯對精密。梁、陳以還，儷句尤切。唐興，始專此體，與古詩差別。貞觀初作者猶未備，永徽以下，篇什始盛。長篇排律，唐初作者絕少。開元後杜少陵獨步，當時渾涵汪洋，千匯萬狀，至百韻千言，力不少衰。若韓、柳，雖肆才縱力，工巧相矜，要之未爲得體。……五言排律大法如此。自五韻至五十韻，盡極變態。山谷云：凡始學詩，每作一篇，先立大意；若長篇，須曲折三致意，乃爲成章。作大篇，當佈置首尾停勻，腰腹肥滿。多見人前面有餘，後面不足；前面極工，後面草草。不可不知。作大篇，須有開闔，乃妙。長律妙在鋪叙時將一聯挑轉，又平平說去，如此轉換數匝，却將數語收拾，乃妙。

七言排律

七言排律，唐人不多見。如太白《別山僧》、高適《宿田家》、子美《題鄭著》及《清明》二首、王仲初《寄韓侍郎》等作，雖聯對精密，而律調未純，終未脫古詩體段。

五言古詩

五言之興，源於漢，注于魏，汪洋乎兩晉，混濁乎梁、陳。大雅之音，幾於不作。至唐貞觀、垂拱間，頗精粹，神龍以還，品格漸高。詩以古名，繼《三百篇》之後而作。朱子嘗欲取漢、魏五言，以盡乎郭景純、陶淵明之詩，以爲古詩之根本準則。五言古詩，或興起，或比起，或賦起，須要寓意深遠，托辭溫厚，反復優游，雍容不迫。或感古懷今，或懷人傷己，或瀟灑閒適。寫景要雅淡，推人心之至情，寫感慨之微意，悲歡含蓄而不傷，美刺婉曲而不露，要有《三百篇》之遺意。觀之漢、魏古詩，藹然有感動人處可知。……五言古詩，雖無定句，《十九首》尚矣。然自六句短古篇放之至百句，大要貴意圓而語深。凡作五言古詩，先須澄靜此心，如滄溟不波，空碧無際，纖月到景，萬象涵精。題目如鏡中物影，悲歡動靜，了無遁情，懷天地於秋毫，洞古今爲一瞬，視彼區區者，吾談笑道之。大抵五言古詩，所養浩蕩，所見鮮明，所取精微，所用輕快。

七言古詩

七言古詩，從張衡《四愁詩》來，變柏梁體耳。唐初王勃《滕王閣詩》、宋之問《明河篇》，語皆未之純；至盛唐，作者始盛。七言古詩，貴清壯奇麗，確深渾厚。盛唐工七言古調者多，李、杜而下，論者推高適、岑參、李頎、王維、崔顥數家爲勝。謂張皇氣勢，陟頓始終，綜覈乎古今，博大其文辭，李、杜尚矣。至於沉鬱頓挫，抑揚悲壯，法度森嚴，神情俱詣，一味妙悟，而佳句輒來，遠出常情之外。高、岑數子，誠與李、杜並驅爭先。七言古詩，要鋪叙，要有開合，有風度，要迢遞險怪，雄俊鏗鏘，忌庸俗軟腐。七言古詩，其波瀾開合，如江海之波，一波未平，一波復起。又如兵家之陣，方以爲正，又復爲奇；方以爲奇，忽復是正。出入變化，不可紀極。備此法者，唯李、杜而已。開合粲然，音韻鏗然，法度森然，神思悠然，學問充然，議論超然。……凡作七言古詩，先須澄靜此心。如泛舟滄溟，春秋晴雨，風波作止，萬變隨時。題目如大海受風，冷風則微瀾應，疾風則駭浪騰。自然而然，吾取其神奇者而用之。大要古詩七言，所養浩優，所見詳明，所取奇崛，所用峭絶。（以上卷一）

三言詩

三言詩起于晉夏侯湛，唐人以來作者甚少。西涯李公《麓堂詩話》謂三言亦可爲詩，豈未見夏侯湛詩邪？

四言詩

四言詩起于漢楚王傅韋孟。四言最古，在諸詩中獨難，以《三百篇》在前故也。四言詩，自曹氏父子、王仲宣、陸士衡後，惟元亮最高。四言最古，經史韻語、《二南》之前有矣。其經聖人所删者，出自閭巷謂之風，出自朝廷謂之雅，用之郊廟謂之頌，有賦、比、興之分。

五言六句律

五言六句法，但可放言遣興，不可寄贈。

六言絶句

六言絶句，始于漢司農谷永。自唐王繼效曹陸體賦之，其後諸家往往間見。其法或對或散，亦如五、七言絶句。

六言律

六言八句，作于唐太宗。其後玄宗又作《小破陣樂》，其散見各家集中，法亦如五、七言律詩。

六言排律體

此體唐、宋人作者亦絕少。

七言六句律

七言六句律，作者最少，惟李太白一首在古詩中。

七言五句

七言五句，始于晉傅玄《兩儀》詩。此格但可即事遣興，若題物贈送之類，則不可用。

九言詩

九言詩起于魏高貴鄉公，貴在渾成勁健。

一字至十字詩

古無此體，至宋始有之。然體類四六，而音律有可取也。

長短句

長短句者，古歌辭之類。其語峭絕頓挫，其音高下抑揚，有波瀾開闔之勢，流動變化，莫測其涯涘。所貴者麗而不浮，奇而不僻，怪而不俚，參差而不亂。

回文詩

回文詩，自晉温嬌始。或云起自竇滔妻蘇氏，於錦上織成文，順讀與倒讀皆成詩句。今按織錦詩體裁不一，其圖如璇璣，四言、五言、六言，橫讀、斜讀皆成章，不但回文。

反復體

此體舉一字而誦皆成句，無不押韻，反復成文。唐李公《詩格》有此二十字詩。宋錢惟治亦有之。

離合體　亦回文

離合一格字相析合成文。孔融"漁父屈節"之詩是也。

聯句詩

聯句者，在坐之人，角其才力，率然成句，聯絡成章，對偶親切，類乎誇奇鬬戲。古無此法，自韓退之始，觀之《石鼎》、《鬬雞》可見。或云謝宣城、陶靖節、杜工部集中俱有聯句，聯句不自退之始。

集句體

集句者，集古人之句以成篇。宋王安石始盛，石曼卿大著。是雖未足以益後學，亦足見詩家組織之工。

騷　體

《離騷》，楚聲也。始於屈原，其辭幽憂，非所以變風雅者也。後人效之，故有《招隱士》、《山中人》等作。然亦不及古矣（離，遭也。騷，憂也）。作騷辭，宜情深痛切，而極其情。

操　體

操者，操也，君子操守有常，雖阨窮猶不失其操也。若《南風》、《思親》、《拘幽》、《猗蘭》等操，皆稱聖人之詞，未敢以爲信。然後之作者蓋擬之。唐子西云：《琴操》非古詩，非騷詞，惟退之爲得體。

禽 言

禽言，鳥語也，因其自呼之名而名之。宋梅聖俞、蘇東坡諸公俱有之。詩宜麗而婉，假喻以達事情，使人快睹而易悦可也。

蟲 言

蟲言，因蟲之自言而爲之。亦假喻以達事情，使聞者足以警。

詩 餘

詩餘，即《香奩》、《玉臺》之遺體。言閨閣之情，乃豔詞也。作者雖多，要之貴發乎性情，止乎禮義。（以上卷二）

五言絶句平仄式

正格：此法以第二字仄入，謂之正格。偏格：此法第二字平入，謂之偏格。拗句格：五言絶句大抵貴拗律。

五言律平仄式

按五言律貴字字平仄諧和，失粘失律皆不合律。然唐人詩亦有數格，今錄以備。
變格：此法與正律相反，首尾自爲平仄，謂之變律（五言律出康樂，七言律出岑參，此格自唐已有之。康樂詩諸詩法中具載，岑參詩格有表出，錄見七言）。
拗句格：其法以當下平字處以仄字易之，則其氣挺然不群。此體始于杜子美、李太白。
各爲平仄格：其法前二句皆平或仄，後二句皆仄或平。

七言律詩平仄式

失粘格：律詩有定體，然時出變體，如兵出奇，變化無窮，尤是驚世駭俗。引韻便失粘格。

　　失律(附)：失律非以爲格，詩貴知病，此亦詩中一病，但不甚忌。(以上卷五)

五七言絶句

　　實接格：絶句之法，以第三句爲主，此法第三句以實事接前二句，是爲實接。

　　虚接格：此法第三句以虚語接前二句，是爲虚接。(卷六)

五七言律詩

　　四實格：四實者，中四句皆景物而實，謂之四實。

　　四虚格：四虚者，中四句皆情思而虚，謂之四虚。

　　前實後虚格：前實後虚者，前聯景而實，後聯情而虚。

　　前虚後實格：前虚後實者，前聯情而虚，後聯景而實。

　　前多後少格：前多後少者，首聯與次聯一意，頸聯自爲一意，落聯上句結前四句，下句結頸聯二句，或末聯統結前意。

　　前開後合格：前開後合者，前四句言昔時，開也；後四句言今日之事，合也。

　　前散後整格：前散後整者，頷聯雖對而散，頸聯的對而整。

　　前整後散格：前整後散者，頷聯的對而整，頸聯雖對而散。

　　一字貫篇格：一字貫篇者，起聯中立一字，中二聯俱要見此一字意。頷聯淺，頸聯深，結聯總言，亦要含起聯所立一字之意。一字者，著力字也。

　　二字貫穿格：二字貫穿者，起聯立二字，中二聯分應之，或每聯各句應之，結聯脱言亦要含意。

　　一字血脉格：一字血脉者，起聯生一有意字，中二聯皆此字行乎其中，故謂之血脉。此與一字貫篇不同，彼一字是著力字，此一字是有意字。

　　三字棟梁格：三字棟梁者，中二聯句中以三實字爲棟梁妝句。

　　一句造意格：一句造意者，首聯第一句興起第二句，而第二句乃生意。中間二聯與結聯皆言第二句意思，故謂之一句造意。

　　兩句立意格：兩句立意者，首聯第一句起第二句，頷聯應第一句，頸聯應第二句，末聯總結上六句，故謂之兩句立意，或首聯二句平起總唱，下分應之。

　　字相連序格：字相連序者，中二聯句中字與意連序不斷，或五字或七字，無上斷、下斷及二字三字妝排句法。

句相照應格：句相照應者，首聯二句各起頷聯二句，而頷聯上句應首聯上句，頷聯下句應首聯下句；頸聯二句各起末聯二句，而末聯上句應頸聯上句，末聯下句應頸聯下句。前四句一意，後四句一意，而題意照應。

接項格：接項者，首聯第一句起頸聯二句，第二句起頷聯二句，然頷聯二句意思承首聯第二句，是謂接項。

充股格：充股者，首聯二句交股起後二聯，頷聯上句應首聯上句，下句應首聯下句；頸聯上句又隨頷聯上句來，下句又隨頷聯下句來，二聯俱本首聯交互對言之；至末聯，又須應起句結前意，起結相應，不獨中聯充股，而又始終一意。

纖腰格：纖腰者，前四句一意，後四句一意；前以景物興起，後以人事見題；中間意思若不相接，而意實相通，但隱而不覺耳。

續腰格：續腰者，首聯起中二聯，然中二聯各相照應，頸聯上句應頷聯上句，頸聯下句應頷聯下句，中二聯相續，謂之續腰。結聯要應首聯。

歸題格：歸題者，首聯與中二聯言他事，至結聯方說歸本題。前六句雖說他事，却亦要是本題相關之事。

藏頭格：藏頭者，首聯與中二聯六句皆具言所寓之景與情，而不言題意，至結聯方說題之意，是謂藏頭。此與歸題不同：歸題者，結聯明用題之字也；藏頭者，結聯暗用題之事也。

單拋格：單拋者，首聯二句上句起下句，單意說下；頷聯、頸聯或事或景皆應首句意，末聯一順說，亦要應首句。

雙拋格：雙拋者，首聯二句兩事並行，叫起中二聯；中二聯句句各應上兩事，或分應末聯總結。

單蹄格：單蹄者，首聯上句起下句，以一事或一物一地爲主；頷聯、頸聯皆言首聯下句之意；末聯總結，亦因首聯下句寓意。

雙蹄格：雙蹄者，首聯一句以一事物或地名立一篇之大意，中二聯各以兩事發明首聯或分應，末總結前六句，亦謂歸題。

牙鎖格：牙鎖者，首聯一事叫起中聯；頷聯上句起頸聯下句，下句起頸聯上句；而頸聯上句又承頷聯上句，下句又承頷聯下句。交互曲折，各盡其妙。末聯終首聯意。

一意格：一意者，自首聯以至末聯，一句生一句，而全篇旨趣如行雲流水。

鈎鎖連環格：鈎鎖連環者，自首聯至末聯，句意相勾連。首聯上句說好，下句說不好，頷聯上句說不好，下句說好。頸聯、末聯如之，或以事相因，鈎連亦通。

順流直下格：順流直下者，一氣說去，自首聯至末聯，命意用事，皆順說如水之就下，快意成章。

内剥格：内剥者，暗用本題事，而取義於事內。頷聯、頸聯或先景後事，或先事後景，皆隱題於內，至末聯方正言之。

外剥格：外剥者，取他事明題意，而更取義於外。中二聯或引兩事，或引四事，事外立意，使讀者自得之。

興兼比格：興兼比者，首聯興起；中二聯以遠事比近事，而興在其中；末聯總結之，上句結比，下句結興（或前四句興，後四句比；頷聯興，頸聯比，亦通）。

興兼賦格：興兼賦者，首聯以情景興起，中二聯以人事賦之，末聯總結（或前四句興、後四句賦，或頷聯興、頸聯賦，亦通）。

比興格：比興者，托物引興，言物而興在其中；又即物比事，興比俱見。

抑揚格：抑揚者，首聯唱起本題，中二聯或各聯一抑一揚，然須扶持正理，少抑即揚，使人讀之，見揚而不見抑，末意要足。

頌中有諷格：頌中有諷者，首聯敘起，中二聯頌之，末聯寓諷。

美中有刺格：美中有刺者，首聯美起，中二聯應之，至末聯即事，以寓刺意。

物外寄意格：物外寄意者，自首聯至末聯皆意在言外，使人讀而自得之。蓋即此言彼，言此事則他事因之。可知此是唐人一種玄妙處。

雅意詠物格：雅意詠物者，美其物而以雅意詠之。首意自叙。末意歸美他人，俱因物看得好，寫意濃厚。

雄偉不常格：雄偉不常者，首聯說盡題意，中聯事景，末聯結意，俱要氣象宏麗，節奏高古，雄偉不凡，句句驚人，方是作者。

想像高唐格：想像高唐者，首聯言其人初見未真，仿佛擬議其音塵；中二聯皆應首聯仿佛之意；末聯則屬意之深，亦止乎禮義。凡他事見之未真，求之不得者，亦作想像格。

撫景寓歎格：撫景寓歎者，因時景而起歎，反復言古人不可復見，而時景可惜，因寓感古懷今之意。或因時景而歎旅歎困亦是。

專叙己情格：專叙己情者，自首聯至末聯，中間景事，皆言己平生之情，而情緒欲苦，地步欲高，方是作者。

感今懷古格：感今懷古者，因今事而思古人。首聯起興，中二聯應之，結聯總結前意，而寓懷古之意。

先問後答格：先問後答者，首聯唱起，自爲問答；中二聯皆爲答之之意；末聯總結上意。

應字格：應字者，首聯立二字，頷聯分應之，頸聯接頷聯二句，末總結之。

無題格：無題者，隱諱其意，不欲明言。或隱意，或隱字，使人自得之。

明暗二例格：明暗二例者，作詩之法，無出於此。蓋凡作詩，非明則暗。（卷七）

五言短古篇法

五言短古篇,貴辭簡意味長,言語不可明白説盡,含糊則有餘味。楊仲弘曰:五言短古,乃是選詩。結尾四句,所以含蓄無限,意自然悠長。

七言短古篇法

七言短古篇,貴辭明意盡,與五言相反。(以上卷八)

學詩要法上

詩之名,曰詩者,五言章句整齊,聲音平淡;七言章句參差,聲音雄渾。曰歌者,情揚辭達,音聲高暢。曰吟者,情抑辭鬱,音聲沉細。曰行者,情順辭直,音聲瀏亮。曰曲者,情密辭婉,音聲諧緂。曰謡者,情譎辭寓,音聲質俚。曰風者,情切辭遠,音聲古淡。曰唱者,與歌、行、曲通。曰樂歌者,情和辭直,音聲舒緩。曰歎者,情戚辭老,音長聲絶。曰解者,與歌、曲、歎、樂通。曰引者,情長辭蓄,音聲平永。曰弄者,情活辭麗,音聲圓壯。曰清者,情逸辭激,音聲清壯。曰辭者,情長辭雅,音聲平亮。曰舞者,情通辭麗,音聲應節。曰怨者,情沉辭鬱,音聲凄斷。曰謳者,情揚辭直,音聲高放。曰騷者,情深痛加,而極其憤。曰賦者,辭語富麗,事意詳盡。曰操者,情堅辭確,阨窮不失。曰鹽者,與行、吟、曲、引相類。曰篇者,情明事徧,不遺餘意。以至曰别、曰調、曰思、曰哀、曰啼、曰詠、曰文、曰章、曰誄,曰箴、銘、贊、頌、無題,則各有意義。辭、情、音、聲亦異,不能縷陳,而總謂之詩(賦、頌、箴、銘、文、誄、贊,亦可以爲文,其餘皆詩)。

律詩難於古詩,絶句難於律詩,七言律詩難於五言律詩,五言絶句難於七言絶句,唯深於詩者知之。

七言排律,貴音律和協,體製整齊,忌似古詩口氣。(以上卷九)

胡　松

胡松(1503—1566)字汝茂,號柏泉。明滁州(今屬安徽)人。嘉靖八年(1529)進士。官至南京吏部尚書。潔己好修,富經術,有聲望。卒,謚莊肅。著有《黑纖肅集》、《滁州志》、《唐宋元名表》。

216

本書資料據四庫全書本《唐宋元名表》。

《唐宋元名表》原序（節録）

　　說者曰：表之言明也，標也，譬物之標。表言標，表事序，要於章顯而已，奚駢儷之上也？余竊以其言徒取一隅，要未爲通論。今夫人之於文，猶其之於言語，之於衣服飲食與其宫室器用者也。且夫言語之於達意，衣服之於蔽體，飲食之於滿腹，宫室之於安身，器物之於利用，以今方古，其可得而齊諸？譬則四時之行，萬物之生，江河之流轉，各因其時以爲變。故《易》曰：“損益盈虛，與時偕行。”自天地且不能違時，而况於人乎！故善學者從今之文，以明古之道；不善學者，執古之跡以失今之宜。斯其行之所以弗遠，而施之則泥者也。是學也，防於漢、魏六朝，盛於隋、唐，而極於宋。彼其工拙繁簡，駢儷直致，要之其體不能盡同。然其意同於宣上德而達下情，明己志而述物則。其後相沿猥下，競趨新巧，爭上衍博，往往貪用事而晦其意，務屬辭而滅其質，蓋四六之本意失之遠矣。今世士業文，益又轉甚，曾不深惟體裁之所從始，勉思搆撰，而乃掇拾補綴，勠竊沿襲，是曾弗若直致之爲章明較著也。（卷首）

李開先

　　李開先（1502—1568）字伯華，號中麓，自稱中麓子、中麓山人或中麓放客。明濟南章丘（今屬山東）人。自幼聰慧，琴棋書畫無所不通，尤醉心於金元散曲及雜劇。嘉靖七年（1528）中舉，次年中進士。官至太常寺卿。李開先在當時文壇上頗受人所重，與王慎中、唐順之、陳束、熊過、任翰、吕高等號稱“嘉靖八才”；還善長棋藝，著有《象棋歌》，流傳至今。李開先一生“三好”，一好戲曲，二好藏書，三好交友。曾改定元人雜劇數百卷，用金元院本形式定成雜劇《園林午夢》等六種，撰有戲曲理論著作《詞謔》。《詞謔》分四部分：一爲《詞謔》，選録一些滑稽幽默，頗具諷刺意味的曲文與故事；二爲《詞套》，評選前人幾十套散曲和雜劇曲文；三爲《詞樂》，載録當時幾位著名演員的軼聞趣事，列述當時知名的弦索家和歌唱家；四爲《詞尾》，論尾聲作法，並舉例加以説明。其中保存了一些明代戲曲史的寶貴資料。其散曲《中麓小令》流傳很廣，當時鄉村街頭到處有人歌唱，爲這部曲題跋的名流多達八十餘人。其傳奇劇作《寶劍記》以林沖的故事爲題材，是明代中期的三部重要傳奇之一，對當世及後世戲曲影響頗大。李開先做官時，其薪俸主要用來購書。回鄉後，修建“藏書萬卷樓”，所藏以詞曲話本最多，有“詞山曲海”之譽。另著有《閒居集》。中華書局出版有《李開先集》。

本書資料據中國戲劇出版社 1959 年《中國古典戲曲論著集成》本《詞謔》、中華書局 1959 年版《李開先集‧閒居集》。

《詞謔》（節録）

《中原音韻‧作詞十法》，造語不可作張打油語，士夫不知所謂，多有問予者。乃汴之行省掾一參知政事廳後作一粉壁，雪中陞廳，見有題詩於壁上者："六出飄飄降九霄，街前街後盡瓊瑤。有朝一日天晴了，使掃箒的使掃箒，使鍬的使鍬。"參政大怒曰："何人大膽，敢污吾壁？"左右以張打油對。簇擁至前，答以："某雖不才，素頗知詩，豈至如此亂道？如不信，試別命一題如何？"時南陽被圍，請禁兵出救，即以爲題。打油應聲曰："天兵百萬下南陽。"參政曰："有氣概！壁上定非汝作。"急令成下三句，云："也無援救也無糧。有朝一日城破了，哭爺的哭爺，哭娘的哭娘。"依然前作腔範。參政大笑而舍之。以是遠邇聞名。詩詞但涉俗鄙者，謂之"張打油語"，用以垂戒。

西野春遊詞序（節録）

詞與詩，意同而體異，詩宜悠遠而有餘味，詞宜明白而不難知。以詞爲詩，詩斯劣矣；以詩爲詞，詞斯乖矣。其法備于《中原韻》，其人詳於《録鬼簿》，其略載于《正音譜》，至於務頭、《瓊林》、《燕山》等集，與夫《天機餘錦》、《陽春白雪》、《太平樂府》、《樂府群玉》、《群珠》等詞，是皆韻之通用，而詞之上選者也。傳奇戲文，難分南北；套詞小令，雖有短長，其微妙則一而已。悟人之功，存乎作者之天資學力耳。然俱以金、元爲準，猶之詩以唐爲極也。何也？詞肇於金，而盛於元。元不戍邊，賦稅輕而衣食足，衣食足而歌詠作，樂於心而生於口。長之爲套，短之爲令。傳奇戲文，於是乎侈而可準矣。穆玄庵謂："不可以胡政而少之。"亦天下之公言也。國初如劉東生、王子一、李直夫諸名家，尚有金、元風格，乃後分而兩之，用本色者爲詞人之詞，否則爲文人之詞矣。自陳大聲丁卯年没後，惟有王渼陂爲最。陳乃元詞之下者，而王乃文詞之高者也，可爲等儕，有未易以軒輊者。若兼而有之，其元哉，其猶詩之唐而不可上者哉。……音多字少爲南詞，音字相半爲北詞，字多音少爲院本；詩餘簡於院本，唐詩簡於詩餘，漢樂府視詩餘則又簡而質矣，《三百篇》皆中聲，而無文可被管弦者也。由南詞而北，由北而詩餘，由詩餘而唐詩，而漢樂府而《三百篇》，古樂庶幾乎可興。故曰：今之樂，猶古之樂也。嗚呼，擴今詞之真傳，而復古樂之絶響，其在文明之世乎！（《李開先集‧閒居集》卷六）

田汝成

田汝成（生卒年不詳）字叔禾，原爲錢塘（今浙江杭州）人，因與詩人蔣灼交厚，移家居余杭方山。嘉靖五年（1526）進士。博學工文，著述甚多。所著《炎徼紀聞》、《龍憑記略》，詳細記叙西南邊境各民族的生活習俗。罷官後，浪跡西湖，窮覽湖山，又諳曉先朝遺事，在此基礎上，撰成《西湖遊覽志》二十四卷、《西湖遊覽志餘》二十六卷。前者記西湖湖山勝跡，後者記南宋遺聞軼事，並選録了歷代詩人歌詠西湖的名篇。

本書資料據四庫全書本《西湖遊覽志餘》。

《西湖遊覽志餘》（節録）

吴歌惟蘇州爲佳，杭人近有作者往往得詩人之體，如云“月子灣灣照幾州，幾人歡樂幾人愁。幾人高樓行好酒，幾人飄蓬在外頭。”此賦體也。而瞿宗吉往嘉興，聽故妓歌之，遂翻以爲詞云：“簾捲水西樓，一曲新腔唱打油。宿雨眠雲年少夢，休謳，且盡生前酒一甌。明日又登舟，却指今宵是舊遊。同是他鄉淪落客，休愁，月子彎彎照幾州。”如云“送郎八月到揚州，長夜孤眠在晝樓。女子拆開不成好，秋心合着却成愁。”此亦賦體也。而黄山谷之詞先有之：“你共人女邊着子，争知我門裏挑心”是也。如云“約郎約到月上時，看看等到月蹉西。不知奴處，山低月出早；還是郎處，山高月出遲。”此詞雖淫奔，然怨而不怒，愈於鄭風狂童之訕。如云“高山頂上鵓鴣啼，聞説親爺娶晚妻。爺娶晚妻猶自可，前娘兒子好孤凄。”此興體也。如云“晝裏看人假當真，攀桃接李强爲親。郎做了三月楊花隨處滚，奴空想隔年桃核舊時仁。”此比體也。有守一而終之意。

古之所謂廋詞，即今之隱語也，而俗謂之謎。人皆知其始於黄絹幼婦，而不知自漢伍舉、曼倩時已有之矣。至《鮑照集》則有井字謎。杭人元夕多以此爲猜燈，任人商略。永樂初，錢唐楊景言以善謎名，成祖時重語禁，召景言入直，以備顧問。今海内佳謎甚多，不獨杭州有也。（以上卷二十五）

周　祈

周祈，《四庫全書·〈名義考〉提要》：“《名義考》十二卷，明周祈撰。祈，蘄州人，始末未詳。前有萬曆甲申（1584）劉如寵序，稱爲周大夫；又有萬曆癸未（1583）袁昌祚重刻序，稱其嘗爲民部郎；又稱其從幼時授經，至綰組擁軺，不知確爲何官也。”

本書資料據四庫全書本《名義考》。

生旦淨丑

今角戲有生、旦、淨、丑之名，嘗求其義而不得。偶思《樂記》"及優侏儒獶雜子女"注，謂俳優雜戲如獼猴之狀，乃知"生"，狌也，猩猩也。《山海經》："猩猩人面，豕身，聲似小兒啼。""旦"，狙也，猵狙也。《莊子》："猨猵狙以爲雌。""淨"，猙也。《廣韻》："似豹，一角五尾。"又云："似狐，有翼。""丑"，狃也。《廣韻》："犬性，驕。"又："狐狸等獸跡。"謂俳優之人，如四獸也，所謂獶雜子女也。"末"，猶末厥之末。"外"，猶"員外"之外，其意亦相通。獶音撓，獼音迷，猩音生，猵音篇，狙音旦，猙音靜。（卷五）

絕 句

絕句，謂句絕而意則相承，如柳宗元"千山鳥飛絕"四句是也。若"兩箇黃鸝"、"一行白鷺"之句，則句絕而意亦絕矣。或云絕取八句律之四句，或云絕妙之句，皆非也。（卷六）

文 移

文，文書也。自秦少府遣吏四人，在殿中主發書，始有文書之稱。移，移狀也，如張安世移病，劉歆移書大常，始有移狀之稱。文通上下，皆謂之文移；公府不相屬，敬則爲移也。

射策對策

漢射策與對策不同：設爲難問、疑義，射者隨其所得而釋之，謂之射，與"射覆"之"射"同；顯問以經義、政事，對者直陳所見，謂之對。對，答問也。今試士兼二者而用之。（以上卷七）

碑

今世所謂碑，古無之。七十二家封禪言"勒石"，《穆天子傳》言"爲名迹於弇"。茲石上可見者，惟此而已。《士昏禮》："入門當碑揖。"則廟內之碑，用以麗牲者。《喪大記》："天子用大木爲碑，謂之豐碑。諸侯樹兩大木，謂之桓楹。"《檀弓注》："天子六繂四碑，諸侯四繂二碑，士二繂無碑。"則方上之碑用以下棺者，臣子因於其上紀述功德。今廟堂墓隧及諸創建碑林立，而不知非古也。

方　策

《春秋正義》云："簡，容一行字；數行者，書於方；方所不容，書於策。"杜預曰："大事書之於策，小事簡牘而已。"大事、小事，謂字有多寡也。古者折竹爲簡，以火炙之，令其汗，取其青易書。青簡、汗青、殺青，皆取炙竹爲義。曰篇。《廣韻》謂"篇，簡成章也。"連編諸簡，謂之策；以繩次策，謂之編。此簡、篇、策，從竹；編，從糸也。又以木爲方，謂之柧。作觚，故曰操觚。又謂之槧，故曰鉛槧，其體方，總謂之方。曰剟，《説文》："刺，箸也。"竹木以刺箸爲書，竹書當作剟，木書當作札。曰牒，《説文》以爲札；曰牘，《説文》以爲書板，皆方也。此柧、槧、札，從木；牒、牘，從片。《説文》："片，判木也。"大都不過竹木二者。後世易之以紙，而其稱名猶故也。（以上卷十二）

劉　繪

劉繪(1505—1573)字子素、少質。明光州(今河南潢川)人。自幼好學，八歲能誦《詩經》，十六歲舉鄉試第一。嘉靖十四年(1535)中進士，授官行人，後改戶科給事中。劉繪目銳軀長，處事果斷，對皇帝敢於秉筆直諫。第一次上奏章《治河疏》就被皇帝採納，後再上《九廟災上封事》、《晝晦封事》等奏摺，抨擊時弊。嘉靖二十一年，因兩次彈劾宰相夏言，被排擠出京城，出任重慶知府。後掛冠辭職，回到光州故鄉，建元湖，設壇講學，人稱嵩陽先生。作《易勺》、《春秋管》，均未完稿成書。有《通論》四十篇和詩、賦、序、記等二十卷流傳於世。

本書資料據四庫全書本《明文海》。

與從姪桂芳秀才論記書

書示桂芳姪：昨議記，尾數字未得與姪細論，正爲汝未習古文耳。名爲古，非但與舉業不同，將與今文不同矣。直以舉業言之：舉業貴淺淡平順，著一刺眼贅牙字句不可；若古文，正欲不與舉業同，猶舉業正欲不與古文同。且如釋家梵語、道家清詞、法家招議、曲家腔韻，其命意用字各有不同。若今法家參一舉業語，舉業參一辭賦語，便可笑爾。近世古文法不傳，世人亂作，任意漢參入唐，唐參入宋，乃如以釋入道，以道入法，以法入曲，以曲入時文作文，其誰辨之？即能辨之，其誰信之也？昨《均田記》平平叙去，未敢盡用古人法，却恐艱澀難讀，不便觀覽者。至末二行，略爲蟠挐頓挫，見文字性氣。不然，只如食肥肉，一噉可盡，不知高賓乃取雞肋，是爲足低徊咀嚼矣。記尾謂太守獲上有知己者，所以將前役盡付託之，不拘以文法，太守乃得出胸中之奇，克襄此大役也，爲咏歎褒獎之意，須知橄欖味方可語此亡奇。《張敞傳》胸臆結約，固無奇也。"徽"字是用《易》坎象上六係，用徽纆文，墨即文法，可報公不必更易爲妙。他日遇知者許兹文，當在此數語可耳。

與王翰林槐野論文書（節録）

弟睹羲軒以下文字，咸發天地陰陽之秘，人事之要，家國天下之務，其理著明矣。文不切所用則聖賢且渾爾噩爾，安所尚文哉？故主須以理，充須以氣，其說尚矣。弟謂辭者文之質也。理匪辭不達。氣匪辭不鬯。三者不可闕一焉，而體格在其中矣。是以文之體格無定，眠三者所究耳。

古今之辭盡於六經。理相統一，韓子曰《易》奇而法，《詩》正而葩，《春秋》謹嚴，《左氏》浮誇，正道氣與辭也。天地之理中正焉已矣，其氣深厚和平，其辭大雅宏暢，則聖人之文也，六經是已。孔子删述，自謂文王既没，文不在兹乎。善學孔氏者惟孟軻一人，其後諸子理不足而任於氣，故其辭醇疵相雜。荀卿以下，莊、《騷》、太史、董仲舒、賈誼、劉向、揚雄諸人，窮理盡性，雖不能如聖人，而纂辭摹像則標準六經，故旨趣各隨所，見而篇章音欬莫有踰焉。東京煜煜，猶能相匹。延及魏、晉以後，而雅道漸以陵夷。至唐，獨得韓愈敏悟，自言見時文忸怩不寧。今讀其辭，出入孟、荀，而風骨類馬遷、劉向，復然其品也。藝苑英少，亦有輕訾詆者，蓋未深究耳。

其後才桀之儔各殊其辭以求勝，欲自勒一家，騖高者玄亢而無據，崇實者質塞而無華，令六經之辭邈乎莫追，求賈、馬、匡、劉不可復得矣。仲尼曰："文质彬彬，然后君子。"蓋謂文焉。弟又思漢以下至趙宋，能文者雖各異辭，要皆變於六經。且如董仲舒、京房、焦延壽、揚雄變於《易》也，賈誼、鼂錯、司馬遷變於《書》也，匡衡、劉向下逮班固、崔駰、馬融、蔡邕變於《詩》也。臨諸子所著體而察之，當自見矣。蓋六經文之，海嶽具焉，後之士雖稱瓌奇而極駿雄，莫能出其軌矣。故惟狂蕩之辭，洸洋淫靡之辭，纖細峭刻之辭，慘礉短長之辭，是其理蔽，其氣衰，非聖人之書不可讀也。弟又思建安諸子，雖號靡麗，然典峻不可少當，稱爲小雅之變。二應以後，六朝如二陸、三謝至任彦升、顏延年、沈休文、薛道衡輩，世人往往俱以纖綺眠之，然鑄景凝華，隱隱十二國風之變也。宋儒詳於理學，而辭則又落一格，乃有古文、今文之遼絕。吁，殆難語矣。周茂叔《通書》，程伯子《定性書》，張子厚《西銘》、《正蒙》，則亦變於《易》者也。歐陽永叔之《本論》，程叔子之《漢州策問》數篇，朱文公《學》、《庸》二序，疏明純正，則亦變於《書》者也。是以古今明文，咸托辭以傳，若雕藻剪綵爛然者，斯可美也。周子曰美則愛，愛則傳。《詩》曰"追琢其章，金玉其相"，謂錯采修辭也。

兄謂見偶語多者輒不喜，此信然矣。專攻偶對，令氣不疏，非文之佳矣。但弟思天地之數奇偶而已，八卦九章皆相對待，是以乾坤、日月、星辰、霜露、江海之支派，山嶽之峰巒，男女形像耳目鼻兩孔，口齒上下，四肢百骸，種種相對不爽。蓋自然理數也，豈於聲音之道獨散漫而無合？是以聖賢之文雖不專工偶對，而屬辭比義，有不得不然者。晦菴謂鄒陽書是作對字，彼方陳愨梁王，欲自發穎慧，鬱思求動其王，而解於難也，乃謂西京之文衰自陽始，誚之過焉。嘗翫典謨宵中星虛，日短星昴，五典克從，百揆時叙，惠迪吉從，逆凶無稽之言，弗聽弗詢之謀勿庸。《詩》"參差荇菜"，"窈窕淑女"，五月"斯螽動股"，六月"莎雞振羽"，日升月恒，竹苞松茂，朱英綠縢，貝胄朱綬，則鏘鏘艷艷，聲色備焉。後之文士揮筆含輝，敷采發攄理道，豈不蔚哉？但勿令若宋齊藻野縟川，以應詔令，杏花菖葉，宜於制策，一時好尚，致論卑氣弱，大損於治運儒道，則文之厄矣。

至宋儒語錄，深可疑怪。齊梁才士，逸人僞爲，佛氏度化，庸俗多爲此語。故釋子有《東林語錄》、《盤山語錄》，此類且多，宋人蓋因之也。是以宋儒之學多雜二氏，翫其辭而不自覺。蘇、黃二家才高學雜，益難語矣。

答祠郎熊南沙論文書（節錄）

孔子曰："辭達而已矣。"文緣理道，疏其性情，其有述陳引喻，或散或偶，雜撰不同，要之抽思就班，累數劉繪千百言，期於明己意，使信諸人也，藻麗研深，實盛華茂，自不能無。使己意既達，不必繁辭勸說，務爲馳騁。若理性不明，而搜索異籍，反爲文之瘴也。

且如序闕最爲難闕，贈送序記，晉魏以前皆無，韓、蘇叙眼前事，用秦、漢風骨筆力，隨人變化，然每篇達一意也。今作者往往一篇說三四端緒，或文勢方行，從中突起一二意，使讀者不識立論所歸。至篇末，彼作者亦自迷，究竟漫漫齟齬，難乎收拾，恐即所謂不能達也。今有謂達者，但曰直陳去雕飾，甚非旨也。夫文章雕飾自不可少，深厚爾雅，乃其要焉。《詩》曰："追琢其章，金玉其相。"言文質也。若夫艱深詰澀，不可句讀，又文之僻也。殷《盤》周《誥》，書多脫簡，間有後人參入。劉子駿謂朽折散絕，博士集而讀之是也。弟又疑世之慧靈奇士，詞雖不僻，然過學韓、蘇，紆徐太多，沈辭鈎思，營魄游心，令人讀之少不體察，則景滅響伏，而不得其意趣。此雖天機逸意，其綿邈寂寞，終非"示我周行"之義。馬遷微婉處最稱玄澹,然省文超徑,非人所及也。今學士大夫與人談文,有謂必購集異書多少,至列書目示人,曰某與某未能見,惡能爲文哉? 弟蒙陋,謂此爲以虛聲恫喝人可也,謂此爲心有闇蝕亦可也,弟誠非自委庸媕,仰思先哲,有可據焉。

　　古今文士大者如莊周、太史、韓退之、柳子厚,其自叙所學皆止六籍,而下逮諸子。蘇子瞻在海上,以抄得《漢書》爲樂,當時《漢書》士夫見者且少,彼謂搜購異書,收藏備學者,格物一事可也。假令必謂盡見世所藏書而後下筆爲文,取異籍所載,資以粧飾侈麗,則世有英妙弱齡之士,無能錯采凝玄,先飛聲藝籍之林者矣。仙釋二氏,弟愚益不喜讀,蓋以非聖之書,吾既不從其道,却欲借彼之言爲吾文資,不知所爲文者將何爲乎? 秦、漢以前佛書未入中國,文士辭采煜煜,後莫倫比。石渠、白虎諸儒,各抱一經,皆能垂光百世,故知爲文夾二氏語者,此唐、宋間雜學之弊也。昌黎不道二家語,其與二家言,亦舉六經之言告之。子厚謂某秀才作文,多引《莊》、《列》,頗奪正氣,此論凜凜。至與二家言,便盛稱其教,而雜諸戒律毗尼之説,此却不自覺也。蘇氏記大悲、勝相諸作,盡入纂言,復爲偈語,準《楞嚴》、《法華》,張皇博瞀,此子瞻滿曼,乃不宜傳。曾子固亦以此謝荆公也。弟愚謂今之英哲鴻儔,但抱殘經,究其宏緒,而屬文列事能準荀、孟以下,若賈誼、董仲舒、馬遷、劉向,則文可逼古人也。若弟區區不肖,何足爲! (以上卷一百五十二)

許應元

　　許應元(1506—1564)字子春。明錢塘(今浙江杭州)人。嘉靖十一年(1532)進士。以剛介忤執政,不得館職。出泰安知州,廉潔自持。累官至廣西布政使,皆有治聲。工詩文,著有《陶堂摘稿》。

　　本書資料據國家圖書館藏影印明嘉靖刻本《陶堂摘稿》。

《童蒙山詩集》序(節録)

　　自有詩歌以來,垂三千年,其爲變極矣,而有弗可易者三,曰:性情、體要、爾雅也。三者有缺,其得爲詩乎哉? 夫詩之發乎清,蓋非獨以道其歡忭、怡愉、悲憂、窮獨之懷,而泄隱伏、底滯、難言之思也,抑又可以觀其人焉。故微言相感,知愛惡之方;因物造端,見材知之美,靳其可貴也。至蕩者爲之,則流肆胸臆,縱恣放紛,湛欲迷方而不知反。六詩義既懸殊,體裁亦異。故夫子云:自衛反魯,《雅》、《頌》得所。下逮《騷》經、樂府之詞,謡俗古今之變,隨時間作,而氣格體裁區別曠分。得之者方行,失之者窘步,莫可紊也已。然拘者效之,則形似有餘,神理不足。傳曰:"詩主文而譎諫。"其後詞人得其一概,亦以爲緣情靡麗。故其爲道,貴雅馴而賤粗鄙,先典則而後流易。修詞之方,於是取衷。及其末流,則雕繪刻飾,捃摭蘦華,逖棄本根。若是乎,詩道之難全也。漢、魏以下,斯得失之林已然。要以厚人倫,美風俗,是故先王以爲教,而世乃等之。藝成,謂於道無貴,何哉?(《陶堂摘稿》卷六)

何良俊

何良俊(1506—1573)字元朗,號柘湖。明華亭(今上海松江)人。嘉靖貢生,薦授南京翰林院孔目,仕途失意,遂隱居著述,自稱與莊周、王維、白居易爲友,題書房名曰"四友齋"。他和李開先、王世貞、徐渭被並稱爲嘉、隆年間四大曲論家,曾邀請曲師頓仁與之研討戲曲音律。其戲曲理論主張有二:一是提倡用本色語言編寫劇本,而且就此對《西廂記》、《琵琶記》提出大膽批評;二是寧可語句欠通,也要恪守格律,主張未免偏頗,對萬曆年間以沈璟爲首的吳江派甚有影響。著有《柘湖集》、《何氏語林》、《四友齋叢説》、《書畫銘心錄》。他的戲曲理論見《四友齋叢説》第三十七卷,後人輯爲《曲論》。

本書資料據中國戲劇出版社 1959 年《中國古典戲曲論著集成》本《曲論》。

《曲論》(節録)

古樂之亡久矣,雖音律亦不傳。今所存者惟詞曲,亦只是淫哇之聲,但不可廢耳。蓋當天地剖判之初,氣機一動,即有元聲,凡宣八風,鼓萬籟,皆是物也。故樂之變而天神降,地祇出,則亦豈細故哉!故曰:"聲音之道,與政通矣。"佛經亦曰:"以我所證音聲爲□。"□,佛家梵唄,如念真言之類,必和其音者,蓋以和召和,用通靈氣也。正聲之亡,今已無可奈何,但詞家所謂九宮、十二則以統諸曲者存,以待審音者出,或者爲告朔之餼羊歟?

楊升庵曰:"《南史》蔡仲熊云:五音本在中土,故氣韻調平;東南士氣偏詖,故不能感動木石。斯誠公言也。近世北曲,雖《鄭》、《衛》之音,然猶古者總章,北里之韻,梨園、教坊之調,是可證也。"近日多尚海鹽南曲,士夫禀心房之精,從婉孌之習者,風靡如一,甚者北土亦移而耽之,更數世後,北曲亦失傳矣。

金、元人呼北戲爲雜劇,南戲爲戲文。近代人雜劇以王實甫之《西廂記》,戲文以高則誠之《琵琶記》爲絕唱,大不然。夫詩變而爲詞,詞變而爲歌曲,則歌曲乃詩之流別。今二家之辭,即譬之李、杜。若謂李、杜之詩爲不工,固不可;苟以爲詩必以李、杜爲極致,亦豈然哉?祖宗開國,尊崇儒術,士大夫恥留心辭曲,雜劇與舊戲文本皆不傳,世人不得盡見，雖教坊有能搬演者，然古調既不諧於俗耳，南人又不知北音，聽者即不喜，則習者亦漸少，而《西廂》、《琵琶記》傳刻偶多，世皆快睹，故其所知者，獨此二家。余所藏雜劇本幾三百種，舊戲本雖無刻本，然每見於詞家之書，乃知今元人之詞，往往有出於二家之上者。蓋《西廂》全帶脂粉，《琵琶》專弄學問，其本色語少。蓋填詞須用本色語，方是作家，苟詩家獨取李、杜，則沈、宋、王、孟、韋、柳、元、白，將盡廢之耶？

唐順之

　　唐順之(1507—1560)字應德，一字義修，號荊川。武進(今屬江蘇)人。明代大儒、軍事家、散文家。嘉靖八年(1529)會試第一，官翰林編修，後調兵部主事。當時倭寇屢犯沿海，唐順之以兵部郎中督師浙江，曾親率兵船於崇明破倭寇於海上。升右僉都御史，巡撫鳳陽，至通州(今江蘇南通)去世。崇禎時追諡襄文。學者稱“荊川先生”。唐順之於學自天文、樂律、地理、兵法至弧矢勾股，莫不究極原委。所編《文編》六十四卷，收由周迄宋之文，分體編列，既選《左傳》、《國語》、《史記》等秦漢文，也選了大量唐宋文，從此逐步確立了“唐宋八大家”的歷史地位。唐順之以詩文著稱，其詩推崇初唐，莊嚴宏麗。其文汪洋紆折，文風簡雅清深，間用口語，不受形式束縛，有唐宋八大家之風，與王慎中、茅坤、歸有光等被稱爲“唐宋派”。著有《荊川先生文集》、《右編》、《史纂左編》、《兩漢解疑》、《武編》、《南北奉使集》、《荊川稗編》、《諸儒語要》等。

　　本書資料據四庫全書本《荊川稗編》、《荊川集》、《明文海》。

文章雜論(節録)

　　《潘子岳詩話》云：“韓文擬體：《祭竹林神》文，其體疑出於《書》。《祈大湖神》文，其體疑出於《國語》。《弔武侍御》文，其體疑出於《離騷》。其哀歐陽詹、獨孤申叔之文，疑合於《莊子·内篇》、賈誼《鵬賦》之體。柳文擬體：《天對》則祖屈平之《天問》，其《乞巧》之文，則擬揚雄之《逐貧》，《先友記》則法《家語·七十二子解》。”(《荊川稗編》卷七十七)

按察司照磨吴君墓表(節録)

　　文字之變於今世極矣。古者秉是非之公以榮辱其人，故史與銘相並而行。其異者，史則美惡兼載，銘則稱美而不稱惡。美惡兼載則以善善爲予，以惡惡爲奪。予與奪並，故其爲教也章；稱美而不稱惡，則以得銘爲予，以不得銘爲奪，奪因予顯，故其爲

226

教也微。義主於兼載，則雖家人里巷之碎事可以廣異聞者，亦或採焉，故其爲體也不嫌於詳。義主於兼美，則非勞臣烈士之殊跡，可以繫世風者，率不列焉，故其爲體不嫌於簡。是銘較之史猶嚴也。後世史與銘皆非古矣，而銘之濫且誣也尤甚。漢蔡中郎以一代史才自負，至其所爲碑文則自以爲多愧辭，豈中郎知嚴於史而不知嚴於銘耶？然則銘之不足據以輕重也，在漢而已然，今又何怪？（《荆川集》卷十一）

《董中峯文集》序（節録）

漢以前之文，未嘗無法，而未嘗有法。法寓於無法之中，故其爲法也，密而不可窺。唐與近代之文，不能無法，而能毫釐不失乎法，以有法爲法，故其爲法也嚴而不可犯。密則疑於無所謂法，嚴則疑於有法而可窺，然而文之必有法，出乎自然而不可易者，則不容異也。且夫不能有法，而何以議於無法？有人焉，見夫漢以前之文，疑於無法，而以爲果無法也，於是率然而出之，決裂以爲體，餖飣以爲詞，盡去自古以來開闔首尾、經緯錯綜之法，而一種臃腫佁澁浮蕩之文。其氣離而不屬，其聲離而不節，其意卑，其語澁，以爲秦與漢之文如是也，豈不猶腐木濕鼓之音而且詫曰：“吾之樂合乎神。”嗚呼！今之言秦與漢者，紛紛是矣，知其果秦乎漢乎否也？（《明文海》卷二百四十五）

王維楨

王維楨（1507—1555）字允寧，號槐野。明華州平定里（今陝西華縣）人。博學强識，有文名。曾多次擔任考官，號稱得士。嘉靖二十四年（1545）參加《明會典》續修。著有《槐野存笥稿》、《杜律七言頗解》等，對李白、杜甫詩作頗有研究。

本書資料據四庫全書本《明文海》。

駁喬三石論文書（節録）

文章之體有二，序事、議論各不相淆，蓋人人能言矣，然此乃宋人創爲之。宋真德秀讀古人之文，自列所見，歧爲二途。夫文體區別，古誠有之，然固有不可歧而別者，如老子、伯夷、屈原、管仲、公孫弘、鄭莊等傳及儒林等序，此皆既述其事，又發其義。觀詞之辨者，以爲議論可也；觀實之具者，以爲序事可也。變化離合，不可名物；龍騰虎躍，不可韁鎖。文而至此，即遷史不皆其然，乃公亦取之加僕，何言之易也！晉人劉勰論文備矣，條中有“鎔裁”者正謂此耳。夫金錫不和不成器，事詞不會不成文，其致

一也。文之不易言也若是，僕安能及之！（卷一百五十二）

劉世偉

　　劉世偉（生卒年不詳）字宗周。明信陽（今屬河南）人。嘉靖中任寧州州司。著有
《厭次瑣談》等。其《過庭詩話》卷首有嘉靖三十六年（1557）作者同郡友人閆新恩序，
稱作者之父寧國君冷庵翁學養頗深，此書取名"過庭"，蓋標榜其家學淵源。全書一百
十四則，論古今各體詩歌，兼及本朝詩人詩作。《四庫全書總目》謂其"皆拾七子之緒
余，實於漢、魏、盛唐了無所解，於宋詩亦無所解也"，並指出書中若干錯誤。

　　本書資料據浙江范懋柱家天一閣藏本《過庭詩話》。

《過庭詩話》（節錄）

　　大抵絕句要言約意該，餘韻鏗然。七言近體丰韻精爽，沉着婉曲。五言律溜亮痛
快，點綴精奇。排律鋪叙典實，顧盼遠到。歌行突兀歇拍，脉絡綿遠。樂府風流激切，
雅俗相兼。漢、魏古詩渾厚和平，質而不俚。集古天然凑合，不加增損。擬古取格定
意，去我從彼。吳體縹緲虛怯，松散放逸。（卷下）

李先芳

　　李先芳（1511—1594）字伯承，號北山。明監利（今屬湖北）人，寄籍濮州（今屬河
南）。嘉靖二十六年（1547）進士，終尚寶司少卿。與昆山俞允文、盧柟，孝豐吳維岳，順
德歐大任並稱"廣五子"。著有《東岱山房稿》、《來禽館集》、《讀詩私記》、《江右詩稿》、
《李氏山房選》、《周易折衷錄》、《清平閣集》、《春秋辨疑》等書，並傳於世。現在有人考證
《金瓶梅》的作者是李先芳。《四庫全書》提要評《讀詩私記》，稱其"不專主一家者，故其議
論平和，絕無區別門戶之見……雖援據不廣，時有闕略，要其大綱與鑿空臆撰者殊矣"。

　　本書資料據四庫全書本《讀詩私記》。

辨詩本無變風、變雅之名

　　先儒舊説，二南二十五篇爲正風，《鹿鳴》至《菁莪》二十二篇爲正小雅，《文王》至
《卷阿》十八篇爲正大雅，皆文、武、成王時詩，周公所定樂歌之詞。《邶》至《豳》十三國

爲變風，《六月》至《何草不黃》五十八篇爲變小雅，《民勞》至《召旻》十三篇爲變大雅，皆康、昭以後所作。及考安成劉氏曰：詩人各隨當時政教善惡、人事得失而美刺之，未嘗有意於爲正、爲變，後人比而觀之，遂有正、變之分，所以正風、雅爲文、武、成王時詩，變風、雅爲康、昭以後所作，而《豳風》不可以爲康昭以後之詩也。大抵就各詩論之，以美爲正，以刺爲變，猶之可也。若拘其時事分其篇帙，則其可疑者多矣。蓋孔子删詩，原情據理，順其自然，故醜好美刺相間而成章，非故以何者爲變，何者爲正也。譬如列宿之麗天，錯綜布列，五色成文，而躔次度數毫髮不爽，能使人定時令、察災祥，有不待言而見者。故善讀詩者，不須問其篇章次第是非如何，但玩味聖人垂示勸戒之意，深於詩者也。

疑雅降爲風，諸侯有風無雅、頌

《詩》以風、雅、頌爲三經，王者諸侯通用之，但其地不同耳，非謂風賤於雅，雅輕於頌，而惟王者兼之也。故有諸侯之風，亦有王者之風。風有風體，凡出自閨門及民情好惡者是也。《周》、《召》二南所載，不出乎閨壺里巷之事，詞雖爾雅，不得謂之雅而謂之風。《黍離》以下，雖多憂國憫時之詞，亦係民情好惡，不出於朝廷，亦不得謂之雅而謂之風，非王本無風，降而爲國風也。雅有雅體，歌於宗廟朝廷者是也。諸侯亦有宗廟朝廷，風既不倫，雅、頌又非其分，將無詩乎？竊疑魯既有頌，焉知無雅，又焉知列國之無雅、頌乎？其諸侯有風而無雅、頌者，以天子巡狩，國史陳風而采之，故列國有風無雅頌者，未必無也。以多溢美之詞，爲尊者自避，故不敢聞于天子也。不然，魯何以有頌之名？妄言姑記，以俟知者。（以上卷一）

茅 坤

茅坤(1512—1601)字順甫，號鹿門。明歸安(今浙江吳興)人。嘉靖進士，累官廣西兵備僉事，遷大名兵備副使。明代散文家。茅坤的散文刻意模仿司馬遷、歐陽修，行文跌宕激射，但由於好爲摹擬，故佳作不多。著有《白華樓藏稿》、《玉芝山房稿》、《史記鈔》、《紀剿除徐海本末》等。

明初朱右已采韓愈、柳宗元、歐陽修、曾鞏、王安石及三蘇父子之文爲《八先生文集》(已佚)，唐順之《文編》選唐宋文也僅取此八家。茅坤因不滿前後七子"文必秦漢"的觀點，提倡學習唐宋古文，故編纂《唐宋八大家文鈔》一百六十四卷以宣導之。此書收韓愈文十六卷、柳宗元文十二卷、歐陽修文三十二卷(附《五代史鈔》二十卷)、王安石文十六卷、曾鞏文十卷、蘇洵文十卷、蘇軾文二十八卷、蘇轍文二十卷。每一作家名下都附有小引,各篇文章後也往往有評論,並引有王慎中、唐順之的評語。此書不是分體收錄,而是按作者收錄;不是以文係體,而是以文係人。故其所説"體",一般不是指文章體裁,而是指文章風格。其全書總叙是歷代文體史特別是風格史的簡明概括,而各家之叙不僅論述了該家特點及其與他家之異同,而所列篇目對其文體分類也頗有參考價值,故均收錄。《四庫全書總目》卷一八九《唐宋八大家文鈔》提要云:"今觀是集,大抵亦爲舉業而設,其所評語,疏舛尤不可枚舉……然八家全集浩博,學者遍讀爲難,書肆選本又漏略過甚,坤所選錄,尚得繁簡之中。集中評語雖所見未深,而亦足爲初學之門徑,一二百年來家弦户誦,固亦有由矣。"沿茅坤而增損成書者頗多,清人張伯行有《唐宋八大家文鈔》,僅十九卷。儲欣仿茅鈔增李翺、孫樵,編成《唐宋十大家全集錄》五十一卷,亦各附評語。

本書資料據四庫全書本《唐宋八大家文鈔》。

《唐宋八大家文鈔》原叙

孔子之係《易》曰:"其旨遠,其辭文。"斯固所以教天下後世爲文者之至也。然而及門之士,顏淵、子貢以下,並齊魯間之秀傑也。或云身通六藝者七十餘人,文學之科並不得與,而所屬者僅子游、子夏兩人焉。何哉?蓋天生賢哲,各有獨稟,譬則泉之温,火之寒,石之結綠,金之指南。人於其間,以獨稟之氣而又必爲之專一以致其至。伶倫之於音,神竈之於占,養由基之於射,造父之於御,扁鵲之於醫,僚之於丸,秋之於奕,彼皆以天縱之智,加之以專一之學,而獨得其解。斯固以之擅當時而名後世,而非他所得而相雄者。孔子没而游、夏輩各以其學授之諸侯之國,已而散逸不傳,而秦人燔經坑學士,而六藝之旨幾輟矣。漢興,招亡經,求學士,而晁錯、賈誼、董仲舒、司馬遷、劉向、揚雄、班固輩始及稍稍出,而西京之文號爲爾雅。崔、蔡以下,非不矯然龍驤也,然六藝之旨漸流失。魏、晉、宋、齊、梁、陳、隋、唐之間,文日以靡,氣日以弱。強弩之末,且不及魯縞矣,而況於穿札乎?昌黎韓愈首出而振之,柳柳州又從而和之,於是始知非六經不以讀,非先秦兩漢之書不以觀,其所著書、論、叙、記、碑、銘、頌、辯諸什,故多所獨開門户。然大較並尋六藝之遺,略相上下而羽翼之者。貞元以後,唐且中墜。沿及五代,兵戈之際,天下寥寥矣。宋興百年,文運天啟,於是歐陽公修從隨州故家覆瓿中偶得韓愈書,手讀而好之,而天下之士始知通經博古爲高,而一時文人學士彬彬然附離而起。蘇氏父子兄弟及曾鞏、王安石之徒,其間材旨小大、音響緩亟雖屬不同,而要之於孔子所删六藝之遺,則共爲家習而户眇之者。由今觀之,譬則世之走蹩躠騏驥於千里之間,而中及二百里三百里而輟者有之矣,謂途之蒩而輾之粵則非也。世之操觚者往往謂文章與時相高下，而唐以後且薄不足爲。噫！抑不知文特以道相盛衰，時非所論也。其間工不工則又係乎斯人者之稟，與其專一之致否何如耳。如所云，則必太羹玄酒之尚，茅茨土簋之陳。而三代而下明堂玉帶，雲罍犧樽之設，皆駢枝也已。孔子之所謂“其旨遠”，即不詭於道也。“其辭文”，即道之燦然若象緯者之曲而布也。斯固庖犧以來人文不易之統也，而豈世之云乎哉！我明弘治、正德間，李夢陽崛起北地，豪儁輻輳，已振詩聲，復揭文軌，而曰吾《左》吾《史》與《漢》矣。已而又曰吾黃初、建安矣。以予觀之，特所謂詞林之雄耳，其於古六藝之遺，豈不湛淫滌濫，而互相剽裂已乎？予於是手掇韓公愈，柳公宗元，歐陽公修，蘇公洵、軾、轍，曾公鞏，王公安石之文，而稍爲批評之，以爲操觚者之券，題曰《八大家文鈔》，家各有引，條疏於左。嗟乎，之八君子者，不敢遽謂盡得古六藝之旨，而予所批評，亦不敢自以得八君子者之深。要之大義所揭，指次點綴，或於道不相整已，謹書之以質世之知我者。時萬曆己卯仲春歸安鹿門茅坤撰。

《唐宋八大家文鈔》論例（節録）

世之論韓文者，共首稱碑誌。予獨以韓公碑誌多奇崛險譎，不得《史》、《漢》序事法，故於風神處或少遒逸，予間亦鐫記其旁。至於歐陽公碑誌之文，可謂獨得史遷之髓矣。王荆公則又別出一調，當細繹之。序、記、書，則韓公崛起門户矣。而論策以下，當屬之蘇氏父子兄弟。四六文字，予初不欲録。然歐陽公之婉麗，蘇子瞻之悲慨，王荆公之深刺，於君臣上下之間，似有感動處，故録而存之。予覽子厚之文，其議論處多鑱畫；其紀山水處，多幽邃夷曠；至於墓誌碑碣，其爲御史及禮部員外時所作，多沿六朝之遺，予不録，録其貶永州司馬以後稍屬儁永者凡若干首，以見其風概云。然不如昌黎多矣。

予嘗有《文評》曰：屈、宋以來，渾渾噩噩，如長川大谷，探之不窮，攬之不竭，蘊藉百家，包括萬代者，司馬子長之文也；閎深典雅，西京之中獨冠儒宗者，劉向之文也；斟酌經緯，上摹子長，下採劉向父子，勒成一家之言者，班固也；吞吐騁頓，若千里之駒而走，赤電鞭疾風，常者山立，怪者霆擊，韓愈之文也；巉巖崱屴，若遊峻壑削壁，而谷風凄雨四至者，柳宗元之文也；遒麗逸宕，若攜美人宴遊東山，而風流文物照耀江左者，歐陽子之文也；行乎其所當行，止乎其所不得不止，浩浩洋洋，赴千里之河而注之海者，蘇長公也。嗚呼！七君子者，可謂聖於文矣！其餘若賈、董、相如、揚雄諸君子，可謂才間炳然西京矣，而非其至者。曾鞏、王安石、蘇洵、轍至矣，鞏尤爲折衷於大道而不失其正，然其才或疲薾而不能副焉。吾聊次之如左，俟知音者賞之。

《昌黎文鈔》引

魏晉以後，宋、齊、梁、陳迄于隋、唐之際，孔子六藝之遺不絶如帶矣。昌黎韓退之崛起德、憲之間，泝孟軻、荀卿、賈誼、晁錯、董仲舒、司馬遷、劉向、揚雄及班掾父子之旨而揣摩之，於是時譽者半毁者半，獨柳宗元、李翱、皇甫湜、孟郊二三輩相與遊從，深知而篤好之耳。何則？於舉世聾瞶中而欲獨以黃鍾大吕鏗鉤其間，甚矣其難也。又三百年而歐陽公修、蘇公軾輩相繼出，始表章之，而天下之文復趨於古。嗟乎，隋、唐之文其患在靡而弱，而退之之出而振之固已難矣。迺若近代之文其患在勦而膚，有志者苟欲出而振之，而其爲力也不尤憂憂乎其難矣哉。要之必本乎道，而按古六藝者之遺，斯之謂右作者之旨云爾。予故於漢西京而下，八代之衰，不及一人也。首揭昌黎韓文公愈，録其表狀九首，書啓狀四十六首，序三十三首，記傳十二首，原論議十首，辯解説頌雜著二十二首，碑及墓誌碣銘五十二首，哀詞祭文行狀八首，釐爲十六卷。昌黎之奇，於碑誌尤爲巉削，予竊疑其於太史遷之旨。或屬一間。以其盛氣揓抉，幅尺峻而韻折少也。書記序辯解及他雜著，公所獨倡門户譬，則達摩西來，獨開禪宗矣。（以上卷首）

《柳州文鈔》引

昌黎韓退之崛起八代之衰，又得柳柳州相爲羽翼，故此唱彼和，譬之嘖嘯山谷，一呼一應，可謂盛已。昌黎之文得諸古六藝及孟軻揚、雄者爲多，而柳州則間出乎《國語》及《左氏春秋》諸家矣。其深醇渾雄或不如昌黎，而其勁悍沈寥，抑亦千年以來曠音也。予故讀許京兆、蕭翰林諸書，似與司馬子長《答任少卿書》相上下，欲爲掩卷纍欷者久之。再覽《鈷鉧潭》諸記，杳然神遊沅湘之上，若將凌虚御風也已，奇矣哉。予録書啓三十三首，序傳十七首，記二十八首，論議辯十四首，説贊雜著十八首，碑銘墓碣及誄表狀祭文二十首，釐爲十二卷，按柳州《平淮雅》與《鐃歌》及五七言詩什，於諸家中尤擅所長，予校而録之者特文也，故不及。（卷十六）

《廬陵文鈔》引

西京以來，獨稱太史公遷以其馳驟跌宕，悲慨嗚咽而風神所注，往往於點綴指次獨得妙解。譬之覽仙姬於瀟湘洞庭之上，可望而不可近者。累數百年而得韓昌黎，然彼固别開門户也。又三百年而得歐陽子，予覽其所序次當世將相學士大夫墓誌碑表與《五代史》所爲梁、唐二紀及他名臣雜傳，蓋與太史公略相上下者。然歐陽子所與友人論文書絶不之及，何也？又如奏疏劄子當其善爲開陳，分別利害，一切感悟主上，於漢可方晁錯、賈誼，於唐可方魏徵、陸贄。宋仁廟嘗論庭臣曰：歐陽修何處得來，殆亦由此。序記書論雖多得之昌黎，而其姿態橫生，別爲韵折令人讀之，一唱三歎，餘音不絶。予所以獨愛其文，妄謂世之文人學士得太史公之逸者獨歐陽子一人而已。而世之人或予信或不予信，又或訾其間不免俗調處。嗟乎，抑誠有之，太史公之傳《仲尼弟子》與《循吏》處，抑豈能與《刺客》同工哉？觀之日月，猶有抱珥，可知之矣。予讀《唐書》、《五代史》別有鈔，今録其文集行世者。首上皇帝書疏六首，次劄子並狀五十三首，次表啟二十二首，次書二十五首，次論三十五首，次序三十一首，傳二首，次記二十五首，次神道碑銘、墓誌銘四十七首，次墓表、祭文、行狀二十三首，次頌、賦、他雜著一十首，釐爲三十三卷。噫，姪桂嘗以予酷愛歐陽公叙事，當不讓太史公遷，且前曰歐陽公撰《五代史》，當時將相特並齷齪不足數，況兵戈之後，禮崩樂壞，故其文章所表見止此。假令同太史公抽石室之書，傳次春秋、戰國及先秦、楚、漢之際，豈特是而已哉？譬之一人焉，入天子圖書琬琰之藏，而陳周彝漢鼎犧樽雲罍以相博古一人焉，特入富人者之室，所可指次者陶埴菽食而已。予唯唯。嗟乎，世之欲覽歐陽子之全，必合予他所批注《唐書》、《五代史》而讀之，斯得之矣。（卷二十九）

《廬陵史鈔》引

或問余於歐陽公，復有《史鈔》，何也？歐陽公他文多本韓昌黎，而其序次國家之大及謀臣戰將得失處，余竊謂獨得太史公之遺。其爲《唐書》則天子詔史官與宋庠輩共爲分局視草，故僅得其志論十餘首。而《五代史》則出於公之所自勒者，故梁唐帝紀及諸名臣戰功處，往往點次如畫，風神粲然。惜也，五代兵戈之世，文字崩缺，公於其時特本野史與勢家鉅室家乘所傳者而爲之耳。假令如太史公所本《左傳》、《國語》、《戰國策》、《楚漢春秋》，又如班掾所得劉向《東觀漢書》及《西京雜記》等書爲之本，揚搉古今，詮次當。闕（卷六十一）

《臨川文鈔》引

王荆公湛深之識，幽渺之思，大較並本之古六藝之旨，而於其中別自爲調，鑱刻萬物，鼓鑄羣情，以成一家之言者也。其尤最者《上仁宗皇帝書》與神宗《本朝百年無事諸劄子》，可謂王佐之才，此所以於仁廟之鎮靜博大猶未能入，而至於熙寧、元豐之間劫主上而固魚水之交，譬則武丁之於傅説，孔明之於昭烈，不是過已。惜也，公之學問本之好古者多，而其措注當時亦狃於泥古爲患，況以矯拂之行而兼之以獨見，以執拗之資而恣之以私臆，所以吕、章、邢、蔡以下紛紛附會，熒惑天子，流毒四海，新法既壞，並其文學知而好之者半，而厭而訾之者亦半矣。以予觀之，荆公之雄不如韓，逸不如歐，飄宕疎爽不如蘇氏父子兄弟，而匠心所注，意在言外，神在象先，如入幽林邃谷而杳然洞天，恐亦古來所罕者。予每讀其碑誌、墓銘及他書，所指次世之名臣碩卿、賢人志士，一言之予，一字之奪，並從神解中點綴風刺，翩翩乎凌風之翮矣。於《史》、《漢》外，别爲三昧也。予首録其《上仁宗皇帝書》一首次及劄子疏狀七首，表啓三十六首，與友人書三十五首，序十二首，記二十二首，論原説解雜著二十五首，碑狀墓誌銘表及祭文七十三首，釐爲一十六卷。（卷八十一）

《南豐文鈔》引

曾子固之才餘雖不如韓退之、柳子厚、歐陽永叔及蘇氏父子兄弟，然其議論必本於六經，而其鼓鑄翦裁必折衷之於古作者之旨。朱晦菴嘗稱其文似劉向之文，於西京最爲爾雅，此所謂可與知者言，難與俗人道也。近年晉江王道思、毘陵唐應德始亟稱之，然學士間猶疑信者半，而至於膾炙者罕矣。予録其疏劄狀六首，書十五首，序三十一首，記傳二十八首，論議雜著哀詞七首。嗟乎，曾之序記爲最，而誌銘稍不及。然於文苑中當如漢所稱古之三老祭酒是已，學者不可不知。（卷九十七）

《老泉文鈔》引

蘇文公崛起蜀徼，其學本申、韓而其行文雜出於荀卿、孟軻及戰國策諸家，不敢遽謂得古六藝者之遺，然其鑱畫之議，幽悄之思，博大之識，奇崛之氣，非近代儒生所及。要之韓、歐而下，與諸名家相爲表裏。及其二子繼響，嘉祐之文，西漢同風矣。予讀之，録其書狀十四首，論三十七首，記四首，説二首，引二首，序一首，釐爲十卷。（卷一百一十七）

《東坡文鈔》引

予少謂蘇子瞻之於文，李白之於詩，韓信之於兵，天各縱之以神僊軼世之才，而非世之問學所及者。及詳覽其所上神宗皇帝及代張方平、滕甫諫兵事等書，又如論徐州京東盜賊事宜並西羌、鬼章等劄子，要之於漢賈誼、唐陸贄，不知其爲何如者。朱晦菴嘗病其文不脱縱橫氣習，蓋特其少時沾沾自喜，或不免耳。入哲宗朝召爲兩制，及謫海南以後，殆古之曠達遊方之外者已然。其以忠獲罪，卒不能安於朝廷之上，豈其才之罪哉？予録其制策二首，上書七首，劄子十四首，狀十二首，表啟二十七首，與執政及友人書二十二首，論七十首，策二十五首，序傳十首，記二十六首，碑六首，銘贊頌十五首，說、賦、祭文、雜著十五首，釐爲二十八卷。（卷一百一十七）

《潁濱文鈔》引

蘇文定公之文，其鑱削之思或不如父，雄傑之氣或不如兄，然而冲和澹泊，遒逸疎宕，大者萬言，小者千餘言，譬之片帆截海，澄波不揚，而洲島之芬錯，雲霞之蔽虧，日星之閃爍，魚龍之出没，並席之掌上，而綽約不窮者已，西漢以來別調也。其《君術》、《臣事》、《民政》等篇尤爲卓犖。予讀之，録其上皇帝書及劄子、狀十九首，與他執政書十首，諸論及《歷代》、《古史》名論八十二首，策二十五首，序引傳七首，記十二首，說、贊、辭、賦、祭文、雜著十一首，釐爲二十卷。（卷一百四十五）

馮惟訥

馮惟訥(1513—1572)字汝言，號少洲。明臨朐(今屬山東)人。馮裕第四子。嘉靖十七年(1538)進士。位至光禄正卿。擅長詩文，在臨朐馮氏文學府庫中另樹一幟。主要著作有《光禄集》十卷、《青州府志》八卷，輯録《古詩紀》一百五十六卷、《風雅廣逸》八卷。《古詩紀》前集十卷，録先秦古逸詩；正集一百三十卷，録漢至隋詩歌；外集四卷，録古小説、筆記中所傳仙鬼之詩；別集十二卷，選録前人對古詩的評論。《古詩紀》收羅宏富，是現存最早的一部專門搜輯古詩的總集。後來編纂的總集，如明人張溥《漢魏六朝百三家集》即多取材此書；近人丁福保《全漢三國魏晉南北朝詩》也以之爲藍本。逮欽立《先秦漢魏晉南北朝詩》也是在此書與丁書基礎上重加考訂增補而成。

本書資料據四庫全書本《古詩紀》。

《古詩紀》凡例（節録）

各家成集者編法，先樂府，次詩，各分四言、五言、六言、七言、雜言。齊、梁以下諸體漸備，如四韻者律也，二韻者絶句也。又有三韻，謂之半體。今各以體相從，而諸體之中又各以類相附。（卷首）

章句（節録）

　　詩者，始於舜、皋之《賡歌》。三代列國，《風》、《雅》繼作，今之《三百五篇》是也。其句法自三字至八字，皆起於此。三字句若"鼓咽咽，醉言歸"之類；四字句若"關關雎鳩，在河之洲"之類；五字句者，若"誰謂雀無角，何以穿我屋"之類；七字句若"交交黄鳥止于棘"之類。漢、魏以降，述作相望。梁、陳以來，格致寖多。自唐迄於國朝，而體製大備矣。《古今詩語》

　　《麈史》曰：王得仁謂七言始於《垓下歌》，《柏梁篇》祖之。劉颙以"交交黄鳥止于桑"爲七言之始，合兩句爲一，誤矣。《大雅》曰"維昔之富不如時"，《頌》曰"學有緝熙於光明"，此七言之始，王氏亦誤矣。蓋始於《擊壤歌》"帝力於我何有哉"，《雅》、《頌》之後，有《南山歌》、《子産歌》、《採葛婦歌》、《易水歌》，皆有七言而未成篇。及《大招》百句、《小招》七十句，七言已盛於楚矣。《詩家直説》。訥按：諸家所論七言詩始，惟《垓下》爲近之，他皆雜出一二言，未爲全體。至如寧戚扣牛所歌，高誘註《國語》以爲《碩鼠》之詩，雖未必然，亦足以明《南山》、《白石》之篇，誘時未嘗有也。他如《列子·擊壤》、《孔叢子·大道歌》、《續博物志·狄水歌》、《拾遺記·寧封子詩》、《皇娥歌》、《白帝子答歌》，皆出於著書者之手，其文義各自爲體，而辭義深淺，居然有別。至《吳越春秋》所載《窮劫》之曲、《采葛婦歌》、《河梁》之詩尤淺，乃不足道。而近時論詩者，遂引以爲據，辨七言不始於柏梁，亦何以稱知言也？

　　又曰：四言體始於《康衢歌》，滄浪謂起於韋孟，誤矣。同上。按：四言詩《三百五篇》在前，而嚴云起於韋孟，蓋其敘事布詞，自爲一體。漢、魏以來，遞相師法，故云始於韋，非徒言也。或又引《康衢》以爲權輿，又烏知《康衢》之謡，非《列子》因《雅》、《頌》而爲之者邪？然明良《五子之歌》載在典謨，可徵也。

　　又曰：《江有汜》乃三言之始，迨《天馬歌》體製備矣。嚴滄浪謂創自夏侯湛，蓋泥於白氏《六帖》。同上。按：三言始《天馬》似矣。《江有汜》亦非純體，曷謂始耶？

　　虞之《賡歌》，夏《五子之歌》，此三百篇之權輿也。《洪範》"無偏無陂，至歸其有極"，蔡氏謂此章蓋詩之體，使人吟詠而得其性情，與《周禮》太師教以六詩同一機。《伊訓》以三風十愆訓太甲，自"聖謨洋洋"而下，亦叶其音，蓋欲日誦是訓，如衞武公之《抑戒》也。故曰"詩可以興"。《困學紀聞》

　　夏侯太初《辨樂論》，伏羲有《網罟》之歌，神農有《豐年》之詠，黄帝有《龍袞》之頌。元次山《補樂歌》有《網罟》、《豐年》二篇。《文心雕龍》云"二言肇於黄世《竹彈》之謡"是也。《竹彈歌》見《吳越春秋》

　　《文選注》："五言自李陵始。"《文心雕龍》云："《召南》、《行露》，始肇半章；《孺子》、《滄浪》，亦有全曲。《暇豫》優歌，遠見春秋；《邪徑》童謡，近在成世。"則五言久矣。以上並《困學紀聞》

雜　　體

《列女傳》："《式微》，二人之作，聯句始此。"《困學紀聞》。皮日休云：《柏梁》，七言聯句興焉。《文心雕龍》云："聯句共韻，《柏梁》餘製。"

《詩苑類格》謂"回文出於竇滔妻所作"。《文心雕龍》云："回文所興，則道原爲始。"又傅咸有《回文》、《反覆詩》，温嶠有《回文詩》，皆在竇妻前。皮日休曰：傅咸反覆興焉，温嶠回文興焉。

梁元帝《賦得蘭澤多芳草詩》，古詩爲題，見於此。今按：劉琨有《胡姬年十五》，沈約有《江蘺生幽渚》，皆在元帝前。

《左傳》有《虞殯》，《莊子》有《紼謳》，挽歌非始于田橫之客。韓子蒼曰："《柏梁》作而詩之體壞，《河梁》作而詩之意乖。"致堂云："古樂府者，詩之旁行也；詞曲者，古樂府之末造也。"陸務觀云："倚聲製詞，起於唐之季世。"以上並《困學紀聞》

詩體如八音歌、建除體之類，古人賦詠多矣。用十二神爲詩者，始見於沈炯。《韻語陽秋》

晉傅咸集七經語爲詩，北齊劉晝緝綴一賦名爲六合。魏收曰："賦名《六合》，其愚已甚。及觀其賦，又愚於名。"後之集句，肇於此。《詩家直説》

晉傅咸作《七經詩》，其《毛詩》一篇略曰："聿修厥德，令終有俶。勉爾遁思，我言維服。盜言孔甘，其何能淑。讒人罔極，有靦面目。"此乃集句詩之始。或謂集句起於王安石，非也。《詩譜》

古今詩體不一。太師之職，掌教六詩，風、雅、頌、賦、比、興備焉。三代而下，雜體互出。漢、唐以來，《鐃歌》、《鼓吹》、《拂舞》、《矛俞》因斯而興。晉、宋以降，又有回文反復，寓憂思輾轉之情；雙聲疊韻，狀連駢嬉戲之態。郡縣、藥石名、六甲、八卦之屬，不勝其變。古有采詩官，命曰風人，以見風俗喜怒好惡。皮日休云："疎杉低通灘，冷鷺立亂浪。"此雙聲也。陸龜蒙嘗曰："膚愉吳都姝，眷戀便殿宴。"此疊韻也。劉禹錫曰："東邊日出西邊雨，道是無晴却有晴。"杜詩曰："俱飛蛺蝶元相逐，並蔕芙蓉本自雙。"又曰："滿目飛明鏡，歸心折大刀。"此皆風人類也。《珊瑚鈎詩話》

古辭云："藁砧今何在，山上復有山。何當大刀頭，破鏡飛上天。"藁砧，鈇也，謂夫也。山上有山，出也。大刀頭，刀上鐶也。破鏡，言半月當還也。此詩格非當時有釋之者，後人豈能曉哉？古辭又云："圍棋燒敗襖，著子故依然。"陸龜蒙、皮日休固嘗擬之。陸云："旦日思雙履，明時願早諧。"皮云："莫言春繭薄，猶有萬重思。"是皆以下句釋上句，與《藁砧》異矣。《樂府解題》以此格爲風人詩，取陳詩以觀民風，示不顯言之意。至東坡《無題》詩云:"蓮子擘開須見薏,秋枰着盡更無棋。破衫却有重縫處,一飯何曾忘却匙?"是文與釋並見於一句中,與風人詩又小異矣。葛常之○古樂府:"山上復有山,何當大刀頭。"此虎謎之祖。子美"歸心折大刀",明用此意。《過庭詩話》

南朝人作詩多先賦韻,如梁武帝《華光殿宴飲連句》,沈約賦韻,曹景宗不得韻。啟求之,乃得"競"、"病"兩字之類是也。予家有《陳后主文集》十卷,載《王師獻捷賀樂文》,思預席羣僚各賦一字,仍成韻。上得盛、柄、病、令、橫、映、復、併、鏡、慶十字,宴宣猷堂得迣、格、白、黑、易、夕、擲、斥、拆、啞十字,幸舍人省得日、謐、一、瑟、畢、訖、橘、質、帙、實十字。如此者凡數十篇,今人無此格也。《容齋續筆》

《類文見》曰:"梁武帝同王筠和太子《懺悔詩》,始爲押韻。晚唐多效之,迨宋人尤甚。"《詩家直説》

題　例

元稹自序《樂府》曰:"《詩》迄于周,《離騷》迄于楚,是後詩之流爲二十四名,賦、頌、銘、贊、誄、箴、詩、行、詠、吟、題、怨、歌、章、篇、操、引、謠、謳、歌、曲、詞、調,皆詩人六義之餘。"劉補闕云:"樂府肇於漢、魏。"按:仲尼學《文王操》,伯牙作《水仙操》,則不於漢、魏而後始,亦以明矣。訥按:琴操肇於上古,如《神人暢》、《南風歌》之類,又在仲尼前。但今所傳之曲,未必盡出於古耳。樂府之名,自興於漢,何得以此相掩耶?

守法度曰詩,載始末曰引,體如行書曰行,放情曰歌,行間之曰歌行,悲如蛩螿曰吟,通乎俚俗曰謠,委曲盡情曰曲。《白石詩説》

刺美風化,緩而不迫謂之風;采摭事物,摛華布體謂之賦;推明政治,莊語得失謂之雅;形容盛德,揚屬休功謂之頌;幽憂憤悱,寓之比興謂之騒;感觸事物,託於文章謂之辭;程事較功,考實定名謂之銘;援古刺今,箴戒得失謂之箴;猗迁抑揚,永言謂之歌;非鼓非鍾,徒歌謂之謠;步驟馳騁,斐然成章謂之行;品秩先後,叙而推之謂之引;聲音雜比,高下短長謂之曲;吁嗟慨嘆,悲憂深思謂之吟;吟詠情性,總而言志謂之詩;蘇、李而上,高簡古澹謂之古;沈、宋而下,法律精切謂之律。此詩之衆體也。《珊瑚鈎詩話》

詩家名號,區別種種。原其大義,固自同歸。歌聲雜而無方,行體疏而不滯,吟以呻其鬱,曲以導其微,引以抽其意,詩以言其情。故因名昭象,合是而觀,則情之體備矣。夫情既異其形,故辭當因其勢,譬如寫物繪色,倩盼各以其狀;隨規逐矩,圓方巧獲其則。此乃因情立格,持守圜環之大略也。若夫神工哲匠,顛倒經樞,思若連絲,應之杼軸;文如鑄冶,逐手而遷;從衡參互,恒度自若:此心之伏機,不可彊能也。《談藝錄》

聲律(節錄)

永明末,盛爲文章。吳興沈休文、陳郡謝玄暉、瑯琊王元長以氣類相推轂,汝南周彦倫善識聲,爲文皆用宮商,以平、上、去、入爲四聲,以此制韻,不可增減,謂之永明體。《何氏語林》○《高氏小史》云:"周顒字彦倫,始置《四聲切韻》行於時。"

陸厥《與沈約書》曰:"范詹事自序性別宮商,識清濁,特能適輕重,濟艱難,古今文人多不全了。此處縱有會此者,不必從根本中來。"《歷代吟譜》

沈休文酷裁八病,碎用四聲,故風、雅殆盡。後之才子,天機不高,爲沈生弊法所媚,懵然隨流,溺而不返。皎然《詩評》

皮日休《雜體詩序》曰:"《詩》云:'蝃蝀在東。'又曰:'鴛鴦在梁。'雙聲起於此也。"陸龜蒙《詩序》曰:"疊音起自梁武帝云'後牖有朽柳'。當時侍從之臣皆唱和。劉孝綽云:'梁王長康强。'沈休文云:'載載每礙磏。'自後用此體作爲小詩者多矣。如王融所謂'園蔬炫紅蒨,湖荇燁黃華',溫庭筠所謂'棲息銷心象,簷楹溢艷陽',皆效雙聲而爲之者也。"陸龜蒙所謂'瓊英輕明生,竹石滴瀝碧',皮日休所謂"康莊傷荒凉,主虞部伍苦",皆傚疊韻而爲之者也。南北朝人士多喜作雙聲疊韻,如謝莊、羊戎、魏收、崔嚴輩戲謔諧諸之語,往往載在史册,可得而考焉。○《韻語陽秋》

聲韻之興,自謝莊、沈約以來,其變日多。四聲中又別其清濁,以爲雙聲一韻者,以爲疊韻,蓋以輕重爲清濁爾。所謂"前有浮聲,則後須切響"是也。王融《雙聲詩》云:"園蔬炫紅蒨,湖荇燁黃華。迴鶴橫淮翰,遠越合雲霞。"以此求之,可見自唐以來,雙聲不復用,而疊韻間有。杜子美"卑枝低結子,接葉暗巢鶯",白樂天"量大嫌甜酒,才高笑小詩"之類,皆因其語意所到輒就成之,要不以爲工也。陸龜蒙輩遂以皆用一音,引"後牖有朽柳"、"梁王長康强"爲始於梁武帝,不知復何所據? 所謂蜂腰、鶴膝者,蓋又出於雙聲之變。若五字首尾皆濁音,而中一字清,即爲蜂腰;首尾皆清音,而中一字濁,即爲鶴膝。尤可笑也。○《蔡寬夫詩話》

《南史·謝莊傳》曰:"王元謨問莊:'何者爲雙聲,何者爲疊韻?'答曰:'"互護"爲雙聲,"磝碻"爲疊韻。'"某桉:古人以四聲爲切韻紐,以雙聲疊韻必以五音爲定。蓋謂東方喉聲爲木音,西方舌聲爲金音,南方齒聲爲火音,北方脣聲爲水音,中央牙聲爲土音也。雙聲者,同音而不同韻也;疊韻者,同音而又同韻也。"互護"同爲脣音,而二字不同韻,故謂之雙聲;"磝碻"同爲牙音,而二字又同韻,故謂之疊韻。若彷彿、熠燿、騏驥、慷慨、呿喔、霖霂,皆雙聲也;若侏儒、童蒙、崆峒、龍鍾、螳螂、滴瀝,皆疊韻也。《廣韻》曰:"章灼、良略是雙聲,灼略、章良是疊韻。"又曰:"斤剔、靈歷是雙聲,剔歷、斤靈是疊韻。"舉此例則諸音皆是,此而紐之可以定矣。沈存中論詩之用字曰:"'幾家村草裏,吹笛隔江聞。'幾家村草、吹笛隔江,皆雙聲也。"某桉"村"字是脣音,"草"字是齒音,"吹"字是脣音,"笛"字是齒音,此非同音字,不可謂之雙聲也。存中又曰:"'月影侵簪冷,江光逼履清。'侵簪、逼履皆疊韻也。"某按"侵"字是脣音,"簪"字是齒音,"逼"字是脣音,"履"字是舌音,既非同音字,而"逼"、"履"二字又不同類,不謂之疊韻也。某按:李羣玉詩曰"方穿詰曲崎嶇路,又聽鈎輈格磔聲。"詰曲、崎嶇乃雙聲也,鈎輈、格磔乃疊韻也。○《學林新編》

百藥曰:"分四聲八病。按《詩苑類格》沈約曰:'詩病有八,平頭、上尾、蜂腰、鶴膝、大韻、小韻、旁紐、正紐。'唯上尾、鶴膝最忌,餘病一通。"《困學紀聞》

梅堯臣《續金針詩格》曰:"八病:一曰平頭,第一字不得與第六字同聲,第二字不得與第七字同聲。詩曰:'今日良宴會,歡樂難具陳。''今'與'歡'同聲,'日'與'樂'同聲。○一曰謂句首二字並是平聲是犯。古詩:'朝雲晦初景,丹池晚飛雪。飄披聚還散,吹揚凝且滅。'

二曰上尾:第五字不得與第十字同聲。詩曰:'西北有高樓,上與浮雲齊。''樓'與'齊'同聲。○一曰古詩'蕩子到娼家,秋庭夜月華。桂華侵雲長,輕光逐漢斜。'内'家'字與'華'字同聲,是韻即不妨。若側聲,是同上去入,即是犯也。

三曰蜂腰:第二字不得與第五字同聲,所以兩頭大,中心小,似蜂腰之形。詩曰:'遠與君別久,乃至雁門關。''與'字並'久'字同聲。○一曰古詩:'徐步金門旦,言尋上苑春。'

四鶴膝:第五字不得與第十五字同聲,所以兩頭細,中心粗,似鶴膝之形。詩曰:'新製齊紈素,皎潔如霜雪。裁爲合歡扇,團圓似秋月。''素'字與'扇'字同聲。○一曰古詩:'陟野看陽春,登樓望初柳。綠池始沾裳,弱葉未映綬。'言'春'與'裳'字同是平聲,故曰犯上去入,亦然。

五韻:爲重疊相犯也。如五言詩以'新'字爲韻者,九字内更著'津'字、'人'字等爲大韻也。詩曰:'胡姬年十五,春日獨當壚。''胡'字與'壚'字同聲。○一曰謂二句中字與第十字同聲是犯。古詩:'端坐苦愁思,攬衣起西遊。''愁'與'遊'是犯也。

六小韻:除十字中自有韻者是也。詩曰:'客子已乖離,那宜遠相送。'子、已、離、宜字是也。○一曰九字中有'明'字,又用'清'字,是犯。古詩:'薄帷鑒明月,清風吹我襟。'

七傍紐:一句中已有'月'字,不得著'元'、'阮'、'願'字,此是雙聲,即爲傍紐也。詩曰:'丈夫且安坐,梁塵將欲起。''丈'、'梁'之類即謂犯耳。○一曰謂十字中有'田'字,又用'寅'、'延'字是犯。古詩:'田夫亦知禮,寅賓延上坐。'

八正紐:如壬、衽、任、入四字爲一紐,一句之中已有'壬'字,更不得安'衽'、'任'字。詩曰:'我本漢家女,來嫁單于庭。''家'、'嫁'是一紐之内,名正雙聲。○一曰謂十字中有'元'字,又有'阮'、'願'、'月'字是犯。古詩:'我本良家子,來嫁單于庭。''家'與'嫁'字,乃是犯也。"(以上卷一百四十六《別集》第二)

蔣 孝

蔣孝(生卒年不詳)字惟忠。明毗陵(今江蘇常州)人。嘉靖二十三年(1544)進士,授户部主事。著有《蔣户部集》,已佚。

《十三調譜》與《九宮譜》很早就失傳了,其體製是否完備,已無法考見。從現存的南曲譜來看,體製較完備的南曲譜,當首推蔣孝的《舊編南九宮詞譜》和沈璟的《增定查補南九宮十三調曲譜》。《舊編南九宮詞譜》是在《九宮譜》的基礎上編撰而成的,即依據《九宮譜》所列曲目,在南戲和傳奇劇本中找到相應的曲文收入譜中,使每一支曲調下都有範例,這樣就大致規定了該曲調的句格,使作家有了借鑒的依據。在蔣孝編撰《舊編南九宮詞譜》時,《十三調譜》所收的曲調有一些在實際運用中已經廢置不用了,所以他僅將其曲目附於《九宮譜》後。

本書資料據嘉靖刻本《舊編南九宮詞譜》。

《舊編南九宮詞譜》序（節録）

九宮十三調者，南詞譜也。國風、鄭、衞之變，而南宮北里競爲靡曼。開元、天寶之間，妙選梨園法曲，温、李之徒始著《金筌》等集。至宋則歐、蘇大儒每每留意聲律，而行家所推詞手，獨云黃九、秦七，是則聲樂之難久矣。完顏之世有董解元者，以北曲擅場，騷人墨客一時宗尚，頗能抒思發聲，下至蒙瞍賤工，亦皆通曉其義。於是樂府之家有門户，有體式，有格勢，有劇科，有聲調，有引序。作者非是不取，以故音韻之學行於中州。南人善爲豔詞，如《花底黃鸝》等曲，皆與古昔媲美，然崇尚源流不如北詞之盛，故人各以耳目所見妄有述作，遂使宮徵乖誤，不能比諸管弦，而諧聲依永之義遠矣。余當鉛槧之暇，因思大雅不作，而樂之所生皆由人心，古之聲詩即今之歌曲也。昔《二南》、《國風》出於民俗歌謠，而《南風》、《擊壤》之詠，實彰《韶濩》之治，是烏可以下里淫豔廢哉！（卷首）

胡　直

胡直（1517—1585）字正甫，號廬山。明吉安泰和（今屬江西）人。嘉靖進士，官至福建按察使。胡直爲江右王門學派的代表人物之一，其思想頗具特色。黃宗羲謂其“心造天地萬物”之旨，與釋氏所稱“三界惟心，山河大地，爲妙明心中物”不遠，在心學觀點上，他比王守仁走得更遠。其《刻喬三石先生文集序》是對當時“文必秦漢”説的有力駁斥，其《趙浚谷先生文序》力主雄渾頓挫，不襲一家。著有《胡子衡齊》，胡適稱“此書爲明代哲學中一部最有條理又最有精采之書”，後人輯爲《衡廬精舍藏稿》三十卷、《續稿》十一卷。

本書資料據四庫全書本《衡廬精舍藏稿》。

《唐詩律選》序（節録）

世多以律詩爲非古，予獨不然。詩之古不古，不繫於體之律不律也。辟之求古人於世，將以其質行耶？抑以其狀貌耶？如以其狀貌，則必若植鰭削瓜，然後爲古人可畿，其取冠服、字畫皆然。有聖人者出，雖貴麻冕，而用必巾幘；雖貴蝌斗，而行必真草，夫豈聖人不好古哉！以爲取古於裁製點畫，固不若取古於頭容心畫之爲真也。其於用詩何獨不然，詩之作義，取含蓄温厚足以感人，而體製次之。今世唯鶩詞葩體奇以爲勝，其於感人之義咸盖而不彰。漢儒議司馬相如勸百而諷一者以此。夫相如之文體古矣，使皆勸百而諷一，則又何以貴爲？

《西曹集》序（節錄）

（李）伯承重氣骨，喜瓌壯語，予以氣骨尚矣，而神韻先之。辟人之生有頎然魁碩，鷙颷虎視，叱咤風雷者，至扣其計畫無所之，則何取焉？假令志意摧三軍，智勇饒王公，雖身不七尺，或狀類女婦子，其烏可誚哉？是故人不專頎碩，貴在神智；詩不專瓌壯，貴在神韻。雖然，世之語神韻者希矣。

刻《喬三石先生文集》序（節錄）

文章之作，何近代品議之異乎？盖近代作者閭於大道，而專傲子長以稱勝，其語人曰是規矩在焉，其實襲也。夫古之文衆矣，子長與莊、荀、孫、韓、老、左凡六七家，咸未嘗相襲。等而上之，讀象象者若未知有典謨，讀雅頌者若未知有訓誥，讀《語》、《孟》者若未知有《繫辭》。何則？彼文者道法之所出，不得而襲焉故也。譬之爲居，棟角肖也，然各一其材。今曰阿房、靈光材最古，乃採截而益之，亦曰規矩在焉，可乎？今夫規矩各一物，自巧匠運之，爲規而員出焉，橫之爲矩而方出焉，故規矩者方員之母也，而方員豈規矩哉？是故道法者聖人之規矩也，法備而文言之，以詔諸世，此聖人由規矩出方員之跡也。方員之跡無定體，故爲典謨，爲象象，爲訓誥雅頌，不可窮極，執之則窒。子長之雄健，則亦方員之跡見乎一體而已。乃獨逡逡焉，執子長以爲規矩而襲用之，是焉知規矩。（以上卷八）

趙浚谷先生文序

自《易》象以風水語文，而文之變備矣。彼水至大者莫如海，鄒孟氏嘗以海況聖言。海固不易談已，其次莫若江河。予嘗浮彭蠡，絶淮泗，固江河之巨滙也。方其微風颰波，紆紆容容，涵雲霞之麗，抱日月之晶，睹者固已盪胸臆，皇耳目矣。已而噫氣噴薄，砏雷震霆，鵁蹝萬馬舞三軍，鬬虬螭而咆熊虎，睹者震掉，不敢正視。頃之則又恬如寂如，放乎無有。凡此不出晷刻，而其變不可窮詰，非獨彼水與風不得知，雖造物者亦不知其然而然也。此非天下之至神，其孰與之？自鄒孟氏以後，其文之盡變有若此者，唯莊、荀、司馬、太史、韓、蘇數子擅之，柳、歐以下亦頗得其七八。然予又觀江河下上有三峽、龍門，其變不在風而在石，彼其石之巉嶮崛岉與波春分春撞，天下希奇也。而莊、荀、太史數子間極其變，亦或有似之，然不常有也。何則？使天下水咸爲三峽、龍門則利涉者阻矣。故三峽、龍門謂江河間出之奇可也，非所以語於文之大凡也。國家自弘正間，文章復古，學士詞人競尚剞劂，往往語鷥嶙崿，而音入焦殺，其極至襲古人勝語以相矜嚴，此何異獨誇三峽、龍門，不復知江河風水自然之變，亦少過矣。嘉靖間三四君子起而定之，若趙平涼之作，高者雄渾頓挫，不襲一家，而姿態不可繫，視數子最爲近。予嘗得《平涼集》未全，稍録其粹。予友鄒繼甫。故平涼高第弟子也。將梓行之。而屬予爲序。因尚論之如此。（卷九）

論文二篇答瞿睿夫（其二）（節録）

古今文不一體，學文者亦不能以一體局。聖人之文大都在道，其次在法，法所以維道也。翺翔道法。因物成體者，非獨時習，亦正變者之自然也。今夫文之有正變，猶兵家之有正奇，織家之有經緯。雖六經不能違也，變之中不一體，猶奇之中不一機，緯之中不一色，此雖六經亦不能違也。是故《易》有《易》之體，而玩《易》者若不與《書》謀。《書》有《書》之體，而讀《書》者若不與《詩》謀。《詩》有《詩》之體，而誦《詩》者若不與三《禮》、《春秋》謀。彼其不相謀者非意也，自然而然者變也，自非有大觀若孔子者，通《易》、《詩》、《書》、《禮》、《春秋》爲一致，則局《易》者必詆《書》，局《書》者必詆《詩》，局《詩》者必詆三《禮》、《春秋》，匪獨相詆，且交相紐矣。是故必有孔子然後知所以盡變，孔子非好變也，其道法通也。

繇是推之，苟有近于道法則《易》之變爲《玄》爲《老》爲《南華》、《冲虛》、《參同》，爲後之論説傳註不一體，《詩》之變爲《成相》，爲《離騷》，爲琴操，樂府，爲後之賦、頌、五七言古、近不一體，《書》與《春秋》之變爲左氏、公穀，爲子長《史記》，爲《漢紀》，歷代史、列國志，爲後之書，奏記、述、碑、銘、傳、贊不一體，《周禮》、《儀禮》、《王制》、《月令》變爲《白虎通》、《獨斷》、《通典》，爲後之《通考》，諸書不一體。《學》、《庸》、孟氏變爲荀、韓以下諸子，爲漢、唐、宋之論議不一體，《論語》變爲《法言》、《中説》，後之語録不一體。假令有孔子者作，當必有所擇，不有所局。

又繇是推之，漢爲漢體，唐爲唐體，宋爲宋體，而宋尤道法最近者也，則亦豈當爲孔子局且詆哉？然則孔子奚詆？詆在道法離焉而已，故道法離，雖鄭、衞出于春秋，詞非不工也，而聖人必删而紬之。道法合，雖《秦誓》出於戎狄，詞非獨工也，聖人反存之，列六經之中，援之綴《大學》之末。若是則聖人所爲文，其大概可知已。

嘗試譬之，今天下九州所共聞者唯華音，而擅諳華音唯優伶。然優伶之言不貴于時者非其音不純華也。舜東夷人，文王西夷人，舜與文王豈必脱然於諸馮岐周之音哉？而其言貴千萬世者，非其音純華也。然則孔子所詆者亦猶時之不取優伶焉已矣，孔子未嘗詆文之變體爲也。今天下文盛矣，然語者惟祖秦、漢而忘六經，推子長而薄孔、孟。韓、蘇之文實孔、孟出也，則尤今世之所深詆。自北郡倣傚子長，不欲一離黍米，而後之相師成風，亦唯知榮一家之體，崇一代之辭，引篇挈紙，獨眠有秦漢子長，咳唾餘漸，則相詫高之。假令誠有孔子之文而體涉六經，辭近韓、蘇，則曰此别立門户，甚則爲鄭衛赤幟，優伶左袒而駣宕。後生大半贅道法而斥棄之，然則涂天下耳目，浸入六朝，靡有旭旦，非斯人之徒而誰歟？嗟嗟，予將不暇憂文而憂斯世。

予少雖喜文，後自審才詘，竟自捨置，然於古今作者微有辨。夫道法備于身，不得已而文之，不以一體局，此上也，孟氏以上是也，是謂聖賢。依倣道法而籠挫于百家，囊括於羣體者中也，莊、荀、屈子、子長、揚雄、韓、蘇以下諸子是也，是謂文人。贅視道法，唯摹畫于步驟，彫刻于體句，組綴于藻豔者下也，相如、鄒、枚、曹、劉、潘、陸、顔、謝以下及近世詞家是也，是謂詞人。然近世非獨局一體。其實襲也。（卷十四）

談言（下）（節録）

曰：“文有古今乎？”曰：“有。”曰：“古亦有體乎？”曰：“有。然而無定體。”曰：“文猶諸人也，夫人莫不橫目而豎鼻；文猶諸居也，夫居莫不橫梁而豎棟也。而謂無定體，可乎？”曰：“夫人莫不橫目而豎鼻，然欲朔之面肖粤之面，可得乎？夫居莫不橫梁而豎棟，然欲秦之室肖楚之室可得乎？今語人必曰：肖堯之八采、舜之雙瞳，是古也，則司命不如塑師之能。語居者必曰：肖楚之章臺、魯之靈光，是古也，則般輸不如畫史之便。子不知世之爲古，非獨優伶，且將爲塑爲畫史二者，雖極肖似，而師古之精神亡矣。”曰：“然則聖人好古，述而不作，何哉？”曰：“聖人好古好道法也，述而不作述道法也。是故惟聖人之言爲能傳神。”曰：“漢、唐、宋之言孰優？”曰：“道法闉鬱，姑論其概，漢渾而蓄，唐漸明甌，至宋彌昌。”弟子以告先生曰：“吾知聖人之道法已爾，吾焉擇漢唐宋。”（卷三十）

刻《陳兩湖先生全集》序（節録）

夫色以養目，然而使之日親盛麗則眩；味以養口，然而使之日餍滫釀則害。君子之於文也亦然，文之生以明道，而次爲述事。古之述事莫如《書》，《書》雖以辭顯，而亦未嘗不匠意以甌乎道。道甌於意矣，辭從而將之，未有不甌于意，而獨主藻辭以相雄也。是故苟知色之養目，則三英九華非不庸之，乃不如紈素之爲常也。苟知味之養口，則八珍五齊非不庸之，乃不如稻粱之爲常也。苟知文之明道，則剞劂璵璋非不庸之，乃不如辭達之爲常也。然而世既主藻辭矣，又特聖司馬子長，而劗獵其句字，不敢一詭尺寸。其極則盜哭爲悲，借笑爲歡，俗下其意，而矜高其詞，至艱詰不可讀。陳之則上不知所明，而下不知所承，蓋非獨以病道，亦以病事。彼見不襲句字而表裏古人之精神者，反謷訾而詗喝之。由今之道而欲求得古作者之本旨，則何啻千里。（《續稿》卷二）

徐師曾

徐師曾（1517—1580）字伯魯，號魯庵。明吳江（今屬江蘇）人。嘉靖舉進士，選庶吉士，歷吏科給事中。明世宗殺戮諫臣，遂乞休。博學能文，著有《禮記集注》、《周易演義》、《正蒙章句》、《世統紀年》、《大明文鈔》、《小學史斷》、《宦學見聞》、《文體明辨》等。

《文體明辨自序》云：“《文體明辨》六十一卷，《綱領》一卷、《目録》六卷、《附録》十四卷，《目録》二卷，通八十四卷。撰述始嘉靖三十三年甲寅春，迄隆慶四年庚午秋，凡十有七年而後成其書。大抵以同郡常熟吳文恪公訥所纂《文章辨體》爲主而損益之。《辨體》爲類五十，今《明辨》百有一；《辨體》外集爲類五，今《明辨》附録二十有六；進律賦律詩於正編，賦以類從，詩以近正也。”郭紹虞先生主編的《中國古典文學理論批評專著選輯》之《校點前言》説：“到明代又有了文體論的總集大成之作，就是吳訥的《文章辨體》和徐師曾的《文體明辨》，雖然不及《文心雕龍》的‘體大而慮周’，但論到的文學體裁多於《文心雕龍》，《文章辨體》五十九類，《文體明辨》一百二十七類。”從表面看，《文體明辨》繼承了《文章辨體》的編纂形式：將文分爲若干體，再於每體之前作一“序説”，並在體下選文；也部分繼承了《文章辨體》的一些觀點，如對箴、銘、頌等文體的序説。但實際上，《文體明辨》較《文章辨體》有較大的發展，主要表現在編選體例上：《文體明辨》以辨體爲選文的唯一標準，而《文章辨體》則以辨體和明理切用二者作爲選文標準；《文章辨體》中每體自爲一類，單純明瞭，《文體明辨》則在一種文體之下附有其他相關文體。

本書資料據人民文學出版社1962年版《文體明辨序説》，后人注文及整理者校語均不收録，並參考其校點成果。

《文體明辨》序

《文體明辨》六十一卷，《綱領》一卷，《目録》六卷，《附録》十四卷，《目録》二卷，通八十四卷。撰述始嘉靖三十三年甲寅春，迄隆慶四年庚午秋，凡十有七年而後成其書。大抵以同郡常熟吳文恪公訥所纂《文章辨體》爲主而損益之。《辨體》爲類五十，今《明辨》百有一；《辨體外集》爲類五，今《明辨附録》二十有六；進《律賦》、《律詩》於《正編》，賦以類從，詩以近正也。輯既成，繕寫貯藏，以俟正於君子，乃原撰述之故而序之曰：

夫文章之有體裁，猶宮室之有制度，器皿之有法式也。爲堂必敞，爲室必奥，爲臺必四方而高，爲樓必陿而修曲，爲筥必圜，爲筐必方，爲簠必外方而内圜，爲簋必外圜而内方，夫固各有當也。苟舍制度法式，而率意爲之，其不見笑於識者鮮矣，況文章乎？

夫文章之體，起於《詩》、《書》。《詩》三百十一篇，其經緯各三；《書》體六，今存者三。厥後顔氏推論，凡文各本《五經》，良有見也。

或謂文本無體，亦無正變古今之異，而援周、孔以爲證。殊不知《無逸》、《周官》，訓也，不可混於誥；《多士》、《多方》，誥也，不可同於訓：此文之體也。其文或平正而易解，或佶屈而難讀；平正者經史官之潤色，佶屈者記矢口之本文：乃文之辭，非文之體也。《十翼》皆孔子手筆，《序卦》雖云夾雜，要亦聖人之精蘊存焉：此釋經之體，非屬文之體也。其答齊景公問政止於二語，答魯哀則七百五十餘言：此隨宜應對之辭，而門人記之，非若後世文人秉筆締思而作者也。至如以叙事爲議論者，乃議論之變；以議論爲叙事者，乃叙事之變，謂無正變不可也。又如詔、誥、表、牋諸類，古以散文，深純温厚；今以儷語，穠鮮穩順，謂無古今不可也。蓋自秦、漢而下，文愈盛；文愈盛，故類愈增；類愈增，故體愈衆；體愈衆，故辯當愈嚴：此吳公《辨體》所爲作也。

曾成童時即好古文，及叨館選，以文字爲職業，私心甚喜，然未有進也。幸承師授，指示真詮，謂文章必先體裁，而後可論工拙；苟失其體，吾何以觀？亟稱前書，尊爲準則。曾退而玩索焉。久之，而知屬體之要領在是也。第其書品類多闕，取舍失衷，或合兩類而爲一，或混正變而未分，於愚意未有當也。竊不自量，方更編摩，而以庸劣紃居瑣垣；然退食之餘，志不沮喪，蓋忘其非吾職也。已而謝病家居，積累成衮，更以今名，聊畢前志。雖於先王述作之意，不無異同；然明義理，抒性情，達意欲，應世用，上贊文治，中翼經傳，下綜藝林，要其大旨固無戾也。初擬上進，故註中先儒並稱姓名，後雖莫遂，不及修改，覽者勿以罪予則幸矣。

是編所録，唯假文以辯體，非立體而選文，故所取容有未盡者。亦有題異體同，而文不工者。復有別爲一格，如六朝、唐初文，陸宣公奏議，今並弗録，博雅君子，當自求之。

至於附録，則閭巷家人之事，俳優方外之語，本吾儒所不道。然知而不作，乃有辭於世，若乃内不能辦，而外爲大言以欺人，則儒者之耻也，故亦録而附焉。

萬曆改元歲在癸酉三月朔旦，吳江徐師曾序。

文章綱領（節録）

總論（節録）

宋倪思曰："文章以體製爲先，精工次之；失其體製，雖浮聲切響，抽黄對白，極其精工，不可謂之文矣。"

大明陳洪謨曰："文莫先於辯體，體正而後意以經之，氣以貫之，辭以飾之。體者，文之幹也；意者，文之帥也；氣者，文之翼也；辭者，文之華也。體弗慎則文龐，意弗立則文舛，氣弗昌則文萎，辭弗脩則文蕪。四者，文之病也。是故四病去，而文斯工矣。"

北齊顏之推曰："文章者，原出《五經》：詔命策檄，生於《書》者也；序述論議，生於《易》者也；歌詠賦頌，生於《詩》者也；祭祀哀誄，生於《禮》者也；書奏箴銘，生於《春秋》者也。"

梁劉勰曰："《六經》，象天地，效鬼神，參物序，制人紀，洞性靈之奧區，極文章之骨髓者也。論説辭序，則《易》統其首；詔策章奏，則《書》發其源；賦頌歌贊，則《詩》立其本；銘誄箴祝，則《禮》總其端；紀傳銘檄，則《春秋》爲根。百家勝躍，終入環内。故文能宗經，有六善焉：情深而不詭，一也；風清而不雜，二也；事信而不誕，三也；義直而不回，四也；體約而不蕪，五也；文麗而不淫，六也。"

北齊顏之推曰："文章之體，標舉興會，發引性靈，使人矜伐，故忽於持操，果於進取。今世文士，此患彌切：一字愜當，一句清巧，便神厲九霄，志凌千載，自吟自賞，不覺更有旁人。加以砂礫所傷，慘於矛戟；諷刺之禍，速乎風塵。深宜防慮，以保元吉。"

論詩（節録）

周卜商曰："詩有六義，一曰風，二曰賦，三曰比，四曰興，五曰雅，六曰頌。"

梁鍾嶸曰："興、比、賦三義，酌而用之，幹之以風力，潤之以丹彩，使味之者無極，聞之者動心，是詩之至也。若專用比興，則患在意深，意深則詞躓；若但用賦體，則患在意浮，意浮則文散。"

宋嚴羽曰："作詩須辯盡諸家體製，然後不爲旁門所惑。今人作詩差入門户者，正以體製莫辯也。世之技藝猶各有家數，市縑帛者必分道地然後知優劣，况文章乎？"

唐劉禹錫曰："片言可以明百意，坐馳可以役萬景，工於詩者能之；《風》、《雅》體變而興同，古今調殊而理一，達於詩者能之。"

唐殷璠曰："夫文有神來、氣來、情來，有雅體、野體、鄙體、俗體。編記者能審鑒諸體，委詳所來，方可定其優劣，論其取舍。"

宋嚴羽曰："詩法有五：曰體製、曰格力、曰氣象、曰興趣、曰音節。其品有九：曰高、曰古、曰深、曰遠、曰長、曰雄渾、曰飄逸、曰悲壯、曰悽惋。其用工有三：曰起結、曰句法、曰字眼。其大概有二：曰優游不迫，曰沈著痛快。其極致有一：曰入神。詩而入神，至矣，盡矣，蔑以加矣！"

宋唐庚曰："詩在與人商論，深求其疵而去之。等閒一字，放過則不可。殆近法家，故謂之詩律。"

漢司馬相如曰："合纂組以成文，列錦繡而爲質，一經一緯，一宮一商，此賦之迹也；賦家之心，包括宇宙，總覽人物，斯乃得之於內，不可得而傳。"

大明王鏊曰："唐人雖爲律詩，猶以韻勝，不以釘餖爲工。如崔顥《黃鶴樓詩》'鸚鵡洲'對'漢陽樹'，李太白'白鷺洲'對'青天外'，杜子美'江漢思歸客'對'乾坤一腐儒'，氣格超然，不爲律所縛，固自有餘味也。後世取青媲白，區區以對偶爲工，'鸚鵡洲'必對'鸕鷀堰'，'白鷺洲'必對'黃牛峽'，字雖切，而意味索然矣。"

論文(節錄)

宋歐陽修曰："作文之體，初欲奔馳，久當搏節，使簡重嚴正，時或放肆以自舒，勿爲一體，則盡善矣。"

論詩餘

大明朱承爵曰："詩詞雖同一機杼，而詞家意象亦或與詩略有不同，句欲敏，字欲捷，長篇須曲折三致意而氣自流貫，乃得。"

大明王世貞曰："詞者，樂府之變也。一語之豔，令人魂絕；一字之工，令人色飛，乃爲貴耳。至於慷慨磊落，縱橫豪爽，抑亦其次。不作可耳，作則寧爲大雅罪人，勿儒冠而胡服也。"

古歌謠辭 歌、謠、謳、誦、詩、辭、諺附

按歌謠者，朝野詠歌之辭也。《廣雅》云："聲比於琴瑟曰歌。"《爾雅》云："徒歌謂之謠。"《韓詩章句》云："有章曲謂之歌，無章曲謂之謠。"則歌與謠之辨，其來尚矣。然考上古之世，如《卿雲》、《采薇》，並爲徒歌，不皆稱謠；《擊壤》、《扣角》，亦皆可歌，不盡比於琴瑟，則歌謠通稱之明驗也。

孔子刪詩，雜取周時民俗歌謠之辭，以爲十五國風，則是古之有詩，皆起於此，故

又通謂之詩。

至若《國風》以前，歌謠之屬，見諸傳記，不一而足；雖未必當時所作，然亦有可採者。及考其別，則有歌，有謠，有謳，有誦，有詩，有辭，不特歌、謠二者而已。

故今各採一二，以著詩之本始，而以歌謠二字括之。至如夏諺、齊語，皆有音韻，亦詩之流也，雖古集不列，而近時談詩者往往取之，故亦附焉。若夫樂府歌辭，雜體歌行，則各見本類，此不混列。

四言古詩

按《詩大序》云：“詩者，志之所之也；在心爲志，發言爲詩。”即《書》所謂“詩言志”者也。詩含六義，故發乎情，止乎禮義也。

古詩三百五篇，大率以四言成篇。其他三言如“啟之趾”、“江有汜”之類，五言如“維以不永懷”、“誰謂雀無角”之類，六言如“我姑酌彼金罍”、“政事一埤益我”之類，七言如“送我乎淇之上矣”、“還予授子之粲兮”之類，八言如“胡瞻爾庭有懸狟兮”、“我不敢傚我友自逸”之類，九言如“四之日其蚤獻羔祭韭”、“泂酌彼行潦挹彼注茲”之類，則皆間見雜出，不以成章，況成篇乎？是詩以四言爲主也。然分章復句，易字互文，以致反覆嗟歎詠歌之趣者居多。

迨漢韋孟始製長篇，而古詩之體稍變矣。故今採漢、魏以來四言諸詩，分爲正、變二體而列之，使學者有考焉。至論其正體，則梁劉勰所謂“以雅潤爲本”者是也。

其三言詩，梁任昉以爲晉散騎常侍夏侯湛作。然考漢樂府《練時日》、《天馬》等歌，皆三言，則非始於湛明矣。今見本類，故茲不列，特著其說於此。

楚 辭

按《楚辭》者，《詩》之變也。《詩》無楚風，然江漢之間，皆爲楚地，自文王化行南國，《漢廣》、《江有汜》諸詩列於《二南》，乃居十五國風之先，是《詩》雖無楚風，而實爲《風》首也。

《風》、《雅》既亡，乃有楚狂《鳳兮》、孺子《滄浪》之歌，發乎情，止乎禮義，與詩人六義不甚相遠。但其辭稍變詩之本體，而以“兮”字爲讀，則夫楚聲固已萌蘗於此矣。

屈平後出，本詩義以爲騷，蓋兼六義而“賦”之義居多。厥後宋玉繼作，並號《楚辭》。自是辭賦之家，悉祖此體。故宋宋祁有云：“《離騷》爲辭賦之祖，後人爲之，如至方不能加矩，至圓不能過規。”信哉斯言也。故今列屈、宋諸辭于篇，而自漢至宋凡倣作者附焉,俾後之詮賦者知所祖述云。

其他曰賦,曰操,曰文,則各見本類,此不概列。

賦

按詩有六義,其二曰賦。所謂"賦"者,敷陳其事而直言之也。

古者諸侯卿大夫交接鄰國,揖讓之時,必稱詩以喻意,以別賢不肖,而觀盛衰。如《春秋傳》所載晉公子重耳之秦,秦穆公享之,賦《六月》;魯文公如晉,晉襄公饗公,賦《菁菁者莪》;鄭穆公與魯文公宴于棐,子家賦《鴻雁》;魯穆叔如晉,見中行獻子,賦《圻父》之類。皆以吟詠性恉,各從義類。故情形於辭,則麗而可觀;辭合於理,則則而可法。使讀之者有興起之妙趣,有詠歌之遺音。揚雄所謂"詩人之賦麗以則"者是已。此賦之本義也。

春秋之後,聘問詠歌不行於列國,學詩之士逸在布衣,而賢士失志之賦作矣,即前所列《楚辭》是也。揚雄所謂"詞人之賦麗以淫"者,正指此也。然至今而觀,《楚辭》亦發乎情,而用以爲諷,實兼六義而時出之,辭雖太麗,而義尚可則,故朱子不敢直以詞人之賦目之,而雄之言如此,則已過矣。

趙人荀況,遊宦於楚,考其時在屈原之前。所作五賦,工巧深刻,純用隱語,若今人之揣謎,於詩六義,不啻天壤,君子蓋無取焉。

兩漢而下,作者繼起,獨賈生以命世之才,俯就騷律,非一時諸人所及。他如相如長於叙事,而或昧於情;揚雄長於説理,而或略於辭。至於班固,辭理俱失。若是者何?凡以不發乎情耳。然《上林》、《甘泉》,極其鋪張,而終歸於諷諫,而風之義未泯;《兩都》等賦,極其眩曜,終折以法度,而雅頌之義未泯;《長門》、《自悼》等賦,緣情發義,托物興詞,咸有和平從容之意,而比興之義未泯。故雖詞人之賦,而君子猶有取焉,以其爲古賦之流也。

三國、兩晉以及六朝,再變而爲俳,唐人又再變而爲律,宋人又再變而爲文。夫俳賦尚辭,而失於情,故讀之者無興起之妙趣,不可以言則矣。文賦尚理,而失於辭,故讀之者無詠歌之遺音,不可以言麗矣。至於律賦,其變愈下,始於沈約"四聲八病"之拘,中於徐、庾"隔句作對"之陋,終於隋、唐、宋"取士限韻"之制,但以音律諧協、對偶精切爲工,而情與辭皆置弗論。嗚呼,極矣!數代之習,乃令元人洗之,豈不痛哉!

故今分爲四體:一曰古賦,二曰俳賦,三曰文賦,四曰律賦;各取數首,以列于篇。將使文士學其如古者,戒其不如古者,而後古賦可復見於今也。

然則學古者奈何?曰:發乎情,止乎禮義。其賦古也,則於古有懷;其賦今也,則於今有感；其賦事也，則於事有觸；其賦物也，則於物有況。以樂而賦，則讀者躍然而喜；以怨而賦，則讀者愀然以吁；以怒而賦，則令人欲按劍而起；以哀而賦，則令人欲掩袂而泣。動盪乎天機，感發乎人心，而兼出於六義，然後得賦之正體，合賦之本義。苟爲不然，則雖能脱乎俳律，而不知其又入於文矣，學者宜細求之。

樂　府

按樂府者，樂官肄習之樂章也。

蓋自《鈞天九奏》、葛天《八闋》，樂之來尚矣。

《咸池》以降，代有作者，故六代之樂，周人兼用之；時世雖更，而玄音不廢，迺知周公制禮之功，於是爲大也。

秦有《壽人》之樂、《五行》之舞，大率準周制而爲之。

漢興，樂家有制氏，世世在太樂官，雖曰但能紀其鏗鎗鼓舞，而不能言其義，然古樂猶有存焉。

高祖時，叔孫通因秦樂人制宗廟樂。其後過沛，自制《風起》之詩，令僮兒歌之，是爲《三侯》之章。而《房中樂》則命唐山夫人造辭，傳至於今。

孝惠時，以夏侯寬爲樂府令。迄于文、景，習常肄舊，無所增改。

至武帝立樂府，乃以李延年爲協律都尉，多舉司馬相如等數十人，造爲詩賦，略論律呂，以合八音之調，可謂盛矣。然延年以曼聲協律，司馬以騷體製歌，《桂華》雜曲，麗而不經；《赤雁》羣篇，靡而非典。時有河間獻王奏雅樂而不用，惜哉！哀帝惡其聲而罷之，良有以也。

東漢明帝分樂爲四品：一曰《大予樂》，郊廟上陵用之。二曰《雅頌樂》，辟雍饗射用之。三曰《黃門鼓吹樂》，天子宴羣臣用之。四曰《短簫鐃歌樂》，軍中用之。其説雖具，而制亦不傳。

魏氏所作，音靡節平，雖三調之正聲，實《韶》、《夏》之鄭曲。

逮及晉世，則有傅玄、張華之徒，曉暢音律，故其所作，多有可觀。然荀勖改杜夔之調，聲節哀急，見譏阮咸，不足多也。

梁陳及隋，新聲日繁；唐宋以來，制作甚富。然較諸古辭，則相去遠矣。

今採漢以下諸辭，分爲九品而列之：一曰祭祀，二曰王禮，三曰鼓吹，四曰樂舞，五曰琴曲，六曰相和，七曰清商，八曰雜曲，其題不襲古而聲調近似者，亦取附焉，名曰新曲，使作者有考焉。

嗚呼！樂歌之難甚矣！工於辭者，調未必協；諧於律者，辭未必嘉。善乎劉勰之論曰："詩爲樂心,聲爲樂體。樂體在聲,瞽師務調其器;樂心在詩,君子宜正其文。"安得律辭兼得者而使之作樂哉!

又按樂府命題,名稱不一:蓋自琴曲之外,其放情長言,雜而無方者曰"歌";步驟馳騁,疏而不滯者曰"行";兼之曰"歌行";述事本末,先後有序,以抽其臆者曰"引";高下長短,委曲盡情,以道其微者曰"曲";吁嗟嘅謌,悲憂深思,以呻其鬱者曰"吟";因其立辭之意曰"辭";本其命篇之意曰"篇";發歌曰"唱";條理曰"調";憤而不怒曰"怨";感而發言曰"嘆"。又有以"詩"名者,以"弄"名者,以"章"名者,以"度"名者,以"樂"名者,以"思"名者,以"愁"名者。此編雖不悉載,然觀所録,亦可觸類而長之矣。

又按唐庚有云:"古樂府命題,皆有主意;後人用以爲題,直當代其人而措辭。"旨哉斯言,學者所當深念也。

五言古詩

按宋嚴羽云:"《風》、《雅》、《頌》既亡,一變而爲《離騷》,再變而爲西漢五言,三變而爲歌行雜體,四變而爲沈、宋律詩。"

然論者以謂五言之源,生於《南風》,衍於《五子之歌》,流於《三百五篇》,而廣於《離騷》,特其體未備耳。逮漢蘇、李,始以成篇。嗣是汪洋於漢、魏,汗漫於晉、宋,至於陳、隋,而古調絶矣。唐初,承前代之弊,幸有陳子昂起而振之,遏貞觀之微波,決開元之正派,號稱中興。於時李、杜、王、孟之徒,相繼有作。元和以下,遺響復息。故今採漢、魏以來古詩,以類列之,斷自韋應物、韓愈而止,使學者三復而有得焉,則其爲詩不求高古,而自高古矣。

至論其體,則劉勰所云"五言流調,清麗居宗"者是也。

他如《扶風歌》、《五君詠》、《夏日歎》等篇,雖云五言,實爲雜體,故兹從略。

七言古詩

按本朝徐禎卿云:"七言沿起,咸曰《柏梁》。然寧戚叩牛,已肇《南山》之篇矣。"

其爲則也,聲長字縱,易以成文,故蘊氣琱辭,與五言略異。漢、魏諸作,既多樂府;唐代名家,又多歌行;故此類所録無幾。然樂府歌行,貴抑揚頓挫,古詩則優柔和平,循守法度,其體自不同也。學者熟復而涵泳之,庶乎其有得矣。

雜言古詩

按古詩自四、五、七言之外，又有雜言，大略與樂府歌行相似，而其名不同，故別列爲一類，以斷七言古詩之後，庶學者知所辨焉。

近體歌行

按歌行有有聲有詞者，樂府所載諸歌是也；有有詞無聲者，後人所作諸歌是也。其名多與樂府同，而曰詠，曰謠，曰哀，曰別，則樂府所未有。蓋即事命篇，既不沿襲古題，而聲調亦復相遠，乃詩之三變也。故今不入樂府，而以近體歌行括之，使學者知其源之有自，而流之有別云。

近體律詩

按律詩者，梁、陳以下聲律對偶之詩也。

蓋自《邶風》有"覯閔既多，受侮不少"之句，其屬對已工；《堯典》有"聲依永，律和聲"之語，其爲律已甚。

梁、陳諸家，漸多儷句，雖名古詩，實墮律體。唐興，沈、宋之流，研練精切，穩順聲勢，號爲律詩，其後寖盛。雖不及古詩之高遠，然對偶音律，亦文章之不可缺者。故今採梁、陳以下，訖于晚唐諸家律詩之工者，而以五、七言列之，中間又以類從，使學者取法焉。

其詩一二名"起聯"，又名"發句"，三四名"頷聯"，五六名"頸聯"，七八名"尾聯"，又名"落句"。間有變體，各附注之。其三韻則五言中之別體也，故列于五言之後。

嘗試論之：梁、陳至隋是爲律祖；至唐而有四等，由高祖武德初至玄宗開元初爲初唐，由開元至代宗大曆初爲盛唐，由大曆至憲宗元和末爲中唐，自文宗開成初至五季爲晚唐。然盛唐詩亦有一二濫觴晚唐者，晚唐詩亦有一二可入盛唐者，要當論其大概耳。宋詩尚理，主於議論，而病於意興，於《三百篇》之義爲甚遠。故今所録，斷自唐止，不使氣格凡下者雜焉。

至論其體，則一篇之中，抒情寫景，或因情以寓景，或因景以見情。大抵以格調爲主，意興經之，詞句緯之；以渾厚爲上，雅淡次之，穠艷又次之。若論其難易，則對句易工，結句難工，發句尤難工；七言視五言爲難，五言不可加、七言不可減爲尤難。學者知此而各充其才，則盛唐可復見於今矣。

排律詩

按排律原於顏、謝諸人，梁、陳以還，儷句尤切，唐興始專此體，而有排律之名。今自南宋訖于中唐，擇起其詩之工者，而以五、七言列之，亦以類從。大抵排律之體，不以鍛鍊爲工，而以佈置有序、首尾通貫爲尚，學者詳之。

绝句詩

按绝句詩原於樂府：五言如《白頭吟》、《出塞曲》、《桃葉歌》、《歡聞歌》、《長干曲》、《團扇郎》等篇。七言則如《挾瑟歌》、《烏棲曲》、《怨詩行》等篇。下及六代，述作漸繁。唐初，穩順聲勢，定爲绝句。绝之爲言截也，即律詩而截之也。故凡後兩句對者是截前四句，前兩句對者是截後四句，全篇皆對者是截中四句，皆不對者是截尾四句。故唐人绝句皆稱律詩，觀李漢編《昌黎集》，绝句皆入律詩，蓋可見矣。

大抵绝句詩以第三句爲主，須以實事寓意，則轉換有力，旨趣深長，雖以杜少陵之聖於詩，而於此尚有遺憾，則此體豈可易而爲之哉？

今採晉、宋以下，訖于晚唐諸家詩，而以五、七言列之，仍各以類相從，使學者有所取法焉。

六言詩

按六言詩防於漢司農谷永，魏晉間曹、陸間出，其後作者漸多，然不過詩人賦詠之餘耳。今自梁、陳以下、訖于中唐，略採數首，以備一體，而以律詩、三韻、绝句分別之，仍別其類云。

和韻詩

按和韻詩有三體：一曰依韻，謂同在一韻中而不必用其字也。二曰次韻，謂和其原韻而先後次第皆因之也。三曰用韻，謂用其韻而先後不必次也，如唐韓愈《昌黎集》有《陸渾山火和皇甫湜用其韻》是已。

古人賡和，答其來意而已，初不爲韻所縛。如高適贈杜甫云："草《玄》今已畢，此外更何言?"甫和之則云:"草《玄》吾豈敢? 賦或似相如。"又如韋迢《早發湘潭寄杜甫》云:"相憶無南雁,何時有報章?"甫和云:"雖無南過雁,看取北來魚。"又如高適《人日寄杜甫》云:"龍鍾遠屬二千石,愧爾東西南北人。"甫和云:"東西南北更堪論,白首扁舟病獨存。"又如杜甫和裴迪《逢梅憶見寄》云:"幸不折來傷歲暮,若爲看去亂鄉愁。"迪詩今不傳,意其中必有"欲折來"及"不得同看"之語,故採其意而答之,不聞其和韻也。又如杜甫、王維、岑參《和賈至早朝大明宮詩》,各自成篇,甫第云"詩成珠玉在揮毫",參云"《陽春》一曲和皆難",並其意不用,況於韻乎? 中唐以還,元、白、皮、陸更相唱和,由是此體始盛,然皆不及他作,嚴羽所謂"和韻最害人詩"者此也。今略採次韻詩二篇,以備一體,且著其説,使學者勿效尤云。

此外又有因韻而增爲之者,如唐柳宗元《河東集》有《同劉二十八院元長述舊言懷感時書事奉寄澧州張員外使君》五十二韻之作,因其韻增至八十是也。

又有拾其餘韻,凡爲所用者置不取,如《河東集》載《酬韶州裴曹長使君寄道州吕八大使因以見示二十韻》,《自序》云:"韶州幸以詩見及,往復奇麗,邈不可慕,用韻尤爲高絶,余因拾其餘韻酬焉,凡爲韶州所用者置不取,其聲律言數如之。"是也。

此皆由依韻而推廣之,故附著於此。

聯句詩

按聯句詩起自《柏梁》,人各一句,集以成篇。其後宋孝武《華林曲水》,梁武帝《清暑殿》,唐中宗《内殿》諸詩,皆與漢同。唯魏《懸瓠方丈竹堂讌饗》,則人各二句,稍變前體。自兹以還,體遂不一:有人各四句者,如《陶靖節集》所載是也。有人各一聯者,如杜甫與李之芳及其甥宇文或所作是也。有先出一句,次者對之,就出一句,前人復對之者,如《韓昌黎集》所載《城南詩》是也。然必其人意氣相投,筆力相稱,然後能爲之,否則狗尾續貂,難乎免於後世之議矣。今取數首,以類列之,故不叙其世次云。

集句詩

按集句詩者,雜集古句以成詩也。自晉以來有之,至宋王安石尤長於此。蓋必博學强識,融會貫通,如出一手,然後爲工。若牽合傅會,意不相貫,則不足以語此矣。今採數首列于篇。

命

按朱子云：“命猶令也”。字書：“大曰命，小曰令。”此命、令之別也。上古王言同稱爲命：或以命官，如《書·説命》、《冏命》是也；或以封爵，如《書·微子之命》、《蔡仲之命》也；或以飭職，如《書·畢命》是也；或以錫賚，如《書·文侯之命》是也；或傳遺詔，如《書·顧命》是也。秦並天下，改名曰制。漢、唐而下，則以策書封爵、制誥命官，而“命”之名亡矣。然周文之見于《左傳》者猶存，故首録之以備一體。

諭 告

按字書云：“諭，曉也。告，命也。以上敕下之詞。”商周之書，未有此體。至《春秋》內外傳始載周天子諭告諸侯及列國往來相告之詞，然皆使人傳言，不假書翰，故今不録，而僅採漢人之作以爲式。蓋此書所主，唯在文章，則口諭之詞，自不當録，學者宜別求之。

詔

按劉勰云：“古者王言，若軒轅、唐、虞同稱爲命。至三代始兼詔誓而稱之，今見於《書》者是也。秦並天下，改命曰制，令曰詔，於是詔興焉。漢初，定命四品，其三曰詔，後世因之。”

夫詔者，昭也，告也。古之詔詞，皆用散文，故能深厚爾雅，感動乎人。六朝而下，文尚偶儷，而詔亦用之，然非獨用於詔也。後代漸復古文，而專以四六施諸詔、誥、制、敕、表、箋、簡、啟等類，則失之矣。然亦有用散文者，不可謂古法盡廢也。

今取漢以下諸作，分爲古、俗二體而列之，使代言者有考云。

敕敕牒附

按字書云：“敕，戒敕也，亦作勅。”劉熙云：“敕，飭也，使之警飭不敢廢慢也。”劉勰云：“戒敕爲文，實詔之切者，周穆王命郊父受敕憲，此其事也。”

漢制，天子命令有四，其四曰戒書，即戒敕也。唐制，王言有七，其四曰發敕，五曰敕旨，六曰論事敕書，七曰敕牒，則唐之用敕廣矣。宋亦有敕，或用之於獎諭，豈敕之初意哉？其詞有散文，有四六，故今分古、俗二體而列之。宋制戒勵百官，曉諭軍民，別有敕牓，故以附焉。

今制，諸臣差遣，多予勅行事，詳載職守，申以勉詞，而襃獎責讓亦用之，詞皆散文。又六品已下官贈封，亦稱勅命，始兼四六，亦可以見古文興復之漸云。

璽　書

按蔡邕曰："璽者，印也，信也，古者尊卑共之。《左傳》'魯襄公在楚，季武子使公冶問璽書，追而與之'，此諸侯大夫印稱璽者也。又衞宏云：'秦以前，民皆以金玉爲印。'然則天子之印以玉獨稱璽，羣臣莫敢用，自秦始也。"漢初有三璽，天子之書，用璽以封，故曰璽書，又曰賜書。唐以後獨稱曰書，亦璽書之類也。

其爲用，或以告諭，或以答報，或以獎勞，或以責讓，而其體則以委曲懇到，能盡襃勸警飭之意爲工。今取漢以下諸作列之，以爲式云。

今制，朝廷與諸王亦用書，疑即璽書也。

制

按顏師古云："天子之言，一曰制書，謂爲制度之命也。"蔡邕云："其文曰制，誥三公，赦令、贖令之屬是也。刺史太守相劾奏，申下土，遷書，文亦如之。其徵爲九卿，若遷京師近官，則言官具言姓名；其免若得罪，無姓。"此漢之制也。

唐世，大賞罰、赦宥、慮囚及大除授，則用制書，其襃嘉贊勞，別有慰勞制書，餘皆用勅，中書省掌之。宋承唐制，用以拜三公、三省等官，而罷免大臣亦用之。其詞宣讀于庭，皆用儷語，故有"敷告在庭"、"敷告有位"、"敷告萬邦"、"誕揚休命"、"誕揚贊冊"、"誕揚丕號"等語。其餘庶職，則但用誥而已。是知以制命官，蓋唐、宋之制也。

今採二代制詞以爲式，而古今文體之變，則作者所深悼云。

誥

按字書云："誥者，告也，告上曰告，發下曰誥。"古者上下有誥，故下以告上，《仲虺之誥》是也；上以告下，《大誥》、《洛誥》之類是也。考於《書》可見矣。

《周禮》：士師以五戒先後刑罰，其二曰誥，用之於會同，以諭衆也。秦廢古法，止稱制詔。漢武帝元狩六年，始復作之，然亦不以命官。唐世王言，亦不稱誥。至宋，始以命庶官,而追贈大臣、貶謫有罪、贈封其祖父妻室,凡不宜于庭者,皆用之。故所作尤多。然考歐、蘇、曾、王諸集,通謂之制,故稱内制、外制,而誥實雜於其中,不復識別。蓋當時王言之司,謂之兩制,是制之一名,統諸詔命七者而言。若細分之,則制與誥亦自有別,故《文鑑》分類甚明,不相混雜,足以辯二體之異。今倣其例而列之。唯唐無誥名,故仍稱制。其詞有散文,有儷語,則分爲古、俗二體云。

今制:命官不用制誥,至三載考績,則用誥以褒美。五品以上官而贈封其親及贈大臣勳階、贈謚皆用之;六品以下則用勅命。其詞皆兼二體,亦監前代而損益之也。

册

按《説文》云:"册,符命也。"字本作"策"。蔡邕云:"策者,簡也。漢制命令,其一曰策書,長二尺,短者半之;其次一長一短,兩編,下附篆書,以命諸侯王三公,亦以誅謚;而三公以罪免,則一木兩行隸書而賜之,其長一尺。"當是之時,唯用木簡,故其字作"策"。至於唐人,逮下之制有六,其三曰册,字始作"册",蓋以金玉爲之,《説文》所謂"諸侯進受於王,象其札一長一短,中有二編之形"者是也。

又按古者册書施之臣下而已,後世則郊祀、祭享、稱尊、加謚、寓哀之屬,亦皆用之,故其文漸繁。今彙而辯之,其目凡十有一:一曰祝册,郊祀祭享用之。二曰玉册,上尊號用之。三曰立册,立帝、立后、立太子用之。四曰封册,封諸侯用之。五曰哀册,遷梓宮及太子、諸王、大臣薨逝用之。六曰贈册,贈號、贈官用之。七曰謚册,上謚、賜謚用之。八曰贈謚册,贈官並賜謚用之。九曰祭册,賜大臣祭用之。十曰賜册,報賜臣下用之。十一曰免册,罷免大臣用之。

今制:郊祀、立后、立儲、封王、封妃,亦皆用册;而玉、金、銀、銅之制,各有等差,蓋自古迄今,王言之所不可闕者也。今録古作以垂式云。

批 答

按吳訥云:"批答者,天子采臣下章疏之意而答之也。"古者君臣都俞吁咈,皆口陳面命之詞,後世乃有書疏而答之者,遂用制詞,若漢人答報璽書是已。至唐始有批答之名,以謂天子手批而答之也。其後學士入院,試制詔批答共三篇,則求代言之人,而詞華漸繁矣。蓋自唐太宗答劉洎之後,未有不假手於詞臣者。

今取諸集所載批答,擇其工者列之,而散文、四六,仍分爲古、俗二體云。

御　札

按字書："札，小簡也。"天子之札稱御札，尊之也。古無此體，至宋而後有之。其文出於詞臣之手，而體亦不同。大抵多用儷語，蓋勅之變體也。今採數首列於篇。

赦文德音文附

按字書云："赦者，舍也。"肆赦之語，始見《虞書》；而《周禮》司刺掌三赦之法，《呂刑》有疑赦之制，則或以其情之可矜，或以其事之可疑，或以其人在三赦三宥八議之列，是以赦之；非不問其情之淺深，罪之輕重，而概赦之也。後世乃有大赦之法，於是爲文以告四方，而赦文興焉。又謂之德音，蓋以赦爲天子布德之音也。然考之唐時，戒勵風俗，亦稱德音，則德音之與赦文，自是兩事，不當强而合之也。今各仍其稱，以附赦文之後，而著其説如此，俟博聞者辯焉。

鐵券文

按字書云："券，約也，契也。"劉熙云："綣也，相約束繾綣以爲限也。"史稱漢高帝定天下，大封功臣，剖符作誓，丹書鐵券，金匱石室，藏之宗廟。其誓詞曰："使黄河如帶，泰山若礪，國以永存，爰及苗裔。"後世因此遂有鐵券文焉。其文諸集不載，獨陸贄有之。然以安反側之心，非錫券之本指也。今姑録之，以備一體。

諭祭文

按諭祭文者，天子遣使下祭之詞也。或施諸宗室妃嬪，以明親親；或施諸勳臣大臣，以明賢賢而示君臣始終之義。自古及今皆用之，蓋王言之一體也，故今採而録之。若其他臣庶相祭之文，則別爲一類云。

國　書

按國書者，鄰國相遺之書也。春秋列國各有詞命，以通彼此之情，而其文務協典禮，從容委曲，高卑適宜，乃爲盡善。觀鄭人詞命，迭更四手，國賴以存，良有以也。

漢、唐而下，國統雖一，而夷狄內通，故其往來亦用之，乃有國之所不可廢者也。但《左傳》所載列國應對之詞，皆出口傳，例不得錄。獨《呂相絕秦》，豐贍閎闊，似非口語能悉，意必當時筆而授之，故錄其詞，並後代諸作列焉。

誓

按誓者，誓眾之詞也。蔡沈云："戒也。"軍旅曰誓，古有誓師之詞，如《書》稱禹征有苗誓于師，以及《甘誓》、《湯誓》、《泰誓》、《牧誓》、《費誓》是也。又有誓告羣臣之詞，如《書·秦誓》是也。後世無《秦誓》之類，而誓師之詞亦不多見，豈非放失之故歟？今存一首，聊備其體云爾。又約信亦稱誓，則別附於盟焉。

令

按劉良云："令，即命也。七國之時並稱曰令；秦法，皇后太子稱令。"至漢王有《赦天下令》，淮南王有《謝羣公令》，則諸侯王皆得稱令矣。意其文與制詔無大異，特避天子而別其名耳。然考《文選》有梁任昉《宣德皇后令》一首，而其詞華靡，不可法式。其餘諸集亦不多見。今取載于史者，采而錄之。

教

按劉勰云："教者，效也，言出而民效也。"李周翰云："教，示於人也。"秦法，王侯稱教，而漢時大臣亦得用之，若京兆尹王尊出教告屬縣是也。故陳繹曾以爲大臣告眾之詞。今考諸集亦不多見，聊取數首列于篇。

上　書

按字書云："書者，舒也，舒布其言而陳之簡牘也。"古人敷奏諫說之辭，見於《尚書》、《春秋內外傳》者詳矣。然皆矢口陳言，不立篇目，故《伊訓》、《無逸》等篇，隨意命名，莫協於一；然亦出自史臣之手，劉勰所謂"言筆未分"，此其時也。降及七國，未變古式，言事於王，皆稱上書。秦、漢而下，雖代有更革，而古制猶存，故往往見於諸集之中。蕭統《文選》欲其別於臣下之書也，故自爲一類，而以"上書"稱之。今從其例，歷採前代諸臣上告天子之書以爲式，而列國之臣上其君者亦以類次雜於其中。其他章表奏疏之屬，則別以類列云。

章

按劉勰云：“章者，明也。”古人言事，皆稱上書。漢定禮儀，乃有四品，其一曰章，用以謝恩。及考後漢，論諫慶賀，問亦稱章，豈其流之寖廣歟？自唐而後，此制遂亡。今録四首，聊存古體云爾。

表笏記附

按字書：“表者，標也，明也，標著事緒使之明白，以告乎上也。”古者獻言於君，皆稱上書。漢定禮儀，乃有四品，其三曰表，然但用以陳請而已。後世因之，其用寖廣。於是有論諫，有請勸，有陳乞，有進獻，有推薦，有慶賀，有慰安，有辭解，有陳謝，有訟理，有彈劾，所施既殊，故其詞亦異。

至論其體，則漢、晉多用散文，唐、宋多用四六。而唐、宋之體又自不同：唐人聲律，時有出入，而不失乎雄渾之風；宋人聲律，極其粗切，而有得乎明暢之旨，蓋各有所長也。然有唐、宋人而爲古體者，有宋人而爲唐體者，此又不可不辨也。今取漢以下名家諸作，分爲三體而列之：一曰古體，二曰唐體，三曰宋體，使學者有考云。

宋人又有笏記，書詞於笏，以便宣奏，蓋當時面表之詞也，故取以附焉。然表文書於牘，則其詞稍繁；笏記宣於廷，則其詞務簡：此又二體之別也。

牋

按劉勰云：“牋者，表也，識表其情也。”字亦作“箋”。古者君臣同書，至東漢始用牋記，公府奏記，郡將奏牋。若班固之説東平，黃香之奏江夏，所謂郡將奏牋者也。是時太子、諸王、大臣皆得稱牋，後世專以上皇后、太子，於是天子稱表，皇后、太子稱牋，而其他不得用矣。其詞有散文，有儷語，分爲古、俗二體而列之。

今制，奏事太子、諸王稱啟，而慶賀則皇后、太子仍並稱牋云。

奏疏奏、奏疏、奏對、奏啟、奏狀、奏劄、封事、彈事

按奏疏者，羣臣論諫之總名也。奏御之文，其名不一，故以奏疏括之也。七國以

前，皆稱上書。秦初，改書曰奏。漢定禮儀，則有四品：一曰章，以謝恩；二曰奏，以按
劾；三曰表，以陳請；四曰議，以執異。然當時奏章，或上災異，則非專以謝恩。至於奏
事亦稱上疏，則非專以按劾也。又按劾之奏，別稱彈事，尤可以徵彈劾爲奏之一端也。
又置八儀，密奏，陰陽皂囊封板，以防宣泄，謂之封事。而朝臣補外，天子使人受所欲
言，及有事下議者，並以書對。則漢之制，豈特四品而已哉？然自秦有天下以及漢孝
惠，未聞有以書言事者。至孝文開廣言路，於是賈山言治亂之道，名曰《至言》，則四品
之名，亦非叔孫通之所定，明矣。魏、晉以下，啟獨盛行。唐用表狀，亦稱書疏。宋人
則監前制而損益之，故有劄子，有狀，有書，有表，有封事；而劄子之用居多，蓋本唐人
牓子、錄子之制而更其名，乃一代之新式也。

上書章表，已列前編，其他篇目，更有八品，今取而總列之：一曰奏。奏者，進也。
二曰疏。疏者，布也。漢時諸王官屬於其君，亦得稱疏，故以附焉。三曰對。四曰啟。
啟者，開也。五曰狀。狀者，陳也。狀有二體，散文、儷語是也。六曰劄子。劄者，刺
也。七曰封事。八曰彈事。各以類從，而以《至言》冠于篇，以其無可附也。至於疏、
對、啟、狀、劄五者，又皆以“奏”字冠之，以別於臣下私相對答往來之稱。讀者亦庶乎
有所考矣。

及論其文，則皆以明允篤誠爲本，辨析疏通爲要，酌古御今，治繁總要，此其大體
也。奏啟入規而忌侈文，彈事明憲而戒善罵，世人所作，多失折衷，此又學者所當
知也。

今制：論政事者曰題，陳私情者曰奏，皆謂之本，以及讓官謝恩之類，並用散文，間
爲儷語，亦同奏格。至於慶賀，雖倣表詞，而首尾亦與奏同；唯史館進書，全用表式。
然則當今進呈之目，唯本與表二者而已。革百王之雜稱，減中世之儷語，此我朝之所
以度越前代者也。

盟誓附

按《禮記》，“涖物曰盟。”劉勰云：“盟者，明也，祝告於神明者也。”亦稱曰誓，謂約
信之詞也。三代盛時，初無詛盟，雖有要誓，結言則退而已。周衰，人鮮忠信，於是刑
牲歃血，要質鬼神，而盟繁興，然俄而渝敗者多矣。以其爲文之一體也，故列之而以誓
附焉。

夫盟誓之文，“必序危機，獎忠孝，共存亡，戮心力，祈幽靈以取鑒，指九天以爲正，
感激以立誠，切至以敷詞，此其所同也。”然義存則克終，道廢則渝始，亦存乎人焉耳。
嗚呼，勰爲斯言，其知盟誓之要者乎！

符

按字書云：“符，信也。”古無此體，晉以後始有之。唐世，凡上追下，其制有六，其六曰符；尚書省下於州，州下於縣，縣下於鄉，皆用之，蓋亦沿晉制也。然唐文不少概見，姑採晉及南朝諸篇列之，亦以備一體云。

檄

按《釋文》云“檄，軍書也。”《説文》云：“以木簡爲書，長尺二寸，用以號召；若有急則插鷄羽而遣之，故謂之羽檄，言如飛之急也。”古者用兵，誓師而已。至周乃有文告之辭，而檄之名則始見於戰國。《史記》載張儀爲檄以告楚相曰“始吾從若飲，我不盜而璧，若笞我；若善守汝國，我顧且盜而城”是也。後人倣之，代有著作。而其詞有散文，有儷語。儷語始於唐人，蓋唐人之文皆然，不專爲檄也。

若論其大體，則劉勰所稱“植義颺辭，務在剛健。或述此休明，或叙彼苛虐。指天時，審人事，算强弱，角權勢。標蓍龜於前驗，懸盤銘於已然。插羽以示迅，不可使辭緩；露板以宣衆，不可使義隱：此其要也。”可謂盡之矣。今取數首，以爲法式。

其他報答諭告，亦並稱檄，故取以附焉。又州邦徵吏，亦稱爲檄，蓋取明舉之義，而其詞不存，無從採録，姑附其説于此。

露　布

按露布者，軍中奏捷之辭也。書辭于帛，建諸漆竿之上。劉勰所謂“露板不封，布諸視聽”者，此其義也。任昉云：“漢賈弘爲馬超伐曹操作露布。”而《世説》亦謂“桓温北征，令袁宏倚馬撰露布。”則露布之作始於魏、晉，而杜佑以爲自元魏始，誤矣。又按劉勰《檄移篇》云：“檄，或稱露布。”豈露布之初，告伐告捷，與檄通用，而後始專以奏捷歟？然二文世既不傳，而後人所作，皆用儷語，與表文無異，不知其體本然乎？抑源流之不同也？今不可考。姑採數首列于篇。

公　移

按公移者，諸司相移之詞也。其名不一，故以“公移”括之。

唐世，凡下達上，其制有六：其二曰狀，百官於其長亦爲之。其五曰辭，庶人言爲辭。其六曰牒，有品已上公文皆稱牒。諸司自相質問，其義有三：一曰關，謂關通其事也；二曰刺，謂刺舉之也；三曰移，謂移其事於他司也。

宋制：宰執帶三省樞密院事出使者，移六部用劄；六部移宰執帶三省樞密院事出使者，及從官任使副移六部，用申狀；六部相移用公牒。今皆不能悉存，姑取其著者列之。

今制：上逮下者曰照會，曰劄付，曰案驗，曰帖，曰故牒；下達上者曰咨呈，曰案呈，曰呈，曰牒呈，曰申；諸司相移者曰咨，曰牒，曰關；上下通用者曰揭帖。大略因前代之制而損益之耳。

判

按字書云："判，斷也。"古者折獄，以五聲聽訟；致之於刑而已。秦人以吏爲師，專尚刑法。漢承其後，雖儒吏並進，然斷獄必貴引經，尚有近於先王議制及《春秋》誅意之微旨。其後乃有判詞。唐制，選士判居其一，則其用彌重矣。故今所傳如稱某某有姓名者，則斷獄之詞也；稱甲乙無姓名者，則選士之詞也。要之執法據理，參以人情，雖曰彌文，而去古意不遠矣。獨其文堆垛故事，不切於蔽罪；拈弄辭華，不歸於律格，爲可惜耳。唯宋儒王回之作，脫去四六，純用古文，庶乎能起二代之衰，而後人不能用，愚不知其何説也。今世理官斷獄，例有參詞，而設科取士，亦試以判，其體皆用四六，則其習由來久矣。

今取唐、宋名作稍近質者，分而列之：一曰科罪，二曰評允，三曰辯雪，四曰番異，五曰判罷，六曰判留，七曰駁正，八曰駁審，九曰末減，十曰案寢，十一曰案候，十二曰褒嘉。凡若此類，多便理官，而不切於應舉之士。蓋選士以律條爲題，止於科罪，故其餘無用。然猶必列之者，欲使學者知制判之初意也。

書記書、奏記、啟、簡、狀、疏

按劉勰云："書記之用廣矣。"考其雜名，古今多品，是故有書，有奏記，有啟，有簡，有狀，有疏，有牋，有劄，而書記則其總稱也。夫書者，舒也，舒布其言而陳之簡牘也。記者，志也，謂進己志也。啟，開也，開陳其意也；一云跪也，跪而陳之也。簡者，略也，言陳其大略也，或曰手簡，或曰小簡，或曰尺牘，皆簡略之稱也。狀之爲言陳也，疏之爲言布也。以上六者，秦、漢以來，皆用於親知往來問答之間，而書、啟、狀、疏，亦以進御。獨兩漢無啟，則以避景帝諱而置之也。又古者郡將奏牋，故黃香奏牋於江夏。厥後專用於皇后、太子、諸王，其下遂不敢稱。而劄獨行於宋，盛於元，有疊副提頭畫一之制，煩猥可鄙；然以呂祖謙之賢而亦爲之，則其習非一日矣。故牋者，今人所不得用；而劄者，吾儒所鄙而不屑也。

今取六者列之，而辯其體以告學者：一曰書，書有辭命、議論二體。二曰奏記。二者並用散文。三曰啟，啟有古體，有俗體。四曰簡，簡用散文。五曰狀，狀用儷語。六曰疏，疏用散文。然狀與疏諸集不多見，見者僅有此體，故姑著之，要未可爲定體也。世俗施於尊者，多用儷語以爲恭，則啟與狀疏，大抵皆俗體也。

蓋嘗總而論之，書記之體，本在盡言，故宜條暢以宣意，優柔以愜情，乃心聲之獻酬也。若夫尊卑有序，親疏得宜，是又存乎節文之間，作者詳之。

約

按字書云：“約，束也。”言語要結，戒令檢束皆是也。古無此體，漢王褒始作《僮約》，而後世未聞有繼者，豈以其文無所施用而略之歟？愚謂後人如“鄉約”之類，亦當倣此爲之，庶幾不失古意，故特列之以爲一體。

策　問

按古者選士，詢事考言而已，未有問之以策者也。漢文中年，始策賢良，其後有司亦以策試士，蓋欲觀其博古之學，通今之才，與夫剸劇解紛之識也。然對策存乎士子，而策問發於上人，尤必通達古今、善爲疑難者而後能之。不然，其不反爲士子所笑者幾希矣。故今取古人策問之工者數首，分爲二類而列之，一曰制策，二曰試策，使當視草爲主司者有所矜式，而因以得實才云。

策

按《説文》云：“策者，謀也。”《漢書音義》曰：“作簡策難問，例置案上，在試者意投射取而答之，謂之射策。若錄政化得失顯而問之，謂之對策。”劉勰云：“射策者，探而獻説也，以甲科入仕。對策者，應詔而陳政也，以第一登庸。皆選賢之要術也。”夫策士之制，始於漢文，鼂錯所對，蔚爲舉首。自是而後，天子往往臨軒策士，而有司亦以策舉人，其制迄今用之。又學士大夫，有私自議政而上進者。三者均謂之策，而體各不同,故今彙而辯之:一曰制策,天子稱制以問而對者是也。二曰試策,有司以策試士而對者是也。三曰進策,著策而上進者是也。各取數首以列于篇。又宋曾鞏有《本朝政要策》,蓋當時進士帖括之類,故今不錄。

夫策之體,練治爲上,工文次之。然人才不同,或練治而寡文,或工文而疏治,故入選者,劉勰稱爲通才。嗚呼,可謂難也已矣!

論

按字書云:"論者,議也。"劉勰云:"論者,倫也,彌綸羣言而研一理者也。論之立名,始於《論語》;若《六韜》二論,乃後人之追題耳。其爲體則辯正然否,窮有數,追無形,迹堅求通,鈎深取極,乃百慮之筌蹄,萬事之權衡也。至其條流,實有四品:陳政則與議說合契,釋經則與傳註參體,辯史則與贊評齊行,銓文則與序引共紀:此論之大體也。"

按勰之説如此。而蕭統《文選》則分爲三:設論居首,史論次之,論又次之。較諸勰説,差爲未盡。唯設論,則勰所未及,而乃取《答客難》、《答賓戲》、《解嘲》三首以實之。夫文有答有解,已各自爲一體,統不明言其體,而概謂之論,豈不誤哉?

然詳勰之説,似亦有未盡者。愚謂析理亦與議說合契,諷寓則與箴解同科,設辭則與問對一致:必此八者,庶幾盡之。故今兼二子之説,廣未盡之例,列爲八品:一曰理論,二曰政論,三曰經論,四曰史論,五曰文論,六曰諷論,七曰寓論,八曰設論,而各錄文于其下,使學者有所取法焉。其題或曰某論,或曰論某,則各隨作者命之,無異義也。

説

按字書:"説,解也,述也,解釋義理而以己意述之也。"説之名起於《説卦》,漢許慎作《説文》,亦祖其名以命篇。而魏、晉以來,作者絶少,獨《曹植集》中有二首,而《文選》不載,故其體闕焉。要之傅於經義,而更出己見,縱橫抑揚,以詳贍爲上而已,與論無大異也。今取名家數篇,以備一體。

此外又有名説、字説,其名雖同,而所施則異,故別爲一類,不復附於此云。

原

按字書云:"原者,本也,謂推論其本原也。"自唐韓愈作五"原",而後人因之,雖非古體，然其遡原於本始，致用於當今，則誠有不可少者。至其曲折抑揚，亦與論説相爲表裏，無甚異也。其題或曰原某，或曰某原，亦無他義。今取數首列于篇。

議

按劉勰云："議者，宜也，周爰諮謀以審事宜也。"《周書》曰："議事以制，政乃不迷。"此之謂也。昔管仲稱軒轅有明臺之議，則議之來遠矣。至漢，始立駁議。駁者，雜也，雜議不純，故曰駁也。蓋古者國有大事，必集羣臣而廷議之，交口往復，務盡其情，若罷鹽鐵、擊匈奴之類是也。厥後下公卿議，乃始撰詞書之簡牘以進，而學士偶有所見，又復私議於家，或商今，或訂古，由是議寖盛焉。然其大要在於據經析理，審時度勢。文以辯潔爲能，不以繁縟爲巧；事以明覈爲美，不以深隱爲奇，乃爲深達議體者爾。

是編以文章爲主，故面議之詞不録，而僅録操筆爲議者，分爲奏議、私議二體，以垂式焉。若夫溯流而窮源，則學者自當求諸史書而熟玩之也。此外又有諡議，則別爲一類云。

辯

按字書云："辯，判別也。"其字從言，或從刂，蓋執其言行之是非真僞而以大義斷之也。近世魏校謂從刀，而古文不載，未敢從也。漢以前，初無作者，故《文選》莫載，而劉勰不著其説。至唐韓、柳乃始作焉。然其原實出於孟、莊。蓋非本乎至當不易之理，而以反復曲折之詞發之，未有能工者也。故今取名家諸作，以式學者。其題或曰某辯，或曰辯某，則隨作者命之，實非有異義也。

解

按字書云："解者，釋也，因人有疑而解釋之也。"揚雄始作《解嘲》，世遂倣之。其文以辯釋疑惑、解剥紛難爲主，與論、説、議、辯，蓋相通焉。其題曰解某，曰某解，則惟其人命之而已。雄文雖諧謔迴環，見譏正士，而其詞頗工，且以其爲此體之祖也，故亦取焉。此外又有字解，則別附名字説類，此不混列。

釋

按字書云:"釋,解也。"文既有解,又復有釋,則釋者,解之別名也。蓋自蔡邕作
《釋誨》,而却正《釋譏》、皇甫謐《釋勸》、束晳《玄居釋》,相繼有作,然其詞旨不過遞相
述而已。至唐韓愈作《釋言》,別出新意,乃能追配邕文,而免於蹈襲之陋。即此二篇,
亦可以備一體矣,故特錄而列之。

問　對

按問對者,文人假設之詞也。其名既殊,其實復異。故名實皆問者,屈平《天問》、
江淹《邃古篇》之類是也;名問而實對者,柳宗元《晉問》之類是也。其他曰難,曰諭,曰
答,曰應,又有不同,皆問對之類也。古者君臣朋友口相問對,其詞詳見於《左傳》、
《史》、《漢》諸書。後人倣之,乃設詞以見志,於是有問對之文;而反覆縱橫,真可以舒
憤鬱而通意慮,蓋文之不可闕者也,故採數首列之。若其詞雖有問對,而名入別體者,
則各從其類,不復列於此云。

序　序略附

按《爾雅》云:"序,緒也。"字亦作"叙",言其善叙事理,次第有序,若絲之緒也。又
謂之大序,則對小序而言也。其爲體有二:一曰議論,二曰叙事。宋真氏嘗分列于《正
宗》之編,故今倣其例而辯之。其序事又有正、變二體。其題曰某序,曰序某;字或作
序,或作叙,惟作者隨意而命之,無異義也。至唐柳氏又有"序略"之名,則其題稍變,
而其文益簡矣。今取以附焉。若他類之文有序者,各見本類。又有名序、字序,則別
附於名字說條,使得以類相從,兹不復列。

小　序

按小序者,序其篇章之所由作,對大序而名之也。漢班固云:"孔子纂書凡百篇而
爲之序,言其作意,此小序之所由始也。"然今《書序》具存,決非孔子所作,蓋由後人妄
探作者之意而爲之,故多穿鑿附會,依阿簡略,甚或與經相戾,而鮮有發明。獨司馬遷
以下諸儒,著書自爲之序,然後己意瞭然而無誤耳。故今略取《詩序》與遷以下數首列

268

于篇。

引

按唐以前，文章未有名引者。漢班固雖作《典引》，然實爲符命之文，如雜著命題，各用己意耳，非以引爲文之一體也。唐以後始有此體，大略如序而稍爲短簡，蓋序之濫觴也。今録二首，以備其體。若其名引之義，難妄臆説，俟博聞者詳焉。

題跋題、跋、書、讀

按題跋者，簡編之後語也。凡經傳、子史、詩文、圖書之類，前有序引，後有後序，可謂盡矣。其後覽者，或因人之請求，或因感而有得，則復撰詞以綴於末簡，而總謂之題跋。至綜其實則有焉：一曰題，二曰跋，三曰書某，四曰讀某。夫題者，締也，審締其義也。跋者，本也，因文而見本也。書者，書其語。讀者，因於讀也。題、讀始於唐；跋、書起於宋。曰題跋者，舉類以該之也。

其詞考古證今，釋疑訂謬，褒善貶惡，立法垂戒，各有所爲，而專以簡勁爲主，故與序引不同；學者熟玩所列之數篇，亦庶乎得之矣。

又有題辭，所以題號其書之本末指義文辭之表也。若漢趙岐作《孟子題辭》，其文稍煩；而宋朱子做之作《小學題辭》，更爲韻語。今皆不録，姑著其體於此。然題跋書于後，而題辭冠于前，此又其辯也。

文

按編內所載，均謂之文，而此類獨以文名者，蓋文中之一體也。其格有散文，有韻語，或做《楚辭》，或爲四六，或以盟神，或以諷人，其體不同，其用亦異。今並採而列之，以俟學者詳焉。

雜　著

按雜著者，詞人所著之雜文也，以其隨事命名，不落體格，故謂之雜著。然稱名雖雜，而其本乎義理，發乎性情，則自有致一之道焉。劉勰所云：“並歸體要之詞，各入討論之域。”正謂此也。今取數首列於篇。

七

按七者，文章之一體也。詞雖八首，而問對凡七，故謂之七；則七者，問對之別名，而《楚詞·七諫》之流也。蓋自枚乘初撰《七發》，而傅毅《七激》、張衡《七辯》、崔駰《七依》、崔瑗《七蘇》、馬融《七廣》、曹植《七啟》、王粲《七釋》、張協《七命》、陸機《七徵》、桓麟《七說》、左思《七諷》，相繼有作。然考《文選》所載，唯《七發》、《七啟》、《七命》三篇，餘皆略而弗錄。由今觀之，三篇辭旨閎麗，誠宜見採；其餘遞相摹擬，了無新意，是以讀未終篇，而欠伸作焉，略之可也。至唐柳宗元《晉問》，體裁雖同，辭意迴別，殆所謂不泥其迹者歟！顧其名既謂之問，則不得並列於此篇。故今僅採《文選》所載三首，以爲一體，而著其辯如此，庶使作者知所變化而不爲讀者所厭云。

書

按編內既以人臣進御之書爲上書，往來之書爲書，而此類復稱書者，則別以議論筆之而爲書也。然作者甚少，故諸集不載。唯唐李翱有《復性》、《平賦》等書；而《平賦書》法制精詳，議論正大，有天下者，誠能推其說而行之，致治不難矣，故特採之以爲一體。

連 珠

按連珠者，假物陳義以通諷諭之詞也。連之爲言貫也，貫穿情理，如珠之在貫也。蓋自揚雄綜述碎文，肇爲連珠，而班固、賈逵、傅毅之流，受詔繼作，傅玄乃云興於漢章之世，誤矣。然其云“辭麗言約，合於古詩諷興之義”，則不易之論也。

其體展轉，或二，或三，皆駢偶而有韻，故工於此者，必使義明而詞淨，事圓而音澤，磊磊自轉，乃可稱珠。否則欲穿明珠，多貫魚目，惡能免於劉勰之誚邪？今採數家，以式學者。

義

按字書云：“義者，理也。”本其理而疏之，亦謂之義，若《禮記》所載《冠義》、《祭義》、《射義》諸篇是已。後人依做，遂有是作。而唐以前諸集，不少概見。至《宋文鑑》

乃有之，而其體有二：一則如古《冠義》之類，一則如今明經之詞，今皆錄而辯之。夫自唐取士有明經一科，而宋興因之，不過試以墨書帖義，徒取記誦而已。神宗時，王安石撰《周禮》、《詩》、《書》三經義頒行試士，舊法始變。彼其欲以己說一天下士，固無是理；然其所製義式，至今倣之，蓋不得以人廢法也。厥後安石之義，廢格不用；而《文鑑》所載，尚有張庭堅經義二篇，豈其遺式歟？方今駢儷之詞，日新月盛，與庭堅之式不合，毋乃異於當時立法之初意乎？噫！此丘文莊公所以致嘆於科舉之弊也。

説　書

按說書者，儒臣進講之詞也。人主好學，則觀覽經史，而儒臣因說其義以進之，謂之說書。然諸集不載，唯《蘇文忠公集》有《邇英進讀》數條。而《文鑑》取以爲說書，題與篇首有問對字，蓋被顧問而答之之詞。今讀其司，大抵皆文士之作，而於經史大義，無甚發明，不知當時說書之體，果然乎否也？及觀《王十朋集》，似稍不同，然亦不能敷陳大義。故今仍《文鑑》錄之，聊備一體云耳。

今制：經筵進講，亦有講章，首列訓詁，次陳大義，而以規諷終焉。欲其易曉，故篇首多用俗語，與此類所載者復異，以爲有益學者，宜別求之。

箴

按《說文》云：“箴者，戒也。”蓋醫者以箴石刺病，故有所諷刺而救其失者謂之箴，喻箴石也。古有《夏》、《商》二箴，見于《尚書大傳解》及《呂氏春秋》，然餘句雖存，而全文已缺。獨周太史辛甲命百官箴王闕，而《虞人》一篇，備載于《左傳》，於是揚雄倣而爲之。其後作者相繼，而亦用以自箴。故其品有：一曰官箴，二曰私箴。大抵皆用韻語，而反覆古今興衰理亂之變，以垂警戒，使讀者惕然有不自寧之心，乃稱作者。此劉勰所以有“確切”之云也。

規

按字書云：“規者，爲圓之器也。”《書》曰：“官師相規。”言規其闕失，使不敢越，若木之就規也。今人以箴、規並稱，而文章顧分爲二體者，何也？孔穎達曰：“《書》言官師者，謂衆官也；相者，平等之辭；平等有闕，己尚相規，見上有過，諫之必矣。”據此，則箴者，箴上之闕；而規者，臣下之互相規諫者也。其用以自箴者，乃箴之濫觴耳。然規之爲名，雖見於《書》，而規之爲文，則漢以前絶無作者。至唐元結始作《五規》，豈其緣《書》之名而創爲此體歟？今摘其一二列于篇，以備一體云。

戒

按字書云："戒者，警敕之辭，字本作誡。"文既有箴，而又有戒，則戒者，箴之別名歟？《淮南子》載《堯戒》曰："戰戰慄慄，日謹一日，人莫躓於山，而躓於垤。"至漢杜篤遂作《女戒》，而後世因之，惜其文弗傳，意必未若堯戒之簡也。今採唐、宋諸作列于篇。其詞或用散文，或用韻語，故分爲二體云。

銘

按鄭康成曰："銘者，名也。"劉勰云："觀器而正名也。"故曰："作器能銘，可以爲大夫矣。"考諸夏、商鼎彝尊卣盤匜之屬，莫不有銘，而文多殘缺，獨《湯盤》見于《大學》，而《大戴禮》備載武王諸銘，使後人有所取法。是以其後作者寖繁，凡山川、宮室、門、井之類皆有銘詞，蓋不但施之器物而已。然要其體不過有二：一曰警戒，二曰祝頌，故今辯而列之。陸機曰："銘貴博文而溫潤。"斯言得之矣。

此外又有碑銘、墓碑銘、墓誌銘，則各爲類，不並列于此云。

頌

按詩有六義，其六曰頌。頌者，容也，美盛德之形容，以其成功告于神明者也。若商之《那》、周之《清廟》諸什，皆以告神，乃頌之正體也。至於《魯頌·駉》、《閟》等篇，則用以頌僖公，而頌之體變矣。後世所作，皆變體也。其詞或用散文，或用韻語，今亦辯而列之。又有哀頌，則任昉所稱"漢張紘初作《陶侯哀頌》"者是已。今其文雖未及見，而竊意大體與哀贊略同，姑識以俟博聞者。

劉勰云："頌之爲體，典雅清鑠，揄揚汪洋。敷寫似賦，而不入華侈之區；敬慎如銘，而異乎規戒之域。"詳味斯言，可以得作頌之法矣。

贊

按字書云："贊，稱美也，字本作讚。"昔漢司馬相如初贊荊軻，其詞雖亡，而後人祖之,著作甚衆。唐時至用以試士,則其爲世所尚久矣。其體有三:一曰雜贊,意專褒美,若諸集所載人物、文章、書畫諸贊是也。二曰哀贊,哀人之没而述德以贊之者是也。三曰史贊,詞兼褒貶,若《史記索隱》、《東漢》、《晉書》諸《贊》是也。

劉勰有言:"贊之爲體,促而不曠,結言於四字之句,盤桓乎數韻之辭,其頌家之細條乎。"可謂得之矣。至其謂"班固之贊,與此同流",則余未敢以爲然也。蓋嘗取而玩之,其述贊也,名雖爲贊,而實則評論之文;其叙傳也,詞雖似贊,而實則小序之語;安得概謂之贊而無辯乎? 今皆不列于此篇。

評

按字書云:"評,品論也,史家褒貶之詞。"蓋古者史官各有論著,以訂一時君臣言行之是非。然隨意命名,莫協於一,故司馬遷《史記》稱太史公曰,而班固《西漢書》則謂之贊,范曄《東漢書》又謂之論,其實皆評也。而評之名則始見於《三國志》。後世緣此,作者漸多,則不必身在史局,手秉史筆,而後爲之矣。故二評載諸《文粹》,而評史見於《蘇文忠公集》中,蓋文章之一體也。今以陳壽史評爲主,而其他作者亦並列焉。分爲史評、雜評二品云。

碑　文

按劉勰云:"碑者,埤也。上古帝皇,始號封禪,樹石埤岳,故曰碑。周穆紀跡于弇山之石,秦始刻銘于嶧山之巔,此碑之所從始也。"然考《土昏禮》"入門當碑揖",註云:"宮室有碑,以識日影、知早晚也。"《祭義》云:"牲入麗于碑。"註云:"古宗廟立碑繫牲。"是知宮廟皆有碑,以爲識影繫牲之用,後人因於其上紀功德,則碑之所從來遠矣;而依做刻銘,則自周、秦始耳。

後漢以來,作者漸盛,故有山川之碑,有城池之碑,有宮室之碑,有橋道之碑,有壇井之碑,有神廟之碑,有家廟之碑,有古跡之碑,有風土之碑,有災祥之碑,有功德之碑,有墓道之碑,有寺觀之碑,有託物之碑,皆因庸器漸闕而後爲之,所謂"以石代金,同乎不朽"者也。

故碑實銘器,銘實碑文,其序則傳,其文則銘,此碑之體也。又碑之體主於叙事,其後漸以議論雜之,則非矣。故今取諸大家之文,而以三品列之:其主於叙事者曰正體,主於議論者曰變體,叙事而參之以議論者曰變而不失其正。至於託物寓意之文,則又以別體列焉。或有未備,學者亦可以例推矣。其墓碑自爲一類,此不復列。

碑陰文

凡碑面曰陽，背曰陰，碑陰文者，爲文而刻之碑背面也，亦謂之記。古無此體，至唐始有之。或他人爲碑文而題其後，或自爲碑文而發其未盡之意，皆是也。今取三首列于篇。

記

按《金石例》云：“記者，紀事之文也。”《禹貢》、《顧命》，乃記之祖，而記之名，則昉於《戴記》、《學記》諸篇。厥後揚雄作《蜀記》，而《文選》不列其類，劉勰不著其說，則知漢、魏以前，作者尚少，其盛自唐始也。其文以敘事爲主，後人不知其體，顧以議論雜之。故陳師道云：“韓退之作記，記其事耳，今之記乃論也。”蓋亦有感於此矣。然觀《燕喜亭記》已涉議論，而歐、蘇以下，議論寖多，則記體之變，豈一朝一夕之故哉？故今採録諸記，而以三品別之，如碑陰之例，欲使學者得有所考而去取焉，庶乎不失其本意矣。

又有託物以寓意者，有首之以序而以韻語爲記者，有篇末係以詩歌者，皆爲別體。今並列于三品之末，仍分三體，庶得以盡其變云。至其題或曰某記，或曰記某，則惟作者之所命焉。

此外又有墓磚記、墳記、塔記，則皆附于墓誌之條，茲不復列。

志

按字書云：“志者，記也，字亦作誌。”其名起於《漢書》十《志》，而後人因之，大抵記事之作也。諸集不多見，姑採一首録之。他如墓誌，別爲一類，此不槪列云。

紀　事

按記事者，記志之別名，而野史之流也。古者史官掌記時事，而耳目所不逮者，往往遺焉；於是文人學士，遇有見聞，隨手紀録，或以備史官之採擇，或以裨史籍之遺亡，名雖不同，其爲紀事一也，故以紀事括之。今取數篇，以備一體。嗚呼，史失而求諸野，其不以此也哉！

題　名

按題名者，紀識登覽尋訪之歲月與其同遊之人也，其叙事欲簡而贍，其秉筆欲健而嚴，獨《昌黎集》有之，亦文之一體也。昔人嘗集華嶽題名，自唐開元至後唐清泰，録爲十卷，中更二百一年，題名者五百四十二人，可謂富矣。歐陽公《集古録》有此書，而韓愈所題亦在其中，故朱子採之以入其集，而謂“筆削之嚴，非公不可”，則此文其可易而爲之哉？獨惜余之寡陋而不獲見也。當今名山勝境，非無佳題，而世人往往忽之，其殆未知此歟！故今取韓公所題七首列于篇，以備一體，庶學者知所觀法，不敢以爲易而忽之也。

字説字説、字序、字解、字辭、祝辭、名説、名序、女子名子説

按《儀禮》，士冠三加三醮而申之以字辭，後人因之，遂有字説、字序、字解等作，皆字辭之濫觴也。雖其文去古甚遠，而丁寧訓誡之義無大異焉。若夫字辭、祝辭，則倣古辭而爲之者也。然近世多尚字説，故今以説爲主，而其他亦並列焉。至於名説、名序，則援此意而推廣之。而女子笄，亦得稱字，故宋人有女子名辭，其實亦字説也。今雖不行，然於禮有據，故亦取之，以備一體云。

行　狀

按劉勰云：“狀者，貌也，體貌本原，取其事實。先賢表諡，並有行狀，狀之大者也。”漢丞相倉曹傅胡幹始作《楊元伯行狀》，後世因之。蓋具死者世係、名字、爵里、行治、壽年之詳，或牒考功太常使議諡，或牒史館請編録，或上作者乞墓誌碑表之類皆用之。而其文多出於門生、故吏、親舊之手，以謂非此輩不能知也。其逸事狀，則但録其逸者，其所已載不必詳焉，乃狀之變體也。

述

按字書云：“述，譔也，纂譔其人之言行以俟考也。”其文與狀同，不曰狀，而曰述，亦別名也。此體見諸集者不多，姑録一首以爲式云。

墓誌銘

按誌者，記也；銘者，名也。古之人有德善功烈可名於世，歿則後人爲之鑄器以銘，而俾傳於無窮，若《蔡中郎集》所載《朱公叔鼎銘》是已。至漢，杜子夏始勒文埋墓側，遂有墓誌，後人因之。蓋於葬時述其人世係、名字、爵里、行治、壽年、卒葬年月，與其子孫之大略，勒石加蓋，埋於壙前三尺之地，以爲異時陵谷變遷之防，而謂之誌銘。其用意深遠，而於古意無害也。迨夫末流，乃有假手文士，以謂可以信今傳後，而潤飾太過者，亦往往有之，則其文雖同，而意斯異矣。然使正人秉筆，必不肯徇人以情也。

至論其題：則有曰墓誌銘，有誌、有銘者是也。曰墓誌銘並序，有誌、有銘，而又先有序者是也。然云誌銘而或有誌無銘，或有銘無誌者，則別體也。曰墓誌，則有誌而無銘。曰墓銘，則有銘而無誌。然亦有單云誌而却有銘，單云銘而却有誌者，有題云誌而却是銘，題云銘而却是誌者，皆別體也。其未葬而權厝者曰權厝誌，曰誌某；殯後葬而再誌者曰續誌，曰後誌；歿於他所而歸葬者曰歸祔誌；葬於他所而後遷者曰遷祔誌。刻於蓋者曰蓋石文；刻於磚者曰墓磚記，曰墓磚銘；書於木版者曰墳版文，曰墓版文；又有曰葬誌，曰誌文，曰墳記，曰壙誌，曰壙銘，曰槨銘，曰埋銘。其在釋氏，則有曰塔銘，曰塔記。凡二十題，或有誌無誌，或有銘無銘，皆誌銘之別題也。

其爲文則有正、變二體，正體唯叙事實，變體則因叙事而加議論焉。又有純用"也"字爲節段者，有虛作誌文而銘內始叙事者，亦變體也。若夫銘之爲體，則有三言、四言、七言、雜言、散文；有中用"兮"字者，有末用"兮"字者，有末用"也"字者。其用韻有一句用韻者，有兩句用韻者，有三句用韻者，有前用韻而末無韻者，有前無韻而末用韻者，有篇中既用韻而章內又各自用韻者，有隔句用韻者，有韻在語辭上者，有一字隔句重用自爲韻者，有全不用韻者。其更韻，有兩句一更者，有四句一更者，有數句一更者，有全篇不更者：皆雜出於各篇之中，難以例列。故今錄文致辯，但從題類，仍分正、變，稍以職官、處士、婦人爲次，而銘體與韻則略序之，庶學者有考云。

墓碑文

按古者葬有豐碑，以木爲之，樹於槨之前後，穿其中爲鹿盧而貫縴以窆者也。《檀弓》所載"公室視豐碑"是已。漢以來，始刻死者功業於其上，稍改用石，則劉勰所謂"自廟而徂墳"者也。晉、宋間始稱神道碑，蓋堪輿家以東南爲神道，碑立其地，因名焉。唐碑制，龜趺螭首，五品以上官用之。而近世高廣各有等差，則制之密也。蓋葬者既爲誌以藏諸幽，又爲碑碣表以揭於外，皆孝子慈孫不忍蔽先德之心也。

其爲體有文，有銘，又或有序；而其銘或謂之辭，或謂之係，或謂之頌，要之皆銘也。文與誌大略相似，而稍加詳焉，故亦有正、變二體。其或曰碑，或曰碑文，或曰墓碑，或曰神道碑，或曰神道碑文，或曰墓神道碑，或曰神道碑銘，或曰神道碑銘並序，或曰碑頌，皆別題也。

至於釋老之葬，亦得立碑以僭擬乎品官，豈歷代相沿崇尚異教而莫之禁歟？故或直曰碑，或曰碑銘，或曰塔碑銘並序，或曰碑銘並序，亦別題也。

若夫銘之爲體與其用韻，則諸集所載，雖不能如誌銘之備，而大略亦相通焉，此不復著。

墓碣文

按潘尼作《潘黃門碣》，則碣之作自晉始也。唐碣制，方趺圓首，五品以下官用之，而近世復有高廣之等，則其制益密矣。古者碑之與碣，本相通用，後世乃以官階之故，而別其名，其實無大異也。其爲文與碑相類，而有銘無銘，惟人所爲，故其題有曰碣銘，有曰碣，有曰碣頌並序，皆碣體也。至於專言碣而却有銘，或兼言銘而却無銘，則亦猶誌銘之不可爲典要也。其文有正、變二體，其銘與韻亦與誌同，説見墓碑條下。

墓表墓表、阡表、殯表、靈表

按墓表自東漢始，安帝元初元年立《謁者景君墓表》，厥後因之。其文體與碑碣同，有官無官皆可用，非若碑碣之有等級限制也。以其樹於神道，故又稱神道表。其爲文有正有變，録而辯之。又取阡表、殯表、靈表，以附於篇，則遡流而窮源也。蓋阡，墓道也；殯者，未葬之稱；靈者，始死之稱；自靈而殯，自殯而墓，自墓而阡也。近世用墓表，故以墓表括之。

謚議

按《禮記》曰："先王謚以尊名，節以壹惠。"故行出於己，而名生於人，使夫善者勸而惡者懼也。天子崩則臣下制謚於南郊，明受之於天也。諸侯薨則太了赴告於天子，明受之於君也。蓋子不得議父，臣不得議君，故受之於天於君。若卿大夫，則有司議而謚之。故周制太史掌小喪賜謚，小史掌卿大夫之喪賜謚。秦廢謚法，漢乃復之，然僅施於君侯，而公卿大夫皆不得與，蓋亦略矣。唐制，太常博士掌王公以下擬謚。宋制，擬謚定於太常，覆於考功，集議於尚書省，其法漸密。故歷代以來，有帝后謚議，臣僚美惡謚議，傳於今。而其體有四：一曰謚議，二曰改議，三曰駁議，四曰答駁議。觀其往復論辯，豈得已哉，不過欲歸於是非之公而已。

今制，雖設太常博士，然不掌謚議。大臣没，其家請謚，則禮部覆奏，或與或否，唯上所命。與則内閣擬四字以請而欽定之，皆得美名，其餘則否，初無惡謚以示懲戒，而謚議遂廢不作矣。今取古文類列于篇，以備一體，亦以示存羊之意云耳。

至於名臣處士，法不得謚，則門生故吏相與共議而加私謚焉。其事起於東漢，而文不多見，獨《蔡邕集》有之。唐、宋至今相沿不絶，雖非國典，亦可見古法之不盡廢於今也，故今編爲五曰私議云。

傳

按字書云："傳者，傳也，紀載事迹以傳於後世也。"自漢司馬遷作《史記》，創爲"列傳"以紀一人之始終，而後世史家卒莫能易。嗣是山林里巷，或有隱德而弗彰，或有細人而可法，則皆爲之作傳以傳其事，寓其意。而馳騁文墨者，間以滑稽之術雜焉，皆傳體也。故今辯而列之，其品有四：一曰史傳，二曰家傳，三曰托傳，四曰假傳，使作者有考焉。

哀　辭

按哀辭者，哀死之文也，故或稱文。夫哀之爲言依也，悲依於心，故曰哀；以辭遣哀，故謂之哀辭也。昔漢班固初作《梁氏哀辭》，後人因之，代有撰著。或以有才而傷其不用，或以有德而痛其不壽。幼未成德，則譽止於察惠；弱不勝務，則悼加乎膚色。此哀辭之大略也。其文皆用韻語，而四言騷體，惟意所之，則與誄體異矣。吳訥乃並而列之，殆不審之故歟？今取古辭，目爲一類，庶作者有所考云。

誄

按誄者，累也，累列其德行而稱之也。《周禮》太祝作六辭，其六曰誄，即此文也。今考其時，賤不誄貴，幼不誄長，故天子崩則稱天以誄之，卿大夫卒則君誄之。魯哀公誄孔子曰："昊天不弔，不憖遺一老，俾屏予一人以在位，煢煢予在疚！嗚呼，哀哉，尼父！"古誄之可見者止此，然亦略矣。竊意周官讀誄以定諡，則其辭必詳；仲尼有誄而無諡，故其辭獨略。豈制誄之初意然歟？抑或有變也？

又按劉勰云："柳妻誄惠子，辭哀而韻長。"則今私誄之所由起也。蓋古之誄本爲定諡，而今之誄惟以寓哀，則不必問其諡之有無，而皆可爲之。至於貴賤長幼之節，亦不復論矣。

其體先述世係行業，而末寓哀傷之意，所謂"傳體而頌文，榮始而哀終"者也。今採數首列于篇。

祭　文

按祭文者，祭奠親友之辭也。古之祭祀，止於告饗而已。中世以還，兼讚言行，以寓哀傷之意，蓋祝文之變也。其辭有散文，有韻語，有儷語。而韻語之中，又有散文、四言、六言、雜言、騷體、儷體之不同。今各以類列之。劉勰云："祭奠之楷，宜恭且哀；若夫辭華而靡實，情鬱而不宣，皆非工於此者也。"作者宜詳審之。宋人又有祭馬之文，是亦一體，故取以附焉。

弔　文

按弔文者，弔死之辭也。劉勰云："弔者，至也。《詩》曰'神之弔矣'，言神至也。"賓之慰主，以至到爲言，故謂之弔。古者弔生曰唁，弔死曰弔，亦此意也。或驕貴而殞身，或狷忿而乖道，或有志而無時，或美才而兼累，後人追而慰之，並名爲弔。若賈誼之《弔屈原》，則弔之祖也。然不稱文，故不得列之此篇。而後人又稱爲賦，則其失愈遠矣。其有稱祭文者，則並列之，以其實爲弔也。其文濫觴於唐、宋，故有《弔戰場》、《弔鑄鐘》之作，今亦附焉。

大抵弔文之體，髣髴《楚騷》，而切要惻愴，似稍不同。否則，華過韻緩，化而爲賦，其能逃乎奪倫之譏哉？作者熟讀乎所列之文，庶乎有以得之矣。

祝　文

按祝文者，饗神之詞也，劉勰所謂"祝史陳信，資乎文辭"者是也。昔伊祁始蠟以祭八神，其辭云："土反其宅，水歸其壑，昆蟲毋作，草木歸其澤。"此祝文之祖也。厥後虞舜祠田，商湯告帝，《周禮》設太祝之職，掌六祝之辭。春秋已降，史辭寖繁，則祝文之來尚矣。考其大旨，實有六焉：一曰告，二曰脩，三曰祈，四曰報，五曰辟，六曰謁，用以饗天地、山川、社稷、宗廟、五祀、羣神，而總謂之祝文。其詞有散文，有韻語，今並採而列之。

嘏　辭

按嘏者，祝爲尸致福於主人之辭，《記》所謂"嘏以慈告"者是也，辭見《儀禮》。其他文集不載，唯《蔡中郎集》有之，今並録以備一體。

雜句詩

按近體詩自五、七言律、排律、絶句之外，復有三句、五句、促句三體。以其非正體也，故列之《附録》云。後皆做此。

三句詩。

五句詩。

促句詩。此體詩每三句一換韻，或平或仄皆可，然有兩疊者，有三疊者，今各録之，以備一體。

雜言詩

按古今詩自四、五、六、七雜言之外，復有五、七言相間者，有三、五、七言各兩句者，有一、三、五、七、九言各兩句者，有一字至七字、九字、十字者，比之雜言，又略不同，故別列之於此篇。

雜體詩

按詩有雜體：一曰拗體，二曰蜂腰體，三曰斷絃體，四曰隔句體，五曰偷春體，六曰首尾吟體，七曰盤中體，八曰迴文體，九曰仄起體，十曰疊字體，十一曰句用字體，十二曰藁砧體，十三曰兩頭纖纖體，十四曰三婦艷體，十五曰五雜俎體，十六曰五仄體，十七曰四聲體，十八曰雙聲疊韻體，十九曰問答體，皆詩之變體也，故並列於此篇。

拗　體

按律詩平順穩帖者，每句皆以第二字爲主，如首句第二字用平聲，則二句三句當用仄聲，四句五句當用平聲，六句七句當用仄聲，八句當用平聲。用仄反是。若一失粘，皆爲拗體。其詩有入此體而已見律詩、絶句類者，即注其下，今復採其所未錄者列之。又有句不拗而字拗者，亦附著焉。

蜂腰體

凡頷聯不對，却以十字叙一事，而意與首二句相貫，至頸聯方對者，謂之蜂腰體，言已斷而復續也。

斷絃體

謂語似斷絃而意存也。

隔句體

謂起聯與頷聯相對也。绝句亦有之。

偷春體

凡起聯相對，而次聯不對者，謂之叢春體，言如梅花偷春色而先開也。

首尾吟體

首尾吟者，一句而首尾皆用之也。此體他集不載，唯宋邵雍有之，蓋昉於雍也。雍詩甚富，其中類多格言，但於古人寄興高遠、托諷悠深之義，絶不相似，故皆不錄。姑採元人詩以備一體，庶學者有考焉。

盤中體

作詩寫之盤中，屈曲而成文也。

迴文體

按迴文詩始於苻秦竇滔妻蘇氏，反覆成章，而陸龜蒙則曰："悠悠遠道獨煢煢，由是反覆興焉。"及考《詩苑》云："迴文、反覆，舊本二體：止兩韻者謂之迴文，舉一字皆成讀者謂之反覆。"則蘇氏詩正反覆體也。後人所作，直可謂之迴文耳。以今合而爲一，故並列之。

仄起體

謂每句起字皆仄聲也。

疊字體

按古詩"青青河畔草"凡十句，而前六句皆用疊字。"迢迢牽牛星"亦十句，而首四句、尾二句皆用疊字。然未有以疊字成篇者，後人倣之，始有此體。今録一首以備考云。

五仄體

謂句中五字皆用仄聲也。宋晏殊守汝陰，梅堯臣往見之，將行，殊置酒潁河上，因言："古人章句中全用平聲，製字穩帖，如'枯桑知天風'是也，恨未見仄字詩耳。"堯臣既引舟，遂作五仄詩寄之。今録于篇，以備一體。

雙聲疊韻體

按《南史·謝莊傳》："王元謨問莊曰：'何爲雙聲？何爲疊韻？'莊答曰：'互護爲雙聲，磝碻爲疊韻。'"蓋字有四聲，必按五音：東方喉聲爲木音，南方齒聲爲火音，中央牙聲爲土音，西方舌聲爲金音，北方脣聲爲水音。雙聲者，同音而不同韻也，互護同爲脣音，而不同韻，故謂之雙聲，若彷彿、熠燿、騏驥、慷慨、咿喔、霢霂之類皆是也。疊韻者，同音而又同韻也，磝碻同爲牙音，而又同韻，故謂之疊韻，若侏儒、童蒙、崆峒、龍鍾、螳蜋、滴瀝之類皆是也。此二體詩，古集不多載，唯皮、陸有之。又有上句雙聲、下句疊韻者，如李羣玉詩云："方穿詰曲崎嶇路，又聽鈎輈格磔聲"是也。

雜韻詩

按詩家用韻凡數端：一曰葫蘆韻，先二後四者是也。二曰轆轤韻，雙出雙入，每隔二句用韻者是也。三曰進退韻，一進一退，隔一句用韻者是也。四曰顛倒韻，四句同用兩字爲韻，略如反覆詩者是也。五曰平仄兩韻，句中平仄字各協韻者是也。然葫蘆、轆轤二體無所考，故僅取三體録之。

雜數詩

按詩有以數爲題者，如四時、四氣、四色、五噫、六憶、六甲、六府、八音、十索、十離、十二屬、百年是也。有以數爲詩者，如數詩數名自一至十是也。今取而並列之。

雜名詩

按詩有用建除名者，有用星宿名者，有用道里名者，有用州郡縣名者，有用斜冗名者，有用姓名者，有用將軍名者，有用古人名者，有用宮殿屋名者，有用船車名者，有用藥草樹名者，有用鳥獸名者，有用卦兆相名者，古集所載，僅見數端。然推而廣之，將不止此。故錄之爲此篇。

離合詩口字詠、藏頭詩附

按離合詩有四體：其一，離一字偏旁爲兩句，而四句凑合爲一字，如"魯國孔融文舉"、"思楊容姬難堪"、"何敬容"、"閑居有樂"、"悲客他方"是也。其二，亦離一字偏旁爲兩句，而六句凑合爲一字，如"別"字詩是也。其三，離一字偏旁於一句之首尾，而首尾相續爲一字，如《松聞斲》、《飲巖泉》、《砌思步》是也。其四，不離偏旁，但以一物二字離於一句之首尾，面首尾相續爲一物，如縣名、藥名離合是也。

他如口字詠，則字字皆藏口字也。藏頭詩則每句頭字皆藏於每句尾字也，雖非離合，意亦近之，故取以附焉。

此外又有歇後詩，如《拙字詩》云："當初只爲將勤補，到底翻爲弄巧成。"《酒字詞》云："斷送一生唯有，破除萬事無過"之類，滑稽之極，一至於此，良可歎也。故今不錄；姑附其說於此云。

詼諧詩

按《詩·衞風·淇奧篇》云："善戲謔兮，不爲虐兮。"此謂言語之間耳。後人因此演而爲詩，故有俳諧體、風人體、諸言體、諸語體、諸意體、字謎體、禽言體。雖含諷諭，實則詼諧，蓋皆以文滑稽爾，不足取也。然以其有此體，故亦採而列之。

俳諧體

謂謔語也。

風人體

唐陸龜蒙曰：“《詩》云：‘維南有箕，不可以簸揚；維北有斗，不可以挹酒漿。’蓋風俗之言，近乎戲矣。後人倣之，遂有‘圍棋燒敗襖，看子故依然’之句。由是此體興焉。”蓋古有採詩之官，命之曰風人，故名其體云爾。

諸言體

自宋玉有《大言》、《小言賦》，後人遂約而爲詩。諸語、諸意，皆由此起。

詩　餘

按詩餘者，古樂府之流，而後世歌曲之濫觴也。蓋自樂府散亡，聲律乖闕，唐李白氏始作《清平調》、《憶秦娥》、《菩薩蠻》諸詞，時因效之。厥後行衛尉少卿趙崇祚輯爲《花間集》，凡五百闋，此近代倚聲填詞之祖也。宋初創製漸多，至周待制領大晟府樂，比切聲調，十二律各有篇目。柳屯田增至二百餘調，一時文士，復相擬作，富至六十餘種，可謂極盛，然去樂府遠矣。故陸游云：“時至晚唐五季，氣格卑陋，千人一律，而長短句獨精巧高麗，後世莫及，此事之不可曉者。”蓋傷之也。

然觀秦少游之詞，傳播人間，雖遠方女子，亦知膾炙，至有好而至死者，則其感人，因可想見，殆不可謂俗體而廢之也。第作者既多，中間不無昧於音節，如蘇長公者，人猶以“鐵綽板唱《大江東去》”譏之，他復何言哉？由是詩餘復不行，而金、元人始爲套數。曲有南北二體，九宮三調，其去樂府，抑又遠矣。近時何良俊以謂詩亡而後有樂府，樂府闕而後有詩餘，詩餘廢而後有歌曲，真知言哉！要之，樂府、詩餘，同被管絃，特樂府以嶔崎揚厲爲工，詩餘以婉麗流暢爲美，此其不同耳。

然詩餘謂之填詞，則調有定格，字有定數，韻有定聲。至於句之長短，雖可損益，然亦不當率意而爲之。譬諸醫家加減古方，不過因其方而稍更之，一或太過，則本方之意失矣。此《太和正音》及今《圖譜》之所爲也。

然《正音》定擬四聲，失之拘泥；《圖譜》圈別黑白，又易謬誤。故今採諸調，直以平仄作譜，列之於前，而錄詞其後。若句有長短，復以各體別之，其可平、可仄、亦通三句。但所錄僅三百二十餘調，似爲未盡；然以備考，則庶幾矣。

至論其詞，則有婉約者，有豪放者。婉約者欲其辭情醖藉，豪放者欲其氣象恢弘，蓋雖各因其質，而詞貴感人，要當以婉約爲正。否則雖極精工，終乖本色，非有識之所取也。學者詳之。

玉牒文

按玉牒文者，封禪告天之文也。古者天子郊天社地，望于山川而已，未聞有封禪之説也。管仲對齊桓謬謂受命封禪者七十二家，而世傳禹《玉牒辭》曰："祝融司方發其英，沐日浴用百寶生"，蓋後人附會之文耳。世儒不察，尊信其説。至秦始皇遂舉行之，於是封泰山，禪梁父。而漢開帝時，司馬相如病且死，猶草遺書勸帝封禪，帝令諸儒俱儀，數年不就，厥後倪寬贊成之。自是唐、宋之君，皆相效尤，故有玉牒傳于今。然其事不經，明主所不爲也。今姑録其文以備一體，而並著其説，俾致君者有考云。其他册神之文，雖名玉册，實玉牒之類也，故取以附焉。

符　命

按符命者，稱述帝王受命之符也。夫帝王之興，固有天命，而所謂天命者，實不在乎祥瑞圖讖之間。故大電、大虹、白狼、白魚之屬，不見於經，而見於史。史其可盡信邪？後世不察其偽，一聞怪誕，遂以爲符，而封禪以答之，亦惑之甚矣。自其説昉於管仲，其事行於始皇，其文肇於相如，而千載之惑，膠固而不可破。於是揚雄《美新》、班固《典引》，邯鄲淳《受命述》，相繼有作，而《文選》遂立"符命"一類以列之。夫《美新》之文，遺穢萬世，淳亦次之，固不足道；而馬、班所作，君子亦無取焉。唯柳氏《貞符》以仁立説，頗協於理，然蘇長公猶以爲非，則如斯文不作可也。今以其爲一體，故聊採三首，列諸此篇，而並著其説，庶俾馳騁文藝者知所懲戒，不蹈劉勰"勞深勣寡"之誚云。

表　本

按表本者，宋時天子告祭先帝先后之詞也。古者郊禘宗廟陵寢之祭，僅用册文祝文，至宋始加表文，呼爲表本，雖曰事死如事生，而禮則瀆矣。今以其爲一體也，故亦録焉。

口　宣

按口宣者，君諭臣之詞也。古者天子有命于其臣，則使使者傳言，若《春秋內外傳》所載諭告之詞是已，未有撰爲儷語使人宣於其第者也。宋人始爲之，則待下之禮愈降，而詞臣之撰著愈繁矣。蓋諭告之變體也。今採數首，以備一體云。

宣　答

按宣答者，羣臣奉表慶賀而禮官宣制以答之也。先期詞臣撰詞以授禮官，禮官習之，至日宣示，以見君臣同慶之意。蓋雖繁文，而義則美矣。今制亦用之，而詞皆兩句，尤爲古雅。又著之儀注，無臨時改撰肄習之勞，豈不度越前代哉？今姑錄宋人之作，以備一體。

致　辭

按致辭者，表之餘也。其原起於越臣祝其主，而後世因之。凡朝廷有大慶賀，臣下各撰表文，書之簡牘以進，而明廷之宣揚，宮壺之贊頌，又不可缺，故節略表語而爲之辭。觀《宋文鑑》以此雜表中，蓋可知已。今之祝贊，即其制也，故採之以備一體。

祝　辭

按祝辭者，頌禱之詞也。諸集不載，而世所傳，獨有淨髮、靧面祝詞。苟推其類，則凡喜慶皆可爲之，不特施之二事而已。故錄而著之。

貼子詞

按貼子詞者，宮中黏貼之詞也。古無此體，不知起於何時。第見宋時每遇令節，則命詞臣撰詞以進，而黏諸閣中之户壁，以迎吉祥。觀其詞乃五七言絕句詩，而各宮多寡不同，蓋視其宮之廣狹而爲之，抑亦以多寡爲等差也。然此乃時俗鄙事，似不足以煩詞臣，而宋人尚之，豈所謂聲容過盛之一端歟？今姑採錄，以備一體。

上梁文寳瓶文説、上牌文附

按上梁文者,工師上梁之致語也。世俗營構宮室,必擇吉上梁,親賓裹麵雜他物稱慶,而因以犒匠人,於是匠人之長,以麵抛梁而誦此文以祝之。其文首尾皆用儷語,而中陳六詩。詩各三句,以按四方上下,蓋俗禮也。今録數篇,以備一體。

又按元陳繹曾《文筌》有寳瓶文,云"圬者墁棟脊之詞",而諸集無之,無以爲式。竊意其詞大略與上梁文同,末亦陳詩如樂語、口號之比,第無四方上下諸章耳。未知是否,姑附其説於此。

宋人又有上牌文,蓋上扁額之詞,亦因上梁而推廣之也。聊録一首,以備其體云。

樂 語

按樂語者,優伶獻伎之詞,亦名致語。古者天子、諸侯、卿大夫,朝覲聘問,皆有燕饗,以洽上下之情,而燕必奏樂,若《詩·小雅》所載《鹿鳴》、《四牡》、《魚麗》、《嘉魚》諸篇,皆當時之樂歌也。夫樂曰雅樂,詩曰雅詩,則雖備其聲容,娛其耳目,要歸於正而已矣。

古道虧缺,鄭音興起。漢成帝時,其弊爲甚,黃門名倡,富顯於世。魏、晉以還,聲伎寖盛。北齊後主爲魚龍爛漫等百戲,而周宣帝徵用之,蓋秦角抵之流也。隋煬帝欲誇突厥,總追四方散樂,大集東都,爲黃龍、繩舞、扛鼎、負山、吐火之戲,千變萬化,曠古莫儔,嗚呼極矣!自唐而下,雅俗雜陳,未有能洗其臣者也。宋制,正旦、春秋、興龍、地成諸節,皆設大宴,仍用聲伎,於是命詞臣撰致語以畀教坊,習而誦之;而吏民宴會,雖無雜戲,亦有首章:皆謂之樂語。其制大戾古樂,而當時名臣,往往作而不辭,豈其限於職守,雖欲辭之而不可得歟?然觀其文,間有諷詞,蓋所謂曲終而奏雅者也。今採而不削,聊以備一體云。

右 語

按右語者,宋時詞臣進呈文字之詞也;謂之右語者,所進文字列于左方,而先之以此詞,實居其右,故因而名之。蓋變進書表文之體,而別其稱耳。然考之諸集,唯歐陽修、王安石等有《進功德疏右語》,豈其特用於此等文字,而他皆不用歟?詞皆儷語,而短簡特甚。今録一二,聊以備一體云。

道場榜

按道場榜者，釋、老二家修建道場榜示之詞也。品題不同，而施用亦異：其迎神馭者曰門榜，淨壇場者曰監壇榜，燃燈者曰燈榜，戒孤魂者曰戒約榜，限孤魂者曰結界榜，浴孤魂者曰浴堂榜，施法食者曰施斛榜，施水燈者曰水燈榜，張於造齋之所者曰監齋榜，張於設供之所者曰供榜，張於食所者曰茶湯榜。已上數榜，二家錯陳，而互有遺闕，其或用，或不用，亦不可知。然能觸類而長之，則亦無不通矣。此異端之教，學者勿求焉可也。後倣此。

道場疏

按道場疏者，釋、老二家慶禱之詞也。慶詞曰生辰疏，禱詞曰功德疏，二者皆道場之所用也。又按陳繹曾《文筌》云：「功德疏者，釋氏禱佛之詞。」及考諸集與《事文類聚》，並有二家疏語，則知疏者，不特用於釋氏明矣。故今錯而列之，以俟博聞者。其曰齋文，即疏之別名也。

表

按表者，釋、道陳奏之詞也。古今表詞施於君臣之際，而二氏亦以表稱，蓋僭擬也。若乃天子之於天，故宜用表稱臣；然不以施於郊祀之際，而用老氏之法以黷神，則名雖是而實則非矣。故列之於此，以俟崇正者詳焉。其曰朱、曰露香、曰默，皆表之別名也。

青詞密詞附

按陳繹曾云：「青詞者，方士懺過之詞也，或以祈福，或以薦亡，唯道家用之。」其謂密詞，則釋、道通用矣。詞用儷語，諸集皆有，而《事文類聚》所載尤多。今錄數篇，以備一體。此外又有法誥，有告牒，有投簡，有解語，有法語。而舉棺撒土，亦皆有文，其目至爲煩瑣，而諸集不載。愚謂二氏相傳，必有舊本，臨時錄用，亦何不可，何必別撰而騁詞華於無益之地哉？故皆略而不錄。

募緣疏

按募緣疏者，廣求衆力之詞也。橋梁、祠廟、寺觀、經像與夫釋、老衣食、器用之類，凡非一力所能獨成者，必撰疏以募之。詞用儷語，蓋時俗所尚。而橋梁之建，本以利人；祠廟之設，或關祀典，尤非他事之比。則斯文也，豈可闕而不録哉？故列之。

法堂疏

按法堂疏者，長老主持之詞也。其用有三：未至用以啟請，將行用以祖送，既至用以開堂。其事重，其體尊，非夫高僧，恐不足以當此。然猶録之者，不可謂世無其人而廢此一體也。文有古、今體，今各列之。

（附）文體明辨序　趙夢麟

上古之世，樸茂未漓，結繩而治，無所謂文也。自書契易，人文著，"三墳"、"五典"，昭雲漢而炳日星，先王所以經世垂則，化成天下者，其道尚已。秦棄詩書，至漢惠五禩，始除挾書律，遺書往往出孔壁間。於時天下文學材智之士，雅嚮儒術，浸登博洽。及後世醇駁紛紜，不能粹然壹稟於正。國朝洗靃風，尚經術，郁郁乎文，稱大備矣。然文盛而體不及格者往往有之。

不佞髫齡時，仍其家學，即從鄉先進論文。已洒厭苦淫靡，妄意漁獵古今，綜及聖經賢傳、諸子百家之言，極人文之致者，不可勝數。竊不自量，求辯其理，而幼困鉛槧，今困簿書，未遑也。

迨移令吳江，邑有聞人徐伯魯先生。當世廟時，讀書中秘，拜夕郎，早歲懸車，杜門著述。因同郡吳文恪公訥所纂《文章辨體》，廣爲《文體明辨》，分爲八十四卷，自叙簡端，既文而覈。其取類也肆，其辨析也精。凡文之爲制誥，爲疏劄，爲書文表贊之類；詩之爲樂府，爲古風，爲近體之類；與夫雜體附録，總命曰文。昭藝林之矩矱，標制作之堂奥，千古人文，一覽具見，先生之寧掇誠勤，而用心良苦矣。

然終先生之身，成勞未獻，今始得睹其全書。於是喟然嘆曰：渢渢乎是編也！其埴之有方圓乎！木之有鈎繩乎！善治陶者而非方圓則何以中規矩？善治木者而非鈎繩則何以中曲直？爲文者亦若是而已矣。奈何輓近爲文者，不泰縵也夸，則攣卷也刣;不馮閎也肆,則弔詭也僻;不淖約也懦,則劌割也嗲。甚者勦厥浽踂,辯解連環,捷過炙轂,自眩以動朦瞽之色,識者直敝帚棄之。此不假道于體,而徒潰潰焉以自放,譬如陶人之廢方圓,而匠氏之棄鈎繩也,是何足以言文哉?

　　說者又以文之爲用也,縱發橫決,游矯騰踔,方其騁思而極巧也,固馳馭無方而神運莫測,何以體爲哉? 雖然,《易》不云乎:"擬議以成其變化"。無變化者用也,所以爲之擬議者體也。體植則用神,體之時義大矣哉,而胡可以弗辯也! 故世之薦紳學士,啟函而識體,因體而會心,加以哎英咀華,漱芳籤秕,游乎骨理之内,超乎形骸之外,内足于意,外足于象,意象衡當,發以天倪,當必如蜩若掇、鐻有神、斤成風、庖合舞者矣,惡得遽以糟粕少之哉?

　　是梓成,而談議者藉以樹不朽,經世者藉以潤皇猷,即不佞不敏,庶幾亦得以緣飭其治,固視兹編爲嚆矢矣。是爲序。

　　萬曆辛卯三月上巳,賜進士第、文林郎、知吳江縣事、廣平趙夢麟譔。

(附)刻文體明辨序　顧爾行

　　吳江魯庵先生,讀中秘書,出列諫垣,言事剀切,當蕭皇帝旨,悉見採納,直聲在先朝籍甚。性不嗜仕,無何,退耕其邑之郭外,第一室,充左右圖書,潛心大業,力希不朽,屢詔起用,竟不就。藐台鼎若棄,甘窮若飴,彼其意有所屬,固不以此易彼也。

　　先生多著述行於世,《文體明辨》一書,則準吳文恪公《文章辨體》,加益而手編之,上採黃虞,下及近代,文各標其體,體各歸其類,條分縷析,凡若干卷云。疏奏章劄,以宣朝廷;教令詞册,以達宗廟;論説詩賦序記箴銘雜著,以昭媺慝,而詔後世;洋洋乎,纚纚乎,詎非文章家之極觀,而不朽之盛事哉! 嘗謂陶者尚型,冶者尚範,方者尚矩,圓者尚規。文章之有體也,此陶冶之型範,而方圓之規矩也。是故敷奏以婉切勝,叙事以約暢勝,紀載以該核勝,美刺以微中勝:體所從來,非一日矣。弔詭之士,妄意高刻;騖博之士,私擬牽合。代降風漓,莫可窮詰。雖力追古哲,號稱雅馴,而終不免浸淫也。體既溺矣,烏用文之? 是編出而堂寢殊構,宮商異調,判若蒼白,剖若玄黃,回狂瀾于既倒,指斗極于方中,先生惠來學,豈淺鮮乎?

　　雖然,文有體,亦有用。體欲其辨,師心而匠意,則逸轡之御也。用欲其神,拘攣而執泥,則膠柱之瑟也。《易》曰:"擬議以成其變化。"得其變化,將神而明之,會而通之。體不詭用,用不離體,作者之意在我,而先生是編爲不孤矣。不然,而徒曰某體某體,摹倣雖工,情神未得,是父老之擬新豐,而優孟之效叔敖也,奚神哉? 奚禪哉？

　　是編爲先生藏本，余舅氏鹿門茅公雅慕之，以活字傳學士大夫間，一時爭購，至令楮貴。前令仁宇徐公擊節而嘆曰：“是吾邑先賢手澤也，盍梓乎？”請于直指知吾邢公，捐贖佐工，工甫半而以赴召行。廣武趙公來令，首先教化，亟謀畢梓。會直指雍野李公行部下檄，遂告竣焉。

　　先生伯子詢，仲子論，能讀父書，丐一言於余，余敢以不文辭？用叙其本末如此。

　　萬曆辛卯夏月吉旦，賜進士出身陝西道監察御史吳興後學顧爾行頓首拜書。

賀復徵

　　賀復徵（生卒年不詳）字仲來。明鎮江府丹陽（今屬江蘇）人。餘均不詳。所編《文章辨體彙選》收錄廣博，凡七百八十卷，遠遠超過五十卷的《文章辨體》與八十四卷的《文體明辨》。《文章辨體彙選》收文在十卷以上的有詔（十一卷）、上書（二十一卷）、疏（三十四卷）、表（十五卷）、奏狀（十一卷）、書（四十五卷）、序（八十卷）、史論（十卷）、論（三十二卷）、史傳（四十五卷）、傳（二十五卷）、記（五十六卷）、碑（二十三卷）、墓碑（二十一卷）、墓誌銘（三十八卷）、祭文（十七卷）。《文章辨體》、《文體明辨》詩文皆收，前者僅五十九體，後者一百二十餘體。《文章辨體彙選》收文而不收詩賦，僅駢、散二體文章已多達一百二十餘體。吳、徐二書未收而爲《文章辨體彙選》所收的文體有九錫文、咨、申、條事、上壽辭、故事、尺牘、帖、訓、本紀、實錄、儀注、世表、世譜、書志、錄、篇、紀、日記、吊書、雜文。這些文體主要是從史書中得來的。對一些收文較多的文體，《文章辨體彙選》還作了進一步的分類，如多達八十卷的序體，又根據所序内容分爲三十一小類：經類、史類、文類、籍類、騷類、賦類、詩類、集類、奏議類、政類、學類、圖類、志類、譜牒類、紀錄類、目錄類、試錄類、齒錄類、時藝類、詞曲類、名字類、社會類、遊宴類、古跡類、贈送類、賀祝類、俳類、律類、釋類、變體、小序等。總集的文體分類，在《文選》之後以吳訥的《文章辨體》、徐師曾的《文體明辨》、賀復徵的《文章辨體彙選》爲最重要，它們堪稱明代文體論的集大成之作，雖不及《文心雕龍》的“體大而慮周”，但它們論及的文學體裁遠遠多於《文心雕龍》。《四庫全書·〈文章辨體彙選〉》提要評該書云：“以吳訥《文章辨體》所收未廣，因別爲蒐討，上自三代，下逮明末，經史諸子百家山經地志靡不收採，分別各體，爲一百三十二類、七百八十卷。每體之首，多引劉勰《文心雕龍》及吳訥、徐師曾之言，間參以己説，以爲凡例，其甄錄之繁富，爲從來總集所罕見。但其中有一體而兩出者，如祝文後既附致語，後復有致語一卷是也；有一體而强分爲二者，如既有上書，復有上言，僅收賈山《至言》一篇；既有墓表，復有阡表，僅收歐陽修《瀧岡阡表》一篇；記與紀事之外，復有紀；雜文之外，復有雜著是也；有一文而重見兩體者，如王褒《僮約》，一見約，再見雜文；沈約《修竹》、《彈甘蕉》文，一見彈事，再見雜文……意其卷帙既繁，稿本初脫，未經刊定，不能盡削繁蕪。然其別類分門，搜羅廣博，殆積畢生心力，抄撮而成，故墜典秘文，亦往往有出人耳目之外者。"

　　《文章辨體彙選》所收文體如下：(1)詔(十一卷)、(2)制(七卷)、(3)誥(七卷)、(4)策問(二卷)、(5)九錫文(一卷)、(6)鐵卷文(一卷)、(7)赦文(一卷)、(8)諭祭文(一卷)、(9)祝文(八卷)、(10)盟(一卷)、(11)誓(一卷)、(12)檄(二卷)、(13)露布(一卷)、(14)教(一卷)、(15)榜(一卷)、(16)公移(一卷)、(17)狀(一卷)、(18)牒(一卷)、(19)判(一卷)、(20)約(一卷)、(21)論諫(九卷)、(22)説(五卷)、(23)上書(二十一卷)、(24)疏(三十四卷)、(25)奏(二卷)、(26)章(二卷)、(27)表(十五卷)、(28)彈事(二卷)、(29)封事(二卷)、(30)條事(一卷)、(31)奏對(四卷)、(32)奏議(六卷)、(33)讜議(四卷)、(34)奏狀(十一卷)、(35)劄子(七卷)、(36)奏啟(七卷)、(37)奏牒(二卷)、(38)奏揭(一卷)、(39)笏記(一卷)、(40)制策(七卷)、(41)試策(一卷)、(42)進策(五卷)、(43)符命(一卷)、(44)上壽辭(一卷)、(45)致語(一卷)、(46)故事(一卷)、(47)説書(一卷)、(48)義(一卷)、(49)連珠(一卷)、(50)書(四十五卷)、(51)尺牘(七卷)、(52)啟(七卷)、(53)奏記(一卷)、(54)私箋(二卷)、(55)簡(二卷)、(56)帖(一卷)、(57)私狀(一卷)、(58)私疏(一卷)、(59)私令(一卷)、(60)序(八十卷)、(61)引(二卷)、(62)題辭(一卷)、(63)題(四卷)、(64)跋(四卷)、(65)書(五卷)、(66)讀(二卷)、(67)慕緣疏(二卷)、(68)史論(十卷)、(69)論(三十二卷)、(70)議(三卷)、(71)説(三卷)、(72)字説(一卷)、(73)原(二卷)、(74)辯(二卷)、(75)解(二卷)、(76)喻(一卷)、(77)評(一卷)、(78)品(一卷)、(79)釋(一卷)、(80)問對(一卷)、(81)設(二卷)、(82)箴(三卷)、(83)銘(九卷)、(84)頌(七卷)、(85)贊(九卷)、(86)訓(一卷)、(87)誡(二卷)、(88)規(一卷)、(89)儀(一卷)、(90)偈(一卷)、(91)本紀(四卷)、(92)史傳(四十五卷)、(93)傳(二十五卷)、(94)實錄(二卷)、(95)儀注(一卷)、(96)行狀(五卷)、(97)世表(一卷)、(98)世譜(一卷)、(99)年譜(一卷)、(100)記(五十六卷)、(101)書志(九卷)、(102)錄(三卷)、(103)述(二卷)、(104)篇(一卷)、(105)表(一卷)、(106)帳詞(一卷)、(107)題名(一卷)、(108)紀事(三卷)、(109)紀(二卷)、(110)日記(三卷)、(111)碑(二十三卷)、(112)墓碑(二十一卷)、(113)墓表(七卷)、(114)阡表(一卷)、(115)碣銘(三卷)、(116)碑陰文(一卷)、(117)墓誌銘(三十八卷)、(118)誄(四卷)、(119)哀辭(四卷)、(120)吊文(三卷)、(121)吊書(三卷)、(122)祭文(十七卷)、(123)謁文(一卷)、(124)雜文(六卷)、(125)雜著(八卷)。

本書資料據四庫全書本《文章辨體彙選》,選録其"序説"部分内容(引前人語者不録,只録"復徵曰"部分資料)。

誥

考《文苑英華》,亦有中書制誥、翰林制詔之別。疑出中書者爲誥,出翰林者爲制。蓋誥止施於庶官,而大臣諸王則稱制書也,後人一以爲制云。又曰:"按宋,亦有内制、外制之別。"《文鑑·内制》曰:"制多除授大臣,文用四六。外制曰誥,則俱屬庶司,常用散文,間亦有四六者。"我明大夫曰誥,命郎官曰勅命,則是唐、宋制重而誥輕,明則勅輕而誥重。合而觀之,可以知唐、宋、明三代之損益矣。(卷十九)

九錫文

按《説文》:"錫,與也,賜也。"《易》云:"王三錫命。"開國承家,人臣至册以九錫。此乃姦雄篡竊所由始,而非國家之利矣。然其文必典雅閎肆,極其鋪張。録之以存一體。(卷二十八)

榜

榜謂木片,以之論人,所以動其觀也。古今文集不載此體。然承上化下,非文不行,而實入官之所先也。故特表而出之。(卷四十六)

論 諫

按:古人敷奏諫論之辭,見于《尚書》、《春秋》内外傳者詳矣。然皆矢口陳言,不立篇目,故《伊訓》、《無逸》等篇,隨意命名,莫協於一,然亦出自史臣之手。劉勰所謂"言筆未分",此其時也。今自《左》、《國》而下,數而録之:一曰諫,二曰請,三曰論疏,四曰諸臣論説,五曰諸賢論説。總之曰論諫,以爲書疏之所始云。(卷五十二)

上 書

書之見於《左傳》者,晉魏絳《授僕人書》及鄭子家《告趙宣子》、子産《與宣子論重

幣書》數則而已。今録魏絳《上晉侯書》爲上書之首。（卷六十六）

表

按表有三體，分而別之：一曰古體，二曰唐體，三曰宋體。學者宜有以考云。（卷一百二十五）

條　事

按《説文》：“條，小枝也。”顏師古云：“凡言條者，一一而疏舉之，若木條也。古有詔條、科條。”《趙充國傳》“充國條上留田十二事”等是也。故列條事爲一體。（卷一百四十四）

上壽辭

上壽辭者，群臣宴上之辭也。有規有誦，如越群臣祝辭，則悲憤填膺矣。録之以備一體。（卷一百九十九）

致　語

致語始於宋人。蓋内庭宴饗，侍御優伶之辭，皆詞臣擬撰。今制因之。録數則，以備一體。（卷二百）

故　事

按故事者，借事闒忠，則法語而有巽言之聽。夫國家大關鍵、大補救處，今必有與古相合者，進告者當知所取類矣。（卷二百一）

連　珠

按連珠，始必曰“臣聞者”，似亦告上之辭。録於章奏之後，以備一體焉。（卷二百四）

294

尺　牘

尺牘者，約情愫於尺幅之中，亦簡略之稱也。劉勰所謂"才冠鴻筆，多疎尺牘"是也。（卷二百五十九）

簡

簡，竹板也。古者執簡記事，故單執一劄，亦謂之簡。後人以事情反覆，非簡可盡，乃直名曰書也。（卷二百七十六）

帖

按《説文》曰："帖者，帛書，署也。"又《廣韻》曰："劵帖也。"《選舉志》："明經試帖。"《尚書故實》王逸少有與蜀郡守求來禽青李櫻桃，日給滕子帖，則稱帖從來舊矣。今於閣帖中前有題"致某某"者，仍入尺牘。失題如《月儀》、《棲悶》之類，選十餘則，以備一體。（卷二百七十七）

序

序，東西牆也。文而曰序，謂條次述作之意，若牆之有序也。又曰：宋真氏《文章正宗》分議論、序事二體。今叙目曰經、曰史、曰文、曰籍、曰騷賦、曰詩集、曰文集、曰試録、曰時藝、曰詞曲、曰自序、曰傳贊、曰藝巧、曰譜係、曰名字、曰社會、曰遊宴、曰贈送、曰頌美、曰慶賀、曰壽祝。又有排體、律體、變體，諸體種種不同。而一體之中，有序事，有議論；一篇之中，有忽而叙事，忽而議論。第在閲者分別讀之可爾。（卷二百八十一）

題

題，額也。揭其義於上，猶頭之有額也。題、跋之體，始自歐、曾。近世乃相混用，殊失字義。今析而正之，間雖有題跋之義，而不正名曰題跋者，亦各附其下。（卷三百六十四）

跋

跋，足也。申其義於下，猶身之有足也。（卷三百六十八）

募緣疏

募緣之有疏也，諸選俱不載。值神廟初年，名公鉅卿多喜禪悅，刱建精藍，而疏文始盛。今選數篇，與薦亡文同列焉，以備一體。（卷三百七十九）

議

議者，謀其事以合於義也。《書》曰：“議事以制。”是議者，三代以來，言事之定名。故後世凡以文言事，皆謂之議，不專奏議一體也。（卷四百二十四）

原

原，水所發也。文而曰原，謂窮極事物之理，若水之有原也。（卷四百三十一）

辨

辨者，析疑似也。（卷四百三十三）

解

《文選》以“七”爲一體，固非。前説以“七”入解，亦欠妥。詳後設體。（卷四百三十五）

銘

按：鄭康成曰：“銘者，名也。”劉勰云：“觀器而正名也。故曰：作器能銘，可以爲大夫矣。”考諸夏、商鼎彝尊卣盤匜之屬，莫不有銘，而文多殘缺。獨湯盤見於《大學》，而《大戴禮》備載武王諸銘。其後作者寖繁。凡山川宮室門井之類，皆有銘辭，蓋不但施之器物而已。然要其體，不過有二：一曰警戒，二曰祝頌。陸機曰："銘貴博約而溫潤。"斯言得之矣。又有碑銘、墓碑銘、墓誌銘，不並列於此云。（卷四百四十七）

<h2 style="text-align:center">頌</h2>

按：後世所作諸頌，皆變體也。其體不一，有謠體，有賦體，有騷體，有箴銘體，有散文體，不能各分，或注題下一二，使讀者自別云。（卷四百五十六）

<h2 style="text-align:center">訓</h2>

訓之爲言，順也，教訓之以使人順從也。自伊尹作《書訓》，王而有訓之體。故後世凡有所教者，皆謂之訓。（卷四百七十二）

<h2 style="text-align:center">規</h2>

規者，爲圓之器。以之名文，所以成人之德也。《書》曰："官師相規。"義蓋始此。後世學校則每用之。（卷四百七十五）

<h2 style="text-align:center">本 紀</h2>

按説文："紀，絲別也。總之爲綱，周之爲紀。"又《廣韻》："事也，經紀也。"蓋經紀其事，著之編簡也。今帝紀如秦始皇之嚴核，項羽之綜括，高帝之淹貫，而作史之法盡矣。（卷四百七十八）

<h2 style="text-align:center">史 傳</h2>

按勾吴錢應奎汝父氏云："《左傳》易編年爲紀事，一每國分三類：一叙本國之政，二叙邦交之政，三叙本國諸臣言行。事詞有未備者，則借經文以足之。甲乙不混，初終畫然，不加損增，隻詞罔逸。"今選而録之，列史傳之首，爲班、馬之先鞭云。（卷四百八十三）

實　錄

録，收藉也。事有散逸而無統者，則收藉之，使有可據也。而撫述一人所歷，亦謂之録。古來帝王起居行事，必有史臣爲之登記，付之史舘，爲後來作史之準。然必據事直書，不誣不隱，故曰實録也。後世諸人，有爲祖父朋友乞言，或曰述，或曰行狀，或亦曰實録焉。（卷五百四十八）

儀　注

按：《詩注》云："儀，宜也。禮從義起，必因其宜，注之爲典章也。"《周禮》有五儀、六儀、九儀之別。故録儀注數則爲一體云。（卷五百五十）

行　狀

狀者，即其真以形容之也。傳誌之作，必有所據，斯可命辭。故求文者必具狀以需之。（卷五百五十一）

世　表

表者，標也。標著其事，一覽瞭然也。太史公《年表》、《月表》，實創厥始。録之爲後來作譜係之祖。（卷五百五十六）

世　譜

按：譜，布列也。物有紛錯而不一者，則布列之，使有可考也。而次第一人所履，亦謂之譜。（卷五百五十七）

記

記如絲之有紀，謂編事寔以備遺忘也。按：記有序事，有兼雜議論，今列爲二體。外有排體、韻文體、律體、托物寓意體，皆爲別體。又有墓碑記、墳記、塔記，則皆附於

墓誌之條。（卷五百六十）

書　志

誌，如身之有痣，著形跡以垂久遠也。（卷六百十六）

録

録，收籍也。事有散逸而無統者，則收籍之，使有可據也。而摭述一人所歷，亦謂之録。（卷六百二十五）

述

述之義不一，其一事一物，俱可稱述。而譔述言行，其一也。今分爲二卷。（卷六百二十八）

篇

按：《説文》：“篇，聯也。”又《詩》注云：“徧也，出情鋪事，明而徧也。”凡屬漢、魏叢書，以篇命名者，擬入子選，概不録。惟於諸文集中聊選數首，以備一體。（卷六百三十）

紀

紀事者，專録一人行事，以備採擇之遺，故以紀事括之。而此云紀者，凡一切山川風俗器皿，皆得而紀之。故別之以爲一體。（卷六百三十七）

日　記

日記者，逐日所書，隨意命筆，正以瑣屑畢備爲妙。始於歐公《於役志》、陸放翁《入蜀記》。至蕭伯玉《諸録》，而心遠韻大似晉人。各録數段以備一體。（卷六百三十九）

弔 書

時劉賈已亡,孝標作書曰答,東坡作啟曰謝,皆創體也。列之以備一種。(卷七百四十八)

雜 文

題有誥、諭等名,分諸體者,仍以文係之。列雜文後以下附列。(卷七百七十)

徐 渭

徐渭(1521—1593)字文清、文長,別字很多,號天池,晚號青藤。明山蔭(今浙江紹興)人。畫家、書法家、戲曲家、軍事家。徐渭在詩文、戲曲、書畫等方面,均有深厚造詣。其詩文嬉笑怒罵,皆成文章;對戲曲有傑出貢獻,所著《南詞敘錄》一卷是我國最早的,也是宋、元、明、清四代唯一的專論南戲的著作。此書論述南戲的源流發展、風格特色、聲律音韻等,也有對作家、作品的評論,對術語、方言的考釋,是研究明代戲曲的重要資料。其雜劇《四聲猿》所寫四個短劇,都具有較強的思想性、藝術性。其書法頗具特色,擅長行書,出自米芾,而更加放縱,人稱書中"散聖"。徐渭中年後才開始學畫,山水、人物、花鳥等無不精妙,尤其是水墨寫意花卉,完成了寫意花鳥畫的重大變革,推動了寫意畫派的發展。畫史將他與陳淳並稱青藤、白陽,清代的朱耷、石濤、鄭燮等以及近現代的吳昌碩、齊白石等,都繼承和進一步發揚了他的傳統,形成聲勢浩大的大寫意花鳥畫派。存世著作有《徐文長全集》。

本書資料據中國戲劇出版社1959年《中國古典戲曲論著集成》本《南詞敘錄》。

《南詞敘錄》(節錄)

北雜劇有《點鬼簿》,院本有《樂府雜錄》,曲選有《太平樂府》,記載詳矣。惟南戲無人選集,亦無表其名目者,予嘗惜之。客閩多病,咄咄無可與語,遂錄諸戲文名,附以鄙見。豈曰成書,聊以消永日,忘歊蒸而已。嘉靖己未夏六月望,天池道人志。

南戲始於宋光宗朝,永嘉人所作《趙貞女》、《王魁》二種實首之,故劉後村有"死後是非誰管得,滿村聽唱蔡中郎"之句。或云:"宣和間已濫觴,其盛行則自南渡,號曰'永嘉雜劇',又曰'鶻伶聲嗽'。"其曲,則宋人詞而益以里巷歌謠,不叶宮調,故士夫罕有留意者。元初,北方雜劇流入南徼,一時靡然向風,宋詞遂絶,而南戲亦衰。順帝朝,忽又親南而疎北,作者蝟興,語多鄙下,不若北之有名人題詠也。永嘉高經歷明,避亂四明之櫟社,惜伯喈之被謗,乃作《琵琶記》雪之,用清麗之詞,一洗作者之陋,於是村坊小伎,進與古法部相參,卓乎不可及已。相傳:則誠坐臥一小樓,三年而後成。其足按拍處,板皆爲穿。嘗夜坐自歌,二燭忽合而爲一,交輝久之乃解。好事者以其妙感鬼神,爲創瑞光樓旌之。我高皇帝即位,聞其名,使使徵之,則誠佯狂不出,高皇不復强。亡何,卒。時有以《琵琶記》進呈者,高皇笑曰:"五經、四書,布、帛、菽、粟也,家家皆有;高明《琵琶記》,如山珍、海錯,貴富家不可無。"既而曰:"惜哉,以宮錦而製鞵也!"由是日令優人進演。尋患其不可入絃索,命教坊奉鑾史忠計之。色長劉杲者,遂撰腔以獻,南曲北調,可於箏琶被之;然終柔緩散戾,不若北之鏗鏘入耳也。

今南九宮不知出於何人,意亦國初教坊人所爲,最爲無稽可笑。夫古之樂府,皆叶宮調;唐之律詩、絶句,悉可絃詠,如"渭城朝雨"演爲三疊是也。至唐末,患其間有虛聲難尋,遂實之以字,號長短句,如李太白《憶秦娥》、《清平樂》,白樂天《長相思》,已開其端矣;五代轉繁,考之《尊前》、《花間》諸集可見;逮宋,則又引而伸之,至一腔數十百字,而古意頗微。徽宗朝,周、柳諸子,以此貫彼,號曰"側犯"、"二犯"、"三犯"、"四犯",轉輾波蕩,非復唐人之舊。晚宋,而時文、叫吼,盡入宮調,益爲可厭。"永嘉雜劇"興,則又即村坊小曲而爲之,本無宮調,亦罕節奏,徒取其畸農、市女順口可歌而已,諺所謂"隨心令"者,即其技歟? 間有一二叶音律,終不可以例其餘,烏有所謂九宮? 必欲窮其宮調,則當自唐、宋詞中別出十二律、二十一調,方合古意。是九宮者,亦烏足以盡之? 多見其無知妄作也。

今之北曲,蓋遼、金北鄙殺伐之昔,壯偉很戾,武夫馬上之歌,流入中原,遂爲民間之日用。宋詞既不可被絃管,南人亦遂尚此,上下風靡,淺俗可嗤。然其間九宮、二十一調,猶唐、宋之遺也,特其止於三聲,而四聲亡滅耳。至南曲,又出北曲下一等,彼以宮調限之,吾不知其何取也。或以則誠"也不尋宮數調"之句爲不知律,非也,此正見高公之識。夫南曲本市里之談,即如今吳下《山歌》、北方《山坡羊》,何處求取宮調? 必欲宮調,則當取宋之《絶妙詞選》,逐一按出宮商,乃是高見。彼既不能,盍亦姑安於淺近。大家胡說可也,奚必南九宮爲?

南曲固無宮調,然曲之次第,須用聲相隣以爲一套,其間亦自有類輩,不可亂也,如《黃鶯兒》則繼之以《簇御林》,《畫眉序》則繼之以《滴溜子》之類,自有一定之序,作者觀於舊曲而遵之可也。

南之不如北有宮調，固也；然南有高處，四聲是也。北雖合律，而止於三聲，非復中原先代之正，周德清區區詳訂，不過爲胡人傳譜，乃曰"中原音韻"，夏蟲、井蛙之見耳！

胡部自來高於漢音。在唐，龜玆樂譜已出開元梨園之上。今日北曲，宜其高於南曲。

有人酷信北曲，至以伎女南歌爲犯禁，愚哉是子！北曲豈誠唐、宋名家之遺？不過出於邊鄙裔夷之僞造耳。夷、狄之音可唱，中國村坊之音獨不可唱？原其意，欲强與知音之列，而不探其本，故大言以欺人也。

中原自金、元二虜猾亂之後，胡曲盛行，今惟琴譜僅存古曲。餘若琵琶、箏、笛、阮咸、響潡之屬，其曲但有《迎仙客》、《朝天子》之類，無一器能存其舊者。至於喇叭、嗩吶之流，並其器皆金、元遺物矣。樂之不講至是哉！

今崑山以笛、管、笙、琵按節而唱南曲者，字雖不應，頗相諧和，殊爲可聽，亦吳俗敏妙之事。或者非之，以爲妄作，請問《點絳唇》、《新水令》，是何聖人著作？

今唱家稱"弋陽腔"，則出於江西，兩京、湖南、閩、廣用之；稱"餘姚腔"者，出於會稽，常、潤、池、太、揚、徐用之；稱"海鹽腔"者，嘉、湖、溫、台用之。惟"崑山腔"止行於吳中，流麗悠遠，出乎三腔之上，聽之最足蕩人，妓女尤妙此，如宋之嘌唱，即舊聲而加以泛豔者也。隋、唐正雅樂，詔取吳人充弟子習之，則知吳之善謳，其來久矣。

詞調兩半篇乃合一闋，今南曲健便，多用前半篇，故曰一隻，猶物之雙者，止其一半，不全舉也。如《梁州序》，四字起乃上篇也，第三隻七字起是後半篇，雖曰四隻，實爲兩闋。如《八聲甘州》亦然，故頭隻四字，次隻七字起也。南九宮全不解此意，兩隻不同處，便下"過篇"二字，或妄加一"么"字，可鄙。"么"字，非"么"字也。大抵古人作事不苟，唱前篇了，恐人不知，聯牽唱去，故加一"空"字別之。"么"乃"空"字之省文，如今點書，"ㄙ"乃"非"字之省，"又"乃更書一字之省。《漢書》"元二之民"，本"元元"也，后世不知，□作"元二之民"，亦是此類。

南易製，罕妙曲；北難製，乃有佳者。何也？宋時，名家未肯留心；入元又尚北，如馬、貫、王、白、虞、宋諸公，皆北詞手；國朝雖尚南，而學者方陋，是以南不逮北。然南戲要是國初得體。南曲固是末技，然作者未易臻其妙。《琵琶》尚矣，其次則《瓶江樓》、《江流兒》、《鶯燕爭春》、《荆釵》、《拜月》數種，稍有可觀，其餘皆俚俗語也；然有一高處：句句是本色語，無今人時文氣。

以時文爲南曲，元末、國初未有也，其弊起於《香囊記》。《香囊》乃宜興老生員邵文明作，習《詩經》，專學杜詩，遂以二書語句勻入曲中，賓白亦是文語，又好用故事作對子，最爲害事。夫曲本取於感發人心，歌之使奴、童、婦、女皆喻，乃爲得體；經、子之談，以之爲詩且不可，況此等耶？直以才情欠少，未免輳補成篇。吾意與其文而晦，曷若俗而鄙之易曉也。

《香囊》如教坊雷大使舞，終非本色，然有一二套可取者，以其人博記，又得錢西清、杭道卿諸子幫貼，未至瀾倒。至於效顰《香囊》而作者，一味孜孜汲汲，無一句非前場語，無一處無故事，無復毛髮宋、元之舊。三吳俗子，以爲文雅，翕然以教其奴婢，遂至盛行。南戲之厄，莫甚於今。

填詞如作唐詩，文既不可俗，又不可自有一種妙處，要在人領解妙悟，未可言傳。名士中有作者，爲予誦之，予曰："齊梁長短句詩，非曲子。"何也？其詞麗而晦。

或言："《琵琶記》高處在《慶壽》、《成婚》、《彈琴》、《賞月》諸大套。"此猶有規模可尋。惟《食糠》、《嘗藥》、《築墳》、《寫真》諸作，從人心流出，嚴滄浪言"水中之月，空中之影"，最不可到。如《十八答》，句句是常言俗語，扭作曲子，點鐵成金，信是妙手。

本朝北曲，推周憲王、谷子敬、劉東生，近有王檢討、康狀元，餘如史癡翁、陳大聲輩，皆可觀。惟南曲絕少名家。枝山先生頗留意於此，其《新機錦》亦冠絕一時，流麗處不如則誠，而森整過之，殆勁敵也。

最喜用事當家，最忌用事重沓及不著題。枝山《燕曲》云："蘇小道：'伊不管流年，把春色銜將去了，却飛入昭陽姓趙。'"兩事相聯，殊不覺其重復，此豈尋常所及？末"趙"字，非靈丹在握，未易鎔液。予竊愛而效之，《宮詞》云"羅浮少個人兒趙"，恨不及也。

晚唐、五代，填詞最高，宋人不及。何也？詞須淺近，晚唐詩文最淺，鄰于詞調，故臻上品；宋人開口便學杜詩，格高氣粗，出語便自生硬，終是不合格，其間若淮海、耆卿、叔原輩，一二語入唐有之，通篇則無有。元人學唐詩，亦淺近婉媚，去詞不甚遠，故曲子絕妙。《四朝元》、《祝英臺》之在《琵琶》者，唐人語也，使杜子撰一句曲，不可用，況用其語乎？

散套中佳老尤少，如"燕翅南飛"、"爲人莫作"、"弓弓鳳鞋"之類，俗而可厭。惟"窺青眼"、"簫聲喚起"、"羣芳綻錦"四五套可觀，然大歇占尾，用事重沓，亦太滯。

凡唱，最忌鄉音。吳人不辨清、親、侵三韻，松江支、朱、知，金陵街、該，生、僧，揚州百、卜，常州卓、作，中、宗，皆先正之而後唱可也。

曲有本平韻者亦可作入韻，《高陽臺》、《黃鶯兒》、《畫眉序》、《蝦蟇序》之類是也；有本入韻不可作平者，《四邊靜》是也；其他平韻不可作入者甚多。

今曲用宋詞者，《尾犯序》、《滿庭芳》、《滿江紅》、《鷓鴣天》、《謁金門》、《風入松》、《卜算子》、《一剪梅》、《賀新郎》、《高陽臺》、《憶秦娥》，餘皆與古人異矣。

凡曲引子，皆自有腔，今世失其傳授，往往作一腔直唱，非也。若《晝錦堂》與《好事近》，引子同，何以爲清、濁、高、下？然不復可考，惜哉！

聽北曲使人神氣鷹揚，毛髮洒淅，足以作人勇往之志，信胡人之善於鼓怒也，所謂"其聲嘽殺以立怨"是已；南曲則紆徐綿眇，流麗婉轉，使人飄飄然喪其所守而不自覺，信南方之柔媚也，所謂"亡國之昔哀以思"是已。夫二音鄙俚之極，尚足感人如此，不知正音之感何如也。

生：即男子之稱。史有董生、魯生，樂府有劉生之屬。

旦：宋伎上場，皆以樂器之類置籃中，擔之以出，號曰"花擔"。今陝西猶然。後省文爲"旦"。或曰："小獸能殺虎，如伎以小物害人也。"未必然。

外：生之外又一生也，或謂之小生。外旦、小外，後人益之。

貼：旦之外貼一旦也。

丑：以墨粉塗面，其形甚醜。今省文作"丑"。

淨：此字不可解。或曰："其面不淨，故反言之。"予意：即古"參軍"二字，合而訛之耳。優中最尊。其手皮帽，有兩手形，因明皇奉黃旛綽首而起。

末：優中之少者爲之，故居其末。手執搕爪。起於後唐莊宗。古謂之蒼鶻，言能繫物也。北劇不然：生曰末泥，亦曰正末；外曰孛老；末曰外；淨曰俠，亦曰淨，亦曰邦老；老旦曰卜兒；其他或直稱名。

傳奇：裴鉶乃呂用之之客。用之以道術愚弄高駢，鉶作傳奇，多言仙鬼事謟之，詞多對偶。借以爲戲文之號，非唐之舊矣。

題目：開場下白詩四句，以總一故事之大綱。今人內房念誦以應副末，非也。

賓白：唱爲主，白爲賓，故曰賓、白，言其明白易曉也。

科：相見、作揖、進拜、舞蹈、坐跪之類，身之所行，皆謂之科。今人不知，以諢爲科，非也。

介：今戲文於科處皆作"介"，蓋書坊省文，以科字作介字，非科、介有異也。

諢：於唱白之際，出一可笑之語以誘坐客，如水之渾渾也。切忌鄉音。

打箱：以別技求賞也。

開塲：宋人凡句欄未出，一老者先出，夸說大意，以求賞，謂之"開呵"。今戲文首一出，謂之"開塲"，亦遺意也。

曲中常用方言字義，今解於此，庶作者不誤用。

員外：宋富翁皆買郎外散官，如朝散、朝議、將仕之類。

謝娘：本謂文女，如謝道蘊是也。今以指妓。

勤兒：言其勤於悅色，不憚煩也。亦曰“刷子”，言其亂也。

行首：妓之貴稱。居班行之首也。

小玉：霍小玉，妓女也。今以指女妓。

薄暮：母也。“薄”音“博”，磨上聲。薄民綿母，以切腳言。

九百：風魔也。宋人云：“九百尚在，六十猶癡”。

相公：唐、宋謂執政曰“相公”。最古。今人改曰“大人”，已俗矣。

下官：六朝以來，仕者見上，皆稱“下官”，或曰“小官”。最古。

奴家：婦人自稱。今閩人猶然。

使長：金、元謂主曰“使長”，今世已呼公侯子、王姬。

包彈：包拯爲中丞，善彈劾，故世謂物有可議者曰“包彈”。

虛脾：虛情也。五臟爲脾最虛。

搉攞：把持也。今人云“搉攞不下”，即此二字。

動使：什物器皿也。見《東京夢華錄》。

嗹嗦：能而大也。或作“鑫”、“蟲”，皆俗字。

傻角：上溫假切，下急了切。癡人也，吳謂“獃子”。

評跋：以言論人曰“評”，以文論人曰“跋”。

波查：猶言口舌。北音凡語畢必以“波查”助詞，故云。

入跋：入門也。倡家謂門曰“跋限”。

妝么：猶做模樣也。古云“作態”。

妝局：宋有吉慶事，則聚人治之，謂之“結局”。誑人者，亦曰“騙局”。

忐忑　上卯□切，下吞勒切。心不定貌。俗字也。

遮莫：儘教也。亦曰“折莫”。杜詩：“遮莫鄰雞下五更。”

行徑：門牆也。猶言家風也。

摟羅：矯絕也。唐人語曰：“欺客打客當摟羅。”今以目綠林之從卒。

魙魊：難進難退也。一作“間架”。

端相：細看也。唐人曰：“端相良久。”作“端詳”者，非。

若爲：怎麼也。李太白：“桃李今若爲。”

打脊：古人鞭背，故罵人曰“打脊”。唐之遺言也。

恁的：猶言“如此”也。吳人曰“更箇”。

交加：紛亂也。唐人云：“交交加加，誰能得會？”

餺飥：唐人以麪爲湯餅之名，今謂整治酒肴。

胡柴：亂説也。令人云："被我柴倒"，即此字。

畢竟：到底也。唐人云："畢竟不成眠，鴉啼金井寒。"

爭得：怎得也。唐無"怎"字，借"爭"爲"怎"。

支吾：一作"枝梧"，猶言遮欄也。或云："鼫鼠五枝。技之淺也。"

恁：你、每二字，合呼爲恁。

掌事：今之主管。

頂老：伎之諢名。

俏俏：美俊也。

辣浪：風流爽快也。

入馬：進步也。倡家語。

㑊㑊：憂懷也。

世不：誓不也。

喒："咱們"二字，合呼爲喒。

解庫：今之典鋪。

龐兒：貌也。

喬才：狙詐也，狡猾也。

奚落：遺棄也。當作遺。

唧溜：精細也。

技倆：本事也。

籌兒：根株也。

王　樵

王樵(1521—1599)字明逸，一作明遠，號方麓。明金壇(今屬江蘇)人。嘉靖二
十六年(1547)進士。歷刑部員外郎，官至右都御史。卒，諡恭簡。邃於經學。著有
《方麓集》、《周易私録》、《尚書日記》、《書帷別記》、《春秋輯傳》。其《讀律詩箋》，頗
精核。

本書資料據四庫全書本《方麓集》。

戊申筆記(節録)

古之言詩者，莫加于唐、虞曰："詩言志。"至于被之八音，而可以諧神人，動天地，

詩之功用大矣。樂,出乎詩者也;詩,出乎志者也。人之志氣與天地通,發于聲音,合于度數,聖人爲之律吕,以寫乎人,和之自然而已。故曰:"律和聲,聲依永。"律之所和者聲,聲之所依者永,永之所出者,人心自然之妙也。後世謂詩本爲樂而作,先定律,而以詩合之,是"永依聲"矣。三代而下之無樂也,非無樂也,無詩也。夫樂者,三才之和氣也。君子直而溫,寬而栗,九德有諸躬也;善政以養其民,九功叙于下也。上下之和心應焉,則存之而爲志,宣之而爲詩,被之八音而爲樂,何莫而非和平之感乎! 故《大韶》之作,起于《九叙》之歌。而《周禮》亦以中和祗庸孝友謂之樂德,形于興道諷誦言語謂之樂語,在虞則直而溫,寬而栗,亦樂德也。出納五言《九叙》之歌,亦樂語也。有其德,則聲爲律,而《九叙》之歌、《大韶》之樂,不患其不作。志者,詩之本;而樂者,其末也。虞、夏之詩其可見者,帝舜皋陶之歌,《雅》之始也;《五子之歌》、《風》之始也。《三百篇》于是焉出。自是而降,言志之道隱,而詩之功用不明于天下。歐陽永叔謂:"三代而下,古樂既亡。天地人和,氣之相接者,既不得泄于金石,疑其獨鍾于人。"又言:"自古詩人少達而多窮,殆窮而後工也。"噫! 豈其然與! 天地人和,氣之相接者,疑獨鍾于人,是詩樂爲二事也。詩既不足以與乎大樂之和,則其以爲幽人貞士不得于時,獨以自鳴其志之所爲也,無足怪矣。而豈其然與?(卷十五)

汪道昆

汪道昆(1525—1593)字伯玉,號南溟,又號太函。明歙縣横山(今屬安徽)人。嘉靖二十六年(1547)進士。官至福建副使、兵部左侍郎。擅長古文辭,工詩詞,詩文理論宗前、後七子,世稱"後五子"之一,頗受時人見重。萬曆八年(1580)與戲劇家屠隆、詩人李維楨和徽人潘之恒、胡應麟等結"白榆社",並聘請浙江海鹽戲班至家鄉演出。著有詩文集《太函集》。據沈德符《野獲編》,汪道昆託名天都外臣撰《水滸傳序》。但關於天都外臣《水滸傳序》的作者究竟是誰,學界多有爭論。

本書資料據四庫全書本《文章辨體彙選》。

《騷選》序(節録)

風雅變而爲《騷》,江潭尚矣。其徒二三,遫肖其下波流,《騷》變而爲《選》,效蘇、李而裨張衡,《柏梁》、《梁父》桃矣,漢其室事也,魏其堂事也,晉猶在阼,餘悉在阼。故波流無《騷》,非無《騷》也,善哭者無情而不哀,《騷》之優孟也;繹祊無《選》,非無《選》也,雕幾工而太樸,喪《選》之栖橪也。以《騷》則逸爲政,以《選》則統爲政,又惡乎取之？或類有同方，或體有各至，藉令必要其極，寧詎能舉一而廢百邪？許由有言，有族有祖，聚族則由後，率祖則由前。比而合之，《選》其族也；《騷》其祖也。由前，則推而進爲六義，爲四詩；由後，則放而文，爲貞觀，爲開元，爲大曆二氏。迄今誦之勿絕，其斯一當衡石也與哉！(《文章辨體彙選》卷二百九十四)

王世貞

王世貞(1526—1590)字元美，號鳳州、弇州山人。明太倉(今屬江蘇)人。明代文壇盟主、史學巨匠。嘉靖二十六年(1547)進士，授刑部主事。官至南京大理卿，因不附張居正罷。以詩文名於世，與李攀龍、謝榛、宗臣、梁有譽、徐中行、吳國倫並稱"後七子"；與李攀龍同爲文壇盟主，繼承並宣導"前七子"的復古理論，掀起文學復古運動，認爲"文必秦漢、詩必盛唐"，在當時頗有影響。其文學觀點主要表現在《藝苑卮言》中。其詩文多爲復古模擬之作，有失於藻飾之弊。晚年有所悟，推崇白居易、蘇軾，以恬淡爲宗，取材贍博，縱心觸象，頗見藝術匠心。亦能詞。對戲曲頗有研究，其曲論見於《藝苑卮言》的附錄(《弇州山人四部稿》卷一百五十二)，後人摘出單刻行世，題曰《曲藻》，在引述前人曲論時，或贊成，或駁難，頗精當。又好史學，以史才自許。著述甚豐，有詩文集《弇州山人四部稿》一百七十四卷、《弇州山人續稿》二百〇七卷、《藝苑卮言》十二卷；史學方面有《弇山堂別集》一百卷。松江(今屬上海)人陳復表將其所著各種朝野筆記、秘錄等匯爲《弇州史料》，前集三十卷，後集七十卷，內容涉及明代典章制度、人物傳記、邊疆史地、奇事佚聞等，是一部較完整的明代史料彙編。

本書資料據《四庫全書》本《弇州四部稿》、《弇州續稿》，中華書局 1983 年丁福保《歷代詩話續編》本《藝苑卮言》。

《尺牘清裁》序(節錄)

夫書者，辭命之流也。昔在春秋，遊旌接轂、矢揚刃飛之下，不廢酬往，嫻婉可餐。故草創潤色，既匪一人謀野，褆邦以爲首務。然而出疆斷割，因變爲規，寄文行人之口，無取載函之筆，離是而還書，郁乎盛矣，用亦大焉。故燧箭聊城，則百雉自摧；奏章秦庭，則千彙盡返。少卿紓鬱於氄帳，子長揚泯於蠶宮，良以暢人我之懷，發今曩之緼。或揚抉沉冥，或掊折疑務，或誘趨啟蔽，或釋詛通媾，走儀、秦於寸管，組丘、倚於尺一。思則川至泉湧，辨乃雲蒸電爠，其盛矣哉！

重刻《尺牍清裁》小序（節録）

向所謂春秋之世，寄文行人者，惜其婉嬿嫻雅，亦略載之。夫其取指太巧，措法若規，得非盲史爲之潤色邪？先秦兩漢質不累藻，華不掩情，蓋最稱篤古矣。東京宛爾具體，三邦亦其濫觴，稍涉繁文，微傷調語。晉氏長於吻而短於筆，間獲一二佳者，餘多茂先不解之恨。齊梁而下，大好纏綿，或涉俳偶，苟從管斑，可窺豹彩，必取全錦，更傷斐然。隋唐以還，滔滔信腕，不知所以裁之。邇歲諸賢稍有名能復古者，亦未卓然正始。夫文至尺牘，斯稱小道，有物有則，才者難之，況其他哉？（以上《弇州四部稿》卷六十四）

《徐汝思詩集》序

詩之變，读者盛唐古而近也，則風氣使之。雖然，《詩》不云乎："有物有則。"夫近體爲律，夫律，法也，法家嚴而寡恩。又於樂亦爲律，律亦樂法也。其翕純皦繹，秩然而不可亂也，是故推盛唐。盛唐之於詩也，其氣完，其聲鏗以平，其色麗以雅，其力沈而雄，其意融而無迹，故曰盛唐其則也。今之操觚者日嘵嘵焉，竊元和、長慶之餘似而祖述之，氣則漓矣，意纖然露矣，歌之無聲也，目之無色也，按之無力也。彼猶不自悟悔，而且高舉而濶視，曰吾何以盛唐爲哉？至少陵氏直土苴耳。

汝思往與余論詩，固甚恨之。度汝思之所撰著亡用句攻而字摘，業非盛唐弗述矣。予嘗謂汝思，子越人也，欲之秦則必渡大江，道汴洛，叩關而西，有江而止者，汴而止者，洛而止者，謂之秦不可，謂之非秦之道尤不可。子誠欲之秦，而東南其首，凋輪楫竭，橐裝度五嶺，八桂而躑躅於牂牁雕題之間，其道途也益深，其去秦也益遠也。汝思擊節稱善，語曰，寧玉而瑕，毋石而璠。今汝思詩具在，如登岱，雲門汎海，諸篇颯颯乎有古遺響焉，殆欲超大曆而上之。嘻。固無論，汝思秦也，謂汝思而非之秦之道也耶！

《鳳笙閣簡抄》序（節録）

書牘自東京而上之，其大者宏設廣譬，暢利遒達，往往足以明志；細至於單辭片情，亦靡不宛然麗爾，彬彬稱文質也。晉人於辭事若不甚屬，比者毋乃以質掩其文歟。六朝靡靡。淪排偶矣，是則文掩質也。余嘗謂晉人工於舌而拙於筆，六朝穠於筆而淺於志，非虛語也。用脩採尺牘不及唐、明，唐以後無尺牘也。雖然，世之佩紳而操觚者自尊，易其語，不知所以裁之，俚巷之是耳。而章程移牘之是鄰，其號能慕說古，厭薄時格，第尊事蘇、黃，以爲無始。驟而語之，而彼未入也，亦何以異於舟秦、晉，章甫甌、越哉？余故爲小廣之，取其法不大悖者使之陽入其好，而陰易其嚮也。夫尺牘以通彼而達己意者也，意有所不達則務造其語，語有所不能文則務裁其意，大要如是足也。（以上《弇州四部稿》卷六十五）

《古四大家摘言》序

周衰，天子之統散，而列國經統散，而諸子家言各持其疆以相角，其民人日颿於干戚，而爲士者日析於觚舌。然大要以顴析利害，競長短於蠻觸而已。獨莊周、列禦寇者出，而跳於一切之外。莊生之爲辭洸洋焱忽，權譎萬變，列氏時出入而稍加裁。至漢而《淮南子》出其言，不盡繇一人，其所著載兼括道術、事情，最號總雜，而文最雄。乃左氏則采緝魯史而自屬以己法以爲《春秋》翼，蓋天下之稱事辭者宗焉。漢又衰，浸淫而爲六代。彼六代者見以爲舍璞而露琢，不知其氣益漓而益就衰。昌黎、河東氏之所謂振起六代之衰，欲以追四子而猶未逮也。宋則廬陵、臨川、南豐、眉山者稍又變之，彼見以爲舍筏而竟津，不知其造益易而益就下。明興，弘正間學士先生稍又變之，非先秦、西京弗述，彼見以爲溯流而獲源，不知其猶堕於蹊也。夫所謂古者不能據上游以厭羣志，而一時輕敏之士樂於宋之易搆，而名易獵，羣然而趣之。其在嘉靖間，而晉陵爲尤甚。閩人施君某來蒞郡，即出其手所纂《莊》、《列》、《左氏》、《淮南》四家語之尤精者，以屬諸生華露而梓之。曰："吾敢謂足以蔽先秦西京乎哉？謂足以例也。敢以是而廢宋乎哉？欲習宋者知宋所繇來也。夫習宋者以《易》而獵《易》，思《易》而不得於旨極，必厭名《易》而無當於實，極必敗，未有不自悔者也。夫宋所繇來者非它也，是四子之遺法也。"則又曰："夫習耳者其以《左》之誣，《莊》、《列》之誕，《淮南》之駁譏余哉。余非齗齗爲理道設也，其以余之删而謂余割裂哉，余不欲以其瑕受摘也。"華生既梓而將施君之命而問叙於予，夫施君惠政著晉陵，不易屈指數，竊以爲無大是舉。能使習宋者進而求之古晉陵，學士大夫將尸而祝之矣。（《弇州四部稿》卷六十八）

《王少泉集》序（節錄）

楚於春秋爲大國，而其辭見絕於孔子之采。至十二國之風廢，而屈氏始以騷振之，其徒宋玉、唐勒、景差輩相與推明，其盛盖逾千年而有孟浩然及杜必簡、子美之爲之祖若孫者，復以詩顯。又幾千年而爲明德靖之際，王稚欽氏出而張、廖諸公繼之。自張公以氣雄，而廖公以辭逞。稚欽最號爲高華，然不能毋見才役。而少泉王公稍後出，獨能折其衷。公於意非不能深，不欲使其淫於思之外；於象非不能極，不欲使其游於見之表。才不可盡則引矩以圍之，辭不勝靡則爲質以禦之，盖公之詩若文出，而好馳騖者俱恍然而自失也。（《弇州四部稿》卷六十九）

《明野史彙》小序

野史，稗史也，史失求諸野，其非君子之得已哉！野史之弊三：一曰挾郄而多誣，其著人非能稱公平，賢者寄雌黄於睚眦，若《雙溪雜記》、《瑣綴録》之類是也。二曰輕聽而多舛，其人生長閭閻間，不復知縣官事，謬聞而遂述之，若《枝山野記》、《剪勝野聞》之類是也。三曰好怪而多誕，或創爲幽異可愕以媚其人之好，不覈而遂書之，若《客座新聞》、《庚巳編》之類是也。其爲弊均，然而其所縣弊異也。舛誕者無我，誣者有我。無我者使人創聞而易辨，有我者使人輕入而難格。（《弇州四部稿》卷七十一）

《劉侍御集》序（節録）

夫言，人心之聲，而詩文乃其精者：韻而詩，匪韻而文。其用本不相遠，而其究乃不能相通。以故攻之者不能兼造其奧而發其樞。自西京以還，至於今千餘載，體日益廣，而格則日以卑。前者毋以盡其變，而後者毋以返其始。嗚呼！古之不得盡變。寧古罪哉！今之不能返始，其又何辭也已！（《弇州續稿》卷四十）

梁伯龍《古樂府》序（節録）

凡有韻之言，可以諧管絃者，皆樂府也。《風》、《雅》熄而鐃歌、鼓吹興，其聽者猶恐卧，而燕、魏、齊、梁之調作；絲不盡諧肉，而絶句所由宣；絶句之宛轉不能長，而《花間》、《草堂》之峭蒨著；《花間》、《草堂》不入耳，而北聲勁；北聲不駐耳，而南音出。（《弇州續稿》卷四十二）

《藝苑卮言》(節錄)

余讀徐昌穀《談藝錄》，嘗高其持論矣，獨怪不及近體，伏習者之無門也。楊用修接遺響，鉤匿跡，以備覽核，如二酉之藏耳。其于雌黃曩哲，橐鑰後進，均之乎未暇也。手宋人之陳編，輒自引寐，獨嚴氏一書差不悖旨，然往往近似而未核，余固少所可。既承乏東晤于鱗濟上，思有所揚扢，成一家言，屬有軍事未畢，會偕使者按東牟，牘殊簡，以暑謝吏杜門，無齋書足讀，乃取掌大薄蹏，有得輒筆之，投篋箱中，浹月篋箱幾滿。已淮海飛羽至，棄之，晝夜奔命，卒卒忘所記。又明年復之東牟，篋箱者宛然塵土間，出之稍爲之次而錄之，合六卷，凡論詩者十之七，文十之三。余所以欲爲一家言者，以補三氏之未備者而已。既成乃不能當也，其辭旨固不甚謬盭於本，特其溤漫散雜，亡足采者，非以解頤足鼓掌耳。管公明曰善《易》者不論《易》，吾甚愧其言。戊午六月叙。

余始有所評隲于文章家曰《藝苑卮言》者成，自戊午耳。然自戊午而歲稍益之，以至乙丑而始脫稿。里中子不善秘，梓而行之，後得于鱗所與殿卿書云，姑蘇梁生出《卮言》以示，大較俊語辨博，未敢大盡。英雄欺人，所評當代諸家語，如鼓吹堪以捧腹矣，彼豈遂以董狐之筆過責余，而謂有所阿隱耶？余所名者《卮言》耳，不必白簡也。而友人之賢者書來見規曰："以足下資在孔門，當備顏、閔科，奈何不作盛德事，而方人若端木哉？"余愧不能答。已而遊往中，二三君子以余稱許之不至也，恚而私訾之。未已，則請絕問訊，削名籍，余又愧不能答。嗟夫，即其人幸而及余之不明而以拙收，不幸而亦及余之不明而以美遺，余不明，時時有之。然烏可以恚訾力迫而奪也？夫以余之不長譽僅爾，而尚無當於于鱗。令余而遂當于鱗，其見恚寧止二三君子哉？屈到嗜芰，點嗜羊棗，叔夜嗜鍛，玄德嗜結，耗性之所好習，固不能強也，毋若余之益甚嗜歟。蓋又八年而前後所增益又二卷，黜其論詞曲者附它錄爲別卷，聊以備諸集中。壬申夏日記。

汎瀾藝海，含咀詞腴，口爲雌黃，筆代袞鉞，雖世不乏人，人不乏語，隋珠昆玉，故未易多。聊摘數家，以供灌袚。語關係則有魏文帝曰："文章經國之大業，不朽之盛事。年壽有時而盡，榮樂止於其身，二者必至之常期，未若文章之無窮。"

江淹曰："楚謠漢風，既非一骨；魏制晉造，固亦二體。譬猶藍朱成彩，錯雜之變無窮；宮商爲音，靡曼之態不極。"

(沈約)又曰："五色相宣，八音協暢，由乎玄黃律呂，各適物宜。欲使宮羽相變，低昂舛節，若前有浮聲，則後須切響。一篇之內，音韻盡殊；兩句之中，輕重悉異。妙達此旨，始可言文。"又曰："自漢至魏，詞人才子，文體三變：一則啟心閑繹，托辭華曠，雖存工綺，終致迂迴，宜登公宴，然典正可採，酷不入情。此體之源，出靈運而成也。次則緝事比類，非對不發，博物可嘉，職成拘制，或全借古語，用申今情，崎嶇牽引，直爲偶説，惟睹事例，頓失精采。此則傅咸五經，應璩指事，雖不全似，可以類從。次則發唱驚挺，操調險急，雕藻淫豔，傾炫心魂，猶五色之有紅紫，八音之有鄭、衞。斯鮑照之遺烈也。"

庾信曰："屈平、宋玉，始於哀怨之深；蘇武、李陵，生於別離之代。自魏建安之末，晉太康以來，彫蟲篆刻，其體三變。人人自謂握靈蛇之珠，抱荆山之玉矣。"

李仲蒙曰："叙物以言情謂之賦，情盡物也。索物以托情謂之比，情附物也。觸物以起情謂之興，物動情也。"又曰："麗辭之體，凡有四對。言對爲易，事對爲難，反對爲優，正對爲劣。"

獨孤及曰："漢、魏之間，雖已朴散爲器，作者猶質有餘而文不足。以今揆昔，則有朱絃疏越大羹遺味之嘆。沈詹事、宋考功始裁成六律，彰施五彩，使言之而中倫，歌之而成聲。緣情綺靡之功，至是始備。雖去《雅》寖遠，其利有過於古，亦猶路軺出於土鼓，篆、籀生於鳥跡。"

劉禹錫曰："片言可以明百意，坐馳可以役萬景，工於詩者能之。《風》、《雅》體變而興同，古今調殊而理一，達於詩者能之。"

（李夢陽）又云："前有浮聲，則後須切響。一簡之内，音韻盡殊；兩句之中，輕重悉異。即如人身以魂載魄，生有此體，即有此法也。"

（李塗）又曰："《莊子》者，《易》之變；《離騷》者，《詩》之變；《史記》者，《春秋》之變。"

殷璠曰："文有神來、氣來、情來，有雅體、有野體、鄙體、俗體，能審鑒諸體，委詳所來，方可定其優劣。"

四言詩須本《風》、《雅》，間及韋、曹，然勿相雜也。世有白首鉛槧，以訓故求之，不解作詩壇赤幟。亦有專習潘、陸，忘其鼻祖。要之，皆日用不知者。

擬古樂府，如《郊社房中》，須極古雅，發以峭峻。《鐃歌》諸曲，勿便可解，勿遂不可解，須斟酌淺深質文之間。漢、魏之辭，務尋古色。《相和》、《瑟曲》諸小調，係北朝者，勿使勝質；齊、梁以後，勿使勝文。近事毋俗，近情毋纖。拙不露態，巧不露痕，寧近無遠，寧朴無虛。有分格，有來委，有實境，一涉議論，便是鬼道。

古樂府，王僧虔云："古曰章，今曰解，解有多少。當是先詩而後聲，詩叙事，聲成文，必使志盡於詩，音盡於曲。是以作詩有豐約，制解有多少。又諸曲調解有辭有聲，而大曲又有豔、有趣、有亂。辭者，其歌詩也。聲者，若羊、吾、夷、伊、那、何之類也。

豔在曲之前,趨與亂在曲之後,亦猶《吳聲》,前有和,後有送也。"其語樂府體甚詳,聊志之。

世人《選》體,往往談西京、建安,便薄陶、謝,此似曉不曉者。毋論彼時諸公,即齊、梁纖調,李、杜變風,亦自可采。貞元而後,方足覆瓿。大抵詩以專詣爲境,以饒美爲材,師匠宜高,捃拾宜博。

七言歌行,靡非樂府,然至唐始暢。其發也如千鈞之弩,一舉透革。縱之則文漪落霞,舒卷絢爛。一入促節,則淒風急雨,窈冥變幻,轉折頓挫,如天驥下阪,明珠走盤。收之則如囊聲一擊,萬騎忽斂,寂然無聲。

和韻、聯句,皆易爲詩害而無大益,偶一爲之可也。然和韻在於押字渾成,聯句在於才力均敵,聲華情實中不露本等面目,乃爲貴耳。

騷賦雖有韻之言,其於詩文,自是竹之與草木,魚之與鳥獸,別爲一類,不可偏屬。《騷》辭所以總雜重復,興寄不一者,大抵忠臣怨夫惻怛深至,不暇致詮,亦故亂其叙,使同聲者自尋,脩郤者難摘耳。今若明白條易,便乖厥體。

天地間無非史而已。三皇之世,若泯若没。五帝之世,若存若亡。噫,史其可以已耶?《六經》,史之言理者也。曰編年,曰本紀,曰志,曰表,曰書,曰世家,曰列傳,史之正文也;曰叙,曰記,曰碑,曰碣,曰銘,曰述,史之變文也;曰訓,曰誥,曰命,曰册,曰詔,曰令,曰教,曰劄,曰上書,曰封事,曰疏,曰表,曰啟,曰牋,曰彈事,曰奏記,曰檄,曰露布,曰移,曰駁,曰喻,曰尺牘,史之用也;曰論,曰辨,曰説,曰解,曰難,曰議,史之實也;曰贊,曰頌,曰箴,曰哀,曰誄,曰悲,史之華也。雖然,頌即四詩之一,贊、箴、銘、哀、誄,皆其餘音也。附之于文,吾有所未安,惟其沿也,姑從衆。

古樂府、選體歌行,有可入律者,有不可入律者,句法字法皆然。惟近體必不可入古耳。

才生思,思生調,調生格。思即才之用,調即思之境,格即調之界。

詩有常體,工自體中。文無定規,巧運規外。樂《選》律絶,字復殊,聲韻各協。下逮填詞小技,尤爲謹嚴。《過秦論》也,叙事若傳。《夷平傳》也,指辨若論。至於序、記、志、述、章、令、書、移,眉目小別。大致固同。然《四詩》擬之則佳,《書》、《易》放之則醜。故法合者,必窮力而自運;法離者,必凝神而並歸。合而離,離而合,有悟存焉。

《易》奇而法,《詩》正而葩,韓子之言固然。然《詩》中有《書》,《書》中有《詩》也。"明良喜起",《五子之歌》,不待言矣。《易》亦自有詩也,姑舉數條以例之。《詩》語如"齊侯之子,平王之孫","威儀棣棣,不可選也","父母之言,亦可畏也","天實爲之,謂之何哉","中冓之言,不可道也","送我乎淇之上矣","大夫夙退,毋使君勞","反是不思,亦已焉哉","匪報也,永以爲好也","知我者謂我心憂,不知我者謂我何求","心之憂矣,其誰知之","他山之石,可以攻玉","皇父卿士,家伯塚宰。仲允膳夫,聚子内史","發言盈庭,誰敢執其咎","如匪行邁謀,是用不得於道","心之憂矣,云如之何","或出入諷議,或靡事不爲","成王之孚,下土之式","文王曰咨,咨女殷商,而秉義類","白圭之玷,尚可磨也。斯言之玷,不可爲也","於乎不顯,文王之德之純","學有緝熙于光明","至於文、武,纘太王之緒",以入《書》,誰能辨也? 《書》語如"日中星鳥,以殷仲春","蕩蕩懷山襄陵,浩浩滔天","明試以功,車服以庸","無怠無荒,四夷來王","任賢勿貳,去邪勿疑,疑謀勿成,百志惟熙","四海困窮,天禄永終。朕志先定,詢謀僉同。鬼神其依,龜筮協從","百僚師師,百工惟時","臣哉鄰哉,鄰哉臣哉","罔晝夜頟頟,罔水行舟","下管鞀鼓,合止祝敔","《簫韶》九成,鳳凰來儀","萊夷作牧,厥篚檿絲,厥草惟夭,厥木惟喬","火炎崑岡,玉石俱焚","佑賢輔德,顯忠遂良。兼弱攻昧,取亂侮亡。推亡固存,邦乃其昌","聖謨洋洋,嘉言孔彰。惟上帝不常,作善降之百祥,作不善降之不祥","惟天無親,克敬惟親。民罔常懷,懷於有仁","一人元良,萬邦以貞","厥德靡常,九有以亡","若作和羹,爾惟鹽梅。罔俾阿衡,專美有商","我武惟揚,侵於之疆,取彼凶殘,我伐用張,於湯有光","如虎如貔,如熊如羆","月之從星,則以風雨","式敬爾由獄,以長我王國",又"無偏無陂"以至"歸其有極",總爲一章。《易》語如"見龍在田,天下文明","終日乾乾,與時偕行","西南得朋,乃與類行,東北喪朋,乃終有慶","密雲不雨,自我西郊","其亡其亡,繫于苞桑","伏戎於莽,升其高陵,三歲不興","賁如皤如,白馬翰如","君子得輿,小人剥廬","見輿曳,其牛掣,其人天且劓","載鬼一車,先張之弧,後脱之弧","困於石,據於蒺藜,入於其宫,不見其妻","震來虩虩,笑言啞啞,旅人先笑後號咷","乾剛坤柔,比樂師憂,臨觀之義,或與或求",以入《詩》,誰能辨也? 抑不特此,凡《易》卦爻辭象小象,叶韻者十之八,故《易》亦《詩》也。(以上卷一)

秦始皇時,李斯所撰《嶧山碑》,三句始下一韻,是《采芑》第二章法。《瑯邪臺銘》,一句一韻,三句一换,是老子"明道若昧"章法。

屈氏之《騷》,《騷》之聖也;長卿之賦,賦之聖也。一以風,一以頌,造體極玄,故自作者,毋輕優劣。

《天問》雖屬《離騷》,自是四詩之韻,但詞旨散漫,事跡惝怳,不可存也。

延壽《易林》、伯陽《參同》,雖以數術爲書,要之皆四言之懿,《三百》遺法耳。

《大風》三言,氣籠宇宙,張千古帝王赤幟,高帝哉? 漢武故是詞人,《秋風》一章,幾於《九歌》矣。《思李夫人賦》,長卿下,子雲上,是耶? 非耶? 三言精絶,落葉哀蟬,疑是贋作。幽蘭、秀簜,的爲傳語。

《柏梁》爲七言歌行創體，要以拙勝。"日月星辰"一句，和者不及。"宗室廣大日益滋"，爲宗正劉安國。"外家公主不可治"，爲京兆尹。按當作内史。"三輔盜賊天下危"，爲左馮翊減宣。"盜起南山爲民災"，爲右扶風李成信。其語可謂强諫矣，而不聞逆耳。郭舍人"齧妃女脣甘如飴"，淫褻無人臣禮，而亦不聞罰治，何也？若"枇杷橘栗桃李梅"，雖極可笑，而法亦有所自，蓋宋玉《招魂》篇内句也。

鍾嶸言"行行重行行"十四首"文温以麗，意悲而遠。驚心動魄，幾乎一字千金。"後併"去者日以疎"五首爲十九首，爲枚乘作。或以"洛中何鬱鬱"、"游戲宛與洛"爲詠東京，"盈盈樓上女"爲犯惠帝諱。按臨文不諱，如"總齊羣邦"，故犯高諱，無妨。宛洛爲故周都會，但王侯多第宅，周世王侯，不言第宅；"兩宮"、"雙闕"亦似東京語。意者中間雜有枚生或張衡、蔡邕作，未可知。談理不如《三百篇》，而微詞婉旨，遂足並駕，是千古五言之祖。

長卿《子虛》諸賦，本從高唐物色諸體，而辭勝之。《長門》從《騷》來，毋論勝屈，故高於宋也。長卿以賦爲文，故《難蜀》、《封禪》縟麗而少骨；賈傳以文爲賦，故《弔屈》、《鵩鳥》率直而少致。（以上卷二）

陳思王《贈白馬王彪》詩，全法《大雅·文王》之什體，以故首二章不相承耳。後人不知，有欲合而爲一者，良可笑也。

范、沈篇章，雖有多寡，要其裁造，亦昆季耳。沈以四聲定韻，多可議者。唐人用之，遂足千古。然以沈韻作唐律可耳，以己韻押古《選》，沈故自失之。

楊用脩謂七始即今切韻，宮、商、角、徵、羽之外，又有半商、半徵。蓋牙齒舌喉脣之外，有深淺二音故也。沈約以平、上、去、入爲四聲，自以爲得天地秘傳之妙，然辨音雖當，辨字多訛，蓋偏方之舌，終難取裁耳。即無論沈約，今四《詩》、《騷》賦之韻，有不出於五方田畯婦女之所就乎？而可據以爲準乎？古韻時自天淵，沈韻亦多矛盾，至於叶音，真同鴃舌。要之爲此格，不能捨此韻耳。天地中和之氣，似不在此。

沈休文所載"八病"，如平頭、上尾、蜂腰、鶴膝、大韻、小韻、旁紐、正紐，以上尾、鶴膝爲最忌。休文之拘滯，正與古體相反，唯近律差有關耳，然亦不免商君之酷。今按"平頭"謂第一字不得與第六字同平聲，律詩如"風勁角弓鳴，將軍獵渭城"，"風"之與"將"，何損其美？"上尾"謂第五字不得與第十字同聲，如古詩"西北有高樓，上與浮雲齊"，雖隔韻，何害？律固無是矣，使同韻如前詩"鳴"之與"城"，又何妨也。"蜂腰"謂第二字與第四字同上去入韻，如老杜"望盡似猶見"，江淹"遠與君別者"之類，近體宜少避之，亦無妨。"鶴膝"第五字不得與第十五字同，如老杜"水色含羣動，朝光接太虛，年侵頻悵望"之類，八句俱如是，則不宜，一字犯亦無妨。五"大韻"，謂重疊相犯，如“胡姬年十五，春日獨當壚”，又“端坐苦愁思，攬衣起西游”，“胡”與“壚”，“愁”與“游”犯。六“小韻”，十字中自有韻，如“薄帷鑒明月，清風吹我襟”，“明”與“清”犯。七“傍紐”，十字中已有“田”字，不得著“宣”、“延”字。八“正紐”，十字中已有“壬”字，不得著“衽”、“任”。後四病尤無謂，不足道也。

張正見詩律法已嚴於“四傑”，特作一二拗語爲六朝耳。士衡、康樂已於古調中出俳偶，總持、孝穆不能於俳偶中出古思，所謂“今之諸侯，又五霸之罪人”也。

古樂府如“護惜加窮袴，防閑托守宮”，“朔氣傳金柝，寒光透鐵衣”，“殺氣朝朝衝塞門，胡風夜夜吹邊月”，全是唐律。（以上卷三）

中宗宴羣臣“柏梁體”，帝首云：“潤色鴻業寄賢才。”又：“大明御宇臨萬方。”和者皆莫及，然是上官昭容筆耳。内薛稷云：“宗伯秩禮天地開。”長寧公主云：“鸞鳴鳳舞向平陽。”太平公主云：“無心爲子輒求郎。”閻朝隱云：“著作不休出中腸。”差無愧古。

盧、駱、王、楊，號稱“四傑”。詞旨華靡，固沿陳、隋之遺，骨氣翩翩，意象老境，超然勝之。五言遂爲律家正始。内子安稍近樂府，楊、盧尚宗漢、魏，賓王長歌雖極浮靡，亦有微瑕，而綴錦貫珠，滔滔洪遠，故是千秋絶藝。《蕩子從軍》，獻吉改爲歌行，遂成雅什。子安諸賦，皆歌行也，爲歌行則佳，爲賦則醜。

五言至沈、宋，始可稱律。律爲音律法律，天下無嚴於是者，知虛實平仄不得任情而度明矣。二君正是敵手。排律用韻穩妥，事不傍引，情無牽合，當爲最勝。摩詰似之，而才小不逮。少陵强力宏蓄，開闔排蕩，然不無利鈍。餘子紛紛，未易悉數也。

青蓮擬古樂府，以己意己才發之，尚沿六朝舊習，不如少陵以時事創新題也。少陵自是卓識，惜不盡得本來面目耳。

謝氏俳之始也，陳及初唐俳之盛也，盛唐俳之極也。六朝不盡俳，乃不自然，盛唐俳殊自然，未可以時代優劣也。

六朝之末，衰颯甚矣。然其偶儷頗切，音響稍諧，一變而雄，遂爲唐始，再加整栗，便成沈、宋。人知沈、宋律家正宗，不知其權輿於三謝，彙簪於陳、隋也。

摩詰七言律，自《應制》、《早朝》諸篇外，往往不拘常調。至“酌酒與君”一篇，四聯皆用仄法，此是初、盛唐所無，尤不可學。凡爲摩詰體者，必以意興發端，神情傅合，渾融疎秀，不見穿鑿之跡，頓挫抑揚，自出宮商之表可耳。雖老杜以歌行入律，亦是變風，不宜多作，作則傷境。

七言排律創自老杜，然亦不得佳。蓋七字爲句，束以聲偶，氣力已盡矣。又欲衍之使長，調高則難續而傷篇，調卑則易冗而傷句，合璧猶可，貫珠益艱。

昔人有言:元和以後文士,學奇於韓愈,學澀於樊宗師。歌行則學放於張籍,詩句則學矯激於孟郊,學淺易於白居易,學淫靡於元積,俱謂之"元和體"。

王摩詰:"酌酒與君君自寬,人情翻覆似波瀾。白首相知猶按劍,朱門先達笑彈冠。草色全經細雨濕,花枝欲動春風寒。世事浮雲何足問,不如高臥且加餐。"岑嘉州:"嬌歌急管雜青絲,銀燭金尊映翠眉。使君地主能相送,河尹天明坐莫辭。春城月出人皆醉,野戍花深馬去遲。寄聲報爾山翁道,今日河南異昔時。"蘇子瞻:"我行日夜見江海,楓葉蘆花秋興長。平淮忽迷天遠近,青山久與船低昂。壽州已見白石塔,短棹又轉黄茅岡。波平風軟望不到,故人久立天蒼茫。"八句皆拗體也,然自有唐宋之辨,讀者當自得之。

義山浪子,薄有才藻,遂工儷對。宋人慕之,號爲"西崑"。楊、劉輩竭力馳騁,僅爾窺藩。許渾、鄭谷厭厭有就泉下意,渾差有思句,故勝之。

今人以賦作有韻之文,爲《阿房》、《赤壁》累固耳。然長卿《子虚》已極曼衍,《卜居》、《漁父》實開其端。又以俳偶之罪歸之三謝,識者謂起自陸平原,然《毛詩》已有之,曰:"覯閔既多,受侮不少。"(以上卷四)

《藝苑卮言》附録

詞者,樂府之變也。昔人謂李太白《菩薩蠻》、《憶秦娥》,楊用脩又傳其《清平樂》二首,以謂調祖。不知隋煬帝已有《望江南》詞。蓋六朝諸君臣,頌酒賡色,務裁艷語,默啟詞端,實爲濫觴之始。故詞須宛轉縣麗,淺至儇俏,挾春月煙花於閨幨內奏之,一語之艷,令人魂絶,一字之工,令人色飛,乃爲貴耳。至於慷慨磊落,縱橫豪爽,抑亦其次,不作可耳。作則寧爲大雅罪人,勿儒冠而戎服也。

《花間》以小語致巧,世說靡也。《草堂》以麗字取妍,六朝喻也。即詞號稱詩餘,然而詩人不爲也。何者?其婉變而近情也,足以移情而奪嗜。其柔靡而近俗也,詩蟬緩而就之,而不知其下也。之詩而詞,非詞也。之詞而詩,非詩也。言其業,李氏、晏氏父子、耆卿、子野、美成、少游、易安至矣,詞之正宗也。溫、韋艷而促,黄九精而刻,長公麗而壯,幼安辨而奇,又其次也,詞之變體也。詞興而樂府亡矣,曲興而詞亡矣,非樂府與詞之亡,其調亡也。

《昔昔鹽》、《阿鵲監》、《阿濫堆》、《突厥鹽》、《疏勒鹽》、《阿那朋》之類,詞名之所由起也。其名不類中國者,歌曲變態,起自羌胡故耳。然自《昔昔鹽》排律外,餘多七言絶,有其名而無其調。隋煬、李白調始生矣。然《望江南》、《憶秦娥》則以辭起調者也。《菩薩蠻》則以辭按調者也。

楊用脩所載太白有《清平樂》二闋，識者以爲非太白作，謂其卑淺也。按太白《清平樂》本三絶句而已，不應復有詞，第所謂："女伴莫話高眠，六宮羅綺三千。一笑皆生百媚，宸遊教在誰邊。"亦有情語。

元有曲而無詞，如虞、趙諸公輩，不免以才情屬曲，而以氣概屬詞，詞所以亡也。

《三百篇》亡，而後有騷、賦；騷、賦難入樂，而後有古樂府；古樂府不入俗，而後以唐絶句爲樂府；絶句少宛轉，而後有詞；詞不快北耳，而後有北曲；北曲不諧南耳，而後有南曲。

何元朗云："北人之曲，以九宮統之。九宮之外，別有道宮、高平、般涉三調。南人之歌，亦有南九宮。"然南歌或多與絲竹不協，豈所謂土氣偏詖，鍾律不得調平者耶？

曲者，詞之變。自金、元入中國，所用北樂，嘈雜淒緊，緩急之間，詞不能按，乃更爲新聲以媚之。而諸君如貫酸齋、馬東籬、王實甫、關漢卿、張可久、喬夢符、鄭德輝、宮大用、白仁甫輩，咸富有才情，兼喜聲律，以故遂擅一代之長。所謂"宋詞"、"元曲"，殆不虛也。但大江以北，漸染北語，時時採入，而沈約四聲遂闕其一。東南之士未盡顧曲之周郎，逢掖之間，又稀辨摑之王應。稍稍復變新體，號爲"南曲"。高拭則成，遂掩前後。大抵北主勁切雄麗，南主清峭柔遠，雖本才情，務諧俚俗。譬之同一師承，而頓、漸分教；俱爲國臣，而文、武異科。今談曲者往往合而舉之，良可笑也。

凡曲，北字多而調促，促處見筋；南字少而調緩，緩處見眼。北則辭情多而聲情少，南則辭情少而聲情多；北力在絃，南力在板；北宜和歌，南宜獨奏；北氣易粗，南氣易弱。此吾論曲三昧語。

周德清云："關、鄭、白、馬，一新製作，韻共守自然之音，字能通天下之語，字暢語俊，韻促音調。"又云："諸公已矣！後學莫及。"蓋不悟聲分平仄，字別陰陽。此二言者，乃作詞之膏肓，用字之骨髓，皆不傳之妙，獨予知之，屢嘗揣其聲病於桃花、扇影而得之也。

虞伯生云："吳、楚傷於輕浮，燕、冀失於重濁，秦、隴去聲爲入，梁、益平聲似去，河北、河東取韻尤遠。"（以上《弇州四部稿》卷一百五十三）

章　潢

章潢（1527—1608）字本清。明南昌（今屬江西）人。理學家、易學家。自幼好學，建此洗堂於東湖之濱聚徒講學，尚主白鹿洞書院講席。與吳與弼、鄧元錫、鄧元卿並稱"江右四君子"，人稱"文德先生"。與意大利人利瑪竇結交，並請利氏登白鹿洞書院講堂，宣講西學，以薦授順天訓導。著有彰顯西學的《圖書編》及《周易象義》、《詩經原體》、《書經原始》、《春秋竊義》、《禮記劄言》、《論語約言》等。其《圖書編》分爲經義、象緯曆算、地理、人道四部，第一部爲太極、河圖洛書易象卦、圖書象數、諸儒圖書、五經四書之叙等，第二部爲天道、二十八宿、七政、五辰、歲星、時令、五運六氣、曆法等，第三部爲天下山川海嶽、大勢圖叙、禹貢九州、歷代帝王之都、輿地圖說及各省邊防等，第四部爲人道總說、人身經略、五臟脉總、歷代帝王甲子圖、吏戶禮兵刑工六部槽總叙、官制宗廟、禮制、樂制等，書末附易像類編及詩學，共一百二十七卷，爲明代重要類書之一。

本書資料據四庫全書本《圖書編》。

學詩叙（節録）

盖風、雅、頌、賦、比、興各有體，雅之大、小，風、雅之正、變，均之乎有體也。雖其本無邪之心以達諸言者一也，而體各不同，故夫子删《詩》俾《雅》、《頌》各得其所也。今識其體者誰與？日用間人孰無言？即《風》、《雅》變體且未之脗合，又何有于《二南》歟？此學詩多識、學詩原體所由述也。惟其識其體，然後乃知"一言以蔽之"只在"思無邪"。是故閑邪以存誠，修詞以立誠，體立用行，各有攸當，庶不負聖人學詩之教矣。（卷十一）

詩大旨（節録）

學《易》莫要于玩象，學《詩》莫要于辨體。象者何？陰陽奇偶爻位是也。象明而六十四卦了然矣。體者何？風、賦、比、興、雅、頌是也。體明而《三百篇》了然矣。是《詩》之有體與《易》之有象同，而體定于未删之先，與象定于未畫之先亦同也。奈何有畫之後，猶不明夫所畫之象；既删之後，猶不辨乎删定之體？伏羲何必於畫，孔子何事於删乎？豈《詩》之外别有所謂體乎哉？天無别體，日月星辰即天之體也。苟于日也，月也，星與辰也諸體不辨，何以仰觀于天之文？地無别體，水山土石即地之體也。苟于水也，山也，土與石也諸體不辨，何以俯察乎地之理？人無别體，首腹股肱即人之體也。苟于首也，腹也，股與肱也諸體不辨，何以中盡乎人之道？昔人以風、雅、頌爲三經，賦、興、比爲三緯，經緯雖分，體則一耳。但賦也，興也，比也，各一其義，亦各一其體。或一章而三義具備，體則不殊；或賦以直述其事，而中寓興意；或比與興雖各别，以之爲比，即以之爲興，亦于經之體無與也。此所以爲經中之緯也。若夫風不可爲雅，小雅不可爲大雅，而雅不可以爲頌，正風不可以爲變風，二雅三頌正變亦然。非真識其體，如蒼素不可淆，如絲竹不可混，則各任意，識註述篇章，藝工理昌，反沉滅其本旨。尊雅而卑風者，謂雅可降而爲風；貴正而賤變者，謂變非盛時所有。此以國異王侯，地異朝野，世異盛衰，自生分別心，而於本然之體，則茫乎其未之識也。故意本委婉，每認比興以爲賦；詞本假托，每認質言以爲真。或以鄙褻之詞爲一途而莫之講也，由辨體不清，則詮義不澈。孔子謂“雅頌各得其所”，若有意以升降之矣。豈知體裁一定，聖人删之次之，特去其無意義者，存其有關風教者，一切咸據體以分別而次第之耳。雖欲于體外加以毫髮意見，不可得也。是故風、雅、頌無卑高也，賦、興、比無淺深也，正、變無關于隆替也。得其體則六義炳炳，如仰天俯地，近取諸身色，色信其本來而已矣。況諸書皆假言以闡明其理義，《詩》獨隨聲以宣洩其性靈，其體固别于聲響節奏之間，其情則起于諷咏音律之外。學《詩》者于詞外見意，則意味津津乎其無窮。若先執理以解文，則性情反爲義理所拘，不能洒然于歌咏之表矣。潢，鄙人也，敢自以爲識體乎哉！但學《詩》久之，知有體之當辨也。迺敢僭妄陳述辨體一端，以爲學《詩》之指南云。

《周禮·太師》：“教六詩，曰風，曰賦，曰比，曰興，曰雅，曰頌。”即《大序》所謂“詩有六義”是也。程子曰：“國風、大小雅、三頌，詩之名也。六義，詩之義也。一篇之中，有備六體者，有數義者。”又曰：“學《詩》而不分六義，豈能知《詩》之體也？”可見體即義之所由辨也。何也？風、雅、頌各有體，不可混也。但風非無雅，雅非無頌。又風、雅、頌，正、變所由分也。苟不能先辨其體，何以俾風、雅、頌“各得其所”？

古人于六義，先風即次賦比興者何？蓋賦比興雖風雅頌所通用，然首之以《國風》而三緯即備于《國風》中焉。如《關雎》首篇云“窈窕淑女，君子好逑”，賦之義也。《關雎》、《荇菜》皆因物起興，《雎鳩》之和鳴，《荇菜》之柔順，則又取之以爲比也。此三緯所以即次乎風而先雅頌之意也。

六義先風，而風之義何居？《大序》曰：“風者，風也，教也。風以動之，教以化之。”又曰：“上以風化下，下以風刺上，主文而譎諫，言之者無罪，聞之者足以戒，故曰風是也。”朱子曰：“國者，諸侯所封之域；而風者，民俗歌謡之詩也。謂之風者，以其被上之化以有言，而其言又足以感人，如物因風之動而有聲，而其聲又足以動物也。是以諸侯采之以貢于天子，天子受之而列於樂官，于以考其俗尚之美惡，而知其政治之得失焉。”皆是也，然未盡其義也。蓋風乃天地陰陽之氣，鼓動萬彙，無所不被，無所不入。而各國之風土不齊，則各國之風氣不一。故各國之風化，因之善者，矯其偏而歸之中；不善者，循其流習而莫之返也。《記》曰：“鄭聲好濫淫志，衛音促數煩志，齊音傲僻驕志。”是列國之音亦不同。天子巡狩列國，太史陳詩以觀民風者，此也。但列國之風化不齊,聲氣不類,而體則一焉。是故風之體輕揚和婉,微諷譎諫,托物而不着于物,指事而不滯于事,義雖寓於音律之間,意嘗超于言詞之表,雖使人興起而人不自覺,如"參差荇菜"與"樛木蟲斯"之三疊如已焉哉!"天實爲之,謂之何哉?母也天只,不諒人只。"重復咏之,如《麟趾》三章,止更易子姓族數字而咏嘆不已,皆風之類也。若夫《碩人》一篇,正是稱美衛莊姜,中間止點出"衛侯之妻"一句,而不見答,于衛莊公全不說出。《猗嗟》一篇,全是稱美魯莊公,中間止點出"展我甥兮"一句,而不能防閑其母亦不說出。美中含刺之意却在言外,風之體率類此。

《國風》不曰正風,而曰《周南》、《召南》,果文王之化,自北而南之謂乎?盖《江漢》、《汝墳》,不足以盡南國;所選之詩,亦不應止此二篇已也。盖南爲離明之正方,故風爲太和之正氣,取其長養萬物而不傷也。子謂伯魚曰:"女爲《周南》、《召南》矣乎?人而不爲《周南》、《召南》,其猶正牆面而立也與?"又曰:"不學《詩》,無以言。"苟不知二南之體,則言之出也,不失之發露,則失之迫切,内則傷己,外則傷人,真有一步不可行者,况于修齊治平之道哉!惟《詩》之在二南者,渾融含蓄,委婉舒徐,本之以平易之心,出之以温柔之氣,如南風之觸物而物皆暢茂,凡人之聽其言者,不覺其入之深而咸化育于其中也。試舉一二証之:即一《螽斯》,可以咏歌后妃之德;即一《甘棠》,可以形容召伯之仁;即《兔罝》、《麟趾》、《羔羊》、《騶虞》,中間止移易數字而咏嘆不已,雖不直言其所以,而意自涵蘊於其中,此二南所以爲正音也。知二南之體,則知正風之義矣。否則,《漢廣》、《行露》、《摽梅》、《野有死麕》,本因不識其諷諭,乃又從而爲之詞,是于面牆者加桎梏也,不深負聖人諄切之教耶?

《南》體裁不長而咏嘆不已,渾含不露,而意趣躍然。誦其言,而其所未言者,令人玩味之,不忍釋紬繹之,而其義愈無窮也。學《詩》者,學《二南》以立言,則終日言而人不厭聽,雖片言亦可以悟人也。否則,其如朔風之栗烈,何變風云者?果如孔氏所謂"王道衰,諸侯有變風;王道成,諸侯有正風。王道明盛,政出一人,諸侯不得有風;王道既衰,政出諸侯,故各從其國,有美刺之别也。"據其所云,則有道之世,天下不宜有風,又何爲《黍離》降爲國風也?盖惟以時之盛衰論正變,既不識體之正,又何有于體之變耶?不知變者,詩之體變乎正,非世之隆變而污也。惟以其時之污隆論正變,故何彼穠矣!在《二南》者,必欲改平王爲文王,曾不思《七月》篇非成王、周公之盛時乎?且謂居變風之末,見變之可正。今取《七月》置之《二南》,即可以爲正風乎?盖體合乎正者,雖衰世所作,不得不歸之于《二南》;體異乎正者,雖盛時聖人之所作,不得不歸之于變風。是正變各以體分,亦非以正變評品詩之高下也。知風以南長養萬物爲正,則凡各方稍異乎正南者即爲變風,可見正南一出于和柔餘風,未免涉于勁直也。試即《柏舟》爲變風之首者觀之,"我心匪石"六句,此雅體也。風中雜有雅體,謂之爲正南,可乎? 苟此詩作于成康之時,即欲類歸二南,可乎? 辨體之正變者,辨乎此而已矣。

賦之義云何? 鄭氏《周禮注》曰:"賦之言鋪,直鋪陳善惡。"程子曰:"賦者,敷陳其事,如齊侯之子、衛侯之妻是也。"又曰:"賦者,詠述其事,如'蔽芾甘棠,勿翦勿伐,召伯所茇'是也。"吕東萊曰:"賦,叙事之由,以盡其情狀。"朱子曰:"賦者,敷陳其事而直言之者也。"皆是也,然而未盡也。如《關雎》,興也,下文"窈窕"二句,非賦之謂乎?《甘棠》,賦也,"蔽芾"二字,非比之意乎?《葛覃》首章本是直陳其事,而中涵許多興味,便是興之意義。《君子于役》篇,"雞棲于塒,羊牛下來",又是賦中睹物興思。不可確然執定一"賦"字,以盡一篇一章之大旨。

比之義云何? 鄭司農《周禮》注曰:"比者,比方於物。"程子曰:"以物相比,'狼跋其胡,載疐其尾,公孫碩膚,赤舄几几'是也。"又曰:"比者,直比之,'蛾眉瓠犀,溫其如玉'之類是也。"朱子曰:"比者,以物爲比,而不正言其事。"又曰:"比方有兩例,有繼所比而言其事者,有全不言其事者。"皆是也,亦未盡也。或興中含有比意,如《下泉》之類,或如"習習谷風"。在風以爲比,在雅以爲興者,如《北門》、《北風》皆賦其事,以爲比又不可觸類而伸之也。

興之義云何? 孔氏曰:"興者,起也。"程子曰:"因物而起興,'關關雎鳩'、'瞻彼淇澳'之類是也。"朱子曰:"興者,先言他物,以引起所咏之詞也。然有兩例,有以所興爲義者,則以下句形容上句之情思,下句指言上句之事實;有全不取義,則但取一二字而已。要之,上句常虛,下句常實之例則同也。"皆是也,亦未盡也。如《卷耳》、《桃夭》、《草蟲》皆即所賦以爲興,而又有興兼比與賦者。《伐木》、《鳥鳴》,則既興而又興也,須玩味久之,自得其不盡之意,不可便以爲無取義也。國風用比興最多,美刺雖殊,亦多諷意。蓋言之風謂之諷,含而不露,婉而不迫故也。如《漢廣》之游女,《野有死麕》之有"女懷春",皆托言以致諷。如《谷風》與《氓》,皆假棄婦之詞以致怨,而非實言也。且其寓意於物,如誦《關雎》,便知爲夫婦;誦《螽斯》,便知爲子孫;誦《桃夭》,便知爲婚姻;誦《蝃蝀》,便知爲刺淫;誦《相鼠》,便知爲刺無禮之類。由古人明庶物,察人倫,故比興皆不移易。後人倫物俱昧,凡其所托諷者,一切不探其微,反指爲無意義,良可羞也。若雅與頌,則比興漸少矣。如小雅八十篇,用比興者尚四十六篇;大雅三十一篇,用比興者止八篇;頌總四十篇,用比興者止四篇。蓋小雅得風體最多,大雅與頌則多質言,故鮮諷諭之詞矣。

雅之義云何?《大序》曰:"雅者,正也,言王政之所由興廢也。政有小大,故有小雅焉,有大雅焉。"程子曰:"雅者,陳其正理,如'天生烝民,有物有則,民之秉彝,好是懿德'是也。"朱子曰:"小雅,燕饗之樂也;大雅,朝會之樂,受釐陳戒之詞也。"論雅之義備是也。然以政之小大、燕饗朝會分屬，其亦未識小大雅之體乎？彼《鹿鳴》"天保君臣，上下之交孚"，《常棣》、《伐木》、《蓼莪》、《白華》，乃父子兄弟、夫婦朋友之恩義，倫孰有大于斯者乎？《湛露》、《彤弓》之燕饗，《采薇》、《出車》之兵戎，《楚茨》、《信南山》之田事，政孰有大于斯者乎？謂小雅爲政之小與燕饗之樂，果足以該小雅？否也。《鳧鷖》、《既醉》之燕禮，未必大於《魚麗》、《嘉魚》；《江漢》、《常武》之征伐，未必大于《六月》、《采芑》。安見其爲政之大乎？又安見其爲朝會，受釐陳戒，與小雅異也？不知雅體，較之于風，則整肅而顯明；較之于頌，則昌大而肆達。惟彝倫政事之間，尚有諷諭之意，皆小雅之體也。天人應感之際，一皆性命道德之精，皆大雅之體也。其中或近于風與頌者，則又爲小大雅之變體也。小雅未嘗無朝會，大雅未嘗無燕饗。小大雅之正變，無所與于時世之盛衰，要在辨其體。而小大雅正變之義，俱不待言矣。

頌之義云何？《大序》曰："頌者，美盛德之形容，以其成功告於神明者也。"呂氏曰："頌者，美之詞也。"無所諷議，果足以盡頌之義乎？未也。蓋頌有頌之體，其詞則簡，其義味則儁永而不盡也。如《天作》與雅之《緜》均之美太王也，《清廟》維天之命與雅之《文王》均之美文王也，《酌桓》與雅之《下武》均之美武王也，試取而同誦之，同乎？否乎？蓋雅之詞俱昌大，在頌何其約而盡也，頌之體于是乎可識矣。敬之《小毖》，雖非告成功而謂之爲雅，可乎哉？魯之《有駜》、《泮水》，則近乎風；《閟宮》與商之《伍》篇，則皆近乎雅，而其體則頌也，故謂爲變頌也亦宜。周自文王初婚至陳靈公上下五七百年，其所存詩，各國多者二三十篇，少者數篇而已。説詩者每牽扯于數十年間，或有歸諸一二人焉，如變小雅盡指爲平王、幽王時詩，何謂也？司馬遷謂"太師藏詩三千餘篇，孔子删之，存三百餘篇"，止十之一也，蓋亦存其可以垂世立教者，皆綱常道義風教之所係也，即孔子所謂"詩三百，一言以蔽之，曰思無邪"是矣。若不辨體，且曰其中雜有淫僻悖亂之詩在焉，不大悖孔子删詩之旨乎？詩，聲教也，言之不足故長言之。性情心術之微，悉寓于聲歌咏歎之表，言若有限，意則無窮也。讀詩者，先自和夷其性情，于以仰窺其志，從容吟哦，優游諷詠，玩而味之，久當自得之也。蓋其中間有言近而指遠者，亦有言隱而指近者，總不可以迫狹心神索之，不可以道理格局拘之也。噫，賜、商"可與言詩"，其成法具在也。否則，"誦《詩》三百，雖多，亦奚以爲？"（以上卷十一）

樂歌總叙（節録）

樂之道主乎聲，而聲必有取於天籟，以其一出於自然而非强作也。然則人之聲非天籟乎？樂之聲有五，不外乎宫商角徵羽，五聲克諧，斯謂之樂。人之聲一出乎喉，舌齒齶唇，而聲爲律者，即夫人自然之樂也。故本之心、宣之聲則爲詩，曰風雅曰頌皆可；以被管弦、協金石，而謂之爲樂章。"孔子自衛反魯，然後樂正"，正此也；"雅頌各得其所"，而《關雎》之亂，洋洋盈耳於師摯之始，曾謂樂而不以聲詩爲之主乎？嘗稽歷代自虞廷命夔典樂，曰"詩言志，歌永言，聲依永，律和聲"，又曰"戛擊鳴球，搏拊琴瑟以詠"，此九德之歌所自始也。殷周各有雅頌以祀郊廟，周禮鄉飲酒禮及燕禮歌《鹿鳴》、《四牡》、《皇皇者華》等詩，大射歌《鹿鳴》三終。漢叔孫通定樂，有降神、納俎、登歌、薦祼等曲。武帝定郊祀之歌十九章，魏杜夔舊傳笙樂四曲，皆古聲調。晉武循魏制，但改樂章。梁武素善鍾律，遂改雅樂歌十二以則天數。唐初命祖孝孫制十二和之樂，開元又制三和。宋祖命竇儼改周樂十二順爲十二安。宋真、仁、高各親撰樂章。我朝樂亦各載之典籍。是代歷聲歌，乃樂之所必用者也。樂以詩爲本，詩以聲爲用。凡金石絲竹匏土革木，節奏鏗鏘，克諧律吕，不過用以依永和聲焉耳。世之呶呶於律管短長分寸之辨，而於聲詩廢之不講，欲求雅樂之復古也，有是理哉？噫，雅頌即古樂也，人聲即天籟也，真知樂以人聲爲主，而五音六律以和之，則雅樂之復也，亦易易耳。

樂詩總論

昔者，先王之樂非徒戛金石、鳴祝敔而已也，彼有所由始也。天之以息相吹也，不能不發而爲籟。籟也者，天地自然之音也。人心之感物而動也，不能不形之言而爲詩。詩也者，各言其心之所之也。是故天子、列侯、公卿、大夫、士、庶人之異其位，治世、亂國之異其時，明君、碩輔、忠臣、孝子、騷人、羈旅之異其感，而彼皆各以情之所至，而抑揚諷詠於其間，固有不得而相假借掩襲焉者。故曰詩也者，人心自然之音也。音之所出，則必有長短高下之節，非比之器數，則不得相屬之以叶。其至也，於是乎被之鐘鼓、管磬、羽籥、干戚之間，綴其聲以成文焉，而樂所由作矣。故曰："詩言志，律和聲。"此言樂之非自外來，而由人聲以爲之也。是故先王之世，樂官以詩爲職。方其坐明堂而端委以臨天下也，必命樂官以詩察政治，考人材之得失，故曰："工以納言，時而颺之。"又曰："聞六律、五聲、八音，在治忽以出納五言。"其出而省，方巡狩以朝諸侯也，亦必命太師陳詩以觀民風。民風者，田夫野婦之所自歌咏閭里，而爲之言者也。而天子猶命之樂官，以播之金石絲竹之間。由此觀之，可見當世自王公大人以至中中兔罝之士，無一人之不能言而爲之詩。而其詩也，由朝廷宗廟以至國都里巷之間，無一言之不奏於樂官而爲之樂。是以其音之流行於天下，而曲暢乎君臣、父子、夫婦、朋友之間，以及祭祀、燕享、軍旅、會同、入學、獻馘、投壺、習射之際，無非本乎人聲相爲感查，中挑外引，嗚咽嗊吻以和鳴。其至者爾，何莫非詩，何莫非樂也哉！故世儒雖嘗恨五經無樂書，殊不知樂有詩而無書，詩存則樂與俱存，詩亡則樂與俱亡。詩樂固相關也，若瞽矇、太師、鍾師、籥章之屬，樂之庶司也，而其所職，則或以諷誦詩，或以歌射節，或以奏九夏，或以鼓太和，邠風以逆寒暑，皆詩也。徹樂、燕樂、祭樂、射樂，樂之異用也。而其所歌，則或《雍》之什，或《凱》之什，或《昭夏》、《肆夏》之什，或《采蘋》、《采蘩》之什，皆詩也。季札觀周樂，而爲歌《二南》、《國風》、《雅》、《頌》，說者謂當時能辨存亡，明小大，徵得失，此則季札之因詩而得乎樂也。孔子自衛反魯以正樂，而雅、頌各得其所，說者謂當時三百篇之《詩》，相與弟子共習而絃歌之，此則孔子之刪詩以定乎樂也。然則其他所謂知《韶濩》之未亡與武商之已壞，固皆幸其尚存之詩，以知其未亡之樂焉耳。然則先王之樂，固未嘗不由聲。諸詩者，以爲之本而能達先王之樂者，又曷嘗不待於上聖大賢之獨智而能之乎？奈何周自《黍離》以降，王道不宣，采詩之職不復設，而樂官抱其樂器，踰河蹈海，遂秘而不見。及秦燔詩書，坑學士，其道大壞。幸而《三百篇》之遺，不獨以竹帛，固有出於學士大夫與其閭里所日誦者，往往不絕。漢興，立博士，申公、轅固之徒，相與聚而明之。故古者雅、頌之作雖已微響，而世之所謂文學之能言，與其遷臣、怨女、幽人、處士或稍稍竊習其道，各以其心之所至而舒寫憂愁羈憤、忠孝隱約之情，猶當列之秦、齊、邶、鄘、鄭、衛之次，似可與《國風》相表裏，其詩謂未之盡亡，亦可也。而古者之樂，卒不可考見。當魏時，雅樂即杜夔稍能肄業，《鹿鳴》、《騶虞》、《文王》、《伐檀》四篇，大和以后，尋亦就廢。其在漢、唐諸臣，若李延年、鮑業、牛弘、呂才之流，亦間嘗欲做古者聲詩之意，播之管弦。然古者之樂制既絕，其所遺者，不過變宮變徵之調，大略世之教坊所傳者近之而已。而其詩所歌，又並當時淫豔之曲、驕侈之辭，則又何從而復古昔先王之盛乎？愚故嘗爲之説曰：三代而上，天下之詩與樂出於一，故其至者，可以正得失，動天地，感鬼神。三代而下，天下之詩與樂出於二，其微也，俗流失，世敗壞，而天下之變，猶江河之日趣而不可復返也已。仰惟我太祖高皇帝，建極之初，禮制大定，即命禮部尚書陶凱講究古樂，因製成《九奏樂章》，以備燕享之用，固已完太古之遺音，而復太和之至治矣。而先臣丘濬建議之説，其大要猶欲請朝廷詔求天下精知音律之士，按世之所謂正宮越調之稍近者，以究古人清宮清商之概，然後本鍾律之法，明候氣之術，以制律呂。律呂既定，則以歌聲齊簫聲，以簫聲定十六聲。又以十六聲齊八器，由是以復古者先王之盛，此亦先臣獻忠之意，或亦可爲聖治萬分之助矣乎！今欲舉古者《三百篇》之遺，以鳴我國家之盛，豈非欲考詩樂之所自，將舉天下於三代之隆興？抑不知古之樂，蓋有出乎聲詩之外者，而未之及也。蓋樂以和爲本也，使人心咸和，而樂音與之相宜，則雖舉今之詞而按之以今調，而謂今之樂即古之樂可也。否則，雖舉古之詩而和之以古律，而謂古之樂即今之樂可也。蓋惟有虞廷都俞吁咈之治，而後有《勑天》、《卿雲》之詩，《大韶》之樂；有周家文、武、成、康之治，而後有《關雎》、《騶虞》之詩，《大武》之樂。是故言詩樂之至，其成功所奏，固可以致百物、禮天地，而其流風蘊義，則又未始不本於和德感召，化行而俗美者爲之也。昔馬遷作《律書》，反覆於黄帝之定大災，顓頊之平水害，以及武王吹律聽聲、陳兵牧野之詳，而於今人所爭尺度秬黍之間，獨略而不及。此其音樂之微妙，必明於道者，然後可與言其至也。

樂以歌聲爲主議

樂可易言乎？明之而疏天地，幽之而速鬼神，奧之而興性靈，廣之而作動植。自非聖哲，孰能窺測？何其洪鉅也！樂終難言乎？節之以三調，合之以七始，本乎造化，順乎自然，妙悟獨得，存之一心，何其易簡也！其理洪鉅，故必通天、通地、通人，斯可以譚律呂。其道簡明，故誦之、歌之、絃之、舞之，皆足以成節奏，而要之聲詩其本乎？仲尼聞《韶》，聞此者也；季札觀樂，觀此者也。舍是而莘薆之輕重，緹縵之疏密，徑圍之廣狹，雌雄之應違，皆土梗焉耳矣。嘗考之，古之達樂有三，曰風，曰雅，曰頌，而金石絲竹匏土革木，皆主此以成樂均者也，信乎樂非有外於聲詩也。虞帝命夔典樂教胄，不過曰“欲聞音律，出納五言”。而周官大司樂所掌歌奏，徵諸虞謨商頌，較若畫一。然則樂以詩爲本，詩以聲爲用，自古迄今，其義未有改矣。羲軒以降，世代綿邈，聲詩不存，其義可考而知也。黄帝何以爲咸？咸之爲言皆也，謂德皆漸被也。顓頊何以爲莖？莖之爲言根也，謂澤及根荄也。堯何以爲章？章之爲言明也，謂帝德顯暴也。舜何以爲韶？韶之爲言紹也，謂繼紹唐堯也。禹何以爲夏？夏之爲大也，謂能光大姚姒也。湯何以爲護？護之爲言救也，謂除邪去虐，能護民也。知六代立樂之義，則雖《神農》五奏、《葛天》八闋，此其推也，而曰聲與詩不可緣義以起乎？周武作《大武》，公旦作《大勺》，而和之以六律六吕五聲八音六舞，樂云備矣。大司徒以樂防民淫，大司馬以樂舞教國子，大司樂掌宿縣小胥正樂縣之位，春官大司樂掌六律六同以合陰陽，地官舞師掌教兵舞，旄人掌四夷樂，無一人而不知樂，無一樂而不設官。官云備矣，官備而樂益備，此後之誦聲詩者，必以六典爲宗也。周衰雅微，溺音騰沸，瞽工歌工，奔散四方。樂官之缺，從兹始矣。孔子憫而正之，列十五《國風》以辨風土之音，分大、小二《雅》以辨朝廷之音，陳周、魯、商三《頌》以辨侑祭之音，定《南陔》、《白華》、《華黍》、《崇丘》、《由庚》、《由儀》六笙，以辨協歌之音。得詩而得聲者則序之，《三百篇》是也；得詩而不得聲者則置之，《河水》、《祈招》之類是也。四始既别，唱歎有譜，凪渢洋洋，六代其庶幾乎！秦燔樂經，漢襲秦陋，詩官不采言，樂官不被律，而聲詩之學稱賤業焉。故杜氏有曰："漢制氏世業，但能紀鏗鏘鼓舞，而不能言其義。"言知聲詩而不知義也。齊、魯、毛、韓諸家，以序說相雄長，以義理相授受，而經生學者始不識詩言，知義而不知聲詩也。夫德爲樂心，聲爲樂體，義爲樂精。得詩則聲有所依，得聲則詩有所被。知聲詩而不知義尚可，備登歌，充庭舞，彼知義而不知詩者，窮極物情，工則工矣，而絲簧弗協，將焉用之？甚哉！聲詩不可不講也。曹孟德平劉表得雅樂，即杜夔問其所業《三百篇》，惟知《鹿鳴》、《騶虞》、《伐檀》、《文王》四什，而餘皆不傳。非無傳也，當是時，延年以曼聲協律，朱馬以騷體作歌，《桂華》麗而不經，《赤雁》靡而非典，聲詩俱鄭俗聽飛馳，正樂之湮，此實階之矣。迨太和末，而左延年所得者，惟《鹿鳴》一篇。浸淫至魏、晉，而《鹿鳴》亦復絕唱，中和之韻闕焉不還。盖《鹿鳴》亡而詩亡矣，非詩之亡也，詩在而聲譜散逸，詩猶亡也。所以繼《鹿鳴》之響者，不在樂府乎？樂府之體，有行，有曲，有引，有操，有吟，有弄，而皆可列之樂部。然而去《三百篇》風旨則遠矣。述《通志》者病之，風、頌不分，二雅淆雜，乃取而彙之。君子之作，如《上之回》、《聖人出》者，歸乎雅；野人之作，如《艾如張》、《雉子班》者，歸乎風；音本幽、薊，如《燕歌行》者，爲列國之風；音本中華，如《煌煌洛京行》者，爲都人之雅。品藻良亦當矣，然《上之回》、《聖人出》詞多取於誇耀，《燕歌行》、《京洛行》名惟混於國都。大聖刪詩，豈若是乎？要之曰行曰曲主乎人聲，引、操、吟主乎絲竹。主乎人者，有辭而必有聲；主絲竹者，有聲不必有辭。則亦聲詩皆協，而足備燕享之樂奏者也。（以上卷一百十五）

李　贄

　　李贄（1527—1602）號卓吾，又號宏甫、温陵居士。明泉州晉江（今屬福建）人。明末傑出思想家、史學家、文學家、文學評論家。自幼喪母，倔强難化，儒釋道均不信。二十六歲中舉人，此後便不再科考。做了二十多年小官，爲官正直，屢遭困厄。其哲學思想受反道學的泰州學派和佛教禪學的影響較大，爲宇宙以物質性的陰陽二氣爲基礎，經過無數變化，生出萬事萬物來，具有樸素唯物主義因素。在社會倫理道德方面，强調社會平等，反對聖人凡人之分、智愚之別，反對封建教條和男尊女卑觀念，認爲《六經》、《論語》、《孟子》等只是其弟子隨筆記錄，並非"萬世之至論"，反對"咸以孔子之是非爲是非"，怒斥官吏之罪行。其思想對後世影響頗大。文學方面提出"童心說"，主張創作須抒發己見，反對復古摹擬。曾評點《水滸傳》，重視小說、戲曲在文學上的地位。學識廣博，思想見解獨特，詩文短小精悍，筆鋒犀利。一生著述頗豐，有

《李氏焚書》、《續焚書》、《藏書》、《續藏書》、《李氏文集》、《李氏叢書》等。其《焚書》六卷，鋒芒直指數千年來一直占統治地位的儒家傳統説教，向束縛人們思想的程朱理學提出大膽的懷疑和公開的批判，明清時曾兩遭禁毁。全書包括書答、雜述、讀史、詩歌幾個部分，多方面反映了作者的政治、哲學及社會思想，是了解李贄思想學説的基本資料。

本書資料據中華書局 1975 年版《焚書》。

童心説（節録）

天下之至文，未有不出於童心焉者也。苟童心長存，則道理不行，聞見不立，無時不文，無人不文，無一樣創制體格文字而非文者。詩何必古選，文何必先秦。降而爲六朝，變而爲近體，又變而爲傳奇，變而爲院本，爲雜劇，爲《西廂》曲，爲《水滸傳》，爲今之舉子業，皆古今至文，不可得而時勢先後論也。故吾因是而有感于童心者之自文也，更説甚麽《六經》，更説甚麽《語》、《孟》乎？

《李中丞奏議》序代作（節録）

奏議者，議一時之務，而奏之朝廷，行之邦國，斷斷乎不容以時刻緩焉者也。宋人議論太多，雖謂之無奏議可也。

時文後序代作

時文者，今時取士之文也，非古也。然以今視古，古固非今；由後觀今，今復爲古。故曰文章與時高下者，權衡之謂也。權衡定乎一時，精光流于後世，易可苟也！夫千古同倫，則千古同文，所不同者一時之制耳。故五言興，則四言爲古；唐律興，則五言又爲古。今之近體既以唐爲古，則知萬世而下，當復以我爲唐無疑也。而況取士之文乎？彼謂時文可以取士，不可以行遠，非但不知文，亦且不知時矣。夫文不可以行遠而可以取士，未之有也。家名臣輩出，道德功業，文章氣節，於今爛然，非時文之選歟？故棘闈三日之言，即爲其人終身定論。苟行之不遠，必言之無文，不可選也，然則大中丞李公所選時文，要以期於行遠耳矣。吾願諸士留意觀之。

讀律膚説

淡則無味,直則無情。宛轉有態,則容冶而不雅;沉著可思,則神傷而易弱。欲淺不得,欲深不得。拘於律則爲律所制,是詩奴也,其失也卑,而五音不克諧;不受律則不成律,是詩魔也,其失也宂,而五音相奪倫。不克諧則無色,相奪倫則無聲,蓋聲色之來,發於情性,由乎自然,是可以牽合矯强而致乎? 故自然發於情性,則自然止乎禮義,非情性之外復有禮義可止也。惟矯强乃失之,故以自然之爲美耳,又非於情性之外復有所謂自然而然也。故性格清澈者音調自然宣暢,性格舒徐者音調自然疏緩,曠達者自然浩蕩,雄邁者自然壯烈,沉鬱者自然悲酸,古怪者自然奇絶。有是格,便有是調,皆情性自然之謂也。莫不有情,莫不有性,而可以一律求之哉! 然則所謂自然者,非有意爲自然而遂以謂自然也。若有意爲自然,則與矯强何異? 故自然之道,未易言也。(以上卷三)

袁 黃

袁黃(生卒年不詳)初名表,字坤儀,號了凡。明嘉善(今屬浙江)人。明朝思想家。少時聰穎敏悟,卓有異才,曾受教於雲谷禪師,對天文、術數、水利、軍政、醫藥等無不研究。補諸生。嘉靖四十四年(1565),知縣辟書院,令高材生從其受經學。萬曆五年(1577)會試,初擬取第一,因策論違逆主試官而落第。後更名黃。十四年中進士,爲萬曆初嘉興府三名家之一。著有《祈嗣真詮》、《皇都水利考》、《評注八代文宗》、《春秋義例》、《論語箋疏》、《袁氏易傳》、《史記定本》、《袁氏政書》、《兩行齋集》、《寶坻勸農書》、《袁了凡家訓》、《袁了凡綱鑑》、《群書備考》、《石經大學解》、《曆法新書》、《中庸疏意》、《攝生三要》等。其《游藝塾文規》和《游藝塾續文規》是帶有八股文研究性質的大型評本,在八股文盛行的時代,提倡“以古文爲時文”,發揚了古文的優秀傳統,將一部分士人的目光從“高頭講章”、“新科利器”中吸引到優秀的古文遺産中來,造就了一種以源遠流長的古文爲根柢的時文。不僅如此,《文規》正續編中,還有很多運用類似李漁“立主腦”、“密針綫”、“減頭緒”的説法評點時文的例子,爲研究八股文與戲曲這兩種文體的交叉影響提供了豐富的理論材料。

本書資料據武漢大學出版社 2009 年版《游藝塾文規》正續編。

了凡袁先生論文

按《説文》云："論者，議也，反復辨難，以求至當者也。"劉勰云，"論者，倫也"，"彌綸群言，而研一理者也"。故論之爲體，辨是非別妍醜。即礙以求通，研深以入微，窮於有象，追於無形。凡受題下筆，必有一段出人之意見，發之爲千古不可磨滅之議論，方爲入穀。或舉古今所不決之疑而出真見，以剖析之；或從衆人意想所不到處，而從容發至理，以新人之耳目。如漢廷老吏斷獄，以片言折衷，而人莫不心肯意服。若但能責人，亦非高手。必思我若生此人之時，居此人之位，遇此人之事，當如何應酬？如何處置？必有至當不易之説，若蘇子瞻《范增論》，老泉《管仲論》，皆用此法。

劉勰謂論有四品：曰陳政，曰釋經，曰辨史，曰銓文。近日徐伯魯著《文體明辨》，廣爲八品：一曰理論，二曰政論，三曰經論，四曰史論，五曰文論，六曰諷論，七曰寓論，八曰設論。今我另設八目：一君德，二治道，三心學，四臣道，五敬天，六愛民，七尊賢，八評論人品。汝於此八類各作一篇，場中題目，無出此矣。

論有三等：一是性理論，貴研精闡微，根極理要。以《左》、《國》之詞華，發程、朱之心事，使確然不易，燦然有條，此最難者也。一是政事論，貴獨稽政源，參酌流弊，彌綸庶務，折衷是非：陳法則句句可行，警世則言言可懼，此亦不容苟作。然較之性理，則粗而易騁矣。一是人物論，貫串古今，詮次賢哲，貶一人而有益于天不，則毀之不爲薄。如韓愈之《諍臣論》，蘇洵之《辨奸論》，皆非無實之公言也。其褒者語不多而美獨至，如曾子之稱孔子，止江漢秋陽三耳耳，而大聖人氣象儼然在目。司馬遷作《孔子世家》，語愈多而揄揚愈不足，係識見不侔耳。此作論者所以貴有識也。凡作論須要有一段千古不可磨滅之見，然後可傳。萬形有弊，惟理難磨。理不勝，詞雖工無益也。先輩如柳子厚之《四維論》，歐陽修之《朋黨論》，唐寅之《議賞論》；近世唐荆川之《四皓論》，予之《三監論》，皆確然不可易者也。説理既透，立意既高，不煩彫琢詞華，自足千古。次之，則修詞矣。

四六盛于六朝，然皆風煙月露之詞，于政事、禮樂、典章、文物之體未備也。自唐開元十二載，詔以詩賦取士，自此八韻律賦盛行。煅煉研摩，聲律始細。然當時作者如陸贄、裴度、吕温輩，猶未能極工，至晚唐薛逢、吳融輩出于場屋，頗臻妙境。及宋嘉祐、治平間相傳四百餘年，師友淵源，講貫磨礱，口傳心授，以駢麗之詞，叙心曲之事，寓行雲流行之態，于抽黃對白之中，而四六始稱絶唱矣。汝今作表須將《宋文鑒》中所載諸表，從頭一閱，而于王介甫、蘇子軾諸公所作，尤宜盡心。庶有古人渾厚氣象，而不至于淺薄也。

表與啟不同。啟猶可隨己創意，表須要有朝廷氣象。詞極華采而不卑弱，語極豪縱而不怒張，雍容揖遜有冠冕珮玉之氣，乃爲本色。王岐公作《慈聖慰表》云："雁飛銀漢，雖閱榮于千齡；龍繞青山，終儲祥于百世。"滕元發《乞致仕表》云："雲霄鴻去，免罹矰繳之施；野渡舟橫，無復風波之懼。"此皆以韻勝者也。（以上《游藝塾續文規》卷五）

王世懋

王世懋（1536—1588）字敬美，號麟州，時稱少美。明太倉（今屬江蘇）人。嘉靖三十八年（1559）進士。明後七子領袖王世貞之弟。專精古文辭，善詩文。餘事乃及筆劄，書無俗筆，多從晉帖中流出。名雖不如其兄，但世貞以爲勝己。官至南京太常寺少卿。《四庫全書總目》提要謂其"能不爲黨同伐異之言"。著有《王儀部集》、《二酉委譚摘錄》、《名山遊記》、《奉常集詞》、《窺天外乘》、《藝圃擷餘》等。《藝圃擷餘》一卷爲其詩學論集，對七子派詩學有所修正乃至突破。

本書資料據四庫全書本《藝圃擷餘》。

《藝圃擷餘》（節録）

詩四始之體，惟頌專爲郊廟頌述功德而作，其它率因觸物比類，宣其性情，恍惚游衍，往往無定，以故說詩者人自爲見。若孟軻、荀卿之徒，及漢韓嬰、劉向等，或因事傅會，或旁解曲引，而春秋時，王公大夫賦詩以昭儉汰，亦各以其意爲之，蓋詩之來固如此。後世惟《十九首》猶存此意，使人擊節詠歎，而未能盡究指歸，次則阮公《詠懷》，亦自深於寄託。潘、陸而後，雖爲四言詩，聯比牽合，蕩然無情。蓋至於今，餞送投贈之作，七言四韻，援引故事，麗以姓名，象以品地，而拘攣極矣。豈所謂詩之極變乎？故余謂《十九首》五言之《詩經》也；潘、陸而後，四言之排律也。當以質之識者。

作古詩先須辨體。無論兩漢難至，苦心摹倣，時隔一塵。即爲建安，不可墮落六朝一語。爲三謝，縱極排麗，不可雜入唐音。小詩欲作王、韋，長篇欲作老杜，便應全用其體，第不可羊質虎皮，虎頭蛇尾。詞曲家非當家本色，雖麗語博學無用，況此道乎？

唐律由初而盛，由盛而中，由中而晚，時代聲調，故自必不同。然亦有初而逗盛，盛而逗中，中而逗晚者，何則？逗者，變之漸也。非逗，故無由變。如四詩之有變風、變雅，便是《離騷》遠祖。子美七言律之有拗體，其猶變風、變雅乎？唐律之由盛而中，極是盛衰之介。然王維、錢起，實相倡酬，子美全集，半是大曆以後，其間逗漏，實有可言,聊指一二;如右丞"明到衡山"篇,嘉州"函谷"、"磻溪"句,隱隱錢、劉、盧、李間矣。至於大曆十才子,其間豈無盛唐之句,盖聲氣猶未相隔也。學者固當嚴於格調,然必謂盛唐人無一語落中,中唐人無一語入盛,則亦固哉其言詩矣。

律詩句有必不可入古者,古詩字有必不可爲律者。然不多熟古詩,未有能以律詩高天下者也。初學輩不知苦辣,往往謂五言古詩易就,率爾成篇,因自詫好古,薄後世律不爲,不知律尚不工,豈能工古? 徒爲兩失而已。詞人拈筆成律,如左右逢源,一遇古體,竟日吟哦,常恐失却本相。樂府兩字,到老搖手不敢輕道。李西涯、楊鐵崖都曾做過,何嘗是來。

今世五尺之童,纔拈聲律,便能薄棄晚唐,自傅初盛,有稱大曆而下,色便赧然。然使誦其詩,果爲初邪、盛邪、中邪、晚邪? 大都取法固當上宗,論詩亦莫輕道。詩必自運,而後可以辨體;詩必成家,而後可以言格。晚唐詩人,如温庭筠之才,許渾之致,見豈五尺之童下,直風會使然耳。覽者悲其衰運可也。故予謂今之作者,但須真才實學。本性求情,且莫理論格調。

絕句之源出於樂府,貴有風人之致,其聲可歌,其趣在有意無意之間,使人莫可捉着。盛唐惟青蓮、龍標二家詣極,李更自然,故居王上。晚唐快心露骨,便非本色,議論高處逗宋詩之徑;聲調卑處,開大石之門。

世人厭常喜新之罪,夷於貴耳賤目。自李、何之後,繼以于鱗,海内爲其家言者多,遂蒙刻鷙之厭。驟而一士能爲樂府新聲,倔强無識者,便謂不經人道語,目曰上乘,足使耆宿盡廢。不知詩不在體,顧取諸情性何如耳。不惟情性之求,而但以新聲取異,安知今日不經人道語,不爲異日陳陳之粟乎? 嗚呼! 才難,豈惟才難,識亦不易。作詩道一淺字不得,改道一深字又不得,其妙政在不深不淺,有意無意之間。

沈懋孝

沈懋孝(1537—1612)字幼真,號晴峰。明平湖(今屬浙江)人。擁書萬卷,人稱"長水先生"。文學家、書法家、藏書家。隆慶二年(1568)進士。入翰林院,官至南京國子監司業。著有《長水先生文鈔》、《淇林雅詠》等。

本書資料據明萬曆間刻本《長水先生文鈔》。

與塾中士論四六駢體(節錄)

三代上無表之名,《史記》始有年表,標其世次日月,立論其端耳,猶之乎文也。自東漢馬伏波之式銅馬也，有進表；吳陸士衡之謝平原內史也，有謝表；晉羊叔子之讓開府也，有辭表；劉越石之勸進中宗，以係人望也，有賀表。乃若諸葛孔明之《出師》，李令伯之《陳情》，又出四體之外，直抒己志，精忠孝感，垂之到今矣。然皆散文也。駢體興於宋、齊、梁，而唐初則駱義烏以四六擅場，蓋承麗賦之藻瞻，集古選之對屬，合璧連璣，真文林之瑋寶也。唐文大昌於退之，其《諫佛骨》、《謝潮陽》，則用散體；其《賀靈雨》則用駢體。蓋兩能之，而退之終不以四六名。夫乃義烏之獨詣耶？至宋王介甫、蘇子瞻，始厭薄穠詞，爲真淡寫意之體。其後汪浮溪、周益公、楊誠齋之徒嗣之，故宋表傳至今。今之士林皆式之。蓋純乎議論矣。余嘗衷而衡之，如陳謝，如辭職，如諫事，如進規，用論議行文，情志始暢。若夫國之大慶大典，必待鋪張，賜物之一衣一馬，尤須描寫。若斯之類，豈可無掞藻摛菁之筆哉？亦顧所用何如耳。兩能兩擅，權尺勻停，在後來英俊所自樹矣。至夫轉摺關生，起伏動靜，必有超特之才，開闔紀綱乎其間，精采始發，偶驪始流，如其乏此，將色浮而神去之矣。句有句格，字有字目，大都與詩相通。故盛唐之冠冕，初唐之秀發，晚唐之雕刻，宋詩之發論，合而鑄之，又表家之，捷戰法也。情到則神自來，筆超則采自飛，意想墨流，難以言喻，乃在驪黃之外矣。

小淇林雜言上（節錄）

文體之變，一綜一緯，一文一素，一縱一橫，一偶一奇，一宮一羽，一正一奇，一和一健，皆代用事而相爲日月寒暑以相救耳。古來文人長技，不過識其所救天不，宜之總之，一陰一陽，互體變爻，繇《易》之兩畫四象生來。

述關西馬學士論文章（節錄）

不有用文章，大率有四事。其一則法筵之講義，啟沃陳謨以輔主德。此其原出于禹、稷、益之謨、伊之訓，說之命。其二則閣臣之揭奏，進御者以陳善閉邪，進退人材、恭贊幾密、仰備顧問、開發上之聰明。此其源亦與謨、訓合符請契。其三則史官之注記，編摩紀載朝廷大事大議，直文核事以信千古，其源出于二《典》及《禹貢》、《盤庚》、《武成》之屬。其四則臺諫之奏疏，以弼違正義，補日月而勵羣工。其源出于《旅獒》、《訓誡》諸作。自此外一切無裨世用者，史館先生不必泛役其神明，亦不宜軒藝其體製。（以上卷十二）

温　純

温純（1539－1607）字景文，號一齋。明三原（今屬陝西）人。嘉靖四十四年（1565）進士。歷任知縣、巡撫，官至左都御史。卒，贈少保。天啟初，追諡恭毅。《明史·溫純傳》載："（溫）純清白奉公，五主南北考察，澄汰悉當，肅百僚，振風紀，允稱名臣。"他一生爲創建地方公益事業不遺餘力，雖三朝爲官而家無積儲，是三原古龍橋的倡建者。有《溫恭毅集》。

本書資料據四庫全書本《溫恭毅集》。

《詞致録》序（節録）

或謂四六始徐、庾氏，支蔓于兩晋，浸滛于六朝。僻搆幽深，猥臻綺縟；風雲月露，魚鳥烟花。繪象而鬭一字之奇，駢偶而侈三冬之富；點綴已甚，氣骨無存。此文之靡也，好古者斥焉，胡集爲？而又胡以序爲？予曰：不然。對偶音律，自天地剖判以來有之。山峙水流，日晝度月夕，八埏度剖，列宿纏分，非對偶乎？水樂蟲絲，松濤竹韻，萬籟隱發，空谷互響，非音律乎？四六之靡者自靡耳，若取材于經，叶律以雅，境與興適，抽黄白而曲中，其微意與韻偕，切宫商而妙成其響，則綸綍進奏，宣達莊嚴，歌詠咨嗟，感動神鬼，豈只五色之紅紫，六經之鼓吹而已哉！故徐、庾氏代不乏人，無論諸家試評著者。"一坏"、"六尺"，讀者汗顏；"秋水"、"落霞"，觀者動色。或改容於推誠任數之疏，或閣筆於朱耶赤子之聯。饑寒疾病，控告而忌者腐心；漂杵燎原，應聲而爭者結舌。所謂取材于經，叶律以雅，非與四六，又何可少之？大都善相馬者，惟求筋骨；善評文者，惟貴神情。神情内會，而意興各有寄托。其體裁以時易之，要未可概其世代生平也。宋廣平玉性金腸，賦梅花不免婉媚；晏元獻清標澹質，祖西崑止見便儇；王濬仲嗜進納污，持論每超玄致；柳子厚甘諛溺詭，立言輒附經常。如以其文而已，廣平、元獻呫呫漫漫者耳；而濬仲、子厚不庶幾（哉）軒、黄、姬、孔之間乎！故四六誠靡矣，倘能寄駱丞之概，採子安之華，攄敬輿之忠，博盧弼之典，寫子瞻之赤，捷寇豺之鋒，允矣作述無前，孰云四六非古！若夫參造化自然之機，收景物無窮之趣，變而不失其正，亦變風之餘也，則有廣平、元獻在。蓋文猶兵也，奇、正惟吾所用之，其神情固自有所著矣。不然，存葩去實，語怪志詼，或涉説鈴，終成畫餅，雅道傷矣！（卷七）

焦　竑

　　焦竑(1541—1620)字弱侯,號澹園。明應天府江寧(今屬江蘇)人。明代晚期著名思想家、藏書家、古音學家、文獻考據學家,在明代學術史與思想史上有較高地位。萬曆十七年(1589)殿試第一,授翰林修撰。受命撰國史《經籍志》。他祖述陽明心學,反對程朱理學,反對思想僵化,以爲學者應該獨立思考,堅持獨立見解,掃除古人陳腐舊説,開闢全新的思想境界。博極群書,深諳典章,卓然爲古文名家。著作甚富,有《澹園集》、《遜國忠臣録》、《國朝獻徵録》、《熙朝名臣實録》、《老子翼》、《莊子翼》等。

　　本書資料據四庫全書本賀復徵《文章辨體彙選》。

與友人論文(節録)

　　漢世蒯通、隋何、酈生、陸賈,游説之文也,而宗戰國;晁錯、賈誼,經濟之文也,而宗申、韓、管、晏;司馬相如、東方朔、吾丘壽王,譎諫之文也,而宗《楚詞》;董仲舒、匡衡、揚雄、劉向,説理之文也,而宗六經;司馬遷、班固、荀悦,紀載之文也,而宗《春秋》、《左氏》。其詞與法可謂盛矣,而華實相副,猶爲近古,至於今稱焉。唐之文實不勝法,宋之文法不勝詞,蓋去古遠矣,而總之實未漸盡也。(卷二百四十六)

蘇　濬

　　蘇濬(1542—1599)字君禹,號紫溪。明晉江蘇厝(今福建晉江)人。萬曆元年(1573)中解元,五年舉會魁。明代後期理學家。爲官公正廉潔,主持修撰《廣西通志》,人稱信史。著有《易經兒説》、《四書兒説》、《韋編微言》等。卒,郡人請建特祠奉祀,與蔡清、陳琛並列。

　　本書資料據四庫全書本《明文海》。

《詞致録》序(節録)

　　四六非古也,自六朝始也。古之文圓,而四六則變而方矣。夫圓之不能不方也,勢也。試觀大塊之間,流動委宛,莫之端倪。然層巒互峙,奇葩相映,未嘗不井然分,森然列也。噫,氣相觸衆竅爲虚,然截而和之,未始不别雌雄而諧律吕也。故文者,以

336

象形也，以諧聲也。圓而能方，方而復歸於圓，此文之精也。初唐之瑰麗也，沿六朝之餘也。然其類諸，其事核，如大將軍擊刁斗，雖衆不譁也。迨昌黎氏、柳州氏破觚削方，絺繡之章變而爾雅，靡曼之音變而平淡。説者謂唐文三變，至韓、柳而極，良足多者。宋興，而廬陵、眉山諸公一洗西崑之習，而力振之。絶纖巧，杅真愫，意若貫珠，而詞若束帛。故稱四六者，必以宋爲工；非求工也，不蘄工而自工，乃工之至也。邇來操觚之士，爭以絺繪博世資。然有意求工，亦反以工而失之。當其藻思綺合，繁詞縟説，馳神於月露之態，刻意於丹青之章，豈不斌斌灑灑，充耳溢目。然剪綵刻木，非化工之餙；繁聲急響，非大雅之風。騷人墨客之緒言，非廟堂對揚之耿論。欲以象形而諧聲也，不亦相左失當耶！（卷二百四十八）

王驥德

王驥德(? —1623)字伯良，一字伯驥，號方諸生，別署秦樓外史。明會稽（今浙江紹興）人。明代戲曲家、曲論家。徐渭弟子。曾著雜劇五種，今存《男王后》；傳奇戲曲四種，今存《題紅記》。另著有《方諸館集》、《南詞正韻》、《方諸館樂府二卷》、《曲律》等，編有《古雜劇》二十卷。其《曲律》在中國古典戲曲理論中佔有重要地位，全書四卷，論述南北曲源流及不同風格，調名、宮調的來源，曲詞特點及作法，點評元明戲曲作家作品，對南北曲的創作進行分門別類的論述，探討傳奇章法、句法、字法等，頗有創見。

本書資料據中國戲劇出版社 1959 年《中國古典戲曲論著集成》本《曲律》、《古本戲曲叢刊》四集影印王驥德輯《古雜劇》。

《曲律》自序

曲何以言律也？以律譜音，六樂之成文不亂；以律繩曲，七均之從調不奸。方伶倫吹竹之初，迨後夔拊石之始，爲聲僅五，爲律僅十有二，何約也！至《房中》肇於唐山，《水尺》奏於寶常，於是布法益密，演數愈繁，調至八十有四，律至百四十有四，聲至一千有八，其變不勝窮焉。變極必反之元，數窮必趨於約，於是唐之孝孫、宋之劉几以暨完顏之金、蒙古之元漸省之，以止於六宮十一調。是六宮十一調者，第語被弦應索之詞，非概宮懸廟假之奏也。然《康衢》之歌，興自野老，《關雎》之詠，采之《國風》，不曰“今之曲即古之樂”哉。粵自北詞變爲南曲，易忼慨爲風流，更雄勁爲柔曼，所謂“地氣自北而南”，亦云“人聲龤健而順”。吹萬之衡，握之造化；狃主之執，成之賢豪。惟是元周高安氏有《中原音韻》之創，明涵虛子有《太和詞譜》之編，北士恃爲指南，北詞稟爲令甲，厥功偉矣。至於南曲，鵝鸛之陳久廢，刁斗之設不閑。綵筆如林，儘是嗚嗚之調；紅牙迭響，只爲靡靡之音。俾太古之典刑，斬於一旦；舊法之澌滅，恨在千秋。猥當齠齔之年，輒有絲肉之嗜。蕭齋讀罷，或辨吹緹；芸館文閒，時供擊節。浸淫歲月，稍竊涓埃，詎敢謂葤勛之多諧，庶幾徼周郎之一顧。友人孫比部夙傳家學，同舍鬱藍生蚤擅慧腸，並工《風》、《雅》之脩，兼妙聲律之度。填箎謬合，臭味略同。日于坐間，舉白譚詞，明星錯於尊俎；抽黃指疢，清吹發於櫺楹。曰："與其秘爲帳中，毋寧公之海內。曷其制律，用作懸書。"余且抱痾，遂疎握槧。既屢折簡，亟趨報成，余迺左持藥椀，右驅管城，日疏數行，積盈卷帙。布之小史，輒自爲嘲："今之爲詞曲者，上無犴狴之懸，下鮮棘木之聽，解發而往，脫衒以快，游於葛天之涂，適於華胥之圃久矣，奈何一旦閑之科條，束之鉗釱，俾高者駕言爲小乘之縛，卑者賈辭爲拘士之譚，夫有不披卷而姍，絕影而走者哉？"嗟呼！創法貴嚴，沿流多竄。畫象之後，不啻三千；罣網於今，迺至七八。以是知畫一非苛，深文猶晚。宇壤寥廓，寧乏蜀鐘相應之大賢？蘭茝薰蒸，倘値《高山》爲賞之同調。人持三尺，家作五申，還其古初，起茲流靡。不將引商刻羽，獨雄寡和之場；《渌水》、《玄雲》，仍作《大雅》之覩哉。客曰："子言誠辯，抑爲道殊卑，如壯夫羞稱，小技可唾何？"余謝："否，否，駒隙易馳，河清難俟。世路莽蕩，英雄逗遛，吾藉以消吾壯心；酒後擊缶，鐙下缺壺，若不自知其爲過也。"萬曆庚戌冬長至後四日，琅邪方諸生書于朱鷺齋。（《曲律》卷首）

論曲源第一

曲，樂之支也。自《康衢》、《擊壤》、《黃澤》、《白雲》以降，於是《越人》、《易水》、《大風》、《瓠子》之歌繼作，聲漸靡矣。"樂府"之名，昉於西漢，其屬有"鼓吹"、"橫吹"、"相和"、"清商"、"雜調"諸曲。六代沿其聲調，稍加藻豔，於今曲略近。入唐而以絶句爲曲，如《清平》、《鬱輪》、《涼州》、《水調》之類；然不盡其變，而於是始創爲《憶秦娥》、《菩薩蠻》等曲，蓋太白、飛卿輩，實其作俑。入宋而詞始大振，署曰"詩餘"，於今曲益近，周待制、柳屯田其最也；然單詞隻韻，歌止一闋，又不盡其變。而金章宗時，漸更爲北詞，如世所傳董解元《西廂記》者，其聲猶未純也。入元而益漫衍其製，櫛調比聲，北曲遂擅盛一代；顧未免滯於絃索，且多染胡語，其聲近噍以殺，南人不習也。迨季世入我明，又變而爲南曲，婉麗嫵媚，一唱三嘆，於是美善兼至，極聲調之致。始猶南北畫地相角，邇年以來，燕、趙之歌童、舞女，咸棄其捍撥，盡效南聲，而北詞幾廢。何元朗謂："更數世後，北曲必且失傳。"宇宙氣數，於此可覘。至北之濫流而爲《粉紅蓮》、《銀紐絲》、《打棗竿》，南之濫流而爲吳之"山歌"、越之"採茶"諸小曲，不啻《鄭》聲，然各有其致。繇兹而往,吾不知其所終矣。

總論南北曲第二

　　曲之有南、北,非始今日也。關西胡鴻臚侍《珍珠船》(其所著書名)引劉勰《文心雕龍》,謂:塗山歌於"候人",始爲南音;《有娀》謠於"飛燕",始爲北聲。及夏甲爲東,殷整爲西。古四方皆有音,而今歌曲但統爲南、北。如《擊壤》、《康衢》、《卿雲》、《南風》,《詩》之二《南》,漢之樂府,下逮關、鄭、白、馬之撰,詞有《雅》、《鄭》,皆北音也;《孺子》、《接輿》、《越人》、《紫玉》、吳歈、楚豔,以及今之戲文,皆南音也。豫章左克明《古樂府》載:晉馬南渡,音樂散亡,僅存江南吳歌,荆、楚西聲。自陳及隋,皆以《子夜》、《歡聞》、《前溪》、《阿子》等曲屬吳,以《石城》、《烏棲》、《估客》、《莫愁》等曲屬西。蓋吳音故統東南,而西曲則後之,人概目爲北音矣。以辭而論,則宋胡翰所謂:晉之東,其辭變爲南、北;南音多豔曲,北俗雜胡戎。以地而論,則吳萊氏所謂:晉、宋、六代以降,南朝之樂,多用吳音;北國之樂,僅襲夷虜。以聲而論,則關中康德涵所謂:南詞主激越,其變也爲流麗;北曲主忼慨,其變也爲朴實。惟朴實故聲有矩度而難借,惟流麗故唱得宛轉而易調。吳郡王元美謂:南、北二曲,譬之同一師承,而頓、漸分教;俱爲國臣,而文、武異科。北主勁切雄麗,南主清峭柔遠。北字多而調促,促處見筋;南字少而調緩,緩處見眼。北辭情少而聲情多,南聲情少而辭情多。北力在絃,南力在板。北宜和歌,南宜獨奏。北氣易粗,南氣易弱。此其大較。康北人,故差易南調,似不如王論爲確;然陰陽、平仄之用,南、北故絕不同,詳見後説。(北曲,《中原音韻》論最詳備。此後多論南曲。)

論調名第三

　　曲之調名,今俗曰"牌名",始於漢之《朱鷺》、《石流》、《艾如張》、《巫山高》,梁、陳之《折楊柳》、《梅花落》、《雞鳴高樹巔》、《玉樹後庭花》等篇,於是詞而爲《金荃》、《蘭畹》、《花間》、《草堂》諸調,曲而爲金、元劇戲諸調。北調載天台陶九成《輟耕録》及國朝涵虛子《太和正音譜》,南調載昆陵蔣維忠(名孝。嘉靖中進士)《南九宮十三調詞譜》,今吳江詞隱先生(姓沈,名璟。萬曆中進士)又釐正而增益之者,諸書臚列甚備。然詞之與曲,實分兩途。間有采入南、北二曲者:北則於金而小令如《醉落魄》、《點絳唇》類,長調如《滿江紅》、《沁園春》類,皆仍其調而易其聲,於元而小令如《青玉案》、《搗練子》類,長調如《瑞鶴仙》、《賀新郎》、《滿庭芳》、《念奴嬌》類,或稍易字句,或止用其名而盡變其調;南則小令如《卜算子》、《生查子》、《憶秦娥》、《臨江仙》類,長調如《鵲橋仙》、《喜遷鶯》、《稱人心》、《意難忘》類,止用作引曲,過曲如《八聲甘州》、《桂枝香》類,亦止用其名而盡變其調。至南之於北,則如金《玉抱肚》、《豆葉黃》、《剔銀燈》、《繡帶兒》類,如元《普天樂》、《石榴花》、《醉太平》、《節節高》類,名同而調與聲皆絕不同。其名則自宋之詩餘,及金之變宋而爲曲,元又變金而一爲北曲,一爲南曲,皆各立一種名色,視古樂府,不知更幾滄桑矣。(以下專論南曲)其義則有取古人詩詞句中語而名者,如《滿庭芳》則取吳融“滿庭芳草易黃昏”,《點絳唇》則取江淹“明珠點絳唇”,《鷓鴣天》則取鄭嵎“家在鷓鴣天”,《西江月》則取衞萬“只今惟有西江月,曾照吳王宮裏人”,《浣溪沙》則取少陵詩意,《青玉案》則取《四愁》詩語,《粉蝶兒》則取毛澤民“粉蝶兒共花同活”,《人月圓》則用王晉卿“年年此夜,華燈盛照,人月圓時”之類。有以地而名者,如《梁州序》、《八聲甘州》、《伊州令》之類。有以音節而名者,如《步步嬌》、《急板令》、《節節高》、《滴溜子》、《雙聲子》之類。其他無所取義,或以時序,或以人物,或以花鳥,或以寄托,或偶觸所見而名者,紛錯不可勝紀。而又有雜犯諸調而名者,如兩調合成而爲《錦堂月》,三調合成而爲《醉羅歌》,四五調合而成而爲《金絡索》,四五調全調連用而爲《雁魚錦》;或明曰《二犯江兒水》、《四犯黃鶯兒》、《六犯清音》、《七犯玉瓔瓏》;又有八犯而爲《八寶粧》,九犯而爲《九疑山》,十犯而爲《十樣錦》,十二犯而爲《十二紅》,十六犯而爲《一秤金》,三十犯而爲《三十腔》類。又有取字義而二三調合爲一調,如《皁袍罩黃鶯》、《鶯集御林春》類;有每調只取一字,合爲一調,如《醉歸花月渡》、《浣沙劉月蓮》類。(見《新譜》詞隱自製)又有一調,分屬二宮,而聲各不同,如《小桃紅》一在正宮,一在越調;《紅芍藥》一在南呂宮,一在中呂宮類。有一調二名,如《素帶兒》又名《白練序》,《黃鶯兒》又名《金衣公子》類;有初本一調,後各傳而致句字增減不同,如《普天樂》、《錦纏道》類;有古體無考,俗傳增減句字,至繁聲過多,不可遵守,如《越恁好》、《雌雄畫眉》類;有其調存而宮調無可考,如《三仙橋》、《勝如花》類;有調名傳訛,字義不通,無可考正,如《奉時春》、《十破四》類;有其名存而本調無可考,如《小秀才》、《大夫娘》類;有其名存而腔久不傳,如《四塊金》、《嬌鶯兒》類;有二調句字相似,無可分別,如《青衲襖》、《紅衲襖》類;有各宮調有《賺》,而僅存一二,餘無可考類;有字面差訛,致失本意,如《生查子》,查,古槎字,用張騫乘槎事;《玉抱肚》,唐人呼帶爲抱肚,宋真宗賜王安石有玉抱肚,今訛爲《玉胞肚》類。《醉公子》,唐人以詠公子,今訛爲《醉翁子》;《朝天紫》,本牡丹名,見陸游《牡丹譜》,今訛爲《朝天子》類。至古有所謂《纏令》、《入破》、《出破》之類,則按沈括《筆談》謂:“古樂府皆有聲有詞,連屬書之,如曰‘賀賀賀’、‘何何何’之類,皆和聲也。今絃管纏聲,亦其遺法。”則董解元古《西廂記》中所謂《醉落魄纏令》、《點絳唇纏令》,正此法,絃索有和聲故也。《明皇雜錄》載:

“天寶中多以邊地名曲，如《涼州》、《甘州》、《伊州》之類，其曲遍繁聲，名‘入破’，後其地皆爲西番破没。”則今曲所謂《入破》、《出破》，蓋以調有繁聲故也。又古曲有“豔”、有“趨”，豔在曲之前，趨在曲之後，楊用脩謂豔在曲前，即今之“引子”；趨在曲後，即今之“尾聲”是也。沈括又言：“曲有犯聲、側聲、正殺、寄殺、偏字、傍字、雙字、半字之法。”《樂典》言：“相應謂之‘犯’，歸宿謂之‘煞’。”今十三調譜中，每調有賺犯、攤犯、二犯、三犯、四犯、五犯、六犯、七犯、賺、道和、傍拍，凡十一則，係六攝，每調皆有因，其法今盡不傳，無可考索，蓋正括所謂“犯聲”以下諸法。然此所謂“犯”，皆以聲言，非如今以此調犯他調之謂也。至有一調名而兩用，以此引曲，即以此爲過曲，如《琵琶記》之《念奴嬌》引曲“楚天過雨”云云，而下過曲“長空萬里”，則省曰《本序》，言本上曲之《念奴嬌》也；《拜月亭》之《惜奴嬌》引曲“禍不單行”云云，而下過曲“自與相別”，亦省曰《本序》；又《夜行船》引曲“六曲闌干”云云，而下過曲“春思懨懨”，亦省曰《本序》，亦言本上之《惜奴嬌》與《夜行船》也。然則《琵琶記》之《祝英臺》、《尾犯》、《高陽臺》三曲，皆以此引，以此過，皆可謂之《本序》。今却不然，而或於“新篁池閣”一曲，則亦署曰《本序》，不知前有《梁州令》引，則此可曰《本序》，今前引係他曲，而亦以《本序》名之，則非也。又登場首曲，北曰“楔子”，南曰“引子”；引子曰“慢詞”，過曲曰“近詞”。曲之第二調，北曰“么”，南曰“前腔”，曰“換頭”。“前腔”者，連用二首，或四、五首，一字不易者也。“換頭”者，換其前曲之頭，而稍增減其字，如《錦堂月》、《念奴嬌序》，則換首句，《鎖南枝》、《二郎神》則並換其腹之第四、第五句，（“人別後”散套，第二調“爭奈話別匆匆，雨散雲收”，與首調“夕陽影裏，見一簇寒蟬衰柳”，下句六字不同）《朝元令》則第一、第二、第三、第四，通調各自全換，只“合前”兩句與首調相同，《梁州序》則至第三、第四調而始換首二句之類是也。煞曲曰“尾聲”，或曰“餘文”，或曰“意不盡”，或曰“十二時”，（以凡尾聲皆十二板，故名）其實一也。爲格句字，稍有不同，當各隨上用宮調；今多混用，非是，詳見後《論尾聲》條中。大略南調之創，稍次北調。《拜月》之作，稍先《琵琶》。今二記調絕不同，《拜月》諸調又絕不見他戲，是知創調之始，當不止如今譜中所載者，特時代久遠，多致湮没，即其存者，而又腔調多不可考，惜哉！又世多以南之《點絳唇》、《粉蝶兒》、《二犯江兒水》作北調唱者，詞隱辯之甚詳，見譜中。然《大迓鼓》之“迓”改作“呀”，《撼亭秋》之“撼”仍誤作“感”，殊未當也。北詞各調，載《輟耕録》、《中原音韻》、《太和正音譜》三書，迄今藉可考見。南詞舊有蔣氏《九宮》、《十三調》二譜，《九宮譜》有詞，《十三調》無詞。詞隱於《九宮譜》參補新調，又並署平仄，考定訛謬，重刻以傳；却削去《十三調》一譜，間取有曲可查者，附入《九宮譜》後。今其書秘不大行，録載於此，以便觀者。

　　《九宮詞譜》共六百八十五章新增及雜調，皆收此譜。內方諸生新製，凡三十三章

仙吕宫曲八十二章十三調詞，另列在後

仙吕引子十六章：

《卜算子》　《番卜算》　《劍器令》　《小蓬萊》　《探春令》　《醉落魄》　《天下樂》
《鵲橋仙》　《金雞叫》　《奉時春》　《紫蘇丸》　《唐多令》　《梅子黃時雨》　《似娘兒》
《望遠行》　《鷓鴣天》

仙吕過曲六十六章：

《光光乍》　《鐵騎兒》　《碧牡丹》　《大齋郎》　《勝葫蘆》　《青歌兒》　《胡女怨》
《五方鬼》　《望梅花》　《上馬踢》　《月兒高》　《二犯月兒高》　《月雲高》　《月照仙》
《月上五更》　《蠻江令》　《凉草蟲》　《蠟梅花》　《撼亭秋》　《望吾鄉》　《喜還京》
《美中美》　《油核桃》　《木丫牙》　《長拍》　《短拍》　《醉扶歸》　《皂羅袍》　《皂羅
罩黃鶯》　《醉羅袍》　《醉羅歌》　《醉花雲》　《醉歸花月渡》　《羅袍歌》　《雨調排
歌》　《三疊排歌》　《傍妝臺》　《二犯傍妝臺》　《八聲甘州》　《甘州解醒》　《甘州
歌》　《十五郎》　《一盆花》　《桂枝香》　《二犯桂枝香》　《天香滿羅袖》　《河傳序》
《拗芝麻》　《一封書》　《一封歌》　《一封羅》　《安樂神犯》　《香歸羅袖》　《解三醒》
《解醒帶甘州》　《解醒歌》　《解袍歌》　《解醒望鄉》　《掉角兒序》　《掉角望鄉》
《番鼓兒》　《惜黃花》　《西河柳》　《春從天上來》　《古皂羅袍》　《甘州八犯》

仙吕調慢詞五章此係十三調譜，不列前九宮譜內，後同，共六十二章：

《河傳》　《聲聲慢》　《八聲甘州》　《杜韋娘》　《桂枝香》

仙吕調近詞五章：

《賺》　《薄媚賺》　《天下樂》　《三囑付》　《喜還京》

羽調近詞八章：

《金鳳釵》　《四時花》　《四季花》　《勝如花》　《慶時豐》　《馬鞍兒》　《浪淘沙》
《歸仙洞》

正宫曲六十二章

正宫引子十章：

《燕歸梁》　《七娘子》　《梁州令》　《破陣子》　《齊天樂》　《破齊陣》　《瑞鶴仙》
《喜遷鶯》　《縋山月》　《新荷葉》

正宫過曲五十二章：

《玉芙蓉》　《刷子序》　《刷子帶芙蓉》　《錦纏道》　《朱奴兒》　《朱奴插芙蓉》
《朱奴剔銀燈》　《朱奴帶錦纏》　《普天樂》　《普天帶芙蓉》　《普天樂犯》　《錦芙蓉》
《芙蓉紅》　《錦庭樂》　《錦庭芳》　《錦纏落》　《雁過聲》　《風淘沙》　《四邊靜》

《福馬郎》《小桃紅》與越調不同　《綠襴衫》《三字令》《一撮棹》《三字令過十二橋》《陽關三疊》《泣秦娥》《傾杯序》《傾杯賞芙蓉》《長生道引》《彩旗兒》《滿江紅急》《白練序》《醉太平》《雙鸂鶒》《洞仙歌》《雁漁錦》《山漁燈》《三漁燈犯》《雁過沙》《雁來紅》《沙雁揀南枝》《金殿喜重重》《花藥欄》《賺》《怕春歸》《春歸犯》《薔薇花》《醜奴兒近》《黃鐘賺》《普天唱朱奴》《錦芙蓉》已上二調，方諸生新製

正宮調慢詞二章十三調：

《安公子》《長生到引》

正宮調近詞二章：

《劃秋令》《湘浦雲》

大石調曲十三章

大石引子五章：

《東風第一枝》《碧玉令》《少年游》《念奴嬌》《燭影搖紅》

大石過曲八章：

《沙塞子》《本宮賺》《沙塞子急》《念奴嬌序》《催拍》《賽觀音》《人月圓》《長壽仙》

大石調慢詞三章十三調：

《驀山溪》《烏夜啼》《醜奴兒》

大石調近詞一章：

《插花三臺》

中呂宮曲六十二章

中呂引子十二章：

《粉蝶兒》《四園春》《思園春》《醉中歸》《滿庭芳》《行香子》《菊花新》《青玉案》《尾犯》《遶紅樓》《剔銀燈引》《金菊對芙蓉》

中呂過曲五十章：

《泣顏回》《好事近》《石榴花》《榴花泣》《駐馬聽》《馬蹄花》《駐馬泣》《番馬舞秋風》《駐馬摘金桃》《駐雲飛》《古輪臺》《撲燈蛾》《念佛子》《大和佛》《鵲打兔》《大影戲》《兩休休》《好孩兒》《粉孩兒》《紅芍藥》與南呂不同　《耍孩兒》《會和陽》《縷縷金》《越恁好》《漁家傲》《剔銀燈》《攤破地錦花》《麻婆子》《尾犯序》《尾犯芙蓉》《丹鳳吟》《十破四》《水車歌》《永

團圓》《耍鮑老》《瓦盆兒》《喜漁燈》《漁家燈》《石榴掛漁燈》《雁過燈》《荼蘼香傍拍》《舞霓裳》《山花子》《千秋歲》《紅繡鞋》《添字紅繡鞋》《馱環著》《合生》《風蟬兒》《倚馬待風雲》

中呂宮調慢詞四章十三調：

《醉春風》《賀聖朝》《沁園春》《柳梢青》

中呂調近詞七章：

《迎仙客》《杵歌》《阿好悶》《呼喚子》《太平令》《德勝令》《宮娥泣》

般涉調慢詞一章：

《哨遍》

南呂宮曲一百十八章

南呂引子二十五章：

《大勝樂》《金蓮子》《戀芳春》《女冠子》《臨江仙》《女臨江》《一剪梅》《臨江梅》《一枝花》《折腰一枝花》《薄媚》《虞美人》《意難忘》《稱人心》《三登樂》《轉山子》《薄幸》《生查子》《哭相思》《于飛樂》《步蟾宮》《滿江紅》《上林春》《滿園春》《挂真兒》

南呂過曲九十三章：

《梁州序》《梁州新郎》《賀新郎》《賀新郎袞》《纏枝花》《節節高》《大勝樂》《奈子花》《奈子落瑣窗》《奈子宜春》《青衲襖》《紅衲襖》《一江風》《單調風雲會》《梅花塘》《香柳娘》《女冠子》《孤飛雁》《石竹花》《解連環》《風檢才》《呼喚子》《大迓鼓》《引駕行》《薄媚袞》《竹馬兒》《番竹馬》《繡帶兒》《繡太平》《繡帶宜春》《宜春樂》《太師引》《醉太平》《太師垂繡帶》《瑣窗寒》《瑣窗郎》《阮郎歸》《繡衣郎》《宜春令》《三學士》《學士解醒》《刮鼓令》《羅鼓令》《癡冤家》《金蓮子》《金蓮帶東甌》《香羅帶》《羅帶兒》《二犯香羅帶》《羅江怨》《五樣錦》《三換頭》《香遍滿》《懶畫眉》《浣溪沙》《秋夜月》《東甌令》《劉潑帽》《潑帽落東甌》《金錢花》《五更轉》《五更轉犯》《二犯五更轉》《劉袞》《紅衫兒》《本宮賺》《梁州賺》《紅芍藥》《古針綫箱》《針綫箱》《滿園春》《八寶妝》《九疑山》《春瑣窗》《浣沙劉月蓮》《梁溪劉大香》《繡帶引》《懶針綫》《醉宜春》《瑣窗繡》《大節高》《東甌蓮》《浣溪樂》《春太平》《宜春樂》《太師帶》《學士解醒》《潑帽令》《宜春引》《針綫窗》《奈子樂》《秋夜令》《浣溪蓮》已上九調，方諸生新製

南呂調慢詞三章十三調：

《賀新郎》《木蘭花》《烏夜啼》

南呂調近詞四章：

《賺》《春色滿皇州》《搗白練》《恨蕭郎》

黄鐘宮曲五十二章

黄鐘引子十章：

《絳都春》《疎影》《瑞雲濃》《女冠子》《點絳唇》《傳言玉女》《玉女步瑞雲》《酼仙燈》《西地錦》《玉漏遲》

黄鐘過曲四十二章：

《絳都春序》《出隊子》《鬧樊樓》《下小樓》《耍鮑老》《畫眉序》《畫眉上海棠》《畫眉姐姐》《滴滴金》《滴溜子》《出隊滴溜子》《神仗兒》《滴溜神仗》《鮑老催》《雙聲子》《雙聲滴》《啄木兒》《啄木鸝》《啄木叫畫眉》《三段子》《三段催》《歸朝歌》《水仙子》《刮地風》《春雲怨》《三春柳》《降黄龍》《黄龍醉太平》《黄龍捧燈月》《黄龍袞》《獅子序》《太平歌》《賞宮花》《玉漏遲序》《玉絳畫眉序》《恨蕭郎》《燈月交輝》《恨更長》《侍香金童》《傳言玉女》《月裏嫦娥》《天仙子》

越調曲五十二章

越調引子七章：

《浪淘沙》《霜天曉角》《金蕉葉》《霜蕉葉》《杏花天》《祝英臺近》《桃柳爭春》

越調過曲四十五章：

《小桃紅》《下山虎》《山桃紅》《蠻牌令》《山虎嵌蠻牌》《二犯排歌》《五般宜》《本宮賺》《鬪蛤蟆》《五韻美》《羅帳裏坐》《江頭送別》《章臺柳》《醉娘子》《雁過南樓》《山麻稭》《花兒》《鏵鍬兒》《繫人心》《道和》《包子令》《梅花酒》《亭前柳》《亭前送別》《一疋布》《撲頭錢》《梨花兒》《水底魚兒》《吒精令》《引軍旗》《丞相賢》《趙皮鞋》《禿廝兒》《喬八分》《繡停針》《祝英臺》《望歌兒》《鬪寶蟾》《蠻牌嵌寶蟾》《憶多嬌》《鬪黑麻》《憶花兒》《憶鶯兒》《江神子》《園林杵歌》

越調慢詞一章十三調：

《養花天》

越調近詞四章：

《入賺》《綿搭絮》《入破》《出破》

商調曲六十九章

商調引子九章：

《鳳凰閣》《風馬兒》《高陽臺》《憶秦娥》《逍遥樂》《遠池遊》《三台令》《二郎神慢》《十二時》

商調過曲六十章：

《字字錦》《滿園春》《高陽臺》《山坡羊》《山羊轉五更》《水紅花》《水紅花犯》《梧葉兒》《梧蓼弄金風》《梧蓼金羅》《梧桐花》《金梧桐》《金梧繫山羊》《金絡索》《金甌綫解醒》《梧桐樹》《梧桐樹犯》《梧桐半折芙蓉花》《喜梧桐》《擊梧桐》《二郎神》《二賢賓》《二鶯兒》《二犯二郎神》《集賢賓》《集賢聽畫眉》《集鶯兒》《集賢聽黃鶯》《鶯啼序》《鶯啼春色中》《黃鶯兒》《黃鶯學畫眉》《四犯黃鶯兒》《鶯花皂》《黃鶯穿皂袍》《黃鶯帶一封》《囀林鶯》《簇御林》《攤破簇御林》《簇袍鶯》《鶯集御林春》《鶯鶯兒》《琥珀貓兒墜》《貓兒出隊》《貓兒墜玉枝》《貓兒墜桐花》《五團花》《吳小四》《三臺令》《半面二郎神》《攤破集賢賓》《鶯斷鶯啼序》《歇拍黃鶯兒》《減字簇御林》《偷聲貓兒墜》《紅葉襯紅花》《梧葉墜羅袍》《黃鶯逐山羊》《貓兒入御林》《貓兒逐黃鶯》以上十一調，方諸生新製

商調慢詞五章十三調：

《集賢賓》《永遇樂》《熙州三臺》《解連環》《秋夜雨》

商調近詞一章：

《漁父第一》

商黃調詞五章方諸生新制：

《二郎試畫眉》《集賢觀黃龍》《啼鶯捎啄木》《貓兒戲獅子》《御林轉隊子》

小石調近詞一章：

《驟雨打新荷》

雙調曲三十二章

雙調引子二十一章：

《真珠簾》《真珠馬》《花心動》《謁金門》《惜奴嬌》《寶鼎硯》《金瓏璁》《搗練子》《胡搗練》《風入松慢》《海棠春》《夜行船》《夜遊船》《四國朝》《玉井蓮》後　《新水令》《五供養》《賀聖朝》《秋蕊香》《船入荷花蓮》《梅

346

花引》

雙調過曲十一章：

《畫錦堂》《紅林檎》《錦堂月》《醉公子》《僥僥令》《醉僥僥》《孝順歌》《鎖南枝》《二犯孝順歌》《孝南枝》《孝順兒》

仙呂入雙調過曲九十七章：

《桂花遍南技》《柳搖金》《柳搖金犯》《四塊金》《淘金令》《金風曲》《五馬江兒水》《江頭金桂》《二犯江兒水》《金犯令》《月上海棠》《海棠醉春風》《姐姐插海棠》《玉枝帶六么》《撥棹入江水》《園林帶僥僥》《三月海棠》《攤破金字令》《夜雨打梧桐》《金水令》《朝天歌》《嬌鶯兒》《朝元令》《風雲會四朝元》《柳梢青》《古江兒水》《銷金帳》《錦法經》《灞陵橋》《疊字錦》《山東劉衰》《雌雄畫眉》《夜行船序》《曉行序》《黑蟆序》《惜奴嬌》《錦衣香》《漿水令》《嘉慶子》《尹令》《品令》《豆葉黃》《川豆葉》《六么令》《六么梧葉》《六么姐兒》《二犯六么令》《福青歌》《窣地錦襠》《哭岐婆》《雙勸酒》《字字雙》《三捧鼓》《破金歌》《柳絮飛》《普賢歌》《雁兒舞》《打球場》《倒拖船》《風入松》《風送嬌音》《好姐姐》《姐姐帶僥僥》《金娥神曲》《桃紅菊》《一機錦》《錦上花》《步步嬌》《忒忒令》《沈醉東風》《沉醉海棠》《園林好》《園林沉醉》《江兒水》《江兒撥棹》《五供養》《五供養犯》《五枝供》《二犯五供養》《玉交枝》《玉抱肚》《玉抱交》《玉山供》《玉雁子》《川撥棹》《絮婆婆》《元卜算》《十二嬌》《玉劗子》《流拍》《松下樂》《步步入江水》《江水遠園林》《園林見姐姐》《姐姐插嬌枝》《嬌枝催撥棹》《玉蘭花》以上六調，方諸生新製

雙調慢詞二章十三調：

《紅林檎》《泛蘭舟》

雙調近詞三章：

《兩蝴蝶》《賽紅娘》《武陵花》

附錄不知宮調及犯各調曲四十六章

附錄引子八章：

《宴蟠桃》《三疊引》《甲馬引》《牧犢歌》《帝臺春》《西河柳》《接雲雁》《顆顆珠》

附錄過曲三十八章：

《燒夜香》《犯胡兵》《三仙橋》《風帖兒》《柳穿魚》《四換頭》《恁麻郎》

《貨郎兒》《十棒鼓》《小引》《望妝臺》《攪群羊》《七賢過關》《多嬌面》
《二犯朝天子》《水唐歌》《川鮑老》《清商七犯》《鶴翀天》《鵝鴨滿渡船》
《赤馬兒》《拗芝麻》《一秤金》《憾動山》《中都俏》《駿甲馬》《滿院榴花》
《紅葉兒》《小措大》《桃花紅》《步金蓮》《疎影》《六犯清音》《七犯玲瓏》
《薄媚曲破》《三十腔》《九回腸》《巫山十二峰》

右合九宮十三調曲,共七百四十七章。

蔣氏舊譜序云:《九宮》、《十三譜》二譜,得之陳氏白氏,僅有其目,而無其辭。蔣爲輯古戲及散曲,合數
十家,每調各譜一曲。迨詞隱又增補新調之未收者,並署平仄音律,以廣其傳,益稱大備。蔣,昆陵人,名
孝。登嘉靖甲辰進士。蓋好古博雅士也。其書世多不傳,恐久而遂泯其人,略志所自。

詞隱校定新譜,較蔣氏舊譜,大約增益十之二三;即《十三調》諸曲,有爲世所通用
者,亦間采並列其中矣。舊譜今既不傳,世將不復能睹《十三調》諸曲名目,爲別錄一
過,以寄存餼羊之意。是譜,蔣氏元不譜曲,似不易悉爲搜輯,世遠樂亡,陵夷漸爾,
惜哉!

《十三調南曲音節譜》

仙呂與羽調互用。出入道宮、高平、南呂。俱無詞。

《賺犯》《攤破》《二犯》《三犯》《四犯》《五犯》《六犯》《七犯》《賺》
《道和》《傍拍》

已上十一則,係六攝,每調皆有因。

《河傳》《小蓬萊》《聲聲慢》《鵲橋仙》《點絳唇》《薄幸》《聚八仙》
《天下樂》《八聲甘州》《轉山子》亦在南呂 《杜韋娘》 《大勝樂慢》亦在南呂、道宮
《臨江仙》亦在南呂 《疎簾淡月》即《桂枝香》,亦在羽調

已上俱係慢詞。

《賺》一名《惜花賺》,與《婆羅門薄媚賺》同 《八聲甘州》亦在道宮 《天下樂》亦在中呂
《勝葫蘆》即《大河蟹》,亦在羽 《青歌》《三祝付》《六么序》一作《六么令》《醉扶歸》亦
在羽 《大迓鼓》即《村裏迓鼓》,亦在羽 《光光乍》《聚八仙近》《三學士》《美中美》亦
在越調、小石 《針綫箱》亦在南呂、道宮 《大勝樂》亦在南呂、道宮 《油核桃》《木丫叉》
《解三酲》亦在南呂、道宮 《告雁兒》《人月圓》亦在南呂 《拗芝麻》亦在道宮 《喜還京》
與高平、雙調出入

已上俱係近詞。

羽調

六攝十一則,見前仙呂調下。

《燕歸梁》即《風馬兒》,與越調不同 《醉落魄》《望遠行》 《桂枝香》即《疎簾淡月》,亦

在仙吕　《金蓮子》《小蓬萊》亦在仙吕

　　已上俱係慢詞。

　　《賺》名《本調賺》　《一封書》即《秋江送別》　《金鳳釵》即《四時花》　《撼亭秋》　《排歌》　《桂枝香》即《月中花》　《一盆花》　《馬鞍兒》　《浪淘沙》即《賣花聲》　《惜黃花》《櫻桃花》亦在雙調　《皂羅袍》　《錢撍兒》　《樂安神》　《掉角兒序》　《大迓鼓》即《村裏迓鼓》,亦在南吕　《道和排歌》　《傍妝臺》　《望吾鄉》　《慶時豐》　《醉扶歸》亦在仙吕　《勝葫蘆》即《大河蟹》,亦在仙吕　《刮鼓令》　《玉抱肚》亦在雙調　《耍鮑老》即《永團圓》,亦在黃鐘

　　已上俱係近詞。

　　黃鐘與商調、羽調出入

　　六攝十一則,見前仙吕調下。

　　《喜遷鶯》亦在南吕　《瑞雲濃》　《傳言玉女》即《步虛聲》　《女冠子》即《雙鳳翹》,與道宮、般涉不同　《快活年》　《絳都春慢》　《巫山十二峰》　《生查子》亦在雙調　《疎影》《探春令》

　　已上俱係慢詞。

　　《賺》名《連枝賺》　《出隊子》在大石、正宮謂之《風淘沙》,俱字同、句同,音調不同　《刮地風》在正宮、中吕謂之《綠欄踢》,惟雙調及此名《刮地風》,出入　《神仗兒》　《啄木兒》　《滴滴金》《鮑老催》亦在仙吕　《歸朝歡》　《降黃龍》　《黃龍袞》　《胡女怨》　《玉漏遲》　《三段子》　《宜春令》　《賞宮花》　《賞宮花序》　《太平令》亦在道宮　《連理枝》　《排遍第五》餘在徵調,無考　《天下同》　《燈月交輝》　《畫眉序》　《絳都春近》有二樣　《鬧樊樓》　《玉翼蟬》　《下小樓》　《滴溜子》商調名《鬭雙雞》　《耍鮑老》一名《永團圓》,亦在羽《雙聲疊韻》　《團圓旋》　《古水仙子》

　　已上俱係近詞。

　　商調與仙吕、羽調、黃鍾皆出入

　　六攝十一則,見前仙吕調下。

　　《集賢賓》《逍遙樂》　《永遇樂》　《二郎神》　《伊州三臺》　《解連環》　《高陽臺》即《慶青春慢》　《鳳凰閣》　《遠池遊》　《十二時》　《三登樂》

　　已上俱係慢詞。

　　《賺》名《二郎賺》　《集賢賓》　《黃鶯兒》　《鶯啼序》　《二郎神近》　《高陽臺近》即《慶青春序》　《山坡羊》　《水紅花》一名《折紅蓮》　《簇御林》有二樣　《梧葉兒》一名《知秋令》《琥珀貓兒墜》　《鬭雙雞》即《滴溜子》,亦在黃鐘　《漁父第一》　《刮地風》亦在黃鐘　《金字令》即《淘金令》,亦在雙調

已上俱係近詞。

商黃調

此係合犯，乃商調、黃鍾各半隻，或各一隻合成者，皆是也。但不許黃鍾居商調之前；曲無前高後低之理，古人無此式也。

正宮調與大石、中呂出入

六攝十一則，見前仙呂調下。

《梁州令》《尾犯慢》《安公子》《齊天樂》《緱山月》《粉蝶兒》與中呂音異字同　《滿堂春》亦在大石

　　已上俱係慢詞。

《賺》名《傾杯賺》《梁州令近》即《小梁州》《切切令》《劃鍬兒》與越調不同　《普天樂》與中呂不同　《催拍》亦在大石　《雁過聲》一名《大擺袖》，即《塞鴻秋》《湘浦雲》即《刷子序》《尾犯序》一作“近”《玉芙蓉》《漁家傲》亦在中呂　《丹鳳吟》《朱奴兒》亦在中呂　《長壽仙三臺》《小桃紅》一作《山桃紅》，與越調不同　《傾杯序》《風淘沙》字雖與《綠襴踢》同，調則不同　《梁州第七》亦在南呂、道宮、中呂，又名《梁州小序》，與《小梁州》不同　《四邊靜》亦在中呂，此曲自大石調來，故音高。《刮地風》同，而腔調則不同也　《綠襴踢》此曲自中呂來，故音低。見上《雙鸂鶒》《玉濠寨》《僥僥令》與雙調不同　《福馬郎》亦在大石，本在中呂　《地錦花》亦在中呂　《麻婆子》亦在中呂

　　已上俱係近詞。

大石調與正宮出入

六攝十一則，見前仙呂調下。

《念奴嬌慢》即《百字令》，一名《酹江月》《夜合花》《新荷葉》《金菊對芙蓉》一名《東鳳第一枝》《鷓鴣天》《驀山溪》《燭影搖紅》《滿堂春》亦在正宮　《醜奴兒》《西地錦》

　　已上俱係慢詞。

《賺》名《太平賺》《念奴嬌》即《酹江月》《紅羅襖》《新荷葉近》《金殿喜重重》《小秀才》《還京樂》《伊州令》《西地錦近》《插花三臺》《花壓欄》《怕春歸》《歇滿》一名《煞》《催拍》亦在正宮　《風淘沙》亦在正宮　《福馬郎》《醜奴兒近》《一撮棹》

　　已上俱係近詞。

中呂調與正宮、道宮出入

六攝十一則，見前仙呂調下。

《粉蝶兒》與正宮句同音異　《醉春風》作《醉中天》者，非　《滿庭芳》《賀聖朝》《沁園

春》　《菊花新》　《柳梢青》　《奉時春》　《紫蘇丸》　《破陣子》　《七娘子》

　　已上俱係慢詞。

　　《賺》名《鼓板賺》　《普天樂》與正宮不同　《滾繡球》　《迎仙客》　《天下樂》亦在仙呂　《石榴花》　《泣顏回》即《好事近》，一名《杏壇三操》　《剔銀燈》　《憑欄人》　《紅繡鞋》即《朱履曲》，亦在雙調，名《羊頭靴》　《大環著》　《山花子》　《紅衫兒》與南呂不同　《鮑老催》　《梁州太序》即《梁州第七》，亦在正宮、南呂、道宮　《千秋歲》　《柳梢青》　《錦纏道》亦出入正宮　《大影戲》　《大夫娘》　《喬合笙》　《福馬郎》亦在正宮、大石　《瓦盆兒》　《杵歌》　《粉蝶兒近》　《好孩兒》與《耍孩兒》不同　《紅芍藥》與南呂不同　《阿好悶》　《呼喚子》　《會河陽》有二樣　《舞霓裳》　《和佛兒》　《縷縷金》　《古輪臺》　《荼䕷香》又名《絞茶䕷》　《朱奴兒》亦在正宮　《剪梨花》即《梨花頭》　《番鼓兒》　《耍孩兒》本在般涉　《太平令》與黃鐘不同　《四邊靜》亦在正宮　《三字令》　《麻婆子》亦在正宮　《越恁好》　《撲燈蛾》與雙調不同　《鵲打兔》　《綠襴踢》亦在正宮　《兩休休》　《漁家傲》亦在正宮

　　已上俱係近詞。

　　般涉調與中呂出入。無曲

　　六攝十一則，見前仙呂調下。

　　《哨遍》

　　右係慢詞。

　　《賺》名《賺煞》，即《太平賺》　《耍孩兒》　《女冠子》一名《孤雁飛》。與道宮、黃鐘不同

　　已上俱係近詞。

　　道宮調與南呂、仙呂、高平出入

　　六攝十一則，見前仙呂調下。

　　《女冠子》與黃鐘、般涉不同。一名《蓬萊仙》　《梅子黃時雨》即《黃梅雨》　《應時明》　《四國朝令》　《大勝樂》亦在南呂

　　已上俱係慢詞。

　　《賺》名《漁兒賺》　《八聲甘州》亦在仙呂　《玉山槐》　《魚兒耍》　《太平令》亦在黃鐘　《大勝樂近》亦在仙呂、南呂　《針綫箱》亦在仙呂、南呂　《解三酲》亦在仙呂、南呂　《芳草渡序》　《應時明近》　《解紅》　《謝秋風》　《梁州第七》即《梁州小序》，亦在正宮、南呂、中呂　《黃梅雨近》　《拗芝麻》亦在仙呂

　　已上俱係近詞。

　　南呂調與道宮、仙呂出入

　　六攝十一則，見前仙呂調下。

　　《一枝花》即《滿路花》　《滿江紅》　《卜算子》　《瑤臺月》　《賀新郎慢》　《臨江仙》亦

在仙吕　《喜遷鶯》亦在黃鐘　《憶秦娥》即《秦樓月》　《大勝樂慢》　《戀芳春》亦在道宮　《一剪梅》　《掛真兒》　《稱人心》　《轉山子》亦在仙吕　《薄媚令》　《似娘兒》　《金雞叫》　《胡搗練》　《金蓮子慢》亦在羽調　《唐多令》　《行香子》亦在雙調

　　已上俱係慢詞。

　　《赚》名《婆羅門赚》，又名《薄媚赚》　《梁州第七》即《梁州小序》，與《小梁州》不同。亦在正宮、仙吕、道宮　《浪淘沙》亦在羽調　《牧羊關》　《賀新郎近》　《感皇恩》　《浣沙溪》《草堂詩餘》作《浣溪沙》者，非　《望江南》　《梧桐樹》　《大勝樂近》　《紅芍藥》與中吕不同　《人月圓》　《紅衲襖》　《青衲襖》　《香羅帶》　《寄生子》　《洞中仙》即《洞仙歌》　《石竹花》　《春色滿皇州》　《金絡索》　《上馬踢》　《月兒高》即《誤佳期》　《簇仗》　《懶畫眉》　《銷金帳》　《瑣窗寒》作“寒窗”，非　《太師引》　《搗白練》即《搗練子》　《恨蕭郎》　《五更轉》　《香遍滿》　《西河柳》　《獅子序》　《秋夜月》　《劉潑帽》　《東甌令》　《蠻江令》　《望梅花》　《白練序》　《醉太平》　《繡帶兒》即《癡冤家》　《金蓮子》　《香柳娘》亦在雙調　《紅衫兒》與中吕不同　《少不得》　《十五郎》　《奈子花》一名《玉梅花》　《針綫箱》亦在道宮、仙吕　《生薑芽》即《節節高》　《解三酲》亦在道宮、仙吕　《大金錢》即《金錢花》　《吳小四》

　　已上俱係近詞。

　　高平調

　　與諸調皆可出入。其調曲名，皆就引各調曲名合入，不再錄出。其六攝十一則，皆與諸調同。用赚，以取引曲爲血脉而用也。其過割搭頭圓混，自有妙處，試觀“畫眉人遠”、“夢回風遠圍屏”二套可見。

　　越調與小石調、高平調出入

　　六攝十一則，見前仙吕調下。

　　《金蕉葉》　《梅花引》即《江城子》　《夜行船》本在小石　《霜天曉角》　《杏花天》　《枕屏兒》　《風馬兒》與羽調《燕歸梁》不同

　　已上俱係慢詞。

　　《赚》名《竹馬兒赚》　《小桃紅》與正宮不同　《玉簫令》即《玉簫》。亦在雙調　《鬪蝦蟆》　《章臺柳》　《雁過南樓》　《醉娘子》　《鏵鍬兒》　《繡停針》　《下山虎》　《三換頭》　《吒精令》　《繫人心》　《山麻客》即《麻郎兒》　《綿打絮》作《綿搭序》，非　《亭前柳》　《五韻美》　《望歌兒》　《四國朝序》　《蠻牌令》即《四般宜》　《憶多嬌》　《更時令》　《江頭送別》　《羅帳裏坐》　《竹馬兒》　《雁過沙》　《雁兒舞》　《入破》一至九　《出破》一至七　《歇滿》又名《煞》

　　已上俱係近詞。

小石調與越調、雙調出入

六攝十一則，見前仙呂調下。

《花心動》 《夜行船》亦在雙調、越調 《惜奴嬌令》 《風入松慢》亦在雙調 《祝英台慢》

已上俱係慢詞。

《賺》名《蓮花賺》 《風入松近》亦在雙調 《夜行船近》 《惜奴嬌》 《祝英台近》亦在越調 《蝦蟆序》俗訛爲《黑麻序》，一名《闞寶蟾》 《賞佛蓮》 《遍地花影》 《四犯江兒水》與雙調不同 《驟雨打新荷》即《荷葉鋪水面》 《錦衣香》亦在雙調 《漿水令》亦在雙調 《梅花酒》亦在雙調

已上俱係近詞。

雙調中有夾鐘宮俗歌，與小石出入

六攝十一則，見前仙呂調下。

《新水令》 《夜行船》本在小石 《風入松慢》亦在小石，本夾鐘宮 《五供養慢》 《謁金門》 《生查子》亦在黃鐘 《瑞鶴仙》 《海棠令》即《月上海棠慢》 《紅林檎慢》 《寶鼎現》 《珍珠簾》 《泛蘭舟》 《脫銀袍》 《虞美人》 《金瓏璁》 《青玉案》 《行香子》亦在南呂

已上俱係慢詞。

《賺》名《海棠賺》 《駐馬聽》夾鐘宮 《沉醉東風》 《步步嬌》即《潘妃曲》 《金娥神》即《好姐姐》 《風入松近》亦在小石、夾鐘宮 《碧玉簫》亦在越調 《岷江綠》即《江兒水》，與小石《四犯》不同。又有入夾鐘宮者，與此亦不同 《月上海棠》 《川撥棹》 《梅花酒》亦在小石 《豆葉黃》 《嘉慶子》 《五供養》 《水仙子》亦在黃鐘 《孝順歌》 《孝南歌》比《鎖南枝》句字少不同，音調則一，正猶中呂、正宮中之《普天樂》之類也。一名《操南枝》，其實一也 《鎖南枝》即《婆羅枝》，見《孝南歌》下 《淘金令》即《金字令》，夾鐘宮 《二犯江兒水》夾鐘宮 《玉交枝》 《畫錦堂》 《燕穿簾》 《紅林檎》 《忒忒令》 《鶯踏花》即《桃紅菊》 《兩蝴蝶》即《雙蝴蝶》 《園林好》 《喜還京》與仙呂、高平出入 《鶯桃花》亦在羽調 《香柳娘》亦在南呂 《醉翁子》 《海榴花》夾鐘宮 《朝元歌》夾鐘宮 《柳搖金》 《五韻美》 《泛蘭舟》 《駐雲飛》夾鐘宮 《一江風》夾鐘宮，即《渦團兒》 《品令》 《尹令》 《琴家令》 《漿水令》 《花犯撲燈蛾》即《海棠枝上撲燈蛾》，一名《麥裏蛾》。與中呂不同 《吃時令》 《帳兒裏燈》 《雙韻子》 《十六娘》 《哭岐婆》 《窣地錦襠》一作"綿襠" 《打球場》 《一泓兒水》 《趙皮鞋》 《柳絮飛》夾鐘宮 《羊頭靴》即《紅繡鞋》 《三月桃》 《阿家嬌》 《繡鴛鴦》 《步沙堤》 《熙熙令》 《撒金沙》 《尉遲杯》 《彩旗兒》即《僥僥令》 《大齋郎》 《臘梅花》 《賽紅娘》 《一機錦》 《武陵春》

已上俱係近詞。以上《曲律》卷第一

論宮調第四

　　宮調之説，蓋微眇矣，周德清習矣而不察，詞隱語焉而不詳。或問曲何以謂宮調？何以有宮又復有調？何以宮之爲六、調之爲十一？既總之有十七宮調矣，何以今之用者，北僅十三，南僅十一？又何以別有十三調之名也？曰：宮調之立，蓋本之十二律、五聲，古極詳備，而今多散亡也。其説雜見歷代樂書：杜佑《通典》、鄭樵《樂略》、沈括《筆談》、蔡元定《律吕新書》、歐陽之秀《律通》、陳暘《樂考》、朱子《語類》、馬端臨《文獻通考》，及唐、宋諸賢樂論，近閩人李文利《律吕元聲》、嶺南黄泰泉《樂典》、吾鄉季長沙《樂律纂要》、《律吕別書》諸書，宏博浩繁，無暇殫述，第撮其要，則律之自黄鍾以下，凡十二也；聲之自宮、商、角、徵、羽而外，有變宮、變徵凡七也。古有旋相爲宮之法，以律爲經，復以聲爲緯，乘之每律得十二調，合十二律得八十四調。此古法也，然不勝其繁，而後世省之爲四十八宮調。四十八宮調者，以律爲經，以聲爲緯，七聲之中，去徵聲及變宮、變徵，僅省爲四；以聲之四，乘律之十二，於是每律得五調，而合之爲四十八調。四十八調者，凡以宮聲乘律，皆呼曰宮，以商、角、羽三聲乘律，皆呼曰調。今列其目：

黄鍾

宮，俗呼正宮。商，俗呼大石調。

角，俗呼大石角調。羽，俗呼般涉調。

大吕

宮，俗呼高宮。商，俗呼高大石調。

角，俗呼高大石角。羽，俗呼高般涉。

太簇

宮，俗呼中管高宮。商，俗呼中管高大石。

角，俗呼中管高大石角。羽，俗呼中管高般涉。

夾鍾

宮，俗呼中吕宮。商，俗呼雙調。

角，俗呼雙角調。羽，俗呼中吕調。

姑洗

宮，俗呼中管中吕宮。商，俗呼雙調。

角，俗呼中管雙角調。羽，俗呼中吕調。

仲呂

宮,俗呼道宮調。商,俗呼小石調。

角,俗呼小石角調。羽,俗呼正平調。

蕤賓

宮,俗呼中管道宮調。商,俗呼中管小石調。

角,俗呼中管小石角調。羽,俗呼中管正平調。

林鍾

宮,俗呼南呂宮。商,俗呼歇指調。

角,俗呼歇指角調。羽,俗呼高平調。

夷則

宮,俗呼仙呂宮。商,俗呼商調。

角,俗呼商角調。羽,俗呼仙呂調。

南呂

宮,俗呼中管仙呂宮。商,俗呼中管商調。

角,俗呼中管商角調。羽,俗呼中管仙呂調。

無射

宮,俗呼黄鍾宮。商,俗呼越調。

角,俗呼越角調。羽,俗呼羽調。

應鍾

宮,俗呼中管黄鍾宮。商,俗呼中管越調。

角,俗呼中管越角調。羽,俗呼中管羽調。

此所謂四十八調也。自宋以來,四十八調者不能具存,而僅存《中原音韻》所載六宮十一調,其所屬曲聲調,各自不同。

仙呂宮,清新綿邈。南呂宮,感歎悲傷。

中呂宮,高下閃賺。黄鍾宮,富貴纏綿。

正宮,惆悵雄壯。道宮,飄逸清幽。以上皆屬宮

大石調,風流藴藉。小石調,旖旎嫵媚。

高平調,條拗滉漾。“拗”舊作“拘”,誤殷涉調,拾掇坑塹。

歇指調、急併虚歇。商角調,悲傷宛轉。

雙調,健捷激裊。商調,悽愴怨慕。

角調,嗚咽悠揚。宮調,典雅沈重。

越調,陶寫冷笑。以上皆屬調

此總之所謂十七宮調也。自元以來，北又亡其四，<small>道宮、歇指調、角調、宮調</small>而南又亡其五。<small>商角調，並前北之四</small>自十七宮調而外，又變爲十三調。十三調者，蓋盡去宮聲不用，其中所列仙呂、黃鍾、正宮、中呂、南呂、道宮，但可呼之爲調，而不可呼之爲宮。<small>如曰仙呂調、正宮調之類</small>然惟南曲有之，變之最晚，調有出入，詞則略同，而不妨與十七宮調並用者也。其宮調之中，有從古所不能解者：宮聲於黃鍾起宮，不曰黃鍾宮，而曰正宮；於林鍾起宮，不曰林鍾宮，而曰南呂宮；於無射起宮，不曰無射宮，而曰黃鍾宮；其餘諸宮，又各立名色。蓋今正宮，實黃鍾也，而黃鍾實無射也。沈括亦以爲今樂聲音出入，不全應古法，但略可配合，雖國工亦莫知其所因者，此也。又古調聲之法，黃鍾之管最長，長則極濁；無射之管最短，應鍾又短於無射，以無調，故不論短則極清。又五音宮、商宜濁，徵、羽用清。今正宮曰惆悵雄壯，近濁；越調曰陶寫冷笑，近清，似矣。獨無射之黃鍾，是清律也，而曰富貴纏綿，又近濁聲，殊不可解。問各曲之分屬各宮調也，亦有説乎？曰：此其法本之古歌詩者，而今不得悖也。蓋古譜曲之法，一均七聲。<small>旋宮以七聲爲均。均，音韻也。古無韻字，猶言一韻聲也</small>其五正聲，<small>除去變宮、變徵而言也</small>皆可謂調，如叶之樂章，則止以起調一聲爲首、尾。其七聲兼變宮、變徵而言則考其篇中上下之和，而以七律參錯用之，初無定位，非曰某句必用某律，某字必用某聲，但所用止於本均，而他宮不興焉耳。唐宋所遺樂譜，如《鹿鳴》三章，皆以黃鍾清宮起音、畢曲，而總謂之正宮；《關雎》三章，皆以無射清商起音、畢曲，而總謂之越調。今譜曲者，於北黃鍾《醉花陰》首一字，亦以黃鍾清“六”譜之，<small>六，樂家譜字。如凡、工、尺、合之類。凡清黃，皆曰六下却</small>每字隨調以叶，而即爲黃鍾宮曲，沈括所謂“凡曲止是一聲，清濁高下，如縈縷然”，正此意也。然古樂先有詩而後有律，而今樂則先有律而後有詞，故各曲句之長短，字之多寡，聲之平仄，又各準其所謂仙呂則清新綿邈，越調則陶寫冷笑者以分叶之。各宮各調，部署甚嚴，如卒徒之各有主帥，不得陵越，正所謂聲止一均，他宮不與者也。宋之詩餘，亦自有宮調，姜堯章輩皆能自譜而自製之。其法相傳，至元益密，其時作者踵起，家擅專門，今亡不可考矣。所沿而可守，以不墜古樂之一綫者，僅今日《九宮十三調》之一譜耳。南、北之律一轍。北之歌也，必和以絃索，曲不入律，則與絃索相戾，故作北曲者，每凜凜遵其型範，至今不廢；南曲無問宮調，只按之一拍足矣，故作者多孟浪其調，至混淆錯亂，不可救藥。不知南曲未嘗不可被管絃，實與北曲一律，而奈何離之？夫作法之始，定自愻瞀，離之蓋自《琵琶》、《拜月》始。以兩君之才，何所不可，而猥自貫於不尋宮敷調之一語，以開千古屬端，不無遺恨。吳人祝希哲謂：數十年前接賓客，尚有語及宮調者，今絕無之。由希哲而今，又不止數十年矣。或問：子言各宮調譜不出一均，而奈何有云與某宮某調出入而並用者也？曰：此所謂一均七聲，皆可爲調，第易其首一字之律，而不必限之一隅者，故北曲中呂、越調皆有《鬬鵪鶉》，中呂、雙調皆有《醉春風》,南曲雙調多與仙呂出入,蓋其變也。此宮調之大略也。

論平仄第五

今之平仄,韻書所謂四聲也,而實本始反切。古無定韻,詩樂皆以叶成,觀《三百篇》可見。自西域梵教人,而始有反切。自沈約《類譜》作,而始有平仄。欲語曲者,先須識字,識字先須反切。反切之法,經緯七音,旋轉六律,釋氏謂:七音一呼而聚,四聲不召自來,言相通也。今無暇論切,第論四聲。四聲者,平、上、去、入也。平謂之平,上、去、入總謂之仄。曲有宜於平者,而平有陰、陽;陰、陽説,見下條有宜於仄者,而仄有上、去、入。乖其法,則曰拗嗓。蓋平聲聲尚含蓄,上聲促而未舒,去聲往而不返,入聲則逼側而調不得自轉矣。故均一仄也,上自爲上,去自爲去,獨入聲可出入互用。北音重濁,故北曲無入聲,轉派入平、上、去三聲,而南曲不然。詞隱謂入可代平,爲獨洩造化之秘。又欲令作南曲者,悉遵《中原音韻》,入聲亦止許代平,餘以上、去相間,不知南曲與北曲正自不同,北則入無正音,故派入平、上、去之三聲,且各有所屬,不得假借;南則入聲自有正音,又施於平、上、去之三聲,無所不可。大抵詞曲之有入聲,正如藥中甘草,一遇缺乏,或平、上、去三聲字面不妥,無可奈何之際,得一入聲,便可通融打諢過去,是故可作平,可作上,可作去;而其作平也,可作陰,又可作陽,不得以北音爲拘:此則世之唱者由而不知,而論者又未敢拈而筆之紙上故耳。其用法,則宜平不得用仄,宜仄不得用平,此仄兼上去宜上不得用去,宜去不得用上,宜上去不得用去上,宜上不得用上去。去上二字尤重。如《琵琶·三學士》首句“謝得公公意甚美”,《玉玦·集賢賓》首句“青歸柳葉顰尚小”,末二字皆須去上,一用上去,財不可唱。若他曲有無關繫,不妨通用者,則上去亦可,去上亦可,不必泥此上上、去去,不得疊用,上上二字尤重。蓋去去即不美聽,然唱出尚是本音;上上疊用,則第一字便似平聲。如《玉玦·泣顏回》第九句“想何如季布難歸”,“季布”兩去聲,雖帶勉强,仍是“季布”;《雁來紅》第五句“奈李廣未侯真數奇”,“李廣”兩上聲,李字稍不調停,則開口便是“離廣”矣。故遇連綿現成字,如宛轉、酩酊、嬝嬝、整整之類,不能盡避;凡一應生造字,只宜避之爲妙單句不得連用四平、四上、四去、四入,《琵琶·念奴嬌序》“月下歸來飛瓊”,用四平聲字,此以中有截板間之故也,然終不可爲法,觀上“珠箔銀屏”、“吾廬三徑”,可見。若第四折《纏帶兒》“離道是庭前森森丹桂”,“庭前森森丹”五字,連用平聲,真不可唱矣雙句合一不合二,合三不合四。押韻有宜平而亦可用仄者,有宜仄而亦可用平者,有宜平不得已而以上聲代之者。韻脚不宜多用入聲代平上去字。一調中有數句連用仄聲者,宜一上、一去間用。詞隱謂:遇去聲當高唱,遇上聲當低唱,平聲、入聲,又當斟酌其高低,不可令混。或又謂:平有提音,上有頓音,去有送音。蓋大略平、去、入啓口便是其字,而獨上聲字,須從平聲起音,漸揭而重以轉入,此自然之理。至調其清濁，叶其高下，使律呂相宜，金石錯應，此握管者之責，故作詞第一喫緊義也。

論陰陽第六

古之論曲者曰：聲分平、仄，字別陰、陽。陰、陽之說，北曲《中原音韻》論之甚詳；南曲則久廢不講，其法亦淹没不傳矣。近孫比部始發其義，蓋得之其諸父大司馬月峯先生者。夫自五聲之有清、濁也，清則輕揚，濁則沈鬱。周氏以清者爲陰，濁者爲陽，故於北曲中，凡揭起字皆曰陽，抑下字皆曰陰，而南曲正爾相反。南曲凡清聲字皆揭而起，凡濁聲字皆抑而下。今借其所謂陰、陽二字而一言，則曲之篇章句字，既播之聲音，必高下抑揚，參差相錯，引如貫珠，而後可入律呂，可和管絃。倘宜揭也而或用陰字，則聲必欺字；宜抑也而或用陽字，則字必欺聲。陰陽一欺，則調必不和。欲詘調以就字，則聲非其聲；欲易字以就調，則字非其字矣！毋論聽者迕耳，抑亦歌者棘喉。《中原音韻》載歌北曲《四塊玉》者，原是“綵扇歌青樓飲”，而歌者歌“青”爲“晴”，謂此一字欲揚其音，而“青”乃抑之，於是改作“買笑金纏頭錦”而始叶，正聲非其聲之謂也。此上陰、陽，皆就北曲以揭爲陽，以抑爲陰論。下文南曲陰陽反此，以揭者爲陰，以抑者爲陽論南調反此，如《琵琶記·尾犯序》首調末“公婆没主一旦冷清清”句，“冷”字是掣板，唱須抑下，宜上聲，“清”字須揭起，宜用陰字清聲，今並下第二、第三調末句，一曰“眼睜睜”，一曰“語惺惺”，“冷”“眼”“語”三字皆上聲，“清清”“睜睜”“惺惺”皆陰字，叶矣；末調末句，却曰“相思兩處一樣淚盈盈”，“淚”字去聲，既啓口便氣盡，不可宛轉，下“盈盈”又屬陽字，不便於揭，須唱作“英”字音乃叶；《玉芙蓉》末三字，正與此“冷清清”三字相同。《南九宫》用《拜月》“聖明天子詔賢書”作譜，詞隱評云：“子”、“詔”上、去妙，殊誤，蓋“詔賢”二字，法用上、陰，而“詔賢”是去、陽，唱來却似“沼軒”故也；兩平聲，則如高陽臺“宦海沈身”句，“沈”字是陽，“身”字是陰，此句當作仄、仄、陰、陽，仄、仄，或作平、仄，亦可今曰“沈身”，則“海”字之上聲，與“沈”之陽字相戾，須作“身沈”乃叶之類。此句用前引子“夢邊親闈”四字，則正叶以此推之，他調可互而見。大略陰字宜搭上聲，陽字宜搭去聲，如“長空萬里”《換頭》，“孤影”、“光瑩”、“愁聽”，“孤”字以陰搭上，“愁”字以陽搭去，唱來俱妙，獨“光”字唱來似“狂”字，則以陰搭去之故；若易“光”爲陽字，或易“瑩”爲上聲字，則又叶矣。《祝英臺·換頭》“春晝”、“知否”、“今後”，上三字皆陰，而獨“知否”好聽，“春”字則似“脣”，“今”字則似“禽”，正以下去上二聲不同之故；若易“春”、“今”爲陽，或易“晝”、“後”爲上，則又無不叶矣。此下字活法也。又平聲陰則揭起，而陽則抑下，固也，然亦有揭起處，特以陽字爲妙者，如《二郎神》第四句第一字亦是揭調，《琵琶》“誰知別後”、《連環》“繁華庭院”、《浣紗》“蹉跎到此”、《明珠》“徘徊燈側”，“誰”字、“繁”字、“徘”字，揭來俱妙；而“蹉”字揭來却似“矬”字，蓋此字之揭，其聲吸而入，其揭向内，所以陽字特妙，而陰字之揭，其聲吐而出，如去聲之一往而不返故也。又《梁州序》第三句第三字，亦似揭起，而亦以陽爲妙，如"日永紅塵"與"一點風來"，"風"不如"紅"妙；《勝如花》第三句第三字，亦然；《荆釵》之"登山驀嶺"與《浣紗》之"登山涉水"，兩"登"字俱欠妙；餘可類推。此天地自然之妙，呼吸抑揚，宛轉在幾微間，又不可盡謂揭處決不可用陽也。然古曲陰陽皆合者，亦自無幾，即《西廂》音律之祖，開卷第一句"遊藝中原"之"原"，法當用陰字，今"原"却是陽，須作"淵"字唱乃叶，他可知已。周氏以爲陰、陽字惟平聲有之，上、去俱無。夫"東"之爲陰，而上則爲"董"，去則爲"涷"，"籠"之爲陽，而上則爲"隴"，去則爲"弄"，清、濁甚別。又以爲入作平聲，皆陽。夫平之陽字，欲揭起甚難，而用一入聲，反圓美而好聽者，何也？以入之有陰也。蓋字有四聲，以清出者，亦以清收；以濁始者，亦以濁斂，以亦自然之理，惡得謂上、去之無陰、陽，而入之作平者皆陽也！又言：凡字不屬陰則屬陽，無陰、陽兼屬者。余家藏得元燕山卓從之《中原音韻類編》，與周韻凡類皆同，獨每韻有陰、有陽，又有陰、陽通用之三類。如東鍾韻中，東之類爲陰，戎之類爲陽，而通、同之類並屬陰、陽，或五音中有半清、半濁之故耶？夫理輕清上浮爲陽，重濁下凝爲陰，周氏以清爲陰，以濁爲陽，所不可解。或以陰之字音屬清，陽之字音屬濁之故，然分析倒置，殊自不妥。序《琵琶記》者爲河間長君，至謂陽宜於男，陰宜於女，益杜撰可嗤矣！宋都陽張世南《游宦紀聞》云："字聲有清濁，非强爲差別。蓋輕清爲陽，陽主生物，形用未著，故字音常輕；重濁爲陰，陰主成物，形用既著，故字音必重。"此亦以清爲陽，以濁爲陰之一證也。

論韻第七

韻書之夥也，作辭賦騷選則用古韻，有通韻，有叶韻，有轉注；作近體則用今韻，始沈約《類譜》，今裁於唐而爲《禮部韻略》；作曲，則用元周德清《中原音韻》。古樂府悉係古韻；宋詞尚沿用詩韻，入金未能盡變；至元人譜曲，用韻始嚴。德清生最晚，始輯爲此韻，作北曲者守之，兢兢無敢出入。獨南曲類多旁入他韻，如支思之於齊微、魚模，無模之於家麻、歌戈、車遮，真文之於庚青、侵尋，或又之於寒山、桓歡、先天，寒山之於桓歡、先天、監咸、廉纖，或又甚而東鍾之於庚青，混無分別，不啻亂麻，令曲之道盡亡，而識者每爲掩口。北劇每折只用一韻。南戲更韻，已非古法，至每韻復出入數韻，而恬不知怪，抑何窘也！古詞惟王實甫《西廂記》，終帙不出入一字，今之偶有一二字失韻，皆後人傳訛；至"眼橫秋水無塵"數語，原不用韻，元人故有此體，以其偶與侵尋本韻相近，何元朗遂訾爲失韻，世遼羣然和之，實甫抱抑良久。余新刻考正《西廂記》注中，辯之甚詳，不特爲實甫洗冤，亦以爲世之庸瞽而妄肆譏評者下一鍼砭耳。南曲自《玉玦記》出，而宮調之飭，與押韻之嚴，始爲反正之祖。邇詞隱大揚其瀾，世之赴的以趨者比比矣。然《中原》之韻，亦大有說。古之爲韻，如周顒、沈約、毛晃、劉淵、夏竦、吳棫輩，皆博綜典籍，富有才情，一書之成，不知更幾許歲月，費幾許考索，猶不能盡愜後世之口。德清淺士，韻中略疏數語，輒已文理不通，其所謂韻，不過雜採元前賢詞曲，掇拾成編，非真有晰於五聲七音之旨，辨於諸子百氏之奧也。又周江右人，率多土音，去中原甚遠，未必字字訂過，是欲憑影響之見，以著爲不刊之典，安保其無離而不叶於正者哉！蓋周之爲韻，其功不在於合而在於分；而分之中猶有未盡然者。如江陽之於邦王，齊微之於歸回，魚居之於模吳，真親之於文門，先天之於鵑元，試細呼之，殊自逕庭，皆所宜更析。而其合之不經者，平聲如肱、轟、兄、崩、烹、盲、弘、鵬，舊屬庚、青、蒸三韻，而今兩收東鍾韻中；浮與蜉蝣之蜉同音，在《說文》亦作縛牟切，今却收入魚模韻中，音之爲扶，而於尤侯本韻，竟並其字削去。夫浮之讀作扶，此方言也。呼字須本之《六經》，即《詩・菁莪》曰“載沈載浮”，下文以“我心則休”叶，《角弓》曰“雨雪浮浮”，下文以“我是用憂”叶，《生民》曰“烝之浮浮”，上文以“或簸或蹂”叶。夫《三百篇》吾宣尼氏所刪而存者，不此之從，而欲區區以方言變亂雅音，何也？且周之韻，故爲北詞設也；今爲南曲，則益有不可從者。蓋南曲自有南方之音，從其地也，如遵其所爲音且叶者，而歌龍爲驢東切，歌玉爲御，歌綠爲慮，歌宅爲柴，歌落爲潦，歌握爲杳，聽者不瞢羣起而唾矣！至每一聲之字，亦漫併太多，如《菽園雜記》所譏者，各韻而是。吳興王文璧，嘗字爲釐別，近橋李卜氏，復增校以行於世，於是南音漸正，惜不能更定其類，而入聲之鴂舌，尚仍其舊耳。涵虛子有《瓊林雅韻》一編，又與周韻略似，則亦五十步之走也。或謂周韻行之已久，今不宜易更；則漁模一韻，《正韻》業已離之爲二矣。德清可更沈約以下諸賢之詩韻，而今不可更一山人之詞韻哉。且今之歌者，爲德清所誤，抑復不淺，如橫之爲紅，鵬之爲蓬，止可於韻脚偶押在東鍾韻中者，作如是歌可耳，若在句中，却當仍作庚青韻之本音；今歌者概作紅蓬之音，而遇有作庚青本音歌者，輒笑以爲不識中州之音矣，敝至此哉！即就其所謂東鍾二字，立作韻目，亦又自不通。夫詩韻之一東、二冬，止取一字；今取二字作目，非以聲有陰、陽二字之故耶？則惟是取一於陰，取一於陽可也，乃東鍾、支思、先天、歌戈、車遮、庚青則兩陰字，齊微、漁模、尤侯則兩陽字，寒山、桓歡、廉纖則陰、陽兩倒；僅江陽、皆來、真文、蕭豪、家麻、侵尋、監咸七韻不誤，要亦其偶合，而非真有涇、渭於其間也。既兩取而曰江陽，則陰字當即首江字，而今首姜字；又真文而首分鄰，侵尋而首鍼林，監咸而首菴南，則其所謂偶合者，而目與韻，又自相矛盾也，亦何取而以二字目之也？至謂平聲之有上、下，皆以字有陰、陽之故，遂以陰字屬下平，陽字屬上平，尤爲可笑。詞隱先生欲別創一韻書，未就而卒。余之反周，蓋爲南詞設也。而中多取聲《洪武正韻》，遂盡更其舊，命曰《南詞正韻》,別有蠡見,載凡例中。

論閉口字第八

字之有開、閉口也,猶陽之有陰,男之有女。古之製韻者,以侵、覃、鹽、咸,次諸韻之後,詩家謂之"啞韻",言須閉口呼之,聲不得展也。詞曲禁之尤嚴,不許開、閉並押。閉口者,非啓口即閉;從開口收入本字,却徐展其音於鼻中,則歌不費力,而其音自閉,所謂"鼻音"是也。詞隱於此,尤多喫緊,至每字加圈。蓋吳人無閉口字,每以侵爲親,以監爲奸,以廉爲連,至十九韻中,遂缺其三。此弊相沿,牢不可破,爲害非淺。惟入聲之緝,若合、若葉、若洽等字,閉其口則聲不可出,散叶於齊微、歌戈、家麻、車遮四韻中,其勢不得不然。若平聲,則侵尋之與監咸、廉纖,自可轉闔其聲,以還本韻,惟歌者調停其音,似開而實閉,似閉而未嘗不開。此天地之元聲,自然之至理也,乃欲概無分別,混以鄉音,俾五聲中無一閉口之字,不亦冤哉!

論務頭第九

務頭之説,《中原音韻》於北曲臚列甚詳,南曲則絶無人語及之者。然南、北一法。係是調中最緊要句字,凡曲遇揭起其音,而宛轉其調,如俗之所謂"做腔"處,每調或一句、或二三句,每句或一字,或二三字,即是務頭。《墨娥小録》載務頭調侃曰"喝采"。又詞隱先生嘗爲余言:吳中有"唱了這高務"語,意可想矣。舊傳《黃鶯兒》第一七字句是務頭,以此類推,餘可想見。古人凡遇務頭,輒施俊語,或古人成語一句其上,否則詆爲不分務頭,非曲所貴,周氏所謂如衆星中顯一月之孤明也。涵虛子《務頭集韻》三卷,全摘古人好語輯以成之者。弇州嗤楊用脩謂務頭爲"部頭",蓋其時已絶此法。余嘗謂詞隱南譜中,不斟酌此一項事,故是缺典。今大略合善歌者,取人間合律腔好曲,反覆歌唱,諦其曲折,以詳定其句字,此取務頭一法也。

論腔調第十

樂之筐格在曲,而色澤在唱。古四方之音不同,而爲聲亦異,於是有秦聲,有趙曲,有燕歌,有吳歈,有越唱,有楚調,有蜀音,有蔡謳。在南曲,則但當以吳音爲正。古之語唱者曰"當使聲中無字。"謂字則喉、唇、齒、舌等音不同,當使字字輕圓,悉融入聲中,令轉換處無磊塊,古人謂之"如貫珠",今謂之"善過度"是也。又曰:"當使字中有聲。"謂如宮聲字,而曲合用商聲,則能轉宮爲商歌之也。又曰:"有聲多字少。"謂唱一聲而高下、抑揚、宛轉其音,若包裹數字其間也。"有字多聲少",謂搶帶、頓挫得好,字雖多,如一聲也。又云:"善歌者謂之'内裏聲';不善歌者聲無抑揚,謂之'念曲聲';無含韞,謂之'叫曲'。"元燕南芝菴先生有《唱論》甚詳,載《輟耕録》,今採其要。

歌之格調:

抑揚頓挫,頂疊垛換,縈紆牽結,敦拖嗚咽,推題丸轉,搖欠遏透。

歌之節奏:

停聲,待拍,偷吹,拽棒,字真,句篤,依腔,貼調。

凡歌一聲,聲有四節:

起末,過度,揾簪,攧落。

凡歌一句,句有聲韻:

一聲平,一聲背,一聲圓,聲要圓熟,腔要徹滿。

凡一曲中,各有其聲:

變聲,敦聲,杌聲,哇聲,困聲。

三過聲:

偷氣,取氣,換氣,歇氣。就氣。有一口氣。

歌聲變件此惟北曲有之:

三臺,破子,遍子,攧落,實催,全篇,尾聲,賺煞,隨煞,隔煞,羯煞,本調煞,三煞,十煞,拐子煞。

唱曲門户:

小唱,寸唱,慢唱,壇唱,步虚,道情,撒鍊,帶煩,瓢叫。

凡唱聲病:

散散,焦焦,乾乾,冽冽,啞啞,嗄嗄,尖尖,低低,雌雌,雄雄,短短,憨憨,濁濁,赸赸,格嗓,囊鼻,搖頭,歪口,合眼,張口,撮脣,撇口,昂頭,咳嗽,添字。

涵虚子論唱云:

凡人聲音不等:

有川嗓,有堂聲,皆合簫管有唱得雄的,失之村沙;唱得蘊拭的,失之乜斜;唱得本分的,失之老實;唱得用意的,失之穿鑿;唱得打揢的,失之本調;唱得輕巧的,失之閒賤。

又云凡歌節病:

有唱得阻的,灰的,涎的,叫的,大的。有樂府聲,撒錢聲,拽鋸聲,猫叫聲,不入耳，不著人，不徹腔，不入調，工夫少，遍數少，步力少，官場少，字樣訛，文理差，無叢林，無傳授，拗嗓，劣調，落架，漏氣。

　　右係唱曲名言，皆所當玩。夫南曲之始，不知作何腔調。沿至於今，可三百年。世之腔調，每三十年一變，由元迄今，不知經幾變更矣！大都創始之音，初變腔調，定自渾樸；漸變而之婉媚，而今之婉媚極矣，舊凡唱南調者，皆曰"海鹽"。今"海鹽"不振，而曰"崑山"。"崑山"之派，以太倉魏良輔爲祖。今自蘇州而太倉松江，以及浙之杭、嘉、湖，聲各小變，腔調略同，惟字泥土音，開、閉不辨，反譏越人呼字明確者爲"浙氣"，大爲詞隱所疵！詳見其所著《正吳編》中。甚如唱火作呵上聲，唱過爲箇，尤爲可笑，過之不得爲箇，已載輻中；而火之不可爲呵上聲，詞隱猶未之及也。然其腔調，故是南曲正聲。數十年來，又有"弋陽"、"義烏"、"青陽"、"徽州"、"樂平"諸腔之出。今則"石臺"、"太平"梨園，幾逼天下，蘇州不能與角什之二三。其聲淫哇妖靡，不分調名，亦無板眼；又有錯出其間，流而爲"兩頭蠻"者，皆《鄭》聲之最，而世爭羶趨痴好，靡然和之，甘爲《大雅》罪人，世道江河，不知變之所極矣！

論板眼第十一

　　古無拍。魏、晉之代，有宋纖者，善擊節，始製爲拍。古用九板，今六板，或五板。古拍板無譜，唐明皇命黃番綽始造爲之。牛僧孺目拍板爲"樂句"，言以句樂也。蓋凡曲，句有長短，字有多寡，調有緊慢，一視板以爲節制，故謂之"板"、"眼"。初啓聲即下者爲"實板"，又曰"劈頭板"；遇緊調，隨字即下，細調亦俟聲出，徐徐而下字半下者爲"掣板"，亦曰"枵板"；蓋"腰板"之誤聲盡而下者爲"截板"，亦曰"底板"；塲上前一人唱前調末一板，與後一人唱次調初一板齊下爲"合板"。其板先於曲者，病曰"促板"；板後於曲者，病曰"滯板"，古皆謂之"犙音祈拍"，言不中拍也。唐《霓裳羽衣曲》，初散聲六遍無拍，至中序始有拍，今引曲無板，過曲始有板，蓋其遺法。古今之腔調既變，板亦不同，於是有"古板"、"新板"之說。詞隱於板眼，一以反古爲事。其言謂清唱則板之長、短，任意按之，試以鼓板夾定，則錙銖可辨。又言：古腔古板，必不可增損。歌之善否，正不在增損腔板間。又言：板必依清唱，而後爲可守；至於搬演，或稍損益之，不可爲法。具屬名言。其所點板《南詞韻選》，及《唱曲當知》、《南九宮譜》，皆古人程法所在，當慎遵守。聞之先輩，有傳腔遞板之法，以數人暗中圍坐，將舊曲每人歌一字，即以板輪流遞按，令數人歌之如一聲，按之如一板，稍有緊緩腔、先後板之誤，輒記字以罰，如此庶不致腔調參差，即古所謂纍纍如貫珠者。今至"弋陽"、"太平"之"衮唱"，而謂之"流水板"，此又拍板之一大厄也。

論須識字第十二

識字之法，須先習反切。蓋四方土音不同，其呼字亦異，故須本之中州，而中州之音，復以土音呼之，字仍不正，惟反切能該天下正音，只以類韻中同音第一字，切得不差，其下類從諸字，自無一字不正矣。至於字義，尤須考究；作曲者往往誤用，致爲識者訕笑。如梁伯龍《浣紗記·金井水紅花》曲“波冷濺芹芽，濕裙衩”，衩字法用平聲，然衩，箭袋也。若衣衩之衩，屬去聲，唐李義山《無題》詩“八歲偷照鏡，長眉已能畫。十歲去踏青，芙蓉作裙衩”，足爲明證。此其失亦自陳大聲散套《節節高》之“蓮舟戲女娃，露裙衩”始。然伯龍不獨《浣紗》，散套《歸仙洞》“荆棘抓裙衩”又爾。近日湯海若《還魂記·懶畫眉》“睡荼蘼抓住裙釵綫”，亦以衩字作平音，皆誤。僅陳玉陽《詅癡符記·玉胞肚》曲“打球回，紛紛衩衣”，獨是。又《浣紗·劉潑帽》曲“娘行聰俊還嬌倩，勝江南萬馬千兵”，不知倩有二音：一雇倩之倩，作清字去聲讀；一音茜，即“巧笑倩兮”之倩，言美也。此曲字義，當作茜音，今却押庚青韻中，即童習時《論語》亦不記憶，何淺陋至此！又車字之有二音也，蓋此字本音尺遮切，隸《正韻》十六遮類中，至漢以後，始有作居字音者，《莊子》“惠施多方，其書五車”，此自當作尺遮切。《拜月·玉芙蓉》曲：“胸中書富五車，筆下句高千古。”此調法，當兩句各押一韻，下曰“高千古”，則上作居音乃叶，而世無呼作“五車居書”之理。今歌者皆從尺遮切，寧韻不叶，而不唱作居音，是歌者不誤，而作者誤也。歎字之亦有二音也，一平聲作灘音，一去聲作炭音。《琵琶記·赴選》折，末曰“仗劍對尊酒，耻爲遊子顏，所志在功名，離別何足歎”，此歎字當作平音，與上顏字叶。後《玉芙蓉》曲“別離休歎”，此歎字當作去音，與下“輕拆散”之散字叶。今優人于何足歎之歎，皆作去聲白，是作者不誤，而習者誤也。他若癭之音爲穎，頸瘤也。鄭虛舟《玉玦記》“却教愧殺癭瘤婦”，是認作平聲矣。又《莊子》“藐姑射山”之射音亦，“巾櫛”之櫛音卒，而汪南溟《高唐記》，與雪、滅同押；至以纖、殲、鹽三字並押車遮韻中，是徽州土音也。又云“招魂未得，空歌楚些”，“些”字本宋玉《大招》，見《楚辭》，音蘇個切，作梭字去聲讀，惟些少之些，乃作平聲，今亦作平，以與車遮同押，何也？伯龍又以“盡道輕盈略作胖些”，與“三尺小脚走如飛”同押，蓋認些字作西字音，又蘇州土音矣。至婦字，世皆作負字音，惟詩韻作阜字音，《玉玦》“癭瘤婦”、“秋胡婦”押在尤侯韻，音幾不可辨矣！又有舉世皆誤而爲不可解之字，今列戲目而曰第一齣、第二齣，問何字，則曰摺字，或曰悔字；問從何來？則默不能對也。蓋字書從無此字，惟近《詅癡符傳》言：牛食已，復出嚼，曰齝，音笞。傳寫者誤台爲句，以齝作齣，遂終帙作第幾齣、第幾齣，殊不知齝原作齵，通作齝，以齵作齣，在屈筆毫釐之間,遂至轉展傳誤;然古劇,亦絕無作第幾齣者,只作第幾折可也。影響之誤如此,則作曲與唱曲者,可不以考文爲首務耶?

論須讀書第十三

詞曲雖小道哉,然非多讀書,以博其見聞,發其旨趣,終非大雅。須自《國風》、《離騷》、古樂府及漢、魏、六朝、三唐諸詩,下迄《花間》、《草堂》諸詞,金、元雜劇諸曲,又至古今諸部類書,俱博搜精採,蓄之胸中,於抽毫時,掇取其神情標韻,寫之律呂,令聲樂自肥腸滿腦中流出,自然縱橫該洽,與剿襲口耳者不同。勝國諸賢,及實甫、則誠輩,皆讀書人,其下筆有許多典故,許多好語襯副,所以其製作千古不磨;至賣弄學問,堆垛陳腐,以嚇三家村人,又是種種惡道! 古云:"作詩原是讀書人,不用書中一個字"。吾於詞曲亦云。

論家數第十四

曲之始,止本色一家,觀元劇及《琵琶》、《拜月》二記可見。自《香囊記》以儒門手脚爲之,遂濫觴而有文詞家一體。近鄭若庸《玉玦記》作,而益工修詞,質幾盡掩。夫曲以模寫物情,體貼人理,所取委曲宛轉,以代説詞,一涉藻繢,便蔽本來。然文人學士,積習未忘,不勝其靡,此體遂不能廢,猶古文六朝之于秦、漢也。大抵純用本色,易覺寂寥;純用文調,復傷凋鏤。《拜月》質之尤者,《琵琶》兼而用之,如小曲語語本色,大曲引子如"翠減祥鸞羅幌"、"夢繞春闈",過曲如"新篁池閣"、"長空萬里"等調,未嘗不綺繡滿眼,故是正體。《玉玦》大曲,非無佳處;至小曲亦復填垛學問,則第令聽者憒憒矣! 故作者須先認清路頭,然後可徐議工拙。至本色之弊,易流俚腐;文詞之病,每苦太文。雅俗淺深之辨,介在微茫,又在善用才者酌之而已。

論聲調第十五與前腔調不同。前論唱,此專論曲

夫曲之不美聽者,以不識聲調故也。蓋曲之調,猶詩之調。詩惟初、盛之唐,其音響宏麗圓轉,稱大雅之聲。中、晚以後,降及宋、元,漸萎薾偏詖,以施于曲,便索然卑下不振。故凡曲調,欲其清,不欲其濁;欲其圓,不欲其滯;欲其響,不欲其沉;欲其俊,不欲其癡;欲其雅,不欲其粗;欲其和,不欲其殺;欲其流利輕滑而易歌,不欲其乖剌艱澀而難吐。其法須先熟讀唐詩,諷其句字,繹其節拍,使長灌注融液於心胸口吻之間,

機括既熟，音律自諧，出之詞曲，必無沾唇拗嗓之病。昔人謂孟浩然詩，諷詠之久，有金石宮商之聲；秦少游詩，人謂其可入大石調，惟聲調之美故也。惟詩尚爾，而矧于曲。是故詩人之曲，與書生之曲、俗子之曲，可望而知其概也。

論章法第十六

作曲，猶造宮室者然。工師之作室也，必先定規式，自前門而廳、而堂、而樓，或三進、或五進、或七進，又自兩廂而及軒寮，以至廩庾、庖湢、藩垣、苑榭之類，前後、左右、高低、遠近，尺寸無不了然胸中，而後可施斤斲。作曲者，亦必先分段數，以何意起，何意接，何意作中段敷衍，何意作後段收煞，整整在目，而後可施結撰。此法，從古之爲文、爲辭賦、爲歌詩者皆然；於曲，則在劇戲，其事頭原有步驟；作套數曲，遂絕不聞有知此竅者，只漫然隨調，逐句湊泊，掇拾爲之，非不聞得一二好語，顛倒零碎，終是不成格局。古曲如《題柳》《窺青眼》，久膾炙人口，然弇州亦訾爲牽強而寡次序，他可知矣。至閨怨、麗情等曲，益紛錯乖迕，如理亂絲，不見頭緒，無一可當合作者。是故修辭，當自煉格始。

論句法第十七

句法，宜婉曲不宜直致，宜藻艷不宜枯瘁，宜溜亮不宜艱澀，宜輕俊不宜重滯，宜新采不宜陳腐，宜擺脫不宜堆垛，宜温雅不宜激烈，宜細膩不宜粗率，宜芳潤不宜噍殺。又總之，宜自然不宜生造。意常則造語貴新，語常則倒換須奇。他人所道，我則引避；他人用拙，我獨用巧。平仄調停，陰陽諧叶。上下引帶，減一句不得，增一句不得。我本新語，而使人聞之，若是舊句，言機熟也；我本生曲，而使人歌之，容易上口，言音調也。一調之中，句句琢煉，毋令有敗筆語，毋令有欺嗓音，積以成章，無遺恨矣。

論字法第十八

下字爲句中之眼，古謂百煉成字，千煉成句，又謂前有浮聲，後須切響。要極新，又要極熟；要極奇，又要極穩。虛句用實字鋪襯，實句用虛字點綴。務頭須下響字，勿令提挈不起。押韻處要妥貼天成，換不得他韻。照管上下文，恐有重字，須逐一點勘換去。又閉口字少用，恐唱時費力。今人好奇，將劇戲標目，一一用經、史隱晦字代之，夫列標目，欲令人開卷一覽，便見傳中大義，亦且便翻閱，却用隱晦字樣，彼庸衆人何以易解！此等奇字，何不用作古文，而施之劇戲？可付一笑也！

論襯字第十九

古詩餘無襯字，襯字自南、北二曲始。北曲配弦索，雖繁聲稍多，不妨引帶。南曲取按拍板，板眼緊慢有數，襯字太多，搶帶不及，則調中正字，反不分明。大凡對口曲，不能不用襯字；各大曲及散套，只是不用爲佳。細調板緩，多用二三字尚不妨；緊調板急，若用多字，便躱閃不迭。凡曲自一字句起，至二字、三字、四字、五字、六字、七字句止。惟《虞美人》調有九字句，然是引曲。又非上二下七，則上四下五，若八字、十字以外，皆是襯字。今人不解，將襯字多處，亦下實板，致主客不分。如《古荊釵記・錦纏道》"說甚麼晉陶潛認作阮郎"，"說甚麼"三字，襯字也。《紅拂記》却作"我有屠龍劍釣鼇釣射雕寶弓"，增了"屠龍劍"三字，是以"說甚麼"三字作實字也。《拜月亭・玉芙蓉》末句"望當今聖明天子詔賢書"，本七字句，"望當今"三字係襯字，後人連襯字入句，如"我爲你數歸期畫損掠兒梢"，遂成十一字句。至"金爐寶篆消"曲末句，"算人心不比往來潮"，此是正格，"心"字當疊。詞隱謂"心"字下缺去聲、平聲二字，以爲此死腔活板，故是大誤。又《琵琶記・三換頭》，原無正腔可對，前調"這其間只是我不合來長安看花"，後調"這其間只得把那壁廂且都拚舍"，每句有十三字，以爲是本腔耶？不應有此長句；以爲有襯字耶？不應於襯字上著板。《綄沙》却字字效之，亦是無可奈何。殊不知"這其間只是我"與"這其間只得把"是兩正句，以我字、把字叶韻。蓋東嘉此曲，原以歌戈、家麻二韻同用，他原音作拖，上我字與調中鎖、挫、他、墮、何五字相叶，下把字與調中駕、掛二字相叶。歷查遠而《香囊》、《明珠》、《雙珠》，近而《竊符》、《紫釵》、《南柯》，凡此二句皆韻，皆可爲《琵琶》用韻之證，故知《浣紗》之不韻，殊謬也。又如散套《越恁好》"鬧花深處"一曲，純是襯字，無異《纏令》。今皆著板，至不可句讀音豆。凡此類，皆襯字太多之故，訛以傳訛，無所底止。周氏論樂府，以不重韻，無襯字，韻險、語俊爲上。世間惡曲，必拖泥帶水，難辨正腔，文人自寡此等病也。

論對偶第二十

凡曲遇有對偶處，得對方見整齊，方見富麗。有兩句對，如"簾幙風柔、庭闈晝永"，及"惟願取百歲椿萱、長似他三春花柳"類有三句對，如"蝶戀花""鳳棲梧鶯停竹"類有四句對，如"亂荒荒不豐稔的年歲"四段相對類有隔句對，如"郎多福"及"娘介福"兩段相對類有疊對，如"翠減祥鸞羅幌"二句一對，下"楚館雲閑"二句又一對，下"目斷天涯雲山遠"二句又一對類有兩韻對，如"春花明彩袖，春酒滿金甌"類有隔調對。如"書生愚見"二調，各末二句相對類當對不對，謂之草率；不當對而對，謂之矯強。對句須要字字的確，斤兩相稱方好。上句工寧下句工，一句好一句不好，謂之"偏枯"，須棄了另尋。借對得天成妙語方好，不然反見才窘，不可用也。（以上《曲律》卷第二）

論用事第二十一

曲之佳處，不在用事，亦不在不用事。好用事，失之堆積；無事可用，失之枯寂。要在多讀書，多識故實，引得的確，用得恰好，明事暗使，隱事顯使，務使唱去人人都曉，不須解說。又有一等事，用在句中，令人不覺，如禪家所謂撮鹽水中，飲水乃知鹹味，方是妙手。《西廂》、《琵琶》用事甚富，然無不恰好，所以動人。《玉玦》句句用事，如盛書櫃子，翻使人厭惡，故不如《拜月》一味清空，自成一家之爲愈也。又用得古人成語恰好，亦是快事；然只許單用一句，要雙句，須別處另尋一句對之。如《琵琶·月雲高》曲末二句，第一調"正是西出陽關無故人，須信家貧不是貧"，第二調"他須記一夜夫妻百夜恩，怎做得區區陌路人"，第三調"他不到得非親却是親，我自須防人不仁"，如此方不堆積，方不蹈襲，故知此老胸中，別具一副爐錘也。

論過搭第二十二

過搭之法，雜見古人詞曲中，須各宮各調，自相爲次。又須看其腔之粗細，板之緊慢；前調尾與後調首要相配叶，前調板與後調板要相連屬。古每宮調皆有賺，取作過度而用。緣慢詞即引子止著底板。驟接過曲，血脉不貫，故賺曲前段，皆是底板，至末二句始下實板。戲曲中已間賓白，故多不用。諸宮調惟仙呂許與雙調相出入，其餘界限甚嚴，不得陵犯。惟《十三調譜》類多出入，中商黃調以商調、黃鐘二調合成，高平調與諸調皆可出入；其餘各調出入，詳見《十三調譜》中。或謂南曲原不配弦索，不必拘拘宮調，不知南人第取按板，然未嘗不可取配弦索。又譬置目眉上，置鼻口下，亦何妨視嗅，但不成人面部位，終非造化生人意耳。凡一調中，有取各調一二句合成，如《六犯清音》《七犯玲瓏》等曲，雖各調自有唱法，然既合爲一，須唱得接貼融化，令不見痕跡，乃妙。何元朗謂：北曲大和絃是慢板，花和絃是緊板。如中呂《快活三》臨了來一句放慢來，接唱《朝天子》，皆大和，又是慢板。緊慢相錯，何等節奏。南曲如《錦堂月》後《僥僥令》，《念奴嬌》後《古輪臺》，《梁州序》後《節節高》，一緊而不復收矣。然戲曲亦有中段却放緩唱者，不可一律論也。

論曲禁第二十三

曲律，以律曲也。律則有禁，具列以當約法：

重韻。一字二三押。長套及戲曲不拘

借韻。雜押傍韻，如支思，又押齊微類

犯韻。有正犯：句中字，不得與押韻同音，如冬犯東類。有傍犯：句中即上去聲不得與平聲相犯，如董凍犯東類

犯聲。即非韻脚。凡句中字同聲，俱不得犯，如上例

平頭。第二句第一字，不得與第一句第一字同音

合脚。第二句末一字，不得與第一句末一字同音

上上疊用。上去字須間用，不得用兩上、兩去

上去、去上倒用。宜上去，不得用去上；宜去上，不得用上去。活法。見前論平仄條中

入聲三用。疊用三入聲

一聲四用。不論平上去入，不得疊用四字

陰陽錯用。宜陰用陽字；宜陽用陰字

閉口疊用。凡閉口字，只許單用。如用侵，不得又用尋，或又用監咸、廉纖等字。雙字如深深、毿毿、憮憮類，不禁

韻脚多以入代平。此類不免，但不許多用。如純用入聲韻，及用在句中者，俱不禁

疊用雙聲。字母相同，如玲瓏、皎潔類，止許用二字，不許連用至四字

疊用疊韻。二字同類，如逍遙、燦爛，亦止許用二字，不許連用至四字

開閉口韻同押。凡閉口，如侵尋等韻，不許與開口同押

陳腐。不新采

生造。不現成

俚俗。不文雅

蹇澀。不順溜

粗鄙。不細膩

蹈襲。忌用舊曲語意。若成語，不妨

沾唇。不脱口

拗嗓。平仄不順

方言。他方人不曉

語病。聲不雅，如《中原音韻》所謂"達不著主母機"，或曰"燒公鴨亦可"之類

請客。如詠春而及夏,題柳而及花類

太文語。不當行

太晦語。費解説

經史語。如《西廂》"靡不有初,鮮克有終"類

學究語。頭巾氣

書生語。時文氣

重字多。不論全套單只,凡重字俱用檢去

襯字多。襯至五六字

堆積學問。

錯用故事。

宮調亂用。

緊慢失次。

對偶不整。

右諸禁,凡四十條。在知音高手,自然不犯。如不能盡免,須檢點去其甚者,令不礙眼;不爾,終難爲識者,非法家曲也。

論套數第二十四

套數之曲,元人謂之"樂府",與古之辭賦、今之時義,同一機軸。有起有止,有開有闔。須先定下間架,立下主意,排下曲調,然後遣句,然後成章。切忌湊插,切忌將就。務如常山之蛇,首尾相應;又如鮫人之錦,不著一絲紕纇。意新語俊,字響調圓,增減一調不得,顛倒一調不得,有規有矩,有色有聲,衆美具矣!而其妙處,政不在聲調之中,而在句字之外。又須煙波渺漫,姿態橫逸,攬之不得,挹之不盡。摹歡則令人神蕩,寫怨則令人斷腸,不在快人,而在動人。此所謂"風神",所謂"標韻",所謂"動吾天機"。不知所以然而然,方是神品;方是絶技。即求之古人,亦不易得。金在衡謂古散套無佳者,僅北調"萬種閒愁"一曲。何元朗以爲祇得"馬上抱雞三市鬭,袖中攜劍五陵遊"二句差勝,乃用晚唐羅隱詩。其餘蕪淺,殊不足觀。余謂北曲尚有佳者,惟南曲最不易得。弇州謂"暗想當年羅帕上把新詩寫",是元人作,學問、才情足冠諸本。是大不然。此曲首調第一七字句,便下五襯字,既已非法;第三句多了一字,語亦無謂;第四五句"軟玉溫香,嫩枝柔葉",空無著落;末二句"琴瑟正和協,不覺花影轉過梧桐月",意復不接;第二調《沉醉東風》又起一頭。特此後語意頗佳。至末段,詞亦爛熳奔湧,然只是一意敷演,又不當與前《忒忒令》"燕山絶,湘江竭,斷魚封雁帖"三語相

妨,無足取也。無已,則陳大聲"因他消瘦"一曲,又首調"羞問花時還問柳"數語祗是請客;次調《懶畫眉》"繡户輕寒透,十二珠簾不上鈎"二句湊插,第三調《金索挂梧桐》"黃鶯似喚儔"四句又是請客;只《浣溪沙》以下數調,語意流麗,頗自可人,前段終非完璧。才難之歎,於斯益信。大略作長套曲,只是打成一片,將各調臚列,待他來湊我機軸;不可做了一調,又尋一調意思。《西廂記》每套只是一個頭腦,有前調末句牽搭後做者,有後調首句補足前調做者,單槍匹馬,横衝直撞,無不可人,他調殊未能知此竅竅也。

論小令第二十五

作小令與五七言絶句同法,要醖藉,要無襯字,要言簡而趣味無窮。昔人謂:五言律詩,如四十個賢人,著一個屠沽不得。小令亦須字字看得精細,著一戾句不得,著一草率字不得。弇州論詞,所謂宛轉綿麗,淺至儇俏,正作小令至語。周氏謂樂府、小令兩途,樂府語可入小令,小令語不可入樂府,未必其然。渠所謂小令,蓋市井所唱小曲也。

論詠物第二十六

詠物毋得罵題,却要開口便見是何物。不貴説體,只貴説用。佛家所謂不即不離,是相非相,只於牝牡驪黃之外,約略寫其風韻,令人髣髴中如燈鏡傳影,了然目中,却摸捉不得,方是妙手。元人王和卿《詠大蝴蝶》:"掙破莊周夢,兩翅駕東風。三百座名園,一採一個空。誰道風流種,諕殺尋芳的蜜蜂? 輕輕飛動,把賣花人搧過橋東。"只起一句,便知是大蝴蝶。下文勢如破竹,却無一句不是俊語。古詞《詠柳》"窺青眼",開口便知是柳,下"偏宜向朱門羽戟,畫橋游舫",又"倚闌凝望,消得幾番暮雨斜陽"等,皆從柳外做去,所以渺茫多趣。他如祝京兆《詠月》、陶陶區《詠雁》、梁伯龍《詠蛺蝶》等,非無一二佳語,只夾雜凡俗,便是不成片段。小令北調,王西樓最佳,如《詠浴裙》、《睡鞋》等曲,首首尖新。王渼陂、馮海浮《詠鞋杯》諸曲,亦多巧句。海浮"月兒芽彎環在腮上,筍兒尖穿破了鼻梁",及"環兒脚一彎,花兒瓣兩邊",又"心坎兒裏踢蹬,肚囊兒裏款行,腸襞兒裏穿芳徑"等,尤稱妙絶;亦未免間以粗豪語,不無遺恨耳。問:如何是説體? 如昔人《詠柳絮》"一似半天飄粉,遠樹疑酥,不地飛瓊堵"是也。如何是説用? 如《詠草》"斜陽外,幾家斷橋村塢",又"池塘雨歇,夢回南浦",又"王孫何事在長途,好歸去,又驚春暮"是也。

論俳諧第二十七

俳諧之曲，東方滑稽之流也，非絕穎之姿，絕俊之筆，又運以絕圓之機，不得易作。著不得一個太文字，又著不得一句張打油語。須以俗爲雅，而一語之出，輒令人絕倒，乃妙。元人《嘲禿指甲》詞："十指如枯筍，和袖棒金尊。搊殺銀箏字不真。揉癢天生鈍。縱有相思淚痕，索把拳頭搵。"《中原音韻》及弇州皆極賞之，然首語及"揉癢天生鈍"句，尚覺著相。此體亦是西樓最佳，如《失雞》、《轉五方》等曲，皆極當行。吾鄉徐天池先生，生平諧謔小令極多，如《嘲少發大脚妓·黃鶯兒》中二句"妝臺上省油，廝打處省揪，未下妝樓，金蓮一步，占著兩塊大磚頭"，《嘲瘦妓》"四兩麪條搓，抹胸腔三寸羅，俏郎君一手搛平聲三個"，《嘲歪嘴妓》"一個海螺兒在腮邊不住吹，面前説話倒與傍人對，未抹胭脂，櫻桃一點搓去聲過鼻梁西"等曲，大爲士人傳誦，今未見其人也。

論險韻第二十八

作曲好用險韻，亦是一僻。須韻險而語則極俊，又極穩妥，方妙。《西廂》之"不念《法華經》，不禮《梁王懺》"，及"彩筆題詩，回文織錦"，何語不俊，何韻不妥！又國初人《蕭淑蘭》劇，全押廉纖、監咸、侵尋、桓歡四韻，亦字字穩俏。近見押此等韻者，全無奇怪峭絕處，只是凑得韻來，便以爲難事。夫欲借險韻以見難，而止是平通趁韻，無以異於人也，亦何取此等韻爲耶！故知百尺竿頭逞技，非古所謂"肉飛仙"手段不可，庸衆人故當以此爲戒。

論巧體第二十九

古詩有離合、建除、人名、藥名、州名、數目、集句等體。元人以數目入曲，作者甚多，句首自一至十，有順去逆回者。《輟耕録》載《折桂令》起句"博山銅細裊香風"，一句兩韻，名曰"短柱"，爲極難作；虞邵菴作"鑾輿三顧茅廬"一曲擬之，則二字一韻，蓋尤難矣。喬夢符有"當時處士山祠"一曲，亦用此體。嘉靖間，北都有劉憲副效祖者用此體，凡平聲每韻各賦一首，可稱一癖。《詞林摘豔》有《粉蝶兒》"從東隴風動松呼"長套，句句兩字一韻，然不見佳。藥名詩，須字則正用，意却假借，讀去不覺，詳看始見，方得作法，如所謂"四海無遠志，一溪甘遂心"是也。陳大聲有《藥名》散套，首句"今年牡丹開較遲"，便是直用其名，更無別意。又後多借同音字爲用，如借"霜梅"爲"雙眉"，"茴香"爲"回鄉"，其語猶俏；至借"白芨"爲"北極"，"滑石"爲"化石"，政可發一胡盧矣。今《紅蕖》用藥名、牌名、五色、五聲、八音及瀟湘八景、離合、集句等體，種種皆備，然不甚合作。倘不能窮極妙境，不如毋添蛇足之爲愈也。

論劇戲第三十

劇之與戲，南北故自異體。北劇僅一人唱，南戲則各唱。一人唱則意可舒展，而有才者得盡其舂容之致；各人唱則格有所拘，律有所限，即有才者，不能恣肆於三尺之外也。於是貴剪裁，貴鍛鍊，以全帙爲大間架，以每折爲折落，以曲白爲粉堊、爲丹雘；勿落套，勿不經。勿太蔓，蔓則局懈，而優人多刪削；勿太促，促則氣迫，而節奏不暢達；毋令一人無著落，毋令一折不照應。傳中緊要處，須重著精神，極力發揮使透。如《浣紗》遺了越王嘗膽及夫人採葛事，紅拂私奔，如姬竊符，皆本傳大頭腦，如何草草放過！若無緊要處，只管敷演，又多惹人厭憎：皆不審輕重之故也。又用宮調，須稱事之悲歡苦樂，如遊賞則用仙呂、雙調等類，哀怨則用商調、越調等類，以調合情，容易感動得人。其詞格俱妙，大雅與當行參間，可演可傳，上之上也；詞藻工，句意妙，如不諧里耳，爲案頭之書，已落第二義；既非雅調，又非本色，掇拾陳言，湊插俚語，爲學究、爲張打油，勿作可也！

論引子第三十一

引子，須以自己之腎腸，代他人之口吻。蓋一人登場，必有幾句緊要說話，我設以身處其地，模寫其似，却調停句法，點檢字面，使一折之事頭，先以數語該括盡之，勿晦勿泛，此是上諦。《琵琶》引子，首首皆佳，所謂開門見山手段。《浣紗》如范蠡而曰"尊王定霸，不在桓、文下"，施之越王則可；越夫人而曰"金井轆轤鳴，上苑笙歌度，簾外忽聞宣召聲，忙蹙金蓮步"，是一宮人語耳！只苧羅山下一引頗佳，中"春風無那"，却不可解，餘俱非腐則漫。《玉玦》諸引，雖傷過文，然語俊調雅，不失爲才士之作。近惟《還魂》二夢之引，時有最俏而最當行者，以從元人劇中打勘出來故也。《明珠》引子，時用詩餘；《寶劍》引子，多出已創，皆不足爲法。自來唱引子，皆於句盡處用一底板；詞隱於用韻句下板，其不韻句止以鼓點之，譜中只加小圈讀斷，此是定論。

論過曲第三十二

　　過曲體有兩途：大曲宜施文藻，然忌太深；小曲宜用本色，然忌太俚。須奏之場
上，不論士人閨婦，以及村童野老，無不通曉，始稱通方。最要落韻穩當。如《琵琶》
"手指上血痕尚在衣麻"，"衣麻"是何話説？《紅拂》"髻雲撩"下無"亂"字，是歇後語
矣！皆謂趁韻。又不可令有敗筆語。《琵琶·僥僥令》，既云"但願歲歲年年人長在，
父母共夫妻相勸酬"，下却又云"夫妻長廝守，父母願長久"，説過又説；至"兩山排闥"
二句，與上何干？大是請客！尾聲"惟有快活是良謀"，直張打油語矣。用韻，須是一
韻到底方妙；屢屢換韻，畢竟才短之故，不得以《琵琶》、《拜月》藉口。若重韻，則正不
必拘，古劇皆然。避而牽強，不若重而穩俏之爲愈也。

論尾聲第三十三

　　尾聲以結束一篇之曲，須是愈著精神，末句更得一極俊語收之，方妙。凡北曲煞
尾，定佳。作南曲者，只是潦草收場，徒取完局，所以戲曲中絶無佳者，以不知此竅故
耳。各宮調尾聲，或平煞，或仄煞，各有定格，詞隱雖臚列譜中，然祇是檢舊曲訂出。
舊曲實未必皆是。必如《十三調譜》中舊定諸格，方是不差，惜原曲有不能盡見者耳。
今録於後：

　　情未斷煞。仙呂、羽調同此尾"衷腸悶損"尾文是也。

　　三句兒煞。黃鍾尾"春容漸老"尾文是也。

　　尚輕圓煞。正宮、大石同尾"祝融南度"尾文是也。

　　尚遠梁煞。商調尾"那日忽睹多情"尾文是也。

　　尚如縷煞。中呂有二樣，此係低一格尾"料峭東風"尾文是也。般涉同

　　喜無窮煞。中呂高一格尾"子規聲裏"尾文是也。

　　尚按節拍煞。道宮尾"新篁池閣"尾文是也。

　　不絶令煞。南呂尾"明月雙溪"尾文是也。

　　有餘情煞。越調尾"炎光謝了"尾文是也。

　　收好姻煞。小石尾"花底黃鸝"尾文是也。

　　有結果煞。雙調尾"簫聲喚起"尾文是也。

　　又有本音就煞，謂之隨煞。又有雙煞。又有借音煞。又有和煞。

　　凡一調作二曲，或四曲、六曲、八曲，及兩調各止一二曲者，俱不用尾聲。

374

論賓白第三十四

賓白，亦曰"説白"。有"定場白"，初出場時，以四六飾句者是也。有"對口白"，各人散語是也。定場白稍露才華，然不可深晦。《紫簫》諸白，皆絶好四六，惜人不能識；《琵琶》黄門白，只是尋常話頭，略加貫串，人人曉得，所以至今不廢。對口白須明白簡質，用不得太文字；凡用之、乎、者、也，俱非當家。《浣紗》純是四六，寧不厭人！又凡"者"字，惟北劇有之，今人用在南曲白中，大非體也。句字長短平仄，須調停得好，令情意宛轉，音調鏗鏘，雖不是曲，却要美聽。諸戲曲之工者，白未必佳，其難不下於曲。《玉玦》諸白，潔淨文雅，又不深晦，與曲不同，只稍欠波瀾。大要多則取厭，少則不達，蘇長公有言："行乎其所當行，止乎其所不得不止。"則作白之法也。

論插科第三十五

插科打諢，須作得極巧，又下得恰好。如善説笑話者，不動聲色，而令人絶倒，方妙。大略曲冷不鬧場處，得淨、丑間插一科，可博人哄堂，亦是劇戲眼目。若略涉安排勉强，使人肌上生粟，不如安靜過去。古戲科諢，皆優人穿插，傳授爲之，本子上無甚佳者。惟近顧學憲《青衫記》，有一二語咄咄動人，以出之輕俏，不費一毫做造力耳。黄山谷謂："作詩似作雜劇，臨了須打諢，方是出場。"蓋在宋時已然矣。

論落詩第三十六

落詩，亦惟《琵琶》得體。每折先定下古語二句，却湊二語其前，不惟場下人易曉，亦令優人易記。自《玉玦》易詩語爲之，於是爭趨於文。邇有集唐句以逞新奇者，不知喃喃作何語矣。用得親切，較可。如《浣紗》范蠡遇西施折，用"芙蓉脂肉緑雲鬟"一詩，所謂風乍起，吹皺一池春水，干卿何事？

論部色第三十七

《夢遊録》云："今教坊開場，先引一段尋常事，名曰'豔段'，次正雜劇，爲兩段。末泥色主張，引戲色分付，副淨色發喬，副末色打諢；又或添一人裝孤。其次曲破斷送者，謂之'把香'。"《輟耕録》云："傳奇出於唐。宋有戲曲。金有院本、雜劇。院本，一人曰'副淨',爲'參軍';一曰'副末',謂之'蒼鶻'。鶻能擊衆鳥,末可打副淨,故云;一曰引戲;一曰末泥,一曰裝孤。又謂之'五花爨弄'。"今南戲副淨同上,而末泥即生,裝孤即旦,引戲則末也。一說:曲貴熟而曰"生",婦宜夜而曰"旦",末先出而曰"末",淨喧鬧而曰"淨",反言之也;其貼則旦之佐,丑則淨之副,外則末之餘,明矣。按:丹丘先生謂雜劇、院本有正末、副末、狚、狐、靚、鴇、猱、捷譏、引戲九色之名,又謂唐爲傳奇,宋爲戲文,金時院本、雜劇合而爲一,元分爲二。雜劇者,雜戲也。院本者,行院之本也。又按:元雜劇中,名色不同,末則有正末、副末、冲末即副末、砌末、小末,旦則有正旦、副旦、貼旦即副旦、茶旦、外旦、小旦、旦兒即小旦。卜旦,亦曰卜兒即老旦。又有外,有孤裝官者,有細酸亦裝生者,有孛老即老雜。小廝曰"俫",從人曰"祗從",雜腳曰"雜當",裝賊曰"邦老"。凡廝役,皆曰"張千";有二人,則曰"李萬"。凡婢皆曰"梅香"。凡酒保皆曰"店小二"。今之南戲,則有正生、貼生或小生、正旦、貼旦、老旦、小旦、外、末、淨、丑即中淨、小丑即小淨,共十二人,或十一人,與古小異。古孤以裝官,《夢遊録》所謂裝孤即旦,非也。又丹丘以狚、狐、鴇、猱並列,即"孤"當亦是"狐"字之誤耳。嘗見元劇本,有於卷首列所用部色名目,並署其冠服、器械,曰某人冠某冠,服某衣,執某器,最詳。然其所謂冠服、器械名色,今皆不可復識矣。

論訛字第三十八

戲曲有相傳既久,致訛字間出,或係刻本之誤,或爲俗子所改,致撰人叫屈,識者貽嗤,不一而足。如《西廂》"風欠酸丁"之"欠",俗子作"㞎"字音,至去其字之轉筆處一"丿",並字形亦爲改削,不知字書從無此字。元賈仲名《蕭淑蘭》劇《寄生草》曲:"改不了强去聲文傲醋饞寒臉音斂,不作檢音,斷不了《詩》云、子曰酸風欠,離不了之乎者也腌窮儉。"以欠與上之"臉"、下之"儉"叶韻,明白可證。蓋起于南人,但知有"風㞎"俗語,不知北音,遂妄倡是說。不意金在衡輩亦爲所誤。筆之正訛。夫使果爲"風㞎"之義,何不徑用"㞎"字,而以"欠"字代之耶? 其在《琵琶記》者尤多。如《請糧·普天樂》,原以家麻、戈歌二韻通用,其云"豈忍見公婆受餓",正與上"弟和兄更没一個",下"直恁摧挫"相叶,却改作"受餒"。又有從而附和之者,以爲避俗。夫《琵琶》久用本色語矣,餓字亦何俗之有,乃妄改之,而反以不韻爲快耶?《成親·女冠子》引"丈夫得志,佳婿乘龍",與上下入聲簇、促韻全不叶。或改作"坦腹",於韻是矣,而與後之"兀的東床,難教我坦腹",又犯重復。直是難擇,則是東嘉自誤。《雙聲子》"娘介福",用《詩經》語。俗子改作"分福",以不識"介"字義,又與"分"字字形相近之故;後復改作"萬福",又"万"與"分"相近之故也。《剪髮·香羅帶》第三調"堪憐愚婦人",下當云

“單身又貧”,却易爲“窮”,亦誤。記中每對偶甚整。向謂“孔雀屏開”當作“開屏”,與下“芙蓉隱褥”相對,近詞隱於考誤已正之矣。又嘗疑“新篁池閣”、“槐陰庭院”二語,“槐陰”與“新篁”不對,必有誤字。“新篁”當以“高槐”爲對,乃的。孟郊詩“高槐結浮陰”,非無出也。即此曲前云“深院荷香滿”,又“只管打扇與燒香”,又“一架荼蘼滿院香”,下又云“香肌無暑”,又“一點風來香滿”,又“香奩日永”,又“香消寶篆沉煙”,又“怎遂得黄香願”,又“猛然心地熱透香汗”,又“只見荷香十里”,又“清香瀉下瓊珠濺”,連用十一“香”字,重疊之甚;而香滿、香奩、香消三句疊用,尤爲不妥。有改“香奩”作“湘簾”者,與上“薔薇簾幙”又重,不可强爲之解。本折落詩:“歡娱休問夜如何,此景良宵能幾何?”兩“何”字亦重。下“何”字,蓋“多”字之誤耳。他如《明珠記·二郎神》換頭“果然是萍水相遭”,與上之“問分曉”、下之“郎年少”相叶,因坊本誤刻而皆唱作“相逢”。又《紅拂記·古輪臺》“刺船陳孺”,“刺”字或作“次”音,或作“辣”音,皆非。當音作“戚”。陳孺,謂陳平也。刺船事,見《史記》,却無正音。《莊子·漁父》篇注“音戚”,此可爲證。《懶畫眉》“只得顛倒衣裳試覷渠”,“倒”字皆唱作上聲。夫去聲則“顛倒”之義也,上聲則“傾倒”之“倒”,於義不協矣。此則起於朱子注《詩》。此老執拗,甚不可解。《詩》言:“東方未明,顛倒衣裳;顛之倒之,自公召之。”下“顛之倒之”,即覆説上文“顛倒”二字之辭,其實一也,却於上“倒”字音作上聲,而下“倒”字音作去聲,此何説也?又“撇道”,北人調侃説“脚”也。湯海若《還魂記》末折“把那撇道兒搨長舌揸”,是以“撇道”認作額子也,誤甚。又散套“梅家莊水罐湯餅打爲磁屑”,當作“謝家莊”,正崔護乞漿處也。又“窺青眼”曲,《白練序》換頭“蕭郎信渺茫”下,舊原作“還追想當年處士莊”,《詞選》作“漫留下當年係馬椿”,俚甚,非白語。“眼望旌節旗,耳聽好消息”,出元人雜劇,今皆訛作“旌捷旗”,然似不如“捷旌旗”與下“好消息”對爲的。“憑君走到夜摩天”,“夜摩天”語出《藏經》,今皆訛作“焰摩天”。“不如意事常八九,可與言人無二三”,謂可與語言之人難得也;今訛作“可與人言”。“兩葉浮萍歸大海”,蓋本白樂天“與君何處重相遇,兩葉浮萍大海中”詩語,詞隱《唱曲當知》以爲非是,或偶未見此詩耳。大抵刻本中誤處,須以意理會,不可便仍其誤。彼優人俗子,既不能曉,吾輩又不爲是正,幾何不令千古之瞶瞶耶!

雜論第三十九上係縱筆漫書,初無倫次

詞曲小道。過雲、落塵,遠不暇論。明皇製《春光好》曲而桃杏皆開,世歌《虞美人》曲而草能按節以舞,聲之所感,豈其微哉!

南、北二調,天若限之。北之沉雄,南之柔婉,可畫地而知也。北人工篇章,南人

工句字。工篇章，故以氣骨勝；工句字，故以色澤勝。

勝國諸賢，蓋氣數一時之盛。王、關、馬、白，皆大都人也，今求其鄉，不能措一語矣。大都，即今北京

《正音譜》中所列元人，各有品目，然不足憑。涵虛子於文理原不甚通，其評語多足付笑。又前八十二人有評，後一百五人漫無可否，筆力竭耳，非真有所甄別其間也。

胡鴻臚言："元時，臺省元臣、郡邑正官，皆其國人爲之；中州人每沈抑下僚，志不獲展，如關漢卿乃太醫院尹，馬致遠江浙行省務官，宮大用鈞臺山長，鄭德輝杭州路吏，張小山首領官，於是多以有用之才，寓於聲歌，以紓其拂鬱感慨之懷，所謂不得其平而鳴也。"然其時如貫酸齋、白無咎、楊西菴、胡紫山、盧疎齋、趙松雪、虞邵菴輩，皆昔之宰執貴人也，而未嘗不工於詞。以今之宰執貴人，與酸齋諸公角而不勝；以今之文人墨士，與漢卿諸君角而又不勝也。蓋勝國時，上下成風，皆以詞爲尚，於是業有專門。今吾輩操管爲時文，既無暇染指；迨起家爲大官，則不勝功名之念；致仕居鄉，又不勝田宅子孫之念：何怪其不能角而勝之也！

人之賦才，各有所近。馬東籬、王實甫，皆勝國名手。馬於《黃粱夢》、《岳陽樓》諸劇，種種妙絕，而一遇麗情，便傷雄勁；王於《西廂》、《絲竹芙蓉亭》之外，作他劇多草草不稱。尺有所短，信然。

古戲不論事實，亦不論理之有無可否，於古人事多損益緣飾爲之，然尚存梗概。後稍就實，多本古史傳雜說略施丹堊，不欲脫空杜撰。邇始有捏造無影響之事以欺婦人、小兒者，然類皆優人及里巷小人所爲，大雅之士亦不屑也。

元人作劇，曲中用事，每不拘時代先後。馬東籬《三醉岳陽樓》，賦呂純陽事也。《寄生草》曲："這的是燒豬佛印待東坡，抵多少騎驢魏野逢潘閬。"俗子見之，有不嘖以爲傳唐人用宋事耶？畫家謂王摩詰以牡丹、芙蓉、蓮花同畫一景，畫《袁安高臥圖》有雪裏芭蕉，此不可易與人道也。

詞曲本文人能事，亦有不盡然者。周德清撰《中原音韻》，下筆便如葛藤；所作"宰金頭黑脚天鵝"《折桂令》、"燕子來海棠開"《塞兒令》、"臉霞鬢鴉"《朝天子》等曲，又特警策可喜，即文人無以勝之，是殊不可曉也。

南、北二曲，用字不得相混。今南曲中有用"者"字、"兀"字、"您"字、"嗒"字，及南曲而用北韻，以"白"爲"排"，以"墾"爲"好"之類，皆大非體也。

元人諸劇，爲曲皆佳，而白則猥鄙俚褻，不似文人口吻。蓋由當時皆教坊樂工先撰成間架說白，却命供奉詞臣作曲，謂之"填詞"。凡樂工所撰，士流恥爲更改，故事款多悖理，辭句多不通。不似今作南曲者盡出一手，要不得爲諸君子疵也。

北曲方言時用，而南曲不得用者，以北語所被者廣，大略相通，而南則士音各省、

378

郡不同，入曲則不能通曉故也。

元人雜劇，其體變幻者固多，一涉麗情，便關節大略相同，亦是一短。又古新奇事迹，皆爲人做過。今日欲作一傳奇，毋論好手難遇，即求一典故新采可動人者，正亦不易得耳。

元詞選者甚多，然皆後人施手，醇疵不免。惟《太平樂府》係楊澹齋所選，首首皆佳。蓋以元人選元詞，猶唐人之選《中興閒氣》、《河洛英靈》二集，具眼故在也。

北人尚餘天巧，今所流傳《打棗竿》諸小曲，有妙入神品者；南人苦學之，決不能入。蓋北之《打棗竿》，與吳人之《山歌》，不必文士，皆北里之俠，或閨閫之秀，以無意得之，猶詩《鄭》、《衞》諸風，修《大雅》者反不能作也。

世稱曲手，必曰關、鄭、白、馬，顧不及王，要非定論。稱戲曲曰《荊》、《劉》、《拜》、《殺》，益不可曉，殆優人戲單語耳。

唐三百年，詩人如林。元八十年，北詞名家亦不下二百人。明興二百四十年，作南曲錚錚者，指不易多屈，何哉？

古戲必以《西廂》、《琵琶》稱首，遞爲桓、文。然《琵琶》終以法讓《西廂》，故當離爲雙美，不得合爲聯璧。《琵琶》遣意嘔心，造語刺骨，似非以漫得之者，顧多蕪語、累字，何耶？

《西廂》組豔，《琵琶》俏質，其體固然。何元朗並訾之，以爲“《西廂》全帶脂粉，《琵琶》專弄學問，殊寡本色”。夫本色尚有勝二氏者哉？過矣！

《拜月》語似草草，然時露機趣；以望《琵琶》，尚隔兩塵；元朗以爲勝之，亦非公論。

世傳《拜月》爲施君美作，然《錄鬼簿》及《太和正音譜》皆載在漢卿所編八十一本中，不曰君美。君美名惠，杭州人，吳山前坐賈也。南戲自來無三字作目者，蓋漢卿所謂《拜月亭》，係是北劇，或君美演作南戲，遂仍其名不更易耳。

古之優人，第以諧謔滑稽供人主喜笑，未有並曲與白而歌舞登場如今之戲子者；又皆優人自造科套，非如今日習現成本子，俟主人揀擇，而日日此伎倆也。如優孟、優旃、後唐莊宗，以迨宋之靖康、紹興，史籍所記，不過“葬馬”、“漆城”、“李天下”、“公冶長”、“二聖環”等諸語面已。即金章宗時，董解元所爲《西廂記》，亦第是一人倚絃索以唱，而間以說白。至元而始有劇戲，如今之所搬演者是。此竅由天地開闢以來，不知越幾百千萬年，俟夷狄主中華，而於是諸詞人一時林立，始稱作者之聖，嗚呼異哉！

南戲曲，從來每人各唱一隻。自《拜月》以兩三人合唱，而詞隱諸戲遂多用此格。畢竟是變體，偶一爲之可耳。

《琵琶》工處甚多，然時有語病，如第二折引“風雲太平日”，第三折引“春事已無有”，三十一折引“也只爲我們楣”，皆不成語。又蔡別後，趙氏寂寥可想矣，而曰“翠減

祥鸞羅幌，香消寶鴨金爐，楚館雲閒，秦樓月冷”，後又曰“寶瑟塵埋，錦被羞鋪，寂寞瓊
窗，蕭條朱戶”等語，皆過富貴，非趙所宜。二十六折《駐馬聽》“書寄鄉關”二曲，皆本
色語，中“著啼痕緘處翠綃斑”二語，及“銀鉤飛動綵雲牋”二語，皆不搭色，不得爲之護
短。至後八折，真儈父語。或以爲朱教諭所續，頭巾之筆，當不誣也。

弇州謂“《琵琶》‘長空萬里’完麗而多蹈襲”，似誠有之。元朗謂其“無蒜酪氣。如
王公大人之席，駝峯、熊掌，肥腯盈前，而無蔬、笋、蜆、蛤，遂欠風味”。余謂：使盡廢駝
峯、熊掌，抑可以羞王公大人耶？此亦一偏之説也。

古曲自《琵琶》、《香囊》、《連環》而外，如《荆釵》、《白兔》、《破窰》、《金印》、《躍鯉》、
《牧羊》、《殺狗勸夫》等記，其鄙俚淺近，若出一手。豈其時兵革孔棘，人士流離，皆村
儒野老涂歌巷詠之作耶？《殺狗》，頃吾友鬱藍生爲釐韻以飾，而整然就理也，蓋一
幸矣。

元初諸賢作北劇，佳手疊見。獨其時未有爲今之南戲者，遂不及見其風概，此吾
生平一恨！

作北曲者，如王、馬、關、鄭輩，創法甚嚴。終元之世，沿守惟謹，無敢踰越。而作
南曲者，如高如施，平仄聲韻，往往離錯。作法於涼，馴至今日，蕩然無復底止，則兩君
不得辭作俑之罪，真有幸不幸也。

元朗謂：“《呂蒙正》內‘紅妝豔質，喜得功名遂’，《王祥》內‘夏日炎炎，今箇最關情
處，路遠迢遙’，《殺狗》內‘千紅百翠’，《江流》內‘崎嶇去路賒’，《南西廂》內‘團團皎
皎’、‘巴到西廂’，《翫江樓》‘花底黃鸝’，《子母寃家》內‘東野翠煙消’，《詐妮子》內‘春
來麗日長’，皆上絃索，正以其辭之工也。”亦未必然。此數曲昔人偶打入絃索，非字字
合律也。又謂：“寧聲叶而辭不工，舞寧辭工而聲不叶。”此有激之言。夫不工，奚以辭
爲也！

《明珠記》本唐人小説，事極典麗，第曲白類多蕪葛。僅“衣宵香”一套，不特詞句
婉俏，而轉折亦委曲可念，弇州所謂“其兄浚明給事助之者”耶？然引曲用調名殊不
佳，《尾聲》及後《黃鶯兒》二曲俱俚率不稱，若出兩手，何耶？

《中原音韻》十七宮調，所謂“仙呂宮清新綿邈”等類，蓋謂仙呂宮之調，其聲大都
清新綿邈云爾。其云“十七宮調各應於律呂”，“於”字以不嫻文理之故。《太和正音
譜》於仙呂等各宮調字下加一“唱”字，係是贅字。然猶可以“雖”代“曲”字，謂某宮之
曲，其聲云云也。至弇州加一“宜”字，則大拂理矣！豈作仙呂宮曲與唱仙呂宮曲者，
獨宜清新綿邈，而他宮調不必然？以是知蛇足之多，爲本文累也。

論曲，當看其全體力量如何，不得以一二語偶合，而曰某人、某劇、某戲、某句、某
句似元人，遂執以概其高下。寸瑜自不掩尺瑕也。

曲之尚法固矣，若僅如下算子、畫格眼、垛死屍，則趙括之讀父書，故不如飛將軍之横行匈奴也。當行本色之説，非始於元，亦非始於曲，蓋本宋嚴滄浪之説詩。滄浪以禪喻詩，其言："禪道在妙悟，詩道亦然。惟悟乃爲當行，乃爲本色。有透徹之悟，有一知半解之悟。"又云："行有未至，可加工力；路頭一差，愈騖愈遠。"又云："須以大乘正法眼爲宗，不可令墮入聲聞辟支之果。"知此説者，可與語詞道矣。

作詞守成法，尺尺寸寸，句覈字研，俾無累功令，易耳。然其至爾力，其中非爾力，故入曲三昧，在"巧"之一字。

唱曲欲其無字。即作曲者用綺麗字面，亦須下得恰好，全不見痕迹礙眼，方爲合作。若讀去而煙雲花鳥、金碧丹翠、横垛直堆，如攤賣古董，鋪綴百家衣，使人種種可厭，此小家生活，大雅之士所深鄙也。

上去、去上之間，用有其字必不可易而强爲避忌，如易"地"爲"土"，改"宇"作"廈"，致與上下文生拗不協，甚至文理不通，不若順其自然之爲貴耳。

南曲之有陰陽也，其竅今日始闢。然此義微之又微，所不易辨，不能字字研其至當。當亦如前取務頭法，將舊曲子令優人唱過，但有其字是而唱來却非其字本音者，即是宜陰用陽、宜陽用陰之故，較可尋繹而得之也。

揭調之説，不特今曲爲然。楊用脩詩《詩話》云："樂府家謂揭調者，高調也。高駢詩：'公子邀歡月滿樓，佳人揭調唱《伊州》。便從席上西風起，直到蕭關水盡頭。'"則唐時之歌曲，可想見矣。

凡曲之調，聲各不同，已備載前十七宫調下。至各韻爲聲，亦各不同。如東鍾之洪，江陽、皆來、蕭豪之響，歌戈、家麻之和，韻之最美聽者。寒山、桓歡、先天之雅，庚青之清，尤侯之幽，次之。齊微之弱，魚模之混，真文之緩，車遮之用雜入聲，又次之。支思之萎而不振，聽之令人不爽。至侵尋、監咸、廉纖，開之則非其字，閉之則不宜口吻，勿多用可也。

作散套較傳奇更難。傳奇各有本等事頭鋪襯，散套鑿空爲之。散套中登臨、遊賞之詞較易，閨情尤難，蓋閨情古之作者甚多，好意、好語，皆爲前人所道，不易脱此窠臼故也。白樂天作詩，必令老嫗聽之，問曰："解否？"曰"解"，則録之；"不解"，則易。作劇戲，亦須令老嫗解得，方入衆耳，此即本色之説也。

劇戲之道，出之貴實，而用之貴虛。《明珠》、《浣紗》、《紅拂》、《玉合》，以實而用實者也；《還魂》、"二夢"，以虛而用實者也。以實而用實也易，以虛而用實也難。

劇戲之行與不行，良有其故。庸下優人，遇文人之作，不惟不曉，亦不易入口。村俗戲本，正與其見識不相上下，又鄙猥之曲，可令不識字人口授而得，故爭相演習，以適從其便。以是知過施文彩，以供案頭之積，亦非計也。

世多可歌之曲，而難可讀之曲。歌則易以聲掩詞，而讀則不能掩也。

世有不可解之詩，而不可令有不可解之曲。曲之不可解，非入方言，則用僻事之故也。“胡廝哩”、“兩喬才”，此方言也。“韓景陽”、“大來頭”，此僻事也。作南戲，而兩語皆南人所不識，皆曲之病也。

古戲如《荆》、《劉》、《拜》、《殺》等，傳之幾二三百年，至今不廢。以其時作者少，又優人戲單，無此等名目便以爲缺典，故幸而久傳。若今新戲日出，人情復厭常喜新，故不過數年，即棄閣不行，此世數之變也。

作曲如生人耳目口鼻，非不犂然各具。然西施、嫫母，妍醜殊觀；王公、廝養，貴賤異等。墮地以來，根器區別，欲勉强一分，幾而及之，必不可得也。

唐之絶句，唐之曲也，而其法宋人不傳。宋之詞，宋之曲也，而其法元人不傳。以至金、元人之北詞也，而其法今復不能悉傳。是何以故哉？國家經一番變遷，則兵燹流離，性命之不保，遑習此太平娛樂事哉？今日之南曲，他日其法之傳否，又不知作何底止也！爲嘅，且懼。（以上《曲律》卷第三）

雜論第三十九下

李中麓序刻元喬夢符、張小山二家小令，以方唐之李、杜。夫李則實甫，杜則東籬，始當；喬、張，蓋長吉、義山之流。然喬多凡語，似又不如小山更勝也。

《關雎》、《鹿鳴》，今歌法尚存，大都以兩字抑揚成聲，不易入里耳。漢之《朱鷺》、《石流》，讀尚聱牙，聲定椎樸。晉之《子夜》、《莫愁》，六朝之《玉樹》、《金釵》，唐之《霓裳》、《水調》，即日趨冶豔，然只是五七詩句，必不能縱橫如意。宋詞句有長短，聲有次第矣，亦尚限邊幅，未暢人情。至金、元之南北曲，而極之長套，斂之小令，能令聽者色飛，觸者腸靡，洋洋纚纚，聲蔑以加矣！此豈人事，抑天運之使然哉。

予在都門日，一友人攜文淵閣所藏刻本《樂府大全》又名《樂府渾成》一本見示，蓋宋、元時詞譜。（即宋詞，非曲譜）止林鐘商一調，中所載詞至二百餘闋，皆生平所未見。以樂律推之，其書尚多，當得數十本。所列凡目，亦世所不傳。所畫譜，絶與今樂家不同。有《卜算子》、《浪淘沙》、《鵲橋仙》、《摸魚兒》、《西江月》等，皆長調，又與詩餘不同。有《嬌木笪》，則元人曲所謂《喬木查》，蓋沿其名而誤其字者也。中佳句有“酒入愁腸，誰信道都做淚珠兒滴”，又“怎知道恁地憶，再相逢瘦了才信得”，皆前人所未道。以是知詞曲之書，原自浩瀚。即今曲，當亦有詳備之譜，一經散逸，遂並其法不傳，殊爲可惜！今列其目並譜於後，以存典刑一斑。

林鐘商目　　隋呼歇指調。

382

娟聲　品有大品小品　歌曲子　唱歌　中腔

踏歌　引　三台　傾杯樂　慢曲子

促拍　令　序　破子　急曲子

木笪　丁聲長行　大曲　曲破

娟聲譜案：以下古譜例，略

小品譜案：以下古譜例，略

又：案：以下古譜例，略

元時北虜達達所用樂器，如箏、篡、琵琶、胡琴、渾不似之類，其所彈之曲，亦與漢人不同。見《輟耕録》。不知其音調詞義如何，然亦各具一方之制，誰謂胡無人哉。今並識於此，以廣異聞。

大曲：

《哈八兒圖》《口温》《也葛倘兀》《畏兀兒》《閔古里》《起土苦里》《跋四土魯海》《舍舍弼》《搖落四》《蒙古搖落四》《門彈搖落四》《阿耶兒虎》《桑哥兒》《苦不丁》江南謂之“孔雀雙手彈”　《答剌》謂之“白翎雀雙手彈”　《阿厮闌扯弼》“回盞曲雙手彈”　《苦只把其》“吕弦”

小曲：

《哈兒火失哈赤》“黑雀兒叫”　《阿林捺》“花紅”　《曲律買》《者歸》《洞洞伯》《牝疇兀兒》《把擔葛失》《削浪沙》《馬哈》《相公》《仙鶴》《阿丁水花》

回回曲：

《伉俚》《馬黑某當當》《清泉當當》

詞之異於詩也，曲之異於詞也，道迴不侔也。詩人而以詩爲曲也，文人而以詞爲曲也，誤矣，必不可言曲也。

嘗戲以傳奇配部色，則《西廂》如正旦，色聲俱絶，不可思議；《琵琶》如正生，或峨冠博帶，或敝巾敗衫，俱嘖嘖動人；《拜月》如小丑，時得一二調笑語，令人絶倒；《還魂》、“二夢”如新出小旦，妖冶風流，令人魂銷腸斷，第未免有誤字錯步；《荆釵》、《破窰》等如淨，不繫物色，然不可廢；吴江諸傳如老教師登場，板眼場步，略無破綻，然不能使人喝采。《浣紗》、《紅拂》等如老旦、貼生，看人原不苛責；其餘卑下諸戲，如雜脚備員，第可供把盞執旗而已。

作閨情曲，而多及景語，吾知其窘矣。此在高手，持一“情”字，摸索洗發，方挹之不盡，寫之不窮，淋漓渺漫，自有餘力，何暇及眼前與我相二之花鳥煙雲，俾掩我真性，混我寸管哉。世之曲，詠情者强半，持此律之，品力可立見矣。

北劇之於南戲，故自不同。北詞連篇，南詞獨限。北詞如沙場走馬，馳騁自由；南詞如揖遜賓筵，折旋有度。連篇而蕪蔓，獨限而跼蹐，均非高手。韓淮陰之多多益善，岳武穆之五百騎破兀術十萬衆，存乎其人而已。

晉人言："絲不如竹，竹不如肉"。以爲漸近自然。吾謂：詩不如詞，詞不如曲，故是漸近人情。夫詩之限於律與絕也，即不盡於意，欲爲一字之益，不可得也。詞之限於調也，即不盡於吻，欲爲一語之益，不可得也。若曲，則調可累用，字可襯增。詩與詞，不得以諸語方言入，而曲則惟吾意之欲至，口之欲宣，縱橫出入，舞之而無不可也。故吾謂：快人情者，要毋過於曲也。

曲以婉麗俏俊爲上。詞隱譜曲，於平仄合調處，曰"某句上去妙甚"。"某句去上妙甚"，是取其聲，而不論其義可耳。至庸拙俚俗之曲，如《臥冰記·古皂羅袍》"理合敬我哥哥"一曲，而曰"質古之極，可愛可愛"。《王煥》傳奇《黃薔薇》"三十哥央你不來"一引，而曰"大有元人遺意，可愛"。此皆打油之最者，而極口贊美，其認路頭一差，所以已作諸曲，路墮此一劫，爲後來之誤甚矣，不得不爲拈出。

古人往矣，吾取古事，麗今聲，華袞其賢者，粉墨其慝者，奏之場上，令觀者藉爲勸懲興起，甚或扼腕裂眦，涕泗交下而不能已，此方爲有關世教文字。若徒取漫言。既已造化在手，而又未必其新奇可喜，亦何貴漫言爲耶？此非腐談，要是確論。故不關風化，縱好徒然，此《琵琶》持大頭腦處，《拜月》祇是宣淫，端士所不與也。

各調有宜遵古以正今之訛者，有不妨從俗以就今之便者。《九宮新譜》所載《步步嬌》之第一句、《玉交枝》之第五句、《好姐姐》之第五句、《江兒水》之第四句、《啄木兒》之第六句、《懶畫眉》之第一句、《醉扶歸》之第三句，其所署平仄，正今失調，斷所宜遵。至《皂羅袍》第三句之平仄平平、《解三酲》之第四六字句與第五七字句下三字之平仄平、《一江風》之第五六重用四字句、《瑣窗寒》之第八七字句、《山坡羊》之第七七字句、《步步嬌》之第五句第二字用仄聲，從古可也；即從俗，亦不害其爲失調也。若《玉芙蓉》之第六句用平平仄平、《白練序》之首句作四字、《畫眉序》之首句作三字、《石榴花》之首四句盡作七字、《梁州序犯》之第九句作七字、《劉潑帽》之第四句作四字、《駐雲飛》之第六句作三字、《綿搭絮》首句七字與第三句之六字、《鎖南枝》之第三句六字、與《換頭》第一二句之五字、第三句下之多六字一句，則世俗之以新調相沿舊矣，一旦盡返之古，必羣駭不從。又《水底魚兒》之八句，即剖爲二人唱，似亦無妨。《風入松》之每調繼以兩《急三槍》，與末調之單用本調，雖古有此格，然《琵琶》後八折耳，安在其必當而拘拘以此爲法也，拈出與秉筆者商之。

詞隱論北詞，謂《朝天子》一調，自《龍泉記》出，而此曲失真。《浣紗》"往江干水鄉"盛行，而此曲盡晦。却取《太和正音譜》所收張小山"瘦杯玉醅"一首爲譜。其詞"飽似伯夷"一句係失調，不如《中原音韻》所收"早霞晚霞"一首爲確。蓋《浣紗》實倣

《龍泉》，較原調多著襯字，其聲尚可考見也。今並列於此。元人《題廬山朝天子》云：
"早霞晚霞，妝點廬山畫。仙翁何處鍊丹砂？一縷白雲下。客去齋餘，人來茶罷。歎
浮生，指落花。楚家、漢家，做了漁樵話。"《浣紗·朝天子》云："往江干水鄉，過化溪柳
塘，看齊齊綵鷁波心放。鼕鼕疊鼓起鴛鴦，一雙戲清波浮輕浪。青山兒幾行，綠波兒
千狀，渺茫渺茫渺渺茫。趁東風蘭橈畫槳，採蓮歌齊聲唱。"南人爲北詞，而失其本調
者，即此曲可類見矣。余頃與孫比部談及此調，比部指摘《浣紗》陰陽之舛。余因字字
分別陰陽，並盡用律中諸禁，作《春遊詞》一闋。鬱藍生序刻以傳好事者，今存別本。
然爲法苛刻，益難中之難。要以遊三尺之中，而不見一毫勉強，乃佳；若一爲界限所
拘，讀去礙口，便非高手也。

　　曲與詩原是兩腸，故近時才士輩出，而一搦管作曲，便非當家。汪司馬曲，是下膠
漆詞耳。弇州曲不多見，特《四部稿》中有一《塞鴻秋》、兩《畫眉序》，用韻既雜，亦詞家
語，非當行曲。《畫眉序》和頭第一字，法用去聲，却云"濃霜畫角遼陽道，知他夢裏何
如"。濃字平聲，不可唱也。

　　近之爲詞者，北詞則關中康狀元對山、王太史渼陂，蜀則楊狀元升菴，金陵則陳太
史石亭、胡太史秋宇、徐山人髯仙，山東則李尚寶伯華，馮別駕海浮，山西則常延評樓
居，維陽則王山人西樓，濟南則王邑佐舜耕，吳中則楊儀部南峯。康富而蕪；王豔而
整；楊俊而葩；陳、胡爽而放；徐暢而未汰，李豪而率，馮才氣勃勃，時見觚觚；常多俠而
寡馴，西樓工短調，翩翩都雅；舜耕多近人情，兼善諧謔；楊較粗莽。諸君子間作南調，
則皆非當家也。南則金陵陳大聲、金在衡，武林沈青門，吳唐伯虎、祝希哲、梁伯龍，而
陳、梁最著。唐、金、沈小令，並斐亹有致；祝小令亦佳，長則草草；陳、梁多大套，頗著
才情，然多俗意陳語，伯仲間耳。餘未悉見，不敢定其甲乙也。王渼陂詞固多佳者。
何元朗摘其小詞中"鶯巢濕春隱花梢"，以爲金、元人無此一句。然此詞全文："泠泠象
板粉兒敲，小小金杯綠蟻飄，重重畫閣紅塵落。喜豐年恰遇着，幾般兒景致蹊蹺。鳳
團小茶烹銀罐，驢背穩詩吟野橋"。除鶯巢句，下皆陳語。後三句對復不整。又云：
"《杜甫遊春》劇，金、元人猶當北面。"此劇蓋借李林甫以罵時相者，其詞氣雄宕，固陵
厲一時，然亦多雜凡語，何得便與元人抗衡。王元美復謂其聲價不在關、馬之下，皆過
情之論也。

　　對山亦忤於時，放情自廢，與渼陂皆以聲樂相尚，彼此酬和不輟。康所作尤多，非
不莽具才氣，然喜生造，喜堆積，喜多用老生語，不得與王並驅。所著《沜東樂府》。可
數百首，中《元夜·落梅風》："春雲澹，月色昏。坐空齋雪餘風潤。若嫦娥肯饒春幾
分，向朱簾且收寒暈。"《效自君之出矣沉醉東風》："掃萬里龍沙未返，怨深閨蛾尾空
彎。泣相思柳未勻，待好會梅初綻。隔魂臺水水山山，也要尋君到玉關，路比天涯近

遠？"僅此二詞，頗饒風韻，餘未足取。第易蛾眉爲蛾尾，亦不妥耳。

升菴北調，未盡閑律，然最有佳者。余最愛其《沈醉東風》小令云："也不是石家的綠珠風韻，也不是喬家的碧玉青春。合雙鬟夢裏來行，萬里雲南近，似蘇家過嶺進雲。休索我花鈿與繡裙，窮秀才床頭金盡。"風流旖旎，即實甫能加之哉！

松陵詞隱沈寧菴先生，諱璟。其於曲學、法律甚精，汎瀾極博。斤斤返古，力障狂瀾，中興之功，良不可沒。先生能詩，工行、草書。弱冠魁南宫，風標白皙如畫。仕由史部郎轉丞光禄，值有忌者，遂屏迹郊居，放情詞曲，精心考索者垂三十年。雅善歌，與同里顧學憲道行先生，並畜聲伎，爲香山、洛社之游。所著詞曲甚富，有《紅蕖》、《分錢》、《埋劍》、《十孝》、《雙魚》、《合衫》、《義俠》、《分柑》、《鴛衾》、《桃符》、《珠串》、《奇節》、《鑿井》、《四異》、《結髮》、《墜釵》、《博笑》等十七記。散曲曰《情癡寱語》、曰《詞隱新詞》二卷；取元人詞，易爲南調，曰《曲海青冰》二卷。《紅蕖》蔚多藻語。《雙魚》而後，專尚本色，蓋詞林之哲匠，後學之師模也。又嘗增定《南曲全譜》二十一卷，別輯《南詞韻選》十九卷。又有《論詞六則》、《唱曲當知》、《正吳編》及《考定琵琶記》等書，半已盛行於世；未刻者，存吾友鬱藍生處。生平故有詞癖，每客至，談及聲律，輒娓娓剖析，終日不置。嘗一命余序《南九宫譜》，既就梓，誤以均爲韻。余請改正，先生復札，巽辭爲謝。比札至，而先生已捐館舍矣。先是數年，道行先生亦卒。自兩先生殁，而吳中遂無復有繼其迹者，悲夫！

詞隱傳奇，要當以《紅蕖》稱首。其餘諸作，出之頗易，未免庸率。然嘗與余言，歉以《紅蕖》爲非本色，殊不其然。生平於聲韻、宫調，言之甚悉，顧於己作，更韻、更調，每折而是，良多自恕，殆不可曉耳。

顧道行先生，亦美風儀，登第甚少。曾一就教吾越。以閩中督學使者棄官歸田。工書、畫，侈姬侍，兼有顧曲之嗜。所畜家樂，皆自教之。所著有《青衫》、《葛衣》、《義乳》三記，略尚標韻，第傷文弱。余嘗一訪先生園亭，先生論詞，亦傾倒不輟。晚年無疾，爲人作一書與郡公，投筆而逝，亦一奇也。

臨川湯奉常之曲，當置"法"字無論，盡是案頭異書。所作五傳，《紫簫》、《紫釵》第脩藻豔，語多瑣屑，不成篇章；《還魂》妙處種種，奇現動人，然無奈腐木敗草，時時纏繞筆端；至《南柯》、《邯鄲》二記，則漸削蕪類，俛就矩度，布格既新，遣詞復俊，其掇拾本色，參錯麗語，境往神來，巧湊妙合，又視元人別一谿徑，技出天縱，匪由人造。使其約束和鸞，稍閑聲律，汰其膡字累語，規之全瑜，可令前無作者，後鮮來喆，二百年來，一人而已。

臨川之於吳江，故自冰炭。吳江守法，斤斤三尺，不欲令一字乖律，而毫鋒殊拙；臨川尚趣，直是橫行，組織之工，幾與天孫爭巧，而屈曲聱牙，多令歌者齚舌。吳江嘗謂：“寧協律而不工。讀之不成句，而謳之始協，是爲中之之巧。”曾爲臨川改易《還魂》字句之不協者，呂吏部玉繩鬱藍生尊人以致臨川，臨川不懌，復書吏部曰：“彼惡知曲意哉！余意所至，不妨拗折天下人嗓子。”其志趣不同如此。鬱藍生謂臨川近狂，而吳江近狷，信然哉！

自詞隱作詞譜，而海內斐然向風。衣鉢相承，尺尺寸寸守其榘矱者二人：曰吾越鬱藍生，曰橋李大荒逋客。鬱藍《神劍》、《二婬》等記，並其科段轉折似之；而大荒《乞麾》至終帙不用上去疊字，然其境益苦而不甘矣。

詞隱之持法也，可學而知也；臨川之脩辭也，不可勉而能也。大匠能與人規矩，不能使人巧也。其所能者，人也；所不能者，天也。

詞隱所著散曲《情癡寱語》及《詞隱新詞》各一卷，大都法勝於詞。《曲海青冰》二卷，易北爲南，用工良苦。前二種，呂勤之已爲刻行；後一種，勤之既逝，不知流落何處，惜哉！

詞隱《墜釵記》，蓋因《牡丹亭》記而興起者，中轉折儘佳，特何興娘鬼魂別後，更不一見，至末折忽以成仙會合，似缺鍼綫。余嘗因鬱藍之請，爲補又二十七盧二舅指點脩煉一折，始覺完全。今金陵已補刻。

詞隱生平，爲挽回曲調計，可謂苦心。嘗賦《二郎神》一套，又雪夜賦《鶯啼序》一套，皆極論作詞之法。中《黃鶯兒》調，有：“自心傷蕭蕭，白首誰與共雌黃！”《尾聲》：“吾言料沒知音賞，這《流水》、《高山》逸響，直待後世鍾期也不防。”二詞見勤之刻中。至今讀之，猶爲悵然。蘇長公有言：“少游已矣，雖萬人何贖！”吾於詞隱亦云。

宛陵以詞爲曲，才情綺合，故是文人麗裁。四明新采豐縟，下筆不休，然於此道，本無解處。崑山時得一二致語，陳陳相因，不免紅腐。長洲體裁輕俊，快於登場，言言襪綫，不成科段。其餘人珠家璧，各擅所長，不能枚舉，第尚達者或跳浪而寡馴，守法者或跼蹐而不化。若夫不廢繩檢，兼妙神情，甘苦匠心，丹艧應度，劑衆長於一冶，成五色之斐然者，則李于麟有言：“亦惟天實生才，不盡後之君子。”

吾越故有詞派，古則越人《鄂君》，越夫人《烏鳶》，越婦《采葛》，西施《采蓮》，夏統《慕歌》，小海《河女》尚已。迨宋，而有《青梅》之歌，志稱其聲調宛轉，有《巴峽》、《竹枝》之麗。陸放翁小詞閒豔，與秦、黃並驅。元之季有楊鐵崖者，風流爲後進之冠，今“伯業艱危”一曲，猶膾炙人口。近則謝泰興海門之《四喜》，陳山人鳴野之《息柯餘韻》，皆入逸品。至吾師徐天池先生所爲《四聲猿》，而高華爽俊，穠麗奇偉，無所不有，稱詞人極則，追躅元人。今則自縉紳、青襟，以迨山人、墨客，染翰爲新聲者，不可勝紀。以余所善，史叔考撰《合紗》、《櫻桃》、《鵁釵》、《雙駕》、《擘甌》、《瓊花》、《青蟬》、《雙梅》、《夢磊》、《檀扇》、《梵書》，又散曲曰《齒雪餘香》，凡十二種；王濟翁撰《雙合》、

《金椀》、《紫袍》、《蘭佩》、《櫻桃園》，散曲曰《欸乃編》，凡六種。二君皆自能度品登場，體調流麗，優人便之，一出而搬演幾遍國中。姚江有葉美度進士者，工儁摹古，撰《玉麟》、《雙卿》、《鸞鎞》、《四豔》、《金鎖》，以及諸雜劇，共十餘種。同舍有呂公子勤之，曰鬱藍生者，從髫年便解摛掞，如《神女》、《金合》、《戒珠》、《神鏡》、《三星》、《雙棲》、《雙閣》、《四相》、《四元》、《二媱》、《神劍》，以迨小劇，共二三十種。惜玉樹早摧，齎志未竟。自餘獨本單行，如錢海屋輩，不下一二十人。一時風尚，概可見已。

徐天池先生《四聲猿》，故是天地間一種奇絕文字。《木蘭》之北，與《黃崇嘏》之南，尤奇中之奇。先生居，與余僅隔一垣，作時每了一劇，輒呼過齋頭，朗歌一過，津津意得。余拈所警絕以復，則舉大白以釂，賞爲知音。中《月明度柳翠》一劇，係先生早年之筆；《木蘭》、《禰衡》，得之新創；而《女狀元》則命余更覓一事，以足四聲之數，余舉楊用脩所稱《黃崇嘏春桃記》爲對，先生遂以春桃名嘏。今好事者以《女狀元》並余舊所譜《陳子高傳》稱爲《男皇后》，並刻以傳，亦一的對，特余不敢與先生匹耳。先生好談詞曲，每右本色，於《西廂》、《琵琶》皆有口授心解；獨不喜《玉玦》，目爲“板漢”。先生逝矣，遽成千古，以方古人，蓋真曲子中縛不住者，則蘇長公其流哉！

陳鳴野先生，以詩、畫、書翰推重一時。生平好游狹斜，故多贈青樓之作，儇俏清便，亦一詞場駿足。余生晚，不及識先生。今相國朱文懿公，先生壻也，嘗謂余言：“先生風流跌宕，喜游揚後進。兼妙聲歌，故諸作絕無累字。今不可復見矣！”董少宰中峯先生，亦吾邑人也，幼舉神童，年十九魁南宮第一。在翰苑時，曾有應制《駕幸西湖》南北調詞一闋，今存集中，即限於體裁，亦勝楊南峯數等。

余大父爐峯公博學高才，著述甚富，有集數十卷。往與王方湖、王真翁兩先生齊名，鄉人士稱爲“於越三王”。少時曾草《紅葉》一記，都雅婉逸，翩翩有風人之致。遺命秘不令傳。今藏家塾。余弱歲臥病，先君子命稍更其語，別爲一傳，易名《題紅》，爲屠緯真儀部強序入梓。然其時所窺淺近，遣聲署韻，間有出入；今輒大悔，懼人齒及。顧傳播已多，不可禁止。昨入都，一中貴爲余言：“頃業曾進御。”可發一大笑也。

南九宮蔣氏舊譜，每調各輯一曲，功不可誣。然似集時義，只是遇一題，便檢一文備數，不問其佳否何如，故率多鄙俚及失調之曲。詞隱又多仍其舊，便注了平仄，作譜其間，是者固多，而亦有不能盡合處。故作詞者遇有杌隉，須別尋數調，仔細參酌，務求字字合律，方可下手，不宜盡泥舊文。余非敢以翹先生之過，蓋先生雅意，原欲世人共守畫一，以成雅道，余稍參一隙，亦爲先生作忠臣意也。作譜，余實慫恿先生爲之，其時恨不曾請於先生，將各宮調曲，分細、中、緊三等，類置卷中，以更有次第，今無及矣。

金、元雜劇甚多，《輟耕錄》載七百餘種，《錄鬼簿》及《太和正音譜》載六百餘種。

康太史謂於館閣中見幾千百種，何元朗謂家藏三百種，今吾姚孫司馬家藏亦三百種。余家舊藏，及見沈光禄、毛孝廉所，可二三百種。《輟耕録》所列，有其目而無其書；《正音譜》所列，今存者尚半，其餘皆散逸湮没，不可復見，然尚得因諸書所載，略知梗概。今南戲繁多，不可勝計。舊有集諸戲名目爲曲者。今之新編，多舊已做過，以其本不傳，遂人不及見；更稍稽歲月，益滅没不可考矣。余欲於暇中，做《輟耕》、《正音》二書例，盡籍記今之戲曲，且甄別美惡，次爲甲乙，以傳示將來，恨未能悉見所有。又散套曲，古所傳不能盡識其人，尚有因舊刻而得其二三者。坊間射利，每僞標其名，又並時曲亦盡題作古人名氏，以欺世人，不可勝紀。得並古曲，亦一一署所知者，以存一代曲刑，似亦佳事。頃南戲鬱藍生已作《曲品》，行之金陵，散曲尚未及耳。

近吳興臧博士晉叔校刻元劇，上下部共百種。自有雜劇以來，選刻之富，無踰此。讀其二序，自言蒐選之勤，多從秘本中遴出。至其雌黄評駁，兼及南詞，於曲家儘任賞音；獨其躋《拜月》於《琵琶》，故是何元朗一偏之説。又謂："臨川南曲，絶無才情。"夫臨川所詘者，法耳，若才情，正是其勝場，此言亦非公論。其百種之中，諸上乘從來膾炙人口者，已十備七八；第期於滿百，頗參中駟，不免魚目、夜光之混。又句字多所竄易，稍失本來，即音調亦間有未叶，不無遺憾。晉叔故儁才，詩文並楚楚，乃津津曲學，而未見其一染指，豈亦不敢輕涉其藩耶？要之，此舉蒐奇萃渙，典刑斯備，厥勤居多，即時露疵繆，未稱合作，功過自不相掩。若其妍媸差等，吾友吳郡毛允遂每種列爲關目、曲、白三則，自一至十，各以分數等之，功令犁然，錙銖畢析。其間全具足數者，十不得一，既嚴且確，不愧其家董狐。行當縣之國門，毋庸贅一辭矣。

客問今日詞人之冠，余曰："於北詞得一人，曰高郵王西樓：俊豔工鍊，字字精琢，惜不見長篇。於南詞得二人：曰吾師山陰徐天池先生，瑰瑋濃鬱，超邁絶塵。《木蘭》、《崇嘏》二劇，剋腸嘔心，可泣神鬼。惜不多作！曰臨川湯若士，婉麗妖冶，語動刺骨，獨字句平仄，多逸三尺，然其妙處，往往非詞人工力所及。惜不見散套耳！"

問體孰近，曰："於文辭一家得一人，曰宣城梅禹金：摛華掞藻，斐亹有致；於本色一家，亦惟是奉常一人：其才情在淺深、濃淡、雅俗之間，爲獨得三昧。餘則脩綺而非垛則陳，尚質而非腐則俚矣。若未見者，則未敢限其工拙也。"

孫比部諱如法，字世行，別號俟居，吾郡之餘姚人，忠烈公曾孫，而清簡公冢子也。蚤穎。甫髫，舉於順天，以進士高第授官比部。上疏請建皇太子，及論鄭貴妃不宜先王恭妃册封，神廟震怒，擬賜杖。賴政府疏救，謫尉潮陽，遂杜門不出。時居柳城先生別墅，以圖史自娛。雅精字學，喜校讎。自經史諸子而外，尤加意聲律。詞曲一道，詞隱專釐平仄；而陰陽之辨，則先生諸父大司馬月峯公始抉其竅，已授先生，益加精覈。嘗悉取新舊傳奇，爲更正其韻之訛者，平仄之舛者，與陰陽之乖錯者，可數十種，藏於家塾。時爲鬱藍生言："吾於諸傳奇，咸不難矢筆更定；獨於《玉合》、《題紅》二記，欲稍更一二字，不能施手，以其詞佳，勉更之便失故吾耳。"又與湯奉常爲同年友。湯令遂昌日，會先生謬賞余《題紅》不置，因問先生："此君謂余《紫簫》何若？"時《紫釵》以下，俱未出先生言："嘗聞伯良豔稱公才，而略短公法。"湯曰："良然。吾茲以報滿抵會城，當邀此君共削正之。"既以罷歸，不果，故後《還魂記》中《警夢》折白，有"韓夫人得遇于郎，曾有《題紅記》"語，以此。先生自謫歸，人士罕見其面，獨時招余及鬱藍生，把酒商榷詞學，娓娓不倦。嘗慫惥余作《曲律》及南韻，曰："此絕學，非君其誰任之！"頃余考注《西廂》，相與訂定疑竇，往復手札，蓋盈笥篋。竟以目眚誤醫，病卒，底今時時有西州之愴。余於陰、陽二字之旨，實大司馬暨先生指授爲多，不敢忘所自得，於其殁也，識以寄痛！

　　鬱藍生呂姓，諱天成，字勤之，別號棘津，亦餘姚人，太傅文安公曾孫，吏部姜山公子；而吏部太夫人孫，則大司馬公姊氏，於比部稱表伯父，其於詞學，故有淵源。勤之童年便有聲律之嗜。既爲諸生，有名，兼工古文詞。與余稱文字交垂二十年，每抵掌談詞，日昃不休。孫太夫人好儲書，於古今劇戲，靡不購存，故勤之汎瀾極博。所著傳奇，始工綺麗，才藻燁然；後最服膺詞隱，改轍從之，稍流貿易，然宮調、字句、平仄，兢兢愸眘，不少假借。詞隱生平著述，悉授勤之，並爲刻播，可謂尊信之極，不負相知耳。勤之制作甚富，至摹寫麗情褻語，尤稱絕技。世所傳《繡榻野史》、《閒情別傳》，皆其少年游戲之筆。余所恃爲詞學麗澤者四人，謂詞隱先生、孫大司馬、比部俟居及勤之，而勤之尤密邇旦夕，方以千秋交勗。人咸謂勤之風貌玉立，才名籍甚，青雲在襟袖間，而如此人，曾不得四十，一夕溘先，風流頓盡，悲夫！余頃賦《四君詠》，別刻《方諸館集》中。《曲律》故勤之及比部促成，嘗爲余序，唶有餘恨，遂並比部梗概，識之後簡。

　　勤之《曲品》所載，蒐羅頗博，而門户太多。舊曲列品有四：曰神，曰妙，曰能，曰具。而神品以屬《琵琶》、《拜月》。夫曰神品，必法與詞兩擅其極，惟實甫《西廂》可當之耳。《琵琶》尚多拗字纇句，可列妙品；《拜月》稍見俊語，原非大家，可列能品：不得言神。《荊釵》、《牧羊》、《孤兒》、《金印》，可列具品，不得言妙。新曲列爲九品。以上之上屬沈、湯二君，而以沈先湯，蓋以法論；然二君既屬偏長，不能合一，則上之上尚當虛左。至後八品，亦似多可商略。復於諸人，概飾四六美辭，如鄉會舉主批評舉子卷牘，人人珠玉，略無甄別。蓋勤之雅欲獎飾此道，誇炫一時，故多和光之論。余謂品中止宜取傳奇之佳者，次及詞曲略工、搬演可觀者，總以上中下三等第之，不必多立名目。其餘俚腐諸本，竟黜不存；或盡搉人間所有之本，另列諸品之外，以備查考，未爲不可。至散曲，又當別置一番品題，始爲完局。故夫目具蕭統，筆嚴董狐，勒成不刊之書，以傳信將來，吾則不暇，以俟後之君子。

夏文彦《論畫》三品，曰：“氣韻生動，出於天成，人莫窺其巧者，謂之神品。”謝赫品畫，以陸探微居第一，謂“窮理盡性，事絶言象，包前孕後，古今獨立，非復激揚所能稱讚；但價重之極，於上上品之外，無他寄言，故屈標第一。”以之方曲，神品與第一，可易言哉！

散曲絶難佳者。北詞載《太平樂府》、《雍熙樂府》、《詞林摘豔》，小令及長套多有妙絶可喜者，而南詞獨否。勤之第載其名，不及列曲。詞隱《南詞韻選》，列上上、次上二等。所謂上上，亦第取平仄不訛，及遵用周韻者而已，原不曾較其詞之工拙；又只是無中揀有，走馬看錦，子細著鍼砭不得。中小令間有佳者，而長套無一中竅。頃友人吳興關仲通同諸君過集齋頭，商推其較。余爲言：小令如唐六如、祝枝山輩，皆小有致，而祝多漫語。康對山、王渼陂、常樓居、馮海浮直是粗豪，原非本色。陳秋碧、沈青門、梁少白、李日華、金白嶼時有合作處，然較之元人，則彼以工勝，而此以趣合。長套亦惟是陳秋碧、梁少白最稱爛熳。陳起句“兜的上心來”、“薄倖太情雜”等，皆不成語。梁無此等累句，而陳時得一二致語。顧二君疵纇，自爾不少。他即稍有可觀，而腔韻不合者，又不足數也。仲通謂：如子言，良確。然究竟彼善，寧無一長？因舉帙中人所常唱而世皆賞以爲好曲者，如“窺青眼”、“暗想當年羅帕上曾把新詩寫”、“因他消瘦”、“樓閣重重東風曉”、“人別後”諸曲爲問。余謂：前三曲，已載前論第十六、第二十四篇中；即後二曲，毋論意庸語腐，不足言曲，亦疵病種種，不可勝舉。如“樓閣重重”一曲，前曰“東風曉”，後又曰“風雨清明到”，又曰“東風畫橋”；前曰“垂楊金粉消”，後又曰“柳絲暗約玉肌消”；前曰“緑映河橋”，後又曰“東風畫橋”；前曰“燕子剛來到”，又曰“畫棟梁空落燕巢”；前曰“心事上眉梢”，後又曰“心牽意掛”，又曰“我心中恨著”；前曰“恨人歸不比春歸早”，後又曰“那人何事還不到”；前曰“病懨懨難禁這兩朝”，後又曰“悶懨懨離情懊惱”；前曰“落紅惹得朱顔惱”，後又曰“落花和淚都做一樣飄”，而“朱顔惱”又與“離情懊惱”重；前曰“柳絲暗約玉肌消”，後又曰“如今瘦添楚腰”；前曰“夢回蝴蝶巫山杳”，後又曰“雲散楚峯高”；前曰“月明古驛”，後又曰“紗窗月曉”；前曰“繡户生芳草”，後又曰“別離一旦如秋草”，而“別離”句又與“離情懊惱”重。又一曲而押二“曉”字，三“消”字，二“橋”字，二“到”字，二“早”字，二“惱”字。又“緑映河橋”、“月明古驛”，非閨中語。又《醉扶歸》首二句、《皂羅袍》中四字句，俱宜對而不對。中僅“恨人歸不比春歸早”及“落花和淚都做一樣飄”二語稍俊，至末“可惜妝臺人易老”又不成語。詞隱亦以爲“不思量寶髻”五字當改作仄仄仄平平，“花堆錦砌”當改作去上去平，“怕今宵琴瑟”“琴”字當改作仄聲，故止列次上。“人別後”曲，蔣氏舊譜謂其高則誠作，亦未必然。首調以七夕起，而“寒蟬”、“衰柳”、“水緑”、“蘋香”，非七夕語。“得成就”句與上文不接。“真個勝腰纏跨鶴揚州”，俚甚；又“腰纏”下無十萬貫語，所纏何物？既曰"暮雨過紗窗涼已透"，又曰"雨散雲收"，又曰"西風桂子香韻幽"，又曰"滿城風雨還重九"。《集賢賓》首調言中秋，而"聽寒蛩聲滿床頭"，非中秋語。次調起句用八字，非體。既曰"虛度中秋"，又曰"見池塘已暮秋"，又曰"對景傷秋"，又曰"傍水芙蓉兩岸秋"，又曰"強把金尊斷送秋"；既曰"水綠蘋香人自愁"，又曰"一種相思分做兩處愁"，又曰"遮不斷許多愁"，又曰"添愁"；既曰"如病酒"，又曰"白衣人送酒"，又曰"惟酒可消憂"，又曰"強把金尊斷送秋"；既曰"水綠蘋香"，又曰"相映白蘋洲"；既曰"綠荷"，又曰"橘綠"；既曰"一種相思"，又曰"相思未休"；既曰"水綠蘋香"，又曰"霜降水痕收"，又曰"傍水芙蓉兩岸秋"；既曰"空房自守"，又曰"棲涼怎守"；既曰"滿城風雨還重九"，又曰"一年好景還重九"。一曲押二"柳"字，四"愁"字，五"秋"字，二"收"字，三"酒"字，二"頭"字，三"九"字；惟二"瘦"字，則同句可並押，稍不妨。中"怕朱顏去也"三句，語意俱不相蒙；"白衣送酒"二句，無謂；"幾番血淚"句，與上不相接；"羈人無力"，"無力"不通。"綠荷"、"紅蓼"、"白蘋"、"芙蓉"、"橘綠"、"橙黃"，何堆積至此！末句"斷送秋"，復不成語。弇州評此曲，謂不免雜以凡語。疵病如此，詎止凡語已耶？總之，二曲無大學問，一也；無大見識，二也；無巧思，三也；無俊語，四也；無次第，五也；無貫串，六也。只是餖飣一二膚淺話頭，強作嘐嘎，令盲小唱持堅木拍板，酒筵上嚇不識字人可耳，何能當具眼者繩以三尺？舉此一斑，他可知矣！仲通曰："善！子論如倉公按脉，百病皆見，勝不敢復相士矣。然請從末減，略取備員。"曰：無已，則舊譜所載古詞《咏赤壁》"大江逝水"《今奴嬌》五調，及楊鐵厓《蘇臺弔古》"霸業艱危"《夜行船序》六調。二詞頗具作意，惜皆用韻龐雜，前詞更甚，故詞隱《韻選》不收。此外，自無可取矣。仲通擊節謂：子殊深文。然不如此，不足論曲。

　　一日，復取鐵厓詞諦觀之，殊不勝指摘。此詞出入三韻。起語"霸業艱危"句，便腐而迂；下"玉液金莖"二語，事既纖細，語亦湊插。第二調，自"勾踐雄徒"起，至下"身國俱亡十許"語，句句老生陳唾，且雄徒不雅，靈胥生造。《鬬黑蟆》次調"檇李亭荒"三語，與下《錦衣香》起"館娃宮荊榛蔽"四語，又下《漿水令》起"採蓮涇紅芳盡死"四語，俱是一意。又"煙花山水"、"楊柳水殿攲"、"剩水殘山"、"香水鴛鴦去"、"無邊秋水"，五"水"字重用。又下"蒼煙蔽"與"荊榛蔽"，二"蔽"字重。"高臺"、"郊臺"、"臺城"、"層臺"，四"臺"字重。"綠樹"、"雲樹"，二"樹"字重。"走狗鬬雞"，鬬字當用平聲。"黍離故墟"，墟字當用仄聲。《漿水令》首末二段宜對不對，末句復少一字。蓋此曲之病：用韻雜出，一也；對偶不整，二也；塵語、俗語、生語、重語疊出，三也。此老故以詞曲自豪，今其伎倆乃止如此。吾非好為刻嚴，就曲論曲，不得不爾。至"大江逝水"一曲，則與此不同。其詞第隱括蘇語，及參入《赤壁》二賦語，不必己創，無多瑕隙。特蘇詞元用古韻，假借太甚，不美歌聽。又起處"悠悠萬頃"與"茫茫東去"接用，"古城石疊"、"水落石出"、"穿空亂石"三石字疊用,終非作法,爲足恨耳。以是知曲之爲道,其詣良苦,其境轉深。良工不示人以璞,一時草草,掩護無從,可不慎諸!

世所傳《黄鶯兒》"寒食杏花天",唐伯虎詞也;《二犯桂枝香》"韶光似酒",秦憲副詞也;《玉芙蓉》"殘紅水上飄",李日華詞也;《金索掛梧桐》"東風轉歲華",《七犯玉玲瓏》"新紅上海棠",祝京兆詞也:瑕瑜自不相掩。《畫眉序》"一見杜韋娘",《夜行船序》"堪賞花朝",《泣顔回》"東野翠煙消",《普天樂》"四時歡千金笑"等曲,則學究之作,自然紅腐滿耳。南北調"小窗低卧日三竿",《步步嬌》"宦海茫茫京塵渺",又儒先大老之筆,不得以曲道繩之耳。

今世所傳《西樓樂府》有二:一爲王磐,字鴻漸,高郵人;一爲王田,字舜耕,濟南人。二人俱號西樓。舜耕之詞較鴻漸頗富,然大不如鴻漸精鍊。如《浴裙》、《睡鞋》、《閙元宵》、《轉五方》等曲,皆鴻漸作。弇州所謂"頗警健,工題贈而淺於風人之致"者,蓋指舜耕,非鴻漸也。鴻漸樂府,曾見太學所存書籍亦列其目,爲時所重可知已。

弇州所謂趙王之"紅殘驛使梅"、楊邃菴之"寂寞過花朝"、李空同之"指冷鳳凰笙"、陳石亭之《梅花序》、顧未齋之《單題梅》、王威寧之《黄鶯兒》,今惟"寂寞過花朝"一曲尚有傳者,自餘皆不及見,不知其工拙如何,要皆坊間盲賈棄擲不存之故,殊可惜也!

李空同、何大復必不能曲,其時康對山、王渼陂皆以曲名,世爭傳播,而二公絶然不聞,以是知之。即弇州所稱空同"指冷鳳凰笙"句,亦詞家語,非曲家語也。

甬東薛千《仞遺筆餘》二卷中載:王渼陂好爲詞曲,客有規之者曰:"聞之太上立德,其次立功,其次立言,公何不留意經世文章?"渼陂應聲曰:"子不聞其次致曲乎?"足稱雅謔。

世無論作曲者難其人,即識曲人亦未易得。《藝苑卮言》談詩談文,具有可采,而談曲多不中窾,何怪乎此道之汶汶也!

天之生一曲才,與生一曲喉,一也。天苟不賦,即畢世拈弄,終日咿呀,拙者仍拙,求一語之似,不可幾而及也。然曲喉易得,而曲才不易得,則德成而上與藝成而下之殊科也。吾友季賓王,與余同筆研最久,讀書好古。作文、賦詩,事事頡頏爭先,獨不能爲詞曲。嘗謂:我甘北面,子幸教我。余謂:天實不曾賦子此一副腎腸,姑勿妄想。賓王憮然。

一日席間,柳元穀舉王西樓《走失雞·滿庭芳》:"平生淡薄叶袍,雞兒不見,童子休焦。家家都有閙鍋竈,任意烹炮。煮湯的貼他三枚火燒,穿炒的助他一把胡椒,倒省得我們東道。免終朝報曉,直睡到日頭高。"《瓶中杏花爲鼠囓倒·朝天子》:"斜插句,杏花,當一幅橫披畫。《毛詩》中誰道鼠無牙,却怎生咬倒了金瓶架? 水流向床頭,春拖在牆下。這情理寧甘罷！那裏去告他？何處去訴他？也只索細數著貓兒罵。"二曲，以爲妙絕。余謂：良然。然吾嘗欲爲此君更易數字。元穀曰："何謂？"余曰：前一曲穿炒而用胡椒，毋太熱乎？欲更作"花椒"。後一曲插花瓶中，而曰當一幅橫披畫，毋太矮而闊乎？欲更作"單條下"。"《毛詩》中誰道鼠無牙"，使村人聽之，不以爲"茅司中杏花"乎？是爲病語，欲更作"笑詩人浪說鼠無牙"，乃妥耳。元穀鼓掌大快，曰："恨不令西樓聞之，定當頫首稱服。"舉座爲之哄堂。

作曲如美人，須自眉目齒髮，以至十筍雙鈎，色色妍麗，又自笄黛衣履，以至語笑行動，事事襯副，始可言曲。是故以是繩曲，而世遂無曲也。

詞曲不尚雄勁險峻，只一味嫵媚閒豔，便稱合作，是故蘇長公、辛幼安並眞兩廡，不得入室。曲之道，廣矣！大矣！自王公士人，以迨山林閨秀，人人許作，而特不許僧人插手。

余昔譜《男后》劇，曲用北調，而白不純用北體，爲南人設也。已爲《離魂》，並用南調。鬱藍生謂：自爾作祖，當一變劇體。既遂有相繼以南詞作劇者。後爲穆考功作《救友》，又於燕中作《雙鬟》及《招魂》二劇，悉用南體，知北劇之不復行於今日也。

宋詞如李易安、孫夫人、阮逸女，皆稱佳手。元人北詞，二三青樓人尚能染指。今南詞僅楊用脩夫人《黃鶯兒》，所謂"積雨釀春寒，見繁花樹樹殘，泥涂滿眼登臨倦。江流幾灣？雲山幾盤？天涯極目空腸斷。寄書難，無情征雁，飛不到滇南"一詞稍傳，第用韻出入，亦恨無閨閣婉媚之致，余疑以爲升菴代作。自餘皆不聞之，豈眞古今人不相及耶？

山東李伯華所作百闋《傍妝臺》，爲康德涵所賞。余購讀之，盡偸父語耳，一字不足采也。

世所謂才士之曲，如王弇州、汪南溟、屠赤水輩，皆非當行。僅一湯海若稱射鵰手，而音律復不諧。曲豈易事哉！

今之詞曲，即古之樂府也。吾友桐柏生嘗取古樂府中所列百餘題，盡易今調，爲各譜一曲。其詞亦雅麗可喜，大是佳事，勤之已爲刻行。

宋詞見《草堂詩餘》者，往往妙絕；而歌法不傳，殊有遺恨！余客燕日，亦嘗即其詞爲各譜今調，凡百餘曲，刻見《方諸館樂府》。

余考索甚勤，而舉筆甚懶。每欲取古今一佳事，作一傳奇，尺寸古法，兼用新韻，勒成一家言，悾愡不果。即《冬青》一事，係吾家王脩竹監簿，以故宋戚畹，不勝痛憤，捐重貲，命家客唐、林二君爲之，而己諱其事，世遂泯泯不白，然見他書可考。大荒逋客嘗一爲《冬青記》，然亦擬舊聞。余擬另爲一傳，署曰"義陵"，以洗發先烈。尚爾缺然，他日終當一酬此夙願耳。

394

南曲之必用南韻也，猶北曲之必用北韻也，亦由丈夫之必冠幘而婦人之必笄珥也。作南曲而仍紐北韻，幾何不以丈夫而婦人飾哉！吾之爲南韻，自有南曲以來，未之或省也。吾之分姜、光、堅、涓諸韻，自有聲韻以來，未之敢倡也。吾又嘗作聲韻分合之圖，蓋以洩天地元聲之秘，聖人復起，不能易吾言矣。

吾友王澹翁，好爲傳奇。余嘗謂澹翁：若毋更詩爲，第月染指一傳奇，便足持自愉快，無異南面王樂。澹翁曰："何謂？"余謂：即若詩而青蓮、少陵，能令豔冠裳而麗粉黛者日日作《渭城》唱乎？澹翁大笑，鼓掌以爲良然。一時戲語，然亦不失爲千古快談也。

《西廂》、《琵琶》二記，一爲優人、俗子妄加竄易，又一爲村學究謬施句解，遂成千古煩冤。余嘗取前元舊本，悉爲釐正，且並疏意指其後，目曰"方諸館校注"。二記並行於世。吾友袁九齡嘗謂：屈子抱石沈淵，幾二千年，今得漁人一網打起。聞者絕倒。蓋二傳之刻，實多九齡慫憑成之云。

實甫《西廂》，千古絕技。微詞奧旨，未易窺測。余之注釋，筆之所録，總不逮口之所宣。頃在都門日，吳文仲、莊冠甫諸君，合三十餘人，於米仲詔繕部湛園邀余擁皋比，爲口悉其義，諸君莫不解頤，擊節稱快。冠甫謂：實甫有知，當含笑地下。醉後分韻，各賦一詩，黃中宜繕録成帙，仲詔爲作序，題曰"豔情詩"以傳，一時目爲奇事。今四方好事者，往往購去以當談資云。

小曲《掛枝兒》，即《打棗竿》，是北人長技，南人每不能及。昨毛允遂貽我吳中新刻一帙，中如《噴嚏》、《枕頭》等曲，皆吳人所擬，即韻稍出入，然措意俊妙，雖北人無以加之，故知人情原不相遠也。余爲雜論，每得數語，輒拈管書之，積且盈帙。因自笑無裨大道，不如且已，遂爲閣筆。

《律》成，吳郡毛允遂謂：子信多聞，曷不律文、律詩，而以律曲何居？余謂：吾姑從世界闕陷者一脩補之耳！曰：謂卑者苦不入，而高者訾不急，奈何？余謂：吾故不爲擔菜傭若咬菜根輩設也。既取余故所賦曲曰《方諸館樂府》者卒業，輒拍几叫絕，謂：說法惟爾，成佛作祖亦惟爾！莊生有言："道在荑稗，在螻蟻。"信哉！其識吾言簡末。戲爲筆此。

論曲亨屯第四十

迂愚叟之志牡丹也，有榮辱籍焉。夫曲曷嘗不藉所遇爲幸不幸哉，遇則亨，而不遇則屯也。戲次其事，各得四十則，附志於後，以當好事者一噱。

曲之亨：

華堂、青樓、名園、水亭、雪閣、畫舫、花下、柳邊、佳風日、清宵、皎月、嬌喉、佳拍、美人歌、變童唱、名優、姣旦、伶人解文義、豔衣裝、名士集、座有麗人、佳公子、知音客、鑒賞家、詩人賦贈篇、座客能走筆度新聲、閨人繡幕中聽、玉卮、美醖、佳茗、好香、明燭、珠箔障、繡履點拍、倚簫、合笙、主婦不惜纏頭、廝僕勤給事、精刻本、新翻豔詞出。

曲之屯：

賽社、釀錢、酹願、和爭、公府會、家宴、酒樓、村落、炎日、淒風、苦雨、老醜伶人、弋陽調、窮行頭、演惡劇、唱猥詞、沙喉、訛字、錯拍、錯落、鬧鑼鼓、儈父與席、下妓侑尊、新蓊酒敗喉、惡客闖座、客至大嚷、酗酒人、罵座、席上行酒政、將軍作調笑人、三脚貓人妄譏談、村人喝采、鄰家哭聲、僧道觀場、村婦列座、小兒啼、場下人廝打、主人惜燭、家僮告酒竭、田父舟人作勞、沿街覓錢。（以上《曲律》卷第四）

《古雜劇》序（節錄）

後《三百篇》而有楚之騷也，後騷而有漢之五言也，後五言而有唐之律也；後律而有宋之詞也，後詞而有元之曲也。代擅其至也，亦代相降也，至曲而降斯極矣。然《三百篇》之有尼父也，騷之有紫陽也，五言之有《選》也，律之有高棅氏諸家也，詞之有《草堂》也，非恃傳者，恃傳之者也。而独元之曲，類多散逸，而世不盡見。（《古雜劇》卷首）

譚　浚

譚浚（生卒年不詳）字允原。明南豐（今屬江西）人。嘉靖、萬曆間在世。著有《譚氏集》，內有《言文》三卷，其卷上《原流》，其卷下則從"迄今之作，其原於經"出發，對一百一十九種文體標舉例文以釋名考源。其《說詩》三卷，卷首有作者自序。卷上分總辨、得式、失式、經體、時論五類八十門，綜述詩之作用、風格、命意、佈局等；卷中分章句、對偶、聲韻、詞義、名目、題目六類一百六十七門，綜述詩之分類、聲對、體式諸形式；卷下分世代、正編、雜錄、人物、附說五類五十一門，論述詩之源流發展，品評歷代選本及詩人近百家。

本書資料據北京大學圖書館藏明萬曆間刊《譚氏集·言文》、《說詩》。

原流（節錄）

迄今之作，其原于經。《易》言陰陽，知性命，斯無拘泥。《書》紀紹元，著事功，斯無警誋刻。《詩》教淳良，出詞氣，斯遠暴慢。《禮》用節文，動容貌，斯立威儀。《春秋》斷事，正名分，斯決是非：實文之宗也。故論、説、序、詞，宗于《易》。辨、議、評、斷、判，論之流也。説、難、言、語、問、對，説之流也。原、引、題、跋，序之流也。繇、集、略、篇、章，詞之流也。誥、命、表、誓，宗于《書》。詔、制、策、令，誥之流也。訓、教、戒、敕、示、喻、規、讓，命之流也。章、奏、議、駁、劾、諫、彈事、封事，表之流也。檄、移、露布，誓之流也。贊、頌、賦、歌，宗于《詩》。銘、箴、碑、碣，贊之流也。誦、封禪、《美新》、《典引》，頌之流也。七詞、客詞、連珠、四六，賦之流也。諧、隱、謎、諺，歌之流也。書、儀、祝、謚，宗于《禮》。劄、札、啟、簡牘牒、箋、刺，書之流也。制、律、法、赦、關津、過所，儀之流也。祈、祠、禱、會、盟、詛，祝之流也。號、誄、吊、祭、哀、誌，謚之流也。史、傳、符、記，宗于《春秋》。記、志、編、録，史之流也。緯、疏、注、解、釋、通、義，傳之流也。璽書、契、券、約、狀、列，符之流也。譜、簿、圖、籍、案，記之流也。一宗出而流別，乃支分而脉綴。惟理存而意致，氣克而情備，則質懿而體全也。（《言文》卷上）

論

劉熙曰："論，倫也。"言各有倫而同歸於理也。故《書》有"論道經邦"之説。鄭康成曰："論，綸也。"經綸世務，彌綸群言而研精一理也。《説文》曰："議也。"應和難詰，首尾以終其事。莊周以名《齊物》，不韋《六論春秋》。《文則》云："自《記》有《禮論》、《樂論》，遂有莊辛《幸臣論》、賈誼《過秦論》。"李充曰："論難貴理，不求支離。鑽堅求通，鈎深取極。義貴員通，詞忌破碎。"

辯

辯，別也，判也。《説文》作："辯，治，從言在辡之間。"罪人相訟也。辯別事理以折是非之極致者，《莊子》、《孟子》是也。《家語》有《辯政》、《辯物》，宋玉遂有《九辯》。

議

議，語也，謀也，擇也，評也，《漢・仲舒傳》云"誼論考問"也。或君臣聚會之言，或師友切磋之語。《書》曰："議事以制，政乃弗迷。"《易》曰："君子制度，數議德行。"王通曰："黃帝合宮之聽，堯衢室之問，舜總章之訪，皆議也。"漢有《鹽鐵議》，賢良、文學、大夫之問對也。

評

評，平也，訂平其理也，品論之也。原於《禮記·經解》，流於《穀梁傳序》及平理而論其失也。後有佐法評、月旦評、詩評、文評、史評。

斷

斷，決也，專一貌。斷事務精於法律，標以顯義，約以正詞。程子曰：“《五經》之有《春秋》，猶法律之有斷例也。”

判

判，分也，半也。剖，判也，《説文》云“版也”。皈皈，平廣也。《唐·選舉志》：試身、言、書、判。凡引經用事須切題目，緣情擬罪須見根因。今舉業有“判”，見別册。

説

“説，述也，宣述人意也。”《易》有《説卦》，《禮》有論説，韓非《説難》、《説林》、《儲説》，劉向《説苑》。説，懌也，説之使説懌也。伊尹隆殷，太公興周，燭武紓鄭，端木存魯，趙良説商君，楚人説襄王，必披忠信以獻主，飛文敏以濟詞也。

難

難，拒也。《書》曰：“而難任人責也。”《孟》曰：“禽獸又何難焉？”《漢書》：“相如著書，假蜀父老爲詞而難，諷天子。”東方朔“設客難己，用位卑以自慰喻”。

語

“論難曰語。”《周禮疏》曰：“發端曰言，答述曰語。”如《論語》則仲尼微言，門人所纂。《國語》則列國言事，史官所記。後有陸賈《新語》。

言

"直言曰言。"無所指引借譬也。"言，宣也，宣彼之意也。"孔子《文言》，莊子《寓言》，賈山《至言》。

問

《説文》曰："訊也。"王通曰："廣仁益智，莫善於問。"《禮》有《曾子問》、《哀公問》，屈平《天問》。

對答

《説文》曰："對，應無方也。從寸，法度也。從士，事實也。"《左傳》王孫滿對楚子問鼎、太叔對簡子問禮。宋玉始造對問以申志，東方朔效而廣之，蔡邕答齊議月令問答。

序

《張蒼傳》云："叙、緒、序通。"叙，次第也。緒，舉其綱要，如繭之抽絲。《尚書序》曰："序者，所以序作者之意。"劉勰曰："次事銓文，則序引共紀。"《正宗》曰："序事起于古史。"叙始末，明事物。若《易·序卦》，《詩》、《書》篇端皆有小序，又有大序。子夏序《詩》，孔安國序《書》。

原

原，推原也。原始要終，原理之本。辛文子有《道原》，淮南子、韓子有《原道》諸篇。

引

引，伸也，長也。引者胤詞，昭然義見，宜相附近，故引各冠其篇首。漢班固有

《典引》。

題　跋

題，引也，目也。毛氏曰："視也，顯也。題於圖籍之首。跋，本也，跋於圖籍之後。"

詞辭、辤

《說文》云："詞，言之助也。從言從司，在音之内，言之外也。"辭，訟也。從𤔔，理也。從辛，辠也。理辠爲辭。辤，從受辛，會意，不受也。三字作用淆之久矣。《文心》曰："舌端之文，通己於人。"《周官》：太祝"作六詞以通上下親疏，曰辭、曰命、曰誥、曰會、曰禱、曰誄"。禮詞尊卑，上下中節。使詞傳命往來，事情簡要。正詞禁人，法語嚴切。婉詞諷人，巽語寬厚。權詞機謀，逆助順導。

繇音宙，又音由

顔師古曰：繇本作籀，謂卦兆詞也。《左傳》始作繇。夏后鑄鼎繇，《左傳》懿氏、伯姬諸繇，《國語》伐驪諸繇。

集

古以名氏名篇，未有集名。劉歆之《輯略》本於東京閔馬父論《商頌》之亂。韋註："輯，成也。"遂有別集之名。晉摯虞遂有《文章流別》，唐分經、史、子、集四部。

略

略，簡也，法也，大要也。用功少曰略。《黃石公三略》，劉歆《七略》，後世有《通略》。

篇

文斷曰篇。篇，聯也。一篇，一義相聯也。《詩疏》："篇，編也。"出情鋪事，明而徧

400

也。《易》之上、下篇，《詩》三百篇，《書》五十篇。

章

意斷曰章。《説文》云："從音十。十，數之終也。樂竟爲一章。"《詩疏》曰："總義包體以明情。"《書疏》曰："成事成文曰章。章，彰也，明也。宅情曰章。"《漢》："約法三章。"

右《言文》原《易》之流二十二章。

誥告

《説文》云："誥，告也。"從言告，以文言告曉之也，故曰文告之詞。一曰告上曰告，發下曰誥。《左傳》作"靠"。《周禮》"六詞"，"三曰誥"；士師"五戒"，"一曰誥，用於會同"，以喻衆也。《正宗》曰："以之播告四方，《湯誥》、《大誥》也。"《左傳》，鄭告晉受盟干楚。今舉業有"誥"。

詔

詔，昭也，照人不見事則犯以示之也。從言從召，上下通用之義。《周禮》太宰"以八炳詔"，謂教導之也。起于秦，漢儀四品一曰詔，詔告百官。王通曰："一言天下應，一令不可易。其恤也周，其用也悉。"胡氏曰："高帝求賢詔曰：'吾於天下賢士功臣，可謂亡負矣。'非王者罪己之言。"朱子謂："高帝詔曰：'肯從我游，吾能尊顯之。'豈可以待天下之士耶？"

制

制，裁也。秦改命爲制。漢帝下書四品，一曰制，制施捨令。蔡邕曰："制度之命，王曰法制。三代無，秦漢有。"王通曰："五帝之典，三王之誥，兩漢之制，粲然可見。帝王之制，其有大制天下而不可割者乎。"

策册

策，謀也，符命也。漢帝下書四品，一曰策，策賢也，約勅封侯，使賢不犯。《音義》

作"簡"。策問例置案上,試者對策射取而答之,曰射策。若録政化得失顯而問之,曰對策。射策者,探事而獻説;對策者,應詔而陳政。蔡邕曰:"不備百文,不書於策。"哀策問册同之。漢武帝《對賢王策》,董仲舒《賢良策》。今舉業有"策",似論而方。問者審計之是非,答者決事之可否,見"別册"。

令

令,命也。出令申禁,有若自天。管仲下令如流水,使民從也。《説文》曰:"發號也。"皇后出言曰令。漢高帝有《教天下令》,淮南王有《訓群公令》。

命

大曰命,小曰令。上出爲命,下禀爲令。唐虞七國並稱曰命,上命下之言。《正宗》曰:"以之封國命官。"《書》有《微子》、《蔡仲》之命也。《周禮》"六詞","二曰命"。晉江統作《遺命》。

訓

訓,教也,順其意以教訓之也。《爾雅》曰:"訓,道也。"道説文義。《尚書》有《伊訓》,漢丞相主簿繁欽辭其先生訓。

教

教者,上所施下所教也。帝曰詔,王及后曰教,諸侯之言曰教。《文心》曰:"鄭弘守南陽,條教緒明而治;孔融守北海,麗文罕理而乖。"

誡

誡,戒勅也,警也。《書》曰:"戒之用休。"《易》曰:"小懲而大誡。"李充曰:"誡誥施於弱遠。"《文筌》曰:"豫設警誡,原《書》之《伊訓》、《無逸》。"後祁午戒趙文子,方朔戒子孫。文中子曰:"君子思過而預防之,所以有戒也。切而不指,勤而不怨,曲而不諂,直而有禮。"

勅敕、勅同

勅,正也,戒也。《漢書》:"勅戒州郡。"《漢書》曰:"勅天之命。"杜預曰:"勅,執鞭以出教令。今帝用勅。"

示

《説文》云:"天垂象,吉凶以示人。從二三,垂日月星也。"師古曰:"《漢書》以視爲示,以目視物,以物視眡。"《詩》云:"視民不眺。"《禮》云:"常視無誑。"《詩》云:"示我周行。"

喻諭同

喻,告也。及其未悟,告之使曉也。和順温色,曉喻于人曰喻;正詞嚴色,規儆于人曰戒。漢高祖入關告喻,漢相如檄喻巴蜀。

規

《説文》云:"規,有法度也。"會意,從夫言。丈夫識用必合規矩,言爲可聞,行爲可見。原《書》之《太甲》及左史倚相規申公。

讓

讓,責也,詰也,讟也。《左傳》,景王使詹桓伯責晉,子産對晉讓壞垣。《書》曰:"詰爾戎兵。"讟,直言也,又曰偏也。漢東平王蒼上表讓驃騎將軍。

表

表,明也,標也,如物之標。表,表著事物,明白以曉主上。漢儀制有四,一曰表,表以陳情。《文筌》曰:"或列表明事,或樹表題墓。"任昉云:"始于劉安《諫伐閩越》。"劉勰曰:"雅義以扇其風,清文以馳其麗。文舉薦彌衡,氣揚采飛;孔明辭後主,志盡文壯。"李充曰:"表以遠大爲本,不以華藻爲先。子建求自試,可謂成文;羊祜辭開府,可謂德音。"今舉業表體六:賀、進、請、謝、陳、辣。見"別册"。

章

《釋名》曰:"思之于内,施之于外。"漢儀制有四,一曰章。章以謝恩,奏以造闕。對揚王庭,明照心曲。要而非略,明而不淺。後漢察舉,必施章奏。左雄奏議,臺閣爲式;胡廣章奏,天下第一。與前"篇"、"章"不同。

奏

奏,進也,敷下情進於上也。秦始立奏。漢儀制有四,一曰奏。奏以案劾,劾驗政事。陸機曰:"奏宜平徹閑雅。"漢魏相條國家便宜奏,趙充國屯田奏,唐陸宣公奏議,枚乘奏諫吳王。

議

議,論難也。議之言,宜事物,審合宜也。堯咨四岳,舜疇五臣,漢立駁議。顧事實於前代,觀變通於當時。漢善駁,應邵爲首;晉能議,傅咸爲宗。

駁

駁,雜也,雜議其不純。三代爲敷奏,秦改爲表,四曰駁。推覆平論,有異事進之曰駁。六國秦漢兼稱上書。漢主父之駁挾弓,程曉之駁校事。

劾

劾,法有罪也。《廣雅》云:"推窮罪人也。"案劾之奏,所以明憲清國。周之太僕,繩愆糾繆;秦之御史,職主文法。漢置中丞,總司案劾。位在驚擊,氣須砥礪。筆端振風,簡上嚴霜。

諫

諫，証也，以道正人行也。《白虎通》云："諫，間也，更也。是非相間，革更其行也。"《詩箋》云："諫之言干也，干君之意而告之。君失于上，臣補于下。臣諫于下，君從于上。取泰于否，易昏于明。"《國語》有祭公謀父諫征犬戎，秦鄒陽有諫吳王書。

彈　事

《文筌》曰："臺評、彈劾。"彈事，迭相斟酌，惟新準舊弗差，必有典形，詞有風軌。晉王深集雜彈文，任彦昇《奏彈曹景軍情》，沈休文《奏彈王源婚事》。《文選》。

封

《文心》曰："漢制八儀，密奏陰陽，皂囊封版。"漢魏相奏霍氏專權封事，劉向條災異封事、極諫外家封事。

誓

誓，約束也，約信曰誓。《周禮》：士師"五戒，一曰誓"。《書》有《禹誓》、《甘誓》。《文心》曰："有虞戒于國，夏后誓于軍。殷誓軍門之外，周誓交刃之師。宣訓我衆，未及敵人。春秋征伐，出于諸侯。名振威風，曝彼昏亂。齊桓征楚，詰菁茅之闕；晉厲伐秦，責箕郜之災。兵以定亂，莫敢自專。天子親戎，則稱躬行天討；諸侯禁師，則云肅將王誅。"

檄

檄，激也，下官迎激其上之書。戰國以誓爲檄。"檄者，皦也，皦然明白，宣布于外也。故分閫推轂，奉詞伐罪。奮其勇怒，徵其惡稔。搖奸凶之膽，訂信順之心。"李充曰："檄不切厲則敵心凌，言不誇壯則軍容弱。"隗囂之激切事明，陳琳之麗壯骨梗，鍾會檄蜀甚明，桓溫檄胡尤切。

移

移，易也，移風而易俗，令往而人隨也。官曹不相臨則移箋表。相如《難蜀》，喻博而詞辨，文移之首；陸機《移百官》，言簡而事顯，武移之要。如劉歆之《移太常》，孔稚圭之《移北山》。蓋逆黨用檄，順衆資移。洗濯其堅，明符其意。用小異而體大同也。

露布—名露版

露者，露而不封；布者，布天真无邪視聽也。《文心》曰：“布于四海，露之群臣。”“插羽示訊，不可詞緩；露版宣衆，不可義隱。必事昭而理辨，氣盛而詞斷。”“述休明，叙否剥，指天時，審人事，驗强弱，角摧勢，標蓍龜，懸藻鑑。詭作以驗旨，煒燁以騰説。”

右《言文》原《書》之流共二十七章。

贊

贊者，稱人之美，纂集其事而叙之也。文中子曰：“有美不揚，天下何觀？”君子於君，贊其美而匡其失也。李充曰：“容象圖而贊立詞，簡而義正。颺言則先發數詞，傳闋則後評數語。”《書》有益贊于禹，史有班固諸贊。或四言之句，或數韻之詞。約舉以盡情，昭灼以送文耳。

銘

銘，名也，美其善功可稱也。《記》曰：“銘者一稱，而上下皆得也。賢而勿伐，可謂恭矣。先祖無美而稱，是誣也。有善弗知，不明也；知而不傳，不仁也。”《文心》曰：“軒轅刻輿兆以弼違，大禹勒筍簴以招諫。成湯盤盂之規，武王户席之戒。周公慎言金人，仲尼革容欹器。觀器必也正名，審用貴乎慎德。”蔡邕曰：“天子令德，諸侯記功，大夫稱伐，物莫不朽于金石。故近世咸銘于碑。”摯虞曰：“德勳立而銘著。”

箴

箴,戒也,諷刺以救失,猶箴石以攻病也。昭明曰:"箴興于補闕。"胡廣《叙箴》曰:
"聖王求之于下,忠臣納之于上。"崔瑗《叙箴》曰:"所宜君子之德,斯乃體國之宗。"故
舜求之用木,禹聽之垂鞀。衛武箴居于褻御,魏降諷官于后羿。周辛甲百官之箴王
闕,而《左傳》載虞人一箴。楊雄範之,爲《九州》二十五篇。見《藝文類萃》。夫箴官銘
器,警戒寔同。箴全禦過,文質確切。銘兼褒贊,體貴弘潤。

碑

碑,彼也,追述君父之美而豎石書之。始于宗廟麗壯之碑、周穆紀跡弇山之石。
《文心》曰:"碑,埤也。秦漢紀號封禪,樹石埤岳。"《初學記》曰:"碑,悲也,所以悲往
事。"今墓隧宮室之事,其序則傳,其文則銘。訛傳《岣嶁》,夏禹治水碑也。漢惠《四皓
碑》。

碣碑通

碣者,特立之石。《漢書》疏云:"方謂之碑,員謂之碣。李斯所造,原于石鼓,周宣
獵碣也。"《文心》曰:"漢來碑碣雲起,莫高于蔡邕。郭陳二碑,巧義卓立。勒器贊勳,
入銘之域。樹碑述意,同誄之區。"晉潘尼作《黃門碣》。

頌

頌者,美盛德之形容。"敷寫似賦,不入于華侈;敬慎如銘,略異于規戒。"咸池張
樂,有焱作頌;見《莊子·天運》。成王始冠,祝雍作頌;見《家語》、《大戴禮》。談天雕龍,齊人
作頌。見《史記·荀卿》。漢董子頌山川,王褒頌賢臣。劉伶《酒德》變爲文詞,班、傅《北
征》、《西逝(征)》變爲序引。馬融《廣城》、《上林》,雜而似賦。此摯虞品藻之精覈也。

誦

誦,諷也。徐氏曰:"臨文爲誦。誦,從也。"《晉語》有國人之誦,《左傳》有輿人之

誦。蓋直言不詠，短詞以諷也。

封　禪

《管子》曰："封泰山、禪梁父者七十二家。"《史記正義》曰："泰山上築壇祭天曰封。泰山下小山名梁父，除地祭地曰禪。禪，神之也。"馬遷《八書》之一，《文選》目爲《符命》。梁許懋曰："舜柴岱宗，是爲巡守。秦引封禪紀號，緯書之曲説，妄亦甚矣。"秦皇、孫皓，主好名于上，臣阿旨于下。胡致堂曰："賢乎懋之學正矣。"王通曰："封禪非古也，其秦漢之侈心乎！太史公作《書》，引管仲語，乃出齊魯陋儒之説。《詩》、《書》不載，非事實也。"

美　新

《漢書》：王莽下書曰："定有天下之號曰新。"楊雄本文曰："巡四民，迄四岳，增封太山，禪梁父。斯受命者之典業也。"李充曰："楊子論秦之劇，稱新之美。此計其勝負，比其優劣也。"

典　引

蔡邕曰："典者，常也，法也。引者，伸也，長也。"《尚書疏》："堯常法曰典。漢紹其序，引而長之也。"班固本序云："相如《封禪》，靡而不典；子雲《美新》，典而亡實。"劉勰斯謂："《典引》所叙，歷鑑前作，斐然餘巧。豈非追觀易爲明，循勢易爲力歟？"

賦

賦者，敷也，敷布其義，直陳其事也。班固曰："古詩之流，《雅》、《頌》之亞。或抒下情而通諷諭，或宣上德而盡忠孝。"古賦以情義爲主，事類爲佐，則言省而文有列；今賦以事形爲本，義正爲助，則言煩而詞無常矣。春秋之後，周道寢衰，聘問不行于列國，《詩》學逸在布衣。故屈、荀憂國以諷，咸有隱惻之意。其後競爲侈麗，没其諷喻之義。故楊子悔之，恥雕蟲而篆刻。詳《説詩》。

七　詞

傅玄《七謨序》曰："枚乘始作《七發》，而後傅毅《七激》、崔駰《七依》。"摯虞曰："雖盛泰之詞，不没諷諭之義。其流遂廣，其義遂變，淫麗之尤矣。"子雲所謂"先聘難衛之聲，曲終而雅奏"也。《文心》曰："莫不高談宮觀，壯語畋獵。窮奇服饌，極媚聲色也。"

連　珠

沈約曰："連珠之作，始自子雲。詞句連續，互相發明，若珠之排結也。"傅玄叙云："興于漢章帝，班固、賈逵、傅毅受詔作之，蔡邕、張華之徒廣焉。不指其事情，必託喻以達旨。"磊落自轉如珠，順對貫串不斷。文小易周，思閑可贍。義明而詞麗，事員而音澤。《文心》曰："士衡運思，理析文敏。"

客　詞

《文選》目録客詞於設論。夫身挫憑乎道勝，時屯寄於情泰。《文心》曰："方朔《客難》，托古慰志；班固《賓戲》，含懿華采；崔寔《客譏》，文整而質；景純《客傲》，情見而蔚；陳思《客問》，詞高理疏；庾凱《客恣》，意營文粹。"

四　六

《文筌》云："四六其語，諧協其聲，偶麗其詞，鋪叙其篇。一約事，二分章，三明意，四屬詞。此唐人故規，蘇子瞻取則也。又用事親切，屬對奇巧，變法剪裁、融化，此宋人新規，王介甫取法也。"臺閣之詔、誥、表、牋、檄、牒，時俗之啟、賀獻、昏聘、通問、請謝之類。疏、祈禱、勸緣之屬。青詞、方士譏過之屬。朱衣、方士吁天之屬。致語。樂工用工之詞。

歌

《玉海》云："樂詞曰詩，詩聲曰歌。"《山海經》云："帝俊八子，始爲歌。"故有《八闕》、《九叙》。《書》曰：“歌永言。”大禹成功，《九叙》維歌；太康滅德，《五子》述訓。《采薇》見史，《夢奠》載記；《接輿》、《滄浪》，經傳歷著。韓休曰：“情發于中，申以歌音；文生於情，飾以詞采。”歌、賦本屬詩，《説詩》詳之。

諧

“諧，皆也，詞淺會俗，皆悦笑也。”《楚詞》曰：“突梯滑稽。”註曰：“轉免隨俗也。”宋譏華元之睅目，魯歌臧紇爲侏儒，嗤戲爲俳。淳于説甘酒，宋玉賦好色，會詞微諷。及優孟諷漆城，優旃諫葬馬，譎詞止暴。故子長《史》傳《滑稽》，詞回義正。本體不雅，其流易弊。方朔、枚皋哺糟啜醨，詆嫚媟弄，見視如倡。

讔

“讔，隱也，遁詞隱意，譎譬指事也。”還楊求師而稱麥麴，叔儀乞糧而呼庚癸。莊姬托詞龍尾，臧文謬書羊裘。意生權詐，事出機急也。漢世《隱書》，歆、固編録。東方曼倩，詆戲無補。晉代頗非俳優，化爲謎語。

謎

謎，迷也，廻互其詞，使昏迷也。或體目文字，或圖象品物。纖巧弄意，淺察銜詞。義婉而正，詞隱而顯。荀卿《蠶賦》兆其體。雖有小巧，用乖遠大。齊鮑照作字謎詩。

諺稗語

諺，俗言也，直語也。廛路淺言，有實無華。稗語閭巷，細碎之言。古有稗官采言，後世謂之偶語、俚語。《書》曰：“古人有言，牝雞無晨。”《詩》云：“先民有言，詢及芻蕘。”傳曰“夏諺有之”、“周諺有之”之類。

右《言文》原《詩》之流共二十章。

書

書，如也，寫其言如其意。楊雄云：“言，心聲也。書，心畫也。”舒也，舒布其言，染之簡牘，取象乎夬。戰國以前，君臣同書。後漢稍有名品，公府奏記，郡將奏牋。三代頗疏，春秋始盛。七國危麗，兩漢紛紜。李斯《上始皇》，方朔《謁公孫》，孔融《白事》，史遷《報任安》。

劄

《文心》曰："筆劄雜名，古今多品。總領黎庶，則譜籍簿録；醫曆星筮，則方術占試；申憲述兵，則律令法制；朝市徵信，則符契券疏；百官詢事，則關刺解牒；萬民達志，則狀列辭諺。"唐人奏事，非表非狀者謂之劄子，謂之録子，謂之榜子。陸贄有《榜子集》。札，櫛也，編之如櫛，相比密也。《説文》云："札，簡之薄小者。"

簡牘牒

蔡邕曰："單執一札曰簡。"牘札牒策，同物異名。連編諸簡爲策。杜預曰："大事書于策，見前。小事簡牘而已。"牘，睦也。書，版也。自執進見，以爲恭睦之謂。牒，葉也，如葉在枝。短簡爲牒。議事未定，故諸謀謂之牒。牒之尤密謂之籤。槧，牘牒也。楊雄曰："叔孫通，槧人也。"雄常懷銅提槧，訪四方之言。函，書簡也。袠、帙同，書衣也。可卷舒曰卷，編次曰帙。

牋箋同

牋，表識其情也。牋記爲式，上窺乎表，下睨乎書。敬而不攝，簡而無傲。清惠其才，蔚文其響。班固説平王牋，崔寔奏記公府，崇讓之德音；黃香奏記江夏，肅恭之遺式，劉廙謝恩，喻切以至；陸機自叙，體閑而巧。

刺諫

《釋名》曰："書姓名于奏曰畫刺。作再拜起居字皆達其體，書盡邊，徐引筆如畫也。下官刺，長書中央一行而下。又爵里刺，書其官爵郡縣鄉里也。"《文心》曰："刺，達也。詩人諷刺，《周禮》三刺。事序相達，若計之通結矣。"諫，數也，數其過而諫之。《詩序》云："下以風刺上。"《孟子》曰："刺之無刺也。"別矣。

儀

“儀，度也，從人義。”惟人可法度。義，事之宜。《左傳》云：“有儀可象謂之儀。”太史公緣人情制禮，依人情作儀。胡致堂曰：“或先王有之不宜于今，或古未有之而可義起。”若曹褒證漢儀雜以讖語，非也。先儒以《禮記》爲《儀禮》傳，是也。《禮》有《少儀》。

制

制，裁也。上行于下，猶匠之制器也。《說文》云：“從刀從禾。物成有滋味，可裁斷也。”《禮記》有《王制》，《家語》有《廟制》，《通典》“八政”中諸制也。又“誥”、“制”見前。

律

《爾雅》云：“律，常法也。”謂可常行也。銓也，銓量輕重也。《釋名》曰：“縲也，縲囚人心，不得放肆。”《史記》曰：“王者制事立法，物度軌則，一禀六律。律爲萬事根本，於兵械尤重。”故《易》：“師出以律。”《文心》曰：“律，中也。六律馭民，八刑克平，取中正也。”漢據周摭秦，法律九章。

法

《書》曰：“象以典刑。”《文心》曰：“法，象也。如兵謀無方，奇正有象。”《說文》曰：“法，刑也。作㶖平之如水，從水廌，所以觸不直者去之。”《周禮》，太宰掌“八法”，“治官府”。申、韓有刑法，楊雄曆法，司馬兵法，其法不一。

赦

赦，置也，放置之也。通作舍。宥，寬也，寬之未全放也。《虞書》：“眚災肆赦。”《周官》：“司刺掌三宥三赦之法，以贊司寇聽訟獄。”三宥：一宥不識，再宥過失，三宥遺亡。三赦：一赦幼弱，再赦老旄，三赦蠢愚。漢高祖有《赦天下令》，未即位，不言詔。漢元帝《赦天下詔》。

關過所

關者,關津過所也。出入由門,關閉由審。庶務在政,通塞應詳。過所,至關津以示之也。又曰傳移,所至識以爲信也。《漢書》曰:"若人過所用啟,刻木爲符,或用繒帛以傳信。"晉令曰:"諸渡關及船筏經津者,皆寫一通付關吏津吏。"

祝

祝,祭主贊詞。從人口示,宜以悦神人也。《周官》:"太祝掌六祝之詞,事鬼神,祈福祥,求永貞也。""一曰順祝",天人和同也。"二曰年祝",五氣時若,大有年也。"三曰吉祝",斂時五福也。"四曰化祝",化被六極,爲和氣也。"五曰瑞祝",天降上瑞,形于下也。"六曰筴祝",龜筴不違于人,是謂大同。夫犧牲本于明德,陳信資于文詞。昔伊祈蠟祭,詞見《禮記》;華封祝堯,詞別《莊子》。《楚詞·招魂》,始變麗語;方朔《罵鬼》,始爲譴呪。

祈

《爾雅》云:"祈,告也,叫也。"《説文》云:"祈,福也,從示斤聲。"郭璞曰:"呼而請事也。"《周官》:太祝"掌六祈以同鬼神示"。云祈,禳也。一云類,老合類而祭,若類上帝也。二曰造,即其所而祭,若造于祖是也。三曰禬,以除災變、禬凶荒也。四曰禜,以禱水旱也。五曰攻,謂治去其害也。六曰説,謂以詞責之也。漢傅毅《高廟祈文》。

祠

《説文》云:"祠,從示,司聲。仲春月祠不用犧牲,用圭璧及皮幣,多文詞也。"《周禮》,太祝作"六詞"之一曰"祠"。《小宗伯》注:"得求曰祠",又報福也。蒯聵祈祐觔骨,班固之祀濛(涿)山。修詞在于無愧,禮神必致其誠。

禱

禱,告事也。求福曰禱。《周禮》,太祝"六詞"之五曰"禱",注云:"賀慶吉福祚之詞。”又小祈掌祝，“將事侯禳禱祠之祝號以祈福祥，順豐年，逆時雨，寧風旱，弭裁兵，遠辠疾也”。殷湯之禱桑林，六事自責；張老之頌成室，歌哭爲禱。韓宣憂貧，叔向言賀；趙簡問賢，壯馳茲賀。告神以致敬，將文頌德，以令終爲禱。

會

會者，合也，聚也。《周禮》，太祝“六詞”之四曰會，謂作會同之詞也。《春秋》云：“齊侯、衛侯，胥命于蒲。”《公羊》曰：“胥命，相命也。古者不盟，結言而退。曷爲或言會，或言及，或言暨？會，猶窮也。及，猶汲汲也，我欲之也。暨，猶既也，不得已也。”《穀梁》曰：“會者，外爲主焉。”《周官·行人》曰：“時會以發四方之禁。”

盟

《説文》作“盟”。《禮記》曰：“涖牲曰盟。”割牲左耳之血爲盟書。《周禮》：國有疑則盟詛。祝掌盟詛之載詞，以叙國之信用，以質邦國之劑信也。《左傳》云：“不協而盟。”《文心》曰：“盟者，明也。”陳詞祝告神靈。始于曹洙（沫），至于毛遂。秦昭黄龍之詛，漢祖山河之誓。感激以立誠，切至而敷詞也。

詛

詛，謯也，詛呪使沮敗也。大事曰盟，小事曰詛。詔明神以貳之。《詩》曰：“出此三物，以詛爾斯。”又曰：“侯作詛同。侯祝。呪同。”《周禮》，詛祝之官“掌盟詛之詞，以叙國之信”。秦惠有《詛楚文》。見《秦漢文》。

謚號

謚之爲言引也，引烈行之跡，所以進勸成德使上務節也。周公、太公開嗣王業，及終將葬，制《謚法》一百九十餘條。《禮記》曰：“言國曰類。”《説文》曰：“謚，行之號以易名也。”《史記正義》曰：“號者，功之表也。是以大行受大名，細行受細名。行出于己，名生于人。”名謂號謚。後世遂有行狀以求名也。《周禮》辨六號則曰神、鬼、示、牲、齍、幣矣。

誄

誄，壘也，壘述功德而稱之也。摯虞曰："嘉美終而誄集。"《周禮》，太祝掌"六詞"之六曰"誄"。《禮記》曰："賤不誄貴，幼不誄長。天子稱天以誄之，諸侯相誄，非禮也。"莊公始誄賁父，哀公誄孔丘。《文心》曰："誄其德行，旌之不朽。殷臣誄湯，追褒玄鳥；周史歌文，上闡后稷。柳妻誄下惠，詞哀而長；揚子誄元后，文煩而闊。蓋選言而錄行，傳體而頌文，榮始而哀終。論人也瞬（曖）乎可睹，送（道）哀也淒然可傷。"

吊

吊，至也。君子令終，賓至慰主。傳載宋有大水，鄭有火災，行人奉詞吊凶。晉築虎臺，齊襲燕城，趙使翻賀爲吊。惟壓溺不與，謂其乖道。賈誼《吊屈平》，體同事覈；相如《吊二世》，賦體惻愴。宜正義以繩理，昭德而塞違。割析褒貶，表章名行。

祭 文

禮之祭祀，事止告饗。中代祭文，兼稱言行。祭奠之楷，祝禱之類，哀悼之別，誄謚之流。故祭而兼贊，引神而作。誄首而哀末，頌體而祝儀。潘岳之祭庾婦，恭而哀矣；惠連之祭古塚，義而惜矣。

哀 策

哀，閔也，閔痛形于聲也。蔡邕曰："侯王薨，亦以策書誄謚其行。"《文心》曰："漢代山陵，哀策流文。因喪盛姬，內史執策。策本書贈，因哀爲文。義同于誄，文以告神。"顏延年《哀袁后策文序》云："乃命史臣，累德述懷。"《世說》云："崔融作《武后哀策》，三百年來無此文。"

哀 詞

哀者，依也。悲實依心，詞以遣哀。摯虞曰："誄之流也。崔瑗、馬融爲之，施于傷夭，不于壽終。"《黃鳥》之詩哀三良，漢武之詞傷霍光，班固悲晁氏。魏偉長亦善，晉潘岳繼之。體主于痛傷，詞窮乎愛惜。詞見《藝文》。

墓　誌

誌，記也。志、識通，《書序》：“識其政事。”《漢書》十志。《文筌》曰：“記載行實。”原于蔡邕碑，流爲墓誌壙記。晉殷仲作《從弟墓誌》。王儉曰：“石誌不出典禮，起于宋顏延之爲《王琳石誌》，志載衛靈公以紂沙丘臺爲陵而得石書，云‘靈公奪我里’。”則石志之來遠矣，異事也。

　　右《言文》原《禮》之流，共二十五章。

史

史，使也，使左右執筆記事者也。從又持中，言記事當主中正也。《曲禮》曰：“史載筆，士載言。”黃帝立史官蒼頡、沮誦，周有太史、小史、内史、外史、御史，又正史、雜史、野史。古左史記言，右史記事。記言爲《尚書》，書事爲《春秋》。司馬談兼名曰《史記》，有本紀、八書、十表、列傳，其得失班叔皮有論。班固有十志贊序、十二紀、八表、六十九傳，其功過劉公理有辨。柳子厚曰：“左、右史混久矣，其言事駁亂。”況其後乎！

紀

紀，理也。統理衆事，繫之年月，紀之編著也。大曰綱，小曰紀，總之爲綱，周之爲紀。《正宗》曰：“有紀一代始終，二典及《春秋經》也，後世本紀似之。有紀一時始終，《禹貢》、《武成》也，後世志記似之。有紀一人始終，及秦未有，而昉于漢司馬氏，後世碑誌似之。”

志

志，識也，書用識哉，記時事也。《周禮》：外史“掌四方之志”。鄭玄曰：“魯之《春秋》，晉之《乘》，楚之《檮杌》。”原《禹貢》、《山海經》、《周官》、《周禮》，流爲馬遷《河渠書》、班固《地理志》、齊任昉《地理書》、陳顧野王《輿地志》。江淹云：“脩史之難無出于志，憲章所係，非老于典故者不能也。”

416

編

　　編,次簡也,列也,録也。編年之作,事係日月于年,有曰曆,曰春秋,曰本紀,曰年表,曰長編,曰續編。兼編書之名曰典,曰略,曰考,曰譜,曰覽,曰鑑,曰傳,曰新書、新説、新語,曰通略、通典、通考、通志、會典、會編。《大平御覽》、《册府元龜》,此其大者也。

録

　　録者,領也。古史《世本》,以簡策領其名數。《韻書》曰:"記也,采録也,齒也,總也,收拾也。"晁氏曰:"實録者,雜取編年紀傳之法。"又有聞見録、語録、通録、別録、七録。

傳

　　傳,傳也,傳述其事以示後人也。《博物志》曰:"傳,轉也,轉授經旨以授其後。"若《春秋三傳》、《戰國七策》、兩《漢書》、二十一史。是立義選言,依經樹則,述遠不誣,記近弗回。尊賢隱諱,先王之旨;戒愿懲奸,良史之直。

緯

　　從曰經,橫曰緯。《家語》云:"四方南北爲經,東西爲緯。天象定者爲經,動者爲緯。"《文心》曰:"經顯,聖訓也;緯隱,神教也。""緯之成經,猶絲麻不雜,布帛乃成。"若讖緯乃緯書之曲説,録圖假堯,丹書誣昌,符織托孔,乃技數詭附。故沛獻集緯以通經,曹褒撰讖以定禮。桓譚、尹敏、張衡、荀悦論之詳矣。

疏註

　　疏,布也,布置物數,撮題近意。故小券短書,號爲疏,條陳也。《廣雅》曰:"註,疏也。"《風俗通》曰:"記物曰注。"注者,主解,若《十三經註疏》也。又漢王吉《得失疏》、匡衡《正家疏》,東方朔上疏,又一義也。

解

解，判也，分析之名，解釋結滯，徵事以對也。楊雄《解嘲》，雜諧以自釋；蔡邕《釋誨》，體奧而文炳。《禮記》有《經解》，《管子》有《形勢解》，韓愈《學解》。

釋

"釋，解也，从采，采取其分別之也。"經典音讀訓詁，原于《爾雅》，流爲《廣雅》。朱子謂程端蒙《小學字訓》言語不多，是一部大《爾雅》。又許慎《説文》、劉熙《釋名》、陸德明《釋文》皆是。

通

通，達也。書首末全曰通。崔寔《政論一通》，班固《白虎通》，應劭《風俗通》，胡雲峯《四書通》。

義

義，宜也，裁制事物使合宜也。《説文》云："从我美省。"我者己，人言之，己斷之爲美也。原于《禮記》諸義，《史記正義》、《易本義》也。

符

符之言扶也，兩相合而不差也。符，輔也，所以輔信，代古圭璋，從簡易也。《文心》曰："符，孚也。事資中孚，徵召防僞。三代玉瑞，漢世金竹，末代書翰也。"《周禮》：掌節之官，掌邦符節圭璋而辨其用，以輔王命。《列子·説符》，《莊子·充德符》。

璽 書

蔡邕《獨斷》曰："璽者，印也。印者，信也。"天子六璽，以武功紫泥封之。漢昭帝《賜燕王旦璽書》，成帝《賜淮南王欽璽書》。《正宗》。

契

宓羲造書契。契者,刻也,刻木而書其側,以識其數也。《周禮》"八成以經邦治",其六曰"聽取予以書契"。官所予,民所取,其責償也,以書契聽之。凡賣買以質劑,大市牛馬。以質,長券。小市器物。以劑。短券。質人掌"稽市之書券,同其度量,壹其淳制"。淳,幅之長也。制,匹之長也。

券

券,綣也,約束繾綣爲限以別也。大書中央,破別之。《周禮》"八成經邦治"之四曰"聽稱責以傅別"。傅別者,券也。稱謂貸以物,責謂責其償,皆以傅別之書聽之也。王褒髥奴,券之楷也。古有鐵券,周稱"判書",以堅信誓。越王侗立七人,金書鐵券,藏之宮掖。

約

約,言語約束也。《周禮》:"司約,掌邦國萬民之約劑。"治神之約,命祀、郊社、群望、祖宗也;治民之約,徵稅、遷移、仇讐也;治地之約,經界、田菜之地也;治功之約,王功、國功、爵賞也;治器之約,禮樂、車服也;治摯之約,王帛、禽鳥也。太約劑書于宗彝,宗廟彝器。小約劑書于丹圖。鐵券、册書。漢高《約法》,王子淵《僮約》。

狀

狀,札也,牒也,形容之也。《文心》曰:"貌也,體貌本原,取其事實。"莊子自狀其過也。今有"辭狀"、"通狀"。

列

列,行次也,分解也,陳布也。《文心》曰:"陳列事情,昭然可見也。"《漢》、《史》列傳,又《列國》、《列仙》、《列女》。

記

記，疏也，謂一一分別記之也。《博物志》曰："賢者著述曰記。"記事物，具始末，原於《禮記》、《學記》、《考工記》，變爲雜記。若鄭朋奏記於蕭望，阮籍奏記於蔣濟，又一義也。

譜

"譜，普也，註序世統，事資周普。"《書》稱"別生分類"。《傳》曰："因生賜姓。"周小史定世繫，辨昭穆。秦剗劉舊跡，失其本宗。司馬遷曰："余讀牒記，稽于曆譜，爲世譜年表。"後漢有鄧氏《官譜》，晉摯虞作《族姓昭穆記》。

簿部

"簿，圃也，草木區別，文書類萃也。張湯、李廣爲吏簿以別情僞。"部之爲言，簿也，分簿之也。原于劉向《別録》、劉歆《七略》，唐以經、史、子、集分爲四部。

圖

圖，畫也，難也。凡圖必先規畫之，以含留難之義。《周禮》："職方氏掌天下之圖，辨九州之服。"又云："聽閭里以版圖。"謂户籍之版，土地之圖。古有《河圖》，漢有《玄圖》。

籍

"籍，借也。歲借民力，條之于版。"《周禮》：司天之官，登萬民之數，自生齒以上書于版。藉、籍同音。藉從艸，艸盛狼藉也。籍從竹，竹簡簿書也。舊俗通用，誤矣。

按

按，察行也，考驗也。《賈誼傳》"按當今之務"，《丙吉傳》"無所按念"。程子曰：

"《春秋傳》爲按,經爲斷。"張九齡勘事面分曲直,稱爲"口按"。張加貞嘆息直切,議爲堂按。

右《言文》原《春秋》之流,共二十五章。(以上《言文》卷下)

《説詩》(節録)

總辨・支流

班氏謂:"古詩之流者,賦也。"晁氏謂:"古賦之流者,詞也。"元氏又謂:"《詩》、《騷》之流,而有二十四名者:賦、頌、銘、贊、文、誄、箴、詩、行、吟、詠、題、怨、歎、章、篇、操、引、謠、謳、歌、曲、詞、調也。"若此,則凡韻語悉原於詩。如辨、語、問、答、戒、祝、諜、暢、唱、弄、拍、舞、鹽、樂、思、愁、哀、離、別、興、懷、意、口號(占)、百一、招、反,又二十七名矣。必宗六義,克諧五音。"風"義優柔而不直致,"比"義托物而不正言,"興"義舒展而不刺促,"賦"義鄰于文之叙事,"雅"義鄰于文之明理,"頌"義鄰于文之贊德。此故祝氏有辨詩中之文,文中之詩也。其曰:"《二招》、《惜誓》,固續于《騷》。而《秋風》、《歸去來》,則名爲詞;韓吊田横,柳吊屈平,則名爲文;漢《大風》、《瓠子》,則名爲歌也。名異而用韻則同,語殊而取義不違。宜詳而有辨,勿泥而弗通。"(卷上)

時論・唱和

朱子曰:"和詩原於《賡歌》。"今失其意也。夫舜歌勅命時幾,皋陶揚言慎憲,舜《卿雲》倡歌,八伯進和。夏人醉歌,伊尹賡和俱見《尚書大傳》《玉海》云:"鄭都則七子均賦,梁苑則三英接曲。唱和之製,由是生焉。"嚴氏曰:"次韻最害事。始于元、白,極于蘇、黄。杜甫、王維等和賈至《早朝》詩未如是也。"洪氏曰:"古人答和來意,非若今人次韻所局也。"

章句・析言

隻字爲言,衷言爲句,句止爲章,章畢爲篇。長短相雜者,古經兼於歌詞(説見後《斷句》章)。全篇無異者,後代多于前作。劉氏云:"二言肇于黄世《竹彈》之謠,三言興于虞時《元首》之歌,四言見于夏年《洛汭》之訓,五言廣于周代《行露》之章,六言、七言出于齊風《還》、《著》之篇。"舊説曰:"晉夏侯湛始爲三言,漢韋孟始爲四言,漢蘇、李始爲五言,漢谷永始爲六言,漢武柏梁始爲七言,魏高貴鄉公始爲九言。"此謂通篇一體也。一句七言者,漢《董宣歌》"枹鼓不鳴董少平"。一句五言者,明帝時謠"其奈爾曹何。"二句七言者,《越婦采葛歌》、《范舟歌》。二句五言者,《原壤歌》、《左傳・宋人歌》。二句四言:《大傳·夏人歌》、《左傳·役人歌》。三句七言:《孔叢子·獲麟歌》、漢《李夫人歌》。三句五言:《禮記·夢奠歌》。三句四言:《左傳·士蒍歌》、《參乘歌》。三句八言:漢《皇甫歌》。四句三言:漢《匡衡歌》、《潁川歌》。六句三言:漢《廉范歌》、《行者歌》。長句三言:漢武《郊祀歌》。長短句:《左傳·祈招詩》。長篇:荀卿《成相章》。四句六言:孔文舉《譏操詩》。三、四言:《黃澤謠》。三、五言:《戚夫人歌》。三、七言:《商歌》。六、五言:《猛虎行》。三、五、七言:鄭世翼詩、唐李白詩。

古篇五言

寓意深遠,托詞溫厚,推己及人,感今懷古。悲歡則含蓄不過,美刺則婉曲不露,閒適則瀟灑不流,反復深切而不迫,賦、興、比義而不越。如短句者,漢《上留田》四句、成帝時謠二句也。長篇者,漢《羽林郎》、《陌上桑》也。子美《北征》,退之《南山》,敘事敷衍,陳情附蠆,《詩》之變體,《騷》之旁軌。蔡琰《悲憤》之作,開其源也。

古篇七言

鋪敘開合,血氣貫通,風度高雅,波瀾宏闊,音韻鏗鏘,議論超然,學問充之。如短句,則《采葛詞》、《易水歌》也。長篇,漢魏《燕歌行》、《木蘭詞》,唐《兵車行》、《天姥吟》尚矣。

雜 詩

不拘流例,遇物即言,命題曰"雜"。雜宜不越,區而有別。漢《古詩十九首》,魏、晉因之。《文選》又以荆軻、《大風》諸作,目爲雜歌。

擬 古

後人效古作命題曰"擬"。嚴氏曰:"自漢有之。梁江淹擬陶、謝、左、郭,皆似,獨擬李陵不似西漢,其鮑、謝擬作,仍自體耳。"

律 詩

守法度曰"律"。有古律,謝多此體;有排律,杜多此體。五言律始于沈約,七言律始于沈、宋。

古律　排律

滄浪曰:"靈運詩首尾對,是以不及建安也。"以謝詩爲古,則多有對;爲律,則對不嚴。及唐，諸作盛矣。

近　律

五言、七言限於八句，四聲、四韻嚴於法度。七言句難於五言句，七言律難於五言律。七言可截作五言，八句可截作六句，非詩也。楊仲宏曰："句要藏字，字要藏意。其法有四：起、承、轉、合也。"一、破題曰"起"。或興、比、賦起，或引事就題，必包占高遠，則後可鋪叙矣。二、頷聯曰"承"。或寫景物，或用事實，必承題不脱，則穩健而充滿矣。三、腰聯曰"轉"。或景意事理。必承前引後，相應而相避。貴不空疏而已。四、結尾曰"合"。或繳前聯，或因時感事，期後望遠，言盡意餘，乃克有終也。

絶　句

句以絶名，義則數説：一曰不相聯屬曰絶句，一曰絶妙之句，一曰絶取律詩之四句。五言絶句，樂府古詞《出塞詩》也。七言絶句，後周趙王《從軍行》也。絶律前四句，李白"昭君拂玉鞍"詩也。律中四句，如杜"江動月移石"詩也。律後四句，如杜"功蓋三分國"詩也。七言絶仿此，須婉曲回環，删蕪就簡，句絶而意不絶，詞短而情有餘。

聯　句

聚客合句成詩曰"聯句"。始于漢孝武柏梁臺詔群臣，能爲七言者上座。自後宋孝武華林都亭、梁武帝清暑殿皆效爲之，至唐盛矣。

集　句

采古句合爲一詩。始于晉傅咸集《毛詩》句、《孝經》句、《易經》句、《周官》句、《論語》句各爲一詩，見《藝文志》。至宋盛矣。

名　目

騷：班固曰："'離'猶'遭'也。"顔師古曰："擾動曰'騷'。"又曰："痛極其情曰'騷'。"王逸注："離，別。騷，愁也。"宋景文公曰："《離騷》，詞賦之祖。"何氏曰："漢唐續《騷》，皆宗其矩矱，莫能尚之。"

賦：劉向曰："不歌而誦曰賦。"班固曰："古詩之流。"揚雄曰："詩人之賦麗以，詞人之賦麗以淫。"《左傳》曰："登高能賦可爲大夫。"鄭莊大隧，士蒍狐裘，短章稱之。荀卿五《賦》，宋玉續《騷》，賈、馬繼之。祝氏曰："情形於詞故麗，詞合於理故則。取《詩》中賦義爲賦，又取《騷》中麗詞爲詞，則詩人之賦、詞人之賦、賦人之賦異矣。"相如曰："合綦組成文，列錦繡爲質，一經一緯，一宮一商，賦之跡也。包括宇宙，總覽人物，賦家之心也。"

頌：容告神明謂之"頌"。頌者，容也，頌盛德而述形容也。至晉之《輿人》、衛之《南蒯》，則短言野誦，誦之變也。《楚詞》言橘，秦政刻碑，頌之流也。

贊：《文心》曰："頌家之細條曰贊。贊者，明也，唱發之詞也。益贊于禹，伊陟贊于巫咸，揚言以明事，嗟歎以助詞也。至相如始贊荆軻，班固託贊《書》、《史》，皆約文以總錄，頌體而論詞也。"《昭明》曰："圖像則贊興"。

歌：放情曰歌。《廣雅》曰："聲比琴瑟曰歌。"《韓詩章句》曰："有章曲曰歌。"《說文》曰："歌，詠也。"徐氏曰："長引其聲以誦之也。"梁元帝《纂要》云："齊歌曰謳，吳歌曰歈，楚歌曰豔，浮歌曰哇，振旅而歌曰凱歌，堂上奏樂而歌曰登歌、曰升歌。"《吳歌雜曲》始曰："徒歌原於《卿雲》、《麑歌》。"《通典》曰："韓娥鬻歌于齊，故雍門善歌。"

謠：通里俗曰謠。《爾雅》曰："徒歌曰謠。"《韓詩章句》曰："無章曲謂之謠。堯時《康衢謠》、周穆王《白雲謠》也。"

謳：衆歌曰謳。謳，聲有曲折也。歌，長言也。《孟子》云："王豹處淇而河西善謳衛人音也。"《左傳》："宋人築者謳。"《通典》云："周衰，秦青善謳。"

吟：悲如蛩螿曰吟。吟，呻吟也。《吳越春秋·木客吟》，漢孔明《梁父吟》，卓文君《白頭吟》。

行：體如行書曰行。漢有《武溪深行》、《相逢行》也。

歌行：行體兼歌體曰歌行。漢有《長歌行》、《豔歌行》。

曲：委曲盡情曰曲：又曰："和樂而作曰曲"。漢《鐃歌曲》、《橫吹曲》、《江南曲》、《蒿里曲》。

引：述本末曰引。衛女作《思歸引》，子高妻麗玉作《箜篌引》，楚南梁《辟厤引》。

篇：長語成章曰篇。《選》有《名都篇》、《白馬篇》，曹植詩也。

章亂、誖：樂竟爲一章。《離騷》、《九章》又曰亂、曰誖、曰倡。皆樂之卒章，音節之名。

詞辭通：《說文》云："在音之內、言之外也"。古雅諸歌曰詞。《左傳》吳《乞糧辭》、周穆王《黃澤辭》，漢武《秋風辭》，樂府古詞，唐人宮詞。

詠：聲通於物曰詠。曹植《九詠》，顏延年《五君詠》。

歎：事感於中曰歎。樂府《楚妃歎》、《明妃歎》、《續騷九歎》。

調：聲音和曰調。周樂遺聲有平調、清調、長調、短調。漢並之曰三調。

辯：《說文》云："辯，理也。从言在辯，聞罪人相訟也。"《騷》云："啟《九辯》。"禹樂名《楚詞》又有伏羲《駕辯》、宋玉《九辯》。

　　語言：發端曰言，答述曰語。《月令注》引里語，崔寔引農語，《史記》引鄙語。古語皆韻語也。唐有雜言、寓言。

　　問答：相訊相訪曰問。《騷》有《天問》，唐人有《山中問答》。

　　戒：警訓之詞曰戒。《淮南子》有《人間訓》、《堯戒》、《方朔誡》、《義方誡》。

　　祝：祭主贊詞曰祝。《周禮》六祝之詞，《史記·淳于髡傳》有《禳田祝》，《吳越春秋》有《越臣祝》。

　　箴：中失刺病曰箴。《汲塚周書·防夏箴》、《大正箴》、《管子·弟子職》八箴。

　　銘：正名審用曰銘。《國語·商銘》、《大戴禮·武王銘十七章》，《左傳·鼎銘》。

　　操：窮不失守曰操。《琴曲》云："憂愁而作曰操。"《古今樂錄·雉朝飛操》、《猗蘭操》，漢《采芝操》。

　　謳：擾括曰謳。《左傳·衛人登觀謳》，樂府又名《諢良夫謳》。

　　暢：《琴曲》云："和樂而作曰暢。"堯時有《神人暢》。

　　唱倡通：《左傳》云："內外倡和。"《史》云："一倡三歎。"《戰國策》載："田單士卒倡。"又魏明帝《氣出唱》，晉夏統《小海唱》。

　　弄：玩戲曰弄。唐志《楚調四弄》，蔡邕《五弄》、《楚漢九弄》，鄭述《龍吟十弄》，《陽春》、《白雪》、《綠水》、《悲風》、《雙鳳》、《雜鸞》、《別鶴》、《流泉》、《長短》、《側清》樂府《江南弄》。

　　拍：擊節曰拍。樂有撫拍、拍板。蔡琰《胡笳十八拍》。

　　舞：詞節舞曰舞。漢有《公莫舞》。吳有《白紵舞》。

　　鹽：竦動滿座曰鹽。薛道衡作《昔昔鹽》。《玄怪錄》："篷篨三娘工唱《阿鵲鹽》，更奏新聲《刮骨鹽》。"

　　樂：喜見於外曰樂。宋臧質《石城樂》、《莫愁樂》。劉道彥《襄陽樂》。

　　怨：恚恨於中曰怨。古樂府《獨步怨》，《選》詩：《四怨》、《宮怨》、《閨怨》。

　　思：慮遠曰思。樂府《有所思》，宋惠休《江南思》、《續騷九思》。

　　愁：鬱鬱不得志曰愁。漢張衡《四愁》，樂府《玉階愁》、《寒夜愁》、《宮愁》、《邊愁》、《春愁》。

　　哀：呂向云："痛而哀，義而哀，感而哀，愁而哀，口歎而哀，聞見而哀，鼻酸而哀。"漢莊忌《哀時命》，曹植、仲宣《七哀》。

　　離別：遠曰離，近曰別。樂府《古別離》、《翁離》、《雙燕離》。後有《潛別離》、《遠別離》、《久別離》、《長別離》、《生別離》，杜甫有《無家別》、《垂老別》、《新婚別》。

　　興：他物引詠曰興。有《古興》、《感興》、《漫興》、《雜興》、《書興》、《寫興》、《遣興》、《春興》、《秋興》。

　　懷：發胸臆所抱者。阮籍《詠懷》，謝惠連《秋懷》、《續騷九懷》。

意：心有憶度曰意。比意則隱此事而只題彼物，興意起因他物而説出此事。後有《古意》、《寓意》、《詠意》。

口號口占：章成速就、達意宣情曰口號。杜有《存歿口號》。《增韻》曰："隱度其詞，口以授人曰口占。"

百一：百慮而有一得之謂。晉應璩作一百三十首，及李彪、李夔各撰二卷。

招：招其來歸，以手曰招，又言曰召。宋玉作《招魂》，景差作《大招》，淮南小山《招隱賦》，陸機《招隱詩》。劉勰曰："帝嚳之世，咸墨歌《九招》。"

反：轉覆其事而言之。揚雄《反離騷》，王康琚《反招隱》。（以上卷中）

周履靖

周履靖（1542—?）字逸之，初號梅墟，改號螺冠子，晚號梅顛。明秀水（今浙江嘉興）人。性慷慨，善吟詠，尤工書，大小篆、隸、楷、行、草無不妙。善山水，兼精人物。又精養生、氣功。著有《夷門廣牘》、《梅顛稿選》、《畫評會海》、《騷壇秘語》等。其《騷壇秘語》三卷，輯録宋元詩法理論，重在傳授詩法。上、中二卷分二十題，闡説五、七言古體與律體之字句結構、聲情音韻、氣象境界等；卷下撮輯皎然、嚴羽、楊載諸家詩論，亦申以己見。

本書資料據廣文書局 1970 年版《騷壇秘語》。

《騷壇秘語》（節録）

二十名

詩：五言，章句整齊，聲音平實；七言，章句參差，音律雄渾。歌：情揚辭達，音聲高暢。吟：情抑辭鬱，音聲沉細。行：情順辭直，音聲瀏亮。曲：情密辭宛，音聲綢繆。謡：隋謠辭寓，音聲質俚。風：情切辭遠，音聲古淡。唱：與歌、行、曲通。樂歌：情和辭直，音聲舒緩。歎：情戚辭老，音長聲絶。解：與歌、曲、歎、樂通。引：情長辭蓄，音聲平永。弄：情活辭麗，音聲圓壯。清：情逸辭激，音聲清壯。辭：情長辭雅，音聲平亮。舞：情通辭麗，音聲應節。怨：情沉辭鬱，音聲凄斷。謳：情揚辭直，音聲高放。

二十三題

送：留須戀戀，勉必拳拳。別：前瞻戀戀，後顧懸懸。逢：樂生於哀，哀極還感。寄：萬里寄言，必有實惠。酬：識曲聽直，無言不酬。贈：贈人以言，非諂非刺。答：

答指有歸，無離來意。游：主景。宴：主情。行：行必有故，切忌矯情。至：至必有爲，不宜徒喜。歸：歸人皆喜，必有我私。與：物輕意重。謝：物意俱重。登：登峰詣極，所貴眼高。覽：泛覽景物，必有得焉。題：題忌損物。詠：詠忌粘題。思：思必有因，豈徒悽愴？挽：忌似壽詩。壽：忌似挽詩。應制：氣欲嚴肅，辭貴典麗。賀：忌似攫客。（卷上）

孫　鑛

孫鑛（1543—1613）字文融，初號越峰，中年更號月峰，別署月峰主人、湖上散人。明餘姚（今屬浙江）人。萬曆二年（1574）會元。官至南京兵部尚書。學問淹貫，精擅文、史、經、子諸學，兼通天文、曆法、地理、兵制、書法、繪畫、戲曲、音韻、醫卜之術。著述宏富，約計九十餘種，可惜亡佚殆半，有《評經》十六卷、《今文選》十二卷、《評史記》一百三十卷、《評漢書》七十卷、《韓非子節鈔》二卷、《翰苑瓊琚》十二卷、《後越絶》十卷、《排律辨體》十卷、《居業編》十二卷等，並有《孫月峰全集》傳世。

本書資料據四庫全書本《文章辨體彙選》、嘉慶間刊本《姚江孫月峰先生全集》。

與余君房論文書

昨史鶴亭丈偶過論文曰：槐野先生作文但如此作而已，滄溟先生則拈筆時先有必使人不易解之意。此言良有味，子威亦未免犯此。恒人無庸欺智者恐終不可欺，何作此伎倆爲哉？

李、王二公絶相厚，然李極高，王極卑，正絶不同。王根髓原在子瞻，稍輔以世説，然才正高後，又涉獵左、馬諸書，稍變調，是以自謂得之《國策》耳。汪與王涉未深，良是汪字句真工，可謂一時絶調。其以古語傳今事，無不渾帖，更有今語不能盡而渠用古語却盡之者，不可謂不妙。然衹是辭命一家耳，不是神來之調。王之風神殊雅。後大有不可及處。要之汪終須讓王耳。汪刻墳雅似極，意在《檀弓》、《考工記》。然渠於二書所得却少，若專宗此，恐或失之清瘦，亦非所謂大家正派也。今時諸名家先生謂於古作者何？當韓、柳似終不可及。王的是一子瞻，以好高，故面目似過之。然綜其實，恐未易優劣。汪則是一劉孝標，以不能卑，故反讓之耳。

昨奉教謂儕左輔於四公，必於泉臺有蠻觸之戰。足下豈尚於左輔有不足邪？宋人云讀柳、歐、蘇文，方知韓文不可及。鑛今盡讀滄溟、弇州太函文，乃益知左輔爲不可及。諸公集卷雖踰百，然求如左輔數行尚不能，得來教謂左輔不博不流動，誠有然者，然亦不至大約大拙。稽之前代，子厚亦不甚流動，而永叔最爲不博。左輔惟不博故簡，惟不流動故勁。然至若柳濱序及兩程策，亦何嘗不博。送石洲鳳泉壽先伯諸序，又何嘗不流動哉？兼美無瑕，即古人亦難之，故精鍊者不輕逸，跌宕者不沉鬱，艱深者澀，典實者拙，即丘明、子長規模且判然別矣。今歷下、新都可謂博，然以較司成公，李尚覺澀，汪尚覺碎，豈得擅流動之譽？婁江最流動矣，然惟博於説部耳，若文則豈可言博過華州哉？惟子威可謂博且流動，然總論所至，又大不及五公，此文章所以難言也。子威所以居閏位者以無神境耳，即譙游記亦祇是偏鋒別境。大洲有神境，然修辭之功未極。鑛雖獨服之，豈能協於衆心哉？

　　大家唐二人，宋歐、曾、王、蘇氏父子共五人，欒城不與。鑛謂五公爲大家，止以我朝言也，韓、柳終不易及。前小啓固曾言之，宋五家正可相當。若漢以前大家，信更在二家上。然成一家言，與今人又當別論。足下謂北地失之模擬，世人論亦如此，第以鑛素所熟觀者言之，惟一二篇稍有痕，其餘亦多係自撰。即頃來吾等所收者，何篇爲大模擬耶？所評三公，俱確第汪之襲亦不讓後李，或有終篇無一語自創者，殆如集古句耳。鳳洲才信高，顧要今所造亦已既竭其才，渠語于鱗固云加我十年，亦不能長有子境，此真是自知之語。謂其輕前欺後，似猶爲不虞之譽。近有對弈者數負，不服曰，我但貪耳。應之者曰貪即是汝品下；曰但生耳，曰生即是汝品下；曰速耳，曰速即是汝品下；曰輕易汝耳，曰輕易即是汝品下。文亦猶此，昔人謂參也魯，故造道深。人才各有偏，偏即有不至，不可謂堂堂者勝齒者也。惟左輔四十有九，而遭岩墻之阨，不究其至，真爲可惜耳。《劉莊襄墓誌》，真一好題，不知弇州公何爲草率如此。其爲《張文忠傳》亦不稱。太函與戚將軍最厚，而於其墓銘亦頗寥寥，然則兩公所自負爲一攀龍者安在哉？宋雖有五人，然舉世唐以配韓、柳者亦止二人。我朝空同當其一不待言矣，其一人當在兩王。在鑛必以屬之槐野，在先生必以屬之鳳洲，然邪否邪？前人已矣，後起者集數公之成，超乘而上，必當有人，先生幸無讓焉。

　　昨偶讀嘉則五言律，漫有所評，翰教謂爲過苛。夫以足下及箕仲夙日推許之盛，而頓聞此語宜訝其苛，第《豐對樓集》見在，其第二十二卷柯君房先生起至張司理止，共五十首內，何首爲佳，可入選乎？前小啓固云亦有一二稍可，顧猶是常語，若在《茂秦集》中祇下乘耳，何足當二先生之溢許，謂在于鱗上也？記往日《白雪樓集》初出時，鑛於先宗伯兄案上見之，讀一二首，覺其佳甚。讀至數十首，更覺奇古高妙，反覆諷詠，手之不能釋，因檢其名氏則標曰于鱗，以爲豈唐人邪？何不見列于十二家？及細觀其所贈送諸公，類皆今人也，今豈有如此詩人，而奈何不聞談及乎？比先兄自外來，問之，乃知班孟堅即班固也，蓋鑛是時止曉滄溟名，攀龍不識其字耳。太函序弇州集，冀以不聞，聞者我得我心，鑛之服滄溟得於暗索中，此乃所謂真知。今《豐對

428

樓集》以二先生之諄諄提耳而猶不能解，以視案上之不知何人集，曷若然，則其不及于鱗明矣。弇州謂嘉則詩是隱逸之冠亦未然，以僕所見謝四溟、吳芝川、陳海樵、王百穀輩，雖未及細校，然似俱不甚讓之。今先生執椽筆，幸慎許可，無若太函之許元瑞，斯稱情矣。

僕於樂府一派原未深解，故以妄許嘉則，所以然者以俚、淺、率三病在樂府每有之，而無能掩瑜。妄意其不恭，或得柳士師一體耳。我朝詩成、弘以前，大約沿宋、元氣習，雖格卑語近，然道情事亦真率可喜。自空同倡爲盛唐漢魏之說，大曆以下悉捐弃，天下靡然從之，此最是正路，無可議者。然天下事但入正路即難，即作人亦如此，久之覺束縛不堪，則逃而之初唐，已又進之六朝，在嘉靖中最盛。然此路實隘而不弘，近遂有舍去近體，但祖漢、魏之論。然有言之者，鮮行之者，則以此一路枯淡，且說物情不盡耳。近十餘年以來遂開亂道一派，昨某某皆此派也。然此派亦有二支，一長吉、玉川，一子瞻、魯直。某近李、盧，某近蘇、黃，然某猶有可喜，以其近於自然。某則太矯揉耳，文派至亂道則極不可返。邇來作人亦多此派，此實關係世道，良足欺慨。然弇州晚年諸作，實已透漏亂道端倪，蓋氣數人情至此，不得不然，亦非二三人之過也。（《文章辨體彙選》卷二百四十四）

與呂甥玉繩論詩文書（節錄）

七言近體，勿隨人多作。此體在詩中又別一境，大難口言。古選固是詩本，或太遠；只五言律爲近而正。唐人五言律，不問初、中、晚，無一不佳，杜尤臻神境，若常細玩，詩寧有不工者？詩必工始出，不輕易成篇，亦是入門一訣也。（《姚江孫月峰先生全集》卷九）

于慎行

于慎行（1545—1607）字可遠，又字無垢，号穀山。明東阿（今山東平陰縣東阿鎮）人。嘉靖四十年（1561）舉人。隆慶二年（1568）進士，官至禮部尚書。于慎行爲人忠厚老成，學有原委，淹貫百家，博而核，核而精，熟悉歷代典章，對明朝禮制建設有較大貢獻。其文學造詣亦極高，與馮琦並稱於世。著有《穀城山館集》、《穀山筆麈》、《讀史漫録》、《璅言》(附《夢語》)、《雜記》、《兖州府志》、《東阿縣志》等。

本書資料據四庫全書本《穀城山館集》。

古樂府本調

叙曰:唐人不爲古樂府,是知古樂府也。辭聲相雜,既無從辨,音節未會,又難於歌,故不爲爾。然不效其體,而時假其名,以達所欲出,斯慕古而托焉者乎! 近世一二名家,至乃逐句形模,以追遺響,則唐人所吐棄矣。余嘗爲《郊廟鐃歌》可數十首,已而視之,頗涉兒戲,亦復不自了然,遂焚棄之;取其音節稍近者,倣其一二,謂之本調。至近體歌行,如唐人所假者,各從其類附焉,而不曰樂府,則詩之而已矣。夫唐人能爲而不爲,今之君子能爲而遂爲之,予奈何不能爲而爲也! 管城遊衍,聊以自娛,豈稱述作哉!(卷一)

賦附(節録)

叙曰:班氏有言,賦者古詩之流也。蓋云《雅》、《頌》不作,流而爲騷賦爾。五言既兆,又賦之流而爲詩,去古遠矣。然自屈、宋以下,所謂古賦者,猶有《雅》、《頌》之遺。若《二京》、《三都》,則辭類紀述;江左六朝,則體淪俳偶,於詩道益遼然哉!(卷二十)

周 暉

周暉(1546—?)字吉甫,號漫士,又號鳴巖山人。明上元(今江蘇南京)人。諸生。隱居不仕。博古洽聞,多識往事,馳譽鄉里。早年與朱之蕃等結白門詩社。卒年八十餘。有詩集《幽草齋集》(已佚)、曲論《周氏曲品》等。其《金陵瑣事》專記明初以來金陵掌故,上涉國朝典故、名人佳話,下及街談巷議、民風瑣聞。

本書資料據1983年臺灣成文出版社《中國方志叢書》影印本《金陵瑣事》。

打 油

詩至於打油,惡道也。就而論之,刺之不入骨,聽之不絶倒者,弗工也。若施半村、王吉山、陳秋碧、鄭玉山、金幕槙、王次山、朱企齋、楊萬墅、段鐘石,皆擅此長。(卷四)

李維楨

李維楨(1547—1626)字本寧,號翼軒,自稱角陵里人。明京山(今屬湖北)人。隆慶二年(1568)進士。博聞强記,與許國齊名。累遷提學副史。浮沉外僚幾三十年。天啟初,以布政使家居。年七十余,召修《神宗實録》。累官禮部尚書,告老歸。卒於家。一生歷經嘉靖、隆慶、萬曆、泰昌、天啟五朝,足跡遍布大江南北,交遊廣泛,生活閱歷豐富,親身經歷了晚明社會政治文化的種種變遷,對於當時不同地域、階層、流派的思想有深入全面的接觸與了解。性樂易闊達,文章弘肆,卓負重名垂四十年,然多率意應酬之作。有《大泌山房集》及《史通評釋》等傳於世。

本書資料據四庫全書本《文章辨體彙選》。

《唐詩紀》序(節録)

不佞聞聲音之道與政通,世隆則從而隆,世汙則從而汙。《三百篇》不可勝原,第言成周。周以勤儉肇基,其詩爲邠愿而厚詳,而中於人情。文王文明柔順,化行汝濆、江漢,其詩爲《周南》、《召南》,婉而有致,恭而不忒。武成之際,公旦相之,反商政,尊周道,其詩爲《雅》、《頌》,和而正,華而實,宴然而有深思。東周王迹熄,其詩爲變風、變雅,若《板蕩》怒而《黍離》哀,去先民遠矣。上下千年,汙隆之故,瞭然指掌,匪《詩》何觀焉?

然而以《詩》論世易,以唐詩論唐世難。談者曰:唐以詩進士,童而習之故盛;士以詩應舉,追趨逐嗜故衰。少陵宗工,曾不得一第;右丞雜伶人而奏枝王家,于詩品何損也!貞觀、開元二帝,以豪爽典則先天下,詩宜盛而最闇;弱者中宗,能大振雅道;即德、文兩朝,不及中、晚,人才樸邈,詩宜衰。彼元、白、錢、劉、柳州姑無論,昌黎望若山斗,猶且服膺工部、供奉而避其光錽,何也? 古者,上自人主,下至學士大夫以及細民,莫不爲詩,而詩盛衰之機在上。後世細民不知詩,人主罕言詩,僅學士大夫私其緒,而詩盛衰之機在下。長慶、西崑、玉臺,能爲體以自標異,而無能使人盡爲其體。少陵詩盛行,乃在革命之代,其轉移化導之力,詎足望人主乎? 則唐與古殊矣。樂八音皆詩,《詩三百》皆樂。唐人樂府,已非漢、魏六朝之舊,自郊廟而外,時采五七言絶句、長篇中雋語,被管絃而歌之,代不數人,人不數章,則唐與古殊矣。六朝以上,惟樂府、《選》詩眉目小别,大致固同。至唐而益以律、絶、歌行諸體,復不相侔。夫一家之言易工,而衆妙之門難兼,則唐與古殊矣。先王辨論官才,勸善懲惡于詩焉,資其極至于饗神祇而若鳥獸。善作者莫如周公，菫菫可數，他皆太史所采，稍爲潤色。春秋列國，卿大夫稱詩觀志，大抵述舊。而唐一人之詩，常數倍于《三百篇》，一切慶弔問遺，以充筐篚，飫牽用愈濫而趣愈下，則唐與古殊矣。《三百篇》删自仲尼，材高而不炫奇，學富而不務華。漢、魏近古，十肖二三。六朝厭爲卑近，而求勝於字與句，然其才相萬矣，故博而傷雅，巧而傷質。唐人監六朝之弊而劖濯其字句，以當於温柔敦厚之旨，然其學相萬矣，故變而不化，近而易窺，要其盛衰，可略而言：律體情勝則俚，才勝則離，法嚴而韻諧，意貫而語秀。初、盛奪千古之幟，後無来者。絶句不必長才，而可以情勝。初、盛饒爲之，中、晚固無讓也。歌行伸縮由人，即情才俱勝，俱不失體。中、晚人議論多而敦琢疎，故無取焉。初、盛諸子，啜六朝餘瀝爲古選，不足論。子昂、應物復失之形迹之内。李、杜一二大家，故自濯濯，要之不越唐調，不敢目以漢、魏，况《三百篇》乎？漢、魏六朝遞變，其體爲唐，而唐體迄于今自如。後唐而詩衰莫如宋，有出于中、晚之下；後唐而詩盛莫如明，無加于初、盛之上。譬之水，《三百篇》崑崙也，漢、魏六朝龍門積石也，唐則溟渤尾閭矣，將安所取益乎？

不佞竊謂今之詩，不患不學唐，而患學之太過，即事對物，情與境合而有言，干之以風骨，文之以丹彩，唐詩如是止爾。事物情景必求唐人所未道者而稱之，弔詭蒐隱，誇新示異過也。山林宴游則興寄清遠，朝饗侍從則制存莊麗，邊塞征伐則悽惋悲壯，暌離患難則沈痛感慨。緣機觸變，各適其宜，唐人之妙以此。今懼其格之卑也，而偏求之於悽惋、悲壯、沈痛、感慨，過也。律體出而才下者沿襲爲應酬之具，才偏者馳騁爲誇詡之資，而《選》、古幾廢矣。好大者復諱其短，强其所未至而務收各家之長，撮諸體之勝，攬擷多而精華少，摹擬勤而本真漓，是皆不善學唐者也。嗚呼！繇《三百篇》以來，得失之林，較然甚著。孟子暨諸君子會萃斯編，其取精多而用物弘矣。儻以不佞言，能窺一班否？（卷二百九十七）

梅鼎祚

　　梅鼎祚（1549—1615或1618）字禹金。明宣城（今安徽宣州）人。性不善經生業，以古學自任。擅長詩文古詞，所作皆骨立蒼然，氣純而正，聲鏗以平，思麗而雅，王世貞嘗稱之。有“詩文清雅”之譽。中年以後，專注詩文典籍的搜集編輯和戲劇創作，所作《玉合記》爲昆山派的扛鼎之作，在中國戲曲史上具有一定影響。另著有《鹿裘石室集》，又編輯《歷代文紀》、《漢魏八代詩乘》、《古樂苑》。

　　《古樂苑》五十二卷爲梅鼎祚增補郭茂倩的《樂府詩集》而作，所收止於南北朝。梅氏曾批評郭氏之誤，《四庫全書》提要亦稱《樂府詩集》：“卷帙既繁，牴牾難保，司馬光《通鑒》猶病之，何況茂倩斯集，要之大廈之材，終不以寸朽棄也。"而稱《古樂苑》"捃拾遺佚，頗足補郭氏之闕，其解題亦頗有所增益。雖有絲麻，無棄菅蒯，存之，亦可資考證也。"但梅氏也把不少非樂府詩攔入其《古樂苑》中，仍有濫收之嫌。

本書資料據四庫全書本《古樂苑》。

古歌辭

昔葛天《八闋》，爰乃皇時；黃帝《雲門》，理不空綺。堯有《大唐》之詠，舜造《南風》之詩。大禹成功，九叙惟歌；太康敗德，五子咸怨，其來久矣。逮夫漢武崇禮，樂府始興。自後郊廟燕射，悉著篇章，諸調雜舞，多被絲管。雖新聲代變，厥有淵然。今故特錄古歌，庸置首簡。其他琴曲歌謠，後各類次，不復繁茲。若夫塗山歌於候人，有娀謠乎飛燕，夏甲歎於東陽，殷氂思於西河，凡斯之屬，名存辭佚，亦具紀焉。（卷首）

郊廟歌辭

《樂記》曰："王者功成作樂，治定制禮。"是以五帝殊時，不相沿樂；三王異世，不相襲禮，明其有損益也。然自黃帝以來至于三代，千有餘年，而其禮樂之備可以考而知者，唯周而已。周昊天有成命，乃郊祀天地之樂歌也；清廟，祀太廟之樂歌也；我將，祀明堂之樂歌也；載芟良耜，藉田社稷之樂歌也。然則祭樂之有歌，其來尚矣。兩漢已後，世有制作，其所以用於郊廟朝廷，以接神人之歡者。其金石之響，歌舞之容，亦各因其功業治亂之所起，而本其風俗之所由。武帝時詔司馬相如等造《郊祀歌詩》十九章，五郊互奏之。又作《安世歌詩》十七章，薦之宗廟。至明帝乃分樂爲四品，一曰大予樂典，郊廟上陵之樂。郊樂者，《易》所謂"先王以作樂崇德，殷薦上帝"。宗廟樂者，《虞書》所謂"琴瑟以詠，祖考來格"，《詩》云"肅雝和鳴，先祖是聽"也。二曰雅頌樂典，六宗社稷之樂。社稷樂者，《詩》所謂"琴瑟擊鼓，以御田祖"，《禮記》曰"樂施于金石，越于音聲，用乎宗廟社稷，事乎山川鬼神"是也。永平三年東平王蒼造《光武廟登歌》一章，稱述功德，而郊祀同用，漢歌魏歌，辭不見疑，亦用漢辭也。武帝始命杜夔創定雅樂，時有鄧靜、尹商善訓雅歌，歌師尹胡能習宗廟郊祀之曲。舞師馮肅、服養曉知先代諸舞，夔總領之。魏復先代古樂，自夔始也。晉武受命，百度草創，泰始二年詔郊廟明堂禮樂權用魏儀，遵周室肇稱殷禮之義，漢《郊祀歌》但使傅玄改其樂章而已。永嘉之亂，舊典不存，賀循爲太常，始登有登歌食舉之樂。明帝太寧末，又詔阮孚增益之。至孝武太元之世，郊祀遂不設樂。宋文帝元嘉中南郊始設登歌，廟舞猶闕。乃詔顏延之造天地郊登歌三篇，大抵依倣晉曲。南齊、梁、陳初皆沿襲，後更創制，以爲一代之典。元魏宇文繼有朔漢，宣武已後雅好胡曲，郊廟之樂徒有其名。隋文平陳，始獲江左舊樂，乃調五音爲五夏、二舞、登歌、房中等十四調，賓祭用之。唐高祖受禪未遑改造樂府，尚用前世舊文。武德九年乃命祖孝孫修定雅樂，而梁、陳盡吳楚之音，周、齊雜胡戎之伎，於是斟酌南北，考以古音，作爲唐樂。（卷一）

燕射歌辭晉、宋、齊

《周禮·大宗伯之職》曰：以飲食之禮親宗族兄弟；以賓射之禮親故舊朋友，以饗燕之禮親四方之賓客。大行人掌大賓之禮、大客之儀以親諸侯。以九儀辨諸侯之命，等諸臣之爵，以同邦國之禮而待其賓客。上公饗禮九獻，食禮九舉。侯伯饗禮七獻，食禮七舉。子男饗禮五獻，食禮五舉。諸侯之卿各下其君二等。大夫士皆如之。凡正饗食則在廟，燕則在寢，所以仁賓客也。《儀·燕禮》曰：工歌《鹿鳴》、《四牡》、《皇皇者華》，笙入奏《南陔》、《白華》、《華黍》，乃間歌《魚麗》，笙由庚歌，南有嘉魚，笙崇丘歌，南山有臺。笙由儀，遂歌鄉樂，《周南》、《關雎》、《葛覃》、《卷耳》、《召南》、《鵲巢》、《采蘩》、《采蘋》，此燕饗之有樂也。《大司樂》曰：大射，王出入，奏《王夏》。及射令奏《騶虞》，詔諸侯以弓矢舞。樂師燕射，帥射夫以弓矢舞。大師大射，帥瞽而歌射節，此大射之有樂也。《王制》曰：天子食，舉以樂，大司樂，王大食三宥，皆令奏鐘鼓。漢鮑業曰：古者天子食飲，必順四時五味，故有食舉之樂，所以順天地，養神明，求福應也。此食舉之有樂也。《隋書·樂志》曰：漢明帝時樂有四品，其二曰雅頌樂，辟雍饗射之所用，則《孝經》所謂“移風易俗，莫善於樂”。《禮記》曰：“揖讓而治天下者，禮樂之謂也。”三曰黃門鼓吹，天子宴羣臣之所用，則《詩》所謂“坎坎鼓我，蹲蹲舞我”者也。漢有殿中御飯食，舉七曲，太樂食舉十三曲。魏有雅樂四曲，皆取周詩《鹿鳴》。晉荀勗以《鹿鳴》燕嘉賓，無取於朝，乃除《鹿鳴》舊歌，更作行禮詩四篇，先陳三朝朝宗之義。又爲王公上壽，酒食舉樂，歌詩十三篇，司律陳頎以爲三元肇發，群后奉璧，趨步拜起，莫非行禮，豈容別設一樂謂之行禮？荀議《鹿鳴》之失似悟。昔繆襲制四篇，復襲前軌，亦未爲得也。終宋、齊已來，相承用之，梁、陳《三朝樂》有四十九等，其曲有《相和》、《五引》及《俊雅》等七曲。後魏道武初正月上日饗羣臣，備列宮縣，正樂奏燕、趙、秦、吳之音，五方殊俗之曲，四時饗會亦用之。隋煬帝初詔秘書省學士定殿前樂工歌十四曲，終大業之世每舉用焉。其後又因高祖七部樂乃定，時五味，故有食舉隋舊制，用九部樂。（卷六）

鼓吹曲辭

　　鼓吹曲，一曰短簫《鐃歌》，劉瓛定軍禮曰：鼓吹未知其始也，漢班壹雄朔野而有之矣。鳴笳以和簫聲，非八音也，騷人云鳴箎吹竽是也。《宋書·樂志》曰：鼓吹蓋短簫《鐃歌》。蔡邕曰：軍樂也，黃帝岐伯所作，以揚德建武勸士諷敵也，《周官》曰：師有功則愷樂。《左傳》曰：晉文公勝楚，振旅凱而入。司馬法曰：得意則愷樂愷歌。雍門周說孟嘗君：鼓吹于不測之淵。説者云，鼓自一物，吹自竽籟之屬，非簫鼓合奏，別爲一樂之名也。然則短簫《鐃歌》，此時未名鼓吹矣。應劭《漢鹵簿圖》：惟有騎執箛，箛即笳，不云鼓吹。而漢世有黃門鼓吹，漢享宴食，舉樂十三曲，與魏世鼓吹長簫同，長簫短簫，《伎錄》並云：絲竹合作，執節者歌。又《建初錄》云：《務成》、《黃爵》、《玄雲》、《遠期》，皆騎吹曲，非鼓吹曲。此則列於殿庭者爲鼓吹，今之從行鼓吹爲騎吹，二曲異也。又孫權觀魏武軍，作鼓吹而還，此又應是今之鼓吹。魏、晉世又假諸將帥及牙門曲蓋鼓吹，斯則其時謂之鼓吹矣。魏、晉世給鼓吹甚輕，牙門督將五校悉有鼓吹。晉江左初，臨川太守謝摛每寢輒夢聞鼓吹，有人爲其占之曰：君不得生鼓吹，當得死鼓吹爾。摛擊杜弢戰没，追贈長水校尉，葬給鼓吹焉。謝尚爲江夏太守，詣安西將軍庾翼於武昌，咨事翼與尚射曰：卿若破的，當以鼓吹相賞。尚射破的，便以其副鼓吹給之。今則甚重矣，《西京雜記》曰：漢大駕祠甘泉、汾陰，備千乘萬騎，有黃門前後部鼓吹，則不獨列於殿庭者名鼓吹也。漢遠如期曲辭有雅樂，陳及增壽萬年等語，無馬上奏樂之意，則遠期又非騎吹曲也。《晉中興書》曰：漢武帝時南越加置交趾、九真、日南、合浦、南海、鬱林、蒼梧七郡，皆假鼓吹。《東觀漢記》曰，建初中班超拜長史，假鼓吹麾幢，則短簫《鐃歌》漢時已名鼓吹，不自魏晉始也。崔豹《古今註》曰：漢樂有黃門鼓吹，天子所以宴樂羣臣也。短簫《鐃歌》，鼓吹之一章爾，亦以賜有功諸侯。齊武帝時，壽昌殿南閣置白鷺鼓吹二曲，以爲宴樂。《隋志》：陳後主常遣宮女習北方簫鼓，謂之代北，酒酣則奏之，此又施於燕私矣。《古今樂錄》有梁、陳時宮懸圖，四隅各有鼓吹樓，而無建鼓鼓吹樓者。昔蕭史吹簫於秦，秦人爲之築鳳臺，故鼓吹陸則樓車，水則樓船，其在庭則以簨簴爲樓也。梁又有鼓吹熊羆十二，按其樂器有龍頭，太槤鼓，中鼓，獨揭小鼓，亦隨品秩給賜焉。周武帝每元正大會，以梁按架列於懸間，與正樂合奏，隨又於按下設熊羆貙豹騰倚承之，以象百獸之舞。楊慎升菴《詞品》曰：鼓吹曲其昉黃帝，記里鼓之制乎。後世有鼓吹、騎吹、雲吹之名。《建初錄》云：列於殿廷者名鼓吹，列於行駕者名騎吹，又云鼓吹，陸則樓車，水則樓船，其在庭則以簨簴爲樓，水行則謂之《雲吹》。《朱鷺》、《臨高臺》諸篇則鼓吹曲，《務成》、《黃爵》則騎吹曲，《水調》、《河傳》則雲吹曲。宋之問詩"稍看朱鷺轉,尚識紫騮驕",此言鼓吹也。謝朓詩"凝笳翼高蓋,疊鼓送華輈",此言騎吹也。梁簡文詩"廣水浮雲吹,江風引夜衣",此言雲吹也。郭茂倩、左克明並曰:鼓吹短簫《鐃歌》與橫吹曲,得通名鼓吹,但所用異耳。(卷八)

橫吹曲辭

橫吹曲,其始亦謂之鼓吹,馬上奏之,蓋軍中之樂也,北狄諸國皆馬上作樂,故自漢已來,北秋樂總歸鼓吹署。其後分爲二部。有簫笳者爲鼓吹,用之朝會,道路亦以給賜。漢武帝時南越七郡皆給鼓吹是也。有鼓角者爲橫吹,用之軍中,馬上所奏者是也。《晉書·樂志》曰:橫吹有鼓角,又有胡角。按《周禮》云:以鼖鼓鼓軍事。舊説云:蚩尤氏帥魑魅與黃帝戰於涿鹿,帝乃始命吹角爲龍鳴以禦之。其後魏武北征烏丸,越沙漠,而軍士思歸,於是減爲半鳴,尤更悲矣。橫吹有雙角,即胡樂也。漢博望侯張騫入西域,傳其法於西京,唯得《摩訶兜勒》一曲。李延年因胡曲更造新聲二十八解,乘輿以爲武樂。後漢以給邊將,和帝時萬人將軍得用之。魏、晉以來二十八解不復具存,而世所用者有《黃鵠》等十曲,其辭後亡。又有《關山月》等八曲,後世之所加也。後魏之世有《簸邏廻歌》,其曲多可汗之辭,皆燕魏之際鮮卑歌,歌辭虜音,不可曉解,蓋大角曲也。又《古今樂録》有梁鼓角橫吹曲,多叙慕容垂及姚泓時戰陣之事,其曲有《企喻》等歌三十六曲。樂府胡吹舊曲又有《隔谷》等歌三十曲,總六十六曲,未詳時用何篇也。自隋以後始以橫吹用之鹵簿,與鼓吹列爲四部,總謂之鼓吹,並以供大駕及皇太子、王公等,一曰棡鼓部,其樂器有棡鼓、金鉦、大鼓、小鼓、長鳴角、吹鳴角、大角七種。棡鼓金鉦一曲,夜警用之。大鼓十五曲、小鼓九曲、大角七曲,其辭並本之鮮卑。二曰鐃鼓部,其樂器有歌鼓簫笳四種,凡十二曲。三曰大橫吹部,其樂器有角節鼓、笛、簫、篳、篥、笳、桃皮篳篥七種,凡二十九曲。四曰小橫吹部,其樂器有角笛、簫、篳、篥、笳、桃皮篳篥六種,凡十二曲,夜警亦用之。(卷十二)

相和歌辭

《宋書·樂志》曰:相和,漢舊曲也,絲竹更相和。執節者歌本一部,魏明帝分爲二,更遞夜宿。本十七曲,朱生宋識列和等復合之爲十三曲。其後晉荀勖又採舊辭施用於世,謂之清商三調,歌詩即沈約所謂因絃管金石造歌以被之者也。《唐書·樂志》:平調、清調、瑟調,皆周《房中曲》之遺聲。漢世謂之三調,又有楚調、側調。楚調者漢之《房中樂》也,側調者生於楚調,與前三調總謂之相和調。《晉書·樂志》:凡樂章古辭存者並漢世街陌謳謠，《江南可採蓮》、《烏生八九子》、《白頭吟》之屬。其後漸被於絃管，即相和諸曲是也。魏、晉之世相承用之，永嘉之亂，中朝舊音散落，江左後，魏孝文、宣武用師淮漢，收其所獲南音，謂之清商樂。相和諸曲，亦皆在焉，所謂清商正聲相和五調伎也，凡諸調歌辭並以一章爲一解，《古今樂錄》曰：倫歌以一句爲一解，中國以一章爲一解。王僧虔啓云：古曰章，今曰解。解有多少，當是先詩而後聲，詩敘事，聲成文，必使志盡於詩，音盡於曲，是以作詩有豐約，制解有多少。諸調曲皆有辭有聲，而大曲又有豔有趨有亂。辭者其歌詩也，聲者若羊、吾、夷、伊、那、何之類也。豔在曲之前，趨與亂在曲之後。又大曲十五曲，沈約並列於瑟調。今依張永元《嘉正聲技錄》分於諸調，別敘大曲於其後。唯《滿歌行》一曲諸調不載，故附見於此曲之下。其曲調先後亦準《技錄》爲次。（卷十四）

清商曲辭

清商樂一曰清樂，清樂者九代之遺聲，其始即相和三調是也。並漢魏已來舊曲，其辭皆古調及魏三祖所作。自晉朝播遷，其音分散，苻堅滅涼得之，傳於前後二秦。及宋武定關中。因而入南。不復存於内地。自時已後，南朝文物號爲最盛，民謠國俗亦世有新聲。故王僧虔論三調歌曰：今之清商實由銅雀，魏氏三祖風流可懷，京洛相高，江左彌重，而情變聽改。稍復零落十數年間，亡者將半，所以追餘操而長懷，撫遺器而太息者矣。後魏孝文討淮，漢宣武定壽春，收其聲伎，得江左所傳中原舊曲，《明君》、《聖主》、《公莫》、《白鳩》之屬及江南吳歌，荆楚西聲，總謂之清商樂，至於殿庭饗宴則兼奏之。遭梁、陳亡亂，存者蓋寡。及隋平陳得之，文帝善其節奏，曰：此華夏正聲也。乃微更損益，去其哀怨，考而補之，以新定律呂，更造樂器。因於太常置清商署以管之，謂之清樂。開皇初，始置七部樂，清商伎其一也。大業中，煬帝乃定清樂、西涼等爲九部，而清樂歌曲有《楊伴舞》。曲有《明君》。並契樂器有鍾、磬、琴、瑟、擊琴、琵琶、箜篌、筑箏、節鼓、笙、笛、簫、篪、塤等十五種，爲一部。唐又增吹葉而無塤。隋室喪亂，日益淪缺，唐貞觀中用十部樂，清樂亦在焉。至武后時，猶有六十三曲。其後歌辭在者有《白雪》、《公莫》、《巴渝》、《明君》、《鳳將雛》、《明之君》、《鐸舞白鳩》、《白紵》、《子夜》、《吳聲》、《四時歌》、《前溪阿子》及《歡聞團扇》、《懊儂》、《長史變》、《丁督護》、《讀曲》、《烏夜啼》、《石城》、《莫愁》、《襄陽西》、《烏夜飛》、《估客》、《楊伴》、《雅歌》、《驍壺》、《常林歡》、《三洲》、《採桑》、《春江花月夜》、《玉樹後庭花》、《堂堂》、《汎龍舟》等三十二曲，《明之君》、《雅歌》各二首，《四時歌》四首合三十七首。又七曲有聲無辭。上柱鳳雛平調，清調琴調平折命嘯通，前爲四十四曲存焉。長安已後，朝庭不重古曲，工伎（缺）能合於管弦者，唯《明君》、《楊伴》、《驍壺》、《春歌》、《秋歌》、《白雪》、《堂堂》、《春江花月夜》等八曲。自是樂章訛失，與吳音轉遠。開元中劉貺以爲宜取吳人使之傳習，以問歌工李郎子。郎子北人，學於江都人俞才生。時聲調已失，唯雅歌曲辭辭典而音雅。及郎子亡去，清樂之歌遂闕。自周、隋已來管弦雅曲將數百曲，多用西涼樂鼓舞，曲多用龜玆樂，唯琴工猶傳楚漢舊聲。及清調蔡邕五弄、楚調四弄，謂之九弄，雅聲獨存，非朝廷郊廟所用，故不載。《樂府解題》曰：蔡邕云清商曲又有《出郭西門》、《陸地行車》、《夾鍾》、《朱堂寢》、《奉法》等五曲，其詞不足采者。（卷二十三）

舞曲歌辭

《通典》曰：樂之在耳者曰聲，在目者曰容，聲應乎耳可以聽知，容藏於心難以貌觀。故聖人假干戚羽旄以表其容，發楊蹈厲以見其意，聲容選和而後大樂備矣。《詩序》曰：詠歌之不足，不知手之舞之，足之蹈之。然樂心內發，感物而動，不覺手之自運，歡之至也，此舞之所由起也。舞亦謂之萬，《禮記外傳》曰：武王以萬人同滅商，故謂舞爲萬。《商頌》曰：萬舞有奕。則殷已謂之萬矣。《魯頌》曰：萬舞洋洋。《衞詩》曰：公庭萬舞。然則萬亦舞之名也。《春秋》魯隱公五年，考仲子之宮將萬焉，因問羽數於衆仲，衆仲對曰：天子用八，諸侯六，大夫四，士二。舞所以節八音而行八風，故自八而下於是初獻六羽，始用六佾爾。杜預以爲六六三十六人，而沈約非之曰：八音克諧，然後成樂，故必以八人爲列，自天子至士降殺以兩，兩者減其二列爾。預以爲一列又減二人，至士止餘四人，豈復成樂？服虔謂天子八八，諸侯六八，大夫四八，士二八，於義爲允也。周有六舞，一曰帗舞，二曰羽舞，三曰皇舞，四曰旄舞，五曰干舞，六曰人舞。帗舞者析五綵繒，若漢靈星舞子所持是也。羽舞者析羽也。皇舞者雜五綵羽，如鳳皇色，持之以舞也。旄舞者氂牛之尾也。干舞者兵舞持盾而舞也。人舞者無所執，以手袖爲威儀也。周官舞師掌教兵舞，帥而舞山川之祭祀。教帗舞，帥而舞社稷之祭祀。教羽舞，帥而舞四方之祭祀。教皇舞，帥而舞旱暵之事。樂師亦掌教國子小舞。自漢以後樂舞寖盛，故有雅舞，有雜舞，雅舞用之郊廟朝饗，雜舞用之宴會。晉傅玄又有十餘小曲，名爲舞曲。故《南齊書》載其辭云："獲罪於天，北徙朔方，墳墓誰掃，超若流光。"疑非宴樂之辭，未詳其所用也。前世樂飲酒酣必自起舞，《詩》云"屢舞僊僊"是也。故知宴樂必舞，但不宜屢爾。譏在屢舞，不譏舞也。漢武帝樂飲長沙，定王起舞是也。自是已後尤重以舞相屬，所屬者代起舞，猶比飲酒，以杯相屬也。灌夫起舞以屬田蚡，晉謝安舞以屬桓嗣是也。近世以來此風絕矣。（卷二十七）

琴曲歌辭

右郭氏（郭茂倩）樂府序也。按《樂府解題》曰:《琴操紀事》好與本傳相違,存之者以廣異聞也。《風雅逸篇》曰:《琴操》一書載堯、舜、文、武、孔子之辭猶謬,知者可一覽而悟也。然其辭猶效古,而僞撰者亦出魏晉人之手。相傳既久,姑録之。今所具列,仍復傳疑。至如篇次,各依世序,惟本曲所繇起云。其本爲琴歌而不入琴操者,如扈子《窮劫之曲》、《處女鼓琴歌》、《子桑琴歌》、《相和歌》、《秦琴女歌》、《百里妻琴歌》、《杞梁妻琴歌》,並附于內。又按嵇康《琴賦》有云"東武太山,王昭楚妃",注引魏武帝《東武吟》,曹植《太山梁甫吟》,石崇《楚妃歎》,則此類亦皆琴曲也。樂府各有分屬。他如蔡邕《釋誨》中胡老援琴而歌,嵇康《琴賦》中歌之類,並設爲之辭,本非琴曲,不録。（卷三十）

雜曲歌辭

《宋詩（書）·樂志》曰:"古者天子聽政,使公卿大夫獻詩,耆艾修之,而後王斟酌焉,然後被於聲,於是有採詩之官。"周室下衰,官失其職,漢魏之世,歌詠雜興,而詩之流乃有八名,曰行,曰引,曰歌,曰謠,曰吟,曰詠,曰怨,曰歎,皆詩人六義之餘也。至其協聲律,播金石,而總謂之曲,若夫均奏之高下,音節之緩急,文辭之多少,則繫乎作者才思之淺深與其風俗之薄厚。當是時,如司馬相如、曹植之徒,所爲文章,深厚爾雅,猶有古之遺風焉。自晉遷江左,下逮隋、唐,德澤寖微,風化不競,去聖逾遠,繁音日滋,雜曲興於南朝,繁音生於北俗,哀音靡曼之辭迭作,並起流而忘反,以至陵夷,由是新聲熾而雅音廢矣。昔晉平公説新聲,而師曠知公室之將卑。李延年善爲新聲變曲,而聞者莫不感動。其後元帝自度曲,被聲歌,而漢業遂衰。曹妙達等改易新聲,而隋文不能救。嗚呼,新聲之感人如此,是以爲世所貴。雖沿情之作或出一時,而聲辭淺迫,少復近古,故蕭齊之將亡也有《伴侶高》,齊之將亡也有《無愁》,陳之將亡也有《玉樹後庭花》,隋之將亡也有《泛龍舟》,所謂煩手淫聲,爭新怨衰,此又新聲之弊也。雜曲者,歷代有之,或心志之所存,或情思之所感,或宴游懽樂之所發,或憂愁憤怨之所興,或叙離別悲傷之懷,或言征戰行役之苦,或緣於佛老,或出自閭巷,兼收備載,故總謂之雜曲。自秦、漢以來數千百歲,文人才士作者非一。干戈喪亂,亡失既多,聲辭不具。故有名存義亡,不見所起,而有古辭可考者,則若《傷歌行》、《生別離》、《長相思》、《棗下何纂纂》之類是也。復有不見古辭,而後人斷有擬述,可以概見其義者,則若《出自薊北門》、《結客少年場》、《秦王卷衣》、《半渡溪》、《空城雀》、《齊謳》、《吳趨》、《會吟》、《悲哉》之類是也。又如漢阮瑀之《駕出北郭門》，曹植之《惟漢》、《苦思》、《欲遊南山》、《事君》、《車已駕》、《桂之樹》等行，《磐石》、《驅車》、《浮萍》、《種葛》、《吁嗟》、《鰕䱇》等篇，傅玄之《雲中白子高》、《前有一樽酒》、《鴻雁生塞北行》、《昔君飛塵車》、《遙遙篇》，陸機之《置酒篇》，王循之《晨風》，鮑照之《鴻雁》，如此之類，其篇甚多。或因意命題，或學古敘事，其辭具在，不復備論。郭氏《樂府》所列雜曲，稍似類從，實多錯綜。今編但依世次代以統人，人以統篇，別有擬作，仍附其後。（卷三十二）

雜歌謠辭

《詩》曰：心之憂矣，我歌且謠。《爾雅》曰：徒歌謂之謠。《廣雅》曰：聲比於琴瑟曰歌。《韓詩章句》曰：有章曲曰歌，無章曲曰謠。按《漢書·五行志》曰：傳曰言之不從，是謂不艾，厥咎僭，厥罰恒，陽厥極憂，時則有詩，妖君炕陽而暴虐，臣畏刑而拑口，則怨謗之氣發於歌謠，故有詩妖。《文心雕龍》曰：庶婦謳吟土風，詩官採言，樂盲被律，志感絲篁，氣變金石。《冊府元龜》曰：古者命輶軒之使，巡萬國，采異言，靡不畢載，以爲奏籍，王者所以觀風俗之得失以考政也。國風雅頌，由是生焉，春秋以來，乃有婉變總角之謠傳於閭巷，皆成章協律，著禍福之先兆，推尋參驗，信而有徵，此皆本傳詩奴之指，以序述歌謠者也。若劉勰之論頌曰：頌者容也。夫民各有心，勿壅惟口。晉輿之稱原田，魯氏之刺裘鞸，直言不詠，短辭以諷。丘明子高並諜爲誦，斯則野誦之變體，浸被乎人事矣。論諺曰：諺者直語也，喪言亦不及交，故弔亦稱諺。廛路淺言，有實無華。鄒穆公云囊漏儲中，皆其類也。《太誓》：古人有言，牝雞無晨。《太雅》云：人亦有言，惟憂用老。並上古遺諺詩書可引者也。又曰：夫心險如山，口壅若川，怨怒之情不一，歡謔之言無方。昔華元棄甲城者，發睅目之謳臧紇喪師，國人造侏儒之歌，並嗤戲形貌，內怨爲俳也。又蠻解鄙諺，貍首淫哇，苟可箴戒，載于禮典，故知諧辭讔言，亦無棄矣。以上所稱，殊名一義，《樂府》舊載，百一僅存。近代《詩紀》，亦頗闕逸。今編古歌謠諺于首，次以歷代，間參鉤識，仍從郭氏，總歸歌謠。（卷四十一）

臧懋循

臧懋循（1550—1620）字晉叔，號顧渚山人。明長興（今屬浙江）人。萬曆八年（1580）進士。官國子博士。明代戲曲家。與湯顯祖、王世貞友善。工書法，精通音律。其詩關注時事，清新可取，頗有聲譽。與湖州友人吳稼䭹、吳夢暘、茅維並稱"吳興四子"。他對戲曲理論的貢獻,主要是針對戲曲創作中脱離舞臺演出,走向案頭創作的形式主義傾向,總結推廣元雜劇的創作經驗,提倡本色、當行,反對餖飣故事、堆砌辭藻,這也是他編選《元曲選》一百卷的目的所在。另還編纂出版有《玉茗堂四夢》、《校正古本荆釵記》、《改定曇花記》、《六博碎金》、《左逸詞》、《金陵社集》、《左詩所》、《唐詩所》、《棋勢》、《校刻兵垣四編》和彈詞《仙遊録》、《夢遊録》等,是我國較早的具有代表性的私人出版商。著有《文選補注》、《負苞堂集》、《負苞堂稿》、《負苞堂詩選》等。

本書資料據四庫全書本《明文海》。

《元曲選》序(節録)

世稱宋詞、元曲。夫詞在唐,李白、陳後主皆已優爲之,何必稱宋? 惟曲自元始有。南、北各十七宮調,而《北西廂》諸雜劇亡慮數百種,南則《幽閨》、《琵琶》二記已耳。或謂元取士有填詞科,若今帖括然,取給風簷寸晷之下,故一時名士雖馬致遠、喬孟符輩,至第四折往往强弩之末矣。或又謂主司所定題目外,止曲名及韻耳,其賓白則演劇時伶人自爲之,故多鄙俚蹈襲之語。或又謂《西廂》亦五雜劇,皆出詞人手裁,不可增減一字,故爲諸曲之冠。此皆予所不辨。獨怪今之爲曲者,南與北聲調雖異,而過宮下韻一也。自高則誠《琵琶》首爲不尋宮數調之,説以掩覆其短,今遂藉口,謂曲嚴於北而疏于南,豈不謬乎? 大抵元曲妙在不工而工,其精者采之樂府,而觕者雜以方言。自鄭若庸《玉玦》,始用類書爲之;厥後張伯起之徒,轉相祖述爲《紅拂》等記,則濫觴極矣。曲白不欲多,唯雜劇以四折寫傳奇故事,其白有累千言者。觀《西廂》二十一折,則白少可見,尤不欲多駢偶。如《琵琶》"黄門"諸篇,業且厭之;而屠長卿《曇花》,白終折無一曲;梁伯龍《浣沙》、梅禹金《玉盒》,白終本無一散語,其謬彌甚。湯義仍《紫釵》四記,中間北曲,騃騃乎涉其藩矣,獨音韻少諧,不無"鐵綽板唱大江東去"之病。南曲絶無才情,若出兩手,何也?

《元曲選後集》序

今南曲盛行於世,無不人人自謂作者,而不知其去元人遠也。元以曲取士,設十有二科,而關漢卿輩争挾長技自見,至躬踐排場,面傅粉墨,以爲我家生活,偶倡優而不辭者,或西晉竹林諸賢託杯酒自放之意,予不敢知。所論詩變而詞,詞變而曲,其源本出於一,而變益下,工益難,何也? 詞本詩,而亦取材於詩,大都妙在奪胎而止矣。曲本詞,而不盡取材焉,如六經語、子史語、二藏語、稗官野乘語,無所不供其采掇,而要歸於斷章取義,雅俗兼收,串合無痕,乃悦人耳。此則情詞穩稱之難。宇内貴賤妍媸,幽明離合之故,奚啻千百其狀?而填詞者,必須人習其方言,事肖其本色,境無旁溢,語無外假。此則關目緊凑之難。北曲有十七宫調,而南止九宫,已少其半。至於一曲中,有突增幾十句者;一句中,有襯貼數十字者,尤南所絶無,而北多以此見才。自非精審於字之陰陽、韻之平仄,鮮不劣調。而况以吳儂强效儉父喉吻焉!得不至河漢。此則音律諧叶之難。總之,曲有名家,有行家。名家者,出入樂府,文彩爛然。在淹通閎博之士皆優爲之。行家者,隨所妝演,無不摹擬曲盡,宛若身當其處,而幾忘其事之烏有,能使人快者掀髯,憤者扼腕,悲者掩泣,羡者色飛,是惟優孟衣冠然後可與於此。故稱曲上乘,首曰當行。不然,元何必以十二科限天下士,而天下士亦何必各占一科以應之?豈非兼才之難得,而行家之不易工哉!予嘗見王元美《藝苑巵言》之論曲有曰:"北曲字多而聲調緩,其筋在弦;南曲字少而聲調繁,其力在板。"夫北之被弦索,猶南之合簫管,摧藏掩抑,頗足動人,而音亦嫋嫋,與之俱流,反使歌者不能自主,是曲之别調,非其正也。若板以節曲,則南北皆有力焉。如謂北筋在弦,亦謂南力在管,可乎?惜哉!元美之未知曲也。由斯以評新安汪伯玉《高唐》、《洛川》、《四南》,曲非不藻麗矣。然純作綺語,其失也靡。山陰徐文長《禰衡》、《王通》四北曲,非不伉儷矣,然雜出鄉語,其失也鄙。豫章湯義仍庶幾近之,而識乏通方之見,學罕協律之功,所下句字往往乖謬,其失也疏。他雖窮極才情,而面目愈離。按拍者既無繞梁遏雲之奇,顧曲者復無輟味忘倦之好,此乃元人所唾棄,而俗人畜之者也。予故選雜劇百種,以盡元曲之妙,且使今之爲南者,知有所取則云爾。(以上卷二百二十二)

趙南星

　　趙南星(1550—1627)字夢白,號儕鶴,别號清都散客。明高邑(今屬河北)人。明朝後期著名政治家,散曲作家。萬曆二年(1574)進士。與鄒元標、顧憲成同稱"三君"。東林黨首領之一。天啓三年(1623),任吏部尚書。時宦官魏忠賢專政,政治腐敗,他與之對抗,革除舊弊,選用賢能,爲魏忠賢所嫉。魏忠賢假託君命,發佈詔旨,革去其官職,謫戍山西代縣,不久病死。後追謚忠毅,被吏部公舉爲"清忠名臣"。崇禎帝多次降旨,追贈其爲"太子太保"、"榮禄大夫",對他給予了高度的評價。其散曲雖有拜佛求仙、賞花觀景、風情調笑等閒居無聊之作,但有的作品多磊落不平之氣,表達了他對"傷了時務,損了人民"的現實的憂慮;有的以俗曲形式寫男女戀歌,爽朗熱烈,樸直清新,呈現出豪辣頑豔的藝術風格。著有《趙忠毅集》、《味檗齋文集》、《芳茹園樂府》、《史韻》、《學庸正説》、《笑贊》等。

本書資料據明崇禎十一年范景文等刻本《趙忠毅公詩文集》。

葉相公時藝序

文各有體，不容相混，今取士以時藝言，古無此體也。然主於明白純正，發明經書之旨，亦足以端士習，天下之太平繫之。前輩如王、薛、唐、瞿諸公，皆高才博學，能古文詞，而其所爲皆時藝也。斯事雖細，孟子不曰生於其心乎？且進士之科日重，公卿大夫，皆從此出，所關於士風世運大矣。嘉、隆之間，文體日變，然不失爲時藝。浸淫至於今日，率皆以頗僻幽眇之見，託之乎經書之言，而其詞非經書也，又非《左》、《國》、《史》、《漢》、韓、歐、三蘇之詞也。一切佛老異端，稗官野史，丘里之常談，吏胥之文移，皆取之以快其筆鋒，而騁其詞力。如颶風之起，捲草樹，飛砂礫，拂覆天宇，不見日月，而以爲奇觀。時藝古文，都無所似，士大夫奈何作此以取富貴？此天不之亂所以越至於今也。（卷十五）

胡應麟

胡應麟(1551—1602)字元瑞，號少室山人，別號石羊生。明蘭溪（今屬浙江）人。五歲讀書成誦，九歲從鄉間塾師習經學，酷愛古文辭。稍長，能撰各體詩篇。十六歲入庠爲秀才。萬曆四年(1576)鄉試中舉。會試不第。曾隨父北上南下，沿途吟詠，見者激賞，所交皆海內賢士豪傑。胡應麟是明代復古思潮發展後期的一位學者和詩論家，論詩文主張復古模擬，後由重視格調轉向神韻。因深受王世貞兄弟欣賞，而被列爲"末五子"之一。胡應麟也是浙江著名藏書閣二酉山房的主人，一生致力於著述，在文學、史學、目録學、文獻學方面都有很深的造詣。據《蘭溪縣志》及《石羊生小傳》記載，胡應麟共有著述九百零三卷，大多散佚，現存有論詩專著《詩藪》、詩文集《少室山房集》及論學雜著《少室山房筆叢》。其中《詩藪》集中體現了胡應麟的詩學思想，並以浩繁的内容和龐大的規模成爲我國古代詩論中少有的體系嚴謹之作。與傳統詩話普遍松散隨意的特點不同，《詩藪》綫索明晰，邏輯性強。全書分爲内編、外編、雜編、續編四部分，主要觀點多存於内、外兩編之中，分別從體裁和時代的角度對古代詩歌進行了分析，提出重要的"體以代變，格以代降"的詩史觀；認爲詩歌有不得不變的必然趨勢，並從詩歌自身規律和外界因素兩方面進行分析，進而承認詩歌發展變化的客觀性和合理性。《詩藪》還分別研究了四言詩、古樂府、七言歌行、五言律、七言律、絶句、騷賦等詩體，在歷史流變中追溯其衍生發展的過程，並對各種詩體的特色進行了歸納。

本書資料據上海古籍出版社 1958 年版《詩藪》，四庫全書本《少室山房筆叢》、《少室山房集》。

《詩藪》（節録）

四言變而《離騷》，《離騷》變而五言，五言變而七言，七言變而律詩，律詩變而絶句，詩之體以代變也。《三百篇》降而騷，騷降而漢，漢降而魏，魏降而六朝，六朝降而三唐，詩之格以代降也。上不千年，雖氣運推移，文質迭尚，而異曲同工，咸臻厥美。《國風》、《雅》、《頌》，温厚和平；《離騷》、《九章》，愴惻濃至；東西二京，神奇渾璞；建安諸子，雄瞻高華；六朝俳偶，靡曼精工；唐人律調，清圓秀朗：此聲歌之各擅也。《風》、《雅》之規，典則居要。《離騷》之致，深永爲宗；古詩之妙，專求意象；歌行之暢，必由才氣；近體之攻，務先法律；絶句之搆，獨主風神：此結撰之殊途也。兼衆總挈，集厥大成；詣絶窮微，超乎彼岸；軌筏具存，在人而已。

曰風、曰雅、曰頌，三代之音也。曰歌、曰行、曰吟、曰操、曰辭、曰曲、曰謡、曰諺，兩漢之音也。曰律、曰排律、曰絶句，唐人之音也。詩至於唐而格備，至於絶而體窮。故宋人不得不變而之詞，元人不得不變而之曲，詞勝而詩亡矣，曲勝而詞亦亡矣。明不致工於作，而致工於述；不求多於專門，而求多於具體，所以度越元、宋，苞綜漢、唐也。

騷與賦，句語無甚相遠，體裁則大不同。騷復雜無倫，賦整蔚有序；騷以含蓄深婉爲當，賦以誇張宏巨爲工。

賦盛於漢，衰於魏，而亡於唐。（以上《内編》卷一）

四言簡質，句短而調未舒；七言浮靡，文繁而聲易雜。折繁簡之衷，居文質之要，蓋莫尚於五言。故三代而下，兩漢以還，文人藝士，平生精力，咸萃斯道。至有以一篇之善，半簡之工，名流華貊，譽徹古今者。曰雕蟲小技，吾弗信矣。

五言盛於漢，暢於魏，衰於晉、宋，亡於齊、梁。漢，品之神也；魏，品之妙也；晉、宋，品之能也；齊、梁、陳、隋，品之雜也。漢人詩，質中有文，文中有質，渾然天成，絶無痕跡，所以冠絶古今。魏人瞻而不俳，華而不弱，然文與質離矣。晉與宋，文盛而質衰；齊與梁，文勝而質滅；陳、隋無論其質，即文無足論者。

四言《風》、《雅》，七言《離騷》，五言兩漢，圓不加規，方不踰矩矣。《騷》本雜言，舉其重者；《詩》亦不專四言也。

四言不能不變而五言，古風不能不變而近體，勢也，亦時也。然詩至於律，已屬俳優，況小詞豔曲乎！宋人不能越唐而漢，而以詞自名，宋所以弗振也。元人不能越宋

444

而唐，而以曲自喜，元所以弗永也。

　　五言古，先熟讀《國風》、《離騷》，源流洞徹。乃盡取兩漢雜詩，陳王全集，及子桓、公幹、仲宣佳者，枕藉諷詠，功深日遠，神動機流，一旦吮毫，天真自露。骨格既定，然後沿回阮、左，以窮其趣；頡頑陸、謝，以采其華；旁及陶、韋，以澹其思；博考李、杜，以極其變。超乘而上，可以掩跡千秋；循轍而趨，無忝名家一代。（以上《內編》卷二）

　　七言古詩，概曰歌行。余漫考之，歌之名義，由來遠矣。《南風》、《擊壤》，興於三代之前；《易水》、《越人》，作於七雄之世；而篇什之盛，無如騷之《九歌》。皆七言古所自始也。漢則《安世》、《房中》、《郊祀》、《鼓吹》，咸係歌名，並登樂府。或四言上規《風》、《雅》，或雜調下仿《離騷》，名義雖同，體裁則異。孝武以還，樂府大演，《隴西》、《豫章》、《長安》、《京洛》、《東》、《西門行》等，不可勝數，而行之名，於是著焉。較之歌曲，名雖小異，體實大同。至長、短《燕》、《鞠》諸篇，合而一之，不復分別。又總而目之，曰《相和》等歌。則知歌者曲調之總名，原于上古；行者歌中之一體，創自漢人明矣。

　　今人例以七言長短句爲歌行，漢、魏殊不爾也。諸歌行有三言者，《郊祀歌》、《董逃行》之類。四言者，《安世歌》、《善哉行》之類。五言者，《長歌行》之類。六言者，《上留田》、《妾薄命》之類。純用七字而無雜言，全取平聲而無仄韻，則《柏梁》始之，《燕歌》、《白紵》皆此體。自唐人以七言長短爲歌行，餘皆別類樂府矣。

　　《白石歌》渾朴古健，漢、魏歌行之祖也；《易水歌》遒爽飛揚，唐人歌行之祖也。

　　詩五言古、七言律至難外，則五言長律、七言長歌，非博大雄深，橫逸浩瀚之才，鮮克辦此。蓋歌行不難於師匠，而難於賦授；不難於揮灑，而難於蘊藉；不難於氣概，而難於神情；不難於音節，而難於步驟；不難於胸腹，而難於首尾。又古風近體，黃初、大曆而下，無可著眼。惟歌行則晚唐、宋、元，時亦有之，故徑路叢雜尤甚。學者務須尋其本色，即千言巨什，亦不使有一字離去，乃爲善耳。

　　古詩窘於格調，近體束於聲律，惟歌行大小短長，錯綜闔辟，素無定體，故極能發人才思。李、杜之才，不盡於古詩而盡於歌行。孟襄陽輩才短、故歌行無復佳者。（以上《內編》卷三）

　　五言律體，兆自梁、陳。唐初四子，靡縟相矜，時或拗澀，未堪正始。神龍以還，卓然成調，沈、宋、蘇、李，合軌於先；王、孟、高、岑，並馳於後；新制迭出，古體攸分，實詞章改革之大機，氣運推遷之一會也。

　　五言律體，極盛于唐。要其大端，亦有二格。陳、杜、沈、宋，典麗精工；王、孟、儲、韋，清空閒遠。此其概也。然右丞贈送諸什，往往闌入高、岑。鹿門、蘇州，雖自成趣，終非大手。太白風華逸宕，特過諸人。而後之學者，才匪天仙，多流率易。唯工部諸作,氣象嵬峨,規模宏遠,當其神來境詣,錯綜幻化,不可端倪。千古以還,一人而已。

學五言律,毋習王、楊以前,毋窺元、白以後。先取沈、宋、陳、杜、蘇、李諸集,朝夕臨摹,則風骨高華,句法宏贍,音節雄亮,比偶精嚴。次及盛唐王、岑、孟、李,永之以風神,暢之以才氣,和之以真澹,錯之以清新。然後歸宿杜陵,究竟絕軌。極深研幾,窮神知化,五言律法盡矣。(以上《內編》卷四)

七言律於五言律,猶七言古於五言古也。五言古御轡有程,步驟難展。至七言古,錯綜開闔,頓挫抑揚,而古風之變始極。五言律宮商甫協,節奏未舒;至七言律,暢達悠揚,紆徐委折,而近體之妙始窮。

七言古差易於五言古,七言律顧難於五言律,何也? 五言古意象渾融,非造詣深者,難於湊泊。七言古體裁磊落,稍才情贍者,輒易發舒。五言律規模簡重,即家數小者,結構易工。七言律字句繁靡,縱才具宏者,推敲難合。

古詩之難,莫難於五言古。近體之難,莫難於七言律。五十六字之中,意若貫珠,言如合璧。其貫珠也,如夜光走盤,而不失迴旋曲折之妙;其合璧也,如玉匣有蓋,而絕無參差扭捏之痕。綦組錦繡,相鮮以爲色;宮商角徵,互合以成聲;思欲深厚有餘,而不可失之晦;情欲纏綿不迫,而不可失之流;肉不可使勝骨,而骨又不可太露;詞不可使勝氣,而氣又不可太揚。莊嚴,則清廟明堂;沉著,則萬鈞九鼎;高華,則朗月繁星;雄大,則泰山喬嶽;圓暢,則流水行雲;變幻,則淒風急雨。一篇之中,必數者兼備,乃稱全美。故名流哲匠,自古難之。

七言律,壯偉者易粗豪,和平者易卑弱,深厚者易晦澀,濃麗者易繁蕪。寓古雅於精工,發神奇於典則,鎔天然於百煉,操獨得於千鈞,古今名家,罕有兼備此者。

七言律。對不屬則偏枯,太屬則板弱。二聯之中,必使極精切而極渾成,極工密而極古雅,極整嚴而極流動,乃爲上則。然二者理雖相成,體實相反,故古今文士難之。要之人力苟竭,天真必露,非蕩思八荒,遊神萬古,功深百煉,才具千鈞,不易語也。

余嘗謂七言律,如果位菩薩三十二相,百寶瓔珞,莊嚴妙麗,種種天然,而廣大神通,在在具足,乃爲最上一乘。數語自覺曲盡,未審良工謂爲然否?

近體盛唐至矣,充實輝光,種種備美,所少者曰大、曰化耳。故能事必老杜而後極。杜公諸作,真所謂正中有變,大而能化者。今其體調之正,規模之大,人所共知。惟變化二端,勘核未徹,故自宋以來,學杜者什九失之。不知變主格,化主境;格易見,境難窺。變則標奇越險,不主故常;化則神動天隨,從心所欲。如五言詠物諸篇,七言拗體諸作,所謂變也。宋以後諸人競相師襲者是,然化境殊不在此。

七言律最宜偉麗,又最忌粗豪,中間毫末千里,乃近體中一大關節,不可不知。今

446

粗舉易見者數聯於後：宋人《吳江長橋觀月》詩，鄭毅夫云：“插天蟂蝀玉腰闊，跨海鯨鯢金背高”；楊公濟云：“八十丈虹晴臥影，一千頃玉碧無瑕”；蘇子美云：“雲頭灩灩開金餅，水面沉沉臥彩虹。”三聯世所共稱。歐陽獨取蘇句，而謂二子粗豪，良是。然蘇句苦斤兩稍輕，不若子瞻“令嚴鐘鼓三更月，野宿貔貅萬灶煙”，自稱偉麗，蓋庶幾焉。又不若老杜“三年笛裏關山月，萬國兵前草木風”，以和平端雅之調，寓憤鬱淒悵之思，古今言壯句者難及此。

律詩全在音節，格調風神盡具音節中。李、何相駁書，大半論此。所謂俊亮沉著、金石鞞鐸等喻，皆是物也。（以上《内編》卷五）

五、七言絶句，蓋五言短古、七言短歌之變也。五言短古，雜見漢、魏詩中，不可勝數，唐人絶體，實所從來。七言短歌，始於《垓下》；梁、陳以降，作者坌然。第四句之中，二韻互叶，轉換既迫，音調未舒。至唐諸子，一變而律吕鏗鏘，句格穩順。語半於近體，而意味深長過之；節促於歌紆，而詠歎悠永倍之，遂爲百代不易之體。

絶句之義，迄無定説，謂截近體首尾或中二聯者，恐不足憑。五言絶起兩京，其時未有五言律。七言絶起四傑，其時未有七言律也。但六朝短古，概曰歌行，至唐方曰絶句。又五言律在七言絶前，故先律後絶耳。

謂七言律難於五言律，是也；謂五言絶難於七言絶，則亦未然。五言絶，調易古；七言絶，調易卑。五言絶，即拙匠易於掩瑕；七言絶，雖高手難於中的。

五言絶，尚真切，質多勝文。七言絶，尚高華，文多勝質。五言絶，昉於兩漢；七言絶，起自六朝。源流迥別，體製自殊。至意當含蓄，語務春容，則二者一律也。

五言絶，須熟讀漢、魏及六朝樂府，源委分明，徑路諳熟；然後取盛唐名家李、王、崔、孟諸作，陶以風神，發以興象。真積力久，出語自超。錢、劉以下，句漸工，語漸切，格漸下，氣漸卑，便當著眼，不得草草。

五言絶，唐樂府多法齊、梁，體製自別。七言亦有作樂府體者，如太白《橫江詞》、《少年行》等，尚是古調。至少伯《宮詞》、《從軍》、《出塞》，雖樂府題，實唐人絶句，不涉六朝，然亦前無六朝矣。

七言絶，體製自唐，不專樂府。然盛唐頗難領略，晚唐最易波流，能知盛唐諸作之超，又能知晚唐諸作之陋，可與言矣。

五言古律，清和壯麗，咸足名家。必不可失之峭峻者，五、七言絶也；必不可失之弱靡者，七言古律也。（以上《内編》卷六）

詩與文體迥不類：文尚典實，詩貴清空；詩主風神，文先理道。三代以上之文，《莊》、《列》最近詩，後人采掇其語，無不佳者，虛故也。（《外編》卷一）

甚矣，詩之盛于唐也！其體則三、四、五言，六、七、雜言，樂府、歌行，近體、絶句，靡弗備矣。其格，則高卑、遠近、濃淡、淺深、巨細、精粗、巧拙、强弱，靡弗具矣。其調，則飄逸、渾雄、沉深、博大、綺麗、幽閒、新奇、猥瑣，靡弗詣矣。其人，則帝王、將相、朝士、布衣、童子、婦人、緇流、羽客，靡弗預矣。（《外編》卷三）

世率稱楚《騷》、漢賦，昭明《文選》分騷、賦爲二，歷代因之，名義既殊，體裁亦別。然屈原諸作，當時皆謂之賦。《漢·藝文志》所列詩賦一種，凡百六家，千三百一十八篇，而無所謂《騷》者：首冠屈原賦二十五篇，序稱楚臣屈原離讒憂國，作賦以風，則二十五篇之目，即今《九歌》、《九章》、《天問》、《遠游》等作，明矣。所謂《離騷》，自是諸賦一篇之名。太史傳原，末舉《離騷》而與《哀郢》等篇並列，其義可見。自荀卿、宋玉，指事詠物，別爲賦體；楊、馬而下，大演波流。屈氏諸作，遂俱係《離騷》爲名，實皆賦一體也。（《雜編》卷一）

《九流緒論》上（節録）

余所更定九流，一曰儒，二曰雜（總名、法諸家爲一，故曰雜。古雜家亦附焉），三曰兵，四曰農，五曰術，六曰藝，七曰説，八曰道，九曰釋……説主風刺箴規，而浮誕怪迂之録附之……説出稗官，其言淫詭而失實，至時用以洽見聞，有足采也。（《少室山房筆叢》卷十一）

《九流緒論》下（節録）

《漢·藝文志》所謂小説，雖曰街談巷語，實與後世博物、志怪等書迥別，蓋亦雜家者流，稍錯以事耳。如所列《伊尹》二十七篇，《黄帝》四十篇，《成湯》三篇，立義命名，動依聖哲，豈後世所謂小説乎？又《務成子》一篇，注稱“堯問”；《宋子》十八篇，注言“黄老”；《臣饒》二十五篇，注言“心術”；《安成》一篇，注言“養生”。皆非後世所謂小説也。則今傳《鬻子》爲小説而非道家，尚奚疑哉？（又《青史子》五十七篇，楊用修所引數條，皆雜論治道，殊不類今小説）

子之爲類，略有十家。昔人所取凡九，而其一小説弗與焉。然古今著述，小説家特盛，而古今書籍小説家獨傳，何以故哉？怪力亂神，俗流喜道，而亦博物所珍也；玄虛廣莫，好事偏攻，而亦洽聞所昵也。談虎者矜誇以示劇，而雕龍者間掇之以爲奇；辨鼠者証據以成名，而捫蝨者類資之以送日。至於大雅君子，心知其妄而口競傳之，且斥其非而暮引用之，猶之淫聲麗色，惡之而弗能弗好也。夫好者彌多，傳者彌衆；傳者日衆，則作者日繁，夫何怪焉？

小說家一類，又自分數種：一曰志怪，《搜神》、《述異》、《宣室》、《酉陽》之類是也；一曰傳奇，《飛燕》、《太真》、《崔鶯》、《霍玉》之類是也；一曰雜錄，《世説》、《語林》、《瑣言》、《因話》之類是也；一曰叢談，《容齋》、《夢溪》、《東谷》、《道山》之類是也；一曰辯訂，《鼠璞》、《雞肋》、《資暇》、《辯疑》之類是也；一曰箴規，《家訓》、《世範》、《勸善》、《省心》之類是也。叢談、雜錄二類最易相紊，又往往兼有四家。而四家類多獨行，不可攙入二類者。至於志怪、傳奇，尤易出入，或一書之中二事並載，一字之內兩端具存，姑舉其重而已。

小説，子書流也。然談説理道或近於經，又有類注疏者；紀述事迹或通於史，又有類志傳者。他如孟啟《本事》、盧瓌《抒情》，例以詩話文評附見集類，究其體製，實小説者流也。至於子類雜家，尤相出入。鄭氏謂古今書家所不能分有九，而不知最易混淆者小説也。必備見簡編，窮究底裏，庶幾得之。而冗碎迂誕，讀者往往涉獵，優伶遇之，故不能精。

《飛燕》，傳奇之首也。《洞冥》，雜俎之源也。《搜神》，《玄怪》之先也。《博物》，《杜陽》之祖也。魏、晉好長生，故多靈變之説。齊、梁弘釋典，故多因果之譚。

小説，唐人以前紀述多虛，而藻繪可觀。宋人以後，論次多實，而彩豔殊乏。蓋唐以前出文人才士之手，而宋以後率俚儒野老之談故也。

小説者流，或騷人墨客游戲筆端，或奇士洽人蒐羅寓外。紀述見聞，無所迴忌；覃研理道，務極幽深。其善者，足以備經解之異同，存史官之討覈，總之有補於世，無害於時。乃若私懷不逞，假手鉛槧，如《周秦行紀》、《東軒筆錄》之類，同於武夫之刃、讒人之舌者，此大弊也。然天下萬世公論具在，亦亡益焉。（以上《少室山房筆叢》卷十三）

《二酉綴遺》中（節錄）

古今志怪小説，率以祖《夷堅》、《齊諧》。然《齊諧》即《莊》，《夷堅》即《列》耳。二書固極詼詭，第寓言爲近，紀事爲遠。《汲冢》、《璅語》十一篇，當在《莊》、《列》前。《束皙傳》云："諸國夢卜妖怪相書。"蓋古今小説之祖，惜今不傳。《太平廣記》有其目，而引用殊寡。余嘗欲雜摭《左》、《國》（《國語》、《國策》）、《紀年》、《周穆》等書之語怪者，及《南華》、《冲虛》、《離騷》、《山海》之近實者，燕丹、墨翟、鄒衍、韓非之遠誣者，及《太史》、《淮南》、《新序》、《説苑》之載戰國者，凡瓌異之事彙爲一編，以補《汲冢》之舊。雖非學者所急，其文與事之可喜，當百倍於後世小説家云。

凡變異之談，盛於六朝，然多是傳錄舛訛，未必盡幻設語。至唐人乃作意好奇，假小説以寄筆端，如《毛穎》、《南柯》之類尚可，若《東陽夜怪録》稱成自虚，《元怪録·元無有》皆但可付之一笑，其文氣亦卑下亡足論。宋人所記，乃多有近實者，而文彩無足觀。本朝《新》、《餘》等話，本出名流，以皆幻設，而時益以俚俗，又在前數種下。惟《廣記》所録唐人閨閣事，咸綽有情致，詩詞亦大率可喜。（以上《少室山房筆叢》卷二十）

《莊嶽委談》上（節録）

五木之戲，盛行六朝。幼嘗讀《劉毅》等傳，邈不知爲何物；嘗閲他書，稍稍得其要領；後讀程泰之《演繁露》，証據精詳，可謂毫髮無憾矣。其文多不載，獨謂骰子即五木，而六面者起於唐時，恐未然。蓋握槊晉世已行，五木非握槊所用，故當起於六代也。（《少室山房筆叢》卷二十四）

《莊嶽委談》下（節録）

世所盛行宋、元調曲，咸以昉於唐末，然實陳、隋始之。蓋齊、梁月露之體，矜華角麗，固已兆端。至陳、隋二主，並富才情，俱涵聲色，所爲長短歌行，率宋人詞中語也，煬之《春江》、《玉樹》等篇尤近。至《望江南》諸闋，唐、宋、元人沿襲至今，詞曲濫觴，實始斯際。自文皇以鴻裁碩藻，撥六朝餘習而力反之，子昂、太白相望並興。逮少陵氏作，出經入史，劃絶淫靡，有唐三百年之詩，遂屹然羽翼商、周，驅駕漢、魏。藉令非數君子砥柱其間，則《花間》、《草堂》將踵接於武德、開元之世，詎宋、元而後顯哉？蓋六朝、五代一也。障其瀾而上，則詩盛而爲唐；襲其流而下，則詞盛而爲宋。余因是知陳、李、少陵，厥功於藝苑甚偉；而歐陽、王、蘇、黄、秦諸君子，弗能弗爲三嘆而致惜也。

今詩餘名《望江南》外，《菩薩蠻》、《憶秦娥》稱最古，以《草堂》二詞出太白也。近世文人學士或以爲實，然余謂太白在當時，直以風雅自任，即近體盛行七言律，鄙不肯爲，寧屑事此？且二詞雖工麗，而氣衰颯，於太白超然之致，不啻穿壤。藉令真出青蓮，必不作如是語。詳其意調，絶類温方城輩。蓋晚唐人詞，嫁名太白，若懷素草書，李赤姑熟耳。原二詞嫁名太白有故：《草堂詞》，宋末人編，青蓮詩亦稱《草堂集》。後世以二詞出唐人而無名氏，故僞題太白，以冠斯編也。楊用修《詞品》又有《清平樂》詞二闋，尤淺俚，俱贋作也

《菩薩蠻》之名，當起於晚唐世。按《杜陽雜編》云：“大中初，女蠻國貢雙龍犀明霞錦。其國人危鬟金冠，瓔珞被體，故謂之菩薩蠻。”當時倡優，遂製《菩薩蠻》曲，文士亦往往效其詞。《南部新書》亦載此事。則太白之世，唐尚未有斯題，何得預製其曲耶？

又《北夢瑣言》云：“宣宗愛唱《菩薩蠻》詞，令狐相國假温飛卿新撰密進之，戒以勿泄，而遽言於人，由是疎之。”按：大中即宣宗年號。此詞新播，故人君喜歌之。余屢疑近飛卿，至是釋然，自信具隻眼也。即《草堂》稱太白詞

傳奇之名，不知起自何代。陶宗儀謂唐爲傳奇，宋爲戲諢，元爲雜劇，非也。唐所謂《傳奇》，自是小說書名，裴鉶所撰，中如《藍橋》等記，詩詞家至今用之，然什九誕妄，寓言也。裴，晚唐人，高駢幕客，以駢好神仙，故撰此以惑之。其書頗事藻繪，而體氣俳弱，蓋晚唐文類爾。然中絶無歌曲樂府，若今所謂戲劇者，何得以傳奇爲唐名？或以中事迹相類，後人取爲戲劇張本，因展轉爲此稱，不可知。范文正記岳陽樓，宋人譏曰“傳奇體”，則固以爲文也。

今世俗搬演戲文，蓋元人雜劇之變。而元人雜劇之類戲文者，又金人詞説之變也。雜劇自唐、宋、金、元迄明皆有之，獨戲文《西廂》作祖。《西廂》出金董解元，然實絃唱小説之類。至元王、關所撰，乃可登塲搬演。高氏一變而爲南曲。承平日久，作者迭興，古昔所謂雜劇、院本，幾於盡廢，僅教坊中存什二、三耳。諸野史稗官紀載，率不能詳，薦紳先生置而弗論，暇嘗綜核諸家，頗得其概，漫識於後，好事雅流或亡譏焉。

優伶戲文，自優孟抵掌孫叔，實始濫觴。漢宦者傅脂粉侍中，亦後世裝旦之漸也。魏陳思傅粉墨，堆髻胡舞，誦俳優小説，雖假以逞其豪俊爽邁之氣，然當時優家者流，糢束因可概見。而後世所爲副淨等色，有自來矣。唐制如《霓裳》等舞，度數至多，而名號糢束不可深考。《樂府雜録》：“開元中，黄幡綽、張野狐善弄參軍。”參軍即後世副淨也見《輟耕録》。“范傳康、上官唐卿、吕敬遷三人弄假婦人。”假婦人即後世裝旦也。至後唐莊宗，自傅粉墨，稱李天下，大率與近世同。特所搬演，多是雜劇短套，非必如近日戲文也。觀安節《樂府雜録》稱假婦人，則知唐時無旦名也

古教坊有雜劇而無戲文者，每公家開宴，則百樂具陳。兩京、六代不可備知，唐、宋小説如《樂府雜録》、《教坊記》、《東京夢華》、《武林舊事》等，編録頗詳。唐制，自歌人之外，特重舞隊；歌舞之外，又有精樂器者，若琵琶、羯鼓之屬。此外俳優雜劇，不過以供一笑，其用蓋與傀儡不甚相遠，非雅士所留意也。宋世亦然。南渡稍見淨、旦之目，其用無以大異。前朝浸淫，勝國崔、蔡二傳奇迭出，才情既富，節奏彌工，演習梨園，幾半天下。上距都邑，下迄閭閻，每奏一劇，窮夕徹旦，雖有衆樂，亡暇雜陳。此亦古今一大變革，人不深考耳。

凡傳奇以戲文爲稱也，亡往而非戲也。故其事欲謬悠而亡根也，其名欲顛倒而亡實也。反是而求其當焉，非戲也。故曲欲熟而命以生也，婦宜夜而命以旦也，開塲始事而命以末也，塗污不潔而命以淨也。凡此，咸以顛倒其名也。中郎之耳順而瞀牛也，相國之絶交而娶崔也，荆釵之詭而夫也，香囊之幻而弟也。凡此，咸以謬悠其事

也。繇勝國而迄國初，一轍近爲傳奇者，若良史焉，古意微矣。古無外與丑，蓋丑即副淨，外即副末也

今優伶輩呼子弟，大率八人爲朋，生、旦、淨、丑、副亦如之外即副末，丑即副淨。元院本止五人，故有五花之目：一曰副淨，即古之參軍也。一曰副末，又名蒼鶻。蒼鶻可擊羣鳥，猶副末可打副淨。一曰末泥，一曰孤裝。見陶氏《輟耕錄》。而無所謂生、旦者，蓋院本與雜劇不同也。元雜劇旦有數色，所謂裝旦，即今正旦也；小旦，即今副旦也。以墨點破其面，謂之花旦，今惟淨、丑爲之。而元時名妓咸以此取稱如荊堅堅、孔千金、顧山山、天然秀、珠簾秀、李嬌兒類。又妓李嬌兒爲温柔旦，張奔兒爲風流旦，蓋勝國雜劇，裝旦多婦人爲之也。元花旦必與今淨、丑迥別，故妓人多爲之。末泥、孤裝，未知類今何色，當續考之

宋世雜劇名號，惟《武林舊事》足徵。每一甲有八人者，有五人者。八人者，有戲頭，有引戲，有次淨，有副末，有裝旦。五人者，第有前四色而無裝旦。蓋旦之色目，自宋已有之而未盛，至元雜劇多用妓樂，而變態紛紛矣。以今億之，所謂戲頭，即生也；引戲，即末也；副末，即外也；副淨、裝旦，即與今淨、旦同。蓋雜戲即傳奇具體，但短局未舒耳。元院本無生、旦者，院本僅供調笑，如唐弄參軍之類，與歌曲無大相關也。

《樂府雜錄》云：“蘇中郎，後周士人蘇葩，嗜酒落魄，自號中郎。每有歌場，輒入獨舞。今爲戲者，著緋戴帽，面正赤，蓋狀其醉也。又有踏搖娘、羊頭渾、脫九頭、獅子弄、白馬益錢，以至循橦、跳丸、吐火、吞刀、旋槃、筋斗，悉屬此部。”又《教坊記》云：“踏搖娘者，北齊有人姓蘇鮑鼻，實不仕，而自號爲中郎，嗜飲酗酒，每醉輒毆其妻。妻銜悲訴於鄰里，時人弄之。丈夫著婦人衣，徐步入場行歌，每一疊旁人齊聲和之云：踏搖和來，踏搖娘苦和來。以其且步且歌，故謂之踏搖。以其稱冤，故言苦。及其夫至，則作毆鬭之狀，以爲笑樂。今則婦人爲之。”按：此二事絕類，豈本一事耶？然《雜錄》又有踏搖娘等，不可深曉。觀此，唐世所謂優伶雜劇，糚服節套大略可見。宋之雜劇，蓋亦若斯。元院本但有詞無曲，故詞第屬之歌人，此類以供戲弄而已。至元人，曲調大興，凡諸雜劇皆名曲寓焉。而教坊名妓亦多習之，清歌妙舞悉隸是中。唐、宋諸詞，殆於盡廢。又一變而贍縟，遂爲南之戲文。而唐、宋所謂雜劇，至元而流爲院本。今教坊尚遺習，僅足一笑云。“梨園”字面見《樂府雜錄》

楊用修云：“漢《郊祀志》：優人爲假飾妓女，蓋後世裝旦之始也。”然未必如後世雜劇、戲文之爲。緣其時，郊祀皆奏樂章，未有歌曲耳。

元雜劇中末，即今戲文中生也。考鄭德輝《倩女》、關漢卿《竇娥》，皆以末爲生。此外又有中末，蓋即今之外耳。然則《青樓集》所稱末泥即生，無疑。今《西廂記》以張珙爲生，當是國初所改，或元末《琵琶》等南戲出而易此名。觀關氏所撰諸雜劇，《緋衣

452

夢》等悉不立生名，他可例矣。《青樓集》又有駕頭，恐即引戲之稱，俟考。

《西廂記》雖出唐人《鶯鶯傳》，實本金董解元。董曲今尚行世，精工巧麗，備極才情，而字字本色，言言古意，當是古今傳奇鼻祖。金人一代文獻盡此矣。然其曲乃優人絃索彈唱者，非搬演雜劇也。

俳優戲文始於王魁，永嘉人作之。識者曰："若見永嘉人作相，宋當亡。"及宋將亡，酒永嘉陳宜中作相。其後元朝南戲尚盛行，及當亂，北院本特盛，南戲遂絕。右見葉氏《草木子》。葉，元末人。據此，則傳奇始自永嘉人作之。今王魁本不傳而傳《琵琶》，《琵琶》亦永嘉人作，遂爲今南曲首。二事極相類，大可笑也。然葉當國初，著書而云"南戲遂絕"。當是時，《琵琶》尚未行世耶？王魁事當在宋初。今唐人小説載王魁事，説者以爲宋人，勩入之云。

今世傳街談巷語，有所謂"演義"者，蓋尤在傳奇、雜劇下。然元人《武林》，施某所編。《水滸傳》特爲盛行，世率以其鑿空無據，要不盡爾也。余偶閱一小説序，稱施某嘗入市肆，紬閱故書，於敝楮中得宋張叔夜禽賊招語一通，備悉其一百八人所由起，因潤飾成此編。其門人羅某亦效之，爲《三國志》，絕淺陋可嗤也。（以上《少室山房筆叢》卷二十五）

五言排律一首序（節錄）

唐五言百韻昉于杜陵，韓、白踵作。然皆歷陳時事，未有咏物而韻百餘者。又皆用寬韻，四支一先之屬，未有兹韻而至百餘者。余不侫，實始濫觴。（《少室山房集》卷四十七）

第一首（節錄）

文章之體非一，爲之者往往極于力之所到而時之弗及乘，于是或剽意詩歌，或殫精紀述，而文章之途復析而爲二。學問之道非一，爲之者往往困于資之難兼而日之弗暇給，于是或以經學名，或以史學名，或以典章經制名，或以百家小説名，而學問之途復析而爲四。以文章之士言之：春秋則檀場（楊）左、史、公、穀、荀卿、韓非、屈原、宋玉，漢則賈誼、董仲舒、司馬遷、相如、揚、班、枚、李，六朝則曹、劉、阮、陸、潘、左、陶、謝，唐則王勃、李白、杜甫、韓愈、陳子昂、柳宗元，宋則歐陽修、王安石、曾鞏、蘇洵、軾、轍、黃庭堅、陳師道，是皆卓乎以文章師百代者也。然或長于敘事而短于持論，或工于古選而詘于聲詩，或富于大篇而艱于小絶。即文章一體，尚不能會其全而各極其趣，

况兼二者而時出之也！而欲以其餘而究極乎學，又可知矣。（《少室山房集》卷一百）

彭大翼《山堂肆考》（節録）

　　彭大翼（1552—1643）字雲舉，號一鶴。揚州（今屬江蘇）人。明嘉靖中期，任梧州通判，較有聲望。喜讀書，辭職後，歷四十餘年，輯成大型類書《山堂肆考》二百四十卷，內容廣泛，涵蓋天文、時令、地理、君道、臣職、政事、親屬、文學、謚法、道教、仙教、性行、飲食、音樂、鳥羽蟲草、果品花卉等，經史子集無所不及，成爲傳世之作。

　　本書資料據四庫全書本《山堂肆考》。

碑

　　碑者，悲也，本虛墓間用之以下棺者。古人斲木爲碑。又鑿碑令有圓孔，樹于槨之四隅，于圓孔中著轆轤，兩頭各入碑木以紼之，一頭繫棺，以一頭繞轆轤。既訖，而人各背碑負紼，聽鼓聲以漸卻行而下之，此乃古者懸窆之禮。後人因而書之以表功德，因留而不忍去。故碑之名，由此而得。秦、漢以降，生而有功德、政事者亦碑之，而又易之以石，失其旨矣。又天子下棺，六紼四碑；諸侯，四紼二碑；士二紼，無碑。《釋名》云：“從前引之曰紼。紼，發也，發車使前也。懸下壙曰綍。綍，將也，徐徐將下之也。”（卷三十一）

射策對策

　　《孔氏雜說》：“漢射策與對策不同。射者，謂難問、疑義書于策，量其大小，署爲甲乙之科，不使彰顯，欲射者隨其所得而釋之。對者，顯問以政事、經義，觀其所對文詞，以定高下。漢蕭望之治《齊詩》，射策甲科爲郎。匡衡家貧好學，從博士受《詩》，數射策不中，至九次乃中丙科。元帝朝爲博士，又給事中。建初三年，遂拜相。”（卷八十三）

三　體

　　朱元晦言：文體有三，有治世之文，有衰世之文，有亂世之文。六經，治世之文也。如《國語》，委靡繁絮，真衰世之文耳。是時語言議論如此，宜周之不能振起也。至于

454

亂世之文，則《戰國》是也。然猶有英偉氣，非衰世《國語》之文之比也。楚、漢文字真是奇，豈易及也！

韓文擬體

《祭竹林神》文，其體疑出于《書》；《祈太湖神》文，其體疑出于《國語》；《吊武侍御》文，其體疑出于《離騷》；其《哀歐陽詹與獨孤申叔》之文，疑出于《莊子·内篇》、賈誼《賦鵩》之體。

柳文擬體

《天對》，則祖屈原之《天問》；《乞巧》文，則擬揚雄之《逐貧》；《先友記》，則法《家語·七十二弟子解》。又黄山谷云：“退之《送窮文》，出揚子《逐貧賦》、子雲《解嘲》，擬宋玉（東方朔之誤）《答客難》。退之《進學解》，擬子雲《解嘲》；柳子厚《晉問》，擬枚皋（乘之誤）《七發》。”

彦伯澀體

《朝野僉載》：唐徐彦伯爲文，多求新奇：以鳳閣爲鵁閣，龍門爲虬户，金谷爲銑溪，玉山爲瓊岳；以芻狗爲卉犬，以竹馬爲篠驂。後進效之，謂之澀體。

臺閣山林

《歸田録》：夏英公嘗以文謁盛度，度曰：“子文章有館閣氣，異日必顯。”曾端伯云：“文章雖出于心術之微，而實有二等：有山林草野之文，有朝廷臺閣之文。山林之文，其氣枯槁，道不得行，著書立言者所尚也。臺閣之文，其氣温潤豐縟，乃得位于時者所尚也。”王安國嘗語余曰：“文章格調須得官樣，若韓子蒼者，乃臺閣之文。”豈所謂官樣者歟？

記用賦體

宋陳後山《叢談》：“退之作記，記其事耳；今之記，乃論也。少游謂《醉翁亭記》亦用賦體。”按陳師道字無己，號後山，彭城人。爲文師曾鞏，爲詩學黃庭堅。

記用傳體

范文正公《岳陽樓記》用對語説時景，世以爲奇。尹師魯讀之曰：“傳奇體耳。”《傳奇》，唐裴硎所著小説也。

文用宫商

永明末，盛爲文章。吳興沈休文、陳郡謝玄暉、琅琊王元長以氣類相推轂，汝南周彦倫善識聲，爲文皆用宫商，以平、上、去、入爲四聲，以此制韻，不可增減，號永明體。按：元長，王融字；彦倫，周顒字。（以上卷一百二十六）

詩

《書》云：“詩言志。”今俗樂詞曲各陳其情，乃其遺法也；“歌永言”，今俗樂唱詞曲，乃其遺法也；“聲依永”，今俗樂唱曲應以絲竹，乃其遺法也；“律和聲”，今俗樂以合四工尺等字爲板眼，如作合字，則衆音皆以合爲節，四工尺等字亦然，而後不亂，乃其遺法也。白居易曰：“詩關美刺者，謂之諷諭；詠性情者，謂之閒適；觸事而發者，謂之感傷。”梅聖俞曰：“詩以聲律爲竅，物象爲骨，意格爲髓。”

四言之始

《虞書》帝庸作歌曰：“勑天之命，惟時惟幾。股肱喜哉，元首起哉，百工熙哉。”及“元首明哉，股肱良哉，庶事康哉”等句，此詩四言之始。漢李陵《與蘇武詩》：“攜手上河梁，遊子暮何之。”此詩五言之始。漢武作柏梁臺成，詔羣臣二千石能爲七言者，乃得上坐。凡七言每句用韻，各述其事，謂之柏梁體。此詩七言之始。谷永始作六言，夏侯湛作三言，高貴鄉公作九言。

六義之餘

唐元稹《樂府題序》：“詩之流二十四名：賦、頌、銘、贊、文、誄、箴、行、吟、詠、題、

456

怨、嘆、章、篇、操、引、謠、謳、歌、曲、詞、調，皆詩人六義之餘。"

約句準篇

魏自建安之後，訖于江左，詩律屢更。至沈約、庾信，以音韻相附，属對精密。宋之問、沈佺期又加靡麗，回忌聲病，約句準篇，如錦綉成文。學者宗之，時號"沈宋"。之問字延清，汾州人；佺期字雲卿，相州人。

詩效反騷

李白爲《蜀道難》以斥嚴武。及韋皋鎮蜀，有陸暢者，爲皋所愛厚，乃反其詞爲《蜀道易》，盖效揚雄《反騷》也。按《反騷》者，屈原作《離騷》，而雄又反其詞，作書以吊屈原，故曰《反騷》。（以上卷一百二十七）

得杜一體

臨川吴氏云："詩之體不一，人之才亦不一。各以其體才，各成一家言。自《三百十一篇》已不可一概齊，而況後之作者乎？宋時王、蘇、黄三家，各得杜之一體。涪翁于蘇迥不相同，蘇門諸人其初略不之許，坡翁獨深器重，以爲絶倫：眼高一世，而不必人之同乎己也如此。"

皆宗李義山

《詩話》："宋楊大年、錢文僖、晏元獻、劉子儀爲詩皆宗唐李義山，號西崑體。景祐、慶曆後，歐陽公始矯西崑體，專以氣爲主。"

變永嘉體

鍾嶸《詩評》："潘安仁詩出于仲宣，翩翩如翔禽之有羽毛，衣被之有綃縠；張茂先詩出于王粲，託興不凡，而疏亮之音，猶恨其兒女情多，風雲氣少；郭景純憲章潘岳，彪炳可觀，始變永嘉平淡之體，故稱中興第一；陶彭澤出于應璩，大有左思風力，爲古今逸詩之宗；二王、袁、謝諸賢出于張華，才力苦弱，務爲清淡，殊得風流媚趣。謝玄暉詩出于謝莊，微傷細密，一章之内，自有玉石。然奇章秀句，足使叔源失步，明遠變色。范雲詩婉轉清便，如流風迴雪；丘遲詩點綴映媚，如落花依草，故當淺于江淹，而深于任昉。"

呼永明體

《南史》："沈約等製韻，有平頭、上尾、蜂腰、鶴膝，世呼爲永明體。"

詩有三變

朱元晦《與鞏仲至書》："古今詩凡有三變：盖自《書》傳所載虞、夏以來，下及魏、晉，自爲一等；自晉、宋間顔、謝以後及唐初，自爲一等；自沈、宋以後定著律詩，下及今日，自爲一等。然自唐初以前，其爲詩固有高下，而法猶未變。至律詩出，而後詩與法始皆大變。及至今日，益巧益密，而無復古人之風矣。"

詩有八病

宋李淑《詩苑》："梁沈約曰：'詩有八病，一曰平頭，二曰上尾，三曰蜂腰，四曰鶴膝，五曰大韻，六曰小韻，七曰旁紐，八曰正紐。'八種惟上尾、蜂腰最爲詩家所忌。平頭謂第一、第二字不得與第六、第七字同聲，如'今日良宴會，歡樂難具陳'。今、歡皆平聲，日、樂皆入聲也。上尾謂第五字不可與第十字同聲，如'青青郊畔草，鬱鬱園中柳'。草、柳皆上聲也。蜂腰謂第二字不得與第五字同聲，如'聞君愛我甘，竊欲自修飾'。君、甘皆平聲，欲、飾皆入聲也。鶴膝謂第五字不得與十五字同聲，如'客從遠方來，遺我一札書。上言長相思，下言久別離'。來、思皆平聲也。大韻已下，俱見《事文類聚》。"

正格偏格

沈恬《筆談》："詩文第二字側入，謂之正格，如'鳳歷軒轅紀，龍飛四十春'；第二字平入，謂之偏格，如'四更山吐月，殘夜水明樓'。唐明賢詩多正格，如杜律詩用偏格者十無一二。"又《青箱雜記》："唐鄭谷與齊己、黃損等定今詩體，一曰葫蘆格，先三後四；二曰轆轤格，雙出雙入；三曰進退格，一進一退，如李師中《送唐介》詩'孤忠自許'一

458

首，正所謂進退韻格也。"

歌 行

師民云："律詩拘于聲律，古詩拘于語句，以是詞不能達。夫謂之行者，達其詞而已。如雲行水行，曲折容洩，不爲聲律語句之所拘，但于古詩句法中得增詞語耳。按歌行自唐陳子昂一變江左舊體，而歌行之體遂暴于世。"

迴 文

唐皮日休《雜詩序》："晉温嶠始有迴文詩。"

次 韻

齊、梁間倡和，皆不次韻。至唐元積作《春深》二十首，並用家、花、車、斜四字爲韻。白居易、劉禹錫和之，亦用其韻。故宋真宗時，楊文忠公億謂次韻始于此。（以上卷一百二十八）

賦

《左傳》謂鄭莊公"入而賦大隧之中"，自是荀卿、宋玉之徒演爲別體，因謂之賦。故昔人謂"賦者，古詩之流"，以荀、宋爲始。《漢書》："不歌而誦謂之賦。"《文粹》："詩人之賦麗以則，詞人之賦麗以淫。"（以上卷一百二十九）

誌

誌，記也。或作識。漢杜子夏臨終作文刊石，埋墓前。厥後墓誌，恐因此而始有也。

但記姓名

齊太子穆妃將葬，議立石誌。王儉曰："石誌不出《禮經》，起于顏延之爲王彌作墓誌，以彌素族，無銘誄故也。"遂相祖習，以成故事。至魏侍中繆襲埋文父母墓下，但令記姓名與歷官及祖父姻婭而已。

誄

周制：大夫以上有謚，士則有誄。《禮·檀弓》："魯莊公及宋戰，縣賁父死之，公誄之。"士之有誄，自此始。《禮》："曾子問賤不誄貴，幼不誄長，唯天子稱天以誄之。諸侯相誄非禮也。"註云："誄之爲言累也，累舉其平生實行爲誄，而定其謚以稱之也。"又曰："凡作謚者，先列其平生之實行，故謂之誄。"

贊

《説文》："贊者，稱人之美也。"

銘

《拾遺記》："黃帝以神金鑄器，皆有銘題，皆記其年月日時，此銘之始也。"《魏志》謂："銘婦人墓，當詳其家世。"議行狀當法韓退之所作，其法蓋出于《碩人》之詩，觀其銘元稹妻韋夫人墓可見矣。（以上卷一百三十）

論

《説文》："論，議也。"《文選》："論則析理精微。"

頌

《文心》曰："帝嚳時，黑咸爲頌，以歌《九招》。"此頌之所由始。《毛詩》有《周頌》三十一篇、《魯頌》四篇、《商頌》五篇。（以上卷一百三十一）

箴

箴，誡也。《文心雕龍》："軒轅輿凡，以弼不逮。"即爲箴矣。

460

書　問

事理發揮，通諸人之嘈嘈者，莫如言；傳千里之忞忞者，莫如書。蓋言不能以對面，而後託書以傳焉。此書問之所以不容無也。

露　布

《文心雕龍》："露布者，露板不封，布諸視聽也。"

檄

《釋文》："檄，激也。下官所以激迎其上之書也。"（以上卷一百三十二）

立樂府

漢武帝定郊祀之禮，祠太乙於甘泉，祭后土於汾陰，乃立樂府，采詩夜誦，以李延年爲協律都尉，多舉司馬相如等數十人，造爲詩賦，略論律呂，以令八章之調。又作十九章之歌，以正月上辛祀甘泉圜丘，使童男女七十人俱歌。昏祠至明夜，常有神光如流星，止集於祠壇，天子自竹宮而望拜。此樂府之名所由始也。

漢帝四品

漢明帝時，樂有四品：一曰太子樂，郊廟上陵之所用焉；二曰雅頌樂，辟雍饗射之所用焉；三曰黃門鼓吹樂，天子宴羣臣之所用焉；四曰短簫鐃歌樂，軍中之所用焉。（以上卷一百五十九）

樂　章

《樂章源流》："樂章即樂府之本，樂歌即樂府之流。自成周制爲《頌》聲三十一篇，厥後鄭康成箋其每篇皆爲樂歌。故知成周之樂章，即後世之樂歌也。至漢世則有樂府，如武帝《郊祀》等歌、班固《明堂》等詩，猶可以質鬼神而告宗廟也。晉、宋之際，又有所謂古樂府之章,如釋子蘭、釋貫休等作,雖托物以寓興,而其辭終入於鄙俚,又與漢人之樂府異矣。孰知再變而爲隋、唐、五代之樂歌乎! 當唐之世,如賀知章、白樂天之所述,猶足以發越性情,而時寓譏諷也。豈知樂歌又變爲宋朝之長短句乎! 世卒謂之詞曲,即樂府之異名也。然今世之所謂詞曲,即唐人之樂歌,則又愈降而愈下矣。自詞曲之變,又轉而爲巷陌市井之歌,則又樂府之不足道云。”

永 言

《虞書》:“詩言志,歌永言,聲依永,律和聲。”

六 詩

《周禮·春官》:“瞽矇掌九德六詩之歌以役大師。”注云:“九德即六府三事。六詩曰賦、曰比、曰興、曰風、曰雅、曰頌是也。風,《二南》及十五《國風》;雅,大、小《雅》;頌,三《頌》;賦、比、興,所以制作風、雅之體。役大師者,爲大師役也。”

玄 雲

西王母侍女。安注:“嬰歌《玄雲曲》。”

走馬引

《走馬引》,樗里牧恭所作也。爲父報讎殺人,而亡蔵于山谷之下。有天馬夜降,圍其室而鳴。其人夜覺,聞其聲,以爲吏追,乃奔而亡去。及明,視之,有馬跡也。大悟曰:“豈吾所居之處將危乎?”遂荷糧而去,入于沂澤,援琴鼓之,爲天馬之聲,號曰《天馬引》。

神鳳操

周成王時,鳳皇翔舞,乃作此歌,言德化之感也。

462

天馬歌

漢武帝元狩三年秋，得神馬于渥洼水中。上方立樂府，次以爲歌云："天馬來兮從西極，經萬里兮歸有德，垂靈威兮四夷服。"

採葛歌

《吳越春秋》："越王自吳還國，知吳王好服，令國中男女入山採葛，作黄絲之布以獻。吳王乃增越王之封，賜羽毛之飾、几杖諸侯之服。采葛婦人傷越王用心之苦，乃作歌以道意曰：'嘗膽不苦味若飴，今我采葛以作絲。女工織兮不敢遲，弱于羅兮輕霏霏。號絺素兮將獻之，吳王悦兮忘罪辜。'"

採蓮曲

樂府名，亦曰《採蓮歸》。李白《採蓮曲》云："若耶溪旁採蓮女，笑隔荷花共人語。日照新粧水底明，風飄香袂空中舉。岸上誰家遊冶郎，三三五五映垂楊。紫騮嘶入落花去，見此踟蹰空斷腸。"

紫玉歌

《樂府詩集》："吳夫差女紫玉，因悦童子韓重不得而死。重遊學歸，往哭其墓，玉形見，贈重明珠，因作歌云：'南山有鳥，北山有羅。意欲從君，讒言孔多。悲結成疾，歿命黄壚。命之不造，冤如之何！羽族之長，名爲鳳皇。一日失雄，三年感傷。雖有衆鳥，不如匹雙。故見鄙姿，逢君輝光。身遠心邇，何曾暫忘！'"

南風歌

《左·襄十八年》："晉人聞有楚師。師曠曰：'吾驟歌南風，又歌北風。南風不競，楚必無功。'"

北風吟

《北風吟》，雜歌也。《北風》，本衛詩，刺君政暴虐，百姓不親也。鮑昭嘗作此吟，則傷雨雪而行人不歸，與衛詩之意不同。

房中樂

周有《房中之樂》，歌后妃之德。秦始皇改曰壽人，盖婦人禱祠于房中者，唯宮中用之。漢《禮樂志》：“《房中祠樂》，高祖唐山夫人所作。凡樂，樂其所生，禮不忘其本。高祖樂楚聲，故《房中樂》楚聲也。孝惠帝更名《安世樂》。”又《宋書·樂志》：“魏文帝讀漢《安世》詩，無有《二南》風化之言，改曰《享神歌》。”

白　麟

《漢書》：“武帝幸雍祠五畤，獲白麟，因作歌。”又《赤雁》、《芝房》、《寶鼎》，皆漢祭郊廟之樂歌。

朱　鷺

樂府有《朱鷺》、《臨高臺》諸篇，則鼓吹曲也。又有“騎吹”、“雲吹”之名。宋之問詩：“稍看朱鷺轉，尚識紫騮驕。”此言鼓吹也。謝朓詩：“鳴簫翼高盖，疊鼓送華輈。”此言騎吹也。梁簡文帝詩：“廣水浮雲吹，江風引夜衣。”此言雲吹也。列于殿庭者，名鼓吹；列于行駕者，名騎吹；水行謂之雲吹。

龍蛇歌

晉介子推從文公出亡，後反國，賞獨不及，乃作《龍蛇》之歌，而隱于緜上山。文公求之不得。一曰《士失志操》。

鷓鴣詞

《鷓鴣詞》，近代思歸之詞曲也。唐李益詞：“湘江斑竹枝，錦翅鷓鴣飛。處處湘雲合，郎從何處歸？”鄭谷《席上贈歌者》：“花木樓臺近九衢，清歌妙舞倒金壺。座中亦有江南客，莫向春深唱《鷓鴣》。”

岐伯勸士

黃帝使岐伯作軍中樂，名《短簫鐃鼓》，所以建武揚德，風勸戰士。《周禮》所謂“王大捷，則令凱樂；軍大獻，則令凱歌”是也。

悲　姊

《杞梁妻》，樂府名。杞梁植妻之妹所作。梁植戰死，植妻嘆曰：“上則無父，中則無夫，下則無子。生人之苦至矣！”抗聲長哭，杞都城爲崩，投水而死。其妹悲其姊之貞操，乃爲作歌，名曰《杞梁妻》。

諷　兄

樂府有《上留田曲》。上留田，地名。其地人有父母死，兄不字其孤弟者。鄰人爲其弟作悲歌，以諷其兄，故曰《上留田》。

鴻鵠歌

漢高祖欲易太子，留侯爲畫計，厚禮隱士四人，以爲客從太子遊四人，年皆八十有餘，鬚眉皓白，衣冠甚偉。上目送之，召戚夫人指視之曰：“彼四人者，輔之羽翼已成，不可動矣。”戚夫人涕泣。上曰：“若爲我楚舞，吾爲若歌。”其詞曰：“鴻鵠高飛兮一舉千里，羽翼已就兮橫絶四海。橫絶四海兮又可奈何，雖有矰繳兮尚安所施？”歌闋，夫人歔欷，竟不易太子。

驪駒歌

樂府名。凡客欲行,歌此曲。

来雲往日

《洞冥記》:"建元二年,帝起騰光臺以望四遠,于臺上橫碧玉之鐘,掛懸黎之磬,吹霜條之篪,唱《来雲往日》之曲。"

離鷗游鴻

《離鷗》、《游鴻》,皆曲名。《文選》云:"嬰若離鷗鳴清池,翼若游鴻翔層崖。"

羽林郎

樂府有《羽林郎》詞。按漢武帝置羽林騎,又取從軍死事之子孫,養羽林宫,教以五兵,號"羽林孤兒"。羽林之名始此。

雁門守

《雁門太守》,乃樂府詞。東漢王涣爲袁州刺史,有惠政,民爲立祠歌之,而曰《雁門太守》,未詳其義。至梁簡文帝作此詞,則備言邊城征戰之事。

長門怨

漢武帝陳皇后擅權驕貴十餘年,無子,别在長門宫,愁悶思怨,聞司馬相如工文章,奉黄金百斤,令爲解愁之賦。相如爲作《長門賦》,帝見而傷之,復得親幸。後人因其賦而爲《長門怨》。按陳皇后即長公主嫖女阿嬌也。

常林歡

樂府名，江南人謂《情人歡》。故荆州有長林縣，蓋樂人誤以"長"爲"常"也。唐温庭筠詞："宜城酒熟花覆橋，沙晴乳鴨鳴咬咬。穠華繞舍麥如尾，幽軋鳴機雙燕巢。馬聲特特荆門道，蠻水楊花色如草。錦薦金爐夢正長，東家呷喔雞鳴早。"

步玄曲

西王母及上元夫人自彈雲林之瑟，歌《步玄》之曲。

步虛詞

樂府名，道家曲也。備言衆仙縹緲輕舉之意。

赤鳳來

《西京雜記》："賈佩蘭言在宫時，常以管絃歌舞相娱。十月五日，共入靈女廟吹笛擊筑，歌《上雲》之曲。既而相連臂，踏地爲節，歌《赤鳳來》。"

黄鸝留

陳後主耽于酒色，尤重聲樂，遣宫女習北方簫鼓。酒酣，則奏之。又于清樂中造《黄鸝留》及《玉樹後庭花》、《金釵》、《兩臂垂》等曲，與幸臣等製爲歌詞，綺麗相高，極于輕薄。男女唱和，其音甚哀。

武溪深

樂府笛曲也。馬援征南，作《援門客》，爰寄生善吹笛，令吹以和之。

巫山高

鼓吹曲名，言江淮水深，無梁可渡，臨水遥望巫山之高而已。又樂府有《蜀道難》詞，言銅梁玉壘之阻，亦喻人處世之難也。唐李白嘗作此詞，以斥嚴武。後陸暢又作《蜀道易》，以美韋皋。

明妃怨

言昭君嫁匈奴事。

莫愁樂

《古今樂録》：“《莫愁樂》出于《石城樂》。石城有女子名莫愁，善歌謡。且《石城樂》中有忘愁聲，因有此歌。其一曰：‘莫愁在何處，莫愁石城西。艇子打兩槳，催送莫愁來。’其二曰：‘聞歡下揚州，相送此山頭。探水抱腰看，江水斷不流。’”

玉階怨

即《班姬怨》也。樂府詞有“寄情在玉階”，故云。按班婕妤，彪之姑，況之女。初爲成帝所寵，後幸趙飛燕姊妹，婕妤自知見薄，求供養太后于長信宮，作賦及《紈扇詩》以自傷悼。後人哀之，而爲《婕妤怨》也。

金闕歌

韋昭《洞曆記》：“紂無道，比干知極諫必死，作《秣馬》、《金闕歌》。”

暮春歌

漢高祖得定陶戚姬，生趙隱王如意。惠帝立吕后爲皇太后，乃令永巷囚戚夫人，髡鉗衣赭，令春。戚夫人春且歌曰：“子爲王，母爲虜。終日春薄暮，常與死爲伍。相離三千里，當誰使告汝？”太后聞之，大怒曰：“乃欲倚汝子耶！”遂鴆殺趙王，斷戚夫人

468

手足,去眼熏耳,名曰人彘。

夜坐吟

樂府名,鮑昭作。言聽歌逐音,因音託意也。

大道曲

樂府名,言春郊車馬遊樂之盛。謝尚爲鎮西將軍,著紫羅襦,據胡牀,在市中佛國門樓上彈琵琶,作《大道曲》。市人不知是謝公也。又李白有《大隄曲》。

白紵歌

吳孫皓作。李白亦有此辭:"月寒江清夜沈沈,美人一笑千黄金。垂羅舞縠揚哀音,郢中白雪且莫吟。子夜吳歌動君心,動君心,冀君賞,願作天地雙鴛鴦,一朝飛去青雲上。"

黄葛篇

李白詞:"黄葛生洛谿,黄花自綿冪。青煙蔓長條,繚繞幾百尺。閨人費素手,採掇作締綌。"

楚妃嘆

樂府名。楚妃,楚莊王樊姬也。見《妃嬪》。

鶯 囀

唐高宗聞鶯聲,命樂工寫之,爲《春鶯囀》,蓋舞曲也。一曰虞世南作。

昔昔鹽

梁樂府有《夜夜曲》，傷獨處也。一名《昔昔鹽》。昔即夜也。

堂堂曲

隋樂府名。

牧犢撫琴

齊牧犢子七十無妻，見雌雄相隨，感之，撫琴而歌，作《雉朝飛》曲。

董逃歌

樂府有《董逃歌》，東漢遊童所作也。後有董卓作亂，卒以逃亡，後人習之以爲歌章，樂府奏之以爲炯戒。

吳趨曲

吳人言其地之美也。

楊叛兒

本童謠歌也。齊人女巫之子楊旻，少隨母入內，及長，爲太后所寵。童謠云“楊婆兒”，語訛，遂成《楊叛兒》。

胡騰兒

《錢起集》有《胡騰兒》詞，即今之《醉回回》舞也。

斌媚娘

唐太宗始召武氏爲才人，既見，賜號斌媚娘。後民間皆歌《斌媚娘》曲。

悲切子

唐武后朝，有一士人陷冤獄，籍其家妻，配入掖庭，善歌靡栗，乃撰《離別難》曲以寄情焉。初名《大郎神》，蓋取畏人第行也。既畏人知，號《悲切子》，終號《怨回鶻》云。

四時歌

晉有女子名子夜，造《子夜歌》，聲過哀苦。《樂府解題》：“後人改爲四時行樂之詞，造《子夜四時歌》。又有《子夜變歌》、《子夜擊歌》，皆曲之變也。《子夜歌》有十二首，其一：‘宿昔不梳頭，絲髮披兩肩。腕伸郎膝上，何處不可憐？’其二：‘始欲識郎時，兩心望如一。理絲入殘機，何寤不成匹？’”

百年歌

晉陸機作，言人生百年之苦樂也。

豫州歌

晉祖逖爲豫章刺史，百姓悦之，曰：“吾等老人矣，更得父母，死將何報？”乃作《豫州歌》。

伊州曲

《伊州商調曲》，西凉節度蓋嘉運所進也。其曲五首，前七言二絶，後五言三絶，入破五音。前七言三絶，後五言二絶商調，乃無射以凡字殺後入破，則無射羽林鍾也。名商角調，調借尺字殺，謂之側商。故王建曰：“側商調裏唱伊州。”又有《甘州曲》，甘州仙吕調曲，乃夷則羽也。凡大曲，就本宫調製引序慢近令，蓋度曲者常態。今甘州有曲，破有《八聲慢》，有令而有象《八聲甘州》歌者，乃是用其法于中吕調耳。其後毛文錫之徒增排遍云："按曲中繁聲，名爲入破，天寶樂章多以邊地爲名。若《凉州》、《甘州》、《伊州》之類，其曲遍繁聲，故爲入破。後其地盡爲西番所没，破其兆矣。又歌終更受其次，謂之度曲。"

金丹曲

《上雲樂》曲也，梁武帝所製。

銅鞮曲

襄陽白銅鞮歌，梁武帝所製，一曰《白銅蹄》。武帝爲雍州刺史時，有童謡云"襄陽白銅蹄"。及轉揚州，兒謡者言白銅蹄，言金蹄馬也。白，金色也。及興義之師，實以鐵騎，揚州之士皆面縛，故即位之後，更造新聲。唐李白詩："襄陽行樂處，歌舞《白銅鞮》。"宋查道詩："白銅鞮側花迷塢，解珮江邊柳拂青。"至今襄陽府有銅鞮坊，人多好唱《白銅鞮》詞。

平梁歌

後周于謹字思敬，平梁有功。周文帝令司樂作《常山公平梁歌》十首，使工人歌之。

還鄉曲

吴越王錢鏐遊衣錦軍，宴故老，作《還鄉曲》歌曰："三郎還鄉兮掛錦衣，父老遠來兮相追隨，吴越一主兮駟馬歸。"

鳳將雛

前漢車騎將軍沈充所作。

472

烏生子

樂府名。有烏生八九子,言烏母子本從南山巖石間而来,爲秦氏彈丸所殺,喻人生壽命各有定分,死生前後不足計也。一名《城上烏》。

荔枝香

唐天寶十四載,楊妃誕辰。上令梨園小部音聲於長生殿,奏新曲,未有名。會南海進荔枝,因名曲爲《荔枝香》。

章洪德

《將進酒》曲,漢鼓吹曲名,魏謂之《平關中》,吳謂之《章洪德》,晉謂之《因時運》,梁謂之《石首局》,齊謂之《破侯景》,周謂之《取巴蜀》。至李白所擬,直勸岑夫子、丹丘生飲耳。李賀深于樂府,至作此詞,亦曰"琉璃鍾,琥珀濃"云。

輕薄篇

樂府歌辭,言輕薄子乘肥馬,衣輕裘,馳逐經過以爲樂也。

欸乃曲

唐元積逢春水行舟不進,作《欸乃曲》。今舟子唱之,以取適于道路也。欸乃,棹歌聲。

朗月行

劉宋鮑昭作,叙佳人對月弄清絃也。

落日歌

劉宋沈攸之作。一曰《白日歌》，其歌云“白日落西山”。

懊儂曲

《古今樂録》：“《懊儂歌》，晉石崇妾緑珠所作。歌云：‘絲布澀難縫，令儂十指穿。黄牛細犢車，游戲出孟津。’”

從軍行

唐令狐楚作：“胡風千里驚，漢月五更明。縱有還家夢，猶聞出塞聲。”

丁督護歌

宋《樂志》：“《督護歌》者，彭城内史徐達之爲魯軌所殺，宋高祖使府内直督護丁旴收斂殯埋。達之妻，高祖長女也，呼旴至閣下，自問殯送之事。每問，輒嘆息曰‘丁督護’，其聲哀切。後人因爲廣其曲焉，曲曰：‘黄河流無極，洛陽數千里。轗軻戎旅間，何由見新子？’”

吕將軍歌

唐李長吉有《吕將軍歌》：“榼榼銀龜摇白馬，傅粉女郎天下無。”按吕將軍，吕布也。（以上卷一百六十）

扶風歌

晉劉琨作，傷行役在外，離別之久也。其詞曰：“惟有李騫期，寄在匈奴庭。忠信反獲罪，漢武不見明。”

霓裳曲

樂史《太真外傳》："《霓裳羽衣曲》者，是玄宗登三鄉驛，望女几山所作也。故劉禹錫詩：'開元天子萬事足，惟惜當時光景促。三鄉驛上望僊山，歸作《霓裳羽衣曲》。僊心從此在瑤池，三分八景相追隨。天子忽乘白雲去，世間空有《秋風》詩。'又白樂天詩注：'此曲乃開元中西涼節度使楊敬述所造。'鄭愚《陽津門》詩注：'葉法善嘗引上入月宫，聞僊樂，及歸，但記其半，遂以宫中笛寫之。會楊敬述進《婆羅門曲》，與其聲調相符，遂以月中所聞爲散序，用敬述所進爲其腔，而名《霓裳羽衣曲》。'一説上與羅公遠望，夜遊月宫，聆天樂，名《紫雲曲》。上默記其聲，歸而作此曲。後安禄山以燕叛，此曲遂亡。唐人詩云：'漁陽鞞鼓動地來，驚破《霓裳羽衣曲》。'"

櫂女謳

舟人歌也。宫中以女行舟。

遊女曲

樂府詞："當年少歌舞，遊女笑相迎。"

長相思

樂府名，言行人久役而有所思也。宋林君復《惜別長相思》詞云："吳山青，越山青，兩岸青山相送迎，誰知離別情？君淚盈，妾淚盈，羅帶同心結未成，江頭潮已平。"康伯可《西湖長相思》："南高峰，北高峰，一片湖光煙靄中，春來愁殺儂。郎意濃，妾意濃，油壁車輕郎馬驄，相逢九里松。"馮延已《春閨長相思》："紅滿枝，緑滿枝，宿雨懨懨睡起遲，閒庭花影移。憶歸期，數歸期，夢見雖多相見稀，相逢知幾時？"

古別離

漢李陵詩："良時不可再，離別在須臾。"故後人擬之爲《古別離》也。後又有《長別離》、《遠別離》、《新別離》、《暗別離》、《潛別離》、《苦別離》等曲。

善哉行

樂府名，言人生適意行樂之事也。

悲哉行

樂府名，乃客遊感物憂思而作也。

戰城南

《前漢志》："樂府有《悲翁戰城南》曲。"

望江南

長短句小詞也。唐李衛公德裕爲亡妓謝秋娘製。白居易因爲二篇，其一曰："江南好，風景舊曾諳。日出江花紅勝火，春來江水綠如藍，能不憶江南？"按《望江南》即唐法曲《獻仙音》也，但法曲凡三疊，望江南止兩疊耳。

黃鵠歌

漢元始元年，黃鵠下太液池，帝乃歌以爲瑞。

白馬篇

曹植所作歌詞也，言邊塞征戰之事。

猛虎行

樂府名，言人遠役，當以耿介自持，不以艱險改節也。

476

鳴雁行

樂府名。雁随陽鳥，似婦人從夫，故婚禮用雁。

桑條歌

唐太史迦葉志忠上《桑條歌》十二篇，言后當受命，曰："昔高祖時天下歌《桃李》，太宗時歌《秦王破陣》，高宗時歌《堂堂》，太后時歌《武媚娘》。后今受命，歌《桑條》。"盖后妃之德，專蠶桑供宗廟事也。按后乃中宗后韋氏也，則天廢后爲庶人，今復立爲皇后。

竹枝詞

唐劉禹錫貶朗州司馬，州接夜郎，風俗陋甚，家喜巫鬼，每祀，歌《竹枝》。禹錫以爲屈原居湘沅間，作《九歌》，使楚人以迎送神，乃依其聲，作《竹枝》新詞十餘篇，使里中小兒歌之。本名《巴渝歌》也。

塘上行

樂府名，嘆以讒見棄也。又言婦人衰老失寵，行于塘上，而爲此歌也。魏明帝后甄氏，中山無極人，爲郭嬪譖，賜死，臨終作《塘上行》。

齊謳行

備言齊地之美，亦欲使人推分，不可妄有所營也。梁元帝《纂要》："齊歌曰謳，吳歌曰歈，楚歌曰艷，淫歌曰哇。又有清歌、高歌、安歌、長歌、浩歌、雅歌、酣歌。振旅而歌曰凱歌，堂上奏樂而歌曰登歌，亦曰升歌。"又《韓詩章句》："有章曲曰歌，無章曲曰謠。"

燕歌行

言良人行役于燕而爲此曲也。

倚樓曲

唐玄宗初自蜀回,夜登勤政樓,倚欄南望,煙月滿目,歌曰:"庭前琪樹已堪攀,塞北征人尚未還。"蓋盧思道詩也。歌畢,里中隱隱如有歌者,上謂高力士曰:"得非梨園舊人乎? 爲我訪來。"翌日,力士求于里中,召至,果是舊人。其夜復乘月登樓,左右惟力士及故妃子侍者紅桃在焉。遂命其人歌《凉州》。《凉州》即貴妃所製。上親御玉笛,爲《倚樓曲》,曲罷,無不掩泣。因廣其曲,傳于人間。

傾盃曲

唐太宗貞觀中宴,長孫無忌造《傾盃曲》。一説宣宗善吹蘆管,自製此曲。

迴波樂

唐中宗嘗内宴羣臣,引流泛觴,皆歌《迴波樂》曲。

杜韋娘

《杜韋娘》,曲名。劉禹錫詩:"春風一曲《杜韋娘》。"

何滿子

白樂天曰:"滄洲人姓何,名滿,開元中犯罪繫獄,撰此曲。鞫獄者慜之,爲奏明皇,不許,竟坐之。故曲名《何滿子》。"唐張祜《宮詞》云:"故國三千里,深宮二十年。一聲《何滿子》,雙淚落君前。"

江南弄

梁武帝《江南弄》:"衆花雜色滿上林,舒芳耀彩垂輕陰,連手躞蹀舞春心。舞春心,臨歲腴,中人望,獨踟躕。"一説《江南弄》即《採菱》、《採蓮歌》也。

478

隴西行

《隴西行》，本言婦人有容色，善主中饋承賓客也。梁簡文帝則言："隴西戰地征戰辛苦，佳人怨思而作。"

上郡歌

樂府詞。漢時馮野王爲上郡太守。其後，弟馮立亦陟西河上郡，其爲郡公廉，與野王相似，民乃歌之，曰《上郡歌》。

小梁州

賈逵曰："梁米出于蜀漢，香美逾于諸梁，號曰竹根黃，梁州得名以此。秦地之西燉煌之間亦產梁米，土沃類蜀，故號小梁州。曲名《小梁州》，爲西音也。"

新涼州

涼州正宮調曲。開元中，西涼府都督郭知運所進。中有大遍、小遍，前後各七言二絕，中五言一絕。寧王憲聞其音，謂上曰："音始于宮，散于商，成于角、徵、羽。斯曲也，君卑逼下，臣僭犯上，恐有播遷之禍。"及安史亂，世思憲審音先見云。貞元初，康崑崙翻入琵琶，以合諸樂，謂之《新涼州》。

千秋樂

唐玄宗以誕日宴百僚于花萼樓下，作《千秋樂》。

萬歲樂

《鳥歌萬歲樂》，武后所造也。鸚鵡能言，嶺南秦吉了鳥亦能之。后喜其能諧，和以高平調，奏之，蓋姑洗爲壽星之次也。明皇分爲二部，堂上立奏，謂之立部伎，其曲最多。堂上坐奏，謂之坐部伎，則僅六曲耳，而此曲居其四焉。又有《河西長命女曲》，亦用高平調。憲宗元和八年十月，劉弘去鳥歌，改入黄鐘正宫調，號《聖朝萬歲樂》。

苦熱行

樂府詞，備言流金鑠石、火山炎海之艱難也。若鮑昭則言"南方瘴癘之地，盡力征伐而賞之太薄也"。

悼念貴妃

唐明皇幸蜀，初入斜谷，霖雨彌旬，棧道中聞鈴聲，帝方悼念貴妃，採其聲爲《雨霖鈴》曲，以寄恨焉。時梨園子弟唯張野狐一人善觱篥，因使吹之，遂以傳世。

水調歌

《明皇雜録》："上于興慶宫西南起花萼相輝樓，與諸王遊處。禄山犯順，議欲遷幸，置酒樓上，命作樂。有進《水調歌》曰：'山川滿目淚沾衣，富貴榮華能幾時。不見只今汾水上，惟有年年秋雁飛。'上問誰爲此，對曰：'李嶠。'上曰：'真才子也。'遂不終飲而去。"按《水調歌》者，以羽調屬水，故名。此調乃隋煬帝幸江都時所製，聲韻悲切。樂工王令言謂其弟子曰："慎毋從行。此羽調有宫聲。宫，君也。宫聲往而不返，大駕不復回矣。"果如其言。

劉　生

樂府名。劉生，不知何代人，齊、梁已來皆稱其任俠豪放，周遊五陵三秦之地。或云抱劍專征，爲符節官。唐楊炯《劉生詞》云："卿家本六郡，年長入三秦。白璧酬知己，黄金謝主人。劍鋒生赤電，馬足起紅塵。日暮歌鐘發，喧喧動四鄰。"

菩薩蠻

唐南蠻婦人學佛成者，號菩薩，危髻金冠，瓔珞被體。宣宗大中時入貢，帝見之，遂好唱《菩薩蠻》小詞。李白詞云："平林漠漠煙如織，寒山一帶傷心碧。暝色入高樓，有人樓上愁。玉階空佇立，宿鳥歸飛急。何處是歸程？長亭更短亭。"

憶秦娥

秦娥，世傳穆公女弄玉得仙，吹簫乘鸞而去。唐都秦地，妃主慕之，多爲女道士者，如開元中金仙、玉真二公主是也。李白秋思《憶秦娥》詞：“簫聲咽，秦娥夢斷秦樓月。秦樓月，年年柳色，灞陵傷別。樂遊原上清秋節，咸陽古道音塵絶。音塵絶，西風殘照，漢家陵闕。”此詞一名《秦樓月》。

雞鳴高樹巔

樂府曲名。其詞曰：“雞鳴高樹巔，犬吠深宮裏。蕩子何所之？天下太平矣。”

飲馬長城窟行

樂府詞，言征戍之客至于長城而飲其馬，婦人思念之，故作是曲也。一曰傷良人遊蕩不歸，一曰言秦人苦長城之役也。

結客少年塲行

樂府詞，言輕生重義，慷慨以立功名也。一説言少年時結交任俠之客，爲游樂之塲，終于無成，故作此曲。

獨不見

樂府名，言思人而不得見也。

有所思

鼓吹曲名，言離別之思也。唐盧仝有此詞。

思公子

樂府歌，取《楚辭》"思公子兮徒離憂"意。

憶王孫

樂府名。秦少游《春景憶王孫詞》："萋萋芳草憶王孫，柳外高樓空斷魂，杜宇聲聲不忍聞。欲黃昏，雨打梨花深閉門。"又樂有《怨王孫》、《哀王孫》曲。

鳳　翼

樂府有《鳳翼龍鱗歌》曰："鳳有翼，龍有鱗，君不獨理，必須賢臣。"

鳥　聲

《中朝故事》："驪山多飛鳥，名阿濫堆。唐明皇採其聲爲曲。張祐詩云：'紅樹蕭蕭閣半開，玉皇曾幸此宮來。至今風俗驪山下，村笛又吹《阿濫堆》。'"按《阿濫堆》又名《阿𤬜迴》，又名《鷄爛堆》。（以上卷一百六十一）

箜　篌

吳兢《解題》："漢武帝祠太乙后土，令樂人侯調依琴作坎，侯言其坎坎應節也。又因其姓侯，故名坎侯，後訛爲'箜篌'。"《樂府録》："箜篌乃鄭、衛之音，以其爲亡國之聲，故號空國之侯。其制二十有四弦，一曰有二十五弦。"或曰《箜篌》師延所作，靡靡之樂出桑間濮上之地，師涓爲晉平公鼓焉。鄭、衛分其地而有之，遂號鄭、衛之音。漢明帝好胡服，作《胡箜篌》。

箜篌引

古樂府名，即《公無渡河》曲也。朝鮮津卒霍里子高妻麗玉所作也。子高晨起刺船，有一白首狂夫，被髮提壺，亂流而渡。其妻隨呼止之，不及，遂溺死。其妻乃援箜

482

篌而歌曰："公無渡河，公竟渡河！墮河而死，將奈公何？"聲甚悽愴，曲終，亦投河死。子高以語其妻麗玉，麗玉乃引箜篌以寫其聲，因以其聲傳鄰女麗容，名曰《箜篌引》。（以上卷一百六十二）

郝 敬

郝敬（1558—1639）字仲輿，號楚望。明京山（今屬湖北）人。明末學者。幼稱"神童"。曾殺人，被下獄，賴其父請人援救獲釋，始折節讀書。萬曆十七年（1589）進士。歷縉雲、永嘉知縣，並有能聲。累遷戶部給事中。以劾稅監陳增不法，又劾輔臣趙志皋謀國不忠，降爲宜興縣丞。移知江陰，考核時定其爲下下等，再降，乃棄官歸里，杜門著書。除注解經書外，還著有《小山草》、《時習新知》、《談經》、《史記瑣瑣》、《藝圃傖談》等。其《藝圃傖談》四卷爲明代頗有影響的詩學專著，卷一論古詩，卷二論辭賦、樂府，卷三論唐詩，卷四論雜文、閑語等。所見與時論多有不同，亦成一家之言。

本書資料據明末郝洪範刊《山草堂集》本《藝圃傖談》。

《藝圃傖談》（節錄）

詩書異體，傳記叙事，與風雅殊。然叙事用韻，傳記多有之。而繁冗沓雜，"六義"未備，不可以爲詩。自近體興，溫厚氣散，並有韻之文，一切收以爲詩矣。衆體雜糅，則雅鄭混淆。故凡詩斷然以四五言莊重溫厚爲雅，五言而後，不可復加矣。加則淫，淫則鄭。天地之氣，過則淫，自然之理也。

詩與文異。文主義，詩主聲。文體直，詩體婉。文之辭即志，詩之志或非辭。文有正志，無反辭；詩無邪思，有旁聲。《三百五篇》，事本各據，而引伸推類，援古證今。四隅旁魄，無往不合。"巧笑"、"素絢"，本詠美色，而關乎文質之序。"切磋"、"琢磨"，本美賢侯，而合於貧富之理。故詩之爲言也，非按事切理可以尋討者也。是以聖人難言詩。

詩者，文之有聲韻者也。文主理，故貴明切。詩王聲，故貴溫厚。詩不厭浮靡。文浮靡，斯不足貴矣。詩微婉，文可直發。詩不厭譎，文嫌吊詭，所以異耳。故詩有不可理求者，而理自在，非謂詩皆不主理也。

古詩有歌行，行與興同。所謂詩可以興者也。魏武《短歌行》四言，一代新聲，截取《鹿鳴》首章四句，湊成急響，所以爲短歌。大都曹瞞，風氣豪上，所謂由之瑟也，辭人學此不韻，另置一格論。如王敦、桓溫，不是清談客。（以上卷一）

詩樂本非二。自漢有鼓吹鐃歌，而樂府遂爲新聲，與古詩別矣。後世擬樂府者，或爲古詩。擬古詩者，又不同樂府。今選古詩，則不當混入樂府；專論樂府，不當混入古詩。

唐人借樂府題目，寫自己胸臆，實非樂府也。但可謂之唐人歌行之近體耳。濫觴於漢，彌漫於六朝。鮑明遠《行路難》諸作，潰爲洪流。唐李白《蜀道難》、《天姥吟》等作，達滔天矣。

以樂府鼓吹題目作古詩，則鼓吹皆古詩也。古詩爲妖冶煩促之音，即古詩皆樂府也。今人別樂府爲一體，以漢鼓吹爲宗，專寫男女呢情，承訛習迷，莫知所起。雅、鄭所以不分也。若但用樂府之目，不習樂府之聲。用樂府之聲，實非樂府之志，即《鄭風》何嘗不與《三百篇》同弦歌乎！晉以後郊廟鼓吹，如此者多，而論者不取。反以《清商》、《子夜讀曲》爲佳篇，風雅所以淪胥耳。

古詩辭氣平雅，所以爲登歌；後世樂府急促，所以爲鼓吹。故《清商》等曲，不得不爲妖哇悲切之音，不得不爲歡儂俚俗之語。舍男女之情，無可寄託，所以爲鄭聲也。（以上卷二）

趙宧光

趙宧光(1559—1625)字凡夫，又字水臣，號廣平。長期隱居寒山，又號寒山子。明太倉(今屬江蘇)人。精通文字學，工詩文，尤工書，在篆書中摻入草書筆意，開“草篆”先河。其篆書堪稱一精，志趣不凡，被人稱爲“高士”。平生著書數十種，主要有《説文長箋》、《六書長箋》、《寒山帚談》、《牒草》、《寒山蔓草》、《寒山集》、《刻符經》、《動草篆》、《彈雅》等。其《彈雅》十八卷，論詩歌的雅俗、聲調、格制、取材、聲韻、流派等重要問題，有明確的論詩宗旨，在理論上亦多有獨特見解，是具有相當系統性與理論性的詩學著作。

本書資料據首都圖書館藏明末刊十八卷本《彈雅》。

《彈雅》(節錄)

古、律諸詩，雖各有定體，然以古爲律者失之過，以律爲古者失之不及。唐人長於律而短于古，既多以古爲律，又多以律爲古也。許氏以輕浮綺靡之詞爲宮體，余則以爲，此獨指梁簡文及庾肩吾則可，概稱宮體則不可，宮體須以莊麗嚴律者當之。惜乎不必皆然，徒設其當然之法。

484

弇州論古樂府曰：先詩而後聲。詩叙事，聲成文，使志盡於詩，音盡于曲云云。余改定之曰：先叙而後歌。叙叙意，歌成聲，使意盡於叙，聲盡於歌。方能裁音而成曲。（以上《格制三下》）

詞曲於詩，如金如石，如烏頭附子，苟不起死回生，入咽命絶矣。詞調取音不取義，故曲於詩，同出而異用，詞失則廢。詩失猶成。嗟乎！禮失求野，其詩與詞之謂乎！詞調用字，陰陽上去絲毫不犯，況平仄噓吸而可亂厠乎？詩家以影響揣模，猶自謂推敲聲律者，可以愧死矣。故曰如金如石。至若詞曲，當家好處，不過淫哇口吻，偶然進之乎詩，出詞吐氣，無比匡，是則不得其力而毒已灌心，故曰烏頭附子，非過論也。（《取材四上》）

何宗彦

何宗彦（1559—1624）字君美，號崑柱。明金溪（今屬江西）人。萬曆二十三年（1595）進士。爲官清廉，遇事能以大局爲重，多次直言進諫，在廷臣中聲望日高。官至吏部尚書兼東閣大學士。卒於官，贈太傅，謚文毅。著有《何文毅公集》、《春曹疏草》。

本書資料據四庫全書本《明文海》。

《王文肅公文草》序（節録）

夫舘閣，文章之府也。其職顯，故其體裁辨，其制嚴，故不敢自放於規矩繩墨之外以炫其奇。國初以來，鴻篇傑搆，映帶簡册間，猗與盛矣！嘉靖末季，操觚之士嘐嘐慕古，高視濶步，以詞林爲易與？然間讀其著述，大都取酉藏汲冢，先秦兩漢之唾餘，句摹而字敩之，色澤雖肖，神理亡矣，而況交相剽竊，類已陳之芻狗乎！夫古之作者，豈其置酉藏汲冢、先秦兩漢之書不讀，而行文之時不襲前人一語者？理本日新，秀當夕啓。規規然爲文苑之優孟，哲匠耻之。以故二十年來，前此標榜爲詞人者，率爲後進窺破，詞林中又多卓然自立，於是文章之價復歸舘閣。（卷二百五十三）

袁宗道

袁宗道（1560—1600）字伯修，號玉蟠，又號石浦。明公安（今屬湖北）人。與弟宏道、中道並稱“三袁”。萬曆十四年（1586）會試第一，殿試二甲第一名進士，次年任翰林院編修，授庶吉士。官至右庶子。在復古派極盛一時的情況下，獨推白居易、蘇軾，書齋亦取名爲"白蘇齋",成爲公安派的代表人物之一。其文學主張,抨擊前後"七子",反對承襲,主張通變;主張獨抒性靈,不拘格套;推重民歌小説,提倡通俗文學。其詩文多是有感而發、率真自然,但和袁宏道一樣,存在内容貧乏的缺點。著有《白蘇齋類集》,另有雜劇二種及詞若干,已佚。

本書資料據上海古籍出版社 2007 年版《白蘇齋類集》。

刻《文章辨體》序

蓋古所稱經國大業,不朽盛事也者,其惟文章乎! 故機泄于龜馬,基造於《墳》、《索》,此語文章之始也;摛藻則天壤爲光,抒情則丘陵生韻,此語文章之用也,而未及其體。今夫治室者,廟與寢異,寢與堂異;而廟、寢、堂之中,桷與榱異,節與梲異。彼各有體焉,梓人固不得匠意而運也。而矧夫所稱經國大業,不朽盛事也者乎! 吾姑置庖犧以前弗論,論章章較著者,則莫如《詩》、《書》。乃騷、賦、樂府、古歌行、近體之類,則源於《詩》;詔、檄、牋、疏、狀、志之類,則源於《書》。源於《詩》者,不得類《書》;源於《書》者,不得類《詩》。此猶廟之異寢,寢之異堂,其體相離,尚易辨也。至於騷、賦不得類樂府,歌行不得類近體,詔不得類檄,牋不得類疏,狀不得類志,此猶桷之異榱,梲之異節也。其體相離亦相近,不可不辨也。至若諸體之中,尊卑殊分,禧祲殊情,朝野殊態,遐邇殊用,疏數煩簡異宜,此猶榱桷節梲之因時修短狹廣也。其體最相近,最易失真,不可不辨也。故夫不深惟其體,而以臆爲之,則《漁父》、《卜居》之精遠,《阿房》、《赤壁》之宏奇,見爲失騷賦體。"落霞孤鶩"之篇,見爲傷俳;"黄鶴"、"白雲"之句,見爲似古,而況夫他之樸樕者乎! 今天下人握夜光,家抱連城,類憚於結撰,傳景輒鳴。自鑿一堂,狠云獨喻千古;全捨津筏,狠云憑陵百代。而古人體裁,一切弁髦,而不知破規非圓,削矩非方。即令沉思出寰宇之外,醞釀在象數之先,終屬師心,愈遠本色矣。則吳公《文章辨體》之刻也,烏可以已哉! 抑不佞聞之,胡寬營新豐,至雞犬各識其家,而終非真新豐也。優人效孫叔敖,抵掌驚楚王,而終非真叔敖也。豈非抱形似而失真境,泥皮相而遺神情者乎! 兹集所編,言人人殊,莫不有古人不可湮滅之精神在,豈徒具體者。後之人有能紹明作者之意,修古人之體,而務自發其精神,勿離勿合,亦近亦遠,庶幾哉深於文體,而亦雅不悖輯者本旨,是在來者矣,是在來者矣!(卷七)

徐復祚

徐復祚(1560—1630)原名篤儒,字陽初,後改訥川,號暮竹,別署陽初子、破慳道人、忍辱頭陀、三家村老、休休生、洛浦生。明常熟(今屬江蘇)人。明代戲曲作家、理論家。擅詞曲，曾受張鳳翼指點曲學。出身世家大族，係大司空徐栻之孫。青年時從師王嘉賓，讀書於"花當閣"。萬曆十三年(1585)，赴京應試，受人攻擊，遭訟事多年。爲此憤世嫉俗，回故里潛心著作。其戲曲作品今存有傳奇三種，即《紅梨記》、《投梭記》、《宵光劍》。雜劇今存《一文錢》，對當時社會上的守財奴，予以諷刺嘲笑。另著有《三家村老委談》三十六卷，又稱《花當閣叢談》，內容主要記載明代掌故，但也有一部分涉及戲曲，被鄧實輯錄於《何元朗徐陽初曲論》。後人又據鄧輯本把徐復祚論曲部分分開，獨立成卷稱《曲論》，主要內容爲作家作品論，評論中貫穿他的創作主張，極力鼓吹戲曲的本色當行。徐復祚還著有《徐陽初小令集》(散曲集)，錢謙益評論他的小令，認爲可以和高則誠相比。在音律方面，他深受沈璟格律論影響，輯有戲曲選集《南北詞廣韻選》。

本書資料據中國戲劇出版社 1959 年《中國古典戲曲論著集成》本《曲論》。

《曲論》(節錄)

尋宮數調，東嘉已自拈出，無庸再議。但詩有詩韻，曲有曲韻：詩韻則沈隱侯之四聲，自唐至今，學人韻士兢兢守如三尺，罔敢逾越；曲韻則周德清之《中原音韻》，元人無不宗之。曲之不可用詩韻，亦猶詩之不敢用曲韻也。假如今有詩人於此，取上平十三元一韻，以元、軒、冕等字與先韻叶，以昆、溫、門、孫等字與真韻叶，以煩、幡、潘、藩等字與寒、刪二韻叶，不幾笑破人口乎？何至於曲，而獨可通融假借也？且不用韻，又奚難作焉？今以東嘉《瑞鶴仙》一闋言之：首句火字，又下和字，歌麻韻也；中間馬、化、下三字，家麻韻也；日字，齊微韻也；旨字，支思韻也；也字，車遮韻也。一闋通止八句，而用五韻。假如今人作一律詩而用此五韻，成何格律乎？吟咀在口，堪聽乎？不堪聽乎？通本不出韻乎，寂寂不可多得，"飛絮沾衣"外，"簾幕風柔"止出一韻(末句"謀"字)，"綠成陰"，"玳筵開處"，"思量那日"，四五套而已矣，若其使事，大有謬處，《叨叨令》末句云"好一似小秦王三跳澗"，《鮑老催》句"畫堂中富貴如金谷"，不應伯喈時已有唐文皇、石季倫也，《賞荷》出內《燒夜香》末句云"卷起簾兒，明月正上"，明明是夜景矣，何以下《梁州序》云"晝長人靜好清閒，忽被棋聲驚晝眠"？又第四闋內"柳陰中忽噪新蟬，見流螢飛來庭院"，蟬聲不應與螢火並出。或人曲護其短，乃曰："此通一日而言"。此大不通之論。一日之間，自有定序，從早而午，從午而暮，未有早而倏暮，暮又午也。或又以《賞荷》、《賞月》俱非東嘉作，乃朱教諭增入。朱教諭，吾不知其人；《賞荷》之出其手，有之。《賞荷》之"楚天過雨"，雄奇艷麗，千古傑作，非東嘉誰能辦此？《埽松》而後，粗鄙不足觀，豈強弩之末力耶？抑真朱教諭所補耶？真狗尾矣！內有伯嗟奔喪《朝元令》四闋，調頗叶，吳江沈先生已辨其非矣。故余以爲東嘉之作，斷斷自《埽松》折止，後俱不似其筆。王弇州一代宗匠，文章之無定品者，經其品題，便可折衷，然於詞曲不甚當行。其論《琵琶》也，曰："則誠所以冠絕諸劇者，不惟琢句之工，使事之美而已。其體貼人情，委曲必盡；描寫物態，仿佛如生；問答之際，了無捏造，所以佳耳。至於腔調微有未諧，譬如見鐘、王跡，不得其合處，當精思以求詣，不當執末以議本也。"夫"作曲先要明腔，後要識譜，切記忌有傷於音律"，此丹丘先生之言也。腔調未諧，音律何在？若謂不當執末以議本，則將抹殺譜板，全取詞華而已乎？

梅禹金，宣城人，作爲《玉合記》，士林爭購之，紙爲之貴。曾寄余，余讀之，不解也。傳奇之體，要在使田畯紅女聞之而趯然喜，悚然懼；若徒逞其博洽，使聞者不解爲何語，何異對驢而彈琴乎？昔翟資政巽喜作才語，雖對使令亦然。有庖者藝頗精，翟每向同官稱之。後稍懈，衆以嘲翟，翟呼使數之曰："汝以刀匕微能，數見稱賞，而敢疎嫚若此，使衆人以責膳夫之罪，還責汝主，於汝安乎？"左右皆匿笑，而庖者竟不解作何語。余謂：若歌《玉合》於筵前臺畔，無論田畯紅女，即學士大夫，能解作何語者幾人哉！徐彥伯爲文，以鳳閣爲"鸝門"，龍門爲"虯户"，當時號"澀體"。樊宗師《絳州記》，至不可句讀。文章且不可澀，況樂府出於優伶之口，入於當筵之耳，不遑使反，何暇思維，而可澀乎哉！濫觴於虛舟，決堤於禹金，至近日之《箜篌》而滔滔極矣。禹金旋亦自悔，作《長命樓》，自謂："調歸宮矣，韻諧音矣，意不必使老嫗都解，而亦不必傲士大夫以所不知。"余尤以爲未盡然也，《玉合記》《榴花泣》第二闋内有句云："離腸根觸斷無些"。自音云："根，音橙"。不知所出，亦不能解。一日觀山谷詩云："莫若囂號驚四鄰，推床破面振觸人。"然後知"根"當作"振"，從手，不從木，音撑。振觸，見《涅槃經》，山谷用之詩，已自僻澀，禹金乃用之作曲。然則三藐、三菩提，盡曲料耶？此體最易驚俗眼，亦最壞曲體，必不可學。

《題紅》，王伯良驥德作。伯良，屠長卿之友，長卿深許可之，謂："事固奇矣，詞亦斐然。"今觀其詞，使事向於禹金，風格不及伯起，其在季、孟之間乎？獨其結構如摶沙，開闔照應，了無綫索，每於緊處散緩，是又大不如伯起者也。至其自序《題紅》，則曰："周德清《中原音韻》，元人用之甚嚴，自《拜月》、《伯喈》始決其藩。傳中惟齊微之於支思，先天之於寒山、桓歡，沿習已久，聊復通用；庚青之於真文，廉纖之於先天間借一二字偶用；他韻不敢混用一字。至北調諸曲，不敢借用，以北體更嚴，存古典刑也。"夫《琵琶》出韻，是誠有之，《拜月》何嘗出韻？且二傳佳處不學，獨學其出韻，此何説也？此何説也？若曰嚴於北而寬於南，尤屬可笑。曲有南北，韻亦有南北乎？袁西野有一《清江引》，專誚不用韻作曲者，云："沈約近來憔悴損，打不開糊塗陣。五言一小詞，四句押三韻。提來到口邊頭煞力子忍。"

488

區大相

區大相(?—1614)字用孺。明高明(今屬廣東)人。萬曆十七年(1589)進士。授檢討,同修國史,掌制誥、文書十五載。不願巴結權貴,稱病辭官歸里。爲文有齊氣,援筆數千言。一生致力於詩歌,詩律板嚴,在廣州建"珂林詩社"。其詩反映民生國計,盡去浮靡習氣,爲明代嶺南詩家之最。有《區太史文集》、《太史詩集》、《圖南集》、《濠上集》、《制誥館課雜文》等。

本書資料據清雍正刊本《區太史文集》。

潘象安詩序(節録)

夫詩者本乎情,麗景成聲斯謂之詩。"風"、"雅"以還,迨乎魏、晉,體製代變。有唐近體,異其制而襲其情,猶風人之遺焉。明興,弘正間力驅宋、元,還之古始,合者什一。近世求多於古,自用我法,未免恣睢於情之中,而決裂於格之外。(卷五)

許學夷

許學夷(1563—1633)字伯清。明江陰(今屬江蘇)人。布衣。淡泊名利,精文史。自小學詩,《詩經》、《楚辭》、古今諸詩,無不探索而溯其源。有《伯清詩集》等。所著《詩源辯體》三十六卷,總計九百五十六則,所論起於《詩經》,迄於晚唐五代,計周、楚、漢、魏、宋、齊、梁、陳、隋、五代各一卷,晉二卷,初唐、晚唐各三卷,盛唐五卷,中唐十卷,總論三卷。各卷或數則或數十則不等。其後復采宋、元、明詩爲後集,並選輯其中論詩部分爲《後集纂要》二卷,一百五十九則。《詩源辯體》是一部辨析和追溯詩歌體製、風格源流的著作,是詩體研究的集大成之作;一方面表現了作者繼承漢儒傳統,積極主張"崇正"的觀念;另一方面,又揭示了"變體"的必然性;其對歷代詩評、詩選的批評,識見高超,持論客觀。

本書資料據人民文學出版社1987年版杜維沫校點本《詩源辯體》。

《詩源辯體》自序

仲尼曰:"中庸其至矣乎! 民鮮能久矣。"後進言詩,上述齊、梁,下稱晚季,於道爲不及；昌穀諸子，首推《郊祀》，次舉《鐃歌》，於道爲過；近袁氏、鍾氏出，欲背古師心，詭誕相尚，於道爲離。予《辯體》之作也，實有所懲云。嘗謂：詩有源流，體有正變，於篇首既論其要矣，就過不及而揆之，斯得其中。獨袁氏、鍾氏之説倡，而趨異厭常者不能無惑。漢、魏六朝，體有未備，而境有未臻，於法宜廣；自唐而後，體無弗備，而境無弗臻，於法宜守。論者謂"漢、魏不能爲《三百》，唐人不能爲漢、魏"，既不識通變之道，謂我明諸公"多法古人，不能自創自立"，此又論高而見淺，志遠而識疏耳。今觀夫百卉之榮也，華萼有常，而觀者無厭，然今之華萼，非昔之華萼也，使百卉幻形而爲榮，則其妖也甚矣。《易》曰："擬議以成其變化，神而明之，存乎其人。"嗚呼！安得起元瑞於地下而證予言乎！夫體製、聲調，詩之矩也，曰詞與意，貴作者自運焉。竊詞與意，斯謂之襲；法其體製，倣其聲調，未可謂之襲也。今凡體製、聲調類古者謂非真詩，將必俚語童言、纖思詭調而反爲真耳。且二氏既以師心爲尚矣，然於學漢、魏，學初、盛唐則力詆毀，學齊、梁、晚季，又深喜之。唐世修謂："拾古人久棄之唾餘，眩今人厭常之耳目，又未見其能師心也。"夫舉業求售於一時，而詩文定論於後世。歷考宋、元、國初，於長吉、張、王，蓋多有學之者，而後世泯焉無聞。即今日之所尚，而他日之定論可知。

是書起於萬曆癸巳，迄壬子，凡二十年稍成，計小論若干則，自《三百篇》至五季詩若干首。畏逸張上舍、味辛顧聘君見而惜之，爲予倡梓，一時諸友咸樂助之，乃先梓小論七百五十則。時湖海諸公已有竊爲己説者。後二十年，修飾者十之五，增益者十之三，諸家之詩，既先以體分，而又各以調相附，詳其音切，正其訛謬，而予之精力實盡於此。茲者館甥陳君俞爲予謀梓全集，而未有以繼之。昔虞仲翔言："使天下有一人知己，足以無恨。"今諸君知我，所得多於仲翔，予復何恨焉。倘予不即就木，庶幾復有所遇，使茲集全行，則風雅永存，千古是賴，豈直予一人之私德哉！

崇禎五年壬申，許學夷伯清更定，時年七十。

《詩源辯體》凡例共二十七條

一、此編以"辯體"爲名，非辯意也，辯意則近理學矣。故十九首"何不策高足"、"燕趙多佳人"等，莫非詩祖，而唐太宗《帝京篇》等，反不免爲綺靡矣。知此則可以觀是書。

一、《辯體》中論《三百篇》、《楚辭》、漢、魏、六朝、唐人詩，先舉其綱，次理其目，每卷多者七十餘則，少者二三則。然每則各具一旨，皆積久悟入而得，並未嘗有雷同重復者。學者以神合神，當一一領會，否則但見其冗雜繁蕪，而於精心獨得、次第聯絡之妙，漠然其不相入矣。今總計九百五十六則，懼後人刪削耳。

490

一、《辯體》中數語有十數見者，皆承上起下之詞，或爲各卷中綱領關鍵，非贅語也。《殷中軍》初視《維摩詰經》，疑"般若波羅蜜"太多，當作"三藐三菩提"，《世說》誤耳。後見《小品》，恨此語少。觀者宜各領略。

一、《辯體》中論漢、魏詩先總而後分，論初、盛、中唐詩先分而後總者，蓋漢、魏詩體渾淪，別無蹊徑，然要其終亦不免有異，故先總而後分；至唐人則蹊徑稍殊，體裁各別，然要其歸則又無不同，故先分而後總。若李、杜，則皆入於神；韋、柳，則交稱冲淡，故亦先總而後分。至元和、晚唐，則其派各出，厥體甚殊，故但分而不總也。元和、晚唐雖有總論，而非論共同也。

一、《辯體》中論漢、魏、六朝詩不言才力、造詣者，漢、魏雖有才而不露其才，六朝非無才而雕刻綺靡又不足以騁其才；漢、魏出於天成，本無造詣；而六朝雕刻綺靡，又不足以言造詣。故必至王、楊、盧、駱，始言才力；至沈、宋，始言造詣；至盛唐諸公，始言興趣耳。初唐非無興趣，至盛唐而興趣實遠。

一、《辯體》中論諸家詩，或稱名，或稱字，各從其最著者。若諸家論詩，或官名，或別號，或地名，而并隱其姓氏，非所以便後學也。

一、諸家說詩，多采竊舊聞，混爲己說，最爲可鄙。予此書凡所引說，必明標姓字，或文氣相疑，即以小註明之，庶無主客之嫌。後他書或與是書同者，當以是書爲本。

一、此编辯體小論，四十年十二易稿始成。或夜卧有得，即起書之；無燭，曉起書之，老病後不能手書，命姪輩代書。

一、此编漢、魏、六朝、初、盛、中、晚唐詩，惟録其姓氏顯著、撰論所及有關一代者，意欲學者熟讀淹貫，源流易明，不欲其總雜無倫，浩瀚難測耳。然漢、魏名家，篇什甚少，而六朝、唐人，篇什始多，故漢、魏名家，或一篇兩篇者，録之，而六朝、唐人，多至什百矣。

一、此编以辯體爲主，與選詩不同。故漢、魏、六朝、初、盛、中、晚唐，盛衰懸絶，今各録共時體，以識其變。其品第則於論中詳之。

一、此编凡漢、魏、六朝五七言不名古詩者，漢、魏、六朝初未有律，故不必名爲古也。五七言四句不名絶句者，漢、魏、六朝初未有絶句之名，唐律而後方有是名耳。故漢、魏而下止名五言、七言，而以四句各次其俊。陳、杜、沈、宋而後始分古、律，而各以絶句次律詩後也。

一、此编漢、魏、六朝詩，悉從《詩紀》纂録，唐人而下各從本集采取。如《品彙》所選極博，而於元和以後多失本相，不足以定論也。

一、此编所録，如趙壹、徐幹、陳琳、阮瑀五言，柏梁聯句及陸機、謝靈運、謝惠連七言，梁簡文、庾信、隋煬帝、杜審言七言八句，鮑照、劉孝威、梁簡文、庾信、江總、隋煬帝及王、盧、駱七言四句，沈君攸七言長句，非必盡佳。蓋徐、陳諸子既在七手之列，故五言稍能成篇，亦在不棄。柏梁爲七言之始。晉、宋間七言益少，存陸、謝以繼七言之派。梁簡文、庾信諸子，乃七言律之始，鮑照、劉孝威諸子，乃七言絶之始，君攸聲亦漸入於律，故皆不可缺耳。

一、諸家纂詩，樂府在詩之前，而予此編樂府次詩之後者，蓋漢人古詩實承國風，而曹、陸以下之詩，實承古詩，至於樂府，則體製不同，故不得不先詩而後樂府。永明而下，梁武而外始混録之者，于時樂府與詩實無少異，不必分録矣。

一、此編鮑照、謝朓、沈約、王融古詩漸入律體者録之，高適、孟浩然、李頎、儲光羲古詩雜用律體者不録。蓋鮑照諸公當變律之時，録之以識其變；高適諸公當復古之後，謂復古聲，非復古體也。黜之以塞其流。

一、此編凡六朝、唐人擬古等作不録。蓋此編以辯體爲主，擬古不足以辯諸家之體也。何晏、陶淵明擬古則録之者，何、陶借名擬古，而實非擬古也。說見淵明論中。

一、此編唐人詩惟李、社、高、岑、王維、錢、劉、韓、白諸體備録，餘則各録其所長。晚唐七言絶爲勝，即一二可采者亦録之。

一、此編或疑元和諸子纂録過多，不免變浮於正。然此編以辯體爲主，元和諸子，一一自立門户，既未可缺，其篇什恒數倍於初、盛，則又不可少，正欲學者窮極其變，始知反正耳。

一、唐人諸體編次，先五言古，次七言古，次五言律，次五言排律，次七言律，次五言絶，次七言絶。初唐，太宗、虞、魏及王、楊、盧、駱五言八句與長篇混録又先於七言古者，蓋于時五言古、律混淆，未可定指爲律也。

一、此編所録諸家詩，既先以五七言古、律、絶分次，而於諸體又各以體製、音調類從，註見諸家各體前，其有未註者，當以類推。

一、此編諸家怪惡之句既引入論中，而全篇有鄙拙及僞撰者，則雙行附見，學者苟能一一分別，自然悟入。

一、此編唐人惟六言及七言排律不録，非正體也。

一、詩中訛字，選校者見諸本皆同，莫敢致疑，終誤千古，今亦不敢遽改，但於某句下註“誤”、於某字下註“疑作某字”，更俟博識者定之。其不能一一揣摩者，姑缺。

一、此編音切正誤，惟《三百篇》、《楚辭》、漢、魏最詳，而唐以後稍略者，蓋難字、訛韻、誤書，前既詳明，後自不容贅。又世俗訛韻，自唐已有之，如“盡”字、“似”字、“斷”字本上聲，而岑嘉州作去聲；“嶂”字本去聲，而王摩詰作上聲；“墮”字本上聲，而韓退之作去聲；“欲”本音“某”，而元次山作“姆”音；“婦”本音“阜”，而白樂天作“務”

音,則音韻之訛,其來已久。但押韻必不可誤,故復詳之。

一、此編難字訛韻,舊已音註詳明,筆畫誤書,則自六十七、六十八始正,苟十得其八,亦足爲此編一助。但病後手顫,不能多書,丘心怡錄本,先後次序尤當,今惟於丘本詳之,刻時當取證也。

一、此編或言宜圈點,以示後學。予謂:漢、魏古詩,盛唐律詩,氣象渾淪,難以句摘。元嘉、開成而後,始多佳句。就其境界,漢、魏、盛唐渾淪處,止宜每句一圈,而六朝、晚唐佳句,不容不多圈矣。恐後學不知,將謂六朝勝於漢、魏,晚唐勝於盛唐也。與盛唐總論第二十一則參看。

一、此編分次:周詩及《楚辭》爲一本;漢、魏爲一本;六朝本宜一本,但篇什較多,今以晉、宋、齊爲一本;謝朓、沈約,古聲尚有存者。《文選》錄詩,亦止於齊永明。梁、陳、隋爲一本;初唐爲一本;盛唐諸公爲一本;李、杜爲一本;中唐諸公至李益、權德輿爲一本;元和本宜一本,而篇什亦多,今以韋、柳至盧仝、劉叉、馬異爲一本;張籍、王建至施肩吾爲一本;晚唐、五代爲一本;總論及後集纂要爲一本。共三十八卷,爲十二本,皆以類相從,便於觀覽。或必以多寡相配而均分之,則書肆所爲,不得詩體之趣矣。

《詩源辯體》卷一周(節錄)

詩自《三百篇》以迄於唐,其源流可尋而正變可考也。學者審其源流,識其正變,始可與言詩矣。古今説詩者無慮數百家,然實悟者少,疑似者多。鍾嶸述源流而恒謬,高棅序正變而屢淆,予甚惑焉。於是《三百篇》而下,博訪古今作者凡若干人,詩凡數千卷,蒐閲探討,歷四十年。統而論之,以《三百篇》爲源,漢、魏、六朝、唐人爲流,至元和而其派各出。析而論之:古詩以漢、魏爲正,太康、元嘉、永明爲變,至梁、陳而古詩盡亡;律詩以初、盛唐爲正,大曆、元和、開成爲變,至唐末而律詩盡敝。既代分以舉其綱,復人判而理其目。諸家之説,實悟者引證之,疑似者辯明之。反覆開闔,次第聯絡,積九百五十六則,凡十二易稿而書始成。爰自《三百》,下至五季,采其撰論所及有關一代者一百六十九人並無名氏,共詩四千四百七十四首,以盡歷代之變,名曰《詩源辯體》。宋、元、皇明,別爲論次。孟子曰:"予豈好辯哉,予不得已也。"後之學者於此而詳覈焉,庶幾弗我罪耳。

一

《三百篇》有六義,曰風、雅、頌、賦、比、興。風、雅、頌爲三經,賦、比、興爲三緯。風者,王畿列國之詩,美刺風化者也。雅、頌者,朝廷宗廟之詩,推原王業、形容盛德者也。故《風》則比興爲多，《雅》、《頌》則賦體爲衆；《風》則微婉而自然，《雅》、《頌》則齊莊而嚴密；《風》則專發乎性情，而《雅》、《頌》則兼主乎義理：此詩之源也。徐昌穀云："《卿雲》、《江水》，開《雅》、《頌》之源，《烝民》、《麥秀》，建《國風》之始。"語雖不謬，但古今説詩者以《三百篇》爲首，固當以《三百篇》爲源耳。此一則總論《三百篇》爲詩之源。

二

《周南》、《召南》，文王之化行，而詩人美之，故爲正風。自《邶》而下，國之治亂不同，而詩人刺之，故爲變風。是《風》雖有正變，而性情則無不正也。孔子曰："《詩三百》，一言以蔽之，曰：思無邪。"言皆出乎性情之正耳。以下二十則總論《國風》之詩。

三

風人之詩既出乎性情之正，而復得於聲氣之和，故其言微婉而敦厚，優柔而不迫，爲萬古詩人之經。朱子説《關雎》云："獨其聲氣之和，有不可得而聞者。"蓋指樂而言。予謂樂之聲氣本乎詩，詩之聲氣得矣，於樂有不聞可也。世之習舉業者，牽於義理，狃於穿鑿，於風人性情聲氣，了不可見，而詩之真趣泯矣。正風如《關雎》、《葛覃》、《卷耳》、《汝墳》、《草蟲》、《殷其靁》、《小星》、《何彼襛矣》等篇，自不必言。變風如《柏舟》、《緑衣》、《燕燕》、《擊鼓》、《凱風》、《谷風》、《式微》、《旄丘》、《泉水》、《氓》、《竹竿》、《伯兮》、《君子于役》、《葛生》、《蒹葭》、《九罭》等篇，亦皆哀而不傷，怨而不怒。學者苟能心氣和平，熟讀涵泳，未有不惻然而感，惕然而動者。於此而終無所得，則是真識迷謬，性靈梏亡，而於後世之詩，亦無從悟入矣。

四

風人之詩，不特性情聲氣爲萬古詩人之經，而託物興寄，體製玲瓏，實爲漢、魏五言之則。其比興者固爲託物，其賦體亦多託物。如《葛覃》之"黄鳥"、"灌木"，《汝墳》之"條枚"、"條肄"，皆賦體之託物也。至其分章變法，種種不一。或首章一法，後二章一法而小異，如《關雎》之類；或前二章一法小異，後一章一法，如《葛覃》之類；或首章一法，中二章一法，後一章小異，如《卷耳》之類。而文采備美，一皆本乎天成。大都隨語成韻，隨韻成趣，華藻自然，不假雕飾。退之謂"《詩》正而葩"，蓋託物引類，則葩藻自生，非用意爲之也。

五

風人之詩，不特爲漢、魏五言之則，亦爲後世騷、賦、樂府之宗。如《緇衣》、《狡童》、《還》、《東方之日》、《猗嗟》、《十畝之間》、《伐檀》、《月出》等篇，全篇皆用"兮"字，乃騷體之所自出也。如《君子偕老》、《碩人》、《大叔于田》、《小戎》等篇，敷叙聯絡，則賦體之所自出也。如："陟彼崔嵬，我馬虺隤。我姑酌彼金罍，維以不永懷。陟彼高岡，我馬玄黃。我姑酌彼兕觥，維以不永傷。""山有漆，隰有栗。子有酒食，何不日鼓瑟。且以喜樂，且以永日。宛其死矣，他人入室。"其句法音調，又樂府雜言之所自出也。今人但知騷、賦、樂府起於楚、漢，而忘其所自出，何哉？

<h2 style="text-align:center">六</h2>

詩與文章不同，文顯而直，詩曲而隱。風人之詩，不落言筌，意在言外。曲而隱也。風人有寄意於詠歎之餘者，《關雎》、《漢廣》、《麟之趾》、《何彼襛矣》、《騶虞》、《簡兮》、《緇衣》、《蒹葭》是也。有意全隱而不露者，《凱風》、《匏有苦葉》、《碩人》、《河廣》、《清人》、《載驅》、《猗嗟》、《株林》、《隰有萇楚》、《蜉蝣》是也。有反言以見意者，《陟岵》是也。說見於後。有似怨而實否者，《載馳》是也。有似疑而實信者，《二子乘舟》是也。有似好而實惡者，《狡童》是也。有似嘲而實譽者，《簡兮》是也。朱子以爲"賢者仕於伶官而作，若自譽而實自嘲"。予則以爲詩人之作，似嘲而實譽也。有似諛而實刺者，《新臺》是也。此皆所謂"不落言筌"者也。孟子謂"以意逆志，得之。"詩雖以不落言筌爲尚，然唐人又以氣格爲主，故與論《國風》、漢、魏不同。說見唐論及晚唐絕句。

<h2 style="text-align:center">八</h2>

楊用修云："《三百篇》皆約情合性，而歸之道德，然未嘗有道德性情句也。《二南》者，修身齊家其旨也，然其言琴瑟、鐘鼓、荇菜、苤苢、夭桃、穠李，何嘗有修身齊家字，皆意在言外，使人自悟。"愚按：此論不惟得風人之體，救經生之弊，且足以袪後世以文爲詩之惑。惟首句"約情合性"四字，本乎《大序》"發乎情、止乎禮義"之説爲未妥。《大序》非子夏作也。

<h2 style="text-align:center">九</h2>

趙凡夫云："詩多曲而通、微而著，復有音節之可娛，聽之無不興感。"予嘗謂《國風》妙在語言之外、音節之中，與凡夫之説異而同。

<h2 style="text-align:center">一〇</h2>

趙凡夫云："詩主含蓄不露，言盡則文也，非詩也。"愚按：風人之詩，含蓄固其本體，若《谷風》與《氓》，懇款竭誠，委曲備至，則又無不佳。其所以與文異者，正在微婉優柔，反復動人也。

一二

风人之诗，诗家与圣门，其说稍异。圣门论得失，诗家论体製。至渝性情声气，则诗家与圣门同也。若搜剔字义，贯穿章旨，不惟与诗家大异，亦与圣门不合矣。

一三

风人之诗，其性情、声气、体製、文采、音节，靡不兼善。今略摘数章以见。如："关关雎鸠，在河之洲。窈窕淑女，君子好逑。""葛之覃兮，施于中谷，维叶萋萋。黄鸟于飞，集于灌木，其鸣喈喈。""遵彼汝墳，伐其条枚。未见君子，惄如调飢。遵彼汝墳，伐其条肄。既见君子，不我遐弃。""被之僮僮，夙夜在公。被之祁祁，薄言还归。""喓喓草虫，趯趯阜螽。未见君子，忧心忡忡。亦既见止，亦既觏止，我心则降。""嘒比小星，三五在东。肃肃宵征，夙夜在公。寔命不同。嘒彼小星，维参与昴。肃肃宵征，抱衾与裯。寔命不犹。""日居月诸，胡迭而微。心之忧矣，如匪澣衣。静言思之，不能奋飞。""燕燕于飞，差池其羽。之子于归，远送于野。瞻望弗及，泣涕如雨。燕燕于飞，下上其音。之子于归，远送于南。瞻望弗及，实劳我心。""睍睆黄鸟，载好其音。有子七人，莫慰母心。""式微式微，胡不归？微君之故，胡为乎中露！式微式微，胡不归？微君之躬，胡为乎泥中！""狐裘蒙戎，匪车不束。叔兮伯兮，靡所与同。琐兮尾兮，流离之子。叔兮伯兮，褎如充耳。""淇水滺滺，桧楫松舟。驾言出游，以写我忧。""大车槛槛，毳衣如菼。岂不尔思，畏子不敢。大车啍啍，毳衣如璊。岂不尔思，畏子不奔。""弋言加之，与子宜之。宜言饮酒，与子偕老。琴瑟在御，莫不静好。""山有枢，隰有榆。子有衣裳，弗曳弗娄。子有车马，弗驰弗驱。宛其死矣，他人是愉。山有栲，隰有杻。子有廷内，弗洒弗扫。子有钟鼓，弗鼓弗考。宛其死矣，他人是保。""游于北园，四马既闲。輶车鸾镳，载猃歇骄。""蒹葭苍苍，白露为霜。所谓伊人，在水一方。溯洄从之，道阻且长。溯游从之，宛在水中央。""驾我乘马，说于株野。乘我乘驹，朝食于株。""谁能烹鱼，溉之釜鬵。谁将西归，怀之好音。""鸿飞遵渚，公归无所，於女信处。鸿飞遵陆，公归不复，於女信宿"等章，其性情声气无论，至其体製玲珑，文采备美，音节圆畅，具可概见。若《谷风》与《氓》，则又未可以章句摘也。以上十二则，论《国风》诗体、诗趣，学者得其体趣，斯可与论汉、魏、唐人矣。

一四

风人之诗，虽正变不同，而皆出乎性情之正。按：《小序》、《正义》说诗，沈重云："《小序》是子夏、毛公合作，卜商意有不尽，毛更足成之。"或云："《小序》是卫宏作。"按：大毛公名亨，小毛公名

496

萇，漢武時人。衛宏字敬仲，後漢人。唐孔穎達作《正義》，其説宗《小序》。其詞有美刺者，既爲詩人之美刺矣，其詞如懷感者，亦爲詩人託其言以寄美刺焉。正風如懷感者，《小序》雖未嘗明説爲詩人之美，而孔氏演序義則明説爲詩人之美也。變風如懷感者，《小序》已明説爲詩人之刺矣。朱子説詩，其詞有美刺者，則亦爲美刺矣；其詞如懷感者，則爲其人之自作也。北宋諸公已有此説。予謂：正風而自作者，猶出乎性情之正，聞之者尚足以感發；變風而自作者，斯出乎性情之不正，聞之者安足以懲創乎！司馬子長云：“古者詩三千餘篇，及至孔子，去其重，取其可施於禮義三百五篇，孔手皆絃歌之，以求合《韶》、《武》、《雅》、《頌》之音。”蓋三千篇未必皆出乎正，而《三百篇》則無不正也。或謂變風如懷感者，乃秦火散失之後，世儒附會以逸詩，足三百之數，蓋惑於朱註，疑其出乎性情之不正；而未詳乎《小序》、《正義》之説耳。《漢書·藝文志》云：“三百五篇遭秦而全者，以其諷誦，不獨在竹帛故也。”

一　七

變風之詩，朱子指爲刺淫者十篇：《抱有苦葉》、《新臺》、《牆有茨》、《鶉之奔奔》、《蝃蝀》、《出其東門》、《南山》、《敝笱》、《載驅》、《株林》是也。考之《小序》、《正義》，惟《出其東門》爲閔亂而作，餘皆同也。朱子指爲淫奔自作者二十九篇：《靜女》、《桑中》、《氓》、《有狐》、《木瓜》、《采葛》、《大車》、《丘中有麻》、《將仲子》、《遵大路》、《有女同車》、《山有》、《扶蘇》、《蘀兮》、《狡童》、《褰裳》、《丰》、《東門之墠》、《風雨》、《子衿》、《揚之水》、《野有蔓草》、《溱洧》、《東方之日》、《東門之粉》、《東門之池》、《東門之楊》、《防有鵲巢》、《月出》、《澤陂》是也。考之《小序》、《正義》，惟《桑中》、《氓》、《大車》、《丰》、《東門之墠》、《溱洧》、《東方之日》、《東門之粉》、《東門之楊》、《月出》、《澤陂》爲刺淫之詩，其他皆爲別事而作，初非關乎淫泆也。嘗觀《左傳》，鄭伯如晉，子展賦《將仲子》，賦謂歌詠之。鄭六卿餞韓宣子，子齹賦《野有蔓草》，子產賦《羔裘》，子太叔賦《褰裳》，子游賦《風雨》，子旗賦《有女同車》，子柳賦《蘀兮》，皆鄭風也，如果關乎淫泆，諸卿皆賢，其肯彰國之惡乎？若曰賦詩斷章，則諸卿所賦乃全詩，非斷章也；借曰斷章，當時之詩，誰不知之，顧可以己國淫泆之詩，斷章歌詠於他國君相之前乎？鄭伯享趙孟於垂隴，伯有賦《鶉之賁賁》，奔同。趙孟曰：“牀第之言不踰閾，況在野乎？非使臣之所得聞也。”伯有所賦，衛風也，而趙孟猶譏之，況鄭風乎？故《小序》、《正義》説詩雖多有不類者，若變風《桑中》等篇，爲詩人託其言以寄刺，而《桑中》諸篇而外，又未必爲刺淫，則得之矣。然詳味諸詩，《靜女》、《出其東門》亦當爲刺淫，而《澤陂》則當爲別事而作也。其他尚俟博識者定之。

一九

朱子於變風如懷感者必欲爲其人之自作，則於理有難從；於正風如感懷者亦欲爲其人之自作，則於實有難信。按春秋、戰國婦人歌詩，體多平直，而文采不完。正風如《葛覃》、《卷耳》、《芣苢》、《汝墳》、《草蟲》、《行露》、《殷其靁》、《摽有梅》、《小星》、《江有汜》，雖皆本乎自然，而體製可法，文采可觀，非文人學士，實有未能，而謂后妃以及士庶之妻逮於女子媵妾無不能之，則予未敢信也。馮元成謂："文人學士借里巷男女爲言。文人學士，民之表也，覽其詩而民風可具見也。"即此而觀，則其詞之有美者，如《關雎》、《樛木》、《螽斯》、《鵲巢》、《采蘩》、《采蘋》，亦豈宫人、衆妾、家人之所能乎？變風《柏舟》諸篇，不待言矣。或謂風人之詩皆周太師之徒潤色之，蓋視其體製、文采，心亦有疑，而强爲之説耳。

二〇

朱子云："凡《詩》之所謂風者，多出於里巷歌謠之作。所謂男女相與詠歌，各言其情者也。"按：《春秋傳》所録歌謠及《詩紀》所編漢、魏歌謠，與詩體絶不相類，故《國風》皆詩人之詩，初未嘗有歌謠相雜也。朱子於《國風》必欲爲男女之自作，故多以爲里巷歌謠之詞耳。或曰："若是，則《國風》有不切於性情之真，奈何？"曰：風人之詩，主於美刺，善惡本乎其人，而性情係於作者，至其微婉敦厚，優柔不迫，全是作者之功。姪國泰謂："好惡由衷，而不能自已，即性情之真也。"況如《北門》、《北風》、《黍離》、《兔爰》、《緇衣》、《出其東門》、《園有桃》、《陟岵》、《十畝之間》、《碩鼠》、《杕杜》、《蒹葭》、《渭陽》、《隰有萇楚》、《匪風》、《下泉》、《鴟鴞》、《九罭》等篇，亦多出於自作，又豈不切於性情之真耶？

三〇

變風微婉優柔者，惟《邶風》篇什最多。輯詩者以《邶》爲變風之首，其以是歟？此雖得風詩之體，不得輯詩之體也。說見《王風》論中。

三二

《王風》者，東遷以後，平王之詩，風、雅皆具也。朱子云："平王徙居東都，王室遂卑，與諸侯無異，故其詩不爲雅而爲風。"又云："詩亡，謂《黍離》降爲國風，而雅亡也。"或問朱子，朱子又云："鄭漁仲言：出於朝廷者爲雅，出於民俗者爲風。文、武之時，周、召之民作者謂之周、召之風。東遷之後，王畿之民作者謂之王風。似乎大約是如此，

498

不必説雅之降爲風也。"觀此，則朱子復有疑於前説矣。愚按：凡詩有關乎君國大體者爲雅，出於民間懷感者爲風。《王風》、《黍離》、《兔爰》，變雅也；《采葛》、《丘中有麻》，變風也；《揚之水》、《中谷有蓷》、《葛藟》、《大車》，或可爲風，或可爲雅。故謂《王風》本爲雅體者固非，謂《王風》悉爲風體者亦非也。姪國泰云："雅以正爲主，西周有正雅，而變雅係之。東周無正雅，故變雅總係之於風。況東遷以後，國體日卑，雅樂之官不立，雖有雅，將何所隸乎？"以上國泰語。若康王以後、幽王以前，亦有風體，而不立爲風者，因其有雅體而遂附之云。朱子"《黍離》降爲國風"，本從舊説，而實有未通。孔子方作《春秋》以尊王，寧肯降王爲風耶？

四　五

變風之詩，多詩人託爲其言以寄刺。如《陳風》《東門之枌》，則直是詩人口語，或以末章"爾"、"我"字爲嫌，是全不知文體。試觀《株林》"駕我乘馬"、"乘我乘駒"，便可見矣。楚騷而下，此類甚多，不能悉舉。

四　八

《豳風》首篇，周公陳豳國之風也。孔子以《豳》無所次，姑次於國風之末，季札觀樂時《豳》在《齊》之後。但因其舊，而以周公之詩附之，而後人遂以變風稱焉，則謬甚矣。蓋《二南》，文王之化，既爲正風，而《豳》乃后稷、公劉風化所由，出於文王千有餘年之上，爲變風可乎？文中子謂："成王終疑周公，故爲變風。"果爾，則又不當繫之《豳》矣。或又謂："詩體宏贍類《雅》，當係之於《大雅》。"是又不然。《大雅》乃王政之大體，后稷、公劉之事，《生民》、《公劉》二篇既詳詠之矣，此篇實道民俗之風，自當爲風。但其詩作於周公，故其體自不同耳，未可係之《雅》也。《鴟鴞》以下六篇，當係於變小雅之前。

五　〇

《小雅》、《大雅》，體各不同。《大序》舊作子夏序，或疑出漢儒。謂："政有小大，故有《小雅》焉，有《大雅》焉。"舊説《鹿鳴》至《菁莪》二十二篇爲正小雅；《文王》至《卷阿》十八篇爲正大雅；《六月》至《何草不黃》五十八篇爲變小雅；《民勞》至《召旻》十三篇爲變大雅。朱子云："正小雅，燕饗之樂也。正大雅，會朝之樂、受釐陳戒之辭也。劉氏曰："或歌於會朝之時，如《文王》、《大明》等篇；或陳於祭祀之後，如《生民》、《行葦》等篇，或陳於進戒之際，如《公劉》、《卷阿》等篇。故或歡欣和説以盡羣下之情，或恭敬齋莊以發先王之德。詞氣不同，音節亦異，多周公制時所定也。"以上朱子注。馮元成云："《大雅》正經，所言受命配天，繼代守成。而《小雅》正經，治內，則惟燕勞羣臣朋友；治外，則惟命將出征。故《小雅》爲諸侯之樂，謂用之於諸侯。大雅爲天子之樂也。"以上元成語。及其變也，《大雅》多憂閔而規刺，《小雅》多哀傷而怨誹，淮南王云"小雅怨誹而不亂"。朱子謂"皆賢人君子閔時病俗之所爲"是也。

五 一

《小雅》、《大雅》之辯，前賢既詳論之矣。概以二雅正變之體言之，正雅坦蕩整秩，而語皆顯明；變雅迂迴參錯，而語多深奧。是固治亂之不同，抑亦文運之一變也。或謂："取《小雅》之音，歌其政之變者爲變小雅；取《大雅》之音，歌其政之變者爲變大雅。"則吾不得而知矣。

五 五

詩有風而類雅者，如《定之方中》、《淇奧》、《園有桃》等篇是也。蓋有關乎君國之大者也。有雅而類風者，如《祈父》、《黃鳥》、《我行其野》等篇是也。蓋皆出於羈旅之私者也。若《王風》《黍離》、《兔爰》、《豳風》《東山》等篇，本雅詩也。《小雅》《谷風》、《采綠》、《苕之華》等篇，本風詩也。

五 六

大雅推原王業以戒後人，故其篇長大，而布置聯絡，有次序可尋，有枝葉可摘，尚可學也。頌則形容盛德，以告神明，故其篇簡短而詠歎渾淪，無端倪可指，無首尾可窺，更不易摹倣耳。李獻吉《裡社》、《辟雍》、《觀牲》三詩，宜頌而爲雅者，正以不易摹倣故也。

六 二

變風、變雅，雖並主諷刺，而詞有不同。變雅自宣王之詩而外，懇切者十之九，微婉者十之一。變風則語語微婉矣。黃常明云："謫諫而不斥者，惟《風》爲然。"如《雅》云："憂心慘慘，念國之爲虐。""彼童而角，實虹小子。""匪面命之，言提其耳。""亂匪降自天，生自婦人。"忠臣義士，欲正君定國，惟恐所陳不激切，豈盡優柔婉媚乎！

六 三

《周頌》多不叶韻，未詳其故。朱子云："《周頌》多不叶韻，疑自有和底篇相叶。'《清廟》之瑟，朱弦而疏越，一倡而三歎'，歎即和聲也。未知是否。"又《補傳》云："《商》、《周》二頌，皆以告神，而《魯頌》用以頌禱。後世文人，獻頌效《魯》。"崔文敏云：

"《周頌》奏諸廟,《魯頌》奏諸朝,《周》祀先,《魯》禱君,《周》以祭,《魯》以燕。故謂《魯頌》爲變頌可也。"愚按:《魯頌》《駉》、《有駜》、《泮水》體類小雅,《閟宫》體類《大雅》,而語則兼《頌》。《商頌》《那》、《烈祖》、《玄鳥》體實爲《頌》,《長發》、《殷武》體類《大雅》。

六　四

頌者,美盛德之形容。《清廟》言:"肅雝顯相,濟濟多士,秉文之德。"此言文王道化之廣,最善形容者也。下"維天之命:於穆不已,於乎不顯,文王之德之純"。則文王之德,四語盡之矣。

六　六

古今文章,引《詩》者十之九,而《易》、《書》與《禮》,不能一二。蓋《詩》能興起後學,故自童稚靡不習之。秦、漢而下,詩教日微,故引之者亦少耳。程子曰:"古人之詩,如今之歌曲,雖閭里童稚,皆習聞之而知其説,故能興起,今雖老師宿儒,尚不能曉其義,況學者乎?"

六　八

孟子曰:"王者之迹熄而詩亡,詩亡然後《春秋》作。"朱子云:"迹熄,謂平王東遷,而政教號令不及於天下也。詩亡,謂《黍離》降爲國風而雅亡也。"愚按:天子有采詩之政,諸侯有貢詩之典,東遷而後,不復有此舉矣。故"詩亡"之説,當兼風、雅而言。蓋謂東遷之後,風雅美刺之詩既亡,而《春秋》褒貶之書始作也。呂成公言:"指筆削《春秋》之時,非謂《春秋》之所始。"意謂東遷而後,變風尚多,未可遽言風亡。不知采詩之政不行,則列國之風雖存而實亡耳。況諸國之詩,刺淫者爲多,亦有直刺其君上者,又豈諸侯采之以貢乎? 疑當時諸國互相采録,孔子總取而删輯之耳。

七　一

古今風氣不同,其音韻亦自應不同。然《三百篇》、《楚辭》及經傳韻語,或用古音,或用方音,或字有訛誤,故讀之多有不諧。後人不得不協。趙凡夫謂:"古詩歌音韻不諧者,皆是古音。宋人失讀,謬作協韻,乃遍搜古詩歌及經傳韻語不諧者,定爲古音,以教後學。"予謂:苟如此,則混亂極矣。蓋古詩古音,理宜有之,然實無所考據,故不得不協之以合今韻。今乃並其方音訛字而定爲古音,謬愈甚矣。且古韻實寬,如"七陽"與"庚"、"青"同用,"一先"與"真"、"文"同用之類,較漢、魏韻更廣。漢、魏韻,説見漢、魏論中。故凡音韻稍近者皆不必協,協之恐反失真耳。惟平仄不諧、上去不合者,協之可也。至有必不可協者,姑闕之。如《國風》"夙夜必偕",《大雅》"在帝左右"之類。

《詩源辯體》卷二楚(節録)

一

嚴滄浪云:"《風》、《雅》、《頌》既亡,一變而爲《離騷》,屈宋《楚辭》總名。再變而爲西漢五言。"愚按:《三百篇》正流而爲漢、魏諸詩,詳見下卷。別出而乃爲騷耳。胡元瑞云:"昔人言:'詩文之有騷賦,猶草木之有竹,禽獸之有魚,難以分屬,然騷實歌行之祖,賦則比興一端,要皆屬詩。'近之。"以上七句皆元瑞語。

二

朱子云:"《詩》有六義,楚人之詞,亦以是而求之。其寓情草木、託意男女、以極遊觀之適者,變風之流也。其叙事陳情、感今懷古、不忘君臣之義者,變雅之類也。其語事神、歌舞之盛,則幾乎頌矣。賦則如《騷經》首章之云也,比則香草惡物之類也,興則託物興詞、初不取義,如《九歌》沅芷澧蘭以興思公子而未敢言之屬也。然詩之興多而比、賦少,騷則興少而比、賦多,要必辨此而後詞義可尋。"以上朱子語。祝君澤云:"騷人之賦與詩人之賦雖異,然猶有古詩之義,辭雖麗而義可則。詩人所賦,因以吟詠情性也;騷人所賦,亦以其發乎情也。其情不自知而形於辭,其辭不自知而合於理。情形於辭,故麗而可觀;辭合於理,故則而可法。"愚按:詩、騷之變,斯並得之。

四

胡元瑞云:"四詩典則雅淳,《國風》、二《雅》及《頌》。自是三代風範,宏麗之端,實自《離騷》發。"劉勰云:"《離騷》軒翥詩人之後,奮飛辭家之前。故其陳堯、舜之耿介,稱禹、湯之祇敬,典誥之體也;譏桀、紂之猖狂,傷羿、澆之顛隕,規諷之旨也;虬龍以喻君子,雲霓以譬讒邪,比興之義也;每一顧而掩涕,歎君門之九重,忠怨之辭也:觀兹四事,同于《風》、《雅》者也。至於託雲龍,說迂怪,豐隆求宓妃,鴆鳥媒娀女,詭異之辭也;康回傾地,夷羿彈日,木夫九首,土伯三目,譎怪之談也;依彭咸之遺則,從子胥以自適,狷狹之志也;士女雜坐,亂而不分,指以爲樂,娛酒不廢,沉湎日夜,舉以爲歡,荒淫之意也:摘此四事,異乎經典者也。故論其典誥則如彼,語其夸誕則如此。固知《楚辭》者,體慢於三代,而風雅於戰國,乃《雅》、《頌》之博徒,而詞賦之英傑也。"按:淮南王、宣帝、楊雄、王逸皆舉以方經,而班固獨深貶之,勰始折衷,爲千古定論。蓋屈子本辭賦之宗,不必以聖經列之也。

一 三

屈原《卜居》，思若湧泉，文如貫珠，妙不容言；《漁父》警絶稍遜，而整齊有法，皆變騷入賦之漸，故《文選》特録之。張中山云：“《卜居》、《漁父》，意淺語膚，疑是僞作。”其憒謬至此。

一 九

宋玉《招魂》，語語警絶。唐勒《大招》舊以爲景差作。胡元瑞考定以爲唐勒。雖倣其體製，而文采不及。《文選》取《招魂》而遺《大招》，是也。朱子謂：“《大招》於天道詘伸動靜，若粗識其端倪，於國體時政，又頗知其所先後。”遂以爲勝《招魂》。此儒者之見，非詞家定論也。

二 〇

屈、宋《楚辭》，爲千古詞賦之宗。

二 一

朱子《楚辭註》較王逸簡淨明白，讀之頗爲連屬，然亦互有得失。至《離騷》以四句爲一章，不免穿鑿耳。張中山删註《楚辭》，於朱註一語不録，已甚失之，又謂：“《離騷》原不用韻，强叶者非。”則似於騷辭初未窺一斑也。

二 三

胡元瑞云：“騷與賦，句語無甚相遠，體裁則大不同。騷復雜無倫，賦整蔚有序。騷以含蓄深婉爲尚，賦以誇張宏鉅爲工。”又云：“騷盛於楚，衰於漢，而亡於魏；賦盛於漢，衰於魏，而亡於唐。”“求騷於漢之世，其《招隱》乎？ 求賦於魏之後，其《三都》乎？”愚按：屈原《卜居》、《漁父》，宋玉《招魂》，唐勒《大招》，皆賦體也。相如《大人賦》、《宣春宮賦》，班固《幽通賦》，張衡《思玄賦》，皆騷體也。學者不可不辨。

二 四

胡元瑞云：“世率稱楚騷漢賦，《昭明文選》分騷、賦爲二，歷代因之。名義既殊，體裁亦别。然屈原諸作，當時皆謂之賦。《漢·藝文志》所列詩賦一種，而無所謂騷者。首冠屈原賦二十五篇。自荀卿、宋玉，指事詠物，别爲賦體。楊、馬而下，大演波流，屈氏諸作，遂俱係《離騷》爲名，實皆賦一體也。”此論前人所未發明。

二 六

祝君澤云："《子虛》、《上林》、《兩都》、《二京》、《三都》，首尾是文，中間乃賦。世傳既久，變而又變。其中間之賦，以鋪張爲靡而專於辭者，則流爲齊、梁、唐初之俳體；其首尾之文，以議論爲使而專於理者，則流爲唐、宋及宋之文體。性情益遠，六義漸滅，賦體遂失。"又云："俳體始於兩漢，漢漸入於俳也。律體始於齊、梁，俳者律之根，律者俳之蔓。陳後山云：'俳體卑矣，而加以律；律體弱矣，而加以四六。'此唐以來進士賦體之所由始也。"愚按：古今賦體之變，此爲盡之。此一則論賦體之變。

《詩源辯體》卷三漢魏總論　漢（節錄）

一

《三百篇》始，流而爲漢、魏。《國風》流而爲漢《十九首》、蘇、李、魏三祖、七子之五言。王欽佩謂："漢、魏變於《雅》、《頌》，唐體沿於《國風》。"此但以古律聲氣求之。然魏人五言，如子建《贈白馬王》及仲宣《公讌》、《從軍》等作，實出於《雅》，則又不可不知。《雅》流而爲漢韋孟、韋玄成、魏曹植、王粲之四言。《頌》流而爲漢《安世房中》、武帝《郊祀》、魏王粲《太廟頌》、《俞兒舞》之雜言。然五言於《風》爲近，而四言於《雅》漸遠，雜言於《頌》則愈失之。故鍾嶸《詩品》止於五言，而《昭明文選》亦不及乎雜言也。胡元瑞云："《國風》、《雅》、《頌》，並列聖經。第風人所賦，多本室家、行旅、悲歡、聚散、感歎、憶贈之詞，故其遣響，後世獨傳。《雅》、《頌》閎奧淳深，莊嚴典則，施諸明堂清廟，用既不倫，作自聖佐賢臣，體又迥別，三代而下，寥寥寡和，宜矣。"魏詩較漢有同有異。以下總論，論漢、魏之同者。至下卷始分別矣。

二

漢、魏五言，源於《國風》，而本乎情，故多託物興寄，體製玲瓏，爲千古五言之宗。說見《國風》論第三則。詳而論之，魏人體製漸失，晉、宋、齊、梁，日趨日亡矣。

三

漢、魏五言，本乎情興，故其體委婉而語悠圓，有天成之妙。五言古，惟是爲正。詳而論之，魏人漸見作用，而漸入於變矣。

四

漢、魏五言，委婉悠圓，於《國風》爲近，此變之善者。使漢、魏復爲四言，則不免於襲，不能擅美千古矣。胡元瑞云："四言盛於周，漢一變而爲五言。體雖不同，詞實並駕，乃變之善者也。"語誠有見，然不免或過。説見《十九首》論中。

七

漢、魏五言，委婉悠圓，其氣格自在，不必言耳。或欲於漢、魏專取氣格，故必先蒼莽古質而後委婉悠圓，如所謂曹公勝於子建之類，詳見曹公詩論中。是慕好古之名而不得其實者也。《昭明文選》，庶幾得之。

八

趙凡夫云："古詩在篇不在句。"此語人未易曉。漢、魏五言，格不同而語同，語不同而意同者實多，予日夕諷詠，初不覺也，後見人一一檢出，方盡知之。然不知九方相馬，天機竟在何處。

一二

漢、魏五言，爲情而造文，故其體委婉而情深。顔、謝五言，爲文而造意，故其語雕刻而意冗。《吕氏童蒙訓》云："讀《古詩十九首》及曹子建諸詩，如'明月照高樓，流光正徘徊'之類，皆思深遠而有餘意，言有盡而意無窮，學者當以此等詩常自涵養，自然下筆高妙。"吕氏之所謂意，即予之所謂情也。

一三

漢、魏五言，深於興寄，故其體簡而委婉。唐人五言古，善於敷陳，故其體長而充暢。

一九

或問予："元美有云：'西京、建安，其體不宜多作，多不足以盡變，而嫌於襲。'然則漢、魏詩不當學耶？"曰：漢、魏詩非不當學，但不可倉卒爲之，多作則倉卒而嫌於襲矣。元美不云乎，西京、建安似非琢磨可到，要在尊習凝領之久，神與境會，忽然而來，渾然而就，無岐級可尋，無色聲可指"是也。故專習凝領，而神與境會，乃足以盡變；倉卒琢磨，而神與境離，則嫌於襲耳。

二 二

學漢、魏詩,惟語不足以盡變。其興象不同,體裁亦異,固天機妙運無方耳。譬如學古人畫,苟一筆不類,便非其人;若必摹倣某幅而爲之,則是臨畫,非作畫也。故凡學漢、魏詩,必果如出漢、魏人手,至欲指似某篇,無跡可求,斯爲盡變。此非專習凝領,而神與境會,弗能及也。于鱗十餘篇,庶幾近之。

二 三

古之於律,猶篆之於楷也。古有篆無楷,故其法自古,後人既習於楷而轉爲篆,故其法始敝。漢、魏有古無律,故其格自高;後人既習於律而轉爲古,故其格遂降。學者但須專習凝領,庶幾克復耳。或言學古不必盡似,此殊爲學古累。果爾,則自出機軸可也。學古豈容不類耶?

二 四

漢、魏、晉、宋之詩,體語各別。今或以漢、魏之體而用晉、宋間語,是猶以虎豹之質蒙犬羊之皮,人見其爲犬羊,不見其爲虎豹也。

二 五

古詩賦惟《三百篇》、《楚騷》未有定韻可考,漢、魏、兩晉則自有古韻。東、冬、江爲一韻,支、微、齊、佳、灰爲一韻,魚、虞爲一韻,真、文爲一韻,寒、删、先與元前半截爲一韻,蕭、肴、豪爲一韻,歌、麻爲一韻,庚、青、蒸爲一韻,仄韻倣此。如平聲東、冬、江爲一韻,上聲則董、腫、講爲一韻,去聲則送、宋、絳爲一韻,入聲則屋、沃、覺爲一韻。他韻當以類推。至劉宋始漸入今韻。今刻韻書,謂江韻古通陽,真韻古通庚、青、蒸、侵,删韻古通覃、咸、先,先韻古通鹽,庚韻可轉爲陽韻。愚按:古詩以漢、魏爲主,若出於漢、魏之上,則吾不得而知。且江韻通陽,僅見古樂府《長歌行》用一"幢"字,庾信《代人傷往》用一"雙"字;庚韻轉爲陽韻,僅見曹丕《雜詩》用一"橫"字。疑當時以鄉音叶入,何得據此便可通用?若諸家變體,又不可爲法。且謂真韻古通庚、青、蒸、侵,删韻古通覃、咸、先,先韻古通鹽,予實無所考。果爾,則凡口吻之便者皆可通用,不幾於小兒學語耶? 又各韻後刻古叶韻,益非。詳論周詩末則。然學古詩用古韻,五言爲當,而七言未宜。蓋五言盛於漢、魏,七言盛於唐也。若五言用唐體,則又不當用古韻矣。楊用修云:"近世有倔强好異者,既不用古韻,又不屑用今韻,惟取口吻之便,鄉音之叶,而著之詩,良爲後人一笑資爾。"予謂:後人學古詩不用韻者,直是疎淺,以爲古詩本不拘韻,非倔强好異也。

二六

擬古與學古不同，擬古如摹帖臨畫，正欲筆筆相類，朱子謂"意思語脉皆要似他的，只換却字"，蓋本以爲入門之階，初未可爲專業也。曾蒼山云："前人擬古，既用其意，又用其事，是士之盜也。"斯言謬矣。至于鱗、元美於古詩樂府篇篇擬之，則詩之真趣殆盡。

二七

擬古皆逐句摹倣，則情興窘缚，神韻未揚，故陸士衡《擬行行重行行》等，皆不得其妙，如今人摹古帖是也。惟江文通《雜體》，擬其大略，不倣形似，則情興駘蕩，神韻自超，故倣魏文、子建、仲宣、士衡等，有酷相類者，如今入學羲、獻是也。至若士衡、明遠樂府諸篇，雖借古題，而實自成體，則又非擬古類也。

二八

擬古惟古詩及樂府五言爲難，而鐃歌及樂府雜言爲易。蓋古詩及樂府五言，體有常法，而意未可移，故擬者不能自如，而其情易疎。鐃歌及樂府雜言，體無常法，而意可竄易，故擬者得以操縱，而其調易古。胡元瑞云："郊廟、鐃歌似難擬而實易，猶畫家之於佛道鬼神也。古詩、樂府似易擬而實難，猶畫家之於狗馬人物也。"可謂善喻。試觀于鱗、元美所擬，當自得之。

二九

漢初樂府四言，如四皓《采芝操》、高帝諱邦，字季。《鴻鵠歌》，軼蕩自如，自是樂府之體，不當於《風》、《雅》求之。三曹樂府四言，皆出於此。然《采芝》不知何人所作，疑樂府所爲。

三〇

高帝《大風歌》、項籍字羽。《垓下歌》，皆樂府楚聲也。《漢書》："漢武立樂府。"司馬遷作《史記》，蓋亦其時。《大風》詞旨雖直，而氣概遠勝，《垓下》詞旨甚婉，而氣稍不及，元美謂"各自描寫帝王興衰氣象"是也。謂帝王興衰氣象於此而見，非真有意描寫之也。然二君皆非文士，而《大風》已歌於沛，疑臣下潤色；《垓下》則樂府潤色耳。觀此，其他可知。胡元瑞謂："《敕勒歌》等原非出于文士。"果爾，偶見一二可也，若篇篇成文，則無是理矣。《虞美人歌》，慷慨足悲，而語近附合，疑出於僞，元瑞亦嘗言之。

三 一

樂府之詩，當以漢人爲首。馮汝言云："琴操肇於上古，如《神人暢》、《南風歌》之類，又在仲尼前。但今所傳之曲，未必盡出於古耳。樂府之名，自興於漢，何得以此相掩?"以上皆汝言語。

三 二

晚唐、宋、元諸人論詩，多失之不及，而國朝諸公論詩，每失之過。如漢五言《十九首》、蘇、李等作，晚唐、宋、元諸人略不及之，而雜言《房中》、《郊祀》等作，國朝徐昌穀諸公則盛推焉。此過與不及也。《安世房中》、武帝《郊祀》，雖出於《頌》，然語既深酷，前人謂多難曉，而義實卑淺，魏文、汲黯亦嘗病之。《宋書·樂志》："魏文帝讀《安世》詩無《二南》風化之言，改曰《享神歌》。"《史記》："時新得神馬，因次爲歌。汲黯進曰：凡王者作樂，上以承祖宗，下以化兆民，今陛下得馬，詩以爲歌，協於宗廟，先帝百姓豈能知其音耶?"今按:《寶鼎》、《芝房》、《白麟》、《赤雁》等歌，皆此類也。且其體多變，而句甚雜，王元美云："《郊廟》十九章，失之太峻，非頌詩比也。《唐山夫人》，雅歌之流，調短弱未舒耳。"馮元成亦云："《房中歌》，雅歌之流，類《嶧山》諸銘。《練時日》，三言之始，詞騁而意放，騷之變而雅之反也。"是其體多變也。又《三百篇》以四言爲主，三言雜言間有之耳耳。《房中》、《郊祀》或通章三言，又有變至七言者。是其句甚雜也。元成言騷之變而雅之反，當言騷之變而頌之反爲是。以《頌》準之，去《頌》實遠。下流至王仲宣《太廟頌》、《俞兒舞》。今不辨其純雜，察其正變，但以其深酷奇峻而獨推之，是慕好古之名而不得其實者也。然《房中》去《頌》雖遠，恐亦非唐山夫人作，或以爲秦宮中内史，高帝收録之，是也。《安世房中》去《頌》雖遠，而語實深奧，非尋常文士所及。元美所謂"調短弱"者，特以雅歌相況言之，非婦人才短氣弱之謂也。

三 三

周之《雅》、《頌》，多周公之徒所製，故其體爲正，而其句有則，語既顯明，而義實廣大。漢之《房中》、《郊祀》，乃相如之徒所爲，武帝《郊祀》十九章，使司馬相如、鄒子樂等爲之。故其體多變，而句甚雜，語既深酷，而義實卑淺。王叔武云："雅、頌不見於世久矣，雖有作者，微矣。"語甚有見。

三 四

《郊祀》三言，如《練時日》、《天馬徠》、《華爗爗》、《赤蛟綏》等篇，氣甚遒邁，語甚軼蕩，爲三言絶唱。然自是漢人樂府，若以頌體求之，則失之遠矣。

三　五

韋孟四言《諷諫》、韋玄成字少翁。四言《自劾》等詩，其體全出《大雅》。然《大雅》雖布置聯絡，實不必首尾道盡，故從容自如，而義實寬廣。韋孟、韋玄成先後布置，事事不遺，則矜持太甚，而義亦窘迫矣。下流至曹子建、王仲宣四言。孟《諷諫》十一章、《在鄒》六章、玄成《自劾》十章、《戒子孫》七章，章數甚明，諸家皆不能分。後人四言，因遂有不分章者。

三　六

徐昌穀云："韋孟輩四言，窘縛不蕩，曹公《短歌行》、子建《來日大難》《來日大難》，《宋書·樂志》作古詞。工堪爲則矣。白狼槃木詩三章，亦佳，緣不受《雅》、《頌》困耳。"愚按：元美謂"韋孟、玄成，《雅》、《頌》之後，不失前規"，元瑞謂"曹公、子建二詩，雖精工華爽，而《風》、《雅》典刑幾盡"，二詩本樂府體，說見於後。斯並得之。若韋孟、玄成之窘縛者，直是先後布置，事事不遺故耳，非受《雅》、《頌》困也。

三　七

古詩五言《十九首》舊註："詩以古名，不知作者爲誰。或云枚乘，而梁昭明既以編諸蘇、李之上，李善謂其'詞兼東都，中有上東門、宛、洛等語。非盡爲乘詩'，故蒼山曾原一《衍義》特列之張衡《四愁》之下。蓋《十九首》本非一人之詞，今姑依昭明編次云。"以上古詩註，今《文選》編次又不同矣。按：鍾嶸云"古詩《去者日以疎》四十五首"云云，則《十九首》與《上山采蘼蕪》等篇皆古詩也，昭明刪録而爲十九首耳。然中既有枚乘之詩，則當爲五言之始。

三　八

《古詩十九首》，鍾嶸謂"其體源出於《國風》"，劉勰謂"宛轉附物，怊悵切情"是也。王元美云："《十九首》談理不如《三百篇》，而微詞婉旨，遂足並駕，是千古五言之祖。"予竊更之云：《十九首》性情不如《國風》，而委婉近之，是千古五言之祖。蓋《十九首》本出於《國風》，但性情未必皆正，如"何不策高足，先據要路津"，"無爲守窮賤，轗軻長苦辛"，"燕趙多佳人，美者顏如玉"，"思爲雙飛燕，銜泥巢君屋"，其性情實未爲正。而意亦時露，又不得以微婉稱之，然於五言則實爲祖先，正謂"興寄深微，五言不如四言"是也。

三 九

"興寄深微，五言不如四言"，以漢、魏較《國風》也。若潘、陸四言，聯比牽合，蕩然無情；《十九首》託物興寄，情致宛然，又不當以此論耳。王敬美云："《十九首》，五言之《詩經》也；潘、陸而後，顏延年、謝玄暉。四言之排律也。"深得之矣。

四 二

《古詩十九首》而外，惟《新樹蘭蕙葩》、《步出城東門》二首可與並駕，《上山採蘼蕪》、《四座且莫喧》、《十五從軍征》三首類樂府體，餘則未能完美耳。又楊用修集所載《閨中有一婦》一篇，淺近不類，未敢收錄，"青袍似春草，長條隨風舒"，疑亦非漢人語。

四 五

古詩五言四句如《采葵莫傷根》、《南山一樹桂》二篇，格甚高古，語甚渾樸，有天成之妙，此五言絕之始也。下流至曹子建五言四句。《日暮秋雲陰》乃六朝人詩，《菟絲從長風》則六朝樂府語耳。

四 七

七言歌謠，其來雖遠，而真偽莫辨。詩則始於漢武帶《柏梁臺聯句》。《柏梁詩》羣臣各以其職詠一句，殊不成章，且其語太質野，未可爲法。胡元瑞云："《柏梁》句調太質，興寄無存，不足貴也。"以上元瑞語。然平子《四愁》、子桓《燕歌》、晉人《白紵》，每句用韻，實本於此，又不可缺。後人因謂每句用韻者爲"柏梁體"，因並錄之。

四 八

屈、宋《楚辭》，本千古辭賦之宗，而漢人摹倣盜襲，不勝饜飫。惟小山《招隱士》一篇，聲既峻絶，而語復奇警，在屈、宋後佼佼獨勝。胡元瑞云："求騷於漢之世，其《招隱》乎？較之《秋風》，《招隱》奇，《秋風》正。太白多類《招隱》，子美常近《秋風》。"

五 〇

卓文君樂府五言《白頭吟》，沛然從肺腑中流出，其晉樂所奏一曲，乃後人添設字句以配音節耳。樂府《滿歌行》、《西門行》、《東門行》及甄后《塘上行》皆然。昔人稱李延年善於增損古詞，則樂府於古詞信有增損者。

五　一

李陵、字少卿。蘇武字子卿。五言，昭明已録諸《文選》。劉勰乃云："成帝品録，三百餘篇，而詞人遺翰，莫見五言，所以李陵、班婕妤見疑於後代也。"愚按：《左氏傳》子長不及見，《左傳》漢初出於張蒼家，文帝時賈誼爲訓詁，授趙人貫公，未行於世。至建武時陳元最明《左傳》，上書訟之，乃以魏郡李封爲左氏博士。封卒，復罷。其後賈逵、服虔皆爲訓解，至魏遂行於世。《漢書》所裁而《史記》有弗詳者，正以當時書籍未盡出故耳。由是言之，成帝品録而不及蘇、李，又何疑焉？東坡嘗謂"蘇、李之天成"，是矣。至因劉子玄辯李陵書非西漢文，乃謂蘇、李五言亦後人所凝，亦不免爲惑。蘇、李七篇，雖稍遜《十九首》，然結撰天成，了無作用之跡，決非後人所能。若《文苑》所載《録別》數首，則後人因七篇而廣之者。元美謂："雖總雜寡緒，而渾樸可詠，固不必二君手筆，要亦非晉人所能辦也。"又摯虞云：晉初人。"李陵衆作，總雜不類，殆是假託，非盡陵志，至其善篇，有足悲者。"總雜不類，蓋指《録別》，善篇足悲，乃謂《文選》所録耳。以此觀之，其來遠矣。然勰之言亦有所據，初非謬妄。

五　三

鍾嶸云："李陵始著五言之目。"皎然云："李陵、蘇武，天與其性，發言自高，未有作用。《十九首》辭精義炳，婉而成章，始見作用之功。""作用之功"，即所謂完美也。見班固論中。下卷言作用之跡，正與功字不同，功則猶爲自然，跡則有形可求矣。信如此説，則五言不始於《十九首》矣。

五　四

宋人謂"蘇李詩，在長安而言江漢"，又謂"獨有盈觴酒與《十九首》'盈盈一水間'俱不避惠帝諱，疑皆非漢人詩"愚按：子卿第四首，乃別友詩，安知其時不在江漢？又韋孟《諷諫》詩"總齊羣邦"，於高帝諱且不避，何必惠帝？趙凡夫云："《説文》止諱東漢'秀'、'莊'、'炟'、'祜'四字，而於西漢'邦'、'盈'以下皆不諱也。"

五　五

漢稱"蘇李"，李豈讓蘇？魏稱"嵇阮"，嵇寧勝阮？以至晉之"潘陸"，宋之"顏謝"，陳之"徐庾"，唐之"高岑"、"錢劉"、"元白"，皆暇聲而呼，非以先後爲優劣也。

五 七

王嬙四言《怨詩》，蓋樂府體也。制作雖工，而叙述太周，用意太切，出於偽撰無疑。

六 二

班固字孟堅。四言《明堂》、《辟雍》、《靈臺》諸詩，非雅非頌，其體爲變。五言《詠史》一篇，則過於質直，鍾嶸云"班固詠史，質木無文"，是也。

六 三

予嘗謂：漢、魏五言，由天成以變至作用，故編次先《十九首》，次蘇、李、班婕妤，次魏人。然劉勰云："成帝品録，三百餘篇，而詞人遺翰，莫見五言，所以李陵、班婕妤見疑於後代也。"又或疑《十九首》多建安中曹王所製，其説亦似有見。班固《詠史》，質木無文，當爲五言之始。蓋先質木，後完美，其造詣與唐人相類。漢先西京，論四言、雜言也。晉以後五言，則文益勝矣。

六 五

張衡樂府七言《四愁詩》，兼本《風》、《騷》，而其體渾淪，其語隱約，有天成之妙，當爲七言之祖。下流至曹子桓《燕歌行》。胡元瑞云："《四愁》章法實本風人，句法率由騷體。"又云："《離騷》盛於楚漢，一變而爲樂府，《大風》、《垓下》等歌。體雖不同，詞實並駕，乃變之善者也。"愚按：《離騷》變爲樂府，而《四愁》則尤善云。如"我所思兮在泰山，欲往從之梁父艱。側身東望涕霑翰。美人贈我金錯刀，何以報之英瓊瑶。路遠莫致倚逍遥，何爲懷憂心煩勞"等章，體皆渾淪，語皆隱約者也。此未可句摘，故録首章以見大略。後《燕歌行》、《白紵舞歌》、《行路難》皆同。蓋欲小論另成一書也。

七 〇

漢人樂府五言與古詩，體各不同。古詩體既委婉，而語復悠圓；樂府體既軼蕩，而語更真率。下流至曹子建樂府五言。蓋樂府多是叙事之詩，不如此不足以盡傾倒，且軼蕩宜於節奏，而真率又易曉也。趙凡夫謂："凡名樂府，皆作者一一自配音節。"予未敢信。樂府如長歌、變歌、傷歌、怨詩等，與古詩初無少異，故知漢人樂府已不必盡被管絃，況魏晉以下乎。若云采詞以度曲，則《十九首》、蘇、李等篇，皆可入樂府矣。元微之《樂府古題序》，亦未盡得。

512

七 一

漢人樂府五言,軼蕩宜於節奏,樂之大體也。如《白頭吟》、《塘上行》等,後人添設字句以配音節,樂之律調也。其他亦必有添設字句者,但不盡傳耳,初非作者自配音節也。若雜言諸作,則又不可概論。

七 二

漢人樂府五言,有歌、行、篇、引等,目名雖不同,而體則無甚分別。後人必欲於樂府諸名辯之,恐不免穿鑿耳。今試舉樂府數篇而隱其名,有能別其爲歌、爲行、爲篇、爲引者,則予爲無識矣。茂秦、元瑞亦嘗言之。

《詩源辯體》卷四漢魏辯 魏(節録)

一

漢、魏五言,滄浪見其同而不見其異,元瑞見其異而不見其同。愚按:魏之於漢,同者十之三,異者十之七,同者爲正,而異者始變矣。漢、魏同者,情興所至,以不意得之,故其體皆委婉,而語皆悠圓,有天成之妙。魏人異者,情興未至,始着意爲之,故其體多敷叙,而語多構結,漸見作用之跡。故漢人篇章,人不越四五,而魏人多至於成什矣。此漢人潛流而爲建安,乃五言之初變也。下流至陸士衡諸公五言。謝茂秦云:"詩以漢、魏並言,魏不逮漢也。"斯言當矣。又云:"建安率多平仄穩貼,此聲律之漸。"則謬言耳。蓋魏人雖見作用,實有渾成之氣,雖變猶正也,況於平仄之間乎?魏詩惟曹子建"游魚潛緑水,翔鳥薄天飛","始出嚴霜結,今來白露晞",似若平仄穩貼,實偶然耳。

三

漢人五言,體皆委婉,而語皆悠圓,有天成之妙。魏人如曹子桓《雜詩》二首及《長歌行》二首,曹子建《雜詩》六首及"明月照高樓",劉公幹"職事相填委"、"汎汎東流水"、"鳳凰集南嶽",王仲宣"吉日簡清時"、"列車息衆駕"、"日暮游西園",徐偉長"浮雲何洋洋",委婉悠圓,亦有天成之妙。如子桓"兄弟共行遊"、"清夜延貴客"、"良辰啟初節",子建"初秋凉氣發"、"從軍度函谷"、"嘉賓填城闕"、"置酒高殿上",公幹"永日行游戲"、"誰謂相去遠"及《贈五官中郎將》四首,仲宣"自古無殉死"、"朝發鄴都橋"及《七哀》詩三首,委婉悠圓,俱漸失之,始見作用之跡。至如子桓"觀兵臨江水",子建"名都多妖女"、"白馬飾金羈"、"九州不足步"、"仙人攬六箸"、"驅車揮駑馬"、"盤盤山巔石", 仲宣"從軍有苦樂"、"凉風厲秋節"、"悠悠涉荒路", 體皆敷叙, 而語皆構結, 益見作用之跡矣。漢人樂府如《羽林郎》、《陌上桑》、《焦仲卿妻詩》等, 乃叙事之體, 故篇什雖長, 不害爲天成。魏人如曹子建《美女篇》、《名都篇》、《白馬篇》等; 則事由創撰, 故其敷叙不免爲作用耳。然今人學魏人或相類, 而學漢人多不相類者, 蓋作用可能而天成未易及也。

四

或問: "魏人五言, 較漢人氣格似勝, 何也?"曰: 漢人五言本乎天成, 其氣格自在; 魏人漸見作用, 語多構結, 故氣格似勝。知此, 則太康、元嘉可類推矣。

一 〇

王元美云: "曹公莽莽, 古直悲涼。子桓小藻, 自是樂府本色。子建天才流麗, 雖譽冠千古, 而實遜父兄。何以故? 才太高, 詞太華。"愚按: 元美嘗謂子桓之《雜詩》二首、子建之《雜詩》六首, 可入《十九首》; 而此謂"子建才太高、詞太華, 而實遜父兄", 胡元瑞謂論樂府也。然子建樂府五言, 較漢人雖多失體, 詳論於後。實足冠冕一代。若孟德《薤露》、《蒿里》, 是過於質野; 子桓"西山"、"彭祖""朝日"、"朝遊"四篇, 雖若合作, 然《雜詩》而外, 去弟實遠。謂子建實遜父兄, 豈爲定論!

一 一

魏人樂府四言, 如孟德《短歌行》、子桓《善哉行》、子建《飛龍篇》等, 其源出於《采芝》、《鴻鵠》, 軼蕩自如, 正是樂府之體, 不當於《風》、《雅》求之。

一 四

子桓樂府七言《燕歌行》, 用韻祖於《柏梁》, 較之《四愁》, 則體漸敷叙, 語多顯直, 始見作用之跡。此七言之初變也。下流至晉無名氏《白紵舞歌》。如"秋風蕭瑟天氣涼, 草木搖落露爲霜。羣燕辭歸雁南翔, 念君客遊思斷腸。慊慊思歸戀故鄉, 何爲淹留寄他方? 賤妾煢煢守空房, 憂來思君不敢忘, 不覺淚下霑衣裳。援琴鳴絃發清商, 短歌微吟不能長。明月皎皎照我牀, 星漢西流夜未央。牽牛織女遥相望, 爾獨何辜限河梁首章全篇。"等章, 體皆敷叙, 語皆顯直者也。

一 七

子建、仲宣四言, 其體出於二韋。然二韋意雖矜持, 而典則莊嚴, 古色照暎, 猶有古詞人風範。子建、仲宣則才思逸發, 華藻爛然, 自是詞人手筆。然仲宣較子建, 才力

514

不啻什伯也。子建《朔風》五章、《應詔》五章、《責躬》十一章，仲宣《贈蔡子篤》四章、《贈士孫文始》七章、《贈文叔良》五章、《思親》七章，諸家皆不能分。下流至二陸、潘安仁四言。

一 八

仲宣《太廟頌》、《俞兒舞》，其體出於《房中》、《郊祀》。《太廟》四言稍爲平典，而古色弗如，三言則遠甚矣。《俞兒舞》雜言，語雖顯明，而日就猥下，殆與繆襲《鼓吹曲》相若。

二 二

魏人五言，體多敷叙，語多構結。敷叙者，舉見於前。見此卷第三。構結者，略摘以見。文帝如："野田廣開闢，川渠互相經。""絃歌奏新曲，遊響拂丹梁。""白旄若素霓，丹旗發朱光。""齊倡發東舞，秦箏奏西音。"子建如："山岑高無極，涇渭揚濁清。""亮懷璵璠美，積久德逾宣。""肴來不虛歸，觴至反無餘。""行徒用息駕，休者以忘餐。""鳴儔嘯匹侶，列坐竟長筵。""仰手接飛猱，俯身散馬蹄。"公幹如："華館寄流波，豁達來風凉。""乖人易感動，涕下與衿連。""清歌製妙聲，萬舞在中堂。""自夏涉玄冬，彌曠十餘旬。""白露塗前庭，應門重其關。"仲宣如："凉風撤蒸暑，清雲却炎暉。""陳賞越丘山，酒肉踰川坻。""泛舟蓋長川，陳卒被隰埛。""日月不安處，人誰獲恒寧。""萑蒲竟廣澤，葭葦夾長流。"等句，語皆構結，較之西京，迥然自別矣。

二 五

子建《贈白馬王》詩，體既端莊，語復雅鍊，盡見作者之功，少時讀之，了不知其妙也。元美極稱之，謂"悲婉宏壯，情事理境，無所不有"。

二 七

漢人樂府五言，體既軼蕩，而語更真率。子建《七哀》、《種葛》、《浮萍》而外，體既整秩，而語皆構結。蓋漢人本叙事之詩，子建則事由創撰，故有異耳。較之漢人，已甚失其體矣。下流至陸士衡樂府五言。

二 九

子建樂府五言《七哀》、《種葛》、《浮萍》而外，惟《美女篇》聲調爲近。外惟《名都篇》云"名都多妖女，京洛出少年。寶劍直千金，被服麗且鮮。鬥雞東郊道，走馬長揪間。"《白馬篇》云"白馬飾金羈,連翩西北馳。借問誰家子,幽并游俠兒"數語,稍類樂府,餘則謂之乖調矣。說見陸士衡論中。

三〇

子建樂府五言《七哀》、《種葛》、《浮萍》、《美女》而外,較漢人聲氣爲雄,然正非樂府語耳。

三七

繁欽字休伯。樂府五言《定情詩》,才思逸發而情態橫生,中用一法數轉,可爲長篇之式。馮元成云:"休伯定情詩何其蔓繞,然有倫有趣,頗得《國風》之體。"

三八

建安之詩,體雖敷叙,語雖構結,然終不失雅正,至齊、梁以後,方可謂綺麗也。劉公幹《公讌詩》云"投翰長歎息,綺麗不可忘",是歎一時所見之綺麗耳。即文帝詩感心動耳,綺麗難忘也。李太白詩"自從建安來,綺麗不足珍",蓋傷大雅不作,正聲微茫,故遂言建安以來,辭賦綺麗,已不足珍,猶韓退之《石鼓歌》云"羲之俗書趁姿媚"是也。此皆豪士放言耳。蕭士贇即引公幹語註釋李詩,指以爲實,非癡人前説夢耶!

四〇

繆襲字熙伯。五言《挽歌》一首,在徐幹、陳琳之上;雜言《鼓吹曲》,雖調變《鐃歌》而句則出於《郊祀》,然語實猥下,較之仲宣,益不足法。韋昭而下,更多粗率,然竟爲後世廟樂之祖。

四二

正始體,嵇名康,字叔夜。阮名籍,字嗣宗。爲冠。王元美云:"嵇叔友土木形骸,不事藻飾,想於文亦爾。如《養生論》、《絶交書》,類信筆成者。詩少涉矜持,更不如嗣宗。"愚按:叔夜四言,雖稍入繁衍,而實得風人之致,以其出於性情故也;惟五言或不免於矜持耳。

四四

嗣宗五言《詠懷》八十二首,中多興比,體雖近古,然多以意見爲詩,故不免有跡。其他託旨太深,觀者不能盡通其意,鍾嶸謂其"言在耳目之内,情寄八荒之表"是也。

顔延年云:"阮公身事亂朝,常恐遇禍,因兹詠懷,雖志在譏刺,而文多隱避,百代之下,難以情測也。"

四五

嗣宗《詠懷》,比喻太切,故不免有跡。後人雜詩感遇等作,不爲漢人而多法嗣宗者,正以有跡可求故耳。與論漢、魏第四則參看。且體雖近古,而意實多同,恐非出一人之手。

四六

何晏字平叔。五言二篇,託物興寄,體製猶存。稽喜字公穆。五言"華堂臨浚沼"一篇,則蘭亭諸詩之祖。郭遐周五言、郭遐叔四言,俱不爲工。阮侃五言,則更繁蕪矣。

《詩源辯體》卷五晉(節録)

一

鍾嶸云:"陸機字士衡。爲太康之英,安仁、潘岳。景陽張協。爲輔。"皆當時所宗尚,故捨太冲而言。其品第見後。愚按:建安五言,再流而爲太康。然建安體雖漸入敷叙,語雖漸入構結,猶有渾成之氣。至陸士衡諸公,則風氣始漓,其習漸移,故其體漸俳偶,語漸雕刻,而古體遂淆矣。此五言之再變也。下流至謝靈運諸公五言。嶸又云:"建安以後,陵遲衰微,迄於太康,諸子勃爾復興,踵武前王,風流未沫,亦文章之中興也。"予謂:以太康較魏末,則爲中興;以建安視太康,實爲再變。知此,則永嘉以後可類推矣。永嘉詩,說見郭景純後。

二

五言自漢、魏至陳、隋,自初盛至晚唐,其變有漸,正由風氣漸衰,習染相因耳。至李、杜、韋、柳以及元和諸公,方可謂自立門户也。今之輕進自喜者,謂漢、魏、六朝、唐人之變,皆自立門户。此雖一己之偏,實未知其變之有漸耳。試以予説求之,當一一有證,非矯强附會也。

三

子建、仲宣四言,雖是詞人手筆,實雅體也;至二陸、安仁,則多以碑銘爲詩矣。胡元瑞云:"説者謂五言之變,防於潘、陸,不知四言之亡,亦晉諸子爲之也。"以上元瑞語。

下至顏延之，多首尾成對，謝玄暉抑又靡麗矣。

四

《三百篇》有"覯閔既多，受侮不少。""發彼小豝，殪此大兕"，《十九首》有"胡馬依北風，越鳥巢南枝"。"青青河畔草，鬱鬱園中柳"，曹子建有"始出嚴霜結，今來白露晞"。"秋蘭被長阪，朱華冒綠池"等句，皆文勢偶然，非用意俳偶也。用意俳偶，自陸士衡始。王元美直謂"俳偶之語，《毛詩》已有之"，豈以《三百篇》亦後世詞人才子流耶？又或以小雅"昔我往矣，楊柳依依；今我來斯，雨雪霏霏"爲扇對，楚辭"蕙肴蒸兮蘭藉，奠桂酒兮椒漿"爲蹉對，大堪撫掌。

五

士衡五言，如《贈從兄》、《贈馮文羆》、《代顧彥先婦》等篇，體尚委婉，語尚悠圓，但不盡純耳。至如《從軍行》、《飲馬長城窟》、《門有車馬客》、《苦寒行》、《前緩聲歌》、《齊謳行》等，則體皆敷叙，語皆構結，而更入於俳偶雕刻矣。中如"懷往歡絕端，悼來憂成緒。""永歎遵北渚，遺思結南津。""夕息抱影寐，朝徂衘思往。""豐條並春盛，落葉後秋衰。""淑氣與時隕，餘芳隨風捐。""男歡智傾愚，女愛衰避妍。""淑貌色斯升，哀音承顏作。""福鍾恒有兆，禍集非無端。""烈心厲勁秋，麗服鮮芳春。""規行無曠跡，矩步豈逮人"等句，皆俳偶雕刻者也。

八

士衡樂府五言，體製聲調與子建相類，而俳偶雕刻，愈失其體，時稱"曹、陸爲乖調"是也。昭明錄子建、士衡而多遺漢人樂府，似不能知。

九

陸士衡、謝靈運、謝惠連樂府七言《燕歌行》各一篇，較之子桓，體製聲調亦不甚殊，未可稱變也。

一〇

陸士衡五言，體雖漸入俳偶，語雖漸入雕刻，其古體猶有存者。至潘安仁《金谷》、《河陽》、《懷縣》、《悼亡》等作，則更傷冗漫，而古體散矣。孫興公謂："潘文淺而淨，陸文深而蕪。"陳繹曾亦謂："潘質勝於文，有古意。"何耶？

一七

陸士衡、潘安仁、張景陽五言，其體漸入俳偶，而陸、潘語並入雕刻，景陽亦間有之。左太冲雖略見俳偶，却有渾成之氣。劉勰謂四子"采縟於正始，力柔於建安"，則似無分別。

一八

嚴滄浪云："左太冲高出一時，陸士衡獨在諸公之下。"予嘗爲四家品第：太冲渾成獨冠；士衡雕刻傷拙，而氣格猶勝；景陽華彩俊逸，而氣稍不及；安仁體製既亡，氣格亦降，察其才力，實在士衡之下。元美謂"安仁氣力勝士衡"，誤矣。鍾嶸云："陸才如海，潘才如江。"

一九

太康諸子，其體有不同者，當是氣有强弱，才有大小耳，未必各有師承也。宋景濂謂："安仁、茂先、景陽學仲宣，太冲、季鷹法公幹。"此論出於鍾嶸，不免以形似求之。

二〇

張茂先名華。五言，得風人之致，題曰雜詩、情詩，體固應爾。或疑其調弱，非也。觀其《答何劭》二作，其調自別矣。但格意終少變化，故昭明不多録耳。謝康樂云："張公雖復千篇，猶一體也。"語雖或過，亦自有見。

二一

茂先五言，似對非對，中亦漸入俳偶。至如"居歡惜夜促，在感怨宵長。""道長苦智短，責重困才輕。"則傷於拙矣。

二二

潘正叔名尼。五言，體漸俳偶，語漸雕刻。方之張公，茂先情麗，正叔語工。茂先如"朱火清無光，蘭膏坐自凝。""佳人處遐遠，蘭室無容光。""巢居知風寒，穴處識陰雨。不曾遠別離，安知慕儔侶"等句，其情甚麗。正叔如"逸驥騰夷路，潛龍躍洪波。""游鱗萃靈沼，撫翼希天階。""蠖屈固小往，龍翔乃大來。""青松蔭脩嶺，綠蘩被廣隰"等句，其語實工。

二三

陸士龍名雲。四言最多，説見士衡論中。五言僅得數篇，亦與士衡相類，時稱二陸。

二四

張孟陽名載。五言，篇什不多，體雖未入俳偶，語雖未見雕刻，然氣格不及太冲，詞彩遠慚厥弟。太康諸子，載獨居下。

二八

郭景純名璞。五言《遊仙詩》，出於漢人《仙人騎白鹿》、《邪徑過空盧》、《今日樂上樂》及曹子建“遠遊臨四海”、“九州不足步”、“仙人攬六箸”等篇。鍾嶸云：“文體相輝，彪炳可翫。但辭多慷慨，乖遠玄宗。而云‘奈何虎豹姿’，又云‘戢翼棲榛梗’，乃是坎壈詠懷，非列仙之趣也。”愚按：景純《遊仙》中雖雜坎壈之語，至如“放情凌霄外，嚼蕊挹飛泉。”“神仙排雲出，但見金銀臺。”“升降隨長煙，飄飄戲九垓。”“鮮裳逐電曜，雲蓋隨風迴”等句，則亦稱工矣。然陳繹曾乃謂“三謝皆出於此。杜、李精奇處，皆取此。”則又不可知。

二九

鍾嶸云：“永嘉時，貴黃老，尚虛談，于時篇什，理過其辭，淡乎寡味。爰及江表，微波尚傳。孫綽、許詢、桓、庾諸公詩，皆平典似道德論，建安風力盡矣。先是郭景純用雋上之才，變創其體；劉越石仗清剛之氣，贊成厥美。”云云，此論甚詳。予考永嘉以後，傳者絕少，故不能備述。但劉越石前與潘陸同時，今謂永嘉而後景純變創，越石贊成，則失考矣。

三〇

晉無名氏樂府七言《白紵舞歌》，用韻祖於《燕歌》，而體多浮蕩，語多華靡，然聲調猶純，此七言之再變也。下流至鮑明遠《行路難》。如“質如輕雲色如銀，愛之遺誰贈佳人。制以爲袍餘作巾，袍以光軀巾拂塵。麗服在御會嘉賓，醽醁盈樽美且淳。清歌徐舞降祇神，四座歡樂胡可陳”第二章全編。等章，皆浮蕩華靡者也。胡元瑞云：“歌行可法者，漢《四愁》、魏《燕歌》、晉《白紵》。”又云：“《白紵辭》前首自‘質如輕雲’下，當另一篇。”愚按：後首自“羲和馳景”下，亦當另爲一篇。後觀馮元成集，實作五篇。

《詩源辯體》卷六晋（節録）

三

五言自漢、魏至六朝，皆自一源流出，而其體漸降。惟陶靖節不宗古體，不習新語，而真率自然，則自爲一源也。然已兆唐體矣。下流至元次山、韋應物、柳子厚、白樂天五言古。

四

康樂詩，上承漢、魏、太康，其脉似正，而文體破碎，殆非可法。靖節詩，真率自然，自爲一源，雖若小偏，而文體完純，實有可取。康樂譬吾儒之有荀、楊，靖節猶孔門視伯夷也。

一〇

晋、宋間詩以俳偶雕刻爲工，靖節則真率自然，傾倒所有，當時人初不知尚也。顔延之作《靖節誄》云："學非稱師，文取指旨通。達。"延之意或少之，不知正是靖節妙境。

一七

或問："漢、魏與靖節詩皆本乎情之真，而體有不同，何也？"曰：漢、魏近古，興寄深，故其體委婉；靖節去古漸遠，直是直寫己懷，固當以氣爲主耳。《捫蝨清話》云："文章以氣爲主，氣韻不足，雖有辭藻，要非佳作也。昨讀淵明詩，頗似枯淡而有味。"已上六句皆《捫蝨》語。

一八

或問予："子嘗言元和諸公以議論爲詩，故爲大變，若靖節'大鈞無私力'、'顔生稱爲仁'等篇，亦頗涉議論，與元和諸公寧有異耶？"曰：靖節詩乃是見理之言，蓋出於自然，而非以智力得之，非若元和諸公騁聰明、構奇巧，而皆以文爲詩也。

《詩源辯體》卷七宋（節録）

一

鍾嶸云："謝客名靈運，小名客兒，襲封康樂公。爲元嘉之雄，顔延年名延之。爲輔。"愚按：太康五言，再流而爲元嘉。然太康體雖漸入俳偶，語雖漸入雕刻，其古體猶有存者；至謝靈運諸公，則風氣益漓，其習盡移，故其體盡俳偶，語盡雕刻，而古體遂亡矣。此五言之三變也。下流至謝玄暉、沈休文五言。劉勰云："宋初文詠，儷采百字之偶，爭價一句之奇，情必極貌以寫物，辭必窮力而造新，此近世之所競。"是也。《南史》載："靈運車服鮮麗，衣物多改舊形制，世共宗之。"其畔古趨變類如此。

二

予嘗謂：漢、魏五言如大篆，元嘉顔、謝五言如隸書。米元章云："書至隸興，大篆古法大壞矣。"猶予謂詩至元嘉而古體盡亡也。此理勢之自然，無足爲怪。

四

五言自士衡至靈運，體盡俳偶，語盡雕刻，不能盡舉。然士衡語雖雕刻，而佳句尚少，至靈運始多佳句矣。

八

漢、魏詩興寄深遠，淵明詩真率自然。至於山林丘壑、煙雲泉石之趣，實自靈運發之，而玄暉殆爲繼響。靈運如"水宿淹晨暮"等句，於煙雲泉石，描寫殆盡。黃勉之謂"如川月嶺雲，玩之有餘，即之不得"。馮元成謂"語不能述，畫不能圖"是也。太白傾心二謝，正在於此。然太白語或相近，而體不相沿，至其自得之妙，則一氣渾成，了無痕跡矣。

一三

語有似是而實非者，最易惑人。如何仲默云："文靡於隋，韓力振之，然古文之法亡於韓；詩溺於陶，謝力振之，然古詩之法亦亡於謝。"其論詩有三病，而元美又稱述之，可謂惑矣。淵明詩真率自然而氣韻渾成，而謂"詩溺於陶"，一病也；五言自太康變至元嘉，乃理之必至，勢之必然，而謂"謝有意振之"，二病也；靈運之名實被一時，淵明之詩後世始知宗尚，當時謝豈有意於振之耶？三病也。若云"古詩之法亡於謝"，庶不爲謬。而黃勉之又深詆之，豈以古詩之法尚猶有在耶？

一四

予之論靈運詩，乃大公至正而無所偏，以漢、魏、晉人詩等第之，其高下自見。胡元瑞謂"五言盛於漢，暢於魏，衰於晉、宋，亡於齊、梁"是也。古體亡於宋。古聲亡於梁。

522

國朝人篤好靈運，於其詩便爲極至，凡稍有相詆，即爲矛盾。故予之論靈運詩爲破第一關。學者過此無疑，其他則易從矣。論初唐七言古爲破第二關，論盛唐律詩爲破第三關。

一五

顏延年詩，體盡俳偶，語盡雕刻。然他篇尚覺明爽，惟四言如《應詔讌曲水》、《皇太子釋奠》、《宋郊祀歌》，五言如《應詔觀北湖田收》、《車駕幸京口》、《侍游蒜山》、《拜陵廟》諸作，艱澀深晦，殆不可讀。其意欲法《雅》、《頌》，實則《雅》、《頌》之屬耳。《南史》載："延年嘗問鮑照，己與靈運優劣。照曰：'謝五言如初發芙蓉，自然可愛；君詩若鋪錦列繡，亦雕繢滿眼。'"湯惠休亦云："謝詩如芙蓉出水，顏詩如錯彩鏤金。"豈當時以艱澀深晦者爲鋪錦鏤金耶？然延年較靈運，其妙合自然者雖不可得，而拙處亦少，觀其集當知之。

一七

延年詩本雕刻求新，然四言如《皇太子釋奠》云"國尚師位，家崇儒門"，元美謂"老生板對"；五言如《侍遊曲阿》云"虞風載帝狩，夏諺頌王遊"、《應詔觀北湖田收》云"周御窮轍跡，夏載歷山川"、《拜陵廟》云"周德恭明祀，漢道遵光靈"，意既淺近，體又一律，何太窘迫耶！元美謂其"才不勝學"，得之。

一九

靈運、延年五言四句，又爲一變。靈運如"弄波不輟手"，延年如"風觀要春景"，二篇體既俳偶，語復雕刻，然聲韻猶古。上源於張孟陽五言四句，下流至鮑明遠五言四句。

二〇

六朝人詩，刻本多相混入，然其體自可辨。如《詩紀》載謝靈運"一瞬即七里"、顏延年"薄遊忝霜署"二篇，皆齊、梁以後詩也。又《鳴蟬篇》乃北齊顏之推作，《詩紀》錄半篇屬延年，誤矣。

二三

謝靈運經緯綿密，鮑明遠名照，《文選》作昭。步驟軼蕩。明遠五言如《數詩》、《結客》、《薊門》、《東武》等篇，在靈運之上。然靈運體盡俳偶，而明遠復漸入律體。凡不當對而對者，爲漸入律體。但靈運體雖俳偶而經緯綿密，遂自成體；明遠本步驟軼蕩，而復入此窘步，故反傷其體耳。以全集觀，當自見矣。滄浪謂"顏不如鮑，鮑不如謝"，正以此也。

二 四

明遠樂府五言，步驟軼蕩，正合歌行之體。然其才自軼蕩耳，故其詩亦如之。

二 六

明遠五言，既漸入律體，中復有成律句而綺靡者。如“歸華先委露，別葉早辭風。”“蜀琴抽白雪，郢曲發陽春。”“珠簾無隔露，羅幌不勝風。”“揚芬紫煙上，垂綵緑雲中”等句，則皆律句而綺靡者也。然此實不多見，故必至永明乃爲四變耳。

二 八

明遠五言四句，聲漸入律，語多華藻，然格韻猶勝。上源於靈運、延年五言四句，下流至何遜五言四句。

二 九

明遠樂府七言有《白紵詞》，雜言有《行路難》。《白紵詞》本於晉，而詞益靡；《行路難》體多變新，語多華藻，而調始不純，此七言之三變也。下流至吳均七目。《行路難》如“奉君金卮之美酒，瑇瑁玉匣之雕琴，七綵芙蓉之羽帳，九華蒲桃之錦衾。紅顏零落歲將暮，寒光宛轉時欲沉。願君裁悲且減思，聽我抵節行路吟。不見柏梁銅雀上，寧聞古時歌吹音？”首章全篇。“洛揚名工鑄爲金博山，千斲復萬鏤，上刻秦女攜手仙。承君清夜之歡娛，列置幃裏明燭前。外發龍麟之丹彩，內含麝芬之紫烟。如今君心一朝異，對此長歎終百年”二章全篇。等章，則體皆變新，語皆華藻者也。馮元成云：“《行路難》縱橫宕逸，長短恣意，遂兆李、杜諸公軌轍。”得之。至如“隨酒逐樂任意去”、“獨魄徘徊透壙基”、“蓬首亂髮不設簪”、“徒飛輕埃遶空帷”等句，非古非律，聲調全乖，歌行中斷不可用之。

三 〇

胡元瑞云：“《行路難》欲汰去浮靡，返於渾樸，而時代所壓，不能頓超。”非也。《行路難》體多變新，語多華藻，而調始不純，自是宋人一變。若晉《白紵舞歌》反浮靡者，歌名《白紵》，自應浮靡，本不得與《行路難》相較，以鮑《白紵詞》觀之，自可見矣。

三 一

明遠七言四句，有《夜聽妓》一篇，語皆綺豔，而聲調全乖，然實七言絶之始也。下流至劉孝威七言四句。元瑞謂"七言絕體緣起，斷自梁朝"。則失考矣。

《詩源辯體》卷八齐（節録）

三

玄暉、休文五言，雖自漢、魏遠降，而一源流出，實爲正變。文通五言《擬古三十首》，多近古人，擬古不録；説見凡例。而他作每每任情，與玄暉、休文大異，實爲自立門户，晚年才盡，故不免支離耳。與總論"學者以識爲主，其工夫才質不可偏廢"一則參看。乃知歷代常法，斷不可輕廢也。

四

《南史》載："永明中，王融、字元長。謝朓、字玄暉。沈約字休文。始用四聲，以爲新變。"愚按：元嘉五言，再流而爲永明，然元嘉體雖盡人俳偶，語雖盡入雕刻，其聲韻猶古，至玄暉、休文則風氣始衰，其習漸卑，故其聲漸入律，語漸綺靡，而古聲漸亡矣。此五言之四變也。下流至梁簡文、庾肩吾五言。然析而論之，玄暉爲工，休文才有不逮，丘遲、任昉雖終仕於梁，而其詩亦永明體，但篇什甚少，不足序列。

五

玄暉五言，如"日出衆鳥散，山暝孤猿吟。""天際識歸舟，雲中辨江樹。""南中榮橘柚，寧知鴻雁飛。""春草秋更緑，公子未西歸。""大江流日夜，客心悲未央。""金波麗鳷鵲，玉繩低建章。""風動萬年枝，日華承露掌。""餘霞散成綺，澄江靜如練。""寒城一以眺，平楚正蒼然。""朔風吹飛雨，蕭條江上來。"休文如"春光發隴首，秋風生桂枝。""青苔已結湖，碧水復盈淇。""秋風吹廣陌，蕭瑟入南闈"等句，皆佳句也。但較之靈運，則氣格遂降耳。至如玄暉"風澀飄鶯亂，雲行芳柳低。""香風蕊上發，好鳥葉間鳴。""葉低知露密，崖斷識雲重。"《詠幔》云"每聚金鑪氣，時駐玉琴聲。"《詠燭》云"徘徊雲髻影，的爍綺疏金。"休文如"寶瑟玫瑰柱，金羈玳瑁鞍。""日華照趙瑟，風色動燕姬。""聯簪映秋月，開鏡比春粧。""月輝橫射枕，燈光半隱牀。"《詠風》云"入鏡先飄粉，翻衫染弄香"等句，皆入律而綺靡者也。

六

玄暉、休文五言平韻者，上句第五字多用仄，即休文八病中所忌"上尾"之説也。此變律之漸。

九

玄暉五言四句,格韻較明遠稍降,然未可謂變也。

一〇

休文全集較玄暉聲氣爲優,然殊不工。至入録者,則聲韻益靡矣。

一一

休文論詩,有"八病"之説,此變律之漸。然觀其詩,亦不盡如其説,何耶?

一三

王元長五言,較玄暉、休文聲韻益卑,太半入梁、陳矣,故昭明獨無取焉。鍾嶸云"宮商之辯,四聲之論,王元長創其首,謝朓、沈約揚其波"是也。至如"殘日霽沙嶼,清風動甘泉。""霜氣下盟津,秋風度函谷",求之永明,殆不多得。

一四

玄暉、元長樂府五言,與詩略無少異,故不復分次;惟休文長篇,聲氣稍雄,然正非樂府語耳。

《詩源辯體》卷九梁(節録)

二

范雲字彦龍。五言,在齊、梁間聲氣獨雄。永明以後,梁武取調,范雲取氣。雲前數篇亦永明體。

三

何遜字仲言。與劉孝綽本名冉,字孝綽。齊名,時號何、劉。二公五言,聲多入律,語漸綺靡。何長篇平韻者殊不工;仄韻者上聯第五字或用平,下聯第五字必用仄,上聯第五字或用仄,下聯第五字必用平,即休文"八病"中所忌"鶴膝"之説也。瀏長篇有轉韻體最工,下流至薛道衡初唐諸子,遂爲青蓮長物。

四

何遜五言四句,聲盡入律,語多流麗,而格韻始卑。上源於鮑明遠五言四句,下流至梁簡文、庾肩吾五言四句。

五

劉孝威五言，語漸綺靡，聲愈入律，名在孝綽之下，而詩入録者亦少，然語在梁、陳間最工。

六

孝威七言四句有《詠曲水中燭影》一篇，較明遠語更綺豔，而聲調仍乖。下流至梁簡文七言四句。

七

吳均字叔庠。五言，聲漸入律，語漸綺靡，在梁、陳間稍稱遒邁。《傳》謂其“有古氣”，非也。五言四句與鮑明遠相類，較諸家爲勝。

八

吳均樂府七言及雜言有《行路難》，本於鮑明遠而調多不純，語漸綺靡矣。此七言之四變也。下流至梁簡文以下七言。如“洞庭水上一株桐，經霜觸浪因嚴風。昔時抽心曜白日，今旦臥死黄沙中。洛陽名工見咨嗟，一剪一刻作琵琶。白壁規心學明月，珊瑚映面作風花。帝王見賞不見忘，提攜把握登建章。掩抑摧藏《張女彈》，殷勤促柱《楚明光》。年年月月對君王，遥遥夜夜宿未央。未央綵女棄鳴籠，争先拂拭生光儀。茱萸錦衣玉作匣，安念昔日枯樹枝？不學衡山南嶺桂，至今千裁猶未知。”首章全篇。等章，調多不純，語漸綺靡者也。

九

王筠字元禮。五言，語漸綺靡，聲愈入律，去吳均爲遠，以全集觀自見。

一〇

柳惲字文暢。五言，聲多入律，語多綺靡，去吳均亦遠。至如“汀洲采白蘋，日落江南春。”“亭皋木葉下，隴首秋雲飛。”“气太液滄波起，長楊高樹秋”數語，永明以後，佼佼獨勝。

一一

杜確云：“簡文帝諱綱，夕世讚。及庾肩吾字子慎，一字慎之。之屬，始爲輕浮綺靡之詞,名之曰'宫體'。"愚按:永明五言,再流而爲梁簡文及庾肩吾諸子,然永明聲雖漸入於律,語雖漸入綺靡,其古聲猶有存者;至梁簡文及庾肩吾之屬,則風氣益衰,其習愈卑,故其聲盡入律、句雖入律而體猶未成。語盡綺靡而古聲盡亡矣。此五言之五變也。轉進至初唐王、楊、盧、駱五言。然析而論之,肩吾爲工,而簡文語更入妖豔。

一　二

庾肩吾五言,如"金門纔出柳,桐井半含泉。""鑪香雜山氣,殿影入池漣。""水光懸蕩壁,山翠下添流。""桃花舒玉潤,柳葉暗金溝。""泉飛疑度雨,雲積似重樓。""荷低芝蓋出,浪涌燕舟輕。""閣影臨飛蓋,鶯鳴入洞簫。""看粧畏水動,斂袖避風吹"等句,聲盡入律,語盡綺靡。簡文如"桃含可憐色,柳發斷腸青。落花隨燕入,游絲帶蝶驚。""輕花髻畔墜,微汗粉中光。""密態隨流臉,嬌歌逐頓聲。朱顏半已醉,微笑隱香屏。""蝶颺縈空舞,燕作同心飛。"《詠内人畫眠》云"夢笑開嬌靨,眠鬟壓落花。簟紋生玉腕,香汗浸紅紗。"《雙燕雕》云"銜花落北戶,逐蝶上南枝。桂棟本曾宿,虹梁早自窺"等句,則更入妖豔矣。又結語屬對者,氣多不盡。

一　三

梁簡文、庾肩吾五言四句,聲盡入律,語盡綺靡,而格韻愈卑。上源於何遜五言四句,轉進至王、楊、盧、駱五言四句。

一　四

梁簡文以下樂府七言,調多不純,語多綺豔,此七言之五變也。上源於吳均七言,轉進至王、盧、駱三子七言。

一　五

梁簡文七言八句有《烏夜啼》,乃七言律之始。下流至庾信七言八句。第七句"羞言獨眠枕下淚","淚"字諸本皆作"流",其聲難協,其義難通,"一作淚"爲是。七言四句有《上留田》、《春別》、《夜望單飛雁》,語仍綺豔,而聲調亦乖。上源於劉孝威七言四句,下流至庾信七言四句。

一　六

五言至梁簡文而古聲盡亡,然五七言律絶之體於此而備。此古律興衰之幾也。

528

一 七

陰鏗字子堅。與何遜齊名，亦號"陰何"。鏗五言聲盡入律，語盡綺靡，聲調既卑於遜，而累語復多，以全集觀自見。

一 八

沈君攸五言甚少，不足采錄；樂府七言三首其二，一韻成篇，體盡俳偶，語盡綺靡，聲多入律，而調又不純矣。

《詩源辯體》卷十陳（節錄）

一

《北史》載："庾信父肩吾，爲梁太子中庶子，掌管記。東海徐摛，爲右衛率。摛子陵字少穆。及信字子山。並爲抄撰學士。父子在東宮，出入禁闥，恩禮莫與比隆。既文並綺豔，故世號爲'徐庾體'。"愚按：五言自梁簡文、庾肩吾以至陵、信諸子，聲盡人律，語盡綺靡，其體皆相類，而陵、信最盛稱。然析而論之，信實爲工，而陵才有不逮。後陵仕陳，信事北周。

二

徐陵五言，如"榜人事金槳，釣女飾銀鈎。細萍時帶楫，低荷乍入舟。落花承步履，流澗寫行衣。"《梅花落》云"燕拾還蓮井，風吹上鏡臺。"《詠舞》云"低鬟向綺席，舉袖拂花黃。燭送窗邊影，衫傳篋裡香。"庾信如"楊柳成歌曲，蒲桃學繡文。""樹宿含櫻鳥，花留釀蜜蜂。""龍來隨畫壁，鳳起逐吹簧。""花梁反披葉，蓮井倒垂房。""圓珠墜晚菊，細火落空槐。""密菱障浴鳥，高荷没釣船。碎珠縈斷菊，殘絲繞折蓮。"《詠王昭君》云"鏡失菱花影，釵除却月梁"等句，皆人律而綺靡者也。

六

庾（信）七言八句有《烏夜啼》，於律漸近；上源於梁簡文七言八句，下流至隋煬帝七言八句。七言四句有《代人傷往》、《夜望單飛雁》，語仍綺豔，而聲調亦乖。上源於梁簡文七言四句，下流至江總七言四句。

七

王褒字子深，一字子淵。五言，聲盡入律，而綺靡者少。至如《飲馬》、《從軍》、《關山》、《遊俠》、《渡河》諸作，皆有似初唐。以全集觀，不能如庾之工也。樂府七言亦近初唐。

八

張正見字見賾。五言，聲盡入律，而綺靡者少。《雨雪曲》、《從軍行》，亦近初唐。樂府七言、雜言，調雖和諧，而語盡綺靡，正梁陳體也。

九

陳後主諱叔寶，字元秀。五言，聲盡入律，語盡綺靡。樂府七言與梁簡文相類。視梁、陳諸子，才力更弱。

一〇

江總字總持。五言，聲盡入律，語多綺靡。樂府七言，調多不純，語更綺豔。後主狎客十人，而詩則總爲勝。

一一

江總七言四句有《怨詩》二篇，調雖合律，而語仍綺豔，下至隋煬帝亦然。上源於庾信七言四句，轉進至王、盧、駱三子七言四句。

一二

七言自梁簡文而下，語多綺豔。簡文如“誰家總角歧路陰，裁紅點翠愁人心。天窗綺井暖徘徊，珠簾玉篋明鏡臺。”“網戶珠綴曲瑣鈎，芳裀翠被香氣流。”沈君攸如“絲繩玉壺傳綺席，秦箏趙瑟響高堂。”“魚文熠爚含餘日，鶴蓋低昂映落霞。隔樹銀鞍喧寶馬，分衢玉軸動香車。”徐陵如“宮中本造駕鴛鴦殿，爲誰新起鳳凰樓。”“舞衫迴袖勝春風，歌扇當窗似秋月。”庾信如“盤龍明鏡餉秦嘉，辟惡生香寄韓壽。”“桃花顏色好如馬，榆莢新開巧似錢。”王褒如“初春麗日鶯欲嬌，桃花流水没河橋。”張正見如“含啼拂鏡不成粧，促柱繁絃還亂曲。”“流螢映月明空帳，疎葉從風入斷機。”陳後主如“誰家佳麗過淇上，翠釵綺袖波中漾。雕軒繡戶花恒發，珠簾玉砌移明月。”江總如“房櫳宛轉垂翠幬，佳麗逶迤隱珠箔。”“合歡錦帶鴛鴦鳥，同心綺袖連理枝。”“玉軑輕輪五香散，金燈夜火百花開。""步步香飛金薄履，盈盈扇掩珊瑚脣。""銀牀金屋挂流蘇，寶鏡玉釵橫珊瑚"等句，皆爲綺豔者也。至如沈君攸"歌響出扇繞塵梁"、"津吏猶醉强持船"，江總"妾門逢春自可榮，君面未秋何意冷。""不惜獨眠前下釣，欲許便作後來薪"等句，則聲調全乖，更不成文矣。

《詩源辯體》卷十一隋（節録）

一

盧思道、字子行。李德林、字公輔。薛道衡字玄卿。五言，聲盡入律，而盧則綺靡者尚多。薛《轉韻》諸篇，本於劉孝綽，至《出塞》二篇，則已近初唐矣。

二

樂府七言，思道《從軍行》、道衡《豫章行》，皆已近初唐。思道與德林、道衡齊名，友善。《隋史》曰："二三子有齊之季，皆以辭藻著聞，爰歷周、隋，咸見推重。李稱一代俊偉，薛則時之令望。靜言揚榷，盧居二子之右。"愚按：徐、庾、王褒、張正見、盧、薛諸子五七言，風格多有近初唐者。臧顧渚謂："《易》窮則變，天實開之。"胡元瑞謂"陳、隋無論其質，即文無足論者"，此概曰諸家耳。蓋亦理勢之自然耳。

三

隋煬帝名廣。五言，聲盡入律，語多綺靡；樂府七言有《泛龍舟》、《江都夏》、《東宮春》，調雖稍變梁、陳，而體猶未純。

四

煬帝七言八句，有《江都宮樂歌》，於律漸近。上源於庾信七言八句，轉進至杜、沈、宋七言律。又煬帝幸江都，製《水調歌》，今《詩紀》所載數篇，調純語暢，爲七言絕正體，中復雜以唐人之詩，蓋後人所編，非煬帝舊曲也。

五

六朝樂府與詩，聲體無甚分別，詩言六朝，謂晉、宋、齊、梁、陳、隋也。白下言六朝，則有吳無隋。惟樂府短章如《子夜》、《莫愁》、《前溪》、《烏夜啼》等，語真情豔，能道人意中事，其聲體與詩乃大不同。唐人《竹枝詞》，語意實本於此。

六

五言律句雖起於齊、梁，而綺靡衰颯，不足爲法。必至初唐沈、宋，乃可爲正宗耳。退之謂"齊、梁及陳、隋，衆作等蟬噪"是也。楊用修酷嗜六朝，擇六朝以還聲韻近律者，名爲律祖，其背戾滋甚。且如退之"文起八代之衰"，今擇六朝之文體製僅似者，爲韓、柳文祖，可乎？

八

齊、梁以後之詩，不但失之綺靡，而支離醜惡，十居四五，以《詩紀》觀之自見。胡元瑞云："晉與宋，文盛而質衰；齊與梁，文勝而質滅。"陳、隋無論其質，即文無足論者。

九

或問："唐末之纖巧，與梁、陳以後之綺靡，孰爲優劣？"曰：詩文俱以體製爲主，唐末語雖纖巧，而律體則未嘗亡；梁、陳以後，古體既失，而律體未成，兩無所歸，斷乎不可爲法。與初唐總論第二則參看。

一〇

予論《三百篇》、漢、魏、盛唐之詩，最爲詳悉，至論梁、陳以後則甚寥寥者，蓋《三百篇》、漢、魏、盛唐，各極其至，即窮予之力而闡揚之，有弗能盡；梁、陳以後，體實相因，而格日益卑，予何所致其辯乎？譬之作譜諜者，於功德表著之人，自應稱述，至於閭里平人，存其世係而已。錢、劉以下諸子，亦然。

《詩源辯體》卷十二初唐（節錄）

一

武德、貞觀間，太宗諱世民。及虞世南、字伯施。魏徵字玄成。諸公五言，聲盡入律，語多綺靡，即梁、陳舊習也。王元美云："唐文皇太宗。手定中原，籠蓋一世，而詩語殊無丈夫氣，習使之也。"按：《唐書》："世南文章婉縟，慕徐陵。太宗嘗作宮體詩，使賡和。世南曰：'聖作誠工，然體非雅正，臣恐此詩一傳，天下風靡，不敢奉詔。'""帝曰：'朕試卿耳。'後帝爲詩一篇，述古興亡，詩不傳。既而歎曰：'鍾子期死，伯牙不復鼓琴，朕此詩何所示耶！'敕褚遂良，即其靈座焚之。"今觀世南詩，猶不免綺靡之習，何也？蓋世南雖知宮體妖豔之語爲非正，而綺靡之弊則沿陳、隋舊習而弗知耳。且世南所慕徐陵而謂之雅正，可乎至如《出塞》、《從軍》、《飲馬》、《結客》及魏徵《出關》等篇，聲氣稍雄，與王褒、薛道衡諸作相上下，此唐音之始也。

二

五言自漢、魏流至陳、隋，日益趨下，至武德、貞觀，尚沿其流，永徽以後，王、名勃，字子安。楊、名炯。盧、名照隣，字昇之。駱名賓王。則承其流而漸進矣。四子才力既大，至此始言才力，説見凡例。風氣復還，故雖律體未成，綺靡未革，而中多雄偉之語，唐人之氣象風格始見。至此始言氣象、風格。此五言之六變也。轉進至沈、宋五言律。然析而論之，王與盧、駱綺靡者尚多；楊篇什雖寡，而綺靡者少，短篇則盡成律矣。炯嘗曰：“吾愧在盧前，耻居王後。”他日，崔融與張説評勃等曰：“勃文章宏放，非常人所及，炯、照隣，可以企之。”説曰：“不然。盈川炯爲盈川令。文如懸河，酌之不竭，優於盧而不減王。耻居後，信然；愧在前，謙也。”以上張説語。意炯當時必多長篇大什，而零落至此，惜哉！

三

五言，王如“悲凉千里道，悽斷百年身。”“樓臺臨絶岸，洲渚亘長天。”“危閣循丹嶂，回梁屬翠屏。”楊如“明堂占氣色，華蓋辨星文。”“劍鋒生赤電，馬足起紅塵。”“牙璋辭鳳闕，鐵騎遠龍城。”“秋陰生蜀道，殺氣繞湟中。”盧如“骨肉胡秦外，風塵關塞中。”“朧雲朝結陣，江月夜臨空。”“將軍下天上，虜騎入雲中。”“龍旌昏朔霧，鳥陣捲胡風。”駱如“晚風連朔氣，新月照邊秋。竈火通軍壁，烽煙上戊樓。”“河流控積石，山路遠崆峒。”“夜闌明隴月，秋塞急胡風”等句，語皆雄偉。唐人之氣象風格，至此而見矣。

五

綺靡者，六朝本相；雄偉者，初唐本相也。故徐、庾以下諸子，語有雄偉者爲類初唐；王、盧、駱，語有綺靡者爲類六朝。元瑞謂照隣“朧雲”等句、賓王“晚風”等句，有類六朝，乃反言之。

六

初唐五言平韻者，古、律混淆。惟盧照隣《詠史》四首，聲韻於古爲純，但未盡工，故不錄耳。

七

初唐五言，雖未成律，然盧照隣"地道巴陵北"、駱賓王"二庭歸望斷"及陳子昂"日落蒼江晚"三篇，聲體盡純而氣象宏遠，乃排律中翹楚，盛唐諸公亦未有相匹者。

八

五言四句，其來既遠。至王、楊、盧、駱，律雖未純，而語多雅正，其聲律盡純者，則亦可爲絶句之正宗也。上承梁簡文、庾肩吾五言四句，轉進至太白、王、孟五言絶。

九

七言古自梁簡文、陳、隋諸公始，進而爲王、盧、駱三子。三子偶儷極工，綺豔變爲富麗，然調猶未純，詳見李、杜論中。語猶未暢，其風格雖優，七言古至此始言風格。而氣象不足。此七言之六變也。轉進至沈、宋七言古。然析而論之，王長篇雖少，而稍見錯綜，與盧、駱體製少異。

一〇

七言古，王如"畫棟朝飛南浦雲，珠簾暮捲西山雨。""紫閣丹樓紛照耀，璧房錦殿相玲瓏。""鴛鴦池上兩兩飛，鳳凰樓下雙雙度。"盧如"玉輦縱橫過主第，金鞭絡繹向侯家。龍銜寶蓋承朝日，鳳吐流蘇帶晚霞。""片片行雲着蟬鬢，纖纖初月上鴉黄。""妖童寶馬鐵連钱，娼婦盤龍金屈膝。""隱隱朱城臨御道，遙遙翠幨没金堤。""俱邀俠客芙蓉劍，共宿娼家桃李蹊。""北堂夜夜人如月，南陌朝朝騎似雲。""珊瑚葉上鴛鴦鳥，鳳凰巢裏鴛鴦兒。"駱如"桂殿嶔岑對玉樓，椒房窈窕連金屋。""復道斜通鳷鵲觀，交衢直指鳳凰塞。""小堂綺帳三千戶，大道青樓十二重。寶蓋雕鞍金絡馬，蘭窗繡柱玉盤龍。""春朝桂尊尊百味，秋夜蘭燈燈九微。""銅駝路上柳千條，金谷園中花幾色。""蛾眉山上月如眉，濯錦江中霞似錦。""鸚鵡杯中浮竹葉，鳳凰琴裏落梅花"等句，偶儷極工，語皆富麗者也。

一一

詩，先體製而後工拙。王、盧、駱七言古，偶儷雖工，而調猶未純，語猶未暢，實不得爲正宗，此自然之理，不易之論。然不能釋衆人之惑者，蓋徒取其工麗而不識正變之體故也。故予論初唐七言古爲破第二關。學者過此箕疑，其他不難辯矣。

一　三

漢、魏五言終變而爲律，七言終變而属古者，盖五言仄韻與转韻者少，而平韻者多，仄韻轉者雖爲古，而平韻者則皆入律矣。七言平韻者少而轉韻者多，平韻者雖入律，而轉韻者則猶古也。使初唐七言中無轉韻，則亦古、律混淆矣。

一　四

七言四句始於鮑明遠、劉孝威、梁簡文、庾信、江總。至王、盧、駱三子，律猶未純，語猶蒼莽，其雄偉處則初唐本相也。轉進至杜、沈、宋三子七言絶。

一　五

杜子美詩云："王、楊、盧、駱當時體，輕薄爲文哂未休。爾曹身與名俱滅，不廢江河萬古流。"此蓋推之至矣。使四子五言律體盡成，綺靡盡革，七言古調皆就純，語皆就暢，雖駕沈、宋而凌高、岑，不難也。乃爲時代所限，惜哉！杜"當時體"三字，最宜祥味。

《詩源辯體》卷十三初唐（節録）

一

五言自漢、魏流至元嘉，而古體亡。自齊、梁流至初唐而古、律混淆，詞語綺靡。陳子昂字伯玉。始復古體，傚阮公《詠懷》爲《感遇三十八首》，王適見之，曰："是必爲海内文宗。"然李于鱗云："唐無五言古詩，而有其古詩。陳子昂以其古詩爲古詩，弗取也。"何耶？盖子昂《感遇》雖僅復古，然終是唐人古詩，非漢、魏古詩也。且其詩尚雜用律句，雜用律句者不録。平韻者猶忌上尾。説見沈約論中。至如《鴛鴦篇》、《脩竹篇》等，亦皆古、律混淆，自是六朝餘弊，正猶叔孫通之興禮樂耳。故劉須溪謂："子昂於音節猶不甚近，獨刊落凡疑作繁。語，存之隱約，在建安後自成一家，雖未極暢逵，如金如玉，概有其質矣。朱元晦《齋居感興詩》，聲體完純過之，而意見愈深。"

二

子昂五言近體，子昂五言既有古詩，故其僅入律者稱近體。律雖未成，而語甚雄偉，武德以遺，綺靡之習，一洗頓盡。"勿使燕然上，獨有漢臣功。"一作"惟留漢将功。"疑後人改以入律，選唐詩者姑從之。

三

初唐五言，雖自陳子昂始復古體，然辅之者尚少。沈佺期、字雲卿。宋之問字延清。古詩尚多雜用律體，平韻者猎忌上尾，即唐古而未純，未可采録也。

六

五言自王、楊、盧、駱，又進而爲沈、宋二公。沈、宋才力既大，造詣始純，至此始言造詣，説見凡例。故其體盡整栗，語多雄麗，而氣象風格大備，爲律詩正宗。至此始爲律詩正宗。此五言之七變也。轉進至高、岑、王、孟五言律。王元美以華藻整栗歸沈、宋，又云："五言至沈、宋，始可稱律。"是矣。

七

杜審言字必簡。五言，律體已成，所未成者，長短兩篇而已。今觀沈、宋集中，亦尚有四五篇未成者。然則五言律髓實成於杜、沈、宋，而後人但言成於沈、宋，何也？審言较沈、宋復稱俊逸，而體自整栗，語自雄麗，其氣象風格自在，亦是律詩正宗。

八

高廷禮云："五言之興，源於漢，注於魏，汪洋乎兩晋，混濁乎梁、陳，大雅之音，幾於不振。"愚按；梁、陳古、律混淆，迄於唐初亦然。至陳子昂而古體始復，至杜、沈、宋三公，而律體始成，亦猶天地再判，清濁始分，四子之功，於是爲大矣。

九

初唐五言律，有聲有色者人易識之，有氣有格者人未易識也。沈如"十年通大漠"、"解纜春風後"、"巫山高不極"、"洞壑仙人馆"、"紫鳳真人劫"、"碧海開龍藏"，宋如"帳殿鬱崔嵬"、"復道開行殿"、"聖德超千古"，"芙蓉秦地沼"，"度嶺方辞國"，"影殿臨丹壑"等篇，氣格聲色兼備，人自易識；沈如"周王甲子旦"、"符傳有光辉"、"漢月生遼海"、"自昔聞銅柱"，宋如"行李戀庭闈"、"入衛期之子"、"三乘歸淨域"、"風馭忽泠然"等篇，氣格雖憂而聲色稍减，學者未易識之。苟能於此熟讀涵泳，得其氣格，則於初、盛、中、晚唐，高下自别矣。

一〇

初唐五言律，杜如"共有樽中好"、"交趾殊風候"，沈如"隴山飛落葉"，"青玉紫騮鞍”，宋如“馬上逢寒食”，“歸來物外情”數篇，體就渾圓，語就活潑，乃漸入化境矣。

一一

七言律始於梁簡文、庾信、隋煬帝，至唐初諸子，尚沿梁、陳舊習，惟杜、沈、宋三公，體多整栗，語多雄像，而氣象風格始備，爲七言律正宗。轉進至高、王、李、崔顥七言律。然析而論之，杜獨挺蒼骨，是唐律之始；宋間出靡調，猶是六朝之餘。杜如“彈絃奏節梅風入，對局探鈎柏酒傳。”“梅花落處疑殘雪，柳葉開時任好風。”語雖近靡而風格自勝，與王勃五言相若。

一二

杜、沈、宋七言律雖爲正宗、然未能如五言之純美者，蓋五言律體雖成於杜、沈、宋，而律句則自齊、梁始，其來既遠，故至此而純美。七言律雖權輿於梁簡文、庾信、隋煬帝，至唐初諸子，尚不多見。七言律之興，實自杜、沈、宋三公始，故未能純美耳。此理勢之自然，無足爲異。

一三

五言律，陳如“雁山橫代北，狐塞接雲中。”“海氣侵南部，邊風掃北平。”“巴國山川盡，荆門煙霧開。”“野樹蒼煙斷，津樓晚氣孤。”“星月開天陣，山川列地營。”杜如“楚山橫地出，漢水接天回。”“日氣含殘雨，雲陰送晚雷。”“祖帳連河闕，軍麾動洛城。”“江聲連驟雨，日氣抱殘虹。”“飛霜遙度海，殘月迴臨邊。”沈如“寒日生戈劍，陰雲拂旆旌。飢鳥啼舊壘，疲馬戀空城。”“積氣衝長島，浮光溢大川。”“暗谷疑風雨，陰崖若鬼神。”“雲迎出塞馬，風捲渡河旗。”“冰壯飛狐冷，霜濃候雁哀。”宋如“曉雲連幕捲，夜火雜星回。谷暗千旗出，山鳴萬乘來。”“後騎迴天苑，前山入御營。”“天回萬象出，駕動六龍飛。”“電影江前落，雷聲峽外長。”“江靜潮初落，林昏瘴不開。”七言律，壯如“宮闕星河低拂樹，殿庭燈燭上熏天。”“伐鼓撞鐘驚海上，新粧袨服照江東。”沈如“池開天漢分黄道，龍向天門入紫微。”“漢家城闕疑天上，秦地山川似鏡中。”“洛浦風光何所似，崇山瘴癘不堪聞。”“見闢乾坤新定位，看題日月更高懸。”“山出盡如鳴鳳嶺，池成不讓飲龍川。”“白狼河北音書斷，丹鳳城南秋夜長。”宋如“文移北斗成天象，酒近南山作壽杯。”“鳥向歌筵來度曲，雲依帳殿結爲樓”等句，體皆整栗，語皆偉麗，其氣象風格乃大備矣。至如杜五言“旌旐朝朔氣，笳吹夜邊聲”，語非純雅，沈七言“向浦迴舟萍已綠，分林蔽殿槿初紅”，更入纖靡，皆於全篇不稱，選唐詩者姑置之可也。

一四

《品彙》所載宋之間五言絕五言四句至此始名絕句,説見凡例。有"卧病人事絕"一首,乃律詩前四句;有"緑樹秦京道"一首,乃排律後四句,皆後人摘出以爲絕句耳。又律詩"馬上逢寒食"前四句,亦有摘爲絕句者。與總論《萬首唐人絕句》一則參看。

一五

七言絕七言四句至此始名絕句,説見凡例。自王、盧、駱再進而爲杜、沈、宋三公,律始就純,語皆雄麗,爲七言絕正宗。轉進至太白、少伯、高、岑、王七言絕。

《詩源辯體》卷十四初唐(節録)

一

唐人五言古,自有唐體。初唐古、律混淆,古詩每多雜用律體。惟薛稷字嗣通。《秋日還京陝西作》,聲既盡純,調復雄渾,可爲唐古之宗。杜子美詩云"少保有古風,得之《陝郊篇》"是也。

二

强説、字道濟。蘇頲,字廷碩。才藻遠讓沈、宋,五言古平韻者皆雜用律體,仄韻者多忌"鶴膝"。説見何遜論中。律詩説五言稍勝,而頲七言稍勝,時稱"燕許大手筆",張説封燕國公,蘇頲封許國公。蓋指文章言也。

三

張説五言律,才藻雖不及沈、宋,而聲氣猶有可取。至如"西楚茱萸節"一篇,則宛似少陵。排律尚多有失黏者。七言律氣格蒼莽,不足爲法。《偃松篇》本五韻,《品彙》刪末二句,遂入律詩耳。

五

李嶠字巨山。五言古,平韻者止《奉詔受邊服》一篇聲韻近古,餘皆雜用律體,仄韻者雖忌"鶴膝"而語自工。七言古調雖不純,而語亦工。五言律在沈、宋之下,燕許之上,其泳物一百二十首中有極工者。七言律二篇稍近六朝,然頗稱完美。

六

張九齡字子壽。五言古,平韻者多雜用律體。《感遇》十三首,體雖近古而辭多不達,去子昂遠甚。五言律才藻遠讓沈、宋,故入録者僅稱平淡。胡元瑞謂“子壽首創清淡之派”,非也。

七

唐人五言排律,其法最嚴,聲調四句一轉,故有雙韻、無單韻。初唐沈、宋雖爲律祖,然尚不循此法,張説、蘇頲、李嶠、張九齡諸公皆然。此承六朝餘弊,不可爲法。

八

初唐五言古,自陳、張《感遇》、薛稷《陝郊》而外,尚多古、律混淆,既不可謂古,亦不可謂律也。楊伯謙編《唐音》,以初唐四子爲“始音”而不名古、律,良是。或以初唐五言聲律稍不諧者列爲古詩,非也。高廷禮選唐詩,以陳子昂諸公雜體而列於古詩,楊用修譬之盲妁以新寡誑厖壻,可謂善喻。然其中亦間有聲調盡純者,抑亦可爲唐古之正宗也。論漢、魏、李、杜、韋、柳,先總而後分;論初、盛、中唐,先分而後總者,説見凡例。

九

初唐五言,古、律混淆,古詩既多雜用律體,而排律又多失黏,中或有散句不封者,此承六朝餘弊,蓋變而未定之體也。徐昌穀酷意倣之,而實無足取。竊嘗譬之雀變而爲蛤,雉變而爲蜃。其未變也,則爲雀、爲雉。其既變也,則爲蛤、爲蜃。若變而未成,則非雀、非蛤、非雉、非蜃,不成物類矣。嘗觀劉伯温《春秋明經》,雖近時義,而首尾不同,蓋亦變而未定之體也,今舉業家安得復倣之耶? 故詩雖尚氣格而以體製爲先,此余與元美諸公論有不同也。

一〇

或問予:子嘗言初唐五七言律,氣象風格大備,至盛唐諸公則融化無跡而入於聖,然今人學盛唐或相類,而學初唐反不相類者,何耶? 曰:融化無跡得於造詣,故學者猶可爲;氣象風格得於天授,故學者不易爲也。唐人詩貴造詣,故與論漢、魏異耳。

一一

予嘗謂:學者觀唐詩,如擇取舊衣。初唐五七言律,氣格淳厚、華藻鮮明者,是經衣着有顏色之衣也；中亦有無華藻而氣格實勝者，是顏色雖故、實堪衣着耳。晚唐華藻鮮麗而氣格實衰，則顏色雖好，不堪衣着矣。

一 二

初、盛、中、晚唐之詩，雖各不同，然亦間有初而類盛、盛而類中、中而類晚者，亦間有晚而類中、中而類盛、盛而類初者，又間有中而類初、晚而類盛者，要當論其大概耳。

《詩源辯體》卷十五盛唐（節録）

一

太宗體襲陳、隋，玄宗格入開寶。今録太宗而遺玄宗者，盖太宗當武德、貞觀間，與虞、魏諸公，即唐音之始。玄宗當開元、天寶間，较高、岑諸公，則優劣懸絶。試觀《玄宗集》，入選者數篇誠佳，餘不足當高、岑下駟也。辯髓與選詩不同，説見凡例。

二

初唐沈、宋二公古、律之詩，再造而爲開元、天寶間高、岑、王、孟諸公。高、名適，字達夫。岑名參。才力既大，而造詣實高，興趣實遠。故其五七言古，歌行總名古詩。調多就純，語皆就暢，而氣象風格始備，七言古，初唐止言風格，至此而氣象兼備。爲唐人古詩正宗。唐人五七言古，至此始爲正宗。七言，乃其八變也。轉進至李、杜五七言古，下流至錢、劉五七言古。五七言律，髓多渾圓，語多活潑，而氣象風格自在，多入於聖矣。律詩至此始爲入聖，下流至錢、劉諸子五七言律。高五言以全集觀，未必工於沈、宋，以入選者觀之，則多有入聖者。

三

唐人五七言古，高、岑焉正宗。然析而揄之，高五言未得爲正宗，七言乃爲正宗耳。岑五言爲正宗，胡元瑞云：“五言古李、杜外惟岑嘉州最合。”七言始能自騁矣。五言古，高、岑俱豪荡，而高語多粗率，未盡調達；未調達者不録。岑語雖調達，而意多顯直。高平韻者多雜用律體，用律體者不録。仄韻者多忌“鶴膝”。岑平韻者於唐古爲純，仄韻者亦多忌“鶴膝”。胡元瑞云“岑質力造詣皆出高上”是也。子美贈高詩云：“毫髮無遺恨，波瀾獨老成。”是不獨高加於岑，而太白亦出其下矣。是專尚氣格也。七言歌行，高調合準繩，岑體多軼荡。王元美云：“岑磊落奇俊，高一起一伏，取是而已，猶爲正宗。”愚按：高《行路難》、《春酒歌》、《畫馬歌》、《還山吟》四篇，亦能自騁，而《遺山》則結語爲累，以全集觀，當盡見矣。

四

漢、魏五言，體多委婉，語多悠圓。唐人五言古變於六朝，則以調純氣暢爲主。若高、岑豪蕩感激，則又以氣象勝；或欲以含蓄醞藉而少之，非所以論唐古也。歌行不必言矣。

八

嘗欲以高達夫"行子對飛蓬"爲盛唐五言律第一，而"對飛蓬"三字殊氣餒不稱，欲改作"去從戎"，庶爲全作。岑"聞說輪臺路"在厥體中爲壓卷，《正聲》不錄，不可曉。

一〇

高、岑五言不拘律法者，猶子美七言以歌行入律，滄浪所謂"古律"是也。雖是變風，變風二字見子美論中元美語。然豪曠磊落，乃才大而失之於放，蓋過而非不及也。

一一

高、岑五言、子美七言不拘律法者，皆歌行體也。故意貴傾倒，不貴含蓄，未可以常格論也。

一二

或問："唐人五言古、律混淆者，子既弗取，今於五七言不拘律法者，子又取之，何也？"曰：古、律混淆，本不及乎法。五七言不拘律法者，則既入乎法而不拘耳。此過與不及之分，學者所當辨也。

一三

盛唐七言絕，太白、少伯而下，二公詩說見太白論中。高、岑、摩詰亦多入於聖矣。岑如"官軍西出"、"鳴笳疊鼓"、"日落轅門"三篇，整栗雄麗，實爲唐人正宗，而《正聲》不錄，不可曉。

《詩源辯體》卷十六盛唐（節錄）

一

王摩詰、名維。孟浩然才力不逮高、岑，而造詣實深，興趣實遠，故其古詩雖不足，律詩體多渾圓，語多活潑，而氣象風格自在，多入於聖矣。下流至錢、劉諸子五七言律。

二

摩詰五言古雖有佳句，然散緩而失體裁，平韻者間雜律體，仄韻者多忌"鶴膝"。短篇爲勝。楚辭深得《九歌》之趣，唐人所難。七言古語雖婉麗，而氣象不足，聲調間有不純者。何仲默云："右丞摩詰爲尚書右丞。他詩甚長，獨古作不逮。"是也。

三

摩詰才力雖不逮高、岑，而五七言律風體不一。五言律有一種整栗雄麗者，有一種一氣渾成者，有一種澄淡精緻者，有一種閒遠自在者。如"天官動將星"、"單車曾出塞"、"橫吹雜繁笳"、"不識陽關路"等篇，皆整栗雄厚者也。如"風勁角弓鳴"、"絶域陽關道"、"建禮高秋夜"、"憐君不得意"等篇，皆一氣渾成者也。如"獨坐悲雙鬢"、"寂寞掩柴扉"、"松菊荒三逕"、"言從石菌閣"、"巖壑轉微逕"等篇，皆澄淡精緻者也。如"清川帶長薄"、"寒山積蒼翠"、"晚年惟好靜"、"主人能愛客"、"重門朝已啟"等篇，皆閒遠自在者也。至如"楚塞三湘接"既甚雄渾，"新粧可憐色"則又嬌嫩。若高、岑才力雖大，終不免一律耳。

四

摩詰七言律亦有三種：有一種宏贍雄麗者，有一種華藻秀雅者，有一種淘洗澄淨者。如"欲笑周文"、"居延城外"、"絳幘雞人"等篇，皆宏贍雄麗者也。如"渭水自縈"、"漢主離宮"、"明到衡山"等篇，皆華藻秀雅者也。如"帝子遠辭"、"洞門高閣"、"積雨空林"等篇，皆淘洗澄淨者也。是亦高、岑之所不及也。

七

五言絶，太白、摩詰多入於聖矣。胡元瑞云"五言絶二途：摩詰之幽玄，太白之超逸"是也。上承王、楊、盧、駱五言四句，下流至錢、劉諸子五言絶。

一〇

孟浩然古律之詩，五言爲勝。五言則短篇爲勝。古詩長篇，平韻者皆雜用律體，仄韻者亦多忌"鶴膝"。子美稱其"賦詩何必多，往往凌鮑、謝。"正謂其古律短篇勝耳。元美亦謂："浩然句不能出五字外，篇不能出四十字外，此其所短。"深得之矣。

一八

王士源云："浩然文不按古,匠心獨妙,五言詩天下稱其獨步。"愚按:浩然五言律、崔顥七言律,雖皆匠心,然體製聲調靡不合於天成,所謂"從心所欲不踰矩"是也。試觀樂天七言"昔年八月"、"非莊非宅"、"案頭曆日"等篇,說見樂天論中。是豈可謂不踰矩耶?

二五

五言排律,有雙韻,無單韻。盛唐惟李、杜、高、岑、孟浩然,極守此法,而浩然實不嚴整。摩詰而外,復多有單韻者矣。《正聲》於排律單韻者不錄,得之。

《詩源辯體》卷十七盛唐(節録)

一

李頎五言古,平韻者多雜用律體,仄韻者亦多忌"鶴膝";七言古在達夫之亞,亦是唐人正宗;五七言律多入於聖矣。

二

高、岑五言不拘律法者,每失之於放。李頎五言不拘律法者,則字字洗練,故更有深味。蓋李七言律聲調雖純,後人實能爲之;五言調雖稍偏,然自開、寶至今,絕無有相類者,予每讀之數過,不可了。

三

盛唐五言律,多融化無跡而入於聖;七言字數稍多,結撰稍艱,故於穩帖、匀和、溜亮、暢達,往往不能兼備。王元美云:"七言律,李有風調而不甚麗,岑才甚麗而情不足,王差備美。"愚按:岑"雞鳴紫陌"、"西掖重雲"、"長安雪後"、"回風度雨",王"居廷城外"、"渭水自縈"、"漢主離宮"、"洞門高閣",李"流澌臘月"、"朝聞遊子"、"遠公遁迹"、"花宮仙梵"諸篇,亦可稱全作。但李較岑、王,語雖鎔液而氣若稍劣,後人每多推之者,蓋由盛唐體多失黏,諷之則難諧協,李篇什雖少,則篇篇合律矣。李"知君官屬"二篇,起結有類初唐,而中二聯爲工。

四

崔顥五言古,平韻者間雜律體,仄韻者亦多忌"鶴膝"。七言古語多靡麗而調有不純,當在摩詰之下。律詩五言如"征馬去翩翩"、"聞君爲漢將",七言如"高山代郡"、"昔人已乘",皆入於聖矣。

五

崔顥七言律有《黃鶴樓》,於唐人最爲超越。太白嘗作《鸚鵡洲》、《鳳凰臺》以擬之,終不能及,故滄浪謂:"唐人七言律,當以崔顥《黃鶴樓》爲第一。"而何仲默、薛君采取沈佺期"盧家少婦",亦未甚離。王元美云:"二詩固甚勝,百尺無枝,亭亭獨上,在厥體中,要不得爲第一。沈末句是齊、梁樂府語,崔起法是盛唐歌行語,如識宮錦間一尺繡,錦則錦矣,如全幅何!"愚按:沈末句雖樂府語,用之於律無害,但其語則終未暢耳。謂崔首四句爲盛唐歌行語,亦未爲謬。胡元瑞謂:"《黃鶴樓》、'鬱金堂',即'盧家少婦'。興會誠超,而體裁未密;丰神固美,而結撰非艱。"其不識痛癢至此。元瑞論律詩,於盛唐化境,往往失之。

六

李賓之云:"律猶可間出古意,古不可涉律調。如崔顥'黃鶴一去不復返,白雲千載空悠悠,'乃律間出古,要自不厭。"顧華玉云:"此篇一氣渾成,太白所以見屈,想是一時登臨,高興流出,未必常有此作。"愚按:《黃鶴樓》,太白欽服於前,滄浪推尊於後,至國朝諸先輩,亦靡不稱服,即元美不無異同,而亦有"百尺無枝,亭亭獨上"之語。予每舉以示人,輒無領解,至有"不得與聚作並稱",又或謂"前半篇可作一絶句"。古今人識趣懸絶,抑至於此!于鱗居恒每誦沈佺期《龍池篇》。《龍池篇》雖《黃鶴》所自出,而調沉語重,神韻未揚,于鱗蓋徒取其氣格耳。

七

太白《鸚鵡洲》擬《黃鶴樓》爲尤近,然《黃鶴》語無不鍊,《鸚鵡》則太輕淺矣。至"煙開蘭葉香風暖,岸夾桃花錦浪生",下比李赤,不見有異耳。以三詩等之,《龍池》爲過,《鸚鵡》不及,《黃鶴》得中。此過不及,專主氣格言,與高、岑、李、杜不拘律法者不同。《鳳凰臺》"吳宮"、"晉代"二句,亦非作手。

八

崔顥七言有《雁門胡人歌》，聲韻較《黃鶴》尤爲合律。胡元瑞、馮元成俱謂"《雁門》是律"，是也。《唐音品彙》俱收入七言古者，蓋以題下有"歌"字故耳。然太白《秋浦歌》有五言律，《峨眉山月歌》乃七言絶也。崔詩《黃鶴》首四句誠爲歌行語，而《雁門胡人》實當爲唐人七言律第一。

一 〇

殷璠云："顥年少爲詩，名陷輕薄，晚節忽變常調，風骨凜然。"愚按：崔《黃鶴》、《雁門》，讀之有金石宮商之聲，蓋晚年作也，故璠於《河嶽英靈》特錄之。使體就渾圓而語無風骨，斯爲輕薄，不得入聖境矣。

一 一

滄浪《答吳景僊書》云："論詩用健字不得。"予謂：此論唐律和平之調則可，若沈佺期"盧家少婦"、崔顥《黃鶴》、《雁門》，畢竟圓、健二字足以當之；若高、岑五言、子美七言以古爲律者，不待言矣。

一 三

王昌齡字少伯。五言古，時入古體，而風格亦高。然未盡稱善。平韻者間雜律體，仄韻者亦多忌"鶴膝"。殷璠云："元嘉以還，四百年内，曹、劉、陸、謝風骨頓盡。頃有太原王昌齡、魯國儲光羲，頗從厥跡。"蓋唐人久無此體，故創見而誇美之也。餘見總論殷璠選詩中。七言絶多入於聖，敬美、元瑞言之備矣。詳見太白七言絶論中。

一 四

儲光羲五言古最多，平韻者多雜用律體，亦忌"上尾"，仄韻者多忌"鶴膝"，而平韻亦有之，蓋唐人痼疾耳。其《樵父》、《漁父》等詞，格調雖奇，然既不合古，又不成家，正變兩失。餘見總論殷璠選詩中。若《田家》諸詩，則猶有可采者。律詩亦未爲工，五言絶始多入録。

一 五

儲光羲《樵父》、《漁父》等詞，諸家多採録之，殷璠謂其"格高調逸，趣遠情深"，至須溪亦甚稱焉。蓋得之於彷彿，而非所謂實證實悟者也。

一 六

常建五言古,風格既高,意趣亦遠,然未盡稱快,惟短篇堪入録耳。

一 九

元結字次山。五言古,聲體盡純,在李、杜、岑參外另成一家。結《與劉侍御讌會詩序》云:"文章道喪久矣。時之作者,煩雜過多,歌兒舞女,且相喜愛,係之《風》、《雅》,誰道是耶?"故其詩不爲浮泛,關係實多;但其品高性潔,激揚太過,故往往傷於訐直。中如《賤士吟》、《貧婦詞》、《下客謡》等,質實無華,最爲淳古。其他意在匠心,故多游戲自得而有奇趣。蓋上源淵明,下開白、蘇之門户矣。惜調多一律耳。

二 一

元結《篋中集序》謂:"近世作者,更相沿襲,拘限聲病。"故其五言古極意洗削,聲體之純,遠勝光羲諸子。但矯枉太過,往往有椎朴戇直之句。如"何時見府主,長跪向之啼。""客言勝黄金,主人然不然。""使臣將王命,豈不如賊焉。"等句,皆椎朴戇直者,蓋過而非不及也。説見左太冲論註中。

二 二

山谷詩云:"建安才六七子,開元數兩三人。"才難,不其然乎!故盛唐李、杜而外,具體僅稱高、岑,而高則又亞於岑矣。王、孟律詩雖勝,而古則不逮,其他諸公,僅得一體兩體,而亦不能盡工也。今初學不知,以爲盛唐諸公,諸體靡不皆攻,而諸體靡不盡善,是虚慕古人而不得其實者也。

二 三

五言古至於唐,古體盡亡,而唐體始興矣。然盛唐五言古,李、杜而下惟岑參、元結於唐體爲純,尚可學也;若高適、孟浩然、李頎、儲光羲諸公,多雜用律體,即唐體而未純,此必不可學者。王元美謂"惟近體必不可入古",李本寧謂"初、盛諸子,啜六朝餘瀝爲古選,不足論",皆得之矣。若今人作散文而雜用四六俳偶,亦是文體之不純也。

二 四

唐人沿襲六朝,自幼便爲俳偶聲韻所拘,故盛唐五言古,自李、杜、岑參、元結而外，多雜用律體，與初唐相類。其仄韻猶可觀者，蓋仄韻多忌"鶴膝"，聲調四句一轉，故古聲雖没而音節猶可歌詠耳。平韻者雖杜子美"纨袴不餓死"、"往者十四五"，亦未免稍雜律體。太白仄韻諸篇又多忌"鶴膝"，他人不足言矣。

二　七

古律之詩雖各有定體，然以古爲律者失之過，以律爲古者失之不及。唐人長於律而短於古，故既多以古爲律，而又多以律爲古也。

二　八

漢、魏古詩由天成以至作用，故魏爲降於漢。初、盛唐律詩由升堂而入於室，故盛爲深於初。

二　九

唐人律詩，沈、宋爲正宗，至盛唐諸公，則融化無跡而入於聖。沈、宋才力既大，造詣始純，故體盡整栗，語多雄麗。盛唐諸公，造詣實深，而興趣實遠，故體多渾圓，語多活潑耳。後之論律詩者，皆宗盛唐，而元美之意主於沈、宋，則於古人所稱"彈丸脱手"者無當也，安可與入化境乎？

三　二

胡元瑞云："律詩大要，體格、聲調、興象、風神而已。體格、聲調，有則可循；興象、風神，無方可執。故作者但求體正格高，聲雄調鬯，積習之久，矜持盡化，形跡俱融，興象、風神自爾超邁。"予謂：此由初入盛之階也，所云"積習之久，矜持盡化，形跡俱融"，則造詣之功也。何仲默謂："富於才積，領會神情，臨景構結，不倣形跡。"斯可與論盛唐之化矣。

三　九

胡元瑞云："律詩全在音節，格調、風神盡具音節中。李、何相駁書所謂俊亮沈着，金石鞞鐸等喻，皆是物也。"愚按：趙凡夫嘗謂"《國風》音節可娱"，唐律乃《國風》正派也，後人稱唐詩爲唐音、唐響，正以此耳。初、盛、中、晚，音節雖有高下，而靡不可娱，至元和諸子以及杜牧、皮、陸，則全然用不着矣。

四 四

盛唐諸公律詩,偶對自然,而意自吻合;聲韻和平,而調自高雅。晚唐許渾諸子,偶對工巧,而意多牽合,聲韻急促,而調反卑下矣。

四 八

胡元瑞云:“五言律,晚唐第三四句多作一串,雖流動,往往失之輕儇。惟沈、宋、李、王諸子,格調莊嚴,氣象閎麗,最爲可法。”愚按:元瑞宏博,靡所不窺,惟此論似於初、盛諸家,未盡究心。盛唐諸公,第三四句一串者最多,故其體甚圓。初唐沈、宋諸公,一串者亦多,而機則不能甚活也。至於晚唐,或失之輕儇者有矣。元瑞於唐律不貴渾圓,而貴嚴整,故假晚唐以爲戒。然初、盛唐諸公全集具在,安能涂後人耳目耶? 元瑞前言興象、風神,未必實有所得也。説見總論嚴滄浪論詩中。

四 九

七言律較五言爲難。五言,盛唐概多入聖。七言,惟崔顥《雁門》、《黃鶴》爲詣極,高適、岑參、王維、李頎雖入聖而未優,李于鱗云“七言律體諸家所難”是也。

五 〇

七言律,近代論者多浮而不切,泛而寡要,予獨於元美、茂秦之説有取焉。元美云:“七言律,篇法之妙有不見句法者,句法之妙有不見字法者。”茂秦云:“近體:誦之,行雲流水;聽之,金聲玉振;觀之,明霞散綺;講之,獨繭抽絲。”知此,不惟中、晚無可稱述,即初、盛唐二三篇而外,亦不多得矣。

五 一

胡元瑞云:“七言律,五十六字之中,意若貫珠,言如合璧。其貫珠也,如夜光走盤,而不失迴旋曲折之妙;其合璧也,如玉匣有蓋,而絶無參差扭捏之痕。綦組錦繡,相鮮之爲色;宮商角徵,互合以成聲。思欲深厚有餘,而不可失之晦;情欲纏綿不迫,而不可失之流。肉不可使勝骨,而骨又不可太露;詞不可使勝氣,而氣又不可太揚。莊嚴,則清廟明堂;沈着,則萬鈞九鼎;高華,則朗月繁星;雄大,則泰山喬嶽;圓暢,則流水行雲;變幻,則凄風急雨。一篇之中,必數者兼備,乃稱全美。”愚按:元瑞此論,本欲兼衆善、集大成,而實不免於罔世。作者造詣既深,興趣既遠,則下筆悠圓而衆善兼備,乃不期然而然者。若必有意事事合法,則不惟初學無可措手,即深造之士亦難於結撰矣。故孔門"一貫"之説,惟曾子得之,而他不及也。後之君子,必有謂予知言者。

五　二

胡元瑞云:"謂七言律難於五言律,是也;謂五言絶難於七言絶,滄浪、元美之言。則亦未然。五言絶,調易古;七言絶,調易卑。五言絶,即拙匠易於掩瑕;七言絶,雖高手難於中的。"楊用修云:"唐樂府本自古詩而意反近,七言絶本於近體而意反遠。蓋唐人偏長獨至,而後人力追莫嗣者也。"絶句之論,二子乃深得之。餘見太白絶句論中。

《詩源辯體》卷十八盛唐(節録)

一

開元、天寶間,高、岑二公五七言古,再進而爲李、名白,字太白。杜名甫,字子美。二公。李、杜才力甚大,而造詣極高,意興極遠,李主興;杜主意。故其五七言古兼歌行、雜言言之。體多變化,語多奇偉,而氣象風格大備,多入於神矣。唐人五七言古,至此始爲入神。嚴滄浪云:"詩而入神,至矣,盡矣,蔑以加矣! 惟李、杜得之,他人得之蓋寡也。"已上滄浪語。然詳而論之:二公五言古,實所向如意,而優於聖;七言古,則變化不測,而入於神矣。此格有所限,非五言有未至也。

三

漢、魏五言及樂府雜言,猶秦、漢之文也。李、杜五言古及七言歌行,猶韓、柳、歐、蘇之文也。秦、漢,四子各極其至;漢、魏,李、杜亦各極其至焉。何則? 時代不同也。論詩者以漢、魏爲至,而以李、杜爲未極,猶論文者以秦、漢爲至,而以四子爲未極,皆慕好古之名而不識通變之道者也。夫秦漢、漢魏,猶可摹擬而得;四子、李杜,未可摹擬而得也。不能摹擬而諱言未極,此非欺人,適自欺耳。今人以時義爲今文,故以四子爲古文,其實四子爲今文,秦、漢爲古文也。與三十五卷東坡論詩一則參看。

四

五言古,七言歌行,其源流不同,境界亦異。五言古源於《國風》,其體貴正;七言歌行本乎《離騷》,其體尚奇。李、杜五言古雖不能如漢、魏之深婉,然不失爲唐體之正,過此則變幻百出,流爲元和、宋人,不得爲正體矣。

五

七言歌行，體雖縱橫，然後進有才者，往往能窺其域。五言古，體雖平典，然自開元、天寶九百年來，求爲岑嘉州者已不多得，求爲李、杜者則益寡矣。蓋歌行大小短長、錯綜闔闢，其勢自然超逸；五言古，體有常法，苟非天縱，則長篇廣韻，未有所向而如意者。今人於五言古不能自運，輒自託於漢、魏，蓋昧於"西京建安多不足以盡變"之說也。詳見論學漢、魏第三則。論唐古與漢、魏不同，詳見高、岑論中。

八

五言古，靈運諸子於古體既亡，李、杜二公於唐體爲純。靈運諸子體亡而或以爲至，李、杜二公體純而或以爲不及，是虛慕古人而不得其實者也。王元美云："《選》體，《選》體者，昭明選詩之體也。今人例謂唐人五言古爲《選》體，非矣。太白多露語、率語，子美多稗語、累語，置之陶、謝間，便覺倄父面目。"今無論其體製，即靈運拙句，摘見靈運論中。醜惡實具，元美豈皆視爲雅語耶？大抵國朝人之失，在宗六朝而後唐人耳。

九

五言古，自漢、魏遞變以至六朝，古、律混淆，至李、杜、岑參始別爲唐古，而李、杜所向如意，又爲唐古之壹奧。故或以李、杜不及漢、魏者，既失之過；又或以李、杜不及六朝者，則愈謬也。

一〇

胡元瑞云："古詩窘於格調，近體束於聲律，惟歌行大小短長、錯綜闔闢，素無定體，故極能發人才思。李、杜之才不盡於古詩，而盡於歌行。孟襄陽輩才短，故歌行無復佳者。"以上元瑞語。故予謂其古詩爲聖，歌行爲神也。

一一

或問予："子嘗言初唐七言古，偶儷極工，綺豔變爲富麗，然調猶未純，語猶未暢，其風格雖優，而氣象不足，必至高、岑乃爲正宗，逮乎李、杜，則變化不測而入於神。何仲默乃云：'七言詩歌，唐初四子雖工，富麗去古遠甚，至其音節，往往可歌。乃知子美詞固沈着，而調失流轉，雖成一家語，實則詩歌之變體也。'仲默後作《袁海叟集序》，歌行又欲取法李、杜。與子言不甚相戾耶？"曰：七言古，正變與五言相類。張衡《四愁》、子桓《燕歌》，調出渾成，語皆淳古，其體爲正。梁、陳而下，調皆不純，語多綺豔，其體爲變。

蓋古詩調貴渾成，不貴諧切，但漢、魏篇什不多，而體未宏大，學之者不足以盡變，故直以高、岑爲正宗，李、杜爲神品耳。自梁、陳以至初唐，聲俱諧切，故其句多入律而可歌。然所謂不純者，蓋句既入律，則偶對宜諧，轉韻宜平仄相間，雖不合古聲，庶成俳調；今句則純乎律矣，而偶對復有不諧，轉韻又多平仄疊用，故其調爲不純耳。胡元瑞云："七言歌行，四子詞極藻豔，然未脱梁、陳也。沈、宋稍汰浮華，漸趨平實，唐體肇矣，然而未暢也。高、岑、王、李，音節鮮明，情致委折，暢矣，然而未大也。太白、少陵大而化矣，能事畢矣。"又云："初唐以才藻勝，盛唐以風神勝，李、杜以氣概勝，而才藻風神稱之，加以變化靈異，遂爲大家。"此論甚當。若仲默之論，非但不知有神境在，且不識正變之體，故其律詩雖勝，而歌行遠遜國朝諸子耳。

一二

五七言律，沈、宋爲正宗，至盛唐諸公而入於聖。五七言古，高、岑爲正宗，至李、杜而入於神。然沈、宋之於盛唐諸公，非才力不逮，蓋爲時代所限耳。若高、岑之於李、杜二公，非時代不同，實爲才力所限也。故古詩以才力爲主，律詩以造詣爲先。

一四

五言古、七言歌行，太白以興爲主，子美以意爲主。然子美能以興御意，故見興不見意。元和諸公，則以巧飾意，故意愈切而理愈周。此正、變之所由分也。

一五

五言古、七言歌行，太白語雖自然而風格自高，子美語雖獨造而天機自融。學者苟得其自然而不得其風格，則失之輕而流；苟得其獨造而不得其天機，則失之重而板。

二二

世謂長短句爲歌行，七言爲古詩。愚按：太白長短句甚多，不必皆歌行也。子美歌行甚多，不必皆長短句也。然長短句實歌行體，歌行不必長短句耳。大抵古詩貴整秩，歌行貴軼蕩。

二六

太白五言古多轉韻體，其聲調倣於劉孝綽、薛道衡諸子。蓋太白往往乘興一掃而就，轉韻甚便耳。

三　九

或問："太白五七言律，較盛唐諸公何如？"曰：盛唐諸公本在興趣，故體多渾圓，語多活潑；太白才大興豪，於五七言律太不經意，故每失之於放，蓋過而非不及也。高、岑五言、子美七言，以古爲律者固失之過，太白才大興豪，於五七言律太不經意，亦過也。若雕刻之於冗濫，則雕刻爲過，冗濫爲不及矣。五言如"歲落衆芳歇"、"燕支黃葉落"、"胡人吹玉笛"，七言如"久辭榮禄遂初衣"等篇，斯得中耳。世謂太白短於律，故表明之。

四　〇

太白五七言律，以才力興趣求之，當知非諸家所及；若必於句格法律求之，殆不能與諸家爭衡矣。胡元瑞云："五言律，太白風華逸宕，特過諸人，後之學者，才匪天仙，多流率易。"此論最有斟酌。

四　二

王元美云："太白之七言律變體，不足多法。"愚按：太白七言律，集中僅得八篇，駘蕩自然，不假雕飾，雖入小變，要亦非淺才可到也。

四　五

太白七言絶多一氣貫成者，最得歌行之體。其他僅得王摩詰"新豐美酒"、"漢家君臣"、王少伯"閨中少婦"數篇而已。

四　七

王荆公次第四家詩，以子美爲第一，歐陽永叔次之，韓退之又次之，以太白爲下，曰："白識見污下，十首九説婦人與酒。"愚按：以李、杜與韓、歐並言，固不識正、變之體，謂李"識見污下，十首九説婦人與酒"，此尤俗儒之見耳。嚴滄浪云："觀太白詩，要識其安身立命處可也。"又曰："白詩近俗，人易悦。"此言益謬。馬郡督云："諸人之文，猶山無烟霞，春無草木。太白之文，光明洞徹，句句動人。"故"俗"之一字，正不當指太白。太白人品與詩，惟東坡識之。

552

《詩源辯體》卷十九盛唐（節録）

一

五七言樂府，太白雖用古題，而自出機軸，故能超越諸子；至子美則自立新題，自創己格，自叙時事，視諸家紛紛範古者，不能無厭。胡元瑞云："少陵不效四言，不做《離騷》，不用樂府舊題，是此老胸中壁立處。然《風》、《騷》、樂府遺意，杜往往得之。"以上六句皆元瑞語。

二

子美五言古，短篇如"朝進東門營"、"男兒生世間"、"獻凱日繼踵"、"下馬古戰場"、"蓬生非無根"、"白馬東北來"、"峥嶸赤雲西"、"溪回松風長"、"賀公雅吴語"、"涪石衆山内"，字字精鍊，既極其至，長篇又窮極筆力，皆非他人所及也。《草堂》一篇，則全用樂府語。

四

子美《石壕吏》與《新安》、《新婚》、《垂老》、《無家》等作不同。《石壕》傚古樂府而用古韻，又上、去二聲雜用，另爲一格，但聲調終與古樂府不類，自是子美之詩。

六

朱子云："杜詩初年甚精細，晚年曠逸不可當。"愚按：子美五言古，如自秦州入蜀諸詩及《新安》、《新婚》、《垂老》、《無家》洎七言律聲調渾純者，爲甚精細；五言古如《柴門》、《杜鵑》、《義鶻》、《彭衙》及七言以歌行入律者，則甚曠逸。然未必精細者盡初年作，曠逸者盡晚年作也。

一〇

子美《飲中八仙歌》中多一韻二用，有至三用者，讀之了不自覺。少時熟記，亦不見其錯綜之妙。或謂"此歌無首無尾，當作八章。"然體雖八章，文氣只似一篇，此亦歌行之變，但語未入元和耳。至"焦遂"二句，如《同谷》第七歌，聲氣俱盡。"聲氣俱盡"，須溪《同谷》第七歌評語。

一　一

子美五言古、七言歌行，多奇警之句，今略摘以見……至五七言古，入聲或多借韻，又與古韻不合，此前古所無。《哀江頭》本二韻，後人誤作一韻者，非。

一　三

子美《麗人行》歌行，用樂府語不稱，《品彙》不錄，良是。《憶昔行》"更討衡陽董鍊師"，"討"當作"訪"，或以"討"字爲新，不復致疑，安可便謂知杜耶？又篇中如"先帝侍女八千人，公孫《劍器》初第一。""惜哉李蔡不復得，吾甥李潮下筆親。""或從十五北防河，便至四十西營田"等句，即予所錄者，亦不免爲累語。至歌行或用俳調，又不可爲法。

一　四

或問："子美五七言律，較盛唐諸公何如？"曰：盛唐諸公，惟在興趣，故體多渾圓，語多活潑。若子美則以意爲主，以獨造爲宗，故體多嚴整，語多沉着耳。此各自爲勝，未可以優劣論也。

一　六

子美律詩，大都沉雄含蓄、渾厚悲壯，然有句法奇警而沉雄者，有意思悲感而沉雄者，有聲氣自然而況雄者。五言如"風連西極動，月過北庭寒。""江雲飄素練，石壁斷空青。滄海先迎日，銀河倒列星。""吳楚東南坼，乾坤日夜浮。""星垂平野闊，月湧大江流。""萬象皆春氣，孤槎自客星。""地平江動蜀，天闊樹浮秦。"七言如"錦江春色來天地，玉壘浮雲變古今。""江間波浪兼天湧，塞上風雲接地陰。""五更鼓角聲悲壯，三峽星河影動搖。""山連越巂蟠三蜀，水散巴渝下五溪。""峽坼雲霾龍虎睡，江清日抱黿鼉遊"等句，皆句法奇警而沉雄者。五言如"親朋無一字，老病有孤舟。""勳業頻看鏡，行藏獨倚樓。""獨坐親雄劍，哀歌歎短衣。""名豈文章著，官應老病休。""聖朝無棄物，老病已成翁。""近淚無乾土，低空有斷雲。""風塵逢我地，江漢哭君時。"七言如"萬里悲秋長作客，百年多病獨登臺。""衰年肺病惟高枕，絕塞愁時早閉門。""海內風塵諸弟隔，天涯涕淚一身遙。""時危兵甲黃塵裏，日短江湖白髮前。""側身天地更懷古，回首風塵甘息機"等句，皆意思悲感而沉雄者。五言如"劍閣星橋北，松州雪嶺東。""南紀連銅柱，西江接錦城。""樓角凌風迥，城陰帶水昏。""秦地應新月，龍池滿舊宮。""日出寒山外，江流宿霧中。""詔從三殿去，碑到百蠻開。""北闕心常戀，西江首獨廻。"七言如"無邊落木蕭蕭下,不盡長江滾滾來。""殊方日落玄猿哭,舊國霜前白雁來。""返照入江翻石壁,歸雲擁樹失山村。""雪嶺獨看西日落,劍門猶阻北人來。""長路關心悲劍閣,片雲何意傍琴臺"等句,皆聲氣自然而沉雄者。然句法奇警、意思悲感者,人或識之;聲氣自然者,則無有識也。學杜者必先得其聲氣爲主,否則終非子美耳。學初唐亦然。

一 八

子美五言律,沉雄渾厚者是其本體,而高亮者次之,他如"胡馬大宛名"、"致此自僻遠"、"帶甲滿天地"、"歲暮遠爲客"、"何年顧虎頭"、"光細弦欲上"、"亦知戍不返"等篇,氣格遒緊而語復矯健,雖若小變,然自非大手不能。其他瑣細者非其本相,晦僻者抑又變中之大弊也。

二 一

胡元瑞最愛老杜"風急天高"一篇,反覆讚歎,凡數百言,要皆得於影響。惟云:"一篇之中,句句皆律;一句之中,字字皆律。錙銖鈞兩,毫髮不差。"又云:"微有說者,是杜詩,非唐詩耳。"此論可謂獨得。與盛唐總論子美信大一則參看。然此篇在老杜七言律誠爲第一,但第七句即杜體亦不免爲累句。

二 二

元美嘗欲於老杜"玉露彫傷"、"昆明池水"、"風急天高"、"老去悲秋"四篇定爲唐人七言律第一,中雖稍有相詆,又皆無當。愚按:杜律較唐人體各不同無論,若"叢菊兩開他日淚",語非純雅;"織女機絲虛夜月,石鯨鱗甲動秋風"細大不稱;"羞將短髮還吹帽,笑倩傍人爲正冠",似巧實拙;故自"風急天高"而外,在杜體中亦不得爲第一,況唐人乎?"老去悲秋"宋人極稱之,自無足怪。

二 三

子美七言律,如"風急天高"、"重陽獨酌"、"楚王宮北"、"秋盡東行"、"花近高樓"、"玉露彫傷"、"野老籬前"、"羣山萬壑"等篇,沉雄含蓄,是其正體,國朝諸公多能學之,而穩貼勻和,較勝。如"年年至日"、"近聞寬法"、"使君高義"、"曾爲掾吏"、"寺下春江"等篇,其格稍放,是爲小變,後來無人能學。至如"黃草峽西"、"苦憶荆州"、"白帝城中"、"西嶽峻嶒"、"城尖徑昃"、"二月饒睡"、"愛汝玉山"、"去年登高"等篇,以歌行入律,是爲大變,宋朝諸公及李獻吉輩雖多學之,實無有相類者。

二　四

　　或問：“子美‘年年至日’一篇，一氣渾成，與崔顥《黃鶴》、《雁門》寧有異乎？”曰：律詩詣極者，以圓緊爲正，駘蕩爲變。《黃鶴》前四句雖歌行語，而後四句則甚圓緊，《雁門》則語語圓緊矣。“年年”一篇，雖通篇對偶，而淋漓駘蕩，遂入小變。機趣雖同，而體製則異也。然讀“年年”等作，便覺《秋興》諸篇語多窒礙。予嘗謂子美七言律，變勝於正，終不能袪後世之惑。

二　五

　　王元美云：“老杜以歌行入律，亦是變風，不宜多作，多作則傷境。”愚按：子美七言以歌行入律，雖是變風，然豪曠磊落，乃才大而失之於放，蓋過而非不及也。馮元成謂：“如促柱急絃，雷轟石飛，落落感慨，令人興懷不淺。”得之。與高、岑論中五言不拘律法者三則參看。

二　七

　　王元美云：“子美七言絕變體，間爲之可耳，不足多法也。”愚按：子美七言絕雖是變體，然其聲調實爲唐人《竹枝》先倡，須溪謂“放蕩自然，足洗凡陋”是也。惟五言絕失之太重，不足多法耳。

二　八

　　子美衆作雖與諸家不同，然未可稱變。至五言古，如《柴門》、《杜鵑》、《義鶻》、《彭衙》，用韻錯雜，出語豪縱；七言古，如《魏將軍歌》、《憶昔行》，用韻險絕，造語奇特，皆有類退之矣；《茅屋爲秋風所破》，亦爲宋人濫觴，皆變體也。又七言律，如“伯仲之間見伊、呂，指揮若定失蕭、曹”、“韓公本意築三城，擬絕天驕拔漢旌。豈謂盡煩回紇馬，翻然遠救朔方兵”，始漸涉議論；五言律，如“吾宗老孫子，江皋已仲春。”七言律，如“清江一曲”、“一片花飛”、“朝回日日”等篇，亦宛似宋人口語。予嘗與方翁恬論詩，予曰：“元和諸公，始開宋人門户。”翁恬曰：“杜子美已開宋人之門户矣。”此語實不爲謬，但初學聞之，反以爲怪耳。後觀馮元成議論，亦同。

二　九

　　楊用修云：“宋人以子美能以韻語紀時事，謂之‘詩史’，見《唐書》。鄙哉！夫六經各有體，若詩者，其體、其旨，與《易》、《書》、《春秋》判然矣。《三百篇》皆意在言外，使

556

人自悟。杜詩含蓄蘊藉者蓋亦多矣，宋人不能學之；至於直陳時事、類於訐訕，乃其下乘末脚，而宋人拾以爲己寶，又撰出'詩史'二字以誤後人。如詩可兼史，則《尚書》、《春秋》可以併省矣。"愚按：用修之論雖善，而未盡當。夫詩與史，其體、其旨固不待辯而明矣。郎杜之《石壕吏》、《新安吏》、《新婚別》、《垂老別》、《無家別》、《哀王孫》、《哀江頭》等，雖若有意紀時事，而抑揚諷刺，悉合詩體，安得以史目之？至於含蓄蘊藉雖子美所長，而感傷亂離、耳目所及，以述情切事爲快，是亦變雅之類耳，不足爲子美累也。

三　〇

或問予："歐陽公不好杜詩，其意何居？"曰：至和、嘉祐間，俱仁宗年號。場屋舉子爲文尚奇澀，讀或不成句，歐公力欲革其弊，既知貢舉，凡文涉雕刻者皆黜之。時楊大年、錢希聖、晏同叔、劉子儀爲詩皆宗李義山，號"西崑體"，公又矯其弊，專以氣格爲主；子美之詩，間有詰屈晦僻者，不好杜詩，特借以矯時弊耳。或言"歐公欲倡古文以抑末學"，是又不然；果爾，則歐公但不爲詩足矣，何既爲之而又不好杜耶？

《詩源辯體》卷二十中唐（節錄）

一

開元、天寶間，高、岑、王、孟古、律之詩，始流而爲大曆錢、名起，字仲文。劉名長卿，字文房。諸子。錢、劉才力既薄，風氣復散，故其五七言古氣象風格頓衰，然自是正變；正變之說見晚唐總論。五七言古正變止此。權得輿、李益，正而非變，元和開成諸子，變而非正。五七言律造詣興趣所到，化機自在，然體盡流暢，語半清空，而氣象風格亦衰矣，亦正變也。下流至柳子厚五七言律。

二

錢、劉五言古，平韻者多忌"上尾"，仄韻者多忌"鶴膝"。劉句多偶儷，故平韻亦間雜律體，然才實勝錢。七言古，劉似冲淡而格實卑，調又不純；凡歌行如用古調，自不必拘；若用俳調，則轉韻宜平仄相間，庶爲可歌。今劉實用俳調，而轉韻平仄叠用，故爲不純。初唐亦然。錢格若稍勝而才不及，故短篇多鬱而不暢，蓋欲鋪叙而不能耳。

四

初唐七言古，句皆入律，此承六朝餘弊。錢、劉七言古亦多入律，此是風氣漸漓也。聲韻雖同而風格大異耳。

七

五言排律，有雙韻，無單韻。中唐劉長卿止有五韻一篇，而他皆嚴整。錢起而下，復多有單韻者矣。

一一

或問："沈、宋五七言律，化機尚淺，而以爲正宗；錢、劉諸子，化機自在，而以爲正變，何也？"曰：唐人之詩，以氣象風格爲本，根本不厚，則枝葉雖榮而弗王耳。斯足以知大曆矣。

一二

盛唐高、岑五言、子美七言，以古入律，雖是變風，然氣象風格自勝；錢、劉諸子五七言，調雖合律，而氣象風格實衰，此所以爲不及也。

一三

中唐五七言絶，錢、劉而下皆與律詩相類，化機自在，而氣象風格亦衰矣。亦正變也。五言上承太白、摩詰諸子，下流至許渾、李商隱。七言上承太白、少伯諸子，下流至許渾、杜牧、李商隱、溫庭筠。

《詩源辯體》卷二十一中唐（節録）

八

韓（翃）七言古，豔冶婉媚，乃詩餘之漸。如"重門寂寞垂高柳"、"把君香袖長河曲"、"平蕪霽色寒城下，美酒百壺爭勸把"、"朝辭芳草萬歲街，暮宿春山一泉塢"、"殘花片片細柳風，落日疎鐘小槐雨"、"池畔花深鬭鴨欄，橋邊雨洗藏鴉柳"等句，皆詩餘之漸也。下流至李賀、李商隱、溫庭筠，則盡入詩餘矣。

一九

盛唐諸公五七言律，多融化無跡而入於聖。中唐諸子，造詣興趣所到，化機自在，然體盡流暢，語半清空，其氣象風格，至此而頓衰耳。故學者以初唐爲法，乃可進爲盛唐；以中唐爲法，則退屈益下矣。嚴滄浪云："學者以盛唐爲師，不作開元、天寶以下人

558

物。若自退屈，即有下劣。"此不易之論。

二 一

中唐五七言律，氣格雖衰而神韻自勝，故諷詠之猶有餘味；晚唐諸子，氣格既亡而神韻都絕，故諷詠之輒復易厭。胡元瑞云"中唐格調流宛而意趣悠長"，深得之矣。

二 二

中唐五言律，以全集觀雖多靡弱，然亦間有類盛唐者；七言律入錄雖多，實無有類盛唐者。胡元瑞云："中唐淘洗清空，寫送送字誤。流亮，七言律至是，殆於無可指摘，而體格漸卑，氣韻日薄，衰態畢露矣。"

《詩源辯體》卷二十二中唐（節錄）

一

李益，字君虞。貞元時人，五言古多六朝體，倣永明者，酷得其風神。唐人六朝體，例不錄。七言古，氣格絕類盛唐。《塞下曲》本一首，今集中作四絕句者，非。《祝殤辭》語多奇警，與李華《弔古戰場文》並勝，惜非完璧。五言律，氣格亦勝。"白馬羽林兒"一篇，可配開寶。"霜風先獨樹，瘴雨失荒城"一聯，雄偉亦類初唐。七言絕，開寶而下，足稱獨步。胡元瑞云："七言絕，開元之下，便當以李益爲第一。如《夜上西城》、《從軍》、《北征》、《受降城》、《春夜聞笛》諸篇，皆可與太白、龍標競爽。"

二

權德輿，字載之。貞元時人，五言古雖不甚工，然雜用律體者少，中有四五篇，氣格絕類盛唐。七言古，語雖綺豔而格亦不卑。律詩，五言聲氣實勝，而七言則未爲工。

《詩源辯體》卷二十三中唐（節錄）

一

唐人五言古，氣象宏遠，惟韋應物、柳子厚。名宗元。其源出於淵明，以蕭散冲淡爲主。然要其歸，乃唐體之小偏，亦猶孔門視伯夷也。

四

律詩易曉，古詩難知。古詩崢嶸豪蕩者猶易知，蕭散冲淡者更不易知也。《應物傳》云：“應物爲吳門時，年已老矣，而詩益造微，世亦莫能知也。”《詩眼》云：“柳子詩尤深難識，前賢亦未推重，自老坡發明其妙，學者方漸知之。”愚按：唐以詩取士，家傳户習，人莫不知，而二公之詩當時猶莫能識，今欲以蕭散冲淡教後學，吾知其不相入也。

一一

六朝五言，謝靈運俳偶雕刻，正非流麗。玄暉雖稍見流麗，而聲漸入律，語漸綺靡，遂成雜體。若應物，蕭散冲淡，較六朝更自迥別。徐師川云：“韋蘇州有六朝風致，最爲流麗。”其背戾滋甚。要知應物之詩本出於陶，六朝支離瑣屑，正不當與之並言，不得以字句形似求之。胡元瑞亦謂“韋左司應物爲左司郎中。是六朝餘韻”，豈道聽而塗説耶？

一三

應物七言古，體既矯逸，而語復勁峭，與五言古如出二手。以全集觀，聲調間有不純者。

一八

元和諸公，議論痛快，以文爲詩，故爲大變。子厚五言古，如《掩役夫骸》、《詠三良》、《詠荆軻》，亦漸涉議論矣。至如《荆軻》結語云“世傳故多謬，太史徵無且”，即《桐葉封弟辯》云“或曰封唐，史佚成之”之意，但語較元和終則温潤耳，故不入大變也。

二三

或問：“子厚上承大曆，何得爲正對階級？”曰：開寶至大曆，則流暢清空，風格始降，元和至開成，則工巧襯貼，作用日深，前以風格言，後以作用言也。蓋風格既降，自應作用耳。

《詩源辯體》卷二十四中唐（節録）

一

大曆以後，五七言古、律之詩，流於委靡。元和間，韓愈、孟郊、賈島、李賀、盧仝、劉義、張籍、王建、白居易、元稹諸公羣起而力振之，惡同喜異，其派各出，而唐人古、律之詩至此爲大變矣。亦猶異端曲學，必起於衰世也。

四

學詩者，識貴高，見貴廣。不上探《三百篇》、《楚騷》、漢、魏，則識不高；不遍觀元和、晚唐、宋人，則見不廣。識不高，不能究詩體之淵源；見不廣，不能窮詩體之汗漫，上不能追躡《風》、《騷》，下不能兼收容衆也。

六

元和諸公所長，正在於變。或欲於元和諸公録其正而遺其變，此在選詩則可，辨體，終不識諸家面目矣。故予此編於元和諸公各存其本體，惟於本體有未工者，則不録也。與凡例論元和一條參看。

八

東坡云："書之美者莫如顔魯公，然書法之壞自顔始；詩之美者莫如韓文公，然詩格之變自韓始。"漢、魏古詩至元嘉，格已盡變，此言唐人古詩耳。愚按：元和諸公之詩，其美處即其病處，樂天謂"所長在此，所病亦在此"是也。然學者必先知其美，然後識其病。今淺妄者於退之五七言古實無所解，遽謂其詩不足觀，聞者寧不絶倒！

一二

《後山詩話》云："詩文各有體，韓以文爲詩，杜以詩爲文，故不工耳。"愚按：退之五言古如"屑屑水帝魂"、"猛虎雖云惡"、"驚駒誠齷齪"、"雙鳥海外來"、"失子將何尤"、"中虛得暴下"等篇，鑿空構撰，"木之就規矩"，議論周悉。"此日足可惜"，又似書牘，此皆以文爲詩，實開宋人門户耳。然可謂過巧，而不可謂不工也。"雙鳥海外來"，中有似玉川處。

一三

退之五言古《南山》詩，首序南山大概，次序南山四時變態，次言方隅連亘之所，次言經歷所見，末用繁欽《定情詩》一法數轉。凡一百二韻，可謂長篇之式。但語太深刻，故不入録。

一六

退之五、七言古雖奇險豪縱,然五言如"幽懷不能寫",稍類建安;"南溪亦清駛",亦近淵明;《琴操》、《履霜》、《拘幽》,頗合於古;七言《嗟哉董生行》,類古樂府;《雉帶箭》、《豐陵行》、《桃源圖》,體亦近正。今並錄冠於前,先正後變也。

《詩源辯體》卷二十五中唐(節錄)

七

賈島字浪仙。與孟郊齊名,故稱"郊島"。郊稱五言古,島稱五言律。然島之較郊,才質品第不啻什伯,故退之多稱郊而少及島,欧陽公亦云"郊死不爲島"是也。島五言律氣味清苦,聲韻峭急,在唐體尚爲小偏,而句多奇僻,在元和則爲大變。東坡云"郊寒島瘦",唐人詩論氣象,此正言氣象耳。

九

賈島五言律雖多變體,然中如"飄蓬多塞下"、"歸騎雙旌遠"、"數里聞寒水"、"閩國揚帆去"四篇,尚有初、盛唐氣格,惜非完璧;如"辭秦經越過"、"石頭城下泊"、"半夜長安雨"、"落日投村戍"四篇,便似中唐;如"未知遊子意"、"去有巡臺侶"、"衆岫聳寒色"、"頭髮梳千下"四篇,亦似晚唐。今並錄冠於前,先正後變也。

一二

元和諸子之詩雖成變體,然其才識則固有過人者。

《詩源辯體》卷二十六中唐(節錄)

六

李賀古詩或不拘韻,律詩多用古韻,此唐人所未有者;又仄韻上、去二聲雜用,正合詩餘,李商隱、溫庭筠亦然。後人於上、去二聲雜用,一則惑於李賀諸君,二則惑於俗音,以爲上、去可通用也。

七

按韋楚老樂府七言有《祖龍行》,正傚長吉體也。楚老,長慶進士,開成間爲拾遺,奏李德裕傾牛僧孺,而賀則卒於太和五年,元瑞乃謂"長吉諸篇出於楚老",則失考矣。

一二

王元美云:"盧仝、馬異皆乞兒唱長短急口歌博酒食者。"愚按:盧仝《月蝕》詩佳處亦自奇警,村鄙處不免如元美所云爾。村鄙者不暇摘。退之效玉川《月蝕》詩,皎玉川僅三之一,而皆竄削其語用之,豈退之厭其冗穢,特爲裁定,然不欲見盧之短,故但云"效玉川"也? 嚴滄浪云:"玉川之怪,長吉之詭,天地間自欠此體不得。"

《詩源辯體》卷二十七中唐(節録)

一

張籍字文昌。五言古極少,王建字仲初。五言古聲調僅純,然不成語者多;樂府七言,二公又是一家。王元美云:"樂府之所貴者,事與情而已。張籍善言情,王建善徵事,而境皆不佳。"馮元成謂"較李、杜歌行,判若河漢"是也。愚按:二公樂府,意多懇切,語多痛快,正元和體也。然析而論之,張語造古淡,較王稍爲婉曲,王則語語痛快矣。且王詩多,而入録者少,故知其去張實遠也;其仄韻亦多上、去二聲雜用。

三

韓、白五言長篇雖成大變,而縱恣自如,各極其至;張、王樂府七言雖在正變之間,而實未盡佳。選者於韓、白五言長篇不録而多采張、王樂府,蓋元和主變,而選者貴正也。

四

大曆而後,五七言律體製、聲調多相類,元和間,賈島、張籍、王建始變常調。張、王五言清新峭拔,較賈小異,在唐體亦爲小偏。張如"椰葉瘴雲濕,桂叢蠻鳥聲。""夜鹿伴茅屋,秋猿守栗林。""渡口過新雨,夜來生白蘋。""竹深村路暗,月出釣船稀。""月明見潮上,江靜覺鷗飛。""夜靜江水白,路迥山月斜。""乘舟向山寺,着屐到漁家。""新露濕茅屋,暗泉衝竹籬。"王如"瘴烟沙上起,陰火雨中生。""水國山魈引,蠻鄉洞主留。""石冷啼猿影,松昏戲鹿塵。""閉門留野鹿,分食養山雞。""雨水洗荒竹,溪沙填廢渠。""野桑穿井長,荒竹過牆生"等句,皆清新峭拔,另爲一種,五代諸公乃多出此矣。

《詩源辯體》卷二十八中唐(節錄)

二

或問:"子言樂天五言古叙事詳明,以文爲詩,今觀杜子美《新婚別》、《垂老別》、《無家別》等,亦皆叙事,何獨謂樂天以文爲詩乎?"曰:子美叙事,紆迴轉折,有餘不盡,說見子美論中。正未易及;若樂天,寸步不遺,猶恐失之,乃文章傳記之體。試以二詩並觀,迥然自別矣。

七

樂天五言古,語既率易,中復間用律句,是厥體中所短。如《賀雨》云"歡呼相告報,感泣涕沾胸"。《朱陳村》云"孤舟三適楚,羸馬四經秦"等句,皆律句也。學樂天者最宜慎之。

八

樂天五言古,如《賀雨》、《大觜鳥》等,雖成大變,而叙事詳明,用韻穩帖,首尾勻稱,靡不如意,其所長正在於此;或以諸篇爲冗濫而不當錄者,非所以論元和也。其"窈窕雙鬟女"、"翩翩兩玄鳥"、"古琴無俗韻"等,體雖近正,而實非本相,今亦錄冠於前,先正後變也。

一〇

樂天七言古,《長恨》、《琵琶》,叙事詳明;《新樂府》,議論痛快,亦變體也。胡元瑞"敷演有餘,步驟不足峙",得之。《長恨歌》聲雖不盡純,說見李、杜論及錢、劉論註中。然才有餘,故自不覺。

一二

樂天七言古,《長恨》、《琵琶》及《新樂府》雖成變體,然尚有唐人音調,至《一日日一年年》及《達哉樂天行》,則全是宋人聲口,始爲大變矣。

一三

元和間五、七言古，退之奇險，東野琢削，長吉夢幻，盧仝、劉义變怪，惟樂天用語流便，似若欲矯時弊，然快心露骨，終成變體。

二三

元微之名稹。少年與白樂天角靡騁博，故稱"元白"，然元實不如白。白五言古人録者，雖長篇而體自勻稱，意自聯絡；元體多冗漫，意多散緩，而語更輕率，可采者不能十一。

二五

東坡言"元輕白俗"，昔人謂爲定論。嘗讀微之《連昌宫詞》及七言律一二入選者，聲氣似勝，烏得爲輕？既而讀其集，惟五言排律長篇及窄韻者稍工，餘不免太輕率耳。觀其《酬樂天詩序》云："屬李景信校書自忠州訪予，連牀遞飲之間，悲咤使酒，不三兩日，盡和去年以來三十二章皆畢。"其輕率可知。

《詩源辯體》卷二十九中唐（節録）

二

夢得七言絶有《竹枝詞》，其源出於六朝《子夜》等歌，而格與調則子美也。黄山谷云："劉夢得《竹枝》九章，詞意高妙，元和間誠可獨步，道風俗而不俚，追古昔而不愧，比之子美《夔州歌》，所謂同工而異曲也。"按：今之吳歌，又是《竹枝》之流。

三

樂天最愛夢得七言律"雪裏高山頭早白，海中仙果子生遲。""沉舟側畔千帆過，病樹前頭萬木春"之句。夢得之詩，惟此得爲變體，而集中皆不傳。及考《萬首唐人絶句》，劉實有似樂天者，故當時有"劉白"之稱。乃知今所傳夢得詩，決非全集也。

《詩源辯體》卷三十晚唐（節録）

一

元和柳子厚五、七言律，再流而爲開成許渾字用晦。諸子。許才力既小，風氣日漓，而造語漸卑，故其對多工巧，語多襯貼，更多見斧鑿痕，而唐人律詩乃漸敝矣，要亦正變也。下流至韋莊五言律，李山甫、羅隱七言律。

四

王元美云："許渾、鄭谷，厭厭有就泉下意，渾差有思句，故勝之。"愚按：晚唐諸子體格雖卑，然亦是一種精神所注，渾五、七言律工巧襯貼，便是其精神所注也。若格雖初、盛而庸淺無奇，則又奚取焉！孟子曰："五穀者，種之美者也；苟爲不熟，不如荑稗。"以此論詩，則有實得矣。

五

許渾五、七言律體格漸卑者，特以情淺而詞勝、工巧襯貼而多見斧鑿痕耳。宋人體尚元和，而元美格主初、盛，其貶渾固宜。楊用修《譚苑》所引詩句，實多鄙陋，而亦貶渾，豈真以其體格之卑耶？抑亦偏見，不足信也。

六

杜牧字牧之。才力或優於渾，然奇僻處多出於元和，五、七言古恣意奇僻，且多失體裁，不能如韓之工美，援引議論處益多以文爲詩矣。其仄韻亦多上、去二聲雜用。

一一

詩先定其正變，而後論其淺深，否則愈深愈僻，必有入於怪惡者。許渾五、七言律，情致雖淺，而造語實工，譬之庖製，則五味多而真味少。杜牧七言律，用意雖深，而造語實僻，譬之惡品異類，食之則蜇口中纇，不能不噦，反謂之美味可乎？楊用修深貶許渾，而謂"晚唐律詩，義山而下惟牧之爲最"，其説本於宋人，此不識正變而徒論深淺也。

一七

商隱七言律，語雖穠麗，而中多詭僻。如"狂飈不惜蘿陰薄，清露偏知桂葉濃。"《深宮》。"落日渚宮供觀閣，開年雲夢送烟花。"《宋玉》。"曾是寂寥金燼後，斷無消息石榴紅"《無題》。等句，最爲詭僻，《冷齋夜話》云"詩至義山爲文章一厄"是也。論詩者有理障、事障，予竊謂此爲意障耳。又《贈司勳杜十三》一篇，體製甚奇，然亦出於樂天《覽盧子蒙詩》也。

二　〇

五言絕，許渾聲急氣促，商隱意新語豔，此又大曆之降，亦正變也。五言絕正變止此。

二　一

溫庭筠字飛卿。與李商隱齊名，時號"溫李"。五、七言古，綺靡妖豔。五言《獵騎》一篇，有似齊、梁，但與題不合，恐誤。《西洲詞》、《江南曲》轉韻體，用六朝樂府語。《湘官人》、《故城曲》、《邊笳曲》，略似長吉。其他則未爲工。七言轉韻，四句一換，平仄相間，語亦多詭僻，讀之十不得五六，聲調略與義山相類，其才或不及耳。予所錄，乃其最易者。

二　二

庭筠七言古，聲調婉媚，盡入詩餘。與李商隱上源於李賀，下流至韓偓諸體。如"家臨長信往來道"一篇，本集作《春曉曲》，而詩餘作《玉樓春》，蓋其語本相近而調又相合，編者遂采入詩餘耳。其他略摘以見。如"四方傾動烟塵起，猶在濃團夢魂裏。後主荒宮有曉鶯，飛來只隔西江水。""爲君裁破合歡被，星斗迢迢共千里。象尺薰鑪未覺秋，碧池已有新蓮子。""迴嚬笑語西窗客，星斗寥寥波脉脉。不逐秦王捲象牀，滿樓明月梨花白。""玉墀暗接崑崙井，井上無人金索冷。畫壁陰森九子堂，階前細月鋪花影。""百舌問花花不語，低迴似恨橫塘雨。蜂爭粉蕊蝶分香，不似垂楊惜金縷"等句，皆詩餘之調也。

二　三

庭筠五言律，有六朝體，酷相類。唐人六朝體，例不錄。七言入錄者，調多清逸，語多閒婉，在晚唐另爲一種。如"出寺馬嘶秋色裏，向陵鴉亂夕陽中。竹間泉落山廚靜，塔下僧歸影殿空。""窗間半偈聞鐘後，松下殘棋送客回。簾向玉峯藏夜雪，砌因藍水長秋苔。""爲尋名畫來過院，因訪閒人得看棋。新雁參差雲碧處，寒鴉繚繞葉紅時。""湖上殘棋人散後，岳陽微雨鳥歸遲。""蒼苔路熟僧歸寺，紅葉聲乾鹿在林"等句，皆清逸閒婉，與義山相反者也。

二　七

按李賀、李商隱、溫庭筠古、律之詩，多側詞豔語。宋初楊大年諸人，翕然宗之，詳見子美論中。號"西崑體",人多訾其僻澀。今人但指商隱詩爲崑體,非也。

二　八

開成七言絶,許渾、杜牧、李商隱、温庭筠,聲皆瀏亮,語多快心,此又大曆之降。亦正變也。下流至鄭谷七言絶。中間入議論,便是宋人門户。

三　二

遊仙詩,其來已久,至曹唐,字堯賓。則有七言絶九十八首。後人賦遊仙絶句,實起於此,而青於藍者亦多。今採録一十六首,以備一家。

《詩源辯體》卷三十一晚唐(節録)

八

七言律,盛唐諸子醖藉和平,大曆諸子氣格雖衰,而和平未改,開成而後,意態過於軒舉,聲韻傷於急促。意態軒舉者,如許渾"對雪夜窮黄石略,望雲秋計黑山程"、李商隱"夜捲牙旗千帳雪,朝飛羽騎一河冰"、李郢"鷗没夜雲知御苑,馬隨仙仗識天香"、薛逢"霜中入塞鵰弓響,月下翻營玉帳寒"等句是也;聲韻急促者,如許渾"湘潭雲盡暮山出,巴蜀雪消春水來"、"溪雲初起日沉閣,山雨欲來風滿樓"、劉滄"千年事往人何在,半夜月明潮自來"、"花開忽憶故山樹,月上自登臨水樓"等句是也。予少時最喜讀之。學者苟不能辨,終無以脱晚近之習耳。七言絶亦然。

一　○

予嘗以唐律比閨媛,初唐可謂端莊,盛唐足稱温惠,大曆失之輕弱,開成過於美麗,而唐末則又妖豔矣。然美麗、妖豔雖非端莊、温惠可比,而好色者不免於溺,此人情之常,無足爲異。至若王、杜、皮、陸,乃怪惡奇醜,見之必唾其面,今好奇之士反以爲姣好而慕悦之,此人情之大變,不可以常理推也。

一　二

皮、陸集中有全篇字皆平聲者,有上五字皆乎聲,下五字或上聲、或去聲、或入聲者,有疊韻,有離合,有藥名,有人名,有迴文,自離合至迴文,漢、魏、六朝亦間有之,蓋偶以爲戲耳。有問答,有風人,即今吴歌。誇新闘奇,大壞詩體,二子復生,吾當投畀豺虎。或問:"東坡亦有疊韻、雙聲、吃語、禽言等,何?"曰:東坡才大,自無不宜,故偶以爲戲;

皮、陸長處略無所見，而惟以此鬭奇，未可並論也。

《詩源辯體》卷三十二晚唐（節録）

六

唐人之詩雖主乎情，而盛衰則在氣韻，如中唐律詩、晚唐絶句，亦未嘗無情，而終不得與初、盛相較，正是其氣韻衰颯耳。

八

韓偓《香奩集》，皆裙裾脂粉之詩。高秀實云："元氏豔詩，麗而有骨；韓偓香奩集，麗而無骨。"愚按：詩名《香奩》，奚必求骨？但韓詩淺俗者多，而豔麗者少，較之温、李，相去甚遠，即予所録者十之二三，而亦不能佳也。五言古如"侍女動粧奩，故故驚人睡。那知本未眠，背面輸垂淚。"七言古如"嬌嬈意緒不勝羞，願倚郎肩永相著。""直教筆底有文星，亦應難狀分明苦。"七言律如"小疊紅牋書恨字，與奴方便送卿卿。"七言絶如"想得那人垂手立，嬌羞不肯上鞦韆"等句，則詩餘變爲曲調矣。上源於李商隱、温庭筠七言古，詩餘之變止此。至七言律如"仙樹有花難問種，御香聞氣不知名。""靜中樓閣深春雨，遠處簾攏半夜燈。"亦頗有致。又，"分明窗下聞裁剪，敲遍欄干故不應"，則曲盡豔情。

一一

初唐七言律，質勝於文，盛唐文質兼備，大曆而後，文勝質衰，至李山甫、羅隱諸子，則文浮而質滅矣。羅、李詩只就入録者言之。大抵初、盛、中、晚，音節雖有高下，詞藻雖有洪纖，而尚有可觀，失此二者，則不得爲正變也。

一二

或問："唐人律詩以劉長卿、錢起、柳宗元、許渾、韋莊、鄭谷、李山甫、羅隱爲正變，古詩以元和諸子爲大變，何也？"曰：律詩由盛唐變至錢、劉。由錢、劉變至柳宗元、許渾、韋莊、鄭谷、李山甫、羅隱，皆自一源流出，體雖漸降，而調實相承，故爲正變；古詩若元和諸子，則萬怪千奇，其派各出，而不與李、杜、高、岑諸子同源，故爲大變。其正變也，如堂陛之有階級，自上而下，級級相對，而實非有意爲之。晚唐律詩，即李商隱、温庭筠、于武陵、劉滄、趙嘏，雖或出正變之上，終不免稍偏矣。

一四

或問予："子之論律詩,宗盛唐而黜晚唐,宜矣。然無乃畏難而樂易乎?"曰:盛唐渾圓活潑,其造詣之功,已非一日,若浩然造思極深,必待自得,則造詣之後,又非卒然可辦也,孰謂盛唐易而晚唐難乎? 但盛唐沉思忽至,豁焉貫通,種種自見,晚唐襯貼纖巧,一字一句,靡不艱得,斯則盛唐易而晚唐難,信矣。或曰:"詩貴超脫,不貴沿襲,子之言,無乃以沿襲爲事乎!"曰:盛唐造詣既深,興趣復遠,故形跡俱融,風神超遇,此盛唐之脫也。學者有盛唐之具,斯亦脫矣,若更求脫於盛唐,則吾不知也。

一七

或問:"唐人七言律,自錢、劉變至唐末,而聲韻輕浮,辭語纖巧,宜也。今觀諸家又多鄙俗村陋,河耶!"曰:唐人既變而爲輕浮纖巧,已復厭其所爲,又欲盡去鉛華,專尚理致,於是意見日深,議論愈切,故必至於鄙俗村陋耳。此上承元和而下啟宋人,乃大變而大敝矣。

一八

或謂:"晚唐人多用山水、木石、烟雲、花鳥爲詩,故其格甚卑,捨此,而後可以觀詩矣。"予曰:不然。詩有賦、比、興,山水、木石、烟雲、花鳥,即古詩之比、興也。孔子論詩,亦曰"多識於鳥獸草木之名",故山水、木石、烟雲、花鳥,自《三百篇》而下,即初、盛唐不能捨此爲詩,顧可以責晚唐乎? 晚唐之詩,惟是氣象萎苶,情致都絕,而徒藉於山水、木石以爲藻飾,故其格卑下,要不可盡廢山水、木石而爲詩也。逮於唐末諸子,乃欲盡去鉛華,專尚理致,於是山水、木石之語廢,而議論意見之詞繁,故必至於鄙俗村陋耳。嘗觀《六一詩話》:"許洞會諸詩僧分題,約曰'不得犯山水、風雲、竹石、花草、雪霜、星月、禽鳥等字',於是諸僧閣筆。"嗚呼,此宋人欲以文爲詩也,於諸僧何尤?

《詩源辯體》卷三十四總論(節錄)

一

孟子曰:"天下之言性也,則故而已矣。所惡於智者,爲其鑿也。"予作《辯體》一書,其源流、正變、消長、盛衰,乃古今理勢之自然,初未敢以私智立異説也。子張問:"十世可知乎?"孔子曰:"其或繼周者,雖百世可知也。"蓋亦識理勢之自然耳。

二

予作《辯體》一書，乃大中至正之門户。然苟非深造之士，必未學者而後可與言；苟非上智之資，必質魯者而後可與入；曲學淺智之士，恐偏執自信，未肯捨己從人耳。林宜父工繪事，人問："畫可學否？"曰："未學者乃易學，嘗學者不易學也。"予深有味乎其言。

三

學者聞見廣博，則識見精深，苟能於《三百篇》而下一一參究，並取前人議論一一紬繹，則正變自分，高下自見矣。今之學者，聞予數貶古人，輒相詆訾，雖其質性之庸，亦是其聞見不廣故也。譬之學書者，識見不廣，偶見一帖可意，遂終身篤好，不復向上尋覓，便是井蛙夏蟲耳。試於古篆、秦隸而下一一究心，則知古人千品萬彙、高下不齊，一肢半體，未足以概其全也。

四

予作《辯體》，自謂有功於詩道者六：論《三百篇》以至晚唐，而先述其源流，序其正變，一也；論《周南》、《召南》以至邶、鄘諸國，而謂其皆出乎性情之正，二也；論漢、魏五言，而先其體製，三也；論初、盛唐古詩，而辨其純雜，四也；論漢、魏五言，而無造詣深淺之階，五也；論初、盛唐律詩，而有正宗、入聖之分，六也。知我者在此，而罪我者亦在此也。

五

不讀《三百篇》，不可以讀漢、魏；不讀漢、魏，不可以讀唐詩。嘗觀論漢、魏五言者，多不先其體製，由不讀《三百篇》也。又觀選唐人五言古，多不辨其純雜，由不讀漢、魏也。故諸家論詩、選詩，於五、七言律十得其五，於七言古十得其三，於五言古十不得一也。

六

學漢、魏而不讀《三百篇》，猶木之無根；學唐人而不讀漢、魏，猶枝之無幹；乃至後生初學，專讀近代之詩，並不識唐詩面目，此猶花葉之無枝，將朝榮而夕萎矣。

七

予尝謂：學詩者必先讀《三百篇》、《楚騷》、漢、魏五言及古樂府，次及李、杜五七言古、歌行以至初、盛唐之律，如今人誦習經書者，姑不必求其旨趣，誦讀之久，詳予論説，自能有得。否則，學律既久，習於聲韻，熟於徘偶，而於古終不能入矣。滄浪謂“工夫須從上做下”，得之。

八

讀古詩，如飲醇酒，能飲者其醇醨自別；不能飲者，但時時强飲，久之，其醨者亦自能別矣。學詩者苟先讀《三百篇》、《楚騷》、漢魏五言及古樂府，次及李、杜五七言古、歌行以至初、盛唐之律，久之，則於六朝、晚唐，亦自能別矣。

九

趙凡夫云：“學詩必從《風》、《雅》、《騷賦》，此端本之法也。呂氏謂：‘必如此，使初學方得見古人，彼時正難得見也。’此只積材之頃耳。”又云：“學識至開眼後，然後可以讀卑下之文，三人我師，無不可者。若未開眼而讀此等詩文，鮮不爲其中者矣。”故予此編六朝晚唐以及元和之詩，非先讀《三百篇》、漢魏、初盛唐詩，未可遽讀也。

一〇

李獻吉自序其詩，大抵由唐人律詩進而爲李、杜歌行，又進而爲六朝，又進而爲漢、魏，又進而爲賦騷、琴操、古歌、四言。予謂：學李、杜由高、岑諸公而進，此升堂入室之次第；學漢、魏由六朝而進，則謬甚矣。漢、魏、六朝，由天成以變至作用，由雕刻以變至綺靡，學者必先有得於漢、魏，時或降格而爲六朝，乃易爲力；苟先習於六朝，而欲上爲漢、魏，豈易能乎？元瑞謂“骨格既定，然後沿廻阮、左以窮其趣，頡頏陸、謝以采其華”是也。且徒以世代之先後，而欲以六朝加於李、杜，是猶以殷之末世加於周之盛時也。獻吉之進於詩也如此，故其歌行雖勝，而爲漢、魏諸詩，遠遜于鱗耳。

一一

詩文雖與國運同其盛衰，然必盛於始興、衰於末造，故古詩必合漢、魏六朝以爲盛衰，唐律則以初、盛、中、晚爲盛衰也。胡元瑞云：“五言盛於漢，暢於魏，衰於晉、宋，亡於齊、梁。”故以古而論，則晉、宋而下，古體既亡，雕刻日繁，而綺靡漸出，本不得與李、杜爭衡；以律而論，亦不當以唐與六朝並言也。李獻吉自序其詩，由李、杜進爲六朝，則於盛衰、正變果何辨也？後宗六朝、初唐，皆自獻吉始。

一　二

或問："讀詩固宜先古，而學詩則古、律孰先？"曰：詩先有古而後入律，法宜先古；但後人自幼便習聲律，而律復有成法可循，則又宜先律。亦猶書先有篆，而學書者必先楷；舉業先有策論，而學舉業者必先時義耳。王敬美云："初學童不知苦辣，往往謂五言古易就，率爾成篇，因自詫好古，薄後世律不爲；不知律尚不工，豈能工古？徒爲兩失而已。"皇甫子循云："近體難工而鮮叛，選體似易而實難。"尤爲絕論。

一　三

或言："漢、魏、六朝、初、盛、中、晚唐，各有所至，未易優劣。"予曰：不然。《三百篇》而下，惟漢、魏古詩，盛唐律詩，李、杜古詩歌行，各造其極；次則淵明、元結、韋、柳、韓、白諸公，各有所至；他如漢、魏以至齊、梁，初、盛以至中、晚，乃流而日卑，變而日降。其氣運消長，文運盛衰，正當以此別之。苟爲無別，則齊、梁可並漢、魏，而中、晚可並初、盛也，詩道於是爲不明矣。

一　四

予作《辯體》，於漢、魏、六朝、初、盛、中、晚唐，既詳論之矣，而於元和諸公以至王、杜、皮、陸，亦皆反覆懇至，深切著明，正欲分別正變，使人知所趨向耳。宋朝諸公非無才力，而終不免於元和、西崑之流，蓋徒取快意一時而不識正變之體故也。嚴滄浪云："作詩正須辯盡諸家體製，然後不爲旁門所惑。今人作詩，差入門戶者，正以體製莫辯也。"以上五句皆滄浪語。

一　九

胡元瑞云："自信陽有筏喻，何仲默，信陽人。筏喻見後。後生秀敏，喜慕名高，信心縱筆，動欲自開堂奧，自立門戶。詰之，輒大言《三百篇》出自何典，此殊爲風雅累。《國風》、《雅》、《頌》，質合神明，體符造化，猶夫上棟下宇，理出自然。此道既開，後之作者即離朱、墨翟，奚容措手！故四言未興，則《三百》啟其源；五言首創，則《十九》詣其極；歌行甫遒，則李、杜爲之冠；近體大暢，則開、寶擅其宗。盛唐而後，樂、選、律、絕，種種具備，無復堂奧可開、門戶可立。古惟獨造，我則兼工，集其大成，何忝名世。上下千餘年間，豈乏索隱弔詭之徒，趨異厭常之輩，大要源流既乏，蹊徑多紆，徒能鼓聲譽於時流，焉足爲有無於來世。"愚按：諸家論詩，絓一漏萬，元瑞此論，一舉而備，真後生龜鑒也。

二　一

學者於詩，或欲爲六朝、晚唐，其失爲卑；爲錦囊、西崑，其失爲偏；又有但爭一字之巧、一句之奇，以新耳目，初不知有六朝、晚唐，亦不知有錦囊、西崑也，則其失爲野矣。或曰：“漢、魏、初、盛自不必學，六朝、晚唐、錦囊、西崑，亦已有之，不若因時趨變，足快一時耳。”予曰：子不見器用與冠服乎？三歲而更新，十歲而易製，再更再易，而新者復故矣。大曆諸公，而律始變焉，元和、開成、唐末，而又變焉，至宋，而又再變焉，再變之後，而神奇復化爲臭腐矣。然後之論律詩者，宗初、盛唐耶？宗大曆、元和、開成、唐末耶？宗宋人耶？故作者但能神情融洽，出自胸臆，觀者自能鼓舞，固不必創新立異以爲高耳。譬之於人，鬚眉口鼻皆同，而丰神意態不一，豈必鬚眉變相，口鼻異生，始爲絶類乎？試以予説求之，其惑自袪矣。

二　三

古詩至於漢、魏，律詩至於盛唐，其體製、聲調，已爲極至，更有他途，便是下乘小道。故國朝人取法古人，法其體製、聲調而已，非掩取剽竊之謂也。李獻吉《駁何仲默書》云：“假令僕竊古意、盜古形、剪截古辭以爲文，謂之影子誠可，若以我之情，述今之事，尺寸古法，罔襲其辭，”“尺寸古法”只是守法度而不遺之意，若必一一摹倣古格，則又盜古形矣。猶班圓倕之圓，倕方班之方，而倕之木非班之木也。此奚不可也？”袁中部大譏國朝人取法古人，故其爲詩恣意奇詭，使繼中郎者更爲中郎，則亦爲盜襲，若更爲奇詭，則必舉世鬼魅而後已耳。且試以理勢度之，千載而下果能廢獻吉而崇中郎，則予不敢措一喙矣。

二　六

有宗中郎而詆予者，曰：“詩在境會之偶諧，即作者亦不自知，先一刻迎之不來，後一刻追之已逝。”予謂：此論妙絶，在唐正是孟襄陽、崔司勳境界，然苟不先乎規矩，則野狐外道矣。規矩者，體製、聲調之謂也。與浩然論中“王士源”一則參看。又曰：“生人者，天機所動，忽然而成，安能裁穠纖、按脩短、一一中度，然後出哉？”予謂：天之生人，誠不能一一中度，苟取人而不中度，則嫫母可並乎西施矣。作詩猶生人也，論詩猶取人也。予嘗以詩示人，其人曰：“君詩得意者，大似唐人。”斯實寓刺。予謂：此即中郎意也。若予盜襲唐人爲詩，不可；若謂體製、聲調必離唐人始可稱詩，予弗敢從。

二　七

或問："詩與書畫，一也，學書者摹倣古人，謂之'書家奴'，學詩者烏得亦冒此名耶？"曰：詩無象，而書畫有形，有形者易於似，無象者難於似也。今觀獻吉、昌穀五言律、仲默五七言律，體製、聲調靡不唐也，而命意措辭則己出也，若並變其體製、聲調而爲詩，則野狐外道矣。今學書者，點畫，鍾、王也；結構，鍾、王也；何者爲己出？烏得爲非襲乎！故國朝書家多變，而詩則未嘗變也。畫則在詩、書之間矣。

二　八

詩與文章，正、變一也。宋至和、嘉祐間，場屋舉子爲文尚奇澀，讀或不成句，歐陽公既知貢舉，凡文涉雕刻者皆黜之，及放榜，乃得蘇子瞻第二，子由及曾子固亦在選中，一時有聲者皆不録，士論洶洶。然迄今六百年來，世傳文章，惟歐、蘇、子由、子固而已，當時雕刻者安在耶？乃知詩文千古之業，斷不可要譽一時也。

三　四

古今人論詩，論字不如論句，論句不如論篇，論篇不如論人，論人不如論代。晚唐、宋、元諸人論詩，多論字、論句，至論篇、論人者寡矣，況論代乎？予之論詩，多論代、論人，至論篇、論句者寡矣，況論字乎？各卷中雖多引篇摘句，實論一代之體，或一人之體也。

三　五

詩有本末。體氣，本也；字句，末也。本可以兼末，末不可以兼本。予少學古詩，於漢、魏主體，於李杜主氣，故於元嘉以後之詩，多所不喜，而於唐人以律爲古者，尤所痛疾。大本既立，旁及支末，則凡六朝唐人所稱佳句，多有可取，而於後人所謂詩眼者，亦間有可述。今之學者專心於字法、詩眼，於古人所稱佳句已不能識，又安知有體氣耶？

四　〇

詩體之變，與書體大略相類。《三百篇》，古篆也；蒼頡書，自黃帝至三代，其文不改。漢、魏古詩，大篆也；周史籀作。元嘉顏、謝之詩，隸書也；沈、宋律詩，楷書也；初唐歌行，章草也；李、杜歌行，大草也；盛唐諸公近體不拘律法者，行書也；元和諸公之詩，則蘇、黃、米、蔡之流也。

四一

詩與舉業大略亦相類。古詩如策論,律詩如經書文。盛唐古、律兼工,晚唐則工於律,而古詩亡矣。國朝成、弘、正、靖間,策論、經書文兼工,今則工於經書文,而策論亦亡矣。然盛唐古詩已不及漢、魏,向言漢、魏、李、杜各極其至,各就其所造而言。此言盛唐不及漢、魏,乃風氣實有降也。與論漢、魏第十五則並此卷東坡論詩參看。而國朝成、弘、正、靖間策論,亦不及唐、宋。晚唐律詩遠於盛唐,而今之經書文亦遠於成、弘、正、靖間矣。或曰:"今試爲成、弘、正、靖間文,子能必其中式否耶?"曰:舉業以取科第,蓋有不得不從時者;詩賦爲千秋之業,寧能捨高遠而趨卑近乎!

四二

詩與經書文復有不同。經書文名爲帖括,有定旨,亦有定格;詩名爲散作,無定旨,亦無定製。故經書文惟沉思默運,始能中的;詩必幽閒放曠,乃能超越耳。試觀今人場屋之文多傳,謂流傳一時,非流傳後世也。而唐人試作,傳者惟祖詠《終南望餘雪》、錢起《湘靈鼓瑟》二篇。此外,如王昌齡《四時諷玉燭》云"祥光長赫矣,佳號得溫其",孟浩然《騏驥長鳴》云"逐逐懷良馭,蕭蕭顧樂鳴",錢起《巨魚縱大壑》云"方快吞舟意,尤殊在藻嬉",李商隱《桃李無言》云"夭桃花正發,穠李蕊方繁",較平生所作,遂爲霄壤。

四三

或言:"唐以詩賦取士,故其詩獨工。"愚按:唐雖以詩賦取士,然但備制舉之一,亦猶今之表判耳,然又皆有程墨牽束,故中選者悉非佳製。試觀李、杜及韋應物諸名家,多不由於科目也。然唐詩之所以獨工者,蓋由齊、梁漸入於律,至唐而諸體具備,其理勢宜工。唐既盛極,至元和、宋人,其理勢自應入變耳。

《詩源辯體》卷三十五總論(節錄)

二

世傳魏文帝《詩格》,其淺稚卑鄙無論,乃至竊沈約"八病"之説,又引齊、梁詩句爲法,蓋村學盲師所爲,不足辯也。

三

沈約論詩有"八病"之説,鍾嶸、皎然、滄浪、元美已嘗詆之,不必致辯。然此乃變律之渐，無足怪也。

六

鍾嶸與王融、謝朓、沈約同時，而論詩不爲所惑，良可宗尚。其論三子云："曹、劉、陸、謝，不聞宮商之辨，四聲之論。三祖之詞，文或不工，而韻入歌唱，此重音韻之義也，與世之言宮商者異矣。文製本須諷讀，不可蹇礙，但令清濁通流，口吻調利，斯爲足矣。平上去入，余病未能；蜂腰鶴膝，閭里已甚。"云云。此論堪爲吐氣。

二九

傅與礪《詩法正論》，述范德機之意而作。首言詩權輿於《擊壤》、《康衢》，演迤於《卿雲》、《南風》，制作於《國風》、《雅》、《頌》；次言《國風》、《雅》、《頌》、歌、行、引、吟、謠、曲之體；又次言蘇、李五言及魏、晉以來之詩，而並引德機之語，庶得其大體矣。其言"唐人以詩爲詩；主達情性，於《三百篇》爲近；宋人以文爲詩，主立議論，於《三百篇》爲遠"，甚當。又言"達情性者，《國風》之餘；立議論者，《雅》、《頌》之變，未易優劣"，則正、變不分，烏在其爲正論乎？又言"作詩成法，有起、承、轉、合，起處要平直，承處要春容"，謂"李、杜歌行皆然"，則謬戾甚矣。

三〇

揭曼碩論詩有五事：一曰詩本，二曰詩資，三曰詩體，四曰詩味，五曰詩妙。謂气養性以立詩本，讀書以厚詩資，識詩體於源委正變之餘，求詩味於鹽梅薑桂之表，運詩妙於神通游戲之境，可謂得共要領。但中引文中子言"謝靈運，小人哉，其文傲；沈休文，小人哉，其文冶"等語，則近於宋儒理學之談矣。

三三

或問予："子極詆晚唐、宋、元人詩法，然則詩無法乎？"曰：有。《三百篇》、漢、魏、初、盛唐之詩，皆法也；自此而變者，遠乎法者也。晚唐、宋、元諸人所爲詩法者，弊法也；由乎此法者，困於法者也。且漢、魏、六朝，體製相懸，初、盛、中、晚，氣格亦異，晚唐、宋、元諸人，略不及之，顧獨於章句之間搜剔穿鑿，愈深愈遠，詩道至此，不啻掃地矣。

《詩源辯體》卷三十六總論（節錄）

一

六朝如《昭明文選》、徐陵《玉臺新詠》等，詩體雖有盛衰，而別無蹊徑，選者又皆名士，故其詩無大謬。唐、宋詩體既淆，而蹊徑錯出，選者又非名流，故其詩無可傳，學者斷不可以爲典要也。

二

梁《昭明文選》自戰國以至齊、梁，凡騷、賦、詩、文，靡不采錄，唐、宋以來，世相宗尚，而詩則多於漢人樂府失之。又子建、淵明，選錄者少，而士衡、靈運，選錄最多，終是六朝人意見。且漢、魏、六朝，體製懸絕，世傳《文選》以類分，而不以世次，非昭明之舊。說見《十九首》論中。今人知學《選》而不知辯，故其體不純耳。譬之學古帖者，於鍾、王、歐、虞、褚、薛諸子，亦須各辯其體，學鍾不宜雜王，學王不宜雜歐、虞、褚、薛也。故學詩者，苟欲自成其家，必先於古詩定其世代，憲章漢、魏，取材六朝，而一歸於自得，庶可集其大成，初非雜用漢、魏、六朝而可集大成也。陸放翁言"文章最忌百家 衣"，最是有見。與論太白古詩、歌行並三十四卷二十則參看。謝茂秦謂："若蜜蜂歷采百花，自成一種佳味，與花香殊不相同，使人莫知所釀。"此喻甚妙。予幼讀許少華世次《選》詩，因而有得。今世傳太白等集，以登臨、送別等爲類，而不以體分，其法本於《文選》，尤紊亂可憎耳。

四

唐人《古文苑》所編詩、賦、雜文，始於周宣，終於齊永明，皆《文選》所不錄者，而僞撰者實多。按詩如蘇、李《錄別》，雖非真手，然亦非魏晉以下所能賦；則自宋玉、相如而下，率多假託，而體非純雅，學者識見未定，斷不可讀。

七

殷璠《河嶽英靈集》所選二十四人，共詩二百三十四首，止於天寶十一載，皆盛唐詩也。按唐人五言古自有唐體，故盛唐自李、杜、岑參而外，五言古多不可選。王昌齡體雖近古，而未盡善；儲光羲格雖出奇，而不合古；其他體製未純，聲韻多雜，未若李、杜、岑參滔滔自運，體既盡純，聲皆合古耳。今璠所選，五言古十居八九，中惟太白一首，岑參二首，而子美不選。其序曰"王維、王昌齡、儲光羲等，皆河嶽英靈也。此集便

578

以河嶽英靈爲號。"是其所尊尚者，實在昌齡、光羲也。蓋亦羊棗之嗜耳。

八

元結《篋中集》，乃乾元二年選沈千運、王季友、于逖、孟雲卿、張彪、趙微明、元季川七人詩，共二十四首，皆五言古也，而其人皆不知名。其序曰："近世作者，更相沿襲，拘限聲病，喜尚形似，且以流易爲詞，不知喪於雅正。吳興沈千運，獨挺於流俗之中，强攘於已溺之後，凡所爲文，皆與時異。朋友後生，稍見師效，能似類者有五六人。盡篋中所有，總編次之，命曰《篋中集》。"按：詩至於唐，律盛而古衰矣，今元所選，聲雖合古，而制作不工，乃云"近世作者，更相沿襲，拘限聲病，且以流易爲詞，不知喪於雅正"，是於唐律一無足采，而惟古聲是取耳，豈識通變之道者哉！若曰唐人古、律混淆而録千運等古聲以爲法，庶幾近之。

九

唐人選詩與今人論詩，相背而相失之。蓋詩靡於六朝，唐人振之。李、杜古詩、歌行，爲百代之傑；盛唐五、七言律、絶，爲萬世之宗。今《搜玉英靈》所采，皆六朝之餘，而《篋中》又遺近體，此唐人選詩之失也。詩至於唐，衆體既具，流變已極，學者無容更變。今欲自開堂奧，自立門户，爲索隱弔詭之趣，此今人論詩之失也。於此而知所反之，斯有適從矣。

一七

祝君澤《古賦辯體》，采屈、宋、兩漢、三國、六朝、唐、宋人諸賦，辯其體製之不同，又取古今雜著近乎賦者，以爲外録。其辯以爲："騷人之賦與詩人之賦雖異，然猶有古詩之義，詞雖麗而義可則；宋玉、唐勒而下，則是詞人之賦，詞極麗而過淫蕩。"又云："俳體始於兩漢，律體始於齊、梁，至宋則以文爲賦。"其論甚確，當是賦家一善知識。但其中又以荀卿諸賦參入，不免甚誤後學耳。

一九

周伯弼《三體唐詩》，所編乃七言絶及五、七言律也。絶句之法，有實接、虛接、前對、後對、拗體、側體等；律詩之法，有四實、四虛、前虛後實、前實後虛等，最爲淺稚。且初、盛、中唐，間得二一，餘皆晚唐詩，蓋亦不足觀矣。

二　三

楊伯謙《唐音》，自言“得諸家唐詩，手自抄録，日夕涵泳，審其音律、正變，擇其精粹者爲始音、正音、遺響，總名唐音”，故其選詳初、盛而略中、晚，選唐詩者，至是始爲近之。首以初唐四子爲始音，而不名古、律，最當。然盛唐五言古，取儲光羲、王摩詰、孟浩然而捨岑嘉州，則似全不知古。晚唐七言律，以李商隱、許渾載諸正音，則於律詩正變，亦未有得也。至若五言律、排律，有沈佺期而無宋之問，當是未見其集耳。

二　四

吳敏德《文章辯體》，首古歌謠，次古賦，次樂府、古詩、歌行，次文章諸體四十六名，外集則連珠、判、律賦、律詩、排律、絕句、聯句、雜體、詞曲。句。賦，一遵祝氏。文，則述其源流，辯其體製，參前人之説而總裁之，多有可宗。詩，道聽塗説，而實無一斑之見。首卷以荀卿諸詩附入，略不識詩之面目。四言，謂“淵明突過建安，退之《元和聖德詩》膾炙人口”，其論出於宋人。淵明雖本《風》、《雅》，而自爲一源，退之則有韻之文耳。且以樂府、古詩、歌行入正集，以律詩、排律、絕句入外集，又爲大謬。中論排律，以老杜《贈韋左丞》爲法，則於古、律之體且不能辨，尚足與言詩乎！贈韋左承即“纨袴不餓死”，乃古詩雜用律體，詳見盛唐總論第二則。

二　五

高廷禮《唐詩品彙》，謂唐、宋以來選唐詩者“立意造論，各該一端”，僅取楊伯謙《唐音》而復有所詆，故其選較諸家爲獨勝。至其所分，有正始、正宗、大家、名家、羽翼、接武、正變、餘響之目，似若有見，而實多未當。如初唐五言古，以太宗、虞、魏、王、楊、盧、駱、沈、宋諸公爲正始，既已大謬；而五言律、排律，復以太宗、虞世南諸公及陳、杜、沈、宋爲正始，則又無別；至五七言古，以太白爲正宗，子美爲大家，既淺之乎知李，而以韓退之、孟東野、李長吉、王建、張籍爲正變，是亦豈識正變耶？且於元和以後，多失所長，又未可名“品彙”也。

二　六

廷禮復於《品彙》中拔其尤者，爲唐詩正聲，既無蒼莽之格，亦無纖靡之調，而獨得和平之體，於諸選爲尤勝。胡元瑞謂：“於初唐不取王、楊四子，於盛唐特取李、杜二公，於中唐不取韓、柳、元、白，謂柳律詩。於晚唐不取用晦、義山，非凌駕千古膽，超越千古識，不能也。”此論甚當。但所取五言古，雜用律體者衆，既未可名气“正聲”，而五言律，於初、盛唐雖得其風神而不先其氣格，終未免小疵耳。

三　六

臧顧渚《古詩所》，兼漢、魏、六朝；《唐詩所》，先初、盛，後中、晚。其例首樂府，次雜詩，古意、送別、贈寄、酬和、宴集、登覽，以類相從。愚按：漢、魏、六朝，體製相懸，初、盛、中、晚，氣格亦異，今不以代分，而以類相從，一惑也；樂府與詩，漢人雖有不同，然自子建、士衡，已甚失之，玄暉、元長、簡文而下，樂府與詩略無少異，今於唐人無論五七言古、律、絕句，但具樂府之名者則入樂府，以別於詩，二惑也；贈寄、酬和題雖不同，而體則無異，今不以體類而以題類，三惑也。如魏敞"中原還逐鹿"二篇，一作《出關》，一作《述懷》，顧渚失於考校，以《出關》入樂府，以《述懷》入古詩。予謂其體果爲樂府，則不當入之古詩；其體果爲古詩，則不當入之樂府。然則樂府與詩，顧渚亦不能辨也。非狥名而失實耶？惟訛字多所考證，差快人意。

三　七

《三百篇》至漢、魏，其風、雅、頌流派，予既詳辯之矣。自唐而後，則有五七言古、律、絕句，故後世編唐詩者但以五七言古、律、絕句分次，而不分風、雅、頌。蓋作者但有意於爲古，爲律、絕，而無意於爲風，爲雅、頌耳。近觀程全之《唐詩緒箋》分風、雅、頌而不分古、律、絕，紊亂厥體，無益詩道；且欲以郊廟、四言、箴、賦、雜作與五七言古、律、絕句合而並傳，此勢之必不行者，學者姑置之可也。

三　八

古、律、絕句，詩之體也；諸體所詣，詩之趣也。別其體，斯得其趣矣。康文瑞、張元超、臧顧渚、程全之既不別詩之體，烏能得詩之趣哉！

四　二

古今好奇之士多不循古法，創爲新變以自取異，然未嘗敢以法古爲非也。至袁中郎則毅然立論，凡稍近古者掊擊殆盡，然其意但欲自立門户以爲高，而於古人雅正者未嘗敢黜也。至鍾伯敬、譚友夏，則凡於古人雅正者靡不盡黜，而偏奇者靡不盡收，不惟欲與一世沉溺，且將與漢、魏、唐人相胥爲溺矣。鄒彥吉最稱好奇，及見《詩歸》，曰："不意世間有此大膽人！"

附録:《詩源辯體》序（夏樹芳撰）

嚴滄浪以禪論詩，謂"作詩者須窮極諸家之體，然後不爲旁門所惑。"蓋詩之有體，尚矣。不辯體，不足與言詩。如《三百篇》有《三百篇》體，即《三百》而其辯不可勝窮。漢、魏、六朝有漢、魏、六朝體，即漢、魏、六朝而其辯不可勝窮。至於唐而初、盛、中、晚，亦復如是。

伯清許仲子自綺歲即能詩，其人高潔自好，五内如白雪，一切世故如塗足油不以相入，而獨翻空冥漠以爲奇，望之如野鹿標枝，天倪自暢，宜其於詩有獨契也。嘗謂詩有源流，體有正變，鍾嶸述源流而謬悠，高棅序正變而淆亂。風雅而下，撰述蓁多，揚扢進退，不遺餘力。自《三百篇》相禪以至於唐，詩各遡其所自來，而人各極其所必至，貴在真賞，無求俗諧。稿凡十易而後成，書至廿年而始就。原原本本，纂要鈎玄。合之則以《三百篇》爲源，漢、魏、六朝、唐人爲流，分之則古詩以漢、魏爲正，太康、元嘉、永明爲變。律詩以初、盛唐爲正，大曆、元和、開成爲變。如探海者發竅於崑崙，胡然而積石，胡然而尾閭，绵绵宿海，其出如絲，而萬派千流，各極其委，斯亦學海之大觀，而論詩之極軌已。然詩有真體，辯有真識，以識爲主，則何者爲正、何者爲變，如風蟬雨蚓，入耳自真，參伍錯綜，而皆入於吾之鼓吹。衡詩者無慮數百家，未有如伯清之工篤研至，斷斷乎有真識者。譬猶西郭先生之辯雨，而趙、魏、齊、魯諸國雨點之數，可數而知也。夫雨大者、小者、紛而下者，不可勝數也，而西郭何以知之？以霖雨，知其爲千里；猛雨，知其不數里；分龍之雨、塊雲之雨，知其不隔轍而止也。此西郭先生之饒於辯者也。夫伯清之於詩而能辯也，亦若是已矣。

友弟夏樹芳撰，社弟吳元良書。

此序爲十六卷本弁首，陳刊所無，又無從移置三十八卷本以亂其真，特附録于後。靈護注。

徐　燉

徐燉（1563—1639）字惟起，更字興公。明閩縣（今屬福建）人。博學工文，與兄㷆齊名。善草隸書，詩歌婉麗。萬曆間，與曹學佺狎主閩中詞壇，後進皆稱興公詩派。性嗜古，聚書萬卷，居鼇峰麓，環堵蕭然，而牙籤四圍，縹緗之富，卿侯不能敵。著有《徐氏筆精》、《榕陰新檢》、《紅雨樓集》、《鼇峰集》。其《徐氏筆精》分易通、經臆、詩談、文字、雜記五門，其曰"筆精"，則取江淹《別賦》中語。

582

本書資料據四庫全書本《徐氏筆精》。

風　雅

屈、宋之文出于風，韓、柳之文出于雅。風者，動也；雅者，常也。如曾點之言志似風，三子之言志似雅。伯奇之《履霜操》似風，閔子之《失紖語》似雅。柳詩多似風，韓詩多似雅。太白風多于雅，子美雅多于風。至于義山、飛卿，雖本國風，然篇篇入鄭、衛之響矣。

阿㼐回

樂府有《阿濫堆》，名曰《阿㼐回》。李白《司馬將軍歌》"羌笛橫吹《阿㼐回》"是也。

騎吹鼓吹

古樂府騎吹、鼓吹曲，有分別列殿廷者名鼓吹，從行者名騎吹。

崔顥、李白

崔顥《黄鶴樓詩》，古今絶唱。首起四句，渾然短歌句法也。李白《鳳凰臺》效之，聲調亦似歌行。今人概收入律，恐未必當。唐人律格甚嚴，"漢陽樹"對"鸚鵡洲"，"青天外"對"白鷺洲"，謂之歌體則自然，謂之律體則遷就矣。

《西園詩塵》（節録）

張維城《西園詩塵》云："《易》象幽微，法鄰比興；《書》辭勇暢，式用賦物；《春秋》借徵，義本風刺；三《禮》莊鴻，體類雅頌。匪謂六籍同歸於詩，祇緣六義觸處皆是。不先窮經而以'別才'、'別趣'之説自蓋者，究竟與此道何涉？"又云："五言古莫工於漢、魏，莫盛於晉；七言古莫工於初唐，莫盛於盛唐；五言律莫工於盛唐，亦莫盛於盛唐；絶句莫工於盛唐，莫盛於晚唐；獨七言律自唐而工，至我明而始盛。"

沈韻（節録）

屠緯真云：“天下事有最僥倖而不可解者，沈約韻書是也。一東與二冬，六魚與七虞之屬，前此諸韻並通。孔子作經及漢、魏古詩，班班可考，豈盡譌謬，至約始改正耶？約，吳興人，局於方言蠻俗，不審宮羽，而敢背越聖賢，變亂千古。後世遵之如聖經，百代而不敢易，此甚不可曉也。”

任華長篇

盛唐任華《寄李白》、《寄杜甫》、《懷素草書歌》三長篇，信口狂叫，不遵紀律，亦是怪體。盧仝《飲茶》、《月蝕》詩效之耳。（以上卷三）

西　崑

宋楊文公億、錢思公惟演、李宗諤、劉子儀號西崑體，組織華麗。楊《南朝》詩云：“五皷端門漏滴稀，夜籤聲斷翠華飛。繁星曉埭聞雞度，細雨春塲射雉歸。步試金蓮波濺襪，歌翻玉樹涕沾衣。龍盤王氣終三百，猶得澄瀾對敞扉。”錢和云：“結綺臨春映夕暉，景陽鐘動曙星稀。潘妃寶釧光如晝，江令花箋落似飛。舴艋凌波朱火度，觚稜拂漢紫烟微。自從飲馬秦淮水，蜀柳無因對殿幃。”李和云：“仙華玉壽曉沉沉，三閣齊雲復道深。平昔金鋪空廢苑，於今瓊樹有遺音。珠簾映寢方成夢，麝壁飄香未稱心。惆悵雷塘都幾日，吟魂醉魄已相尋。”劉和云：“華林酒滿勸長星，青漆樓高未稱情。麝壁燈迴偏照畫，雀航波漲欲浮城。鐘聲但恐嚴妝晚，衣帶那知敵國輕。千古風流佳麗地，盡供哀思與蘭成。”楊咏《始皇》云：“滄波沃日虛鞭石，白刃凝霜枉鑄金。”錢云：“金椎漫築甘泉道，匕首還隨督亢圖。”楊咏《成都》云：“漫傳西漢祠神馬，已見南陽起卧龍。”錢云：“雨經蜀市應和酒，琴到臨卭別寄情。”楊咏《漢武》云：“力通青海求龍種，死諱文成食馬肝。”錢云：“立候東溟邀鶴駕，窮兵西極待龍媒。”劉云：“桑田欲看千年變，瓠子先成此日歌。”皆用事精確，對偶森嚴，即義山《丁卯》不是過也。豈可概目宋詩爲陳腐哉！

德壽宮壽詩（節録）

唐無壽詩，有之自宋始，至今則濫觴可厭也。（以上卷四）

古文類詩

古書句法可入詩者甚多："文繡被臺榭，菽粟食鳬雁。"《晏子》"門外長荆棘，堂前生藋藜。甲冑生蟣虱，燕雀處帷幄。"《韓非子》"强弩弋高鳥，走犬逐狡兔。"《淮南子》"勁弩殪狂兕，長戟斃熊虎。瓦石成珪璋，龍駿棄林洞。鑿石有餘焰，年命已凋頹。"《抱朴子》"典御進新水，鈎盾獻早李。"《顔氏家訓》"金甲映平陸，鐵馬焰長原。"江淹《答休範書》。（卷五）

謝肇淛

謝肇淛（1567—1624）字在杭。明長樂（今屬福建）人。萬曆三十年（1602）進士，官至廣西右布政使。博學多才，諸子百家之書，無不涉獵；入仕後，歷遊川、陝、兩湖、兩廣、江、浙各地名山大川，所至皆有吟詠。其詩雄邁蒼涼，寫實抒情，爲當時閩派詩人的代表。在京爲官時，無事即到內府抄閱古籍收藏，亦是知名藏書家，曾與徐熥重刻淳熙《三山志》。一生勤於著述，寫作大量筆記小品，是明末著名學者。所著《五雜俎》，多記掌故風物，爲明代頗有影響的博物學著作。另著有《文海披沙》、《吏考》、《粤東末議》、《泊臺餘墨》、《百粤風土記》、《晉安藝文志》、《鼓山志》、《雪峰志》、《史觿》、《滇略》、《長溪瑣語》、《小草齋詩話》、《小草齋集》、《方廣巖志》、《太姥山志》、《支提山志》等；還助修《福州府志》和《永福縣志》。其《小草齋詩話》五卷，分內篇一卷、外篇二卷、雜篇二卷。內篇談創作理論，外篇評述唐至明代的作家作品，雜篇多載晚唐、五代、宋、元、明人佳句軼事。

本書資料據北京大學出版社張健輯校《珍本明詩話五種》本《小草齋詩話》、上海書店 2009 年版《五雜俎》。

《小草齋詩話》（節錄）

五言古須有澹然之色，蒼然之音，象外之意，言外之旨。雖不盡襲漢、魏語法，亦不當作齊、梁以後色相。若語意不玄遠高深，而徒屈軋聲律以就之，如王維"相送方一笑"，不過仄韻律詩；李嶷"林卧避殘暑"，綦毋潛"開士度人久，夕到玉京寢"等篇，不過拗體律詩；張謂"童子學修道"，楊衡"芳蘭媚庭除"，不過拗體排律耳。可謂古風乎？

七言律詩尚綺麗則傷風骨，張氣格則乏神情，鬪奇崛則損天然之致，務清遠則無金石之聲，意多則不流，景繁則無章，文質彬彬，庶幾近之，即全唐諸子不數篇也。

律詩拗體，始自少陵，第可偶爲之耳。太素之色，朱弦之聲，時一浩歌，足清俗耳，然終非其至也。既已謂律矣，可不謹嚴乎！後人效顰，徒增其醜，藏拙者什五，取便者什三。

絶句雖短，又是一種學問。子美才非不廣，力非不裕，而往往爲絶句所窘，反不如一二青衣名伎之作，所謂鼠穴之鬭非邪！故嚴儀卿謂詩有別才別趣，吾謂絶句於詩諸體中又有別才別趣耳。（以上卷一）

詠物，詩之一體也。比象易工，意興難具，苟能爲物傳神，則《鸚鵡》、《白燕》足以膾炙千古，如其不然，雖多何益。蓋杜陵上國武車，已不無利鈍矣，況近代乎！（卷二）

《五雜俎》（節録）

《夷堅》、《齊諧》，小説之祖也；雖莊生之寓言，不盡誣也。《虞初》九百，僅存其名；桓譚《新論》，世無全書。至於《鴻烈》、《論衡》，其言具在。則兩漢之筆，大略可睹已。晉之《世説》、唐之《酉陽》，卓然爲諸家之冠，其叙事文采，足見一代典刑，非徒備遺忘而已也。自宋以後，日新月盛，至於近代，不勝充棟矣。其間文章之高下，既與世變，而筆力之醇雜，又以人分。然多識畜德之助，君子不廢焉。

《春秋》以後，宇宙無經矣；班固以後，宇宙無史矣。經之失也，詞繁而理舛；史之失也，體駁而事雜。故詞以載理，理立於詞之先，則經學明矣；體以著事，事明於體之中，則史筆振矣。疏注不足以翼經，而反累經者也；《實録》不足以爲史，而反累史者也。

班固之不及子長，直是天分殊絶，其文采學問，固不讓也。然史之體裁，至扶風而始備。譬之兵家，龍門則李廣，扶風則程不識耳。（以上卷十三）

胡元瑞曰：“凡傳奇以戲文爲稱也，無往而非戲也，故其事欲謬悠而無根也，其名欲顛倒而亡實也。故曲欲熟，而命以生也；婦宜夜，而命以旦也；開場始事，而命以末也；塗汙不潔，而名以淨也。凡以顛倒其名也。”此語可謂先得我心矣。然元瑞既知爲戲一語道盡，而於《琵琶》、《西廂》、董永、關雲長等事，又娓娓引證，辯論不休，豈胸中技癢耶？（卷十五）

娄 堅

娄堅（生卒年不詳）字子柔，一字歇庵。祖籍長洲，徙江東，後徙嘉定（今屬上海）城南。從歸有光遊，融會師説，成一家言。娄堅與唐時升、李流芳、程嘉燧聲氣相通，爲人尊稱爲"嘉定四先生"，以學問品行爲重，鍾情文學藝術，徜徉山水園林，與雅士交往，成爲世人矚目的一個文人集團。其律詩模仿元、白，有中唐風韻，但古風成就較高。有《吴歈小草》傳世（吴歈，吴地一帶對民歌、散曲的一種稱呼）。其《學古緒言》中，有不少關心百姓、熱心地方事業的文章。擅長書法，其書法大蘇，人爭傳購。

本書資料據四庫全書本《學古緒言》。

歸太僕《應試論策集》序（節録）

昔人之論，謂晁、董、公孫皆有科舉之累。然則應試之文，其皆不足以語於古歟？予以爲苟得古人之意，雖降而應試，不害爲古。不然，即規摹秦、漢，要爲世俗之文耳。文章自漢東京，漸以衰弱，迄於唐、宋，作者再振起之。其才氣之秀傑與所自得於古，豈減賈、馬、二劉、揚、班之儔哉！而或者乃謂古文之法亡於韓，不知彼所謂古者何等也？蘇氏之譏，陋於文而劣於識，目以兒童，信非過矣！（卷一）

《張伯隅稿》序（節録）

予嘗論制舉之文，意不必創而依於傳注，法不必古而束於排偶，然而能者，亦往往微見其胸中之奇，讀之知爲傑然者也。非好學深思，需之以歲月，而中有所自得，則莫能爲之。若夫勝人而取於人，斯有不得而必者矣。自學術日衰，世多以貪常嗜瑣得之，遂謂文固宜，然烏用好古而不適於時爲哉！而炫奇之士，則又託玄虚以爲高，爭鈎棘以爲工，羣聚而姍笑曰：文何必雅馴，而坐令自困若此。夫潛發巧心，受嗤拙目，從古已然，而乃以區區之得失，定其工拙，亦過甚矣乎！（卷二）

袁宏道

袁宏道（1568—1610）初字孺修，改字中郎，號石公，又稱六休。明公安（今屬湖北）人。與兄宗道、弟中道並有文名，世稱"三袁"。年十六爲諸生，即結詩社於城南，爲之長。間爲詩歌古文，有名里中。萬曆二十年（1592）進士，官至考功司員外郎。著述甚富，其《袁中郎集》屬叢書性質，收有他的《狂言》二卷、《別集》二卷、《觴政》一卷、《瓶史》一卷、《廣莊》一卷、《廣陵集》一卷、《敝篋集》二卷、《破硯齋集》三卷、《桃園詠》一卷、《華嵩遊草》二卷。另有《袁中郎未刻遺稿》、《錦帆集》、《解脱集》、《瓶花齋集》、《瀟碧堂集》、《西湖紀述》、《促織志》、《德山暑譚》、《瓶花齋雜録》、《醉叟傳》、《拙效傳》

等。他的文論主張是公安派的綱領,在文體論上他多論詩文風格,反對前後七子盲目擬古,提倡性靈説,主張詩文應表現作者的真性情。

本書資料據上海古籍出版社1981年版《袁宏道集箋校》。

諸大家時文序(節録)

今代以文取士,謂之舉業,士雖藉以取世資,弗貴也,厭其時也。夫以後視今,今猶古也;以文取士,文猶詩也。後千百年,安知不瞿、唐而盧、駱之,顧奚必古文詞而後不朽哉?且所謂古文者,至今日而敝極矣。何也?優於漢謂之文,不文矣;奴於唐謂之詩,不詩矣;取宋、元諸公之餘沫而潤色之,謂之詞曲諸家,不詞曲諸家矣。大約愈古愈近,愈似愈贗,天地間真文漸滅殆盡。獨博士家言,猶有可取。其體無沿襲,其詞必極才之所至,其調年變而月不同,手眼各出,機軸亦異,二百年來,上之所以取士,與士子之伸其獨往者,僅有此文。而卑今之士,反以爲文不類古,至擯斥之,不見齒于詞林。嗟夫,彼不知有時也,安知有文!

叙小修詩

弟小修詩,散逸者多矣,存者僅此耳。余懼其復逸也,故刻之。弟少也慧,十歲餘即著《黃山》、《雪》二賦,幾五千餘言,雖不大佳,然刻畫釘餖,傳以相如、太冲之法,視今之文士矜重以垂不朽者,無以異也。然弟自厭薄之,棄去。顧獨喜讀老子、莊周、列禦寇諸家言,皆自作註疏,多言外趣,旁及西方之書,教外之語,備極研究。既長,膽量愈廓,識見愈朗,的然以豪傑自命,而欲與一世之豪傑爲友。其視妻子之相聚,如麀豕之與羣而不相屬也;其視鄉里小兒,如牛馬之尾行而不可與一日居也。泛舟西陵,走馬塞上,窮覽燕、趙、齊、魯、吳、越之地,足跡所至,幾半天下,而詩文亦因之以日進。大都獨抒性靈,不拘格套,非從自己胸臆流出,不肯下筆。有時情與境會,頃刻千言,如水東注,令人奪魄。其間有佳處,亦有疵處,佳處自不必言,即疵處亦多本色獨造語。然予則極喜其疵處;而所謂佳者,尚不能不以粉飾蹈襲爲恨,以爲未能盡意脱近代文人氣習故也。(以上卷四)

丘長孺(節録)

讀來詩,無一字不佳,五七言古及諸絶句,古質蒼莽,氣韻沉雄,真是作者。當爲詩中第一，見在未來第一。五言律不浮，次之，七言律又次之。大抵物真則貴，真則我面不能同君面，而況古人之面貌乎？唐自有詩也，不必《選》體也；初、盛、中、晚自有詩也，不必初、盛也。李、杜、王、岑、錢、劉，下逮元、白、盧、鄭，各自有詩也，不必李、杜也。趙宋亦然。陳、歐、蘇、黃諸人，有一字襲唐者乎？又有一字相襲者乎？至其不能爲唐，殆是氣運使然，猶唐之不能爲《選》，《選》之不能爲漢、魏耳。今之君子，乃欲概天下而唐之，又且以不唐病宋。夫既以不唐病宋矣，何不以不《選》病唐，不漢、魏病《選》，不《三百篇》病漢，不結繩鳥跡病《三百篇》耶？果爾，反不如一張白紙，詩燈一派，掃土而盡矣。夫詩之氣，一代減一代，故古也厚，今也薄。詩之奇之妙之工之無所不極，一代盛一代，故古有不盡之情，今無不寫之景。然則古何必高，今何必卑哉？不知此者，決不可觀丘郎詩，丘郎亦不須與觀之。（卷六）

叙四子稿

今世禁文體者日益厲，而時文之軌轍日益壞。上之人刻意求平，下之人刻意求奇，所標若此，所趨若彼，豈文體果不足正哉？夫禁士者一人，取士者又一人，士嚮利則德，故從取不從禁。即不然，令禁士者取士，將一出於平，而平不勝取，不得不求其異者；求其異者，而平者自斥，雖欲自守其禁，不可得也，勢爲之也。

余謂文之不正，在於士不知學。聖賢之學惟心與性。今試問諸業舉者，何謂心，何謂性，如中國人語海外事，茫然莫知所置對矣，焉知學？既不知學，於是聖賢立言本旨，晦而不章，影猜響覓，有如射覆。深者勝之以險，麗者誇之以表，詭者張之以貸。義本淺也，而艱深其詞，如儉夫小人之匿其心以欺人者也，故曰險也。詞本蕪也，而雕繪其字，如紈袴子弟，目不識丁，徒以衣飾相稱，故曰表也。理本荒也，而剽竊二氏之皮膚，如貧無擔石之人，指富家之囷以誇示鄉里也，故曰貸也。三者皆由於不知學，智窮能索，又不得不出於此。爲主司者既不能詳別其真偽，故此輩亦往往有倖中者。後生學子，相與尤而效之，而文體不可復整矣。故士當教之知聖學耳，知學則知文矣，禁何益哉！門人某等留心學問，其爲文根理而發，無浮詞險語，是可喜也。故識其前，以告都人士之爲文者。

叙梅子馬王程稿

余論詩多異時軌，世未有好之者，獨宣城梅子與余論合。凡余所擯斥詆毀，俱一時名公鉅匠，或梅子舊師友也，梅子的然以爲是。而其所贊歎不容口者，皆近時墨客所不曾齒及之人，梅子讀其詩，又切切然痛恨知名之晚也。梅子嘗語余曰："詩道之穢，未有如今日者。其高者爲格套所縛，如殺翮之鳥，欲飛不得；而其卑者，剽竊影響，若老嫗之傅粉；其能獨抒己見，信心而言，寄口於腕者，余所見蓋無幾也。往余爲詩，一時騷士爭推轂余，今則皆戟手詈余矣。余思非公莫能評者，今所著稿具在，其有以箴。"余曰："是公詩進。昔余至吳，鄉人有偕來者，余以天池、虎丘，怒髮投諸地曰：'此何異水！'適家人有攜安化茶者，出而飲之，其人大喜，立啜四五盞。何也？人情安於所習，故雖至美，亦以至惡掩也。今公出詩以示人，其怒不必詰，其喜大爲可戒。懲其所譽而勸其所嗔，公之於詩也幾矣。"

叙《竹林集》

往與伯修過董玄宰。伯修曰："近代畫苑諸名家，如文徵仲、唐伯虎、沈石田輩，頗有古人筆意不？"玄宰曰："近代高手，無一筆不肖古人者。夫無不肖，即無肖也，謂之無畫可也。"余聞之悚然曰："是見道語也。"故善畫者，師物不師人；善學者，師心不師道；善爲詩者，師森羅萬像，不師先輩。法李唐，豈謂其機格與字句哉？法其不爲漢，不爲魏，不爲六朝之心而已，是真法者也。是故減竈背水之法，跡而敗，未若反而勝也。夫反所以跡也。今之作者，見人一語肖物，目爲新詩，取古人一二浮濫之語，句規而字矩之，謬謂復古，是跡其法，不跡其勝者也，敗之道也。嗟夫！是猶呼傅粉抹墨之人，而直謂之蔡中郎，豈不悖哉！

今夫時文，一末技耳。前有註疏，後有功令，驅天下而不爲新奇不可得者，不新則不中程故也。夫士即以中程爲古耳，平與奇何暇論哉？王以明先生爲余業舉師，其爲詩能以不法爲法，不古爲古，故余爲叙其意若此。噫，此政可與徐熙諸人道也。

時文叙

舉業之用，在乎得雋。不時則不雋，不窮新而極變，則不時。是故雖三令五督，而文之趨不可止也，時爲之也。才江之僻也，長吉之幽也，錦瑟之蕩也，丁卯之麗也，非獨其才然也。體不更則目不豔，雖李、杜復生，其道不得不出於此也，時爲之也。

往余授京兆時，嘗以士子文質諸齋矣。余竊歎曰："是皆嘉、隆間學究飽廩粟者也，惡知文！"評成以屬余，則所取者，皆一時新豔之辭，而其所抹勒者，皆燕穢也。余自是始知時藝之趨，非獨文家心變，乃鑑文之目，則亦未始不變也。夫至於鑑文目變，則其變蓋有不可知者，雖欲不殫力之所極，而副時之所趨，何可得哉！故余謂諸公文之極新也,可以觀才;不如是,不足以合轍也,可以觀時。

《雪濤閣集》序(節録)

夫因於敝而成於過者也。矯六朝駢麗釘餖之習者,以流麗勝,釘餖者固流麗之因也,然其過在輕纖。盛唐諸人,以闊大矯之。已闊矣,又因闊而生莽。是故續盛唐者,以情實矯之。已實矣,又因實而生俚。是故續中唐者,以奇僻矯之。然奇則其境必狹,而僻則務爲不根以相勝,故詩之道,至晚唐而益小。有宋歐、蘇輩出,大變晚習,於物無所不收,於法無所不有,於情無所不暢,於境無所不取,滔滔莽莽,有若江河。今之人徒見宋之不唐法,而不知宋因唐而有法者也。如淡非濃,而濃實因於淡。然其敝至以文爲詩,流而爲理學,流而爲歌訣,流而爲偈誦,詩之弊又有不可勝言者矣。

近代文人,始爲復古之説以勝之。夫復古是已,然至以剿襲爲復古,句比字擬,務爲牽合,棄目前之景,摭腐濫之辭,有才者詘於法,而不敢自伸其才;無之者,拾一二浮泛之語,幫湊成詩。智者牽於習,而愚者樂其易,一唱億和,優人騶子,皆談雅道。吁,詩至此,抑可羞哉!夫即詩而文之爲弊,蓋可知矣。

余與進之遊吳以來,每會必以詩文相勵,務矯今代蹈襲之風。進之才高識遠,信腕信口,皆成律度,其言今人主所不能言,與其所不敢言者。或曰:“進之文超逸爽朗,言切而旨遠,其爲一代才人無疑。詩窮新極變,物無遁情,然中或有一二語近乎近俚近俳,何也?”余曰:“此進之矯枉之作,以爲不如是,不足矯浮泛之弊,而闊時人之目也。”然在古亦有之,有以平而傳者,如“睫在眼前人不見”之類是也;有以俚而傳者,如“一百饒一下,打汝九十九”之類是也;有以俳而傳者,如“迫窘詰曲幾窮哉”之類是也。古今文人,爲詩所困,故逸士輩出,爲脱其粘而釋其縛。不然,古之才人,何所不足,何至取一二淺易之語,不能自捨,以取世嗤哉?執是以觀,進之詩其爲大家無疑矣。詩凡若干卷,文凡若干卷,編成,進之自題曰《雪濤閣集》,而石公袁子爲之叙。(以上卷十八)

答陶石簣(節録)

弟近日始遍閲宋人詩文。宋人詩,長於格而短於韻,而其爲文,密於持論而疎於用裁。然其中實有超秦、漢而絶盛唐者,此語非兄不以爲決然也。夫詩文之道,至晚唐而益小,歐、蘇矯之,不得不爲巨濤大海。至其不爲漢、唐人,蓋有能之而不爲者,未可以妾婦之恒態責丈夫也。

與李龍湖

小修帖來，知翁在棲霞，彼中有何人士可與語者？生在此甚閒適，得一意觀書。學中又有廿一史及古名人集可讀，窮官不須借書，尤是快事。近日最得意，無如批點歐、蘇二公文集？歐公文之佳無論，其詩如傾江倒海，直欲伯仲少陵，宇宙間自有此一種奇觀，但恨今人爲先入惡詩所障難，不能虛心盡讀耳。蘇公詩高古不如老杜，而超脫變怪過之，有天地來，一人而已。僕嘗謂六朝無詩，陶公有詩趣，謝公有詩料，餘子碌碌，無足觀者。至李、杜而詩道始大。韓、柳、元、白、歐，詩之聖也；蘇，詩之神也。彼謂宋不如唐者，觀場之見耳，豈直真知詩何物哉？

答張東阿

讀佳集，清新雄麗，無一語入近代蹊徑，知兄丈非隨人腳跟者，而邢少卿詩序中，亦謂兄直法李唐，不從王、李入，此語甚是。僕竊謂王、李固不足法，法李唐，猶王、李也。唐人妙處，正在無法耳。如六朝、漢、魏者，唐人既以爲不必法，沈、宋、李、杜者，唐之人雖慕之，亦決不肯法，此李唐所以度越千古也。兄丈冥識玄解，正以無法法唐者，此又少卿序中未發之意，故不肖爲補足之。（以上卷二十一）

答李元善（節録）

文章新奇，無定格式，只要發人所不能發，句法字法調法，一一從自己胸中流出，此真新奇也。近日有一種新奇套子，似新實腐，恐一落此套，則尤可厭惡之甚。然弟所期於兄，實不止此。（卷二十二）

叙《咼氏家繩集》（節録）

蘇子瞻酷嗜陶令詩，貴其淡而適也。凡物釀之得甘，炙之得苦，唯淡也不可造；真不可造，是文之真性靈也。濃者不復薄，甘者不復辛，唯淡也無不可造；無不可造，是文之真變態也。風值水而漪生，日薄山而嵐出，雖有顧、吳，不能設色也，淡之至也。元亮以之。東野、長江欲以人力取淡，刻露之極，遂成寒瘦。香山之率也，玉局之放也，而一累於理，一累於學，故皆望岫焉而却，其才非不至也，非淡之本色也。（卷二十五）

592

叙《曾太史集》(節録)

余與退如,非素暗也,豈別有氣味耶? 余之稱與毀不足道,而使退如有譽無鹽之癖,世之笑之,當有甚于余者也。退如詩清新微婉,不以儔傷其氣,不以法撓其才;而余詩多刻露之病。其爲文高古秀逸,力追作者。館閣之體主嚴,退如則爲刁斗,爲樓閣;叙記之作主放,退如則爲江海,爲雲煙。余文信腕直寄而已。以余詩文視退如,百未當一,而退如過引,若以爲同調者,此其氣味必有合也。昔人謂茶與墨有三反,而德實同,余與退如所同者真而已。其爲詩異甘苦,其直寫性情則一;其爲文異雅樸,其不爲浮詞濫語則一。此余與退如之氣類也。(卷三十五)

鄧雲霄

鄧雲霄(生卒年不詳)字玄度。明東莞(今屬廣東)人。萬曆二十六年(1598)進士。累官至廣西布政使參政。著有《百花洲集》、《解韜集》、《漱玉齋集》、《鏡園集》、《冷邸小言》等。其《冷邸小言》自序稱此書"論詩什九,品古什一",大旨以嚴羽爲宗,尊陶、謝而桃蘇、李,左王、孟而右杜、韓。

本書資料據齊魯書社 1997 年版《冷邸小言》。

《冷邸小言》(節録)

或問:"律詩律字之義何居?"曰:"有三義焉:一如法律之律。老吏斷獄,字字經拷打,一毫出入於法,便非正律。一如紀律之律。行兵部伍,結陣須似常山蛇,擊首尾應,雖出奇無窮,總之不離陣法。一如音律之律。宮商清濁高下,須句句要諧和,方可比管弦而入歌舞。盡此三者,始稱律詩矣。"

詩俱以陶寫性情,留連風月,然律、絕、歌行其粗細終不同者。律、絕字少而法嚴,如馬度九折阪,須盤旋曲捷,不爽尺寸;又如蹴鞠投壺,輕重高下,難越分毫。歌行長短在我,如走馬射堂前,擲劍橫弰,雖極馳驟頓倒,不厭神幻耳。

五、七言律如漁陽三摻,奮袂揚枹,猶易操縱。若五、七言絕則如桓伊據床三弄,忽然而去,其一段風流閒雅,悠然可愛,方爲合作,其難倍於律遠矣。凡詩結處俱不可說盡,而絕句尤須含蓄,所以爲難。

胡震亨

　　胡震亨(1569—1645)原字君鬯,後改字孝轅,自號赤城山人,晚號遯叟。明海鹽(今屬浙江)人。萬曆二十五年(1597)舉人。唐詩研究專家、藏書家。父親胡彭述,喜讀書藏書,曾將家中藏書編目,名曰《好古堂書目》。胡震亨學問淵博,一生嗜書如命,日夕研讀不倦,藏書萬餘卷,凡秘册僻典、舊典佚事,莫不搜羅補綴,時人稱爲"博物君子"。著有《靖康咨鑒録》、《赤誠山人稿》、《海鹽縣圖經》十六卷(合纂)、《讀書雜記》二卷、《唐音統籤》一〇三三卷、《閏餘》六十四卷以及《唐詩叢談》、《續文選》等。時海虞毛氏汲古閣所刻諸書,多爲其編定。其傾畢生精力編撰而成的《唐音統籤》,是一部彙集唐詩和唐詩詩話的巨著,奠定了他在明代研究唐詩的學者中的巨擘地位,人們認爲他對唐詩的研究成就遠遠超過楊慎、王世貞和胡應麟。清修《全唐詩》之得以成集,首先應歸功於《唐音統籤》。《唐音統籤》以籤名集,共十籤。每籤以十個天干名號爲序,自《甲籤》至《壬籤》,按時代先後輯録所見唐、五代人全部詩篇以及詞曲、歌謠、諺語、酒令、占辭等。其《唐音癸籤》爲詩話集,輯録有關唐詩的研究資料,共三十三卷,分爲七目:一體凡,論詩體;二法微,論格律及字句聲調;三評匯,集諸家之評論;四樂通,論樂府;五詁箋,訓釋名物典故;六談叢,録自己有關唐詩之筆記;七集録,首録唐集卷數,次唐詩總集,次詩話及考辨李、杜集中偶作與注釋。全書體大思精,内容廣博,資料豐富,論斷精到,於唐詩研究具有重要的參考價值。

　　本書資料據四庫全書本《唐音癸籤》。

體　　凡

　　詩自《風》、《雅》、《頌》以降,一變有《離騷》,再變爲西漢五言詩,三變有歌行雜體,四變爲唐之律詩。詩至唐,體大備矣。今考唐人集録,所標體名,凡倣漢、魏以下詩,聲律未叶者,名往體;其所變詩體,則聲律之叶者,不論長句、絶句,概名爲律詩、爲近體;而七言古詩,於往體外另爲一目,又或名歌行。舉其大凡,不過此三者爲之區分而已。至宋、元編録唐人總集,始於古、律二體中備析五、七等言爲次。於是流委秩然,可得具論:一曰四言古詩,有古章句及韋孟長篇二體,唐作者不多。一曰五言古詩,唐初體沿六朝,陳子昂始盡革之,復漢、魏舊。一曰七言古詩,一曰長短句,全篇七字,始魏文。間雜長句,始鮑明遠。唐人承之,體變尤爲不一。當與後歌行諸類互參。一曰五言律詩,唐人因梁、陳五言四韻之偶對者而變。一曰五言排律,因梁、陳五言長篇而變。一曰七言律詩,又因梁、陳七言四韻而變者也。

唐一代詩之盛，尤以此諸律體云。一曰七言排律，唐作者亦不多，聊備一體。一曰五言絕句，一曰七言絕句。絕句即六朝人所名斷句也。五言絕始漢人小詩，而盛于齊、梁。七言絕起自齊、梁間，至唐初四傑後始成調。又唐人多以絕句爲樂曲。詳後《樂通》內。外，古體有三字詩，李賀《鄴城童子謠》。六字詩，《牧護歌》。三五七言詩，始鄭世翼，李白繼作。一字至七字詩；張南史及元、白等集有之，以題爲韻，偶對成聯。又鮑防、嚴維多至九字。騷體雜言詩；此種本當入騷，如李之《鳴皋歌》，杜之《桃竹杖引》，相沿入詩，例難芟漏。律體有五言小律、七言小律，嚴滄浪以唐人六句詩合律者稱三韻律詩，昭代王弇州始名之爲小律云。又六言律詩，《劉長卿集》有之。及六言絕句，《王維集》有。而諸詩內又有詩與樂府之別，樂府內又有往題、新題之別。往題者，漢、魏以下，陳、隋以上樂府古題，唐人所擬作也。諸家概有，而李白所擬爲多，皆仍樂府舊名。李賀擬古樂府，多別爲之名，而變其舊。新題者，古樂府所無，唐人新製爲樂府題者也。始于杜甫，盛于元、白、張籍、王建諸家。元微之嘗有云，後人沿襲古題，唱和重復，不如寓意古題，刺美見事，爲得詩人諷興之義者，此也。詳後《樂通》內。其題或名歌，亦或名行，或兼名歌行。歌，曲之總名。衍其事而歌之曰行。歌最古。行與歌行皆始漢，唐人因之。又有曰引者，曰曲者，曰謠者，曰辭者，曰篇者。抽其意爲引，導其情爲曲，合乎俗曰謠，進乎文爲辭，又衍而盛焉爲篇。皆以其詞爲名者也。有曰詠者，曰吟者，曰嘆者，曰唱者，曰弄者。詠以永其言，吟以呻其鬱，嘆以抒其傷，唱則吐於喉吻，弄則被諸絲管。此皆以其聲爲名者也。復有曰思者，曰怨者，曰悲若哀者，曰樂者。如李白之《靜夜思》，王翰之《蛾眉怨》，杜甫之《悲陳陶》、《哀江頭》、《哀王孫》，樂則如杜審言之《大酺樂》、白居易之《太平樂》，張祜之《千秋樂》，又皆以情爲其名者也。凡此多屬之樂府，然非必盡譜之於樂。譜之樂者，自有大樂、郊廟之樂章，梨園教坊所歌之絕句、所變之長短填詞，以及琴操、琵琶、箏笛、胡笳、拍彈等曲，其體不一。而民間之歌謠，又不在其數。並詳《樂通》。唐詩體名，庶盡乎此矣。

自古詩漸作偶對，音節亦漸叶而諧。宮體而降，其風彌盛。徐、庾、陰、何，以及張正見、江總持之流，或數聯獨調，或全篇通穩，雖未有律之名，已寖具律之體。四子承之，尚餘拗澀。神龍而後，音對俱諧，諸家概有合作，沈、宋尤爲擅場。就中五字之諧差先，故珠英前彥，蚤逗流美之徑；七字之諧差晚，故開元右丞，猶存失粘之疵。若乃律既踵古以成律，則古自應追古以存古。故沈、宋未作於孝和之日，射洪已興於天后之朝。是尤氣機有先，情籟自啓，匪人惟天，一變自不得不盡變者也。律體雖成於唐，實權輿沈約聲病之說，今錄之備考。

四聲：音韻之學，至齊、梁寖備。沈約撰切韻之書，名《四聲譜》。後隋仁壽中，陸法言等嘗加纂次。唐儀鳳後，郭知玄又附益之，號《切韻》。天寶末，陳州司法孫愐復加刊正，名爲《唐韻》，皆宗約之舊。宋景德以及元祐，先後重修，名《禮部韻略》。今承用者是也。宋濂云：唐以詩、賦設科，益嚴聲律之禁，有宋因之，以禮部之掌貢舉，名韻書曰《禮部韻略》，毫髮弗敢違背。雖中經二三大儒,且謂承襲之久,不欲變更焉。

雙聲疊韻:宋《謝莊傳》:王玄謨問莊:何者爲雙聲?何者爲疊韻?答曰:互護爲雙聲,磁礴爲疊韻。《學林新編》云:古人以四聲爲切,紐以雙聲疊韻,必以五音爲定。喉、齶、舌、齒、唇,配宮、商、角、徵、羽爲五音。人聲之出有漸,聲始出於喉,直上出爲宮;再出到齒,聲上騰爲商;又再出到舌中,聲平出爲角;又再出到齒,聲斜降出爲徵;又降出到唇爲羽。雙聲者,同音而不同韻者也。疊韻者,同音而又同韻者也。互護同唇音,而二字不同韻,故謂之雙聲。磁礴同爲牙音,而二字又同韻,故謂之疊韻。《廣韻》曰:章灼良略是雙聲,灼略章良是疊韻。又曰:斤剔靈歷是雙聲,剔歷斤靈是疊韻。舉此例,則諸音皆自此而紐之,可以定矣。

八病:一曰平頭,二曰上尾,三曰蜂腰,四曰鶴膝,五曰大韻,六曰小韻,七曰旁紐,八曰正紐。平頭,謂第一字與第六字同聲,第二字與第七字同聲。上尾,謂第五字與第十字同聲。蜂腰,謂第二字與第四字同聲,犯在一句內,如蜂身之中細。鶴膝,謂第五字與第十五字同聲,兩對同犯,如鶴膝之並大。大韻,謂與韻相犯也。如五言詩以新字爲韻者,九字內更着津字、人字等,爲犯大韻。小韻,除韻外,但九字中有相犯同聲者是。旁紐,謂如十字中已有田字,不得着寅、延字。正紐,如壬、衽、任、入四字爲一紐,一句之中,已有壬字,更不得安衽、任字。

《南史》略云:初汝南周顒,善識聲韻。永明中,吳興沈約、陳郡謝朓、瑯琊王融,以氣類相推轂,爲文皆用宮商,不可增減。顒著《四聲切韻》,約撰《四聲譜》。又以雙聲疊韻,分辨作詩八病。於《謝靈運傳論》云:“夫五色相宣,八音協暢,由乎玄黃律呂,各適物宜。欲使宮羽相變,低昂舛節,若前有浮聲,則後須切響。一簡之內,音韻盡殊;兩句之中,輕重悉異。自靈均以來,多歷年代,雖文體稍精,此秘未睹。妙達斯旨,始可言文。”

按史稱約論四聲,妙有詮辨,乃當時陸厥嘗作書辨之,以爲情物文之所急,美惡猶且相半,何獨宮商律呂,必責其如一?鍾嶸亦謂文製本須諷讀,不可蹇礙,但令清濁流通,口吻調利,斯爲足矣。務爲精密,襞積細微,使文多拘忌,傷其真美。而約自有言云:“八病惟上尾、鶴膝最忌,餘病皆通。”所賦亦往往與聲韻乖。是則此論不可盡拘,明矣。然有唐近律,自從聲病回忌肇體,應復具遡其說,以善用夫變通。王弇州云:“休文之拘滯,正與古體相反,惟近律有關耳,然亦不免商君之酷。”誠哉是言。(以上卷一)

法微二

通論各體　四言　五言古　七言古　樂府　律詩　五言律　七言律　排律　絕句　詠史　詠物　和韻　聯句　雜俳諸體

四言正體,雅潤爲本;五言流調,清麗居宗。《文心雕龍》。以下通論各體。

興寄深微,五言不如四言,七言又其靡也,況束之以聲調俳優哉! 李白

七言律詩,難於五言律詩;五言絕句,難於七言絕句。嚴滄浪。《詩藪》云:"五言絕調易古,七言絕調易卑。五言絕即拙匠易於掩瑕,七言絕雖高手難於中的。"可與此互參。

古樂府選體歌行,有可入律者,有不可入律者,句法字法皆然。惟近體必不可入古耳。王弇州

風、雅之規,典則居要。《離騷》之致,深永爲宗。古詩之妙,專求意象。歌行之暢,必由才氣。近體之攻,務先法律。絕句之構,獨主風神。胡元瑞。下同。

七言律於五言律,猶七言古於五言古也。五言古街彎有程,步驟難展;至七言古錯綜開闔,頓挫抑揚,古風之變始極。五言律宮商甫協,節奏未舒;至七言律暢達悠揚,紆徐委折,近體之妙始窮。

七言古差易於五言古,七言律顧難於五言律,何也? 五言古意象渾融,非造詣深者,難於湊泊;七言古體裁磊落,稍材情贍者,輒易發舒。五言律規模簡重,即家數小者,結構易工;七言律字句繁靡,縱才具宏者,推敲難合。

自五言古、律以至五、七言絕,概以溫雅和平爲尚,惟七言歌行、近體不然。歌行自樂府語已峭峻,李、杜大篇,窮極筆力,若但以平調行之,何能自拔? 七言律聲長語縱,體既近靡,字櫛句聯,格尤易下;材富力强,猶或難之,清空文弱,可登此壇乎!

律詩句有必不可入古者,古詩字有必不可爲律者。然不多熟古詩,未有能以律詩高天下者也。初學輩不知苦辣,往往謂五言古詩易就,率爾成篇,因自詫好古,薄後世律不爲。不知律尚不工,豈能工古? 徒爲兩失而已!

詞人拈筆成律,如左右逢源;一遇古體,竟日吟哦,常恐失却本相;樂府兩字,到老搖手,不敢輕道。李西涯、楊鐵崖都曾做過,何嘗是來! 王敬美

四言詩須本《風》、《雅》,間及韋、曹,然各自爲體,勿得相雜。弇州。四言。

四言簡質,句短而調未舒。七言靡浮,文繁而聲易雜。折繁簡之衷,居文質之要,蓋莫尚于五言。故兩漢以還,文人藝士,平生精力,咸萃斯道。胡元瑞,下同。以下五言古。

五言古先熟讀《國風》、《離騷》,源流洞徹,乃盡取兩漢雜詩,陳、王全集及子桓、公幹、仲宣佳者,枕籍諷詠,工深日遠,神動機流,一旦吮毫,天真自露。骨格既定,然後沿洄阮、左,以窮其趣;頡頏陸、謝,以采其華;傍及陶、韋,以澹其思;博考李、杜,以極其變。超乘而上,可以掩迹千秋;循轍而趨,無忝名家一代。

作古詩先須辨體。無論兩漢難至,苦心模倣,時隔一塵;即爲建安,不可墮落六朝一語;爲三謝縱極俳麗,不可雜入唐音。小詩欲作王、韋,長篇欲作老杜,便應全用其體,亦不得他雜。詞曲家非當家本色,雖麗語、博學無用,況此道乎! 王敬美

擬古樂府:擬漢不可涉魏,擬魏不可涉六朝,擬六朝不可涉唐。用本題事而不失

本曲調，上也；調不失而題小舛，次也；題甚合而調或乖，則失之千里矣。胡元瑞。以下樂府。

樂府詩妙在可解不可解之間。一涉議論，便是鬼道。弇州

七言古詩要鋪叙，要有開合，有風度，迢遞險怪，雄俊鏗鏘，忌庸俗軟腐。須是波瀾開合，如江海之波，一波未平，一波復起。又如兵家之陣，方以爲正，又復爲奇；方以爲奇，忽復是正：出入變化，不可紀極。備此法者，唯李、杜也。開合燦然，音韻鏗然，法度森然，神思悠然，學問充然，議論超然。楊仲弘。以下七言古。

七言歌行，靡非樂府，然至唐始暢。其發也，如千鈞之弩，一舉透革；縱之，則文漪落霞，舒卷絢爛；一入促節，則凄風急雨，窈冥變幻，轉折頓挫，如天驥下坂，明珠走盤；收之，則如柝聲一擊，萬騎忽歛，寂然無聲。王弇州。下同。

歌行有三難：起調，一也；轉節，二也；收結，三也。惟收結爲尤難：如作平調舒徐綿麗者，結須爲雅詞，勿使不足，令有一唱三歎意；奔騰洶湧驅突而來者，須一截便住，勿留有餘；中作奇語峻奪人魄者，須令上下脉相顧，一起一伏，一頓一挫，有力無迹，方成篇法。

長歌但看其通篇大勢。中間偶有拙句，不失大體；着一巧句，最害正氣。謝茂秦

凡詩諸皆有繩墨，惟歌行出自《離騷》、樂府，故極散漫縱橫。初學當擇唐人名篇，脉絡分明，句調婉暢易下手者，模彷成家後，博取李、杜大篇，合變出奇，窮高極遠，又上之兩漢樂府，又上之楚人《離騷》，以求其源本，進于神化。胡元瑞

律傷嚴，近寡恩。大凡立意之初，必有難易二塗，學者不能强所劣，往往舍難而取易，文章罕工，每坐此也。唐子西。以下律詩。

律詩全在音節，格調風神盡具音節中。胡元瑞

律詩第二字側入爲正格，如“鳳律軒轅紀，龍飛四十春”之類。第二字平入爲偏格。如“四更山吐月，殘夜水明樓”之類。唐名家詩多用正格，用偏格者概少。沈存中

《三百篇》以比、興置篇首，律詩則置在篇中，如景聯所摹物色，或興而賦，或賦而實比，皆其義也。范德機參

律詩不可多用虛字，兩聯填實方好。用唐以下事，便不古。趙孟頫

對句好可得，結句好難得，發句好尤難得。發端忌作舉止，收拾貴在出塲。嚴滄浪

五言如四十箇賢人，著一箇屠沽輩不得。覓句者若掘得玉合，有盖必有底。但精心求之，必得其實。劉昭禹。以下五言律。

李夢陽云：叠景者意必二，濶大者半必細。此最律詩三昧。如杜：“詔從三殿去，碑到百蠻開。野館濃花發，春帆細雨来。”前半濶大，後半工細也。“浮雲連海、岱，平野入青、徐。孤嶂秦碑在，荒城魯殿餘。”前景寓目，後景感懷也。唐法律甚嚴惟杜，變

化莫測亦惟杜。胡元瑞。下同。

作詩不過情景二端。如五言律體，前起後結，中四句二言景，二言情，此通例也。唐初多於首二句言景對起，止結二句言情，雖豐碩，往往失之繁雜。唐晚則第三四句多作一串，雖流動，往往失之輕儇。俱非正體。惟沈、宋、李、王諸子，格調莊嚴，氣象閎麗，最爲可法。第中四句大率言景，不善學者湊砌堆叠，多無足觀。老杜諸篇，雖中聯言景不少，大率以情間之，故習杜者，句語或有枯燥之嫌，體裁絶無靡冗之病。此初學入門第一義，不可不知。若老手大筆，則情景混融，錯綜惟意，又不可專泥此論。

學五言律，毋習王、楊以前，毋窺元、白以後。先取沈、宋、陳、杜、蘇、李諸集，朝夕臨摹，則風骨高華，句語宏贍，音節雄亮，比偶精嚴；次及盛唐王、岑、孟、李，永之以風神，暢之以才氣，和之以真澹，錯之以清新；然後歸宿杜陵，究竟絶軌，極深研幾，窮神知化：五言律法盡矣。

五言律差易得雄渾，加以二字，便覺費力，雖曼聲可聽，而古色漸稀。七字爲句，字皆調美，八句爲篇，句皆穩暢，雖復盛唐，代不數人，人不數首。弇州。以下七言律。

七言律有起、有承、有轉、有合。起爲破題，或對景興起，或比起，或引事起，或就題起，要突兀高遠，如狂風初發，勢欲捲浪。承爲頷聯，或寫意，或寫景，或書事，或用事引證，要接破題，如驪龍之珠，抱而不脫。轉爲頸聯，或寫意，寫景，書事，用事引證，與前聯之意相應、相避，要變化不窮，如魚龍出没陂濤，觀者無不神聳。合爲結句，或就題結，或開一步，或繳前聯之意，或用事，必放一句作散場，如截奔馬，辭意俱盡；如臨水送將歸，辭盡意不盡。知此，則七律思過半矣。楊仲弘參

七言律不難中二聯，難在發端及結句耳。發端盛唐人無不佳者，結頗有之，然亦無轉入他調及收頓不住之病。篇法有起、有束、有放、有斂、有唤、有應。大抵一開則一闔，一揚則一抑，一象則一意，無偏用者。句法有直下者，有倒插者。倒插最難，非老杜不能也。字法有虚有實，有沈有響，虚響易工，沈實難至。五十六字如魏明帝凌雲臺材木，銖兩悉配乃可耳。篇法之妙，有不見句法者；句法之妙，有不見字法者。此是法極無迹，人能之至，境與天會，未易求也。有俱屬象而妙者，有俱屬意而妙者，有俱作高調而妙者，有直下不偶對而妙者，皆興與境詣，神合氣完使之。然五言可耳，七言恐未易能也。勿和韻，勿拈險韻，勿起結用傍韻，勿偏枯，勿求理，勿搜僻，勿用六朝強造語，勿用大曆以後事。此詩家魔障，慎之！慎之！弇州

七言律對不屬則偏枯，太屬則板弱。二聯之中，必使極精切而極渾成，極工密而極古雅，極嚴整而極流動，迺爲上則。然二者理雖相成，體實相反，故古今文士難之。要之，人力苟竭，天真必露。非蕩思八荒，游神萬古，功深百鍊，才具千鈞，不易語也。胡元瑞。下同。

古詩之難，莫難于五言古。近體之難，莫難于七言律。五十六字之中，意若貫珠，言如合璧。其貫珠也，如夜光走盤，而不失迴旋曲折之妙；其合璧也，如玉匣有蓋，而絕無參差扭捏之痕。纂組錦繡相鮮以爲色，宮商角徵互合以成聲；思欲深厚有餘而不可失之晦，情欲纏綿不迫而不可失之流；肉不可使勝骨，而骨又不可太露，詞不可使勝氣，而氣又不可太揚。莊嚴則清廟明堂，沉著則萬鈞九鼎，高華則朗月繁星，雄大則泰山喬嶽，圓暢則流水行雲，變幻則凄風急雨：一篇之中，必數者兼備，迺稱全美。故名流哲匠，自古難之。

高、岑明淨整齊，所乏遠韻。王、李精華秀朗，時覺小疵。學者步高、岑之高調，含王、李之風神更加以工部之雄深變幻，庶盡七言能事爾。

作七言拗體者，必以意興發端，神情傅合，渾融疏秀，不見穿鑿之跡，頓挫抑揚，自出宮商之表可耳。雖老杜以歌行入律，亦是變風，不宜多作，作則傷境。弇州

詩一題一首，自爲起合無論。其一題數首者，則合數首爲起合，易而置之便不可，蓋起句在前首，而合句在後首故也。范德機。

作排律法，虛韻不如實韻堪押，順聯不如逆聯有情。遜叟。以下排律。

作排律先熟讀宋、駱、沈、杜諸篇，做其布格措詞，則體裁平整，句調精嚴；益以摩詰之風神，太白之氣概；既奄有諸家，美善咸備，然後究極杜陵，擴之以閎大，濬之以沉深，鼓之以變化。胡元瑞

七言排律，創自老杜，然亦不得佳。蓋七字爲句，束以聲偶，氣力已盡矣，又欲衍之使長，調高則難續而傷篇，調卑則易冗而傷句，合璧猶可，貫珠益艱。弇州

絕句固自難，五言尤甚，離首即尾，離尾即首，而腰腹亦自不可少。妙在愈小而大，愈促而緩。吾嘗讀《維摩經》得此法，一丈室中置恒河沙諸天寶座，丈室不增，諸天不減。又一剎那定作六十小劫，須如是乃得。弇州。以下絕句。

顧華玉云："五言絕以調古爲上，乘以情真爲得體。"調古則韻高，情真則意遠。華玉標此二者，則雄奇俊亮，皆所不貴。論雖稍偏，自是五言絕第一義。胡元瑞。下同。

七言絕語半於近體，同其句格宛順；節促於歌行，倍夫意味長永。

七絕盛唐諸公用韻最嚴，無旁出者。命意得句，以韻發端，突然而起，意到辭工，不假雕飾，通首自混成無跡。宋人專重轉合，刻意精鍊，或難於起句，借用旁韻，牽強成章。此所以不同也。謝茂秦

五言絕尚真切，質多勝文。七言絕尚高華，文多勝質。五言絕昉於兩漢，七言絕起自六朝，源流迥別，體製自殊。至意當含蓄，語務春容，則二者一律也。胡元瑞。下同。

對結者須意盡，如王之渙"欲窮千里目，更上一層樓"，高達夫"故鄉今夜思千里，

霜鬢明朝又一年"，添著一語不得，乃可。永嘉薛韶云：老杜詩雖多至百韻，亦首尾相應無間斷。絕句或不然，四句句各爲對，不貫穿者爲多，另是一體。不足多學。

絕句之法，要婉曲回環，删蕪就簡，句絕而意不絕，多以第三句爲主，而第四句發之。有實接，有虛接，承接之間，開與合相關，反與正相依，順與逆相應，一呼一吸，宫商自諧。大抵起承二句固難，然不過平直叙起爲佳，從容承之爲是。至如宛轉變化工夫，全在第三句。若於此轉變得好，則第四句如順流之舟矣。楊仲弘

詩人詠史最難，妙在不增一語，而情感自深。若在作史者不到處別生眼目，固自好，然尚是第二義也。詩法。詠史

詠物固要逼真，但恐注精點寫，間澹之氣易至偏失。要在不相謀而兩得始佳。方秋崖。以下詠物。

詩固忌用巧太過，然緣情體物，自有天然工妙，雖巧而不見刻削之痕。老杜"細雨魚兒出，微風燕子斜"，及"穿花蛺蝶深深見，點水蜻蜓款款飛"等語，讀之渾然，全似未嘗用力，此所以不礙其氣格超勝，與晚唐諸家之體物者迥別也。詠物者宜于此細參。雨細着水面爲漚，魚常上浮而唼，若大雨，則伏而不出矣。燕體輕弱，風猛則不能勝，惟微風乃受以爲勢，故又有"輕燕受風斜"之語。此十字殆無一字虛設。至蛺蝶、蜻蜓一聯，又妙在穿字點字，若深深無穿字，款款無點字，亦不能唤出如此精微來。葉石林

詩固有以切爲工者，不傷格，不貶調，乃可。咏物着題，亦自無嫌于切。第單欲其切，亦易易耳。不切而切，切而不覺其切，此一關前人不輕拈破也。胡元瑞。坡公云：詩人有寫物之功，"桑之未落，其葉沃若"，他木殆不可以當此。林逋《梅花》詩云："疏影横斜水清淺，暗香浮動月黄昏。"决非桃李詩。皮日休《白蓮》詩云："無情有恨何人見？月冷風清欲墜時。"决非紅蓮詩。此乃寫物之功。若石曼卿《紅梅》詩云："認桃無緑葉，辨杏有青枝。"此村學中至陋語也。

和韻聯句，皆易爲詩害而無大益。偶一爲之，可也。然和韻在於押字渾成，聯句在於才力均敵，聲華情實中不露本等面目，乃爲貴耳。弇州。聯句始柏梁，人賦一句，至唐韓愈、孟郊有錯賦上句，博下句聯對者。和詩用來詩之韻曰用韻，依來詩之韻盡押之不必以次曰依韻，並依其先後而次之曰次韻。盛唐人和詩不和韻，晚唐人至有次韻者。洪邁曰：古人酬和詩，必答其來意，非如今人爲次韻所局也。如高適寄杜云："草玄今已畢，此外更何求？"杜和云："草玄吾豈敢？賦或似相如。"韋迢寄杜云："相憶無南雁，何時有報章？"杜和云："雖無南去雁，看取北來魚。"只以其來意往覆，趣味自深，何嘗和韻？至大曆中，李端、盧綸野寺病居酬答，始有次韻。後元、白二公次韻益多，皮、陸則更盛矣。今人倣傚，至往返數四不止。詩以道性情，一拘韻脚，性情果可得而見耶？和韻聯句。

雜詩。自孔融離合，鮑照建除，温嶠回文，傅咸集句而下，字謎、人名、鳥獸、花木，摹倣日煩，不可勝數。至唐人乃有以婢僕詩登第、孩兒詩取禍者。詩文不朽大業，學者雕心刻骨，窮晝夜致功，猶懼弗窺奥眇，暇役志及此？皆詩道之下流，學人之大戒也。胡元瑞。雜俳諸體。（以上卷三）

法微三（節録）

《三百篇》四言定體，間出二三五六七言。"祈父"二言，"振振鷺"三言，"誰謂雀無角"五言，"我姑酌彼金罍"六言，"交交黃鳥止于桑"七言。亦有八言，如"我不敢效我友自逸"之類。西漢詩五言定體，間出二三四五六七言，甚有至九言者。樂府《上陵》錯用三四五六等言，《戰城南》、《君馬黃》、《有所思》錯用三四五七等言，《上邪》錯用二三四五六七言。始用五七等言成篇，陳琳《飲馬長城窟》；始用三五七九等言成篇，鮑照《擬行路難》是也。凡句減於三字則暗，增於九字則吃。遜叟。

音律乃人聲之所同，對偶亦文勢之必至。《詩法源流》

劉勰云："改韻從調，所以節文辭氣。""兩韻輒易，則聲韻微燥；百句不遷，則唇吻告勞。"七古改韻，宜衷此論爲裁。若五言古畢竟以不轉韻爲正。漢魏古詩多不轉韻，《十九首》中亦只兩首轉韻耳。李青蓮五古多轉韻，每讀至接換處，便覺體欠鄭重。惟杜少陵雖長篇亦不轉韻，如《北征》六十五韻，只一韻到底。一韻五言正體，轉韻五言變體也。遜叟。（以上卷四）

評彙一（節録）

四傑詞旨華靡，沿陳、隋之遺，氣骨翩翩，意象老境，故超然勝之，五言遂爲律家正始。弇州

唐初無七言律，五言亦未超然。二體之妙，杜審言實爲首倡。五言則"行止皆無地"，"獨有宦遊人"；排律則"六位乾坤動"，"北地寒應苦"；七言則"季冬除夜"，"毗陵震澤"：皆極高華雄整。少陵繼起，百代模楷，有自來矣。元瑞

魏建安後，訖江左，詩律屢變。至沈約、庾信以音韻相婉附，屬對精密。及沈佺期、宋之問，又加靡麗，回忌聲病，約句準篇，如錦繡成文，學者宗之，號爲沈、宋。唐書（以上卷五）

評彙六（節録）

初唐體質濃厚，格調整齊，時有近拙近板處；盛唐氣象渾成，神韻軒舉，時有太實太繁處；中唐淘洗清空，寫送瀏亮，七言律至是殆於無指摘，而體格漸卑，氣韻日薄，衰態未免畢露。《詩藪》

唐七言律，自杜審言、沈佺期首創工密，至崔顥、李白時出古意，一變也；高、岑、王、李，風格大備，又一變也；杜陵雄深浩蕩，超忽縱橫，又一變也；錢、劉稍加流暢，降

爲中唐，又一變也；大曆十才子，中唐體備，又一變也；樂天才具泛瀾，夢得骨力豪勁，在中晚間自爲一格，又一變也；張籍、王建略去葩藻，求取情實，漸入晚唐，又一變也；嗣後溫、李之競事組織，薛能之過爲芟刊，杜牧、劉滄之時作拗峭，韋莊、羅隱之務趨條暢，皮日休、陸龜蒙之填塞古事，鄭都官、杜荀鶴之不避俚俗，變又難可悉紀。律體愈趨愈下，而唐祚亦告訖矣。（以上卷十）

樂通四·總論

往代之詩樂，徵其文觀之，其興衰可見也。樂之所感，微則占於音，章則見於詞。微於音者，聖人察之；章於詞者，賢人畏之。沈亞之

《詩》訖於周，《離騷》訖於楚，自後詩之流爲賦、頌、銘、贊、文、誄、箴、詩、行、咏、吟、題、怨、嘆、章、篇、操、引、謠、謳、歌、曲、詞、調，名二十有四，皆詩人六義之餘也。繇操而下八名，皆起於郊祭軍賓吉凶苦樂之際。在音聲者，因聲以度調，審調以節唱，句度短長之數，聲韻平上之差，莫不繇之準度。而又別其在琴瑟者爲操、引，採民甿者爲謳、謠，備曲度者總得謂之歌、曲、詞、調，斯皆繇樂以定詞，非選詞以配樂也。繇詩而下九名，皆屬事而作，雖題號不同，悉謂之爲詩。後之審樂者，往往採取其詞，度爲歌曲，蓋選詞以配樂，非繇樂以定詞也。元稹

古之論樂者，一曰古雅樂，二曰俗部樂，三曰胡部樂。古雅樂更秦亂而廢，漢世惟采荊、楚、燕、代之謳，稍協律呂，以合八音之調，不復古矣。晉、宋、六代以降，南朝之樂多用吳音，北國之樂僅襲夷調。及隋平江左，魏三祖清商等樂存者什四，世謂爲華夏正聲，蓋俗樂也。時沛國公鄭譯復因龜兹人白蘇祇婆善胡琵琶，而翻七調，遂以製樂。唐人因而用之，以定律呂。繇是觀之，漢世徒以俗樂定雅樂，隋氏以來，則復悉以胡樂定雅樂。唐至玄宗，始以法曲與胡部合奏，夷音、夷舞進之堂上，而雅樂之工，以坐立伎部不堪者充之，過爲簡賤至此，宜乎正聲淪亡，古樂之不可復矣。吳萊。馬端臨云：隋、唐燕樂，西戎之樂居大半。鄭夾漈以爲音未有不自西出，此固一說。愚則以爲自晉氏南遷之後，劉石亂華，如符氏出於氐，姚氏出於羌，皆西戎也，亦既奄有中原，而以議禮制度自詭。及張氏據河右，獨能得華夏之舊音。繼以呂光、禿髮、沮渠之屬，又皆西戎也。蓋華夏之樂，流入於西戎；西戎之樂，混入於華夏，自此始矣。隋既混一，合南北之樂，而爲七部伎，所謂清商三調者，本中華之樂，晉室播遷，而入於涼州；張氏亡而入於秦；姚氏亡而入於江南；陳亡而復入北：其轉折如此。則其初固本不盡出西戎也，要不可不辨。

近時樂家，多爲新聲，其音譜傳移，類以新奇相勝，故古曲多不存。頃見一教坊老工言，惟大曲不敢增損，往往猶是唐本，而絃索樂家，守之尤嚴。言涼州者，謂之護索，取其音節繁雄。言六么者，謂之轉關，取其聲詞閒婉。元微之詩云："涼州大篇最豪

嘈,録要散序名龍撚。"護索、轉關,豈所謂豪嘈、龍撚者耶? 唐起樂皆以絲聲,竹聲以之合樂,樂家所謂"細抹將來"者是也。故王建《宮詞》云:"琵琶先抹綠腰頭,小管丁寧側調悠。"近世以管色起樂,而猶存"獨抹"之語,蓋誦襲弗悟爾。《蔡寬夫詩話》

樂通四·詞曲

古樂府者,詩之旁行也。詞曲者,古樂府之末造也。倚聲製詞,起於唐之季世。《困學紀聞》

古樂府詩,四言、五言有一定之句,難以入歌,中間必添和聲,然後可歌,如"妃呼豨"、"伊何那"之類是也。唐初歌曲,多用五七言絶句,律詩亦間有采者,想亦有賸字賸句於其間,方成腔調。其後即以所賸者作爲實字,填入曲中歌之,不復別用和聲,則其法愈密,而其體不能不入於柔靡矣。此填詞所繇興也。宋沈括考究所始,以爲始於王涯。又謂前此貞元、元和間爲之者已多云。遞叟。朱子云:古樂府只是詩,中間却添許多泛聲。後來人怕失了那泛聲,逐一聲添箇實字,遂成長短句,今曲子便是。荆公云:"古之歌者,皆先有詞,後有聲,故曰"歌永言,聲依永"。如今先撰腔子,後填詞,却是"永依聲"也。

世所盛行宋、元詞曲,咸以昉於唐末。然實陳、隋始之。蓋齊、梁月露之體,矜華角麗,固已兆端。至陳、隋二主,並富才情,俱涵聲色,所爲長短歌行,率宋人詞中語也。煬之《春江》、《玉樹》等篇尤近,至《望江南》諸闋,唐、宋、元人沿襲至今。詞體濫觴,實始斯際。自文皇以鴻裁碩藻,撥六朝餘習而力反之,子昂、太白,相望並興;逮少陵氏作,出經入史,劃絶淫靡:有唐三百年之詩,遂屹然羽翼商、周,驅駕漢、魏。藉令非數君子砥柱其間,則《花間》、《草堂》將踵接於武德、開元之世,詎宋、元而後顯哉? 蓋六朝、五代一也,障其瀾而上,則詩盛而爲唐;襲其流而下,則詞盛而爲宋。余因是知陳、李、少陵,厥功於秋苑甚偉;而歐陽、王、蘇、黃、秦諸君子,弗能弗爲三嘆而致惜也。胡應麟《莊嶽委譚》

詩至於唐而格備,亦至於唐而體窮。故宋人不得不變而之詞,元人不得不變而之曲。胡應麟《詩藪》。王元美云:"《三百篇》亡,而後有騷賦;騷賦難入樂,而後有古樂府;古樂府不入俗,而後以唐絶句爲樂府;絶句少宛轉,而後有詞;詞不快北耳,而後有北曲;北曲不諧南耳,而後有南曲。

樂通四·律調

凡樂,每調皆具七聲,而樂家惟取其起調畢曲之律以名之;蓋以起調之字之聲爲主,中間逗遛曲折,雖行乎均内七聲,末復歸於本律,謂以六聲贊助,以成其調,其實一

604

聲也。朱晦菴

樂通四·拍

曲之有拍，蓋以爲樂節也。牛僧孺嘗字之爲樂句，大爲韓公所賞。明皇嘗遣黄幡綽造拍板譜，於紙上畫兩耳以進云："但有耳，無定節奏也。"遯叟

樂通四·叠

舊傳《陽關》三叠，然今歌者，每句再叠而已。通一首言之，又是四叠。皆非是。或每語三唱以應三叠之説，則叢然無復節奏。嘗得古本《陽關》，其聲宛轉凄斷，不類向之所聞，每句皆再唱，而第一句不叠。樂天詩云："相逢且莫推辭醉，聽唱《陽關》第四聲。"注："第四聲，勸君更盡一杯酒。"以此驗之，若第一句叠，則此句爲第五聲；今爲第四聲，則第一句不叠，審矣。東坡

樂通四·遍

曲有大遍，有小遍。元積詩："逡巡大遍凉州徹。"所謂大遍者，有序、引、歌、𤫉、嶊、哨、催、攧、袞、破、行、中腔、踏歌之類，凡數十解。有數叠者，裁截用之，則謂之"摘遍"。今人大曲，皆是裁用，悉非大遍也。《夢溪筆談》

樂通四·破

唐人以曲遍中繁聲爲入破，陳氏《樂書》以爲曲終者，非也。如《水調歌》凡十一叠，第六叠爲入破，當是曲半調入急促，破其悠長者爲繁碎，故名破耳。起於天寶間有此名，卒兆安、史亂，家國破，《五行志》以爲非祥兆，然竟不可革云。遯叟

樂通四·犯

樂府諸曲，自古不用犯聲，以爲不順也。唐自天后末年，劍氣入渾脱，始爲犯聲之始。劍氣宫調，渾脱角調，以臣犯君，故爲犯聲。明皇時，樂人孫處秀善吹笛，好作犯聲，時人以爲新意而效之，因有犯調。五行之聲，所司爲正，所欹爲旁，所針爲偏，所下

爲側。故正宮之調,正犯黃鍾宮,旁犯越調,偏犯中呂宮,側犯越角之類。陳暘

樂通四·解

自古奏樂,曲終更無他變。隋煬帝以清樂雅淡,曲終復加解音,至唐遂多解曲,如"火鳳"用"移都師"解,"柘枝"用"渾脱"解,"甘州"用"吉了"解,"耶婆娑雞"用"屈柘急遍"解之類。《古今樂録》云:"《儅歌》以一句爲一解,中國以一章爲一解。"王僧虔云:"古曰章,今曰解。"作詩有豐約,制解有多少。是解本章什通名,非僅言其卒章之亂也。自隋、唐曲終解曲盛行,遂將"解"字當卒章字用,而章解之解,别稱疊、稱遍,不復更稱解矣。遯叟。下同。

樂通四·唐人樂府不盡譜樂

古人詩即是樂。其後詩自詩,樂府自樂府。又其後樂府是詩,樂曲方是樂府。詩即是樂,《三百篇》是也。詩自詩,樂府自樂府,謂如漢人詩,同一五言,而"行行重行行"爲詩,"青青河邊草"則爲樂府者是也。樂府是詩,樂曲方是樂府者,如六朝而後,諸家擬作樂府鐃歌《朱鷺》、《艾如張》、横吹《隴頭》、《出塞》等,只是詩;而吳聲《子夜》等曲方入樂,方爲樂府者是也。至唐人始則摘取詩句譜樂,既則排比聲譜填詞。其入樂之辭,截然與詩兩途,而樂府古題,作者以其唱和重復沿襲可厭,於是又改六朝擬題之舊,别刱時事新題,杜甫始之,元、白繼之。杜如《哀王孫》、《哀江頭》、《兵車》、《麗人》等,白如《七德舞》、《海漫漫》、《華原磬》、《上陽白髮人》、《諷諫》等,元如《田家》、《捉捕》、《紫躑躅》、《山枇杷》諸作,各自命篇名,以寓其諷刺之指,於朝政民風,多所關切,言者不爲罪,而聞者可以戒。嗣後曹鄴、劉駕、聶夷中、蘇拯、皮、陸之徒,相繼有作,風流益盛。其辭旨之含鬱委宛,雖不必盡如杜陵之盡善無疵,然其得詩人詭諷之義則均焉。即未嘗譜之於樂,同乎先朝入樂詩曲,然以比之諸填詞曲子僅佐頌酒賡色之用者,自復霄壤有殊。郭茂倩云:"自《風》、《雅》之作,以至於今,莫非諷興當時之事,以貽後世之審音者。儻採歌謡,以被聲樂,則新樂府其庶幾焉。"斯論爲得之,惜無人行用之爾。(以上卷十五)

談叢五(節録)

唐人雜體詩見各集及諸秤説中者,有五雜俎、始於漢,顏真卿與晝公諸人有擬。兩頭纖

纖、漢人有"兩頭纖纖月初生"古辭。唐王建有擬。建又有《擬古謠》"一東一西隴頭水",亦兩頭纖纖之類。盤中詩、始漢蘇伯玉妻寄夫詩,寫從中央周四角屈曲成文,名盤中。至竇滔妻蘇氏,益衍爲《璿璣圖》。天寶二載,范陽盧母王氏撰迴文詩八百十二字,字數與《璿璣圖》同。又會昌中有張暌爲邊將不歸,妻侯氏作詩,繡作龜形寓意,上之朝,乞夫歸。皆盤中之類。離合、字相拆合成文,始漢孔融。唐權德輿有《離合詩》,時人多和之。迴文、晉傅咸有《迴文反覆詩》,溫嶠有《迴文虛言詩》,唐人劉賓客及皮、陸倡和,並有《迴文詩》。集句、亦始傅咸。昭宗時有同谷子者,集《五子之歌》譏時政。風人詩、此與藥砧體不同。藥砧語如隱謎,理資箋解,此則以前句比興引喻,後句即覆言以證之。或取諸物,如《子夜歌》:"攤門不安橫,無復相關意。"或取之同音,如《懊儂歌》:"桐樹不結花,何由得梧子。"微旨所寄,無假猜權而知。唐人以其近于《詩》之《南箕》、《北斗》,可備采風,故命爲"風人詩"。張祐、皮、陸爲多。迴波詞、其詞先以迴波二言引端,三句,句六言。始則天朝,盛于中宗時。佞者歌以丐寵,而忠者亦傚以寓規焉。大言、小言、了語、不了語、宋玉有《大言》、《小言》賦,晉人傚之,爲了語、危語。唐顏真卿有《大言》、《小言》,雍裕之有《了語》、《不了語》,真卿又有《樂語》、《饞語》、《滑語》、《醉語》諸聯句。晝公更有《暗思》、《遠意》、《樂意》、《恨意》,亦此類也。縣名、州名、藥名、古人名、四氣、四色、字謎等類、縣名起齊竟陵王子良,州名起梁范雲。唐皮、陸有《縣名離合詩》。藥名起齊王融及梁簡文,唐張籍、皮、陸有《藥名離合詩》。古人名詩,未詳起于何人,唐權德輿及皮、陸並有《古人名詩》。四氣亦些王融、范雲,唐雍裕之有《四氣》、《四色》等詩。字謎起鮑照《井字》等謎,唐蘇頲有《尹字謎》,李太白有《許雲封謎》。又有故犯聲病,全篇字皆平聲、皆側聲者,又一句全平、一句全側者,全篇雙聲、全篇疊韻者,律詩有側句並用韻故犯鶴膝者,縷舉不盡。皮、陸有全篇平側詩。溫庭筠與皮、陸又並有全篇疊韻詩。王融:"園蕑炫紅蕅,湖荇燁黄華。"梁武帝:"後牖有朽柳。"侍臣和云:"梁王長康强。"此純用疊音詩也。杜子美:"卑枝低結子,接葉暗藏鶯。"白樂天:"量大嫌甜酒,才高笑小詩。"此間用疊音,隨其語意所宜輙就成之者也。純用涉于戲,間用更于篇法中增一巧,詩料入二老神爐中,頑鐵無不成金耳。上下雙用韻,章碣"東南路盡"一律,正韻押天船眠邊,上四句又押畔岸看算,此正八病中之鶴膝。章自號爲變體詩云。

以上並體同俳諧,然猶未至俚鄙之甚也。其最俚鄙者,有賀知章之輕薄,祖詠之渾語,賀蘭廣、鄭涉之詠字,蕭昕之寓言,李紓之隱語,張著之機警,李舟、張彧之歇後,姚峴之謔語影帶,李直方、獨孤申叔、曹著之題目,黎瓘之翻韻,見《國史補》及《雲溪友議》諸書,皆古來滑稽餘派,欲廢之不得者。(以上卷二十九)

俞　彦

俞彦(生卒年不詳)字仲茅。明上元(今江蘇南京)人。萬曆二十九年(1601)進士。歷官光祿寺少卿。長於詞,尤工小令,以淡雅見稱。詞集今失傳,僅見於各種選本中,《全明詞》及《全明詞補編》合計録其詞一百餘首。俞彦還著有《爰園詞話》一卷,存詞論十五則,探討詞之名稱、詞與詩並存之原因、詞與音樂之關係,從立意、構思、音調、對句等多方面説明詞之特點及創作要求，論詞之發展變化，以爲"宋詞非愈變愈下"，充分肯定南宋詞人之詞作。

本書資料據中華書局 1986 年唐圭璋《詞話叢編》本《爰園詞話》。

《爰園詞話》（節録）

詩詞，末技也，而名樂府。古人凡歌，必被之鐘鼓管弦，詩詞皆所以歌，故曰樂府。不獨古人然，今人但解絲竹，率能譯一切聲爲譜，甚至隨聲應和，如素習然。故盈天地間，無非聲，無非音，則無非樂。

詞於不朽之業，最爲小乘。然溯其源流，咸自鴻濛上古而來。如億兆黔首，固皆神聖裔矣。惟閭巷歌謡，即古歌謡。古可入樂府，而今不可入詩餘者，古拙而今佻，古樸而今俚，古渾涵而今率露也。然今世之便俗耳者，止于南北曲。即以詩餘，被之管弦，聽者端冕卧矣。其得與詩並存天壤，則文人學士賞識欣豔之力也。

詞何以名詩餘？詩亡然後詞作，故曰餘也，非詩亡，所以歌詠詩者亡也。詞亡然後南北曲作，非詞亡，所以歌詠詞者亡也。謂詩餘興而樂府亡，南北曲興而詩餘亡者，否也。

周東遷以後，世競新聲，《三百》之音節始廢。至漢而樂府出。樂府不能行之民間，而雜歌出。六朝至唐，樂府又不勝詰曲，而近體出。五代至宋，詩又不勝方板而詩餘出。唐之詩，宋之詞，甫脱穎，已遍傳歌工之口。元世猶然，至今則絶響矣。即詩餘中，有可采入南劇者，亦僅引子。中調以上，通不知何物，此詞之所以亡也。今世歌者，惟南北曲，寧如宋猶近古。

詞全以調爲主，調全以字之音爲主。音有平仄，多必不可移者，間有可移者。仄有上去入，多可移者，間有必不可移者。儻必不可移者，任意出入，則歌時有棘喉澀舌之病。故宋時一調，作者多至數十人，如出一吻。今人既不解歌，而詞家染指，不過小令中調，尚多以律詩手爲之，不知孰爲音，孰爲調，何怪乎詞之亡已。

唐詩三變愈下，宋詞殊不然。歐、蘇、秦、黄，足當高、岑、王、李。南渡以後，矯矯陡健，即不得稱中宋、晚宋也。惟辛稼軒自度粱肉不勝前哲，特出奇險爲珍錯供，與劉後村輩俱曹洞旁出。學者正可欽佩，不必反唇並捧心也。

晚唐、五代小令，填詞用韻，多詭譎不成文者，聊爲之可耳，不足多法。《尊前集》載唐莊宗《歌頭》一首，爲字一百三十六，此長調之祖，然不能佳。

詞中對句，須是難處，莫認爲襯句。正唯五言對句、七言對句，使讀者不作對疑，尤妙，此即重疊對也。

馮復京

馮復京（生卒年不詳）字嗣宗。明常熟（今屬江蘇）人。布衣終身，强學博記，少治《詩》，鈎貫箋疏，用力甚深。著有《蟪蛸集》、《六家詩名物疏》、《遵制家禮》、《常熟先賢事略》、《説詩補遺》等。其《説詩補遺》八卷，卷一爲總論，論及詩體、詩格、詩思、詩韻、詩病；卷二至卷四，論唐以前詩；卷五至卷八，專論唐詩。書中斥宋詩爲鄙陋，於宋以後詩亦不予評論。

本書資料據復旦大學圖書館藏本《説詩補遺》。

《説詩補遺》（節録）

五言律，有徹首尾對者，杜《所思》、《屏跡》、《登牛頭山亭子》之類是也。有徹首尾不對者，但音韻鏗鏘而已，如孟浩然《洛下送奚三》、李白《泊牛渚》之類。又小變之，則首二對起，下俱散文，如太白《長信宫》是也。第三、第四句直下不對者，五律王、孟、李集中多有之。七律崔顥、太白《鸚鵡洲》亦有之。第五、第六句不對者，浩然《晚春》及《舟中曉望》之章，王維七律"城外青山"、"東家流水"之句。句中第二字平仄失粘，聲勢不順者，謂之拗句。全首音節舛繆，句調險棘，如杜《白帝城最高樓》、《曉發公安》、《憩息》之類者，謂之勘字。已上總謂之變體，作家名手，游戲偶涉，若以模楷後進，則斷乎不可。惟諸家拗句不調，由一時縱筆，或可偶疏防，檢王、孟領聯直下，倘天真溢露，亦得任意縱橫。杜陵仄體，則格乖平整，勢必僵枯，百代悠悠，當絶此弊法。究而論之，所以名律者，正取其音諧對切，則中二聯必應駢儷，無爲規圖自便，以畔正規。

五言排律，本取陳、隋拗句。古詩加之虛實切比，平仄停匀。再作法之妙，莫如初唐駱、宋，大觀之極，止于盛唐少陵。故短章小韻以下，欲得氣象崢嶸，筆力飛動。長篇數十韻以上，欲得條貫有序，位置得所。學問欲得該博，有海含地負之形。才情欲得宏富，有湧泉飛玉之勢。寧過鋪張，而不宜寒儉；寧極雄麗，而不宜枯淡。而又大雅卓爾，不逐輕綺之流；鼓舞盡神，不爲補衲之語，方爲完善。盛唐主韻致，而洗鉛華，則鴻規頓失。中唐厭整縟，而趨條暢，則流調日卑。蓋排律詞本藻贍，故欲澄之使清；格本端岩，故欲融之使活。譬若高堂數仞，欲以方寸之沉檀構基；膏腴千頃，而以涓滴之醴泉借潤。用物未究，取精太薄。此予所爲極陳初、盛升降之辨，以待後學者也。

絶句，章止四語，辭足意完，蓋取斷絶之義。昔宋劉昶，入魏作斷句詩，此其例也。彼謂截近體首尾，或中二聯者，非。斯亦胡元瑞譌言，聖起不易矣。

絕句,對起者須工,發端前不得着一意。對結者須嚴,收束後不得添一語。不然,則爲半律矣。五言絕,句短調促,用仄韻不失爲高古。七言絕,聲長字縱,用平韻乃得風神。七絕,平韻散起者,其首句末字變調用仄,則韻乖趣索;順勢用平,則韻協興悠。

七言絕,婉麗入情,故世之學者輕于染指。殊不知所貴者興象玲瓏,意味深厚,天真溢發,極精工又極自在;氣骨渾涵,極神駿又極閒雅;悲而不傷,怨而不怒,和而不流,麗而不淫,極真切而不凡近,極感慨而不蕭颯。斯可躡王、李之高蹤,蛻中、晚之卑調。晚唐流靡,雜以議論,最易溺人,往往有竭力銳思而興狂脉露,忽不知其墮落者,予少年有此病,今方悟其失耳。(以上卷一)

曹學佺

曹學佺(1574—1647)字能始,號雁澤。明侯官(今屬福建)人。晚明著名詩人,"閩中十才子"之首,閩劇始祖。弱冠中舉,萬曆二十三年(1595)進士。官場沉浮近三十年,擔任過户部主事、大理左寺正、四川右參政按察使、廣西右參議等職。天啟六年(1626)因撰《野史紀略》詳載梃擊案本末,被閹黨劉廷之參劾受處分,削職爲民。崇禎初年得授廣西副使,力辭不就,在家隱居。明末,崇禎帝死,曹學佺自殺未成。唐王朱聿鍵在福州稱隆武帝,曹學佺出任禮部尚書。清兵入閩,曹學佺在福州舉兵反抗,後自殺身亡,留有遺墨:"生前一管筆,死後一條繩。"一生著述宏富,著有《周易可説》七卷、《書傳會衷》十卷、《詩經質疑》六卷、《蜀中廣記》、《石倉十二代詩選》等,共計一千三百餘卷。但由於曹學佺是抗清人士,所以清朝對他的著作一直十分忌諱,《四庫全書》只收入他的《蜀中廣記》與《石倉十二代詩選》。

本書資料據四庫全書本《蜀中廣記》。

詩話記第四(節録)

《花間集》十卷,孟蜀衞尉少卿趙崇祚選,歐陽炯序。内云李太白應制《清平樂》四首,爲詞體之祖,不知陳隋之《玉樹後庭花》、《水殿歌》詞,已有之矣。(卷一百四)

茅 維

茅維,字孝若。明歸安(今浙江湖州)人。茅坤子。工詩,亦善作雜劇。與臧懋循、吳稼燈、吳夢暘稱四子。先不得志於科舉,後遭遇誣陷和社會鼎革,所作雜劇既抒發了作者獨特的時代感受，又寄予了其作爲才子的風流情懷。藝術上，由於受南曲傳奇流行和好友臧懋循戲劇觀的雙重影響，在堅持元雜劇曲體結構規則的同時，對元明北曲雜劇體製又有明顯的突破，呈現出傳奇化的狀態。著述甚多，有《十齎堂集》、《嘉靖大政記》、《論衡》、《表衡》、《皇明策衡》等。

本書資料據北京出版社 1998 年四庫禁毁書叢刊影印本茅維輯《皇明策衡》。

詞賦（節録）

夫氣之動物，物之感人，照燭三才，暉麗萬有，上之以歌詠祖德，中之以昭告成功，下之以陶滌性靈，蓋物有似緩而急，有無所關係而不可磨滅者。詩也，即由黄虞以至於今，歷數千年而不廢。夫至歷數千年而不廢，其必有不可廢者矣。説者曰：雕蟲之技，壯夫不爲。夫使揚雄氏而果以雕蟲病也，何至《長楊》、《羽獵》之作星斗覆而波濤流也。且雄嘗爲《玄》以擬《易》矣，君子譏其艱深晦澀無裨於大道，則豈必《玄》之用大而賦之用小耶？今夫《三百篇》，詩之祖也，六義備焉：一曰風，二曰賦，三曰比，四曰興，五曰雅，六曰頌。蓋周盛時自郊廟朝廷達於鄉黨閭巷，其言粹然，一出於正。聖人協之聲律以行其教化。至於列國之風陳之太師，以得失而參民俗，亦皆斐然成章，孔子删而訂之，謂其可以興，可以觀，可以群，可以怨，邇事父，遠事君，多識鳥獸草木之名，而於《周南》、《召南》則尤三致意焉。乃知天不之道莫備於詩，而説詩者莫辨於孔子矣。（卷十六）

沈德符

沈德符（1578—1642）字景倩，一字景伯，又字虎臣。明秀水（今浙江嘉興）人。萬曆四十六年（1618）舉人。著有《萬曆野獲編》、《萬曆前三朝朝章國故里巷瑣語》、《靡不備戰》、《飛鳬語略》、《清權堂集》、《敝帚軒剩語》、《顧曲雜言》、《秦璽始末》等。其中《顧曲雜言》一卷是後人從作者的史料筆記《萬曆野獲編》中摘取與戲曲有關的條目輯録而成，内容包括對一些南、北曲作家作品的評價，以及音樂、舞蹈、小説等方面的論述與考證，其中對雜劇南、北曲之考證頗見詳賅，爲現代研究戲劇者所重視。

本書資料據中國戲劇出版社 1959 年《中國古典戲曲論著集成》本《顧曲雜言》、中華書局 1959 年版《萬曆野獲編》。

南北散套

　　元人如喬夢符、鄭德輝輩，俱以四折雜劇擅名，其餘技則工小令爲多；若散套，雖諸人皆有之，惟馬東籬"百歲光陰"、張小山"長天落彩霞"爲一時絕唱，其餘俱不及也。元人俱嫻北調，而不及南音。今南曲如"四時歡"、"窺青眼"、"人別後"諸套最古，或以爲元人筆，亦未必然。即沈青門、陳大聲輩南詞宗匠，皆本朝化、治間人。又同時如康對山、王渼陂二太史，俱以北擅場，並不染指於南。渼陂初學填詞，先延名師，閉門學唱三年，而後出手，其專精不泛及如此。章邱李中麓太常亦以填詞名，與康、王俱石友，而不嫻度曲，即如所作《寶劍記》，生硬不諧，且不知南曲之有入聲，自以《中原音韻》叶之，以致吳儂見誚。同時惟臨朐馮海槎差爲當行，亦以不作南詞耳。南詞自陳、沈諸公外，如"樓閣重重"、"因他消瘦"、"風兒疏剌剌"等套，尚是化、治遺音；此外吳中詞人，如唐伯虎、祝枝山，後爲梁伯龍、張伯起輩，縱有才情，俱非本色矣。今傳誦南曲，如"東風轉歲華"，云是元人高則誠，不知乃陳大聲與徐髯仙聯句也；又"東野翠烟銷"，乃元人《子母冤家》戲文中曲，今亦屬之高筆：訛以傳訛至此。且今人但知陳大聲南調之工耳，其北《一枝花》"天空碧水澄"全套，與馬致遠"百歲光陰"，皆咏秋景，真堪伯仲；又《題情新水令》"碧桃花外一聲鐘"全套，亦綿麗不減元人；本朝詞手，似無勝之者。陳名鐸，號秋碧，大聲其字也，金陵人，官指揮使。今皆不知其爲何代何方人矣。近代南詞散套盛行者，如張伯起"燈兒下"，乃依"幽窗下"舊腔贈一孌童，即席取辦，宜其用韻之雜。如梁少白"貂裘染"，乃一揚州鹽客眷舊院妓楊小環，求其題咏。曲成，以百金爲壽。今無論其雜用庚清、真文、侵尋諸韻，即語意亦俚拙可笑，真不值一文！

絃索入曲

　　嘉、隆間度曲知音者，有松江何元朗，蓄家僮習唱，一時優人俱避舍，以所唱俱北詞，尚得金、元遺風。予幼時猶見老樂工二三人，其歌童也，俱善絃索。今絕響矣。何又教女鬟數人，俱善北曲，爲南教坊頓仁所賞。頓曾隨武宗入京，盡傳北方遺音，獨步東南；暮年流落，無復知其技者，正如李龜年江南晚景。其論曲，謂："南曲簫、管，謂之唱調，不入絃索，不可入譜。"近日沈吏部所訂《南九宮譜》盛行，而北九宮譜反無人間，亦無人知矣。頓老又云："絃索九宮，或用滾絃，或用花和、大和鈄絃，皆有定制；若南九宮，無定則可依。且笛、管稍長短其聲，便可就板；絃索若多一彈、少一彈，即拗音敧板矣。"此說真不易之論。今吳下皆以三絃合南曲，而又以簫、管叶之，此唐人所云

"錦襖上著蓑衣",金粟道人《小像詩》所云"儒衣、僧帽、道人鞋"也。簫、管可入北詞,而絃索不入南詞,蓋南曲不仗絃索爲節奏也。況北詞亦有不叶絃索者,如鄭德輝、王實甫間亦不免,今人一例通用,遂入笑海。嘗見友人以漢隸自誇,余誚之曰:"此不過於真字上加一二筆飛撤,遂枉其名曰'隸'? 此名'隸楷',非漢隸也。"今南腔北曲,瓦缶亂鳴,此名"北南",非北曲也。只如時所爭尚者"望蒲東"一套,其引子"望"字北音作"旺","葉"字北音作"夜","急"字北音作"紀","疊"字北音作"爹",今之學者,頗能談之,但一啓口,便成南腔,正如鸚鵡效人言,非不近似,而禽吭終不脱盡,奈何强名曰"北"! 老樂工云:"凡學唱從絃索入者,遇清唱則字窒而喉劣。"此亦至言。今學南曲者亦然,初按板時,即以簫、管爲輔,則其正音反爲所遏;久而習成,遂如蚤、蚯相倚,不可暫撤,若單喉獨唱,非音律長知而不諧,則腔調矜持而走板。蓋由初入門時不能盡其才也。曾見一二大家歌姬輩,甫啓朱唇,即有簫、管夾其左右,好腔妙囀,反被拖帶,不能施展,此乃以邯鄲細步行荆榛泥潭中,欲如古所云"高不揭,低不咽",難矣! 若吾輩知音者,稍待學唱將成,即取其中一二人教以簫、管,既諳疾徐之節,且助傳換之勞,宛轉高低,無不如意矣。今有以吹、唱兩師並教者,尤舛。

北詞傳授

自吳人重南曲,皆祖崑山魏良輔,而北詞幾廢,今惟金陵尚存此調。然北派亦不同,有金陵,有汴梁,有雲中;而吳中以北曲擅場者,僅見張野塘一人,故壽州産也,亦與金陵小有異同處。頃甲辰年,馬四娘以生平不識金間爲恨,因挈其家女郎十五六人來吳中,唱《北西廂》全本。其中有巧孫者,故馬氏粗婢,貌甚醜而聲遏雲,於北詞關捩竅妙處,備得真傳,爲一時獨步,他姬曾不得其十一也。四娘還曲中,即病亡,諸妓星散。巧孫亦去爲市嫗,不理歌譜矣。今南教坊有傅壽者,字靈脩,工北曲,其親生父家傳,誓不教一人。壽亦豪爽,談笑傾坐。若壽復嫁去,北曲真同《廣陵散》矣。

時尚小令

元人小令行於燕、趙,後浸淫日盛。自宣、正至化、治後,中原人行《瑣南枝》、《傍糚臺》、《山坡羊》之屬。李崆峒先生初自慶陽徙居汴梁,聞之,以爲可繼《國風》之後。何大復繼至,亦酷愛之。今所傳"泥捏人"及"鞋打卦"、"熬髁髻"三閴,爲三牌名之冠,故不虛也。自兹以後,又有《耍孩兒》、《駐雲飛》、《醉太平》諸曲,然不如三曲之盛。嘉、隆間,乃興《鬧五更》、《寄生草》、《羅江怨》、《哭皇天》、《乾荷葉》、《粉紅蓮》、《桐城歌》、《銀絞絲》之屬，自兩淮以至江南，漸與詞曲相遠，不過寫淫媟情態，略具抑揚而已。比年以來，又有《打棗乾》、《掛枝兒》二曲，其腔調約略相似，則不問南、北，不問男、女，不問老、幼、良、賤，人人習之，亦人人喜聽之，以至刊布成帙，舉世傳誦，沁入心腑。其譜不知從何來，真可駭嘆！又《山坡羊》者，李、何二公所喜，今南、北詞俱有此名，但北方惟盛愛《數落山坡羊》。其曲自宣、大、遼東三鎮傳來，今京師妓女，慣以此充絃索北調。其語穢褻鄙賤，亞桑、濮之音亦離去已遠。而羈人游壻，嗜之獨深，丙夜開尊，爭先招致；而教坊所隸箏、纂等色，及九宮十二則，皆不知爲何物矣。俗樂中之雅樂，尚不諧里耳如此，況真雅樂乎？

雜　劇

　　北雜劇已爲金、元大手擅勝場，今人不復能措手。曾見汪太函四作，爲《宋玉高唐夢》、《唐明皇七夕長生殿》、《范少伯西子五湖》、《陳思王遇洛神》，都非當行。惟徐文長渭《四聲猿》盛行，然以詞家三尺律之，猶河漢也。梁伯龍有《紅綫》、《紅綃》二雜劇，頗稱諧穩，今被俗優合爲一大本南曲，遂成惡趣。近年獨王辰玉太史衡所作《真傀儡》、《沒奈何》諸劇，大得金、元本色，可稱一時獨步。然此劇但四折，用四人各唱一折，或一人共唱四折，故作者得逞其長，歌者亦盡其技；王初作《鬱輪袍》，乃多至七折，其《真傀儡》諸劇，又只以一大折了之，似尚隔一塵。頃黃貞甫汝亨以進賢令內召還，貽湯義仍新作《牡丹亭記》，真是一種奇文。未知於王實甫、施君美如何，恐斷非近日諸賢所辦也。湯詞係南曲，因論北詞，附及之。

雜劇院本

　　涵虛子所記雜劇名家凡五百餘本，通行人間者，不及百種。然更不止此。今教坊雜劇約有千本，然率多俚淺，其可閱者十之三耳。元人未滅南宋時，以此定士子優劣，每出一題，任人填曲，如宋宣和畫學，出唐詩一句，恣其渲染，選其能得畫外趣者登高第，以故宋畫、元曲，千古無匹。元曲有一題而傳至四五本者，余皆見之。總只四折。蓋才情有限，北調又無多，且登場雖數人而唱曲衹一人，作者與扮者力量俱盡現矣。自北有《西廂》，南有《拜月》，雜劇變爲戲文，以至《琵琶》遂演爲四十餘折，幾十倍雜劇。然《西廂》到底不過描寫情感。余觀北劇，儘有高出其上者，世人未曾遍觀，逐隊吠聲，詫爲絕唱，真井蛙之見耳。本朝能雜劇者不數人，自周憲王以至關中康、王諸公，稍稱當行。其後則山東馮、李亦近之，然如《小尼下山》、《園林午夢》、《皮匠參禪》

等劇，俱太單薄，僅可供笑謔，亦教坊耍樂院本之類耳。雜劇如《王粲登樓》、《韓信胯下》、《關大王單刀會》、《趙太祖風雲會》之屬，不特命詞之高秀，而意象悲壯，自足籠蓋一時；至若《㑳梅香》、《倩女離魂》、《牆頭馬上》等曲，非不輕俊，然不出房幃窠臼，以《西廂》例之可也；他如《千里送荊娘》、《元夜鬧東京》之屬，則近粗莽；《華光顯聖》、《目蓮入冥》、《大聖收魔》之屬，則太妖誕；以至《三星下界》、《天官賜福》種種喜慶傳奇，皆係供奉御前，呼嵩獻壽，但宜教坊及鐘鼓司肄習之，並勛戚、貴璫輩贊賞之耳。若所謂院本者，本北宋徽宗時五花爨弄之遺，有散説，有道念，有筋斗，有科汎。初與雜劇本一種，至元始分爲兩。迨本朝，則院本不傳久矣；今尚稱院本，猶沿宋、金之舊也。金章宗時，董解元《西廂》，尚是院本模範，在元末已無人能按譜唱演者，況後世乎？

戲　旦

自北劇興，名男爲正末，女曰旦兒。相傳入於南劇，雖稍有更易，而旦之名不改，竟不曉何義。今觀《遼史·樂志》：“大樂有七聲，謂之七旦。”凡一旦，管一調，如正宮、越調、大食、中呂之屬。此外又有四旦二十八調，不用黍律，以琵琶叶之。按此即今九宮譜之始。所謂旦，乃司樂之總名，以故金、元相傳，遂命歌妓領之，因以作雜劇。流傳至今，旦皆以娼女充之，無則以優之少者假扮，漸遠而失其真耳。大食，今曲譜中訛作大石，因有小石調配之，非其初矣。元人云：“雜劇中用四人：曰末泥色，主；引戲，分付；曰副淨色，發喬；曰副末色，主打諢；又或一人裝孤老。”而旦獨無管色，益知旦爲管調，如教坊之部頭、色長矣。

笛　曲

今按樂者，必先學笛曲，如五、凡、工、尺、上、一之屬，世以爲俗工俚習，不知其來舊矣。宋樂書云：“黄鍾用合字，大呂、太簇用四字，夾鍾、姑洗用一字，夷則、南呂用工字，無射、應鍾用凡字，中呂用上字，蕤賓用勾字，林鍾用尺字，黄鍾清用六字，大呂、夾鍾清用五字。又有陰、陽及半陰、半陽之分。”而遼世大樂，各詞之中，度曲協律，其聲凡十，曰五、凡、工、尺、上、一、四、六、勾、合；近十二雅律，於律呂各缺其一，以爲猶之雅音之不及商也。可見宋、遼以來，此調已爲之祖。今樂家傳習數字，如律詩之有四韻、八句，時藝之有四股、八比，普天下不能越，獨昧其本始耳。

俗樂有所本

都下貴璫家作劇,所用童子名"倒剌小廝"者,先有敲水盞一戲,其爲無謂。然唐李琬已造此,但用九甌盛水擊之,合五聲四清之音,謂之水盞,與今稍不同耳。又吳下向來有婦人打三棒鼓乞錢者,余幼時尚見之,亦起唐咸通中:王文通好用三杖打撩,萬不失一。但其器有三等:一曰頭鼓,形類鼗,二曰聒鼓,三曰和鼓。今則一鼓三槌耳。即今串板,亦古之拍板,大者九板,小者六板,以韋編之;本北地樂,蓋以代抃,因古人以抃節舞,而此用板代之。唐人謂之樂句。宋朝止用六板,余向亦曾見,今則四板。又有所謂《十樣錦》者,鼓、笛、螺、板、大小鈸、鉦之屬,齊聲振響,亦起近年,吳人尤尚之,然不知亦沿正德之舊。武宗南巡,自造《靖邊樂》,有笙,有笛,有鼓,有歇、落、吹、打諸雜樂,傳授南教坊,今吳兒遂引而伸之,真所謂"今之樂猶古之樂"。

俚　語

今樂器中有四絃,長項、圓鼙者,北人最善彈之,俗名"琥珀槌",而京師及邊塞人又呼"胡博詞"。余心疑其非。後與教坊老妓談及,則曰:"此名'渾不是'。蓋以狀似箜篌,似三絃,似琵琶,似阮,似胡琴,而實皆非,故以爲名。本馬上所彈者。"余乃信以爲然。及查正統年間賜迤北瓦剌可汗諸物中,有所謂"虎撥思"者,蓋即此物,而《元史》中又稱"火不思",始知"渾不是"之說亦訛耳。又有"緊急鼓"者,訛爲"錦雞鼓":總皆北地樂也。又北人詈婦人之下劣者曰"歪剌骨",詢其故,則云:"牛身自毛、骨、皮、肉以至徧體,無一棄物,惟兩角內有天頂肉少許,其穢逼人,最爲賤惡,以此比之粗婢。"後又問京師之熟諳市語者,則又不然,云:"往時宣德間,瓦剌爲中國頻征,衰弱貧苦,以其婦女售與邊人,每口不過酬幾百錢,名曰'瓦剌姑',以其貌寢而價廉也。"二說未知孰是。京師人呼婦人所帶冠爲"提地",蓋"鬏"、"髻"二字俱入聲,北音無入聲者,遂訛至此。又呼"促織"爲"趨趨",亦入聲之訛。今南客聞之,習久不察,亦襲其名,誤矣。元人呼命婦所戴笄曰"罟罟",蓋其土語也。今貢夷男子所戴,亦名"罟罟帽",不知何所取義。"罟"字作平聲。(以上《顧曲雜言》)

四　六

四六雖駢偶余習,然自是宇宙間一種文字。今取宋人所構讀之,其組織之工,引用之巧，令人擊節起舞。本朝既廢詞賦，此道亦置不講。惟世宗奉玄，一時撰文諸大臣，竭精力爲之，如嚴分宜、徐華亭、李餘姚，召募海内名士幾遍，爭新鬬巧，幾三十年。其中豈少抽秘騁妍可垂後世者，惜乎鼎成以後，概諱不言。然戊辰庶常諸君尚沿余習，以故陳玉壘、王對南、于穀峰輩，猶以四六擅名。此後遂絶響矣。又嘉靖間倭事旁午，而主上酷喜祥瑞，胡梅林總制南方，每報捷獻瑞，輒爲四六表，以博天顔一啟。上又留心文字，凡儷語奇麗處，皆以御筆點出，別令小内臣録爲一册。以故東南才士，縉紳則田汝成、茅坤輩，諸生則徐渭等，咸集幕下，不滅羅隱之于錢鏐。此後大帥軍中，亦絶無此風矣。今上壬辰平寧夏之役，其露布中云：“仿佛禄山之强，不滅宋江之勇。”蓋取山以對江，幾笑破士人之口。有友人云：“何不取徐海之强，以配宋江耶？”海即徐明山，胡總制所擒日本酋首也。雖係戲言，實是確對。袁文榮撰玄文，每命壬戌門人三鼎甲分代，而有時不給。其拜相以此，盡瘁亦以此。（《萬曆野獲編》卷十）

朱荃宰

朱荃宰（？—1643）字咸一，號白石山人。明黄岡（今屬湖北）人。曾任武康知縣，卒於官，餘不詳。所著《文通》三十一卷，對前人的文體研究成果進行了匯總，將文體研究和文學批評聯繫在一起，是一部比較系統周密的文體學著作。其《自叙》云：“爰考諸家之書，匯成文、詩、樂、曲、詞五編，皆以《通》名之，求以自通其不通也，匪敢通於人也。”可見他編有《文通》、《詩通》、《樂通》、《曲通》、《詞通》。又自論五《通》體例云：“每編匯爲一通，每體匯爲一篇。文則經史子集，篇章句字，假取援喻，條晰縷分，而殿以統説。詩自《三百》、樂府、古、近，題例豔趣，釐音叶響，而弁以總論。樂，左書右圖；詞、曲，右調左譜。”其中《文通》卷一至三總論經學、史學及諸子百家與文章，卷二○評史傳得失，卷二一至卷二三論文學創作，卷二四至卷二五爲文學批評，卷二六至卷三○爲雜論。其卷四至卷一九爲文體論，取古今文章流別及詩文格律一一爲之條析，蓋欲仿劉勰《文心雕龍》而作，共論及各種文體一百五十八種，加上小字注的二十四種，多達一百八十二種。當然，《文通》所論，有些是否能算作文體尚需斟酌，正如《四庫全書總目》卷一九七所批評的，“大抵摭拾百家，矜示奥博，未能一一融貫也”。但也反映出文體越來越多的真實情況。

本書資料據天啟六年黄岡朱氏金陵刊本《文通》。

叙學（節録）

學《詩》當以六義爲本，《三百篇》其至者也。《三百》之流，降而爲辭賦，《離騷》、

《楚詞》其至者也。詞賦本詩之一義，秦、漢而下，賦遂專盛，至於《三都》、《兩京》極矣。然對偶屬韻不出乎詩之律，所謂源遠而末益分者也。（卷一）

典

　　唐孔穎達曰：《堯典》者，以五帝之末，接三王之初，典策既備，因機成務，交代揖讓，以垂無爲，故爲第一也。然《書》者，理由舜史，勒成一家，可以爲法。上取堯事，下終禪禹，以至舜終，皆爲舜史所録。其堯、舜之典，多陳行事之狀，其言寡矣。《禹貢》即全非君言，準之後代，不應入《書》。此其一體之異。以此禹之身事於禪後，無入《夏書》之理。自《甘誓》已下，皆多言辭，則古史所書，於是乎始。知《五子之歌》，亦非上言。典書草創，以義而録，但致言有本，各隨其事。檢其此體，爲例有十：一曰典，二曰謨，三曰貢，四曰歌，五曰誓，六曰誥，七曰訓，八曰命，九曰征，十曰範。

　　注疏曰：典者以道，可百代常行。若堯、舜禪讓聖賢，禹、湯傳授子孫，即是。堯、舜之道，不可常行，但惟德是與。非賢不授，授賢之事，道可常行，但後王德劣，不能及古耳。然經之與典，俱訓爲常，名典不名經者，以經是總名，包殷、周以上，皆可爲後代常法，故以經爲名。典者經中之別，特指堯、舜之德，於常行之内，道最爲優，故名典不名經也。其大宰六典及司寇三典者，自由當代常行，與此別矣。

　　典、謨、訓、誥、誓、命，孔安國以爲《書》之六體。由今觀之，有一篇備數篇之體，如《大禹謨》曰“禹乃會羣後誓師”，則是謨亦有誓也。《説命》曰“王庸作書以誥”，則是命亦有誥也。以至《益稷》、《洪範》，本謨而不言謨；《旅獒》、《無逸》，本訓而不言訓；《盤庚》、《梓材》，本誥不言誥；《胤征》不言誓，《君陳》、《君牙》不言命。然此可以論《書》之文，不可論《書》之旨。大抵五十八篇之中，聖人取予之意，各有所主。有取於治亂興廢之所由者，如典、謨、訓、誥、《湯誓》之類是也；有世不得以爲治，君不足以爲賢，而有取其言而傳遠者，如《五子之歌》、《君牙》、《冏命》之類是也；有取其事者，《胤征》是也；有取其意者，《吕刑》是也，有特記其時者，《文侯之命》是也；有以示戒勸諭者，《費》、《秦誓》是也。大抵上古之世，風俗淳厚，初未有奇傑可録之事，故史官所存，不過君臣之間，忠言嘉謨與夫國家興亡，大致而已。其他世次年月官秩名氏，以爲無益於治，皆所不取焉。使後世之君，讀其書，想其人，有生而知之，安而行之，則爲堯、舜、禹、湯、文、武矣；有學而知之，利而行之，則爲啓、中宗、高宗、成、康矣；有困而知之，有勉强而行之，則爲太甲、穆王矣；困而不知，反以極於危亡，則爲大康、桀、紂矣。其所示勸諭告戒之言，與《三百篇》之美刺、二百四十二年之褒貶者，無以異也。唐李翱曰：“其讀《春秋》也，若未嘗有《詩》；其讀《詩》也，若未嘗有《易》；其讀《易》也，若未嘗有《書》。其知六經也哉。"

《書》有六體，而亦有不盡然者。如《禹貢》、《洪範》、《武成》、《金縢》與《五子之歌》，是可盡以六體拘之乎？但《書》之體雖不同，要不越乎史氏所紀録也。古者左史紀言，右史紀事，《禹貢》、《武成》、《金縢》得非右史之所紀乎？《洪範》、《五子之歌》得非左史之所紀乎？然則《書》亦史也。有謂《書》以載道，史以紀事，非歟？蓋天下無道外之事，亦無道外之史。不然，則《書》以道政事，亦不過政事而已矣，何與於道也。是故紀載一本乎道，則史即《書》也，事即道也。六體雖分，而又有不盡於六體者，同歸於道。謂虞、夏、商、周之《書》，即虞、夏、商、周之史，亦可也。苟如後儒所論，徒有取於史識、史才、史學、三者具長，而於道一無當焉，則其文非不工，事非不核，筆力非不古健雄俊，此亦謂三代以下之史也，又何怪經史事道之攸分哉？善觀《尚書》者，雖謂古人經史載籍，悉備於《書》焉，亦可矣，何必孜孜於六體之合不合哉！

《書》首二典，何取於典之義乎？"天叙有典，自我五典五敦哉"，是典之所由名者，一自天叙五倫言之，乃萬世不易之常道也。凡經典所記載者，記載此彝倫之常道，而後可以典名矣。

《易》爲文字之祖，信矣，而文之備曾有備於《書》者乎？彼庖羲畫卦，不特《洪範》之稽疑，於卜筮貞悔，見《易》之用也。九疇、五行，詳言天人之理，陰陽剛柔，吉凶休咎，孰非《易》乎？詩以言志，不獨虞廷賡歌喜起，已肇乎風雅之原，《五子之歌》，已肇乎風雅之變，而皇極敷言，其音響之協韻者，孰非詩乎？《禮》以肅儀度也。自伯夷典禮作秩宗，凡五典、五敦、五禮、五庸，以至巡狩會同，柴望祭告，同律度量衡，莫非《禮》之教也。《樂》以和神人也。自后夔典樂教胄子，凡諧和八音，"出納五言"，以至"祖考來格"，"群后讓德"，"鳥獸蹌蹌"，莫非《樂》之教也。《春秋》以肅紀綱也。自皋陶作士，命德討罪，黜陟惟公。然元祀十有二月之書法，即史官以時記事之體，莫非《春秋》教也。《周禮》以定官職也。自唐虞建官惟百，夏、商官倍，周官公孤，論道弘化，"六卿分職"，"以倡九牧"，孰非《周禮》之教乎？明德固闡之於《大學》也，然《太甲》、《康誥》、《堯典》之"克明""顧諟"，則已先之矣。末發之中，固闡之於《中庸》也。然堯、舜、禹、湯、文、武之執中建中，則已先之矣。學習一貫，固闡之於《論語》也，然"遜志""典學"，"習與性成"，"主善爲師"，"協於克一"，則已先之矣。盡心之性，固闡之於《孟子》也。然"上帝降衷"，厥有恒性，"雖收放心，閑之惟艱"，則已先之矣。以此觀之，凡聖賢經書，不已備於《尚書》之中乎？且自古帝範相謨，皆從此出。學必稽古，舍此末由。志欲修己治人，惟潛神於兹焉，亦足矣。

謨

謨之義何謂也？即皋陶曰"允廸厥德，謨明弼諧"是也。蓋舜、禹、皋陶、益、稷，群聖相聚一堂，其所謨謀者，惟德而已，此所以爲嘉謨也。"惟曰孜孜"，而九功之惟叙；"思曰贊贊"，而九德之咸事。危微精一，執中，開道統之宗，敕天時幾，克艱，肇治統之要，其相儆戒也。不曰"罔游於逸，罔淫於樂"，則曰"無若丹朱傲，惟慢游是好，傲虐是作"；不曰"競競業業"，"無曠庶官"，則曰"予違，汝弼，汝無面從，退有後言"。禹聞昌言則拜，陶聞昌言則師，此其嘉謨之在虞廷者，信乎古今君臣謀猷之法則也。後世諂諛成風無論已，雖有英君碩輔，際會一時，而帷幄之中，不過運籌決勝之雄圖，鋪張粉飾之偉績，其視"謨明弼諧"，"惟允廸厥德"之是謀者，寥寥罔聞已！

册

《釋名》曰：策書教令於上，所以驅策諸下也。漢制約敕封侯曰册。册，賾也。敕使整頤不犯之也。

《集古韻》作"笧"，通作'策'。國史亦曰"簡策"。杜預曰："大事書之於策，小事簡牘而已。"簡札牒畢，同物異名。單執一札爲簡，連編諸簡爲册。

鄭玄《論語叙》云："書以八寸策，誤爲八十宗。"

《漢制度》曰：帝之下書有四：一曰策書，二曰制書，三曰詔書，四曰誡敕。策書者，編簡也，其制書（長）二尺，短者半之。篆書，起年，稱皇帝，以命諸王。三公以罪免，亦賜策，而以隸書。用尺一木兩行，惟此異也。

《説文》云："册，符命也。"字本作"策"。漢制命令，其一曰策書。漢武帝封三王策文，唯用木簡，故其字作策。至唐人，逮下之制有六：其三曰"册"，字始作"册"，蓋以金玉爲之。《説文》所謂"諸侯進受於玉"，"象其札一長一短，中有二編之形"者是也。又按：古者册書施之臣下而已，後世則郊祀、祭享、稱尊、加謚、寓哀之屬，亦皆用之，故其文漸繁。其目凡十有一：曰祝册，郊祀祭享用之；曰玉册，上尊號用之；曰立册，立帝立后立太子用之；曰封册，封諸王用之；曰哀册，遷梓宮及太子諸王大臣薨逝用之；曰贈册，贈號贈官用之；曰謚册，上謚、賜謚用之；曰贈謚册，贈官並賜謚用之；曰祭册，賜大臣祭用之；曰賜册，報賜臣下用之；曰免册，罷免大臣用之。

今制：郊祀、立后、立儲、封妃，亦皆用册，而玉、金、銀、銅之制，各有等差。其文當以古爲準。

皇帝御宇,其言也神。淵嘿黼扆,而響盈四表,唯詔策乎!昔軒轅、唐虞,同稱爲"命"。"命"之爲義,制性之本也。其在三代,事兼誥誓。誓以訓戎,誥以敷政。"命"喻自天,故授官錫胤。《易》之《姤·象》:"后以施命誥四方。"誥命動民,若天下之有風矣。降及七國,並稱曰"令"、"命"者,使也。秦並天下,改"命"曰"制"。漢初定儀,則"命"有四品:一曰策書,二曰制書,三曰詔書,四曰戒敕。"敕"戒州邦,"詔"誥百官,"制"施赦命,"策"封王侯。策者,簡也;制者,裁也;詔者,告也;敕者,正也。《詩》云"畏此簡書",《易》稱"君子以制度數",《禮》稱明君之詔,《書》稱"敕天之命",並本經典以立名目,遠詔近命,習秦制也。《記》稱"絲綸",所以應接羣后。虞重納言,周貴喉舌。故兩漢詔誥,職在尚書。王言之大,動入史策,其出如綍,不反若汗。是以淮南有英才,武帝使相如視草;隴右多文士,光武加意於書辭:豈直取美當時,亦敬慎來葉矣。觀文、景以前,詔體浮新。武帝崇儒,選言弘奧:策封三王,文同訓典;勸戒淵雅,垂範後代;及制誥嚴助,即云:"厭承明廬",蓋寵才之恩也。孝宣璽書,賜太守陳遂,亦故舊之厚也。逮光武撥亂,留意斯文,而造次喜怒,時或偏濫:詔賜鄧禹,稱"司徒爲堯";敕責候霸,稱"黃鉞一下"。若斯之類,實乖憲章。暨明帝崇學,雅詔間出。安、和政弛,禮閣鮮才,每爲詔敕,假手外請。建安之末,文理代興。潘勗《九錫》,典雅逸羣,衛覬《禪誥》,符命炳耀,弗可加已。自魏、晉誥策,職在中書,劉放、張華,互管斯任,施命發號。

國朝民數,黃册所載,至爲浩繁。其大要則天下之人丁,事産而已。人丁,即前代之戶口。事産,即前代之田賦。然不稽諸古,無以見今日之盛也。册成,則藏于南京之後湖。

璽 書

《獨斷》曰:璽者,印也。印者,信也。天子璽以玉螭虎紐。古者尊卑共之。《月令》曰:"固封璽。"《春秋左氏傳》曰:魯襄公在楚,季武子"使公冶問,璽書追而與之",此諸侯大夫印稱璽者也。衛宏曰:"秦以前民,皆以金玉爲印,龍虎紐,唯其所好。然則秦以來,天子獨以印稱璽,又獨以玉,羣臣莫敢用也。"

老子曰:"爲之符璽。"《莊子》曰:"焚符破璽。"後至三王,俗化彫文,詐僞漸興,始有印璽。《春秋運斗樞》云:"黃帝得龍圖,中有璽章,文曰'天王符璽'。"以爲秦始制乘輿六璽。非。

昭代寶璽凡十四:曰"奉天之寶",以鎮萬國,祀天地;曰"皇帝之寶",以册封賜勞;曰"皇帝信寶",以徵召軍旅;曰"天子之寶",以祭享鬼神;曰"天子行寶",以封賜蠻夷;

曰"天子信寶"，以調發番兵；曰"制誥之寶"，以識誥命；曰"敕命之寶"，以識敕命；曰"廣運之寶"，以識黃選勘籍；曰"御前之寶"，以進御座，從車駕；曰"皇帝尊親之寶"，以答賜宗人；曰"敬天勤民之寶"，以訓廸有司。

印文凡四等：文淵閣玉箸篆，將軍柳葉篆，一品至九品，九疊篆，賜關防，若未入流條記，亦如之，監察御史，八疊篆。夷王印三等：曰金、曰鍍金銀、曰銀。諸司印文，或以署，或以地，或以官，惟都御史印文曰："繩愆紏繆。"

凡九九之術，鼠市之技，莫不用志凝神，底於極則，況印章之制，列於六書，用之邦國，庸詎無極則乎？古者金之類有鑿、有鏤、有鑄，玉之類有瑑、有琢。代各異法，人各異巧。神情所措，工力所至，上自嬴秦，以抵六朝，窮八代之精，咸各底於極則焉。迺若急就縱橫得諸鑿也，瘠紋直曲得諸鏤也，滿白蜿蜒得諸鑄也，方折而陰得諸瑑也，圓折而陽得諸琢也。龍章雲篆，鳥鷫蟲蠕，各極其趣。化腐爲奇，得神遺跡，斯進乎技矣。若夫昧象外之巧妙，暗萬變之變遷，即楮河南之摹蘭亭，未有見其肖似者也。

郝經《傳國璽論》曰：上世帝王所以立政傳信，考文議禮，則有瑞玉服章，符節左契，各爲一代法制，而不以爲傳。故受命者，莫不革故而易新。其先代之寶，世所共珍而不忍毀之者，如大玉、夷玉、天球、河圖、璋判、白弓、繡質、元龜、青純等，或以爲藏，或以爲分，或以爲寶，而亦不以爲傳。故或在王朝，或在侯國，宗沈社償，則轉而之他，傳受而守之，莫敢少置者，在夫道而已。

初自道傳而極，極傳而天，天傳而地，地傳而人與萬物。聖王受命，爲天地人物主，乃復以道爲統而相傳。故本於天命，根於皇極，原於心性仁義，明於夫婦父子君臣上下，察於綱紀禮樂文物政事，是以二帝三王，古今莫及，未聞有所謂傳國璽者。及秦始並天下，奮私知，自謂德高三皇，功過五帝，而爲皇帝璽綬。滅趙所得楚和氏璧，詔丞相斯篆其文，刻爲傳國璽。其文曰："受命於天，既壽永昌。"於是除《謚法》，謂己爲始皇帝，其餘以世爲號，傳之萬世，乃二世而亡。子嬰降而漢得之。漢之佐命，始有意於三代，陋秦而從周，以爲是物既亡楚，又亡趙，復亡秦，乃滅國所得，與斬白蛇劍，並藏武庫，傳示無窮。如夏后氏之璜，封父之繁弱，並爲一代寶器。別取藍田渾璞，刻爲大漢受命之璽，以示惟新可也。乃自比秦之子孫，以爲傳國璽。於是偷國之盜，莫不睥睨挪揄，欲以爲己有。館於周勃，問於霍光，奪於王莽，挈於王憲，專於更始，上於盆子，復歸於光武。至使肘後之石，誤張豐於死。東漢之亡，劫於董卓，獲於孫堅，拘於袁術，卒人曹丕之手。魏傳之晉。懷、愍之難，人於劉石，復歸於金陵。天下之人，遂以爲帝王之統，不在於道，而在於璽，以璽之得失爲命之絕續。或以之紀年，或假之建號，區區數寸之玉，爲萬世亂階矣。厥後晉傳之宋，宋傳之齊、梁、陳，陳傳之隋，隋傳之唐，而五季更相爭奪，以得璽者爲正統。宋靖康之亂，爲金所有。漢以來十有餘代，千有餘年，竟不能復二帝三王之治。所謂天命心性、仁義禮樂與夫綱紀法度，治世之具皆不傳。始則雜乎王霸，終則盡爲苟且。其簒弒奪攘，蹂躪血肉，汙穢皇極者，不可勝言。嗚呼！傳者勿傳，勿傳者而傳，其治亂相反，宜也彼嘗有是而亡其國，吾今得之，其誠爲吉祥哉。

昔湯伐桀於三嵕，俘厥寶玉，誼伯、仲伯以爲非而作《典寶》，言帝王自有常寶，不可以亡國之物爲寶也。當新莽奪璽之日，元后罵曰："若自以金匱符命爲新皇帝，當自更作璽，何用此亡國不祥璽爲？"雖一時忿激之言，最爲得理者也。孰謂後世帝王，無是二臣一婦人之見哉？不明堯、舜、禹、湯、文、武之道，竟寶呂政亡國之器，襲訛踵陋，莫以爲非，可爲欺惋。且其制名爲傳國，謂以國傳之人與子孫也。如堯傳舜，舜傳禹，可以謂之傳矣。武王傳成王，成王傳康王，可以謂之傳矣。凡不以禮授受者，皆不可謂之傳。征伐而得，則謂之取；簒弒而得，則謂之奪；攘竊而得，則謂之盜。仍謂其璽爲傳國，何哉？

或曰："然則，無璽可乎？"曰："信以傳信。既以爲典矣，可遂廢而不用乎？一代受命，自可爲一代之璽，更其文爲一代之文。國亡則藏之，秦不傳漢，漢不傳魏，可也。光武傳之明帝，明帝傳之章帝，至於建安禪代之際，更爲魏璽可也。獨以秦璽爲歷代傳國璽，不可也。"近世金亡而獲秦璽，以爲亡國不祥之物，委而置之，不以爲寶，一帝一璽，不以爲傳。雖曰變古，乃所以復古也。故著論以推本云。

詔

《爾雅》曰："詔，導也。"郭璞云："教導人也，又勸也。"《周禮·太宰》"以八柄詔王"，註："告也。"又上、下通稱之義。秦漢以下，天子獨稱之。

《說文》云："詔，告也。"《釋名》曰："詔，照也。人暗不見事宜，則有所犯，以此照示之，使昭然知所由也。"按秦漢詔辭，深純爾雅。近代則用偶儷矣。

劉勰云：古者王言，若軒轅、唐虞，同稱爲"命"。至三代，始兼誥誓而稱之，今見於《書》者是也。秦並天下，改"命"曰"制"，"令"曰"詔"，於是詔興焉。漢初定四品，其三曰"詔"，後世因之。古詔詞皆用散文，故能深厚爾雅，感動乎人。六朝而下，文尚偶儷，而詔亦用之，然非獨用於詔也。後代漸復古文，而專以四六施詔、誥、制、敕、表、箋、簡、啟等類，則失之矣。然亦有用散文者，不可謂古法盡廢也。

《吾學篇》曰：今制皇帝諭百官曰詔、曰誥、曰制、曰敕、曰文册、曰諭、曰書、曰符、曰令、曰檄，皆審署申覆而劑調焉，平允乃行之。太皇太后、皇太后曰"誥"。

漢文失其傳，而經學亡矣。漢詔亡，《盤庚》、《大誥》所以亡也。詢咨且無論。或曰："季世天子，務繁緒廣。漢之時，君與民親，民與吏親，吏與將親。天子如對其家人，意出而言隨，無爲詔之意。無爲詔之意，而詔乃落落然三代矣。且非唯天子自言也，君不暇而臣爲之言也。亦然，無代君爲詔之意。無是意而詔乃落落然天子焉。《大誥》、《多方》諸篇，不周公乎？周公之才之美，不驕不吝，而代成王爲之言，宛然成王也。知古誥者知漢詔，知詔者知疏'君民不相親，民吏又不親，吏將又不親'，而曰：'我能疏。'吾恐漢人見之矣。"

王者淵默黼扆而風行四表，其唯制詔乎？故授官選賢，則氣含風雨；詰戎變伐，則威凜浮雷。肆赦而春日同温，敕法則秋霜比烈。蓋文章之用，極於此矣。兩漢詔令，最爲近古。然敕鄧禹、侯霸，體例有乖，難於行遠。武帝以淮南多士，屬草相如，良有謂也。後世材者弗任，而任不必材，欲令騰義飛辭，惛服逡巡，不可得已。顧王治人心，卜於綸緋，考覽者不能廢也。古惟誥誓，近有詔，有令，有制敕，有策書，名目小異，總爲王言。

晉詔首稱"紀綱"，唐詔首稱"門下"，元詔首稱"指揮"。惟本朝詔首直人事，有三代典謨之體。

制

《文章緣起》曰：制，秦始皇以命爲制。

《珊瑚鈎詩話》曰：帝王之言，出法度以制文者，故謂之制。

《獨斷》曰：制誥者，王者之言，必爲法制也。誥，猶告也。漢制詔三公，皆璽封，尚書令即重封。露布州郡者，詔書也。其文曰：告某官云，如故事。誠敕者，謂敕某官某地。皆類此。

《文中子·讀書有制》曰：帝者之制，其有大制制天下而不割者乎！

顏師古云：天子之言，一曰制書，制度之命也，蔡邕所云，此漢制也。唐世大賞罰、赦宥慮囚及大除授，則用制書。其褒嘉贊勞，別有慰勞制書。餘皆用敕，中書省掌之。宋承唐制，用以拜三公三省門下、中書、尚書。等官，而罷免大臣亦用之。其詞宣讀於庭，皆用儷語，故有"敷告在庭"、"敷告有位"、"敷告萬邦"、"誕揚休命"、"誕揚贊册"、"誕揚丕號"等語，其餘庶職，則但用誥而已。是知以"制"命官，蓋唐、宋之制也。古今文體之變，則作者所深悼云。

劉子威《雜爼》曰："制出于一孔，其國無敵；出二孔者，其兵不能出；出三孔者，不可以舉兵，出四孔者，其國必亡。"又曰："禁藏于胸臆之内，而禍避於萬里之外，能以此制彼者，能以己知彼者也。"

《河圖玉板》曰：天下之理，小不制而至於大，大不制而至於不可制，危哉！

誥

《周禮·大祝》："作六辭以通上下親疏遠近。""三曰誥。"一曰：告上曰告，發下曰誥。《周禮》五誥。古者上下有誥。

《周禮·士師》："以五戒先後刑罰"，"二曰誥，用之于會同"，以諭衆也。

《爾雅》曰："誥、誓，謹也。"訓飭戒勵之言也。郭璞注曰："所以約勤謹戒衆。"

蔡邕《獨斷》曰：制誥，制者，王者之言，必爲法制也。

《說文》云："誥者，告也。"下以告上，則有《仲虺之誥》；上以告下，則有《大誥》《洛誥》。考之於《書》，可見已。秦廢古法，止稱制詔。漢武帝元狩六年，始復作之，然亦不以命官。唐世王言亦不稱"誥"，至宋始以命庶官，而追贈大臣，貶謫有罪，贈封其祖父妻室，凡不宜於庭者，皆用之，故所作尤多。然考歐、蘇、曾、王諸集，通謂之"制"，故稱内制、外制，而"誥"實雜於其中，不復識別。蓋當時王言之司，謂之兩制，是制之一名，統諸詔命七者，而言若細分之，則制與誥亦自有別，故《文鑑》分類，亦别町畦，足辯其異。惟唐無誥名，故仍稱制。其詞有散文，有儷語。今制：命官不用制誥，至三載考績，則用誥以褒美。

《大明會典》：凡誥軸，洪武十七年，奏定有封爵者，給誥皆如一品之制，惟公侯用玉軸，伯子男用犀軸爲别。衍聖公，二品，亦用玉軸。功臣推封公侯，皆得推恩三代，其封贈各從本爵。

凡誥敕等級，洪武二十六年定一品至五品，皆授以誥命；六品至九品，皆授以敕命。婦人從夫品級，誥用制誥之寶，敕用敕命之寶，仍以文簿與誥敕各編字號，復用寶識之。文簿藏於内府。

凡誥敕軸制，洪武二十六年，定一品官誥用玉軸，二品官誥用犀軸，三品、四品官用抹金軸，五品以下用角軸。

凡誥敕軸數，正統十二年，定一品五軸，二品三軸，三品二軸，四品至七品俱一軸。天順元年，奏定一品四軸，二品、三品三軸，四品至七品二軸。

凡給授，洪武二十六年定京官四品以上，試職、實授、頒給誥命，取自上裁。

張永嘉曰："制誥者，王言也；知制誥者，臣職也。知制誥而使王言不重，則不得其職矣。"按國初以來，成化以前，制誥之體，猶爲近古。明揚履歷，宣昭事功，其於本身者，不過百餘字。其覃恩祖父母、父母並妻室者，不過六七十字。言之者無費辭，受之者無愧色。近來俗習干求，文尚誇大，藻情飾僞，張百成千，至有子孫讀其祖父母、父母詬救，莫自知其所以然者，卒使萬乘之尊，下譽匹夫匹婦之賤，良可惜也。孔子曰："天下有道，則行有枝葉；天下無道，則辭有枝葉。"今當聖明之世，可使制誥之文爲枝葉之辭哉？伏乞敕下內閣，自今以後，凡爲誥救，必須復古崇實，一切枝葉浮誇之辭，盡行刪去，庶王言重而人知所勸矣。

訓

蔡沈曰："訓，導也。"太甲嗣位，伊尹作《書》訓之。《書》曰："伊尹乃明言烈祖之成德，以訓于王。"

任昉曰：訓，丞相主簿繁欽祠其先主。訓，祠者告祭於廟也。

高皇六年，《祖訓》目成，凡十有三：曰箴戒，曰持守，曰嚴祭祀，曰謹出入，曰慎國政，曰禮儀，曰法律，曰內令，曰內官，曰職制，曰兵衛，曰營繕，曰供用。上親爲之序，曰："朕著《祖訓錄》，所以垂子孫。朕更歷世，故創業艱難。嘗慮子孫不知所守，故日夜以思，具悉知慮細詳，六年始克成編。後世子孫守之，則永保天祿矣。"

誓

《記》曰：軍旅曰誓，誓師之詞也。禹征苗有誓，言其討叛伐罪之意，嚴其坐作進退之節，所以一眾志而起其怠也。

《釋名》曰："誓，制也，以拘制之也。"誓者，誓眾之詞也。蔡沈云："戒也。"《甘誓》、《湯誓》、《泰誓》、《牧誓》、《費誓》是也。又有誓告羣臣之詞，如《書·秦誓》是也。後世雖無《秦誓》之類，而誓師之詞，亦不多見，豈非放失之故歟！

《說文》曰："誓，約束也。"《爾雅》曰："誓，謹也。"《周禮·典命》："凡諸侯之適子，誓於天子，攝其君。"注：誓，猶命也。言誓者明天子既命以爲之嗣，樹子不易也。

《尚書大傳》：孔子曰："六誓可以觀義，五誥可以觀仁，《呂刑》可以觀誠，《洪範》可以觀度，《禹貢》可以觀事，《皋陶》可以觀治，《堯典》可以觀美。"

命

《周禮·大祝》："作六辭以通上下親疏遠近。""二曰命。"《論語》曰"爲命"。

《詩》云："有命自天。"明爲重也。《周禮·師氏》："詔王。"爲輕命。

《增韻》："大曰命，小曰令，此命令之別也。"上古王言，同稱爲命。或以命官，如

《書·說命》、《冏命》；或以封爵，如《書·微子之命》、《蔡仲之命》；或以餋職，如《書》之《畢命》；或以錫賚，如《書·文侯之命》；或傳遺詔，如《書·顧命》。秦並天下，改命曰制。漢、唐而下，則以策書封爵，制誥命官，而命之名亡矣。然周文之見于《左傳》者，猶可法焉。

麻

麻，始于唐明宗。按《唐典》云："凡赦書德音，立后建儲，大誅討，拜免三公宰相，命將，並用白麻。"唐《翰林志》云："中書用黄白二麻爲綸命。其後，翰林專掌内命，中書所出，獨得用黄麻。其白麻皆在北院。"

敕

敕，漢高祖作《太子手敕》。漢初定儀則四品：其四曰戒敕。敕用黄紙，始于唐高宗。《書》曰："敕天之命，惟時惟幾"，敬天也。

劉熙云："敕，飭也。"亦作敕。"使之警飭，不敢廢慢也。"劉勰云："戒敕爲文，實詔之切者，周穆王命鄧父受敕憲，此其事也。"漢制，天子命令，其四曰"戒書"，即戒敕也。唐制，王言有七：四曰"發敕"，五曰"敕旨"，六曰"論事敕書"，七曰"敕牒"，則唐之用敕廣矣。宋亦有敕，或用之於獎諭，豈敕之初意哉？其詞有散文，有四六。宋制戒勵百官，曉諭軍民，別有"敕牓"。今制諸臣差遣，多予敕行事，詳載職守，申以勉詞，而褒獎責讓亦用之。詞皆散文。

《漢書》曰："誡敕刺史太守，及三邊營官。"《敕文》曰："詔敕某官，是爲'誡敕'。世皆名此爲'策書'，失之甚也。"

"誥敕"，起於六朝，然其來甚遠。肇自舜命九官，與命羲仲、和仲之詞，後《君奭》、《君牙》、《蔡仲之命》，皆其遺制也。此是皇帝語，即所謂口代天言者。古人謂之訓詞，唐時獨稱常、楊、元、白。今觀其誥敕中，皆有訓飭戒勵之言，猶有訓誥之風。至宋陶穀已有依樣畫葫蘆之譏矣。後王介甫、蘇子瞻，最爲得體。余觀今世之誥敕，其即所謂一箇八寸三帽子，張公帶了李公帶者耶。

令

《説文》："令，發號也。"徐曰："號令者，集而爲之節制也。"《記》曰："命相布德和令”，又《月令》紀十二月之政。

《周書》曰：“慎乃出令，令出惟行。”《風俗通》曰：“時所制曰令。”“承意履繩，動不失律令也。”《釋名》曰：“令，領也。理領之使不相犯也。”

劉良云：“令即命也。出命申禁，俾民從也。”七國之時，並稱曰“令”。秦皇后、太子稱“令”，至漢王有《赦天下令》，淮南王有《謝羣公令》，則諸侯王皆得稱令矣。意其文與制詔無大異，特避天子而別其名耳。《文選》有梁任昉《宣德皇后令》一首，而其詞華靡不可法式，諸集中不多見載。諸史者尚可矜式焉。

管仲明於治國，其語曰：“國之重器，莫重於令。令重君尊，君尊國安。”“治民之本，莫要於令。故曰：虧令者死，益令者死，不行令者死，留令者死，不從令者死。五者死而無赦。”又曰：“令出雖自上，而論可與不可者在下，是主威下繫於民也。”

《書記洞詮》曰：“母后儲藩，稱制施命，是名曰令。”

《容齋三筆》曰：法令之書，其別有四：敕、令、格、式是也。神宗聖訓曰：“禁於未然之謂敕，禁于已然之謂令；設於此以待彼之至，謂之格；設於此使彼效之，謂之式。”凡（入笞杖徒流死，自例以下至斷獄十有二門，麗刑名輕重者，皆爲敕，自品官以下至斷獄三十五門）約束禁止者，皆爲令；命官庶人之等，倍全分釐之給，有等級高下者，皆爲格；表奏帳籍關牒符檄之類，有體製模楷者，皆爲式。《元豐編敕》用此，後來雖數有修定，然大體悉循用之。今假寧一門，實載於格，而公私文書行移，並名爲式假，則非也。（以上卷四）

封　禪

王者始受命之時，改制應天。天下太平，功成封禪，以告太平也。升封者，增高也。下禪梁甫之山，基廣厚也。刻石紀號者，著己之功跡也。封者，金泥銀繩，封以印璽。封者，廣也；禪者，傳也。梁甫者，太山旁山。三皇禪於繹繹，繹繹者，無窮之意也。五帝禪于亭亭者，制度審諟，德著明也。梁，信也；甫，輔也。陰陽和，萬物序，休氣充塞，故符瑞並臻。德至天，則斗極明，日月光，甘露降；德至地，則嘉禾生，蓂莢起，秬鬯出，太平感；德至文表，則景星見，五緯順軌；德至草木，朱草生，木連理；德至鳥獸，則鳳凰翔，鸞鳥舞，騏驎臻，白虎到，狐九尾，白雉降，白鹿見，白烏下；德至山陵，則景雲出，芝實茂，陵出異丹，阜出蓮甫，山出器車，澤出神鼎；德至淵泉，則黃龍見，醴泉通，河出龍圖，洛出龜書，江出大貝，海出明珠；德至八方，則祥風至，佳氣時，黃鐘律調音度施，四夷化，越裳貢。孝道至，則蓮甫生，不搖自扇；繼嗣平明，則賓連生於房戶；日曆得其分度，則蓂莢生於階間；賢不肖位不相踰，則平路生於庭。狐九尾，九妃得其所，子孫繁息也。景星者，可以夜作，有益於人民也。甘露降，財物無不盛者也。朱草別尊卑也，醴泉狀若醴酒，可以養老。嘉禾者，三苗爲一穟，天下當和爲一乎？以是，果有越裳氏重九譯而來矣。

《河圖真紀鈎》云：王者封泰山，禪梁父，易姓奉度，繼曲崇功者，七十有二君。管子、墨子，亦言封禪皆在先秦春秋之世。封禪者，帝王易姓告代之大禮也。一姓惟一行之，謂之岱宗，其事可知矣。惟後世目之，以告太平，可惡爾。

《春秋河圖揆命篇》云："蒼、羲、農、黄，三陽翊天。"德聖明説者，謂蒼爲倉頡，羲爲包羲，與神農、黄帝之四君者，俱能奉三陽以輔上帝，益以譖倉頡之爲帝，而在包羲之前矣。故《河圖玉版》云："倉頡爲帝，南巡陽虚之山。"巡狩之事，固非臣下之所行也。昔者孔子嘗曰："封泰山，觀易姓而王，可得見者七十有餘君。"三皇禪於繹繹，五帝禪於亭亭，三王禪於梁甫。而莊周書言，七十一代之封。其有形兆整坼勒紀者千八百餘所，興亡之代可得而稽矣。管夷吾言於桓公曰："古之封禪七十有二家，夷吾所記者十有二：曰無懷、伏羲、神農、炎帝、黄帝、高陽、高辛、唐、虞、禹、湯、成王，皆受命而後封禪。"無懷乃在伏羲之前，是其可紀者。其不識者六十，又在無懷氏前。此皆孔子之得見者，而七十二君之前，又有孔子之不得見者，則知封禪之文，其來久矣。上古之君，其世夥矣。《壺記》以史皇首禪紀梁，未之盡也。以彼其説，雖不概見於經，然士考質《詩》、《書》，以其所見，推其所不見，則自無懷而上，可得而論矣。

劉彦和曰：夫正位北辰，嚮明南面，所以運天樞，毓黎獻者，何嘗不經道緯德，以勒皇跡者哉！《録圖》曰："潬潬噅噅，棽棽雉雉，萬物盡化。"言至德所被也。《丹書》曰："義勝欲則從，欲勝義則凶。"戒慎之至也。則戒慎以崇其德，至德以凝其化，七十有二君，所以封禪矣。

昔黄帝神靈，克膺鴻瑞，勒功喬嶽，鑄鼎荆山。大舜巡岳，顯乎《虞典》。成康封禪，聞之《樂緯》。及齊桓之霸，爰窺王跡，夷吾譎陳，距以怪物。固知玉牒金鏤，專在帝皇也。然則西鶼東鰈，南茅北黍，空談非徵，勳德而已。是史遷八書，明述封禪者，固禋祀之殊禮，名號之秘祝，祀天之壯觀。秦始皇銘岱，文自李斯；法家辭氣，體乏弘潤。然疎而能壯，亦彼時之絶采也。鋪觀兩漢隆盛，孝武禪號於肅然，光武巡封於梁父。誦德銘勳，乃鴻筆耳。觀相如《封禪》，蔚爲唱首。爾其表權輿，序皇王，炳玄符，鏡鴻業，驅前古於當今之下，騰休明於列聖之上；歌之以禎瑞，讚之以介丘：絶筆兹文，固惟新之作也。及光武勒碑，則文自張純，首胤典謨，末同祝辭，引鈎讖，叙離亂，計武功，述文德，事覈理舉，華不足而實有餘矣。凡此二家，並岱宗實跡也。及揚雄《劇秦》，班固《典引》，事非鎸石，而體因紀禪。觀《劇秦》爲文，影寫長卿，詭言遯辭，故兼包神怪。然骨掣靡密，辭貫圓通，自稱"極思"，無遺力矣。《典引》所叙，雅有懿乎；歷鑒前作，能執厥中，其致義會文，斐然餘巧。故稱：《封禪》麗而不典，《劇秦》典而不實；豈非追觀易爲明，循勢易爲力歟！至於邯鄲《受命》，攀響前聲，風末力寡，輯韻成頌，雖文理順序，而不能奮飛。陳思《魏德》，假論客主，問答迂緩，且已千言，勞深勣寡，颷焰缺焉。

茲文爲用，蓋一代之典章也。搆位之始，宜明大體，樹骨於訓典之區，選言於宏富之路，使意古而不晦於深，文今而不墜於淺，義吐光芒，辭成廉鍔，則爲偉矣。雖復道極數殫，終相襲而日新，其來者必超前轍焉。

徐伯魯作《玉牒文》，以世傳禹《玉牒辭》曰“祝融司方發其英，沭（沐）日浴月百寶生”，此蓋後人傅會之文耳。然其事不經，雖名玉册，實玉牒之類也。按此與《皇明玉牒》名類，仍爲封禪。

漢光武東巡，羣臣言即位三十年，宜封禪。詔曰：“百姓怨氣滿腹，吾誰欺，欺天乎？若郡縣遣吏上壽虛美，必髡，令屯田。”後以讀《河圖會昌符》曰：“赤劉之九，會命岱宗”，遂用元封故事，行封禪禮。唐太宗貞觀初，羣臣以四夷咸服，請封憚。詔不許，曰：“若天下乂安，雖不封禪，庸何傷，世豈以漢文賢不及秦皇耶？且祭天掃地，何必封數尺之土乎！”後將有事于東封，會河南北大水，又會星孛太微而罷。予謂二帝皆不世出，灼知其非，形諸詔告。然亡何而自爲翻覆。光武惑於讖記，太宗好大喜名，不幾汙七十二代之編録乎！

檄

《說文》曰：檄，二尺書也。從木，敫聲。

《釋名》曰：檄，激也。下官所以激迎其上之書也。

李充曰：盟檄發於師旅，相如《喻蜀父老》，可謂德音矣。

《釋文》云：“檄，軍書也。”《說文》云：“以木簡爲書，長尺二寸，用以號召；若有急則插雞羽而遣之，故謂之羽檄，言如飛之疾也。”古者用兵，誓師而已。至周乃有文告之辭，而檄之名，則始見於戰國。《史記》載張儀爲檄以告楚相曰：“始吾從若飲，我不盜而璧，若笞我，若善守汝國，我顧且盜而城。”後人傚之，代有著作。而其詞有散文，有儷語。儷始於唐，然不專爲檄也。其他報答諭告，亦有稱檄者焉。檄不切厲，則敵心陵；言不誇壯，則軍容弱。

震雷始於曜電，出師先乎威聲。故觀電而懼雷壯，聽聲而懼兵威。兵先乎聲，其來已久。昔有虞始戒於國，夏后初誓於軍，殷誓軍門之外，周將交刃而誓之。故知帝世戒兵，三王誓師，宣訓我衆，未及敵人也。至周穆西征，祭公謀父稱：“古有威讓之令,令有文告之辭。"即檄之本源也。及春秋,征伐自諸侯出,懼敵弗服,故兵出須名,振此威風,暴彼昏亂;劉獻公之所謂"告之以文辭,董之以武師"者也。齊桓征楚,告苞茅之闕;晉厲伐秦,責箕郜之焚。管仲、呂相,奉辭先路,詳其意義,即今之檄文。暨乎戰國,始稱爲檄。檄者,皦也;宣露於外,皦然明白也。張儀《檄楚》,書以尺二,明白之文,或稱露布,播諸視聽也。夫兵以定亂,莫敢自專,天子親戎,則稱"恭行天罰",諸侯御師,則云肅將王誅。故分閫推轂,奉辭伐罪,非唯致果爲毅,亦且厲辭爲武:使聲如衝風所擊,氣似攙槍所掃;奮其武怒,總其罪人,懲其惡稔之時,顯其貫盈之數。搖奸宄之膽,訂信慎之心。使百尺之衝,摧折於咫書;萬雉之城,顛墜於一檄者也。觀隗囂之《檄亡新》,有其三逆,文不雕飾,而辭切事明,隴右文士,得檄之體矣。陳琳之《檄豫州》,壯有骨鯁,雖姦閹攜養,章密太甚;發丘摸金,誣過其虐;然抗辭書釁,皦然露骨矣。敢指曹公之鋒,幸哉免袁黨之戮也。鍾會《檄蜀》,徵驗甚明;桓公《檄胡》,觀釁尤切:並壯筆也。

凡檄之大體,或述此休明,或敘彼苛虐;指天時,審人事,算強弱,角權勢;標蓍龜於前驗,懸鞶鑑于已然;雖本國信,實參兵詐。譎詭以馳旨,煒曄以騰說:凡此衆條,莫或違之者也。故其植義颺辭,務在剛健。插羽以示迅,不可使辭緩;露板以宣衆,不可使義隱,必事昭而理辨,氣盛而辭斷,此其要也。若曲趣密巧,無所取才矣。又州郡徵吏,亦稱爲"檄",固明舉之義也。

露　布

《文章緣起》曰:按《通典》:"元魏克捷,欲天下聞知,乃書帛建於漆竿上,名爲露布。"

露布者,軍中奏捷之辭也。劉勰所謂"露板不封,布諸視聽"者,此其義也。任昉云:"漢賈弘爲馬超伐曹操,作《露布》。"而《世說》亦謂:"桓温北征,令袁宏倚馬撰露布。"則露布之作,始於魏晉。而杜祐以爲自元魏始,誤矣。又按劉勰《檄移篇》云:檄"或稱露布",豈露布之初,告伐、告捷,與檄通用,而後始專以奏捷歟?然二文世既不傳,而後人所作,皆用儷語,與表文無異,不知其體本然乎?抑源流之不同也。

《春秋緯》曰:"武露布,文露沉。"注曰:"甘露降其國,布散者,人尚武;沉重者,人尚文。"文露之説,他書所罕聞,文人亦罕引用。

《容齋四筆》曰:用兵獲勝,則上其功狀於朝,謂之露布。今博學宏詞科,以爲一題。雖自魏晉以來有之,然竟不知所出。唯唐莊宗爲晉王時,擒滅劉守光,命掌書記王緘草露布。緘不知故事,書之於布,遣人曳之,爲議者所笑。然亦有所從來。魏高祖南伐，長史韓顯宗與齊戍將力戰，斬其裨將。高祖曰："卿何爲不作露布？"對曰："頃聞將軍王蕭，獲賊二三人，驢馬數疋，皆爲露布，私每哂之。近雖得摧醜虜，擒斬不多，脫復高曳長縑，虛張功捷，尤而效之，其罪彌甚。臣所以斂毫卷帛解上而已。"以是而言，則用絹高懸久矣。

赦 文

《説文》云："赦者，舍也。"肆赦之語，始見《虞書》，而《周禮》司刺掌三赦之法。《吕刑》有疑赦之制，則或以其情之可矜，或以其事之可疑，或以其人在三赦、三宥、八議之列，是以赦之；非不問其情之淺深，罪之輕重，而概赦之也。後世乃有大赦之法，於是爲文以告四方，而赦文興焉。又謂之德音，蓋以赦爲天子布德之音也。然考之唐時，戒勵風俗，亦稱德音，則德言之與赦文，自是兩事，不當强而合之也。

《書》曰："眚災肆赦。"《易》曰："雷雨作解，君子以赦過宥罪。"《管子》曰："赦者，奔馬之委轡也；不赦者，痤疽之礪石也。"又曰："惠者，民之仇讎；法者，人之父母。"諺曰："一歲再赦，婦兒暗啞。"故赦之爲德大矣，爲賊亦甚矣。大凡王者踐祚改元之初，一用耳。踐祚而無赦，則布新之義缺，而好生之德廢矣；居常而數赦，則惠姦之路啟，而名亂之門闢矣。故曰："赦者，小利而大害者也，故久而不勝其禍；毋赦者，小害而大利者也，故久而不勝其福。"

告

"告，魏阮瑀爲文帝作《舒告》。"《釋名》曰："上敕下曰告，告，覺也，使覺悟知己意也。"

諭

字書云："諭，曉也。以上敕下之詞。"商、周之書，未有此體。至《春秋》内外傳，始載周天子諭告諸侯及列國往來相告之詞，然皆行人傳言，不假書翰。漢人之作，可以爲式。此書所主，唯在文章，則口諭之詞，又不同矣。

御 札

"札，小簡也。"天子之札稱御札，尊之也。古無此體，至宋而後有之。其文出於詞臣之手，而體亦不同。大抵多用儷語，蓋敕之變體也。

如漢高帝《賜太子書》，文帝《賜南越王書》，不可謂古無此體也。今制：答諸侯王書，多中書舍人撰，古意蔑如矣。

批　答

吳訥云："批答者，天子采臣下章疏之意而答之也。"古者君臣都俞吁咈，皆口陳面命之詞，後世乃有書疏而答之者，遂用制詞，若漢人答報璽書是已。至唐始有批答之名，以謂天子手批而答之也。其後學士入院，試制、詔、批答，共三篇，則求代言之人，而詞華漸繁矣。自唐太宗《答劉洎》之後，未有不假手於詞臣者，而散文、四六則兼用之。

今制：皇帝批答曰"聖旨"，太子曰"令旨"，太皇太后、皇太后、皇后曰"懿旨"。

符

《說文》曰：符，信也。漢制以竹，長六寸，分而相合。

《釋名》曰：符，付也。書所制命於上，符傳行之。

《續文獻通考》：符，付也。書勅命於上，付使傳行之也。

《文心》曰：符者，孚也。徵召防僞，事資中孚。三代玉瑞，漢世金竹，末代從省，易以書翰矣。

信陵君用侯生言，令如姬竊魏王兵符，遂矯魏王令，奪晉鄙兵。

《漢書》文帝"二年九月，初與郡守相爲銅虎、竹使符"。應邵曰："銅虎符第一至第五，國家當發兵遣使者，詳合符，符合廼應之。竹使以箭五枚，長五寸，鐫刻篆音，第一至第五。"張晏曰："符以代古之珪璋，從簡也。"

呂不韋說華陽夫人，請立子楚刻玉符，約以爲嫡嗣。

《後漢書》曰：初，禁網尚簡，但以璽書發兵，未有虎符之信。杜詩上疏曰："兵者國之凶器，舊制發兵以虎，其餘徵調，竹使而已。間者發兵，但用璽書，或以詔令，如有奸人詐僞，無由知覺。可立虎符，以絕奸端。"

隋煬帝別造玉麟符，以代銅獸，賜越王，以示皇枝盤石。

徐伯魯曰：古無此體，晉以後始有之。唐世，凡上迨下，其制有六，其六曰符，尚書省下於州，州下於縣，縣下於鄉，沿晉制也。然唐文不少概見，晉及南朝，猶可稽云。

國朝符以錦爲之，織馬其上，名曰符驗，以給九邊督撫。箭曰令箭，皆發兵用之。

律

法者，人君之所以紀綱人倫，而遏絶亂略，可一日廢哉！古之李法，其律之昉乎？《虞書》“象刑惟明”，《白虎通》曰：畫象者，其衣服象五刑也。犯墨者蒙巾，犯劓者赭著其衣，犯髕者以墨蒙其髕，犯宫者扉，扉，草履也，大辟者布衣無領，是猶未著之於書也。太公《丹書》，無行可悔。及《周官》、《吕刑》，已設科條。故經以議道，畫之則爲法；律以議法，裁之則爲道。三代而下，法令滋章，爲六篇之律者，李悝也；爲九章之律者，蕭何也；爲十二章之律者，玄齡也。若乃漢因九章而張湯、趙禹，廣至數千，則揚雄所謂不必學者也；因十二章而長孫無忌輩，廣至五百，則叔向所謂不必鑄考也。然皆一代之書也。明興，損益千古，大都制辟以威，令之爲條一百四十五，其法簡以嚴，懸法以教，律之爲凡三百。其法明以悉，賓興試判，則唐律學之遺也。鄉飲有讀法，則胡安定教國子之意也。仲舒、温舒，皆以爲均切救世，而六家九流所不鬻也。若夫駢御委馭，四牡橫犇，而欲以和鑾節奏，救皇路之險傾，其可幾乎？

太祖高皇帝讀《老子》，至“民不知畏死，奈何以死恐之？”遂除極刑。秦之赭衣半道，而姦不息，豈不師吏之過乎？高祖於是乎比于唐虞矣。《記》曰：“刑者，成也，一成而不可變，故君子盡心焉。”此尤非他書之可比也。故曰：莫慘于意，而干鏌爲鈍。

宋景濂曰：魏文侯師於李悝，始采諸國刑典，造《法經》六篇，漢蕭何加三篇，通號九章。曹魏邢劭又衍《漢律》爲十八篇。晉賈充又參《魏律》爲十二篇。唐長孫無忌等又取漢、魏、晉之家，擇可行者，定爲十二篇，大抵以九章爲宗。《大明律》，凡近代比例之繁，姦吏爲資爲出入者，咸痛革之。

策　問

古者選士，詢事考言而已，未有問之以策者也。漢文中年，始策賢良，其後有司亦以策試士，蓋欲觀其博古之學，通今之才，與夫剸劇解紛之識也。然對策存乎士子，而策問發於上人，尤必通達古今，善爲疑難，不然，其不反爲士子所笑者幾希矣。其問有二：一曰制策，二曰試策，使當視草爲主司者有所矜式，而因以得實才云。（以上卷五）

鐵券文

劉熙云：“券，綣也。相約束綣綣以爲限也。”史稱漢高帝定天下，大封功臣，剖符作誓，丹書鐵券，金匱石室，藏之宗廟。其誓詞曰："使黃河如帶，泰山若礪，國以永存，爰及苗裔。"後世因此遂有鐵券文焉。其後陸贄有之。然以安反側之心，非錫券之本旨也。

《三國典略》曰：梁任果降周。果字靜蠻，南安人也。世爲方隅豪族，仕於江右，志在立功。太祖嘉其遠來，待以優禮。後除始州刺史，封樂安公，賜以鐵券，聽世傳襲。

《晉中興書》曰：初帝在關中，與氐羌破鐵券，約不役使。

梁武帝鑄銀券，賜范桃俸曰："事定，當封女爲河南王。"

高皇即位，二年八月，大將軍取燕都諸郡畢。明年冬，念功臣勞烈之多，欲申山河帶礪之誓，賜以鐵券。下禮官議其制。有奏唐和陵時，賜錢鏐者，其孫尚藏，因取爲式。其質鐵，其形如瓦。高一尺，闊二尺，左右二塊。面鑄券文，背刻免罪俸祿之數。券文嵌金，故曰"金書"。宋制：高闊之制，以公侯伯職之不同，漸亦短狹。緣其所治，乃漢丹書鐵券之意。今錄《魏國》一篇，餘可知也：

朕聞自昔帝王，創業垂統，皆賴英傑之臣，削羣雄，平暴亂，然非首將智勇，何能統率而成大功？唐漢初興諸大名將是也。當時雖得中原，四夷未盡賓服，以其宣謀效力之將比之，豈有過我朝大將軍之功者乎？爾達自起兵以來，爲朕首將，十有六年。廓江漢，清淮楚，電掃兩浙，席捲中原，威聲所振，直抵塞外，其間降王縛將，不可勝數。頃者，詔令班師，星馳來赴。朕念爾勤勞既久，立功最多。今天下已定，論功行賞，宜加爵祿。是授爾開國輔運推誠宣力武臣特進光祿大夫左柱國太傅中書右丞相魏國公參軍國事，食祿五千石，使爾子孫世世承襲。朕本疏愚，皆遵先代哲王之禮典。茲與爾誓，除謀逆不宥，其餘若犯死罪，爾免三死，子免二死。於戲！高而不危，所以長守貴也；滿而不溢，所以長守富也。爾當慎守斯言，諭及子孫，世世爲國良臣，豈不偉歟？

國　書

昔者太王事獯鬻，勾踐事吳，湯事葛，文王事昆夷，皆仁智之宜，而樂天畏天之道，交隣之事，焉可忽諸。春秋列國，各有詞命，以通彼此之情。其文務協典禮，從容委曲，高卑適宜，乃爲盡善。觀鄭人詞命，迭更四手，國賴以存，良有以也。漢、唐以下，國統雖一，而夷狄內通，故其往來亦用之，乃有國之所不可廢者也。但《左傳》所載列國應對之詞，皆出口傳。獨呂相《絕秦》，豐贍閎闊，似非口語能悉，意必當時筆而授之者矣。

如漢文《賜南越王尉佗書》："朕高皇帝側室之子也。"只此一語，便足動人心，雖蠻貊之邦行矣。

玉牒

《大明會典》,宗人府專掌之,主録宗室名次。其請名、請封、請禄等奏到,則録其名於牒,以便稽。命名則以五行爲偏傍,而字悉出創造,絶無復疊之病。非如唐宗室名復至數十,莫可稽考者。因歎我明制度,纖悉曲當,皆軼於前代雲。

鄭端簡曰:明興,同姓鮮少,所謂廟祔十五王者,皆追王也。當是時,開基江左,去塞萬里,近亦數千里,雖嘗圖宅咸陽,詔遷汴邑,然時有未遑,議遂中輟。

高皇帝驅胡出塞,復我中華,經始慮終,防胡爲急。大啓宗封,錯布萬國,擇選諸子,周匝三垂。文皇英略蓋世,開府北平,天險地利,甲於諸藩。北平以東,歷漁陽、盧龍,出喜峰,包大寧,控苞塞山戎,爲寧王;度榆關,跨遼東,西亞海,被朝鮮,聯開元,交市東北諸夷,爲遼王;北平西接古北口,瀕於雍河,中更上谷、雲中,鞏居庸,蔽雁門,爲谷代王;雁門之南,太原其都會也,表裏河山,爲晉王;逾河而西,歷延慶、韋靈,又逾河北,保寧夏,倚賀蘭,爲慶王;兼殽隴之險,周、秦都圻之地,牧坰之野,直走金城,爲秦王;金城西度河,領張掖、酒泉諸郡,西扃嘉峪,護西域諸國,爲肅王。此九王者皆近塞下,以故城郭富於曹、滕,兵車雄於魯、衛,莫不傅以元侯,翊以宿將,權崇制命,勢匹撫軍。肅清沙漠,則罍帳相望,締好宗潢,則輜輪不絶。若乃周、楚、齊、潭、魯、蜀諸王,並列內郡,亦皆秉鉞麾旄,布兵耀武。蓋草昧利於建侯,板蕩維於宗子。斟酌周漢,而衣食於縣官,寧有尾末之憂;懲創宋唐,而綴旒於下國,必無坑沉之禍。世平自足以展親,時危不難於復振,此思王之所以控表,宋侯之所以畫策者也。

迨其弊也,磐石雖堅,髋髀莫解,葉高進賈誼之策,而齊黄竟晁錯之謀,凌逼既深,猜忤遂積。建文數年間,雄罹龍躍,利害相尋。靖難以後,矯枉鑒覆,益篤因心。驕恣復萌,稍申裁抑,書敕再三,規誨懇惻,而齊谷不悛,終負私貸。宣德初,二叔不靖,漢以義滅,趙以恩完。自是以後,天子攬綱結網,彝臬日嚴。一不律則奪禄,再不律則奪兵,三不律則奪爵,賢傅終老於梁園,懿親絶蹤於魏闕。即使力如晉、鄭,無假於勤周;頑如吳、楚,何緣而口漢。以故八十餘年間,有圜土之收,未聞旬師之戮。至正德中,置鐇狂狡,卒起窮邊,宸濠凶奸,久窺神器,不逾旬朔,身殉國除。今皇帝峻德明倫,每布詔令,首念宗人。諸王拱辰宗海,好禮樂善,雖堯親九族,周享萬邦,曾何足云。

夫聚人莫急於理財,宜民莫大於通變。洪武時,親王歲禄米五萬石,他用亦不下萬石,而吉凶之賜不與焉。高皇帝約己裕人,未幾即減六之一。今載屬籍者,王二等,將軍三等,中尉四等,主君五等,若未名、未封、疏庶人、罪庶人,蓋四萬有奇。邸禄歲增,民財日窘,至有共蓬而居,分餅而膳,四旬而未婚,十年而不葬者矣。嗟乎! 驕溢則橫而干紀，窘困則濫而思亂，其爲禍一也，而不早爲之所，可乎？略叙先朝典制，爲《初王表》二卷，五太子、七十七王、五庶人傳三卷，明鑒戒焉。

嚴嵩曰：嘉靖間内閣曾題玉牒事宜，爲照玉牒紀載宗支，以垂萬世。其制不敢不倍加詳愼，其舊牒内有事當釐改者，開具上請。看得第一册内，例有總圖，備載天潢世係於首，所以表帝王之統，合同氣之親也。世代未遠，人數未多，有紙一面，列書代世，而以硃綫各係所出之子孫於下。近來宗派蕃衍，不下累萬，仍用前制，不惟紙狹，字跡微渺，硃綫紛亂，遺漏混淆，將來愈難增續。宜倣古史世表之法，以便後來增入。又當以帝係爲宗統，其中有雖係長出，但不有天命，位在藩封，如懿文太子、秦晉二王，不敢以加于成祖之前；又有雖係長出，但既殤而追受封號，如悼恭太子、岳懷王、哀冲太子，惟當以册内載之，不敢列於圖之前：俱所以尊帝統也。其無可妨，如穎傷等王，則仍書之。又壽春王，熙祖之長子，仁祖之兄也，南昌諸王，仁祖之長子，太祖之兄也，俱在太祖有天下之後追封爲王，今靖江王則南昌王之後也，以太祖之聖子神孫視之，則有堂從之分。舊圖以列於帝係之前，今移置本支之後，亦所以尊帝統也。

告　身

五代劉岳，唐明宗時爲吏部侍郎。故事，吏部文武官告身，皆輸朱膠紙軸錢，然後給。其品高者則賜之，貧者不能輸錢，往往但得其敕牒兩無告身。五代之亂，因以爲常。官卑者無復得告身，中書但錄其制辭：或任其材能，或褒其功行，或申以訓誡。而受官者，既不給告身，皆不知受命之所以然。非王言所以告詔也，請一切賜之。由是百官皆給告身，自岳始也。

唐時將相告身，用金花五色綾紙，至宋則用織成花綾。以品次有差草書，後用三省長官僉押尚書印，然無御寶。當時每授官則有之。

諭祭文

諭祭文者，天子遣使下祭之詞也。或施諸宗室妃嬪，以明親親；或施諸勳臣大臣，以明賢賢，而示君臣始終之義。自古及今皆用之。

哀　策

哀策，漢樂安相李尤作《和帝哀策》，簡其功德而哀之也。

《釋名》曰：哀，愛也。愛而思念之也。

《文章流別》曰：今之哀策者，古誄之義。

明 文

《明文》，漢泰山太守應劭作。文明者，昭然曉示之也。

今制咸稱奉上以署下，或以蠲裁，或以建置，或申江海之防，或禦越人之寇，多樹孔道，大榜郵亭，蘆岸羊腸，觀者驚心，販夫荷插，咸知上意。語簡而言質，俾可由之民，一覽瞭然，斯爲得體。然石版兼用，則視其事之久近也。

教

《舜典》曰：契，汝作司徒，敬敷五教，在寬。

《春秋元命苞》曰：天垂文，象人行其事，謂之教。教，傚也。言上爲而下傚也。

《白虎通》曰：王者設教，承衰救弊，欲民反正道也。教者，所以追補敗政，靡弊涸濁，謂之治也。

李周翰云："教，示於人也。"秦法，王侯稱教，而漢時大臣亦得用之。故陳繹曾以爲大臣告衆之辭。今考諸集，亦不多見。

漢京兆尹王尊，出"教"告屬縣。

《書記洞詮》曰：牧守監鎮，宣條示諭，是名曰"教"。

鄭弘之守南陽，條教爲後所述，乃事緒明也。孔融之守北海，文教麗而罕於理，乃治體乖也。若諸葛孔明之詳約，庾稚恭之明斷，並理得而辭中，辭之善也。

今提學使者，爲"教"以約束諸生，曰"教條"。近雖頒自禮部，而於地方所宜，士風所急，亦自爲而教之。（以上卷六）

貢

《正義》曰：《禹貢》一篇，主非君言，準之後代，不應入《書》。此其一體之異。以此禹之身事於禪後，無入《夏書》之理。

《禹貢》叙治水，以冀、兗、青、徐、楊、荆、豫、梁、雍爲次。嘗考之地理，豫居九州中，與兗、徐接境，何爲自徐之楊，顧以豫爲後乎？蓋禹順五行而治之耳。冀爲帝都，既在所先，而地居北方，實于五行爲水。水生木，木，東方也，故次之以兗、青、徐。木

638

生火,火,南方也,故次之以揚、荆。火生土,土,中央也,故次之以豫。土生金,金,西方也,故後於梁、雍。所謂"彝倫攸叙"者,此也,與鯀之汨陳五行,相去遠矣。

鄭夾漈曰:州縣之設,有時而更,山川之形,萬古不易。所以《禹貢》分州,不以山川定經界,使兖州可移,而濟河之兖不能移;梁州可遷,而華陽黑水之梁州不能遷。是故《禹貢》爲萬世不易之書。後之爲史者,主於州縣易移,而其書遂廢。

黃省曾曰:自九丘不傳,四嶽埋緼,《周官》存藪浸之略,《爾雅》開岷崙之端。若司馬遷之載《河渠》,庾仲雍之筆《江記》,偏係一方,匪兼八表。況王澤寑消,地象俱廢,樂廣闕者,湮其溝洫。便私謀者,壅其湍泉,公家醨激,巨右改張,是以啓塞靡恒,陵谷皆變。洪鉅者失其包帶,微纖者亂其營緯,紜紜沌沌,莫之質竟也已。故漢之桑欽,追法貢體,錄爲《水經》,羅併四際,總勒一典。凡所引天下之水,百三十有七,苟非經流,不在記註之限。錯陳舊纂,以備參鉤,派盡條科,以罄脉衍。務討異奇,同蔚宗之旨趣;嚴標郡縣,肖班固之鋪設。乃曠絶之觚翰也。然規綱則舉,解節未彰。迨於後魏酈道元,因景純之濫觴,足君長之簡逸,以博洽之弘襟,擅圖輿之顓學,隨經抒述,掇籍弘鋪。剖説十倍於前文,揮述半踄其躬履。或衆援以明訛,或極辨而較是,或衷遂以昭邁,或廓無而續有。故凡過歷之皋維,夾并之抵岸,環間之亭郵,跨俯之城陸,鎮被之巑嶺,廻注之溪谷,瀕枕之鄉聚,聳映之臺館,建樹之碑碣,沈淪之基落,靡不旁萃曲收,左撼右采,豈曰桑欽之詁釋,實所以粉飾漏闕,銓次疆隅,乃相濟而爲編者也。

省曾又覽古《山海經》十八卷,亦宇中之通撰也。一則主於叙山,而水歸詳綴;一則專於紀水,而山頗寓列。蓋山者水之根底,水者山之委枝。故談伊洛者,必連熊外;語漆沮者,遂及荆岐,亦自然之偶屬而不可判離者也。故併合以傳,庶好古之賢,無稡輯之煩勤爾。

客謂二經所記於今矛盾矣,其將捨旃可乎? 予解之曰:"子何榆枋之安而蟪蛄之拘也? 其伯益之覽疏,猶之炎農之辨味也,桑、酈之括纂,猶之姒禹之苦成也。今卉藥非簠簋之稽案,咸賦豈驕華之志掌,亦將擯《本草》以詭誕,斥《禹貢》之遠闊可乎? 況山殊稱目,而盤峙之形不眩焉;水異分合,而就下之情不惑焉。粵遡往牒,則遠方圖物,夏鼎之鑄象也;聶耳雕題,湯令之備獻也;白民黑齒,成王之作會也;出受八千,管仲之蒐揚也。殘遺秦柱,蕭何之顯布也;獵廣窮長,王充之嗜信也。以至《孔疏》據之以釋經,《漢志》錄之而麗史,齊澄演之而聚書,唐典縈之而建部,守節屢登於《正義》,應麟富戢於地鈔,江淹補之而不能,吉甫删之而頓躓。古人崇好,文獻足徵,苟欲指核希怪,狀寫物靈,暢探荒極,理驗遷圮,裁量利害,差剖離翕,鑒度率畛,宅定中外,作起民緒,咨諏帝采,則二經者,亦寰内不刊之珍典也。"

範

嘗讀《洪範》，見武王之所訪，箕子之所陳，俱在"彝倫攸叙"。然疇雖有九，而其旨要，則惟水、火、金、木、土五者而已矣。何也？"彝倫攸斁"，而帝不畀鯀以洪範九疇者，以其"汨陳五行"也。天以洪範九疇錫禹，而"初一曰五行"，則五行謂非九疇之大綱乎？雖于初，獨不言用，下文八者，俱以用言。非五行獨無用也，蓋以下文所云用者，皆用此五行也。九疇只此五行夫！固所以陰騭下民，而爲治天下之大經大法。所謂彝倫之攸叙，叙此焉耳。是故惟五居中，不以數言。五事、五紀、庶徵、五福，則皆五也。政雖八也，食、貨、祀、賓、師，統於三官，而八政非五歟？德雖三也，正直一，而剛柔之克各二三，德非五歟？稽疑雖七也，卜兆五，而其占則用二，稽疑非五歟？至六極則皆五福之反也。但五行在天地間，凡萬事萬物，莫非自然之運用，而用之者則各有攸當耳。所以敬用五事，即五行之本諸身而罔弗欽也；農用八政，即五行之施諸民而農爲先也；協用五紀，即五行之合乎天而罔敢悖也；建用皇極，即五行之一於中而端表則也。又用三德，即五行之矯其偏而從乎正也；明用稽疑，即五行之各兆而慎所擇也；念用庶徵，即五行之各有徵而可自省也；嚮用五福，威思六極，即五行之禍福在人所自取也。可見皇極居中，固有以握乎九疇之樞；五行在初，實有以統乎九疇之用。是五行不言用，而天下萬世大經大法雖欲越此以爲用焉不可得矣。況箕子之所陳者，乃千古聖學之傳，故建極在上，會歸在民。王道蕩蕩平平，本人人所當率由，而天人貫通之理，亦人人所當會歸焉者。循此則彝倫叙，悖此則彝倫斁矣，可不慎哉！

至以此揆之《洛書》，戴九履一，左三右七，二四爲肩，六八爲足，而五居中，於義本無所取，但其所同者五行也。一六水，二七火，三八木，四九金，五十土。是水、火、木、金、土，在《洛書》謂之九數，而天地萬物之數管是矣；在《洪範》謂之九疇，而天地萬物之用管是矣。諸儒不知五行乃《洛書》、《洪範》自然孚起之妙，必欲以疇強合於數焉，何哉？且《洛書》自一至九，其奇耦方位各有定在；《洪範》自初一至次九，不過九疇之綱耳。果何以見其初一五行三八政之類皆爲奇？次二五事四五紀之類皆爲偶？初一五行，方位當在下，次九五福六極，方位當在上，八政當在左，五紀當在右。《洛書》之數九，而《洪範》何爲於初一即曰五行，次二乃曰五事，次三乃曰八政，其數皆雜亂而不循其奇偶方位之叙也？雖曰"天乃錫禹洪範九疇"，原未指爲洛龜，何爲即以《洪範》之九疇，配《洛書》之九數？以其言列其位，且衍之八十一章焉，果《洛書》也！果《洪範》也！止因其同一九字，而必欲一一同之，又何怪其愈傳而愈訛耶？況禹既因《洛書》以叙疇矣。

或謂先天卦取則《洛書》，又有謂後天卦取則九疇，果天已錫之伏羲，復錫之于禹，果伏羲已先禹而爲之書，禹乃後伏羲而爲之疇？果禹先文王而叙之爲九，文王後禹而列之爲八？果禹先箕子而爲之範，箕子後禹而衍其説耶？諸説紛紛，皆劉歆之説誤之也。要之道一而已矣，得其意則殊途而同歸，否則道本一而見則二，惡足以窺聖人之學。

鄭樵曰：《洪範》之數有九，而"初一曰五行"。五行之序一曰水，且鯀之所治者水也，天何以知其"汨陳五行"而"不畀洪範九疇？"禹之所治者水也，天何以遽錫之洪範九疇彝倫攸叙，而不曰五行之何如？蓋九疇之綱領在於五行，五行之綱領在於水，請以《禹貢》明之。禹之治水，自冀州始。冀爲帝都，在北方屬水，故冀在先。冀州之水既治，水生木，木屬東方，故次兗，次青，次徐，皆東方也。兗、青、徐之水既治，木生火，火屬南方，故次揚，次荆，皆南方也。揚、荆之水既治，火生土，土屬中央，故次豫，豫居天下之中也。豫州之水既治，土生金，金屬西方，故終之以梁、雍焉。今以天下之勢觀之，豫立天下之中，與徐、兗接境，自兗、徐既治之後，何不先次豫而必先次揚、次荆？何也？蓋禹順五行相生之序。如此觀禹治水之先後，五行已得其序，則九疇可知，故天錫之者。以此鯀之治水，不依五行次第，故箕子於鯀湮洪水之下，先占一句"汨陳五行"。五行汨陳，則九疇可知，天之不畀，以此可見。《禹貢》、《洪範》之書，相爲用者。或曰九疇之五行：一曰水，二曰火，三曰木，四曰金，五曰土，非水木火土金也。曰九疇乃天地生成之數，天一生水，地六成之，地二生火，天七成之，此乃五行相生之數。生成之數其體也，相生之數其用也，體用兼備，此禹所以善用五行也。正如《大易》言天地之數五十五，至於用則爲五十虛一爲大衍，以揲蓍也。

武王始入殷，訪於箕子，受洪範。踐阼三日，召士大夫而問焉，曰："惡有藏之約，行之得，可以爲子孫恒者乎？"諸大夫對曰："未得聞也。"召師尚父而問焉，曰："黃帝、顓頊之道存乎意，亦忽不可得見與？"師尚父曰："在丹書。王欲聞之則齊矣。"齊三日，王端冕出，師尚父亦端冕奉書入，負屏而立。王下堂北面立，師尚父曰："先王之道不北面。"至西行折而南，東面而立。師尚父西面道書之言曰："敬勝怠者吉，怠勝敬者滅。義勝慾者從，慾勝義者凶。凡事不强則枉，弗敬則不正。枉者滅廢，敬者萬世王。"聞書之言，惕若恐懼，於席四端，於机，於鑑，於盥盤，於楹，於杖，於帶，於履屨，於豆觴，於户牖，於劍，弓矛，皆爲銘做焉。

象

王弼曰：象者何也？統論一卦之體，明其所由之主者也。夫衆不能治衆，治衆者，至寡者也；夫動不能制動，制天下之動者，貞夫一者也。故衆之所以得咸存者，主必致一也；動之所以得咸運者，原必無二也。物無妄然，必由其理，統之有宗，會之有元，故繁而不亂，衆而不惑。故六爻相錯，可舉一以明也；剛柔相乘，可立主以定也。是故，雜物撰德，辯是與非，則非其中爻，莫之備矣。故自統而尋之。物雖衆，則知可以執一御也；由本以觀之，義雖博，則知可以一名舉也。故處璇璣以觀大運，則天地之動，未足怪也；據會要以觀方來，則六合輻輳，未足多也。故舉卦之名，義有主矣；“觀其象辭，則思過半矣。”

夫古今雖殊，軍國異容，中之爲用，故未可遠也。品制萬變，宗主存焉，象之所尚，斯爲盛矣。夫少者，多之所貴也；寡者，衆之所宗也。一卦五陽而一陰，則一陰爲之主矣；五陰而一陽，則一陽爲之主矣。夫陰之所求者陽也，陽之所求者陰也；陽苟一焉，五陰何得不同而歸之？陰苟隻焉，五陽何得不同而從之？故陰爻雖賤，而爲一卦之主者，處其至少之地也；或有遺爻而舉二體者，卦體不由乎爻也。繁而不憂亂，變而不憂惑，約以存博，簡以濟衆；其唯象乎！亂而不能惑，變而不能渝，非天下之至賾，其孰能與於此乎！故觀象以斯，義可見矣。

象

王弼曰：象者，出意者也；言者，明象者也。盡意莫若象，盡象莫若言。言生於象，故可尋言以觀象；象生於意，故可尋象以觀意。意以象盡，象以言著。故言者所以明象，得象而忘言；象者所以存意，得意而忘象。猶蹄者所以存兔，得兔而忘蹄；筌者所以存魚，得魚而忘筌。然則言者象之蹄也，象者意之筌也，是故存言者，非得象者也；存象者，非得意者也。象生於意，而存象焉，則所存者乃非其象也；言生於象，而存言焉，則所存者乃非其言也。然則忘象者，乃得意者也；忘言者，乃得象者也。得意在忘象，得象在忘言。故立象以盡意，而象可忘也；重畫以盡情，而畫可忘也。是故觸類可爲其象，合義可爲其徵，義苟在健，何必馬乎？類苟在順，何必牛乎？爻苟合順，何必坤乃爲牛？義苟應健，何必乾乃爲馬？而或者定馬於乾，案文責卦，有馬無乾，則僞說滋蔓，難可紀矣。互體不足，遂及卦變；變又不足，推致五行；一失其原，巧喻彌甚，縱復或值，而義無所取；蓋存象忘意之由也。忘象以求其意，義斯見矣。

曆

《世本》曰：容成作曆。

《尚書》曰：廼命羲和，欽若昊天，曆象日月星辰，敬授民時。又曰：協用五紀，其五曰曆數。

陳同父曰：昔者聖人之作曆也，觀璇璣之運，三光之行，道之發斂，景之長短，斗綱之建，青龍所躔，參伍以變，錯綜其數，而制術焉。天之動也，一晝一夜而運過。周星從天而西，日違天而東，日之所行與運周，在天成度，在曆成日，居以列宿，終於四七，受以甲乙，終於六旬。日月相推，日舒月速。當其同謂之合朔。舒先速後，近一遠三，謂之弦。相與爲衡，分天之中謂之望。以速及舒，光盡體伏謂之晦。晦朔合離，斗建移辰，謂之日月之行，則有冬有夏；冬夏之間，則有春有秋。故日行北陸謂之冬，西陸謂之春，南陸謂之夏，東陸謂之秋。日道發南，去極彌遠，其景彌長。遠長乃極，冬乃至焉。日道斂北，去極彌近，其景彌短。近短乃極，夏乃至焉。二至之中，道齊景正，春秋分焉。日周於天，一寒一暑，四時備成，萬物畢改。攝提遷次，青龍移辰，謂之歲。歲首至也，月首朔也，至朔同日謂之章，同在日首謂之蔀，蔀中六旬謂之紀，歲朔又復謂之元。是故日以實之，月以閏之，時以分之，歲以周之，章以明之，蔀以部之，紀以記之，元以原之，然後雖有變化萬殊，嬴朒無方，莫不結係於此，而稟正焉。

極建其中，道營於外，璇衡追目以察斂，光道生焉。孔壺爲漏，浮箭爲刻，下漏數刻，以考中星，昏明生焉。日有九道，月有九行，九行出入而交生焉。朔會望衡，鄰於所交，虧薄生焉。月有晦朔，星有合見，月有弦望，星有留逆，其歸一也，步術生焉。金水承陽，先後日下，速則先日，遲而後留，留而後逆，逆與日違，違而後速，與日兢兢。又先日遲速順逆，晨夕生焉。日月五緯，各有終原，而七元生焉。見伏有日，留行有度，而率數生焉。參差齊之，多少均之，會終生焉。引而伸之，觸而長之，探賾索隱，鈎深致遠，無幽辟潛伏而不以其精者然。故陰陽有分，寒暑有節，天地貞觀，日月貞明。

若夫祐術開業，淳燿天光，重黎其上也。承聖帝之命，若昊天，典曆象三辰，以授民事，立閏定時，以成歲功，羲和其隆也。取象金火，革命創制，治曆明時，應天順民，湯武其盛也。及王德之衰也，無道之君亂之於上，頑愚之史失之於下。夏后之時，羲和淫湎，廢時亂日，胤乃征之。紂作淫虐，喪其甲子，武王誅之。夫能貞而明之者，其興也勃焉；回而敗之者，亡也忽焉。巍巍乎！若道天地之綱紀，帝王之壯事，是以聖人寶焉，君子勒之。

夫曆有聖人之德六焉：以本氣者尚其體，以綜數者尚其文，以考類者尚其象，以作事者尚其時，以占往者尚其源，以知來者尚其流，大業載之，吉凶生焉。是以君子將有興焉，咨焉而以從事，受命而莫之違也。若夫用天因地，撰時施教，頒諸明堂，以爲民極者，莫大乎月令。帝王之大司備矣，天下之能事畢矣，過此而往，羣忌苟禁，君子未之或知也。斗之二十一度，去極至遠也，日在焉而冬至，羣物於是乎生。故律首黃鐘，曆始冬至,月先建子,時平夜半。當漢高皇帝受命四十有五歲,陽在上章,陰在執除,冬十有一月甲子夜半朔旦冬至。日月閏積之數,皆自此始。

李本寧曰:陶淵明讀書萬卷,一事不知,以爲深恥。余往在史館,四明相國,嘗拉余從其里人司天者學,余謝未能。久之,官大梁,會日食時不相應,衆莫解也。安肅邢士登僉憲大梁時,上書言國家《大統曆》,本元郭守敬《授時曆》。頃者,日食刻分不合,兩至失子半之交,率間一日,宜亟改氣應轉交,以合天行。明興,用夏變夷,何得以勝國至元辛巳爲曆? 元守敬嘗稱諸應等數,不用爲元正,欲後人隨時改革耳。故十七年作曆,至三十一年而三應,業有加減。隆慶間,監臣周相議年遠數盈,天度漸差,失今不考,所差必甚。大宗伯躄其言,請召士登爲京朝官,主欽天監事。中涓懼溺其職,不果行。

余甚壯其人,思誦其書不可得。會行邊過郿延,執士登手,相勞如平生,得所爲《古今律曆考》,卒業焉。言天周歲周之差,上下消長之法,古曆未備,而獨《授時》爲詳密。其測日景地,凡二十七所。別創簡儀、仰儀、方案、窺几、圭表、景符諸儀,參伍錯綜,能盡其變。今《大統》期實之數,與朔實交轉,未推測改正。且初造曆不言所測景何地,去極若干,與《授時》合否? 沿襲舊文,布之天下,刻舟求劍,膠柱鼓瑟,甚無當也。其考春秋日食,必於月朔,曾無一爽。僖公五年辛亥朔旦冬至。《元史》謂辛亥與天合則可,謂正月朔旦與天合則不可。五年、十有七年,兩日食,史失加時晝夜;二十一年九月十月、二十四年七月八月,兩書日食,則春秋史官以失閏,故補足一閏。兩策俱存,而修史者並收之,必無比食之理。其失出記載之誤者五,或出置閏之差者六。《尚書》、《月令》,昏旦中星,今古不同。謂六十六年差一度,非定法也。邵子《皇極經世》差法度越諸子。然而一期三百六十五日有奇,而但曰三百六十六日。氣盈朔虛,各五日有奇。共十二日有奇,而但曰退六日,進六日,共十二日。一閏再閏,各有日下不及全分之分秒,而但曰二十六日六十,俱就成數約言之,寧無疑誤。後學諸如此類,真嘈然動衆。其要指,曆以日月爲主,務先明於氣朔,而五星之行,一視日度爲準。日度正,斯五緯正。歲差不明,日度未改,則五緯之步,安所適從? 將有以玄枵爲星紀、甲子爲乙丑者,舛不甚乎? 按之古,俟之今,仰占象緯,俯察璣衡,如數一二,如合符節,豈夫碣石談天,作怪迂之變,傲人以所不知,欺人以所不習乎哉!

士登又言律與曆相通,而律不可以爲曆。名《律曆考》者,存故實耳。諸史志天文志五行,各爲一家,非曆則莫得原委。所游秦晉中州,必測日景,復買舟走吳越,測東南西北景同異,忘寐達旦。其少時喜數學,《九章算術》,亹亹不舍。貌爲省瘦,凡數十年而《考》始就,固宜精絶若是。胡元入主中華,天地變易,士恥食其禄,而一代曆法,前無古人。宇宙大矣,顧令絶地通天之儒,産于被髮左衽之朝乎? 國家文明盛治,天所篤祐，有異人如士登者，貫三才，括萬象，羅百家，彌縫郭氏之闕，而匡救其所不及。抉千古未盡之秘，成千古未備之典，洗千古未雪之憾，當吾世而見其人與書，是千古未有之遭也。

何燕泉曰：《漢律曆志》曰：“三代既没，五伯之末，史官喪紀，疇人子弟分散，或在夷狄。”夷狄之有曆，亦自中國而流者也。然東夷、北狄、南蠻，皆不聞有曆，而西域獨有之。蓋西域諸國，當崑崙之陽，於諸夷中爲得風氣之正，故多異人。若天竺梵學，婆羅門伎術，皆西域出也，自隋唐以來，已見於中國。今世所謂回回曆者，相傳爲西域馬可之地，年號阿剌必時異人馬哈麻之所作也。以今考之，其元，實起於隋開皇十九年，己未之歲。其法，嘗以三百五十五日爲一歲，歲有十二宫，宫有閏日。凡百二十有八年，閏三十有一日。又以三百五十四日爲一周，周有十二月，月有閏日，凡三十年閏十有一日，曆千九百四十一年，而宫月甲子再會其白羊宫。第一日日月五星之行，與中國春正定氣日之宿直同。其用以推步分經緯之度，著陵犯之占，曆家以爲最密。元之季世，其曆始東。逮我高皇帝之造《大統曆》也，得西人之精乎曆者，於是命欽天監以其曆與中國曆相參推步，迄今用之。今按歲之爲義，於文從步，從戌，謂推步從戌起也。白羊宫於辰在戌，豈推步自戌時見星爲始故與？《御製文集》有《授翰林編修馬沙亦黑馬哈麻敕文》，謂大將入胡都，得秘藏之書數十百册，乃乾方先聖之書。我中國無解其文者，聞爾道學本宗，深通其理，命譯之。今數月測天之道甚是精詳，時洪武壬戌十二月也。二人在翰林凡十餘年。

田藝衡曰：大明者，國號也。一人爲大，日月爲明。天大、地大、人大，而宇宙人物，如日月之明，無所不照也。

《大統曆》者，取《春秋》大一統之義，以明曆也。統者，係也，總理也，綱紀也，撫禦也。曆者，象也，曆象日月星辰是也。數也，“天之曆數在爾躬”是也。通作厤，過也，傳也。

本　紀

《史通》曰：昔《汲塚竹書》，是曰《紀年》，《吕氏春秋》，肇立紀號。蓋紀者，綱紀庶品，網羅萬物。考篇目之大者，其莫過於此乎。及司馬遷之著《史記》也，又列天子行事，以本紀名篇。後世因之，守而勿失。譬夫行夏時之正朔，服孔門之教義者，雖地遷陵谷，時變質文，而此道常行，終莫之能易也。然遷之以天子爲本紀，諸侯爲世家，斯誠讜矣。

但區域既定，而疆理不分，遂令後之學者，罕詳其義。按姬自后稷至於西伯，嬴自伯翳至於莊襄，爵乃諸侯，而名隸本紀。若以西伯、莊襄以上，別作周、秦世家，持殷紂以對武王，拔秦始以承周赧，使帝王傳授，昭然有別，豈不善乎？必以西伯以前，其事簡約，別加一目，不足成篇，則伯翳之至莊襄，其書先成一卷，而不共世家等列，輒與本紀同編，此尤可怪也！項羽借盜而死，未得成君，求之於古，則齊無知、衛州吁之類也，安得諱其名字，呼之曰王者乎？春秋吳、楚借擬，書如列國。假使羽竊帝名，正可抑同羣盜，況其名曰西楚，號止霸王者乎？霸王者，即當時諸侯，諸侯而稱本紀，求名責實，再三乖繆。

蓋紀之爲體，猶《春秋》之經，繫日月以成歲時，書君上以顯國統。曹武雖曰人臣，實同王者，以未登帝位，國不建元。陳《志》權假漢年，編作《魏紀》，亦猶《兩漢書》首列秦、莽之正朔也，後來作者，宜準於斯。而陸機《晉書》，列紀三祖，直序其事，竟不編年。年既不編，何紀之有？夫位終北面，一概人臣，儻追加大號，止入傳限，是以弘嗣《吳史》，不紀孫和，緬求故實，非無往例。逮伯起之次《魏書》，乃編景穆於本紀，以戾園虛諡，間厠武、昭，欲使百世之中，若爲魚貫。又紀者既以編年爲主，惟叙天子一人，有大事可書者，則見之於年月。其書事委曲，付之列傳，此其義也。如近代述者，魏著作、李安平之徒，其撰《魏》、《齊》二史，於諸帝篇，或雜載臣下，或兼言他事，巨細畢書，洪纖備錄，全爲傳體，有異紀文，迷而不悟，無乃太甚？世之讀者，幸爲詳焉。

世　家

《史通》曰：自有王者，便置諸侯，列以五等，疏爲萬國。周之東遷，王室大壞，於是禮樂征伐自諸侯出，迄乎秦世，分爲七雄。司馬遷之記諸國也，其編次之體，與本紀不殊。蓋欲抑彼諸侯，異乎天子，故假以他稱，名爲世家。其爲義也，豈不以開國承家，世代相續？至於陳勝起自羣盜，稱王六月而死，子孫不嗣，社稷靡聞，無世可傳，無家可宅，而以世家爲稱，豈當然乎？夫史之篇目，皆遷所創，豈以自我作古，而名實無準。

且諸侯、大夫，家國本別。三晉之與田氏，自未爲君而前，齒列陪臣，屈身藩后，而前後一統，俱歸世家，使君臣相雜，升降失序，何以責季孫之八佾舞庭，管氏之三歸反坫？又列號東帝，抗衡西秦，地方千里，高視六國，而沒其本號，惟以田完制名，求之人情，孰謂其可？

當漢氏之有天下也，其諸侯與古不同。夫古者諸侯，皆即位建元，專制一國，綿綿瓜瓞，卜世長久。至於漢代，則不然。其宗子稱王者，皆受制京邑，自同州郡；異姓封侯者，必從官天朝，不臨方域。或傳國惟止一身，或襲爵才經數世，雖名班爵胙土，而禮異人君，必編世家，實同列傳。而馬遷强加別錄，以類相從，雖得畫一之宜，詎識隨

646

時之義？

　　蓋班《漢》知其若是，釐革前非。至如蕭、曹茅土之封，荆、楚葭莩之屬，並一概稱傳，無復世家。事勢當然，非矯枉也。自兹已降，年將四百。及魏有中夏，而揚、益不賓，終亦受屈中朝，見稱僞主。爲史者必題之以紀，則上通帝王；榜之以傳，則下同臣妾。梁主勅撰《通史》，定爲《吴蜀世家》，持彼僭君，比諸列國，去太去甚，其得折中之規乎？次有子顯《齊書》，北編魏虜；牛弘《周史》，南紀蕭詧：考其傳體，宜曰世家。但近古著書，通無此稱。用使馬遷之目，湮没不行；班固之名，相傳靡易者矣。

列　傳

　　《史通》曰：夫紀傳之興，肇于《史》、《漢》。蓋紀者，編年也；傳者，列事也。編年者，歷帝王之歲月，猶《春秋》之經；列事者，録人臣之行狀，猶《春秋》之傳。《春秋》則傳以解經，《史》、《漢》則傳以釋紀。尋兹例草創，始自子長，而樸略猶存，區分未盡。如項王宜傳，而以本紀爲名，非惟羽之僭盜，不可同於天子，且推其序事，皆作傳言，求謂之紀，不可得也。或曰："遷紀五帝、夏、殷，亦皆列事而已，子曾不之怪，何獨尤於《項紀》哉？"對曰："不然。夫五帝之與殷、夏也，正朔相承，子孫遞及，雖無年可著，紀亦何傷？如項羽者，事起秦餘，身終漢始，殊夏氏之后羿，似皇帝之蚩尤，譬諸閏位，容可列紀，方之駢拇，難以成編。且夏、殷之紀，不引他事。夷、齊諫周，實當紂日，而析爲列傳，不入殷篇。《項紀》則上下同載，君臣交雜，紀名傳體，所以成媸。"夫傳紀之不同，猶詩賦之有別，而後來繼作，亦多所未詳。按范曄《漢書》，紀后妃六宮，其實傳也，而謂之爲紀；陳壽《國志》，載孫、劉二帝，其實紀也，而呼之曰傳。考數家之所作，其未達紀傳之情乎？苟上智猶且若斯，則中庸故可知矣。

　　又，傳之爲體，大抵相同，而述者多方，有時而異耳。如二人行事，首尾相隨，則有一傳兼書，包括令盡，若陳餘、張耳，合體成篇，陳勝、吳廣，相參並録是也。亦有事跡雖寡，名行可崇，寄在他篇，爲其標冠。若商山四皓，事列王陽之首；廬江毛義，名在劉平之上是也。自兹已後，史氏相承，述作雖多，斯道多廢，其同于古者，惟有附出而已。尋附出之爲義，攀列傳以垂名，若紀季之入齊，頮臾之事魯，皆附庸自託，得廁於朋流。然世之求名者，咸以附出爲小，蓋以其因人成事，不足稱多故也。竊以書名竹素，豈限詳略，但問其事，竟如何耳？借如邵平、紀信、沮授、陳容，或運一異謀，樹一奇節，並能傳之不朽。人到於今稱之，豈假編名作傳，然後播其遺烈也。

　　嗟乎！自班、馬以來，獲書于國史者多矣。其間則有生無令聞，死無遺跡，用使遊談者靡徵其事，講習者罕記其名，而虛班史傳，妄占篇目，若斯人者，可勝紀哉！古人以没而不朽爲難，蓋爲此也。

劉勰曰：原夫載籍之作也，必貫乎百氏，被之千載，表徵盛衰，殷鑒興廢，使一代之制，共日月而長存，王霸之跡，並天地而久大。是以在漢之初，史職爲盛，郡國文計，先集太史之府，欲其詳悉於體國，必閲石室，啓金匱，抽裂帛，檢殘竹，欲其博練於稽古也。是立義選言，宜依經以樹則；勸戒與奪，必附聖以居宗；然後銓評昭整，苛濫不作矣。然紀傳爲式，編年綴事，文非泛論，按實而書。歲遠則同異難密，事積則起訖易疏，斯固總會之爲難也。或有同歸一事，而數人分功，兩紀則失於復重，偏舉則病於不周，此又銓配之未易也。故張衡摘《史》、《班》之舛濫，傅玄譏《後漢》之尤煩，皆此類也。

若夫追述遠代，代遠多僞。公羊高作《春秋傳》云：“傳聞異辭。”荀況稱：“録遠略近。”蓋文疑則闕，貴信史也。然俗皆愛奇，莫顧實理。傳聞而欲偉其事，録遠而欲詳其跡；於是棄同即異，穿鑿傍説，舊史所無，我書則傳，此訛濫之本源，而述遠之巨蠹也。至於記編同時，時同多詭；雖定、哀微辭，而世情利害。勳榮之家，雖庸夫而盡飾；迍敗之士，雖令德而常嗤，理欲二字衍吹霜噴露，寒暑筆端，此又同時之枉，可歎息者也！故述遠則誣矯如彼，記近則回邪如此，析理居正，惟素臣乎！若乃尊賢隱諱，固尼父之聖旨，蓋纖瑕不能玷瑾瑜也；奸慝懲戒，實良史之直筆，農夫見莠，其必鋤也。若斯之科，亦萬代一準焉。至於尋繁領雜之術，務信棄奇之要，明白頭訖之叙，品酌事例之條，曉其大綱，則衆理可貫。然史之爲任，乃彌綸一代，負海内之責，而贏是非之尤，秉筆荷擔，莫此之勞。遷、固通矣，而歷詆後世，若任情失正，文其殆哉！

補 注

《史通》曰：昔《詩》、《書》既成，而毛、孔立傳。“傳”之時義，以訓詁爲主，亦猶《春秋》之傳，配經而行也。降及中古，始名“傳”曰“注”。蓋傳者轉也，轉授於無窮。注者流也，流通而靡絶。惟此二名，其歸一揆。如韓、戴、服、鄭，鑽仰六經；裴、李、應、晉，訓解三史：開導後學，發明先義，古今傳授，是曰儒宗。既而史傳小書，人物雜記，若摯虞之《三輔決録》，陳壽之《季漢輔臣》，周處之《陽羨風土》，常據之《華陽士女》，文言美辭，列於章句，委曲叙事，存於細書，此之注釋，異夫儒士者矣。次有好事之子，思廣異聞，而才短力微，不能自達，庶憑驥尾，千里絶羣，遂乃掇衆史之異詞，補前書之所闕。若裴松之《三國志》，陸澄、劉昭《兩漢書》，劉彤《晉紀》，劉孝標《世説》之類是也。亦有躬爲史臣，手自刊補，雖志存該博，而才闕倫叙。除煩則意有所吝，畢載則言有所妨，遂乃定彼榛楛，列爲子注。若蕭大圜《淮海亂離志》，楊衒之《洛陽伽藍記》，宋孝王《關東風俗傳》，王邵《齊志》之類是也。

推其得失，求其利害，少期集注《國志》，以廣承祚所遺，而喜聚異同，不加刊定，恣其擊難，坐長煩蕪。觀其書成表獻，自比蜜蜂兼採，但甘苦不分，難以味同萍實者矣。陸澄所注《班史》，多引司馬遷之書，若此缺一言，彼增半句，皆採摘成注，標爲異說，有昏耳目，難爲披覽。竊惟范曄之删《後漢》也，簡而且周，疏而不漏，蓋云備矣。而劉昭採其所捐，以爲補注；皇甫謐全録斯語，載於《高士傳》。夫孟堅、士安，年代懸隔，至今之說，豈可同去？夫班之習馬，其非既如彼；謐之承固，其失又如此。迷而不悟，奚其甚乎？

何法盛《中興書·劉隗録》，稱其議獄事，具《刑法志》，依檢志内，了無其説。既而臧氏《晉書》、梁朝《通史》，於大連之傳，並有斯言，志亦無文，傳乃虛述。此又不精之咎，同於玄晏也。

尋班、馬之列傳，皆具編其人姓名，如行狀尤相似者，則共歸一稱，若《刺客》、《日者》、《儒林》、《循吏》是也。范曄既移題目於傳首，列姓名於卷中，而猶於列傳之下，注爲列女、高隱等目。苟姓名既書，題目又顯，是鄧禹、寇恂之首，當署爲公輔者矣；岑彭、吳漢之前，當標爲將帥者矣。觸類而長，實繁其徒，何止列女、孝子、高隱、獨行而已。

魏收著書，標榜南國，桓、劉諸族，咸曰島夷。是則自江而東，盡爲卉服之地。至於《劉昶》、《沈文秀》等傳，叙其爵里，則不異諸華，劉昶等傳皆云：丹徒人也；沈文秀等傳則云：吳興武康人。豈有君臣共國，父子同姓，閭閆、季札，便致土風之殊；孫策、虞翻，仍成夷夏之隔。求諸往例，所未聞也。

當晉宅江、淮，實膺正朔，嫉彼羣雄，稱爲僭盜，故阮氏《七録》，以田、范、裴、段諸記，劉、石、苻、姚等書，別創一名，題爲“僞史”。及隋氏受命，海内爲家，國靡愛憎，人無彼我，而世有撰《隋書·經籍志》者，其流別羣書，還同阮《録》。按國之有僞，其來尚矣。如杜宇作帝，勾踐稱王，孫權建鼎峙之業，蕭詧爲附庸之主，而揚雄撰《蜀紀》、子貢著《越絶》、虞裁《江表傳》、蔡述《後梁史》，考斯衆作，咸是僞書，自可類聚相從，合成一部，何止取東晉一世十有六家而已乎？

夫王室將崩，霸圖云搆，必有忠臣義士，捐生殉節。若乃韋、耿謀誅曹武，欽、誕問罪馬文，而魏、晉史臣，書之曰“賊”，此乃迫於當世，難以直言。至如苟濟、元瑾，蘭摧於孝靖之末；王謙、尉迥，玉折於宇文之季。而李刊《齊史》、顏述《隋篇》，時無逼畏，事須矯枉，而皆仍舊不改，謂數君爲叛逆。書事如此，褒貶何施？昔漢代有修奏記於其府者，遂盜葛龔所作而進之，既具録它文，不知改易名姓，時人謂之曰：“作奏雖工，宜去葛龔。”及邯鄲氏撰《笑林》，載之以爲口實。

嗟乎！歷觀自古，此類尤多。其有宜去而不去者，豈直葛龔而已？何事於斯，獨致解頤之誚也。凡爲史者，苟能識事詳審，措辭精密，舉一隅以三隅反，告諸往而知諸來，斯庶幾可以無大過矣。

表曆年表　人表

劉子玄曰：蓋譜之建名，起于周氏；表之所作，因譜象形。故桓君山有云：「太史公《三代世表》，旁行斜上，並效周譜。」此其證歟？

夫以表爲文，用述時事，施彼譜曆，容或可取，載諸史傳，未見其宜。何則？《易》以六爻窮變化，經以一字成褒貶，傳包五始，《詩》含六義，故知文尚簡要，語惡煩蕪，何必款曲重沓，方稱周備？睹馬遷《史記》則不然矣。天子有本紀，諸侯有世家，公卿已下有列傳。至於祖孫昭穆，年月職官，各在其篇，具有其說，用相考覈，居然可知。而重列之以表，成其煩費，豈非謬乎？且表次在篇第，編諸卷軸，得之不爲益，失之不爲損。用使讀者莫不先看本紀，越至世家，表在乎其間，緘而不視，語其無用，可勝道哉！既而班、《東》二史，各相祖述，迷而不悟，無異逐狂。必曲爲銓擇，强加引進，則《列國年表》，或可存焉。何者？當春秋、戰國之時，天下無主，羣雄錯峙，各自年世，若申之以表，以統其時，則諸國分年，一時盡見。如兩漢御曆，四海成家，公卿既爲臣子，王侯才比郡縣，何用表其年數，以別于天子也哉！

又有甚於斯者。異哉，班氏之《人表》也！區別九品，網羅千載，論世則異時，語姓則他族，自可方以類聚，物以羣分，使善惡相從，先後爲次，何籍而爲表乎？且其書上自庖犧，下窮嬴氏，不言漢事，而編入《漢書》，鳩居鵲巢，葛施松上，附生疣贅，不知剪截，何斷而爲限？至法盛書載中興，改表爲注，名目雖巧，蕪累亦多。當晉氏播遷，南據揚越；魏宗勃起，北雄燕、代，其間諸僞，十有六家，不附正朔，自相君臣，崔鴻著表，頗有甄明，比于《史》、《漢》羣篇，其要爲切者矣。若諸子小說，編年雜記，如韋昭《洞記》，陶弘景《帝王曆》，皆因表而作，用成其書，既非國史之流，故存而不述。

楊用脩曰：班史《古今人表》，予反復論之，其謬有四：一曰識鑒之謬，二曰荒略之謬，三曰名義之謬，四曰妄作之謬。

夫傳道者曾子，乃列於冉、閔、仲弓之下，蓋不知曾子不與四科之故也。首霸者齊桓，乃居於四公之次，蓋不知五霸莫盛於桓文之說也。魯隱列於下下，而葛伯反在上中，若以讓桓爲行善而未盡，彼廢祀仇餉者，惡未極乎？嫪毐列於中下，而於陵仲子與之同等。若以好名者誠非中道，彼淫穢叛逆者，尚可齒乎？此其識鑒之謬也。㜰，后㜰也。居㜰於上下，出后㜰於下上。韋，豕韋也。眞韋於下上，列豕韋於上下。是以一人而二之。郵無卹與王良並著，范武子與士會具垂，是舉名諡而離之。此其荒略之謬也。兹二謬者，古人嘗論之，見於張宴、羅泌之書，然猶就有成籍而譎之爾，若其名義妄作之謬，則未有及之者也。

予以爲固作《漢書》，紀漢事也。鴻荒以來，非漢家之宇，上古羣佐，非劉氏之臣，乃總古今以著《人表》，既已乖其名，復自亂其體，名義謬矣。有仲尼之聖，然後可以裁定前人，憲章後世。然而六經之述，必待晚年，固何人也，而高下古今之人乎？依阿人螭，自取天憲，使其自署，當在何等？身陷於重淵之下，而抗論於逵霄之上，誰其信哉？昔荀卿論十二子，一時人爾，識者猶或非之。固又豈卿儔哉，謂之妄作可也。大謬若此，而古人之論曾不及之，豈以爲不足論乎？班史文詞，世所深好，蓋有愛之忘其醜者矣。注家之説曰：“六家之論，輕重不同，百行所存，趨舍難一，班所論未易掎摭。”陋哉！

書　志

夫刑法、禮樂，風土、山川，求諸文籍，出於三禮。及班、馬著史，別裁書志。考其所記，多效《禮經》。且紀傳之外，有所不盡，隻字片文，於斯備録。語其通博，信作者之淵海也。原夫司馬遷曰“書”，班固曰“志”，東觀曰“記”，華嶠曰“典”，張勃曰“録”，何法盛曰“説”，名目雖異，體統不殊，亦猶楚謂《檮杌》，晉謂之《乘》，魯謂之《春秋》，其義一也。於其編次，則有前曰《平準》，後云《食貨》，古號《河渠》，今稱《溝洫》，析《郊祀》爲《宗廟》，分《禮樂》爲《威儀》，《懸象》出於《天文》，《郡國》生於《地理》，如斯變革，不可勝計。或名非而物是，或小異而大同。但作者愛奇，耻於仍舊，必尋源討本，其歸一揆也。若乃《五行》、《藝文》，班補子長之闕；《百官》、《輿服》，謝拾孟堅之遺。王隱後來，加以《瑞異》；魏收晚進，弘以《釋老》。斯則自我作古，出乎胸臆，求諸歷代，不過一二者焉。大抵志之爲篇，其流十五六家而已，其間則有妄入編次，虛張部帙，而積習已久，不悟其非，亦有事應可書，宜別標題，而古來作者，曾未覺察云。

兩曜百星，麗於玄象，非如九州萬國，廢置無恒，故海田可變，而景緯無易。古之天，猶今之天也。今之天，即古之天也。必欲刊之國史，施於何代不可也？但《史記》包括所及，區域綿長。故書有《天官》，讀者竟忘其誤，班固因循，復以《天文》作志。志無漢事，而隸人《漢書》，尋篇考限，睹其乖越者矣。降及有晉，迄于隋氏，或地止一隅，或年才二世，而彼蒼列志，其篇倍多，方於漢史，又孟堅之罪人也。竊以國史所書，宜述當時之事，必爲志而論天象也，但載其時彗孛氛祲，薄食晦明，神龕、梓慎之所占，京房、李郃之所候。至於熒惑退舍，宋公延齡，中台告坼，晉相速禍；星集潁川，而賢人聚；月犯少微，而處士亡：如斯之類，志之可也。若乃體分濛澒，色著青蒼，丹曦、素魄之躔次，黃道、紫宮之分野，既不預於人事，輒編之於策書，故曰刊之國史，施於何代不可也？其間唯有袁山松、沈約、蕭子顯、魏收等數家，頗覺其非，不遵往例，寸有所長，賢於班、馬遠矣。

五　行

災樣之作，以表吉凶：麒麟鬬而日月蝕，鯨鯢死而彗星出，河變應於千年，山崩由於朽壤。又曰：“太歲在酉，乞漿得酒；太歲在巳，販妻鬻子。”則知吉凶遁代，如盈縮循環，此乃關諸天道，不復繫乎人事。且周王決疑，龜焦著折；宋皇誓衆，竿壞幡亡。梟止涼師之營，鵩集賈生之舍，斯皆妖災著象，而福祿來鍾。愚智不能知，晦明莫之測也。然而古之國史，聞異則書，未必審其休咎也。故諸侯相赴，有異不爲災，見於《春秋》，其事非一。

洎漢興，考《洪範》以釋陰陽。如江璧傳於鄭客，遠應始皇；臥柳植於上林，近符宣帝。門樞白髮，元后之祥，桂樹黃雀，新都之識。舉夫一二，良有可稱。至於蚩域蜾蠡，震食崩坼，隕霜雨雹，大水無冰，其所證明，實皆迂闊。故當春秋之世，其在於魯也，如有旱雩舛候，螟蟊傷苗之屬，是時或秦人歸襚，或毛伯賜命，或滕、郳入朝，或晉、楚來聘，皆持此恒事，應彼咎徵。旻穹垂謫，厥罰安在？探賾索隱，其可略諸？近者宋氏年唯五紀，地止江淮，書滿百篇，號爲繁富。作者猶廣以拾遺，加之語錄。況《春秋》記二百四十年，夷夏之國盡書，而經傳集解，卷才三十，則知其所略，蓋亦多矣。而漢代儒者，羅災眚於二百年外，討符會於三十卷中，安知事有不應於人，應人而失其事，何得苟有變而必知其兆者哉？若乃採前文而改易其說，謂王札子之作亂，在彼成年；夏徵舒之構逆，當夫昭代；楚莊作霸，荊國始僭稱王；高宗諒陰，亳都實生桑穀。晉悼臨國，六卿專政，以君事臣。魯僖末年，三桓世官，殺嫡立庶。斯皆不憑章句，直取胸懷。或以前爲後，以虛爲實，移的就箭，掩耳盜鐘，詎知後生可畏，來者難誣。又品藻羣流，題目庶類，謂莒爲大國，荻爲強草，鷺著青色，負蠜匪中國之蟲，鸜鵒爲夷狄之鳥。如斯詭妄，不可殫論，而班固就加纂次，曾靡銓擇，因以五行，編而爲志，不亦惑乎？且每有敘一災，推一怪：董、京之說，前後相反；向、歆之解，父子不同。遂乃雙載其文，兩存厥理，言無準的，事益煩費，豈所謂撮其機要，收彼菁華者哉？

自漢中興，迄于宋、齊，其間司馬彪、臧榮緒、沈約、蕭子顯，相承載筆，競志五行，雖未能盡善，而大較多實。如彪之徒，皆自以名愜漢儒，才劣班史，動遵繩墨，理絕河漢。兼以古書從略，求徵應者難該；近史尚繁，考祥符者易洽。此昔人所以言有乖越，後進所以事反精審也。然則天道遼遠，禆竈焉知？日蝕不常，文伯所對。至如梓慎之占星象，趙達之明風角，單颺識魏祚於黃龍，董養徵晉亂於蒼鳥，斯皆肇彰先覺，取驗將來，言必有中，語無虛發，苟誌諸竹帛，誰曰不然？若乃前事已往，後來追證，課彼虛說，成此游詞，多見其老生常談，徒煩翰墨者矣。

　　子曰："蓋有不知而作之者，我無是也。"談匪容易，駟不及舌，無爲強著一言，受嗤千載也。

藝　文

　　伏羲已降，文籍始備，逮於戰國，其書五車，傳之無窮，是曰不朽。班《漢》定其流別，編爲《藝文志》，論其妄載，亦同諸志。《續漢》已還，祖述不暇。夫前志已錄，而後志仍書，何異以水濟水，誰能飲之者乎？且《漢書》之志天文、藝文也，蓋欲廣列篇名，示存書體而已。文字既少，被閱易周，故雖乖節文，而未甚穢累。其流日廣，騁其繁富，百倍前修。愚謂宜除此篇，必不能去，當變其體，唯取當時撰者可耳。"雖有絲麻，無棄菅蒯"，如宋孝王《關東風俗傳》、《墳籍志》，庶免譏嫌矣。

　　或以爲天文、藝文，雖非《漢書》所宜取，而可廣聞見，難爲刪削也。對曰：苟事非其限，而越理成書，自可觸類而長，於何不錄？又有要於此者，今可得而言焉。夫圓首方足，含靈受氣，吉凶形於相貌，貴賤彰於骨法，生人之所欲知也。四肢六腑，痾瘵所纏，苟詳其孔穴，則砭灼無悗，此養生之尤急。且身名並列，親疎自明，豈可近昧形骸，而遠求辰象？既天文有志，何不爲人形志乎？茫茫九州，言語各異，大漢輶軒之使，譯導而通，足以驗風俗之不同，示皇威之廣被。且事當炎運，尤相關涉，《爾雅》釋物，非無往例。既藝文有志，何不爲方言志乎？但班固綴孫卿之詞，以叙《刑法》；探孟軻之語，用裁《食貨》；《五行》出劉向《洪範》，《藝文》取劉歆《七略》，因人成事，其目遂多。至若許負《相經》，揚雄《方言》，並當時所重，見傳流俗，若加以二志，幸有其書，何獨捨諸？深所未曉。歷觀眾史，諸志列名，或前略而後詳，或古無而今有，雖遍補所闕，各自以爲工，近推而論之，皆未得其最。

　　蓋可以爲志者，其道有三焉：一曰都邑志，二曰氏族志，三曰方物志。何者？京邑翼翼，四方是則，千門萬戶，兆庶仰其威神；虎踞龍蟠，帝王表其尊極。兼復土階卑室，好約者所以安人；阿房、未央，窮奢者由其敗國。此則其惡可以誡世，其善可以勸後者也。且宮闕制度，朝廷軌儀，前王所爲，後王取則。故齊府肇建，誦魏都以立宮；代國初遷，寫吳京而樹闕。故知經始之義，卜揆之功，經百王而不易，無一日而可廢也。至如兩漢之都咸、洛，晉、宋之宅金陵，魏徙伊、瀍，齊居漳、滏，隋氏二世，分置兩都，此並規模宏遠，名號非一。凡爲國史者，宜各撰都邑志，列於輿服之上。金石、草木、縞紵、絲枲之流，鳥獸、蟲魚、齒革、羽毛之類，或百蠻攸稅，或萬國是供：《夏書》則編於《禹貢》，《周書》則託於《王會》。亦有圖形九牧之鼎，列狀四荒之經，觀之者擅其博學，聞之者騁其多識。自漢氏拓境，無國不賓，則有邛竹傳節，筇醬流味，大宛獻其善馬，條支致其巨雀。爰及魏、晉，迄于周、隋，或亦遐邇來王，任土作貢，異物歸於計吏，奇名顯於職方。凡爲國史者，宜各撰方物志，列於食貨之首。帝王苗裔，公侯子孫，餘慶所鍾，百世無絕。能言吾祖，郯子見師於孔公；不識其先，籍談取誚於姬后。故周撰《世本》，式辯諸宗；楚置三閭，實掌王族。逮乎晚葉，譜學尤煩，用之於官，可以品藻士庶；施之於國，可以甄別華夷。自劉、曹受命，雍、豫爲宅，世胄相承，子孫蕃衍。及永嘉東渡，流寓揚、越；代氏南遷，革夷從夏。於是中朝江右，南北混淆，華壤邊民，虜漢相雜。隋有天下，文軌大同，江外、山東，人物殷湊。其間高門貴族，非復一家；郡正州都，世掌其任。凡爲國史者，宜各撰氏族志，列於百官之下。

蓋自都邑已降，氏族而往，實爲志者所宜先，而諸史竟無其錄。如休文宋籍，廣以《符瑞》；伯起魏篇，加之《釋老》。徒以不急爲務，曾何足云。惟此數條，粗加商略，得失利害，從可知矣。庶夫後來作者，擇其善而行之。

或問曰："子以都邑、氏族、方物，宜各纘次，以志名篇。夫史之有志，多憑舊説，苟世無其錄，則闕而不編。此都邑之流，所以不果列志也。"對曰："按帝王建國，本無恒所；作者記事，亦在相時。遠則漢有《三輔典》，近則隋有《東都記》。於南則有宋《南徐州記》、《晉官闕名》，於北則有《洛陽伽藍記》、《鄴都故事》，蓋都邑之事，盡在是矣。譜諜之作，盛於中古。漢有趙岐《三輔決錄》，晉有摯虞《姓族記》，江左有兩王《百家譜》，中原有《方司殿格》，蓋氏族之事，盡在是矣。自沈瑩著《臨海水土》，周處撰《陽羨風土》，厥類衆夥，諒非一族。是以《地理》爲書，陸澄集而難盡；《水經》加注，酈元編而不窮。蓋方物之事，盡在是矣。凡此諸書，代不乏作，必聚而爲志，奚患無文？譬夫涉海求魚，登山採木，至於鱗介修短，柯條巨細，蓋在擇之而已，苟爲漁人、匠者，何慮山海之貧罄哉？

書　事

昔荀悦有云："立典有五志焉：一曰達道義，二曰彰法式，三曰通古今，四曰著功勳，五曰表賢能。"干寶之釋五志也："體國經野之言則書之，用兵征伐之權則書之，忠臣烈士孝子貞婦之節則書之，文誥專對之辭則書之，才力伎藝殊異則書之。"於是採二家之所議，徵五志之所取，蓋記言之所網羅，書事之所總括也。然亦未必無遺恨焉，今更廣以三科,用增前目。曰叙沿革,曰明罪惡,曰旌怪異。何者? 禮儀用捨,節文升降則書之;君臣邪僻,國家喪亂則書之;幽明感應,禍福萌兆則書之。參諸五志,庶幾無闕。

但古作者,鮮能無病。苟書而不法,則何以示後? 班固之譏馬遷也:"論大道,則先黄老而後六經;序游俠,則退處士而進奸雄;述貨殖,則崇勢利而羞賤貧:此其所蔽也。"傅玄之貶班固也:"論國體,則飾主闕而折忠臣;叙世教,則貴取容而賤直節;述時務,則謹辭章而略事實:此其所失也。"二史咸擅一家,遞相疵疿,可謂笑他人之未工,忘己事之已拙者哉。若王沈、孫盛之伍,伯起、德棻之流,論王業,則黨悖逆而誣忠義;叙國家,則抑正順而褒篡奪;述風俗,則矜夷狄而陋華夏。此必伸以糾摘,窮其負累,雖擢髪而數,庸可盡邪? 抑又聞之:怪力亂神,宣尼不語,而事鬼求福,墨生所信。故聖人於其間,若存若亡而已。若吞燕卵而商生,啓龍漦而周滅,屬壞門以禍晉,鬼謀社而亡曹,江使返璧於秦皇,圮橋授書於漢相,此則事關軍國,理涉興亡,有而書之,以彰靈驗可也。而王隱、何法盛之徒,所撰《晉史》,乃專訪州閭細事,委巷瑣言,聚而編之,目爲鬼神傳録。其事非要,其言不經,異乎三史之所書,五經之所載也。范曄博採衆書,裁成漢典,觀其所取,頗有奇工。至於《方術》篇,及諸蠻夷傳,乃録王喬、左慈、廩君、盤瓠,言唯迂誕,事多詭越,可謂美玉之瑕也。魏、晉已降,《語林》、《笑林》、《世説》、《俗説》,皆喜載調謔小辨,嗤鄙異聞,頗爲無知所悦。而斯風一扇,國史多同。至如王思狂躁,起驅蠅而踐筆;畢卓沉湎,左持螯而右杯;劉邕榜吏以膳痂,齡石戲舅而傷贅。猥雜蕪累,而歷代正史,持爲雅言,苟使讀之者爲之解頤,聞之者爲之撫掌,固異乎記功書過,彰善癉惡者也。

大抵近代史筆,叙事爲煩。推而論之,其尤甚者有四:夫祥瑞所以發揮盛德,幽贊明王。至如鳳凰來儀,嘉禾入獻,秦得若雉,魯獲如麇,求諸《尚書》、《春秋》,上下數千載,其可得言者,蓋不過一二而已。近古則不然。凡祥瑞之出,非關理亂。蓋主上所惑,臣下相欺,故德彌少而祥彌多,政逾劣而瑞逾盛。是以桓、靈受祉,比文、景而爲豐;劉、石應符,比曹、馬而益倍。真偽莫分,是非無别。其煩一也。當春秋之時,諸侯力爭,各擅雄伯,經書某使來聘,某君來朝者,蓋明和好所通,感德所及,此皆國之大事,不可闕如。而自《史》、《漢》已還,相承繼作,至於呼韓入侍,肅慎來庭,如此之流,書之可也。若乃藩王岳牧,朝會京師,必也書之本紀,則異乎《春秋》之義。夫臣謁其君,子覲其父,仰惟常理,非復異聞,載之簡策,一何辭費? 其煩二也。乃若百職遷除,千官黜免,其可以書名本紀者,蓋惟槐鼎而已。故西京撰史,唯編丞相、大夫;東觀著書,止列司徒、太尉。而近世自三公已下,一命已上,苟沾厚禄,莫不備書。且一人之身,兼預數職,或加其號而闕其位,或無其實而有其名,贊唱爲之口勞,題署由其力倦,具之史牘，夫何足觀？其煩三也。夫人之有傳也，蓋唯書其邑里而已。其有開國承家，世祿不墜，積仁累德，良弓無改。項籍之先，世爲楚將；石建之後，廉謹相承。此則其事尤異，略書於傳可也。其失之者，則有父官令長，子秩丞郎，聲不著於一鄉，行無聞於十室，乃叙其名位，一一無遺，此實家諜，非關國史。其煩四也。

　　考兹四事，以觀今古，乖作者之規模，違哲人之準的。亦有言或可記，功或可書，而記闕其文，傳亡其事者。何則？始自太上，迄於中古，其間文籍，可得言焉。夫以仲尼之聖也，訪諸郯子，始聞少皞之官；叔向之賢也，詢彼國僑，載辨黃熊之祟。或八元才子，因行父而獲傳；或五羖大夫，假趙良而見識。則知當時正史，流俗所行，若三墳、五典、八索、九丘之書，虞、夏、商、周、《春秋》、《檮杌》之記，其所缺略者多矣。《汲冢》所述，方五經而有殘；馬遷所書，比三傳而多別。裴松補陳壽之闕，謝綽拾沈約之遺，言滿五車，事逾三篋。夫記事之體，欲簡而且詳，疏而不漏，若煩則盡取，省則都捐，忘折中之宜，亦何取焉？

注

　　《經籍志》曰：史官記注時事，略有數等。書榻前之唇置，有《時政記》；載柱下之見聞，有《起居注》；類例則爲會要，粹編則爲實錄：總之以待異日之采擇，非正史也。肪于蕭梁，歷世靡缺，宜夫執簡而書，盡縣摭實。借箸之笑，無不目睹；而來鵠得此，乃有三歎焉。謂宰臣密畫，史官不聞，次第周行，檢錄制奏，與冗吏同工而已。嗟乎！史者當國之龜鏡，萬載之眉目也。以彼雲諏波訪，勃編刊筆，猶難勝其任，而顧令失職如此哉？

　　孔子之適周也，於柱下史學禮焉。歎曰：“大哉！聖人之道洋洋乎！禮儀三百，威儀三千。”而與弟子言仁也，曰：“克己以復禮。”蓋宮室得其度，量鼎得其象，味得其時，樂得其節，車得其式，鬼神得其饗，喪紀得其序，辯説得其黨，官政得其施，凡衆之動得其宜，禮備而仁在矣。後世禮教放失，遺經出魯淹中者什不得一。然明君察相，因時立制，制定而民安之，即謂禮至今存可也。漢興，叔孫通、曹褒，雜定其儀，唐、宋以來，斟酌損益，代有不同。而适物觀時，類有救於崩敝，亦何必身及商周，揖讓登降於其間，乃爲愉快乎哉？（以上卷七）

表

　　《釋名》曰：“下言於上曰表。思之於内，表施於外也。”《書》曰：“官師相規，工執藝事以諫。"

李充《翰林論》曰：表宜以遠大爲本，不以華藻爲先。若曹子建之表，可謂成文矣。諸葛之表劉主，裴公之辭侍中，羊公之讓開府，可謂德音矣。

表者，標也，明也。標著事緒，使之明白，以告乎上也。古者獻言於君，皆稱上書。漢制其三曰表，然但用以陳請而已。後世其用寖廣，有論諫，有請勸，勸進。有陳乞，待罪同。有進，進書，如：唐蕭穎士《爲陳正卿進續尚書》、宋竇儀《進刑統》之類是也。獻，獻物。有推薦，有慶賀，有慰安，有辭，辭官。解，解官，如：晉殷仲文《解尚書表》是也。有陳謝，謝官、謝上、謝賜。有訟理，有彈劾，漢諸葛亮有《廢李平表》。所施既殊，其詞亦異。體則漢、晉多用散文，唐、宋多用四六，而唐、宋之體，又自不同。唐人聲律，時有出入，而不失乎雄渾之風；宋人聲律，極其精切，而有得乎明暢之旨，蓋各有所長也。然有唐、宋人而爲古體者，有宋人而爲唐體者，此又不可不辯。曰古體，曰唐體，曰宋體。宋人又有笏記，書詞於笏，以便宣奏，蓋當時面表之詞也。然表文書於牘，則其詞稍繁；笏記宣於廷，則其詞務簡，又二體之別也。

《文心》曰：《禮》有《表記》，謂德見於儀，其在器式，揆景曰表，章表之目，蓋取諸此也。按章、表、奏、議，經國之樞機，然闕而不纂者，乃各有故事而在職司也。前漢表謝，遺篇寡存。及後漢察舉，必試章奏。左雄奏議，臺閣爲式；胡廣章奏，天下第一：並當時之傑筆也。觀伯始謁陵之章，足見其典文之美焉。昔晉文受册，三辭從命，是以漢末讓表，以三爲斷。曹公稱："爲表不止三讓，又勿得浮華。"所以魏初表章，指事造實；求其靡麗，則未足美矣。至於文舉之《薦禰衡》，氣揚采飛；孔明之《辭後主》，志盡文暢：雖華實異旨，並表之英也。琳、瑀章表，有譽當時；孔璋稱健，則其標也。陳思之表，獨冠群才。觀其體贍而律調，辭清而志顯，應物掣巧，隨變生趣，執轡有餘，故能緩急應節矣。逮晉初筆札，則張華爲儁。其三讓公封，理周辭要，引義比事，必得其偶，世珍《鷦鷯》，莫顧章表。及羊公之《辭開府》，有譽於前談；庾公之《讓中書》，信美於往載：序志顯類，有文雅焉。劉琨《勸進》，張駿自序，文致耿介，並陳事之美表也。

原夫章表之爲用也，所以對揚王庭，昭明心曲。既其身文，且亦國華。章以造闕，風矩應明；表以致禁，骨采宜耀。循名課實，以章爲本者也。是以章式炳賁，志在典謨；使要而非略，明而不淺。表體多包，情僞屢遷，必雅義以扇其風，清文以馳其麗。然懇惻者辭爲心使，浮侈者情爲文使。繁約得正，華實相勝，唇吻不滯，則中律矣。子貢云："心以制之，言以結之。"蓋以辭意也。荀卿以爲"觀人美辭，麗於黼黻文章"，亦可以喻於斯乎！

今制：百官陳事於皇帝曰表，曰奏，曰題。太皇太后、皇太后亦如之。於皇太子曰箋，曰啓。皇后亦如之。《會典》。

讓表,讓,遜也。《書》曰:"舜讓於德弗嗣。"

作表,平仄貴調。平仄不調,其病有四:曰平頭,曰犯尾,曰雙聲,曰疊韻。朱謝莊云:"互、護,爲雙聲;倣、碻,爲疊韻。"平頭,如"巍巍龍鳳之姿,明明天日之表"之類是也;謂兩句起頭便同韻故也。犯尾,如:"剛健中正"句下,却有"居九重而凝命"是也。《詩》曰"蟏蛸在東",又曰"鴛鴦在梁",此雙聲之所由起。古詩:"月影侵簪冷,紅光逼履清。"此疊韻之所由來。作表最忌有此。

作表,對待貴切。對待之法有六:一曰正名對,天地、日月是也。二曰同類對,瓊琚、玉石是也。三曰連珠對,明明、赫赫是也。四曰借字對,伍相、千軍是也。"伍"乃是姓,"千"乃是數。五曰就句對,"一麾伍部餘,十載以臨民。白首丹心歸,彤庭而遇主"是也。六曰不對之對,"自有生民以來,未如今日之盛"是也。務須宮羽相變,低昂異節。若前有浮聲,則後宜切響,使一篇之内,音韻截然,兩句之中,輕重各別,則庶乎其有得矣。

牋

《説文》云:牋,表識書也。

《緣起》曰:牋,漢護軍班固《説東平王牋》。

《文心雕龍》曰:箋記之爲式,既上窺乎表,亦下睨乎書,使敬而不懾,簡而無傲,清美以惠其才,彪蔚以文其響,蓋箋記之分也。

牋者,表也,識表其情也。字亦作箋。古者君臣同書,至東漢始用牋記、公府奏記、郡將奏牋。若班固之説東平,黄香之奏江夏是也。時太子諸王大臣,皆得稱牋,後世專以上皇后、太子,於是天子稱表,皇后、太子稱牋,而其他不得用矣。其詞有散文,有儷語。

今制:奏事太子、諸王稱啓,而慶賀則皇后、太子仍並稱牋云。

頌

《詩序》曰:頌者,美盛德之形容,以其成功告於神明也。《蒸民》,吉甫美宣王也。其詩曰:"吉甫作頌,穆如清風。"

陸機《文賦》曰:頌則優游以彬鬱。

摯虞《文章流別傳》曰:頌,詩之美者也。古者聖帝明王,成功治定而頌聲興,於是史録其篇,工歌其章,以奏于宗廟,告于神明,故頌之所美則以爲名,或以頌形,或以頌聲。其後已非古頌之意。昔班固爲《安豐戴侯頌》,史岑爲《出師頌》,和傭《鄧后頌》,

體意相類，而文辭之異，古今之變也。揚雄《趙充國頌》，頌而似雅；傅毅《顯宗頌》，文與周頌相似，而雜以風雅之意。若純爲今賦之體，而謂之頌，失之遠矣。

　　詩有六義，其六曰頌。頌者，容也，所以揚厲休功也。若商之《那》、周之《清廟》諸什，皆以告神，乃頌之正體也。至於《魯頌·駉》、《閟》等篇，則用以頌僖公，而頌之體變矣。後世所作，皆變體也。其詞或用散文，或用韻語。又有哀頌，則任昉所稱"漢張紘初作《陶侯哀頌》"是已。今其文雖未及見，而竊意大體與哀贊略同。

　　四始之至，頌居其極。昔帝嚳之世，咸黑爲頌，以歌《九韶》。自《商》已下，文理允備。夫化偃一國謂風，風正四方謂雅，容告神明謂頌。風雅序人，事兼變正；頌主告神，義必純美。魯國以公旦次編，商人以前王追錄，斯乃宗廟之正歌，非燕饗之常詠也。《時邁》一篇，周公所製；哲人之頌，規式存焉。夫民各有心，勿壅惟口。晉興之稱"原田"，魯民之刺"裘鞸"，直言不詠，短辭以諷，丘明、子高，並諜爲誦。斯則野誦之變體，浸被乎人事矣。及三閭《橘頌》，情采芬芳，比類寓意，又覃及細物矣。至於秦政刻文，爰頌其德；漢之惠、景，亦有述容：沿世並作，相繼於時矣。若夫子雲之表充國，孟堅之序戴侯，武仲之美顯宗，史岑之述熹后，或擬《清廟》，或範《駉》、《那》，雖淺深不同，詳略各異，其褒德顯容，典章一也。至於班、傅之《北征》、《西逝》，變爲序引，豈不褒過而謬體哉！馬融之《廣成》、《上林》，雅而似賦，何弄文而失質乎！又崔瑗《文學》，蔡邕《樊渠》並致美於序，而簡約乎篇。摯虞品藻，頗爲精覈，至云"雜以風雅"，而不變旨趣，徒張虛論，有似黃白之僞説矣。及魏、晉辨頌，鮮有出轍。陳思所綴，以《皇子》爲標；陸機積篇，惟《功臣》最顯：其褒貶雜居，固末代之訛體也。

　　原夫頌惟典雅，辭必清鑠，敷寫似賦，而不入華侈之區；敬慎如銘，而異乎規戒之域；揄揚以發藻，汪洋以樹義，唯纖曲巧致，與情而變，其大體所底，如斯而已。

章

　　《釋名》曰：下言章，上言表，思之於內，施之於外也。

　　章，秦丞相李斯作《蒼頡章》。

　　古言曰：章者，文之成；句者，辭之絕。章者，明也，總義也，包體以明情也。句者，局也，聯字分疆，以局言也。聯字成句，聯句成章，積章成篇，積篇成帙。

上　章

　　《緣起》曰：上章，孔融《上章謝太中大夫》。

《獨斷》曰:章者,需頭稱稽首。上書、謝恩、陳事、詣闕通者也。

《雕龍》曰:設官分職,高卑聯事。天子垂珠以聽,諸侯鳴玉以朝。敷奏以言,明試以功。故堯咨四岳,舜命八元;固辭再讓之請,俞往欽哉之授,並陳辭帝庭,匪假書翰。然則敷奏以言,則章表之義也;明試以功,即授爵之典也。至太甲既立,伊尹書誡;思庸歸亳,又作書以纘。文翰獻替,事斯見矣。周監二代,文理彌盛。再拜稽首,對揚休命,承文受冊,敢當丕顯:雖言筆未分,而陳謝可見。章者,明也。《詩》云"爲章於天",謂文明也。其在文物,赤白曰章。

啓

《說文》曰:啓,傳信也。

服虔《通俗文》曰:官信曰啟。

張璠《漢紀》曰:董綽平三臺尚書以下,自詣事啓事,然後得行。

《緣起》曰:啟,晉吏部郎山濤作《選啟》。

啓者,開也。高宗云:"啓乃心,沃朕心。"取其義也。孝景諱啓,故兩漢無稱。至魏國箋記,始云"啓聞";奏事之末,或謹密啓。自晉來盛啓,用兼表奏。陳政言事,既奏之異條;讓爵謝恩,亦表之別幹。必斂散入規,促其音節,辯要輕清,文而不侈,亦啓之大略也。又表奏確切,號爲讜言。讜者,偏也。王道有偏,乖乎蕩蕩。其偏,故曰讜言也。孝成稱班伯之讜言,貴直也。自漢置八儀,密奏陰陽,皂囊封板,故曰"封事"。鼂錯受《書》,還上便宜。後代便宜,多附封事,慎機密也。夫王臣匪躬,必吐謇諤,事舉人存,無待泛說。

天地間無獨必有偶。二曜列宿,其類相旋爲偶;海嶽木石,其類相對爲偶;火水,其類相制爲偶;方圓、小大、修短、有無,其類相反覆爲偶;形影、聲響、魂魄、性情,其類相生相合爲偶;皇帝、王霸,世界相遞爲偶;儒、墨、釋,道術相持爲偶。風雲、鳥蛇偶於陣;律呂、吉凶偶於禮樂。道自並行,物自並育,天地間無非偶也。上下千古,其人之遭遇有絕相似者;薄海內外,其事之希奇有巧相值者。六籍百家,鳥書龍藏,其理不相入,其言不相蒙,而連類比事,依韻偕聲,合而爲文,有若天降地設。大《易》文字之始,而圖畫爻象,陰陽縱橫,無非偶儷。由此觀之,物相雜曰文,成文曰章,謂駢偶之文盛,而渾噩之氣衰,此何異桃源中人,不知有漢何論魏晉?率天下之人,盡去律體而從古詩,此必不可之事也。六朝靡靡,昌黎振之,何仲默以爲古文亡於韓。陸敬輿疏劄不廢唐調,古今以爲名言。而蛾眉狐媚,十世九人之詞,遂使女主嗟歎,天下傳誦,夫非四六體耶?大抵唐、宋以下,國家訓誥典冊,率皆駢語,況章表通於下情,牋疏陳於宗敬，所由來矣。歐陽永叔有言：往時作四六者，多用古人語，及廣引故事以衒博。近惟子瞻，述叙委曲，精盡不減古人。其對待，如雙峨積雪；其層疊，如劍門隱天；其相錯，如蜀錦；其轉變，如巴流。鍊若涪水之鋒，叶若琴臺之響，學以濟其才，約以該其博，庶幾六朝雁行矣。

奏

《書》曰"敷奏以言"，奏書之義也。

陸士衡《文賦》云：奏平徹以閑雅。

《漢書雜字》曰："秦初之制，改書爲奏。"又曰："群臣奏事，皆爲兩通，一詣后，一詣帝。"

奏疏者，群臣論諫之總名也。奏御之文，其名不一，故以奏疏括之也。七國以前皆稱上書，秦初改書曰奏。漢定禮儀，則爲四品：一曰章，以謝恩；二曰奏，以按劾；三曰表，以陳請；四曰議，以執異。然當時奏章，或上災異，則非專以謝恩。至於奏事，亦稱上疏，則非專以按劾也。又按劾之奏，別稱彈事，尤可以徵彈劾爲奏之一端也。又置八儀，密奏陰陽，皂囊封板，以防宣泄，謂之封事。而朝臣補外，天子使人受所欲言，及有事下議者，並以書對。則漢之制，豈特四品而已哉？然自秦有天下，以及漢孝惠，未聞有以書言事者。至孝文開廣言路，於是賈山言治亂之道，名曰《至言》，則四品之名，亦非叔孫通之所定明矣。魏晉已下，啓獨盛行。唐用表狀，亦稱書疏。宋人則監前制而損益之，故有劄子、有狀、有書、有表、有封事，而劄子之用居多，蓋本唐人牓子、錄子之制而更其名，乃一代之新式也。

其他篇目，取而總列之有八：曰奏。奏者，進也。曰奏疏。疏者，布也。漢時諸王官，屬於其君，亦得稱疏。曰奏對。曰奏啓。啓者，開也。曰奏狀。狀者，陳也。狀有二體，散文、儷語是也。曰奏劄。劄子者，刺也。曰封事。曰彈事。疏、對、啓、狀、劄，皆曰奏者何？與臣下私相對劄往來之詞不同也。奏啓入規，而忌侈文；彈事明憲，而戒善罵。世人所作，多失折衷。

今制：論政事者曰題，陳私情者曰奏，皆謂之本，以及讓官謝恩，並用散文，間爲儷語，亦同奏格。至於慶賀，雖倣表詞，而首尾亦與奏同；唯史館進書，全用表式。然則當今進呈之目，唯本與表二者而已。革百王之雜稱，減中世之儷語，此我朝之所以度越也。

《經籍志》曰：古人臣言事，皆稱上書。嬴秦改書爲奏。至漢，章、奏、表、議，定爲四品，其流一也。三代君臣，面相獻替，而伊周書誥，已盈簡牘。迨世益下，簾遠堂高，所以披見情愫，覺悟主心者，賴有此耳。世稱左雄、胡廣，奏議第一；文舉、孔明，志暢辭美：不獨身文所在，抑亦國華繫之，故足重也。世人經世無術，競於詆訶，吹毛取瑕，次骨爲戾。夫能闢禮門以懸規，標義路而植矩，自令瑜垣者折肱，捷徑者滅趾，亦何必躁言醜句，訐病爲切哉？《書》曰："辭尚體要"，體要並鰲，辭則何觀？《漢志·藝文》，靡細不録，至於經國樞機，闕而不纂，何哉？

《水東日記》曰：國朝之制：臣民奏事稱奏本。後以奏本用長紙，字畫必依《洪武正韻》。又用計字數於後，舍鄭重而從簡便，改用題本則不然矣。然題本多在内衙門公事，若在外並自陳己事，則仍用奏本。東駕則稱啓本，宣廟每呼本爲朱子，嘗見傳旨中云然。

《文心》曰：昔唐、虞之臣，敷奏以言；秦、漢之輔，上書稱奏。陳政事，獻典儀，上急變，劾愆謬，總謂之奏。奏者，進也。言敷於下，情進於上也。秦始立奏，而法家少文。觀王綰之《奏勳德》，辭質而義近；李斯之《奏驪山》，事略而意逕：政無膏潤，形於篇章矣。自漢以來，奏事或稱上疏，儒雅繼踵，殊采可觀。若夫賈誼之《務農》，鼂錯之《兵事》，匡衡之《定郊》，王吉之《觀禮》，温舒之《緩獄》，谷永之《諫仙》，理既切至，辭亦通暢，可謂識大體矣。後漢群賢，嘉言罔伏。楊秉耿介於災異，陳蕃慎懣於尺一：骨鯁得焉。張衡指摘於史職，蔡邕銓列於朝儀：博雅明焉。魏代名臣，文理迭興。若高堂《天文》，黄觀《教學》，王朗《節省》，甄毅《考課》，亦盡節而知治矣。晉氏多難，災屯流移。劉頌殷勤於時務，温嶠懇切於費役：並體國之忠規矣。夫奏之爲筆，固以明允篤誠爲本，辨析疏通爲首。强志足以成務，博見足以窮理，酌古御今，治繁總要，此其體也。

若乃按劾之奏，所以明憲清國。昔周之太僕，繩愆糾繆；秦之御史，職主文法；漢置中丞，總司按劾。故位在鷙擊，砥礪其氣，必使筆端振風，簡上凝霜者也。觀孔光之奏董賢，則實其奸回；路粹之奏孔融，則誣其釁惡：名儒之與險士，固殊心焉。若夫傅咸勁直，而按辭堅深；劉隗切正，而劾文闊略：各其志也。後之彈事，迭相斟酌，惟新日用，而舊準弗差。然函人欲全，矢人欲傷：術在糾惡，勢必深峭。《詩》刺讒人，投畀豺虎；《禮》疾無禮，方之鸚猩；墨翟非儒，目以豕彘；孟軻譏墨，比諸禽獸：《詩》、《禮》、儒、墨，既其如兹，奏劾嚴文，孰云能免哉。是以立範運衡，宜明體要。必使理有典刑，辭有風軌，總法家之式，秉儒家之文，不畏强禦，氣流墨中，無縱詭隨，聲動簡外，乃稱絶席之雄，直方之舉耳。

題

《吾學篇》曰：今制：凡下所上，一曰題，二曰奏啓，三曰表箋，四曰講章，五曰書狀，六曰文册,七曰揭帖,八曰制對,九曰露布,十曰譯。皆審署申覆而修畫焉,平允,廼行之。

奏　記

奏記,漢江都相董仲舒《詣公孫弘奏記》。

封　事

封事,漢魏相《奏霍氏專權封事》。封事,慎機密也。

杜工部曰:明朝有封事,數問夜如何?

今制:通政司專主封駁,視古之納言。

上　疏

上疏,漢中大夫東方朔。

自漢以來,奏事或稱上疏。師古曰:"疏者,疏條其事而言之。"

薦

"薦,後漢雲陽令朱雲《薦伏湛》。"薦,舉也,進也。舉其功能而進之於上也。

揭　帖

今制:奏本之副者,投閣部稱揭帖。揭者,曉也,曉然明之也。有司投監司亦稱之。常覽《病榻遺言》,拱等跪榻前,太監某以白紙揭帖授。

皇太子稱遺詔。又以白紙揭帖授拱,内曰云云。又曰:吏姚曠手持紅紙套,内有揭帖半寸許厚,封緘完固。張答云:"乃遺詔事宜耳。"則遺詔亦稱揭帖矣。

彈　文

"彈文,晉冀州刺史王深集雜彈文。"彈,按劾也,按其罪狀而劾治之也。

《文心雕龍》曰：按劾之奏，所以明憲清國。昔周之太僕，繩愆糾繆；秦之御史，職主文法。漢置中丞，總司按劾。故位在鷙擊，砥礪其氣，必使筆端風振，簡上凝霜者也。

彈事，明憲而戒善罵。（以上卷八）

策

策，著也。《史記·龜策傳》：“龜爲卜，策爲筮。”注疏云：“筮以謀筮爲事，言用此物以謀於前事也。或作莢，通作册。”《漢書》：“萬世之長册。”

《說文》云：“策者，謀也，籌也。策先定，則有功。”《漢書音義》曰：“作簡策，難問，例置案上，在試者意投射取而答之，謂之射策。若錄政化得失顯而問之，謂之對策。”天子臨軒策士，而有司亦以策舉人，其制迄今用之。又學士大夫，有私自議政而上進，曰進策。均謂之策，而體各不同。一曰制策，天子稱制以問而對者也。二曰試策，有司以策試士而對者也。三曰進策，著策而上進者也。唐白居易、宋曾鞏有《本朝政要策》，蓋當時進士帖蕖之類。

夫策之體，練治爲上，摘文次之。然人才不同，入縠者爲通才。嗚呼，難矣！

漢時射策、對策，其事不同。《蕭望之傳》註云：“射策者，謂爲難問疑義，書之於策，量其大小，署爲甲乙之科，列而置之，不使彰顯。有欲射者，隨其所取，得而擇之，以知優劣。射之，言投射也。對策者，顯問以政事經義，令各對之，以觀其文辭，定高下也。”《晉史》：潘京爲州所辟，謁見問策，探得不孝字，刺史戲曰：“辟士爲不孝邪？”答曰：“今爲忠臣，不得爲孝子。”亦射策遺法耳。

制策者，今廷試之策也。試策者，今鄉會場五問之策也。當以試錄爲楷。

鄭端簡《古言》曰：策莫盛於漢，漢策莫過於晁大夫。晁就事爲文，文簡徑明暢，事皆鑿鑿可行。賈太傅不及也。《文中子》曰：“洋洋乎，晁、董、公孫之對，有旨哉！”

對策者，應詔而陳政也；射策者，探事而獻說也。言中理準，譬射侯中的，二名雖殊，即議之別體也。古之造士，選事考言。漢文中年，始舉賢良，晁錯對策，蔚爲舉首。及孝武益明，旁求俊乂。對策者，以第一登庸；射策者，以甲科入仕：斯固選賢要術也。觀晁氏之對，證驗古今，辭裁以辨，事通而贍，超升高第，信有徵矣。仲舒之對，祖述《春秋》，本陰陽之化，究列代之變，煩而不殙者，事理明也。公孫之對，簡而未博，然總要以約文，事切而情舉，所以太常居下，而天子擢上也。杜欽之對，略而指事，辭以治宣，不爲文作。及後漢魯丕，辭氣質素，以儒雅中策，以入高第。凡此五家，並前代之明範也。魏晉已來，稍務文麗，以文紀實，所失已多，及其來選，又稱疾不會，雖欲求文，弗可得也。是以漢飲博士，而雄集乎堂；晉策秀才，而麐興於前：無他怪也，選失之異耳。

夫駁議偏辨，各執異見；對策揄揚，大明治道。使事深於政術，理密於時務，酌三五以鎔世，而非迂緩之高談；馭權變以拯俗，而非刻薄之僞論；風恢恢而能遠，流洋洋而不溢：王庭之美對也。難矣哉，士之爲才也！或練治而寡文，或工文而疏治，對策所選，實屬通才，志足文遠，不其鮮歟？

論

李充曰：研玉名理，而論難生焉。論貴於允理，不求支離，若嵇康之論，文矣。

《説文》云：“論者，議也”，倫也。蕭統選文，分區爲三：設論居首，史論次之，論又次之。較劉勰説，差爲未盡。惟設論則勰所未及，而乃取《答客難》、《答賓戲》、《解嘲》三首以實之。夫文有答有解，已各自爲一體，統不明言其體，而概謂之論，豈不誤哉？然詳勰之説，似亦有未盡者。愚謂析理亦與議説合契，諷寓則與箴解同科，設辭則與問對一致：要此八者，庶幾盡之。今兼二子之説，廣未盡之例，列爲八品：曰理論，曰政論，曰經論，曰史論，有評議、述贊二體。曰文論，曰諷論，曰寓論，曰設論。其題或曰某論，或曰論某，則各隨作者命之，無異議也。

聖哲彝訓曰經，述經叙理曰論。論者，倫也；倫理有無，聖意不墜。昔仲尼微言，門人追記，故仰其經目，稱爲《論語》；蓋羣論立名，始於兹矣。自《論語》已前，經無“論”字；《六韜》二論，後人追題乎！詳觀論體，條流多品：陳政，則與議、説合契；釋經，則與傳、注參體；辯史，則與贊、評齊行；銓文，則與叙、引共紀。故議者宜言，説者説語，傳者轉師，注者主解，贊者明意，評者平理，序者次事，引者胤辭；八名區分，一揆宗論。論也者，彌綸羣言，而研精一理者也。是以莊周《齊物》，以論爲名；不韋《春秋》，六論昭列。至石渠論藝，《白虎通》講聚，述聖言通經，論家之正體也。及班彪《王命》、嚴尤《三將》，敷述昭情，善入史體。魏之初霸，術兼名法；傅嘏、王粲，校練名理。迄至正始，務欲守文；何晏之徒，始盛玄論。於是聃、周當路，與尼父爭塗矣。詳觀蘭石之《才性》，仲宣之《去代》，叔夜之《辯聲》，太初之《本玄》，輔嗣之《兩例》，平叔之《二論》，並師心獨見，鋒穎精密，蓋人倫之英也。至如李康《運命》，同《論衡》而過之；陸機《辯亡》，效《過秦》而不及，然亦其美矣。次及宋岱、郭象，鋭思於機神之區；夷甫、裴頠，交辯於有無之域；並獨步當時，流聲後代。然滯有者，全繫於形用；貴無者，專守於寂寥。徒鋭偏解，莫詣正理；動極神源，其般若之絶境乎！逮江左羣談，惟玄是務，雖有日新，而多抽前緒矣。至如張衡《譏世》，韻似徘説；孔融《孝廉》，但談嘲戲；曹植《辯道》，體同書抄；言不持正，論如其已。

原夫論之爲體，所以辯正然否，窮有數，追無形，跡堅求通，鈎深取極，乃百慮之筌蹄，萬事之權衡也。故其義貴圓通，辭忌枝碎；必使心與理合，彌縫莫見其隙，辭共心密，敵人不知所乘；斯其要也。是以論如析薪，貴能破理：斤利者，越理而橫斷；辭辯者，反義而取通；覽文雖巧，而檢跡如妄。惟君子能通天下之志，安可以曲論哉？若夫注釋爲詞，解散論體，雜文雖異，總會是同；若秦延君之注《堯典》，十餘萬字；朱普之解《尚書》，三十萬言；所以通人惡煩，羞學章句。若毛公之訓《詩》，安國之傳《書》，康成之釋《禮》，王弼之解《易》，要約明暢，可謂式矣。

經　義

《說文》：“義，從我。”美省，人言之，我斷之爲美也。《禮記》有《冠義》諸篇，唐取士有明經一科，而無其義。宋因之，不過試以墨書帖義。至王安石撰《周禮》、《詩》、《書》三經義，頒行試士，舊法始變。彼固欲以己說一天下士，高視一世。他如思退賣國之奸，止齊衰世之文，而至今倣之，爲鼻祖焉。“經義”可見者，《文鑑》所載張庭堅二篇，及楊思退、陳傅良者，皆深沉博雅，絕無駢儷之習。自是正始，而考古者止于國初，猶張博望窮崑崙爲河源。此丘文莊所以歎科舉之弊也。

高廟看書，議論英發。排朱文公《集註》，儒臣進講，必有辯說。呼朱熹爲宋家迂闊老儒，如辨“夷狄有君”，“攻乎異端”，“使民無訟”，皆出天縱，不襲故常。漢、唐以來，人主所不及也。

國朝開科自洪武三年始，定條例自十七年始。先是試文尚仍元制。刻程文自二十一年始，先是止錄姓名編貫，試錄定式又自二十四年始。

初試，經義二道，四書一道；二場論一道；三場策一道。後十日，復以騎、射、書、算、律五事試之。中式，準送會試。後定爲第一場《四書》義三道，經義四道；第二場論一道，表一道，詔誥各一道，判五道；第三場策五道。萬曆間，奏準俱照成、弘間文體，盡黜浮靡之弊。經義限五百字，多者不錄。程式文字，即以士子純正典實者，不許主司代作。其不甚妥當，稍爲更飾，毋掩本文。卷則糊名易書廻避。

御名、廟諱，其條例詳載《會典》。

杜靜□曰：士子得所命之題，必先定其格局。此題當爲某格，其分截何在？其綱領何在？其節目何在？其始也當題掇不當題掇？其中也當過接不當過接？其終也當繳轉不當繳轉？當詠嘆不當詠嘆？某兩股當略、當藏，某兩股當詳、當顯。題語雖多，或當輕而講少；題語雖少，或當重而講多。繁簡斷續，瞭然定於胸中，故一舉營扎，尅時而成文。然文格不可以數計也，其難者有六：一曰一滾格。如明珠滾盤而不出於盤，有詳略而無斷續也。荆川先生《"此謂國"篇》、《"亞飯干適楚"篇》是也。二曰連珠格。如一綫穿珠，珠雖有叙，而綫則相連。若斷而不斷，若續而不續，中無過接之痕也。荆川先生"可以爲難"半篇、"清斯濯纓"半篇，可以意會也。三曰中紐格。如對胸之衣，中用一紐。荆川先生《"匹夫而有天下者"篇》是也。四曰兩活扇格。如："立則見其參於前"二句，題中雖以立、輿分作兩小扇，而前面合起二小股，後面必又合詠二小股。前後圓活，不定拘定兩大扇死局也。五曰兩扇遥對格。前扇不作小股，惟用散文，或長短句，或頂針語，或三疊文，一氣呵成，而無排偶，直待後扇遥對之也。六曰影喻格。如："譬如北辰"二句題，當以無爲天下歸作主，而間以辰君星拱點影於其中，若鏡中之花，水中之月也。其餘有上生下格，有下承上格，有下明上格，有下原上格，有下贊上格，有上開下闔格，有上闔下開格，有上重下輕格，有上輕下重格，有上呼下應格，有輕引重釋格，有重本輕證格，有重證輕喻格，有重主輕賓格，有一頭兩脚格，有兩頭一脚格，有一頭兩腹一脚格，有一頭一項三腹一脚格，有頭虛脚實格，有三扇先奇格，有三扇先偶格：此皆格之易者也。

馮脩吾曰：今士之舉於鄉會者，録其文咸曰中式。所謂式者，舉業之體格，猶匠氏之規矩也。匠氏不廢規矩而從木之曲直，文士不廢體格而從體之難易。曰棟、曰梁、曰柱、曰楹、曰椽、曰桷，豈惟不可移易，即分寸不合，非良工也。曰破、曰承、曰起講、曰泛講、曰平講、曰過文、曰束繳、曰大小結，豈惟不可錯雜，即氣骨稍不比，非作手也。故破欲含，或斷或順，須含蓄而不偏遺；承欲緊，或束或解，須脱悟而不訓釋；起講欲新，或對或斷，須見題而題不露；泛講欲特，或承或挈，須露題而題不盡；平講欲實，詞出經典，余按：舉業文字，只應用六經語，不應用子史語，此自是王制，違者便非法門。令純正而股必紓長；過文欲融，意會上下，令脱化而體不間隔；繳束欲健，或照應題中，或推開題外，令自盡而語有餘思；小結大結欲古，或引據經傳，或自發議論，令精潔而言非註脚：此舉業之上式也。

袁了凡曰：八股文字，與天地造化相侔。首二比春也，次二比夏也，次二比秋也，末二比冬也。首二比是春，則生而未成，虛而未實，常冲冲融融，輕描淡抹，不可帶一分粗糙；次二比是夏，當承前二比，漸漸説開來，邵子謂"天地之大癳在夏，文之大癳實在腹也"；至秋則生者成，虛者實矣，文可反覆馳騁矣，然亦須養後天，先不可説盡也；末二比是冬，一年好景，全在收拾處，回陽氣於陰極之時，發生機於凍剥之後，篇章將竭，而令人讀之有不窮之趣，此文之大機括也。

袁了凡云：文字先須鍊格，格鍊則規模自别，便能出人頭地。文有俗格，宜鍊之而雅；腐格，宜鍊之而新；板格，宜鍊之而活。

鄧定宇云：文章家有正有奇。題應上下做，虛實做，輕重做，對做，串做，斷做。認理典則，此便是正。若做得有把捉，有挑剔，有點綴，有起伏照應，有體認發揮，舒精發蘊，此便是奇。今人以淺薄疎庸爲正，却喚做水平箭，豆腐湯；以險怪迂誕爲奇，却喚做打空拳，説鬼話。不知文章家正不如此。所謂智者賢者過之，愚者不肖者不及也。

陶石簣曰：明興，百家黜而六籍尊，詩賦停而明經重，箋疏廢而傳注專，其岐愈窒，軌愈端，而途益加約，一道同風，於斯爲盛。而博士家所祭酒者，爲王、唐、瞿、薛。其文若爰書之傳，法律而不可出入，若歌者節拍，不可促，斯爲正始。蓋尺幅之中，一題一義，求之而彌有，濬之而彌新，因歎聖賢之言，無窮若是，而其法之精微曲折，亦有卒世不能究者焉。

馮具區云：評文體者，極言平淡矣。平淡可易言哉？坡公云：“漸老漸熟，乃造平淡。”非平淡也，絢爛之極也。平淡必始於神奇，而僞平淡則反神奇。今之士薄僞平淡，競趨僞神奇；而衡文者，又薄僞神奇，並收僞平淡，蓋兩失之。故余衡士不亟體之正，而亟真。真如種子，一粒入土，時至氣行，將暢爲枝葉，騰爲菁華。此何惡於神奇而薄之？薄真神奇，吾以爲必不識真平淡。

馮常伯云：股法變化則體圓，句法頓挫則股圓，字法輕新則句圓。

宗履庵云：題上字，一字不可遺；題中意，一意不可少。按文有賓主，昔洞山曰：“賓主，主中主，賓中賓，賓中主，主中賓。故曰：我向正位中來，爾向賓位中接。”文章亦然。一部《莊子》，莫非寓言，並無一句犯正位，然未嘗一句離正位。若一犯正位，則如《逍遥》、《齊物》、《秋水》諸篇，正意不過數言可竟，何得蔓衍恢奇乃爾？何謂正位？正位者，主也。如君王拱默，而公卿部府承奉之。《詩》則賦爲主，比興皆賓也。《易》則義畫爲主，六爻皆賓也。以時文論，題爲主，文爲賓；實講爲主，虛講爲賓；兩股中，或一股賓，一股主；一股中，或一句賓，一句主；一句之中，或一二字賓，一二字主。明暗相參，生殺互用，文之妙也。故或進前一步，或退後一步，皆謂之賓。或斤斤講而題意反不透露，是以有高品、俗品之分也。

李九我云：今天下之文競趨於奇矣。夫文安所事奇爲哉？古聖賢所爲文，若典、謨、訓、誥、風、雅、禮樂之詞，明白如日月，正大如山嶽，渾乎如大圭，冲乎如太羹、玄酒，而其和平雅邕，如奏《英》、《韶》於清廟明堂之上，金石相宣，宮商相應，清濁高下，莫不中音也，惡睹所謂奇者哉？彼爲奇者，其立意固薄簡易，卑平淡，將跨躍區宇，超軼前人，以文雄於時，而不知其滋爲病也。抉隱宗玄，雜取異端奇衺之説，以恣其誇正學之謂。何則？理病，務窈窅晦闇其詞，令人三四讀不能通曉。以是爲深沉之思，則意病；佶屈聱牙，至不能以句，若擊腐木濕鼓然，則聲病；決裂餖飣，離而不屬，澀而不貫，則氣病；而習尚頗僻，不軌於正途，令大雅之風爲斫，則又爲世道病：而皆起於奇之好。夫文安所事奇爲哉？范光父云：“近來作者，入古則太乾，投時則太淺。”然必語語從《史》、《漢》中來，而陶洗融洽，打成一片，此真所謂四筵獨坐俱驚者也。

吳因之云：學者多以看書作文分爲二項，故二者胥失之。不知二者雖有操觚與不操觚之辨，總之去肉見骨，去骨見髓，要以得解而止，非有二也。夫書義有思之而即得者，有思之竟日而後得者，有明日又思之而後得者，有力量未到，累日思之不可通，停閣三月五月之後，識見增進，或重思之，或他書偶相觸發，而怳然有得者。始也無從而疑，既也疑，究也不勝其疑，至於不勝疑，而悟之門啓矣。愈悟則愈疑，愈疑亦愈悟，故學者非悟之難而疑之難也。其所疑與悟者何物也？是心竅中之生機也。機觸則引而益長，竅開則迎而輒解，故隨其所值，皆可推類，以盡其餘，真有日異而月不同之妙。文字增一分見，不如增一分識。識愈高則文愈澹，識愈卑則伎倆愈多。至於伎倆愈多，而品愈下，而不足，故外有餘，此理自然，無足怪者。惟平日善看書則識進，識進則臨時迅手拈來，頭頭是道，整容斂襟而談亦可，嬉怒笑罵而談亦可，雄猛如鉅鹿一戰亦可，閒暇如圍棋賭墅亦可，簡峻如片言折獄亦可，一滾而出如萬斛之泉亦可，循規蹈矩亦可，忽入九天，忽潛九地亦可。橫行直撞，不離這箇，區區左顧右盼，無所用之。故夫無修辭之擾，無敷衍補（輟）〔綴〕之勞，省除一切勞苦，而歸諸至易至簡者無如識。識之於文也，一綱舉而萬目張，彼操觚者奈何不務一了百當，顧屑屑焉趨其所爲，用力多而成功寡者哉？故術不可不慎也。

湯霍林曰：當酣思之時，題內外無字可設，但筆下不下時，覺微有合處。及成，人以譽我，與我所思、所合，又覺縣甚，始嘆作者、閱者並難也。

“微雲淡河漢，疎雨滴梧桐”，謂是人境。文境苦心者，當自得之。

題非諸生、非主司所造也，安得諸生、主司妄自立意？但經書中必無一字無意義者，閒取書目，最易曉解者，冥思之，隱隱別有理會，質之訓詁，亦微在同不同、可說不可說之間。今人政患不索意耳。一二俗惡語，今人習如土音，貫脫於口，遂不暇擇。余謂禁時語，不如勸人多讀書。胸中有古人書，自可不用今語。讀古人書，會古人意，併可不用古語也。

嘉靖之季，舉子之文，支離冗長，如蔓草，大費芟除。隆、萬之間，漸歸雅馴矣。

王荊石曰：嘗歎世有大欺而習焉不察者。夫今主司之程士，其有不搤吭談成、弘之際者乎？其亦有以成、弘之文課子弟者乎？士之字雕句績，剽獵諸子、二氏之唾餘，見謂弗收，至主司自爲辭，非諸子、二氏無取也，籍具在此，可謂不欺否？

議

《詩》云：“周爰諮謀”，謂偏於咨議也。《周易·節卦》曰：“君子以制度數，議德行。"《周書》曰:"議事以制,政乃弗迷。"議貴節制,經典之體也。

秦李斯上始皇帝《罷封建議》,漢韋玄成奏《罷郡國廟議》。

《説文》曰:"議,語也。"又曰:"難論也。"

古者國有大事,必集羣臣而廷議之,交口往復,務盡其情,若罷鹽鐵、擊匈奴是已。厥後下公卿議,乃始撰詞書之簡牘以進,而學士偶有所見,又復私議於家,或訂古,由是議寖盛焉。大諦在於據經析理,審時度勢。文以辯潔爲能,不以繁縟爲巧;事以明覈爲美,不以深隱爲奇,乃爲深達議體者爾。操筆爲議者,分爲奏議、私議二體。若夫遡流而窮源,當求諸史書耳。若夫諡議,別爲一體。

《文心》曰"周爰諮謀",是謂爲議。議之言宜,審事宜也。昔管仲稱軒轅有明臺之議。洪水之難,堯咨四岳,宅揆之舉,舜疇五人;三代所興,詢及芻蕘。春秋釋宋,魯桓務議。及趙靈胡服,而季父爭論;商鞅變法,而甘龍交辨:雖憲章無算,而同異足觀。迄今有漢,始立駁議。駁者,雜也。雜議不純,故曰駁也。自兩漢文明,楷式昭備,藹藹多士,發言盈庭。若賈誼之遍代諸生,可謂捷於議也;至如主父之駁挾弓,安國之辨匈奴,賈捐之陳於朱崖,劉歆之辨於祖宗:雖質文不同,得事要矣。若乃張敏之斷輕侮,郭躬之議擅誅,程曉之駁校事,司馬芝之議貨錢,何曾蠲出女之科,秦秀定賈充之諡,事實允當,可謂達議體矣。漢世善駁,則應劭爲首;晉代能議,則傅咸爲宗。然仲瑗博古,而銓貫有叙;長虞識治,而屬辭枝繁。及陸機《斷議》,亦有鋒穎,而腴辭弗剪,頗累文骨:亦各有美,風格存焉。

夫動先擬議,明用稽疑,所以敬慎羣務,弛張治術。故其大體所資,必樞紐經典;採故實於前代,觀通變於當今;理不謬搖其枝,字不妄舒其藻。又郊祀必洞於禮,戎事必練於兵,佃穀先曉於農,斷訟務精於律。然後標以顯義,約以正辭。文以辨潔爲能,不以繁縟爲巧;事以明覈覈爲美,不以深隱爲奇;此綱領大要也。若不達政體,而舞筆弄文,支離構辭,穿鑿會巧,苟空騁其華,固爲事實所檳,設得其理,亦爲遊辭所埋。昔秦女嫁晉,從文衣之媵,晉人貴媵而賤女;楚珠鬻鄭,爲薰桂之櫝,鄭人買櫝而還珠。若文浮於理,末勝其本,則秦女、楚珠,復在於兹矣。

駁

駁,漢侍中吾丘壽王,《駁公孫弘禁民不得挾弓弩議》。《山海經》曰:"有獸名駁,如白馬,黑尾倨牙,音如鼓,食虎豹。"漢興,始立駁議、雜議。不純,故謂之駁。

李充《翰林論》曰:"駁,不以華藻爲先。世傳傅長虞,每奏事爲邦之司直矣。"

《晉書》曰:稽傅曰:"陳準薨,太常奏諡,紹駁曰:'諡號所以垂之不朽,大行受大

670

名,細行受細名,文武顯於功德,靈厲表其闇蔽。自頃禮官協情,謚不依本。準謚爲過,宜謚曰繆。'事下太常。時雖不從,朝廷憚焉。"

《唐書》李藩爲給事中,敕制有不可,遂於黄敕後駁之。吏曰:"宜别連白紙。"藩曰:"别以白紙是文狀,豈曰敕也。"

今六科抄參,大理評駁,多準古義。然貴明允而尚典奥。語曰:"犀不駁不珍。"駁之關係大,非鮮小。

牒

牒,漢臨淮太守路温舒,牧羊澤中,時截蒲爲牒,編用寫書。《文心雕龍》曰:"議政未定,短牒咨謀。"

今之官府,平行用牒文。

公　移

公移者,諸司相移之詞也,其名不一,故以公移括之。

唐世,凡下達上,其制有六:曰狀,百官於其長亦爲之;曰辭,庶人言爲辭;曰牒,有品已上公文皆稱牒。諸司自相質問,其義有三:曰關,謂關通其事也;曰刺,謂刺舉之也;曰移,謂移其事於他司也。

宋制:宰執帶三省樞密院事出使者,移六部用劄;六部移宰執帶三省樞密院事出使者,及從官任使副,移六部用申狀;六部相移用公牒。

今制:上達下者曰照會,曰劄付,曰案驗,曰帖,曰故牒;下達上者曰咨呈,曰案呈,曰呈,曰牒呈,曰申;諸司相移者曰咨,曰牒,曰關;上下通用者曰揭帖。

劉勰曰:移者,易也;移風易俗,令往而民隨者也。相如之《難蜀老》,文曉而喻博,有移檄之骨焉。及劉歆之《移太常》,辭剛而義辨,文移之首也。陸機之《移百官》,言約而事顯,武移之要者也。故檄移爲用,事兼文武,其在金革,則逆黨用檄,順命資移;所以洗濯民心,堅同符契,意用小異而體義大同,與檄參五,故不重論也。

判

《韻會》云:"判,斷也。"古者折獄,以五聲聽訟,致之於刑而已。秦人以吏爲師,專尚刑法。漢承其後,雖儒吏並進,然斷獄必貴引經,尚有先王議制、《春秋》著意之微旨。其後乃有判詞。唐制選士,判居其一,則其用彌重矣。故今所傳,如稱某某有姓名者,則斷獄之詞也;稱甲乙無姓名者,則選士之詞也。要之執法據理,參以人情,雖曰彌文,而去古不遠,獨其文堆垛故事,不切於蔽罪,拈弄辭華,不歸於律格,爲可惜耳。唯宋王回,脫去四六,純用古文,庶乎能起二代之衰,而後人不能用。今世理官斷獄,例有參詞,而設科取士,亦試以判,其體皆用四六,則其習由來久矣。曰科罪,曰評允,曰辯雪,曰番異,曰判罷,曰判留,曰駁正,曰駁審,曰末減,曰案寢,曰案候,曰褒嘉:凡若此類,多便理官,而不切於應舉。蓋選士以律條爲題,止於科罪,亦唐制之遺也。

唐張鷟有《龍筋鳳髓判》,華於文而不麗於律,古意遠矣。

笏　記

《記》曰:"造受命於君前,則書於笏。笏度,二尺有六寸。其中博三寸,其殺六分而去一。"凡命婦人朝,則書其夫之爵及姓名於笏,上問則以笏對。

按:笏雖有文,而無定體。

《續文獻通考》曰:笏,勿也。君有教命及所啓白,則書之,備忽忘也。

陳同父《笏記》曰:瘝瘝英賢,帝心如渴,嘵覦富貴,士氣若登。冀十五之得人,而千一之遇主,叨逢則幸,報稱謂何? 恭惟皇帝陛下,日照天臨,海涵地負。朋來濟濟,各自奮於明時;網設恢恢,不遺遺於片善。矧咸奔走,翕受敷施。臣等牽連得書,徒採語言之小異;次第就役,孰輸筋力之小勞。仰戴深仁,俯慚微分。

劉昌《縣笥瑣探》曰:"《笏囊》,唐故事,公卿皆搢笏於帶,而後乘馬。張九齡獨常使人持,因設笏囊,自九齡始。今惟自便,無所謂故事。夫九齡使人持笏有囊,而世因置笏囊,乃知古人舉動不苟如此。"蓋亦以藏記也。

勸　進

勸進,魏尚書令荀攸《勸魏王進文》。宋彭城王義康曰:"謝述勸吾進,劉湛勸吾退,述亡湛存,吾所以得罪也。"(以上卷九)

序

《周頌》曰:"繼叙思不忘。"《毛傳》曰:"叙者,緒也。"緒述其事,使理亂相胤,若繭之抽緒。《易》有《叙卦》,《尚書》有孔子叙,子夏作《詩叙》。

叙者,所以叙作者之意,謂其言次第有叙,故曰叙也。《漢書》曰:"《書》之所起遠矣,至孔子纂焉,上斷於堯,下訖於秦,凡百篇,而爲之叙。"按孔安國叙《尚書》,未嘗言孔子作。劉歆亦云:"識見淺陋,無所發明。"其非孔子所作明甚,顧世代久遠,不可復知矣。

《爾雅》云:"叙,緒也。"字亦作"序",言其善叙事理也。又謂之大叙,則對小叙而言也。其爲體有二:曰議論,曰叙事。其題曰某叙,曰叙某;字或作序,或作叙,惟作者命之,無異義也。至唐柳氏,又有"叙略"之名,則其題稍變,而其文益簡矣。若書叙、壽叙、贈序、別叙、賀叙、名叙、字叙,蓋不可殫述。以叙事爲正體,參以議論者爲變體。

漢沛郡太守作《鄧后叙》,則叙人之權輿也。

小　序

小序者,序其篇章之所由作,對大序名之也。漢班固云:"孔子纂《書》,凡百篇而爲之序,言其作意,此小序之所由始也。"然今《書序》具存,而非孔子所作,蓋由後人妄探作者之意而爲之,故多穿鑿附會,依阿簡略,甚或與經相戾,而鮮有發明。獨《毛詩序》及馬遷以下諸儒著書自爲之序,然後己意瞭然無誤耳。

自序　劉子玄作《序傳》

作者自叙,其流出於中古。屈原《騷經》,其首章,上陳氏族,下列祖考,先述厥生,次顯名字,自叙實基於此。降及馬卿,始以《自叙》爲傳。然但記生平行事而已,逮於祖先所出,則蔑爾無聞。至馬遷徵三閭之故事,倣文園之近作,模楷二家,勒成一卷,於是揚雄遵其舊轍,班固酌其餘波,自叙實煩矣。雖屬辭有異,而兹體無改。

馬遷《史記》,上自軒轅,下窮漢武,修闊綿長。其《自叙》始於氏出重黎,終於太史,雖上下馳騁,終不越《史記》之年。班固《漢書》,止叙西京二百年事耳。其自叙也,則遠徵令尹,起楚文王之世,近録《賓戲》,當漢明帝之朝,苞括所聞,踰於本書遠矣。而後來叙傳,非止一家,競學孟堅,從風而靡。施於家譜猶或可通,列於國史,每見其失者矣。

然自叙之爲義也,苟能隱己之短,稱其所長,斯言不謬,即爲實録。而相如自叙,反記其客遊臨邛,竊妻卓氏,以《春秋》所諱,持爲美談,雖事或非虛,而理無可取,載之於傳,不其愧乎? 又王充《論衡》之《自紀》也,述其父祖不肖,爲州閭所鄙,而己答以

“嚚頑舜神”，“鯀惡禹聖”。夫自叙而言家世，當以揚顯爲主，苟無其人，闕之可也。至若盛矜於己，而厚辱其先，此何異證父攘羊，學子名毋（母），必責以名教，實三千之罪人也。

夫自媒自衒，士女之醜行。然則人莫我知，君子所恥。按孔氏《論語》有云：“十室之邑，必有忠信，不如丘之好學也。”又曰：“吾日三省吾身：爲人謀而不忠乎？與朋友交而不信乎？”又曰：“文王既没，文不在兹乎？”又曰“昔者吾友嘗從事於斯矣”，則聖達立言也，時亦揚露己才，或託諷以見其情，或巽辭以顯其跡，終不盱衡自伐，攘袂公言。且命諸門人，各見爾志，由也不讓，見嗤無禮。歷觀揚雄已降，其自叙也，始以誇尚爲宗，至魏文帝、傅玄、陶梅、葛洪之徒，則又踰於此者矣。何則？身兼片善，行有微能，皆剖析具言，一二必載，豈所謂憲章前聖，謙以自牧者歟？

又近古人倫，喜稱閥閱，其蓽門寒族，百代無聞，而辟角挺生，一朝暴貴，無不追述本係，妄承先哲。至若儀父、振鐸，並爲曹氏之初；淳維、李陵，俱稱拓拔之始。河南馬祖，遷、彪之説不同；吳興沈先，約、烔之序有異。斯皆不因真律，無假寧楹，直據經史，自成矛盾。則知揚雄之寓西蜀，班門之雄朔野，或冑纂伯僑，或家傳熊繹，恐自我作古，失之彌遠者矣。蓋諂祭非鬼，神所不歆；致敬他親，人斯悖德。凡爲叙傳，宜詳此理，不知則闕，亦何傷乎？

題　跋

題跋者，簡編之後語也。凡經傳子史詩文圖書畫，前有序引，後有後序，可謂盡矣。其後覽者，或因人之請求，或因感而有得，則復撰詞以綴於末簡，而總謂之題跋。至綜其實，則有四焉：曰題、曰跋、曰書某、曰讀某。夫題者，締也；跋者，本也，因文而見本也；書者，書其語，讀者因於讀也。題、讀始於唐；跋、書起於宋。曰題跋者，舉類以該之也。其詞考古證今，釋疑訂謬，褒善貶惡，立法垂誡，各有所爲，而專以簡勁爲主，與序引不同。有題辭，所以題號其書之本末，指義文辭之表也。若漢趙岐作《孟子題辭》，其文稍煩；宋朱子倣之，作《小學題辭》，更爲韻語。然題跋書於後，而題辭冠於前，此又其辯也。

書　記

《釋名》曰：“書者，庶也，以記庶物。又著，言事得彰著。”五經六籍，皆是筆書，而諸部之書，隨事立名，以事舉，故百氏六經，總曰書也。論識所題別名，各自載耳。晉韓起適魯，觀書於太史氏，是《易象》與《春秋》，此總名書也。

按書記之用，古今多品。有書，有奏記，有啓，有簡，有狀，有疏，有牋，有刺，而書記則其總稱也。夫書者，舒也，舒布其言，而陳之簡牘也。記者，志也，謂進己志也。啓，開也，開陳其意也；一云跪也，跪而陳之也。簡者，略也，言陳其大略也。或曰手簡，或曰小簡，或曰尺牘，皆簡略之稱也。狀之爲言陳也，疏之爲言布也。以上六者，秦漢已來，皆用於親知往來問答之間，而書、啓、狀、疏，亦以進御。獨兩漢無啓，則以避景帝諱而置之也。又古者郡將奏牋，厥後專用於皇后、太子、諸王，其下遂不敢稱。而刺獨行於宋，盛於元，有疊副提頭畫一之制，煩猥可鄙，然以呂祖謙之賢而亦爲之，則其習非一日矣。牋者今人所不得用，而刺者吾儒所鄙而不屑也。今辯其體：曰書，書有辭命、議論；曰奏記，二者並用散文；曰啓，啓有古體，有近體；曰簡，簡用散文；曰狀，狀用儷語；曰疏，疏用散文，然狀與疏諸集不多見。見者僅此六體，然要未可爲定體也。世俗施於尊者，多用儷語以爲恭，則啓與狀、疏，大抵皆俗體也。書記之體，本在盡言，故宜條暢以宣意，優柔以懌情，乃心聲之獻酬也。若尊卑有叙，親疏得宜，又存乎節文耳。

《文心》曰：大舜云"書用識哉"，所以記時事也。蓋聖賢言辭，總爲《尚書》，《尚書》之爲體，主言者也。揚雄曰："言，心聲也；書，心畫也。聲畫形，君子小人可見矣。"故書者，舒也。舒布其言，陳之簡牘，取象乎夬，貴在明決而已。三代政暇，文翰頗疎。春秋聘繁，書介彌盛：繞朝贈士會以策，子家與趙宣以書，巫臣之遺子反，子產之諫范宣，詳觀四書，辭若對面。又子服敬叔進弔書于滕君，固知行人挈辭，多被翰墨矣。及七國獻書，詭麗輻輳；漢來筆札，辭氣紛紜。觀史遷之《報任安》，東方朔之《難公孫》，楊惲之《酬會宗》，子雲之《答劉歆》：志氣槃桓，各含殊采；並杼軸乎尺素，抑揚乎寸心。逮後漢書記，則崔瑗尤善。魏之元瑜，號稱"翩翩"；文舉屬章，半簡必録；休璉好事，留意詞翰；抑其次也。嵇康《絶交》，實志高而文偉矣。趙至《叙離》，迺少年之激切也。至如陳遵占辭，百封各意；彌衡代書，親疏得宜：斯又尺牘之偏才也。詳總書體，本在盡言；言以散鬱陶，託風采，故宜條暢以任氣，優柔以懌懷。文明從容，亦心聲之獻酬也。

若夫尊貴差叙，則肅以節文。戰國以前，君臣同書，秦漢立儀，始有表奏；王公國內，亦稱奏書，張敞奏書於膠后，其義美矣。迄至後漢，稍有名品：公府奏記，而郡將奏牋。記之言志，進己志也。牋者，表也，表識其情也。崔寔奏記於公府，則崇讓之德音矣；黃香奏牋於江夏，亦肅恭之遺式矣。公幹牋記，麗而規益；桓弗論，故世所共遺；若略名取實，則有美於爲詩矣。劉廙謝恩，喻切以至；陸機自理，情周而巧：牋之爲善者也。原牋記之爲式，既上窺乎表，亦下睨乎書，使敬而不懾，簡而無傲，清美以惠其才，彪蔚以文其響:蓋牋記之分也。

夫書記廣大,衣被事體;筆劄雜名,古今多品。是以總領黎庶,則有譜、籍、簿、錄;醫曆星筮,則有方、術、占、試;申憲述兵,則有律、令、法、制;朝市徵信,則有符、契、券、疏;百官詢事,則有關、刺、解、諜(牒);萬民達志,則有狀、列、辭、諺:並述理於心,著言於翰,雖藝文之末品,而政事之先務也。

劉子威曰:文之世變,自秦、漢以逮梁、陳間,極矣。廼文有古今之殊,人有優劣之論,固天之降才爾殊耶?亦囿於風氣然耶?訓、誥、典、謨、誓、命、禁令、詔諭、約法,此上之所以宣示於下者也;章、奏、表、疏、陳請、獻納,下之所以求通於上者也;緘、題、削牘、書、啟、簡、記,相與往復,而碑勒紀號,鐫刻垂示,所以述揚功德。若夫詰難質訊,檄移規誨,錫命遜讓,薦舉糾拾,引喻取譬,游戲玩弄,論裁辯對,箋固闡譯,符圖銘誌,臨訣憤歎,職秩談說,刺毀詆譏,遊詞蔓衍,詭託假諷,寄寓嘲呬,則夫提獎人倫,緯經萬化,奉詞討伐,窮靡委命,非文之為用哉?詞命之作,自子產、裨諶以來,文質頓殊,體裁大異。雄才命世,英武奮揚,造次申命。秦之詛楚,諸侯之屏秦,蘇、張之雄辯,代、厲之縱橫,是惟脣舌間耳。著見之簡牘,則有人之沉深淵穆者,或寡言而信;廣心浩大者,或渾融而和;寬裕有容者,或含蓄蘊藉;疏通顯遠者,或洞達無閒;狷隘毅嚴者,或剛勁峻急;舒徐容與者,或闌緩需滯;放曠無羈者,或恣肆流湎;介潔廉直者,或僻澀窖棘;憸忮戾刻者,或褊迫局促;憂愁悒鬱者,或哀憤悵惋;激諒慷慨者,或爽暢標令;雅正弘靜者,或清鮮劭長;溫良善斷者,或明秀彊果;侮欺自懸者,或鄙悖誇浮;詭妄溺志者,或駁偏雜亂:此則觀其詞,即洞見其人,言不可以偽為,情豈掩飾所能蓋哉?以文質相勝,自三代則爾。漢而降,以文滅質,至六代,文日靡矣。故昔有云:以質開文則易,因文求質則難矣。

書

人臣進御之書為上書,往來之書為書,別以議論,筆之而為書也。唐李翱有《復性》、《平賦》等書,而《平賦書》法制精詳,議論正大,有天下者,誠能推其說而行之,致治不難矣。

《史記》八書,其書之昉也。

書惟一紙八行七字。

書,漢大史令司馬遷《報任少卿書》。任昉。

《文心雕龍》曰:書體本在盡言,以散鬱陶,託風采,故宜條暢以任氣,優柔以懌懷,文明從容,亦心聲之獻酬也。若夫尊貴差序,則肅以節文。

676

上　書

上書，秦丞相李斯《上始皇書》。

戰國時君臣同書，如《燕惠王與樂毅》、《毅報王》之類是也。秦以後始爲表奏焉。

《韻會》云：書者，舒也，舒布其言而陳之簡牘也。古人敷奏諫説之辭，見於《尚書》、《春秋内外傳》甚詳，然皆矢口陳言，不立篇目，故《伊訓》、《無逸》，隨意命名，莫協於一，亦出自史臣之手，劉勰所謂"言筆未分"，此其時也。降及七國，未變古式，言事於王，皆稱上書。秦漢而下，雖代有更革，而古制猶存，故往往見於諸集之中。蕭統《文選》，欲其別於臣下之書，故自爲一類，而以上書稱之。

對　問

《爾雅》曰："對，遂也。"《詩》云："對揚王休。"《書》曰："好問則裕。"蓋對問者，載主客之辭，以著其意者也。

問對者，文人假設之詞也。其名既殊，其實復異。故名實皆問者，屈平《天問》、江淹《邃古篇》之類是也。名問而實對者，柳宗元《晉問》之類是也。其他曰難、曰諭、曰答、曰應，又有不同，皆問對之類也。古者君臣朋友，口相問對，其詞詳見於《左傳》、《史》、《漢》諸書。後人倣之，乃設詞以見志，於是有問對之文，而反覆縱橫，真可以舒憤鬱而通意慮也。

自屈原詞賦，假爲漁父、日者問答之後，後人作者悉相規倣。司馬相如《子虛》、《上林賦》，以子虛、烏有先生、亡是公，揚子雲《長楊賦》，以翰林主人、子墨客卿，班孟堅《兩都賦》，以西都賓、東都主人，張平子《兩都（二京）賦》，以憑虛公子、安處先生，左太冲《三都賦》，以西蜀公子、東吳王孫、魏國先生，皆改名換字，蹈襲一律，無復超然新意。稍出於法度規矩者，晉人成公綏《嘯賦》，無所賓主，必假逸羣父子，乃能遣詞。枚乘《七發》，本只以楚太子、吳客爲言，而曹子建《七啓》，遂有玄微子、鏡機子，張景陽《七命》，而冲漠公子，殉華大夫之名，言話非不工也，而此習根著，未之或改。若東坡公作《後杞菊賦》，破題直云"吁嗟先生，誰使汝坐堂上稱太守"，殆如飛龍搏鵬，騫翔扶搖於煙霄九萬里之外，不可搏詰，豈區區巢林翾羽者所能窺探其涯涘哉！於詩亦然。正采舊公案而機杼一新，前無古人。

喻　難

喻難，漢司馬相如《喻巴蜀》並《難蜀父老》文。喻，喻告以知上意也；難，難也，以己意難之，以諷天子也。

説　難

《説難》，韓之諸公子韓非所作。非見韓削弱，數以書諫韓王，韓王不能用，乃作《説難》。漢揚雄曰：“‘韓非作《説難》，而卒死乎説難，何也？’曰：‘説難，蓋其所以死也。君子以礼動，以義止，合則進，不合則退，確乎其不憂其不合也。夫説人而憂其不合，則亦無所不至矣。’”

釋　誨

《釋誨》，漢蔡邕作。宋玉始造對問，朔等效而廣之，迭相祖述，命篇雖異，而體則同源也。

《説文》云：“釋，解也。”文既有解，又復有釋，則釋者，解之別名也。自蔡邕作《釋誨》，而郤《釋譏》、皇甫謐《釋勸》、束晳《玄居釋》，相繼有作。然其詞旨，不過遞相述而已。至唐，韓愈作《釋言》，別出新意，乃能追配邕文，而免於蹈襲之陋。（以上卷十）

符　命

《春秋演孔图》曰：天子皆五帝之精寶，各有題序，以次運相據，起，必有神靈符紀，使開階立遂。

《春秋潛潭巴》曰：里社鳴，此里有聖人出，其呴則百姓歸之。

徐伯魯曰：符命者，稱述帝王受命之符也。夫帝王之興，固有天命，而所謂天命者，實不在乎祥瑞圖讖之間。故大電、大虹、白狼、白魚之屬，不見於經，而見於史，史其可盡信邪？後世不察其偽，一聞怪誕，遂以爲符，而封禅以答之，亦惑之甚矣。自其説肪於管仲，其事行於始皇，其文肇於相如，而千載之惑，膠固而不可破。於是揚雄《美新》、班固《典引》、邯鄲淳《受命述》，相繼有作，而《文選》遂立“符命”一類以列之。夫《美新》之文，遺穢萬世，淳亦次之，固不足道；而馬、班所作，君子亦無取焉。唯柳氏

678

《贞符》以仁立说,颇协於理,然苏长公猶以爲非,则如(知)斯文不作可也。馳騁文藝者,當知所懲戒,庶不蹈劉勰"勞深勛寡"之誚云。

典　引

《緣起》曰:漢班固所作。《文選》註曰:"典者,常法也;引者,伸也。《尚書》疏堯之常法,謂之《堯典》。漢紹其緒,引而伸之。"故曰《典引》,《文選》列符命類。

唐以前,文章未有名"引"者。漢班固雖作《典引》,然實爲符命之文,如雜著命題,各用己意耳,非以"引"爲文之一體也。唐以後始有此體。如柳宗元有《霹靂琴贊引》,劉禹錫有《送元暠南遊詩引》,大略如序而稍爲短簡,蓋序之濫觴也。

七

摯虞《流別傳》曰:《七發》造於枚乘,借吳楚以爲客主,先言出輿入輦之疾、靡曼之毒、淫曜之害,宜以要言妙道,以蠲澄滯之累,以顯明去就之路,而後說之,雖有甚太之辭,而不没其諷諭之義也。其流既遠,其義遂變,率有辭人淫麗之尤矣。崔駰既作《七依》,而假非有先生之言:"嗚乎! 揚雄有言:'童子雕蟲篆刻。俄而曰:壯夫不爲也。孔子疾小言破道,斯文之族,豈不謂義不足而辨有餘者乎? 賦者將以諷,吾恐其不免於勸也。'"

傅子集古今七篇品之,署曰《七林》。

傅玄《七林·序》曰:昔枚乘作《七發》,而屬文之士,若傅毅、劉廣世、崔駰、李尤、桓麟、崔琦、劉梁、桓彬之徒,承其流而作之者紛焉。通儒大才,如馬季長、張平子,亦引其源而廣之。馬融作《七廣》,張衡造《七辨》,或以闡大道而尊幽滯,或以默瑰多克麥而託諷詠,揚暉播烈,垂於後世者,凡十有餘篇。自大魏英賢迭作,有陳王《七啟》、王粲《七釋》、楊氏《七訓》、劉氏《七華》、從父侍中《七誨》,並陵前而邈後,揚清風於儒林,亦數篇焉。世之賢明,多稱《七激》工,餘以爲未盡善也。《七辨》似也,非張氏至思,比之《七激》,未爲劣也。《七釋》金曰:妙哉! 吾無間矣。若《七依》之卓聯一致,《七辨》之纏綿精巧,《七啓》之奔逸壯麗,《七釋》之精密閑理,亦近代之所希也。

《文心雕龍》曰:"枚乘摛豔,首製《七發》,腴辭雲構,夸麗風駭。七竅所發,發乎嗜欲,始邪末正,所以戒膏粱子也。""自《七發》以下,作者繼踵。觀枚氏首唱,信獨拔而偉麗矣。及傅毅《七激》,會清要之工;崔駰《七依》,入博雅之巧;張衡《七辨》,結采綿靡;崔瑗《七厲》,植義純正;陳思《七啓》,取美於宏壯;仲宣《七釋》,致辨於事理。自桓麟《七説》以下，左思《七諷》以上，枝附影從，十有餘家。或文麗而義暌，或理粹而辭駁。觀其大抵所歸，莫不高談宮館，壯語畋獵，窮瓌奇之服饌，極蠱媚之聲色；甘意搖骨體，豔詞動魂識；雖始之以淫侈，而終之以居正，然諷一勸百，勢不自反。子雲所謂‘先騁鄭衛之聲，曲終而奏雅’者也。唯《七厲》叙賢，歸以儒道，雖文非拔羣，而意實卓爾矣。”

按詞雖八首，而問對凡七，故謂之七；則七者，問對之別名，而楚詞《七諫》之流也。嗣是崔瑗《七蘇》，陸機《七徵》，遞相摹擬，讀未終篇，而欠伸作焉。唐柳宗元《晉問》，體裁雖同，辭意迴別，亦作者之變化也。

連　珠

《雕龍》曰：“揚雄覃思文閣，業深綜述，碎文瑣語，肇爲《連珠》，其辭雖小而明潤矣。”“擬者間出，杜篤、賈逵之曹，劉珍、潘勗之輩，欲穿明珠，多貫魚目。可謂壽陵匍匐，非復邯鄲之步；里醜捧心，不關西施之顰矣。唯士衡運思，理新文敏，而裁章置句，廣於舊篇。豈慕珠仲四寸之璫乎！夫文小易周，思閑可贍。足使義明而詞淨，事圓而音澤，磊磊自轉，可稱‘珠’耳。”

傅玄曰：其文辭麗而言約，不指說事情，必假喻以達其旨，而賢者微悟，合於古詩諷興之義，欲使歷歷如貫珠，易睹而可悦，故謂之連珠也。

沈約曰：連珠，放《易象》論，動模經誥。連珠者，謂辭句連續，互相發明，若珠之排結也。

班固諭美詞壯，文章宏麗，最得其體。蔡邕言質辭碎，然其旨篤矣。賈逵儒而不艷，傅毅文而不典。

按西漢揚雄，已有《連珠》，班固《擬連珠》，非始於固也。嗣後潘勗《擬連珠》，魏王粲有《倣連珠》，晉陸機有《演連珠》，宋顏延之有《範連珠》，齊王儉有《暢連珠》，梁劉孝儀《探物作豔體連珠》，傅玄乃云“興於漢章之世”，誤矣。

評

“評”，品論也，史家褒貶之詞。蓋古者史官各有論著，以訂一時君臣言行之是非，然隨意命名，莫協於一。故司馬遷《史記》稱“太史公曰”，而班固《西漢書》則謂之“贊”，范曄《東漢書》又謂之“論”，其實皆評也，而“評”之名則始見於《三國志》。後世緣此，作者漸多，則不必身在史局，手秉史筆，而後爲之矣。故二評載諸《文粹》，而評史見於蘇文，蓋文章之一體也。當以陳壽史爲主。有史評、雜評二品。如《滄浪·詩評》、王弇州《明詩評》。

解

《解嘲》，揚雄作。解者，釋也。解釋結滯，徵事以對，因人有疑而解釋之也。其文以辨釋疑惑，解剝紛難爲主，與論、説、議、辨，蓋相通焉。其題曰“解某”，曰“某解”，則爲其命之而已。雄文雖諧謔廻環，見譏正士，而其詞頗工。此外又有字解，則別從名字説類。

原

《説文》云：“原者，本也，謂推論其本原也。”自唐韓愈作“五原”，而後人因之，雖非古體，然其遡原於本始，致用於當今，至其曲折抑揚，亦與論説相爲表裏。其題或曰“原某”、“某原”，惟操觚者命之也。

辯

《記》云：辯説得其黨。

任昉曰：楚宋玉作《九辯》。辯者，變也，謂陳道德以變説君也。

按《楚辭·九歌》乃十一篇，《九辯》亦十篇，宋人不曉古人虛用九字之義，强合《九辯》二章爲一章，以協九數。古人言數之多，止於九。《逸周書》云：“《左傳》‘九諫于王’、《孫武子》‘善攻者動於九天之上，善守者伏於九地之下’。”此豈實數邪？

《書》曰：“君罔以辯言亂舊政。”《禮記》曰：“言偽而辯。”《孟子》曰：“予豈好辯哉！”故辯須不得已而辯之可耳。《莊子》云：“辯雕萬物。”《韓子》云：“豔采辯説。”是則藻缋其言以眩聽，无治乱安危之念也。

《説文》云：“辯，判別也。”其字從言，或從刂，蓋執其言行之是非真偽，而以大義斷之也。近世魏較謂從刀，而古文不載，未敢從也。漢以前，初無作者，故《文選》莫載，而劉勰不著其説。至唐韓、柳乃始作焉。然其原實出於孟、莊，蓋非本乎至當不易之理，而以反復曲折之詞發之，未有能工者也。其題或曰“某辯”，或曰“辨某”，則隨作者命之，實非有異義也。

説

　説，本作兑，俗作説。"解也，述也，解釋義理，而以己意述之也。"説之名起於《説卦》。漢許慎作《説文》，亦祖其名以命篇。而魏晉以來，作者絕少，獨《曹植集》中有二首。要之，傳於經義，而更出己見，縱橫抑揚，以詳贍爲上而已，與論無大異也。名説、字説，其名雖同，所施則異。

　説者，悦也。兑爲口舌，故言咨悦怿，過悦必僞，故舜驚讒説。説之善者，伊尹以論味隆殷，太公以辯鈞興周，及燭武行而紆鄭，端木出而存魯，亦其美也。暨戰國爭雄，辯士雲踊，從橫參謀，長短角勢，《轉丸》騁其巧辭，《飛鉗》伏其精術。一人之辯，重於九鼎之寶；三寸之舌，强於百萬之師。六印磊落以佩，五都隱賑而封。至漢定秦楚，辯士弭節。酈君既斃於齊鑊，蒯子幾入乎漢鼎。雖復陸賈籍甚，張釋傅會，杜欽文辯，婁護脣舌，頡頏萬乘之階，抵嘘公卿之席，並順風以託勢，莫能逆波而汩洄矣。

　夫説貴撫會，弛張相隨，不專緩頰，亦在刀筆。范雎之言事，李斯之止逐客，並煩情入機，動言中務，雖批逆鱗而功成計合，此上書之善説也。至於鄒陽之説吳、梁，喻巧而理至，故雖危而無咎矣；敬通之説鮑、鄧，事緩而文繁，所以歷騁而罕遇也。凡説之樞要，必使時利而義貞，進有契於成務，退無阻於榮身，自非諂敵，則惟忠與信。披肝膽以獻主，飛文敏以濟辭，此説之本也，而陸氏直稱"説炜曄以譎誑"，何哉？

字　説

　《儀禮》，士冠三加三醮而申之以字辭，後人因之，遂有字説、字序、字解等作，皆字辭之濫觴也。雖其文去古甚遠，而丁寧訓誡之義無大異焉。若夫字辭、祝辭，則倣古辭而爲之者也。然近世多尚字説，至於解説名序，則援此意而推廣之。而女子笄，亦得稱字，故宋人有女子名辭，其實亦字説也。今雖不行，然於禮有據。

説　書

　説書者，儒臣進講之詞也。人主好學，則觀覽經史，而儒臣因説其義以進之，謂之説書。然諸集不載，唯《蘇文忠公集》有《邇英進讀》數條。而《文鑑》取以爲説書，題與篇首有問對字，蓋被顧問而答之之詞。今讀其詞，大抵皆文士之作，而於經史大義，無甚發明，不知當時説書之體，果然乎否也？及觀《王十朋集》，似稍不同，然亦不能敷陳

682

大義。

　　今制：經筵進講章，首列訓詁，次陳大義，而以規諷終焉。欲其易曉，故篇首多用俗語，與此類所載者復夐異，似爲有益。

譯

　　《王制》曰：五方之民，言語不通，嗜欲不同。達其志，通其欲，東方曰寄，南方曰象，西方曰狄鞮，北方曰譯。

　　賀欽曰：譯者，《說文》云：“傳譯四夷之言也。從言，睪聲。”越裳氏重九譯來貢，《周禮·象胥》傳四夷之言。“北方曰譯”《注疏》云：“譯，陳也。陳說內外之言。”語者，《說文》云：“論也。從言，吾聲。”語者，午也，言交午也。吾言爲語，吾語聲也。（以上卷十一）

史　贊

　　劉子玄曰：《春秋左氏傳》每有發論，假君子以稱之。二傳云公羊子、穀梁子，《史記》云太史公。既而班固曰讚，荀悦曰論，《東觀》曰序，謝承曰詮，陳壽曰評，王隱曰議，何法盛曰述，揚雄曰譔，劉昞曰奏，袁宏、裴子野自顯姓名，皇甫謐、葛洪列其所號。史官所撰，通稱史臣。其名萬珠，其義一揆。必取便於時者，則總歸論贊焉。

　　夫論者所以辯疑惑，釋凝滯。若愚智共了，固無俟商榷。丘明“君子曰”者，其義實在於斯。司馬遷始限以篇終，各書一論。必理有非要，則強生其文，史論之煩，實萌於此。夫擬《春秋》以成史，持論尤宜闊略。其有本無疑事，輒設論以裁之，此皆私狗筆端，苟衒文彩，嘉辭美句，寄諸簡冊，豈知史書之大體，載削之指歸者哉？

　　必尋其得失，考其異同。子長淡薄無味，承祚懦緩不切，賢才間出，隔世同科。孟堅辭惟溫雅，理多愜當。其尤美者，有典誥之風，翩翩奕奕，良可詠也。仲豫義理雖長，失在繁富。自茲已降，流宕忘返，大抵皆華多於實，理少於文，鼓其雄辭，誇其儷事。必擇其善者，則干寶、范曄、裴子野，是其最也；沈約、臧榮緒、蕭子顯，抑其次也；孫安國都無足採，習鑿齒時有可觀。若袁彦伯之務歸玄言，謝靈運之虛張高論，玉卮無當，曾何足云！王邵志在簡直，言兼鄙野，苟得其理，遂忘其文。觀過知人，斯之謂矣。大唐修《晉書》，作者皆當代詞人，遠棄史、班，近宗徐、庾。夫以飾彼輕薄之句，而編爲史籍之文，無異加粉黛於壯夫，服綺紈於高士者矣。

　　史之有論也，蓋欲事無重出，省文可知。如太史公曰：觀張良貌如美婦人耳；項羽重瞳，豈舜苗裔？此則別加他語，以補書中，所謂事無重出者也。又如班固贊曰：萬石君之爲父浣衣，君子非之；楊王孫裸葬，賢於秦始皇遠矣。此則片言如約，而諸義甚備，所謂省文可知也。及後來讚語之作，多録紀傳之言，其有所異，唯加文飾而已。至於甚者，則天子操行，具諸紀末，繼以論曰，接武前修，紀論不殊，徒爲再列。

馬遷《序傳》後，歷寫諸篇，各叙其意。既而班固變爲詩體，號之曰述。范曄改往述名，呼之以贊。尋述選贊爲例，篇有一章，事多者則約之以使少，理小者則張之以令大，名實多爽，詳略不同。且欲觀人之善惡、史之褒貶，蓋無假於此。然固之總述，合在一篇，使其條貫有序，歷然可閱。蔚宗《後書》，實同班氏，乃各附本事，書於卷末，篇目相離，斷絕失次。而後生作者，不悟其非，如蕭、李《南、北齊史》，大唐新修《晉史》，皆依范書誤本，篇終有贊。夫每卷立論，其煩已多，而嗣論以贊，爲黷彌甚。亦猶文士製碑，序終而續以銘曰；釋氏演法，義盡而宣以偈言。苟撰史若斯，難與議夫簡要者矣。

至若與奪乖宜，是非失中，如班固之深排賈誼，范曄之虛美隗囂，陳壽謂諸葛不逮管、蕭、魏收稱爾朱可方伊、霍，或言傷其實，或擬非其倫。必備加擊難，則五車難盡。故略陳梗概，一言以蔽之。

羅長源曰：紀傳設論，非作史之法也。左氏傳《春秋》，每事之要，時有所謂“仲尼曰”、“孔子曰”、“君子曰”者，蓋將以發其緒，啟其斷也。後世史乃特立之贊，既非體矣，而末又爲評爲論，更有所謂“史臣曰”、“臣某曰”、“臣曰”、“制曰”之類，則失之矣。

郭文毅曰：《孟子》曰：“無是非之心，非人也。”二十一史，萬世是非之書也。史之是非以事，而論贊是其所是，非其所非，蓋以義矣。孔子《春秋》，是非在一字，而其事不見，見之《左氏》。《左氏》之是非以事，而間以其義寄之“君子曰”、“或曰”、“孔子曰”，殆後世論贊之所自始乎？

《左氏》而下，馬遷爲盛。然論史者謂：以其己意而寄之編簡，或借往事以吐其胸中之磊落，是爲奇偉。夫論是非者，不以天下之公心，不以朝家之公是，而第以寄一人之憤思，則人人逞其胸臆，將何所不至乎？夫史有天道焉，有君道焉，人主不能奪，柄臣不能改，私好私惡不敢行，曹好曹惡不敢亂，而苟以自寓其憤思，則安用史爲？

班固之嚴整也，議論正也；陳壽之簡峻也，品評雜也。范曄琢矣豔矣，而琢豔之中，有古聲焉。唐太宗、沈約、蕭子顯、姚思廉、魏收、李百藥、令狐德棻，排矣偶矣，而排偶之中有婉辭焉，雖古調日遠，而奇賞難没。李延壽之于《南、北史》，歐陽修之于《舊唐書》，半仍其故，半易其辭，所仍所易，互有得失，而延壽近華，歐陽漸靡矣。脫脫于宋，日就繁蕪，而靡氣浮言，幾不堪讀。總而言之，即論贊而累朝之得失，諸史之長短，犁然見矣。辟之刑家，二十一史，其獄情乎？論贊其讞辭乎？

縱觀金匱石室之藏，竊有慨於昭代之缺如也。夫以方孝孺而謂其乞哀也，謝文正諫阻諒陰選嬪，而謂其諛詞獻諂，以誤儲嗣，是小人圖勢利而不爲國謀也。王文成而謂其譎詭也，曾司馬而謂其誕謾無遠也，郭中允而謂其以死博功名也，是非乃如是哉！天下章奏，下六科而史臣六人紀之。六科之所不報，史臣不得書，已漏其半，又復托之留中將盡，一時之忠言讜論，高標偉節，歸之烏有矣，後代秉筆者，何從而記之？夫安得盡傾中秘之藏，一一與天下揚榷之也。

讚

《釋名》曰：稱人之美者曰讚。讚者，纂也，纂集其美而叙之也。

《尚書注疏》云：鄭玄曰："贊者以叙不分散避其名，故謂之贊。贊，明也，佐也，佐成叙義也。"

《文章緣起》云：讚者明事而嗟嘆，以助辭也。四字爲句，數韻成章，蓋約文而寓褒貶也。

李充《翰林論》曰：容象圖而讚立，宜使詞簡而義正。孔融讚楊公亦其義也。

《説文》云："贊，本作讚。"昔漢司馬相如初贊荆軻，其詞雖亡，而後人祖之，著作甚衆。唐時至用以試士，則其爲世所尚久矣。其體有三：曰雜贊，意專褒美，若諸集所載人物、文章、書畫諸贊是也。曰哀贊，哀人之没而述德以贊之者是也。曰史贊，詞兼褒貶，若《史記索隱》、《東漢》、《晉書》諸《贊》是也。其述贊也，名雖爲贊，而實則評論之文；其叙傳也，詞雖似贊，而實則小叙之語。安得概謂之贊而無辯乎？

又有以傳贊名書者。劉歆作《列女傳贊》，傳，著事也；贊，叙美也。

《文心》曰：讚者，明也。昔虞舜之祀，樂正重讚，蓋唱發之辭也。及益讚于禹，伊陟贊于巫咸，並颺言以明事，嗟嘆以助辭也。故漢置鴻臚，以唱拜爲讚，即古之遺語也。至相如屬筆，始讚荆軻。及遷《史》固《書》，託讚褒貶，約文以總録，頌體以論辭，又紀傳後評，亦同其名。而仲洽《流別》，謬稱爲述，失之遠矣。及景純注《雅》，動植讚之，義兼美惡，亦猶頌之變耳。然其爲義，事生獎歎，所以古來篇體，促而不曠，必結言於四字之句，盤桓乎數韻之詞；約舉以盡情，昭灼以送文，此其體也。發源雖遠，而致用蓋寡，大抵所歸，其頌家之細條乎！

傳

《釋名》曰："傳，傳也，以傳示後人。"《博物志》曰："賢者著行曰傳。"

《韻會》云：“紀載事跡，以傳於後世也。”自漢司馬遷作《史記》，創爲列傳，以紀一人之始終，而後世史家，卒莫能易。嗣是山林里巷，或有隱德而弗彰，或有細行而可法，則皆爲之作傳，以傳其事，寓其意。而馳騁文墨者，間以滑稽之術雜焉，皆傳體也。其品有四：一曰史傳，有正變二體，二曰家傳，三曰托傳，四曰假傳。

記

任昉曰：記者，所以叙事識物，以備不忘，非專尚議論者也。

《金石例》云：“記者，記事之文也。”《禹貢》、《顧命》，乃記之祖，而記之名，則昉於《戴記·學記》諸篇。厥後揚雄作《蜀記》，而《文選》不列其類，劉勰不著其説，則知漢魏以前，作者尚少，其盛自唐始也。其文以叙事爲主，後人不知其體，顧以議論雜之。故陳師道云：“韓退之作記，第記其事耳，今之記，乃論也。”亦有感矣。然觀《燕喜亭記》已涉議論，而歐、蘇以下，議論寖多，則記體之變，豈一朝一夕之故哉！又有託物以寓意者，如王績《醉鄉記》是也；有首之以序，而以韻語爲記者，如韓愈《汴州東西水門記》是也；有篇末係以詩歌者，如范仲淹《桐廬嚴先生祠堂記》之類是也，皆爲別體。至其題或曰“某記”，或曰“記某”，《昌黎集》載有《記宜城驛》是也，或爲遊記，惟作者之所命焉。此外又有墓磚記、墳記、塔記，當與墓誌同體。

題 名

題名者，紀識登覽尋訪之歲月與其同遊之人也。其叙事欲簡而贍，其秉筆欲健而嚴，獨《昌黎集》有之，亦文之一體也。昔人嘗集華嶽題名，自唐開元玄宗至後唐清泰廢帝，録爲十卷，中更二百一年，題名者五百四十二人，可謂富矣。歐陽公《集古録》有此書，而韓愈所題亦在其中，故朱子採之以入其集，而謂“筆削之嚴，非公不可”，則其文豈可易爲哉？當今名山奇跡，非無佳題，而世人往往辱之，亦可歎矣。當以韓公所題七首爲法。

今制：太學每三歲則樹甲科題名於持敬門內，而閣部以下，各樹題名碑於署內，以紀其姓名履歷云。

銘

《釋名》曰：銘，名也。述其功美，使可稱名也。

《文章流别》曰:德勋立而铭著。

《禮記·祭統》曰:銘者,論撰其先祖之有德善、功烈、勳勞、慶賞、聲名,列於天下,而酌之祭器,自成其名焉,以祀其先祖者也。顯揚先祖,所以崇孝也;身比焉,順也;明示後世,教也。夫銘者,一稱而上下皆得焉耳矣。是故君子之觀於銘也,既美其所稱,又美其所爲。爲之者,明足以見之,仁足以與之,知足以利之,可謂賢矣。賢而勿伐,可謂恭矣。

《法言》曰:銘哉銘哉,有意於慎也。

鄭康成曰:"銘者,名也。""作器能銘,可以爲大夫矣。"考諸夏、商鼎彝尊卣盤匜之屬,莫不有銘,而文多殘缺,獨湯《盤》見於《大學》,《大戴禮》備(戴)〔載〕武王諸銘。其後作者寢繁,山川、宮室、門井之類,皆有銘詞,不但器物而已。其體不過有二:曰警戒,曰祝頌。《文賦》曰:"銘貴博文而溫潤。"斯言得之矣。此外又有碑銘、墓碑銘、墓誌銘。

蔡邕《銘論》曰:春秋之論銘也:"天子令德,諸侯言時計功,大夫稱伐。"昔肅慎納貢,銘之楛矢,所謂天子令德者也。昔黄帝有巾几之法,孔甲有盤盂之誡,殷湯有甘誓之勒,冕鼎有丕顯之銘。武王踐祚,咨於太師,作席几楹杖機之銘,十有八章。周廟金人,緘口以慎,亦所以劝人主勖於令德者也。吕尚作周太師,封於齊,其功銘於昆吾之冶,獲寶鼎於美陽。仲山甫有補衮闕,誠百辟之功。《周禮·司勳》:"凡有大功者,銘之太常。"所謂諸侯言時計功者也。有宋大夫正考父,三命兹恭,而莫侮其國;衛孔悝之祖莊叔,隨難漢陽,左右獻公,衛國賴之,皆銘乎鼎;晉魏顆獲秦杜回於輔氏,銘功於景鐘:所謂大夫稱伐者也。鐘鼎禮樂之器,昭德紀功,以示子孫。物不朽者,莫不朽於金石故也。近世以來,咸銘之於碑。

《文章流別傳》曰:夫古銘至約,今銘至煩,亦有由也。質文時異,論之則矣。且上古之銘,銘於宗廟之碑。既蔡邕爲楊公作碑,其文典正,末世之美者也。後世以來銘器,銘之佳者,有王莽《鼎銘》、崔瑗《機銘》、朱公叔《鼎銘》、王粲《硯銘》,咸以表顯功德。天子銘嘉量,諸侯大夫銘太常,勒鐘鼎之義,所言雖殊,而令德一也。李尤爲銘,山河、都邑,至於刀、筆,無有不銘,而文多穢病,殊費討論矣。

昔帝軒刻輿、几以弼違,大禹勒筍簴而招諫;成湯著"日新"之規,武王題《户》、《席》之訓;周公"慎言"於《金人》,仲尼"革容"於欹器:則先聖鑒戒,其來久矣。故銘者,名也,觀器必也正名,審用貴乎盛德。蓋臧武仲之論銘也,曰:"天子令德,諸侯計功,大夫稱伐。"夏鑄九牧之金鼎,周勒肅慎之楛矢,令德之事也;吕望銘功於昆吾,仲山鏤績於庸器,計功之義也;魏顆紀勳於景鐘,孔悝表勤於衛鼎,稱伐之類也。若乃飛廉有石槨之錫,靈公有蒿里之谥,銘發幽石,吁可怪矣!趙靈勒跡於番吾,秦昭刻博於華山，誇誕示後，吁可笑也！詳觀衆例，銘義見矣。至於始皇勒岳，政暴而文澤，亦有疎通之美焉。若班固《燕然》之勒，張昶《華陰》之碣，序亦盛矣。蔡邕銘思，獨冠古今。橋公之銘，吐納典謨，朱穆之《鼎》，全成碑文，溺所長也。至如敬通雜器，準焦戒銘，而事非其物，繁略違中。崔駰品物，讚多戒少；李尤積篇，義儉辭碎。著龜神物，而居博奕之中；衡斛嘉量，而在臼杵之末：曾名品之未暇，何事理之能閑哉！魏文九寶，器利辭鈍。唯張載《劍閣》，其才清采。迅足駸駸，後發前至；勒銘岷、漢，得其宜矣。

箴

箴，漢揚雄依《虞箴》作十二州、二十五官箴。箴者，規戒以禦過者也。義尚切劘，文須確至。

陸士衡《文賦》曰：箴頓挫而清壯。

箴者，所以攻疾防患，喻鍼石也。斯文之興，盛於三代。夏、商二箴，餘句頗存。及周之辛甲百官箴一篇，體義備焉。迄至春秋，微而未絕。故魏絳諷君於后羿，楚子訓民於“在勤”。戰代已來，棄德務功，銘辭代興，箴文委絕。至揚雄稽古，始範《虞箴》，卿尹、州牧廿五篇。及崔、胡補綴，總稱《百官》，指事配位，鞶鑑可徵，信所謂追清風於前古，攀辛甲於後代者也。至於潘勗《符節》，要而失淺；溫嶠《侍臣》，博而患繁；王濟《國子》，引廣事雜；潘尼《乘輿》，義正體蕪：凡斯繼作，鮮有克衷。至於王朗《雜箴》，乃實巾、履，得其戒慎，而失其所施。觀其約文舉要，憲章戒銘，而水火井竈，繁辭不已，志有偏也。

夫箴誦於官，銘題於器，名目雖異，而警戒實同。箴全禦過，故文資確切；銘兼褒讚，故體貴弘潤。其取事也必覈以辨，其摛文也必簡而深，此其大要也。然矢言之道蓋闕，庸器之制久淪，所以箴銘異用，罕施於代。惟秉文君子，宜酌其遠大焉。

“箴者，誠也。”蓋醫者以箴石刺病，故有所諷刺而救其失，後之作者，亦用以自箴。其品有二：曰官箴，曰私箴。文用韻語，而反覆古今興衰理亂之變以垂警戒，使人惕然有不自寧之心耳。

規

《説文》云：“規者，爲圓之器也。”《書》曰：“官師相規。”言規其闕失，使不敢越，若木之就規也。今人以箴規並稱，而文章顧分爲二體者，何也？孔穎達曰：“《書》言官師者，謂衆官也；相者，平等之辭；平等有闕，己上相規，見上有過，諫之必矣。”據此，則箴者,箴上之闕;而規者,臣下之互相規諫者也。其用以自箴者,乃箴之濫觴耳。然規之爲名,雖見於《書》,而規之爲文,則漢以前絶無作者。至唐元結始作《五規》,豈其緣《書》之名而創爲此體歟?

誡

太公金匱曰:武王曰:"五帝之誡,可得聞乎?"

誡,警也,慎也。《易》曰:"小懲而大誡。"《書》曰:"戒之用休。"《詩》云:"夕惕若厲。"《孝經》云:"在上不驕。"《論語》云:"君子有三戒。"

《說文》云:"戒者,警救之辭,字本作誡。"文既有箴,而又有戒,則戒者,箴之別名歟?《淮南子》載《堯戒》曰:"戰戰慄慄,日謹一日,人莫躓於山,而躓於垤。"至漢杜篤遂作《女戒》,而後世因之,惜其文弗傳,意必未若《堯戒》之簡也。其詞或散文,或韻語。

《漢書》曰:誡敕刺史太守及三邊營官,被敕文曰:有詔敕某官,是爲誡敕。世皆名此爲策書,失之甚也。

《文心》曰:戒敕爲文,實詔之切者,周穆命郊父受敕憲,此其事也。魏武稱作敕戒。備告百官:敕都督以兵要,戒州牧以董司,警郡守以恤隱,勒牙門以禦衛,有訓典焉。戒者,慎也,禹稱:"戒之用休。"君父至尊,在三罔極。漢高祖之《敕太子》,東方朔之《戒子》,亦顧命之作也。及馬援已下,各貽家戒。班姬《女戒》,足稱母師也。

謚　議

《儀禮·士冠禮》:"生無爵,死無謚。"卿大夫有爵,故有謚。

《周禮·春官》太師掌"大喪,帥瞽而廞,作柩謚"。廞,興也。興言王之行,謂瞽諷誦其治功之詩也。諸侯薨,臣子跡累其行以赴告王。王遣大臣會其葬,因謚之。又:太史掌"小喪,賜謚"。小史掌"卿大夫之喪,賜謚,讀誄"。小喪,卿大夫喪。

《大戴禮》曰:謚者,行之跡也;號者,功之表也。

《禮記》曰:"惟天子稱天以誄之。"《曾子問》曰:"賤不誄貴,幼不誄長,天子至尊,故稱天以誄之。"又曰:"已孤暴貴,不爲父作謚。"《樂記》曰:"聞其謚,知其行。"

《禮·表記》曰:先王謚以尊名,節以壹惠,恥名之浮於行也。

《白虎通》曰:"號法天也,法日也,日未出而明。謚法地也,法月也,月已入有餘光。是以大行受大名,細行受小名。行生於己,名成於人。"又曰:"天子崩,諸侯至南郊謚之，以爲臣子莫不欲褒稱其君，掩惡揚善，故於郊，明不得欺天也。"后夫人謚，臣子其於廟議之。<small>婦人本無外事，故不於郊。</small>

《郊特牲》曰：死而謚之，禮也。古者生無爵，死無謚。

《五經通義》曰："桓王時蔡侯卒，謚桓。有德則善謚，無德則惡謚，故同也。"又曰："號者所以表功德，號令天下也。謚之言列也，陳列所行，善有善謚，惡有惡謚也。"又曰："婦人以隨從爲義，夫貴於朝，婦貴於室，故得蒙夫之謚。"又曰："夫人無爵，故無謚。"或曰："夫人有謚。夫人一國之母，修閨門之内，群下亦化之，故設謚章其美惡。《公羊傳》曰：葬宋共姬，稱其謚，賢之也。卿大夫妻，命婦也，無謚者，以賤也。姬無謚，亦以卑賤，無所能與，猶士卑小，不得謚也。"

羅泌《路史》曰：古之法行於今者，惟謚。然二千餘年，而靡有定法。大戴氏曰：昔周公旦、太公望，相嗣王以制謚法。《周書》之説亦然。故今《周書》有《謚法》一篇，頗爲簡要。至杜預，取而納之《釋例》，而世遂重出之，謂《春秋謚法》，蓋不知也。異時有《廣謚》者，沈約、賀琛，皆嘗本之。約又撰著《謚例》，事頗詳備。而琛之書特少去取，且復强爲君臣婦女之别，亦無取焉。太宗皇帝爰命扈蒙，裁著新書，然而亦莫究明。蘇洵於是究定古今，斷以書傳，刊其重復，以爲法。雖其或從或違，時亦有合聖人之意，然其必欲合以堯舜三王五帝之時，則大謬矣。

夫謚者，原其號者也，其不出於周公之前，予嘗論之。彼號近古而好牽合者，無過漢儒。而漢儒亦謂堯、舜、禹、湯，不入謚法，則其説可概見矣。且在《周書》，初無堯、舜、禹、湯、桀、紂之文，至預而後增之，以湯益無所據。商之太宗、中宗、高宗，本非謚法，特以其一時功烈，推而崇之耳。乃若甲、丙、庚、壬、乙、己、丁、癸，何由而爲謚哉？若古論謚，爲法最簡。故賈山曰：古聖作謚，不過三四十言。而蔡邕之書，纔四十六，然猶不及《世本》《大戴》之所戴者。洵乃以二書邕不之見，見則無不載矣。《周書》之篇，乃周公之法，而《春秋》之謚，出於此。今洵反謂周公者爲最繁雜，而《春秋》者爲簡而不亂。又謂《周書·謚法》，以鄙野不傳，則知二書洵亦未嘗見也。按洵書曰："匹夫之有謚，始東漢之隱者；婦人之有謚，始景王之穆后。"夫婦人之典，周三后其著者也，而穆王之盛姬，亦有哀淑人之謚，見于穆天子之傳。匹夫之典，夷、齊其著者也，而齊之黔婁，已謚曰"康"，見于《高士傳》。二者其來久矣。此楊侃爲《職林書》，謂公主之有謚，自唐之唐安始，乃不知世祖之平陽、昭文公主，與齊高帝之女，義興憲公主始也。邕之言漢母無謚，至明帝始建光烈之稱，於是請正和熹之號。而不知元帝之母媪，已有昭靈之號又何耶？婦人無外行者也，生也姓配其國，没也謚從其夫，明有屬也。秦嬴、鄧曼、陳嬀、韓姞，以姓配國者也；秦穆姬、宋共姬、魯文嬴，與夫共、莊、宣之三姜，以謚從夫者也。惟死先夫則異其謚。景之穆后、桓之文姜、莊之哀姜之類是也。後死而殊謚，抑何典耶？今不知考，而更請正和熹、光烈之稱，豈先王之典哉！

　　嗟夫，顔、閔至德，不聞有謚，而朱暉子穆，輒加父以"貞宣"，及穆之死，邕復以"文忠"被之。穆則廢典，邕亦不知禮耶？其貽譏于荀爽，而見誚于張璠也，宜矣！抑嘗言之，謚者，正先王之所謂名教也。然古之謚爲名教，而後世之謚爲辱典。東漢莎車以蠻夷而膺茂典，此何爲耶？然則邕之違禮，豈惟邕之罪哉！德又下衰，其流及於藝術與緇黃矣。名教之失，孰甚於是？顧不謂辱典邸耶？（以上卷十二）

尺牘尺赤通

　　尺牘：漢文帝遺匈奴尺一牘。尺牘，書之沿也，體務簡達，語貴嫺嫩，所用最繁，必使斯須可辦。故孟公授書，親疎各異；穆之應對，移晷百函：斯蓋駿發而前，巧於用短者也。

　　王弇州曰：夫書者辭命之流也。昔在春秋，遊旌接轂，矢揚刃飛之下，不廢酬往，嫺婉可餐，故草創潤色，既匪一人，謀野褆邦，以爲首務。然而出疆斷割，因變爲規，寄文行人之口，無取載函之筆，離是而還書，郁乎盛矣，用亦大焉。故燃箭聊城，則百雉自摧；奏章秦庭，則千囊盡返。少卿紆鬱於氈帳，子長揚泯於蠶宮，良以暢人我之懷，發今曩之蘊。或揚扢沈冥，或培折疑豫，或誘趨啓蔽，或釋詛通媾。走儀秦於寸管，組丘倚於尺一，思則川至泉湧，辯則雲蒸電燿，其盛矣哉。然皆舂容大章，汪洋菀翰。雁距弱雲路，虞其修阻；魚腹狹波臣，付以沈浮：則有黃麻薄踶，緘蘇固蠟，爛熳數行，遥裔千里，蓄止寒暄，情專問慰。隻事興端，片物託緒，毛生爲舌，墨卿代面，醉瀋灕淰，卮言熹微。其造色也，炯兮隋珠之忽投；其寄悰也，裊兮春絲之不斷。是用河嶽雖移，漆膠愈結，徘徊吟咀，情事更絶。明月宛其依懷，白雲停而不飛，斯則晉客玄談之委致，齊梁纖語之極軌也。若夫陳驚座之十吏遞供，劉南昌之百函俱發，流映前史，以爲美談，今皆闕如，況其下焉者乎！

　　胡元瑞曰：漢以前"赤"、"尺"通用，見楊子《巵言》。余所閲尚三數處。自唐人以下，用者絶希。惟海岳《書史》云："朱長文收錦織諸佛，闊四赤，長五六赤。"印証益明。

　　《莊子》曰："小夫之知，不離苞苴竿牘。"注云："苞苴以遺，竿牘以問。"竿音干，即簡牘也。以竹曰竿，又曰簡；以木曰牘，又曰札。《説文》："牘，書板也。"古者與朋儕往來，以板代書帖，故從片。曰牋、曰牒，皆此意也。《説文》作："箋，表識書也。"後轉作牋，亦是用竹爲牋，用木爲牋也。紙亦曰箋紙，不忘其本也。牒，《説文》曰："牒，札也。"《增韻》："官府移文曰牒。"《説文》："札，牒也。"《釋名》："札，櫛也。編之如櫛，齒相比也。"郭知玄《集韻序》："銀鉤一啓，亥豕成羣；蕩櫛行披，魯魚盈隊。"蓋以札爲櫛也。其云"蕩櫛"，《周禮》所謂英蕩輔節，亦竹簡之謂也。《司馬相如傳》："令尚書給筆札。"注："木簡之薄小者也。時未用紙，故給札以書。"《中庸》曰："布在方策。"方，板也，以木爲之；策，簡也，以竹爲之。至秦漢以下，以絹素書字。漢文帝集上書囊以爲帷。書囊，如今文書封套，一曰書帶。鄭玄：庭下生草，如書帶是也。又曰書袋。海中有魚，形如書帶。相傳秦始皇吏，遺書袋於海，所化是也。漢世書札相遺，或以絹素，疊成雙魚之形，古詩云："尺素如霜雪，疊成雙鯉魚。要知心裏事，看次腹中書。"是其明證也。故古詩有"客從遠方來，遺我雙鯉魚"之句指此。昧者不知，即以爲水中鯉魚能寄書，可笑。

《李太白集》有"桃竹書筒"，元微之以竹爲詩筒，寄白樂天，亦莊子之所謂竿也。

移　書

移書，漢劉歆《移書讓太常博士論左氏春秋》。移，易也；讓，責也。《文心雕龍》曰："劉歆之《移太常》，辭剛而義辯，文移之首也。"

白　事

白事，漢孔融主簿作白事書。白，告也，告明其事也。

述

魏給事中邯鄲淳作《魏受命述》。聖人創製曰"作"，賢者傳舊曰"述"，故述者不敢當作者之名也。

《説文》云："述，譔也，篡撰其人之言行以俟考也。"其文與行狀略同，不曰狀，而曰述，亦別名。

略

略，漢奉車都尉劉歆總羣書而奏其《七略》：曰輯略、曰六藝略、曰諸子略、曰詩賦略、曰兵書略、曰術數略、曰方技略。班固因之，作《藝文志》。

692

刺

刺，從束，從刂。《詩》下以風刺上，曰刺。七賜切。《韻補》："書姓名於奏白曰刺。"《漢書》："漫刺。"《後漢》：禰衡尚氣慢物，游許下，陰懷一刺，既無所通，刺字漫滅。陸象孫謂："投名刺，既稱頓首，不當復言拜。"故爾。然《周禮》辨九拜之儀："一稽首，一頓首。"注："稽首，拜頭至地也；頓首，拜頭叩地也。"又："奇拜，一拜也；褒拜，再拜也；肅拜，但俯下手，即今之揖也。"好奇者，有稱肅拜。不知其自處於倨，而稱頓首者，亦無所不可。若稱奇拜、褒拜，亦通。

《留青日札》曰：古者削竹木以書姓名，故曰刺，所云"書姓名于奏白"是也。刺，從刀，從束亦聲。俗作刺，非。刺，來未切，戾也。後以紙書，故曰名紙。漢郭林宗載刺盈車，禰衡懷刺漫滅。孟宗家貧，刺詣魏爵里刺北齊李元忠，取刺勿通。唐李德裕貴盛，人始用門狀。唐門狀競用善紙，有識者尚非之。嘉靖初年，士夫刺紙，不過用白鹿，如兩指闊，而書簡或用顏色蘇箋，以爲大事，亦止一尺長耳。近則競用奏本白綠羅紋箋，甚至於松江五色蠟箋，臙脂毯青花鳥格眼，曰綠官司。年節以大紅紙爲拜帖，餽送則以銷金大紅紙爲禮書。封筒，長可五六尺，闊不減四五寸。叚帕書册，亦以紅紙封裹，鄉士夫皆效之，云此風起於京師勳戚之家，可謂奢侈暴殄之極矣。夫上司取之府縣，而府縣取之百姓，殊不知此紙皆小民之皮膚也。白者其骨髓，紅者其膏血，剥民之皮，以書己之名，以充貴顯之美觀，何忍心害理如是哉！節用愛人，爲民上者其試思之。

謁

少儀聞始見君子者辭曰："某固願聞名於將命者，不得階主。"適者曰：某固願見，罕見曰聞名，亟見曰朝夕，瞽曰聞名。

謁文，後漢別駕司馬張超《謁孔子文》。謁，白也，請見也。史稱謁者。（以上卷十三）

圖

《釋名》曰：圖，度也，盡其品度也。

唐張彥遠曰：夫畫者，成教化，助人倫，窮神變，測幽微，與六籍同功，四時並運，發於天然，非由述作。古聖先王，受命應籙，則有龜字效靈，龍圖呈寶。自巢、燧以來，皆有此瑞，跡映乎瑤牒，事傳乎金册。庖犧氏發於滎河中，典籍圖畫萌矣；軒轅氏得於温洛中，史皇、蒼頡狀焉。奎有芒角，下主辭章；頡有四目，仰觀垂象。因儷鳥龜之跡，遂定書字之形。造化不能藏其秘，故天雨粟；靈怪不能遁其形，故鬼夜哭。

是時也，書畫同體而未分，象制肇創而猶略。無以傳其意，故有書；無以見其形，故有畫：天地聖人之意也。按字學之部，其體有六：一、古文，二、奇字，三、篆書，四、佐書，五、繆篆，六、鳥書。在幡信上書端象鳥頭者，則畫之流也。顏光禄曰："圖載之意有三：一曰圖理，卦像是也；二曰圖識，字學是也；三曰圖形，繪畫是也。"又《周官》教國子以六書，其三曰象形，則畫之意也。是故知書畫異名而同體也。

洎乎有虞作繪，繪畫明焉。既就彰施，仍深比象，於是禮樂大闡，教化由興，故能揖讓而天下治，焕乎而詞章備。《廣雅》云："畫，類也。"《爾雅》云："畫，形也。"《説文》云："畫，畛也，象田畛畔，所以畫也。"《釋名》云："畫，掛也，以彩色掛物象也。"故鼎鍾刻，則識魑魅而知神姦；旂章明，則昭軌度而備國制。清廟肅而鑄彝陳，廣輪度而疆理辨。以忠以孝，盡在於雲臺；有烈有勳，皆登於麟閣。見善足以戒惡，見惡足以思賢。留乎形容，式昭盛德之事；具其成敗，以傳既往之蹤。記傳所以叙其事，不能載其容；賦頌有以詠其美，不能備其象：圖畫之制，所以兼之也。故陸士衡云："丹青之興，比雅頌之述作，美大業之馨香，宣物莫大於言，存形莫善於畫。"此之謂也。善哉！曹植有言曰："觀畫者，見三皇五帝，莫不仰戴；見三季異主，莫不悲惋；見篡臣賊嗣，莫不切齒；見高節妙士，莫不忘食；見忠臣死難，莫不抗節；見放臣逐子，莫不歎息；見婬夫妬婦，莫不側目；見令妃順后，莫不嘉貴。是知存乎鑒戒者，圖畫也。"昔夏之衰也，桀爲暴亂，太史終抱畫以奔商；殷之亡也，紂爲淫虐，内史摯載圖而歸周。燕丹請獻，秦皇不疑；蕭何先收，沛公乃王。圖畫者，有國之鴻寶，理亂之紀綱。是以漢明宫殿，贊兹粉繪之功；蜀郡學堂，義存勸戒之道。馬后女子，尚願戴君於唐堯；石勒羯胡，猶觀自古之忠孝：豈同博奕用心，自是名教樂事。

余嘗恨王充之不知言云："人觀圖畫上所畫古人也，觀畫古人，如視死人，見其面而不若觀其言行。古賢之道，竹帛之所載燦然矣，豈徒牆壁之畫哉！"余以此等之論，與夫大笑其道，詬病其儒，以食與耳，對牛鼓簧，又何異哉？

李本寧《六經圖序》曰：《周易》、《書》、《詩》、《春秋》、《周禮》、《禮記》圖，各十六篇，無作者姓名。盧侍御得信州石本，更爲木本，取其工易就，其傳易廣云。

蓋河出圖，洛出書，是時書亦圖也，經緯相錯而成文。古之學者，左圖右書，索象于圖，索理於書，得其理，舉其象，如以左契合右契也。秦焚書坑儒，以吏爲師，而蕭何入咸陽，收圖書，漢因以具知天下阨塞户口多少强弱處，民所疾苦，圖之可經世用如此。

　　任宏較兵書，書五十三家，圖四十三卷。劉更生父子爲《七略》，有書無圖，自是藝文之目，置圖不講。然王儉《七志》，六書一圖，阮孝緒《七録·内篇》圖七百餘卷，《外篇》圖百卷，即不必盡出三代以前，猶幸古跡存十一於千百，而今且盡矣。辭章之學，既於圖無所取裁，性理之學，方以書爲筌蹄，安問圖哉？道聽塗説，見名不見物，猝然當興革之會，制度文爲，靡所措手，猶且侈然，曰：其數易陳也，其義難知也。知其難，何有於易？此與畫鬼魅何殊？《易》言：“形而上者謂之道，形而下者謂之器”；《禮》言：“禮器，是故大備，大備，盛德也。”圖者，載道之器。無圖則無器，無器則道何以形？禮何以備？盛德何以見乎？朱子深惜《樂記》說理精而度數節奏無可施用，晚年又病説《易》者脱略卦象。然則，圖惡可已也？

　　余觀諸圖，於宮室、車服、器用之類，法象稍詳。其有圖而非象，若書而實圖者，曰譜、曰表。一展閲而綱目源委，粲然指掌，與圖同情異形，同功一體。若大衍之數、揲蓍之法、六年五服之朝、四始六義之説、諸國爵氏世次之別、六宫分掌之職、民數荒政神祇人鬼祭祀之式，與譜與表不殊，而義皆準於圖，總名之曰圖。國家頒《五經大全》，學宫皆有圖。此圖業已具載。《易》則兼收楊氏《太玄》、關氏《洞極》、司馬氏《潛虛》、邵氏《皇極經世》。論三禮者，以《儀禮》、《周禮》爲經，《禮記》爲傳。今有《周禮》、《禮記》，無《儀禮》，作者去取之指，不審云何？或有未竟之筆耶？抑所授受，僅有此耶？考馬貴與所紀，有朱子《發易圖》、鄭東卿《易卦疑難圖》、程大昌《禹貢論圖》、歐陽補鄭氏《詩譜》、張傑《春秋圖》、馮繼元《春秋名號歸一圖》、夏休《周禮井田譜》、聶崇義《三禮圖》、陸佃《禮象》所不知者。又有《演左氏傳謚族圖》、《帝王歷紀譜》、《春秋世譜》、《春秋宗族名謚譜》、《春秋二十國年表》，其本不得傳，未知與此圖合否？諸家書容有穿鑿附會，訛謬經訓，圖則非口談臆决，實與經相發明。公意在窮經博古，洗瞽儒之耳目而一新之，嘉惠深矣。

　　王弇州曰：考之畫曰：“形也”，一曰“畛也”，象曰：“畛，畔也。”又曰：“掛也，以綵色掛物象也。”然則伏羲之畫八卦也，其畫之所由，昉乎畫之通於畫也。卦之爲掛也，亦可思已。

　　自六書之學行，而其言曰：“畫不過其一耳。”然而不然。蓋顏光禄之訓曰：圖理而爲卦也，圖識而爲書也，畫所謂圖形，鼎立而三者也。且夫有倉頡則有史皇。神禹之告成功也，而見於書者，若鍾、若碣戈、若岣嶁之石，而至於畫則悉取九牧之貢金而爲鼎，而象其州之山川、百物、神姦，而置之魏闕之上，不亦略於書而詳於畫哉？然而不然。

　　其識者曰：聖人之立言，與書相表裏者也。言無體，以書爲體。今夫百官以治，萬民以察，八荒以同，六籍以紀，皆書爲之也。書之用圓，圓則廣；畫之用方，方則狹。雖然，其致未有不相通者也。故書有古文，有大篆，有小篆，有古今隸，有行，有草，而畫有人物，有山川，有宮室，有鳥、獸、蟲、魚、草、卉。書之聖者爲籀、爲斯、爲鍾、爲張、爲崔、爲蔡、爲羲、爲獻，其賢者爲杜、爲師、爲梁、爲衛、爲索、爲晉六朝諸賢，以至歐、虞、永、楮、旭、素、顏、柳之類；畫之聖者爲顧、爲曹、爲衛、爲陸、爲張、爲道子、爲成，其賢者爲墨、爲勗、爲微、爲逵、爲廙、爲二閻、爲展、爲董、爲尉遲、爲二李、爲維、爲昉、爲全、爲董、爲六朝諸賢，以至荆、范、馬、夏、巨然、孟頫、王蒙、子久之類，其則亦未有不相合者也。

今夫睹古聖喆之懿，寧不翼然而思齊者哉？其於淫懇，寧不懌然而思戒者哉？玩仙釋之逍遙，而不寄惊於塵外者哉？即小乘報應之微，而不惕然而內自訟者哉？山鬱然而高深，水悠然而廣且清，而不悦吾之性靈哉？夭喬飛走之若生，而有不動吾之天機哉？故自五代而上，其畫有賦者，有賦而比者；五代而下，其畫有賦者，有賦而興者，擬於《詩》則皆《風》、《雅》、《頌》之遺也。是故畫之用隘於書，而體不讓也。吾於此二端，雖不能得之於手，而尚能得之於目，又雅好其説，以故略訪法書例，採古今之論，有關於畫，若謝赫、張彦遠之流者録之。

有有圖者，如《三易射鄉君臣圖鑑》、《輿地九邊圖》、《修攘通考》，及止輦受諫、鄭俠、流民、博古圖之屬。

有無圖者，如《周禮·考工》、《深衣》之類。

有名圖而無圖者，如《三輔黄圖》之屬，皆不可廢也。

何爲三代之前，學術如彼，三代之後，學術如此？漢微有遺風，魏晉以降，日以陵夷，非後人之用心，不及前人之用心，實後人之學術，不及前人之學術也。後人辭章雖富，如朝霞晚照，徒焜耀人耳目；義理雖深，如空谷尋聲，靡所底止。二者殊途而同歸，是皆從事於語言之末，而非爲實學也。所以學術不及三代，又不及漢者，抑有由也。

以圖譜之學不傳，則實學盡化爲虛文矣。其間有屹然特立、風雨不移者，一代得一二人，實一代典章、文物、法度、紀綱之盟主也。然物希則價難平，人希則人罕識。世無圖譜，人亦不識圖譜之學。張華，晉人也，漢之宫室，千門萬户，其應如響。時人服其博物。張華固博物矣，此非博物之效也，見漢宫室圖焉。武平一，唐人也，問以魯三桓、鄭七穆，春秋族係，無有遺者。時人服其明《春秋》。平一固熟於《春秋》矣，此非明《春秋》之效也，見《春秋世族譜》焉。使華不見圖，雖讀盡漢人之書，亦莫知前代宫室之出處；使平一不見譜，雖誦《春秋》如建瓴水，亦莫知古人氏族之始終。當時作者，後世史臣，皆不知其學之所自，況他人乎？臣舊亦不之知，及見楊佺期《洛京圖》，方省張華之由；見杜預《公子譜》，方覺平一之故。由是益知圖譜之學，學術之大者。

696

且蕭何刀筆吏也，知炎漢一代憲章之所自！歆、向大儒也，父子紛爭於言句之末，以計較毫釐得失，而失其學術之大體。何秦人之典，蕭何能收於草昧之初？蕭何之典，歆、向不能紀於承平之後？是所見有異也。逐鹿之人，意在於鹿，而不知有山；求魚之人，意在於魚，而不知有水；劉氏之學，意在章句，故知有書而不知有圖。嗚呼！圖譜之學絶紐，是誰之過與？鄭樵《通志》

讖

《説文》云：“讖，驗也。”徐曰：“凡讖緯，皆言將來之驗也。”《釋名》曰：“讖，纖也，其義纖微。”《廣韻》：“讖書”，《增韻》：“符纖”。

郭璞《山海經・蛉蛉獸贊》：見則洪水，天下昏（塾）〔墊〕，豈伊（忘）〔妄〕降，亦應圖讖。

《蜀志》曰：夫不經之言而有應驗者，號曰讖也。

《東觀漢紀》曰：尹敏辟大司空府，上以敏博通經記，令較圖讖。敏對曰：“讖書非聖人所作，其中多鄙別字，頗類世俗之辭，恐疑悮後生。”

詛　文

詛文，秦惠文王詛楚文。《書》曰：“否則厥口詛祝。”《詩》云：“侯作侯祝，靡屆靡究。”《釋名》曰：“詛，阻也，使人行事，阻限於言也。”《左傳》：“公孫閼與潁考叔爭車，閼射殺叔，鄭莊公不能討，乃使軍中詛之於神。故君子謂莊公：‘失政刑矣。政以治民，刑以正邪。既無德政，又無威刑，是以及邪。邪而詛之，將何益矣！’”

編内所載，鈞謂之文，而此類獨以文名者，蓋文中之一體也。其格有散文，有韻語。或倣楚辭，或爲四六，或以盟神，或以諷人。其體不同，其用亦異。

盟

《記》曰：涖牲曰盟。

盟者，明也。騂毛白馬，珠盤玉敦，陳辭乎方明之下，祝告於神明者也。在昔三王，詛盟不及，時有要誓，結言而退。周衰屢盟，以及要契，始之以曹沫，終之以毛遂。及秦昭盟夷，設黃龍之詛；漢祖建侯，定山河之誓。然義存則克終，道廢則渝始，崇替在人，呪何預焉？若夫臧洪歃辭，氣截雲蜺；劉琨鐵誓，精貫霏霜：而無補於晉漢，反爲仇讐。故知信不由衷，盟無益也。夫盟之大體，必序危機，獎忠孝，共存亡，戮心力，祈幽靈以取鑒，指九天以爲正，感激以立誠，切至以敷辭，此其所同也。然非辭之難，處辭爲難。後之君子，宜在殷鑒，忠信可矣，無恃神焉！

祝　文

古者祝享，史有册祝，載所以祝之之意。册祝，祝版之類也。《詩》云："祝祭於祊，祀事孔明。"言甚備也。

天地定位，祀徧羣神。六宗既禋，三望咸秩，甘雨和風，是生黍稷，兆民所仰，美報興焉。犧盛惟馨，本於明德；祝史陳信，資乎文辭。昔伊耆始蠟，以祭八神。其辭云："土反其宅，水歸其壑，昆蟲無作，草木歸其澤。"則上皇祝文，爰在兹矣。舜之祠田云："荷此長耜，耕彼南畝，四海俱有。"利民之志，頗形於言矣。至於商履，聖敬日躋，玄牡告天，以萬方罪己，即郊禋之詞也；素車禱旱，以六事責躬，則雩禜之文也。及周之大祝，掌六祝之辭，是以"庶物咸生"，陳於天地之郊；"旁作穆穆"，唱於迎日之拜；"夙興夜處"，言於祔廟之祝；"多福無疆"，布於少牢之饋；宜社類禡，莫不有文。所以寅虔於神祇，嚴恭於宗廟也。春秋已下，黷祀諂祭，祝幣史辭，靡神不至。至於張老成室，致善於歌哭之禱；蒯聵臨戰，獲佑於筋骨之請；雖造次顛沛，必於祝矣。若夫《楚辭·招魂》，可謂祀辭之組纚也。漢之羣祀，肅其旨禮，既總碩儒之儀，亦參方士之術。所以秘祝移過，異於成湯之心；侲子毆疫，同乎越巫之祝：體失之漸也。至如黄帝有祝邪之文，東方朔有罵鬼之書，於是後之譴呪，務於善罵。唯陳思《誥咎》，裁以正義矣。若乃《禮》之祭祀，事止告饗；而中代祭文，兼讚言行，祭而兼讚，蓋引伸而作也。又漢代山陵，哀策流文，周喪盛姬，"内史執策"。然則策本書贈，因哀而爲文也。是以義同於誄，而文實告神，誄首而哀末，頌體而祝儀，太史所作之讚，因周之祝文也。凡羣言發華，而降神務實，修辭立誠，在於無媿。祈禱之式，必誠以敬；祭奠之楷，宜恭且哀；此其大較也。班固之祀濛山，祈禱之誠敬也；潘岳之《祭庾婦》，奠祭之恭哀也。舉彙而求，昭然可鑒矣。

祝文者，饗神之辭也。其旨有六焉：曰告、曰修、脩，常祀也。曰祈、求也。曰報、謝也。曰辟、讀曰弭，禳也。見《郊特牲》。曰謁，見也。用以饗天地山川社稷宗廟五祀羣神，而總謂之祝文。有散文，有韻語之異。

祝辭者，頌禱之詞也。世所傳有淨髮、靧面祝辭，苟推其類，則凡喜慶，皆可爲之。

698

祈　文

祈文,後漢傅毅作高闕祈文。祈求惟肅,隋辭貴端。

《禮記》曰:夫祭有祈焉,有報焉,有由辟焉。

嘏

嘏者,祝爲尸致福於主人之辭,《記》所謂"嘏以慈告"者也,辭見《儀禮》。《蔡中郎集》亦有之。

俎豆廢而楮燎盛,社樹圯而叢祠植,祝嘏置而歌舞用。後世之淫祀,其非古與衣冠而肖貌之,帷帨而匹偶之,瀆甚矣。(以上卷十四)

譜

《經籍志》曰:古爲《春秋》學者,有年曆、譜牒。桓譚云"太史公《三代世表》,旁行斜上,並效周譜",係所從來矣。古小史,主次序先王之世,昭穆之繫,述其德行,矇瞽主誦詩,若世係以戒勸人君。故《國語》曰:"工史書世,宗祝書昭穆","宗廟之有昭穆,以次世之長幼,等胄之親疏。"若此者,凡以教之世而爲之昭,明德廢幽昏,其意遠矣。江左以來,譜籍漸盛。太元中,賈弼篤好簿狀,廣集諸家,撰十八州,百十六郡,合七百十二卷,凡諸大品,略無遺闕,斯爲獨備。嗣後劉湛、王儉、王僧孺、路敬淳、柳冲、韋述,世多稱之。大氐周漢之敝,智役愚;魏晉之敝,貴役賤。甚至三公之子,傲九棘之家;黃散之孫,蔑令長之室。即權力如文皇,不能夷崔幹于寒畯,他可知也。迨至中葉,此風都廢。公靡常産,士無舊德,冠冕輿皂,混然莫分,則又甚矣。夫氏族勳恪,史之流例,宜區列之,以備覽焉。

方正學曰:尊祖之次,莫過於重宗。由百世之下,而知百世之上,居閭巷之間,而盡同宇之內,察統係之異同,辨傳承之久近,叙戚疏,定尊卑,收渙散,敦親睦,非有譜,焉以列之? 不可也。故君子重之。

不修譜者,謂之不孝。然譜之爲孝,難言也。有徵而不書,則爲棄其祖;無徵而書之,則爲誣其祖。有恥其先之賤,旁援顯人而尊之者;有恥其先之惡,而私附於聞人之族者。彼皆以爲智矣,而誠愚也。夫祖豈可擇哉? 競競然尊其所知,闕其所不知,詳其所可徵,不强述其所難考,則庶乎近之矣。而世之知乎此者常鮮,趨乎僞者常多,顧不惑哉！天下有貴人，無貴族；有賢人，無賢族。有士者之子孫，不能修身而屈爲童隸，而公卿將相，常發於隴畝。聖賢之世，不能傳其遺業，則夷乎恒人，而縉紳大儒，多興於賤宗。天之生人也，果孰貴而孰賤乎？四海之廣，百氏之衆，其初不過出於數十姓也；數十姓之初，不過出於數人也；數人之先，一人也。故今天下之受氏者，多堯舜三王之後，而皆始於黃帝。譬之巨木焉，有盛而蕃，有萎而悴，其理固有然者。人見其常有顯人也，則謂之貴族；見其無有達者也，則從而賤之。貴賤豈有恒哉？在人焉耳。苟能法古之人，行古之道，聞於天下，傳於後世，則猶古人也，雖其族世未著，不患其不著也。孔子、子思以爲祖，而操庸隸之行，則其庸隸自若也，祖不能貴之也。故吾方氏出帝榆罔，而譜不敢列之。顯於昔者衆矣，而不附之。疑者闕之以傳疑，不可詳者略之以著實，而惟以篤學修身望乎族之人。

三代之俗，非固美也，爲治之具既美，而習使之然也。後世願治之主，王佐之臣，迭興於世，而卒不足幾乎古，豈民性之不可化邪？其具之廢已久，世主便因循而憚改作，材士昧遠略而務近功，區區補弊苴漏，而未及乎政教之全也。民心益離，而俗愈散，奚獨民之罪，君子預有責焉。

吾嘗病之而未之能行，則思以化吾之族人，而族不可徒化也，則爲譜以明本之一，爲始遷祖之祠，以維繫族人之心。今夫散處於廬，爲十爲百，而各顧其私者，是人之情也。縱其溺於情而不示之以知本，則將至於紛爭而不可制。今使月一會於祠，而告之以譜之意，俾知十百之本出於一人之身。人身之疾，在乎一肢也，而心爲之煩，貌爲之悴，口爲之呻，手爲之撫。思夫一身之化爲十百也，何忍自相戕刺而不顧乎？何忍見其顛連危苦而不救乎？何爲不合乎一而相視如塗之人乎？故爲睦族之法，祠祭之餘，復置田多者數百畝，寡者百餘畝，儲其人，俾族之長與族之廉者掌之，歲量視族人所乏而補助之。其贏則以爲棺槨衣衾，以濟不能葬者。産子者，娶嫁者，喪者，疾病者，皆以私財相贈遺。立典禮一人，以有文者爲之，俾相族者吉凶之禮。立典事一人，以敦睦而才者爲之，以相族人之凡役。世擇子姓一人爲醫，以治舉族之疾，其藥物於補助之贏，取之有餘財者，時增益之。族之富而賢者，立學以爲教。其師取其行而文，其教以孝悌忠信敦睦爲要。自族長以下，主財而私，典事而惰，相禮而野，不能睦族，沒則告於祖而貶其主，不祠，富而不以教者不祠。師之有道，別祠之，不能師者則否。

録

焦弱侯曰：《記》有之："進退有度，出入有局，各司其局。"書之有類例，亦猶是也。故部分不明則兵亂，類例不立則書亡。向、歆剖判百家，條綱粗立。自是以往，書名徒具，而流別莫分，官縢私楮，喪脫幾盡，無足怪者。嘗觀老、釋二氏，雖歷廢興，而篇籍具在，豈盡其人之力哉？二家類例既明，世守彌篤，亡而不能亡也。古今簿録，勝劣不同，鄭樵彈射，不遺餘力，而倫類溷殽，或自蹈之。目論之譏，誰能獨免。今別爲糾謬焉。

今制：事之最鉅者爲實録。每實録成，則焚其草於芭蕉園，異日之史也。辰、戌、丑、未，大比天下貢士，録其文曰《會試録》，子、午、卯、酉，鄉舉，録其文曰《某省鄉試録》，皆冠以前序，主考官爲之。次執事，次題問，次取士姓名，次程文。殿以後序，副考官爲之。進呈御覽，殿試，曰《登科録》。皆藏之天府，仍以其副遣官賫南都藏之。其驕駁者，部科得糾正之，爲禮部職掌。而戶部則國計録爲重，錢穀兵馬之數，四夷之費，亦時有登耗焉。

<h2 style="text-align:center">旨</h2>

後漢崔駰作《達旨》。旨，美也，令也；達，簡言也。取達其意而已。

<h2 style="text-align:center">勢</h2>

勢，漢濟北相崔瑗作《草書勢》。勢，商略筆勢，形容字體者也。
蔡邕作《隸勢》、《篆勢》。

<h2 style="text-align:center">法</h2>

漢留侯張良序次《兵法》。《文心雕龍》曰："法者，象也。兵謀無窮，而奇正有象，故曰法也。"《司馬法》、《魏公子兵法》皆其書也。以言乎法律之不可易也，神而明之，存乎其人矣。

<h2 style="text-align:center">諧讔</h2>

劉彥和曰：芮良夫之詩云："自有肺腸，俾民卒狂。"夫心險如山，口壅若川；怨怒之情不一，歡謔之言無方。昔華元棄甲，城者發"睅目"之謳；臧紇喪師，國人造"侏儒"之歌。並嗤戲形貌，内怨爲俳也。又"蠶蟹"鄙諺，"貍首"淫哇，苟可箴戒，載於《禮》典。故知諧辭讔言，亦無棄矣。

諧之言皆也。辭淺會俗,皆悦笑也。昔齊威酣樂,而淳于説甘酒,楚襄讌集,而宋玉賦《好色》:意在微諷,有足觀者。及優旃之諷漆城,優孟之諫葬馬,並譎辭餰説,抑止昏暴。是以子長編史,列傳《滑稽》,以其辭雖傾回,意歸義正也。但本體不雅,其流易弊。於是東方、枚皋、餔糟啜醨,無所匡正,而詆嫚媟弄。故其自稱:“爲賦廼亦俳也,見視如倡。”亦有悔矣。至魏文因俳説以著《笑書》,薛綜憑宴會而發嘲調,雖抃推疑誤席,而無益時用矣。然而懿文之士,未免枉轡。潘岳《醜婦》之屬,束晳《賣餅》之類,尤相效之,蓋以百數。魏晉滑稽,盛相驅扇。遂乃應瑒之鼻,方於盜削卵;張華之形,比乎握春杵。曾是莠言,有虧德音。豈非溺者之妄矣,胥靡之狂歌歟!

讔者,隱也,遁辭以隱意,譎譬以指事也。昔還社求拯于楚師,喻“眢井”而稱“麥麯”;叔儀乞糧于魯人,歌“佩玉”而呼“庚癸”;伍舉刺荆王以“大鳥”,齊客譏薛公以“海魚”;莊姬託辭于“龍尾”,臧文謬書于“羊裘”。隱語之用,被於紀傳,大者興治濟身,其次弼違曉惑。蓋意生於權譎,而事出于機急,與夫諧辭,可相表裏者也。漢世《隱書》,十有八篇,歆、固編文,録之歌末。昔楚莊、齊威,性好隱語,至東方曼倩,尤巧辭述,但謬辭詆戲,無益規補。自魏代以來,頗非俳優,而君子隱,化爲謎語。謎也者,迴互其辭,使昏迷也。或體目文字,或圖象品物,纖巧以弄思,淺察以衒辭,義欲婉而正,辭欲隱而顯。苟卿《蠶賦》,已兆其體。至魏文、陳思,約而密之,高貴鄉公,博舉品物,雖有小巧,用乖遠大。夫觀古之爲隱,理周要務,豈爲童稚之戲謔,搏髀而抃笑哉?然文辭之有諧讔,譬九流之有小説。蓋稗官所采,以廣視聽。若效而不已,則髡、祖而入室,旃、孟之石交乎!

篇

篇,漢司馬相如作《凡將篇》。篇,什也。積句以成章,積章而成篇也。

篇本一章,非全書。其見於《詩》則曰三百篇。後世子家,多用以釋家諸體爲多,而篇則寥寥明名全書。鄭端簡著國史,亦以《吾學》名篇,蓋以避史之名而不居也。其他什、解、章、豔、趣,詳于《詩通》。

事

紀事者,記志之別名,而野史之流也。古者史官掌記時事,而耳目所不逮者,往往遺焉。於是文人學士,遇有見聞,隨手紀録,或以備史官之採擇,或以裨史籍之遺亡,名雖不同,其爲紀事一也,故以紀事括之。嗚呼!史失而求諸野,其不以此也哉?(以

702

（上卷十五）

斷

斷，漢議郎蔡邕作《獨斷》。斷者，義之證也，引其義而證其事也。

語曰："當斷不斷，反受其亂。"天子獨斷，則太阿自持而權不下移，樂禮征伐，不出自諸侯陪臣。士庶人能獨斷，則剛毅近仁，不致身聲名俱喪。故曰需者事之賊也，疑者身之毒也。疑行無功，疑事無成；緩之旦夕，失之終身；皆濡忍於利欲，而亂大謀者也。在史有斷限，獄有斷讞，文有斷制。剛腸百鍊，片言立剖，其斯斷之義乎。

《靈樞經》："謀慮無斷者，膽虛也。"《金罍子》："興大事在膽，弘大業在量。"先主初受獻帝衣帶中密詔，與帝舅董承，校尉種輯，將軍吳子蘭、王子服等，同謀誅操。先主未發，偶辱曹操英雄之顧，先主方食，頓失匕筯。此其膽不足張也。君子曰：漢之卒不復舊物，天也，亦先主之膽量有所局哉。

約

任彥升曰："約，漢王褒作《僮約》。"約，券也。《釋名》曰："約，約束之也。"

《說文》云："約，束也。"言語要結，戒令檢束，皆是也。古無此體，王褒始作《僮約》，而後世未聞有繼者，豈以其文無所於用而略之歟？後人如鄉約之類，固宜倣此，庶幾不失古意。

過 所

《釋名》曰：過所，至關津以示之。或曰：傳，轉也，轉移所在，識之所以爲信也。

劉熙《釋名》曰："過所，至關津以示之。"張晏注《漢書·文帝紀》"關傳"云："傳，信也。若今過所。"過所者，今之行路文引也。

《史記》曰：寧成爲右內史，外戚多毀成之短，抵罪髡鉗。時九卿罪死即死，少被刑，而成極刑，自以不復收。於是解脫，詐刻傳，出關歸家。

《漢書》曰：文帝十二年詔"除關無用傳"。張晏曰："傳，信也，若今過所。"李奇曰："傳，棨也。"顏師古曰："或用棨，或用繒。棨者，刻木爲合符。"《魏略》曰："蒼爲燉煌太守，胡欲詣國家，爲封過所。《廷尉決事》曰：'廷尉上：廣平趙禮，詣洛治病。傳仕弟子張策門人。李藏齋過所，詣雒還，責禮冒渡津平。裴諒議禮一歲半刑、策半歲刑。'"

《晉令》曰：諸渡關及乘船筏上下經津者，皆有所寫一通付關吏。今之路引、關批，其過所乎？

《續文獻通考》亦作“示”。每至關津，出以示之也。

《拾遺記》曰：禹治水所穿鑿處，皆有泥封記，使玄龜升其上。此封堠之始。又《山海經》：黃帝遊幸天下，有記里鼓、道路記以里堆，則“堠”起軒轅時也。

按《古今注》：凡“傳”皆以木爲之，長五寸，書符信於上。又以一板封之，皆封以御史印章，所以爲信也，如今之過所也。

莂

《釋名》：“莂，別也。大書中央，中破別之也。”蓋即今市井合同、夷人木刻之類耳。佛經有記別之文，古人作僧寺文多用記別字，而不知其解如此。古文但用別。《周禮》：“八成：聽稱責以傅別。”鄭注：“爲大手書於一札中字別之”，即券書也。

契　券

《釋名》曰：券，綣也，相約束縑綣，以爲限也，大書中央中破別。契，刻也，刻識其數也。《太平御覽》

《說文》曰：券，契也。別之書，以刀判契其旁，故曰書契也。

《漢書》曰：高帝微時，好酒及色，從王媼武負貰酒，兩家常折券。

《文心雕龍》曰：契，結也。上古純質，結繩執契。今羌胡徵數，負販記緡，其遺風也。

又曰：券者，束也。明白約束，以備情僞，字形半分，故周稱判書。古有鐵券，以堅信誓，王褒髯奴，則券之楷也。

《楚漢春秋》曰：高帝初侯者皆書券曰：“使黃河如帶，太山如礪。”

《唐書》曰：“太宗時東謝渠師來朝。”東謝者，南蠻之別種也，在黔安之東，地方千里。其俗無文書，刻木爲約。今僰夷苗仲，猶然。余履其地見之，然呼爲木刻云。

零　丁

《齊諧記》曰：國步山有廟，又一亭。呂思與少婦投宿，失婦，思逐覓。見大城廳事，一人紗帽憑几。左右競來擊之，思以刀斫，記當殺百餘人，餘便乃大走，向人盡成死狸。看向亭事，廼是古姑大冢。上穿下甚明，見一羣女子在塚裏，見其婦如失性人，因抱出家口。又如抱取於先女子有數十。中有通身已生毛者，以有毛腳面成狸者。須臾天曉，將歸還亭。亭吏問之，具如此答。前後有失兒女者，零丁有數十。吏便斂此零丁，至冢口，迎此羣女，隨家遠近而報之，各迎取於此。後一二年，廟無復靈。

　　戴良，字文讓，《失父零丁》曰：“敬白諸君行路者，敢告重罪自爲積。惡致災交天困我，今月七日失阿爹。念此酷毒可痛腸，當以重弊贈用相賞。請焉諸君說事狀：我軀體與衆異，脊背傴僂倦如戴，脣吻參差不相值，此其庶形何能備；請復重陳其面目，鷗頭鵠頸橋狗，眼淚鼻涕相追逐，吻中含納無牙齒，食不能嚼左右蹉，似西域駱駝；請復重陳其形骸，爲人雖長甚細材，面目芒蒼如死灰，眼眶自陷如米羹杯。”

　　《齊諧記》云：有《失兒女零丁》，謝承《後漢書》，戴良有《失父零丁》。零丁，今之尋人招子也。

雜　著

　　籍者，借也。歲借民力，條之於版，《春秋》司籍，即其事也。

　　簿者，圃也。草木區別，文書類聚，張湯、李廣，爲吏所簿，別情僞也。

　　方者，隅也。醫藥攻病，各有所主，專精一隅，故藥術稱方。

　　術者，路也。算曆極數，見路乃明，《九章》積微，故以爲術，淮南《萬畢》，皆其類也。

　　占者，覘也。星辰飛伏，伺候乃見，精觀書雲，故曰占也。

　　式者，則也。陰陽盈虛，五行消息，變雖不常，而稽之有則也。

　　疏者，布也。布置物類，撮題近意，故小券短書，號爲疏也。

　　關者，閉也。出入由門，關閉當審，庶務在政，通塞應詳。《韓非》云“孫亶回聖相也，而關於州部”者，以其事有關涉也。

　　牒之尤密，謂之爲籤。籤者，纖密者也。

　　列者，陳也。陳列事情，昭然可見也。

　　辭者，舌端之文，通己於人。子產有辭，諸侯所賴，不可已也。

　　諺者，直語也。喪言亦不及文，故弔亦稱諺。廛路淺言，有實無華，鄒穆公云“囊滿儲中”，皆其類也。《太誓》曰：“古人有言，牝雞無晨”；《大雅》云：“人亦有言，惟憂用老。”並上古遺諺，《詩》、《書》可引者也。至於陳琳諫辭，稱“掩目捕雀”；潘岳哀辭，稱“掌珠”、“伉儷”，並引俗說而爲文辭者也。夫文辭鄙俚，莫過於諺，而聖賢《詩》、《書》，採以爲談，況踰於此，豈可忽哉！

觀此四條，並書記所總，或事本相通，而文意各異；或全任質素，或雜用文綺，隨事立體，貴乎精要。意少一字則義闕，句長一言則辭妨，並有司之實務，而浮藻之所忽也。然才冠鴻筆，多疎尺牘，譬九方堙之識駿足，而不知毛色牝牡也。言既身文，信亦邦瑞，翰林之士，思理實焉。（以上卷十六）

碑

《釋名》曰："碑者，被也。此本葬時所設也。于其鹿盧，以繩被其上，引以下棺。臣子追述君父之功美，以書其上，後人因焉。"

按周穆紀跡於弇山，秦始刻銘於鄒嶧，此碑之防也。然考《士婚禮》："八門當碑揖。"《註疏》云："宮室有碑，以識日影，知早晚也。"《祭義》云："牲入，麗于碑。"註云："古宗廟立碑繫牲。"是知宮廟皆有碑，爲識影繫牲之用，後人因紀功德其上，而依倣刻銘，則自周秦始耳。後漢以來，作者漸盛，故山川有碑，城池有碑，宮室有碑，橋道有碑，壇井有碑，神廟有碑，家廟有碑，古跡有碑，土風有碑，災祥有碑，功德有碑，墓道有碑，寺觀有碑，託物有碑，皆因庸器彝鼎之類漸闕而後爲之也。文主於敘事，其後漸以議論雜之，則非矣。其主於敘事者曰正體，主於議論者曰變體，敘事而參之以議論者，曰變而不失其正。至於託物寓意之文，其體自別，而墓碑則又自爲體焉。

碑者，埤也。上古帝皇，始號封禪，樹石埤岳，故曰碑也。自庸器漸缺，故後代用碑，以石代金，同乎不朽，自廟徂墳，猶封墓也。後漢以來，碑碣雲起。才鋒所斷，莫高蔡邕。觀《楊（賜）》之碑，骨鯁《訓》、《典》；《陳》、《郭》二文，句無擇言；周乎衆碑，莫非清允。其敘事也該而要，其綴采也雅而澤。清詞轉而不窮，巧義出而卓立。察其爲才，自然而至。孔融所創，有慕伯喈。《張》、《陳》兩文，辨給足采，亦其亞也。及孫綽爲文，志在碑誄。《溫》、《王》、《郤》、《庾》，辭多枝雜；《桓彝》一篇，最爲辨裁。

夫屬碑之體，資乎史才。其序則傳，其文則銘；標序盛德，必見清風之華；昭紀鴻懿，必見峻偉之烈，此碑之制也。夫碑實銘器，銘實碑文，因器立名，事光於誄。是以勒石讚勳者，入銘之域；樹碑述己者，同誄之區焉。

碑陰。《荊州記》云："冠軍縣有張唐墓，七世孝廉。刻其碑背曰：'白楸之棺，易朽之裳，銅鐵不入，瓦器不藏。嗟爾後人，幸勿見傷。'"此刊碑陰之可考者。今人多刻樹碑姓氏，及醵錢數於陰。

其篆於頟者曰篆額，書碑曰丹書。上石非丹書不可鑴也。

其劂剖曰鑴。古人善書者，往往自鑴，恐俗匠失筆法耳。

蔡邕刻石經，悉自書丹。

《世说》:魏武尝过《曹娥碑》下,杨修從碑背上見題作"黄絹幼婦,外孫韲臼"八字,則碑陰有評語矣。

《孔宙碑》陰,不曰碑陰,而云門生故吏名。此漢碑中之僅見者。前碑云:"故吏門人,陟山採石,勒銘示後。"則此所載,皆其人也。今按:宙門生四十二人,門童一人,弟子一人,故吏八人,故民一人。《隸釋》謂漢儒開授徒親授業者,則曰弟子;次相傳授,則曰門生;未冠則曰門童:總而稱之,亦曰門生。舊所治官府,其掾屬則曰故吏;古籍者,則曰故民;非文非民,則曰處士;素非所蒞,則曰義民。此皆讀漢碑者所當知,而《隸釋》人間少傳,故著之。

胡侍曰:夫俾幽貞潛德,流光莫掩;鴻勳駿伐,垂馥靡盡;高岸爲谷,而碩懿永存;委骨成塵,而聲華益亮:不有碑誌,其何賴乎?故孝子文孫,靡不丐筆詞人,闡其先烈。中世以降,藹然同風,固彌文之通懷,含靈之極致也。而時變道涼,俗靡文敝,墟墓之製,率是誇誣。獎其元忠,則行齊八凱;稱其篤孝,則跡邁二連。或云散粟凶年,施非望報;或云却金暮夜,清恐人知。苦節與汎柏同貞,義教共斷機等辨。狀梟獍爲鸞鳳,進蹻、跖爲勛、華,雖語有精粗,而咸歸矯飾。夫以存多遺行,没獲嘉名,淑慝俱旌,真贋誰別?不論其世,孰匪令人?譬則寫照傳神,眉目盡舛,素交卒覩,未免誰何?儳昧平生,祇云惟肖,殆令漢臺之畫,耿、鄧不分,傳野之賢,旁求靡及矣。意者非分之譽,鬼亦靦顔;無情之辭,後將奚信?而作者無愧色,受者無遜心,觀者無異論,有識之士,所深憎也。

蓋近代史編,惟憑碑誌,碑誌烏有,史編子虛矣。又縉紳壽耇,乃可君公;才士雅人,方堪別號。碑表之等,倬有王章;夫孺之銜,並須廷授。乃今賈竪販夫,咸冒君子之號;乘田笑庫,輒樹神道之碑;市妾里妻,詐假大孺之貴:祇以自罔,寧曰罔人,犯分誣親,愸茲彌甚。且仲叔繁纓,宣尼致惜;重耳請隧,周襄不許。方物則飾馬之具小,麗罰則闕地之罪均。而不學之徒,蔑禮任心,僭侈顛越;秉文之士,依阿緒信,不知所裁。俾表德之器,林列丘隴之間;華袞之辭,波及輿臺之鬼。憑風詭濫,其説愈長,冠履渾同,無復等別矣。

然金石之撰,體異汗青。史法則褒貶兩存,碑誌則揄揚獨運,故纂文樂石,表鎮玄途,例皆黼藻溫華,斧鉞不用。儳於事理泥閡,便當婉言莫承,勿令回我兔鋒,眩彼來葉。苟或情在難咈,勢不可辭,其於命翰遣言,須存商訂,不識避就,將賈釁端。蓋雖空空鄙夫,平生迬無一善,獵其可欲,舍其深瑕,裁辨之間,頗加恢潤。譬諸刻鵞,略企鵠形;若畫無鹽,不淪魖魖:庶幾是非不遠,梗概猶存。在彼既獲稱情,於我亦非曲筆,亦摛章之活術,御物之圓機也。

孫何曰:碑非文章之名也,蓋後人假以載其銘耳。銘之不能盡者,復前之以序。

而編錄者通謂之文,斯失矣。陸機曰"碑披文而相質",則本末無據焉。銘之所始,蓋始於論譔祖考,稱述器用,因其鎪刻,而垂乎鑒誡也。銘之於嘉量者,曰"量銘",斯可也;謂其文爲"量",不可也。銘之於景鍾者,曰"鍾銘",斯可也;謂其文爲"鍾",不可也。銘之於廟鼎者,曰"鼎銘",斯可也;謂其文爲"鼎",不可也。古者盤、盂、几、杖皆有銘,就而稱之曰"盤銘"、"盂銘"、"几銘"、"杖銘",則庶幾乎正;若指其文曰"盤"、曰"盂"、曰"几"、曰"杖",則三尺童子皆將笑之。今人之爲碑,亦由是矣。天下皆踵乎失,故衆不知其非也。蔡邕有《黃鉞銘》,不謂其文爲"黃鉞"也。崔瑗有《坐右銘》,不謂其文爲"坐右"也。《檀弓》曰:"公室視豐碑,三家視桓楹。"釋者曰:"豐碑,斲大木爲之。桓楹者,形如大楹,(四植)謂之桓。"《喪大記》曰:君葬,"四綍二碑";大夫葬,"二綍二碑"。又曰:"凡封,用綍去碑。"釋者曰:"碑,桓楹也。樹之於壙之前後,以紼繞之,間之轆轤,輓棺而下之。用綍去碑者,縱下之時也。"《祭義》曰:"祭之日,君牽牲","既入廟門,麗於碑。"釋者曰:"麗,繫也。謂牽牲入廟,繫著中庭碑也。或曰:以紖貫碑中也。"《聘禮》曰:"賓自碑內聽命。"又曰:"東面北上","碑南"。釋者曰:"宮必有碑,所以識日景、引陰陽也。"考是四說,則古之所謂碑者,乃葬、祭、饗、聘之際,所值一大木耳。而其字從石者,將取其堅且久乎,然未聞勒銘於上者也。今喪葬令具螭首龜趺,洎丈尺品秩之制,又易之以石者,後儒增耳。堯、舜、夏、商、周之盛,六經所載,皆無刻石之事。《管子》稱無懷氏封泰山,刻石紀功者,出自寓言,不足傳信。又世稱周宣王蒐於岐陽,命從臣刻石,今謂之石鼓,或曰獵碣。洎延陵墓表,俚俗目爲夫子十字碑者,其事皆不經見,吾無取焉。司馬遷著《始皇本紀》,著其登嶧山、上會稽甚詳,止言刻石頌德,或曰立石紀頌,亦無勒石之說。今或謂之《嶧山碑》者,乃野人之言耳。漢班固有《泗水亭長碑》文,蔡邕有《郭有道》、《陳太丘碑》文,其文皆有叙冠篇,末則亂之以銘,未嘗斥碑之材,而爲文章之名也,彼士衡未知何從而得之? 由魏而下,迄乎李唐,立碑者不可勝數,大抵皆約班、蔡而爲者也。雖失聖人述作之意,然猶髣髴乎古。迨李翱爲《高愍女碑》,羅隱爲《三叔碑》、《梅先生碑》,則所謂叙與銘皆混而不分,集列其目,亦不復曰文。考其實,又未嘗勒之於石,是直以繞紼麗牲之具而名其文,戾孰甚焉! 復古之士,不當如此。貽誤千載,職機之由。今之人爲文,揄揚前哲,謂之"贊"可也;警策官守,謂之"箴"可也;鍼砭史闕,謂之"論"可也;辨析政事,謂之"議"可也;裸獻宗廟,謂之"頌"可也;;陶冶情性,謂之"歌詩"可也,何必區區於不經之題而專以"碑"爲也? 設若依違時尚,不欲全咈乎譊譊者,則如班、蔡之作,存叙與銘,通謂之文,亦其次也。夫子曰:"必也正名乎。"又曰:"名不正則言不順"。君子之於名,不可斯須而不正也,況歷代之誤,終身之惑,可不革乎?

何始寓家於潁,以涉道猶淺,嘗適野見荀、陳古碑數四,皆穴其上,若實索之爲者。

走而問故起居郎張公觀,公曰:"此無足異也。蓋漢實去聖未遠,猶有古豐碑之象耳,後之碑則不然矣。"五載前接柳先生仲塗,仲塗又具道前事,適與何合,且大噱昔人之好爲碑者。久欲發揮其説,以貽同志,故爲生一辨之。噫! 古今之疑,文章之失,尚有大於此者甚衆,吾徒樂因循而憚改作,多謂其事之故然。生第勉而思之,則所得不獨在於碑矣。

碣

碣,晉潘尼作《潘黄門碣》。碣,傑也,揭其操行立之墓隧者也。其文與碑體同。

哀　頌

哀頌,漢會稽東郡尉張紘作《陶侯哀頌》。揚厲其盛德而思念之也。

悲　文

悲文,蔡邕作《悲温舒文》。《文選》注:"悲者傷痛之文也。"

遺　文

《遺命》,晉散騎常侍江統作。漢酈炎作《遺令》。臨没顧命,所以託後事也。

《餘冬序録》:言其鄉有富民張者,妻生一女,無子,贅某於家。久之,妾生子,名一飛。甫四歲而張卒。張妻性極妬。病時謂壻曰:"妾子不足任吾財,吾當全畀爾夫婦。爾但養彼母子,不死溝壑,即爾陰德矣。"於是出券書云:"張一,非吾子也。家財盡與吾壻,外人不得爭奪。"某乃據有張業不疑。張妻卒後,妾子壯,求分。某以券呈官,見"與吾壻"語,遂置不問。他日奉使者至,子復訴。奉使諭曰:"爾婦翁明謂'吾壻外人',詭書'非'者,慮彼幼爲爾害耳。"

《談苑》:宋張公詠守杭,有富民將死,子三歲,乃與壻遺書。曰:"他日分財,以十之三與子,七與壻。"子長,以財訟。壻持書請如約。詠閲之,以酒酹地曰:"汝之婦翁智人也,不然子死汝手矣。"皆泣謝而去。

行　狀

漢丞相倉曹傅幹，始作《楊元伯行狀》。後世因之。《文章緣起》

劉勰曰："狀者，貌也，禮貌本原，取其事實。先賢表諡，並有行狀，狀之大者也。"蓋具死者世係、名字、爵里、行治、壽年之詳，或牒考功太常，使議諡；或牒史館，請編錄；或上作者，乞墓誌、碑表之類，皆用之。而其文多出於門生故吏親舊之手，以謂非此輩不能知也。其逸事狀，則但錄其逸者，其所已載，不必詳焉。（以上卷十七）

誄

《釋名》曰：誄者，累也，累列其事而稱之也。

《周禮·太祝》：六辭，其六曰"誄"，即此文也。今考其時，賤不誄貴，幼不誄長。故天子崩，則稱天以誄之；卿大夫卒，則君誄之。魯哀公誄孔子曰："昊天不弔，不憖遺一老，俾屏予一人以在位，煢煢予在疚！嗚呼，哀哉，尼父！"古誄之可見者止此，然亦略矣。竊意周官讀誄以定諡，則其辭必詳；仲尼有誄而無諡，故其辭獨略。豈制誄之初意然歟？抑或有變也？按古之誄本爲定諡，而今之誄唯以寓哀，則不必問其諡之有無，而皆可爲之。至於貴賤長幼之節，亦不復論矣。

《周禮·春官》曰："太史掌建邦之六典。""大喪，執法以涖勸防，鄭司農云勸防引六紼。遣之日，讀誄。累其行而讀之，爲之諡也。喪事考焉。爲有得失。小喪，賜諡。"

《文章流別》曰：詩、頌、箴、銘之篇，皆有往古成文可放依，而惟作誄無定制，故作者多異焉。

《說苑》云：柳下惠死，人將誄之。妻曰："將述夫子之德，二三子不若忘之。如爲誄曰：'夫子之不伐，夫子之不竭，諡宜爲惠。'"弟子聞而從之。

周世盛德，有銘誄之文。大夫之材，臨喪能誄。誄者，累也，累其德行，旌之不朽也。夏、商已前，其詳靡聞。周雖有誄，未被於士，又"賤不誄貴，幼不誄長"，在萬乘則稱天以誄之。讀誄定諡，其節文大矣。自魯莊戰乘丘，始及於士。逮尼父卒，哀公作誄。觀其"憖遺"之切，"嗚呼"之歎，雖非睿作，古式存焉。至柳妻之誄惠子，則辭哀而韻長矣。暨乎漢世，承流而作。揚雄之誄元后，文實煩穢；"沙麓"撮其要，而摯疑成篇，安有累德述尊，而闊略四句乎！杜篤之誄，有譽前代。《吳誄》雖工，而他篇頗疏，豈以見稱光武而改盼千金哉！傅毅所制，文體倫序；孝山、崔瑗，辨絜相參。觀序如傳，辭靡律調，固誄之才也。潘岳搆意，專師孝山，巧於序悲，易入新切；所以隔代相望，能徵厥聲者也。至如崔駰《誄趙》，劉陶《誄黄》，並得憲章，工在簡要。陳思叨名而體實繁緩，《文皇誄》末，旨言自陳，其乖甚矣。若夫殷臣誄湯，追褒《玄鳥》之祚；周史歌文，上闡后稷之烈。誄述祖宗，蓋詩人之則也。至於序述哀情，則觸類而長。傅毅之誄北海，云"白日幽光，雲霧杳冥"；始序致感，遂爲後式，景而效者，彌取於工矣。詳夫誄之爲制，蓋選言録行，傳體而頌文，榮始而哀終。論其人也，曖乎若可覿；道其哀也，悽焉如可傷。此其旨也。

祭　文

祭文，後漢車騎郎杜篤作《祭延鍾文》。夫禮祭以誠，止於告饗。《書》曰："黷於祭祀，時謂弗欽。"言所以交鬼神之道，罔有過也。

祭文者，祭奠親友之辭也。古之祭祀，止於告饗而已。中世以還，兼讚言行，以寓哀傷之意，蓋祝文之變也。其辭有散文、四言、六言、七言、雜言、騷體、儷體之不同。劉勰云："祭奠之楷，宜恭且哀。若夫辭華而靡實，情鬱而不宣，皆非工於此者也。"如宋人祭馬、荆川祭刀之文，是別一體。

弔　文

《周禮》曰：弔禮，哀禍災，遭水火也。《詩》云："神之弔矣。"弔，至也。神之至，猶言來格也。

弔文者，弔死之辭也。古者弔生曰唁，弔死曰弔。若賈誼之《弔屈原》，初不稱文，後人又稱爲賦，其失愈遠矣。其有稱祭文者，其實爲弔也。濫觴於唐、宋，有《弔戰場》、《弔鑄鐘》之作。大抵弔文之體，髣髴楚騷，以切要惻愴爲尚耳。

弔者，至也。君子令終定謚，事極理哀，故賓之慰主，以"至到"爲言也。壓溺乖道，所以不弔。又宋水、鄭火，行人奉辭，國災民亡，故同弔也。及晉築虒臺，齊襲燕城，史趙、蘇秦，翻賀爲弔；虐民搆敵，亦亡之道。凡斯之例，弔之所設也：或驕貴而殞身，或狷忿以乖道，或有志而無時，或美才而兼累，追而慰之，並名爲弔。自賈誼浮湘，發憤《弔屈》，體同而事覈，辭清而理哀，蓋首出之作也。及相如之《弔二世》，全爲賦體；桓譚以爲其言惻愴，讀者歎息。及平章要切，斷而能悲也。揚雄弔屈，思積功寡，意深文略，故辭韻沉膇。班彪、蔡邕，並敏於致語，然影附賈氏，難爲並驅耳。胡、阮之《弔夷齊》，褒而無聞；仲宣所制，譏呵實工。然則胡、阮嘉其清，王子傷其隘，各志也。禰衡之《弔平子》，縟麗而輕清；陸機之《弔魏武》，序巧而文繁。降斯以下，未有可稱者矣。夫弔雖古義,而華辭未造;華過韻緩,則化而爲賦。固宜正義以繩理,昭德而塞達,割析褒貶,哀而有正,則無奪倫矣。

哀　詞

任昉曰:哀詞,漢班固初作梁氏哀詞。

《文章流別》曰:哀詞者,誄之流也。崔瑗、蘇順、馬融等爲之,率以施於童殤夭折不以壽終者。建安中,文帝、臨淄侯各失稚子,命徐幹、劉禎輩爲之。其體以哀痛爲主,緣以歎息之辭。

哀辭者,哀死之文也,故或稱文。其文皆用韻語,而四言騷體,惟意所之,則與誄體異矣。吳訥並列之,殆未審歟? 若夫古辭,自爲一體。

賦憲之謚:"短折曰哀。"哀者,依也。悲實依心,故曰哀也。以辭遣哀,蓋下淚之悼,故不在黃髮,必施夭昏。昔三良殉秦,百夫莫贖,事均夭橫,《黃鳥》賦哀,抑亦詩人之哀辭乎? 暨漢武封禪,而霍子侯暴亡,帝傷而作詩,亦哀辭之類矣。及後漢汝陽王亡,崔瑗哀辭,始變前代。然履突鬼門,怪而不辭;駕龍乘雲,仙而不哀。又卒章五言,頗似歌謠,亦彷彿乎漢武也。至於蘇慎、張升,並述哀文,雖發其情華,而未極心實。建安哀辭,惟偉長差善,《行女》一篇,時有側怛。及潘岳繼作,實踵其美。觀其慮善辭變,情洞悲苦,叙事如傳,結言摹《詩》,促節四言,鮮有緩句,故能義直而文婉,體舊而趣新,《金鹿》、《澤蘭》,莫之或繼也。原夫哀辭大體,情主於痛傷,而辭窮乎愛惜。幼未成德,故譽止於察惠;弱不勝務,故悼加乎膚色。隱心而結文則事愜,觀文而屬心則體奢。奢體爲辭,則雖麗不哀,必使情往會悲,文來引泣,乃其貴耳。

墓　表

墓表,自東漢始,安帝元初元年,立《謁者景君墓表》,厥後因之。其文體與碑碣同,有官無官皆可用,非若碑碣之有等級限制也。以其樹於神道,故又稱神道表。其爲文有正有變。又取阡表、殯表、靈表,以其遡流而窮源也。蓋阡,墓道也;殯者,未葬之稱;靈者,始死之稱。自靈而殯,自殯而墓,自墓而阡也。近世用墓表,故以墓表括之。

墓碑文

古者葬有豐碑,以木爲之,樹於槨之前後,穿其中爲鹿盧,而貫繂以窆者也。《檀

弓》所載"公室視豐碑"是已。漢以來,始刻死者功業于其上,稍改用石,則劉勰所謂
"自廟而徂墳"者也。晉宋間始稱神道碑,蓋堪輿家以東南爲神道,碑立其地,因名焉。
唐碑制:龜趺螭首,五品以上官用之。而近世高廣各有等差,則制之密也。蓋葬者既
爲誌以藏諸幽,又爲碑碣表以揭於外,皆孝子慈孫,不忍蔽先德之心也。

其爲體,有文有銘,又或有序,而其銘或謂之辭,或謂之係,或謂之頌,要之皆銘
也。文與誌大略相似,而稍加詳焉,故亦有正、變二體。其或曰碑,或曰碑文,或曰墓
碑,或曰神道碑,或曰神道碑文,或曰墓神道碑,或曰神道碑銘,或曰神道碑銘並序,或
曰碑頌,皆別題也。至於釋老之葬,亦得立碑以僭擬乎品官,豈歷代相沿,崇尚異教而
莫之禁歟? 故或直曰碑,或曰碑銘,或曰塔碑銘並序,或曰碑銘並序,亦別題也。若夫
銘之爲體與用韻,則諸集所載雖不能如誌銘之備,而大略亦相通焉。

東坡《祭張文定》云:"軾於天下,未嘗銘墓,獨銘五人,皆盛德。"今以文集考之,凡
七篇。若富韓公、司馬溫公、趙清獻公、范蜀公並張公,坡所自作。趙康靖、滕元發二
誌,乃代張公者。元祐中奏云:"臣平生不爲人撰行狀,銘墓碑,士大夫所共知。及奉
詔撰司馬光、富弼等碑,終非本志。況臣老病,鄙詞不稱人子之意,伏望特許辭免。"觀
此一奏,近之諛墓者,可無汗背?

東坡《答張子厚書》云:"志文疏中,已作太半,計得十日半月乃成。然今書大事,
略小節,已六千餘字,若纖悉盡書,萬字不了,古無此體。"

墓誌銘

墓誌,晉東陽太守殷仲文作《從弟墓誌》。漢崔瑗作《張衡墓誌銘》。洪适云:"所
傳墓誌,皆漢人大隸。此云始於晉日,蓋丘中之刻,當其時未露見也。"晉隱士趙逸曰:
"當今之人亦生愚死智,惑已甚矣。"人問其故,答云:"生時中庸人耳,及死也,碑文墓
誌,必窮天地之大德,盡生民之能事。爲君共堯、舜連衡,爲臣與伊、皋等跡;牧民之
臣,浮虎慕其清塵;執法之吏,埋輪謝其梗直。所謂生爲盜跖,死爲夷、齊。妄言傷正,
華辭損實。"《國語》楚子囊議恭王謚曰:"先其善不從其過。"《白虎通》以爲人臣之義,
莫不欲襃大其君德,掩惡揚善者也。義固如是,然使後世有稽無徵,何以爲戒? 搆文
之士,宜少鑒於逸言。蓋誌銘埋於壙者,近世則刻之墓前矣。

誌者,記也;銘者,名也。古之人有德善功烈,可名於世,歿則後人爲之鑄器以銘,
而俾傳於無窮,若《蔡中郎集》所載《朱公叔鼎銘》是已。至漢,杜子夏始勒文埋墓側,
遂有墓誌,後人因之。蓋於葬時述其人世係、名字、爵里、行治、壽年、卒葬日月,與其
子孫大略,勒石加蓋,埋於壙前三尺之地,以爲異時陵谷變遷之防,而謂之誌銘。其用

意深遠，而於古意無害也。迨夫末流，乃有假手文士，以謂可以信今傳後，而潤飾太過者，亦往往有之，則其文雖同，而意斯異矣。然使正人秉筆，必不肯徇人以情也。

至論其題：則有曰墓誌銘，有誌、有銘者是也；曰墓誌銘並序，有誌、有銘，而又先有叙者是也。然云誌銘而或有誌無銘，或有銘而無誌。然亦有單云誌而却有銘，單云銘而却有誌者，有題云誌而却是銘，題云銘而却是誌者，皆別體也。其未葬而權厝者，曰權厝誌，曰誌某；殯後葬而再誌者，曰續誌，曰後誌；歿於他所而歸葬者，曰歸祔誌；葬於他所而後遷者，曰遷祔誌。刻於蓋者，曰蓋石文；刻於磚者，曰墓磚記，曰墓磚銘；書於木版者，曰墳版文，曰墓版文；又有曰葬誌，曰誌文，曰墳記，曰壙誌，曰壙銘，曰梛銘，曰埋銘。其在釋氏，則有曰塔銘，曰塔記。凡二十題。或有誌無誌，或有銘無銘，皆誌銘之別題也。

其爲文則有正、變二體，正體唯叙事實，變體則因叙事而加議論焉。又有純用“也”字爲節段者，有虛作誌文而銘内始叙事者，亦變體也。若夫銘之爲體，則有三言、四言、七言、雜言、散文；有中用“兮”字者，有末用“兮”字者，有末用“也”字者。其用韻有一句用韻者，有兩句用韻者，有三句用韻者，有前用韻而末無韻者，有前無韻而末用韻者，有篇中既用韻，而章内又各自用韻者，有隔句用韻者，有韻在語辭上者，有一字隔句重用自爲韻者，有全不用韻者。其更韻，有兩句一更者，有四句一更者，有數句一更者，有全篇不更者：難以例列，而銘體與韻更爲審諦。

神道碑

《事祖廣記》云：晉宋之世，始有神道碑，天子及諸侯皆有之。其刻文，正曰某帝某官神道之碑。今世尚有宋文帝神道碑墨本也。其初猶立之於葬兆之東南，地理家言以東南爲神道，若神靈往來出遊之意。亦有稱碑銘者。

宋吕夷簡臨敕，無碑神道，故以碑名耳。（以上卷十八）

口　宣

口宣者，君諭臣之詞也。古者天子有命于其臣，則使使者傳言，若《春秋内外傳》所載諭告之詞是已，未有撰爲儷語使人宣於其第者也。宋人始爲之，則待下之禮愈隆，而詞臣之撰著愈繁矣。蓋諭告之變體也。

宣　答

宣答者,羣臣奉表慶賀,而禮官宣制以答之也。先期詞臣撰詞以授禮官,禮官習之,至日宣示,以見君臣同慶之意。蓋雖繁文,而義則美矣。今制:詞皆兩句,尤爲古雅。又著之儀注,無臨時改撰肄習之勞,豈不度越前代哉?

貼子詞

貼子詞者,宮中粘貼之詞也。古無此體,不知起於何時。第見宋時每遇令節,則命詞臣撰詞以進,而粘諸閣中之户壁,以迎吉祥。觀其詞乃五七言絕句詩,而各宮多寡不同,蓋視其宮之廣狹而爲之,抑亦以多寡爲等差也。然此乃時俗鄙事,似不足以煩詞臣,而宋人尚之,豈所謂聲容過盛之一端歟?

表　本

表本者,宋時天子告祭先帝先后之詞也。古者郊禘宗廟陵寢之祭,僅用册文祝文,至宋始加表文,呼爲表本。雖曰事死如事生,而禮則瀆矣。

致　辭

致辭者,表之餘也。其原起於越臣祝其主,而後世因之。凡朝廷有大慶賀,臣下各撰表文,書之簡牘以進,而明廷之宣揚,宮壺之贊頌,又不可缺,故節略表語而爲之辭。觀《宋文鑑》以此雜於表中,蓋可知已。今之祝贊,即其制也。

右　語

右語者,宋時詞臣進呈文字之詞也;謂之右語者,所進文字列于左方,而先之以此詞。實居其右,故因而名之。蓋變進書表文之體,而別其稱耳。然考之諸集,唯歐陽脩、王安石等,有《進功德疏右語》,豈其特用於此等文字,而他皆不用歟?詞皆儷語,而短簡特甚。

致語徐伯魯作樂語

樂語者,優伶獻伎之詞,亦名致語。古者天子、諸侯、卿大夫,朝覲聘問,皆有燕饗,以洽上下之情。而燕必奏樂,若《詩・小雅》所載《鹿鳴》、《四牡》、《魚麗》、《嘉魚》諸篇,皆當時之樂歌也。夫樂曰雅樂,詩曰雅詩,則雖備其聲容,娛其耳目,要歸於正而已矣。古道虧缺,鄭音興起,漢成帝時,其弊爲甚,黃門名倡,富顯於世。魏晉以還,聲伎寖盛。北齊後主爲魚龍爛熳等百戲,而周宣帝徵用之,蓋秦角抵之流也。隋煬帝誇突厥,總追四方散樂,大集東都,爲黃龍、繩舞、扛鼎、負山、吐火之戲,千變萬化,曠古莫儔,嗚呼極矣!自唐而下,雅俗雜陳,未有能洗其陋者也。宋制:正旦、春秋、興龍、地成諸節,皆設大宴,仍用聲伎,於是命詞臣撰致語以畀教坊,習而誦之。而吏民宴會,雖無雜戲,亦有首章,皆謂之樂語。其制大戾古樂,而當時名臣,往往作而不辭,豈其限於職守,雖欲辭之而不可得歟?然觀其文,間有諷詞,蓋所謂曲終而奏雅者也。

宋時御前內宴,翰苑撰致語,八節撰帖子,雖歐、蘇、曾、王、司馬、范鎮皆爲之。蓋張而不弛,文武不能,百日之蠟,一日之澤,聖人亦不之非也。成化中黃編脩仲昭,莊檢討昶,不撰元宵詞,又上疏論列以去,以此得名。然自是而後,內外隔絕,每有文字,別開倖門。有文華門,仁智殿輩,每得美官,甚至蠹政害人,曷若仍舊之愈乎?愚謂於麗語中寓規諫意,如六一公"玉輦經年不遊幸,上林花好莫爭開。君王念舊憐遺族,長使無權保厥家",亦何不可。南唐李後主遊燕,潘佑制詞云:"樓上春寒山四面,桃李不須誇爛熳,已失了春風一半。"意謂外多敵國,而地日侵削也。後主爲之罷宴,真詞如此,何異諫書乎?"工執藝事以諫",況翰苑本以文章諷諫乎?諸公毋乃未習聲律而託爲此乎?

青 詞

青詞表者,釋、道陳奏之詞也。古今表詞,施於君臣之際,而二氏亦以表稱,蓋僭擬也。若乃天子之於天,固宜用表稱臣,然不以施於郊祀之際,而用老氏之法以黷神,則名雖是而實則非矣,崇正者詳焉。其曰朱、曰露香、曰默,皆別名也。

上梁文

上梁文者,工師上梁之致語也。世俗營構宮室,必擇吉上梁,親賓裹麪雜他物稱慶，而因以犒工，於是匠伯以斧抛梁，而誦此文以祝之。其文首尾皆用儷語，而中陳六詩。詩各三句，以按四方上下，蓋俗禮也。又按元陳繹曾《文筌》有寶瓶文，云“圬者墁棟脊之詞”，而諸集無之，無以爲式。竊意其詞，大略與上梁文同，末亦陳詩，如樂語口號之比，第無四方上下諸章耳。宋人又有上碑文，蓋上扁額之詞，亦因上梁而推廣之也。

道場榜

道場榜者，釋老二家修建道場榜示之詞也。品題不同，而施用亦異：其迎神馭者，曰門榜；淨壇場者，曰監壇榜；亦曰衛壇。燃燈者，曰燈榜；戒孤魂者，曰戒約榜；限孤魂者，曰結界榜；浴孤魂者，曰浴堂榜；施法食者，曰施斛榜；施水燈者，曰水燈榜；張於造齋之所者，曰監齋榜；張於設供之所者，曰供榜；張於食所者，曰茶湯榜。已上數榜，二家錯陳，而互有遺闕，其或用，或不用，亦不可知。然能觸類而長之，則亦無不通矣。此異端之教，學者勿求焉可也。

道場疏

道場疏者，釋老二家慶禱之詞也。慶詞曰生辰疏，禱祠曰功德疏，二者皆道場之所用也。又按陳繹曾《文筌》云：“功德疏者，釋氏禱佛之詞。”及考諸集與《事文類聚》，並有二家疏語，則知疏者，不特用於釋氏明矣。其曰齋文，即疏之別名也。

法堂疏

法堂疏者，長老主寺之詞也。其用有三：未至，用以啓請；將行，用以祖送；既至，用以開堂。其事重，其體尊，非夫高僧，恐不足以當此也。

募緣疏

募緣疏者，廣求衆力之詞也。橋梁、祠廟、寺觀、經像與夫釋老衣食器用之類，凡非一力所能獨成者，必撰疏以募之。詞用儷語，蓋時俗所尚。而橋梁之建，本以利人，祠廟之設，或關祠典，尤非他事之比，則斯文也，豈可闕哉！（以上卷十九）

王志堅

　　王志堅(1576—1633)字弱生,更字淑士,亦字聞修。明昆山(今屬江蘇)人。萬曆三十八年(1610)進士,官至湖廣提學僉事。志堅少與李流芳同學,卜居吳門古南園,與李流芳、歸昌世並稱"昆山三才子"。肆志爲學,兼通内典,詩文法唐宋,作詩甚富。編有《四六法海》、《古文瀆編》。

　　王志堅編《四六法海》,所録上起魏晉,下訖於元。明以前總集大抵駢、散兼收,多以古文辭暉睨當世,駢偶之作不爲世重。王志堅《四六法海》始專選駢文,分體編排,以四六文寫成的勅、詔、册文、赦文、制、手書、德音、令教、策問、表、章、劄子、狀、彈事、牋、啟、書、頌、移文、檄、露布、牒、詩文序、宴集序、贈別序、城山序、記、史論、論、碑文、志銘、行狀、銘、贊、七、連珠、志哀、册文、弔祭文、判、雜著,皆入選,由此也可看出四六文體之豐富,幾乎各種文章均可用四六文撰寫。每篇之末,又臚列本事,考證異同,並慎於取捨,條理分明,堪稱明代選本之上乘。清代李兆洛有《駢體文鈔》,陳均有《唐駢體文鈔》,彭元瑞有《宋四六文選》,曾燠有《駢體正宗》,各有所長,然溯源極流,實皆肇端此編。

　　本書資料據四庫全書本《四六法海》。

《四六法海》原序(節録)

　　魏、晉以來,始有四六之文,然其體猶未純。渡江而後日趨繢藻,休文出,漸以聲韻約束之。至蕭氏兄弟、徐庾父子而斯道始盛。唐文皇以神武定天下,在宥三十餘年,而文體一遵陳、隋,蓋時未可變耳。永徽中,人主優禮詞臣,時則有燕、許鴻軒,崔、李豹別,而英公一檄竟出自草澤手。當時人才,何其盛歟! 至於沿習既久,遂成蹊徑,文移批答,賓主談諧,輒用耦語,此亦天地間不得不變之勢矣。然昌黎文初出,即裴晉公亦駭而弗許,蓋習尚之漸人也如此。河東之爲文則異於是。壺子時見杜權糠秕,猶爲堯舜,吾師乎,吾師乎! 宋之四六各有源流譜派,袁清容自言能一一辨之。今此諸集已不能盡致,撮其大要,藏曲折於排蕩之中者眉山也,標精理於簡嚴之内者金陵也,是皆唐人所未有。其他不出兩公範圍。然類能自暢其所欲言,低昂絢素,各成倫理,有足喜者。大抵四六與詩相似,唐以前作者韻動聲中,神流象外。自宋而後,必求議論之工,證據之確,所以去古漸遠,然矩矱森然,差可循習。至其末流,乃有諢語如優,俚語如市,媚語如倡,祝語如巫。或彊用硬語,或多用助語,直用成語而不切,疊用冗

語而不裁。四六至此,直是魔胃,所當亟爲澄汰,不留一字者也。(卷首)

《四六法海》(節録)

《釋名》曰:"勅,飾也。"《漢制度》曰:"帝之下書有四:一曰策書,二曰制書,三曰詔書,四曰誡勅。"《緗素雜記》謂"唐以前帝王命令尚未稱勅",謂"千字文勅員外郎散騎常侍周興嗣次韻,勅字乃梁字",真謬説也。

兩京詔令,邈哉邈矣! 唐、宋以來,始襲用駢麗,然自有王言之體。若褒美太過,下類箋啓,則人臣何以當之? 是編所存,必擇其有體裁者。(以上卷一)

(評陸機《謝平原内史表》)此文體之初變者也。今讀之,猶有漢人風味。(卷二)

商隱爲文繁縟,時温庭筠、段成式俱用是相夸,號三十六體。

(評歐陽修《謝知制誥表》)宋興且百年,文章體裁猶仍五季餘習,鏤刻駢偶,渀涊弗振。柳開、穆修、蘇舜欽志欲變古,而力弗逮。自歐公出,以古文倡,而王介甫、蘇子瞻、曾子固起而和之,宋文日趨於古。歐公之詩,力矯楊、劉西崑之弊,專重氣格,不免失於率易。而四六一體,實自創爲一家。至二蘇而縱横曲折,盡四六之變,然皆本之歐公。(以上卷三)

《歐公試筆》云:"往時作四六者,多用古人語及廣引故事,以衒博學,而不思述事不暢。近時文章變體,如蘇氏父子,以四六述叙,委曲精盡,不減古人。自學者變格爲文,迨今三十年,始得斯人,不惟遲久而後獲,實恐此後未有能繼者爾。"(卷六)

永明中,王融、謝朓、沈約文章,始用四聲以爲新變,至是庾、徐父子轉拘聲韻,彌爲麗靡,簡文論及之。(卷七)

張慎言

張慎言(1578—1646)字金銘,號藐姑,人稱藐山先生。陽城(今屬山西)人。明末名臣。萬曆三十八年(1610)進士。因生性耿直,不事阿奉,剛正廉節,屢升屢降。崇禎時,官至南京吏部尚書。爲學頗有見地,引人注目。酷愛讀書,勤於著述,詩文皆爲時人所重。反對抄襲模仿,主張自然真情;反對當時文壇上的復古傾向和一味摹擬剽竊,只重形式技巧的風氣。其書法亦佳,所書碑記、家書、屏聯,雖信手揮毫,但被人們看作珍品。他和大書法家董其昌齊名,有"南董北藐"之稱。他死後輯刻而成的《泊水齋文鈔》、《泊水齋詩鈔》,保存了他的大部分詩文。

本書資料據《山右叢書初編》本《泊水齋文鈔》。

萬子馨《填詞》序（節錄）

余讀萬子馨所刻《填詞》，蓋吟詠低徊者久之，有文章升降之慨焉。詩之降也，流爲填詞，漢、魏以來《樂府》、《舞歌》、《子夜》、《讀曲》，雖奧古，去填詞遠甚，然已微露其聲氣。迨至齊、梁以後，綺靡纖麗之極，不得不流而爲填詞也。至填詞而之於元之曲，蓋如決水於千仞之谿矣。故填詞者，在唐以後爲詩之終，在元以前爲曲之始。然詞之至佳者，入曲則甚韻，而入詩則傷格。風會浸淫，雖作者亦不自知也。然今之樂猶古之樂，《箜篌》、《鐃歌》、《薤栗》、《箛吹》，皆可以被金石，享人鬼，而況詞與曲乎？但曲以後，再不得復有濫觴矣。《三百篇》，柔情蒨語暨古樂府，率用方言巷謠，而傳之至今膾炙不厭者，何也？故余以爲填詞者，用俚用俗，若雜若諧。以填詞之格而一持以古樂府《白紵》、《舞歌》、《子夜》、《讀曲》之聲氣，子馨雅能辦此矣。若元之曲再降，益不可知，識者憂之。（卷二）

凌濛初

凌濛初（1580—1644）字玄房，號初成，亦名凌波，一字退斥，別號即空觀主人。明烏程（今浙江湖州）人。明代文學家、小説家和雕版印書家。曾以副貢授上海縣丞，後升徐州通判分署房村。六十五歲時曾在房村鎮壓農民起義，最後嘔血而死。其著作《初刻拍案驚奇》與《二刻拍案驚奇》與馮夢龍所著《古今小説》（《喻世明言》、《警世通言》、《醒世恒言》）合稱"三言二拍"，是中國古典短篇小説的代表作。一生著述極豐，有雜劇《虯髯翁》、《顛倒姻緣》、《北紅拂》等十三種；傳奇《衫襟記》、《合劍記》、《雪荷記》三種；經學和史學著作有《聖門傳詩嫡冢》、《詩經人物考》、《左傳合鯖》、《倪思史漢異同補評》、《戰國策概》；文藝評論著作有《西廂記五本解證》、《南音之籟》、《燕築謳》；其他還有《贏騰三劄》、《蕩櫛後錄》、《國門集》、《國門乙集》、《雞講齋詩文》、《已編盍涏》、《東坡禪喜集》、《合評選詩》、《陶韋合集》、《惑溺供》等。其曲學著作《譚曲雜劄》原附刊於其所編南曲選集《南音三籟》卷首，題"即空觀主人撰"，認爲曲可分爲四等：第四等係"村婦惡聲、俗夫褻諢無一不備"，當以等外觀之；前三等即天籟、地籟和人籟。第一等本色而不用故實，第二等成爲"詩餘集句"而未可厭，第三等成爲"詩學大成"而"可厭矣而未村煞也"。他以本色當行爲最上，推崇元曲的本色，而對明代戲曲作家多不滿，並就戲曲創作提出一些見解，如注重"戲曲搭架"，要求創作近人情、合人理、通世法，強調賓白的通俗和貼切人物身份等。

本書資料據中國戲劇出版社 1959 年《中國古典戲曲論著集成》本《譚曲雜劄》。

《譚曲雜劄》（節錄）

曲始於胡元，大略貴當行不貴藻麗。其當行者曰“本色”。

元曲源流古樂府之體，故方言、常語，沓而成章，着不得一毫故實；即有用者，亦其本色事，如《藍橋》、《祆廟》、《陽臺》、《巫山》之類。以拗出之爲警俊之句，決不直用詩句，非他典故填實者也。一變而爲詩餘、集句，非當可矣，而未可厭也。再變而爲詩學大成、羣書摘錦，可厭矣，而未村煞也。忽又變而文詞説唱、胡謅蓮花落，村婦惡聲、俗夫褻謔無一不備矣。今之時行曲，求一語如唱本《山坡羊》、《刮地風》、《打棗竿》、《吳歌》等中一妙句，所必無也。故以藻繢爲曲，譬如以排律諸聯入《陌上桑》、《董妖嬈》樂府諸題下，多見其不類；以鄙俚爲曲，譬如以三家村學究口號、歪詩，擬《康衢》、《擊壤》，謂“自我作祖，出口成章”，豈不可笑！而又攘臂自命，日新不已，直是有覥而目。

改北調爲南曲者，有李日華《西廂》。增損句字以就腔，已覺截鶴續鳧，如“秀才們聞道請”下增“先生”二字等是也。更有不能改者，亂其腔以就字句，如“來回顧影，文魔秀士欠酸丁”是也。無論原曲爲“風欠”而删其“風”字爲不通，即《玉抱肚》首二句而强欲以句字平仄叶，亦須云“來回顧影，秀文魔風酸欠丁”。蓋第二句乃三字一節、四字一節，而四字又須平平仄平者；今四字一節、三字一節如一句七言詩，豈本調耶？今唱者恬不知怪，亦可笑也。至《西廂》尾聲，無一不妙，首折煞尾，豈無情語、佳句可採，以隱括南尾，使之悠然有餘韻，而直取“東風搖曳垂楊綫，游絲牽惹桃花片”兩詞語填入耶？真是點金成鐵手！乃《西廂》爲情詞之宗，而不便吳人清唱，欲歌南音，不得不取之李本，亦無可奈何耳。陸天池亦作《南西廂》，悉以己意自創，不襲北劇一語，志可謂悍矣，然元詞在前，豈易角勝，況本不及？其所爲《明珠記》，今亦不行。

周德清《中原音韻》，舌本甚調，聯叶甚協，自是明白可依，知者可以闇合無訛，非若休文詩韻龐雜乖離也，故元人北劇一準而用之。今人作詩，必不能跳越休文韻，以唐人遵之之故。乃曲之於德清韻，不能如元人遵之，何哉？此自《琵琶》等舊曲，皆不免旁犯，則以轉韻、借叶易於成章耳。然北曲僅存者，無一失韻；南曲盛行者，反不能然，正恐流傳竄改，未必皆作者之故也。其廉纖、監咸、侵尋閉口三韻，舊曲原未嘗輕借。今會稽、毘陵二郡，土音猶嚴，皆自然出之，非待學而能者；獨東西吳人懵然，亦莫可解。近來知用韻者漸多，則沈伯英之力不可誣也。

白謂之“賓白”，蓋曲爲主也。《戒菴漫筆》曰：“兩人對説曰賓，一人自説曰白。”未必確。古戲之白，皆直截道意而已；惟《琵琶》始作四六偶句，然皆淺淺易曉。蓋傳奇初時本自教坊供應，此外止有上臺扣攔，故曲白皆不爲深奧。其間用詼諧曰“俏語”，其妙出奇拗曰“俊語”。自成一家言，謂之“本色”，使上而御前、下而愚民，取其一聽而無不了然快意。今之曲既鬭靡，而白亦兢富。甚至尋常問答，亦不虛發閒語，必求排對工切。是必廣記類書之山人，精熟策段之舉子，然後可以觀優戲，豈其然哉？又可笑者：花面丫頭，長脚鬐奴，無不命詞博奧，子史淹通，何彼時比屋皆康成之婢、方回之奴也？總來不解本色二字之義，故流弊至此耳。或曰：“然則如《琵琶》黄門、早朝等語亦非乎？”曰：“說書家非不是通俗演義，而‘但見’云云，儘有偶句描寫工妙者，此自是其一種舖排本色，人自不識其體耳。”

吕天成

　　吕天成(1580—1618)字勤之，號棘津，別號鬱藍生。明餘姚(今屬浙江)人。諸生，工古文詞。出身官宦世家，在家庭環境的陶冶下，對戲曲産生了濃厚的興趣，曾師事沈璟，與王驥德過往密切，切磋砥礪，曲藝益加精進。著有傳奇雜劇十數種，今僅存雜劇《齊東絶倒》，另著有小説《繡榻野史》。吕天成以《曲品》名於世，這是一部評論傳奇作家和作品的專著，收戲曲作者九十五人，著録傳奇作品二百餘種，除二十種見於《永樂大典》及其他書目外，其餘均爲首次著録，不僅保存了一批珍貴的曲目史料，而且其評語和論述，不乏真知灼見。吕天成對傳奇創作强調“事真”，但又“有意駕虛，不必與事實合”；人物情節允許藝術虛構，但需合乎情理。同時，對戲曲創作中的本色、當行等問題也發表了中肯的意見。

　　本書資料據中國戲劇出版社1959年《中國古典戲曲論著集成》本《曲品》。

《曲品》自叙

　　予舞象時即嗜曲，弱冠好填詞。每入市見傳奇，必挾之歸，笥漸滿。初欲建一曲藏，上自先輩才人之結撰，下逮腐儒老優之攢簇，悉搜共貯，作山海大觀。既而謂：“多不勝收，彼攢簇者，收之污吾篋。”稍稍散失矣。壬寅歲，曾著《曲品》，然惟於各傳奇下著評，語意不盡，亦多未當，尋棄去。十餘年來，頗爲此道所誤，深悔之，謝絶詞曲，技不復癢。今年春，與吾友方諸生劇談詞學，窮工極變，予興復不淺，遂趣生撰《曲律》。既成，功令條教，臚列具備，真可謂起八代之衰，厥功偉矣！予謂生曰：“曷不舉今昔傳奇而甲乙焉？”生曰：“褒之則吾愛吾寶，貶之必府怨。且時俗好憎難齊，吾懼以不當之

722

故而累全律，故今《曲律》中略舉一二而已。"予曰："傳奇侈盛，作者爭衡，從無操柄而進退之者。矧今詞學大明，妍媸畢照，黃鐘、瓦缶，不容溷陳；《白雪》、《巴人》，奈何並進？子慎名器，予且作糊塗試官，冬烘頭腦，於曲場張曲榜，以快予意，何如？"生笑曰："此段科場，讓子作主司也。"歸檢舊稿猶在，遂更定之，做鍾嶸《詩品》、庾肩吾《書品》、謝赫《畫品》例，各著論評，析爲上、下二卷，上卷品作舊傳奇者及作新傳奇者，下卷品各傳奇。其未考姓名者，且以傳奇附；其不入格者，擯不錄。世有知我，按品收閱，亦已富矣；如或罪我，甘受金谷之罰。雖然，古本多湮，時作紛出，管窺蠡測，何能周知？所望同調者出家藏、示茂製以啟予，是亦詞社之幸也。

萬曆庚戌嘉平望日，東海鬱藍生書於山陰樛木園之煙鬟閣。

《曲品》（節録）

自昔伶人傳習，樂府遞興。爨段初翻，院本繼出；金、元創名雜劇，國初演作傳奇。雜劇北音，傳奇南調。雜劇折惟四，唱止一人；傳奇折數多，唱必勻派。雜劇但摭一事顛末，其境促；傳奇備述一人始終，其味長。無雜劇則孰開傳奇之門？非傳奇則未暢雜劇之趣也。傳奇既盛，雜劇寢衰，北里之管弦播而不遠，南方之鼓吹簇而彌喧。

博觀傳奇，近時爲盛。大江左右，騷雅沸騰；吳、浙之間，風流掩映。第當行之手不多遇，本色之義未講明。當行兼論作法，本色只指填詞。當行不在組織餖飣學問，此中自有關節局段，一毫增損不得；若組織，正以蠹當行。本色不在摹勒家常語言，此中別有機神情趣，一毫妝點不來；若摹勒，正以蝕本色。今人不能融會此旨，傳奇之派，遂判而爲二：一則工藻繢少擬當行；一則襲樸淡以充本色。甲鄙乙爲寡文，此嗤彼爲喪質。殊不知果屬當行，則句調必多本色；果其本色，則境態必是當行。今人竊其似而相敵也，而吾則兩收之。即不當行，其華可擷；即不本色，其質可風。進而有宮調之學，類以相從，聲中緩急之節；紛以錯出，詞多礙戾之音。難欺師曠之聰，莫招公瑾之顧。按譜取給，故自無難，逐套註明，方爲有緒。又進而音韻平仄之學，句必一韻而始協，聲必迭置而後諧。響落梁塵，歌翻扇底。昧者不少，解者漸多。又進而有八聲陰陽之學，吹以天籟，協乎元聲。律呂所以相宣，神人用以允龕。抑揚高下，發調俱圓；清濁宮商，辨音最妙。此韻學之缺典，曲部之秘傳，柳城啟其端，方諸闡其教。必究斯義，厥道乃精；考之今人，褢如充耳。《廣陵散》已落人間，《霓裳曲》重翻天上。後有作者，不易吾言矣。嗟乎！才豪如雨，持論不得太苛；曲廣如林，掄收何忍過隘？僭分九等，開列左方。入吾品者，可許流傳；軼吾品者，自慚腐穢。作《新傳奇品》。（以

上卷上）

傳奇品定，頗費籌量，不無褒貶。蓋總出一人之手，時有工拙；統觀一帙之中，間有短長。故律以一法，則吐棄者多；收以歧途，則闌入者雜。其難其愼，此道亦然。我舅祖孫司馬公謂予曰："凡南戲，第一要事佳，第二要關目好，第三要搬出來好，第四要按宮調、協音律，第五要使人易曉，第六要詞采，第七要善敷衍——淡處作得濃，閑處作得熱鬧，第八要各腳色派得勻妥，第九要脫套，第十要合世情、關風化。持此十要以衡傳奇，靡不當矣。"但今作者輩起，能無集乎大成？十得六者，便爲璣璧；十得四五者，亦稱翹楚；十得二三者，即非碔砆。具隻眼者，試共評之。括其門類，大約有六：一曰忠孝，一曰節義，一曰風情，一曰豪俠，一曰功名，一曰仙佛。元劇門類甚多，而南戲止此矣。（卷下）

方岳貢

方岳貢（？—1644）字四長，號禹修。明末湖廣穀城（今屬湖北）人。天啟進士。由戶部主事進郎中，典永平糧儲，以廉謹著名。崇禎元年（1628），出爲松江知府，被誣下獄。未幾，授山東副使兼右參議，總理江南糧儲。十六年，擢左副都御史，尋以本官兼東閣大學士入相。次年，李自成克京師，與輔臣勳戚多人同時死。編有《歷代古文國瑋集》五十二卷（《千頃堂書目》）。

本書資料據齊魯書社 1997 年影印本《歷代古文國瑋集》。

《歷代古文國瑋集》序（節錄）

夫文不一體，而用之有所。昔人謂相如之文，文則其賦；賈生之賦，賦則其文。惟此二賢猶有偏短，況其下乎！兼而用之，明其體要，則異同之論，咸得所安矣。是故章、疏取其深亮，贊、頌取其典碩，箴、銘取其沈奧，箋、表取其藻鬱，序、記取其高勁，論、策取其明達。此有所長，彼有所短，調弦更奏，適宜爲貴可也。（卷首）

錢謙益

錢謙益（1582—1664）字受之，號牧齋，晚號蒙叟、東澗老人。學者稱虞山先生。清初詩壇盟主之一。明常熟（今屬江蘇）人。萬曆三十八年（1610）進士。東林黨領袖之一，官至禮部侍郎，因與溫體仁爭權失敗而被革職。錢謙益在明末作爲東林黨首領，已頗具影響。馬士英、阮大鋮在南京擁立福王，錢謙益依附之，爲禮部尚書。後降清，仍爲禮部侍郎。但很快他就告病歸鄉，與反清勢力保持聯繫。錢謙益學問宏富，功力深厚，編《列朝詩集》，總結有明一代之詩。論詩不滿前後"七子"模擬形似，也反對公安、竟陵學派的油滑或拗澀。他的詩文奧博沉鬱，自成一家，與當時的吴偉業、龔鼎孳並稱清初"江左三大家"。他的文章，常把鋪陳學問與抒發思想性情糅合起來，縱橫曲折，奔放恣肆，其意圖是合"學人之文"與"文人之文"爲一體。從具體作品看，雖内容比較駁雜恢詭，但規模闊大，足以轉變明文的衰微格局，振作明末清初的文風。其詩作於明者收入《初學集》，入清以後的收入《有學集》；另有《投筆集》，係晚年之作，多抒發反對清朝、恢復故國的心願。乾隆時，他的詩文集遭到禁毁。

本書資料據四部叢刊影明刻本《牧齋初學集》。

《虞山詩約》序（節録）

太史公曰：《國風》好色而不淫，《小雅》怨誹而不亂。若《離騒》者，可謂兼之。故夫《離騒》者，《風》、《雅》之流别，詩人之總萃也。《風》、《雅》變而爲《騒》，《騒》變而爲賦，賦又變而爲詩。昔人以謂譬江有沱，幹肉爲脯。而晁補之之徒，徒取其音節之近楚者以爲楚聲，此豈知《騒》者哉？

《徐元歎詩》序（節録）

自古論詩者，莫精於少陵"别裁僞體"之一言。當少陵之時，其所謂"僞體"者，吾不得而知之矣。宋之學者，祖述少陵，立魯直爲宗子，遂有江西宗派之説。嚴羽卿辭而闢之，而以盛唐爲宗，信羽卿之有功於詩也。自羽卿之説行，本朝奉以爲律令，談詩者必學杜，必漢、魏、盛唐，而詩道之榛蕪彌甚。羽卿之言，二百年來遂若塗鼓之毒藥。甚矣，僞體之多而别裁之不可以易也！嗚呼！詩難言也。不識古學之從來，不知古人之用心，狗人封己，而矜其所知，此所謂以大海内於牛跡者也。王、楊、盧、駱見哂於輕薄者，今猶是也，亦知其所以劣漢、魏而近風騒者乎？鈎剔抉摘，人自以爲長吉，亦知其所以爲騒之苗裔者乎？低頭東野，懂而師其寒餓，亦知其所謂橫空磐硬、妥帖排奡者乎？數跨代之才力，則李、杜之外，誰可當鯨魚碧海之目？論詩人之體製，則温、李之類，咸不免風雲兒女之譏。先河後海，窮源遡流，而後僞體始窮，别裁之能事始畢。雖然，此益未易言也。其必有所以導之。導之之法維何？亦反其所以爲詩者而已。

（以上卷第三十二）

艾南英

　　艾南英(1583—1646)字千子。東鄉(今屬江西)人。明代散文家。少時即有文名,七歲作《竹林七賢論》。曾與同郡章世純、羅萬藻、陳際泰致力於八股文改革,影響頗大。創豫章社,爲首領。爲文取徑唐宋,溯源秦漢,推崇司馬遷、歐陽修,提倡散文古雅暢達。爲文刻意模仿歐陽修,膚剽拘攣,僅得字句相似。手定《歷代詩文選》、《皇明古文定》,作爲學文的楷模;編選《文剿》、《文妖》、《文腐》、《文冤》、《文戲》,著有《艾千子集》。

　　本書資料據四庫全書本賀復徵《文章辨體彙選》。

答夏彝仲論文書(節録)

　　我接兄教,三復思之,首尾結意,皆在修辭二字。而其究竟一說則要歸于獻吉,于鱗、元美三子、以爲三子皆能修辭,未可非。而末後言辭之究竟,則曰句字崇飾而已矣。嗟乎,吾兄何其視古人太輕,視今人太重耶? 夫以司馬子長、劉向、昌黎、永叔之文,兄舍其根本六經與其法度章脉、變化生動、雄深古健之大者不論,而曰止於辭,則視古人太輕也。且又取《易》、《詩》、《書》、《春秋》三傳,而亦曰是皆古聖人飾字而爲之,則視古聖人又太輕也。因而及於浮華補綴,塗東抹西,左剽右竊,取《史》、《漢》句字,割裂而餖飣之,如今之王、李者皆得附於聖人修辭之旨,是又視今人太重也。

　　兄以句字崇飾盡修辭之義,則請爲兄先言辭之原,而又以剗盡辭華,歸之平淡者爲非,則又請與兄言古文之辨,可乎? 子曰"修辭立其誠",未聞以浮華爲誠也。又曰"辭達而已矣",未聞以臃腫駢麗爲達也。《書》之言曰"辭尚體要",有體有要,則今日章旨結撰之謂,而非以餖飣剽竊句字爲體要也。蓋古人之所謂辭命、辭章者,指其通篇首尾開闔而言,非以一黃一白、一朱一黑、儷字駢音而爲之辭。如此,則今古文章何必司馬遷、劉向,何必昌黎、永叔,只一六朝人可謂辭華之極矣,則兄且銖銖而法之乎? 即如太史公弟與兄所首推者,然每讀其文,譬之神龍行天,雷電惚恍,而風雨驟至,百昌萬物,承其汪濊,皆各有生動妍澤之意,此豈可以句字求之? 今試取《史記》,去其所載《尚書》、《左》、《國》及屈原、長卿騷賦之文,而獨取太史公所自爲贊、論、序略者讀之,其句字可謂悃愊無華矣。太史公豈不能效《易》、效《書》、效《詩》、效三傳而爲之乎? 無他,時代各有所至,效昔人而贅其句字,未有不相率歸於浮華者。若兄之所爲俚雅則有分矣,每見六朝及近代王、李崇飾句字者,輒覺其俚。讀《史記》及昌黎、永叔古質典重之文，則輒覺其雅，然後知浮華與古質則俚雅之辨也。百物朝夕所見者，人不注視也，則今日獻吉、于鱗、元美剽竊成風之謂也。用功深者收名也遠，不爲當時所共怪則必無後世之傳，則韓、歐大家與今日有志斯道，力排陳言，不爲浮華補綴之謂也。蓋所謂陳言，所謂浮華者，韓則指晉、魏、齊、梁而言，歐則指唐季、五代而言，今日之君子則指王、李而言。其爲戞戞乎陳言之務去一也，其爲用功深，爲當世所共怪一也，其推尊司馬遷、劉向、賈誼、董仲舒者，得其雄深渾健，古質而幽遠，非若王、李之推司馬遷、劉向，得其皮毛，剽竊塗抹，使十歲豎子皆能贅其詞，竊其字，而遂謂之修辭也。

然則兄之所示，乃弟之所以尊韓、歐，卑王、李耳。弟之所謂陳言，兄以爲修辭可乎？弟以古質尊《史》、《漢》，兄以浮華尊《史》、《漢》可乎？若夫篇不擇句，句不選字，餤飣而出之，則王、李是已，古之人未有也，即學韓、歐者亦未之有也。至於以平淡爲非，則兄誤矣。夫平淡古質不爲煩華者，古文之別稱也。兄知古文之所以名乎？今之時以碑、銘、序、記、傳爲古文，對八股時蓺而言耳。古人未有八股時文，所稱古文者安在？如以碑、銘、序、記爲古，則韓、歐有之，王、楊、盧、駱輩皆有之。歐陽公得舊本韓文，乃始知爲古文，其序蘇子美曰："子美之齒少於予，而予學古文乃在其後。"蓋昔人以東漢末至唐初偶排摘裂、填事粉澤、宣麗整齊之文爲時文，而反是者爲古文。譬之古物器，其艷質必不如今，此古文之所以爲名也。若以辭華爲古，則韓之先爲六朝，歐公之先有五代，皆稱古文矣。今之王、李，其文無法，其句甚鮮，其究也甚腐，吾嘗取其稿觀之，掩卷而觀其題，輒能測其中所用官名，所用地志，所起所收若何，什不爽一。後生小子不必讀書，不必作文，但架上有前後《四部稿》，每遇應酬，頃刻裁割，便可成篇。驟讀之無不鮮華濃麗，韓、歐復生，戞戞乎陳言之套耳，兄以爲時文乎，古文乎？絢爛奪目，細按之一腐務去，必自王、李兩人始。世間聰明學問不多得，兄高視濶步，奈何一以輓（晚）近自安如斯也？至於以山水平遠，衢術坦直爲文之極者，弟何嘗有此語？得無見拙刻中有《平遠堂社序》，而舉其一説以相難乎？此因題發義，且爲近日作時文詭僻者論耳，非論古人也。然即就兄論究之，則山之巉險壁立，絙而度棧，而行水之怒濤飛沫，此惟一氣爲萬物母者能之，蓋元氣磅礴，隨物賦形，東坡所謂"非平淡也，絢爛之極也"，此豈崇飾句字所能得？又況乎古所謂辭者非崇飾句字之所盡乎？

答陳人中論文書（節録）

在舟中，見足下談古文，輒詆毀歐、曾諸大家，而獨株株守一李于鱗、王元美之文，以爲便足千古。其評品他文皆未當，不佞心竊嘆足下少年，未嘗細讀古今人之書，而顛倒是非，需之十年後，足下學漸充，心漸細，漸見古人深處，必當翻然悔悟，目前不必與之静也。及足下行後，則從友人得見足下所爲《悄心賦》，乃始笑足下嚮往如是耶？此文乃昭明選體中之至卑至腐，歐、曾大家所視爲臭惡而力排之者。不佞十五六歲時頗讀《昭明文選》，能效其句字。二十歲後每讀少作，便覺羞愧汗顏，而足下乃斤斤師法之，此猶蛆之含糞以爲香美耳。故張目罵歐、曾，罵宋景濂，罵震川、荆川，足下所寶持如是，不足怪也。及使者來發足下書，本欲置之不辨，然不佞憐足下之才而又哀足下之未學，憫足下之墮落，則不得不正告足下。足下書甚冗，然其大意乃專指斥歐、曾諸公，以爲宋文最近不足法，當求之古，而其究竟則歸重李于鱗、王元美二人耳，何足下所志甚大而所師甚卑也！

　　足下謂宋之大家未能超津筏而上，又謂歐、曾、蘇、王之上有左氏、司馬氏，不當舍本而求末。夫足下不爲左氏、司馬氏則已，若求真爲左氏、司馬氏，則舍歐、曾諸大家，何所由乎？夫秦、漢去今遠矣，其名物器數、職官地里、方言里俗，皆與今殊。存其文以見於吾文，獨能存其神氣耳。役秦、漢之神氣而御之者，舍韓、歐奚由？譬之於山，秦、漢則蓬山絶島也，去今既遠，猶之有大海隔之也，則必借舟楫焉而後能至。夫韓、歐者，吾人之文所由以至於秦、漢之舟楫也。由韓、歐而能至於秦、漢者無他，韓、歐得其神氣而御之耳。若僅取其名物器數、職官地里、方言里俗，而沾沾然遂以爲秦、漢，則足下之所極賞於元美、于鱗者耳。不佞方由韓、歐以師秦、漢，足下乃謂不當舍秦、漢而求韓、歐；不佞方以得秦、漢之神氣者尊韓、歐，而足下乃以竊秦、漢之句字者尊王、李，不亦左乎？足下曰舍舟不登而取舟中之一艦一艣，濡裳而泳之曰，吾不藉津筏而舟渡也不可也，以爲藉韓、歐而至《史》、《漢》，猶之乎一艦一艣也。是不然，我既得其神而御之矣，何津筏之有？昌黎摹史遷尚有形迹，吾姑不論。足下試取歐陽公碑誌之文及《五代史》論贊讀之，其於太史公蓋得其風度於短長肥瘠之外矣。猶當謂之有迹乎，猶謂之不能徑渡乎？若乃竊《史》、《漢》之句字自以爲《史》、《漢》在是矣，是今之王、李乃足下所謂一艦一艣，舟中之一物耳。足下又曰宋文好新而法亡，好易而失雅。夫文之法最嚴，孰過於歐、曾、蘇、王者？荆川有言曰："漢以前之文未嘗無法，而未嘗有法，法寓於無法之中，故其爲法也密而不可窺。唐與宋之文不能無法，而能毫釐不失乎法，以有法爲法，故其爲法也嚴而不可犯。"予嘗三復以爲至言。然不佞極推宋大家之文以其有法，而其稍病大家之文，亦因其過於尺寸銖兩，毫釐不失乎法，視《史》、《漢》風神，如天衣無縫爲稍差者，以其法太嚴耳。宋之文由乎法而不至於有迹而太嚴者，歐陽子也，故嘗推爲宋之第一人。不佞方以法太嚴稍病宋人，而足下謂其無法，足下讀古人書潦草如此，不亦可笑乎。

　　若乃王、李之文，徒見夫漢以前之文似於無法也，竊而效之，決裂以爲體，餖飣以爲詞，盡去自宋以來開闔首尾，經緯錯綜之法，而別爲一種臃腫窘澀浮蕩之文，其氣離而不屬，其意卑，其語澀，乃真無法之至者，而足下以爲有法，可乎？足下以賦病宋人誠是矣，然天下安有兼材，必欲論賦則奚獨宋人，自屈平而後，漢賦已不如矣，楚以下皆可病也。然則足下《悄心賦》何不直登屈氏之堂，而乃甘退處於六朝排對填事，柔靡粉澤，如是而譏宋賦，恐宋人不受也。宋之記誠有如賦如文者，然亦其一二耳，以此而病全宋，是猶見燕趙之醜婦而遂謂北方無美女，見吳之粗繒敗絮而遂謂江南無美錦等耳，如是而宋以變亂古法罪宋人，宋人不受也。足下又引李于鱗之言曰：宋人憚於修詞，理勝相掩，以爲宋文好易之証。然予則曰，孔子云辭達而已矣，未聞辭之礙氣也。辭之礙氣爲東漢以後駢麗整齊之句言耳，彼以句字爲辭，而不知古之所謂辭命、辭章者，指其首尾結撰而通謂之辭，非如足下之以矜句飾字爲辭也。故曰辭尚體要，則章旨之謂也。足下必以好易病宋，而以文之最者必難，遂謂《易經》時代最上古，其文最難，《書》、《詩》次之，《春秋》又次之，《禮經》出漢儒，故其文最條達，居六經末，以是爲時代之升降。審如此，足下誤矣。足下云《易》修辭最難，時代最古，故文最高，《書經》次之，足下讀書夢耶醉耶？《易》雖自伏義，然一畫耳，未有文字，象爻辭皆文王、周公，故謂《周易》。《尚書》自堯舜始，次夏次商乃至周。去文、周象爻辭，乃在千歲之前，足下謂《書》在《易》後，時代稍後，文遂稍不難，而次於《易經》，何謬至此也？且《易》之爲經原由象數，其體自與衆作異。若果以難爲勝，則周公之書如《洛誥》、《召誥》、《大誥》、《多士》、《多方》、《立政》及大小雅、頌等書，當時何不併作爻辭體，盡取初九初六、潛龍牝馬之説入之耶？足下又謂《禮經》出漢人，故文最條達，以爲文之高者必難，卑者必易，時代遠者必難，近者必易之証，如此則何必漢儒禮傳也？孔子、孟子可謂條達矣。孟子想足下所不屑，至於孔子，足下宜稍恕之，得無以條達遂謂《論語》病耶？抑足下生平不悦宋儒，遂併孔子《論語》視同宋儒語録，不復論其文邪？抑可謂孔子生春秋時，故其文遂不及《易經》，不及《書》、《詩》耶？且孔子、左丘明同爲春秋人，而《論語》條達不同《左傳》何也？又不同後之《公羊》、《穀梁》何也？然且無論《論語》，即《易經》上下繫辭皆出孔子，其語皆條達，不似文、周象爻，則足下亦將抹去孔子《繫辭》，不入《易經》，獨存文、周象爻辭耶？文各有所主，各有時代，唐、宋之不肯襲秦、漢句字，猶孔子之語必不爲《易》、《書》、《詩》也。如此論文，足下必當以揚雄《太玄》，唐樊宗師，宋劉幾之文爲最矣，無怪足下之貿貿然無所之也。然足下所尊奉空同、鳳洲，乃正、嘉近時人，則似不必遠語上古也。足下又云唐後於漢，故唐文不及漢；宋後於唐，故宋文不及唐。如此則我明便當不及宋，又何以有陳人中，又何以有人中嘐嘐然所尊奉之王、李耶？宋之詩誠不如唐若宋之文，則唐人未及也，唐獨一韓、柳。宋自歐、曾、蘇、王外，如貢父、原父、師道、少游、補之、同甫、文潛、少蘊數君子，皆卓卓名家，願足下閉戶十年，盡購宋人書讀之，然後議宋人未晚也。

　　足下又曰江之行瀲灧最難，勢最奇，至於海則平易坦直，得金焦障之，以比功北地濟南，爲能與水爭順流反逆之勢。嗚呼，是何謬耶！夫今之論文者譬之論水，不必論瞿塘，不必論金焦，當論其有源耳。江水惟有源，故至瞿塘而能險激，至金焦而能洄洑，至海而能汪洋浩渺，魚龍百怪。學之有源者何不可之有？自北地濟南之文出，學者束書不觀，止取《左》、《國》、《史》、《漢》句字名物編類分門，率爾成篇，套格套辭，浮華滿紙，如今市肆賣壽軸祭文文字者然。足下以爲北地濟南之文難耶，易耶？與水爭勢，順流耶，逆流耶？使其勢難，其文奇，則不應無限代筆，秀才供應衙門皆能效之也。然則吾將反足下之言而告足下曰，獻吉、于鱗、元美譬則兒童也，羣從而嬉甚樂也，父師督責之以詩書，則蹙額相向。何則？束於法也。彼畏宋人首尾開闔，抑揚錯綜之嚴，而不能爲也；畏宋人之古質樸淡，所謂如海外奇香，風水齧蝕，木質將盡，獨真液凝結而不能爲也。國無法則亂，家無法則譁，故即以此語勸人中立身立文於聖賢禮義之中而已，足下又痛詆當代之推宋人者，如荊川、震川、遵岩三君子。嗟乎，古文至嘉、隆之間，壞亂極矣，三君子當其時，天下之言不歸王，則歸李，而三君子寂寞著書，傲然不屑，受其極口醜詆不少易。至古文一綫得留天壤。使後生尚知讀書者，三君子之力也。足下何故而苛求之？其文縱不能如韓如歐，乃遂不如王、李，受足下一盼耶？且足下於三君子中稍恕遵岩，謂其少師秦、漢，此言亦謬矣。遵岩少時抄襲秦漢句字，其後悔之，乃更作古文，其少作今無一字在集中矣，足下何從見之？遵岩以其少作爲臭腐，而足下追歎之，然則足下乳臭時，更勝足下今日耶？至於宋景濂佐太祖皇帝定制度，修前史，當時大文字皆出其手，我朝文章大家自當首推其文。或以應制，故不甚暢其所言，或一二率爾應酬，出自門人編錄者，則誠有之。要之，師摹歐、曾不可誣也、足下姑取其序、記、傳之佳者讀之，可及乎，不可及乎？景濂雖未足盡我明之長，然自今論之，未見有勝景濂者，而足下又痛詆之，何也？《震川集》願足下遲遲其論，足下學至震川，文至震川時駁之未晚，今恐尚懸絕。

　　足下之論止此，故答足下亦止此。計足下之病源皆由不知古文二字，業於彝仲書中言古文之詳，不再述也。足下驕稗豢養，不能遠從明師，足下之鄉有婁子柔、陳仲醇兩公，雖未得韓、歐之深，然皆能言其本末，足下倘贄往請爲師，得其一言，晝夜思之，思無越畔，然後讀書十年，徐徐與不佞論文未爲晚也。

再與周介生論文書

　　六月杪，從陳元夫接兄臘月二十六日手扎，乃知弟三度寄兄書皆未達，而兄首賜弟書亦爲人浮沉。元夫所傳則弟拜尊教之始也，嗣從南京書舖廊舍親，又拜兄長牘，併沈飛。仲書旬日之中，兩捧瑶函，喜極而舞，嗟乎，海内執詞盟者不過數人，與兄對談，猶敢含糊不盡乎？

　　弟前書中大約謂海内今日尊崇大士大力者更不知其渾古高朴，師法六經、秦、漢者何在，而僅撦拾其一二輔嗣。子玄幽渺詭俊之譚，相與雕琢糢糊，甚至學《繁露》者竟以杜撰爲《繁露》，習郭註者竟以杜撰爲郭註，稍進者亦僅留心句字，使其詭俊，而先秦、西漢高古拙淡之氣亡矣。使人宛大士大力爲晉魏抄手猶可言也，使人置六經、秦、漢不道而降爲六朝之卑弱纖俊，軟靡巧儷之文，向時韓、歐大家所擲棄不屑而力排之者，今反奉爲蓍龜，又見之。制舉業則文氣之卑，乃自吾輩始之，兄以爲此罪將安歸乎？善乎，兄之言曰，世之將治，其文多仁艾南英孝忠厚之言；世之將亂，其文多陰謀詭譎之譚。此語非特謗吾輩者，不知即尊奉吾輩者，亦不知也。再諭風氣之遷有極有漸，極者勢之所畏，而漸者機之所當預防。兄以爲今日猶漸而未極乎？向者學我而死，尚在草澤，今皆在三百進賢冠矣。取鼻祖之形而傳之，日傳一紙，十失其五，日傳十紙，非復吾祖矣，鼻祖之形如故也。非吾祖而以爲祖，子孫之罪也。不責其子孫而特罪其祖曰，是其形固多變也，有甘受其獄者乎？承示經翼一選，宜早行之，弟當極揚其旨使，我輩之文與三代同風，即弟有文定文待二選，不可以弟故而滯兄之傳。蓋弟選意在存一代之文，使人得觀制藝中後先升降之變。兄以經翼題篇，宜簡核而精，志在存經，不在備選也。

　　接兄札又喜兄爲我覓得沈飛仲此書，弟久爲人所誤，囑閣三年，有飛仲弟事畢矣。至於兄所謂更有進焉者，此事大有商量，不知兄所掄經、子、史三集已成書否。弟已手訂秦、漢以來至元文爲《歷代詩文選》，又訂國朝諸公爲《皇明古文定》矣，所恨波神妬我，半爲所壞，今將復理舟中所失，恨匆匆無暇遠遊與兄面訂。然弟則謂古文一道，今時士子半爲時集所眯，封閉塵腐，無出頭之日。雖日告之以先王仁義禮樂之旨，無奈其虛氣所至，不能復知妍媸之所在。弟意嘗謂告人以古文，人必不能盡知。千古文章，獨一史遷，史遷而後千有餘年，能存史遷之神者獨一歐公。歐公之文每提耳而命之，人不知也，況欲其遍讀古人之書而知好乎？弟於《歷代詩文》及《皇明古文定》二書外，又有《文勣》、《文妖》、《文腐》、《文寃》、《文戲》五書，以爲正告。人以古人不能知，取文之無當者告之，則人知避矣。人人知避，必發憤讀書，然後知古人高深誠拙之所在，不復爲浮華補綴無根本之言矣。《文勣》者弟嘗笑爲《左》、《國》、《史》、《漢》，爲人生吞活剝，固其當然。然竟不顧義類之所安，往往出自大老，稍舉一二。太史公曰，予登箕山，其上蓋有許由塚云，蓋相去千年，疑其人之有無也。每見空同、鳳洲爲人作誌銘，輒曰蓋聞嘉靖年間有某老先生云，此亦豈千年後疑詞耶？先漢兵農婚喪大費皆取給馮翊、扶風、京兆、今朝廷大事，户工二部實爲，於大興，宛平無與也，輒曰無以佐縣官之急，可乎，不可乎？十行之中非《左》、《國》、《史》、《漢》不道，我朝一代官名，一部郡縣，爲數公改換，後世竟不知有順天、應天知府知縣矣。此《文勸》也。而太倉歷下之文爲多，《文腐》則古之《客難》、《解嘲》、《賓戲》、《七啓》、《七發》之類，而今時尤衆每笑謂友人，京山李本寧爲人作詩序，輒就其人姓氏起首，使此公作我姓艾人詩序，必當筆窘矣，凡此真文腐也。《文妖》則以揚子《太玄》爲首，而近日如文翔鳳所作古文辭及他同類者附之，與夫毀謗孔孟之人皆在焉。《文宛》則諸家墓誌，蓋美飾非顛倒朝政，相爲賢不肖之論也。以文爲戲，坡公不免作俑，而袁中郎爲甚，今皆類成一部。五種出而後天下知古文矣，恨不時同兄面商也。後場選願兄止之，我明之傳，傳在前場耳，論敷衍排比，惟恐不多，兄以爲古有此體乎？表濃麗而絶無疎淡流水之致，策取分柱立比，兄以爲古有此體乎？至於人文聚二選，則願兄以割愛爲主。割愛之意與經翼相輔而行，不然猶恐以吾輩爲口實也。佳選領訖，獨兄所評拙稿，弟並無一册，今又簡來書不見，有便再寄一帙，胸中如積，不覺娓娓，想兄讀之，當我兩人一夕佳話也。（以上卷二百四十八）

沈寵綏

　　沈寵綏（?—約1645）字君徵，號適軒主人，別署不棹館。明吳江（今屬江蘇）人。博學多識，尤精於音律之學，是萬曆年間著名的戲曲音律學家。所著《弦索辨訛》、《度曲須知》二書，是其對戲曲聲樂研究的理論總結，對當時的戲曲演唱以及後世的戲曲史研究都産生了很大影響。《弦索辨訛》專爲弦索歌唱者指明字音和口法，《度曲須知》則辨析南北曲源流、格調、字母、發音、歸韻諸種方法，使度曲者有規可循，至今爲昆劇演員唱曲的依據。

　　本書資料據明崇禎十二年原刻初印本《度曲須知》。

曲運隆衰

　　粤徵往代，各有專至之事以傳世，文章矜秦、漢，詩詞美宋、唐，曲劇侈胡元。至我明則八股文字姑無置喙，而名公所製南曲傳奇，方今無慮充棟，將來未可窮量，是真雄絶一代，堪傳不朽者也。顧曲肇自《三百篇》耳。《風》、《雅》變爲五言、七言，詩體化爲南詞、北劇。自元人以填詞制科，而科設十二，命題惟是韻脚以及平平仄仄譜式，又隱厥牌名，俾舉子以意揣合，而敷平配仄，填滿詞章。折凡有四，如試牘然。合式則標甲榜，否則外孫山矣。夫當年磨穿鐵硯，斧削螢窗，不減今時帖括，而南詞惟寥寥幾曲，所云院本北劇者，果堪紀量乎哉？且詞章既夥，演唱尤工，凡偷吹、待拍諸節奏，頂疊、躲換以及縈紆、牽繞諸調格，推敲罔不備至，而優伶有戾家把戲，子弟有一家風月，歌風之勝，往代未之有踰也。明興，樂惟式古，不祖夷風，程士則《四書》、《五經》爲式，選舉則七義三揚是較，而僞代填詞往習，一掃去之。雖詞人間踵其轍，然世換聲移，作者漸寡，歌者寥寥，風聲所變，北化爲南，名人才子，踵《琵琶》、《拜月》之武，競以傳奇鳴；曲海詞山，於今爲烈。而詞既南，凡腔調與字面俱南，字則宗《洪武》而兼祖《中州》；腔則有"海鹽"、"義烏"、"弋陽"、"青陽"、"四平"、"樂平"、"太平"之殊派。雖口法不等，而北氣總已消亡矣。嘉隆間有豫章魏良輔者，流寓婁東鹿城之間，生而審音，憤南曲之訛陋也，盡洗乖聲，別開堂奧，調用水磨，拍捱冷板，聲則平上去入之婉協，字則頭腹尾音之畢勻，功深鎔琢，氣無煙火，啓口輕圓，收音純細。所度之曲，則皆《折梅逢使》、《昨夜春歸》諸名筆；採之傳奇，則有"拜星月"、"花陰夜靜"等詞。要皆別有唱法，絕非戲場聲口，腔曰"崑腔"，曲名"時曲"，聲場稟爲曲聖，後世依爲鼻祖，蓋自有良輔，而南詞音理，已極抽秘逞妍矣。惟是北曲元音，則沉閣既久，古律彌湮，有牌名而譜或莫考，有曲譜而板或無徵，抑或有板有譜，而原來腔格，若務頭、顚落，種種關捩子，應作如何擺放，絕無理會其說者。試以南詞喻之，如《集賢賓》中，則有"伊行短"與"休笑恥"，兩曲皆是低腔；《步步嬌》中，則有"仔細端詳"與"愁病無情"，兩詞同揭高調，而此等一成格律，獨於北詞爲缺典。祝枝山，博雅君子也，猶歎四十年來接賓友，鮮及古律者。何元朗亦憂更數世後，北曲必且失傳，而音隨澤斬，可慨也夫！至如"絃索"曲者，俗固呼爲"北調"，然腔嫌嬝娜，字涉土音，則名北而曲不真北也，年來業經釐剔，顧亦以字清腔逕之故，漸近水磨，轉無北氣，則字北而曲豈盡北哉！試觀同一"恨漫漫"曲也，而彈者僅習彈音，反不如演者別成演調；同一《端正好》牌名也，而絃索之"碧雲天"，與優場之"不念法華經"，聲情迥判，雖淨旦之脣吻不等，而格律固已逕庭矣！夫然，則北劇遺音，有未盡消亡者，疑尚留於優者之口，蓋南詞中每帶北調一折，如《林冲投泊》、《蕭相追賢》、《虯髯下海》、《子胥自刎》之類，其詞皆北，當時新聲初改，古格猶存，南曲則演南腔，北曲固仍北調，口口相傳，燈燈遞續，勝國元聲，依然滴派。雖或精華已鑠，顧雄勁悲壯之氣，猶令人毛骨蕭然，特恨詞家欲便優伶演唱，止《新水令》、《端正好》幾曲，彼此約略扶同，而未慣牌名，如原譜所列，則騷人絕筆，伶人亦絕口焉。予猶疑南土未諳北調，失之江以南，當留之河以北，乃歷稽彼俗，所傳大名之《木魚兒》，彰德之《木斛沙》，陝右之《陽關三疊》，東平之《木蘭花慢》，若調若腔，已莫可得而問矣。惟是散種如《羅江怨》、《山坡羊》等曲，彼之篹、箏、渾不似（即今之琥珀）諸器者，彼俗尚存一二，其悲悽慨慕，調近於商，惆悵雄激，調近正宮，抑且絲揚則肉乃低應，調揭則彈音愈渺，全是子母聲巧相鳴和；而江左所習《山坡羊》，聲情指法，罕有及焉。雖非正音，僅名"侉調"，然其愴怨之致，所堪舞潛蛟而泣嫠婦者，猶是當年逸響云。還憶十七宮調之劇本，如漢卿所謂"我家生活，當行本事"，其音理超越，寧僅僅梨園口吻已哉！惜乎舞長袖者，靡於唐至宋而幾絶；工短劇者靡於元，入我明而幾絶。律殘聲冷，亘古無徵，當亦騷人長恨也夫！

四聲批窾

昔詞隱先生曰："凡曲去聲當高唱，上聲當低唱，平入聲又當酌其高低，不可令混。"其説良然。然去聲高唱，此在翠字、再字、世字等類，其聲屬陰者，則可耳；若去聲陽字，如被字、淡字、動字等類，初出不嫌稍平，轉腔乃始高唱，則平出去收，字方圓穩；不然，出口便高揭，將被涉貝音，動涉凍音，陽去幾訛陰去矣。上聲固宜低出，第前文間遇揭字高腔，及緊板時曲情促急，勢有拘礙，不能過低，則初出梢高，轉腔低唱，而平出上收，亦肖上聲字面。古人謂去有送音，上有頓音。送音者，出口即高唱，其音直送不返也；而頓音，則所落低腔，欲其短，不欲其長，與丟腔相倣，一出即頓住。夫上聲不皆頓音，而音之頓者，誠警俏也。又先賢沈伯時有曰："按譜填詞，上去不宜相替，而入固可以代平，則以上去高低迥異，而入聲長吟，便肖平聲；讀則有入，唱即非入。如一字六字，讀之入聲也，唱之稍長，一即爲衣，六即爲羅矣。故入聲爲仄，反可代平。"然予謂善審音者，又可使入不肖平而還歸入唱；則凡遇入聲字面，毋長吟，毋連腔，（連腔者，所出之字，與所接之腔，口中一氣唱下，連而不斷是也）出口即須唱斷。至唱緊板之曲，更如丟腔之一吐便放，略無絲毫粘帶，則婉肖入聲字眼，而愈顯過度顛落之妙；不然，入聲唱長，則似平矣。抑或唱高，則似去；唱低則似上矣。是惟平出可以不犯去上，短出可以不犯平聲，乃絶好唱訣也。至於北曲無入聲，派叶平上去三聲，此廣其押韻，爲作詞而設耳。然呼吸吞吐之間，還有入聲之别，度北曲者須當理會，若夫平聲自應平唱，不忌連腔，但腔連而轉得重濁，且即隨腔音之高低，而肖上去二聲之字，故出字後，轉腔時，須要唱得純細，亦或唱斷而後起腔，斯得之矣。又陰平字面，必須直唱，若字端低出而轉聲唱高，便肖陽平字面。陽平出口，雖繇低轉高，字面乃肖，但輪着高徹揭調處，則其字頭低出之聲，簫管無此音響，合（叶葛）和不着，俗謂之"拿"，亦謂之"賣"，（若陽平遇唱平調，而其字頭低抑之音，原絲竹中所有，又不謂之拿矣）最爲時忌。然唱揭而更不"拿"不"賣"，則又與陰平字眼相像。此在陽喉聲闊者，摹肖猶不甚難，惟輕細陰喉，能揭唱，能直出不"拿"，仍合陽平音響，則口中勍節，誠非易易。其他陰出陽收字面，更能簡點一番，則平聲唱法，當無餘蘊矣。凡此，名曰"四聲批窾"，並

734

後“收音問答”搜剔曲理，思且過半。然施之南曲，則腔舒板緩，儘堪搖擺推敲，非如“絃索”之調促絃繁，梆縛太緊，雖有能者，忙中多錯；若於見長，必一一按呂相規，則安得人皆李龜年而責之乎？惟鮮其人，不得不存其説。

附四聲宜忌總訣

陰去忌冒。陽平忌拿。上宜頓腔。入宜頓字。

陰去如翠、世等字，遇唱高調，須用送音直揭。若字端邪撇，聳上而仍滑下，則其音閃在半調中間，使操管絃者，上下徽孔，兩湊不着，俗名曰“冒”，唱家並忌之。至陽平之“拿”，則又字端邪撇，蕩下而後轉高，亦在半調中間，總不入簫管，“頓腔”者，一落腔即頓住。“頓”字者，一出字即停聲，俱以輕俏找絶爲良。

絃索題評

我吳自魏良輔爲“崑腔”之祖，而南詞之布調收音，既經創闢，所謂“水磨腔”、“冷板曲”，數十年來，遐邇遜篇獨步。至北詞之被絃索，向來盛自婁東，其口中嬝娜，指下圓熟，固令聽者色飛，然未免巧於彈頭，而或疎於字面，如“碧雲天”曲中“狀元”之“狀”字，與“望蒲東”曲中“侍妾”之“侍”字，“梵王宮”曲中“金磬”之“磬”字，及“多愁多病”之“病”字，“晚風寒峭”曲中“花枝低亞”之“亞”字，本皆去聲，反以上聲收之。此等訛音，未遑枚舉，而又煩絃促調，往往不及收音，早已過字交腔，所爲完好字面，十鮮二三，此則前無開山名手，如良輔之於南詞者，故向來絶少到家，而衣鉢所延，遂多乖舛。邇年聲歌家頗懲紕繆，競效改絃，謂口隨手轉，字面多訛，必絲和其肉，音調乃協。於是舉向來腔之促者舒之，煩者寡之，彈頭之雜者清之，運徽之上下，婉符字面之高低，而釐聲析調，務本《中原》各韻，皆以“磨硻”規律爲準，一時風氣所移，遠邇羣然鳴和，蓋吳中“絃索”，自今而後始得與南詞並推隆盛矣。雖然，今之北曲，非古北曲也；古曲聲情，雄勁悲激，今則盡是靡靡之響。今之絃索，非古絃索也；古人彈格，有一成定譜，今則指法游移，而鮮可捉摸。誠使度曲者，能以邇來磨琢精神，分用之討究古律，則其於絃索曲理，不庶稱美備也哉！

中秋品曲

從來詞家只管得上半字面，而下半字面，須關唱家收拾得好。蓋以騷人墨士，雖甚嫻律呂，不過譜釐平仄，調析宮商，俾徵歌度曲者，抑揚諧節，無至沾唇拗嗓，此上半字面，填詞者所得糾正者也。若乃下半字面，工夫全在收音，音路稍譌，便成別字。如魚模之魚，當收于音，倘以噫音收，遂訛夷字矣。庚青之庚，本收鼻音，若詆腭收，遂訛巾字矣。其理維何？在熟曉《中原》各韻之音，斯爲得之。蓋極填詞家通用字限，惟《中原》十九韻可該其概，而極十九韻字尾，惟噫嗚數音可竟其全。故東鐘、江陽、庚青三韻，音收於鼻。真文、寒山、桓歡、先天四韻，音收於舐腭。廉纖、尋侵、監咸三韻，音收於閉口。齊微、皆來二韻，以噫音收。蕭豪、歌戈、尤侯與模，三韻有半，以嗚音收。魚之半韻，以于音收。其餘車遮、支思、家麻三韻，亦三收其音。但有音無字，未能繪之筆端耳。唱者誠舉各音涇渭，收得清楚，而鼻舌不相侵，噫於不相紊，則下半字面，方稱完好。猶憶客歲中秋，有從千人石畔，度“花陰夜靜”之曲，吐字極圓淨，度腔儘勌節，高高下下，恰中平上去入之竅要，閉口撮口，與庚青字眼之收鼻者，無不合呂。但細察字尾，殊欠收拾，凡東鐘、江陽字面，一概少收鼻音；瓏字半近於羅，桐字半溷於徒，廣或疑於寡，王或疑於華。此其人但知庚青之字出於口，音便收鼻，而不知東鐘、江陽之字尾，固自有天然鼻音在也，又有唱“拜星月”曲者，聽之亦犯此病，其忙字尾似麻，則音不收鼻也；其軍字尾似居，親字尾似妻，先字尾似些，此音不收舐腭也；拜止以愛音收，腮止以哀音收，海止以䶊音收，並無有噫音結局；此皆字面之没了當者也。其他絃索之音，亦能收者什一，不收者什九，方駭聲場勝會，何以敗筆偏多。未幾，有皤然老翁，危坐啓調，聽之亦“拜星月”曲也。其排腔則古朴而無媚巧，其運喉則頹澀而少清脆，然出口精確，良爲絕勝。至下半字面，則無音不收，亦無誤收別韻之音；倘所稱曹崑崙之流乎？越宵，復有女即唱“瑤琴鎮日”之曲，見其發調高華，出口雅麗，吐字歸音，各各絕頂，堪勝顰眉百倍。設使中秋無是老翁女子，寧有完音哉！予因是而思平上去入之交付明白，向來詞家譜規，語焉既詳，而唱家曲律，論之亦悉；至下半字面，不論南詞北調，全係收音，乃概未有講及者，無怪今人徒工出口，偏拙字尾也。予故特著收音譜訣，舉各音門路，徹底釐清，用使唱家知噫音之收齊微者，並收於皆來；鼻音之收庚青者，並收於東鐘、江陽；嗚音之收歌戈、模韻者，並收於蕭豪、尤侯。其他真文各韻，亦復音音歸正，字字了結。夫乃當今對症良劑乎？彼尾音欠收者，能受一砭否？

字釐南北

北曲肇自金人，盛於勝國。當時所遵字音之典型，惟《中原韻》一書已爾，入明猶蹈其舊。迨後填詞家，競工南曲，而登歌者亦尚南音，入聲仍歸入唱，即平聲中如龍、如皮等字，且盡反《中原》之音，而一祖《洪武正韻》焉。其或祖之未徹，如朋唱蓬音，玉唱預音，着唱潮音，此則猶帶《中原》音響，而翻案不盡者也。邇年來，沈寧菴、王伯良諸公，恪遵王制，釐整字音，而《正韻》愈爲南字指南。奈時俗趨承之過，甚或以南音溷投北調者有之，如醾字，《中原》叶梅，《洪武》叶迷；彼字，《中原》叶妣，《洪武》叶卑上聲；謀字，《中原》叶謨，《洪武》叶茂平聲；棼字，《中原》叶焚，《洪武》叶分；袖字，《中原》叶囚去聲，《洪武》似救切；倫字，《中原》驢敦切，《洪武》龍春切；犬字，《中原》虚遠切，叶萱上聲，《洪武》苦遠切，叶勸上聲；鳳字，《中原》夫貢切，叶諷，屬陰，《洪武》馮貢切，屬陽；話字，《中原》叶化屬陰，《洪武》胡挂切屬陽；幼字，《中原》叶右屬陽，《洪武》伊謬切屬陰；向字，《中原》奚降切屬陽，《洪武》許亮切屬陰；愛字，《中原》昂蓋切屬陽，《洪武》於蓋切屬陰；待字，《中原》叶帶屬陰，《洪武》度耐切屬陽；誓字，《中原》申智切屬陰，《洪武》時智切屬陽；按字，《中原》昂幹切屬陽，《洪武》於幹切屬陰；擋字，《中原》徒浪切屬陽，《洪武》丁浪切屬陰；甚字，《中原》叶深去聲屬陰，《洪武》時鴆切屬陽。歷稽叶切，音響逕庭，確當北準《中原》，南遵《洪武》。乃今度北曲者，遇此等字面，往往涉《洪武》南音，乖謬不已甚乎？又考避字，《中原》叶庳，亦叶備，《洪武》叶庳；袂字，《中原》叶謎，亦叶昧，《洪武》叶謎，是南北俱可唱庳唱謎，而備昧二音，則宜北不宜南矣。悔字，《中原》叶毁，《洪武》叶毁，亦叶晦；劘字，《中原》叶摩，《洪武》叶摩，亦叶迷；貓字，《中原》叶毛，《洪武》叶毛，亦叶苗；檻字，《中原》叶陷，《洪武》叶陷，亦叶陷上聲；脣字，《中原》池論切，叶陳撮口，《洪武》殊倫切，叶人，撮口；是叶晦、叶迷、叶苗，與叶陷上聲，叶人撮口，又宜南不宜北矣。至如皮字，《中原》叶培，《洪武》叶琵；披字，《中原》叶丕，《洪武》叶批；浮字，《中原》叶扶，《洪武》房鳩切；龍字，《中原》驢東切，《洪武》盧容切；眸字，《洪武》叶謀，《中原》叶謬平聲；兩韻殊音，南北迥異。此則唱家亦既熟曉，不必更防淆溷。惟是湮本叶因，俗唱煙；緡本叶民，俗唱綿；擋本叶蕩，俗唱黨；睹本叶朵，俗唱妬；妄本叶望，俗唱罔；睽本叶奎，俗唱葵；逵本叶葵，俗唱癯；輦本叶璉，俗唱撚；項本叶向，俗唱杭字去聲；勁本叶敬，俗唱檠字去聲；馴本叶旬，俗唱閏字平聲；誦本詞縱切，俗唱慈縱切；蕤本兒追切，俗唱雖；綰本叶彎上聲，俗雖叶官上聲；婉本於捲節，叶遠，俗唱椀；患本黄慣切，以本銀紀切，也本叶爺上聲，夜本叶爺去聲，俱屬陽，俗並作陰唱。此又韻兩同音，南北匪異，所當概矯俗訛者也。嘗思詞曲先有北，後有南，韻書先有《中州》，後有《洪武》，南字之間涉中原，雖不當竄，然相仍已非一日。又《正韻》字音，如着字職略切，是字時吏切，似字相吏切等類，俱覺不諧時唱，姑借用中原音叶，亦未爲不妥。至北曲字面，所爲自勝國以來，久奉《中原韻》爲典型，一旦以南音攙入，此爲别字，可勝言哉！志釐剔者，其留意焉。

絃律存亡

昔王元美評曲,謂北筋在絃,南力在板。而吳興臧晉叔譏爲不知曲理,且謂北之被絃索,猶南之合(叶葛)簫管,不過隨聲附和,非有成律可憑,若云北筋在絃,將謂南力在管可乎?至板以節曲,則北亦有力,奚獨稱南?此論出而元美要當齒冷矣。粤稽北曲,肇自完顏,於時董解元《西廂記》,亦但一人倚絃索以唱,故何元朗謂北詞有大和花和之絃,王伯良謂邇年燕、趙歌童舞女,咸棄桿撥,盡效南聲,又謂南詞無問宮調只按一拍,故作者多孟浪其詞,北必和入絃索,曲文少不協律,則與絃音相左,故詞人凛凛遵其型範。然則當時北曲,固非絃弗度,而當時曲律實賴絃以存也。請得而詳言之:古之被絃應索者,於今較異。今非有協應之宮商,與抑揚之定譜,惟是歌高則彈者亦以高和,曲低則指下亦以低承,真如簫管合(叶葛)南詞,初無主張於其際,故晉叔以今泥古,遂訾爲曲之別調耳。若乃古之絃索,則但以曲配絃,絶不以絃和曲。凡種種牌名,皆從未有曲文之先,預定工尺之譜,夫其以工尺譜訶曲,即如琴之以鈎剔度詩歌,又如唱家簫譜,所爲《浪淘沙》、《沽美酒》之類,則皆有音無文,立爲譜式者也。而其間宮調不等,則分屬牌名亦不等,抑揚高下之彈情亦不等,如仙呂牌名,則彈得新清綿邈;商調牌名,則彈得悽愴悲慕;派調豎宮,涇渭楚楚,指下彈頭既定,然後文人按式填詞,歌者準徽度曲,口中聲響,必做絃上彈音。每一牌名,製曲不知凡幾,而曲文雖有不一,手中彈法,自來無兩,即如今之以吳歌配絃索,非不叠換歌章,而千篇一律,總此四句指法概之。又如簫管之孔,敷僅五六,而百千其曲。且合(叶葛)和無有遺聲,豈非曲文雖夥,而曲音無幾,曲文雖改,而曲音不變也哉?惟是絃徽位置,其近鼓者,亦猶上半截簫孔,音皆漸揭而高;近軫者,亦猶下半截簫孔,音並轉低而下,而欲以作者之平仄陰陽,叶彈者之抑揚高下,則高徽須配去聲字眼,平亦間用,至上聲固柄鑿不投者也。低徽宜配上聲字眼,平亦間用,至去聲又柄鑿不投者也。且平聲中仍有涇渭,陽平則徽必微低乃叶,陰平則徽必微高乃應,倘陰陽奸用,將陽唱陰而陰唱陽,上去錯排,必去肖上而上肖去,以故作者歌者,兢兢共禀三尺,而口必應手,詞必諧絃。凡夫字櫛句比,安腔布調,一準所爲仙呂之清新綿邈,商調之悽愴悲慕者,以分叶之,而格律部署之嚴,總此彈徽把定,平仄所以恒調,陰陽用是無愆,則筋之一字,元美良有深情,乃區區簫管例之,豈不謬哉!慨自南調繁興,以清謳廢彈撥,不異匠氏之棄準繩,況詞人率意揮毫,曲文非盡合矩,唱家又不按譜相稽,反就平仄例填之曲,刻意推敲,不知關頭錯認,曲詞先已離軌,則字雖正而律且失矣。故同此字面,音正之而仍合譜,今則夢中認醒而惟格是叛;同此絃索,昔彈之確有成式,今則依聲附和而爲曲子之

738

奴;總是牌名,此套唱法,不施彼套;總是前腔,首曲腔規,非同後曲,以變化爲新奇,以合掌爲卑拙,符者不及二三,異者十常八九,即使以今式今,且毫無把捉,欲一一古律繩之,不逕庭哉!雖然,古律湮矣,而還按詞譜之仄仄平平,原即是彈格之高高下下,亦即是歌法之宜抑宜揚。今優子當場,何以合譜之曲,演唱非難,而平仄稍乖,便覺沾唇拗嗓,且板寬曲慢,聲格尚有游移,至收板緊套,何以一牌名,止一唱法,初無走樣腔情,豈非優伶之口,猶留古意哉?至其間有得力關捩子,則全在一板之牢束,蓋曲音高下,本無涉於板,而曲候緊舒,實腔定於拍,板拍相延,初無今古,謂原來曲候,雖至今存可也。又況緩促業經準量,則高下聲情,亦不至浸淫無紀,而古腔古調,庶猶有合,故元美謂南力在板,即晉叔亦未嘗不以爲然,惟是晉叔之評北曲,謂力不在絃,則於絃索曲理,尚有一班未睹。夫北詞絃索,何異南詞鼓板,板則其正,鼓則其贈,若絃索則兼正贈合鼓板而備之者也。姑以今時絃索喻,彼歌聲每度一板,而指法之最清者,彈數約之凡四,雖其間或彈密而爲滾,又或滾密而爲促,似乎簡煩懸異,然總之節節排勻,彈彈有準,稍着乘除,拍不入眼矣。試觀南詞之板,緊曲則正一而贈亦一,慢曲則正一而贈乃三,斯即一板四彈之榜樣也。更加以滾促之多彈,隱然常拍之外,倍添贈拍,豈非贈且復贈,較之鼓板,尤密尤均乎?故魏良輔有北絃索、南鼓板之喻;何元朗有慢板大和絃,與緊板花和絃之評。絃板相提而鉸,正元美之深於知曲,乃晉叔反致譏彈。不能不瑶洗冤矣。嘗思疾徐高下之節,曲理大凡也,而南有拍,北有絃,非不可因板眼慢緊以逆求古調疾舒之候,北有《太和正音》,南有《九宮曲譜》,又非不可因譜上平仄以逆考古音高下之宜。奈何哉,今之獨步聲場者,但正目前字眼,不審詞譜爲何事;徒喜淫聲聒聽,不知宮調爲何物,踉舛承訛,音理消敗,則良輔者流,固時調功魁,亦叛古戎首矣。

　　按良輔"水磨調",其排腔配拍,權字釐音,皆屬上乘,即予編中諸作,亦就良輔来派,聊一描繪,無能跳出圈子。惟是向來衣鉢相傳,止從喉間舌底度來,鮮有筆之紙上者,姑特拈出耳。偶因推原古律,覺梨園唇吻,彷彿一二,而時調則以翻新盡變之故,廢却當年聲口,故篇中偶齒及之,要以引商刻羽,居然絶調,況生今不能反古,夫亦氣運使然乎?覽者謂予卑磨腔而賞優調,則失之矣。(以上上卷)

唐元竑

　　唐元竑(1590—1647)字遠生。明烏程(今浙江吳興)人。萬曆十六年(1588)舉人。明亡,不食死,論者以首陽餓夫比之。著有《杜詩攟》等。《杜詩攟》爲唐氏讀杜詩時所作劄記。唐氏所閲爲《千家集注杜詩》,因其中附載劉辰翁評,故所記多駁劉辰翁之語。

本書資料據四庫全書本《杜詩攟》。

《杜詩攟》(節録)

公詩體格變化不一,此數詩中危苦入情處,頗類沈千運。但千運孤潔削薄,公汪洋自恣,家數不同耳。(卷一)

《戲爲六絶》,專闢僞體也。僞體者何? 爲當時學四言詩及楚詞者言也。原本風騷,自詭復古。降及漢魏,庶幾近之,六朝不足學矣,況王、楊、盧、駱乎? 然盧、王輩雖遜漢魏,並是異才大手。開府雖有小疵,老筆更不可及。爾曹單薄瑣瑣,未易攀後塵也。方且自誇能撥去時調,無所掇拾,不知"攀屈、宋"即屈、宋是汝師;"親風、雅"即風、雅是汝師,獨非掇拾前人乎? 屈、宋、風、雅究自有真,汝直僞耳。未得國能,已失故步,空腹高心,多見其不知量也。唐人集中擬風騷等作甚衆。公獨無之,以此意當時必有以此誇公者,故發斯論耳。(卷二)

《愁》詩公自註:"强戲爲吳體。"今不知公所指吳體者爲何等,讀之但覺拗耳。宋方萬里《瀛奎律髓》遂以拗爲吳體,豈據此詩耶?"强戲"者偶一爲之。拗體,杜集中至多,寧獨此也? 當時北人皆以南音爲鄙俚,公意似在半雅半俗間耳。

《秋興八首》,古今共推。詳其篇製。實謂罕儷。凡公七言近體,毋論清空壯麗,風骨無不蒼然。(以上卷三)

費經虞

費經虞(生卒年不詳)字仲若。明末新繁(今屬成都)人。費密父。崇禎時舉人。曾爲昆明、桂林知縣。承父家學,嚴教子女,著有論詩之作《雅倫》,另有《荷衣集》。《雅倫》詳論歷代之詩,分源本、體調、格式、製作、合論、工力、時代、針砭、品衡、盛事、題引、瑣語、音韻十三門。

本書資料據上海古籍出版社 1995 年影印本《雅倫》。

《雅倫》(節録)

詩體有時代不同,如漢、魏不同于齊、梁,初盛不同于中晚唐,不同于宋,此時代不同也。有宗派不同,如梁、陳好爲宮體,晚唐好爲西崑,江西流涪翁之派,宋初喜《才調》之詩，此宗派不同也。有家數不同，如曹、劉備質文之體，靖節爲冲淡之宗，太白漂逸，少陵沉雄，子瞻靈雋，此家數不同也。詩之不同如人之面，學者能辨別其體調，始能追步前人。

齊桓晉文而後，秦楚皆爲大國，聖人録秦詩而不載楚詩，楚其無詩耶？然則《離騷》、《九歌》詩之變者也。六義中賦居一，蓋直賦其事而曲言長篇，《大雅》已有之，但句法不長耳。屈平既變爲一體，楚人宋玉、景差之徒皆效焉，而《楚辭》成。《楚辭》成，三代文章爲之一變，則《楚辭》者，《三百篇》之後繼也。漢猶以屈平所作謂之賦，自司馬相如等之賦，間以散文，而屈、宋始專命爲《騷》。朱元晦又選詩賦之類《騷》者爲《楚辭後語》，自荀卿《成相》而下凡五十二篇，今以楚騷立爲一部而以屈、宋之作爲法，其後入詩賦，各從其類，兹不取。騷之體源委滔滔，騷之情纏綿委曲，不可强直，不可沾滯。玩味古人，自見屈原之作不可得而擬議也。宋玉、景差、賈誼等作，所差者毫髮耳，《九辯》高達肆放，則無《離騷》醇厚之味，未免到清冽一邊。若莊忌、淮南，則其變多又次矣。（以上卷三）

古詩六義其一爲賦，述事叙情，實而不託，平而不奇。《嵩高》、《豳風》、《大雅》長篇是也。自罷戰國，繼以暴秦，風雅淪亡，意旨湮没，殆楚人屈平作《騷》，長言大篇，極情盡致，而賦遂變，與《詩》相殊，別爲一格。漢興，學者修舉文辭。至于孝武昇平日久，國家隆盛，天子留心樂府，而賦興焉。《漢·藝文》：《離騷》、《九歌》皆列在賦。至宋玉始著賦名，散文韻語間雜以出，而未盛。司馬相如雖仍其體製而《子虚》、《上林》滔滔萬言，賦遂一變。至《長門賦》、《悼李夫人賦》通篇押韻。後之變遂不一。六義所言賦，非後世賦體也。

賦別爲體，斷自漢代，始荀、陸之文各自爲書，且荀多隱語，屈平之作又分爲騷，六朝之賦則俳，唐人之賦則律，而多四六對聯。宋人之賦多粗野索易之語，衰颯之調。總之，後世牽補而成，詞旨寒儉，無復古人浩瀚之勢、偉麗之詞，去賦遠矣。《漢書·樂志》云：“漢立樂府，采詩夜誦，多舉司馬相如等造爲詩賦，略論律吕，以合八音之調。”是相如諸賦當時皆以入歌者也。觀《上林》、《長楊》散文多，何以合樂，不得其解者久之。老而始悟，蓋散文誦而不歌，如後世院本之道白也；其有音韻乃以瑟箏之類歌，如後世之白畢唱詞也。當是子虚子、亡是公、烏有先生三人登場，互相對答問難，今北方所傳“羅嗹腔”三弦和之，其明白言之者謂之“説白”，其微帶歌聲而言之者謂之“滾白”，或者是賦遺意也。賦之音節失傳，而單論文章，今采賦體之變使學者悉其本末，體調相似者不載。漢人大賦，辭長物博，文章爾雅，非尋常可到。司馬作《子虚》遊神蕩思百餘日，左思作《三都》十年而成，此不過博奥偶著一篇。若常用叙情詠物，六朝小賦爲宜，下迨唐人應制亦可。作賦之法，叙事宜輕秀曲折，言情宜委曲纏綿，鑄詞宜清潤俊逸，選字宜古雅微妙。叙事太長則冗而不精，太短則拙而不暢；言情太直則無一唱三歎之致，太盡則非婉而多風之懷。詞若雄壯，反類於俚謡；字不選擇，則近於鄙陋。此作賦之大端也。若夫才華各別，淹洽多端，未可一一細數也。但取類書抄填奇文僻事以爲高，則又才人之過而藝苑之所不取也。楚騷賦多變格，諸家體裁亦自互異，若不標舉，恐屬混同。至於作者不乖于古，不流於俗，當融合古今諸賦而含茹之，取材于經史，則庶乎其得之矣。（以上卷四）

歌。歌之體如《尚書》帝庸作歌，則四言、五言也。《五子之歌》又雜以三言、九言，至於屈平《九歌》，純用騷體。至於可長可短都無定法，如《漢書》"桴鼓不鳴董少年"，則一句歌也；《史記》"風蕭蕭兮易水寒"，則二句歌也；"大風起兮雲飛揚"，則三句歌也。其後至唐白居易則又累數百句，在當時被之管弦，或有不同後世，但可謂之七言古詩而已。

歌行。司馬相如《美人賦》云："芳香鬱烈，黼帳高張。有女獨處，婉然在床。"乃歌曰："獨處室兮廓無依，思佳人兮情傷悲。"歌行似本於此，以孝武乃改新聲，作樂府金人銘，雖似古時，未有後世之樂也。

謳。詩云"我歌且謡"，則謡之來久矣。古書所載之謡亦不同，有一句者，二、三句者，數句者；三言者，五、七言者；類《楚辭》者，如《長夜謡》、《懷歸謡》之類。後世自昌以歌行，其意遂晦。

行。行本於樂府，如《猛虎行》、《野田黄雀行》、《君子行》之類，而後人別立名，如《麗人行》、《公子行》、《少年行》之類。其詩四言、五言、七言不等，長短不一，故不載其詩而略論其體焉，他仿此。（以上卷八）

五言古詩。其法始于蘇武、李陵，純用五字，不拘長短，不拘屬對，不盡四聲，不用今韻，不使故實，自然高古。然名家所作，各有不同，其體不一。至於唐人，又變古法，別爲一種，未常不高妙，然止可謂之唐人古詩，與漢、魏、六朝之體迥別。格宜古，氣宜靜，色宜淡，神宜遠，辭宜樸，韻宜幽，味宜平，調宜緩，情宜真，説事宜簡，説景宜藏。譬如人家處子也，言也，笑也，行也，坐也，一切含蓄不露。漢、魏笄也，晉將嫁矣，齊、梁新婦矣，唐初有子矣，猶含羞澀，未大離於閨閣。至於李、杜、元、白，透情盡物，無所不道，如大婦罵兒笞婢，量衣計食，而古詩之變遂極。至於唐後，未免門前買物，牆外尋雞，都無復繩墨，反以簡雅深潔者爲邊幅窄小，而古詩之法亡矣。世之君子非從漢、魏發源，考於六朝，或摹仿大家，或任意而出，以爲新奇別調，隨伊名人著論，説短道長，終不謂之古詩也。

七言古詩。七言古詩即樂府歌行，一變以唐爲宗。然初唐溫厚，盛唐雄壯，中唐清疏。晚唐頗雜，漸失樂府遺意。七古用韻，中唐人每四句一轉，平仄相次，古殊不然也。古歌有兩句一轉韻者，有或二三句、或六七句一轉韻者，平韻仍接平韻，仄韻仍接仄韻者。平仄鱗次不紊者，今姑存其體。又曰：唐人七言古詩，蒼茫包括，中含許多不盡之致，譬之畫家，遠樹難全，一段煙霧隔住，山至千峰萬壑，一條瀑水斷來。此唐人含微入神處，自是一代絕物，後人莫及也。

三言。先輩以爲始《詩》"振振鷺"，然此亦非全體，若專用成篇，漢《郊祀歌》多三言也。

四言。四言古多有之，古歌四言，或三四句，或七八句，與《三百篇》不同。四言古詩非宗匠不能，以其最古雅也。《三百篇》不可學，所學者，漢人四言長篇耳，簡質暢達，用一句唐人律詩不得。

六言。六言始見於谷永，體最古雅。六朝尚有遺意，唐人則其自爲體矣。黃山谷輩當別論可也。

擬古。擬古猶學書者之臨帖也。帖之點畫神理，皆欲其肖，則擬古安能舍所擬而別撰一格及雜以他調也？古擬詩曰"擬某"、曰"當某"、曰"代某"、曰"效某"、曰"學者"、曰"依古"，皆擬也。雖曰建安以來人號古，然曹氏父子之擬古，亦只是同題耳，選詞命意仍各出機軸，尚與後代規矩步趨者有別。陸機《擬十九首》則全擬古之體矣。宋、齊、梁、陳所擬鼓吹，則又不同也。

賦古。取古人詩中一句爲題而賦之，名曰賦古。其法一如詠物，源於擬古。至梁人，多句中意發揮之，與擬古不同矣。

四體。取古人詩，每首用一句，合成一絕，古謂之四體。後人近體、排律、古風、歌行無不爲之，謂之集句，而四體之名亡矣。近代有專用唐詩者，謂之集唐；專用杜詩者，謂之集杜；近日莆田人爲詩牌，削骨縱橫半寸，刻韻於上，平聲赤文，仄聲綠文，每人各分數十字，酒間集之成詩，謂之集字。明時有之，恐即唐人韻牒也。

聯句。徐伯魯云："聯句起自《柏梁》，人各一句，集以成篇。其後，宋孝武華林曲水、梁武帝清暑殿、唐中宗內殿諸詩，皆與《柏梁》同。惟魏懸瓠方丈、竹堂燕宴，則人各二句，稍變前體。自茲以還，體遂不一，有人各四句者，《陶靖節集》所載是也；有人各一聯者，如杜甫與李之芳及其甥宇文或所作是也；有先出一句，次者對之就出一句，前人復對之者，如《昌黎集》所載《城南詩》是也。"伯魯之説可謂詳矣。然亦有每人四句或一人只二句者；亦有每人二句，一人又四句者；又有人各賦畢，一、二人又重出多賦者。顏真卿等《喜皇甫曾侍御見過南樓玩月》則三言聯句；陶潛等聯句則五言；王昊等《寄司空曙李端》則五言律；鮑防等聯句則一字至九字。

五言近體。五言近體，齊、梁已兆其端，隋遂具體，初唐乃盛，至沈、宋而定其格，粘對一毫不敢紊，以平粘平，仄粘仄；平對仄，仄對平，故謂之律詩，猶法律也。亦有不同,詩家不可不知。大都作詩,出語諦當爲要,格法次之。出語妙,而又精格法爲上;出語妙,不合格法次之;知格法,不善出語,風斯下矣。古人有此格法,恐學者未詳,佳句反竄易而壞,又不可因格法而餖飣斧斤以合之,成無用之物也。(以上卷九)

絕句。絕句之名,未詳所始。至"絕者,截也",則求其解而不得,遂爲此臆説耳。考古詞多四句,而"槁碪今何在"四首,已題爲"絕句",則豈待近體既成之後乃截之耶?胡元瑞之説當矣。按:《漢書·元帝本紀》贊云:"自度曲被歌聲,分刌節度,窮極幼眇。"韋昭注曰:"刌,切也,謂能分切句絕,爲之節制也。"則絕乃歌詩中間斷之處,後世遂因以爲名也。觀古樂府所載魏、晉樂歌,四句一解,是絕之之義矣。唐人因其歌斷,遂爲短句以就之,而絕句成體,如《水調歌頭》第一疊、《河滿子》第三疊、《排遍》第一、《陸州歌》第三之類,尚見唐人詩題中。而《萬首唐人絕句》,裁長詩止用四句者,皆當時以之入歌者也。絕句之義如此,請以俟考古之君子焉。(卷一〇)

五言排律。五言排律,要開合鋪叙,要氣象規模,風華典雅,諸體皆可入:如古奧、深厚、典雅、雄渾、清新、淡遠、穠郁;又諸對皆可入:如流水對、當句對、蹉對、扇對、虛實對、開對、借對、通對;閣子折腰、雙聲疊韻、金綫葫蘆、倒插連綿等法。蓋詩體既長,則其中間架寬闊,不有全局,如何承載?非學問博奧、才具鴻盛,未易臻此。若止查尋類書,編纂事實,序次失倫,首尾不周,可耀淺俗,入於法眼,未死鄙吝耳。

覆窠格。"覆窠"之義末詳。古人以詩辭鄙俚者,名"覆窠體"。楊升庵謂:"即近世所號打油詩也。"昔張打油、胡釘鉸作詩惡劣,人皆笑之。自打油盛傳,而覆窠之名知者鮮矣。近世所謂打油詩,似古俳諧嘲笑之作,與張打油又異。間嘗取近世打油詩論之,風刺之旨,詩人所不廢;而嘲笑之語,漢、唐以來皆有之。如魏程季明嘲熱客、唐長孫無忌嘲歐陽詢等篇,雖善戲謔兮,而正人君子猶有異議。觀裴晉公論韓昌黎游戲之文,張曲江論李長源天衢之什,可知矣。自此風盛行,輕薄之徒恃其小慧,逞彼邪心,引類呼朋,此倡彼和,或出口吻,或加讚揚,狎侮無所不至。取依稀仿佛之事,播爲通都大邑之傳,橫肆議評,大乖仁恕。甚者,發人陰私,彰人閨壼,指議疎失,媒糵無端,意所不樂,輒加汙衊,風雅厄運,亦至於此。近世之打油詩,蓋文人無行之極,而名賢端士所不樂聞也。其始爲此,不過杯酒閒談,疏狂謔浪,二三賓客掀髯拊掌而已。取快一時,何關大行?不知機心日熾,暗以損己,口過漸積,遂以害人。人之罹此打油詩者,爲衆所指,致成玷缺,矢口虛詞,指爲實證,或不齒於人倫,或遂陷於刑獄,親戚成怨,朋友失歡,非細故也。然爲此者,士君子薄之,鄉里惡之,子弟不重之,雖有文才,不稱善類。且我既侮人,人將侮己,又以空言而招實覩,往往而有。(以上卷一一)

近體絕句與古詩歌行迥然不同,蓋調短音促,不能坦慢説來,然急不得。(卷二二)

程羽文

程羽文（生卒年不詳）字蓋臣。明末清初歙縣（今屬安徽）人。生平不詳。有《鴛鴦牒》、《一歲芳華》、《劍氣》、《石交》、《程氏品藻》等著述多種。《盛明雜劇》於崇禎二年（1629）刊行，程羽文作序。

本書資料據誦芬樓刻本明沈泰編《盛明雜劇》。

《盛明雜劇》序（節録）

曲者歌之變，樂聲也；戲者舞之變，樂容也。皆樂也，何以不言樂？蓋才人韻士，其牢騷、抑鬱、啼號、憤激之情，與夫慷慨、流連、談諧、笑謔之態，拂拂於指尖而津津於筆底，不能直寫而曲摹之，不能莊語而戲喻之者也。上古有歌舞而無戲曲，戰國、秦、漢始創優伶，唐作梨園教坊，王右丞以此得解頭，而莊宗自號“李天下”。厥後流風大暢，變歌之五音以成聲，變舞之八佾以成數，而曰外，曰末，曰淨，曰丑，曰生，曰旦，六人者出焉。凡天地間知愚、賢否、貴賤、壽夭、男女、華夷，有一事可傳，有一節可録，新陳言於牘中，活死跡於場上。誰真誰假，是夜是年，總不出六人搬弄。狀忠孝而神欽，狀奸佞而色駭，狀困窶而心如灰，狀榮顯而腸似火，狀蟬脱羽化飄飄有凌雲之思，狀玉竊香倫逐逐若隨波之蕩，可興，可觀，可懲，可勸。此皆才人韻士以游戲作佛事，現身而爲説法者也。至於詞白之工，科介之趣，熱腸罵世，冷板敲人，才各成才，韻各成韻。（卷首）

李　玉

李玉（約1611—1671後）字玄玉，號蘇門嘯侣，又號一笠庵主人。明末清初吳縣（今屬江蘇）人。出身低微，其父曾是明朝大學士申時行府中的奴僕，他也因此受到壓抑，不得應科舉，到明末始中副貢。入清後無意仕進，畢生致力於戲曲創作和研究，劇作見於各種曲目書中著録的有四十二種。李玉是明清之際蘇州派戲曲作家的代表人物，他生活於市民之中，從舞臺演出的實際需要出發編寫劇本，作品的内容和形式都表現出較強的人民性。他的創作對後世戲曲的發展產生了重要影響。其早期作品，以描寫人情世態爲主要内容，最負盛名的是《一笠庵四種曲》，即所謂“一人永占”（《一捧雪》、《人獸關》、《永團圓》、《占花魁》）。入清後的作品，較多的是描寫歷史上的政治鬥爭事件或從明末清初的社會生活中取材，代表作爲《清忠譜》。其劇作人物形象個性鮮明,情節安排緊湊嚴密,場面描寫生動宏偉。李玉精通音律,其曲詞遵守格調而流暢自然,雅俗適中,作品裏有不少膾炙人口的名句。

本書資料據善本戲劇叢刊本凌濛初《南音三籟》。

《南音三籟》序言(節録)

原夫詞者詩之餘,曲者詞之餘也。自太白《憶秦娥》一闋,遂開百代詩餘之祖。趙宋時,黄九、秦七輩競作新詞,字戛金玉。東坡雖有“鐵綽板”之誚,而豪爽之致,時溢筆端。南渡後,爭講理學,間爲風雲月露之句,遂遜前哲。迨至金、元,詞變爲曲。實甫、漢卿、東籬諸君子,以灝瀚天才,寄情律呂,即事爲曲,即曲命名,開五音六律之秘藏,考九宫十三調之正始,或爲全本,或爲雜劇,各立赤幟,旗鼓相當,儘是騷壇飛將。然皆北也,而猶未南。於是高則誠、施解元輩,易北爲南,構《琵琶》、《拜月》諸劇。沉雄豪勁之語,更爲清新綿邈之音。唇尖舌底,娓娓動人;絲竹管弦,嫋嫋可聽。然此皆傳奇也,非散曲也。即偶爲詠物紀勝,隻詞單曲。然此猶小令也,非全套也。南曲之傳,尚未浩衍。至明初,亦有作南曲者,大都傖父之談,樸而不韻。延及嘉隆間,枝山、伯虎、虚舟、伯龍諸大才人,吟詠連篇,演成長套。或一宫而自始至終,或各宫而湊成合錦。其間慢緊之節奏,轉度之機關,試一歌之,怳若天然巧合,並無拗嗓棘耳之病。全套渾如一曲,一曲渾如一句。況復寫景描情、鏤風刻月,借宫商爲雲錦,諧音節於珠璣,亦如詩際盛唐,於斯立極。時曲一道,無以復加矣。(卷首)

趙士喆

趙士喆(1593—1655)字伯淩,號東山,世稱文潛先生。明掖城(今山東掖縣)人。明末著名學者,博學能文,“山左大社”的組織者,與“復社”遥相呼應,反對閹黨,反對投降。著有《觀物齋集》、《皇綱録》、《建文年譜》、《逸史三傳》、《萊史》、《石室談詩》。《石室談詩》二卷,上卷爲《總論》,下卷分《論各體》、《論諸家》,其説多折衷於後七子與竟陵派之間。

本書資料據齊魯書社 2005 年全明詩話本《石室談詩》。

《石室談詩》(節録)

或問余:“詩中各體何者爲難?”余曰:“此未可以偏見執也。據愚所見,四言詩第一最難。故從來詩人，不敢多作。樂府、五言古次之，七言歌行、五七律、排律次之，五、七絕句又次之。然必求其精則皆不易。即五言絕一小技，且非老手不能辦，而況乎其他。嚴滄浪謂七言律難於五言律，五言絕難於七言絕，此言良是。謂近體之難於古體，則非近體之難，難於才情及法度。古詩之難，難於學識及胸襟，故人有爲近體則精工，而爲古詩則卑弱，亦有古詩則奇奧，而爲近體則支離者。天分各殊，難以相强。必謂律之難於古，此正如掾吏之徒謂楷書之難於篆草，科名之士謂八股難於論策及章疏也。”(卷上《總論》)

五言律三四句，有走馬對者，“我尋高士傳，君與古人齊”是也；有三四句全不對者，“江山留勝跡，我輩復登臨”是也；有八句到底不對者，孟之“掛席東南望”、李之“牛渚西江夜”是也。襄陽律雖不拘，而自然合法，秀麗精工者不少，太白則多率筆矣。伯敬云：“伯玉律中有古，却深厚。太白以古爲律，却輕淺。”識者辨之。

元美言，五言律易得雄渾，加二字便覺費力，雖曼聲可聽，而古色漸衰。此定論也。是以五言律，初唐佳者甚多。中、晚名流得意之作，亦不減于初唐。七言律，初唐則嫩，中唐則衰，晚唐則壞矣。先君子嘗曰：七言律如今之制藝，首二句即破承起提也，次二句即中股也，又次二句則後股，結則小結及大結。須有虛實有照應，結更有不盡之意乃佳。以此言之，此種乃近體之最難者，今之初爲，偏多作此，而又不肯學盛唐，可惑也。(以上卷下《論各體》)

馮　舒

馮舒(1593—1645)字巳蒼，號默庵，又號癸巳老人。明末常熟(今屬江蘇)人。馮班兄，與班自爲馮氏一家之學，吴中稱爲“二馮”。肆力經史百家，尤邃於詩。遇事敢爲，小人嫉之如仇。清順治初構釁於邑令瞿四達，指所著《懷舊集》爲謗訕，殺之。有《默庵遺稿》、《文谷詩紀》、《詩紀匡謬》、《空居閣集》，校訂《玉臺新詠》，評點《才調集》。其《詩紀匡謬》一卷，《四庫全書·詩紀匡謬》提要謂：“(馮)舒因李攀龍《詩删》，鍾惺、譚元春《詩歸》所載古詩輾轉沿訛，而其源總出於馮惟訥之《古詩紀》，因作是書以糾之。”

本書資料據四庫全書本《詩紀匡謬》。

凡例(節録)：一、上古迄秦，以箴、銘、誦、諌備載

原夫書契既興，英賢代作，文章流別，其來久矣。若箴、銘、誦、諌，可以備載，則賦亦詩家六義之一，何以區分？若云有韻之語可以廣收，則《國策》、《管》、《韓》之屬，何

往非韻？《素問》一書，通篇有韻。《易》之文言，本自聖製；《書》之敷言，出于孔壁，亦自諧聲，不專辭達，可得混爲詩耶？作俑於茲，濫觴無極。焦氏《易林》，居然入詩矣！豈不可歎！

凡例（節録）：一、漢以後詩人先帝王，次諸家，以世次爲序

先帝王而後諸家，以世次爲序，似矣，然有必不安者。子桓與吳質書云，徐、陳、應、劉一時俱逝，是知數子盡卒於建安之年。藝文之序仲宣，每云漢王粲，此可證也。然七子宗主陳思。列陳思於徐、陳輩之後，理所不可。然置徐、陳輩於陳思之後，可得謂之世次如此乎？藝文之序人也，每要其終而言之，故江令亦曰隋江總，然唐人已目之爲梁江總矣。必以其達於陳而係之陳也，可乎？

凡例（節録）：一、名家成集者各分五言四言六言雜言

一人所作咸備諸體，一題所賦或別體裁，未有可以篇之長短，韻之多少爲次者。古人之集亡來已久，陳思、蔡邕、二陸、陰、何，俱係後人編集，四言、五言亦並間出，足知《宋文鑑》以前無分體之事矣。玄暉、文通二集是原本，然玄暉首撰樂府，三言、五言間列；文通稍如後世體例，但五言之外，本無別體可以異同。今一人之作必以四言先於五言，一題所賦又以三韻先於四韻，即如蕭子顯《春別》一詩，簡文、元帝各有和章，首末各三韻四句，惟次章六句三韻。今以六句之故，各移第二章爲末章，是猶歌南曲者以尾聲止於三句，而移之引子之前也，何俟知音始爲拊掌！

東方朔《誡子》詩

劉節《廣文選》第十一卷有東方朔《誡子詩》。今按：任昉《文章緣起》云："誡，後漢杜篤作《女誡》。"《文心雕龍》云："戒者，慎也。禹稱戒之用休，東方朔之誡子，亦顧命之作也。"是則誡之與詩，區分已久。藝文"誡"類與"詩"別出，此篇但稱東方朔《誡子》，不云"詩"也。若可兼載，則何不遂收曹大家《女誡》耶？猶幸《詩删》僅讀馮書《詩歸》，見聞有限，不然，天下幾無剩篇矣。高彪《清誡》，例亦同此。又按《太平御覽》引東方朔集作"明者處世，莫尚于《中庸》"，則知截作四言者，直是班史所删耳。東方自有據地一歌，近出《史記》，去彼載此，更自可笑。

748

司馬相如《封禪頌》

頌不爲詩，猶之賦也。前例已明，況此頌自喻以封巒已下，參散不倫，周詩逸軌，不知何以妄載《詩紀》？襲謬遂誤，淺夫！

息夫躬《絕命辭》

此騷體也。《文選》別出《秋風辭》，體例可見。若命爲詩，則小山《招隱》，淵明《歸去辭》，何以獨棄？

王吉《射烏辭》

按《風俗通》引漢明帝起居注曰：“王吉射中之，祝曰云云”，則是祝，非詩也，不應加“辭”字而入《詩紀》。

《雁門太守行》

《宋書》上列“洛陽行”三字，下列“雁門太守行”五字，明是“洛陽行”是此詩之題，而“雁門太守行”爲此篇之調也。以今日南曲之體辟之，則“雁門太守行”者，如所謂《梁州序》、《念奴嬌》耳，命調則同，賦題各異。自郭氏《樂府》，始去“洛陽行”三字，而舉世眯目，疑其以《雁門太守》歌洛陽令矣。又王僧虔《伎錄》云：“《雁門太守行》，歌古洛陽令一篇。”亦可知古之《雁門太守行》，不獨此一篇，但被之管絃，則此篇耳。餘如《短歌行》之“對酒”，《西伯》、《燕歌行》之“秋風”、“別日”，俱如此類。《宋書》甚明，學者可檢對也。

《匡衡歌》

《漢書》但云“爲之語”耳，不稱“歌”也。凡曰謠、曰歌、曰諺、曰稱、曰語，古並通用，然須各還其本字，可以兼載，不得妄改。

《贈侍中》王粲四言詩

《北堂書鈔》作誄,《藝文》有子建《王侍中誄》,雖無此四句,文體却近,決非詩也。

謝靈運王子等讚

讚別於詩,例同頌、誄,不得以其近于五言而混收也。

丘巨源《咏扇》

丘巨源咏七寶扇詩,《玉臺》、《初學》、《藝文》俱載,中有"畫作景山樹,圖爲河洛神"句。《五言律祖》妄造首尾,别作八句律詩,必也古今謂無一人讀書,始可任其亂説耳。不知律説之成,在于景龍之沈、宋,其造端于士章、休文者,祇論宫商,不專平仄。此未可片言而畢,聊附存此,以謚知音。

《答蕭琛》

《梁書》但云"上答"而已,語雖有韻,實不稱詩。

陶弘景《華陽頌》

並是頌,不得稱詩。

孟稱舜

孟稱舜(1594—1684)字子塞、子若、子適,號臥雲子、花嶼仙史。明會稽(今浙江紹興)人。明清之際著名戲曲家。明崇禎秀才,入復社,並參加祁彪佳等組織的楓社。清順治六年(1649)被舉爲貢生,官松陽縣訓導,任上興利除弊,廉正有聲,順治十三年辭歸。工作曲,有雜劇《桃花人面》、《英雄成敗》、《死裏逃生》、《紅顔年少》、《花舫緣》、《眼見媚》各一本,編有戲曲選本《古今名劇合選》,是一部元明雜劇選集,集選本與評點爲一體,集中體現了孟稱舜的戲曲觀。

本書資料據商務印書館 1958 年版《古今名劇合選》。

《古今名劇合選》序（節録）

　　若夫曲之與詞，分途不同，大要則宋伶人之論柳屯田、蘇學士者盡之。一主婉麗，一主雄爽。婉麗者，如十七八女娘唱"楊柳岸，曉風殘月"；而雄爽者，如銅將軍鐵綽板唱"大江東去"詞也。後之論詞者，以詞之源出於古樂府，要須以宛轉綿麗、淺至儇俏爲上，挾春華煙月於閨幨内奏之，一語之豔，令人魂絶，一字之工，令人色飛，乃爲貴耳；慷慨磊落，縱横豪健，抑亦其次。故蘇、柳二家，軒輊攸分。曲之與詞，約亦相類。而吾謂此固非定論也。曲本於詞，詞本於詩。《詩》三百篇，《國風》、《雅》、《頌》，其端正、静好與妍麗、逸宕，興之各有其人，奏之各有其地，安可以優劣分乎？今曲之分南北也，或謂"北主勁切，南主柔遠"，"辟之同一師承而頓漸分教，俱爲國臣而文武殊科"。是謂北之詞專似蘇，而南之詞專似柳。柳可爲勝蘇，則北遂不如南歟？夫南之與北，氣骨雖異，然雄爽婉麗二者之中亦皆有之。即如曲一也，而宫調不同，有爲清新綿邈者，有爲感歎傷悲者，有爲富貴纏綿者，有爲惆悵雄壯者，有爲飄逸清幽者，有爲旖旎嫵媚者，有爲悽愴怨慕者，有爲典雅沉重者。諸如此類，各有攸當，豈得以勁切、柔遠畫南北而分之邪？曲莫盛於元，而元曲之南而工者，《幽閨》、《琵琶》止爾。其他雜劇無慮千百種，其類皆出於北。而北之内，妙處種種不一，未可以一律概也。（卷首）

黄文焕

　　黄文焕（生卒年不詳）字惟章，號坤五，又號觚庵、恕齋。明永福（今福建永泰）人。天啓五年（1625）進士。官至翰林院編修、左春坊左中允。曾與黄道周、葉廷秀登臺講學。又因黄道周案牽連，下刑部獄；"既釋獄，乞身歸里，後寓居金陵，卜築鍾山之畔，終其餘年，壽六十九"（黄惠《麟峰黄氏家譜》卷九）。工詩文，亦能詞。著有《楮留集》、《詩經考》、《楚辭聽直》、《陶詩析義》等。《楚辭聽直》是黄文焕研究《楚辭》的注本，也是明代《楚辭》研究中品質較高、較有特色的注本。

　　本書資料據明崇禎十六年刻、清順治十四年續刻本《楚辭聽直》。

聽　體

《騷》從《詩》變，六義畢具者其體也。首《騷》，概從變《雅》中來，援引美人以寄意，則兼《風》。《九章》與變《雅》相似，同於首《騷》，音節之低徊倡歎，固《風》之遺。不待盡從美人爲援引，始曰《風》在斯也。《天問》純乎爲《大雅》，不獨《小雅》，蓋歷代朝政大得失備焉，自當以《大雅》歸之。《遠遊》亦《雅》之類，雖不關朝政，氣象則雅，縣求仙而言登天，殆小心翼翼，昭事上帝之餘意乎。《九歌》篇最短，純乎其爲《頌》矣。宗廟祭告，事神之體然哉……論賦比興，則首《騷》爲最全，其抒情寫事，固纚纚皆賦，援芳援玉援女，胥比興也。《遠遊》純乎其爲賦，無比興可指，然借遊仙以寓厭世，字句非比興而意則全歸比興矣。純乎其爲賦者，惟《天問》。《九歌》亦屬純賦，而借事神之我庇，歎君之我疏，又謂純乎比興可也。《九章》則賦比興雜於各篇之中。《惜誦》純賦矣。懲美釋階，比興係之。《思美人》之言鳥言草木，比興居多，賦居少；《抽思》之賦居多，有鳥來集，則其比興之一及也。《涉江》之多賦，與《抽思》等，結亦一及鳥木，爲比興焉。《悲回風》開篇搖蕙，即繼以鳥獸魚龍芳草，層疊於比興之間，中末則純用賦；《哀郢》之純賦，獨於結句引鳥狐二語爲專興；《惜往日》之純賦，在篇首芳草早夭，西施媸母，騏驥舟楫，比興之錯出在中末；《懷沙》前半之比興最多，後半乃用賦；《橘頌》詠物，似與諸篇相反，純賦而非比興，若借物寓意，又純爲比興：此其各篇之同不同者也。論其字句，亦有互殊者：首《騷》純用七言六言，雜之以五言者，不及十句。《遠遊》亦純用七言六言，中插四言數句，爲一段；末插三言數句，爲一段。《天問》純用四言，雜之以五言三十餘句，六言十餘句，三言十餘句，七言數句。《九歌》純用三言二言，無它雜焉，篇短而句亦最短，所以俾篇與句相稱也。《詩》惟《頌》多三言，原之以歌，擬《頌》也。《九章》之多七言六言，與首《騷》、《遠遊》同，《惜誦》、《思美人》尤與首《騷》較似，以其有數句五言雜之耳。《抽思》、《涉江》則似《遠遊》，《抽思》末雜四言，別爲一段；《涉江》末雜三言，別爲一段，固《遠遊》之餘體也。《橘頌》之用四言，于《九章》各篇爲變，於《天問》爲同。《天問》尚有五言、六言之雜，此概無雜，彼問此頌，問須更端，頌易直贊，固不同哉！《悲回風》、《哀郢》、《惜往日》又純與首《騷》之七言、六言同，並不雜以五言。《懷沙》之多用四言，略雜五言，則與《天問》似同者也。《九章》中之有倡曰、亂曰、重曰、少歌曰，則與他篇不同，而與《遠遊》之重曰又同者也。《卜居》、《漁父》純用變格，不待以不同于諸篇論。其兩皆問答，則《漁父》又自與《卜居》同矣。同而不同，不同而同，原於摛詞之體。殫力變化，不肯苟且如此。

鄒式金

鄒式金(1596—1677)字仲愔，號木石、香眉居士。明末無錫(今屬江蘇)人。崇禎十三年(1640)進士。歷任南戶部主事、戶部郎中等。明亡後，在福建參加抗清。清順治末以僧服歸隱故里衆香庵。工古文詞，曉通聲律，思致豔逸，所製詞曲，命侍兒吟唱，時吹簫度之，自己也能唱曲吹簫。著有雜劇《風流塚》，寫宋代詞人柳永與名妓謝天香悲歡離合的故事。另著有《香眉亭詩集》、《香眉詞錄》、《宋遺民錄》等著作。而其一生最大的貢獻則是編纂雜劇劇本總集《雜劇新編》(即《雜劇三集》)。該書成書於順治十八年(1661)，凡三十四卷，收二十三位戲曲作家的三十四種作品，補沈泰《盛明雜劇》之遺，吳偉業爲之作序。

本書資料據中國戲劇出版社 1959 年影印誦芬室本《雜劇三集》。

《雜劇三集》小引(節錄)

詩亡而後有騷，騷亡而後有樂府，樂府亡而後有詞，詞亡則後有曲，其體雖變，其音則一也。聲音之道，本諸性情，所以協幽明，和上下，在治忽，格鳥獸。故《卿雲》歌而鳳凰儀，《淋鈴》作而馬嵬走。夫子刪《詩》曰：雅頌得所，然後樂正。未嘗分詩、樂爲二。其後士大夫高談詩學，不復稽古永言和聲之旨，遂專以抑揚、抗墜、清濁、長短責之優伶。淫哇相襲，大雅淪亡，而五音、六律、九宮、十三調漸作《廣陵散》。(卷首)

李陳玉

李陳玉(生卒年不詳)字謙庵。明末吉水(今屬江西)人。崇禎七年至十三年(1634—1640)間任知縣七年，建"鶴湖書院"培育人才，並請示增加學額。明亡後隱逸不仕，以著述終身。著有《退思堂集》、《楚詞箋注》、《易書詩經解》等。

本書資料據上海古籍出版社 1995 續修四庫全書本《楚詞箋注》。

離　騷

騷乃文章之名，自是風之一種。故風騷嘗合言之。風之與騷，譬古詩之與樂府也。澹質靜穆曰古詩，流動艷逸曰樂府。風之爲體，一如古詩；騷之爲體，一如樂府。

南方自有此體,《二南》《漢廣》之詩,便已肇端,不創自屈原,自屈原出,此體乃大乃妙爾。(卷一)

陳懋仁

陳懋仁(生卒年不詳)字無功。明嘉興(今屬浙江)人。明萬曆、天啟、崇禎時在世。曾官泉州府。著有《泉南雜誌》、《續文章緣起》等。《續文章緣起》一卷,前有謝廷授序,末有姚士麟跋。姚跋謂陳懋仁爲任昉《文章緣起》作注之後,"更搜詩文之類,凡六十五則,自注其下,題曰《續文章緣起》"。謝序云:"極其變而其體始備,體既備而其文始工。"任昉《文章緣起》叙文體之"緣起",爲"備其體者也";本書則"極其變者也"。全書所論文體,起於梁代以前者不少,似乎不僅是"續",更是爲任昉《文章緣起》作"補":在任書八十四體外,增列詩文六十五體,其中詩類四十五體,文類二十體。其體例效仿任書,論每體必言其始,考其源,説明命名之義,注明作者、作品。書中將詠史詩及《三良詩》、《四愁詩》等單篇作品作爲文體闡説,説明當時文體概念仍不够清晰。

本書資料據《學海類編》本《續文章緣起》。

《續文章緣起》

二言詩,黃帝時《竹彈歌》。《吳越春秋》曰:"越王欲謀復吳,范蠡進善射者陳音。越王請音而問曰:'孤聞子善射,道何所生?'音曰:'臣聞弩生於弓,弓生於彈,彈起于古之孝子,不忍見父母爲禽獸所食,故作彈以守之。其歌云:"斷竹,續竹,飛土,逐肉。"'"《小雅·祈父》,二言之屬也。

八言詩,漢中大夫東方朔作。按《史記》本傳曰:"八言、七言上下。"謂八言、七言各有上下篇。《小雅》"我不敢效我友自逸",八言之屬也。

《三良詩》,魏陳思王曹植作。三良者,秦之良臣奄息、仲行、鍼虎,子車氏之三子也。穆公與羣臣飲,酒酣曰:"生共此樂,死共此哀。"息等敬諾。公卒而三臣從焉。《國風·黃鳥》三章,蓋哀三良而刺穆公也。《詩紀》曰:"植被文帝黜責,悔不從武帝死,故托是詩。"皎然曰:"'秦穆先下世,三臣空自殘。'蓋以陳王徙國,任城被害,以後常有憂生之慮,故其詞婉娩存幾諫也。"

《四愁詩》,漢侍中張衡作。《自序》云:"天下漸弊,鬱鬱不得志,爲《四愁詩》,效屈原以美人爲君子,以珍寶爲仁義,以水深雪雰爲小人,以道術爲報貽於時君,而懼讒邪不得以通。"《竹林詩評》曰:"張衡《四愁》,遙衷耿慕,猶風騷之遺韻也。"

《七哀詩》，魏曹植作。《韻語陽秋》曰：“《七哀詩》起曹子建，其次則王仲宣、張孟陽也。釋詩者謂‘病而哀，義而哀，感而哀，悲而哀，耳目聞見而哀，口歎而哀，鼻酸而哀’。子建之《七哀》在於獨棲之思婦，仲宣之《七哀》在於棄子之婦人，孟陽之《七哀》在於已毀之園寢。唐雍陶亦有《七哀詩》，所謂‘君若無定雲，妾作不動山，雲行出山易，山逐雲去難’。是皆以一哀而七者具也。”

《百一詩》，魏散騎常侍應璩作。璩爲曹爽長史，爽事多違法，切諫其失，故謂百一者，百慮而有一失也。或謂百分有一補於爽也。《釋名》曰：“慮，旅也。旅，衆也。”《易》曰：“一致百慮。”慮及衆物，以一定之也。

操，漢商山四皓作《采芝操》，舜有《南風操》。《風俗通》曰：“閉塞憂愁而作，命其曲曰操。操者，言遇災遭害，因厄窮迫，雖怨恨失意，猶守禮義，不懼不懾，樂道而不失其所操也。”

暢，堯帝作《神人暢》。《風俗通》曰：“凡琴曲和樂而作，命之曰暢。暢者，言其道美暢，猶不安自安，不驕不溢，好禮不以暢其意也。”

支，武王作。《詩紀》云：“《國語》衛彪傒曰：‘武王克殷，作此詩以爲飫歌，名之曰《支》，以遺後人，使永監焉。’夫禮之立成者爲飫，昭明大節而已。少曲與焉，是以爲之曰惕，欲其教民戒也。”韋昭註曰：“立成，謂立行禮不坐也。”又曰：立曰飫，坐曰宴。”

繇，夏後作《鑄鼎繇》。繇，菊辭也。《文心雕龍》曰：“文王患憂，繇辭炳曜，符采隱復，精義堅深。”

曲，漢武帝作《落葉哀蟬曲》，楚樂師屈子作《窮刦之曲》。《珊瑚鈎詩話》曰：“音聲雜比，高下短長謂之曲。”

行，漢伏波將軍馬援作《武溪深行》，樂府有《長歌行》。《藝苑巵言》曰：“歌行靡，非樂府，然至唐始暢。其發也如千鈞之弩，一舉透革；縱之則文漪落霞，舒卷絢爛；一人促節，則淒風急雨，窈冥變幻，轉折頓挫，如天驥下阪，明珠走盤；收之則如橐聲一擊，萬騎忽斂，寂然無聲。歌行有三難：起調一也，轉節二也，收結三也。惟收爲尤難。如作平調、舒徐縣麗者，結須爲雅詞，勿使不足，令有一唱三歎意；奔騰洶湧、驅突而來者，須一截便住，勿留有餘；中作奇語、峻奪人魄者，須令上下脉相顧，一起一伏，一頓一挫，有力無跡，方成篇法。”

吟，漢卓文君作《白頭吟》，句踐時有《木客吟》。吟者，有感於物，故吁嗟慨嘆，沈鬱以吟其志也。《釋名》曰：“吟，嚴也。本出於憂愁，故其聲嚴肅，使人聽之悽嘆也。”

怨，漢明妃王嬙作《怨詩》，樂府有《獨處怨》。憤而不怒，傷而不激者，怨也。

思，漢樂府《有所思》。《莊子》：“身在江海之上，心居魏闕之下。”思之謂也。《文心雕龍》曰：“寂然凝慮，思接千載；悄焉動容，視通萬里。吟詠之間，吐納珠玉之聲；眉睫之前,卷舒風雲之色。其思理之致乎!"

謳,漢樂府《燕代謳》。謳,衆歌也。《左傳》:"鄭公子受命于楚,伐宋。宋華元、樂呂禦之,戰於大棘。宋師敗績,囚華元,獲樂呂。宋人以兵車百乘,文馬四駟,以贖華元於鄭。半入,華元逃歸宋城,爲植巡功。城者謳以譏之。"

謠,晉散騎常侍夏侯湛作《長夜謠》。謠者,通乎俚俗者也。《穆天子傳》有《白雲謠》。《詩》:"心之憂矣,我歌且謠。"《爾雅》云:"徒歌謂之謠。"

詠,晉夏侯湛作《離親詠》。詠者,引義以呈體者也。《詩家一指》曰:"詠物不待分明説盡,只彷彿形容,便見妙處。寧拙毋巧,寧朴毋華,寧粗毋弱,寧僻毋俗。用意切忌太過,鍊句脉則意不足。語工意劣,格力必弱。立片言以居要,乃一篇之警策。兹乃要論也。"《藝苑卮言》曰:"詠物詩至難得佳,花鳥尤費手。大抵粘則滯,切則俗;惜格則遠,惜情則卑。"

歎,晉太僕衛尉石崇作《楚妃歎》,觸感而成聲曰歎。

弄,梁武帝作《江南弄》。弄,玩也。《唐·禮樂志》曰:"琴操曲弄,皆合於歌。"

鹽,隋内史薛道衡作《昔昔鹽》,即煬帝所嫉"空梁落燕泥"是也。《列子》:"昔昔夢爲君鹽",昔昔猶夜夜也。梁樂府有《夜夜曲》,或名《昔昔鹽》。《教坊記》有《一撚鹽》、《一闋鹽》。《容齋續筆》云:"《玄怪録》有蓬篨三娘工唱《阿鵲鹽》。又有《突厥鹽》、《黄帝鹽》、《白鴿鹽》、《神雀鹽》、《疏勒鹽》、《滿座鹽》、《歸國鹽》。唐詩:'媚嫩吳娘唱是鹽','更奏新聲刮骨鹽。'然則歌詩謂之鹽者,如吟、行、曲、引之類雲。"

樂,晉平原相陸機作《飲酒樂》。《釋名》曰:"樂,樂也,使人好樂之也。"《樂記》曰:"聲成文謂之音,知音而樂之,謂之樂也。樂者,音之所由生也,其本在人,心感於物也。是故其哀心感者,其聲噍以殺;其樂心感者,其聲嘽以緩;其喜心感者,其聲發以散;其怒心感者,其聲粗以厲;其敬心感者,其聲直以廉;其愛心感者,其聲和以柔。"此《史記》論樂書也。詩歌所感,亦由是焉。

唱,魏武帝作《氣出唱》。唱之爲言暢也,舒暢以散鬱陶也。

諺,起上古淺言樸語,出自廛陌,質而無華,有禆世務,故經傳多所引用。若《大雅》:"人亦有言,惟憂用老。"《牧誓》:"古人有牝雞無晨。"《孟子》:"雖有智慧,不如乘勢。"《左傳》:"山有木,工則度之"之類,是也。

別,唐工部員外郎杜甫作《無家別》。

詞,隋煬帝作《望江南》八闋。詞,詩餘也。《藝苑卮言》曰:"詞須宛轉緜麗,淺至儇俏,挾春月煙花,於閨幨内奏之。一語之豔,令人魂絶;一字之工,令人色飛:乃爲貴耳。至於慷慨磊落,縱橫豪爽,抑亦其次。"

調,唐翰林供奉李白作《清平調》。

偈，晉釋鳩摩羅什《贈沙門法和十偈》。《藝苑卮言》曰："偈，梵語也。梵語有長短，何以五言？鳩摩羅什、玄奘輩增損而就漢也。"

雜言詩，漢戚夫人《春歌》，自三言而終以五言。至隋唐時，有三五六七九言，其體謂之雜言，出自篇什者也。

盤中詩，漢蘇伯玉妻寫之盤中，屈曲成文也。

相承詩，魏曹植《贈白馬王彪》，以下章首言承上章末言，法《大雅·文王》七章體，故首二章不相承耳。

迴文詩，晉驃騎將軍溫嶠作。迴文者，迴環諧協而成文也。《詩苑類格》謂"竇滔妻所作"。按傅咸有《迴文反覆詩》，與嶠俱在竇妻之前。

反覆詩，晉司隸校尉傅咸作。嚴滄浪曰："反覆舉一字而誦皆成句，無不押韻，反覆成文也。"

建除詩，宋參軍鮑照作，篇凡二十四句，每隔句首冠以"建、除、滿、平"等字。

四時詩，晉參軍顧愷之作，每句首冠以"春、夏、秋、冬"字。

集句，晉傅鹹集七經語以爲詩。集句，雖有成語，務若水從一源，無所支渙爲佳。稍或强排，取譏補湊矣。

聯句，晉司空賈充與妻李夫人聯句。夫聯句要以才力頡頏，脉絡相貫。如繭之爲絲，抽其統理、無有斷續爲貴。若或節湊枘鑿，精粗不調，是魚目混於夜光，豫章列於樗櫟也。

名詩，宋鮑照作《字謎詩》、《數名詩》，齊王融作《四色詩》，梁簡文帝作《藥名詩》、《卦詩》，元帝作《姓名》、《宮殿》、《將軍》、《鍼穴》、《龜兆》、《歌曲》、《縣》、《屋》、《車》、《船》、《鳥》、《獸》、《草》、《樹》等名詩。其他雜體，如《五雜組》"兩頭纖纖"，及樂府"槁砧"之類。陳隋之際，《四氣》、《六甲》、《八音》、《十二神》、《十二屬》等詩，未暇悉録。

絕句，五言如古樂府"槁砧今何在"、《子夜歌》，七言如"郎今欲渡畏風波"之類，蓋權輿也。至唐一變而音韻諧協，號爲始盛。張達明曰："詩莫難於絕句，絕句尤莫難於五言，欲其章短而意長，辭約而理盡。"《卮言》曰："絕句固自難，五言爲尤甚。離首即尾，離尾即首，而要腹亦自不可少。妙在愈小而大，愈促而緩。"謝榛曰："七言絕句，起如爆竹，斬然而斷；結如撞鐘，餘響不輟：法之正也。"

律詩，權輿于梁陳，諧協于初唐，精切于沈詹事佺期、宋考功之間，偶儷精切，故謂之律詩。楊仲弘《詩法》曰："律詩破題，要突兀高遠，如狂風捲浪，勢欲滔天。頷聯要接破題，如驪龍之珠，抱而不脱。頸聯與前聯之意，相應相避，要變化如疾雷破山，觀者驚愕。結句或就題，或繳前聯之意，如散場，若剡溪之棹，自去自回，言有盡而意無窮。"《詩家一指》曰："對好易得，結好不易得，起好尤不可得。發端忌作舉止，收拾貴有出場，不必太著題，不必多使事。韻不必有出處，字不必有來歷。字貴響，語貴圓。語直意淺，脉露味短，音韻散緩迫促，皆爲詩病。初學寧失之野，不可失之靡麗：野不害氣，靡麗不可復整。”《文心雕龍》曰：“言對爲美，貴在精巧；事對所先，務在允當。若兩事相配而優劣不均，是驥在左驂，駑爲右服也。若夫事或孤立，莫與相偶，是夔之一足，踸踔而行也。”《藝苑巵言》曰：“五言律差易雄渾，加以二字，便覺費力，雖曼聲可聽而古色漸稀。七言律不難中二聯，難在發端及結句耳。其篇法有起有束，有放有斂，有唤有應，一開則一闔，一揚則一抑，一象則一意，無偏用者。句法有直下者，有倒插者。字法有虛有實，有沈有響，虛響易工，沈實難至。五十六字，如魏明帝凌雲臺，材木銖兩悉配，乃可耳。篇法之妙，有不見句法者；句法之妙，有不見字法者：此是法極，無跡人能至，境與天會未易求也。有俱屬象而（不）妙者，有俱屬意而妙者，有俱作高調而妙者，有直下不對偶而妙者，皆興詣神合，氣完使之；然五言可耳，七言恐未易能也。勿和韻，勿拈險韻，勿傍用韻。起句亦然，勿偏枯，勿求理，勿搜僻，勿用六朝强造語，勿用大曆以後事，此詩家魔障，慎之！”

和詩，梁武帝《和太子懺悔詩》。《詩家直説》曰：“梁武帝同王筠《和太子懺悔詩》，始爲押韻，晚唐效之，迨宋人尤甚。”《文心雕龍》曰：“氣力窮於和韻。異音相從謂之和，同聲相應謂之韻。韻氣一定，故餘聲易遣；和體抑揚，故遺響難契。”

不用韻詩，晉司隸校尉傅玄作。《詩家直説》曰：“《古采蓮曲》、《隴頭流水歌》，皆不協聲韻而有清廟遺意。”

題用古詩，晉陸機擬《今日良宴會》、《迢迢牽牛星》、《涉江采芙蓉》、《明月皎夜光》等題。《困學紀聞》謂“始于梁元帝《賦得蘭澤多芳草》”，非也。機之後，晉太尉劉琨有《胡姬年十五》題，宋南平王劉鑠擬《行行重行行》、《明月何皎皎》等題，宋參軍鮑照擬《青青陵上柏》題，宋侍中何偃有《冉冉孤生竹》題，宋鮑令暉擬《客從遠方來》等題，齊寧朔將軍王融擬《青青河畔草》題，梁武帝擬《明月照高樓》等題，俱在元帝之前。

大言小言，楚大夫宋玉作。其大無垠，其小無内，大言小言之體也。

詠史，漢護軍班固作。《詩品》曰：“孟堅才流，老於掌故，觀其《詠史》，有感歎之詞。”

制，秦始皇以命爲制。《獨斷》曰：“制書，帝者制度之命也。”《珊瑚鈎詩話》曰：“帝王之言，出法度以制文者謂之制。”

敕，漢高祖作《太子手敕》。漢初定儀則四品，其四曰戒敕。敕用黄紙，始于唐高宗。《書》曰：“敕天之命，惟時惟幾。”敕，飭也，使自警飭，不敢廢慢也。

麻，始于唐玄宗。按《會要》云：“凡赦書德音、立後建儲、大誅討、拜免三公宰相、命將，並用白麻。”《唐翰林志》云：“中書用黄白二麻爲綸命。”

章，秦丞相李斯作《蒼頡章》。古言曰：“章者，文之成；句者，詞之絕。章者，明也，總義也，包體以明情也；句者，局也，聯字分疆，以局言也。聯字成句，聯句成章，積章成篇，精篇成帙。”

略，漢奉車都尉劉歆總羣書而奏其《七略》，曰輯略，曰六藝略，曰諸子略，曰詩賦略，曰兵書略，曰術數略，曰方技略。班固因之作《藝文志》。

牒，漢臨淮太守路温舒牧羊澤中，時截蒲爲牒編用寫書。《文心雕龍》曰：“政議未定，知牒咨謀。”

狀，漢射陽侯孫樊毅《上復華下十里以内民租口筭狀》。《珊瑚鈎詩話》曰：“狀者，言之於公上也。”

述，魏給事邯鄲淳作《魏受命述》。聖人創製曰作，賢者傳舊曰述，故述者不敢當作者之名也。

斷，漢議郎蔡邕作《獨斷》。斷者，義之證也，引其義而證其事也。

辯，楚宋玉作《九辯》。辯者，變也，謂陳道德以變說君也。《書》曰：“君罔以辯言亂舊政。”《禮記》曰：“言偽而辯。”《孟子》曰：“予豈好辯哉？”故辯須不得已而辯之可耳。《莊子》云：“辯雕萬物。”《韓子》云：“豔采辯說。”是則藻繢其言以眩聽，無治亂安危之念也。

法，漢留侯張良序次兵法。《文心雕龍》曰：“法者，象也。兵謀無窮，而奇正有象，故曰法也。”

典引，漢班固所作。《文選》曰：“典者，常法也；引者，伸也。”《尚書疏》：“堯之常法，謂之《堯典》。”漢紹其緒，引而伸之，故曰典引。

說難，韓之諸公子韓非作。《文心雕龍》曰：“說者，悅也。兌爲口舌，故言咨悅懌，過悅必偽。”“凡說之樞要，必使時利而義貞，進有契于成務，退無阻於榮身，自非譎敵，惟忠與信，披肝瞻以獻主，飛文敏以濟辭，此說之本也。”

詛文，秦惠文王《詛楚文》。《書》曰：“否則厥口詛祝。”《詩》云：“侯作音詛侯祝音呪，靡屆靡究。”《釋名》曰：“詛，阻也，使人行事，阻限於言也。”《左傳》，公孫閼與穎考叔爭車，閼射殺叔，鄭莊公不能討，乃使軍中詛之於神。故君子謂莊公失政刑矣。政以治民，刑以正邪。既無德政，又無威刑，是以及邪，邪而詛之，將何益矣！

對事，漢酈炎作。主談議，設客問以辯明之也。

客難，漢東方朔作。

賓戲，漢班固作。

答譏，漢崔寔作。

釋誨，漢蔡邕作。宋玉始造《對問》，朔等效而廣之，迭相祖述，命篇雖異，而體則同源也。

尺牘，漢文帝《遺匈奴尺一牘》。尺牘，書之沿也。體務簡達，語貴嫺嬈，所用最繁，必使斯須可辦。故孟公援書，親疏各異；穆之應對，移晷百函：斯蓋駿發而前，巧於用短者也。

陳無功參軍既以該洽註任彥升《文章緣起》，更搜詩文之類，凡六十五則，自註其下，題曰《續文章緣起》。此彥升自餘此六十五則以付後人，後人不敢受而付之無功，無功嗒焉受之，可謂數百年人不敢受之製作，遽自千秋耳。餘謂若急就章、兩頭纖纖、五噫、十幹、十二支、歇後及命呪、質劑、券契、千文、伶仃、過所皆當補入，無功爲首肯。忽一日，笑謂餘曰："嘗檢《釋名》曰：'示，示也，過所至關津以示之也。'若今水程路引耳。乃《太平御覽》刪去'示也'之文，斷取'過所'二字以立名字，列之文部，可謂大謬。"因相顧大笑曰："不謂李防、徐鉉輩草草如此！"併志以俟博識者。海鹽姚士麟題。

張　溥

張溥（1602—1641）字天如。明太倉（今屬江蘇）人。幼年勤奮好學。書室名"七錄齋"。崇禎四年（1631）進士，後改庶吉士。與同里張采齊名，號稱"婁東二張"。曾與郡中名士結爲文社，名復社，興復古學，以文會友，實際是東林黨與閹黨鬪爭的繼續。張溥在文學方面，推崇前後七子的理論，主張復古，又以"務爲有用"相號召。其散文在當時很有名，風格質樸，慷慨激昂，明快爽放，直抒胸臆。代表作有《五人墓碑記》。著有《七錄齋集》、《春秋三書》、《歷代史論二編》、《詩經注疏大全合纂》等；輯有《漢魏六朝百三家集》，是他爲"興復古學"而編輯的一部規模宏大的總集，各集前均寫有題辭，是研究漢魏六朝文學及張溥著作的重要參考書。

本書資料據四庫全書本《漢魏六朝百三家集》。

《漢東方朔集》題詞（節録）

東方曼倩求大官不得，始設《客難》；揚子雲草《太玄》，乃作《解嘲》，學者爭慕效之，假主客，遣抑鬱者，篇章疊見，無當玉卮，世亦頗厭觀之，其體不尊，同于游戲。然二文初立，詞鋒競起，以蘇、張爲輪攻，以荀鄒爲墨守，作者之心，寔命奇偉，隨者自貧，彼不任咎，未可薄連珠而笑士衡，鄙七體而譏枚叔也。（卷四）

760

《傅玄集》题词（節録）

（傅玄）《歷九秋》篇，讀者疑爲漢古辭，非相如、枚乘不能作，其言文聲永，誠詩家六言之祖。（卷三十九）

《晉傅咸集》题词（節録）

其間七經詩中，《毛詩》一首，雖集句託始，無關言志，《與尚書同寮》詩，則告誡臣僕，有孚盈缶，韋孟在鄒，家風不墜矣。（卷四十六）

《徐陵集》题词（節録）

夫三代以前，文無聲偶，八音自諧，司馬子長所謂鏗鏘鼓舞也。浸淫六季，制句切響，千英萬傑，莫能跳脱，所可自異者，死生氣別耳。歷觀駢體，前有江、任，後有徐、庾，皆以生氣見高，遂稱俊物。（卷一百三上）

《陳沈炯集》题词（節録）

存詩頗少，《詠十二神》，尤驚創體，亦戲謔類耳。江南文體，入陳更衰，非徐僕射、沈侍中，代無作者。乃故崎嶇其遇，俾光詞苑，斯文之際，天豈無意乎！（卷一百四）

陸時雍

陸時雍（生卒年不詳）字仲昭。其先吳興人，徙居桐鄉（今屬浙江）之皁林。少穎悟，性不耐俗。明崇禎六年（1633）舉貢生。工詩文，尚氣節。輯有《古詩鏡》三十六卷、《唐詩鏡》五十四卷，又撰有《詩鏡總論》一卷。陸時雍是明末具有鮮明特色的詩歌理論批評家，其詩歌理論標舉“神韻”和“意象”，尚“情”而斥“理”，以“真素”和“風雅”爲其審美標準，試圖調和格調派和性靈派，在繼承司空圖、胡應麟等詩歌理論基礎上建立神韻派，在詩歌理論史上具有重要的價值和地位。其《詩鏡原序》、《詩鏡總論》都是他這一理論的集中表現。

本書資料據四庫全書本《古詩鏡》。

《古詩鏡》原序

道發聲著,情通神達,靈油油接於人而不厭。鳥之關關,鹿之呦呦,未聞其何韻之選,何律之調也,而聞輒欣然。遇之人,發聲而言,言成文而詩。古稱詩千有餘篇,而夫子刪之存止三百,亦取其感通之至捷者耳。而後之人必以義斷,則鄭、衛何以並存也?風之來,其樞搖搖,樹頭草腰,人乘之逍遙,故詩之所感,令人之戾也釋,而其捍也消夫。然而是非之畛,理義之辨,必附性情而後見,而果以知夫子之存鄭、衛非導淫也。夫子曰威儀棣棣不可選也,無體之禮也。凡民有喪,匍匐救之,無服之喪也,聖人之用詩道若是其廣也。漢興,柏梁倡歌,蘇、李迭奏,然詩五言而體直七言,而意放雕鏤。至於六代,而古道蕩然,故六義遠而事類繁,四韻諧而聲氣隔。古亡於漢,漢亡於六朝,六朝亡於唐,唐亡不可復振。惟夫後之為詩者哀必欲涕,喜必欲狂,豪必極放而戚若有亡,然意之所設而情不與俱,不能強之使入,故聞之者悶焉。古之人一唱而三嘆,有餘音者矣;載歌而載起,有餘味者矣。嬰兒語,童子歌,鳥之關關,鹿之呦呦,不知其可而不厭,是謂之道。宵宵冥冥,隱隱轟轟,如雷如霆,則聲之所起者微,而詩之所托者眇也。或謂鳥之關關,鹿之呦呦,聞輒欣然遇之,《詩》曷爲而爲是刪者?蓋物各類知,使鳳聽而麟莅,則鳥頡獸肸,必多噤吟而不進者,是故怪而狐狸妖也。十五國風之不同情也,而言皆可以適道。性受則淫言亦正,情受則正言亦淫。《關雎》可以蕩思,而《溱洧》亦能止則。且夫言微而能廣用之者,此道是也。夫王通氏之續詩,通之謬也,狐裘而羔袖,有尨焉者矣。取其葛而罪之,其然乎哉?余之爲是選也,將以通人之志而遇之微也,不惟其詞而惟其情,不惟其貌而惟其意,使天下聞聲而志起,意喻而道行,詩雖亡有存焉者矣。爲是多方以誘之,而極慮以解之,甚矣,余之不得已也。(卷首)

《詩鏡》總論(節録)

詩有六義,《頌》簡而奧,複哉尚矣!《大雅》宏遠,非周人莫爲;《小雅》婉變,能或庶幾;《風》體優柔,近人可做。然體裁各別,欲以漢、魏之詞復興古道,難以冀矣。西京崛起,別立詞壇,方之於古,覺意象蒙茸,規模逼窄,望《湘纍》之不可得,況《三百》乎?

詩四言優而婉,五言直而倨,七言縱而暢,三言矯而掉,六言甘而媚,雜言芬葩,頓跌起伏。四言《大雅》之音也,其詩中之元氣乎?風、雅之道,衰自西京,絶於晉、宋,所由來矣。

762

《十九首》近於賦而遠於風，故其情可陳，而其事可舉也。

古樂府多俚言，然韵甚趣甚。後人視之爲粗，古人出之自精，故大巧者若拙。

詩至於宋，古之終而律之始也。體製一變，便覺聲色俱開。謝康樂鬼斧默運，其梓慶之鐻乎？顔延年代大匠斲而傷其手也。寸草莖，能爭三春色秀，乃知天然之趣遠矣。

觀五言古於唐，此猶求二代之瑚璉於漢世也。古人情深，而唐以意索之，一不得也；古人象遠，而唐以景逼之，二不得也；古人法變，而唐以格律之，三不得也；古人色真，而唐以巧繪之，四不得也；古人貌厚，而唐以姣飾之，五不得也；古人氣凝，而唐以佻乘之，六不得也；古人言簡，而唐以好盡之，七不得也；古人作用盤礴，而唐以徑出之，八不得也。雖以子美雄材，亦跼蹐於此而不得進矣！庶幾者其太白乎！意遠寄而不迫，體安雅而不煩，言簡要而有歸，局卷舒而自得。離合變化，有阮籍之遺蹤；寄託深長，有漢、魏之委致。然而不能盡爲古者，以其有佻處，有淺處，有遊浪不根處，有率爾立盡處。然言語之際，亦太利矣。

七言古自魏文、梁武以外，未見有佳。鮑明遠雖有《行路難》諸篇，不免宮商乖互之病。太白，其千古之雄乎！氣駿而逸，法老而奇，音越而長，調高而卓。少陵何事得與執金鼓而抗顔行也？（以上卷首）

卓人月

卓人月（1606—1636）字珂月，號蕊淵，別署江南月中人。明仁和（今浙江杭州）人。崇禎八年（1635）貢生。富才情，詩文詞曲兼擅。早年撰千字《大人頌》，被譽爲穩帖奇肆。與孟稱舜、袁于令、徐士俊交善。著有雜劇三種，今存《花舫緣》。另有《蟾臺集》、《蕊淵集》。又與徐士俊合編《古今詞統》，末附二人唱和之詞《徐卓晤歌》。《古今詞統》成書於崇禎初，以《花間集》、《尊前集》、《草堂詩餘》、明人錢允治《國朝詩餘》、沈際飛《草堂詩餘四集》諸選爲底本，甄汰之中，不拘流別，並重古今，體現了以傳情爲貴的晚明詞壇風尚與詞論主流。此集刊布後一時盛傳，在當時産生過重要影響，是研究明清之際詞學流派和詞風嬗變的重要資料。

本書資料據中國戲劇出版社1959年版《盛明雜劇二集》。

《盛明雜劇二集》序（節錄）

《三百篇》亡，而後有騷賦；騷賦難入樂，而後有古樂府；古樂府不入俗，而後以唐絕句爲樂府；絕句少委蛇，而後有詞；詞不快北耳，而後有北曲；北曲不諧南耳，而後有南曲，凡皆同工而異制，共源而分流，其同焉共焉者情，而其異焉分焉者時。

語云楚騷、漢賦、晉字、唐詩、宋詞、元曲，皆言其一時獨絕也。然則我明之可以超軼往代者，庶幾其南曲乎？臧晉叔刻《元劇百種》，蒙古一代之巨章，已備其大凡。馮猶龍復擬刻《明曲百種》以敵之，誠可謂旗鼓相當矣。乃北曲亦有長本如《西廂》、《西遊》之類，而南曲又不乏短本。元人亦有南曲如《拜月》、《荊釵》之類，而我明又不乏北曲，此所謂一二異才，前可以開後，後可以追前者，而皆爲臧、馮二選所不及收，則猶出其常調以相誇，而未窮其變格以相鬭也。余是以將取元人南本之長本，並其短本之散逸者，合爲一刻以續臧，而余友沈林宗業已取本朝南北短劇合刻之，以補馮。夫元劇短者多而長者少，明劇短者少而長者多，且元曆不滿百，而國朝千年無疆，作者雲興未艾，是則腥羶之文彩固不足以敵盛世之才華。乃若篇章字句之間，節奏風神之際，元、明各騁其能，南、北兩極其致，則有非世代所能限者。（卷首）

陳子龍

陳子龍（1608—1647）字臥子，一字人中，號軼符，晚年又號大樽。明華亭（今上海松江）人。晚年易姓李，別號穎川、明逸、于陵孟公。明末著名抗清志士，東南文壇盟主。崇禎十年（1637）進士。選浙江紹興府推官，擢兵科給事中，未及赴任而明亡。自幼讀書，博通經史，不好章句，十餘歲即有文譽，爲父輩東林人士所重。喜論當世之政，注意經世致用之學，曾與夏允彝等結“幾社”，以復興絕學相期許，以文章氣節相砥礪，堅持同魏忠賢餘黨作鬭爭。文章氣節，皆爲後人楷模。與徐孚遠等選輯《皇明經世文編》五百餘卷，多載“議兵食，論形勢”及事關“國之大計”之作，並整理徐光啟《農政全書》，使其行之於世。詩賦古文皆工，尤擅駢體文，時人推其爲“雲間派”盟主、明詩殿軍。其詩早年摹仿六朝、盛唐，雖享盛名，而摹仿痕跡猶未褪盡，不免步前後七子的後塵。隨着政局的日益動蕩，詩風一變，承續漢樂府，感時傷世，憂民饑苦，悲憤蒼凉，無復舊日春風得意之時江南才子詩面目。其詞極爲王士禛等人推許，以北宋花間的雅麗爲歸，當明代詞學衰微之際，同李雯、宋徵璧、宋徵輿等幾社名士形成雲間詞派，開清代三百年詞學中興之盛。一生著作頗豐，然因屢被禁毁，頗多散佚，有《安雅堂稿》、《白雲草廬居稿》、《湘真閣稿》、《江籬檻詞》、《壬中幾社文選》、《雲間三子新詩合稿》等。

本書資料據明刻本《幽蘭草》、遼寧教育出版社 2003 年版《安雅堂稿》。

《幽蘭草詞》序

詞者,樂府之衰變,而歌曲之將啟也。然就其本制,厥有盛衰。晚唐語多俊巧,而意鮮深至,比之於詩,猶齊梁對偶之開律也。自金陵二主以至靖康,代有作者。或穠纖婉麗,極哀豔之情;或流暢澹逸,窮盼倩之趣。然皆境由情生,辭隨意啟,天機偶發,母音自成,繁促之中,尚存高渾,斯爲最盛也。南渡以還,此聲遂渺,寄慨者亢率而近于偪武,諧俗者鄙淺而入于優伶,以視周、李諸君,即有"彼都人士"之歎。元濫填辭,兹無論已。明興以來,才人輩出,文宗兩漢,詩儷開元,獨斯小道,有慚宋轍。(《幽蘭草》卷首)

熊伯甘《初盛唐律詩選》序(節錄)

律詩之作何昉乎,自爻畫之興,一必生二,奇必配耦,文字相錯,然後成章……故風雅之篇或二字駢連,或四言遥匹,不可勝數。如《柏舟》之"覯閔既多,受侮不少",《旱麓》之"鳶飛戾天,魚躍於淵",《抑》之"訏謨定命,遠猶辰告",《雝》之"有來雝雝,至止肅肅"。兩語正對者,可得而指也。下至漢代,最爲近古,而蘇武録別曰:"歡娱在今夕,燕婉及良辰。"辛延年樂府曰:"長裾連理帶,廣袖合歡襦。"不獨駢比,更諧聲詠。曹、劉而降,益多儷辭;顏、謝以還,竟流排體。至於有唐,更加整截,遂號律詩。蓋前人尚質,意趣適至,偶成合璧。後人尚文,追琢所就,必求中倫,氣機漸開,裁制日巧,斷爲八言,分爲五七,其勢然也。世之言律,以爲和必應宮商之音,嚴若守科條之令,誠然哉!(《安雅堂稿》卷二)

《三子詩餘》序(節錄)

詩與樂府同源,而其既也,每迭爲盛衰。豔辭麗曲,莫盛于梁、陳之季,而古詩遂亡。詩餘始于唐末,而婉暢穠逸極于北宋。然斯時也,並律詩亦亡。是則詩餘者,匪獨莊士之所當疾,抑亦風人之所宜戒也。然亦有不可廢者,夫《風》、《騷》之旨皆本言情,言情之作,必托於閨襜之際。代有新聲,而想窮擬議。於是以温厚之篇,含蓄之旨,未足以寫哀而宣志也。思極於追琢,而纖刻之辭來;情深於柔靡,而婉變之趣合;志溺于燕婧,而妍綺之境出;態趨於蕩逸,而流暢之調生。是以鏤裁至巧,而若出自然,警露已深,而意含未盡,雖曰小道,工之實難。不然何以世之才人,每濡首而不辭也？同郡徐子麗冲、計子子山、王子匯升，年並韶茂，有斐然著作之志。每當春日駘宕，秋氣明瑟，則寄情於思士怨女，以陶詠物色，袪遣伊鬱。示予詞一編，婉弱倩豔，俊辭絡繹，纏綿猗娜，逸態橫生，真宋人之流亞也。或曰："是無傷于大雅乎？"予曰："不然。夫'並刀'、'吳鹽'，美成所以被貶；'瓊樓玉宇'，子瞻遂稱愛君。端人麗而不淫，荒才剌而實諛，其旨殊也。三子者，托貞心於妍貌，隱摯念於佻言，則元亮閒情，不能與總持，贋和於臨春、結綺之間矣。"（《安雅堂稿》卷三）

朱朝瑛

朱朝瑛（生卒年不詳）字美之，號康流，又號罍庵。明海寧（今屬浙江）人。崇禎十三年（1640）進士，官旌德縣知縣。

本書資料據四庫全書本《讀詩略記》。

《讀詩略記》（節錄）

焦弱侯云：風之與雅，體製不同，其聲風即《二南》亦係之風，其聲雅即《正月》亦係之雅。鄭氏以五室既卑貶而爲風者，非也。（卷二）

方以智

方以智（1611—1671）字密之，號曼公，又號鹿起、龍眠愚者等。桐城（今屬安徽）人。明末清初畫家、哲學家、科學家。明崇禎十三年（1640）進士，授翰林院檢討。爲復社成員，有"明季四公子"之稱。明亡後爲僧，法名弘智，發憤著述，致力於思想救世的同時，秘密組織反清復明活動。清康熙十年（1671）三月，因"粵難"被捕；十月，於押解途中逝於江西萬安惶恐灘。學術上，方以智是最早提出向西方學習的人，博採衆長，主張中西合璧，儒、釋、道三教歸一。一生著述四百余萬言，多有散佚，存世作品數十種，內容廣博，天文、地理、歷史、物理、生物、醫藥、文學、哲學、音韻，無所不包。主要著作有《通雅》、《物理小識》、《東西均》、《藥地炮莊》、《浮山集》等。《通雅》共五十五卷，全書分疑始、釋詁、天文、地輿、身體、稱謂、姓名、官制、事制、禮儀、樂曲、樂舞、樂器、器用、衣服、官室、飲食、算數、植物、動物、金石、諺原、切韻聲原、脉考、古方解答等四十四門，舉凡天地人身之故，皆通考旁徵而會通之，並介紹了當時傳入國內的一些西方科學知識，批判地加以吸收總結，廣徵博引，成爲當時科學、學術成果的總彙集。

766

本書資料據四庫全書本《通雅》。

詩説庚寅答客（節録）

姑以中邊言詩可乎？勿謂字櫛句比爲可屑也，從而叶之，從而律之，詩體如此矣，馳驟迴旋之地有限矣。以此和聲，以此合拍，安得不齒齒辨當耶！落韻欲其卓立而不可迻也；成語欲其虛實相間而熨帖也。調欲其稱，字欲其堅。字堅則老，或故實，或虛宕，無不鄭重。調稱則和，或平引，或激昂，無不宛雅。是故玲瓏而□落，抗墜而貫珠，流利攸揚，可以歌之無盡。如是者論倫無奪嫺于節奏，所謂邊也。中間發抒蘊藉，造意無窮，所謂中也。措詞雅馴，氣韻生動，節奏相叶，蹈厲無痕，流連景光，賦事狀物，比興頓折，不即不離，用以出其高高深深之致，非作家乎，非中邊皆甜之蜜乎？又況誦讀尚友之人開，幬覆代錯之目舞，吹毛灑水之劍，俯仰今古，正變激揚，其何可當！由此論之，詞爲邊，意爲中乎？詞與意皆邊也，素心不俗，感物造端，存乎其人，千載如見者中也。俗之爲病，至難免矣，有未能免。而免免者存，聞樂知德，因語識人，此幾知否？

《關尹子》曰“道寓天，地寓舍”，可指可論之，中邊則不可指論之，中無可寓矣。舍聲調、字句、雅俗可辨之邊，則中有妙意，無所寓矣。此詩必論世，論體之論也；此體必論格，論響之論也。韓脩武曰：汲汲乎，惟陳言之務去。數見不鮮，高懷不發，此誦讀咏歌之情即天地之情也。冒以急口喻快，優人之白，牧童之歌，與《三百》乎何殊？然有説焉，閩人語閩人，閩語故當；閩人而與江淮吳楚人語，何不從正韻而公談？夫《史》、《漢》、韓、蘇、《騷》、《雅》、李、杜，亦詩文之公談也。但曰吾有意在，則執樵販而問訊，呼市井而詬誶，亦各有其意在，其如不中節奏，不堪入耳何！此一喻也，謂不以中廢邊。法嫺矣，詞贍矣，無復懷抱，使人興感，是平熟之土偶耳；倣唐泝漢，作相似語，是優孟之衣冠耳。天分有限，又不肯學。良工不示人以樸，不如勿作。然有解焉，不作詩論，隨人示樸，何傷乎？

詩以言志，言之不足，故長言之；長言之不足，故詠嘆之；詠嘆之不足，故不知手之舞之，足之蹈之。一石一葉，性情畢具，誰非舞蹈毫端者乎！

詩者，志之所之也。反覆之，引觸之，比興而已矣。世亦有知比者，未可以言興也。興之爲比深矣，賦之爲比興更深矣。數千年之汗青蠹簡、奇情冤苦，猶之草木鳥獸之名，供我之谷呼擊節耳。何謂不可引故事，何謂不可入議論，何謂不可稱物當名，何謂不可逍遥吞吐，指東畫西，自問答、自慰解耶？故曰：“興於詩。”“何莫學夫詩！”詩之廣大配天地，變通配四時，惜乎日用而不知，雖興者，亦未必知也。水不澄不能清，鬱閉不流亦不能清。發乎情,止乎禮義,詩以宣人,即以節人。老泉曰:"窮於禮而通於詩。"立禮成樂,皆於詩乎端之。《春秋》律《易》,言之者無罪,聞之者足以戒,皆於詩乎感之。道不可言,性情逼真於此矣。言爲心苗,有不可思議者,誰知興乎? 知《易》爲大譬喻,盡古今皆譬喻也,盡古今皆比興也,盡古今皆詩也。存乎其人,乃爲妙叶,何用多談!

　　姑分體裁而言之:古詩直而曲,近而遠,質淡而不醲,追琢而不劌。或以數句爲一句,或分章以爲篇,或平衍而突立別峰,或激起而旁數歷落,或中斷以爲迴環,或瑣屑而寓冷指轉折之法。如作古文,奇矯屈詰,嘗類謠諺,殊非黔淺所能夢見也。人不能反復於《三百》、《楚詞》、漢魏樂府,烏有能蘊藉温雅者乎? 六朝組練駢麗,別爲選體,佳者不數篇。傲之者似乎遒鬱,實拙滯耳!《河梁》、《十九首》之後,其曹、阮、陶、杜乎? 昌黎太生,割取其莽蒼可也。太白奇放,次山朴直,東野痛快,高、岑取黃初之爽健,王、孟取靖節之清遠。後而元、白,後而宋、元,各有所長,日趨纖薄,其能免乎! 七言古若李、杜之奔騰,長吉之險激,文昌、子初之峻踔,宋、元至今,各有陡峭之篇。至於陶鑄《莊》、《騷》,風驅電卷,猶有待焉。近體因陳、隋之比儷,而初、盛以高渾出之,氣格正矣。調至中唐,乃稱嫻雅。刻露取快,則晚唐也。究當互取,寧可執一! 杜陵悲凉沉厚,以老作態,是運斤之質也。錢、劉、皇甫之流利,義山、温、許之工艷,香山、放翁之樸爽,何不可以兼互用之? 自然光熖萬丈,寧須沾丐殘膏? 後世尊杜太過者,溲泄亦零陵香矣。不善學古人者,專學古人之疵累;徒好畫龍,見真龍必怖而走,何怪乎!

　　漢立樂府,《練時日》諸篇,詞皆雕組。《鐃歌》、《芳樹》、《石流》不可讀者,大字屬詞,細字屬聲,聲詞合録耳,"收中吾"、"妃呼豨"、"奴何"、"奴軒"是也。鄭漁仲集、《解題》,郭茂倩、左克明、梅禹金皆以其名彙之,實不可奏諸管弦也。唐、宋以來二十八調,今傳十三,無言其分合者。所謂樂府之題,約如《二郎神》、《新水令》,隨人填詞,豈據《郎神》、《新水》而解意乎? 初起或然,唐之用漢樂府題作歌者,借名自行其意耳。相傳《清平調》、《旗亭》則絶句也,今故難強。詩人擬古,自有別致。嘗與同社約取古一解二解之句,而各寫其懷,何不可以填詞和古作,因創之嚆矢乎?

　　各體雖異,蘊藉則同。起《三百》之人於今,安知其不七言而長律乎? 聲依永,律和聲。以樂通詩,則近體之叶律定格,謂爲補前人之未備也。可愚者曰一菀一枯、一正一變、一約一放,天之寒暑也;過甚則偏,矯之又偏。"神之聽之,終和且平",是其人不欺其志,皆許之矣。"窮則變,變則通,通則久",使人繼聲,繼其志也。詩不必盡論,論亦因時。詩未嘗不可以析理,析理之詩,非詩之勝地也。"手無斧柯,奈龜山何",今問夫子曰"手有斧柯,奈龜山何",夫子豈再答乎?"利劍不在掌,結友何須多",以何爲劍,以何爲斧乎? 曰心、曰性、曰静、曰理,詩歸望見,必極賞之。或以爲禪,此禪家之醢雞耳,況老將不談兵耶？聖人之教,《書》叙正語,《詩》以興之。苟知興之,側語反語皆是矣,《禮》以制節,《樂》以和之。苟知和之,有聲無聲皆是矣。

文章薪火（節録）

有正用,通用之中道焉；有中理,旁通之發揮焉。有統類焉,有體裁焉,不可不知。典謨爾雅,訓體約厚,隆古尚簡故耳。

孟堅整嚴之中亦能錯落,范史因東京平對而順載之,伯喈則喜比偶矣。趣至六朝,尚麗揪藻,勢也。徐、庾始嫻,唐、宋遂爲別體。吾取其流爽者。（以上卷首三）

錢希言

錢希言（生卒年不詳）字簡棲。明吳縣（今屬江蘇）人。約萬曆四十年（1612）前後在世。博覽好學,刻意爲詩。恃才負氣,人爭避之,卒以窮死。著有《獪園》十六卷,皆記當時神怪之事；又有《戲瑕》三卷,《劍筴》二十七卷。《四庫全書總目提要》謂：“是書（《戲瑕》）皆考證之文。其名《戲瑕》者,取劉勰所云‘尹敏戲其深瑕’義也。”

本書資料據四庫全書存目叢書本《戲瑕》。

詩叶管弦

《疑耀》謂詩自《三百篇》而後,至於我明,未有一語可被管弦者,蓋文采有餘,性情不足也。其説駭俗,無已太狹。夫詩本性情,六朝樂府、三唐絶句,何莫非緣情之妙制？聲韻天然,可絲可竹,信如張言,然則彼皆非耶？沈香亭下《清平調》,與旗亭《酒壚》諸歌,宮人伶伎,矢口而寫,亦何嘗更換錯綜添减而後於聲律協乎？且自《鐃歌十八曲》而下,歷代樂章,以薦宗廟,以格天地,皆是物耳。假令不入聲律,曷以臻斯妙用？古人有知,豈不揶揄地下哉？張氏又謂《離騷》廢而樂府繼之,不知未有《離騷》,先有樂府,其來久矣。侗峰梓瑟,（缺一字）自窮桑。《卿雲》、《南薰》起于虞代,穆王之《白雲》、《黄竹》,尼父之《梁木》、《猗蘭》,是皆在《鐃歌十八曲》前也,何謂繼騷而作耶？（卷一）

弄參軍

肅宗宴于宮中,女優弄假戲,有緑衣秉簡爲參軍者。天寶末,蕃將阿布恩伏法,其妻配掖庭，因隸樂工，令爲參軍之戲，公主諫以爲不可，遂罷戲而免阿布恩之妻。此《因話録》所載甚詳。故唐人薛能有詩"此日楊花飛似雪，女兒弦管弄參軍"，可證女優妝束矣。乃陶宗儀撰《輟耕録》，直以參軍爲後世副淨，據云開元中黄幡綽、張野狐善弄參軍，然則戲中孤酸，皆可名參軍也，豈必副淨爲之哉？按弄參軍者，漢和帝免館陶令石耽罪，每宴樂，令衣白夾衫，命優伶戲弄辱之，終年乃放，後爲參軍。戲所繇始矣。（卷二）

《衡曲塵譚》

《衡曲塵譚》一卷，原不題作者姓名。此作又附載於《吳騷合編》卷首。《吳騷合編》爲明騷隱居士所編，《衡曲塵譚》的作者，可能就是騷隱居士。騷隱居士又稱騷隱生，又號白雪齋主人，姓張，名琦，字楚叔。精詞曲，富收藏，曾選輯元明散曲，以南曲爲主，成爲《吳騷》初、二、三集及《吳騷合編》；又撰有《南九宮訂譜》。《衡曲塵譚》共分四章：一《填詞訓》，二《作家偶評》，三《曲譜辨》，四《情癡寱言》。書中論填詞，多偏重於散曲；評介作家，也多以散曲作家爲主。辨曲譜，謂"專在平仄間究心，乃學之而陋焉者"，獨具見解；但對於宮調名稱，如仙吕、大石、越調、雙調等，竟以爲是由於字形訛傳，未免臆斷。

本書資料據中國戲劇出版社 1959 年《中國古典戲曲論著集成》本《衡曲塵譚》。

填詞訓

古士大夫聽琴瑟之音，弗離於前，性情之通絃歌而治，吟詠可已歟？客曰："詞餘之興也，多以情癖，大抵皆深閨永巷、春傷秋怨之語，豈鬚眉學士所宜有！況文辭之貴，期於渾涵，若夫雕心琢句、柔脆纖巧、披靡淫蕩，非鼓吹之盛事，曲固可廢也。"騷隱生曰："嘻，子陋矣！尼山説《詩》，不廢鄭、衛；聖世采風，必及下里。古之亂天下者，必起於情種先壞，而慘刻不衷之禍興。使人而有情，則士愛其緣，女守其介，而天下治矣。且子亦知夫曲之道乎？心之精微，人不可知，靈竅隱深，忽忽欲動，名曰心曲。曲也者，達其心而爲言者也，思致貴於綿渺，辭語貴於迫切。長門之詠，宜於官樣而帶岑寂；香閨之語，宜於闇藏而饒綺麗。倚門囅笑之聲，務求纖媚而顧盼生姿；學士騷人之賦，須期慷慨而嘯歌不俗。故詠春花勿牽秋月，吟朝雨莫溷夜潮。瑶臺、玉砌，要知雪部之套辭；芳草、輕煙，總是郊原之泛句。又如命題雜詠，而直道本色，則何取於寓言？觸物興懷，而雜景揣摹，則安在其即事！甚且士女之吻無辨，睽合之意多乖，人情斷續而忽入俚言，筆致拗違而生吞成語，又曲之最病者也。乃若傳奇之曲，與散套異。傳奇有答白，可以轉換，而清曲則一綫到底。傳奇有介頭，可以變調，而清曲則一韻到底。人第知傳奇中有嬉、笑、怒、罵，而不知散曲中亦有離、合、悲、歡。古傷逝、惜別之詞，一披詠之，愀然欲淚者，其情真也。故曲不貴撫實而貴流麗，不貴尖酸而貴博雅，不貴剽襲而貴冶刱，不貴熟爛而貴新生，不貴文飾而貴真率肖吻，不貴平敷而貴選句走險。有作者起，必首肯吾言矣。"客曰："子之爲辭，未必其無弊也，乃執月旦以平章曲府，司三寸管而低昂之，得無過當乎？"居士曰："人之妍媸，人也，不必其已之妍也。雙眸具在，存其論而已矣。今日者之評次，雖謂作家之矛史，亦誰曰不可！"

作家偶評（節録）

騷賦者，《三百篇》之變也。騷賦難入樂而後有古樂府，古樂府不入俗而後以唐絶句爲樂府，絶句少宛轉而後有詞。自金、元入中國，所用胡樂，嘈雜緩急之間，詞不能按，乃更爲新聲以媚之，作家如貫酸齋、馬東籬輩，咸富於學，兼喜聲律，擅一代之長，昔稱"宋詞"、"元曲"，非虛語也。大江以北，漸染胡語；而東南之士，稍稍變體，别爲南曲。高則誠氏赤幟一時，以後南詞漸廣，二家鼎峙。大抵北主勁切雄壯，南主清峭柔脆。北字多而調促，促處見筋；南字少而調緩，緩處見眼。各有三昧，難以淺窺，譬之同一師承，而頓、漸分受，不可同日語也，乃製曲者往往南襲北辭，殊爲可笑。

曲譜辨

心感物而成聲，聲逐方而生變，音之所以分南北也。君子審聲以知音，而律吕辨矣。古律數九九八十一以爲宮，三分而損益之以爲徵、商、羽、角，此律吕之大較也。復之一陽始生，律應黄鍾，遞而推之爲大吕、太簇、夾鐘、姑洗、仲吕、蕤賓、林鐘、夷則、南吕、無射、應鐘，凡十有二律，所謂氣始於長至，周而復生，聖人合符節，調鍾律，造度數，緜此其選也。樂府之制，字辨陰、陽，調協平、仄，然未有舍十二律而自爲神明者。今按之曲譜，大抵禱張附會者什之八九，夷考其調，僅有黄鍾、南吕二家，諸如仙吕、大石、越調、雙調之名，不知從何根據。如謂舍十二律别有流暢，則此黄鍾、南吕猶然十二律中之名義也，而曲譜竟别刱爲仙吕諸調，又何説耶？如仍出諸十二律，則宮調之音，當叙自黄鍾始，今南曲譜獨首仙吕，又何説耶？且也，黄鍾爲宮，不必更有正宮之名矣；來鐘、姑洗、無射、應鐘爲羽，不必更有羽調之名矣；夷則爲商，不必更有商調之名矣；今譜之有宮、商、羽三調，而又無角、徵二聲，獨何歟？説者曰："軒轅之法，及今森矣，此流傳者之殘闕也。但不知仙呂、大石、越調、雙調，究竟自誰伊始。”余竊揣之，意者：十二律之仲呂，或因“仲”字與“中”字、“仙”字相肖，遂誤傳爲中呂、仙呂乎？又或“呂”字與“石”字相似，遂誤傳大呂爲大石乎？善讀書者，盡信不如其無，則九宮譜之譜矣。“然則何以處曲乎？”曰：“曲者，末世之音也，必執古以泥今，迂矣！曲者，俳優之事也，因戲以爲戲，得矣。”“然則譜可廢乎？”曰：“因其道而治之，適於自然，亦已無憾，何必不譜也？蓋九九者，天地自然之數也，律呂因此譜，腔調繇此出，譬如今日，此曲之腔唱爲彼曲，聽者笑之，謂其失於自然也。然則按譜而作之，亦按譜而唱和之，期暢血氣心知之性，而發喜、怒、哀、樂之常，斯已矣。況譜法之妙，專在平仄間究心，乃學之而陋焉者。僅如其字數逐句櫛比，而所以平仄之故卒置弗講，似此者，如土偶人，止還其頭面手足，而心靈變動毫弗之有，於譜奚當焉？及學之而失焉者，每一套中以此調之過曲，忽接他調，譬諸冬行夏令，南走北轅，即名家大手，往往有之，於譜又奚裨焉？昔人歌蕤賓之聲而景風至，震易水之響而白虹貫，所云動已而天地應焉，聲音之感，豈其微哉！古之譚曲者曰：‘曲如折，止如稿木’，曲之道思過半矣。”客曰：“今子伯仲之選本，其於譜書固兢兢矣，而重翻此義，可謂世行世法、我行我法者夫？”余然其言，遂併識之。

杜　浚

　　杜浚（生卒年不詳）字深伯，號逸休生。明晉陵（今江蘇武進）人。撰有《杜氏四譜》(《詩譜》、《文譜》、《書譜》、《畫譜》各三卷）。卷首載作者《杜氏四譜序》，稱四譜皆採摘舊文，旨在爲學者指點迷津。其《杜氏文譜》三卷，卷一之《文法》、《詩文體製》都論及文體，卷二《文式·入境》謂“體格明則規矩正”，論述對各種文體的要求。真德秀的《文章正宗》把文章分爲辭命、議論、敘事、詩歌四類，杜浚也把文分爲敘事、議論、辭令、辭賦（相當於真德秀的詩歌）四類，對每類所屬各種文體的體格、規矩作了具體論述。

　　本書資料據明刊杜氏家刻本《杜氏文譜》。

文　法

　　六經不可尚矣。戰國之文，反覆善辯，孟軻之條暢，莊周之奇偉，屈原之清深，爲大家數。而漢之文章，深厚典雅，賈誼之俊偉，司馬遷之雄放，爲大家數。三國之文，孔明《出師》二表、建安諸子數書而已。兩晉之交，陶淵明《歸去來辭》、李令伯《陳情表》、王逸少《蘭亭記》而已。唐之文，韓之雅健，柳之刻峭，爲大家數。夫孰不知？然古文亦有數。漢文，相如、楊雄，名教罪人，其文古；唐文，韓、柳外，元次山近古，樊宗師作爲苦澀，非古；宋之文章，大家數尤多，歐之雄粹，老蘇之蒼勁，長蘇之神俊，而古作不甚多。是蓋清廟茅屋謂之古，朱門大廈，謂之華屋則可，謂之古則不可；大羹玄酒謂之古，八珍謂之美味則可，謂之古則不可。知此者，可與言古文之妙矣。夫古文，以辨而不華、質而不俚爲高，無俳句，無陳言，無贅辭。初學由韓柳爲人門，稍近，宜宗史漢；又進而六經，極矣。

夫記者，所以記日月之遠近，工費之多少，主佐之姓名。叙事如書史法，如《尚書·顧命》是也。叙事之後略作議論以結之，然不可多，蓋記者所以備不忘也。

《尚書序》、《毛詩序》乃古今作序大格樣。《書序》首言畫卦、作書契之始，次言皇墳帝典三代之書，及夫子定書之由，又次以秦亡漢興求書之事。《詩序》首六義之始，次言變風變雅之作，又次言《二南》王化之自。夫序者，次序之語，前之說勿施於後，後之說勿施於前。其語次序，不可顛倒，故次序其語曰序。

碑銘惟韓文公最高。每碑行文，如人之殊，頭面首尾決不可再用蹈襲。神道碑刻於外，行文稍可加詳；埋銘壙記最宜謹嚴。銘字從金，喻如金石，一字不可泛用。善爲銘者，宜如古詩《雅》、《頌》之作，行實之撰，當取其人平生忠孝大節，其餘小善寸長，書法宜從簡略。爲人立言作傳之法亦然。

跋，取古詩"狼跋其胡"立義，狼前行則跋其胡，跋語不可多，多則冗。尾語宜峻峭，以示不可復加之意。

說則自出己意，橫說豎說，其文詳贍抑揚，無所不可，如韓文《師說》是已。

真西山編類古文，自西漢以下，他並不録，迄於唐，唯韓公、柳公數記而已。古作之難，不其然乎？

詩文體製

美刺風化、緩而不迫謂之風，采摭事物、摘華布體謂之雅，形容盛德、揚厲休功謂之頌，幽憂憤悱、寓之比興謂之騷，感觸事物、托於文章謂之辭，陳事較功、考實定名謂之銘，援古刺今、箴戒得失謂之箴，猗歟抑揚永言謂之歌，非鼓非鐘徒歌謂之謠，步驟馳騁、斐然成章謂之行，品秩先後、序而推之謂之引，聲音雜比、高下長短謂之曲，吁嗟慨歌、悲憂深思謂之吟，吟詠性情、合而言志謂之詩，蘇、李以上高妙古淡謂之古，沈、宋而下法律嚴切謂之律。此詩之衆體也。

帝王之言出法度以制人者，謂之制；絲綸之語若日月之照臨者，謂之詔；道其常而可彝憲者，謂之典；陳其謀而成嘉猷，謂之謨；順其理而迪之者，謂之訓；屬其人而告之者，謂之誥；即師衆而申之者，謂之誓；因官使而命之者，謂之命；出於上者，謂之教；行於下者，謂之令；持而戒之者，勅也；言而諭之者，宣也；諮而揚之者，贊也；登而崇之者，册也；言其倫而復析之者，論也；度其宜而揆之者，議也；別嫌疑而明之者，辯也；正是非而著之者，說也；記者，記其事也；紀者，紀其變也；書者，讚而述焉者也；策者，條而對焉者也；傳者，傳而信者也；序者，序而陳者也；碑者，披列事功而載之金石也；碣者，揭示操行而立之墓隧也；誄者，累其素行而質諸鬼神也；誌者，記其行藏而謹其終始也；檄者，激發人心而喻之禍福也；移者，自近移遠使之周知也；表者，布臣子之心、致君父之前也；箋者，修儲后之問、申宮壼之儀也；簡書，質言之而略也；啓者，文言之而詳也；狀者，言之公上也；牒者，用之官府也；捷書不緘，插羽而傳者，露布也；尺牘無封，指事而陳之者，劄子也；青黃黼黻，經緯相成，而總謂之文也。此文之異名也。（以上卷一）

入境（節録）

體格明則規矩正。叙事之文貴簡實：記以記事貴方整，序以序事貴直達，傳以傳事貴核實，紀以紀事貴切要，銘以銘事貴質實，志以志事貴詳明，碑以志悲貴哀慕，表以白事貴簡明。

議論之文貴精到：議以議事，貴直切而有處置；論以論理，貴反復而盡事情；辯以辯明，貴曲折而善解結；說以說理，貴明白而不煩解注；解以解義，貴明白而題意朗然；難以詰問，貴糾結而使人難解；戒以規警，貴嚴正而不可犯；箴以懲創，貴嚴切而使人痛心；評以評事，貴公平而服衆；贊以讚美，貴隱惡而不虛美；題以品物，貴忠厚而有益於彼；跋以係尾，貴簡當而有發明；喻以曉人，貴明切而使人心解；原以原理，貴精嚴而直造本原；策以籌謀，貴縝密而可施行；奏以奏事，貴明白體面而感上應下。

辭令之文貴婉切：詔以昭宣德意，貴正大尊嚴而仁愛之心油然；誥以告示上意，貴嚴正而輕重得宜；表以明通下情，貴切當而無冗長；狀以形狀事跡，貴明白而關通律令；檄以飛達軍情，貴雄健而感動人心；彈以糾劾奸惡，貴嚴正而不容走脱；書以攄寫事情，貴條達而隨人所好；簡以傳達事意，貴簡要而分明；啟以啟發所言，貴安詳而有體面。

辭賦之文貴婉麗：辭以寄情，貴情深而語緩；賦以體物，貴詳盡而文切；頌以頌美，貴形容盛美；雅以詠政，貴鋪張正大；風以動物，貴情直而語婉。（以上卷二）

張蔚然

張蔚然(生卒年不詳)字維誠,一作惟成。明武林(今浙江杭州)人。生平不詳。有《三百篇聲譜》、《西園詩塵》等。據《西園詩塵》之《三唐》篇所謂"世動稱不作大曆以後語",作者似爲明前、後"七子"崛起以後人士。《西園詩塵》十則,每則均有標題,評論古詩近體,針砭詩壇陋習,自《六經》論至當代,語頗精悍。本書《徐氏家藏書目》詩話類、《千頃堂書目》文史類著録,皆作"張惟成《西園詩塵》二卷"。今存《説郛續》本僅一卷,可見《説郛續》本實屬選本,原書蓋已亡佚。

本書資料據《説郛續》本《西園詩塵》。

函六籍

《易》象幽微,法鄰比興;《書》辭勇暢,式用賦物;《春秋》借徹,義本風刺;三《禮》莊鴻,體類雅頌。匪謂六籍同歸於詩,祗緣六義觸處皆是。不先窮經而以"別才"、"別趣"之説自盖者,究竟與此道何涉?

古選則(節録)

選體,東京而上,無跡可摹;典午以降,運古浸遠。惟子建華實茂舒,情文備至,允是此體宗匠。(以上卷三十四)

图书在版编目（CIP）数据

中国古代文体学.附卷2,明代文体资料集成/曾枣
庄著.—上海：上海人民出版社:上海书店出版社,
2012
ISBN 978 - 7 - 208 - 11116 - 5

Ⅰ.①中… Ⅱ.①曾… Ⅲ.①古典文学－文体论－资
料－汇编－中国－明代 Ⅳ.①I206.2

中国版本图书馆 CIP 数据核字（2012）第 266063 号

出版策划　王为松　许仲毅
责任编辑　孙　莺　田芳园　邹　烨
特约编审　钱玉林　罗　湘
封面设计　王小阳
技术编辑　伍贻晴

中国古代文体学

——附卷2,明代文体资料集成

曾枣庄 著

世纪出版集团
上海人民出版社
上海书店出版社 出版

（200001　上海福建中路 193 号　www.ewen.cc）

世纪出版集团发行中心发行
浙江新华数码印务有限公司印刷
开本 720×1000　1/16　印张 399　插页 42　字数 6,042,000
2012 年 12 月第 1 版　2012 年 12 月第 1 次印刷
ISBN 978 - 7 - 208 - 11116 - 5/I · 1074

定价 1500.00 元

（全七册）